國家古籍整理出版專項經費資助項目
四川省社會科學重點研究基地「杜甫研究中心」資助項目（項目批准號DFY20183）

王狀元集百家注編年杜陵詩史

壹

〔唐〕杜甫 撰
舊題〔宋〕王十朋 集注
曾祥波 點校

鳳凰出版社

杜詩宋元注本叢書
劉躍進 主編

圖書在版編目（CIP）數據

王狀元集百家注編年杜陵詩史 / （唐）杜甫撰 ；（宋）王十朋集注 ；曾祥波點校. -- 南京 ：鳳凰出版社，2022.12
（杜詩宋元注本叢書 / 劉躍進主編）
ISBN 978-7-5506-3726-9

Ⅰ. ①王… Ⅱ. ①杜… ②王… ③曾… Ⅲ. ①杜詩—詩集 Ⅳ. ①I222.742

中國版本圖書館CIP數據核字(2022)第173035號

書名	王狀元集百家注編年杜陵詩史
著者	〔唐〕杜　甫 撰　舊題〔宋〕王十朋 集注　曾祥波 點校
責任編輯	李相東
特約編輯	蔣李楠
裝幀設計	徐　慧
出版發行	鳳凰出版社(原江蘇古籍出版社) 發行部電話025-83223462
出版社地址	江蘇省南京市中央路165號,郵編:210009
照排	南京凱建文化發展有限公司
印刷	徐州緒權印刷有限公司 江蘇省徐州市高新技術產業開發區第三工業園經緯路16號
開本	880毫米×1230毫米　1/32
印張	53
字數	941千字
版次	2022年12月第1版
印次	2022年12月第1次印刷
標準書號	ISBN 978-7-5506-3726-9
定價	598.00圓(全三册)

(本書凡印裝錯誤可向承印廠調换,電話:0516-83897699)

總序

劉躍進

據記載，杜甫生前就曾爲自己編過作品集。晚唐以來，各種不同的杜集本子在世間流傳，或編年，或分體，或分類，不一而足。宋代就有「千家注杜」之説。迄今爲止，杜集文獻已有上千種。遺憾的是，宋代「千家注杜」的成果多有散佚，幸賴有若干種集注本保存下來。這也是中國古代典籍傳播中帶有規律性的現象。四部典籍中，别集流傳不易，其注本也容易散佚。相比較而言，總集、選集、叢書、類書等往往成爲古代典籍保存的重要載體。流傳至今的宋元兩代杜集刻本及各類集注本有二十餘種，是非常珍貴的文獻資料，值得重視。如何整理這些珍貴典籍，如何在整理中體現時代特色，是本文討論的重點。

縱觀中國學術發展史，整理典籍文獻主要有三種形式。第一種是單純的字詞注釋和文意疏通。譬如東漢後期鄭玄遍注群經，唐代前期孔穎達主編五經正義，多是如此。這是古籍整理校訂最基本、最重要的方式。第二種是比較系統的資料彙編，多以集注形式呈現。譬如昭明文選李善注、五臣注、六臣注等，清人校訂十三經等，都帶有集成性質。第三種是獨具特色的疏解，如魏晉時期郭象莊子注，王弼周易注、老子道德經注，以及清代戴震孟子字義疏證等，多具有思想史價值。這種整理方式與上述兩種恪守文字校勘原則的傳統注釋學很不相同，實際上是一種義理的推衍、思想的闡發。

上述三種古籍注釋形式都很重要，并無高下輕重之分。事實上，對多數讀者來説，如果没有字詞的訓釋，没有典章制度、歷史地理、歷代職官等方面的解説，這些深奥的典籍是很難讀懂的。對學術研究而言，如果没有最基礎的字句注釋工作，所謂集注和義理闡發也就無從談起。所以，單注本的整理依然是今天最應該重視的古籍整理工作。但僅限於此還遠遠不够。古籍整理的首要目的是方便閲讀，更重要的是引導讀者思考文本内容，并對其義理進行闡釋。

筆者在從事國家社科基金重大項目「漢魏六朝集部文獻集成」研究過程中，也在不斷思索這樣的問題：一是探索回歸傳統經典的意義，二是尋求回歸傳統經典的途徑。前者應當没有疑義，後者則見仁見智，理解不同，做法不同，效果也不同。清代阮元在杭州主持詁經精舍，傳經布道，在江西校訂十三經注疏，先後雲集一批重要學者。在此基礎上，他還提出另外一種整理典籍文獻的設想，即通過臚列衆説的方式，把清朝經學研究成果細緻入微地呈現出來。具體來説，就是將各家重要見解分别羅列在經典著作的每句話下面，章分句析，旁羅參證，詳考得失，斷之於心。清朝經學著作的彙集編纂，阮元編有皇清經解，王先謙編有續皇清經解。但這種專題叢書遠没有達到阮元預設的目標。這項工作難度太大，儘管阮元位高權重、資源豐富，最終也没有付諸實際。這種編纂方法，游國恩先生有所嘗試，并取得成功。他主持編纂的離騷纂義、天問纂義等著作，就像阮元設想的那樣，在每句詩下羅列歷代注釋，考訂成果，然後下按語，很多按語都是點到爲止，引而不發，給讀者留下無限想象空間。今天來看，這樣的學問看似樸拙却最有實效，體現了當代學人對歷代整理成果的充分尊重和清晰把握。

杜甫及其相關文獻研究，歷代成果異常豐富，一般説來，幾乎無發掘空間。但筆者認爲，杜甫研究的突破，還是繞不開基本文獻的整理與研究。所謂基本文獻，就是歷代研究成果。隨着電子化時代的來臨、國家經濟實力的增强、數量可觀的珍稀文獻的發現，大規模的集成研究與體現時代特色的深度整理，已成爲當今典籍文獻整理與研究的必然選擇。杜甫及其相關文獻的整理與研究，至少可從以下三方面逐步推進：

一是選擇重要的杜集舊注，校點整理，爲廣大讀者提供閱讀便利，擴大視野。所有從事古籍注釋的人，似乎都有一個夢想，就是希望自己的注解後來居上，成一家之言，爲權威定本。但從學術發展史看，這是很難達到的目標。就杜詩而言，每一位注釋者對於前人的注釋只能是有選擇地截取，十不一二。即便是所謂的集注本，也不可能有文必録。因此，前人注釋原貌，一般讀者往往看不到。久而久之，這些著作很可能就會被遺忘，乃至佚失。正像清代顧千里所説，古書校訂，新本出，舊本亡。所以，他主張不校之校，也就是儘量保持原書面貌。整理前人注釋成果，也往往出現顧千里擔憂的現象。歷代舊注，就是在不斷的注釋中逐漸消亡的。從古書流傳的一般規律講，自然淘汰屬於常態。而從做學問的角度説，最大限度地占有資料，依然是做好學術研究的重要前提。爲此，我們有必要對重要的宋元舊注，如王洙與王琪編定、裴煜補遺的杜工部集，趙次公的杜詩趙次公先後解，舊題王十朋的王狀元集百家注編年杜陵詩史，郭知達的新刊校定集注杜詩，蔡夢弼的杜工部草堂詩箋，黄希、黄鶴的黄氏補千家注紀年杜工部詩史，宋末劉辰翁評點、元代高崇蘭編次的集千家注批點杜工部詩集，佚名的門類增廣十注杜工部詩，佚名的門類增廣集注杜詩，佚名的分門集注杜工部詩，佚名的草堂先生杜工部詩集等給予高度重視，原原本本地加以校訂，讓更多讀者看到舊注全貌。儘管有些著作的作者問題尚存較大争議，但這些著作能保存至今，説明其仍有重要的參考價值。

二是系統地彙總杜集珍本文獻，影印出版，爲學術界提供系統的而不是零碎的資料。中國國家圖書館、浙江圖書館、成都杜甫草堂都曾編輯出版所藏杜甫詩集目録，周采泉編杜集書録、張忠綱等編杜集叙録都是綜合性的杜集目録。這類目録，就像杜甫研究的導引圖，爲讀者按圖索驥提供方便。不無遺憾的是，有目無書，讀書人還是要望洋興嘆。黄永武編杜詩叢刊，收録宋元至清代重要杜集三十五種，日本吉川幸次郎編杜詩又叢，補選七種杜詩文獻。這些草創工作，篳路藍縷，雖多有缺失，但也確實爲學術研究提供了豐富資料，學者無不稱便。很多學者期待這樣一部著作，能將歷代重要杜集版本彙編成册，整體推出，倘能如此，必將開創杜甫研究新局面。

根據當代學者研究，現存宋元以來重要的杜集白文本、全集箋注本、分體分類注本、評點本、讀杜札記、杜詩選本等，在四百種以上。其中，宋元刻本以及相當數量的孤本、稀見本等最值得珍惜，在現有條件下應該儘量全部影印出版。否則，這些珍稀古籍總是藏在深宫，不僅讀者無法閲讀，更叫人擔心的是，如果發生如絳雲樓失火那樣的意外，這些孤本可能就永遠在世間消失，造成不可挽回的損失。

習近平總書記强調，「讓收藏在博物館裏的文物、陳列在廣闊大地上的遺産、書寫在古籍裏的文字都活起來」。道理很簡單，保護是爲了更好地應用；讓古籍發揮更大的作用，纔是最好的保護。從這個意義上説，系統地彙總杜集珍本文獻，影印出版，不僅是爲學術界服務，也是爲了更好地保存古籍、充分利用古籍，爲今天的文化建設服務。

三是彙集宋元舊注於一編，體現深度整理的時代特色。

杜集宋元舊注，存世無多。各家見解有何區别，前後承繼關係如何，僅就一本書而言，很難説清楚，只有逐字逐句地比對衆家，纔能了然於心。從這個角度看，杜集舊注的整理尚有拓展的空間。目前，可以從兩個方面入手。一是散佚著作，如果數量較大，就像林繼中杜詩趙次公先後解輯校那樣，逐家輯録出來，單獨成册。據此，讀者可以看到各家的學術主張、思想傾向。另外一種方法，就是將各家之説彙輯在杜詩各句之下，將有助於讀者對杜詩文字訓釋、創作背景以及思想内容的理解。這項工作看似雜然臚陳、薄殖淺陋，實則異常繁難、錯綜交糾，個人能力有限，勢難完成。這就需要集體的智慧，綜貫百家，逐步推進，最終完成。這項工作，可以先以某一時期、某一地區的杜注研究爲中心，由點及面，發覆抉疑，將來逐漸擴大開來，把所有宋元舊注彙爲一編，借此校訂異文、辨析是非，并提出進一步研究的前沿問題。

新時代要有新的學術氣象和研究方法。彰顯時代特色的文獻整理，尤其是歷代經典的系統整理，還有很多工作要做，還有漫長的路要走。從系統整理杜甫文獻入手，走近經典、理解經典，爲創造新時代經典提供有益的學術借鑒和豐富的思想資源，這應當成爲我們這一代人的共識，也是我們這一代人的責任。

前言

杜詩爲中國詩歌之圭臬，注杜是中國詩學的一個重要傳統。杜詩注釋有兩次高潮，一次是宋人「千家注杜」，一次是清代「集大成」杜集注本（如錢、朱、仇、楊）出現。竊以爲，對杜詩的原創性理解基本上都被宋人「千家注杜」囊括殆盡，元、明、清以來的注家和研究者往往只是在宋注的基礎上加以推進、辯駁或反轉，很難在全局性高度提出大量的原創性新見。比較特殊的例外是洪業（煨蓮）杜甫：中國最偉大的詩人（曾祥波譯，上海古籍出版社二〇一一年版）。洪業二十世紀三十年代編纂杜詩引得，對杜詩今存幾乎全部宋注本與若干重要元、明、清注本作了系統梳理，這就使他往往能够越過所謂清代「集大成」注家的定見，直指宋人注乃至杜詩本文，從而處於與宋代注家平等的位置來考量問題，提出大量與宋人注同等分量的創見。故杜甫：中國最偉大的詩人一書自一九五二年由哈佛大學出版社出版後，被西方漢學界視爲最重要的杜詩研究論著。而此書的一系列新解，即使置於今日國內杜甫研究領域，也具有前沿性。基於此，竊以爲杜詩研究可以有兩個新方向：在版本源流梳理上，以宋本編次爲核心；在詩義闡釋上，以宋注爲源頭。換言之，現在不應停留在所謂清人「集大成」（錢、朱、仇、楊、浦等）注本的階段，應該回到杜集宋本、宋注、宋譜的源頭，纔能以學術史的眼光將杜詩諸多問題的萌生、推進、訛變，以及目前爲止已經形成的共識或謬誤，加以梳理考查、正本清源。只有在釐清現存杜詩注對宋注承襲關係的基礎上，纔能對「杜詩注」的基本格局，對杜甫、杜詩大量問題的研究史、接受史有新的認識，纔能清除乾净杜詩這一中國文學經典箭垛上「層累造成」的定見，恢復對杜詩文本閱讀的敏感性。

現代學術研究對杜注的整理、研究基本上以清代「集大成」杜注本爲基礎。儘管學界已經注意到對宋注的利用，但直接針對宋人「千家注杜」文獻進行全面整理、研究仍然大有空間，其中對杜集宋注本的整理尤爲當務之急。現存杜集宋注本，計有趙次公杜詩趙次公先後解（編年單注本），門類增廣十注杜詩（分類集注殘本），門類增廣集注杜詩（分類集注殘本），郭知達九家集注杜詩（分體集注本），托名王十朋王狀元集百家注編年杜陵詩史（編年集注本），分門集注杜工部詩（分類集注本），黄希、黄鶴黄氏補千家注紀年杜工部詩史（分體集注本），蔡夢弼杜工部草堂詩箋（編年集注本），草堂先生杜工部詩集（分體殘本)、羅履泰序、署名彭鏡溪集注須溪批點杜工部詩注(宋、元之際編年集注選本),高崇蘭編次、劉辰翁批點集千家注批點杜工部詩集(宋、元之際編年集注本)十一種[一]。目前來看,杜集宋注整理本僅有林繼中杜詩趙次公先後解輯校(上海古籍出版社一九九四年版)、陳廣忠校點九家集注杜詩(安徽大學出版社二〇二〇年版)、曾祥波新定杜工部草堂詩箋斠證(上海古籍出版社二〇二一年版)三種問世,剩下八種皆有待整理出版。在這八種杜集宋注本中,王狀元集百家注編年杜陵詩史(以下簡稱杜陵詩史)有其獨特價值,主要表現在以下兩方面:

第一,杜陵詩史是現存十一種杜集宋注本中具有「樞紐」與「源頭」意義的注本文獻。從趙次公杜詩趙次公先後解到門類增廣十注杜詩、門類增廣集注杜詩、郭知達九家集注杜詩,再到杜陵詩史出現,杜集宋注經歷了一個由單注本到「十家注」[二],再增加爲「百家

[一] 按,還有一種署名徐居仁編次、黃鶴補注集千家注分類杜工部詩,據筆者考證,其成書當在高崇蘭編次、劉辰翁批點集千家注批點杜工部詩集之後,時已入元,故不計入宋注本系列。

[二] 按,「九家注」是「十家注」删去「僞蘇(軾)注」而來。

注」的基本局面〔一〕。更重要的是，筆者通讀全部杜集宋注，發現從「十家注」、「九家注」到「百家注」、「千家注」，注家數量尚有一定增加，但「百家注」與「千家注」之間的注家數量基本没有變化〔二〕。這説明，杜陵詩史不但是現存杜集宋注本中僅有的奠定「百家注」的注本，而且這一「百家注」本實際上就已經形成了傳統上所謂宋人「千家注杜」的基本格局。可以説，追溯「千家注杜」基本格局的來龍去脈，杜陵詩史赫然處於衆流匯聚的樞紐位置。杜陵詩史匯聚衆注之後，作爲「千家注」的源頭性文獻，發揮了很大作用，催生了若干重要杜集宋注本，如分門集注杜工部詩與黄氏補千家注紀年杜工部詩史（簡稱補注杜詩）〔三〕。杜陵詩史截斷衆流，總承群啓，視爲「樞紐」、「源頭」，得其所哉！

〔一〕 按，從「十家注」到「百家注」，其間還存在「二十家注」、「六十家注」的過渡，但由於文獻散佚，此中詳情已經難得而知。

〔二〕 按，第一個稱「千家注」的是黄希、黄鶴黄氏補千家注紀年杜工部詩史，此書較之王狀元集百家注編年杜陵詩史，注文僅多出黄希、黄鶴的補注内容。

〔三〕 洪業杜詩引得序指出，分門集注杜工部詩與補注杜詩正是以杜陵詩史爲底本編纂而成，它們是杜陵詩史發展出來的兩條支流。按，洪業之説尚有未確之處。筆者比對補注杜詩與分門集注兩書注文，幾乎完全一致，説明補注杜詩直接參考的是分門集注而非杜陵詩史（因補注杜詩較之分門集注多出黄氏補注内容，故判定分門集注在前，補注杜詩後出），如果兩書各自獨立從杜陵詩史擷取注文，注文不會呈現基本重合的情況。故洪業「兩條支流」説應修訂爲「一條支流、上游（分門集注）下游（補注杜詩）」説。

第二，杜陵詩史是上述八種杜集宋注本中的最佳「讀杜」本。學界公認讀杜版本選擇有兩大標準：「編年本第一（分體本次之，分類本最下）」與「集注本最優（單注本次之，白文本最下）」。在上述八種未經整理的杜集宋注本中，屬於編年集注本的有兩種，即杜陵詩史、集千家注批點杜工部詩集〔一〕。杜陵詩史的成書時間早於宋、元之際纔成書的集千家注批點杜工部詩集，注文的原始豐富性也遠遠超過集千家注批點杜工部詩集〔二〕，無論作爲研究文獻還是作爲讀本，其優勢都不言而喻。

杜陵詩史在杜集宋注本體系中具有上述重要價值，對此書的整理自屬題中應有之義。此次整理，以王狀元集百家注編年杜陵詩史流傳至今的宋刻孤本（貴池劉世珩玉海堂藏本）爲底本進行校點整理。貴池劉世珩玉海堂藏王狀元集百家注編年杜陵詩史是此書存世唯一孤本（無其他宋本，也無宋以後的翻刻本，不存在版本系統變化），一九一三年劉世珩曾將此書影刻若干部流布。該書後歸程毅中先生祖上收藏，又輾轉流入

〔一〕按，羅履泰序、署名彭鏡溪集注須溪批點杜工部詩注屬於選本而非全集性質，從閱讀角度來看重要性不高，可以不予計入。
〔二〕按，集千家注批點杜工部詩集通過補注杜詩大量、間接地利用了杜陵詩史的注文。

蘇州圖書館〔一〕。江蘇廣陵古籍刻印社於一九八一年影印劉氏影刻本一千五百部，綫裝書局於二〇〇一年又再次影印。儘管如此，此書印數仍少，難以獲得，不爲讀者所熟知。此次整理以江蘇廣陵古籍刻印社一九八一年影印本爲底本。由於玉海堂藏本爲孤本，無玉海堂藏本之外的其他杜陵詩史刊本作爲對校本，故僅能就明顯錯訛文字作出「校記」。這些校記爲筆者或核對其他杜集宋本所得，或核對注文所徵引之原書所得，皆爲「他校」，故皆著一「疑」字以示不敢遽定之意。同時對年號、地名、人名、書名等按照古籍整理規範加上專名號識別，以便閱讀。總之，整理宗旨是最大限度保存宋本原貌，除去明顯刊刻訛誤之外，餘皆一仍其舊，同時通過點校整理釐清眉目、疏通文義。另外，因爲魯訔編年是杜陵詩史的篇目編次依據，故將保存於分門集注杜工部詩集中的魯訔杜工部年譜作爲附録一，幫助讀者把握全書篇目框架。同時，因爲分門集注以杜陵詩史爲底本編成，注家基本相同，亦將分門集注所載集注杜工部詩姓氏作爲附録二，以便讀者辨識集注諸家。在具

〔一〕參見蘇州市新發現的宋刻杜陵詩史（文物一九七五年八期）、張國瀛杜陵詩史傳奇（杜甫研究學刊二〇〇四年二期）、程毅中杜陵詩史百年傳奇的最後一頁（世紀二〇〇七年五期）。

體整理過程中，筆者首先以貴池劉世珩玉海堂影宋刻本杜陵詩史爲工作底本進行點校整理，然後由鳳凰出版社據工作底本排印爲清樣稿，最後由中國人民大學予以經費支持的「杜詩讀書班」的研究生王豔（卷一—五）、韓付强（卷六—一四）、王冉（卷一五—二二）、李逸恬（卷二三—二九）、張鑫（卷三〇—三二）參考工作底本對清樣稿進行覆核。覃聰覆核了全部二校。他們態度認真，令我感佩。本書責編李相東、蔣李楠君在編校過程中進一步提出了不少修訂意見，匡我良多，特致謝意。

點校工作繁巨，或不亞於著述。今爲斯事而不憚其勞者，願存宋本傳世之稀，冀廣杜集宋注之傳。然魯魚未浄，難辭事倍功半之譏；才識不稱，或失唐聖宋賢之義。讀者展卷尋繹，必有以匡我；學術天下公器，當跂而望焉。

曾祥波

二〇一九年六月

於京西青龍湖

凡例

一、王狀元集百家注編年杜陵詩史爲宋刻孤本，後歸貴池劉世珩玉海堂收藏並影刻流布，此次點校以劉世珩玉海堂影刻本爲底本。玉海堂影刻本附有校勘性質的杜集札記，較之宋刻後出轉精，一併收入。

二、由於玉海堂藏本爲孤本，無玉海堂藏本之外的其他刊本作爲對校本，故僅能核對其他杜集宋注本，以及注文所徵引原書，就杜集札記之外的明顯錯訛文字作出「校記」，故著「疑」字以示不敢遽定之意。除明顯刊刻訛誤之外，其餘一仍其舊。

三、對年號、地名、人名、書名等按照古籍整理規範加專名號識別，以便閱讀。古人著述引書多用簡稱，如漢書作前漢之類，亦加專名號而不作改動。

四、宋人魯訔編年爲王狀元集百家注編年杜陵詩史篇目編次依據，今將保存於分門集注杜工部詩集中的魯訔杜工部年譜作爲附録一，可與本書篇目編次參互。

五、分門集注杜工部詩以王狀元集百家注編年杜陵詩史爲底本編成，注家構成基本相同，今將分門集注杜工部詩載集注杜工部詩姓氏作爲附録二，以便讀者辨識集注諸家。

六、杜陵詩史原目録詩題與正文詩題多有出入，爲留存底本原貌，仍保持原目録詩題。

王狀元集百家注編年杜陵詩史目録

第一册

一卷

三卷

天寶以來在東都及長安所作

四卷

五卷

天寶十五載丙申夏五月挈家避地鄜州及没賊中所作

至德二載丁酉在賊中所作

六卷

至德二載自賊中達行在所授
拾遺以後所作

八月還鄜州及扈從還京所作

七卷

乾元元年戊戌春至夏五月在諫省所作

八卷

乾元元年夏六月出爲華州司功冬末以事之東都至乾元二年七月

九卷

乾元二年秋七月棄官居秦州

以後所作

十卷

十一卷

乾元二年自秦州如同谷十二月一日紀行所作

乾元二年十二月一日自隴右赴劍南紀行所作

十三卷

上元二年辛丑在成都公年

五十歲

十四卷

十五卷

暫如蜀州新津縣

十七卷

廣德元年癸卯春在梓之綿之閬復歸梓所作

十八卷

自梓暫往閬

十九卷

廣德二年甲辰自梓州挈家再往閬州

二十卷

春末再至成都作

二十一卷

永泰元年乙巳

挈家下忠渝州所作

到雲安所作

二十二卷

大曆元年春後遷夔州所作

二十三卷

二十四卷

大曆二年丙午在夔州西閣

三月新自赤甲遷瀼西

二十五卷

二十六卷

大曆二年秋在瀼西

二十七卷

二十八卷

大曆二年秋在夔所作

大曆三年戊申在夔所作

春末下荆州所作

三十卷

移居公安下岳陽所作

大曆四年己酉在岳陽至潭遂如衡及復回潭所作

三十一卷

二月至潭州所作

三十二卷

大曆五年庚戌在潭州

王狀元集百家注編年杜陵詩史目録終

王狀元集百家注編年杜陵詩史一卷

前劍南節度參謀宣義郎檢校尚書工部員外郎賜緋魚袋杜甫子美撰
嘉興魯訔編年并注
永嘉王十朋龜齡集注

開元間留東都所作

遊龍門奉先寺 **魯訔曰**：龍門在西京河南縣。地志曰：闕塞山，一名伊闕，而俗名龍門。

已從招提遊，更宿招提境。 **王洙曰**：僧史：後魏太武帝始光元年，創立伽藍爲招提之號。隋大業中，改天下寺爲道場。至唐，復爲寺。**師先生曰**：釋氏書：招提、菩薩，皆古佛號。故寺謂之招提，或名伽藍，或名道場，其實一也。**陰壑生靈籟，** **王昱曰**：莊子齊物篇：汝聞人籟，而未聞地籟。汝聞地籟，而未聞天籟。注：簫也。音賴。**王彦輔曰**：沈佺期西岳詩：陰壑以永閉。**師曰**：山南曰陽，山北曰陰。以其背陽，故爲重陰沍寒之地。風聲爲天籟，水聲爲地籟，笙竽爲人籟。靈籟，即風也。靈者，善也。如雨曰靈雨。**月林散清影。**洙曰：謝莊月賦：聲林虛籟，淪池滅波。梁昭明太子鍾山解講：暾出巖隱光，月落林餘影。師曰：萬物之影，無如月影最清，謂之金波，蓋取其清也。古云：人間何處無風月，纔到僧坊分外清。蓋言奉先寺風聲月影皆佳致也。**天闕**洙曰：一作「閲」。**象緯逼，**蘇軾曰：「閲」字當作「闕」，或作「闊」。蔡天啓云：古本作「闚」。史：以管窺天。王介甫云：當作「天閲」，對「雲卧」爲清切。蔡絛云：韋述東都記：龍門號雙闕，以與天内峙[一]，若天闕焉。此遊龍門寺詩用「闕」字，又何疑。十朋曰：王直方詩話亦云。薛夢符曰：右按山謙之丹陽記曰：大興中，議者皆言漢司徒許彧墓闕，可徙施之。王茂弘弗欲，陪乘出宣陽門，南望牛頭山兩峰，曰：「天闕也，豈煩改作。」帝然之。又晉雷焕「妙達象緯」。彦輔曰：庾肩吾經禹廟詩：侵雲似天闕。**雲卧衣裳冷。**趙次公曰：後漢郅惲傳：惲明天文曆數，仰占玄象。其説逮並目[二]：「非闚天者不可與圖遠。」鮑昭升天行有「雲卧恣行天」。孟浩然有「雲卧晝不起」也。**欲覺聞晨鍾，**鄭曰：覺，居效切，寤也。**令人發深省。**蘇曰：陶淵明聞遠公議論，謂人曰：「令人頗發深省。」彦輔曰：庾信詩：山寺響晨鍾。杜言人境俱静，則發越塵慮，無不省覺。師曰：天闕者，龍門也。按地理志：今河南郡，春秋時地屬魏，後魏兼置雍州，及屬秦州。今

〔一〕天，疑當作「大」；「峙」前疑闕「對」字。

〔二〕逮，疑當作「逯」；目，疑當作「曰」。

龍門縣在府東一百八十里。古耿國有龍山，即禹所鑿。三秦記云：魚鼈上之，即爲龍。否則點額而還。兩山對峙如門然，故曰龍門。龍門乃天之闕門也。王介甫以「天闕」不可對「雲卧」，改爲「天閲」。閲，視也，視天上象緯逼近。殊不知此詩乃詠龍門，有取於闕，其理必然。二十八宿爲經，五星爲緯。象緯逼，言龍門山之高也。山高則多雲霧，夜宿此寺，如卧雲中，衣裳皆冷潤。釋氏有聲聞緣覺，耳有所聞而悟，未若心解之爲上也。其悟道則一。如香巖和尚一日掃庵，瓦礫擊竹作聲，忽然大悟。又如道吾聞巫吹角，瞥地大省。此得乎聲聞而有所覺者也。甫言睡覺忽聞晨鍾，令人深有省悟，其亦香巖、道吾之儔，得於聲聞緣覺者耶。

贈李白

二年客東都，所歷猒機巧。彥輔曰：東都，洛陽也。前漢地理志：周人之失，巧僞趨利。余曰：葛屨詩：其民機巧趨利。野人對羶腥，彥輔曰：潘岳秋興賦序：僕野人也。杜亦自謂爲郊野人耳。周禮注：犬腥羊羶。離騷九章曰：腥臊並御，芳得薄兮。蔬食常不飽。趙曰：此意似雖日見羶腥之物，而其食猶未厭乎藜藿，所以對之而增媿。則甫之貧困無資可見矣。豈無青精飯，使我顏色好。洙曰：梁書安成康王秀傳：兩韓之孝友純深，庾郭之形骸枯槁。或豫飯菁羹〔一〕，惟日不足。或葭牆艾席，樂在其中。杜田

〔一〕豫，疑當作「橡」。

曰：陶隱居登真隱訣載：太極真人青精乾石䭀飯。注云：以南燭草木煮汁漬米爲之。彭祖云：大宛有青精光生〔一〕、清靈真人。真誥云：霍山有道士鄧伯元，受青精石飯之法。**苦乏大藥資，**修可曰：丹書：抱丹山人大藥證云〔二〕：夫大藥者，須鍊沙中汞，能取鉛裏金。黄芽爲根蔕，水火鍊功深。彦輔曰：洞仙傳：晉中興以來，名山道士合大藥得仙者甚衆。**山林跡如掃。**洙曰：魏文帝遊仙詩：與我一丸藥，光耀有五色。服藥四五口，胸臆生羽翼。趙曰：四句通義。離爲兩端，則語意不相接。蓋詩人不以文害辭。以青精飯可謂之大藥矣。真誥云：霍山有道者鄧元伯〔三〕，受青精石飯之法。内見五藏，色如嬰孺。豈不謂之大藥乎！而青精飯法其所用之物，如以南燭草木葉煮取汁，蕭清稻米炊之。張君房云：青稻米如豫章西山青米、吴越青龍稻草是也。此亦費尋討，不以謂之大藥資乎？彦輔曰：北山移文曰：乍低枝而掃跡。師曰：李白將爲梁宋之遊，甫作此詩贈之。東都，洛陽也。唐初都長安，後都洛。東都自安、史再陷之後，民物貧窶，故機巧趨利，風俗浮薄。甫二年客居於此，覩兹機巧之俗，甚厭惡之，傷昔日之不然也。羶腥，謂兵後東都居民肝腦塗地，風揚羶腥之氣。野人，甫自稱也。蔬食不飽，謂物踊貴。青精，神仙之所服食，有黄精，有青精。色黄者爲黄精，色青者爲青精，亦若天黄、地黄、人黄也。本是一種根，浮於上者爲天黄，沉於下者爲地黄，生於中者爲人黄。青精食之

〔一〕光，疑當作「先」。見杜集札記。
〔二〕丹，疑當作「陽」。見杜集札記。
〔三〕鄧元伯，疑當作「鄧伯元」。見杜集札記。

既久，能益人顔色，長年却老。藥有大有小，仙亦有小大也。有天仙，有地仙。藥有丹砂黄金，爲藥之上者，故云大藥。甫既客居東都，無大藥之資，將隱於山林，求青精食之，亦可以駐顔色。奈何山林人迹如掃，謂兵火之後，絶無人煙故也。蓋嘆東都之不可居。李侯金閨深，**鮑文虎曰**：白嘗供奉翰林，故云。**洙曰**：江文通别賦：金閨之諸彦，蘭臺之群英。注：金閨，金馬門也。謝玄暉出尚書省詩：既通金閨籍。**彦輔曰**：按李陽冰作白集序云：天子賜金閨。脱身事幽討。**鮑曰**：本傳：白自知不爲親近所容，求還山。帝賜金帶放還。**趙曰**：李白宜通籍金閨，以不得志，遂浮遊四方，此爲事幽討也。**彦輔曰**：漢項羽問張良曰：「沛公安在？」曰：「脱身去。」間至軍。**彦輔曰**：白就從祖陳留採訪使彦允，請北海高天師授道籙。亦有梁宋遊，**洙曰**：任彦升令云：客遊梁朝，則聲華籍甚。顔延年北使洛，塗出梁宋郊。**鮑曰**：白時得還，與公同在洛，將適梁宋也。後在梁，亦與公同遊。故遣懷詩云：昔我遊關中，得梁孝王都。憶與高李輩，論交入酒爐。**趙曰**：梁，謂汴州，今之東京。宋，謂宋州，今之南京也。**鄭卬曰**：梁，古大梁，今汴京也。宋，古杞國，今應天府是也。方期拾瑶草。**洙曰**：江淹香鑪峰詩：瑶草正翕艶，玉樹信葱青。江淹曹植詩：徒倚拾薰草。**蘇曰**：東方朔與友人書曰：不可使塵網名韁拘鎖，怡然長嘯脱去。十洲三島，相期拾瑶草。吞日月光華，共輕舉尔。**尹洙曰**：江文通别賦：惜瑶草之徒芳。李善注曰：高唐賦序云：我帝之季女，名曰瑶姬，未行而亡，封於巫山之臺，精神爲草，寔曰靈芝。山海經曰：姑瑶之山，帝女死焉。名曰女尸，化爲瑶草。其葉胥成，其華黄，其實如兔絲。服者媚於人。**趙曰**：瑶草事雖出於山海經，姑瑶之山，帝女死焉，化爲瑶草，服之者媚於人。而「瑶草」字，江淹登廬山詩：瑶草正翕艴。别賦云：惜瑶草之徒芳。蓋以仙境之物美言之耳。今子美正承江淹而用之也。**彦輔曰**：沈佺期詩：意欲拾靈草。**師曰**：漢時凡待詔者必於金馬門，美生曰彦，李白嘗待詔翰林，故云金閨彦。「幽詩」謂窮討幽趣〔一〕。梁宋即今之東京開封府是也。本魏地，號曰大梁。其地有香爐峰，神仙所居之迹。瑶草乃珊瑚樹之類，仙家用以合丹藥服餌〔二〕。時李白擺脱翰林之職，將以窮討幽趣，故爲梁宋之遊。拾瑶草以服食，蓋白之爲人放曠，不樂仕宦，有意於神仙。後以入水捉月，或者以爲尸解。

齊趙梁宋間所作

望嶽

岱宗夫**師曰**：岱宗天，猶云楚天之類。**余曰**：按王原叔、吕居仁、王彦輔、魯訔諸本並作「夫」，獨師本作「天」字説。如何，齊魯青未了。**洙曰**：書：岱宗，泰山，爲四岳所宗。風俗通云：泰山，山之尊者。一曰岱宗。岱，始也。宗，長也。萬物之始，陰陽交代，爲五岳之長。**鄭曰**：岱宗，泰山也。今屬兖州。升中告代於

〔一〕詩，疑當作「討」。
〔二〕餌，疑當作「食耳」。

此，是山爲五岳之長，故曰岱宗。師曰：泰山跨齊魯二國之境。眺望其山之青，已窮齊魯，而其山未窮，故曰「青未了」。**造化鍾神秀，**洙曰：晉孫興公孫遊天台賦序〔一〕：天台者，蓋山岳之神秀也。陳書：虎丘山者，吴之神秀。魯曰：劉禹錫言：九華山爲造化一尤物。師曰：鍾，聚也。詩云：崧高維岳，維岳降神。凡名山大川皆有神異，天地造化鍾聚神秀之氣於此。**陰陽割昏曉。**趙曰：言其山之長大，如史記言崑崙日月所相避，隱爲光明也。「割」字，如「大制不割」之「割」。割者，分也。彦輔曰：杜言此爲造化所鍾，又其高日月蔽虧也。師曰：割者，分也。陰陽，日月也。此山既高，日月迭昏曉也。**盪胸生曾雲，**鄭曰：盪，他浪切。曾，昨陵切，經也。經過之雲。洙曰：公羊曰：觸石而出，膚寸而合，不崇朝而偏天下者，泰山之雲也。張衡南都賦：涓水盪其胸。陳張種與沈炯書：虎丘山者，吴之神秀也。趙曰：盪，滌也。舊注引南都賦「涓水盪其胸」，本言水流如盪滌地之胸。今言「盪胸生曾雲」，則借言雲之潤氣盪滌人胸也。陸機文賦：有曾雲之峻。注：曾，積也。彦輔曰：庾肩吾山詩：曾雲霾峻嶺。師曰：曾雲，杜詩通作「層」。即雲勢之重疊而起。泰山出雲，須臾遍太虚而爲雨，以其有功於民，故祀之。雲生於山，人登山，故雲盪其胸。**決眥入歸鳥。**鄭曰：眥，前智切，目眥。夢符曰：右按子虚賦：稱射藝之妙，所中者必決裂其目眥也。杜子美望岳以言觀覽之遠，攄決其目力入飛鳥之群。與射了無相干，明矣。趙曰：眥，目睫也。音墻細切。按子虚賦本言射而決裂獸之眥。詩

〔一〕後一「孫」字，疑爲衍文。

人取好字，穩則借用之，蓋史眥入歸鳥〔一〕，則人目眥決裂入鳥之歸處，言所望之遠也。王逢曰：眥，目眥也。歸鳥入林，決去其眥乃能辨之。蓋言山高若此。**會當凌絶頂，一覽衆山小。**洙曰：孟子曰：孔子登東山而小魯，登太山而小天下。揚子：升東岳而知衆山之峛邐也。漢官儀：及泰山，盤道屈曲上，凡五十餘盤。經小天門、大天門，如從穴中視天窗也。師曰：登臨山之絶頂，俯視衆山，其培塿歟。衆山知尊乎太岳，衆流知宗乎滄海。當安、史之亂，僭稱尊號，天子蒙塵，其朝宗之義爲如何？甫望岳之作末章云「一覽衆山小」，固知安、史之徒乃培塿之細者，又何足以上抗巖巖之大也哉！

登兖州城樓

東郡趨庭日，洙曰：兖州，漢之東郡。**南樓縱目初。浮雲連海岱，平野入青徐。**洙曰：禹貢：海、岱惟青州。又：海、岱及淮惟徐州。王禹偁曰：海、岱、青、徐皆與兖相接。**孤嶂秦碑在，**洙曰：秦本紀：始皇東行郡縣，上鄒嶧山，與諸生刻石頌德，李斯作文。**荒城魯殿餘。**洙曰：王文考魯靈光殿賦序云：恭王餘之所立，遭漢中微，未央及建章之殿悉皆見隳壞，而靈光巋然獨存。**從來多古意，臨眺獨躊躇。**師曰：甫感時亂，文風不振，是以懷古臨眺之際，躊躇而不能去矣。

〔一〕史，疑當作「决」。

對雨書懷走邀許主簿

東岳雲峰起，溶溶滿太虛。震雷翻幕燕，洙曰：襄二十九年傳：季札曰：夫子在此，猶燕巢幕上。驟雨落河魚。洙曰：河，一作「溪」。座對賢人酒，洙曰：魏志：徐邈字景山，爲尚書郎。時禁酒，而邈私飲至於沉醉。從事趙達問以曹事，邈曰：「中聖人。」逢白之太祖，甚怒。將軍鮮于輔進曰：「平日醉客，謂酒清者爲聖人，濁者爲賢人。邈性修慎，偶醉言耳。」竟坐得免刑。門聽長者車。洙曰：陳平家迺負郭窮巷，以席爲門，然門外多長者車轍。相邀愧泥濘，騎馬到堦除。蘇曰：沈遜見徐陵，會文士。騎馬至堦除，下馬坐，客與陵皆惡之，遜自若。良久，揮玉麈，高談清逸，闔坐傾伏。師曰：東岳，泰山也。雲起於泰山，須臾偏天下，雨遂作。長者車，詣許主簿。

臨邑舍弟書至苦雨黄河泛溢隄防之患簿領所憂因寄此詩用寬其意

二儀積風雨，百谷漏波濤。洙曰：老子：江海爲百谷王。聞道洪河拆，遥連滄海高。職司憂悄悄，洙曰：謂當職司水之官。郡國訴嗷嗷。洙曰：嗷嗷，聲也。舍弟卑棲邑，洙曰：仇覽爲主簿，人謂之栖鸞於荆棘。言位職卑下。防川領簿曹。洙曰：堤防也。尺書前日至，洙曰：韓信傳：咫尺之書。版築不時操。洙曰：以版築夾土而築也。書：得傳説於版築之間。難假鼋鼉力，洙曰：江淹：方駕以鼉鼉爲梁。**趙曰**：以謂無是物爲橋梁也。紀年曰：周穆王三十七年，東至於九江。此鼉鼉以爲橋梁。舊注所引不知本始。**空瞻烏鵲毛**。**洙曰**：淮南子：烏鵲填河。**燕南吹畎畝，濟上没蓬蒿**。**洙曰**：泛濫至於燕南、濟上皆漂没也。**螺蚌滿近郭，蛟螭乘九皋**。**洙曰**：泛溢故螺蚌在陸，蛟螭在霄漢。**徐關深水府，碣石小秋毫**。**洙曰**：徐關、碣石皆地名。書：碣石入於海。**張天覺曰**：徐關盡成水府，碣石山爲水所没，其細如秋毫。**白屋留孤樹，青天洙曰**：一作「雲」。**失萬艘**。**趙曰**：白屋已漂矣，唯孤樹存焉。下句言萬艘乘漲，速去於青天長遠之間，頃刻之中望之若失矣。**吾衰同泛梗，利涉想蟠桃**。**洙曰**：山海經曰：東海有山名度索山，有大桃屈盤三千里，名曰蟠桃。**趙曰**：蟠桃正在齊地東海度索山，故因水漲可以涉舟望之也。**倚賴洙曰**：一作「却」。**天涯釣，猶能掣巨鼇**。**洙曰**：龍伯國大人一釣六鼇。**趙曰**：列子言龍伯之國人一舉釣六鼇。**師曰**：甫意以比職司大手，必能治河，邑之所恃賴也，故云云。

劉九法曹鄭瑕丘石門宴集

秋水清無底，蕭然凈客心。掾曹乘逸興，洙曰：漢制以曹官爲掾，如室之掾也〔一〕。言其有所負

〔一〕掾，疑當作「椽」。

荷。趙曰：題是與劉法曹，故云「曹掾」。**鞍馬去相尋。**洙曰：一云「到荒林」。**能吏逢聯璧，**洙曰：潘岳、夏侯甚每同行[一]，人以爲連壁[二]。**華筵直一金。**張詠曰：文帝惜百金，罷露臺。顔師古注：以爲金一兩直十千，則百金者一千緡，乃中人十家之產也。**晚來横吹好，**沈括曰：後漢：班超假鼓吹。注：古今樂録曰：横吹，胡樂也。張騫自西域傳其法於長安，唯得摩訶兜勒一曲。李延年因之更造新聲二十八解，乘興以爲武樂[三]。後漢以給邊將。俗用者，黄鵠、龍頭、出關、入關、出塞、入塞、折楊柳、黄覃子、赤芸揚、望行人十曲。**泓下亦龍吟。**洙曰：馬融長笛賦：近世雙笛從羌起，羌人伐竹未及已。龍鳴水中不見以己[四]，截竹吹之聲相似。

己上人茅齋 歐陽脩曰：僧齊己也。善吟詩，知名於唐。

己公茅屋下，定功曰：潘安仁秋興賦序云：偃息不過茅屋茂林之下。**可以賦新詩。枕簟入林**

[一] 甚，疑當作「湛」。
[二] 壁，疑當作「璧」。
[三] 興，疑當作「輿」。見杜集札記。
[四] 以，疑是衍文。

僻，**蘇曰**：王弘常携竹簞石枕於林泉僻處，終日偃卧長肅[一]。**趙曰**：詩有「入林僻」之語，亦一幽居之僧耳。茶瓜留客遲。江蓮摇白羽，**洙曰**：白羽扇也。天棘夢**洙曰**：當作「蔓」。青絲。**鮑曰**：吕吉甫言當作「天棘薪」。然棘不可以絲爲比。又云：曾子開云：恐是巴戟天。今按本草，巴戟雖名三蔓草，而葉似茗，又似麥門冬，亦不可比絲。唯天門冬注引博物志、抱朴子：一名「巔棘」。圖經言春生藤蔓，高丈餘，葉如絲杉而細散。可以絲爲比。公蓋合天門冬、巔棘爲一稱之歟？近有冷齋話謂之柳，而不著所出。**蘇曰**：工部已師茅齋詩也。注者不一，皆不究源而苟生波闌[二]。先生曰：天棘，梵語柳也。伊吾曰：本竺國呼柳爲天棘。夢，疑「弄」字。可與正文妥帖。王逸少詩曰：湖上春風舞天棘。信柳非疑也。**田曰**：夢，作「蔓」。云天棘乃天門冬，非也。**趙曰**：歐陽文忠公：善本「夢」作「蔓」字。蔡伯世云：此句最疑。學者或以天棘爲柳，妄引近傳東坡事載王逸少詩「湖上春風舞天棘」，非有奥義。疑非坡説。以余考之，本草圖經云：天門冬，春生藤蔓，高至丈餘，其葉如絲而散。則天棘爲天門冬，明矣。杜田見歐陽善本，亦知引此。空忝許詢輩，難酬支遁詞。**趙曰**：支遁講維摩經，許詢常設問難。公蓋言我空忝爲許詢之流，而難酬對支遁，所以美已上人也。**鄭曰**：支遁，字道林。講維摩經，謂無以歷難。許設一難，遁不能復通。

[一] 肅，疑當作「嘯」。

[二] 闌，疑當作「瀾」。

與李十二白同尋范十隱居

李侯有佳句，往往似陰鏗。**洙曰**：陳書阮卓傳：武威陰鏗，字子堅。五歲能誦賦，日千言。及長，博涉史傳，尤善五言詩，爲當時所重。有集三卷，行於世。余亦東蒙客，**趙曰**：東蒙，山名。公時在兗州，故云。怜君如弟兄。**洙曰**：語：孔子曰：夫顓臾，昔者先王以爲東蒙主。在東，故曰東蒙。禹貢：徐州蒙羽其藝。醉眠秋共被，**洙曰**：姜肱兄弟同被而寢。**趙曰**：晉祖逖、劉琨情好綢繆，共被而寢。携手日同行。更想幽期處，還尋北郭生。**洙曰**：列子：與北郭生連牆而不相通。**趙曰**：北郭生，指言范十隱居也。舊注所引列子乃南郭生，非是。入門高興廢〔一〕，**修可曰**：殷仲文詩：能使高興盡。侍立小童清。落景聞寒杵，**洙曰**：落景，落照也。屯雲對古城。向來吟橘頌，**洙曰**：張華有橘詩，郭璞有贊，惠連有賦。**修可曰**：楚詞自有橘頌，非橘詩、贊、賦也。今備載之，曰：皇嘉樹〔二〕，橘徠服兮。受命不遷，生南國兮。深固難從〔三〕，更壹志兮。緑葉傃榮，紛可喜兮。曾枝剡棘，圓果博兮。青黄雜揉，文章爛兮。精色内白，類可任兮。紛緼宜脩，姱而不醜兮。差爾幼志，有以異兮。獨立不遷，豈不可兮。深固難徙，廓其無求兮。蘇世獨立，

〔一〕廢，疑當作「發」。見杜集札記。
〔二〕「皇」前疑闕「后」字。見杜集札記。
〔三〕從，疑當作「徙」。見杜集札記。

橫而不流兮。閉心自慎，終不失過兮。秉德無私，參天地兮。願歲并謝，與長友兮。淑離不淫，梗其有理兮。年歲雖少，可師長兮。行此伯夷〔一〕，置以爲像兮。**誰欲討蓴羹。**洙曰：陸機傳：機昔詣侍中王濟，濟指羊酪謂機曰：「卿吴中何以敵此？」答曰：「千里蓴羹，未下鹽豉。」時爲名對。趙曰：張翰在齊王冏府。冏時執權，翰畏禍及，因見秋風起，乃思其中菰菜蓴羹鱸魚鱠〔二〕，曰：「人生貴適志，何能羈宦數千里以要名爵乎？」遂命駕而歸。舊注所引非。師曰：其時甫遊山東，故云「東蒙客」。北郭生，以比范隱居。小童清，言無塵俗氣。甫咀味李白之詩，雖張翰蓴羹之美不足思也，故云。**不願論簪笏，悠悠滄海情。**趙曰：故公無復簪笏之願，而欲寄情江海。

房兵曹胡馬詩

胡馬大宛名，宛，於爰切。洙曰：漢伐大宛，獲汗血馬，作西極天馬之歌。**鋒稜瘦骨成。**張耒曰：馬以神氣清勁爲佳，不在多肉，故云云。**竹批雙耳峻，**批，篇迷切。趙曰：後魏賈思勰載相馬經：耳欲鋭而小，如削筒。**風入四蹄輕。所向無空闊，**秦觀曰：空闊，謂遠也。**真堪託死生。**洙曰：如高歡之的

〔一〕此，疑當作「比」。
〔二〕其，疑當作「吴」。

盧，是可託死生。鄭之小駟則異於此。蘇曰：齊繆叔見張儀論議之久回，語子姪曰：「張儀慷慨，真君子。人雖死生堪託，非有中道之意也。」趙曰：如劉寂之爲慕容垂所逼〔一〕，策馬跳五丈澗而脱也。驍騰有如此，洙曰：顔延年赭白馬賦：藝品驍騰。萬里可横行。蘇曰：劉章曰：使我得三尺快刃，立止静兩川兵甲，萬里亦可横行。

畫鷹

素練風洙曰：一作「女」。霜起，張孝祥曰：言鷹之威猛如風霜也。蒼鷹畫作殊。攫身思狡兔，攫，荀勇切。洙曰：攫身，猶竦身也。孫楚鷹賦：擒狡兔於平原。史記：狡兔死，獵犬烹。側目似愁胡。洙曰：隋魏彦深鷹賦：立如植木，望似愁胡。王琪曰：鷹産於岱北，出於胡地。愁胡，謂思胡地也。絛鏇光堪擿，洙曰：絛鏇，所以攀鷹也。趙曰：所畫絆鷹之絛鏇也。光而堪擿取焉。鄭曰：絛，他刀切。鏇，徐釧切。圓轆轤也。軒楹勢可呼。黄庭堅曰：可呼以獵也。何當擊凡鳥，毛血灑平蕪。

〔一〕寂，疑當作「牢」。

暫如臨邑至㟙山鄭曰：㟙，當作「厝」。資昔切。縣在臨邛，令云如臨邑至㟙山[一]，故知當作「厝」。

湖亭奉懷李員外率爾成興

野亭逼湖水，歇馬高林間。鼉吼風奔浪，洙曰：鼉吼則風起。**魚跳日映山。**鄭曰：跳，徒聊切，躍也。洙曰：日暖魚跳戲。趙曰：鼉吼在有風而浪起之時，魚以日暖而跳，當日映山之時，皆紀實事。**暫遊阻詞伯，却望懷青關。**趙曰：詞伯，指李員外矣。王充論衡：文詞之伯也。李應在青關，故有回望之句。**藹藹生雲霧，唯應促駕還。**洙曰：促駕猶速駕。蘇曰：郭玄遊漢中，與相如禊飲沙洲甚歡。去曰：「唯愁斜陽促還。」趙曰：此言景物之可愁矣，故當速駕而返也。師曰：詞伯，詞人之長也。指李員外。青關，地名，李之所居。生雲霧，謂天將雨，故督車馬速歸也。

陪李北海宴歷下亭彥輔曰：平邑人蹇處士等在坐。北海，漢中壽縣也[二]。齊置北海，唐屬青州。李北海，李邕也。鄭曰：亭，李之芳所作。春秋戰國時並屬齊。秦屬齊郡。漢韓信伐齊，至歷下，乃此地也。漢文帝分置濟南。景帝改爲濟南郡。唐復爲齊州。

[一] 令，疑當作「今」。

[二] 中，疑當作「平」。見杜集札記。

東藩駐皂蓋，洙曰：後漢志：中二千石皆皂蓋。趙曰：邕爲青州太守，京師爲東，故稱東藩。則上林賦「齊列爲東藩」也。**北渚淩清河。**洙曰：一作「青荷」。陸士衡詩：永嘆遵北渚。趙曰：屈原相夫人云〔一〕：帝子降兮北渚。漢輿服志〔二〕：清河則指言濟河，濟河謂之清濟故也。**海右**洙曰：一作「内」。**此亭古，**謝逸曰：此亭乃李之芳所創，居海之右，此亭作之久矣，故云「古」。**濟南名士多。**洙曰：後漢輿服志：中二千石皆皂蓋，朱兩轓。陸士衡詩：永嘆遵北渚。張平子南都賦：青池亂北渚。陸士龍詩：北渚無河梁。書：濟南伏生。蘇曰：吴帝：濟南英豪窟宅，多出名士。尹曰：後漢：左雄上言：上九卿位亞三事，班在大臣，行有佩玉之節，動有庠序之宜。趙曰：海在東而州在西，則謂之海右，宜矣。濟南則指齊州。名士則題注所謂邑人蹇處士等也。**雲山已發興，**興，去聲。汪革曰：陶淵明詩：夏雲多奇峰。故曰雲山。師曰：選詩：青雲却炎暉。雲山發興，謂喜得炎暉之却也。**玉佩仍當歌。**蒼舒曰：春秋左傳：吴申叔時乞糧於公孫。有山氏曰：佩玉蘂兮，余無所繫之，旨酒一盛兮，余與褐之父睨之。魏武帝短歌行：對酒當歌。趙曰：言既有雲山之清興，又有玉佩之人歌以侑飲。取詩「瓊琚玉佩」者也。薛列左傳「佩玉蘂」以爲證，乃是「佩玉」，非「玉佩」。**脩竹不受暑，交流空湧波。**師曰：傍有脩竹，清陰森爽，了無暑氣，雖曲水流觴，竟不如此，故

〔一〕相，疑當作「湘」。見杜集札記。

〔二〕「漢輿服志」疑爲衍文。

云云。**蘊真愜所遇，落日將如何。**謝靈運詩：表靈物莫賞，蘊真誰爲傳。江淹詩：悠悠蘊真趣。東京賦：脩竹冬青，陰池幽流。**趙曰**：「蘊真」字，江淹曾使，言藏蘊真趣也。詩云：悠悠蘊真趣。下言落日，則惜其景之幽真，而酒筵將散也。**師曰**：蘊真者，謂此亭韜藏真趣，俗士莫知。惟賢者遇此，非常欣愜，奈何興未闌而日已西頹，故嘆云云。**貴賤俱物役，從公難重過。****鄭曰**：重，儲用切，再也。**趙曰**：文選有「牽以物役」，此非特言邕當之官而各别，又見公之不趨貴以爲夸矣。彼淺丈夫者，冀宵燭之末光，分玉斝之餘瀝，而不知耻，與公有間哉。**師曰**：貴，指言李北海；賤，甫自謂也。貴賤雖殊，其爲事物所役則一。人生天地間，勞形體，疲精神。歡會時少，怨别時多，恐此一會罷，難與公再獲過，此甫所悵惜也。

登歷下古城員外新亭北海太守李邕作。**彥輔曰**：本傳云：李邕，天寶初爲汲郡、北海二太守。時李之芳自尚書郎出齊州司馬，作此亭歷下。齊州，春秋、戰國並屬齊郡。漢韓信伐齊，至歷下，即其地。文帝分置濟南。景帝改爲濟南郡。宋、後周同。隋初郡廢，煬帝初置齊州。大唐復爲齊州。或爲臨淄郡，復改爲濟南郡。

吾宗固神秀，**洙曰**：謝宣遠答靈運詩：華宗誕吾秀，之子紹前胤。公有譜系，自言李、杜同出，故言吾宗少〔一〕。夢符曰：右按此亭乃李之芳所構，詩乃北海太守李邕爲之芳作也。注言李、杜同出，其誤甚矣。趙曰：題下公自注云：李之芳出齊州司馬，製此亭。今邕言吾宗，蓋指李之芳耳。此景甚易曉。體物寫謀長。洙曰：陸士衡文賦：體物而劉亮〔二〕。潘岳西征賦：摹寫舊豐，制造新邑。形制開古跡，趙曰：舊有此亭而之芳新之。杜公前篇所謂「海右此亭古」也。師曰：人稟神秀之氣，能體物景寫其謀謨，創造此亭，頗有長人之智。然即其古城而開敞之，故云「形制開古跡」。曾冰延樂方。鄭曰：曾，昨稜切，重也。趙曰：謝靈運詩：峨峨曾冰食。師曰：曾冰者，諸家多不曉其義，殊不知重陰沍寒之氣，排煩暑，爽情思，可以延引歡笑，此其術也。方，乃術也。太山雄地里，巨壑眇雲莊。洙曰：陳江總鍾銘：舟移巨壑。高興泊煩促，洙曰：張茂先答何邵詩：煩促每有餘。永懷清典常。洙曰：詩：維以不永懷。易：既有典常。含弘知四大，洙曰：易卦：含弘光大，品物咸亨。老子：域中有四大，道大，天大，地大，王亦大。出入見三光。洙曰：日月星爲三光，亦謂之三辰。又前漢郊祀志：三光，天文也。負郭喜粳稻，洙曰：左太冲詠史詩：陳平無産業，歸來翳負郭。左太冲蜀都賦：粳稻漠漠。謝靈運會吟行：彪池溉粳稻。趙曰：蘇秦曰：「使我有洛陽負郭田二頃，安能佩六國相印乎？」安時歌吉祥。洙曰：莊子人間世篇：吉祥止止。趙曰：

〔一〕少，疑當作「也」。
〔二〕劉，疑當作「瀏」。

莊子：安時處順。邕詩多有出處，然公集中録邕首唱之詩於此，豈取其同法門耶？**師曰：**地理志：此古城枕太山之麓，極爲雄壯。又襟帶濟水。巨壑，即溪壑之接濟水者是也。水氣在天爲雲。雲莊即雲氣屯聚如莊然。莊者，藏聚之義。眇，言襟帶之遠也。上句有「曾冰」，故下言「高興泊煩促」，謂陰凉之氣爽人故也。典常，言李之芳以常道化民，風俗肅清，人懷其惠，永永不忘。含弘者，謂古城廣遠，無所不包，足見其有四大之制。太山高大，日月星辰迭爲隱見，一出一入，皆憑高可以望而見之。負郭者，倚郭也。黍粘曰稻。穀者，民之司命。太守者，民之師帥。太守登臨，所以觀民風，豈徒從事於遊覽而已哉。今覩負郭粳稻之稔，足知爲康樂之時，吉祥兆於此，故從而歌之也。

同前 **洙曰：**公自注：亭對鵲湖。**趙曰：**李北海唱之於前，而公和之於後。

新亭結構罷，**洙曰：**左太冲招隱詩：岩穴無結構。何平叔景福殿賦：結構則脩梁彩制。謝玄暉郡内高齋詩：結構何迢遞。王延壽靈光殿賦：其結構規模應天。**趙曰：**亭對鵲湖，故云。或隱或見於清湖之陰者，言昏明異候也。句如謝惠連「行雲星隱見」是也。**隱見清湖陰。****洙曰：**謝惠連西陵遇風詩：分袂澄湖陰。注：水南曰陰。**跡籍臺觀舊，****鄭曰：**觀，古玩切。釋名曰：觀，於上觀望也。**趙曰：**此亭乃圖籍所載，舊有臺觀之跡。**彦輔曰：**魏文帝銅雀臺詩：朝遊高臺觀。**氣溟海岳深。****趙曰：**言東海、太山之氣相與冥接也。彦輔曰：隋江總碗賦：副君海停岳峙〔一〕。圓荷想自昔，彦輔曰：陳祖孫登詠荷詩：圓荷承日暉。遺堞感至今。洙曰：遺堞，城堞也。鄭曰：堞，徒協切，城上垣也。趙曰：指物感槩，蓋詩人之興。芳宴此時俱，彦輔曰：謝朓賦曲水宴詩曰：嘉樂具矣，芳宴在斯。哀絲洙曰：一作「絃」。千古心。蘇曰：何敬祖聽陰子堅彈琴：古人不見哀絲上，寫出千古之意心。田曰：補遺云：枚叔七發：天下之至悲。趙曰：言後之視今，亦猶今之視昔矣。記云：絲聲哀，故云哀絲。主稱壽尊客，洙曰：張平子南都賦：客賦醉言歸，未晞。曹子建樂府詩：主稱千金壽，賓奉萬年酬。彦輔曰：史記：武安君起爲壽。如淳曰：「上酒爲稱壽。」筵秩宴北洙曰：一作「密」。林。洙曰：詩：賓之初筵，左右秩秩。趙曰：鬱彼北林。因所宴實在北林，故借用也。彦輔曰：秩秩，肅敬也。曹植詩：徑迴路兮造北林。不阻蓬蓽興，洙曰：傅長虞贈何劭：歸身蓬蓽廬。蓽，荆織門也。禮：蓽門圭竇。趙曰：蓽音畢。官韻注云：藩落也。謂亭處幽遠，故有蓬蓽之興。得兼洙曰：一作「兼得」。梁甫吟。洙曰：陸士衡詩：齊僮梁甫吟。諸葛亮躬耕隴畝，好爲梁甫吟。盛弘之荆州記：鄧城西七里有獨樂山。諸葛亮常登此山，作梁甫吟。趙曰：諸葛亮登山，作梁甫吟。蓋在野之一歌也。其詩曰：步出齊城門，遥望蕩陰里。里中有三墳，纍纍正相似。問是誰家冢，田强古冶子〔二〕。力能排南山，文

〔一〕停，疑當作「渟」。
〔二〕田强，亦作「田疆」。

能絶地理。一朝被讒言，二桃殺三士。誰能爲此謀，相國齊晏子。觀此則見公之深意矣。**彦輔曰**：劉向雅琴賦：潛心蓬蓽之中。樂甫有梁甫吟〔一〕。李善注：蔡邕琴頌曰：梁甫悲吟。**師曰**：此詩乃甫和李北海之詩。然李公之詩何以得集於杜詩之内？蓋謂李公唱之，甫和之，遂見其本末之由。故先編李公詩，而以甫詩繼於後也。新亭乃李之芳所創者。水南曰陽，水北曰陰。清湖，乃鵲湖也。按地理志：歷下亭居鵲湖之北。故云「隱見清湖陰」。臺觀舊，謂後齊築作臺觀猶存之，芳特因其舊迹，敞以新亭。氣溟海岳深，謂此城憑太岳，襟帶滄海，海岳之氣溟濛然而深邃矣。李之芳疏鵲湖，種圓荷，修飾雉堞，至今人感思之。如召公聽訟甘棠下，後世思之而不忘，以爲勿翦勿伐。遺堞者，城上矮墻也。哀絲乃琴瑟之聲哀怨。此時俱，謂諸賓客畢集於此。千古心，謂歷下之城廢興非一代。覩今感昔，哀樂之情一寫之琴瑟而已。主稱壽者，稱，舉也。言主人重客，故舉觴爲壽。北林，謂此亭居鵲湖之北，林木森爽，筵設於此，尊卑之位秩秩然有次序。蓬蓽華户，甫自言貧賤之居。諸葛亮常作梁甫吟。梁甫吟者，山東之音也。凡人思鄉，各爲本土之音，杜甫西人也，今客山東，寧無思鄉之情。然對食當歌，必有所感傷，故云「不阻蓬蓽興，得兼梁甫吟」，意謂家不阻限東西，其興爲如之何？猶得兼爲梁甫之吟，不亦善乎。

〔一〕樂甫，疑當作「樂府」。見杜集札記。

與任城許主簿遊南池 鮑曰：任城，屬兖州。

秋水通溝洫，城隅集小船。晚涼看洗馬，森木亂鳴蟬。菱熟經時雨，蒲荒八月天。晨朝降白露，遥憶舊青氈。洙曰：王獻之夜卧齋中，而有偷人入室，盗物都盡。獻之徐曰：「偷兒，青氈我家舊物，可特置之。」偷驚走。趙曰：當白露降，故憶青氈。師曰：甫悲秋而思故鄉，故有是句。

贈比部蕭郎中十兄 甫從姑子也。

有美生人傑，洙曰：人中之豪傑。以其傑出，故謂之人傑。漢有三傑。由來積德門。漢朝丞相系，洙曰：謂蕭相國何。梁日帝王孫。洙曰：梁武帝姓蕭。蘊藉爲郎久，洙曰：以蘊藉而爲郎。東觀漢記：桓榮温恭有蘊藉。文穎曰：寬博有餘也。魁梧秉哲尊。洙曰：周勃傳：魁梧奇偉。一音悟。冠言丘墟壯大之意也。梧者，言其可驚悟。汪端本曰：漢蕭望之爲儒宗。注云：宗，尊也。又望之爲人堂堂有風貌，故云云。詞華傾後輩，蘇曰：高鳳詞華後輩傾，惟宜爲師範。風雅藹孤騫。趙曰：騫，音虚言女〔一〕。飛舉之貌也。師曰：騫，騰也。言飛騰無與之偶，故曰孤騫。宅相榮姻戚，洙曰：晋魏舒少孤，爲外家甯氏

〔一〕女，疑當作「切」。

所養。甯氏起宅，相宅者云：「當出貴甥。」舒曰：「當爲外氏成此宅相。」後爲公。**趙曰**：蕭兄，杜家之外孫，故比之爲魏舒也。**師曰**：北史李靈傳：邢晏稱其甥李繪曰：「如對珠玉。宅相之寄，良在此甥。」又文苑傳：王褒字子深，七歲能屬文。外祖梁司空愛之，謂賓客：「此兒當成吾宅相。」蕭乃甫姑之子，故有宅相之語。**兒童惠討論。****趙曰**：方兒童時，得蕭兄惠以討論之益也。**林敏功曰**：惠，聰慧也。**見知真自幼，****洙曰**：潘安仁懷舊賦序云：余十二而獲見於父友東武戴侯楊君，始見知名，遂甲之以爲婚姻〔一〕。**謀拙媿諸昆。****洙曰**：子美與蕭爲姑舅之昆仲。**漂蕩雲天闊，沉埋日月奔。****洙曰**：雲天闊，言漂蕩而相去遼遠也。日月奔，謂沉埋而歲月易失也。**致君時已晚，懷古意空存。****趙曰**：上句言見知於蕭兄已自幼時，而自後謀拙，則每媿諸兄。其謀拙者何？飄蕩於外而不能仕進以致君故也。**中散山陽鍛，****洙曰**：嵇康爲中散大夫，尚性絶巧，而好鍛。王戎自言與康居山陽二十年，未嘗見喜愠之色。向秀傳：嵇康善鍛，秀爲之佐。相對欣然，旁若無人。**愚公野谷村。****洙曰**：列子：愚公移山而北，智叟笑止之。**修可曰**：韓子：昔齊威公入山，門父老此爲何谷〔二〕？答曰：「臣舊畜牛生犢，以子買駒。少年謂牛不生駒，遂持而去。傍鄰以臣爲愚，遂名爲愚公谷。」江淹兔園賦：坐帳無鶴，支床有龜。一寸二寸之魚，三竿兩竿之竹。名爲野人之家，是謂愚公之谷。**寧紆長者**

〔一〕甲，疑當作「申」。見杜集札記。
〔二〕門，疑當作「問」。

轍，洙曰：陳平以席爲門，而門多長者車轍。陶潛：王公紆轍。趙曰：公在山陽愚谷之間，自以其尼僻矣〔一〕，而蕭兄臨之，故有此句。歸老任乾坤。

過宋員外之問舊莊

宋公舊池館，零落守洙曰：一作「向」。陽阿。洙曰：阿，山阿。枉道祇從入，吟詩許更過。趙曰：凡枉道而遊者，猶任其入，況能詩者而不許其過乎？則公自負可知矣。淹留問耆老，寂寞向山河。趙曰：淹留駐迹之義，欲問耆老員外平日之事，所以爲之淹留。員外亡矣，其莊空存，對此山河，徒寂寞耳。更識將軍樹，悲風日暮多。洙曰：馮異每所止舍，獨居樹下，軍中呼爲「大樹將軍」。漢光武以此多之。師曰：陽阿，乃山之南。時李員外與弟執金吾居此。甫枉道過之，金吾已死，故有「寂寞向山阿，悲風日暮多」之句。將軍樹，美金吾也。

夜宴左氏莊

風林纖月落，定功曰：古詩：兩頭纖纖月初生。衣露净琴張。饒節曰：月落露下，言夜深也。暗

〔一〕尼，疑當作「居」。

水流花逕，春星帶草堂。檢書燒燭短，**蘇曰**：韋玄每使子弟讀書，或檢閱文字，燒短燭燼則罷課。夜常以此爲程。短，尺燭也。**趙曰**：謂之檢書，則必尋討事出之類。檢或未獲，宜乎燒燭至於短。看**洙曰**：一作「説」。劍引盃長。**洙曰**：看劍，一云「煎茗」。**趙曰**：東坡有云「引盃看劍話偏長」，正使此句。一本作「説劍」，字則話説而已，未必因之而長引盃也。詩罷聞吴詠，**洙曰**：作吴人詠詩聲也。**蘇曰**：公孫滿寓秦中，月夜聞人吴音棹歌，浩然有歸心，即曰命駕歸矣。扁舟意不忘。**趙曰**：惟其聞吴詠，故有扁舟之興。

天寶以來在東都及長安所作

冬日洛城北謁玄元皇帝廟

魯曰：唐天寶元年，陳王府參軍田周秀上言玄元皇帝降於丹鳳門之通衢〔一〕，告錫靈符，在尹喜之故宅。上遣使就函谷故關尹宅發得之。乃置玄元廟於大寧坊，親享於新廟。是秋改爲太上玄元皇帝宫。二年，追尊大聖祖玄元皇帝，仍於天下諸郡爲紫微宫；秋，改譙郡紫微宫爲太清宫。**趙曰**：玄元皇帝，李老君也。

〔一〕周，疑當作「同」。

配極玄都閟，洙曰：配皇等極。老子曰：是謂配天極。玄都，觀也。閟，閉也，神也。詩：閟宮有侐。田曰：配紫極也。紫極，北極也。晉謝安：建宮室，極合辰極，乃其義矣。趙曰：以廟在城之北，故曰配極。玄都，丹臺仙真之所也，故用玄都言廟。舊注言「玄都，觀也」。妄引妄注，惑亂義理。陳敏修曰：閟，幽深也。**憑高禁禦長。**洙曰：前漢宣紀詔：池禦未禦幸者，假與貧民。注：禦者，禁苑。前漢書音義曰：折竹以懸繩，連之使人不得往來，謂之禦。**守祧嚴具禮，**洙曰：周禮：分官守祧。注：遠廟曰祧，遷主之所藏也。趙曰：周禮：守祧，掌守先王之廟祧。故監廟者謂之守祧。**掌節鎮非常。**洙曰：地官：掌節猶信也。行者所執之信。掌節，掌守邦節而辨其用，以輔王命利。趙曰：必有御賜之信以爲鎮，故得借掌節以爲言。晁冲之曰：賜以節，所以鎮重其廟。**碧瓦初寒外，**趙曰：葛仙傳：夢人書新宮銘云：碧瓦鱗差。琪曰：碧瓦，琉璃瓦也。初寒外，指冬日也。**金莖一氣旁。**洙曰：劉駼騊詩曰：縹碧以爲瓦。班固西都賦：抗仙掌以承露，耀雙立之金莖。郊祀志：漢武作柏梁銅柱，承露仙人掌之屬也。**山河扶繡户，**洙曰：謂户上繪畫若繡也。梁沈約春風詠：明珠簾於繡户，散芳塵於綺席。**日月近雕梁。**洙曰：雕刻梁棟也。修可曰：檀約陽春歌曰：白日映雕梁。相近日月，言高大也。**仙李盤根大，**洙曰：神仙傳：老子姓李，名耳，字伯陽。楚國苦縣屬鄉曲仁里人也。盤根大，故枝葉繁盛，謂唐室以李爲聖祖也。定功曰：老子生，指李樹爲姓，而唐以爲聖祖，故曰「仙李盤根大」。**猗蘭奕葉光。**洙曰：漢武帝故事曰：孝景王后夢日入其懷，以七月七日生武帝於猗蘭殿。弈葉，猶累世也。沈曰：郭子橫洞冥記曰：漢武末，生景帝，夢一赤彘從雲中直下崇芳之閣。帝覺而至於閣上，見赤氣如煙霞來蔽户牖，乃改崇芳閣爲猗蘭殿。後王夫人生武帝於此殿。奕葉，猶累世也。**世家遺舊史，**洙曰：史記有老子傳而無世家。**道德付今王。**洙曰：老子道德經，明皇御注。**畫手看前輩，吴生遠擅場。**洙曰：廟有吴道子畫。張平子東京賦：秦政利觜長距，終得擅場。鮑曰：山谷道人簡王立之曰：凡作詩賦，要以宋玉、賈誼、相如、子雲爲師，略依放其步驟，乃有古風。杜詩云「畫手看前輩，吴生遠擅場」，蓋古人於能事不獨求誇時輩，須要於前輩中擅場耳。**森羅移地軸，**洙曰：河圖括象曰：地有三百六十軸。趙曰：肇論云：萬象森羅。海賦云：又似地軸，挺拔而争迴。**妙絶動宫牆。**洙曰：言筆跡巧妙冠絶也。**五聖聯龍衮，**洙曰：唐書：天寶八年，上親謁太清宫，上聖祖玄元皇帝尊號爲聖祖大道玄元皇帝。高祖、太宗、中宗、睿宗五帝皆加「大聖皇帝」之字。禮器：天子龍衮。**千官列鴈行。**洙曰：丘遲書：功臣名將，鴈行有序。謂繪五帝侍從也。**冕旒俱秀發，**洙曰：禮器：天子之冕朱緑藻，十有二旒。諸侯九。上大夫七。下大夫五。士三。梅聖俞曰：秀發，謂五聖氣宇清秀也。**旌旆盡飛揚。**洙曰：儀仗也。趙曰：旌旆，旌之有旆也。陸士衡：長旌誰爲旆。**翠柏深留景，**趙曰：魏魏收庭柏詩：陵寒翠不奪。**紅梨迥得霜。**趙曰：言梨葉得霜而紅也。梁庾肩吾詩：梨紅大谷晚，桂白小山秋。**風筝吹玉柱，**洙曰：風筝，謂製筝挂之風際，風至則鳴也。江淹詩：玉柱揚清曲。**露井凍銀床。**洙曰：古詩：後園鑿井銀作床，金瓶素綆及寒漿〔一〕。趙曰：露地之井也。庚丹秋閏云〔二〕：空汲銀床井。余曰：邵氏聞見録：少陵露井凍銀床，本晉書樂志、淮南篇「後園鑿井銀作床，金瓶素綆汲寒漿」也。或以此論少陵之妙。予謂少陵所以獨立千載之上者，不但有所本也。三百篇作，果何本哉？馬存曰：銀床，井欄也。身退卑周室，洙曰：史：老子，周守藏室之吏也。修道德，其學自以隱地名爲務。居國久之，見周之衰，乃遂去。修可曰：老子之引退，爲周室日以卑削之故。史記曰：周之衰乃去。經傳拱漢皇。洙曰：漢文、景間，崇黄老之教。師曰：漢文、景皆崇尚黄帝、老子之術，故云「經傳拱漢皇」。拱，謂用其術以致無爲之治，故垂衣拱手也。谷神如不死，洙曰：老子：谷神不死，是謂玄牡〔三〕。養拙更何鄉。師曰：谷所以藏物。谷神猶云藏神。何鄉，謂無所止，猶云何有之鄉〔四〕。

龍門

魯曰：在洛陽之南，遠望雙闕，對峙如門然。鄭曰：河南志：龍門驛在河南縣南十八里。

龍門横野斷，驛樹出城來。曾鞏曰：驛樹，言驛道兩畔之樹也。氣色皇居近，洙曰：東都也。曾曰：言近洛邑也。金銀佛寺開。洙曰：山有佛寺，金碧照耀，最爲勝槩。洪覺範曰：此句蓋謂龍門山有

〔一〕 及，疑當作「汲」。
〔二〕 閏，疑當作「閨」。
〔三〕 牡，疑當作「牝」。
〔四〕 何有，疑當作「無何有」。

奉先寺。佛地有金世界、銀世界。**往還時屢改，川陸日悠哉。相閱征途上，生涯盡幾回。** 趙曰：在龍門閱視征行之人，盡此生涯能幾？

兵車行

洙曰：春秋有兵車之會。語：不以兵車，管仲之力也。王深父云：雄武之君喜驅中國之衆，以開邊服遠爲列，而不寤其事乃先王之罪人耳。此詩蓋號於漢，以刺玄宗云。師曰：律詩拘於聲律，古詩拘於語句，以是詞不能達。夫謂之行者，達其詞而已。如古文而有韻耳。自唐陳子昂一變江左之體，而歌行暴於世。行者，詞之遺無所留礙〔一〕，如雲行水行，曲折溶洩，不爲聲律語句之所拘，但於古詩句法中得增辭語耳。此行爲唐玄宗所作。玄宗承太宗米斗三錢之後，國家豐富，侈心一動，遂貪邊功。初用張九齡爲相，開元中號爲賢君。其後罷九齡，用李林甫、楊國忠之徒，從事吐蕃。訖唐之世，吐蕃爲患者，玄宗實開其釁而已。

車轔轔， 離珍切。洙曰：秦國風：有車轔轔，有馬白顛。注：轔轔，衆車聲也。列子傳〔二〕：衛靈公與夫人夜坐，聞車聲轔轔，至闕而止。夫人曰：「此蘧伯玉也。」王元長曲水詩序：暢轂埋轔轔之轍。**馬蕭蕭，**

〔一〕遺，疑當作「遣」。
〔二〕列子傳，疑當作「列女傳」。見杜集札記。

洙曰：車攻詩：蕭蕭馬鳴，悠悠旆旌。注：言不讙譁。行人弓箭各在腰。蔡伯世曰：行人，行役之人也。耶娘妻子走相送，彥輔曰：杜元注云：古樂府云：不聞耶娘哭子聲，但聞黄河之水流濺濺。塵埃不見咸陽橋。何覬曰：咸陽橋即長安城外橋。兵行，塵埃坌起，故橋爲之不見也。牽衣頓足欄道哭，蘇曰：楚人與蒲騷戰，兵行，父老牽衣哭於道。修可曰：前漢：楊惲報孫會宗書：頓足起舞。彥輔曰：魏文帝見挽船士兄弟辭別詩：妻子牽衣袂，落淚沾懷抱。王溫舒頓足嘆。後漢書：百姓遮道。説文曰：欄，門遮也。師曰：頓足者，足踊於地而爲之困頓。哭聲直上干雲霄。洙曰：孔德璋：干青霄而直上。蜀都賦：干青霄而秀出。道旁過者問行人，行人但云點行頻。師曰：點行者，漢史謂之更行。以丁籍點照上下，更換差役。玄宗數出兵，故頻行之法頻〔一〕。或從十五北防河，師曰：防河，謂築堤備河水泛決。便至四十西營田。洙曰：防河、營田，皆役也。師古曰：營田，如漢趙充國獻營田之策。無事則耕，有事則戰，寓兵於農之意。去時里正洙曰：里正，一里之長。高荷曰：里正，即今之保正也。與裹頭，鮑曰：蜀亂，兵戈不止，東川咸用老弱，俱戰亡，又括鄉里少小爲之。里正與裹頭擐甲。彥輔曰：按律疏：里正掌追呼催督。歸來頭白還洙曰：一作「猶」。戍邊。洙曰：鮑明遠東武吟：少壯辭家去，窮老還入門。韓駒曰：古者及丁方

〔一〕前一「頻」字，疑當作「點」。見杜集札記。

裏頭。少年裏頭行役，及歸來頭已白，還又屯戍邊疆，蓋言役使無已故也。**邊庭流血成海水，**洙曰：後漢：卧鼓邊庭。主父偃傳：古之人君，一怒必伏屍流血。書：血流漂杵。揚子：川谷流人之血。賈誼過秦論：伏屍百萬，流血漂鹵。彦輔曰：王隱晉書：荀晞爲青州刺史，日斬千人，流血成川。**武**洙曰：一作「我」。**皇開邊意未已。**洙曰：嚴助傳：武帝好征伐四夷，開置邊郡。文選云：選將開邊。班固曰：武帝廣開三邊。**君不聞漢家山東二百州，**彦輔曰：按十道四蕃志：關已東七道，凡二百一十一州。**千村萬落生荆杞。**洙曰：通典：周文帝西魏計州二百十有一。隋文帝改州爲郡，凡郡百九十。唐天寶初改州爲郡，刺史爲太守。大凡都府三百二十有八。老子：師之所處，荆棘生焉。大軍之後，必有凶年。選阮嗣宗詩：堂上生荆杞。蔡琰詩：城郭爲山林，庭宇生荆艾。王粲從軍：城郭生榛棘。唐曰：落，部落也。趙曰：此記漢以言之。舊引通典置天下州郡，誤矣。然言山東者，太行山之東也。昔言山東，即古之晉地，今之河北。杜牧所謂山東，言不得不王是也。彦輔曰：阮籍詩：堂上生荆杞。師曰：甫意以武皇喻玄宗。是時楊國忠專權，引安禄山爲將，領魚陽突騎生事邀功於四夷。其後反叛，山東二百州皆陷於賊，無復唐有。玄宗殊不悔悟，豈不若武帝開邊不知止乎。**縱有健婦把鋤犂，**彦輔曰：健婦耕，則夫被征戍可知。古詩：不能沮溺相隨把鋤犂。**禾生隴畝無東西。**蘇曰：漢末喪亂，禾與莠俱滿壟畝，人多迷昏，東西莫辨。趙曰：古詩隴西行：健婦持門户，勝一大丈夫。師曰：疆場不修，禾生隴畝，不成倫理，故曰無東西也。詩云：衡從其畝。謂一從一衡，各有東西之辨。傷今不然。況復秦兵耐苦戰，鄭曰：耐，奴登切。又奴代切。洙曰：秦人勇於攻戰。趙充國傳：土地寒苦，漢馬不能冬屯。兵在武威、張掖、酒泉萬騎以上，皆多羸瘦。師古曰：能，讀曰耐。蘇曰：白起曰：燕趙勇敢，秦兵勁鋭耐戰，戰苦不怯陣，陣皆克勝，故關中不可不取也。被驅不異犬與雞。長者雖有問，役夫敢伸恨。洙曰：又元年傳〔一〕：江芊怒曰〔二〕：呼，役夫。賤者之稱。且如今年冬，未休關洙曰：一作「隴」。西卒。洙曰：一云「役夫心益憤，如今縱得休，休爲隴西卒」。彦輔曰：杜前言山東，後言關西，明無不用兵處也。縣官急索租，索，急責切。彦輔曰：舊本云：縣官云急索。洙曰：霍光傳：縣官，天子也。宣元六王傳：不敢指斥天子，故謂之縣官。嚴助傳：租税之收足以給乘輿之御。前志：衣食仰給縣官。租税從何出。蘇曰：孔文舉曰：兵革未止，久旱苗槁，民實瘦乏。州縣苦於徭役，民既空虚，租斂復何從出。師曰：唐置租庸調法。租出穀，庸出絹，調出兵。縣官索租甚緊，欲給關西之師。民户消耗，無所從出。況耕夫出征，田萊多荒，將何以供其求乎？信知生男惡，反是生女好。生女猶是嫁比鄰，比，音毗。洙曰：王粲詩：萬里猶比鄰。趙曰：比鄰乃曹子建詩「萬里猶比鄰」。舊引爲王粲，誤矣。陳琳詩：生男慎莫舉，生女哺宜脯。杜公以役夫之苦，故云生男惡也。生男埋没隨百草。師曰：生男人之所喜，生女

〔一〕又，疑當作「文」。
〔二〕芊，疑當作「芈」。

人之所賤，此常理也。今以生男爲惡，生女爲好，蓋男兒充丁驅之戰，埋没草野，曾不如生女尚得嫁毗鄰，或時相見。此皆有所相感而激爲是言。**君不見青海頭，****洙曰：**哥舒翰傳：築神威軍於青海上。吐蕃至，攻破之。又築城於青海中。郭元振傳：青海吐軍[一]，密邇蘭鄯。**趙曰：**時有事於吐蕃，乃青海之地。哥舒翰所立功處也。**彦輔曰：**隋西域傳：吐谷渾城在青海西十五里。**古來白骨無人收。****洙曰：**蔡文姬詩：城郭爲山林，庭宇生荆艾。白骨不知誰，縱横莫覆蓋。潘安仁關中詩：肝腦塗地，白骨交衢。王粲七哀賦：出門無所見，白骨平原滿。**趙曰：**公言古來者，盖託之以興也。**新鬼煩冤舊鬼哭，天陰雨濕聲****洙曰：**一作「悲」。**啾啾。****洙曰：**文二年傳：吾見新鬼大，故鬼小。三元長策秀才云[二]：肺石少不冤之民，棘林多夜哭之鬼。山鬼云：猿啾啾兮又夜鳴，雷填填兮雨冥冥。劉安：蟪蛄鳴兮啾啾。**彦輔曰：**鬼言新舊，傷死者未已也。**修可曰：**陳寵爲廣漢太守，先是，洛陽城南每陰雨常有哭聲，寵聞而疑其故，使吏按行問，還言世亂時此地多死亡者，而骸骨不得葬。寵盡收葬之，自是哭聲遂絶。**彦輔曰：**隋文帝歲暮登仁壽殿，宮外又聞哭聲。左右報曰鬼哭。**趙曰：**「啾」字，王逸楚辭注曰：鳴聲也。閑居賦：管啾啾而並吹。**師曰：**青海軍迫近吐蕃，此邊地郡也。昔文王殯枯骨，當世歸其仁。今玄宗屢與吐蕃戰於青海，兵敗，死者不復收葬，使新舊之鬼或冤或哭，無所依

[一] 軍，疑當作「渾」。
[二] 三，疑當作「王」。

歸。其視文王之仁爲如何哉？鬼神依人而作，有所主則有所歸，故不爲病。葬者，藏也。謂鬼神依藏於此。鬼以新舊言之，則知戰鬬相仍，死者相繼踵也。

今夕行

今夕何夕歲云徂，洙曰：唐詩綢繆云：「今夕何夕，見此良人。」韋孟諷諫詩：「歲月其徂，年其逮耇。」鮑曰：謂除夕也。若曰歲月其徂，同一冬可耳。指今夕爲歲徂，其除夕明矣。彦輔曰：詩曰：「歲聿云暮。」王逸九歌注：悲歲徂盡。**更長燭明不可孤。**洙曰：宋玉招魂：「娱酒不廢，沉日夜些。蘭膏明燭，華鐙錯些。」趙曰：孤負之孤。李陵書「陵雖孤恩，漢亦負德」是也。師曰：今世誤多用「辜」字。殊不知「辜」乃辜罪之辜，而非孤負之孤。**咸陽客舍一事無，**定功曰：梁吴筠詩：「君不見長安客舍門。」**相與博塞**洙曰：一云「賭博」。**爲歡娱。**洙曰：説文曰：博局戲六箸十二棋。古者烏曹作博。尹文子曰：博盡關塞之宜，得周通之路。説苑曰：塞，行棋相塞謂之塞也。管子曰：秋行五政，一曰秋禁。博塞也。莊子：問穀奚事，博塞以遊。塞，先代反。師曰：漢書注云：行棋也。行棋子以相塞，即今世取棋也。**馮陵大叫呼五白，**師曰：五白即今之骰子。李白詩有「連呼五白行六博」。蓋古人用六隻骰，今人亦然。**袒跣不肯成梟盧。**洙曰：一作

「牟」。招魂曰：菎蔽象棋，有六博。分曹並進，猶相迫〔一〕。成梟而牟，呼五白。晉制犀比，費白日。宋劉毅字希樂，於東府聚樗蒱大擲，一判應至數百萬餘，人並黑犢以還，唯劉裕及毅在後。毅次擲，得雉，大喜，寨衣繞床叫〔二〕，謂同坐曰：「非不能盧，不事此耳。」裕惡之，因挼五木久之，曰：「老兄試爲卿答。」既而四子俱黑，其一子轉躍未定。裕厲聲喝之，即成盧。毅意殊不快也。梟，勝也。借勝爲牟。五白，博齒也。**趙曰**：楚辭招魂有「成梟而牟呼五白」。注：五白，五木也。梟，勝也。盧，勝之名也。韓非子載匡倩對齊宣王之語曰：博者貴梟。又慕容寶與黄〔三〕、李根等樗蒱，寶危坐誓之曰：「世言樗蒱有神，若富貴可期，頻得三盧。」於是三擲盡盧，祖跣大叫。**師曰**：梟盧，博采也。如今之博采有猪、有豹是也。**英雄有時亦如此，邂逅豈即非良圖。**

趙曰：如劉裕、劉毅、慕容等皆一世英雄，猶如此蒲博，則今夕邂逅相遇，未必非良圖。所謂良圖，則毅、裕以卜成事，寶以卜富貴也。**君莫笑劉毅從來布衣願，家無儋石輸百萬。** **洙曰**：南史：桓玄聞劉毅起兵，曰：「毅家無儋石之儲，樗蒲一擲百萬。共舉大事，何謂無成？」前漢蒯通傳：守儋石之儲者，闕卿相之位。應劭曰：齊人名小甕爲儋石，受二斛。晉灼曰：石，斗石也。師古曰：儋者，一人之所負儋也。揚雄傳：家無儋石之儲。**鄭曰**：儋，都甘切。擔同。説文：負荷也。**師曰**：詩言及此，蓋以博奕者世之所賤，以爲不美之事。

〔一〕猶，疑當作「遒」。
〔二〕寨，疑當作「褰」。
〔三〕黄，疑當作「韓黄」。

甫以客舍懽笑，無害於理，孰謂非良圖乎？儋石言一襜石。儲無儋石，家至貧也。劉毅家無儋石，一擲百萬，其志已見於布衣窮時。及後舉大事，無不如志。由此推之，人之志量其可已耶。甫貧賤中雖有大志，觀自言「致君堯舜上」，其志可見。又云「此意竟蕭條」，奈何時命不利，此所以有喻乎祖跣不肯成梟盧也。

春日憶李白

白也詩無敵，**洙曰**：一作「數」。飄然思不群。清新庾開府，**洙曰**：蕭揚州薦士表：辭賦清新。陸雲別傳：雲亦善爲文，清新不及機。**趙曰**：庾信也，在周爲開府。**鄭曰**：庾信字子山，爲車騎將軍，開府。俊逸鮑參軍。**洙曰**：鮑昭字明遠，爲宋臨海王參軍。**蘇曰**：鍾榮曰〔一〕：鮑參軍詩如野鵲翻雲，良馬走堤，俊逸奔放。渭北春天樹，江東日暮雲。**洙曰**：事見昔遊詩。江淹詩曰：日暮碧雲合。**蘇曰**：王濟曰：雲日暮不成霖雨，空返故山。此詩微諷，讀者當識意。李泰伯曰：渭北，甫所居也。江東，白之所在。何時一樽酒，重與細論文。**洙曰**：沈休文：勿言一樽酒，明日難重持。**趙曰**：論文而至於細，始盡其妙矣。悲李、杜莫造也。亦孟浩然「何時一杯酒，重與李膺傾」。**十朋曰**：王直方詩話亦云。

〔一〕 榮，疑當作「嶸」。

天寶初南曹小司寇舅於我太夫人堂下累土爲山一匱盈尺以代彼朽木承諸焚香瓷甌甌甚安矣旁植慈竹蓋兹數峰嶔岑嬋娟宛有塵外數致乃不知興之所至而作是詩

一匱功盈尺，洙曰：論語：子曰：譬如爲山，未成一匱。注：匱，土籠也。盈尺，一尺而已。三峰意出群。洙曰：猶華岳之三峰也。趙曰：華山記有云：其三峰直上，晴霽可睹。舊注云：直云猶華岳之三峰。非是。望中疑在野，幽處欲生雲。慈竹春陰覆，香爐曉勢分。洙曰：廬山有香爐峰。惟南將獻壽，洙曰：詩：如南山之壽。佳氣日氛氳。師曰：陸機本草疏云：南方生子母竹，今慈竹是也。又謂之孝竹。漢章帝三年，子母竹生白虎殿前。時謂之孝竹。群臣作孝竹頌。子美此詩序云：累土爲山，伐彼朽木，承諸焚香瓷甌。非謂廬山香爐峰也。

題張氏隱居二首

春山無伴獨相求，伐木丁丁山更幽。洙曰：丁丁，伐木聲。鄭曰：丁，宁耕切，伐木聲也。澗鳥餘寒歷冰雪，洙曰：一云「澗道」。陸機苦寒行：凝冰結重澗，積雪被長巒。石門斜日到林丘。洙曰：謝靈運詩：落雪灑林丘。不貪夜識金銀氣，洙曰：史天官書：敗軍破國之墟，下積金寶，上皆有氣，不可不察。以不貪，故不夜識氣象也。遠害朝看麋鹿遊。洙曰：伍被諫淮南王曰：昔子胥諫吳王，吳王不用。

乃曰：「臣今見麋鹿遊姑蘇之臺。」今臣亦將見宫中生荆棘、露霑衣也。**乘興杳然迷出處，**洙曰：言不以出處介意也。**對君疑是泛虚舟。**洙曰：莊子山木篇：方舟而濟於河，有虚舡來觸舟，雖有褊心之人，不怒。人能虚己以遊世，孰能害之？師曰：歷冰雪，言甫破雪訪鄭氏。斜日到林丘，言所居幽遠也。張全身遠害於此，與鹿豕遊。説者以麋鹿遊姑蘇之臺，則誤矣。虚舟以喻虚己以遊世。

之子時相見，邀人晚興留。濟洙曰：一作「霽」。**潭鱣發發，**鱣，諸延切。發，北末切。洙曰：碩人詩：鱣鮪發發。釋文：鱣，大魚。口在頷下，長二三丈。江南呼爲黄魚，與鯉全異。發發，盛貌。**春草鹿呦呦。**洙曰：詩：呦呦鹿鳴，食野之苹。注：鹿得草，呦呦然鳴而相呼也。蘇子卿詩云：鹿鳴思野草，可以喻嘉賓。**杜酒偏勞勸，**洙曰：魏武帝樂府：何以解我憂，唯有杜康酒。杜康，造酒者。鄭曰：儀狄造酒，杜康因之。後世只云杜酒。**張梨不外求。**洙曰：潘安仁閑居賦：張公大谷之梨。**前村山路險，歸醉每無愁。**師曰：之子指張氏。鹿食苹，則呦呦而求其類。喻張氏之相招也。張梨不外求，言宴飲惟園果而已，意勤不必豐美其物。盜賊之險可慮，路險宜無愁也。

鄭駙馬宅宴洞中潛曜。

主家陰洞細煙霧，洙曰：公主家也。陰洞，幽洞也。**留客夏簟青琅玕。**洙曰：江淹賦：夏簟清兮晝不寐。琅玕，竹也。**春酒盃濃琥珀薄，**洙曰：本草：琥珀是千年茯苓所化。言酒色如琥珀也。**冰漿椀碧碼腦寒。**洙曰：陸機苦寒行：渴飲堅冰漿。鄭曰：碼，音馬。碯，乃老切。石次玉。夢符曰：右按魏文帝碼腦勒賦曰：碼碯，玉屬也。出自西域。文理交錯，有似馬腦，故其方人因以名之。又古樂府湘東王曲：堂，幄中清酒碼碯鐘，群邊雖佩琥珀龍〔一〕。靈恃寄心不惜〔二〕，共指星河向今夕。**誤疑茅堂過江麓，**洙曰：堂，一作「屋」。**已入風磴霾雲端。**磴，丁鄧切。霾，謨皆切。洙曰：陸士衡：飛陛躡雲端。**自是秦樓壓鄭谷，**洙曰：秦樓，以秦女弄玉吹簫於樓上得仙，故曰秦樓。鄭谷，以鄭子真耕於谷口，故曰鄭谷。**時聞雜佩聲珊珊。**相干切。洙曰：孔子入見衛靈公夫人南子，自絺帷中再拜，環珮玉聲璆然。師曰：山海經曰：崑崙山有琅玕樹，其子似珠。以珠爲簟，如琅玕色，故曰「夏簟青琅玕」。琥珀出罽賓國，初如桃膠，凝乃成焉。魏文帝碼碯賦序曰：碼碯，玉屬也。出自西域。文理交錯，有似馬腦，故其方人因以名之。甫有渴疾，故喜飲冰漿。風磴，乃風路也。霾雲端，言其石磴之高。秦樓壓鄭谷，言駙馬富貴，非谷口貧賤之比也，故云「誤疑茅堂」，茅堂即甫草堂是已。雜佩聲珊珊，指公主之環佩也。

〔一〕群，疑當作「裙」。見杜集札記。

〔二〕「寄」下疑當闕「君」字。

李監宅

尚覺王孫貴，洙曰：王孫，王者之後。亦相尊敬之稱。韓信傳：哀王孫。豪家意頗濃。洙曰：豪貴之家也。屏開金孔雀，洙曰：隋長孫晟貴盛，嘗畫二孔雀於屏間以擇婿。褥隱繡芙蓉。洙曰：刺繡紋爲芙蓉也。蘇曰：漢明帝，西域獻翠毛撚金芙蓉被褥，并細紋玉枕。師曰：隱如隱几之隱。隱，倚也。且食雙魚美，洙曰：姜詩孝感，地爲之出泉，日生雙鯉。詩得之以供母。誰看異味重。洙曰：何敬祖食必四方珍異。師曰：孟子曰：魚我所欲。史記云：彈鋏歸來兮，食無魚。上客所食之物，况兼異味之重累乎！門闌多喜色，女婿近乘龍。洙曰：後漢明帝紀：勞賜元氏門闌走卒。夢符曰：右按楚國先賢傳：孫雋、李元禮俱娶太尉桓焉女。時人謂桓叔元兩女婿俱乘龍，言得婿如龍也。

李監宅新添。

落葉春風起，高城煙霧開。雜花分户映，嬌燕入簷迴。一見能傾産，虚懷只愛才。鹽官雖絆驥，名是漢庭來。

送孔巢父謝病歸遊江東兼呈李白

洙曰：按唐書：孔巢父，冀州人，字弱翁。早勤文史，少與韓準、李白、張叔明、陶沔隱於徂萊山，時號竹溪六逸。永王璘赴江淮，聞其賢，以從事辟之。巢父察其必敗，側身潛遁，由是知名。後爲潭州刺史、湖南觀察使。未行，會德宗幸奉天，遷給事中、御史大夫。興元元年，使李懷光於河中。巢父遇害。

巢父掉頭不肯住，東將入海隨煙霧。**洙曰**：不肯住，謂謝病歸江東也。莊子在宥篇：鴻蒙拊髀爵躍，掉頭曰：「吾弗知也。」**趙曰**：掉頭者，於事不可之狀。莊子：鴻蒙掉頭曰：「吾不知也。」東將入海，則如「擊磬襄入於海」之海入耳[一]。舊注引北東入於海，却是水也。**詩卷長留天地間，****蘇曰**：吴璿投劉楨詩。楨曰：「學海深淵，非璿敢量。將此卷長留天地間，後知音者賞之。」**釣竿欲拂珊瑚樹。****洙曰**：一云「三株樹」。西都雜記：積草池中有珊瑚樹，高一丈二尺，一本三柯，上有四百六十二條。是南越王趙他所獻[二]，號爲烽火樹。至夜，光景常欲然。世説：王愷常以一珊瑚，高二尺許，枝柯扶疏，以示石崇。崇以鐵如意擊碎，乃令取珊瑚樹，高三尺，條幹絶世者六七，示愷。南州志曰：珊瑚出大秦國海中，生海底石上。**趙曰**：珊瑚樹生海底石上，見晉書大秦國事。以其在海底，故以拂言之也。言巢父歸江東之後，遂可入海有此興也。**深山大澤龍蛇遠，****洙曰**：襄二十一年傳：叔向之母妒叔虎之母美，而不使有子。謂其子曰：「深山大澤，實生龍蛇。

[一] 海入，疑當作「入海」。見杜集札記。

[二] 他，疑當作「佗」。

彼美，吾懼其生龍蛇以禍女。」注：龍蛇，喻奇怪。言非常之地多生非常之物。**春寒野陰風景暮。**洙曰：一云「花繁草青春日暮」。趙曰：顔延年贈王太常詩：庭昏見野陰。**蓬萊織女回雲車，**洙曰：陸士衡：牽牛西北回，織女東南顧。彦輔曰：蓬萊，三山名。小雅：跂彼織女，終日七襄。陶隱居真誥：朱闕内真，以雲車虚轅相適。沈約遊仙詩：雲車委輕霞。**指點虚無引歸路。**定功曰：曹子建：虚無求列仙。余曰：按原叔本、彦輔、師本並云「虚無是征路」。彦輔曰：相如大人賦：乘虚無而上假。**自是君身有仙骨，**蘇曰：栖岩老人見孫登，曰：「君非世俗人，身有神仙玉骨。」趙曰：以巢父嘗隱於徂徠，則仙風道骨矣。神仙傳：有神謂黑翟〔一〕，曰：「子有仙骨也。」彦輔曰：神仙傳：嚴青居貧，忽有人以一卷素書與青，曰：「汝有仙骨，應得長生。」**世人那得知其故。惜君只欲苦死留，富貴何如草頭露。**洙曰：一云「我欲苦留君富貴，何如草頭易晞露」。古詩：薤上朝露何易晞。詩：湛湛露斯，在彼豐草。趙曰：巢父既謝病而歸，則爲輕富貴矣，孰能留之？惜之者雖苦死相留，豈知富貴如草露之易滅哉。彦輔曰：李嶠詩曰：富貴榮華能幾時。陸機歎逝賦曰：草無朝而遺露。李善曰：露之在草，無一朝而有餘。喻人之居世，無一時而能故。蘇武傳曰：人生如朝露。師曰：巢父與李白友善。李白時在江東，巢父欲尋之，問學神仙之術，遂以病辭朝廷，遊江東。故云「掉頭不肯住，東將入海隨煙霧」。珊瑚似琉璃，有五色，青者可入藥爲上。生海底，漁人常以網掛得之。巢

〔一〕黑，疑當作「墨」。見杜集札記。

父亦善屬文吟詩，有文集行世，號徂徠集。今遊江東，以漁釣爲樂，故「釣竿欲拂珊瑚樹」。惟餘詩集留人間，與天地相爲長久而已。昔叔向之母曰：「深山大澤，實生龍蛇。彼叔虎之母美，恐生龍蛇以禍其族。」巢父棄絶房色，頤養精氣，故云「深山大澤龍蛇遠」。風景暮，謂晚春時。此叙執别之時。虚無，謂神仙之境，樓臺殿閣皆變化而成。巢父此行蓬萊，仙人與織女各回轉雲車以迎之，必將指點於神仙之境。蓋以素有仙骨，何患功不成乎！征路，即所往之路也。草頭露，言不久，日出即乾。人生富貴不能長享，譬如草頭之露。朝廷重惜巢父名節，諸公欲久留之，奈巢父輕視富貴如草頭露，是以謝病告歸也。**蔡侯静者意有餘，清夜置酒臨前除。**

洙曰：陸士衡擬古詩：閑夜命懽友，置酒迎風館。江文通詩：置酒坐飛閣，逍遥臨華池。曹子建詩：清夜遊西園。除，階除也。**彦輔曰**：魏文詩：清夜延賓客。漢書云：置酒高會。又，江淹詩曰：置酒坐飛閣。**罷琴惆悵月照席，幾歲寄我空中書。**

彦輔曰：空書中未詳〔一〕。或曰：蓋鴈書耳。應瑒詩云：鴈鳴雲中。王褒亦曰：豈若雲中鴈，秋時塞外歸。梁簡文鴈詩：相思不得反，且寄别書歸。虞世南詩：爲有傳書意，聯翩入上林。則杜意殆謂是歟？**南尋禹穴見李白，洙曰**：一云「若逢李白騎鯨魚」。太史公自序：司馬遷年二十，南遊江淮，上會稽，探禹穴。張宴曰：禹巡狩至會稽而崩，因葬焉。上有孔穴，或云禹入此穴。江淹詩：幸遊建德鄉，觀奇經禹穴。**修可曰**：御覽載括略曰：會稽山有一石穴委曲。黄帝所藏書於此，禹得之。又吴越春

〔一〕空書中，疑當作「空中書」。

秋：禹藏之所，謂之禹穴也。趙曰：禹穴在會稽山上。史記曰：太史公登會稽，探禹穴。白時在會稽矣。乃巢父欲入海之路也。又注云：若逢李白騎鯨魚，蓋賀知章以白爲謫仙人，其與巢父皆有學仙之質，則可以騎鯨矣。揚雄羽獵賦：乘鉅鱗，騎鯨魚。注：鯨，大魚也。彦輔曰：時白遊會稽，故其詩「會稽無賀老，却掉酒船回」。道甫問信今何如。洙曰：一云「深山大澤龍蛇遠，華繁草青風景暮。仙人玉女回雲車，指點虚無引歸路。若逢李白騎鯨魚，道甫問信今何如」。揚雄羽獵賦：乘鉅鱗，騎鯨魚。一本作云「巢父掉頭不肯住，東將入海隨煙霧。書卷長携天地間，釣竿欲拂珊瑚樹。我擬把袂苦留君，富貴何如草頭露。深山大澤龍蛇遠，花繁草青風景暮。仙人玉女回雲車，指點虚無引歸路。若逢李白騎鯨魚，道甫問信今何如」。師曰：静，乃蔡侯名。意有餘，謂慰意有餘也。除，庭除也。空中書，謂鴈傳書。琴中有别鶴操。蔡侯罷琴惆悵，蓋惜别也。因謂巢父此别幾年得有書相達。禹葬於會稽，上有孔穴，因名禹穴。今巢父遊江東，尋見李白，煩道甫問其安否。此致意之辭。禹治水至此，會計其人功多寡之數，因號其山曰會稽。或云穴即壙穴，禹所葬之墓穴在此山，故云禹穴。説者謂上有孔穴，禹入此穴而化。其説謬矣。

冬日有懷李白

寂寞書齋裏，終朝獨爾思。更尋嘉樹傳，不忘角弓詩。洙曰：昭二年傳：晉侯使韓宣來聘，公享之。韓子賦角弓。既享宴於季氏，有嘉樹，韓宣子譽之。武子曰：「宿敢不封殖此樹，以無忘角弓。」遂賦甘棠。宣子曰：「起不堪也，無以及召公。」**裋褐風霜入，**裋，臣庾切。下，胡葛切。**洙曰：**貢禹裋褐不完。**師古曰：**裋者，謂僮豎所著布長襦也。褐，毛布也。**還丹日月遲。洙曰：**道經言還丹能使人長生不死。**趙曰：**以言白有仙風道骨，其所燒還丹可以遲延日月。賀知章號白謫仙人。在李白使之，爲當體。**師曰：**嘉樹傳、角弓詩，皆指李白之不可忘也。還丹，九轉丹也。九徧循環，然後成就，服之可使延年，故云日月遲。**未因乘興去，洙曰：**王子猷乘興訪戴安道。**空有鹿門期。洙曰：**漢陰有鹿門山，龐德公所隱地。**趙曰：**公自言無因乘興如王子猷訪戴而去，徒與白有效龐德公隱鹿門山之期約也。

飲中八仙歌

修可曰：蔡絛云：「舡」字、「眠」字、「天」字、「前」字各再押。「前」字凡三押。於古未見其體。常質之叔父元度，云：此歌分八篇，人人各異。雖重押韻無異。亦周詩分章之意也。**余曰：**邵氏聞見録云：子美此歌用兩「船」、兩「天」、兩「眠」、三「前」字。韻如牽牛織女詩：蛛絲小人態，曲綴瓜果中。又：防身動如律，竭力機杼中。用兩「中」字韻。李太白高陽歌云：鸕鷀杓，鸚鵡杯。百年三萬六千日，一日須傾三百杯。用兩「杯」字韻。廬山謡云：影落前湖青黛光，金闕前開三峰長。又：翠影紅霞映朝日，鳥飛不到吳江長。用兩「長」字韻。韓退之李花詩：水盤夏薦碧實脆，斥去不御慚其花。又：誰堆平地萬堆雪，剪刻作此連天花。用兩「花」字韻。猛虎行：猛虎死不辭，但慚前所爲。又：親故且不保，人誰信所爲。用兩「爲」字韻。子美、太白、退之於詩無遺恨，當自有體邪。**師曰：**詩家多爲此歌重疊用韻。「天」字二，「眠」字二，「前」字三，以贈八人，析爲八章。故不爲病。如李商隱作九日詩云「正是龍山落帽時」，又云「乞漿問路知何時」。既曰「丹楓隕葉紛墮飛」，又曰「歸心自逐霜鴻飛」。豈謂贈八人耶？殊不知李、杜之作蓋有所本。詩祖於風雅頌，如著詩云：俟我於庭乎而，充耳以青乎而，尚之以瓊英乎而。疊韻之法起於此耳。

知章騎馬似乘船，眼花落井水底眠。 **洙曰**：唐書文苑傳：賀知章，會稽永興人。少以文詞知名。陸象先在中書，引薦爲太常博士。象先即知章之族姑子，與知章甚相親善。知章性放曠，善譃笑。當時賢達皆顧慕之。晚年尤加縱誕，無復規矩，自號四明往客〔一〕。又稱祕書外監，遨遊里巷。又善草、隸書，好事者供其牋翰，每紙不過數十字，共傳寶之。天寶三年，知章因病恍惚，上疏請爲道士，求還鄉，舍本宅爲觀，上許之。壽終八十六歲。**蘇曰**：阮咸醉，騎馬欹傾，人皆指而笑曰：「箇老子騎馬如乘舡行波浪中。」王祥醉，憑肩輿，頭不舉。歸，其親戲之曰：「子眼花在井底，身在水中，睡亦不醒耶。」**趙曰**：公以知章在馬上傲中如乘舡，戲之也。眼花，出吴均詩「夢中難言見，終成亂眼花」。**彦輔曰**：梁簡文箏賦：耳熱眼花之娱。杜以南方之士不習鞍馬，故戲之。**師曰**：賀知章，吴人，善乘舡。荆楚吴越之人，習玩於水，皆能精於操舟，亦若西北之人迫近羌胡，皆善騎射，勢使然也。知章乘舡安若騎馬，故曰「騎馬似乘舡」。此到月文，杜詩若此類者頗多。如「黄鵠高於五

〔一〕往，疑當作「狂」。

尺童，化爲白鳧似老翁」，亦謂五尺之童高於黄鵠，又爲老翁則似白鳧。井者，目井也。醉人目井皆生花，故曰眼花落井。水底眠者，謂醉卧舟中，任其泛泛所之，豈非水底眠乎。説詩不以文害辭，不以辭害志，蓋謂是也。**彦輔曰**：范傳正李白墓碑曰：公及賀監、汝陽王、崔宗之、裴周南等八人爲酒中八仙。按子美此篇無裴周南，豈范别有所稽邪？**汝陽三斗始朝天，** **蘇曰**：北齊王詢好飲。席一日召〔一〕，詢曰：「待此三斗盡，方去見帝。」帝聞笑之。**道逢麴車口流涎，恨不移封向酒泉。** **洙曰**：本集八哀詩有贈太子太師汝陽郡王璡詩，又贈持進汝陽王詩〔二〕。神異經：西北荒中有酒泉。孔融書：天垂酒旗之曜，地列酒泉之郡。陸機：百年歌目若〔三〕，濁鏡口垂涎。應劭漢官儀曰：酒泉城下有泉，味如酒，故曰酒泉。**蘇曰**：郭弘，漢帝甚寵顧。一日見帝，帝曰：「欲封卿郡邑，何地好？」弘好飲，對曰：「若封酒泉郡，實出望外。」帝笑。後日果封酒泉郡王。見郭弘碑。**彦輔曰**：漢班彪疏曰：潁入玉門關，不敢望封酒泉鄉。**趙曰**：汝陽王李璡也。言恨不移封酒泉，亦以戲之也。以其室雖受封汝陽矣，猶以酒泉城下泉味如酒，欲後移封也。見麴車而使流涎，戲其好飲之急，事出曹操對叔父詐作中風狀，口流涎沫。**彦輔曰**：魏文帝詔曰：葡萄釀以爲酒，甘於麴米，逢之固以流流咽唾也〔四〕。

〔一〕席，疑當作「帝」。
〔二〕持，疑當作「特」。
〔三〕目，疑當作「自」。
〔四〕流流，疑當作「流涎」。見杜集札記。

師曰：朝天，言朝天子。按唐史拾遺：汝陽王璡嘗於上前醉，不能下殿。上遣人掖出之。璡謝罪曰：「臣以三斗壯膽，不覺至此。」麴車，載麴車也。按地理志：酒泉，今肅州，漢福禄縣地。武帝開之，置酒泉郡。城下有泉，其味甘如酒。後漢、魏、晉皆因之置酒泉郡。隋之初廢，置肅州。唐復爲酒泉郡，領縣。王璡，宗室也。封爲汝陽郡王。以其嗜酒，故云流涎。麴車、移封酒泉，皆非實事，特託意言之。**左相日興費萬錢，飲如長鯨吸百川，銜盃樂聖稱世賢。**洙曰：唐書李適之傳：一名昌。常山王承乾之孫也。適之稚好賓友[一]，飲酒一斗不亂。夜則宴賞，畫決公務[二]，庭無留事。天寶元年，代牛仙客爲左丞相，累封清河縣公。後爲李林甫陰中，罷知政事。賦詩曰：避賢初罷相，樂聖且銜盃。爲問門前客，今朝幾箇來？唐職官志：左、右相僕射。龍朔二年改爲左、右任政。光宅元年，改爲文昌左、右相。開元元年，以爲左、右丞相。天寶元年，復爲左、右僕射。晉何曾性奢豪，日食萬錢，猶曰無下筯處。劉伯倫酒頌：先生於是方捧罌承糟，銜盃漱醪。木玄虛海賦：嘘噏百川。吴都賦云：長鯨吞航，脩鯢吐浪。余曰：邵氏聞見録云：子美此句「世賢」二字殆不可曉。或云「世」當作「避」字，寫本誤也。蓋左相李適之有直聲，右相李林甫姦邪。適之議論數不同，自免去。詩云：避賢初罷相，樂聖且銜杯。試問門前客，今朝幾箇來？子美正用適之詩語也。師曰：左相李適之也。唐百官志有左、右僕射。玄宗時改爲左、右丞相。昔何曾日食萬錢，猶云無下筯處。漢、晉以來，善飲者不過一石。唐酒價

[一] 稚，疑當作「雅」。
[二] 畫，疑當作「晝」。

賤，每斗三百，杜詩云「速宜相就飲一斗，恰有三百青銅錢」。酒一石直錢三千，然左相日費萬錢，以斗石當其錢數而通計之，則飲酒凡三石三斗有餘也。其視劉伶輩一飲一石，五斗解酲，更高出其右矣。觀其雄飲若此，豈非鯨吸百川之比乎？酒有清有濁，清者爲聖人，濁者爲賢人。樂聖，言樂聖人也。時牛仙客爲尚書，李林甫爲丞相，遂罷適之政事。故適之以退避賢路爲辭，所以諷牛、李也。適之雖退避以酒自娛，奈當世稱其賢，不以酒荒而掩其大德耳。**宗之蕭灑美少年，舉觴白眼望青天，**彦輔曰：阮籍善爲青白眼。觀杜詩工於用字而略其本意，他多倣此。**皎如玉樹臨風前。**洙曰：李白傳：侍御史崔宗之謫官金陵，與白詩酒唱和。嘗月夜乘舟自採石達金陵。白衣宮錦袍於舟中，顧瞻笑傲，旁若無人。晉阮籍傳：籍能爲青白眼。阮籍詩：朝爲美少年。江淹詩：風吹玉階樹。梁何遜詩：長安美年少。謝玄答叔父安曰：譬如芝蘭玉樹，欲使其生於庭階耳。世説：庾亮亡，何揚州臨葬，云：埋玉樹於土中，使人情何能已。又毛曾與夏侯玄共坐，時人謂之蒹葭倚玉樹。師曰：宗之爲侍御史，嘗與李白詩酒唱和。昔阮籍能爲青白眼，見賢士青其眼，見庸士白其眼。白眼望青天，言以酒笑傲青天也。視造化如小兒耳。皎如玉樹，言姿質潔白美丈夫也。**蘇晉長齋繡佛前，醉中往往愛逃禪。**洙曰：蘇晉，蘇珦之子。玄宗監國，所下制命多晉藁定。修可曰：晉，頲之子也。逃禪，言逃去而禪坐耳。此東坡所謂蒲褐禪，同夜禪者也。以晉好佛，故云爾。師曰：蘇晉學浮屠術，嘗得胡僧慧澄繡彌勒佛一本，晉寶之，嘗曰：「是佛好飲米汁，正與吾性合。吾願事之，他佛不愛也。」蓋彌勒佛即今世所謂布袋和尚是也。常於市中飲酒、食猪首，時人無識之者，故甫有「長齋繡佛前」、「逃禪」之句。**李白一斗詩百篇，長**

安市上酒家眠。天子呼來不上船，**蘇曰**：船，方言也。所謂襟紐是已。**夢符曰**：右按關中呼衣襟爲船。詩曰：何以舟之。舟亦船也，其來矣。**鮑曰**：劉偉明云：蜀人呼衣襟爲舡。有以見白醉甚，雖天子，披襟自若，其真率之至也。**定功曰**：唐范傳正作白墓碑曰：玄宗泛白蓮池，召李白作序。時已被酒，命高將軍扶以登舟。蜀人謂衣領爲舡，妄也。自稱臣是酒中仙。**洙曰**：唐李白傳：字太白，山東人。少有逸才，酣歌縱酒。天寶初，客遊會稽，與道士吴筠隱於剡中。既而玄宗詔筠赴京師，筠薦之於朝。遣使召之，與筠俱待詔翰林。白既嗜酒，日與飲醉於酒肆。玄宗度曲，欲造樂府新詞，亟召白。白已於酒肆醉矣，召入，宫人以水灑面，即令秉筆。頃之成十餘章，帝頗嘉之。嘗沉醉殿上，引足令高力士脱靴，由是斥去，浪迹江湖。初，賀知章見白，賞之曰：「此天上謫仙人也。」後以飲酒過度，醉死於宣城。**趙曰**：不上船，世共疑之。舊注不解此乃長安方言，襟謂之舡也。薛蒼舒引詩「何以舟之」，舟亦舡也。杜公又引李翰林墓碑云：玄宗泛白蓮池，召公作序。公以被命，力士扶以登舟。以此之意，則竟上舡矣，非不上舡也。亦又非是。**師曰**：不上舡，不即時上舡，以其醉也。帝嘗宴白蓮池，忽欲有所賦，遣人召李白。使者遍長安市上求索之，已見白醉卧於酒家矣。及至帝所，醉不能登舟，帝命力士扶上舡，故云「天子呼來不上舡」。杜詩贈李白曰：龍舟移棹晚。蓋謂此爾。或以蜀人衫衿爲舡。蜀方言並無此説，當以贈白詩爲證。張旭三盃草聖傳，脱帽露頂王公前，揮毫落紙如雲煙。**洙曰**：唐賀知章傳：吴郡張旭與知章相善。旭善草書，而好酒，飲後號呼，狂走索筆，變化無窮，若有神助。時人號爲顛。後漢張奂傳：奂長子芝伯英，善草書。王愔文志曰：芝少時高操，以名臣子勤學，尤好草書。學崔、杜之[一]，家之衣帛必書而後練。臨池學書，水爲之黑。爲世所寶，寸紙不遺。韋仲將謂之草聖。胡母輔之與謝鯤、阮放、畢卓、羊曼、桓彝、阮孚散髮裸袒，閉室酣飲，已累日。光逸排户入，守者不聽。逸便於户外脱衣露頭，於狗竇中窺之，大叫。輔之驚曰：「它人決不能耳，必成孟祖也[二]。」遽呼入，遂與飲，不捨於晝夜。時人謂之八達。**趙曰：**漢張芝善草書，號草聖，故以比之，號旭爲張顛，故有「脱帽露頂」之句。如後漢班超傳：單于脱帽徒跣。旭爲人酒禿，脱帽則露頂矣，乃所以戲之。蘇東坡所謂「顛張醉素兩禿翁」，末句美其寫字之疾也。潘安仁作楊荆州誄云：動翰如飛紙如雲。**師曰：**聖賢或露頂飲酒，號爲囚飲。張旭善草書，每飲大醉，以頭濡墨就壁書。及醒，自以爲神，故有「脱帽露頂」之句。**焦遂五斗方卓然，高談雄辯驚四筵。洙曰：**按新唐書：白自知不爲親近所容，益驁放不脩，與焦遂等爲酒八仙。**師曰：**唐史拾遺云：遂與李白號爲酒八仙。口吃，對客不出一言，醉後酬結如注射，時目爲酒吃。

贈韋左丞丈濟**鮑曰：**唐韋濟，嗣立子。天寶中，爲尚書左丞。

左轄頻虚位，洙曰：晉天文志：轄星傳軫兩旁，主王侯。左轄爲王者同姓，右轄爲異姓。詩節南山：

[一]「之」下疑闕「法」字。

[二] 成，疑當作「我」。見杜集札記。

尹氏太師，維周之氐。義云：氐作桎。轄之桎，言尹氏作太師之官，爲周之桎轄也。**修可曰**：按唐史典云〔一〕：左右丞，掌管轄省事，糾舉憲章。又舊唐史：劉洎上疏曰：尚書万機，寔爲政本。是以二丞方於管轄，八座此於文昌〔二〕，故左丞爲左轄。**今年得舊儒。****趙曰**：皆以紀韋丈也。魏、晉以來，左丞得彈奏八座，故傅咸云：斯乃皇朝之司直，天臺之管轄。後人用左轄，義起於此。舊注引晉天文志，以爲星名，非是。**相門韋氏在，經術漢臣須。****洙曰**：漢韋賢及子玄成，父子皆以經術爲相。**時議歸前列，天倫恨莫俱。****洙曰**：天倫，兄弟也。穀梁：兄弟，天倫也。**趙曰**：指齊兄弟是前輩〔三〕，爲時議所歸。**鴒原荒宿草，****洙曰**：棠棣：脊令在原，兄弟急難。注：脊令，雝渠也。飛則鳴，行則搖，不能自舍耳。箋云：雝渠，水鳥，而今在原，失其常處，則鳴求其類，天性也。猶兄弟之於急難。檀弓：曾子曰：朋友之墓有宿草而不哭。注：宿草，謂陳根也。**趙曰**：惜其一亡，至於宿草已荒。**鳳沼接亨衢。****洙曰**：晉荀勖守尚書令。勖久在中書，專管機事。及失之，甚罔然悵恨。或有賀之者，曰：「奪我鳳凰池，諸君賀我耶？」**趙曰**：濟由左丞可以接鳳池亨衢。又美其爲中書之貴。**師曰**：此句言累世爲尚書也。**有客雖安命，****洙曰**：莊子：無可奈何而安之若命也。**趙曰**：公自

〔一〕史，疑當作「六」。見杜集札記。
〔二〕此，疑當作「比」。見杜集札記。
〔三〕齊，疑當作「濟」。

言也。衰容豈壯夫。洙曰：謂以窮達而肥癯，非壯夫也。趙曰：此足以慰榛蕪。家人憂几杖，洙曰：几，老者所憑。杖，老者所扶持也。家人憂其老也，故借言几杖。礼：大夫致仕，則必賜之几杖。甲子混泥途。洙曰：襄三十年傳：晉悼夫人食輿人之城杞者。絳縣人或年長矣，無子，而往與於食。有與疑年，使之年。曰：「臣小人也，不知紀年。臣生之歲，正月甲子朔，四百有四十五甲子矣，其季於今，三之一也。」吏走問諸朝。趙孟召之而謝過焉，曰：「武不才，任君之大事，以晉國之多虞，不能由吾子，專在泥途久矣，乃武之罪也。敢謝不才。」遂仕之。不謂矜餘力，還來謁大巫。洙曰：吴志張紘傳：陳琳答紘書曰：小巫見於大巫，神氣盡矣。歲寒仍顧遇，洙曰：以顧遇之禮不改故云。歲寒，論語：歲寒然後知松柏之後凋也。日暮且踟躕。洙曰：日暮謂暮齒也。漢書：日暮途遠。老驥思千里，洙曰：魏武樂府云：老驥伏櫪，志在千里。饑鷹待一呼。洙曰：魏志：陳登謂吕布曰：曹公言待將軍譬如養鷹然，饑則爲用，飽則揚去。蘇曰：楚人云：饑如鷹，待此一呼。事見吕氏春秋。君能微感激，亦足慰榛蕪。洙曰：明本一云「折骨效區區」。趙曰：此又不能無所求也。師曰：有客，甫自謂。吴志：張紘見楠榴枕，愛其文，爲作賦。陳琳見之，以示人，曰：「此吾鄉張子綱所作也。」後紘見琳作武庫賦、應機論，與琳書，深歎善之。琳答曰：「自僕在河北，與天下隔。此間率少於文章，易爲雄伯，故使僕受此過差之譚，非其實也。今景興在此，足下與子布在彼，所謂小巫見大巫，神氣盡矣。」大巫，以比韋濟。踟躕，言眷慕於韋，不忍去也。老驥、饑鷹，皆甫自喻。甫於前詩云「猥誦佳句新」，是韋知甫者也。故此詩有意於韋之薦拔，故末章云「君能微感激，亦足慰榛蕪」。

杜位宅守歲 **鮑曰**：天寶十年辛卯，時年四十歲。在京師杜位宅守歲。是以有「四十明朝過」之句。

守歲阿戎家，阿，烏葛切。**洙曰**：王戎字濬仲，少阮籍二十歲，而籍與之交。籍與戎父渾爲友。戎年十五，隨父渾在郎舍，籍每適渾，俄頃輒去。過視戎良久，然後出，謂渾曰：「共卿語，不如與阿戎談。」**椒盤已頌花。****洙曰**：周庾信正旦詩：椒花逐頌來。**蘇曰**：周處風俗記：正旦，楚人拜壽，上五辛盤、松柏頌、椒花酒。**盍簪喧櫪馬，****洙曰**：易豫卦：勿疑，朋盍簪。古詩：老驥伏櫪。**列炬散林鴉。****四十明朝過，****趙曰**：公於天寶三十九歲。冬，預明獻。明年三大禮賦表云：甫行年四十載矣。當强仕之年，官猶未定，宜其感歎之切，故曰「四十明朝過」也。**飛騰暮景斜。****誰能更拘束，****蘇曰**：徐昉真是傲逸之士[一]，誰能拘束於俗禮也，乃長揖而去。沈亞之、陳長皆嘆羨不已。**爛醉是生涯。**

王狀元集百家注編年杜陵詩史一卷

[一] 昉，疑當作「昉」。

王狀元集百家注編年杜陵詩史二卷

天寶以來在東都及長安所作

奉贈韋左丞丈二十二韻見一卷贈韋左丞丈詩題注。

紈袴不餓死，**鄭曰**：紈，胡官切，素紗也。袴，苦故切，脛衣也。**洙曰**：前漢班氏叙傳曰：王鳳薦班伯宜勸學，召見宴昵殿。上方鄉學，鄭寬中、張禹朝夕入説尚書、論語於金華殿中，詔伯受焉。數年，金華之業絶，出與王、許子弟爲群，在於綺襦紈袴之間，非其好也。晉灼曰：白綺之襦，冰紈之袴也。師古曰：紈，素也。綺，今之細綾也。並貴戚子弟之服。論語曰：伯夷、叔齊餓於首陽之下。東方朔傳：侏儒飽欲死，臣朔餓欲死。朱買臣妻曰：如公等終餓死於溝中耳。**趙曰**：丹墀步紈袴之童。修可曰：梁任昉奏彈劉整云：以前代外戚，仕因紈袴。儒冠多誤身。**洙曰**：莊子曰：儒者冠圜，冠者知天時。儒行曰：冠章甫之冠。前漢酈食其傳：沛公不喜儒，諸客冠儒冠來者，沛公輒解其冠溺其中。與人言常慢駡。**趙曰**：以孔子而有絶粮削迹之事，則儒冠誤身可知矣。**彦輔曰**：杜言儒冠栖栖，不偶於世，不如出冑綺紈，飽食終身。**師曰**：杜甫生於睿宗先天元年，死於代宗大曆五年。年五十有九。歷睿宗、玄宗、肅宗、代宗凡四朝也。天寶十三年，獻三賦。玄宗命宰相試以文章，授河西尉，不行。天寶十四年，安禄山亂，甫挈家避亂鄜州，陷賊中。肅宗至德二載，脱身歸鳳翔府，上謁肅宗。肅宗授以左拾遺。當是時，房琯以宰相總兵，與賊戰。琯儒者，用春秋車戰之法，爲賊所敗，由是得罪。甫上疏論琯不宜廢，肅宗怒，貶甫爲華州司功。甫既不得志，聞李白在山東，將爲山東之遊，遂作此詩辭韋左丞，明己無罪而去。觀甫嘗有憶李白詩之句「何時一樽酒，重與細論文」，蓋謂此行爲尋李白故也。紈袴，貴遊子弟之服。餓之義有二，絶粒曰餓，不食禄亦曰餓。若伯夷、叔齊餓於首陽，采薇而食，不食周禄，正此餓也。當禄山之亂，武夫悍卒皆以軍功取封侯，其子弟自襁褓至於老死，誰有不食禄者，獨文儒之士不能擐甲出戰，皆寂寥不見用，以此誤身者多矣。甫嘗有詩曰「儒衣山烏怪」〔一〕，蓋軍興之際，山烏見儒衣猶且怪駭。甫於此時唯以文儒爲務，得不誤身乎。蓋嘆武夫得志，傷吾道之不用也。**丈人試静聽，賤子請具陳。**

洙曰：易：師貞，丈人吉。注：丈人，嚴莊之稱也。應璩百一詩：避席跪自陳，賤子實玄虚。鮑昭東武吟：主人且勿喧，賤子歌一言。**趙曰**：吴越春秋載：伍子胥謂漁父曰：「性命屬天，今屬丈人。」此乃杜公呼爲丈人者矣。具陳，見蜀志許靖與曹公書有云：豈可具陳。而世有託名東坡事實，輒云毛遂有言，賤子一一具陳之，以爲渾語。却不引出何書，其全秩引類皆如此，非特浼吾杜公，又浼蘇公，而罔無識。真大雅之厄，學者之不幸

〔一〕 烏，疑當作「鳥」。

也。師曰：丈人，尊長之稱，指韋丈也。賤子，謙辭，甫自稱也。甫欲韋丈靜聽，故具陳其所以不遇之意。**甫昔少**一作「妙」。**年日，**洙曰：賈誼洛陽年少。定功曰：沈休文别范安成云：平生少年日。**早充觀國賓。**洙曰：易：觀國之光，利用賓於王。彥輔曰：杜嘗策名薦書也。師曰：甫天寶十三年獻三賦，召試文章，故云云。**讀書破萬卷，下筆如有神。**洙曰：魏文帝典論云：傅武仲下筆不能自休，孔文舉表性與道合，思若有神。吴質曰：摛藻下筆，鸞龍之文奮矣。蘇軾曰：仲舒答策，下筆疑有神助。趙曰：梁孝元帝之敗，焚圖書十四萬卷，曰：讀書萬卷，猶有今日。故焚之。中著一「破」字，則字著力而新奇矣。**賦料揚雄敵，**蘇曰：司馬長卿賦，時人皆稱典而麗，雖詩人之作不能多也。揚子雲曰：長卿之賦不似從人間來。其神化所至，即子雲學長卿爲賦，故雅推服。趙曰：雄傳曰：顧嘗好辭賦，每擬相如。故公於賦則言敵揚雄。**詩看子建親。**洙曰：左太冲詠史詩曰：弱冠弄柔翰，卓犖觀群書。著論准過秦，作賦擬子虛。又詩：言論佳宣尼，辭賦擬相如。揚雄有長楊、甘泉等賦。子建，曹植也。黄曰：曹植字子建，封陳思王。善屬文，著洛神賦、責躬、公讌等詩。後人謂天下才共一石，子建獨得八斗。趙曰：鍾嶸爲詩品，其品子建詩云：植詩原出於國風，氣骨高奇，辭彩華茂，超越今古，卓爾不群。故公於詩言親子建也。「親」字，親近之親。親子建者，言與之近也。彥輔曰：杜於詩賦蓋以二人爲準。**李邕求識面，**洙曰：李邕見文苑傳。廣陵江都人。父善，嘗注文選。邕少知名長安，李嶠等薦邕詞高行直，堪爲諫官，由是召拜左拾遺。玄宗東封，獻賦，稱旨。能文養士，賈生、信陵之流。後進不識，京洛阡陌聚觀，以爲古人。或傳眉目有異，衣冠望風尋訪門巷。又中使臨問，索其新文。性豪侈，不護細行。尤長碑頌，中朝衣冠多持金帛往求其文。**修可曰**：識面，字如北史齊神武自太原來朝，見宋遊道曰：「常聞其名，今日始識其面。」**王翰願卜洙曰**：一作「爲」。**鄰。洙曰**：唐文苑傳：王翰，并州晉陽人。少豪蕩不羈，櫪多名馬，家有妓樂。翰發言立意，自比侯王。日聚英豪，從禽擊鼓，恣爲歡賞。文士祖詠、杜華嘗在座。**趙曰**：李邕、王翰，唐文苑一時之文人也。以李邕而有識面之求，以王翰而有卜鄰之願，則公之名重於時可知。**彥輔曰**：左傳曰：惟鄰是卜。**師曰**：破萬卷，謂識破其理。如中庸曰：君子之道，語大，天下莫能載；語小，天下莫能破。大抵人誰不讀書，識破其理者寡矣。故孔子曰「默而識之」。甫既識破萬卷之理，縱橫妙用，無施不可。故下筆之際，如有神異。漢揚雄嘗作甘泉等賦。魏曹子建其兄常欲殺之，子建七步成詩，曰：煮豆燃豆枝，豆向釜中泣。本是同根生，相煎何太急。甫以揚雄之賦與己相敵體，以子建之詩但親近於己，是甫以詩才自負，謂子建所不若也。唐李邕有才名，後進想慕，求識其面，以至道塗聚觀。傳其眉目有異。唐王翰，文士也。杜華嘗與遊從。華母崔氏云：「吾聞孟母三徙，吾今欲卜居，使汝與王翰爲鄰。」蓋愛其才故也。甫以文章知名，當世士大夫皆想慕之，故以李邕、王翰自比。**自謂頗挺出，洙曰**：一作「生」。**彥輔曰**：一作「特」。**立登要路津。洙曰**：古詩：何不策高足，先據要路津。**致君堯舜上，再使風俗淳。洙曰**：伊尹致君堯舜。又魏杜恕：舉明主於唐虞之上。**修可曰**：魏應璩與從弟君胄書云：思致於有虞。**此意竟蕭條，行歌非隱淪。洙曰**：前漢：朱買臣家貧，好讀書，不治產業。艾薪樵，賣以給食，擔束薪行，且誦書。其妻亦負戴相隨，數止買臣毋歌謳道中。買臣益疾歌。妻羞之，求去，恚怒曰：「如公等餓死溝中耳，何能富貴？」買臣不能留，即聽去。其後買臣獨行歌道上，負薪墓間。宋顏延年詠嵇中散詩曰：立俗遷流議，尋山結隱淪。謝朓敬亭詩：隱淪既已託。鮑昭詩：孤賤長隱淪。謝靈運：既枉隱淪客。**趙曰**：列子載：林類年且百歲，拾穗行歌。張湛注云：古之隱者也。與非隱淪之義不相接。隱淪，字出桓譚新論，曰：天下神人五，一曰神仙，二曰隱淪。**師曰**：挺者，特也。路與津者，衝要之所，乃人物輻湊之地，以譬則達官也。官有清有要，清而不要則無權，要而不清則拘於俗。既清且要，乃爲美官。甫方召試文章，以清要自期，必謂特出登於要路津，豈期授以河西尉。故此意寥寂，不獲致君與澤民也。隱淪者，隱逸之士也。甫既不見大用，辭河西尉，又不能隱居林下，其貧賤如朱買臣負薪行歌於路，必爲隱淪之徒所非議矣。昔孔子不遇，見非於長沮、桀溺、晨門、荷蓧之徒，亦若此爾。**騎驢三十載**，**洙曰**：任昉詩：結歡三十載，生死一交情。陶潛：閑居三十載。**彦輔曰**：後漢獨行傳：向相或騎驢入市〔一〕，乞丐於人。杜自言不遇，蓋一世矣。**定功曰**：後漢李尤有騎驢馳村，狐兔驚走。**旅食京華春**。**定功曰**：言貧困騎驢三十載矣，而畢竟乃旅食長安，此自傷之意耳。魏文帝與吳質書：旅食南館耳。**彦輔曰**：郭璞詩曰：京華豪俠窟。**朝扣富兒門**，**鄭曰**：朝，陟遥切，早也。下，去苟切，擊也。又苦候切，義同。**趙曰**：鮑昭詩「結交多貴門，出入富兒鄰」是也。**暮隨肥馬塵**。**殘盃與冷炙**，**洙曰**：顏氏家訓云：禮曰：君子無故，不徹琴瑟。古來名

〔一〕相，疑當作「栩」。

士多所愛好者。梁初，衣冠子孫不知琴瑟。大同以末，斯風頓盡。然而此樂音雅致，有深味哉。今世曲解雖變於古，猶足以暢神情也。唯不可令有稱譽，見役勳貴，處之下座，以取殘盃冷炙辱。戴安道猶遭之，況爾曹乎。**蘇曰**：吳起嘗嘆曰：丈夫兒事未濟，甘晦休山林，焉能逐浮薄子，苟冷炙殘盃焉。到處潛悲辛。**修可曰**：鮑昭野鶴賦：對鍾鼓之悲辛。**師曰**：驢，賤者所乘也。得志則乘高車大馬，貧賤則跨驢而已。昔李白以文章待詔翰林，後放逸不撿，遂流落不用。嘗爲華陰令所辱，令致對，云：曾遇龍巾拭吐，御手調羹。天子殿前尚與吾走馬，華陰縣裏不與我騎驢。初貴故走馬，後貧賤故出騎驢。甫既辭河西尉，貧在京師，自未獻賦之前，追今凡三十年矣。獻賦時年四十三。京華者，言京師乃繁華之地。當春月，貴遊相追逐，繁絃脆管，無處不有。甫獨旅食於此，其寂寞可知。故朝扣富兒門，拯刺求見，暮則隨其後塵，爲當朝士夫所薄如此。殘盃，謂甕之餘者，香已埋歇。柔肉曰炙，冷炙謂宿炙也。甫既貧賤，糊口京師，貴遊薄之，惟待我以殘盃與冷炙，深使人暗地抱辛酸也。主上頃見徵，**彥輔曰**：漢雜事：宣帝，蔣蒲與子方召見徵。欻然欲求伸。**洙曰**：易曰：尺蠖之屈以求伸。青冥却垂翅，**蘇曰**：李斯曰：丈夫兒提筆鼓吻，取富貴易若舉盃。何青冥之翩，與鷃共垂翅乎？**修可曰**：祖出屈原悲回風云：據青冥而攄虹。王逸九思：玄鶴兮高飛，增逝兮青冥。注：青冥，雲也。**洙曰**：後漢馮異傳：始雖垂翅，終能奮翼黽池。蹭蹬無縱鱗。**洙曰**：王褒聖主得賢臣頌曰：沛乎若巨魚縱大壑。海賦：蹭蹬，窮波失勢貌。甚媿丈人厚，甚知丈人真。**洙曰**：易卦注：丈人莊嚴。**趙曰**：厚，言其相待之厚，如後漢云：所以慰藉之甚厚。真，言其懷抱之真，蓋如莊子「其爲人也真」。每於百寮上，**尹**

曰：史：相國位諸侯王、百寮之上。**猥誦佳句新。**洙曰：杜詩云「爲人性癖耽佳句，語不驚人死不休」。修可曰：按南史謝惠連傳：族兄靈運加賞之，云：每有篇章，對惠連輒得佳語。趙曰：誦佳句於同寮，是時公已召試賜官也。彦輔曰：佳句，公自謂也。**竊效貢公喜，**洙曰：貢公，貢禹也。前漢王吉傳：吉字子陽，與貢禹爲友。世稱王陽在位，貢禹彈冠。言其取舍同也。師古曰：彈冠者，且入仕也。修可曰：劉孝標廣絶交論曰：王陽登而貢公喜。趙曰：舊所引雖是，然無「喜」字，亦不謂之貢公，此乃劉孝標廣絶交論「王陽登而貢公喜」是也。**難甘原憲貧。**洙曰：仲尼弟子傳：原憲在草澤中，子貢相衛，而結駟連騎，排藜藿，入窮閻，過謝。原憲攝敝衣冠見子貢，子貢恥之，曰：「夫子豈病乎？」原憲曰：「吾聞之，無財者謂之貧，學道而不能行謂之病。若憲，貧也，非病也。」子貢慚而不懌而去，終身恥其言之過也。**焉能心怏怏，**鄭曰：怏，於亮切，不足也。洙曰：韓信傳：信知漢王畏惡能，其稱疾不朝，由此怨望，居常怏怏，羞與絳、灌等列。師古曰：怏怏，志不滿。周亞夫傳：此怏怏非少主臣也。趙曰：心怏怏，出吴越春秋。吴王僚之母謂王曰：「公子光心氣怏怏，常有愧恨之色。」舊却引韓信、周亞夫鞅鞅，字又不連。「心」字，非公本意所引用耳。**祇是走踆踆。**鄭曰：踆，七倫切。洙曰：踆踆，行走貌。張平子西京賦：大雀踆踆。**今欲東入海，**洙曰：語曰：乘桴浮於海。又曰：少師陽、擊磬襄入於海也。趙曰：此詩人欲去之意，造語如此，非真有東海之役也。**即將西去秦。**洙曰：李斯上秦始皇書：今乃却賓客以棄諸侯，使天下之士退而不敢西向，裹足不入秦。此所謂藉寇兵而齎盜糧。沈曰：秦，州名，西戎地。春秋時，爲秦國，後并天下，爲隴西郡。彦輔曰：此蓋子美欲去京師，由梁、齊也。**尚憐終南山，**洙曰：周庾信有駕幸終南山詩。地理志稱扶風武功縣東有太山，古文以爲終南。昭四年左傳曰：荆山、中南，九州之險。是周地之名山。鄭曰：福地記云：其山東接驪山、太華，西連太白、隴山，北去長安八十里，南入楚塞，連蜀，東西數百里，亦曰中南。**回首清渭濱。**洙曰：吕望垂釣於渭水，得玉璜，遂爲帝師。修可曰：潘安仁西征賦言長安之境曰：南有玄灞、素滻，北有清渭、濁涇，故公凡言渭必曰清渭，言涇必曰濁涇，皆用此矣。彦輔曰：孔子去魯，遲遲其行。孟子三宿而後出晝。此可以見子美之志。**常擬報一飯，**洙曰：史記范雎傳：雎爲將軍，於是散家財物，盡以報所嘗困戹者，一飯之恩必償，睚眦之怨必報。李固傳：切感古人一飯之報。注：謂靈輒也。孔融：一飯之惠必報。**况懷辭大臣。**趙曰：以一飯之恩，嘗欲如靈輒之報宣子，况大臣相知，不獨一飯耳。其去之懷爲如何。**白鷗波**洙曰：一作「没」。**浩蕩，**徒朗切。蘇曰：波，乃「没」字也。古詩云：没白鷗之浩蕩。若作「波」字，乃上下句不相符，信「没」字耳。宋敏求云：鷗不善没，改作「波」。殊不知鷗之滅没於煙波間，最爲自然。善舊本作「没」。禽經云：鳧善浮，鷗善没。當以「没」字爲是。**萬里誰能馴。**松倫切。洙曰：顔延年詠嵇中散詩曰：鸞翮有時鍛，龍性誰能馴。離騷曰：怨靈脩之浩蕩。鮑昭詩：翻浪揚白鷗。謝脁詩：浩蕩别親知。潘岳河陽詩：洪流何浩蕩。夢符曰：右按列子：海上之人好鷗鳥者，每旦之海上從鷗鳥游。其父曰：「吾聞鷗鳥皆從汝游，汝取來吾玩之。」明日之海上，鷗鳥舞而不下也。趙曰：浩蕩雖本水，而不必專言水。或取流放之貌，如離騷云「怨靈脩之浩蕩」，或取曠遠之貌，如楚辭曰「志浩蕩而傷懷」是也。世間本多作「波」字，東坡定作「没」字，言鷗滅没於煙波間，而浩蕩遠去，尤有義理。而宋敏求謂鷗不解没，改「波」字，便覺一篇神氣索然也。范淑衷甫云：世有師曠禽經之書，其中曰：鳧善浮，鷗善没。則「没」字却是沉没之「没」，即與前説又相反矣。**彦輔曰**：按唐末有周後人翊聖者，撰摭言，乃以杜此篇與莫相疑行謂之自負。嗚呼，若人者曷足以語杜詩哉。韓退之云：尚何自負之有，如「殘盃冷炙」之謂歟。故老子曰：不笑不足以爲道。又曰：下士聞道，大笑之。不當曰：「李杜文章在，光焰萬丈長。不知群愚兒，何用故謗傷。蚍蜉撼大樹，可笑不自量。」余以退之爲知言。**師曰**：主上，謂肅宗也。至德二載，肅宗見徵，徵召也。召授左拾遺。欻即倏忽。欻然如屈蠖久蟄，志欲求伸。甫當此時，將謂得所施爲，遂上疏論房琯事，不期貶華州司功，故云「青冥却垂翅，蹭蹬無縱鱗」。青冥，天也。蹭蹬，失勢之貌。青天可以飛騰，今反垂翅。巨魚可以縱壑，今反蹭蹬。蓋傷其得罪也。唯韋丈與甫相厚善，而知甫爲人真率，故及於此。韋丈愛甫，蓋重其詩才，每於百寮之上，謂於宰相前常稱誦其佳句，故有拾遺之擢。當此時，喜得韋丈推引，故效貢公之喜，得王陽在位也。今乃復見貶黜，貧賤又如原憲，誠使人所難甘矣。雖然如是，亦安能怏怏於朝廷，祇是不免奔走託食於他鄉也。韓信既謫爲淮陰侯，常怏怏不樂，意在怨君。甫則不然。踆踆，奔走之狀。山東，憑海之郡。唐都長安，長安即秦地。甫欲適山東，故云東入海。秦地在西，甫既適東，必離去於西秦，故云西去秦。終南山與渭水皆秦地山水。甫將東入海，尚眷眷於終南、清渭者，不忍棄君而去也。自古忠臣身在畎畝，心不忘君，一飯之恩猶擬報之，矧夫身爲拾遺，已嘗食人之禄，其忍遽忘於君。詩家獨推重杜詩，蓋取其不忘君之意也。大臣，謂左丞也。左丞與甫厚善，其判别之情得無懷思乎。雖然如是，甫之無官守，言責其進退綽綽然有餘裕，真若鷗在浩蕩之波，去來自得，誰能馴狎哉。浩蕩，廣大之貌。王荆公常以「波」字爲「没」字，其謬甚也。鷗善浮没，何必獨言「没」耶？如前輩諸公因舉杜詩「身輕一鳥過」之句，坐間皆忘「過」字，因共補之。或言「下」，或言「疾」，竟不似「過」字之爲渾成也。則知「没浩蕩」亦不如「波浩蕩」之自然。

奉留贈集賢院崔于二學士國輔、休烈。

昭代將垂白，洙曰：昭，明也。昭代，猶明時也。謝靈運詩：星星白髮垂。**途窮乃叫閽。**洙曰：公因不第，乃獻賦。阮籍哭途窮。思玄賦：叫帝閽。**氣衝星象表，詞感帝王尊。**洙曰：公嘗有詩云「自怪一日聲輝赫」，又云「往年文彩動人主」。修可曰：此言獻三大禮賦也。當天寶載載時〔一〕，公三十九歲。雖窮，真自負其才，獻賦而上悦之。**天老書題目，春官驗討論。**洙曰：春官，宗伯。趙曰：言召試文章，所謂「集賢學士如堵墻，觀我落筆中書堂」時也。**倚風遺鶂路，**鶂，倪歷切。**隨水到龍門。**趙曰：左傳云：鶂退飛過宋都，風也。公言倚賴風而往矣，反遭迴風而遺失其所往之程路也。到龍門，則隨水到之而已，不能過也。龍門在河中府，魚登者化爲龍。劉敞曰：龍門在封州。三秦記：魚登者化爲龍。**竟與蛟螭雜，寧**洙

〔一〕前一「載」字，疑當作「九」。見杜集札記。

曰：一作「空」。**無鷰雀喧。洙曰：**言不能自致霄漢，故雜蛟螭也。鷰雀，喻小人。**趙曰：**到龍門而不過，則猶雜蛟龍也。遺鶂路而不進，則不免群雀而受其喧也。**青雲猶契闊，陵厲不飛翻。趙曰：**公以文采動人主矣，意其遂騰踏進用，止授河西尉，不行，改右衛率府兵曹而已。此公所以歎也。公與韋左丞詩云「主上頃見徵，欻然欲求伸。青冥却垂翅，蹭蹬無縱鱗」同意。**儒術誠難起，趙曰：**乃「儒冠多誤身」之意。**家聲庶已存。洙曰：**見「烜赫舊家聲」注。**故山多藥物，蘇曰：**張楷：故山幸多藥物，足以度流年，何必塵埃中踆踆老死乎？**趙曰：**所謂故山，指襄陽也。甫本襄陽人。**勝槩憶桃源。洙曰：**見「欲問桃花宿」注。**欲整還鄉旆，長懷禁掖垣。洙曰：**劉禎贈徐公幹詩：誰謂相去遠，隔此西掖垣。拘限清切禁，中情無由宣。思子沈心曲，長歎不能言。**趙曰：**懷崔、于二學士也。蓋集賢院在禁中矣。**謬稱三賦在，難述二公恩。洙曰：**甫三獻大禮賦出身，二公常謬稱述。**師曰：**叫閽，言叫天子之門而愬之。詞感帝王，謂獻三賦而帝悦之也。天老，乃天子之老，指宰相。春官，禮部也。帝命宰相試文章，故天老出題目，而春官考之。倚風遺鶂路，隨水到龍門，言不登第也。公既不第，不免與蛟螭混而爲燕雀所笑。青冥猶契闊，言卑棲而遠於天也。儒術誠難起，言爲儒冠所誤也。禁中有東西兩掖，掖垣乃禁墻也。甫既不用，遂有歸故山采藥怡養之意，故云「欲整還鄉旆」。

醉時歌魯曰：按新唐書：鄭虔，鄭州滎陽人。天寶初爲協律郎。**彦輔曰：**贈廣文館博士鄭虔。

諸公衮衮登臺洙曰：一作「華」。**省，洙曰：**衮衮，言相繼而登，賢不肖無所辨也。虔以是不得志，故不事事而官獨冷。裴逸民叙前言往行，衮衮可知。蘇曰：鍾繇諸公皆登臺寺省卿，唯伊予尚卑折下僚。趙曰：衮衮，出王濟云：張華説漢史，衮衮可聽。言其議論不絶也。彦輔曰：諸公謂當時進任。衮衮，相續不絶貌。天寶九年置。廣文先生官獨冷。洙曰：國子監置廣文館博士四人，助教二人，並以文士爲之，領生徒爲進士者。天寶九年置。趙曰：明皇愛鄭虔之才，置左右，以其不事事，更爲置廣文館處之，則爲冷官可知。彦輔曰：北齊王晞曰：非不愛作熱官，但思之爛熟耳。洙曰：按本傳：虔坐謫私撰國史，十年還京師。玄宗愛其才，欲置左右，以不事事，更爲置廣文館，以虔爲博士。虔聞命，不知廣文曹司何在，訴宰相。宰相曰：「上增國學，置廣文以居賢者，令後世言廣文博士自君始，不亦美乎。」虔乃就職。久之，雨壞廡舍，有司不復脩完，寓治國子館。自是遂廢其官，貧約甚澹如也。甲第紛紛厭粱肉，廣文先生飯不足。甲第，甲乙丙丁之次也。陸士衡擬古詩：甲第椒與蘭。又：甲第崇高闥。虞子陽詩：甲第始脩營。謂第一宅也。晉書：傅咸曰：今賈豎皆厭粱肉。田蚡治宅甲諸第。夏侯嬰傳：賜嬰北第第一。師古曰：北第者，近北闕之第，嬰最第一也。故張衡西京賦曰：北闕甲第，當道直啓。前漢朱邑傳：饑者甘糟糠，穰歲餘粱肉。此詩傷時多無功而受禄。先生有道出羲皇，蘇曰：董廉曰：道出羲皇之上。趙曰：暗使陶潛句，謂羲皇上人也。彦輔曰：既爲之上，則出可知矣。或曰出謂原生於彼也。先生有文洙曰：一作「才」。過屈宋。洙曰：一云「所談或屈宋」。晏殊曰：屈原、宋玉。德尊一代常坎軻，洙曰：古詩：坎軻長苦辛。趙曰：祖出楚辭七諫云：年既過半百兮，愁坎軻而滯留。晏曰：王逸注：坎軻，不遇也。名垂萬古知何用。孫瞻民曰：昔人爲名，蓋若畫餅充饑者也。杜言鄭名雖大，無益於用。**師曰**：酒，古人所禁，唯天子燕諸侯，則曰不醉無歸。晉竹林七賢或爲囚飲，或爲豕飲，大抵賢人不遇，則寓意於酒以自遣適而已。故名曰醉時歌。衮者，衮同也。衮衮，言衮同無别之甚。唐制：御史臺其屬有三院，一曰臺院，二曰殿院，三曰察院。掌糾正百官之罪惡。省有三，一曰中書省，二曰尚書省，三曰門下省。臺省，清要之職。今也賢不肖無所甄别，使小人得以衮同而登之，是以鄭虔耻與之並進，寧甘心居乎冷官。按唐史：玄宗置廣文館，以虔爲博士。而以官冷云者，蓋玄宗方窮兵於邊，不留心經術，其後官廨頽塌，寓次國子監，由是遂廢，故曰官獨冷。甲第，謂楊貴妃兄國忠賜宅京師，以甲乙丙丁爲次第。國忠之進，特以妃寵而爵高禄厚。虔反貧約不足於飯。詩刺素飡，蓋謂此也。道出羲皇，陶淵明所謂羲皇上人是也。屈宋，謂屈原、宋玉。坎軻，不得志之貌。古云「使我有身後名，不如眼前一杯酒」。生不遇時，死留虚名，果何益哉。自古有才之士得道者寡矣，由之勇，賜之辨，非無才也。語：其得道則未焉。今虔才過屈宋而又道全德備，惜夫坎軻不得志也。**杜陵野客人更嗤，被褐短窄鬢如絲。** **洙曰**：後漢：杜陵屬京兆。杜預曰：古唐杜氏也。老子：被褐懷寶。陶淵明詩：被褐欣自得，屢空常晏如。**鄭曰**：地理志：京兆府有杜陵縣，乃古杜城溪。宣帝改爲杜陵。甫世居此。**趙曰**：公家於杜陵，故云。又言「杜陵有布衣」，又言「杜陵野老」也。被褐短窄，使貧者衣短褐耳。**日糴太**洙曰：一作「泰」。**倉五升米，** **蒼舒曰**：前漢東方朔傳：無令但索長安米。史記八書：太倉之粟紅腐不可食。陶淵明曰：不能爲五斗米折腰向鄉里小兒。**時赴鄭老同襟期。得錢即相覓，沽酒不復疑。忘形到爾汝，** **洙曰**：文士傳：禰衡有逸才，與孔融作爾汝交。時衡年二十餘，融年已五十。孫瞻民曰：莊子曰：養志者忘形。痛飲真洙曰：一作「直」。吾師。彥輔曰：世説：王孝伯云：但嘗得無事，痛飲，讀離騷，可稱名士。程演曰：莊子：許由曰：「吾師乎，吾師乎。」師曰：甫，杜陵人也。褐，毛褐之衣，賤者所服。孟子云「褐夫」是也。被褐短窄，言貧約衣不掩脛。日糴，言無宿儲也。太倉米，言陳腐之米，其價廉，賤者所食。五升，言食指寡。足知其貧不能贍養僕妾故也。按甫有二子，一曰宗文，二曰宗武，并妻共四口。借曰人食一升，只是一妻一妾而已，何以異於齊人之貧哉。同襟期，言范、張雞黍之期。鄭老，指虔也。朋友有通財之義，故得錢即相覓。杜詩云「賴有蘇司業，時時與酒錢」是也。不復疑者，不以妻子掣肘有嫌疑也。甫與虔相善，稱汝稱我，索於形骸之外，其相忘如此。相忘雖無少長，至若虔之痛飲，真令甫北面不可不屈服也，故曰「真吾師」也。清夜沉沉動春酌，宋援曰：陸倕贈僚友詩：敷文永清夜。應璩書曰：酌彼春酒。簷洙曰：一作「燈」。前細雨燈洙曰：一作「簷」。花落。趙曰：近乎簷邊之花也。劉邈詩：簷花初照月。學者多以簷雨之細如花，遂以簷花爲簷雨之名，非也。但覺高歌有鬼神，蘇曰：吴肅醉發耳熱，浩歌春風，疑有鬼神所助。焉知餓死填溝壑。洙曰：昭十三年傳：擠於溝壑。左太沖詠史詩：當其未遇時，憂其填溝壑。汲黯傳：臣自以爲填溝壑。石敏若曰：朱買臣妻曰：「如公等餓死溝中耳。」相如逸才親滌器，洙曰：司馬相如傳：文君奔相如，俱之臨邛。盡賣車騎，買酒舍，乃令文君當壚，相如身著犢鼻褌，與庸保雜作滌器於市中。師古曰：滌，灑也。器，食器也。賤役也。子雲識字終投閣。洙曰：揚雄傳：王莽時，劉歆、甄豐皆爲上公。莽既以符命自立，即位之後，欲絶其原，以神前事。而豐子尋、歆子棻復獻之，莽誅豐父子，投棻四裔。辭所連及，便收不請。時雄校書天祿閣上，治獄使者來欲收雄，雄恐不能自免，迺從閣上自投下，幾死。莽聞之，曰：「雄素不與事，何故在此間？」請問其故。迺劉棻嘗從雄學作奇字，雄不知情。有詔勿問。然京師爲之語曰：「惟寂寞，自投閣。」彦輔曰：此言揚、馬才學如此，猶不爲時所用。先生早賦歸去來，石田茅屋荒蒼苔。洙曰：陶潛爲彭澤令。是時郡遣督郵至，吏白：當束帶見督郵。潛乃歎曰：「我不能爲五斗米折腰向鄉里小兒。」乃自解印綬，將歸田野。命篇曰歸去來。石曰：史記：子胥曰：猶石田無所用。注：石田不可耕，言此亦陶潛「三逕就荒」之意也。儒術於我何有哉，洙曰：莊子：帝力何有於我哉。孔丘盜跖俱塵埃。蘇曰：崔祥曰：男兒當壯即仕，儒術於我焉有所損哉。阮兢曰：孔丘、盜跖今爲塵埃，人生不樂，胡爲解憂。趙曰：意謂伯夷死名於首陽之上，盜跖死利於東陵之下，其於殘生傷性均也。彦輔曰：莊子：孔子往見盜跖，曰：「魯人孔丘聞將軍高義，敬再拜謁者。」按周乃寓言耳。子美之意以謂至聖大惡同歸於盡而已。不須聞此意慘愴，上七感，下楚亮切。生前相遇且銜盃。洙曰：古之賢者不遇，全身於醉者衆矣。故此詩末章皆寓意於酒，而又以醉名篇。劉敞曰：司馬遷書曰：未嘗銜盃酒。趙曰：劉伶云：銜盃漱醪。師曰：説者謂「簷花」爲「脱花」，非也。杜詩云「白花簷外朵」，或云「簷竹」，如「暮雨瀉簷竹」，則知簷花爲簷前之花，簷竹爲簷前之竹明矣。清夜沉沉，言人寂也。人寂雨細，寧不發動酒興耶。高歌有鬼神，言聲幽怨也。杜詩云「時無王良伯樂死即休」，丈夫不以貧賤死生動其心。前輩云「莫憂身外無窮事，且盡生前有恨盃〔一〕，今宵有酒，今宵且醉，死生一付之天命焉，知餓死填溝壑乎？觀相如有逸才，武帝嘗曰「朕恨不與斯人同時」，尚且貧賤，滌器賣漿。揚雄善作奇字，劉芬常師之〔二〕，及獻符瑞事累及雄，雄方校書天祿閣，使者來捕雄，雄投閣自殺。古人不遇，類皆如是，何獨我輩。是以甫勉虔賦歸去來，欲其棄官而去也。石田，乃沙石之田，其田最瘦。陶淵明歸去來辭云：歸去來兮，田園將蕪胡不歸。虔雖貧，尚有磽田可耕，有茅屋可居，何必效子雲仕於亂世，以速投閣之禍。況儒術遇用武之際，不足負恃，如孔子號爲真儒，終以不遇老死於行。盗跖横行天下，膾食人肝，其善惡雖不同，而死朽化爲塵埃則一。人生天地間，浮名浮利皆不足慕，要之終歸一死。生前相遇且以酒同遣適，其它不足慘愴區區然以爲憂也。杜詩云「酒不到劉伶墳上土」，亦是意矣。

陪鄭廣文遊何將軍山林十首

彦輔曰：東方朔傳：竇太后曰：回輿枉路，臨妾山林。應劭曰：公主園中有山，謙不敢稱第，故言山林。

不識南塘路，今知第五橋。**趙曰**：於志在萬年縣郭外之西南。名園依緑水，**洙曰**：謝玄暉詩：逶迤帶緑水。野竹上青霄。**洙曰**：北山移文：干青霄而直上。谷口舊相得，**洙曰**：前漢王貢傳：鄭子

〔一〕恨，疑當作「限」。

〔二〕芬，疑當作「棻」。

真脩身自保。成帝時，王鳳以禮聘子真。子真道不屈而終。揚雄曰：谷口鄭子真不詘其志，耕乎巖石之下，名震於京師，豈其卿，豈其卿。**趙曰：**谷口，以鄭子真指其廣文。**瀼梁同見招。洙曰：**莊子、惠子同遊瀼梁之上。**趙曰：**相視爲莊、惠也。**平生爲幽興，未惜馬蹄遥。蘇曰：**蘇博招杜預，曰：山家酒香雞肥，君子不惜逌長馬蹄遥遠〔一〕，可訪蓬蓽，慰此拳拳耳。**師曰：**甫詩云「第五橋東流水恨」，則第五橋乃蜀中橋名。谷口鄭子真與王鳳有舊。莊子與惠子同遊瀼梁之上，喻甫之陪鄭廣文也。

百頃風潭上，千重夏木清。趙曰：舊本「千重」無義，善本作「章」。出前漢食貨志：大木曰章。**卑枝低結子，趙曰：**魏文帝芙蓉池云：卑枝拔拂羽。**接葉暗巢鶯。鮮鯽銀絲鱠，香芹碧澗羹。洙曰：**謝靈運詩：銅陵映碧澗。**趙曰：**碧澗皆狀物之語，而薛公補遺以爲地名，名偶同耳，非是。**翻疑柂樓底，**柂，徒可切。**晚飯越中行。師曰：**越地盛有芹魚，行舡中多煮芹鱠魚，故甫有「翻疑柂樓底，晚飯越中行」。

萬里戎王子，何年別月支。章移切。**洙曰：**張騫傳：匈奴破月氏王。師古曰：月氏，西域胡國也。**趙曰：**戎王子，説者以爲花名，義固然也。又言別月支，是必月支之物。**異花開絶域，滋蔓匝清池。**漢

〔一〕逌，疑當作「道」。

使徒空到， **洙曰**：如張騫、李廣利之類。**趙曰**：張騫於西域止移胡桃、石榴、苜蓿，而不移此所謂戎王子，是爲徒空到矣。舊注因不省戎王子之謂，模稜其説也。**神農竟不知。** **洙曰**：神農嘗百草之滋味，而竟不知，言多異卉。**趙曰**：言此絶域異花不載於神農本草。**露翻兼雨打，開拆漸離披。** **洙曰**：揚雄賦：配藜四施。注：配藜，披離也。**趙曰**：宋玉云：白露下衆草兮，奄梧楸而離披。**師曰**：月支，西域國名。何將軍嘗征西域，禽其王子歸朝，傳其地花草數種，故池館皆異花。雖張騫之博望、神農之辨草木，猶爲未徧也。

旁舍連高竹，疏籬帶晚花。碾渦深没馬， **洙曰**：碾渦，碾磑間水渦漩也。**鄭曰**：渦，烏禾切，水回也。**藤蔓曲藏** **洙曰**：一作「垂」。**蛇。詞賦工無** **洙曰**：一作「何」。**益，** **趙曰**：公時爲布衣，故云。**山林跡未賒。** **趙曰**：言我之蹤跡不久在山林也。**盡捻書籍賣，** **趙曰**：王叔艾嗜酒，家貧，常挾祖父所蓄書籍賣，酬酒價。**鄭曰**：捻，王本作「拈」，如兼切。唐韻：指取物也。**來問爾東家。** **洙曰**：史：東家丘。**夢符曰**：右按文選：陳孔璋爲曹洪與魏文帝書曰：怪乃輕其東家，謂爲倩人。邴原列傳曰：原遊學詣孫崧，崧曰：君鄉里鄭君，學者之模範也。君乃舍之，所謂以鄭君爲東家丘也。原曰：君以鄭君爲東家丘，以僕爲西家愚夫耶？**師曰**：何將軍雖武人，家藏書籍多，故甫欲依之以就其書，而有末句。

剩水滄江破，殘山碣石開。 **趙曰**：任彦昇詩：滄江路窮。禹貢：地名碣石，以其碣起之石矣。宋子京得之於唐書中有「殘膏賸馥」之句。賸，俗作「剩」字。**師曰**：滄江、碣石，山水之雄，言何將軍山水之樂，分得滄江、碣石之真趣。緑垂風折笋，紅綻雨肥梅。趙曰：倒言方健。銀甲彈箏用，洙曰：古詩：十五學彈箏，銀甲不曾卸。以銀作指甲，取其有聲。金魚洙曰：一作「盤」。換酒來。洙曰：阮孚爲常侍，以金貂換酒，帝宥之。興移無洒掃，隨意坐莓苔。蘇曰：鄭子真得酒，以瓦盞瓷瓶隨意所在，藉芳草快飲。趙曰：此尤見其野逸之興。

風磴吹陰雪，趙曰：磴，石梯之道也。雲門吼瀑泉。鄭曰：瀑，薄報切。酒醒思卧簟，衣冷欲洙曰：一作「得」。裝綿。野老來看客，河魚不取錢。只疑淳朴處，自有一山川。趙曰：淳朴者，太古之世也。以其山野，乃淳朴處矣。師曰：磴，石道也。雲門，謂雲擁翼山門。野老來看客，言少有人到也。河魚不取錢，言魚賤也。

棘樹寒雲色，茵蔯春藕香。蘇曰：東方朔好食蘭，以醋鹽拌之，同茵蔯、蘭牙食之，皆笑之。朔自若。脆添生菜美，趙曰：生菜非一矣，而得茵蔯、春藕，又添其美也。陰益食單涼。趙曰：言鋪食單於棘樹之下，陰益其涼也。謂之益，則山中已涼矣。野鶴清晨出，洙曰：一作「至」。蒼舒曰：右見晉書。山精白日藏。洙曰：山精鬼魅。趙曰：蜀帝得山精以爲妻。庾信云：山精鏤寶刀。石林蟠水府，百里獨蒼蒼。

憶過楊柳渚，過，古禾切。洙曰：渚，洲渚。走馬定昆池。洙曰：唐安樂公主作定昆池，言勝昆明。

趙曰：皆何將軍山林所徑過之處。醉把青荷葉，蘇曰：李膺醉，手常把青荷葉，爲扇障日。趙曰：孫登詩：青荷乘日暉。狂遺白接籬。洙曰：世説：接籬衫也。山簡爲襄陽守，嘗醉習家高陽池。襄陽小兒歌曰：山公時一醉，遥造高陽池。日暮倒載歸，酩酊無所知。復乘驄馬去，到著白接籬。舉手問葛强，何如并州兒。刺船思郢客，刺，七亦切。洙曰：郢客善操舟。解水乞吴兒。洙曰：吴兒善泅。趙曰：南人謂北人爲傖父，北人謂南人爲吴兒，皆常語也。坐對秦山晚，江湖興頗隨。師曰：安樂公主，中宗初，女嘗請昆明池爲私沼。帝曰：「先帝未有以與人者。」主不悦，自鑿定昆池，延袤數里。定，言可抗訂之也。青荷葉，柸也。白接籬，巾也。郢，楚都也。吴楚之人善操舟與泳水。

床上書連屋，階前樹拂雲。將軍不好武，稚子總能文。醒酒微風入，洙曰：嵇康：微風動摇。聽詩静夜分。洙曰：沈休文詩：月華臨静夜。絺衣挂蘿薜，北激切。或作「壁」。涼月白紛紛。趙曰：謂之紛紛，言其在薜蘿之間如此也。蘿薜者，藤蘿與薜荔也。師曰：書連屋，言案上疊書之高也。堦前樹拂雲，蓋言將軍樹也。昔馮異不争功，獨屏樹下坐，人呼爲大樹將軍。蘿乃松蘿，薜乃薜荔。

幽意忽不愜，蘇曰：嵇彦不愜幽意，忽然出山。趙曰：暗使世説云：左太冲作三都賦，初思意甚不愜。師曰：愜，謂欲歸也。歸期無奈何。出門流水住，師曰：水住，言水歸駐也。回首白雲多。洙曰：一作「雜花多」。自笑燈前舞，誰怜醉後歌。祇應與朋好，風雨亦來過。古禾切。

重過何氏五首

問訊東橋竹，將軍有報書。蘇曰：郝隆：王將軍近日有邊報。趙曰：言欲重過主人，所以託爲問訊其竹而報許之也。故有下句速往之義。倒衣還命駕，洙曰：再遊何將軍山林也。倒衣爲聞報而欲遽往，急命駕也。倒衣，如詩有云「顛倒衣裳」。高枕乃吾廬。洙曰：主人無間，故客至則安之若吾廬也。陶潛云：吾亦愛吾廬。花妥鶯捎蝶，妥，吐火切。蘇曰：關中人謂落爲妥。溪喧獺趁魚。趙曰：句法則花枝安妥之際，有鶯稍掠於蝶。溪聲喧沸之中，獺趁魚也。重來休沐地，真作野人居。趙曰：言野人居則幽静可知。師曰：東橋即第五橋也。訊者，問以言也。花笑，言花閑静也。捎，欲捎取之。花無情而鶯有情，溪無意而獺有意，静中有動意，古人立語多如此。休沐地，言此可以休歇爲湯沐之所。

山雨樽仍在，沙沉榻未移。趙曰：樽與榻皆前日之所設，樽在而榻未移，又見將軍之好客。犬迎曾宿客，鴉護落巢兒。雲薄翠微寺，鄭曰：貞觀十二年，於洛南營太和宮，後改爲翠微宮。元和中，改爲翠微寺。天青黄子陂。洙曰：陂名也。趙曰：舊本作「黄子義」，非。按志所載皇子陂在萬年縣，以秦葬皇子，起冢陂北原上，得名，别無「黄子」之稱。公又有鄭虔詩云「皇陂岸北結愁亭」是也。向來幽興極，步屧過東籬。洙曰：陶潛詩：采菊東籬下。師曰：樽仍在、榻未移，言前日宴集也。犬迎客，鴉恐犬害其子，故護之。此十字句法。山末及上曰翠微。黄叔度汪汪如千頃陂。翠微、黄子非寺與陂名，特言其義也。

落日平臺上，洙曰：梁孝王傳：孝王築東苑，廣睢陽城，大治宮室，爲複道，自宮連屬於平臺三十餘里。如淳曰：平臺在大梁東北，離宮所在也。晉灼曰：或說在城中東北角。師古曰：今其城東二十里所有故臺基，其處寬博。世俗云平臺上。**趙曰：**此篇直書景物耳。平臺應是平穩之臺，別無他義。舊注引梁孝王傳，非是也。**春風啜茗時。石欄斜點筆，趙曰：**置硯於石欄之上。**桐葉坐題詩。蘇曰：**黄藏好詩酒，幽居得句，家無紙，即摘桐葉題之。句法膾炙人口，好事者常以毫楮遺之。**趙曰：**題詩於桐葉之上。**翡翠鳴衣桁，鄭曰：**户庚切。杜作側聲用。**師曰：**下浪切。**蜻蜓立釣絲。自今幽興熟，洙曰：**一云「自逢今日興」。**蘇曰：**謝敦往來既相熟，相見亦無定期，間暇即造門。**來往亦無期。師曰：**平臺在大梁東北，離宮所在也。師古曰：今其城東二十里所有故臺基，其處寬博。世俗云平臺上，言其地僻静。翡翠、蜻蜓，皆馴。自今幽興已熟，是以來往無期刻也。

頗怪朝参懶，洙曰：樂於安間，故懶於朝参。朝参，謂入朝参謁。**應耽野趣長。雨抛金鏁甲，蘇曰：**李廣：金鎖甲未可輕抛，朝廷尚憂西北。**趙曰：**甲言金鎖，以金線連鏁之也。苻堅造金銀細甲，金爲綖以縲之，乃其類也。**苔卧緑沉槍。洙曰：**槍甲皆器之犀利者，不以功名爲務，故雨霑苔卧也。**夢符曰：**右按車頻秦書曰：苻堅使熊邈造金銀細鎧，金爲綖以縲之。緑沉，精鐵也。北史：隋文帝賜張奫緑沉槍甲，獸文具裝。武庫賦曰：緑沉之槍。**蘇曰：**霍去病痛苔生槍架，塵滿馬鞍，無復征戰之用。**趙曰：**以緑色之物沈沫其柄也。武庫賦有云：緑沉之槍舊。薛云：以緑沈爲精鐵，非也。**田曰：**廣志言：緑沉，古弓名。劉劭趙郡賦言弓弩亦有緑沉、黄間之號。師曰：薛夢符云：緑沉，精鐵也。北史：隋文帝賜張奫緑沉槍甲，獸文具裝。武庫賦曰：緑沉之槍。予嘗博考緑沉之義，或以爲漆，或以爲用緑設飾。羲之筆經云：有人以緑沉漆竹鏤管見遺，藏之多年，實有愛玩。詎必金寶雕琢，然後爲貴乎？此以緑沉爲漆也。廣志曰：緑沉，古弓名。劉紹超趙郡賦曰〔一〕：其器用則六弓四弩，緑沉黄間，溪魚腸〔二〕，丁令角端。古樂府結客少年場行云：緑沉明月絃，金絡浮雲轡。此言緑沉，皆謂弓也。弩名黄間，以黄飾之也。弓謂之緑沉，其亦以緑爲飾乎？緑沉槍，疑以緑飾之。三説不同，故並載之。**手自移蒲柳，家纔足稻粱。**趙曰：蒲柳，楊也。爾雅曰：楊，蒲柳是也。**看君用幽意，白日到羲皇。**洙曰：陶潛：羲皇上人。趙曰：言白日則有雍容閑暇不盡之意。

到此應嘗宿，相留可判年。蹉跎暮容色，洙曰：容色衰暮也。蹉跎，差跌也。**悵望好林泉。何日霑微禄，歸山買薄田。斯遊恐不遂，把酒意茫然。**洙曰：賈誼鵩賦：斯遊遂成，卒被五刑。應劭曰：李斯西遊於秦，身登相位。二世時，爲趙高所讒，身受五刑。斯遊，此遊也。謂沾禄買田之事也。以爲李斯則非。趙曰：言未霑微禄，此爲布衣時也。公方三十九歲，冬方獻三賦。次年方召試得官。故此言斯遊恐不遂其意也。師曰：判年，半年也。甫亦有山林歸老之意，見意於末篇。

〔一〕劉紹超，疑當作「劉劭」。
〔二〕溪，疑當作「堂溪」。

戲簡鄭廣文虔。兼呈蘇司業源明。

廣文到官舍，洙曰：廣文事，見一卷注。繫馬洙曰：一作「置」。堂階下。醉即騎馬歸，趙曰：山簡傳：日暮倒戴歸[一]，酩酊無所知，時時能騎馬，倒著白接䍦也。頗遭官長罵。才名三十年，坐客寒無氊。趙曰：唐史稱鄭虔在官貧約，澹如也。乃引杜甫嘗贈以詩曰「才名三十年，坐客寒無氊」，則知公之作真詩史矣。近有蘇司業，時時與洙曰：一作「乞」。鄭曰：乞，丘既切。又作「與」。酒錢。師曰：虔始爲廣文館學士，性嗜酒，不治事，數爲官長所訶。怡然不以爲意。禄山反，陷於賊，受禄山僞署。後竄歸，坐免官。故至貧窶，惟蘇源明重其才，時時給餉之。杜詩云「得錢即相覓，沽酒不復疑」，蓋謂此也。

投贈哥舒開府翰二十韻鄭曰：名翰，其先蓋突厥施酋長哥舒部之裔[二]。

今代麒麟閣，何人第一功。洙曰：漢武帝獲麟，作麒麟閣以畫功臣像也。虞義詩[三]：當今麟閣上，

[一] 戴，疑當作「載」。
[二] 厥，疑當作「騎」。
[三] 義，疑當作「羲」。

千載有雄名。漢宣帝甘露三年，上思股肱之美，乃圖畫大將軍霍光等十二人於麒麟閣。漢高祖即位，論功行封，以蕭何功爲第一。**君王自神武，**洙曰：尚書曰：帝德廣運，乃聖乃神，乃武乃文。前漢刑法志：高祖躬神武之才，揔攬英雄。**駕馭必英雄。**洙曰：吴張昭曰：人君能駕御英雄。**開府當朝傑，**洙曰：齊職儀曰：開府儀同三司，秦、漢無文。唐制：開府儀同三司，從一品官。趙曰：翰於天寶十一載加開府儀同三司。**論兵邁古風。先鋒百勝在，**洙曰：勝，一作「戰」。劉牢之爲前鋒，百戰百勝，號爲北府兵。敵人畏之。**略地兩隅空。**漢書：鄂秋曰：曹參雖有野戰略地之功如此。**青海無傳箭，**洙曰：翰築城青海上，吐蕃攻破之。移築龍駒鼻，吐蕃不敢近青海。趙曰：胡人每起兵，則傳箭爲號。或曰：守城之法，更夜傳箭，以警其睡。**天山早挂弓。**洙曰：薛仁貴傳：將軍三箭定天山，將士長歌入漢關。天山即祁連也。匈奴謂天爲「祁連」，今鮮卑語然。見武紀注：所謂天山即祁連也。趙曰：早挂弓，則不復用。**廉頗仍走敵，**洙曰：見「廉頗出將頻」注。**魏絳已和戎。**洙曰：魏絳勸晉侯和戎，以爲有五利。公從之。魏絳盟諸戎，脩民事，田以時。既而鄭人來歸，賂晉侯以師悝、師觸、師蠲；歌鐘二肆及其鎛、磬；女樂二八。晉侯以樂之半賜魏絳，曰：「子教寡人和戎，八年之中，九合諸侯。如樂之和，請與子樂之。」於是魏絳始有金石之樂禮也。**每惜河湟業，新兼節制通。**趙曰：翰十二載進封凉國公，兼河西節度使。蓋以河湟之久棄，欲得翰收復之，故使之節度河西也。**智謀垂睿想，**洙曰：王忠嗣被罪，詔翰入朝，帝虚心待之。趙曰：方謀復河隍，而爲帝所系想。

出入冠諸公。日月低秦樹，乾坤繞漢宫。**趙曰**：此言收復之功也。按傳云：攻破吐蕃共濟〔一〕，收黄河九曲，以其地置兆陽郡〔二〕。此所謂日月所臨，特低秦樹。乾坤所包，獨繞漢宫。胡人愁逐北，**洙曰**：言胡人數爲翰所破而敗北也。吐蕃嘗盜積石軍麥，爲翰所破，馬無還者。服虔曰：自敗曰北。**趙曰**：翰之威武，胡人愁其攻逐而敗北矣。漢書注：師敗曰北。舊注引吐蕃盜麥爲翰所破，非是。宛馬又從東。宛，於爰切。**洙曰**：漢伐大宛，得天馬，乃作歌曰：天馬來，歷無草。徑千里，循東道。言翰能振威武，故蠻夷畏服，宛馬復來也。**夢符曰**：右按文選阮籍詩：天馬出西北，由來從東道。受命邊沙遠，**洙曰**：邊沙，一作「軍麾」。翰屢節鎮邊郡。歸來御席同。**洙曰**：翰嘗來朝，帝命高力士賜宴，詔尚食生擊鹿，取血瀹腸，生洛何以賜之。**趙曰**：邊沙遠，指言河西爲遠。御帝同〔三〕，言復河隍功成而歸，寵宴之盛，此並終節制河西後來事。舊注所引皆在河西節度已前，熿惑學者，不得不辯。軒墀曾寵鶴，**洙曰**：左傳：狄人伐衛。懿公好鶴，鶴有乘軒者。將戰，國人受甲者皆曰：「使鶴，鶴實有禄位。余焉能戰？」**余曰**：邵氏聞見録云：子美「軒墀曾寵鶴」，如鶴乘軒，左傳注云：軒，大夫車也。非軒墀之軒。或以爲病，惟知詩者能辨之。畋獵舊非熊。文王將出獵，卜之

〔一〕共，疑當作「洪」。見杜集札記。
〔二〕兆，疑當作「洮」。見杜集札記。
〔三〕帝，疑當作「席」。

曰：所獲非熊非羆，非虎非貔，乃霸王之輔也。於是文王獵，果遇太公於渭之陽。與語，大説，同載而歸，以爲師也。趙曰：言翰之貴寵，已如乘軒之鶴。明皇得之，如文王之得吕望。左傳：衛懿公好鶴，鶴有乘軒者。**茅土加名數，**洙曰：禹貢：徐州，厥貢，惟土五色。注：王者封五色土爲社，建諸侯則各割其方色土與之。使立社禱以黄土，苞以白茅，茅取其潔，黄土取王者覆四方。名數，謂等其爵位輕重而爲之名數也。故名位不同，禮亦異數。趙曰：此言翰進封西平郡王也。茅土事，凡建國名以其方色之土與之立社，燾以黄土，苴以白茅。**山河誓始終。**洙曰：沛公即位，封功臣，爲之誓曰：使黄河如帶，太山若礪。國以永存，爰及苗裔。於是申以丹書之信，重以白馬之盟。又作十八侯位次。杜業納説曰：迹漢功臣，亦皆創符世爵〔一〕，受山河之誓，存以著其號，亡以顯其魂，賞亦不細矣。**策行遺戰伐，契合動昭融。勳業青冥上，**洙曰：須賈謂范雎曰：不意君能自致於青雲之上。靈運詩：託身青雲上。蘇曰：灌父致功名勛業〔二〕，在青冥之上。趙曰：言翰勳業之高在青冥之上。**交親氣槩中。**洙曰：言以氣義結人也。蘇曰：五侯門户棨戟森列，百夫守衛出入，交舊親契皆在豪英氣槩之中，誰敢反目。餘見上。**未爲珠履客，**洙曰：春申君客三千餘人，其上客皆躡珠履。**已見白頭翁。**洙曰：見，一作「是」。公自言未爲翰上客，而已白頭矣。**壯節初題柱，**洙曰：公自言

〔一〕創，疑當作「割」。
〔二〕父，疑當作「夫」。

壯節有題柱志也。成都記：昇遷橋，司馬相如初西去，題其柱曰：「不乘赤車駟馬，不過此橋。」果以傳車至其處。**生涯獨轉蓬。** **洙曰**：言晚節流離，如蓬之轉風也。曹子建詩：轉蓬離本根，飄颻隨長風。何意回飈舉，吹我入雲中。**幾年春草歇，** **修可曰**：梁元帝云：既看春草歇。**今日暮途窮。** 主父偃云：日暮遠途。嵇康書曰：若道盡途窮則已耳。**軍事留孫楚，** **洙曰**：晉書：孫楚字子荆，才藻卓絶，爽邁不群，多所陵傲，闕鄉曲之譽。年四十餘，始參鎮東軍事。後遷佐著作郎，復參石苞驃騎將軍。楚既負其材氣，頗侮易於苞。初至，長揖曰：「天子命我參卿軍事。」因此而嫌隙遂構，劾參軍不敬府主。楚既輕苞，遂制施敬，於是楚始也。**行間識呂蒙。** **洙曰**：吴志：呂蒙字子明，年十六，幼隨妹夫鄧當嘗擊賊。時當職吏以蒙年小輕之，曰：「彼豎子，何能爲此，以肉餧虎耳。」他日與蒙會，又蚩辱之。蒙大怒，拔刀殺吏出。俄因校尉袁雄自首，因間言於孫策。策奇之，召至左右。一云：鄉曲輕周處，將軍拔呂蒙。周處，晉人，字子隱。膂力過人，好馳騁田獵，不脩細行，縱情肆慾。鄉曲患之也。**防身一長劍，將欲倚崆峒。** **洙曰**：一作「防身有長劍，聊亦倚崆峒」。宋玉賦：長劍耿介倚天。**趙曰**：晉孫楚參石苞驃騎將軍事，恃才傲苞，因有嫌隙。吴孫策呂蒙召置左右。子美欲有冀於翰，故先引以爲言，以軍事則能留孫楚，異乎石苞之不容。以行間則有識呂蒙如孫策者，如此則我所防身之劍亦欲倚之於崆峒也。**師曰**：玄宗即位，自負神武，好開邊境，駕御英雄之士，以爲將帥。哥舒守開府，得自選將救參謀〔一〕。唐制：開府儀同三司。三司者，三公也。從一品官。甫意哥舒特膺帝眷，必立大功，爲麒麟第一人。北征突厥，西伐吐蕃。略，取也，故云兩隅空。青海軍中夜傳箭以守，無傳箭，言無警也。宋玉曰：彎弓掛扶桑。早掛弓，言休兵也。既敵一走竄，畏吾之威，斯與吾求和，故云魏絳已和戎。河隍，乃河曲，築隍以備寇。王忠嗣守河隍，爲寇所敗，翰入朝陳攻守計，帝以翰領節制，虚心待之，出入朝廷，諸公莫敢北望。日月低秦樹，乾坤繞漢宫，言帝任翰，關中之勢由此高大，不爲寇所陵逼也。吐蕃嘗盜積石軍麥，爲翰所敗。師敗曰北。寇既敗北，由是胡人畏威，遂以馬入獻，故曰宛馬又從東，此皆援以爲喻之辭，非真獻馬也。翰受命節鎮邊郡，故云邊沙遠。及歸朝，帝賜坐，作生洛河以宴之，故云御席同。衛懿公曾寵鶴，今帝之寵翰，非寵鶴之比也。策行，言以計用兵，不暇交戰，故云遺戰伐。遺，棄也。昭融，言帝之哲鑒也。翰用謀與帝意合，故能聳動於帝。勳業青冥上，言立功之高也。交親氣槩中，言氣義之感人也。甫自言未獲爲翰之上客而顯己，自惜不爲翰之眷待也。古詩云：王孫不歸來，緑盡池塘草。幾年春草歇，謂不能歸鄉也。今日暮途窮，歎衰老也。軍事留孫楚，甫參翰幕府也。行乃行伍。行間識呂蒙，言翰識擢甫於微賤也。崆峒山在西，正當吐蕃所入之道。將倚劍崆峒，從翰守節鎮也。

〔一〕救，疑當作「校」。

麗人行曹子建洛神賦云：覩一麗人於巖之畔。劉向别録：有麗人歌、賦。梁簡文帝筝賦：命麗人於玉席。

三月三日天氣新，洙曰：續齊諧記曰：晉武帝問尚書郎摯虞曰：「三日曲水其義何指？」答曰：「漢章帝時，平原徐肇以三月初生三女，至三日俱亡，一村以爲怪，乃招携之水濱盥洗，遂因水以泛觴，曲水之義起於此。」帝曰：「若如所談，便非佳事。」尚書郎束晳曰：「仲治小生，不足以知此。臣請説其始。昔周公城洛邑，因流水以泛酒，故逸詩云『羽觴隨波』。又秦昭王三日置酒河曲，見有金人出捧水心劍，曰：『令君制有西夏。』及秦霸諸侯，乃因此處立爲曲水祠。二漢相緣，皆爲盛集。」帝曰：「善。」賜金五十斤，左遷仲治爲陽城令。趙曰：晉、宋諸人侍宴曲水，皆以三月三日爲題。唐開元中都人遊賞於曲江，莫盛於中和、上巳節。此三月三日所以水邊多麗人也。舊注所引事爲泛矣。王右軍蘭亭曲水序曰：天朗氣清，惠風和暢。此亦天氣清之謂。秦曰：詩云：方秉蕑兮。則知禊遊之事已起於昭王之前。**長安水邊多麗人。**洙曰：羅敷豔歌曰：高臺多姝麗。鄭曰：長安，古雍州地。漢始都此。梅曰：鮑昭蕪城賦曰：東都妙姬，南國麗人。**態濃意遠淑且真，**蘇曰：太一仙妃態濃意遠，乘風馭氣，來往四方。**肌理細膩骨肉勻。**定功曰：此曲盡麗人之容好矣。宋玉九辯有「靡顔膩理」。東京賦有「擘肌分理」。徐俯曰：本草經注曰：肌理形色一。繡洙曰：一作「畫」。**羅衣裳照暮春，**洙曰：晉張華三月三日後園詩曰：暮春元日。王羲之蘭亭詩序：暮春之初，會稽山陰之蘭亭。古詩：被服羅衣裳。南都賦：暮春之禊，元巳之辰，男女姣服，絡繹繽紛。夏倪曰：古詩曰：被服羅衣裳。江淹別賦：羅與綺兮嬌上春。**蹙金孔雀銀麒麟。** **泰伯曰**：蹙金，今之撚金也。**頭上何所有，翠微㔩葉垂鬢脣。** **洙曰**：微，一作「爲」。㔩，一作「匐」。**鄭曰**：㔩，烏合切。㔩彩，婦人髻飾花也。**師曰**：翠微㔩葉，謂鬢邊花，以翠羽鋪飾，其狀輕微也。**背後何所見，珠壓腰衱穩稱身。** **鄭曰**：衱，居怯切。**鄭玄云**：交領。又其輒切。稱，昌孕切，宜也。**修可曰**：爾雅曰：衱謂之裾。郭璞云：衣後裾。一本「㔩」作「匐」，「衱」作「被」，非也。**師曰**：腰衱即今之裙帶，綴珠其上，壓而不垂。自此以上皆鋪叙麗人顏貌、衣裳、服飾之盛。**就中雲幕椒房親，** **洙曰**：班固西都賦云：後宮則掖庭椒房后妃之室。漢官儀曰：皇后稱椒房，取其蕃實之義也。詩云：椒聊之實，蕃衍盈升。又以椒塗宮室，亦取其溫煖，辟除惡氣，猶天子朱泥殿上曰丹墀也。師古曰：椒房在未央宮。吳樹謂梁冀曰：「將軍以椒房之重。」西都記：成帝設雲幄、雲幕於甘泉紫殿。世謂三雲殿。第五倫傳：竇憲椒房之親。曹子建美女篇：頭上金雀釵，腰佩翠琅玕。此指言貴妃兄弟驕盛。**師曰**：幕即設幕次如雲霧之垂，故曰雲幕。**賜名大國虢與秦。** **洙曰**：唐后妃傳：玄宗，楊貴妃有姊三人，皆有才貌。玄宗並封國夫人之號，長曰大姨，封虢國。八姨封秦國。並承恩出入宮掖，勢傾天下，歲給錢千貫，爲脂粉之費。**趙曰**：秦、虢乃玉真之姊妹，故曰「雲幕椒房親」也。以長安志考之，虢國乃八姨，秦國乃大姨，並承恩出入宮掖，勢傾天下。舊注以中姨封虢，八姨封秦，非是。**紫駝之峰出翠釜，** **洙曰**：峰，一作「珍」。漢書：大月氏本行國，出一封橐駝。注：脊上有一封高也，如封土然，今俗呼爲犎，音峰。匈奴傳師古注：橐駝，言能負橐囊而馱物。**蒼舒曰**：校酉陽雜俎：將軍曲良翰作駝峰炙。**趙曰**：此言食之美甚也。酉陽雜俎載食饌之美，有將軍曲良翰作駝峰炙。正以駝背一肉如峰最美。**水精之盤行素鱗。****蘇曰：**漢獻帝水精盤盛鮮膾賜近臣。**彦輔曰：**貞觀中，許栖巖遊洞口賦詩曰：不假丹梯躡霄漢，水精盤冷桂花秋。晉王廙笙賦：舞靈蛟之素鱗。**犀筯厭飫久未下，****洙曰：**晉何曾日食萬錢，猶云無下筯處。**徐君平曰：**酉陽雜俎云：安禄山恩寵莫比，其所賜有金平脱犀頭匙筯。**鑾刀縷切空****洙曰：**一作「坐」。**紛綸。****洙曰：**詩信南山：執其鑾刀，以啓其毛。注：鑾刀，刀有鑾者。言割中節也。潘安仁西征賦：饔人縷切，鑾刀若飛。應刃落俎，靃靃霏霏。紅鮮紛其初載。**師曰：**縷切，言切膾如絲縷之細。**黄門飛鞚不動塵，****鄭曰：**鞚，口送切，馬勒也。**洙曰：**前漢西域傳：蒲梢、龍文、魚目、汗血之馬，充於黄門。凡號黄門，以其給事於黄闥之内。秦、漢皆有黄門侍郎。按外傳：虢國出入皆乘駿馬，使小黄門爲御。**夢符曰：**右按文選鮑明遠擬古詩：獸肥春草短，飛鞚越平陸。**師曰：**飛鞚，言鞚勒其馬疾若飛。**御厨絲絡送八珍。****洙曰：**絲絡，一作「絡驛」。周禮：膳夫珍用八物。注：珍用淳熬、淳母、炮豚、炮牂、擣珍、漬、熬、肝膋也。又，食醫掌八珍之齊。鮑明遠詩：八珍盈雕俎。**夢符曰：**右按尚膳貴嚴，故以絲絡護衛之。絲絡如綺疏也。杜子美稱此以見寵予之隆。駱驛爲不足道。往在詩云：赤墀櫻桃枝，隱映銀絲籠。**師曰：**絲絡者，謂天子遣使送御厨食，相繼如繹絲不絶。上文言不動塵，下文言送八珍，乃知慎護天子所賜，不敢有所動摇也。**簫鼓****洙曰：**一作「管」。**哀吟感鬼神，****洙曰：**鼓，一作「管」。漢武秋風辭：簫鼓鳴兮發棹歌。詩序：動天地，感鬼神，莫近於詩。**賓從雜遝實要津。****鄭曰：**從，才用切，隨行也。**洙曰：**魏文帝與吴質書云：輿輪徐動，賓從無聲。劉向傳：雜遝衆賢。師古曰：雜遝，聚積之貌。還，夫合反。古詩曰：先據要路津。趙曰：此譏其男女之糅雜也。**後來鞍馬何逡巡，**余曰：賈誼過秦論：九國之師遁巡而不敢進。顔師古曰：遁巡，謂疑出而卻退也。遁，千旬反。**當軒下馬入錦茵。**洙曰：軒，一作「道」。鮑明遠詠史詩：賓御紛颯沓，鞍馬光照地。趙曰：當軒下馬，言其氣勢洋洋，旁若無人也。徐悱贈内詩：忽有當軒樹。彦輔曰：山巨源詠扇詩：舒心謝錦茵。師曰：錦茵，謂地鋪錦縟也。**楊花雪落覆白蘋，青鳥飛去銜紅巾。**洙曰：山海經曰：三危之山，有青鳥居之。注：青鳥，主爲西王母取食者。引自栖息於此山也。紀年曰：穆王十三年，西征子青鳥之所憩[一]。漢武故事曰：七月七日，上於承華殿齋坐中，忽有一鳥從西方來，集殿前。上問東方朔。朔曰：「此西王母欲來也。」有頃，王母至，有二青鳥如烏俠侍王母旁。江淹詩：青鳥海上遊。沈約：銜書必青鳥。趙曰：青鳥應如鸚鵡之類，豢養馴熟，飛銜紅巾，此止借西王母以青鳥爲使名之。紅巾蓋婦人之飾，如王勃落花篇云：羅袂紅巾往復還。**炙手可熱勢**洙曰：一作「正」。**絶倫，慎莫近前丞相嗔。**洙曰：勢，一作「世」。近，一作「向」。元載時委左右人四人用事，權傾中外，人爲之語曰：炙手可熱，卓李鄭薛。言勢焰燻灼可以炙手也。帝題之御屏，以示時相。按新唐書：楊貴妃智筭警穎，迎意輒悟，帝大悦，遂專房。兄銛、錡、國忠最見寵遇。三姊皆美，劭封韓、虢、秦三國，恩寵聲焰震天下。每命婦入班，雖公主亦不敢就位。臺省州縣奉請託，奔走期會，過詔勅。四方獻餉結納，門若市然。第

[一] 子，疑當作「于」。

舍聯亘，謂之五家。分賜珍奇，使者不絕於道。時國忠代李林甫爲相，領四十餘使。性豪鋭捷給，硜硜處決樞務，自任不疑，盛氣驕愎，百僚莫敢相可否。官屬悉苛督句剥相其心〔一〕，又便佞，專徇帝嗜欲，不顧天下成敗。安禄山嘗奏上國忠大罪二十，而國忠亦發禄山反狀，故禄山之反，以誅國忠爲名。後從帝幸蜀，貴妃縊於馬嵬，國忠亦爲亂兵所殺，争噉其肉且盡。諸子及群妹盡死。**修可曰**：唐史遺：安樂公主，玄宗之季妹，附會韋氏，熱可炙手，人咸畏之。**李彭曰**：炙手可熱，言門第炎炎也。**趙曰**：炙手可熱，言勢焰之薰灼也。舊注引代宗時元載用事，權傾中外。此事在杜公之後，非是。丞相嗔，指言國忠。而公詩句則後漢桓帝時童謡云「梁下有懸鼓，我欲擊之丞卿怒」之勢也。觀國忠本傳：國忠盛氣驕愎，百僚莫敢相可否，而公之詩直鋪叙二國衣服飲食之盛，聲樂賓從之樂，而終篇直指丞相之薰灼，則公之不畏彊禦可見矣。**師曰**：甫有炙手可熱、慎莫見嗔於丞相之句，所以戒當世之士大夫無爲譏切其黨，以取禍害。觀詩以碩人美莊姜與申后，蓋取其碩美之德。今此詩以麗人名篇，豈非刺貴妃之黨，徒以艷麗之色寵貴乎？杜甫深意於兹可見。

送高三十五書記

鮑曰：高書記，適也，字達夫，渤海人。少落魄，客梁、宋間。宋州刺史張九皐奇之，舉有道，調封丘尉，不得志，去客河西。河西節度使哥舒翰表爲左驍衛兵曹參軍，掌書記。**師曰**：適爲

〔一〕其心，疑當作「碁」。

武威郡鎮帥哥舒翰府掌書記，故甫送以此詩。

崆峒小麥熟，崆，苦紅切。峒，徒紅切。夏竦曰：寰宇記：肅州，昔月支之地。漢武時爲武威酒泉郡，崆峒山在郡東。**且**洙曰：一作「吾」。**願休王師。**洙曰：爾雅：四極北載斗，極爲崆峒之山。家語曰：宓子賤爲單父宰，百姓化之。齊人攻魯，道由單父。單父老請曰：「麥已熟矣。今齊寇至，不及人人自收其麥，請放民皆使出穫麥，可以益糧，且不資寇。」三請而宓子賤不聽。俄而齊寇逮乎麥。季孫聞之，怒，使人讓之。宓子蹩然曰：「今茲無麥，明年可種。若使不耕者得穫，是使民樂有寇也。」季孫聞之，赧然媿曰：「地若可入，吾豈忍見宓子哉。」賈誼書同。續漢書曰：桓帝時，童謠曰：小麥青青大麥枯，誰當穫者婦與姑，丈夫何在擊西胡。蘇曰：武帝欲討西戎，耿遜諫曰：「今崆峒小麥方熟，陛下宜休王師，使割麥，實其備。」帝從之。修可曰：崆峒，西方山也。按史記云：黄帝西至於崆峒。韋昭注曰：在隴右。九域圖志云：岷州和政郡有崆峒山。皆非爾雅所載。按爾雅乃作「空桐」字。**請公問主將，焉用窮荒爲。**彥輔曰：窮荒，謂窮兵武，貪土地也。師曰：西北地寒，時晚小麥熟，是五月之時。玄宗開元初，用張九齡爲相，天下安平。遂貪邊功，開拓土地，致有吐蕃之憂。穀麥者，民之司命。今麥正熟，願休兵，使邊民得收穫小麥，是爲生民之本。請高適問主將哥舒翰，何用窮荒之地與師勞民，俾民不得穫麥乎？且夷狄之地乃窮荒所在，譬如石田，不可以耕，雖得其地，果何益哉？此以忠言諷之。**饑鷹未飽肉，側翅隨人飛。**洙曰：魏志：呂布因陳登求徐州牧，不得。布怒，登喻之曰：「登見曹公，言待將軍，譬如養虎，當飽其肉，不則噬人。公曰：不如卿言。譬如養鷹，饑則爲用，飽則

揚去。」布乃解。載記：慕容垂猶鷹也，饑則附人，飽則高飛。**李希聲曰**：杜言此以喻高也。**高生跨鞍馬，**
彥輔曰：古詩云：鞍馬光照地。**有似幽并兒。** **洙曰**：曹子建白馬篇：白馬飾金羈，連翩西北馳。借問誰家子，幽并游俠兒。鮑明遠擬古詩：幽并重騎射，少年好騎逐。山簡舉鞭問葛強：「何如并州兒。」**鄭曰**：洪水既平，舜分冀州爲幽州、并州。二州爲游俠之士。**師曰**：鷹之爲用，可饑不可飽，飽則飛去，得一兔，飼一鼠，得一禽，飼一雛，饑而後可用也。譬若高適豪傑之士，其肯爲哥舒翰用，是故卑微其官，使之發激立功而後加以高爵重禄。鷹不饑不肯側翅以隨人，高適官不薄亦不肯隨哥舒翰往武威，此必然之理也。幽、并二州逼近羌、戎，其俗皆習鞍馬馳射。高適本儒生，今能跨馬，有似幽、并之兒，以其文武兼資故也。**脱身簿尉中，** **鮑曰**：適以封丘尉不得志去，故云。**始與捶楚辭。** **洙曰**：捶，主蘂切。北山移文云：敲扑諠囂犯其慮。韓愈云：判司卑官，不堪説，未免捶楚塵埃間。司馬遷書：以稍陵遲，至於鞭捶之間。**鮑曰**：謂唐時參軍簿尉受杖，非也。今詳杜所言捶，有罪者也。退之江陵途中云：栖栖法曹掾，何處事卑陬。何況親犴獄，敲榜發姦偷。此豈身受杖如漢諸署郎耶？**余曰**：邵氏聞見録云：子美贈高適詩云云，杜牧之寄姐阿宜詩云「一語不中治，鞭捶身滿瘡」。蓋唐參軍簿尉有罪加撻罰，如今之胥吏也。高子勉見山谷云：尔予初疑其不然，因讀唐史，代宗命劉晏考所部官善惡，刺史有罪者，五品以上劾治，六品以上杖訖奏。參軍簿尉不足道也。**借問今何官，** **鄭曰**：借，資昔切。**觸熱向武威。** **洙曰**：前漢：武威郡，故匈奴休屠王地。武帝太初四年開。隋志：舊置涼州，後周置總管府。大業初，府廢。**李泰伯曰**：程曉詩：觸熱到人家。**答云** **洙曰**：一作「言」。**一書記，所媿**

國士知。洙曰：陳琳，袁本初書記之士。又，阮瑀管書記之任。賈誼傳：豫子曰：中行以衆人畜我，我故衆人事之。智伯以國士遇我，我故國士報之。**人實不易知，**易，以豉切。**更**洙曰：一作「尤」。**須慎其儀。**洙曰：一作「宜」。范睢傳：侯嬴請信陵君曰：「人固未易知，知人亦未易。」昰曰：抑詩：敬慎威儀。**十年出幕府，自可持旌麾。**洙曰：一作「旗」。李廣傳：幕府省文書。晉灼曰：將軍職在征行，無常處，所在爲治，故言幕府。幕，大也。或曰：衛青征匈奴，絶大漠，大克獲。帝就拜大將軍於幕中府，故曰幕府。幕府之名始於此。師古曰：二説皆非也。幕府者，以軍幕爲義。古字通用。軍旅無常居止，故以長幕言之〔一〕。廉頗、李牧市租皆入幕府，此則非因衛青始有其號。又，幕，大，於義乖。彦輔曰：旌麾，謂旌旗麾蓋，將兵者所建。世説曰：掘尾蓋。**此行既特達，足以慰所思。**洙曰：一云「亦足慰遠思」。**男兒功名遂，亦在老大時。**鄭曰：大，唐佐切，巨也。又徒蓋切。師曰：今高適脱身於簿尉中，已免捶楚之憂矣。武威即凉州。觸熱，謂小麥熟，正當五月之時。書記掌撰兵符、軍檄、露布之類，甫問高適今已辭捶楚而爲何官，蓋適之行期觸冒暑熱，向武威郡爲掌書記而已。然媿荷哥舒翰以國士禮與之結知，甫因戒之曰：人相結知，不爲易得，當小心謹慎其儀，無恃才高驕，傲於主將，則爲失己失人也。古云「相識徧天下，知心能幾人」，故曰人實不易知。古人於別離，有財則贈之以財，無財則贈之以言。今甫戒以慎其儀，乃古人贈言之意也。適嘗與李白酒酣登吹

〔一〕長，疑當作「帳」。見杜集札記。

臺，爲人豪放不撿，甫恐彼疏脱於哥舒翰，故戒以慎其儀。大將行兵無宮室可居，惟以青油幕爲府，以避風雨，故云幕府。唐制：從軍歲久者始得大郡。高適今在幕府爲書記，十年間出，須得大郡，故云「自可持旌麾」。析羽爲旌，所持以指麾也，故曰旌麾。適之此行已辭捶楚，他日立功，復持旌麾，豈非特達乎。足以慰甫懷思之情，而無所恨也。自古大丈夫功名成遂，亦在晚年，不必皆少達也。文選云：嘉穀不早熟，大器當晚成。甫既勉以十年出幕府，恐嫌於遲暮，故有下句爾。**常恨結驩淺，**李希聲曰：左傳云：願結歡於二三君。**各在天一涯。**洙曰：古詩：相去萬餘里，各在天一涯。**又如參與商，**洙曰：蘇武詩：昔爲鴛與鴦，今爲參與辰。王正長雜詩云：王事離我老，殊隔過參商。陸士衡詩：形聲參商乖，音息曠不遠。昭元年傳：子産曰：昔高辛氏有二子，伯曰閼伯，季曰實沈。居於曠林，不相能也。日尋干戈以相征討，后帝不臧，遷閼伯于商丘，主辰，商人是因，故辰爲商星。遷實沈於大夏，主參，唐人是因，以服事夏、商，故參爲晉星。〔一〕**驚風吹**洙曰：一作「飄」。**鴻鵠，不得相追隨。**余曰：張良傳：鴻鵠高飛，一舉千里。羽翼以就，横絶四海。**黄塵翳沙漠，**潘大觀曰：曹植賦：揚黄塵之冥冥。**念子何當歸。**洙曰：前漢匈奴傳：隔以山谷，壅以沙漠。盧諶贈崔温詩：北眺沙漠燕〔二〕。曹子建樂府：少小去鄉邑，揚聲沙漠垂。蘇武：欲展清商曲，念子不能歸。江淹詩：飲馬

〔一〕按，此下當闕「慘慘中腸悲」一句。

〔二〕燕，疑當作「垂」。

出城濠，北望沙漠路。陳湯傳：匈奴不敢南鄉沙漠。前書音義：沙土曰漠。即今磧也。**邊城有餘力，早寄從軍詩。****洙曰：**王仲宣云：從軍征遐路，訓彼東南夷。陸士衡樂府詩有從軍行：苦哉遠征人，北戍長城阿。**師曰：**古云「歌驩希遇，愁別多逢」。蓋人生天地間，爾東我西，是以結驩淺，故云「各在天一涯」。辰、參二星不相得，各居一方。人之離別，不獲會聚者似之。生平既與適少相驩會，今又執別，如參與商，中腸安得不悲慘也。驚風者，回飈也。鴻鵠一舉千里。漢書：陳勝云：「燕雀安知鴻鵠之志。」然鴻鵠得疾風吹噓，其勢高舉遠引。彼燕雀之徒，豈得相追隨也。鴻鵠喻適，甫以燕雀自譬，恨不得追隨於適而去也。沙磧曰漠。武威乃邊郡，與沙漠相連，風揚黄塵，障翳人目，豈宜久居？不知歸期當在何日。或邊城無寇，綽有餘暇，早寄詩什，庶知適之安否。昔王粲有從軍詩，適本文墨之士，不以軍事廢擲篇章，甫之所囑者以此。

送蔡希魯都尉還隴右寄高三十五書記

時哥舒翰入奏，勒蔡子先歸。

蔡子勇成癖，**洙曰：**癖，好著也。如王濟馬癖、和嶠錢癖、杜預左傳癖之義。**蘇曰：**張遼養勇鋭成癖，恃才業成癡。**彎弓西射胡。**射，食亦切。**洙曰：**曹子建白馬篇：宿昔秉良弓，楛矢何參差。控弦破左的，右發摧月支。**趙曰：**如前漢：士不敢彎弓而報怨。**健****洙曰：**一作「男」。**兒寧鬭死，****洙曰：**世説：桓車騎使健兒鼓行劫鈔。**趙曰：**强健之兒也。故對壯士。蓋自是今日以黥面者爲健兒，故學者致疑耳。**壯士恥爲**

儒。洙曰：曹子建詩：名在壯士籍，不得中顧私。酈食其傳：沛公不喜儒，諸客冠儒冠來者，沛公輒溺其中。舊注引沛公溺冠事，非矣。

趙曰：如項羽目樊噲曰：「壯士也。」耻爲儒者，義甚明。如治天下當用長槍大劍，何用毛錐子之類。

官是先鋒得，材緣挑戰須。挑，徒了切。洙曰：先鋒，謂先師衆而行也。鋒，取鋒鋭之義。挑戰，挑之使戰也。如左氏之致師也。漢高祖紀：項羽謂曹咎曰：「謹守成皋，即漢王欲挑戰，慎勿與戰。」臣瓚曰：挑戰，擿嬈敵求戰也。古謂之致師。

身輕一鳥過，余曰：歐公詩話云：初，陳舍人從易偶得杜集舊本，文多脱誤。至送蔡都尉詩「身輕一鳥」，其下脱一字。陳公與數客各用一字補之。或云「疾」，云「落」，或云「下」，莫能定。後得一善本，乃是「過」字。陳公嘆服，以爲雖一字諸君亦不能到。

槍急萬人呼。洙曰：言輕健如飛鳥也。李廣趫健，人目爲飛將。呼，驚呼也。

雲幕隨開府，洙曰：幕府，以幕爲府。西京雜記：成帝設雲幕於甘泉。

春城赴一作「入」。上都。趙曰：此言哥舒之入奏也。天寶十一載冬，入朝。今言春城赴上都，豈由冬末而涉春乎？凡大將則有幕府，蓋以幕爲府也。

馬頭金匼匝，上口答，下作答切。洙曰：古詩：白馬黄金羈，驄馬金絡頭。

駝背錦模糊。洙曰：以駝負錦。趙曰：駝之背負物矣，而以錦帕蒙之，此之謂模糊。

咫尺雪山路，洙曰：郭義恭志廣曰：西域有白山，通歲有雪，亦名雪山。班超贊曰：定遠慷慨，專功西域〔一〕。坦步葱雪，咫尺龍沙。注：八寸曰咫。咫尺者，言不以爲遠。**歸飛西**洙曰：一作「青」。**海隅。**洙曰：言歸隴右。趙曰：謂希魯先勒還隴右也。言視雪山路如咫尺，不以爲遠，故「歸飛西海隅」也。**上公猶寵錫，**洙曰：上公，哥舒翰。**突將且前驅。**趙曰：上公，指哥舒。猶有錫命未已，固當少留。則蔡子突將當往爲前驅以先歸也。**漢使黄河遠，**洙曰：漢使張騫窮河源。趙曰：翰爲河西節度使，故云黄河遠。**涼州白麥枯。**洙曰：漢桓帝童謡曰：小麥青青大麥枯，誰當穫者婦與姑。丈夫何在西擊胡。趙曰：言其地，言其時也。**因君問消息，**洙曰：問高消息。**好在阮元瑜。**洙曰：王粲傳：陳留阮瑀字元瑜，少受學於蔡邕。建安中，都護曹洪欲使管記室，瑀不爲屈。師曰：哥舒翰開府儀同三司，得自選幕府士。希魯爲都尉，隸其麾下。赴上都，言隨哥舒入奏。金叵匝，乃金絡頭也。駝背錦模糊，言以駝載錦入貢也。咫尺雪山路，不以路遠爲憚也。西海隅，謂還隴右。唐陳藏器本草云：小麥秋種夏熟，受四時氣足，兼有寒温。麪熱麩冷，宜其然也。河渭以西白麥麪涼，以其春種，闕二時之氣故也。以地理志考之，涼州正在河渭之西，其出白麥，蓋地土所宜。時哥舒翰在涼，遣蔡子先歸，歸期正白麥之熟，甫因問高適消息。適隨哥舒爲掌書記，故比之阮元瑜。在，乃存問之辭。

〔一〕域，疑當作「遐」。

贈田九判官梁丘。

崆峒使節上青霄，河隴降王款聖朝。降，胡江切。洙曰：款，納款也。趙曰：此詩乃哥舒翰獻捷之事，何以明之？崆峒，隴右之山名也。翰於天寶八載爲隴右節度使，與吐蕃戰於石堡城，敗之，拔其城，更號神武軍。上青霄，言入朝見天子也。蓋領吐蕃降王以朝矣。**宛馬揔肥**洙曰：一作「飛」。**春苜蓿，**上莫六，下息六切。洙曰：大宛國，漢時通，人嗜蒲萄酒，馬嗜苜蓿。後貳師至宛，取善馬，遂採蒲萄、苜蓿種而歸。趙曰：此言得吐蕃之馬矣。大宛最出良〔一〕，而吐蕃一帶馬無不善者。苜蓿，所以飼馬耳。**將軍只數漢**洙曰：一作「霍」。**嫖姚。**洙曰：霍去病爲嫖姚校尉。注：嫖姚，皆勁疾之貌。今讀音飄飆者非。趙曰：指言哥舒也。漢霍去病爲嫖姚校尉。「姚」在漢書音作去聲，而公作平聲。沈存中筆談常論之矣，以爲無害於義。鄭曰：霍去病爲嫖姚將軍。音義：嫖，頻妙切。姚，羊召切。皆勁疾貌。今杜音飄遥。余曰：邵氏聞見録：子美詩霍嫖姚對春苜蓿，嫖姚字如律，當讀平聲。退之云：凡爲文辭宜略識字，有以也。夫又云：子美以鄭李對文章，春苜蓿對霍嫖姚。或以爲病，惟知詩者能辨之。**陳留阮瑀誰争長，**洙曰：王粲傳：始文帝爲五官將，及平原侯植好文學，粲與北海徐幹字偉長、廣陵陳琳字孔璋、陳留阮瑀字元瑜、汝南應瑒字德璉、東平劉楨字公幹並相友善。曹洪欲使瑀掌書記，瑀終不爲屈。太祖辟爲軍謀祭酒。趙曰：以比田九也。以其爲判官，

〔一〕「良」下疑闕「馬」字。

故比之阮瑀。見上「好在阮元瑜」注。**京兆田郎早見招。****洙曰**：田鳳爲郎，端正，入奏事，靈帝目送鳳，題柱曰：堂堂乎京兆田郎。鳳字秀宗。**趙曰**：又以此田九也〔一〕。田鳳入奏事，靈帝目送之，曰：「堂堂乎京兆田郎。」**麾下賴君才並入，獨能無意向漁樵。****洙曰**：戲下，謂軍之旌麾下也。漁樵，杜公自謂也。**蘇曰**：阮瑀語叔曰：「今涉仕路者，如躍駿馬於薄冰，何苦戀戀，獨無意向漁樵乎。」**趙曰**：此言主將麾下賴田君之才，與諸俊並入，可獨能無意而甘心於漁樵乎。**師曰**：哥舒爲安西都護，辟田梁立爲判官〔二〕。上青霄，言爵秩之高也。河隴降王，言吐蕃部曲來降者舉地納款。苜蓿可以飼馬。霍去病爲嫖姚將軍，以比哥舒。阮瑀爲曹洪書記，故以比田。漁樵，甫自謂，有意田薦之。

奉贈鮮于京兆二十韻

鮑曰：鮮于仲通也。紀十年書：劍南節度使鮮于仲通及雲蠻戰於西洱河，敗績。不見其爲京兆。豈先爲京兆耶？豈以節度爲京兆耶？唐開元以來，在位無鮮于姓者。詩有鮮于萬州，乃其子也。**鄭曰**：鮮于，相然切。漢複姓也。

王國稱多士，**洙曰**：文王詩：思皇多士，生此王國。**賢良復幾人。****趙曰**：王者之國，號稱多士矣，

〔一〕此，疑當作「比」。
〔二〕立，疑當作「丘」。

而賢良無幾也。異才應間出，洙曰：異才，茂異也。間出，間生也。猶間世而生也。爽氣必殊倫。洙曰：氣宇清爽，有殊於衆人也。趙曰：以言鮮于京兆矣。始見張京兆，宜居漢近臣。洙曰：張敞傳：潁川太守黄霸始以治行第一，入爲京兆尹。不稱，罷。於是膠東相敞守京兆尹。其治京兆略循趙廣漢之迹，爲久任職。漢制：出爲二千石，有治狀者入爲公卿。故曰近臣。驊騮開道路，蘇曰：淮陰侯韓信語蒯通曰：「觀子與諸郎談論辨析，是非落落可聽。如駑駘駕車，使驊騮開路，非容易追逐也。使人心服，可喜可喜。」見國語別集。鵰鶚離風塵。鄭曰：離，力智切，去也。洙曰：猶駿異得路者然也。趙曰：驊騮、鵰鶚，言其俊也。侯伯知何算，洙曰：一作「等」。文章實致身。趙曰：此言侯伯之人多矣，至於無算，而鮮于之致身，則實以文章也。奮飛超等級，容易失沉淪。趙曰：惟其奮飛而晉擢，徑超邁於官之等級，故其離去沉淪也，易而不難如此。脱略蟠溪釣，洙曰：吕望釣於蟠溪。操持郢匠斤。洙曰：莊子：郢人堊漫其鼻端若蠅翼，使匠石斲之。匠石運斤成風，聽而斲之，盡堊而鼻不傷。郢人立不失容。雲霄今已逼，台衮更誰親。趙曰：上公應天上三台。衮則衮服。三公一命衮，故得稱衮也。鳳穴鶵皆好，洙曰：此言鮮于諸子也。山有名鳳。陸雲幼時，閔鴻見而奇之，曰：「此兒若非龍駒，是鳳鶵。」龍門客又新。洙曰：後漢李膺傳：膺性簡亢，無所交接，唯以同郡荀淑、陳實爲師友。被容接者，名爲登龍門也。義聲紛感激，洙曰：劉越石詩：鄧生何感激。敗績自逡巡。洙曰：莊十一年傳：凡敵大崩曰敗績。注：師徒撓敗若沮岸崩山，喪其功績，故曰敗績。逡巡，言退貌。趙曰：皆公自謂也。言鮮于之義聲雖紛然感激之多，而我之敗績則自逡巡不進耳。**途遠欲何向，**洙曰：遠，一作「永」。主父偃曰：日暮途遠。**天高難重陳。**鄭曰：重，儲用切，再也。洙曰：劉越石：棄置勿重陳。曹植云：天高聽遠。**學詩猶孺子，**洙曰：一云「子夏」。論語：子曰：「小子何莫學夫詩。詩可以興，可以觀，可以群，可以怨。」又，子夏問曰：「巧笑倩兮。」子曰：「起予者商也。始可與言詩已矣。」**鄉賦念嘉賓。**洙曰：鄉賦，猶鄉舉也。鹿鳴，燕嘉賓。**不得同晁錯，**洙曰：公傳言公舉進士不第。晁錯舉賢良對策高第。晁錯傳：今臣密等迺以臣錯充賦。如淳曰：猶言備數也。臣瓚曰：充賦，錯之謙也。所以言如賦調也。**吁嗟後郄詵。**洙曰：郄詵傳：泰始中，詔天下舉賢良直言之士。太守文立舉詵應選，對策上第。詵曰：「臣舉賢良對策，爲天下第一。猶桂林一枝也。」**計疏疑翰墨，**公有詩云：儒冠多誤身。乃疑之。**時過憶松筠。**洙曰：謂有歲寒。趙曰：言時已過矣，則思隱於山林。舊注謂有歲寒，非是。**獻納紆皇眷，中間謁紫宸。**洙曰：殿名。**且隨諸彥集，**洙曰：江淹別賦：金閨諸彥。**方覬薄才伸。**鄭曰：覬，几利切，幸也。洙曰：公獻三賦，召試集賢殿。**破膽遭前政，陰謀獨秉鈞。**洙曰：劉陶傳：關東破膽。詩節南山：秉國之均。陳平曰：我多陰謀，道家所忌。趙曰：林甫傳：帝詔天下士有一藝者得詣闕。林甫恐士對詔斥己，即建言士皆草茅，徒以狂言亂聖聽，請付尚書試問。無一中程者。子美對詔，意本望高選，而爲林甫所沮，故有破膽陰謀之語。**微生霑忌刻，萬事益酸辛。交合丹青地，**

恩傾雨露辰。**洙曰**：交契在華顯之地，又當沛澤下流之辰，而愁餓死者，以時所不容也。**趙曰**：丹青地，指言公卿之地也。鹽鐵論曰：公卿者，神化之丹青。**有儒愁餓死，早晚報平津**。**洙曰**：東方朔傳：臣朔饑欲死。平津侯公孫弘開閤延賢人與參謀議。弘身食一肉脱粟飯。故人賓客仰衣食，奉禄皆以給之，家無所餘。報平津，喻報鮮于也。**趙曰**：公以獨餓死爲愁，所賴者有鮮于京兆，如公孫弘故人賓客仰衣食，奉禄皆以給之，家無所餘。報平津，喻報鮮于也。**趙曰**：公以獨餓死爲愁，所賴者在鮮于京兆。如公孫弘故人賓客仰給衣食焉。平津侯，孫弘也〔一〕。**師曰**：漢張敞嘗爲京兆尹，今鮮于以賢良而居張敞之任，猶騂騮之開道路，鵰鶚之離風塵。京兆，古之侯伯。知何筭，言胸中藴蓄不可窮也。容易失沉淪，言京兆乃輦轂之下，不可驕易而失身。此戒之之辭。郢匠斤，言有斷也。雲霄今已逼，言近天子也。台衮更誰親，言必見擢爲公相也。龍門客又新，言門下客皆賢士也。敗績自逡巡，言甫自得罪去而不獲依託鮮于也。日暮窮途遠，喻人之衰老。甫以年老，更欲何所向乎。天高難重陳，則又以君門難伸愬也。孺子，小子也。甫謙言能詩不過小子之學詩。不得同晁錯，吁嗟後郄詵，蓋言甫雖忝鄉薦，奈何不中第也。獻納，謂獻三賦，帝説，命宰相試文章。且隨諸彦集，謂落筆中書堂也。甫以上疏雪房琯，爲當權者所疾，遂見斥逐，故云「破膽遭前政，陰謀獨秉鈞」。微生霑忌刻，微生，甫自謂也。

〔一〕「孫」上疑闕「公」字。

寄高三十五書記適。

歎息高生老，新詩日又多。美名人不及，佳句法如何。**洙曰**：按新唐書：適五十始爲詩，即工，以氣質自高，每吟一篇已，好事者輒傳。主將收才子，崆峒足凱歌。**洙曰**：前篇有送高適詩云：「崆峒小麥熟，且願休王師。請公問主將，焉用窮荒爲。」**趙曰**：主將哥舒翰也。翰爲河西節度使，以適爲掌書記。崆峒，隴右山名。足凱歌，以言必勝也。聞君已朱紱，**蘇曰**：潘岳：近聞朱紱，猶慰老夫。且得慰蹉跎。**鄭曰**：主將指哥舒。收才子，言收選高適文才之士於幕府爲掌書記。崆峒山在西，哥舒爲安西都護。凱歌皆適爲之辭。朱紱，言增爵秩也。所以慰甫渴別之情矣。

寄高適新添。

楚隔乾坤遠，難招病客魂。詩名唯我共，世事與誰論。北闕更新主，南星落故園。定知相見日，爛熳倒芳樽。

秋雨歎三首洙曰：此詩刺時之暴虐，故取詩「北風其涼」意。

雨中百草秋爛死，堦下决明顔色鮮。**修可曰**：本草圖經云：决明夏初生苗，七月有花，黄白色。

趙曰：百草以秋而又雨，則爛死也，宜矣。而決明方以鮮明之色，黃花翠葉而獨榮，以譬君子在患難之中而獨立之譬也。**著葉滿枝翠羽蓋，**彥輔曰：東京賦：樹翠羽之高蓋。**開花無數黃金錢。**定功曰：神農本草：決明子生龍門川澤間，與石決明同功，皆主明目，故有決明之號。圖經云：夏初生苗，根蔕紫色，葉似苜蓿而大。七月有花黃白色，其子作穗，似青菉豆而鋭也。夢符曰：右按爾雅：薢茩英茪。注：英，明也。黃葉鋭，赤華，實如山茱萸。或曰：公陵也。關西謂之薢茩。音皆。彥輔曰：此傷特立獨行之君子不得時也。按本草：決明夏花秋生子。花赤。與此篇所稱不同。然公時有金錢花，與菊相類，多生於秋雨中，俗謂之滴漏花。杜豈斥此邪。**涼風蕭蕭吹汝急，恐汝後時難獨立。堂上書生空白頭，**洙曰：莊子：魯侯讀書堂上〔一〕。蘇曰：邵平：魯堂白頭書生，焉敢輕議朝廷事。**臨風三嗅馨香泣。**洙曰：語：子路共之，三嗅而作。嗅香而泣，傷己之不見用，而無救於時也。蘇曰：陳江總重九日見菊采，視之久，謂席上賓客曰：「元亮若見，必不使混於猶草中。」至醉，又語客曰：「三嗅三憶古人，使人三泣。」衆客慘然。趙曰：孔子歎山雌之得時，所以傷己之不遇。至於子路共之，三嗅而作，則亦傷之而不苟食故也。今也臨風三嗅，而亦傷其徒馨之意。師曰：時苦雨傷物，蓋政淫泆之所致也。詩有「北風其涼」、「正月繁霜」、「雨無正」、「風雨所飄摇」之作，皆謂時政不善也。玄宗初用張九齡，開元之間治平，後用李林甫、楊國忠，天下亂，軍旅數起，故陰陽不和，恒雨若之，百

〔一〕魯，疑當作「齊」。見杜集札記。

草爛死，言虐政害物也。決明，佳蔬也。食之能决去眼昏，以益其明。喻九齡引忠諫諍，開其聰明，去其昏蔽。時林甫進用在上，九齡罷黜在下，不以不用而憔悴其色，故云「堦下决明顏色鮮」。葉滿枝，花無數，不以風雨而摇落，喻君子遭患難而節操愈固，不凋喪也。凉風以譬刻薄之小人。時林甫、國忠之徒擠陷九齡，雖九齡獨立自守，恐亦不免禍也。故云「凉風蕭蕭吹汝急，恐汝後時難獨立」。堂上書生，甫自謂也。空白頭，爲國家憂，故頭白。昔王羲之當晉亂，終日撚花鬚嗅香，顰蹙無言。時人不會其意，蓋憂晉國之亂故也。今甫臨風三嗅，傷九齡有馨香之德，而爲姦人所逐，寧不憂思而泣乎。

再吟

蘭風伏洙曰：一作「長」。安石曰：「伏」作「仗」。黄曰：仗，當作「長」。**雨**洙曰：一云「東風細雨」。楚辭：光風泛崇蘭。伏，三伏也。**秋紛紛，**趙曰：蘭珊之風、沈伏之雨，言其風雨之不已也。「蘭」如謝靈運「蘭暑」之「蘭」，「伏」如左傳「夏無伏陰」之「伏」也。舊引楚辭「光風泛崇蘭」，以伏爲三伏，非是。**四海**洙曰：一云「萬里」。**八荒同一雲。**洙曰：一作「萬里同一雲」。詩：上天同雲，雨雪紛紛。彦輔曰：風言號令，雨言德澤。雲障閉，令萬里一同見陰，小之盛也。楚辭九章曰：雲霏霏而承宇。王逸曰：佞人並進，滿朝廷也。**去馬來牛不復辯，濁涇清渭何當分。**洙曰：莊子：秋水時至，百川灌河，涇流之大，兩涘渚涯之間不辯牛馬。趙曰：以多雨而水漲岸遠，所以不辨馬牛也。涇之濁，渭之清，固自分辨，而多雨混之，則不可得而分别耳。洪芻曰：選潘岳西征賦云：北有清渭濁涇。杜蓋謂品流混殽。**木頭生耳黍穗黑，**趙曰：唐俚語云：春雨甲子，赤地千里。夏雨甲子，乘舡入市。秋雨甲子，木頭生耳。出朝野僉載。一本作「禾頭」，非是。蓋禾粟無生耳者。木頭生耳，則柤是已。黍穗黑，則壞爛矣。故農夫無所望也。**農夫田父無消息。**彦輔曰：甲子禾生耳。又本草：五木耳，謂楮槐榆柳桑。曹子建詩：黍稷委疇隴，農夫安所獲。**城中斗米換衾裯，**蘇曰：漢末天下大荒，米每斗十餘緡。京房持一衾於長安中換陳米一斗。人皆易子而食。**相許寧論兩相直。**洙曰：天寶末，外窮兵夷狄，内盡力宫室，役使繁興，民不得休息。此詩所以刺也。彦輔曰：舊史：開元中，斗米數錢。讀此詩即可以論其世矣。師曰：蘭風，謂剪蘭之風。伏雨，謂三伏暑毒之雨。皆非能生物者也。以喻毒虐之政。四海八荒同一雲，言普天皆罹其害。馬童而牛角，涇濁而渭清，此易辨也。風雨冥晦，馬牛不能辨，涇渭不能分，以譬昏亂之世，忠邪賢否，混淆無別。華黍，時和歲豐，宜黍稷也。黍宜於高燥，稷宜於下濕，雨暘得中，故黍稷咸宜。黄帝之世，五日一風，十日一雨。今苦雨，木頭盡生耳，黍稷盡黑。林甫爲宰相，不能燮調可知。古者役民，歲不過三日，恐妨農時也。今農夫田父皆負戈行役，過期不反，是以田萊多荒，年凶穀踊。京城之内，一衾一裯纔換斗米，但得相許，何暇論貴賤之價相當與不相當乎？玄宗窮兵四夷，民貧物貴如此，其視貞觀中米斗三錢，得無媿耶。

又吟

長安布衣誰比數，鄭曰：所矩切。説文：計也。反鏁衡門守環堵。洙曰：陳風：衡門之下，可以棲遲。注：衡門，横木爲門。言淺陋也。儒行：儒有一畝之宫。環堵，面一堵也。五版爲堵，五堵爲雉。張景陽詩：環堵自頽毁，垣閭不隱形。莊子讓王篇：原憲居魯，環堵之室。韋玄成傳：使得自安衡門之下。師古曰：衡門，謂横一木於門上，貧者之所居也。陶潛：環堵蕭然，不蔽風日。老夫不出長蓬蒿，洙曰：莊子庚桑楚篇：鑿垣牆而殖蓬蒿。昭十六年傳：斬艾、蓬蒿、藜藿而共處之。月令：藜莠蓬蒿並興。江淹詩：顧念張仲蔚，蓬蒿滿中園。趙岐三輔决録注曰：張仲蔚隱身不仕，所居蓬蒿没人。稚子無憂走洙曰：一作「奏」。風雨。雨聲颼颼催早寒，鄭曰：颼，疏鳩切，風貌。正作「䬘」。胡鴈翅濕高飛難。洙曰：古詩：願爲雙鴻鵠，奮翅起高飛。趙曰：鴈本高飛之物，以雨多翅濕而難於高飛，亦興物以自況。洪炎曰：庾信喜雨詩：鴈濕斷行來。秋來未曾見白日，洪炎曰：魏文帝秋霖賦：悲白日之不暘。泥污后洙曰：一作「厚」。土何時乾。洙曰：宋玉九辯：皇天淫溢而秋霖兮，后土何時兮得乾。此詩刺賢者退處而民漸溺於塗炭也。師曰：長安，京城也。唐都長安。布衣，深衣也。以練布爲之。衡門，謂衡一木以爲楣堵墻也。孟子：五畝之宅，樹墻下，以桑環繞其墻，以爲守禦。衡門環堵，貧者之居也。長安繁華之地，貴游乘高車，駕駟馬。甫困於布衣，誰復有比數者，言不得備數而已。是以杜門却掃，安於貧賤。老夫不出長蓬蒿，言耆舊之臣隱遁不出，賢路荆棘，惟乳臭小子當權見用，無能爲國家憂慮，但樂禍幸灾而已。稚子，指禄山，楊貴妃養爲義子。杜詩云「稚子敲針作釣鈎」是也。

詩人多以風雨譬患難，如風雨所飄摇之類。禄山爲將，生事邊疆，非樂禍幸災而何，故云走風雨。**雨聲颼颼催早寒，**言寒之來有漸。譬禄山叛謀漸著。大夫以道去就者，鴈之比也。禄山叛，衣冠陷於胡者不可勝數，雖欲脱身南來，勢有不可，故云「胡鴈翅濕高飛難」。當是時，玄宗幸蜀，駕已出，京城無知者。軍民官吏瞻望天子，杳無消息，故云「秋來未曾見白日」。禄山從范陽長驅而來，普天之民咸墜塗炭，故云「泥污后土何時乾」。

苦雨奉寄隴西公兼呈王徵士

彦輔曰：杜元注云：隴西公即漢中王瑀。徵士，琅邪王徹。

今秋乃淫雨，**洙曰**：月令：季春行秋令，則天多沉陰，淫雨蚤降。注：九月多陰淫霖也。雨三日以上爲霖。**洪朋曰**：爾雅云：久雨謂之淫。**楊符曰**：蔡邕行述賦[一]：遘淫雨之經時。**仲月來寒風。群木水光下，萬象****洙曰**：一作「萬家」。**雲氣中。****洙曰**：唐中宗二年三月，洛城東七里許地色如水，側近樹木，往來車馬皆歷歷影見水中，經月餘乃滅。**趙曰**：此盛言苦雨之狀也。萬家，一作「象」，非是。且既言象，則上不應言群木也。舊引中宗時地色如水事，疑誤後學。**所思礙行潦，九里信不通。****洙曰**：詩雅：洞酌彼行潦。流潦也。疏云：行者，道也。潦者，雨水也。行道上雨冰流聚[二]，故云流潦。傳云：行潦之水也。**趙曰**：

[一] 行述賦，疑當作「述行賦」。
[二] 冰，疑當作「水」。

指隴西公、王徵士之所居，言爲苦雨所隔，斯乃九里不通之謂矣。**悄悄素滻路，**洙曰：潘岳西征賦：玄灞素滻。唐天寶元年，命陝郡太守韋堅引滻水開廣運漕。悄悄，言行旅不通貌。鄭曰：滻，素簡切，水名。唐天寶元年命陝郡太守韋堅引滻水，開廣運漕。楊符曰：李善選注：玄、素，水色。**迢迢天漢東。**洙曰：古詩：迢迢牽牛星。言有所隔。黄曰：詩：維天有漢，監亦有光。天漢，銀河也。趙曰：天漢則中渭橋之所。長安志於中渭橋引三輔黄圖曰：渭水貫都，以象天漢。横橋南渡，以法牽牛是也。**願騰六尺駒，**洙曰：一作「馬」。**背若孤征鴻。**洙曰：周禮：凡馬八尺以上爲龍，七尺以上爲騋，六尺爲馬。趙曰：鴻鵠，高飛遠舉之物，謂之孤征鴻，蓋以其群飛則意猶詳緩，孤飛則欲逐伴而急矣。**劃見公**洙曰：一作「君」。**子面，**劃，忽麥切。蘇曰：韓湛昨稠人冠蓋中劃見面目，已謂非俗人也。**超然懽笑同。奮飛既胡越，**洙曰：詩：不能奮飛。古詩：胡馬依北風，越鳥巢南枝。趙曰：言如胡與越之隔也。王粲所謂胡越之異區也。舊引胡馬越鳥，誤矣。彦輔曰：言如鳥奮翼而飛胡越，言南北之異。**局促傷樊籠。**洙曰：古詩：晨風懷苦心，蟋蟀傷局促。莊子：澤雉不蘄畜乎樊中。注：樊中所以籠雉也。修可曰：南史：陽休之不樂典選久，曰：「此官寔時清華，但妨吾賞真，是樊籠矣。」趙曰：漢武帝云：局促如轅下駒。洪覺範曰：王績遊北山賦：長懷企羨，豈出樊籠。**一飯四五起，**洙曰：史記：一飯之恩必報。又：周公一飯三吐哺。蘇曰：李合望弟，令每一飯四五起望西北。尹曰：鮑昭詩：起坐失次第，一日三四遷。**憑軒心力窮。**洙曰：江文通雜體詩：憑軒詠堯老。此言思見君子而不可得也。師曰：春夏多雨水，秋冬多旱乾，此常理也。當旱乾反爲苦雨，乃陰氣淫泆，臣侵君之象，故云今秋乃淫雨。立秋之候，涼風始至，今於仲月，寒風早來，陰陽不調，寒暑舛逆，若此水氣在天爲雲，雲行則雨施。杜詩云「安得誅雲師」，今群木皆居水光下，萬象皆在雲氣中，言水潦漲溢，雲氣凝結，以喻天下之民咸墜於塗炭也。九者，陽數之極。九里至近，奈何爲行潦所礙，雖有所思，欲通音問，而不能達，況其遠者乎？是宜素滻之路、天漢之東，悄悄無行人。迢迢相間隔，音問阻絶，不獲相通。陝西有滻水，漢中郡、琅琊郡皆在天漢之東，甫居西，瑀與徵居東，時阻於禄山之亂，人皆墊溺，是以託意於雨潦而思漢中王瑀與琅琊王徵也。公子指瑀與徵，劃謂以刀劃開，如披雲霧獲覩青天是也。甫欲騰跨馬，皆疾若飛鴻，劃見二公子面，與之同懽笑，此述懷思之情。胡在北，越在南，雖然如鳥之奮飛，奈胡越相去之遠，何不免局促於樊籠而不得騁也。詩云：折柳樊圃。樊，藩籬也。時兵革遍天下，動則拘礙，無所適往，真若局促樊籠之中，是以寢食不遑安處，一飯之間，四五起問消息，以至憑軒檻，心力窮盡，蓋傷罹亂之世，人無所安居有如此也。是詩之寄，豈直爲苦雨作乎。**嘉蔬没溷濁，**洙曰：郭景純江賦：播匪藝之芒種，挺自然之嘉蔬。宋玉風賦：駭溷濁，揚腐餘。屈平卜居云：俗溷濁而不清。騷又云：溷濁而嫉賢。嘉蔬，注：蔬菜也。鄭曰：溷，胡困切，亂也。十朋曰：記：稻曰嘉蔬。**時菊碎榛叢。**洙曰：嘉蔬、時菊，刺賢者爲群小所掩翳也。潘安仁：時菊耀巖阿。蘇曰：符朗曰：甘菊碎雜榛叢，蕙蘭同委蒿艾。趙曰：謝玄暉詩：時菊委嚴霜。蓋蔬没菊碎，因苦雨所致，以興賢者困於時政之煩苛也。**鷹隼亦屈猛，**洙曰：張華鷦鷯賦：蒼鷹鷙而受紲，屈猛志以服養。嫉尸禄也。趙曰：

使張華鷦鷯賦「屈猛志以服養」。而舊解以爲禰衡，誤矣。**烏鳶何所蒙。式瞻北鄰居，****蘇曰：**王儁：瞻彼北鄰，吹笙食魚。**取適南巷翁。****洙曰：**言賢者安於退處。謝靈運：揚帆采石華，掛席拾海月。**掛席釣川漲，焉知清興終。****趙曰：**言隴西公、主徵士既不見矣〔一〕，姑近取北鄰南巷之人而與遊也。**師曰：**嘉蔬所以養人。菊當秋，宜得其時，今碎於榛叢，反失其時也。溷濁，塗泥也。蔬與菊，皆喻賢人君子當禄山之亂，小人得時，賢人君子失所，故有没溷濁、碎榛叢之譬。鷹隼當秋時宜於擊搏，將帥於斯時出力平賊之秋也。今乃屈猛，蓋言諸將敗衂，是以禄山得以長驅。烏鳶，小民之比也。官兵既敗，小民爲賊焚虜，何所蒙其福耶。蓋言民無所恃，故曰「烏鳶何所蒙」。雨潦阻礙，所向不通，式瞻者止於北鄰，所適者止於南巷，其局促如此，以喻諸郡陷於賊，土地迫蹙，動無所往，是以杜甫嘗有傴仄行，蓋亦如此意也。當是時，賢人惟隱於漁釣，可以保身，故曰「掛席釣川漲」、「焉知清興終」。掛席，即掛帆也。漁釣之樂，烏有終窮，仕於亂世，誠所憂耳。

王狀元集百家注編年杜陵詩史二卷

〔一〕 主，疑當作「王」。

王狀元集百家注編年杜陵詩史三卷

天寶以來在東都及長安所作

上韋左相二十韻彦輔曰：按韋見素傳：見素嘗爲左丞相。子倜、鄂，位至給事中。孫顗爲尚書左丞也。鮑曰：韋見素襲公爵彭城郡公。十三載，拜武部尚書，從帝入蜀。詔兼左相。

鳳曆軒轅紀，洙曰：昭十七年傳：郯子來朝，公與之宴，昭子問焉曰：「少皡氏鳥名，官何也？」郯子曰：「吾祖也。我高祖少皡摯之立也，鳳鳥適至，故紀於鳥，爲鳥師而鳥名。鳳鳥氏，曆正也。」注：鳳鳥知天時，故以名曆正之官。史記曰：黄帝名軒轅。**龍飛四十春。**洙曰：自玄宗即位，至天寶十一載，四十年。十三載，見素爲武部尚書、同中書門下平章事。龍飛，玄宗即位也。沈存中曰：文章自應律度，未嘗以音韻爲主。詩第二字側入，謂之正格。如子美此二句，皆二字平入，謂之偏格。如唐名輩詩多用正格，子美詩用偏格者十無二三。**八荒開壽域，**洙曰：荒，大也，八方也。驅民庶於仁壽之域。昱曰：列子仲尼篇：遠在八荒之外。前漢：王吉疏：願陛下與大臣述舊禮，明王制，驅一世之民，躋之仁壽之域。**一氣轉洪鈞。**洙曰：

張茂先答何劭詩：洪鈞陶萬類。**霖雨思賢佐，**洙曰：高宗命傅説曰：「若歲大旱，用汝作霖雨。」**丹青憶老臣。**洙曰：趙充國傳：充國以功德與霍光等列畫未央宮。成帝時，西羌嘗有警，上思將帥之臣，追美充國，迺召揚雄即充國圖像而頌之。後漢胡廣傳：靈帝思感舊臣，乃圖畫廣及太尉黄瓊於省内，詔議郎蔡邕爲其頌云。孝祥曰：韋相公之先人遺風餘烈至今稱之，故云「丹青憶老臣」。**應圖求駿馬，**洙曰：梅福傳：欲以三代之法取當世之士，猶以伯樂之圖求騏驥於市而不可得，亦已明矣。馬援好騎，善别名馬，於交趾得駱越銅鼓，乃鑄爲馬式，還上之。馬高三尺五寸，有詔置於宣德殿下，以爲名馬式焉。趙曰：此言見素以材見用也。魏曹植獻文帝馬表曰：臣於先帝世得大宛紫骍一疋，形法應圖。舊注引梅福傳，非干此也。**驚代得騏驎。**洙曰：張揖注相如賦：雄曰騏，雌曰驎。其狀麇身、牛尾、狼蹄、一角。**沙汰江河濁，**汰，他蓋切。洙曰：言爲吏部日也。北史：靳雄爲尚書郎，會沙汰郎官，雄與羊琛等八人俱見留。**調和鼎鼐新。**鼐，曩宰切。洙曰：言爲相也。説命：作和羹，用汝爲鹽梅。釋器云：鼎絶大者謂之曰鼐。**韋賢初相漢，**洙曰：韋賢字長孺，授昭帝詩。宣帝本始三年，代蔡義爲丞相。**范叔已歸秦。**洙曰：史記：范雎字叔，更名姓曰張禄。王稽載入秦，昭王大説，拜雎爲客卿，對應侯〔二〕，相秦。**盛業今如此，傳經固絶倫。**洙曰：韋賢兼通禮、尚

〔二〕對，疑當作「封」。

書。少子玄成復以明經仕至丞相，故鄒魯諺曰：遺子黃金滿籯，不如一經。**豫樟深出地，滄海闊無津。**洙曰：豫樟木，良材也。滄海，百谷之所歸，其淵不可津涯。**北斗司喉舌，**洙曰：李固傳：陛下之有尚書，猶天之有北斗也。北斗爲天之喉舌，尚書亦爲陛下喉舌。斗斟酌元氣，運於四時。尚書出納王命。**東方領搢紳。**搢，即刃切。洙曰：郊祀志：搢紳者弗道。李奇曰：搢紳，插笏於紳。紳，大帶也。臣瓚曰：縉，赤白也。紳，大帶也。左氏傳有縉雲氏。師古曰：李云搢紳是也。字本作「搢」，插笏於大帶之間，與革之間耳。非插於大帶也。或作「薦紳」者，亦謂薦笏於紳帶之間，其義同。相如曰：搢紳，先生之徒也。**持衡留藻鑒，聽履上星辰。**洙曰：公時兼兵部尚書，故云「聽履上星辰」。鄭崇哀帝時爲尚書僕射，數求見諫争，上納用之。每見曳革履，上笑曰：「我識鄭尚書履聲。」趙曰：見素爲吏部侍郎，平判皆誦於口，銓選平允，人多德之。上星辰，以言其親帝之旁，猶言上雲霄矣。**獨步才超古，**昱曰：魏志：王粲字仲宣，山陽高平人。曹植與楊修書曰：今世作者可略而言，若仲宣獨步於漢南。彦輔曰：任昉曰：勳遂超古。**餘波德照鄰。**洙曰：一云「餘陰照北鄰」。余曰：左傳僖公三十三年：波及晉國，君之餘也。逸曰：語：德不孤，必有鄰。**聰明過管輅，**魯故切。洙曰：魏志方伎傳：管輅字公明，喜仰視星辰。常云：「家雞野鵠，猶尚知時，况於人乎。」琅琊太守單子春語衆人曰：「此年少盛有才器，聽其言論，正似司馬犬子游獵之賦，何其磊落雄壯。英神已茂，必能明天文地理變化之數，不徒有其言也。」於是發聲徐州，號之神童。**尺牘倒陳遵。**洙曰：前漢游俠傳：遵字孟公，略涉傳記，贍於文辭。惟善書，與人尺牘，至皆藏去以爲榮。倒，猶傾服也。**豈是池中物，**洙曰：吳志周瑜傳、晉書劉元海傳並云：蛟龍得雲雨，非復池中物。**由來席上珍。**無己曰：禮儒行：儒有席上之珍以待聘。**廟堂知至理，風俗盡還淳。**魯曰：此言宰相之能事畢矣。**才傑俱登用，愚蒙但隱淪。**趙曰：公自謂也。**長卿多病久，**長，展兩切。洙曰：司馬相如字長卿，嘗有消渴病。與卓氏婚，饒於財，故其事官未嘗肯與公卿國家之事，常稱疾閒居，不慕官爵。**子夏索居貧。**索，昔各切。趙曰：公以二人自比也。司馬相如常有消渴病，子夏離群索居。索居，蕭索也。**回首驅流俗，**余曰：孟子曰：同乎流俗。**生涯似衆人。**余曰：莊子養生主篇：其生也有涯。**巫咸不可問，**洙曰：列子：有神巫自齊來，命曰季咸，知人生死存亡，禍福壽夭，期以歲月，卒爲壺丘子所困。**鄒魯莫容身。**洙曰：莊子盜跖篇：孔子再逐於魯，削跡於衛，窮於齊，圍於陳蔡，不容見於天下者，豈足貴耶。**感激時將晚，蒼茫興有神。**興，許應切。趙曰：蒼茫，荒寂之貌。公處荒寂之間，而興有神，則感激所致，不覺如神也。**爲公歌此曲，涕淚在衣巾。**師曰：曆所以推日月星辰之數。鳳知天時，故軒轅以名曆官。所謂鳥官者，如此之類。易：飛龍在天，大人造也。龍以喻君。考之鳳曆，玄宗即位，至天寶十一載，已經四十年。見素時爲尚書、同門下平章事，調和一元之氣，連轉洪鈞，以陶成萬物。遂使八方荒遠之民咸躋於仁壽之域。霖雨思賢佐，丹青憶老臣，謂見素之父湊遺風餘烈，至今人思之，故有是句。應圖求駿馬，謂像父而求其子，果得見素之賢也。沙汰江河濁，言公爲相，得以進退百官，奬清廉而去貪濁也。昔韋賢父子皆以經術相繼爲漢相，今見素父子亦然，故下文又云「傳經固絶倫」。范叔遭困戹，變名姓曰張祿，來歸秦。秦相之。湊初仕隋，後歸唐，故云「范叔已歸秦」。豫樟深出地，滄海闊無津，言見素本盛族根本，淵源之高大也。見素從玄宗入蜀，兼左相。天寶中，爲兵部尚書，故云「北斗司喉舌，聽履上星辰」。天寶五載爲吏部侍郎，銓序平允，故云「持衡留藻鑒」。天寶十五載，是年八月肅宗立，改元至德。十月丙申，有星犯昴。見素言於肅宗曰：「昴者胡也。祿山將死。」帝曰：「日月可知乎？」見素曰：「福應在德，禍應在刑。昴金忌火行，當火位，昴之昏乃其時也。」及祿山死，日月皆不差。管輅善天文地理，今見素所言如此，故曰「聰明過管輅」。東方朔爲縉紳領袖，或云康王之誥，太保率西方諸侯入應門左，畢公率東方諸侯入應門右。時公爲相，率百官，故云領縉紳。愚蒙但隱淪，甫自謂病肺不堪求仕，但隱居淪晦而已，非若公之才傑登用於廟堂，能使風俗追還淳古之治。驅流俗，言與流俗驅馳，不能擺脱俗累。生涯似衆人，言貧與編户等也。巫咸善知人貴賤壽夭，甫雖貧賤多病，猶能安於分命，莫肯扣問斯人而有覬覦之心也。甫自言東西南北人，故有比於夫子之不容於世也。時將晚，傷衰老也。蒼茫，曠遠皃，言興之超遠。

承沈八丈東美除膳部員外阻雨未遂馳賀奉寄此詩

今日西京掾，多除南省郎。**洙曰**：府掾四人，同日拜郎。通家惟沈氏，謁帝似馮唐。**洙曰**：見「名慚白首郎」注。文選：謁帝承明廬。**趙曰**：公自比也。馮唐以白首而見文帝。公四十歲始以獻賦召試見明皇也。詩律群公問，**蘇曰：**王仲宣流落荆南，多有名士日問詩律。儒門舊史長。**趙曰：**却言沈東美也。謂之舊史，則東美者，史官沈既濟之胄也。清秋便寓直，**洙曰：**寓寄也。晉潘岳兼虎賁中郎將，寄直於散騎省中，故云寓直也。**趙曰：**言沈受命之時也。便音平聲。列宿頓輝光。**鄭曰：**宿，息救切。**洙曰：**謂郎官上應列宿也。未暇申安慰，含情空激揚。司存何所比，**洙曰：**比屬也。言司之所存何屬。**逢原曰：**語則有司存。膳部默悽傷。**趙曰：**言沈丈所存之司何所比擬乎。公直以比其大父也。蓋公之大父審嘗爲此官，故因沈丈而追感矣。貧賤人事略，經過霖潦妨。禮同諸父長，**洙曰：**父長猶父兄之行也，相尊爾。天子謂同姓諸侯，諸侯謂同姓大夫，皆曰父。**趙曰：**以見尊沈丈之年。恩豈布衣忘。**趙曰：**公新召試入官，前此蓋布衣耳。天路牽騏驥，雲臺引棟梁。**趙曰：**袁彦伯三國名臣贊曰：整轡高衢，驤首雲路。此牽騏驥之謂也。**馬曰：**淮南子云：雲臺之高高。注曰：高際於雲，故曰雲臺。即非漢之臺名。徒懷貢公喜，颯颯鬢毛蒼。**洙曰：**見「切效貢公喜」注。王陽入仕，貢禹彈冠。**師曰：**漢制以曹官爲掾，如屋之椽，言有所負荷也。時府掾四人，同日拜郎。西京，漢也。除，擢也。言除舊而寘新。甫與沈家相通往來。馮唐老年爲郎，今東美亦然，故以比之。詩律群公問，言沈長於詩，群公皆就質疑。便音騈，謂安閒也。直謂直舍也。貧賤無車馬，阻於霖潦，故人事簡略。布衣，甫自稱也。甫末章有意於沈汲引，故云牽騏驥、引棟梁也。

九日寄岑參彦輔曰：此詩言君爲姦邪所蔽，而賢人幽憂。

出門復入門，雨脚但仍舊。所向泥活活，户括切。洙曰：一作「浩浩」。詩：北流活活。謝靈運：活活夕流駃。趙曰：活活雖云水流聲，而泥之深多，則行爲有聲也。思君令人瘦。洙曰：古詩：思君令人老，歲月忽已晚。又詩：思君令人老，軒車又何遲。沉吟坐秋一作「西」。軒，飯一作「飲」。食錯昏晝。寸步曲江頭，難爲一相就。蘇曰：王述子在荆楚，道路阻長，歲云暮矣，難爲相就。趙曰：此所以懷岑生也。岑應在曲江頭，猶寸步耳，而以雨泥故難於相就也。吁嗟乎蒼生，稼穡不可救。蘇曰：楚深秋潦淫霈，民有憂色，稼穡不可救，饑歲何以支持，蒼蒼者意如之何。趙曰：舊本作「呼」。任昌叔本作「乎」，極是。蓋詩云「吁嗟乎騶虞」，取此三字用也。尚書：海隅蒼生。注言蒼蒼然之生草木也。閔草木而嘆之，以爲苦雨稼穡已損，爲不可救也。安得誅雲師，洙曰：雲師名屏翳。廣雅：在雲師謂之豐隆。蘇曰：久雨不止。郭泰機曰：憑誰三尺刃，誅雲師，掃除陰氣。疇能補天漏。洙曰：列子湯問：女媧氏錬五色石，以補其闕。張平子西京賦：察雲師之所憑。趙曰：蜀有地名漏天。古詩：地近漏天終歲雨。大明韜日月，晉卦：麗乎大明。趙曰：晝夜皆雨，而日不見乎晝，月不見乎夜，皆無明矣。曠野號禽獸。趙曰：惟淫雨淋注，則禽獸無所以安其飛走，故哀號於曠野。君子强逶迤，上於危，下余支切。小人困馳驟。趙曰：以雨淫於上，泥汨於下，君子雖有車馬，亦强逶迤而已。小人艱於行李之往來，故困馳驟。此公之語法。字書本作「委蛇」，自得之貌。楚辭：載雲旗兮逶迤。**維南有崇山，**洙曰：詩：節彼南山。**恐**一作「漭」。**與川浸溜。**趙曰：前漢書有云：泰山之溜可以穿石。句之意則憂君子之改節也。**是節東籬菊，紛披爲誰秀。**洙曰：陶淵明雜詩：采菊東籬下，悠然望南山。魏文帝與鍾繇書曰：歲往月來，忽復九月。九爲陽數，而日月並應，俗嘉其名，以爲宜於長久，故以享宴高會。是月律中無射，言群木庶草無有射地而生，於芳菊紛然獨榮，非夫含乾坤之淳和，體芬芳之淑氣，孰能如此。故屈平悲冉冉之將老，思食秋菊之落英，輔體延年，莫斯之貴。謹奉一束，以助彭祖之術。趙曰：此又言不見岑生也。饒曰：簡文帝九日詩：是節協陽數。言紛披者暗使。**岑生多新語，性亦嗜醇酎。**洙曰：謝惠連雪賦：酌相吴之醇酎。西京雜記：漢制宗廟八月飲酎，用九醖太牢。皇帝侍祠，以正月旦作酒，八月成名曰酎，一曰九醖，一名醇酎。晉侯鄢酒賦：醇酎秋發。宣十五年傳：秋，嗜酒，二也。鄭曰：酎，直救切，醇酒也。**采采黄金花，何由滿衣袖。**洙曰：詩：采采卷耳，不盈頃筐。又：終朝采藍，不盈一襜。言心有所憂而不在所采也。岑生何由而免憂乎。趙曰：以不見岑生，意緒無聊，采之不能多也。師曰：詩人主文而譎諫，觀甫此詩，多託意於苦雨，不直斥當時事，以意逆志，斯得之矣。

奉贈太常張卿均二十韻彦輔曰：按唐書：均，張説之長子也。九載爲大理卿，後出爲建安太守，歲中召還，再遷太常卿。禄山亂，受僞命，特免死，長流合浦。

方丈三韓外，洙曰：前漢郊祀志：自齊威、宣、燕昭使人入海求蓬萊、方丈、瀛洲，此三神山者，其傳在渤海中。魏志：韓在帶方之南，東西以海爲限，有三種：一曰馬韓，二曰辰韓，三曰弁韓。故曰三韓。崑崙萬國西。洙曰：禹貢注：崑崙在荒服之外，流沙之内。羌髳鬃之屬，皆西戎也。鄭曰：上公渾，下盧昆切。酈元曰：外國圖云：從大晉國王西七萬里〔一〕，得崑崙之墟。建標天地闊，洙曰：天台賦：赤城霞起以建標。詣絶古今迷。氣得神仙迥，恩承雨露低。洙曰：按唐書：均弟垍以主壻，玄宗特深恩寵，許於禁中置内宅。侍爲文章，賞賜珍玩不可勝數。時均亦供奉翰林，垍嘗以所賜示均，均戲謂垍曰：「此婦翁與女壻，非是天子與學士也。」趙曰：上四句以譬禁掖之清切，乃神仙之地，唯有仙風道骨者始能遊，且承恩寵也。此指言張均父子。相門清議衆，趙曰：張均父說，相國之子，故曰相門。儒術大名齊。魯曰：均，張說之子，其名與父齊等也。軒冕羅天闕，洙曰：均、垍俱能文，說在中書，兄弟皆掌綸翰之任。琳琅識介珪。洙曰：禹貢：厥貢球琳琅玕。注：琳，皆玉名。琅玕，石而似珠。釋地云：西北之美者，有崑崙墟之璆琳、琅玕焉。詩崧高：錫爾介珪，以作爾寶。箋云：長寸二尺謂之介，非諸侯之圭，故以爲寶。美均爲介珪也。趙曰：以琳琅則識張卿爲介珪矣。介珪，大珪也。伶官詩必誦，洙曰：邶詩簡兮序：衛之賢者仕於伶官，皆可以承事王者。注：伶官，樂官也。伶氏世掌樂官而善焉，故後世號樂官爲伶官也。夔樂典猶稽。洙曰：書：

〔一〕王，疑當作「正」。

后夔典樂。**趙曰**：此贈太常張卿，復用樂事。伶官出詩「仕於伶官」。古者採詩而伶官誦之，以諫王焉。太常卿，掌樂者也。**健筆凌鸚鵡**，**洙曰**：後漢：禰衡字正平，有才辯，在黄祖座上爲鸚鵡賦，筆不停綴，文不加點。凌，過也。**銛鋒瑩鸊鵜**。**洙曰**：鸊鵜，水鳥也。膏中瑩刀。**修可曰**：戴暠度關山詩云：劍瑩鸊鵜膏。**友于皆挺拔**，**洙曰**：友于，言兄弟也。**馬曰**：書：惟孝友于兄弟。**趙曰**：言均、垍兄弟之貴，且有動業也。**公望各端倪**。**洙曰**：公望各有所歸也。**趙曰**：言兄弟負公輔之望，各有端倪也。**余曰**：莊子大宗師篇：反覆終始，不知端倪。疏云：端，緒也。倪，畔也。**通籍踰青瑣**，**洙曰**：元帝紀：令從官、給事官、司馬中者，得爲大父母、父母、兄弟通籍。應劭曰：籍者，爲二尺竹牒，記其年紀、名字、物色，縣之宫門，案省相應，乃得入也。謝玄暉詩：既通金閨籍。漢給事日暮入對青瑣門拜，謂之夕郎。青瑣，以清户邊鏤中，天子制也。刻爲青瑣文而青塗也。**趙曰**：通籍，通朝見之籍。青瑣也，中有青瑣門，刻爲連瑣而青塗之。**亨衢照紫泥**。**洙曰**：亨衢，亨塗也。後漢志：漢舊儀曰：天子信璽六璽，皆以武都紫泥封。青囊曰素裹〔一〕，兩端無縫，尺一板，中約署皇帝。**余曰**：易大畜卦：何天之衢亨。**靈虬傳夕箭**，**洙曰**：梁陸倕字佐公。新漏刻銘云：靈虬承龍。言漏刻之體，以龍承之也。**趙曰**：箭，浮水之物。**鄭曰**：虬，居幽切，無角龍。**歸馬散霜蹄**。**昱曰**：

〔一〕曰，疑當作「白」。見杜集札記。

莊子馬蹄篇：馬蹄可以踐霜雪。**能事聞重譯，**夷益切。洙曰：前漢平帝紀：越裳重譯獻雉。師古曰：譯，謂傳言也。道路絶遠，風俗殊隔，故累譯而後乃通。相如：重譯納貢。趙曰：言所能之事聞潘於重譯之蠻夷矣〔一〕。**嘉謨及遠黎。**余曰：揚子：或問：忠言嘉謨。曰：謨合皋陶之謂嘉。**弼諧方一展，**洙曰：皋陶謨曰：謨明弼諧。**班序更何躋。**洙曰：莊二十年傳：朝以正班爵之義，帥長幼之序。**適越空顛躓，**洙曰：莊子逍遥篇：宋人資章甫而適諸越。越人斷髪文身，無所用。顛躓，危困也。鄭曰：躓，陟利切，跲也。**遊梁竟慘悽。**洙曰：鄒陽，齊人，知吴王不可説，是時梁孝王待士，於是陽與枚乘、嚴忌等皆去之。陽從孝王遊，羊勝、公孫詭等疾陽，惡之孝王。孝王怒，將殺之。陽從獄中上書而得免。趙曰：公初落魄，嘗適越矣。傳所謂客吴越是也。公又嘗遊梁矣。贈李白篇所謂「亦有梁宋遊」是也。今公雖爲右率府胄曹，然欲展弼諧於張卿，而班列次序之不可攀，則復有去而之它之意。將適越乎？空如前日之顛躓。將遊梁乎？竟如前日去慘悽。此詩人之思也。**謬知終畫虎，**洙曰：馬援傳：初，兄子嚴、敦並喜譏議，援在交阯，還書戒之曰：龍伯高敦厚周慎，口無擇言，謙約節儉，廉公有威。吾愛之重之，願汝曹效之。杜季良豪挾好〔二〕，憂人之憂，樂人之樂，清濁無所失。父喪致客，數郡畢至。吾愛之重之，不欲汝曹效也。效伯高不得，猶爲謹勑之士，所謂刻鵠不成，尚

〔一〕潘，疑當作「播」。見杜集札記。

〔二〕挾，疑當作「俠」；「好」下疑闕「義」字。

類鶩也。效季良不得，陷爲天下輕薄子，所謂畫虎不成，終類狗也。迄今季良尚未可知，郡將下車輒切齒，州郡以爲言，吾嘗爲寒心，是以不願子孫之效也。**微分是醯雞。**洙曰：莊子田子方篇：孔子見老聃，孔子出，以見顔回，曰：「丘之道也，其猶醯雞歟。微夫子之發吾覆也，吾不知天地之大全也。」注：醯雞者，瓮中之蠛蠓也。司馬云：酒上蠛蠓。醯，許西反。**萍泛無休日，**天覺曰：萍無根，隨流而已。謝靈運：蘋萍泛沉深。趙曰：公自譬其無定也。**桃陰想舊蹊。**洙曰：李廣贊曰：李將軍恂恂如鄙人，口不能出辭。及死之日，天下知與不知，皆爲流涕。彼其中心誠信於士大夫也。諺曰：桃李不言，下自成蹊。師古曰：蹊，音奚，謂徑道也。趙曰：公言其想舊蹊之桃陰，乃懷念舊日見知之人也。**吹噓人所羡，騰躍事仍睽。碧海真難涉，**洙曰：十洲記：扶桑，在碧海之中也。一面萬里，太帝之宫。太真東主君所治之也。**青雲不可梯。**安石曰：郭璞游仙詩：靈谿可潛盤，安事登雲梯。趙曰：至於騰躍之便，則仍乖睽如此，則如涉碧海、梯青雲之難也。曾曰：謝靈運詩：共登青雲梯。**顧深慚鍛錬，**鍛，都玩切。洙曰：韋彪傳：鍛錬之吏。注：蒼頡篇曰：鍛，推也。鍛錬，猶成熟也。蓋深文之吏，入人之罪，猶工冶陶鑄鍛錬，使之成熟也。前書：路温舒曰：鍛錬而周内之。田曰：張景陽七命曰：楚之陽劍，歐冶所營，乃錬乃鑠，萬辟千灌。注云：鍛錬刻苦成材之義。此言張卿恩顧我雖深，而自慚鍛錬之未至耳。舊注所引乃刑罰鍛錬之義，非是。**才小辱提携。**洙曰：提携，猶挈維之也。趙曰：公自言才能之小，辱張卿之提携。**檻束哀猿叫，**洙曰：叫，一作「巧」。淮南子：置猿檻中，巧捷無所肆其能。鮑明遠詩：今作檻中猿。**枝驚夜鵲棲。** 洙曰：魏武帝樂府云「月明星稀，烏鵲南飛。繞樹三匝，何枝可依」云。**幾時陪羽獵，應指釣璜溪。** 洙曰：注揚雄傳：雄十二月從羽獵。璜，玉也。呂望釣於蟠溪，得璜焉，刻曰：姬受命，呂佐之，報在齊。趙曰：孝成帝時羽獵，而揚雄從焉。幾時陪羽獵，有羨慕其得近清光之意。鄭曰：璜，胡光切。十道志：櫟陽有釣漢浦，乃呂望所釣璜溪也。師曰：太公老年見用，今甫亦有意於暮年，故云云。

贈特進汝陽王二十韻

彥輔曰：舊注：王名僎，天寶中封爲王。祕書監同正員。父棣王琰。琰，玄宗第四子也。琰妃韋氏，少師之女也。新注：按唐史，讓帝長子璡封汝陽，位特進，僎位祕書監。此詩乃贈璡，非僎也。璡已見八哀詩云。鮑曰：璡，讓皇帝子。新史書贈太子太師，不書特進，失之。舊史言小特進[一]，贈太子太師，與公詩合。趙曰：公八哀詩太子太師汝陽王璡曰：汝陽讓帝子。而舊注又以此爲棣王琰之子，何自眩惑也。此詩在八哀詩所贈之先，蓋其特進時耳。特進，正二品，而太子太師從一品也。

特進群公表， 洙曰：漢官儀曰：諸侯功德優盛，朝廷所敬異者，賜位特進，在三公下。特進，漢官也。

[一] 小，疑當作「加」。見杜集札記。

二漢及魏、晉以加官。表，儀表也。**天人夙德升。**洙曰：邯鄲淳見曹植才下〔一〕，歸對其所知歎植之才，謂之天人夙早也。**霜蹄千里駿，**洙曰：武帝謂劉德爲千里駒。師古曰：其所言若駿馬可致千里也。**風翮九霄鵬。**洙曰：莊子：鵬怒而飛，其翼若垂天之雲，摶扶摇而上者九萬里。**服禮求毫髮，**洙曰：僖二十三年傳：服於有禮，社稷之衛。趙曰：言於禮無纖毫違背。**推忠忘寢興。聖情常有眷，朝退若無憑。**洙曰：不挾貴也。**仙醴求浮蟻，**洙曰：醴，一作「醞」。師古曰：醞，甘酒也。少麴多米，一宿而熟，不齊之。漢書：楚元王敬禮申公，穆生不嗜酒，王每置酒，嘗爲穆生致酒。曹子建七啓云：浮蟻鼎沸，酷烈馨香。**奇毛或賜鷹。**蘇曰：隋文帝賜楊素白花角鷹。**清關塵不雜，**洙曰：會稽典録：丁寬門無雜賓。劉孝標論：不雜風塵也。**中使日相乘。**洙曰：吴志朱然傳：中使日食之物相望於道〔二〕。**晚節嬉遊簡，**洙曰：不以嬉遊爲務也。**平居孝義稱。自多親棣蕚，**洙曰：友愛兄弟也。**誰敢問山陵。**洙曰：後漢東平王蒼傳：帝欲爲原陵、顯節陵起縣邑，蒼聞之，遽上疏諫，帝從而止。自是朝廷每有疑故，輒以驛使詣問蒼。於是悉心以對，皆見納用。**學業醇儒富，**洙曰：賈山涉獵書記，不能爲醇儒。醇者不雜。**辭華哲匠能。**秦曰：殷仲文詩：哲匠感蕭辰。**筆飛鸞聳立，章罷鳳騫騰。**洙曰：羨其書翰也。**精理通談笑，**洙曰：雖談

〔一〕下，疑當作「辯」。
〔二〕日，疑當作「口」。

笑皆精於理道。忘形向友朋。洙曰：不驕也。寸腸堪繾綣，洙曰：寸腸取必也。昱曰：板詩：以謹繾綣。注：反覆也。鄭曰：上去演，下古轉切。謹慎貌。一諾豈驕矜。一諾，見鄭諫議詩注。已忝歸曹植，洙曰：見「天人夙德升」注。何知對李膺。洙曰：後漢杜密傳：黨錮事起，密與李膺俱坐，而名行相次，故時人亦李、杜。前有李固、杜喬，故言亦也。范滂母曰：汝得與李、杜齊名，死亦何恨。謂膺、密也。子美對汝陽謙辭也。招要恩屢至，要，伊消切。崇重力難勝。洙曰：子美自言雖蒙招要之恩，而禮意崇重，非力所能勝也。披霧初歡夕，洙曰：衛瓘見樂廣曰：「見此人，瑩然若披雲霧而覩青天也。」高秋爽氣澄。樽罍臨極浦，鳧鴈宿張燈。花月窮遊宴，炎天避鬱蒸。石曰：猶河朔避暑之會。硯寒金井水，洙曰：荆州記：益陽有金井數百。古老傳金人以杖撞地輒成井。簷動玉壺冰。洙曰：鮑明遠詩：清如玉壺冰。瓢飲唯三逕，洙曰：顏回一瓢，蔣詡三逕。巖栖異一塍。洙曰：謝靈運詩：栖巖挹飛泉。百層，高絶也。謬持蠡測海，洙曰：東方朔論曰：以管闚天，以蠡測海。張晏曰：蠡瓠，瓢也。師古曰：蠡，音來戈反。師曰：今辱宴會，酒量非公敵，故云云。况挹酒如澠。食陵切。洙曰：昭十二年傳：晉侯與齊宴，中行穆子相投壺。晉侯先，穆子曰：「有酒如淮，有肉如坻。寡君中此，爲諸侯師。」中之。齊侯舉矢曰：「有酒如澠，有肉如陵。寡人中此，與君代興。」亦中之。昱曰：澠水出齊國臨淄縣北，入時水。鴻寶全寧祕，洙曰：劉向傳：上復興神仙方術之事，而淮南有枕中鴻寶苑祕書。師古曰：鴻寶苑祕書，並道術篇名。藏在枕中，存録之不漏泄也。**丹梯庶可陵。**洙曰：謝玄暉敬亭山詩：要欲追奇趣，即此陵丹梯。**淮王門有客，**洙曰：一作「門下客」。淮南王安之善屬文，天下方術之士多往歸焉。於是遂與蘇飛、李向、左吴、田由、雷被、晉昌時等八人及諸儒大山、小山之徒共講論道德，總統仁義，而著鴻烈解也。**終不媿孫登。**洙曰：晉隱逸孫登傳：初，楊駿徵高士，孫登遺以布被。登截被於門，大呼曰：「斫斫刺刺。」後果如其言。登傳云：好讀易，嘗撫一絃琴，見者皆親樂之。黎余幽憤詩曰〔一〕：昔慚柳下，今愧孫登。師曰：楊駿無德，而登諷之。璡無媿於甫，故云云。

敬贈鄭諫議十韻

諫官非不達，詩義早知名。洙曰：鄭諫議雖不得名，必善於詩者。下皆詩事。趙曰：爲天子諫官，非不謂之顯達，而於作詩之義，又早歲已有名，此專美之也。下句正言其詩，可以知名者。**破的由來事，**洙曰：言詩句中理，如射之破的也。庾翼謂謝尚曰：「卿若破的，當以鼓吹相賞。」尚應聲中之，翼即以其副鼓吹給之。**先鋒孰敢争。**洙曰：嘗爲勍敵，未嘗敗北。趙曰：破的如射之中，先鋒如戰之勇。王濟與王愷發

〔一〕黎余，疑當作「嵇康」。

射，一發射破的。**思飄雲物外**，思，相吏切。洙曰：外，一作「動」。言詩意思遠到也。司馬相如傳：相如既奏大人賦，天子大説，飄飄有凌雲氣、游天地之間意。趙曰：如文賦言「神游萬仞，情騖八極」。舊注引飄飄有凌雲之氣，非是。**律中鬼神驚**。修可曰：詩律既中，可驚鬼神。如李白詩云：詩可泣鬼神。舊注謂如律吕和諧，誤矣。**毫髮無遺恨，波瀾獨老成**。洙曰：曲盡物理，故無遺恨。才思浩瀚，故如波瀾，兼詞意壯健，故有言老成也。趙曰：公言作詩中有一字一句不佳，雖如毫髮之小，則心自慊慊，則有遺恨矣。**野人寧得所**，趙曰：自此而下皆公自叙也。野人，公自稱耳。**天意薄浮生**。**多病休儒服**，晏曰：莊子田子方篇：哀公曰：舉魯國而儒服。**冥搜信客旌**。洙曰：天台賦云：遠寄冥搜。趙曰：欲冥搜幽冥之地，信客旌所指耳。**築居仙縹緲**，上普沼，下弭沼切。洙曰：木玄虚海賦：神仙縹緲，餐玉清涯。趙曰：卜築欲在深遠之處，如仙之縹緲難尋也。餘見上。**旅食歲崢嶸**。鄭曰：上仕耕，下胡萌切。高峻貌。鮑明遠舞鶴賦：歲崢嶸而催暮。**使者求顔闔**，洙曰：莊子讓王篇：魯君聞顔闔得道之人也，使人以幣先焉。顔闔守陋閭，苴布之衣，而自飯牛。終逃魯君之使。**諸公厭禰衡**。洙曰：後漢文苑傳：禰衡字正平，有才辨，氣剛傲，好矯時慢物。曹操怒之，送與劉表。後侮慢表，表耻不能容，以江夏太守黄祖性急，故送衡與之。後竟爲祖所殺。**將期一諾重**，洙曰：辯士曹丘生謂季布曰：「楚人諺曰：得黄金百兩，不如得季布一諾。足下何以得此聲於梁楚之間哉。」江淹詩：季布重然諾。史記曰：季布一諾。**欻使寸心傾**。洙曰：謂傾嚮於鄭也。

徐庶指心曰：以此方寸之地。謝玄暉詩：孰爲勞寸心。鄭曰：欻，許勿切，暴起也。**君見途窮哭，宜憂阮步兵。**洙曰：阮籍爲步兵校尉，率意命駕，不由徑路，車迹所窮，輒慟哭而反。顔延年詩：物故不可論，途窮能無慟。十朋曰：使者求顔闔，謂鄭時遣人招之。諸公厭禰衡，言異己者惡甫之放誕。末章皆祈哀之辭。

前出塞九首

戚戚去故里，悠悠赴交河。洙曰：陸士衡：悠悠行邁遠，戚戚憂思深。古詩：戚戚何所迫。文〔一〕：悠悠隔山陂。又：回車駕言邁，悠悠涉長道。蘇曰：古詩：轉戰交河道。修可曰：按唐西州交河在伊州西七百里，河水分流，繞城下，因以名之。漢侯應上書云：車師前國王治交河。**公家有程期，**洙曰：程限期會也。**亡命嬰禍羅。**劉曰：漢竇榮亡命山林。趙曰：畏公家之期程而逃亡其命，則必有收捕，禍所及矣。**君已富土境，**蘇曰：徐越、吾君土境，遠方物富備，而又取炎瘴之地，恐後爲中國患。**開邊一何多。**師曰：此句譏禄山、國忠之徒爲國生事於夷狄也。**棄絶父母恩，吞聲行負戈。**洙曰：陸士衡詩：夕息常負戈。泰伯曰：李奎被掠，毁冠裂冕，吞聲負戈。

〔一〕文，疑當作「又」。

出門日已遠，不受徒旅欺。師曰：此言離家日久，已習戰鬬之事，故徒旅不能欺也。**骨肉恩豈斷，**竦曰：蘇武詩：骨肉緣枝葉。**男兒死無時。走馬脱轡頭，**梅曰：木蘭曲云：南市買轡頭。**手中挑青絲。**洙曰：梁簡文帝紫騮馬詩：青絲懸玉蹬。又云：宛轉青絲鞚。趙曰：宛轉青絲鞚。絲，馬鞚也。**捷下萬仞岡，俯身試搴旗。**鄭曰：搴，起虔切，取也。洙曰：曹子建：仰手接飛猿，俯身散馬蹄。狡捷過猴猿，勇剽若豹螭。左太冲：振衣千仞岡。又，斬將搴旗。

磨刀嗚咽水，嗚，一作「呼」。**水赤刃傷手。欲輕腸斷聲，心緒亂已久。**洙曰：鮑昭東門行：離聲斷客情。又：行子心腸斷。修可曰：辛氏三秦記曰：隴山，天水大坂也。俗歌云：隴頭流水，鳴聲幽咽。遥望秦州，肝腸斷絶。故曰嗚咽水。革曰：東人西役，升此而顧，莫不悲思。其歌云：隴頭泉水，流離西下。念我此行，飄然曠野。登高望遠，涕淚雙墮。**丈夫誓許國，憤惋復何有。**鄭曰：惋，烏慣切，驚歎也。**功名圖騏驎，**蘇曰：羊弘基曰：丈夫兒功名立於少壯時，南征北伐，剪叛除姦，期圖於騏驎，何苦苦守筆硯度日而已。鄭曰：上渠之，下力珍切。漢閣名，畫功臣於此。**戰骨當速朽。**洙曰：見「今代騏驎閣」注。宋司馬造石槨，孔子曰：死不如速朽。師曰：丈夫以身許國，立功圖像，死何足恤。況傷於離别乎？此勸以義之意。

送徒既有長，丁丈切。洙曰：高祖以亭長爲縣，送徒驪山。**遠戍亦有身。**鄭曰：戍，東遇切，守邊也。**生死向前去，不勞吏怒嗔。**師曰：足見其强驅人於戰，豈所謂悦以犯難，民忘其死者乎。**路逢相**

識人，附書與六親。哀哉兩決絶，不復同苦辛。**洙曰：**國忠領劒南募使，遣戍瀘南，餉路險乏，舉無還者，人人思亂。此詩所以作也。

迢迢萬餘里，領我赴三軍。軍中異苦樂，主將寧盡聞。**洙曰：**王仲宣從軍詩：從軍有苦樂，但問所從誰。**師曰：**爲將之道，甘苦與衆同之。今將樂而士苦，苦樂之異如此，豈善撫循士卒者乎？隔河見胡騎，倏忽數百群。我始爲奴僕，幾時樹功勳。**禹偁曰：**漢衛青奮於奴僕。

挽弓當挽强，**蘇曰：**張諒少壯氣鋭，好挽强弓。明帝用爲校尉。用箭當用長。**洙曰：**晁錯云：弩不可以及遠，與短兵同。射不能中，與亡矢同。中不能入，與亡鏃同。此將不省兵之過。射人先射馬，擒賊先擒王。**洙曰：**前漢匈奴傳：月氏欲殺冒頓，冒頓奔歸頭曼。頭曼令將萬騎，冒頓乃作鳴鏑習勒其騎。射令曰：鳴鏑所射而不悉射者，斬。後冒頓以鳴鏑單于善馬，左右悉射之。冒頓知其可用。遂以鳴鏑射頭曼，左右皆隨之，遂殺頭曼，而自立。**趙曰：**以言士卒之各致其功。舊又引晁錯説，了不相下〔一〕。**師曰：**甫謂射馬擒王，不欲多殺傷也。殺人亦有限，立國自有疆。**蘇曰：**左思曰：列國分土自有疆界。苟能制侵陵，豈在多殺傷。**趙曰：**孟子曰：定於一，孰能一之，不嗜殺人者能一之。而喜開邊者，乃好大喜功之士。則公

〔一〕下，疑當作「干」。

之詩豈不益於教化乎。

驅馬天雨雪，軍行入高山。逕危抱寒石，指落曾冰間。曾，才登切。**洙曰**：陸士衡：驅馬涉陰山，山陰馬不前。仰憑積雪巖，俯涉堅冰淵。**修可曰**：前漢匈奴傳：匈奴攻太原，高帝自將兵擊之。會冬雨雪，卒之墮指者十二三。已去漢月遠，何時築城還。浮雲暮南征，可望不可攀。**趙曰**：公詩使周王褒燕歌行「無復漢地關山月，唯有漠北薊城雲」之意。**師曰**：暮望歸雲南征，不得與之還，是故嘆云云。

單于寇我壘，單，時連切。百里風塵昏。**晁曰**：王僧達詩：千里莫沙昏〔一〕。雄劍四五動，彼軍爲我奔。**夢符曰**：右吳越春秋：吳王闔閭使干將造劍二枚，一干將，二鏌鋣。鏌鋣者，干將之妻。干將作劍，金鐵之精未肯流。干將夫婦乃斷髮剪爪投之爐中，金鐵乃濡，遂以成劍。陽曰干將而作龜文，陰曰鏌鋣而作漫理。雄，猶陽也。烈士傳作雌劍、雄劍。**修可曰**：列士傳曰：眉間尺者，謂眉間廣一尺也。楚人干將、鏌鋣之子。楚王夫人常於夏納涼而抱鐵柱，心有所感，遂懷孕，後産一鐵。楚王命鏌鋣鑄此精爲雙劍。三年乃成，劍一雌一雄。鏌鋣乃留雄而以雌進楚王。劍在匣中常有悲鳴，王問群臣，群臣對曰：「劍有雌雄，鳴者雌憶其雄也。」王大怒，收鏌鋣殺之。眉間尺乃爲父殺楚王。**黄曰**：列士傳：劍有雌雄。干將雌莫耶〔二〕。越絶書

〔一〕莫，疑當作「黄」。

〔二〕「干將」前疑闕「雄」字。

曰：楚王作鐵劍三枚，晉、鄭聞而求之，不得。興師圍楚之城，三年不解。楚引太阿之劍，登城而麾之，三軍破敗，士卒迷惑，流血千里。**虜其名王歸，**修可曰：前漢匈奴傳：霍去病、衛青操兵歸瀚海，虜名王貴人以百數。**繫頸授轅門。**繫，胡計。頸，居勁切。曹子建求自試表：昔賈誼弱冠求試屬國，請繫單于之頸，而制其命。終軍以妙年使越，欲得長纓係其王，羈致北闕。轅門，以車轅爲門也。唐曰：宣帝紀：單于遣其名王奉獻。師古注：名王，謂有大名以別諸小王也。韓曰：轅門出周禮。掌舍，掌王之會同之舍，設車宫轅門。注：謂王行止宿險阻之處，備非常。**潛身備行列，**蘇曰：盧綬潛身屈志，暫備行列。**一勝可足論。**蘇曰：孫子曰：一勝一負，兵家常事，不足論也。

從軍十年餘，師曰：言用兵久也。**能無分寸功。衆人貴苟得，欲語羞雷同。**洙曰：曲禮：毋雷同。注：雷之發聲，物無不同時應者，人之言當各由己，下當同然也[一]。**中原有鬭争，况在狄與戎。**洙曰：前漢匈奴贊曰：書戎「蠻夷猾夏」[二]，詩稱「戎狄是膺」。**丈夫四方志，**洙曰：禮射義：桑弧蓬矢以射天地四方，示男子之有志也。**安可辭固窮。**琪曰：語：君子固窮。梅曰：甫於斯時寧可固窮，不敢爲國生事。雖無分寸之功，其忠於君可見矣。

[一] 下，疑當作「不」。

[二] 戎，疑當作「戒」。見杜集札記。

官定後戲贈

鮑曰：天寶十三年，公年四十三，在京師。明皇朝獻太清宫享廟及郊，獻賦三篇。帝奇之，使待制集賢院，令宰相陳希烈試文章。爲希烈刻忌，權河西尉。不拜，改衛率府參軍。

不作西河尉，凄凉爲折腰。洙曰：陶潛爲彭澤令，郡遣督郵至縣，吏白應束帶見之。潛歎曰：「吾不能爲五斗米折腰，拳拳事鄉里小人。」老夫怕趨走，率府且逍遥。洙曰：老夫，自言也。謂州縣有趨走之勞，故怕。率府閑曹得自肆而已。趙曰：初授西河尉，辭不行，更授率府兵曹。師曰：甫自言怕州縣之職，趨走勞頓，不若率府閑曹得以自肆也。耽酒須微禄，狂歌託聖朝。蘇曰：崔獮狂歌痛飲〔一〕，託聖朝之至化。故山歸興盡，回首向風飈。趙曰：謂須微禄，故無復歸山之興，但臨風回首而已。

贈李白

秋來相顧尚飄蓬，洙曰：潘安仁詩：譬如野田蓬，斡流隨風馭〔二〕。未就丹砂愧葛洪。洙曰：見爲農詩注。趙曰：葛洪以交趾出丹砂，求爲句漏令。痛飲狂歌空度日，飛揚跋扈爲誰雄。洙曰：跋扈，强梁也。質帝以梁冀横，當朝群臣，目冀曰：「此跋扈公。」趙曰：北史：齊高祖謂世子曰：「侯景專制河南

〔一〕崔獮，疑當作「鄭獮」。
〔二〕馭，疑當作「飄」。

十四年，常有跋扈飛揚之心。」**師曰：**甫昔與李白有就丹砂之志，今相顧飄蓬，故於葛洪有所愧也。飛揚跋扈，指禄山必爲亂也。

自京赴奉先縣詠懷五百字天寶十四載十一月初作。奉先屬京兆郡，緣皇家陵寢。武后分置醴泉縣。**鄭曰：**唐開元四年改同州蒲城爲奉先，以奉睿宗橋陵。**師曰：**甫時妻子在奉先縣，故甫往省家焉。禄山反，作此。

杜陵有布衣，老大意轉拙。　**洙曰：**前漢地理志：杜陵屬長安京兆尹。注：古杜伯國，有周將軍杜主祠四所。漢宣帝葬此，因曰杜陵。長安南五十里。布衣韋帶之士。古詩：老大徒傷悲。**趙曰：**杜陵，公所居之地也。**許身一何愚，竊比稷與契。**　**曾曰：**孔子：竊比於我老彭。**蘇曰：**子美自許稷與契，人未必許也。然其詩云「舜舉十六相，身閑道與高。秦時用商鞅，法令如牛毛」，此是稷契輩口中語也。**居然成濩落，**　**洙曰：**莊子：瓠落無所容。猶郭落也。落，零落也。濩，胡落切。**昱曰：**生民詩：居然生子。**白首甘契闊。**　**洙曰：**擊鼓詩：死生契闊，與子成説。毛氏曰：契闊，勤苦也。陸士衡贈弟士龍詩：安得携手俱，契闊成騑服。贈盧諶：契闊豈但一。魏武：契闊談讌，心念舊思〔一〕。陸機：契闊踰三年。**蓋棺事則已，**大臨曰：劉毅云：丈夫兒蹤跡不可尋常，便混群小中，蓋棺事方定矣。趙曰：韓詩外傳載孔子云：學而不已，闔棺乃止。**此志常覬豁。**鄭曰：覬，几利切，幸也。**窮年憂黎元，嘆息腸**一作「腹」。**内熱。**洙曰：荀子：窮年卒歲。賈誼曰：百姓黎元輯於下。孟子：不得於君則熱中。謝靈運詩：窮年迫憂患。趙曰：莊子：我其内熱歟。**取笑同學翁，浩歌彌激烈。**洙曰：蘇武：長歌正激烈，中心愴以摧。**非無江海志，瀟灑送**一作「迭」。**日月。**洙曰：沈休文：纓珮空爲累，江海事多違。莊子：身居江海之上，心遊魏闕之下。江淹：江海從邅迴。趙曰：莊子曰：就藪澤，處間曠，釣魚間處，無爲而已。此江海之士，避世之人，間暇者之所好也。可以見江海志之義矣。**生逢堯舜**一作「爲」。**君，不忍便永訣。**洙曰：江淹賦：誰能寫永訣之情者乎。**當今廊廟具，構夏豈云缺。**洙曰：叔孫通傳贊：廊廟之材，非一木之枝。帝王之功，非一士之略。潘岳詩：廊廟惟清俊。潘尼詩：廣厦構衆材。又：大厦須異材，廊廟非庸器。潘安詩：器非廊廟姿，屢出固其宜。**葵藿傾太陽，物性固莫**一作「難」。**奪。**洙曰：曹植求通親親表：若葵藿之傾太陽，雖不爲回光，然向之者誠也。臣竊自比葵藿，若垂三光之明，實在陛下。陸機園葵詩：朝榮東北傾，夕穎西南晞。

〔一〕思，疑當作「恩」。見杜集札記。

梁劉孝綽詠日詩：園葵一何幸，傾葉奉離光。**顧惟螻蟻輩，但自求其穴。胡爲慕大鯨，輒擬偃溟渤。**洙曰：木玄虛海賦：其魚則横海之鯨，突扤孤遊，戛巖嶅，偃高濤。趙曰：韓非子：千丈之提〔一〕，以螻蟻之穴潰。求其穴，言當自安分，求穴以安耳。何爲必欲慕學大鯨之處大海乎？晁曰：博物志：鯨魚大者數千里。**以兹悟生理，獨恥事干謁。兀兀遂至今，忍爲塵埃没。終愧巢與由，**晁曰：巢父、許由也。**未能易其節。沉飲聊自遣，放歌頗愁絶。**洙曰：顔延年詠劉參軍詩：韜精日沈飲，誰知非荒宴。**歲暮百草零，疾風高岡裂。**洙曰：張平子賦：孟冬作陰，寒風肅殺。冰霜慘裂，百卉具零。長門賦：天飄飄而疾風。李陵詩：邊上慘裂。阮籍詩：寒風振山岡。**天衢**洙曰：易：何天之衢亨。**陰峥嶸，客子中夜發。**洙曰：鮑明遠舞鶴賦：歲峥嶸而催暮。江淹詩：客子淚已零。王粲詩：客子多悲傷，淚下不可收。魏文帝詩：客子常畏人。**霜嚴衣帶斷，指直不得結。凌晨過驪山，御榻在嵽嵲。**洙曰：西京賦：託喬基於山岡，直帶霓以高居。驪山温湯，博物志：凡水源有石硫黄，其泉則温。漢武帝故事云：驪山温湯，初秦始皇砌石起室。漢武帝又加修飾。唐置温湯監，隸司農寺。監丞常湯浣器物，又所貯草粟脩葺，調以備供奉，乃種瓜蔬隨時貢奉矣。**蚩尤塞寒空，蹴踏崖谷滑。**鄭曰：蹴，七六切，蹋也。洙曰：黄帝玄女九宮戰

〔一〕提，疑當作「堤」。見杜集札記。

法曰：黄帝與蚩尤對，九戰九不勝。三日三夜天霧冥冥。史：黄帝殺蚩尤於涿鹿，後冢上常有赤氣出，如匹絳帛，民呼爲蚩尤旗。又星名。**趙曰**：自此下言温湯之事也。御榻指言明皇御幸之榻也。嵽音徒結切，嵲音囓。玉篇云：嵽嵲，小而不安貌。蚩尤，乘輿前導之旗也。塞寒空而蹴踏崖谷，言其多也。舊注乃引蚩尤之戰，又指爲星名，非是。**瑶池氣鬱律，羽林相摩戛。** **洙曰**：周穆王天子傳：穆天子觴西王母於瑶池之上。漢宣帝紀：羽林孤兒。注：天有羽林大將軍之星。材，諭若林木之盛。羽，若羽翼鷙擊之意。故以武名焉。張平子西京賦：隱轔鬱律。江賦：氣滃渤以霧杳，時鬱律其如煙。沈約詩：鬱律構丹巘。**趙曰**：羽林扈駕之車也。其所樹之如林，故言相摩戛。**君臣**一云「聖君」。**留懽娱，** **洙曰**：晉張景陽詩：昔在西京時，朝野多歡娱。沈休文詩：秦皇御宇宙，漢帝恢武功。歡娱人事盡，情性猶未充。謝靈運詩：副君命飲讌，歡娱寫懷抱。江淹詩：太平多歡娱，飛蓋東都門。**樂動殷樛嶱。** **修可曰**：當作「膠葛」。相如子虚賦：張樂乎膠葛之宇。注：曠遠深貌。則「膠葛」誤爲「樛嶱」明矣。**曾曰**：甘泉賦：其相膠轕。蓋亂貌。**賜浴皆長纓，** **洙曰**：江淹詩：朱蔽咸髦士，長纓皆俊人。陸機詩：輕劍排擊厲，長纓麗且鮮。**與宴**一作「讌」。**非短褐。彤庭所分帛，本自寒女出。** **洙曰**：謝玄暉直中書省詩：彤庭赫弘敞。謂禁中庭多赤色。郭泰機詩：皎皎白素絲，織爲寒女衣。寒女雖妙巧，不得秉杼機。趙皇后傳：庭中彤朱而殿上髹漆。西都賦：玉階彤庭。西京賦：彤庭輝輝。**趙曰**：彤庭，天子之庭，以丹飾之也。**鞭撻**一作「箠」。**其夫家，聚斂貢城闕。聖人筐**

篚恩，實一作「願」。欲邦國活。洙曰：鹿鳴：又實幣帛，筐篚以將其厚意。逸曰：南史：王廣之子珍國，字德重。爲南淮太守。郡境若饑，乃發粟散財以振窮乏。高帝手敕云：「卿愛人活國，甚副吾意。」臣如忽至理，君豈棄此物。多士盈朝庭，仁者宜戰慄。洙曰：詩：濟濟多士。又：發言盈庭。語：使民戰慄。趙曰：上句皆申戒之辭，謂當君王賜予之幣帛，出於寒女之夫，鞭撻所貢，宜戰慄而求活國之事，然後爲仁也。况聞内金盤，盡在衛霍室。洙曰：内金盤，上方器用也。衛、霍室，勳臣家也。後漢皇后紀：郭况后弟，賞賜金錢縑帛，豐盛無比。京師號况家爲金穴。江淹詩：常學衛將軍。趙曰：衛、霍皆以后戚而貴，蓋以比楊國忠輩矣。中堂有神仙，煙霧蒙玉質。洙曰：江淹：願作秦王女，乘鸞向煙霧。舞鶴賦：煙交霧凝，若無毛質。煖客一云「煖蒙」。貂鼠裘，洙曰：説文：貂，鼠也，而文黄，出丁零國。魏書曰：鮮卑有貂鼠子，皮毛柔軟，故天下爲裘。廣志曰：貂出扶餘、挹婁也。悲管逐清瑟。勸客駝蹄羹，蘇曰：陳思王製駝蹄羹一甌，費千金，自勸陳琳、劉公幹輩食，後號爲七寶羹。霜橙壓香橘。洙曰：橙出穰縣者勝蜀中，有給客橙，似橘而非，若柚而香。朱門酒肉臭，路有凍死骨。洙曰：孟子：庖有肥肉，廐有肥馬。民有饑色，野有餓莩。又曰：狗彘食人食，而不知檢，塗有餓莩而不知發。世説：劉尹問竺法深曰：「道人何得遊朱門？」蘇曰：吴起：朱門大路酒肉臭，不可過焉。知凍死者盈路，餓而填溝壑者不忍視。榮枯咫尺異，惆悵難再述。北轅就涇渭，官渡洙曰：官渡，地名。曹操、袁紹相持之處。又改轍。群水從西下，極目高崒兀。疑是崆峒來，恐觸天柱折。洙曰：列子湯問：共工氏與顓頊争爲帝，怒而觸不周之山，折天柱，絶地維，故天傾西北，日月星辰就焉。地不滿東南，故百川水源歸焉。史記：黄帝西至於崆峒。韋昭曰：在隴右。趙曰：直比爲崆峒山之流來，將觸天柱，此詩人張大之勢也。河梁幸未拆，枝撑聲窸窣。上息七，下蘇骨切。行旅相攀援，鄭曰：于元切，引也。川廣不一作「且」。可越。洙曰：古詩：携手上河梁。老妻既異縣，十口隔風雪。洙曰：古樂府：他鄉各異縣，展轉不相見。誰能夕不顧，庶往共饑渴。入門聞號咷，上胡刀，下徒刀切。幼子饑一作「餓」。已卒。洙曰：易同人：先號咷後笑。吾寧捨一哀，里巷猶嗚咽。所愧爲人父，無食致夭折。豈知秋未一作「禾」。登，貧窶有倉卒。洙曰：終窶且貧。生常免租税，名不隸征伐。撫迹猶一作「獨」。酸辛，平人固騷屑。洙曰：劉越石：備辛酸之苦。阮籍詩：感慨懷辛酸。默思失業途，一作「徒」。因念遠戍卒。憂端齊一作「際」。終南，澒洞不可掇。澒，胡孔切。掇，都活切。洙曰：魏武帝詩：明明如月，何時可掇。趙曰：憂與終南山齊，則憂之積而高大如此。淮南子曰：未有天地之時，鴻濛澒洞，莫知其門。師曰：甫念彼遠戍之兵，其積憂悶與山齊高，奈天下澒洞，未可遽掇而絶之也。澒洞，乱貌。

橋陵詩三十韻因呈縣内諸官

鮑曰：開元三年六月，睿宗崩。十月，葬橋陵。公故有是詩。師曰：

天子之墳曰山陵，取其高大之義。

先帝昔晏駕，洙曰：前漢天文志：宮車晏駕。注：天子當晨起早作，而方崩殞，故稱晏駕者，凡臣子之心猶謂宮車晚出也。趙曰：先帝，指言睿宗也。**茲山朝百靈。**洙曰：海賦：竭盤石，栖百靈。趙曰：茲山，指橋陵也。陸機作吴大帝誄有云：幽驅百靈。**崇岡擁象設，**洙曰：稽叔夜琴賦〔一〕：託峻岳之崇岡。**沃野開天庭。**洙曰：張平子西京賦：廣衍沃野，厥田上上。實爲地之奧區神皋。夢符曰：右按楚詞招魂：象設君室，静安閒此〔二〕。**即事壯重險，**洙曰：易「習坎重險」也。天台賦：履重險而逾坂。沈休文：即事既多矣。**論功超五丁。**洙曰：蜀王本紀曰：天爲蜀王生五丁力士，能徙山。秦王獻美女與蜀王，蜀王遣五丁迎女，見一大蛇入山穴中，五丁共引蛇，山崩。秦五女皆上山化爲石。**坡陁因厚地，**洙曰：相如二世賦：登坡陁之長坂。**却略羅峻屏。**修可曰：孫綽詩：遠山却略羅峻屏。蒼舒曰：天台賦：壁立之翠屏。**雲闕虛冉冉，**洙曰：天台賦：雙闕雲竦以夾路。**風松肅泠泠。**洙曰：顔延年拜陵廟詩：松風遵路急。離騷七諫〔三〕：下泠泠而來風。蘇武詩：泠泠一何悲。**石門霜露白，玉殿莓苔青。**洙曰：孫綽：踐莓苔

〔一〕稽，疑當作「嵇」。
〔二〕此句疑當作「像設君室，静閒安些」。
〔三〕離騷，疑當作「楚辭」。

之滑石。異苑曰：天台山石有莓苔之險。宮女曉知署，祠官朝見星。趙曰：以其勤恪而虔於從事也。空梁簇畫戟，修可曰：隋薛道衡云：空梁落燕泥。陰井敲銅瓶。中使日夜繼，惟王心不寧。豈徒卹備享，尚謂求無形。趙曰：禮記：備物之享。禮云：視於無形。孝理敦國政，神凝推道經。洙曰：莊子曰：用志不分，乃凝於神。瑞芝産廟柱，洙曰：唐書：肅宗延英殿御座梁上生玉芝，一莖三花。上製靈芝詩。趙曰：自是橋陵廟中柱耳。舊注却引肅宗延英殿梁上生芝，非是。好鳥鳴一作「巢」。巖扃。修可曰：曹子建：好鳥鳴高枝。高岳前嵂崒，洪河左瀅濙。鄭曰：上烏定，下于扃切。小水也。洙曰：西都賦：右界褒斜、隴首之險，帶以洪河涇渭之川。趙曰：高岳，指嵩高山也。字起於「嵩高惟岳」。洪河，指言橋陵之左，是洪河所過也。金城蓄峻趾，洙曰：班固賦：建金城之萬雉，乃鑿墉之趾，以益其高也。修可曰：金城，地名。前漢地理志：秦地西有金城、武威。唐以金城爲蘭州郡。公以金城對沙苑，其爲地名可知。炎曰：漢金城郡。注云：昭帝始元六年置。應劭曰：初築城得金，故曰金城。沙苑交迴汀。永與奥區固，洙曰：西都賦：防禦之阻，則天地之奥區焉。張平子賦：實爲地之奥區神皋。川原紛眇冥。居然赤縣立，洙曰：張衡慮圖曰〔一〕：崑崙東有赤縣之州。風雨有時，寒暑有節，苟非此土，南則多暑，北則多寒，東則

〔一〕慮圖，疑當作「靈憲圖」。

多陰，故聖王不處焉。史記：鄒衍著書云：中國於天下八十一分，居其一分耳。中國名赤縣，内自有九州，禹之叙九州是也。不得爲州數，中國外亦如赤縣州者有九，乃謂九州也。**趙曰**：蒲城縣本屬同州。開元四年，以縣之豐山建睿宗橋陵，改爲奉先縣，仍隸京兆府。十七年，昇爲赤。故公詩言赤縣。舊注引崑崙東有赤縣，非是。**臺榭争岧亭。****洙曰**：江淹詩：岧亭南樓期。西京賦：干雲霧而上達，狀亭亭以迢迢。**官屬果稱是，聲華真可聽。****洙曰**：謂縣内諸官也。**蘇曰**：二陸聲華使人可服。**王劉美竹潤，****洙曰**：爾雅：東南之美者有會稽之竹箭焉。晉江逌竹賦：有嘉生之美竹，翕幽液以潤本。**裴李春蘭馨。****洙曰**：説文：蘭，香草也。嵇叔夜琴賦：春蘭被其東。**鄭氏才振古，****洙曰**：詩：振兹如古〔一〕。主振自也。**啖侯筆不停。**啖，杜覽切。**洙曰**：王、劉、裴、李、鄭、啖皆當時赤縣官也。**趙曰**：禰正平鸚鵡賦序：衡因爲賦，筆不得綴。**遺辭必中律，**中，丁仲切。**洙曰**：陸士衡文賦：放言遺辭，良多變矣。禹以聲爲律，身爲度。**利物常發硎。****鄭曰**：奚經切，硎石也。**洙曰**：莊子養生篇：庖丁爲文惠君解牛。文惠君曰：「譆，善哉。技蓋至此乎。」庖丁釋刀對曰：「臣之所好者，道也。進乎技矣。始臣之解牛之時，所見無非牛者。三年之後，未嘗見全牛也。今臣之刀十九年，而所解數千牛矣。而刀刃若新發於硎。」**綺繡相展轉，琳琅愈**一作「逾」。**青熒。**

〔一〕按，疑當作「振古如兹」。見杜集札記。

洙曰：禹貢：雍州厥貢球琳琅玕。注：皆玉名。琅玕，石而似珠。西都賦：琳珉青熒。校獵賦：玉名碧崟〔一〕。眩耀青熒。側聞魯恭化，洙曰：後漢：魯恭字仲廉，爲中牟令。專以德化爲理，不任刑罰。河南尹袁安聞之，疑其不實，使仁恕掾肥親往察之。肥還府，以三異狀白安。安因上書言狀，帝異之。秉德崔瑗銘。洙曰：後漢：崔瑗字子玉，高於文辭，尤喜爲書、記、箴、銘，所著賦、碑、箴、頌。今座右銘，傳於世。太史候鳬影，王喬隨鶴翎。見終明府水樓并昔遊詩注。朝儀限霄漢，洙曰：謝靈運：照灼爛霄漢。又：結念屬霄漢，孤景莫與諼。趙曰：此公之自述也。知縣入朝矣，而公不得預朝，此所以自嘆耳。客思迴林坰。洙曰：謝惠連：相送越林坰。趙曰：爾雅：林外謂之坰。轗軻辭下杜，上苦感，下口左切。洙曰：孝宣紀：尤樂杜鄠之間，率常在下杜。孟康曰：在長安南。師古曰：下杜即今之杜城。飄飄陵濁涇。呂曰：詩：涇以渭濁。諸生舊短褐，洙曰：婁敬曰：「臣衣帛，衣帛見。衣褐，衣褐見。」趙曰：使貧者衣短褐也。舊注引婁敬衣褐見，非是。旅泛一浮萍。洙曰：古詩：泛泛江漢萍，漂蕩水無根。劉靈曰：俯觀萬物，擾擾焉如水之載浮萍。王逸曰：自比如萍，隨水浮遊。荒歲兒女瘦，暮途涕泗零。呂曰：漢書：主父偃曰：「日暮途遠，吾故倒行而逆施。」詩：涕泗滂沱。主人念老馬，洙曰：韓詩外傳曰：昔者田子方出

〔一〕名，疑當作「石」。

見老馬於野，喟然有志，問於御者，曰：「故公家畜也，罷而不爲用，故放出。」田子方曰：「少盡其力，而老棄其身，仁者之不爲也。」束帛贖之。窮士聞之，知所歸心焉。**廨宇容秋螢。流寓理豈愜，**趙曰：謝靈運擬王粲詩序云：家本秦州貴公子，遭亂流寓，自傷情多也。**窮愁醉未醒。**修可曰：史記：虞卿非窮愁，亦不能著書以自見於後世。**何當擺俗累，浩蕩乘滄溟。**洙曰：史虞卿傳贊：虞卿非窮愁，亦不能著書以自見於後世。蘇曰：蘇勛：何時擺脱俗累，乘一葉泛滄溟之浩蕩，偃仰視八極，挹瓊漿丹砂，吾志足矣。歐陽曰：腐草化爲螢，其質不美。甫喻諸官不以其質不美而賤之，故云容秋螢。流寓者，出於事勢不得已，甫豈樂爲之？苟能擺脱俗累，優游於江湖之上，乃甫性之所樂，尚以俗累所拘爲限矣。

後出塞五首

鮑曰：天寶十四年乙未三月壬午，安禄山及契丹戰於潢水，敗之，故有後出塞五首，爲出兵赴漁陽也。

男兒生世間，及壯當封侯。洙曰：後漢：班超常輟業投筆，歎曰：「無它志略，猶當效傅介子、張騫立功異域封侯，安能久事筆硯間乎。」梁竦：大丈夫生當封侯。**戰伐有功業，焉能守舊丘。召募赴薊門，**薊，古詣切。洙曰：鮑明遠：始隨張校尉，召募到河源。趙曰：鮑明遠結客少年場云：去鄉三十載，復得還舊丘。呂曰：召募字出吳志，云：中郎將周祗乞於鄱陽召募。蓋召謂自隱度而應募，爲召募也。舊注所引在後矣。**軍動不可留。千金買馬鞍，百金裝刀頭。**洙曰：唐刺史見觀察使，皆抹首靴足，握刀頭，候路左。趙曰：句法倣木蘭歌「西市買馬鞭，南市買轡頭」。**閭里送我行，親戚擁道周。**趙曰：有杕之杜「生于道周」。**班白居上列，**洙曰：班白者不負載於道路矣。**酒酣進庶羞。**洙曰：曹子建：綏帶傾庶羞。趙曰：周禮庖人：供喪紀之庶羞。**少年別有贈，**洙曰：古詩：結客少年場。**含笑看吳鉤。**洙曰：鮑明遠：驄馬金絡頭，錦帶佩吳鉤。薛曰：右按吳越春秋：吳王分聘歐冶子作名劍五，一曰純鈎，二曰湛盧，三曰豪曹，四曰魚腸，五曰巨闕。秦客薛燭善相劍，吳王取豪曹、巨闕等示之，薛燭曰：「皆非寶劍也。」取純鈎示之，薛燭曰：「光乎如屈陽之華，沉沉如芙蓉始生於湖，觀其文如列星之行，觀其光如水溢於塘。此純鈎也。」修可曰：吳王闔閭命國中作金鈎，令曰：「善者賞之百金。」有貪王之重賞者，殺其二子，以血統金，遂成二鈎，獻而求賞。王曰：「爲鈎者衆，子獨求賞，何以異？」作鈎者曰：「吾之作鈎也，殺二子統成二鈎。」於是向鈎而呼二子之名曰：「我在此，王不知汝之神也。」聲絶於口，兩鈎俱飛，著父之胸。王大驚，曰：「寡人誠負於子。」乃賞百金。遂服而不離身。見吳越春秋。孝祥曰：此詩有封侯功業之言，則知爵不可濫受，而國忠徒以貴妃之寵，居極位，豈非無功而受禄乎。

朝進東門營，洙曰：夏官大司馬：師以門名[一]。疏：古者軍將蓋爲營治於國門。魯有東門襄仲，宋

[一] 師，疑當作「帥」。

有相門右師[一]，皆上卿爲將軍者。**暮上河陽橋。洙曰**：李陵詩：携手上河梁，遊子暮何之。王仲宣從軍詩：朝發鄴都橋，暮濟白馬津。**鄭曰**：河陽，洛邑也。**落日照大旗，洙曰**：周禮：司常建九旗以待國事。**馬鳴風蕭蕭。洙曰**：車攻：蕭蕭馬鳴，悠悠旆旌。言不讙譁也。荊軻歌：風蕭蕭兮易水寒。**平沙列萬幕，**見「十年出幕府」注。**趙曰**：士卒之多則將各有一幕，故一部伍之人各相招認以居幕也。**部伍各見招。洙曰**：李廣幕府。注：幕府者，以軍幕爲義。軍旅無常居止，故以帳幕言之。程不識正部曲、行伍、營陣、擊刁斗。**中天懸明月，洙曰**：子虛賦：曳明月之珠旗。**令嚴夜寂寥。趙曰**：但見縣中天[二]，正照此夜而人不讙譁，則令嚴可知。東坡詩：令嚴鍾鼓三更月。乃用此也。**悲笳數聲動，洙曰**：李陵書：胡笳互動，牧馬悲鳴。**沈曰**：笳，居牙切，塞上卷蘆葉以吹。**壯士慘不驕。借問大將誰，恐是霍嫖姚。**上頻妙切。**洙曰**：霍去病爲嫖姚校尉。服虔曰：嫖姚，勁疾之貌。荀悦漢記作「票」字。霍去病後爲票騎將軍，尚取嫖姚之字耳。今讀者音票遥，不當其義。**趙曰**：句法使曹子建七哀詩「借問歎者誰，言是客子妻」。**十朋曰**：衛、霍皆椒房之親，以致顯貴，故比之國忠。然國忠以寵幸進，驕暴不恤士卒，士卒皆疾之，故云「恐是霍嫖姚」。**古人重守邊，今人重高勳。洙曰**：古人重守邊，保其疆場而已。今人重高勳，則邀功而生事也。此

[一] 相，疑當作「桐」。見杜集札記。
[二] 「見」下疑闕「月」字。見杜集札記。

後世所以有窮兵黷武之君也。豈知英雄主，出師亘長雲。洙曰：詩：我出我車。鄭曰：亘，居鄧切，極也。六合已一家，四夷且孤軍。洙曰：高祖曰：天下同姓一家，慎無反。以六合爲一家。遂使貔虎士，奮身勇所聞。洙曰：牧誓：如虎如貔。拔劍擊大荒，洙曰：見「回略大荒來」注。高祖紀：拔劍擊柱。日收胡馬群。洙曰：古詩：胡馬嘶北風。誓開玄冥北，洙曰：月令：其神玄冥。趙曰：玄冥，北方之神也。玄冥北，則盡玄冥所主之北地也。持以奉吾君。洙曰：獻功也。末曰：或擊大荒，或開玄冥之北，爲國生事，持此功以獻捷於君，雖受高爵重禄，不亦厚顔乎。此詩諷國忠之徒。

獻凱洙曰：周禮注：凱獻功之樂。日繼踵，兩蕃静無虞。蘇曰：段容曰：西北安静，二蕃無虞，年穀屢豐，符瑞荐至，宜陛下修文養士之際。趙曰：西北兩蕃已寧矣。漁陽豪俠地，洙曰：漁陽，北地也。朱叔元書：奈何以區區漁陽，結怨天子。擊鼓吹笙竽。洙曰：左太冲：南鄰擊鐘磬，北里吹笙竽。趙曰：燕、薊亦復而民樂也。雲帆轉遼海，洙曰：遼海，遼東郡。端本曰：劉晏：雲帆桂楫。遼海，遼東郡。蘇曰：吾欲張片帆泛日本，轉遼海，採訪海外奇異，非區區守一别駕，折腰於子輩邪。粳稻來東吴。洙曰：劉晏：雲帆桂楫。趙曰：吴地無種。越羅與楚練，照耀輿臺軀。洙曰：昭七年傳：皁臣輿，輿臣臺〔一〕。

〔一〕此句疑當作「皁臣輿，僕臣臺」。

曹子建：下逮輿臺。**主將位益崇，氣驕凌上都。邊人不敢議，議者死路衢。**洙曰：時好邊功，李林甫任蕃將也。師曰：主將，祿山也。祿山兵還，賞賚無貲。玄宗御承天門，率百官迎迓。祿山恃功高，氣凌公卿，誰復敢議其事哉。

我本良家子，洙曰：石季倫詩：我本漢家子。趙充國：六郡良家子。**出師亦多門。**蘇曰：田穰苴：戰伐出師，自有多門。余曰：左傳成公十六年：左氏：晉政多門。趙曰：東坡云：詳味此詩，蓋祿山反時，其將校有脱身歸國，而祿山盡殺其妻子者，不出其姓，可恨也。先生之言如此。**將驕益愁思，身貴不足論。躍馬二十年，恐辜明主恩。**洙曰：蔡澤曰：躍馬疾驅，四十三年足矣。薛曰：右按古樂府雉子班行：以死報君恩，誰能辜恩眄。**坐見幽州騎，長驅河洛昏。**洙曰：時祿山自幽州陷河洛。曹子建：幽、并游俠兒，長驅陷匈奴。趙曰：言祿山之來。**中夜間道歸，**洙曰：見「間道暫歸人」注。端本曰：藺相如使人奉璧，間道馳歸趙。**故里但空村。**洙曰：顔延年：去國還故里，幽門蔚蓬藜。歐陽曰：漢祖紀：間道走軍。注云：間，空也。投空隙而行，不公顯也。師曰：言國忠聞祿山有變，已陷兩都，遂脱身自微路歸，恐爲姦盜所獲。故里但空村，言居民盡避胡也。**惡名幸脱免，**蘇曰：岑永：幸脱此惡名。當洗耳浣心，老采笋蕨。**窮老無兒孫。**蘇曰：詳味此詩，蓋祿山反時，其將有脱身歸國，而祿山盡殺其妻子者，不出姓名，亦可恨也。

玄都壇歌寄元逸人

師曰：元逸人，隱道士也。有神仙術。甫作詩寄贈之。

故人昔隱東蒙峰，已佩含景蒼精龍。 洙曰：論語：夫顓臾昔先王以爲東蒙主。以蒙山在東，故曰東蒙。地理志：泰山，蒙陰縣。禹貢：徐州，蒙羽其藝，故云蒙地也。蘇曰：壺翁云：吾當佩含景，駕蒼精，逍遥於絳闕赤城。含景，日月之精華。蒼精，東方之蒼龍也。佩，服也。趙曰：蒼精龍，劍也。蔡曰：春秋繁露曰：劍佩於左，蒼龍之象。詠曰：後漢士孫端劍銘有云〔一〕：從革庚辛，含景吐商。**故人今居子午谷，獨在**一作「並」。**陰崖結**一作「白」。**茅屋。** 洙曰：王莽傳：莽以皇后有子孫瑞，通子午道，從杜陵直絶南山，徑漢中。師古曰：今京城直南山有谷通梁漢道，名子午谷。**屋前太古玄都壇，青石漠漠常風寒。子規夜啼山竹裂，** 蘇曰：竇誼居蜀之津源，放浪不羈。月夜子規啼庭竹，誼曰：「當山竹裂，吾可歸峨峰。」是夕竹裂。黎明，命駕遁於峨峰。武帝三徵不起。劉曰：前輩詩云：子規枝上月三更。常以夜啼山中，嫌其夜啼，其聲哀怨，故燒竹爆裂以驚飛。言此蓋取其僻寂也。**王母晝下雲旗**一作「蟠」。**翻。** 洙曰：離騷：載雲旗之逶迤。九歌：乘回風兮載雲旗。神異經：東方有宮，青石爲墻，左右闕高百丈，畫以五色。左思蜀都賦：猩猩夜啼。子規，禽也。人謂望帝魂。修可曰：王母鳥名，故子美以對子規。酉陽雜俎云：齊郡函山有鳥，足青觜赤黄，素翼絳顙，名王母使者。又王椿齡云：其尾五色，長二三尺許，飛則翩翻，正如旗狀。趙曰：

〔一〕端，疑當作「瑞」。

對子規啼而竹裂，言啼之苦也。雲旗者，神仙之儀衛也。**劉曰**：周穆王與王母會於瑶池，雲旗霓裳擁簇，自天而下。詩言此，蓋取其與神仙往來之意。**知君此計誠長往，芝草琅玕日應長。****洙曰**：後漢逸民論：長往之軌未殊。庾肩吾：蜘蛛玩芝草，芝葉正玲瓏。十洲記：鍾山在北海之子地，仙家數十萬，耕田種芝草，課計頃畝。本草：青琅玕生蜀郡平澤。蘇業注云：琅玕有數種，是琉璃之類，火齊寶也。琅玕五色，具以青者入藥爲勝，出嶲州以西，烏白蠻中及于闐國，靈異兼圖載：琅玕青色，生海中，云海底以網掛得之。初出水紅色，久而青黑，枝柯似珊瑚，而上有孔竅，如虫蛀。擊之有金石之聲，乃與珊瑚相類。禹貢：雍州厥貢璆琳琅玕。耳雅云〔一〕：西北之美者有崑崙墟之璆琳琅玕。孔安國、郭璞皆以爲石之似珠者，而山海經云崑崙山有琅玕，是石之美者，明瑩若珠之色，而其狀森植耳。**鐵鏁高垂不可攀，致身福地何蕭爽。****洙曰**：三秦記云：終南太一山左右三十里内名福地。西有石室靈芝。魏都賦：玄雲舒蜺以高垂。**趙曰**：詩人逆料其如此，如乾州金精山女仙張麗英昇仙之地有鐵鎖下垂然，則詩人逆料元逸人之長往亦復然乎。**師曰**：按神仙訣録有天仙、地仙三十六洞天，八十一福地。由地仙積累功行，遂超昇天仙。今逸人致身福地，已爲地仙之流，何其蕭灑清爽、神氣不凡故也。

〔一〕耳，疑當作「爾」。見杜集札記。

歎庭前甘菊花彥輔曰：此詩譏小人在位，賢人失所也。

簷一作「堦」。前甘菊移時晚，趙曰：菊以移晚而花遲，故爲失所爾。青蘂重陽不堪摘。明日蕭條盡醉醒，殘花爛熳開何益。籬邊野外多衆芳，采擷細瑣升中堂。鄭曰：擷，奚結切，捋取也。洙曰：芣苢：薄言采之，薄言擷之。趙曰：此詩蓋刺餘子碌碌，皆得貴近，言芳則非不謂之才也，特細瑣而已。言升中堂則貴近之意。公之言傷時細碎。微瑣者用，而出類者廢也。念兹空長大枝葉，結根失所纏風霜。洙曰：古詩：結根太山阿。邁曰：南史：劉彥節子俣詩：城上草，植根非不高，所恨風霜早。趙曰：言枝葉長大如人文采之秀發，而託根不得地，反爲風霜所埋也。師曰：甘，谷名。漢武帝西置甘、凉、瓜、沙等州。其谷産菊，可以入藥。移晚，謂失其時也。盡醉醒者，人盡泛菊而醉，唯我無菊可泛，但醒而已。殘花雖開，已無况味，夫復何益，此正與屈原不遇其時而云「舉世皆醉，唯我獨醒」之意。甘菊喻君子，衆芳細瑣，以喻小人。君子不遇時，不見采擢。小人反獲起升，登於廟堂之上，此與隰桑詩「小人在位，君子在野」無異也。然賢者所涵養雖大，奈何結託不得其人，故至於失所而埋没乎風霜。甫作此詩，觀其辭意含蓄，其情可知矣。

醉歌行俯曰：甫從姪杜勤落第歸。甫作此詩别之。

陸機二十作文賦，汝更小年能綴文。洙曰：晉陸機字士衡，作文賦，序云：余每觀才士之作，竊有以得其心。夫其放言遣辭，良多變矣。姸蚩好惡，可得而言。每自屬文，尤見其情。恒患意不稱物，文不逮意。蓋非知之難，能之難也。故作文賦以述先士之盛藻，作文之利害。**總角草書又神速，世上兒子徒紛紛。**洙曰：詩甫田：總角丱兮。三十國春秋：封秀總角知名。衛玠總角乘羊車入市。趙曰：草書以遲爲工，所謂忽忽不及草書是也。以速爲神，所謂一筆變化書是也。**驊騮作駒已汗血，鷙鳥舉翮連青雲。**洙曰：汗血事見上。鷙鳥累百，不如一鶚。**詞源**一作「賦」。**倒流三峽水，**洙曰：海賦：吹噓則百川倒流。枚叔七發曰：江水逆流，海水上潮。修可曰：隋藝文傳曰：筆有餘力，詞無竭源。荆州記曰：巴陵，楚地，有三峽。峽程記曰：三峽者，即明月峽、巫山峽、廣澤峽，其瞿唐、灩澦之類，不係三峽之數。倒流三峽水，謂詞源壯健，可以衝激三峽之水，使之倒流也。趙曰：詞源、筆陣，以比其文之敏。三峽之水最迅，而詞源可使之倒流，詩人夸張之辭爾。詞言源，則隋藝文傳：筆有餘力，詞無竭源。筆言陣，則如王羲之論字爲筆陣圖也。**筆陣獨掃千人軍。**修可曰：王羲之筆陣圖云：紙者，陣也。筆者，刃稍也。墨者，鍪甲也。硯者，城之本。領者，將軍也。心意者，副將也。掃千人軍，謂用筆之快利也。**只今年纔十六七，射策君門期第一。**洙曰：前漢：蕭望之以射策甲科爲郎。師古曰：射策者，謂爲問難，疑義書之於策，量其大小，署爲甲乙之科，列而置之，不使彰顯。有欲射者，隨其所取得而擇之，以知優劣。射之，言投射也。對策者顯問以政事經義，令各對之而觀其文辭，定高下也。後漢：劉淑五府辟，不就，帝輿詣京師，不得已而對策第一。**舊穿楊葉真自**

知，洙曰：史周本紀：蘇厲説白起曰：楚有養由基者，善射者也。去柳葉百步而射之，百發而百中之。左右觀者數千人，皆曰：「善射。」有一夫立其旁，曰：「可教射矣。」養由基怒，釋弓搤劍，曰：「客安能教我射乎？」客曰：「非吾能教子支左詘右也。夫去柳葉百步而射之，百發百中之，不以善息。少焉氣衰力倦，弓撥矢鉤，一發不中者，百發盡廢。」枚乘諫吴王書曰：養由基，楚之善射者，去楊葉百步而發百中。楊葉之大，加百中焉。可謂善射矣。然其所止乃百步之内耳。比於臣乘未知操弓持矢也。劉向説苑亦云。暫蹶霜蹄未爲失。洙曰：王褒聖主得賢臣頌：過都越國，蹶如歷塊。偶然擢秀非難取，會是排風有毛質。趙曰：上句言科舉一日之長，搴擢英秀，亦偶然爾，非難取也。而從姪之不中第何哉？然會當是時排擊風露，蓋以其終有連雲之毛質焉。此慰唁之且復有譏誚也。出鮑明遠書，言水族之狀日〔一〕：浴雨排風。汝身已見唾成珠，洙曰：莊子秋水篇：蚿謂夔曰：「子不見夫唾者乎，噴則大者如珠，小者如霧，雜而下者不可勝數。」蘇曰：江淹謂郭鞏曰：「子之咳唾成珠玉，吐氣作虹蜺，非碌碌儔比也。」夢符曰：右按後漢趙壹傳：咳唾成珠玉。時可曰：後趙一〔二〕：歌曰：勢家多所宜，咳唾自成珠。被褐懷金玉，蘭蕙化爲蒭。趙曰：選詩：咳唾自成珠。公之詩意言其姪開口成文如珠耳。汝伯何由髮如漆。俯曰：甫謂勤文章，矢口已成珠玉，它日必貴，但恨年

〔一〕日，疑當作「曰」。
〔二〕此處疑當作「後漢趙壹傳」。

老頭白，無由再黑如漆，傷不及見勳之富貴。**春光淡沲秦東亭，**沲，徒可切。**何曰：**淡沲，即淡蕩也。秦東亭即京城門外東亭，送別多於此處。**渚蒲牙白水荇青。**荇，下梗切。**洙曰：**梁江淹石上菖蒲詩：發步遵汀渚。詩：參差荇菜。釋云：荇，接菜也。陸機云：浮在水上，根在水底。梁簡文帝晚春詩：渚蒲變新節。**蘇曰：**蘇恭云：萍有三種，大者曰蘋，中者荇菜，小者水上浮萍。**趙曰：**沲音待可切。蒲才有牙而白。荇在水而青。指東亭春景而言耳。**黄曰：**盧思道云：緑葉參差映水荇。**風吹客衣日杲杲，洙曰：**衛詩伯兮：其雨其雨，杲杲出日。**樹攪離思花冥冥。洙曰：**楚詞山鬼：雷填填兮雨冥冥。**蘇曰：**焦光、仲遜共遊陸渾，時春和景妍。遜謂光曰：「何冥冥花樹攪人離思也。」**酒盡沙頭雙玉瓶，衆賓已醉我獨醒。洙曰：**漁人：屈原曰：「舉世皆濁，惟我獨清。衆人皆醉，惟我獨醒。是以見放也。」**乃知貧賤別更苦，蘇曰：**衛宏失意，送弟遷嶺外，氣塞臆而幾不能言，久之曰：「貧賤中離別更苦。」**吞聲躑躅涕泣零。洙曰：**古詩：泣涕零如雨。又：沉吟聊躑躅。行不進貌。陸士衡擬古詩：沉思鍾萬里，躑躅獨吟歎。又云：躑躅再三歎。又云：躑躅遵林渚。宋鮑昭行路難云：心非木石豈無感，吞聲躑躅不敢言。**何曰：**躑躅，行不進貌。在鼻曰涕，在眼曰淚。零，落也。吞聲，言哽咽聲不能達。甫自傷貧賤，已無聊賴，況加以離別，故云更苦。

同諸公登慈恩寺塔

彥輔曰：李肇國史譜〔一〕：進士既捷，列名於慈恩寺塔，謂之題名。貞元中，劉太真侍郎試慈恩寺望杏園花詩。兩京新記：西京外郭城朱雀街東第三街，皇城東之第一街進業坊慈恩寺。隋無漏寺之故地。武德初廢。貞觀二十年，高宗在春宮爲文德皇后所立，故以慈恩爲名。南院臨黄渠，竹木森邃，爲京城之最。寺西院浮圖六級，高三百尺。永徽三年，沙門玄奘所立。浮圖内有梵本諸經數十匣。浮圖前東堦立太宗皇帝撰三藏聖教序及高宗述聖記二碑，並褚遂良書，立於弘福寺及此寺。

高標跨蒼穹，烈風無時休。 **趙曰**：以言其高也。烈風，唯高處然後有之。公古柏行又曰：冥冥孤高多烈風。**自非曠士懷，登兹翻百憂。** **洙曰**：王仲宣登樓賦：登兹樓以四望兮，聊假日以銷憂。兔爰詩：我生之後，逢此百憂。魏文帝雜詩：烈烈北風凉。陸士衡詩：感物百憂集。劉越石云：負杖行吟，則百憂俱佛至〔二〕。曹子建：遂使懷百憂。潘安仁詩：烈夕風厲。孔子臨河而歎逝者。梁鴻望帝京而作五噫。甫之百憂蓋有所傷云。**師曰**：甫登此塔，俯視兵火之後，景物蕭條，寧無憂傷乎。惟曠達之士對此能遣適耳。

方知象教力， **洙曰**：突厥寺碑：四天之下，聞諸象教。王筠棲頭陁寺碑：正法既没，象教凌夷。注謂爲形

〔一〕譜，疑當作「補」。見杜集札記。

〔二〕佛，疑爲衍文。

象以教人。趙曰：言巍樓高觀，世間無有，惟託之象教而後可營焉。足一作「立」。可追冥搜。洙曰：孫興公遊天台山賦：非夫遠寄冥搜、篤信通神者，何肯遙想而存之。仰穿龍蛇窟，始出枝撐幽。鄭曰：撐，抽庚切，邪柱也。此塔磴道屈曲，則公有龍蛇窟之句宜矣。塔每級之下蓋多枝撐，至其盡級高處，則爲出枝撐幽矣。七星在北户，一云「户北」。河漢聲西流。洙曰：魏文帝雜詩：天漢回西流。鮑明遠：玩月城西門。靈光賦：枝掌杈枒而斜據也。革曰：鮑明遠詩：夜移河漢落，徘徊入户中。趙曰：言其高也。吴都賦：門北户以向日。於塔言户，則法華經云：佛以右指開寶塔户也。河漢，天河也。黄曰：漢雅云〔一〕：天河謂之天漢，亦曰河漢。以其在西，若聞其流聲焉。洙曰：張協賦曰：天漢西流。羲和鞭白日，洙曰：晉傅玄日昇歌：羲和初攬轡，六龍並騰驤。廣雅曰：羲和，日御也。趙曰：淮南子云：日馭曰羲和。故於白日方可以言鞭之。少昊行清秋。洙曰：月令：孟秋之月，其帝少昊。注：少皞，金天氏。殷仲文詩：獨有清秋日。晉潘尼：朱明送夏，少昊迎秋。泰山忽破碎，涇渭不可求。俯視但一氣，焉能辨皇州。洙曰：謝玄暉詩：春色滿皇州。趙曰：皆言其高也。敏功曰：潘岳西征賦：化一氣而甄三才。天子之都曰皇州。迴首叫虞舜，蒼梧雲正愁。洙曰：山海經曰：南方蒼梧之川，其中有九疑山，舜之所葬。在長沙零陵界也。

〔一〕漢，疑當作「廣」。

惜哉瑶池飲，**洙曰**：鮑明遠舞鶴賦：「朝戲乎芝田，夕飲乎瑶池。」穆天子傳：「周穆王觴西王母於瑶池上，西王母爲天子謡曰：『白雲在天，山陵自出。道里悠遠，山川間之。將子無死，尚能復見。』天子答曰：『子歸東土，和洽諸夏。萬民平均，吾顧見汝。比及三年，將復而野。』」日晏崑崙丘。**洙曰**：穆天子傳曰：「天子遂宿於崑崙之阿，赤水之陽。吉日辛酉，天子升於崑崙之丘，以觀黄帝之宫。」紀年曰：「周穆王西征，至崑崙丘，見西王母，止之。」葛仙翁：「崑崙一曰玄圃，一曰積石、瑶房，一曰閬風臺，一曰華蓋，一曰天柱，皆仙人所居之處也。」**趙曰**：此暗紀慈恩寺之事也。南望而遠想蒼梧，則記虞舜而思高宗之晏駕；西望而遠想瑶池，則記西王母而思文德皇后之不留也。**敏功曰**：列女傳：「柳下惠妻爲誄曰：『惜哉乃下世兮。』」今公之可惜瑶池方宴，乃以崑崙日晏而不得久，非言文德之不留乎。黄鵠去不息，哀鳴何所投。**洙曰**：瑞應圖曰：「黄帝習樂崑崙，以舞衆神，玄鵠六翔其右。」韓詩外傳曰：「田饒事魯哀公而不見察，謂哀公曰：『夫黄鵠一舉千里，止君園池，啄君稻粟，君猶貴之，以其從來遠也。故臣將去君，黄鵠舉矣。』」戰國策曰：「莊辛謂楚襄王曰：『黄鵠遊於江海，自以無患，不知射者方修弧矢加己百仞之上。』」君看隨陽鴈，各有稻粱謀。**洙曰**：禹貢：「揚州彭蠡既豬，陽鳥攸居。」注：「隨陽之鳥，鴻鴈之屬，冬月所居於此澤。」蜀都賦「木落南翔，冰泮北徂」是也。又庾信報趙王賜酒詩：「未知稻粱鴈，何以報君恩。」此詩末章同嘆山梁雌雉也。**趙曰**：公於前章已追思前事矣，又因黄鵠之遠去，雖若高舉遠引之士，然無所投止，而我之俯世徇身，則未免若鴈之謀稻粱也。**高曰**：黄鵠一舉千里，志在飛騰。鴻鴈隨陽，志在稻粱。當禄山之陷京城，賢人高舉遠引，投竄林野，有似黄鵠。奈何詭隨之志受賊僞著，不過苟得爵禄而已，豈不若隨陽之鴈，志無遠圖，唯在於稻粱自肥者邪。

示從孫濟 彥輔曰：此詩譏風俗衰薄，雖同姓不能亡猜疑也。

平明跨驢出，未知一作「委」。適誰門。權門多噂踏，洙曰：詩十月：噂踏背增〔一〕，職競由人。噂踏，猶相對談語，背則相憎逐矣。趙曰：前漢：息夫躬交遊貴戚，趨走權門。鄭曰：噂，祖本切。踏，達合切。對談語也。且復尋諸孫。師曰：驢，賤者所跨。權門，乃權貴之門。詩云：噂沓背憎。謂噂噂沓沓，面前則附耳而語，背後則相譏議嫌。權門多噂沓，是以尋同姓也。諸孫貧無事，宅舍如荒村。堂前自生竹，堂後自生萱。萱草秋已死，洙曰：衛詩伯兮：焉得諼草，言樹之背。注：諼草令人忘憂。背，北堂也。疏：堂者，房堂所居之地，揔謂之堂。房半以北爲北堂，房半以南爲南堂。竹枝霜不蕃。洙曰：一作「翻」。左傳：其生不蕃。淘米少汲水，汲多井水渾。刈葵莫放手，放手傷葵根。洙曰：鮑明遠樂府詩：腰鐮刈葵藿。古詩：採葵莫傷根，傷根葵不生。結交莫羞貧，羞貧友不成。趙曰：族之有宗，猶水之有源，葵之有根也。水有源，勿渾之而已。葵有根，勿傷之而已。族有宗，則亦勿疏之而已。阿翁懶墮久，

〔一〕 增，疑當作「憎」。

阿，烏葛切。**覺兒行步奔。** **敏修曰：** 阿翁，甫自稱。兒，指濟。行步奔，言其强健，年尚少也。責濟後生不來相顧。所來一作「求」。**爲宗族，亦不爲盤飧。** **洙曰：** 左傳僖二十二年：晉公子及曹，僖負羈之妻饋盤飧，寘璧。見六卷彭衙行。**蘇曰：** 張昭見顧陸曰：「吾也來爲道義，非因盤飧。」**小人利口實，** **洙曰：** 願自求口實。**薄俗難具論。** **蘇曰：** 劉章曰：「薄俗好利，炎凉逐勢，難可與論歲寒。」**高曰：** 楊敵：兵戈之後，禮義缺壞，士行凋敝，雖有數子知書，皆污薄俗，氣味難可與論典刑事。**勿受外嫌猜，同姓古所敦。** **洙曰：** 鮑明遠：明慮自天斷，不受外嫌猜。**趙曰：** 此亦曹子建詩有「親文義在敦」之義〔一〕。

曲江三章章五句

彥輔曰： 元和中，中書舍人李肇撰國史譜〔二〕，其略曰：進士既捷，大讌於曲江亭子，謂之曲江會。曲江大會在關試後，亦謂之開宴。天寶元年，勑以太子太師蕭嵩私廟逼近曲江，因上表請移他處，勑令將士爲嵩營造。

曲江蕭條秋氣高， **洙曰：** 謝玄暉觀朝雨詩：朔風吹飛雨，蕭條江上來。宋玉曰：悲哉秋之爲氣，蕭

〔一〕文，疑當作「交」。

〔二〕譜，疑當作「補」。見杜集札記。

瑟兮草木揺落而變衰。**蘇曰**：秋延年曰[一]：秋高氣爽，倍增蕭索。**修可曰**：出宋玉「衆芳蕭條」、班固「原野蕭條」之義。**菱荷枯折隨風濤，遊子空嗟垂二毛。洙曰**：潘安仁秋興賦：晉十有四年，余春秋三十有二，始見二毛。僖二十二年傳：宋公曰：君子不禽二毛。頭白有二色。**白石素沙亦相蕩，哀鴻獨叫求其曹。洙曰**：禰衡賦：哀鳴感類。曹子建：激鳴索鴻群。劉安招隱士：禽獸駭兮亡其曹。**趙曰**：方高秋之時，非特菱荷枯折而已。水既瘦涸，石與沙亦蕩潔而出。鴻鵠失群，哀鳴而相求，皆可感之事也。**師曰**：按西京雜記：武帝於曲江頭大營亭館，以爲宴賞之地，號爲勝絶。玄宗時勑彼太子太師蕭嵩廟十別所[二]，以敞其臺館。憲宗時，每宴進士必於曲江亭。當時曲江風景盛傳天下。禄山之亂，焚爇殆盡，況秋氣蕭條，菱荷枯折，轉令人慘傷。甫覽此風物已非昔日之盛，復自傷年老，兄弟間隔，豈非黍離閔宗周之比乎。

再吟

即事非今亦非古，定功曰：即事者，即目前所覽曲江之事。**長歌激越梢林莽，洙曰**：宋玉風賦：

[一] 秋，疑當作「顔」。見杜集札記。

[二] 彼，疑當作「移」。見杜集札記；十，疑當作「於」。

靡石我木〔一〕，梢殺林莽。蘇武詩：長歌正激烈。鄭曰：選：羅千乘於林莽。比屋豪華固難數。洙曰：堯舜之世，比屋可封。趙曰：曲江方盛而於長歌激烈者，特以豪華者多，而我獨寂寞也。吾人甘作心似灰，洙曰：莊子：南郭子綦：形固可如槁木，而心固可如死灰。弟姪何傷淚如雨。趙曰：公灰心久矣。弟姪不必傷此而下淚也。變詩：泣涕如雨。定功曰：甫謂老年已灰少遊之心，雖屏跡寂寞無所憾恨，但傷弟姪隔别，是以涕淚如雨。

又吟

自斷此生休問天，修可曰：楚詞天問篇：其序曰：天問者，屈原之所作也。何不言問天？天尊不可問，故曰天問也。東坡有「此生自斷天休問」，轉用少陵之句。敏功曰：語曰：死生有命，富貴在天。遇不遇，無非天命。今曰休問天者，蓋君子窮物之理，盡己之性，以至達天知命，故能自斷而不必問天者也。杜曲洙曰：杜曲在長安。俗云：城南韋杜，去天尺五。言近京。幸有桑麻田，蘇曰：第五倫：吾杜曲有田種麻蓺桑，足免饑凍。故將移住南山邊。洙曰：楊惲傳：出彼南山〔二〕。陸韓卿詩云：屏居南山下。竇嬰傳：屏

〔一〕我，疑當作「伐」。見杜集札記。
〔二〕出，疑當作「田」。見杜集札記。

居藍田南山下。**短衣匹馬隨李廣，看射猛虎終殘年。**洙曰：前漢：李廣爲虜所生得，當斬。贖爲庶人，屏居藍田南山中射獵。廣出獵，見草中石，以爲虎而射之，中石没羽，視之石也。他日射之，終不能入矣。廣所居郡聞有虎，常自射之。及居右北平，射虎，虎騰廣，廣亦射殺之也。趙曰：欲移住南山，則南山之景致足樂也。匹馬射虎，使李廣事。廣正居藍田南山中。此詩人因意使事也。殘年，出列子「汝以殘年餘力」。覺範曰：此五句法惟即事、遣興可作，若題物、贈送之類，皆不可用。

樂遊園歌

彥輔曰：晦日賀蘭楊長史筵醉中作。

樂遊古園崒森爽，洙曰：西京記曰：樂遊園，漢宣帝所立。唐長安中太平公主於原上置亭遊賞。其地四望寬敞，每三月上巳、九月重陽，士女戲就此祓禊登高。幄幕雲布，車馬填塞，虹彩映日，馨香滿路。朝士詞人賦詩，翌日傳於京師。**煙綿碧草萋萋長。**洙曰：謝靈運詩：萋萋春草繁。江淹賦：春草碧色。劉安招隱士：春草生兮萋萋。**公子華筵勢最高，秦川對酒平如掌。**洙曰：文選：王粲家本秦川。周王褒關山篇：遥遥秦川水，千里長如帶。沈佺期長安路詩：秦地平如掌，層城出雲漢。**長生木瓢示真率，更調鞍馬狂歡賞。青春波浪芙蓉園，**洙曰：魏文帝有芙蓉池作，在鄴都西園。芙蓉園在城南曲池坊臨水亭進芳門，外即樂遊園也。玄宗紀：開元二十年，廣花萼樓，築夾城至芙蓉園。王莽傳：乃西波水之北，郎池之南。晉灼曰：黄圖波、浪，二水名也。在甘泉苑中。師古曰：晉説非也。黄圖有西波池、郎池，皆在石城南上林中。趙曰：長生木瓢，則木瓢脩長而生者，蓋用之以酌，則始爲真率也。**白日雷霆夾城仗。**夾，當作「甲」。**閶闔晴開映蕩蕩，**洙曰：曹植平陸東行曰：閶闔天衢通。前漢禮樂志：遊閶闔，觀玉臺。天門開，淡蕩蕩。注：閶闔，天門。蕩蕩，天體堅清之狀。相如大人賦：排閶闔而入帝居。鄧后夢捫天。蕩蕩，色正青。**曲江翠幕排銀牓。**洙曰：潘安仁籍田賦曰：翠幕默以雲布。陳張正見詩：即此神仙内〔一〕，銀牓映仙宮。陳沈炯林屋館記：崑山平圃，銀牓相暉。蓬閬山宮〔二〕，金臺幄起〔三〕。神異經曰：東方青宮門有銀牓。晉潘尼洛水詩：翠幕映洛湄。蘇曰：姚萇：張翠弈，繡簾掛，金篆銀牓。**拂水低徊舞袖翻，緣雲清切歌聲上。**洙曰：曹植云：華閣緣雲上征。夢符曰：右按曹植言「華閣緣雲」，此稱歌聲清切耳。列子云：薛譚學謳於秦青。辭歸。秦餞於郊衢，撫節悲歌，聲振林木，響遏行雲。西京雜記曰：高帝令戚夫人歌出塞望歸之曲，後宮齊唱，聲入雲霄。趙曰：後漢王延壽魯靈光殿賦：飛陛揭孽，緣雲上征。薛夢符刋誤乃引列子載秦青之歌「響遏行雲」，又引西京雜記戚夫人歌「聲入雲霄」。其意以爲兩事皆有雲字，遂用證之。殊不知遏雲則遏

〔一〕仙，疑當作「山」。
〔二〕山，疑當作「仙」。
〔三〕幄，疑當作「崛」。

住之，且非杜公緣雲本意，唯入雲霄，萬有緣雲之義〔二〕。**却憶年年人醉時，只今未醉已先悲。** **彭曰：** 甫遊此悲感當年之樂，翻爲此日之憂，風物已非舊時華麗，但覩碧草萋萋。黍離之作與此同意。**數莖白髮那拋得，百罰深盃亦不辭。** **洙曰：** 罰，一作「刻」。説文曰：漏以銅盛水，刻節，晝夜百刻。**蘇曰：** 桑乂在江總席上曰：「推夾盃百罰，吾亦不辭。」**聖朝已知賤士醜，** **洙曰：** 揚子曰：秦之士也賤。陸機：玄冕無醜士。**趙曰：** 思北歸賦：况北州之賤士，爲炎土之流人。**一物自荷皇天慈。** **洙曰：** 江淹：一物之微，有足悲者。又：天，群物之祖。**此身飲罷無歸處，獨立蒼茫自詠詩。** **洙曰：** 庾信乞酒詩：蕭瑟風聲慘，蒼茫雲貌愁。梁朱异田飲引：值寒野之蒼茫。梁元帝詩：秋氣蒼茫結孟津。潘安仁哀永逝文曰：視天日兮蒼茫。**趙曰：** 蒼茫，荒寂之貌。**彭曰：** 蒼茫，謂池上也。甫不怨朝廷貶黜之悲，自傷年老無所依歸，至於獨立池上，詠詩遣懷，其情爲可憫也。

渼陂行

趙曰： 渼音美。士大夫非西人者多讀爲于亮切，乃蕩漾之漾，遂使鬻書一本直作漾陂行。深誤學者。按長安志：渼陂在鄠縣西。十道志云：陂魚甚美，因名之。

〔二〕 萬，疑當作「方」。

岑參兄弟皆好奇，携我遠來遊渼陂。師曰：揚雄言馬遷好奇。蓋遷之性好周遊天下。今岑參兄弟携我來遊渼陂，豈非若遷之好奇也。天地黤慘忽異色，洙曰：王粲登樓賦：天慘慘而無色。波濤萬頃堆瑠璃。洙曰：西域傳：罽賓出琉璃。孟康曰：琉璃，青色如玉。師古曰：魏略云：大秦國出赤、白、黑、黄、青、緑、縹、紺、紅、紫十種琉璃。孟言青色，不博通也。此蓋自然之物也。蘇曰：王筠詩曰：扁舟泛西池，衝破碧琉璃。庾升見此稱賞久之。琉璃漫汗泛舟入，洙曰：張平子賦：布濩漫汗。梁簡文：池水浄琉璃。趙曰：後漢：黄叔度汪汪如萬頃陂也。堆琉璃，言其色之青瑩耳。水如瑠璃則爲可愛，可以泛舟矣。事殊興極憂思集。鼉作鯨吞不復知，蘇曰：徐陵江行：鯨鯢湧波，鼉蛟作浪。鄭曰：鼉，徒何切。説文曰：水蟲，似蜥蜴而長大。惡風白浪何嗟及。洙曰：詩：中谷有蓷，啜其泣矣，何嗟及矣。張季膺詩：謳吟何嗟及。主人錦帆相爲開，洙曰：隋煬帝以錦爲帆。修可曰：陳陰鏗渡青草湖詩曰：平湖錦帆張。舟子喜甚無氛埃。洙曰：詩：招招舟子。郭璞江賦：舟子於是搦棹，涉人於是檥榜。趙曰：沈休文詩：夜静滅氛埃。無氛埃，則又倣魏都賦「風無纖埃」也。前以天地黤慘而遊者憂，今以無氛埃而憂者喜，不亦宜乎。鳧鷖散亂棹謳發，洙曰：班固西都賦：鳥則鳧鷖鴇鴈，朝發河海，夕宿江漢，沈浮往來，雲集霧散。又：櫂女謳，鼓吹震。漢武秋風辭：簫鼓鳴兮發棹歌。絲管啁啾空翠來。趙曰：公使漢武帝秋風辭：「簫鼓鳴兮發棹歌」也。啁，竹包切。説文：啁，嘐也。又楚辭曰：鶡雞啁哳而悲鳴。棹歌發則喧矣，故鳧鷖驚而散亂。空翠來則晴矣，故絲管乾而啁啾。**沈竿續蔓深莫測，菱葉荷花静如拭。宛在中流渤澥清，**洙曰：詩蒹葭：宛在水中央。揚子：渤澥之島。蘇曰：按説文：東海之别有渤澥。故東與海共稱渤海。**下歸無極終南黑。半陂已南純浸山，動影裊窕冲融間。**洙曰：木玄虚海賦：冲融滉瀁。**船舷暝戛雲際寺，**舷，胡田切。暝，莫定切。洙曰：宋謝靈運石門巖上宿詩：暝還雲際宿。孫綽山銘：飛宇雲際。郭璞江賦：詠採菱以扣舷。舷屑也。**水面月出藍田關。**趙曰：雲際，山名，在鄠縣東南。有大定寺。藍田關在藍田縣東南。船舷之戛可聞於雲際之寺，月出之所，可想其當於藍田關，皆以陂之廣大然也。舊注引謝靈運詩「暝還雲際宿」，以其字相犯，便妄引，以惑學者。**此時驪龍亦吐珠，**洙曰：莊子列御寇：人有見宋王者，錫車十乘，以其十乘驕穉。莊子曰：河上有家貧恃葦蕭而食者。其子没於淵，得千金之珠。其父謂其子曰：「取石來，鍛之。夫千金之珠，必在九重之淵，而驪龍頷下。子能得珠者，必遭其睡也。使驪龍而寤，子尚奚微之有哉。」今宋國之深，非直九重之淵也。宋王之猛，非直驪龍也。子能得車者，必遭其睡也。使宋王而寤，子爲齏粉矣。**馮夷擊鼓群龍趣。**洙曰：謝惠連雪賦：馮夷剖蚌列明珠。注：馮夷，河伯也。曹子建洛神賦：馮夷鳴鼓，女媧清歌。大人賦：使靈媧鼓琴而舞馮夷。莊子大宗師：馮夷得之以游大川。釋文：司馬云：清泠傳曰：馮夷，華陰潼鄉隄首人也。服八石得水仙，是爲河伯。又，一云：以八月庚子浴於河而溺死。一云：渡河溺死。**湘妃漢女出歌舞，**洙曰：曹子建神女賦：從南湘之二妃，携漢濱之游女。鄭曰：舜二妃堯女娥皇、女英以舜南巡不反，自沉湘而死，故曰湘妃。漢女，漢上游女。金支翠旗光有無。洙曰：前漢禮樂志：金支秀華，庶旄翠旌。張晏曰：金支，百二十支。秀華，中王有華豔也。文穎曰：析羽爲旌。翠羽爲之也。臣瓚曰：樂上衆飾有流遡羽葆，以金爲支，其首敷散，若草木之秀華也。師古曰：瓚説是。司馬相如曰：建翠華之旗。梁元帝檄文：建翠鳳之旗。北齊祖孝徵：翠旗臨塞道。咫尺但愁雷雨至，蒼茫不曉神靈意。洙曰：漢郊祀歌：靈之車，結玄雲。靈之來，先以雨。九歌云：雲容容兮在下。又：東風飄兮神靈雨。趙曰：蒼茫，荒寂之貌。已具前篇。舊注引歌「靈之車來」，冗而非是。少壯幾時奈老何，向來哀樂何其多。洙曰：漢武秋風辭：歡樂極兮哀情多，少壯幾時兮奈老何。趙曰：秋風辭：歡樂極兮哀情多，少壯幾時兮奈老何。謂之哀樂何其多，則此一日之間，初至以天地黤慘而愁，既而晴無氛埃則可以縱游而樂也。朋曰：君子遇憂則憂，遇樂則樂，俯仰屈伸，任運而已。詩家體格，其抑揚頓挫，大槩若此。首叙鼉作鯨吞之可憂，中叙鳧鷖菱荷與夫湘妃、漢女之樂，末嘆哀樂相半，故曰「向來哀樂何其多」。凡遣辭命意，常以此爲法也。

渼陂西南臺

高臺面蒼陂，六月風日冷。朋曰：六月此臺獨冷，以水氣通人也。蒹葭離披去，天水相與永。**洙曰**：謝靈運云：雲日相輝映，空水共澄鮮。**趙曰**：詩：蒹葭蒼蒼。其物則陂岸有之矣。易有「天水違行，訟」。「相與」字多矣，如長笛賦：乃相與集乎其庭。**懷新目似擊，洙曰**：謝靈運詩：懷新道轉迥，尋異景不延。莊子田子方篇：仲尼見温伯雪子，目擊而道存。**接要**一作「接惡」。**鄭曰**：要，於消切。**心已領。洙曰**：陶潛詩：醒醉還相笑，發言各不領。**仿像識鮫人，洙曰**：搜神記：南海之外有鮫人，水居如魚，不廢緝績。其人能泣珠。海賦：仿像其色。又其琅則有天琛水怪[一]，鮫人之室。郭璞：鮫人搆館乎懸流。曹植：弄珠蚌，戲鮫人。**空蒙辨魚艇。洙曰**：廣雅曰：舡二百斛以下曰艇，其形徑艇，一人二人所乘行也。**趙曰**：鮫人，南海之外有之，泣則成珠，善織綃。仿像識鮫人，言其深廣若有鮫人在其中也。空蒙，出謝玄暉朝雨詩「空濛如薄霧」，言若無而空，若有而濛也。蒙即「濛」字。**錯磨終南翠，顛倒白閣影。洙曰**：終南、白閣，並山名。終南，五經要義云：終南山，長安南山也。一名太一。漢書曰：太一山，古文以爲終南山。潘岳關中記曰：其山一名中南，言在天之中，都之南，故曰中南。毛詩亦云：終南，周之名山中南也。福地記云：其山東接驪山、太華，西連太白、龍山，北去長安八十里，南入楚塞，連蜀東西。諸山周回數百里，名曰福地。辛氏三秦記：長安西可二百里南山石室，名曰地肺，可避洪水。秦時四皓亦隱於此山。**崙崒增光輝，洙曰**：一

[一] 琅，疑當作「垠」。見杜集札記。

作「陰」。西都賦：嚴峻崷崒。**鄭曰**：崷，自秋切，山峻貌。**乘凌惜俄頃。洙曰**：謝靈運詩：恒充俄頃用。

勞生愧嚴鄭，洙曰：嚴陵、鄭子真也。嵇叔夜幽憤詩：仰慕嚴鄭，樂道閑居。**蘇曰**：嵇中散：勞生蹤跡，甚愧嚴陵、子真耶。**修可曰**：嚴湛冥久幽而不改其操。鄭子真不屈其志，耕於巖石之下。**外物慕張邴。洙曰**：張良、邴原也。謝靈運詩：偶與張邴合，久欲還東山。**趙曰**：張良貴極，願棄人間事。邴曼容免官養志自脩。**世復輕驊騮，吾甘雜鼃黽。**上烏蝸切，下音泯。**趙曰**：重漢世不我知〔一〕，而輕驊騮之駿，則欲隱居於陂上焉。**倪曰**：范蠡曰：吾先君魚鼈之與處，而鼃黽之與同渚。公詩句之意謂此。**知歸俗可忽，取適**一作「足」。**事莫並。趙曰**：言知所歸宿，則世俗可忽。取適於己，則凡事無可得而並。**身退豈待官，洙曰**：謝靈運：辭滿豈多秩，謝病不待年。**老來苦便靜。趙曰**：蓋言身欲求退不必待於爲官之後。舊注引「謝病不待年」，混亂之矣。老子：功成名遂身退，天之道。「便靜」字出謝靈運云「拙疾相倚薄，還得靜者便」。便音平聲。**况資菱芡足，鄭曰**：芡，巨險切。說文云：雞頭也。方言曰：南楚謂之雞頭，北燕謂之之䓈，青徐淮泗謂之芡䓈。䓈，營隻切。**庶結茅茨迥。**茨，疾資切。**從此具扁舟，彌年逐清景。趙曰**：菱，菱角也。芡，雞頭也。皆陂中可食之物也。范蠡乘扁舟泛五湖。

〔一〕漢，疑當作「嘆」。見杜集札記。

夏日李公見訪

彦輔曰：一云「李家今見訪」。

遠林暑氣薄，公子過我遊。 蘇曰：阮元瑜：公子得暇，可過我菊坡遊。師曰：公子，指李白也。**貧居類村塢，** 洙曰：馬融在陽塢中。**僻近城南樓。** 趙曰：沈約詩：遠林響咆獸，近樹聒鳴蟲。貧居類林塢，僻近城南樓。此所謂城南韋、杜也。**傍舍頗淳朴，所願亦易求。** 易，以豉切。**隔屋喚西家，借問有酒不。** 鄭曰：方鳩切，弗也。**牆頭過濁醪，** 洙曰：江淹恨〔一〕：濁醪夕引。蘇曰：友人見陶侃，侃家貧，無以致誠。其鄰人賢，謂侃曰：「子門有長者軒車，何不延之論當世事。」侃曰：「貧不能備醴餌。」鄰人密於墻頭度以濁酒隻雞，遂成終日之樂。本朝王冀公過侃廟，有詩云：九重天闔夢摶翼，黃雞白酒鄰舍恩。名公謂其詩中題。**展席俯長流。清風左右至，** 符曰：江淹：晨飈自遠至，左右芙蓉披。**客意已驚秋。巢多衆鳥鬭，葉密鳴蟬稠。苦遭此物聒，孰語吾廬幽。** 洙曰：詩：蟬噪林逾静，鳥鳴山更幽。陶淵明詩：衆鳥欣有託，吾亦愛吾廬。時可曰：古詩言庭樹曰：此物何足貴。**水花晚色静，庶足充淹留。預恐罇中盡，更起爲君謀。** 洙曰：孔融曰：坐上客常滿，罇中酒不空。古今注：蓮花，一名水旦，一名水芝，一名水花。楊曰：荷花潔静，猶清人之神思，只恐樂有餘而杯不足，無以延客之歡，故云云。

〔一〕「恨」後疑闕「賦」字。

遣興五首

朔風飄胡鴈，師曰：禄山胡人，故以胡鴈比之。**慘澹帶砂礫。**鄭曰：狼狄切，小石也。洙曰：鮑明遠：疾風衝寒起，砂礫自飛揚。又：胡風吹朔雪。劉公幹：涼風吹砂礫。**長林何蕭蕭，**立之曰：喻大材當亂世蕭條不獲用也。**秋草萋更碧。**洙曰：古詩：回風動地起，秋草萋已緑。立之曰：草喻小人。草逢秋宜凋瘁，今乃萋萋而更碧。**北里富薰天，**洙曰：左太冲：南鄰擊鍾磬，北里吹笙竽。君平曰：揚雄：燎薰皇天。大臨曰：言武夫悍卒當禄山亂而能立功取富貴，是以富貴之勢薰炙天地。**高樓夜吹笛。**洙曰：古詩：西北有高樓，上有絃歌聲。**焉知南鄰客，九月猶絺綌。**洙曰：精曰絺，麄曰綌。君平曰：隋袁充少時父黨過門，方冬，充尚衣葛，戲充曰：「絺兮綌兮，凄其以風。」充曰：「惟絺惟綌，服之無斁。」南鄰之客非服絺綌而無斁也，蓋貧而無禦寒之服，故耳。公詩又曰：自喜遂生理，花時甘緼袍。暮春者，春服既成。花時而緼袍，豈非無春服歟。趙曰：夫以九月授衣，而猶絺綌。花時已暖，當有春服，而甘緼袍，則公之貧如此。

長陵鋭頭兒，出獵待明發。洙曰：秦武安君頭小而鋭。趙曰：詩：明發不寐。**騂弓金爪鏑，白馬蹴微雪。**蹴，七六切。**未知所馳逐，但見暮光滅。歸來懸兩狼，**洙曰：詩：並驅從兩狼兮。趙曰：言出獵之子馳逐未厭，而日晚當歸也。末句所云，言其獵有所獲，乃是貴家也。師曰：此詩諷國忠以貴妃之兄位宰相，帶劍南節度，未知所馳逐，正詩「不狩不獵」之意。歸來懸兩狼，正詩「有懸貆」之意也。**門户有**

旌節。洙曰：楊國忠以劍南旌節導駕。趙曰：旌節，貴人所建而羅列於門也。

漆有用而割，膏以明自煎。蘭摧白露下，桂折秋風前。洙曰：莊子人間世：山木自寇也，膏火自煎也。桂可食，故伐之。漆可用，故割之。兩龔死時有老父來吊，哭甚哀，既而曰：「嗟虖，薰以香自燒，膏以明自消。龔生見天天年，非吾徒也。」阮籍詩：膏火自煎燒，多則悉爲害。大臨曰：膏漆蘭桂皆有用之物，喻賢人君子所以煎割摧折者，以爲小人所中傷也。府中羅舊尹，沙道尚依然。洙曰：故事：凡拜相之後，禮絶班行，府縣載沙填路。自私第至於城東，街名沙堤。赫赫蕭京兆，今爲時所憐。洙曰：前五行志：成帝時，童謡曰：邪徑敗良田，讒口亂善人。桂樹華不實，黄雀巢其顛。故爲人所羡，今爲人所憐。蕭望之嘗爲左馮翊，後飲鴆自殺。蘇曰：明皇雖誅蕭至忠，常懷之。侯君集云：蹭蹬至此。至忠亦蹭蹬者耶？故子美哀之，云：赫赫蕭京兆，今爲時所憐。又盧湛〔一〕：何武不赫赫，遺愛常在人。趙曰：蕭至忠參太平公主逆謀，被誅。雖已誅矣，然明皇賢其爲人，心愛不忘。後得源乾曜，亟用之。謂高力士曰：「知吾用乾曜乎，吾以貌言似至忠。」力士曰：「彼不嘗負陛下乎？」帝曰：「至忠誠國器，但晚謬尔。其始豈不賢哉。」此推見杜公詩意。舊注引蕭望之鴆自殺，非是。

猛虎憑其威，蘇曰：郭韞、李鷹如猛虎，憑威下視犬羊。往往遭急縛。洙曰：曹操謂吕布：縛虎不

〔一〕湛，疑當作「諶」。

得不急。雷吼徒咆哮，枝撐已在脚。忽看皮寢處，洙曰：子將食其肉，寢處其皮。立之曰：左傳襄二十八年：子雅、子尾怒。盧蒲嫳曰〔一〕：「譬之禽獸，吾寢處之矣。」注云：能殺而席其皮。無復睛閃爍。人有甚於斯，足以勸元惡。師曰：禄山之猛可畏，不啻於虎，而終蒙葅醢，亦足以爲元惡之戒矣。

朝逢富家葬，前後皆輝光。共指親戚大，緦麻百夫行。送者各有死，不須羡其强。君看束縛去，亦得歸山崗。洙曰：吴人殺諸葛瑾〔二〕，以蘧蒢裹屍，束縛以篾，棄之於石子崗。十朋曰：此詩譏貴妃於夙昔之日勢焰熏炙當世，及禄山亂，死於馬嵬山，瘞於道傍，豈非束縛之比邪。

王狀元集百家注編年杜陵詩史三卷

〔一〕 嫳，疑當作「嫳」。
〔二〕 瑾，疑當作「恪」。

王狀元集百家注編年杜陵詩史四卷

夜聽許十誦詩愛而有作

許生五臺賓，**洙曰**：河北有五臺山。**鄭曰**：五臺，山名，今在河北。其山五鑾環秀巍然〔一〕，俗謂之五臺，仙人之都也。業白出石壁。**趙曰**：此言許生客居五臺，行業精白而出也。佛經以美業爲白，惡業爲黑。達磨嘗曰：當勤修白業。**大觀曰**：「石壁」字暗使列子載趙襄子狩於中山，有一人從石壁出，隨煙上下。余亦師粲可，身猶縛禪寂。**洙曰**：師粲善詩。**修可曰**：粲、可，乃六祖僧粲及慧可二禪師。粲傳法偈：華種雖因地，從地種花生。若無人下種，花地盡無生。可傳法偈：本來緣有地，種花生〔二〕。本來無有種，花亦不能生。二人乃禪中祖師。故子美師之。非師粲善能詩者也。**趙曰**：粲則僧粲，可則慧可。傳燈云：正與達磨世次相接。公方與許生共學性空事，故云許生已業白而出，吾猶縛禪空而未脱也。「縛」字出佛書，其語曰：貪著禪味是菩薩縛。縛禪則不能解也。何階子方便，謬引爲匹敵。**趙曰**：此言有何因階得子垂方便之行，而以爲

〔一〕鑾，疑當作「巒」。見杜集札記。
〔二〕據九家集注杜詩，此句疑當作「因地種花生」。

之匹也。洪駒父引佛經善巧方便，其説是。而舊注以爲田子方。**離索晚相逢，包蒙欣有擊。**洙曰：易：九二，包蒙。上九，擊蒙。**誦詩渾**一作「混」。**遊衍，四座皆**一作「俱」。**辟易。**洙曰：項羽傳：項羽瞋目叱，赤泉侯人馬俱驚，辟易數里。**應手看捶鉤，**鄭曰：捶，子果切。又之累、之睡二切。洙曰：莊子知北遊：大馬之捶鉤者，年八十矣，而不失豪芒。大馬曰：「子巧歟。」曰：「臣有守也。臣之年二十而好捶鉤，於物無視也，非鉤無察也。是用之者假不用者也。以長得其用，而况乎無不用者乎。物孰不資焉。」注：拈捶鉤之輕重而無豪芒之差，都無懷則物來皆應。大馬，司馬也。郭云：捶者，玷捶鉤之輕重而不失豪芒也。或説云：江東、三魏之間，人皆謂鍾爲捶，音字亦同。郭失之。今不從此説。趙曰：莊子：輪扁斲輪，有曰：得之於心，而應之於手。**清心聽鳴鏑。**洙曰：前漢匈奴傳：冒頓作鳴鏑，出獵，左右皆隨鳴鏑而射殺頭曼。應劭曰：髐箭也。左思詩：邊城苦鳴鏑。陸機：鳴鏑自相知。趙曰：黄魯直云：新詩如鳴弦。蓋出於此也。鄭曰：鏑，丁歷切，矢鋒也。**精微穿溟涬，**上亡頂切，下户頂切。洙曰：莊子在宥篇：大同乎涬溟。注：與物無際。趙曰：禮記：致廣大而盡精微。帝系譜曰：天地初起，溟涬濛鴻。舊注引莊子「大同乎涬溟」，注云：自然之氣。然終非本出，杜公不敢倒用也。師曰：謂詩之精微與天地之氣相貫穿。**飛動摧霹靂。**洙曰：公羊注曰：雷疾而甚者爲震。震與霆皆謂霹靂也。**陶謝不枝梧，**洙曰：陶潛、謝玄暉靈運、惠連之徒也。前漢項籍傳：即帳中斬宋義頭，諸將讋服，莫敢枝梧。如淳曰：枝猶枝梧也。臣瓚曰：小柱爲枝，邪柱爲梧，金屋斜柱是也〔一〕。**師曰：**霹靂雷霆之威，謂詩思飄然飛動，雖霹靂之威亦爲摧沮，足見詩思之壯也。**風騷共推激。紫鸞自超詣，洙曰：**紫鸞，當作紫燕，字之誤也。西京雜記：文帝自代還，有良馬九，皆天下之駿，其第五馬名紫燕。**翠駮誰翦剔。洙曰：**爾雅：駮如馬，倨牙食虎豹。管子曰：桓公乘馬，虎望見而伏。公問管仲，管仲：「意者君乘駮馬。」公曰：「然。」仲曰：「駮馬食虎豹，故疑焉。」紫燕，良馬名也。莊子曰：治馬者燒之、剔之。**君意人莫知，人間夜寥闃。蘇曰：**羲之一日坡襟立也上無語〔二〕。羊欣曰：「人莫知君意何也。」**趙曰：**寥闃，寂静之義。梁蕭子範直坊賦曰：何坊禁之寥闃，對長夜之蕪丞〔三〕。**薌曰：**末句豈非傷無知己者乎。

貧交行

翻手作雲覆手雨，紛紛輕薄何須數。鄭曰：所矩切，計也。**洙曰：**沈休文時〔四〕：洛陽繁華子，長

〔一〕金，疑當作「今」。
〔二〕坡，疑當作「披」。見杜集札記；也，疑當作「地」。
〔三〕夜，疑當作「庭」；丞，疑當作「永」。
〔四〕時，疑當作「詩」。見杜集札記。

安輕薄兒。梁簡文帝時〔一〕：輕薄出三河。江淹詩：子矜怨勿往，谷風誚輕蒲〔二〕。阮籍：平生少年時，輕薄好弦歌。**蘇曰**：陳暄曰：徐、庾輩數輕薄兒，時勢作威福，何必數耶。**師曰**：甫之作此，爲嚴武而作也。甫與嚴武素相厚善，及武鎮西川，甫往依之，常醉登其春〔三〕，曰：「嚴挺之乃有是兒。」武杖劍欲殺之。母救止。夫武始待甫甚厚，今以小嫌欲殺之，其輕薄如此，何足數乎。**君不見管鮑貧時交，此道今人棄如土。** **洙曰**：史：管仲少時與鮑叔牙遊，鮑叔終善遇之。管仲曰：「吾始困，嘗與鮑叔賈，分財利多自與，鮑叔不以我爲貪，知我貧也。吾嘗與鮑叔謀事而更窮困，鮑叔不以我爲愚，知時有利不利也。吾嘗三仕三見逐於君，鮑叔不以我爲不肖，知我不遭時也。吾嘗三戰三走，鮑叔不以我爲怯，知我有老母也。公子糾敗，召忽死之，吾幽囚受辱，鮑叔不以我爲無恥，知我不羞小節，而恥功名不顯於天下也。生我者父母，知我者鮑子也。」鮑叔既進，管仲以身下之，天下多管仲之賢，而多鮑叔能知人。**趙曰**：史載：管仲曰：「吾始困時，嘗與鮑叔賈，分則利多自與，鮑叔不以我爲貪，知我貧也。」而題是貧交行，則所主用在此矣。公之緩急人所有，而以有濟無，交友之道也。雲固爲雨矣，雲有渰以淒淒，而後興雨祁祁，則雨所濟者久。雲氣不待族而雨，則雨所濟者微。今以翻覆手而雲遂爲雨，其俄傾可知矣。管仲與鮑叔賈而獨分財利，鮑叔弗争，則悠久每每如此，豈翻覆手之間爲片雲過雨

〔一〕時，疑當作「詩」。見杜集札記。
〔二〕蒲，疑當作「薄」。見杜集札記。
〔三〕春，疑當作「床」。

之霑丐乎。

白絲行師曰：按唐史竇懷貞，右相德玄之子。少敦儉不爲豪侈事，後娶韋后乳媪王所謂莒夫人者，故蠻婢也，世謂媪婿爲阿父者〔一〕，軒然不慚，以自婿於后〔二〕，又附宗楚客、安樂公主以取貴仕，爲素議所斥。韋氏敗，太平公主干政，又傾已附離，素節盡矣。故甫作此以譏之。然有取於白絲者，絲之爲物，柔直而潔白，一爲所染，喪其素質。君子之行一爲匪人所污，求其向之所謂潔白者，不可得矣。

繅絲須長不須白，鄭曰：繅，蘇曹切。繹繭爲絲。趙曰：須長不須白者，以絲爲羅與錦，則有五色之章焉。且以之爲舞衣，則須長以足用而已。不必白而後受采也。**越羅蜀錦金粟尺。**洙曰：禮記：夫人繅三盆。魏文帝詔群臣曰：前後每得蜀錦，殊不相似。趙曰：越羅、蜀錦，天下之奇細也。金粟尺，邊幅尺度之足也。尺以金粟飾之，富貴家之物也。此何遜詩所謂「金粟裹搔頭」是矣。**象床玉手亂殷紅，**鄭曰：殷，烏閑切，赤黑色。**萬草千花動凝碧。**洙曰：孟嘗君至楚，獻象床直千金，公孫成諫令勿受，乃止。趙曰：言越羅、蜀錦積在象床之多，玉手擇取之，則殷紅之段相亂矣。萬草千花，則以言錦上羅上之繁紋也。**已悲素**

〔一〕「父者」二字疑當作「奢」。見杜集札記。

〔二〕婿，疑當作「媚」。

質隨時染，一作「改」。裂下鳴機色相射。食亦切。洙曰：漢紀：童子魏照謂郭泰曰：「欲以素絲之質附近朱藍。」墨子悲素絲，謂其可以黑。古詩：纖纖擢素手，札札弄機杼。趙曰：素絲既染，則織爲羅錦，故曰色相射。鮑照：繰絲復鳴機。美人細意熨帖平，鄭曰：熨，紆物切，火展帛也。裁縫滅盡針線跡。趙曰：此詩句言縫爲舞衣者矣。春天衣著爲君舞，蛺蝶飛來黃鸝語。蛺，古協切。趙曰：鮑照白紵歌云：催絃急管爲君舞。此因言舞而言蛺蝶飛者，以況舞之輕。而黃鸝語以況歌之好矣。落絮遊絲亦有情，隨風照日宜一作「疑」。輕舉。洙曰：前漢郊祀志：逢興輕舉。趙曰：此言舞之態，其身之輕可舉而仙去。蒭曰：曹子建：長袖隨風。黃曰：庾肩吾曰：桃紅柳絮白，照日復隨風。香汗輕塵汗顏色[一]，洙曰：一作「香污清塵似顏色」。微芳起雨袖，輕汗染雙題。又云：裁縫用笥中刀縫爲萬里衣。趙曰：陳、梁雜歌詩云：朱顏潤紅粉，香汗沾玉色。清塵，一作「輕」，非是。當以「清」爲正。古詩「空床委清塵」也。開新合故置何一作「相」。許。洙曰：古詩云：新人工織縑，故人工織素。織縑毋一疋[二]，織素五丈餘。以縑持此素[三]，新人不如故。趙曰：謂舞衣稍故而合之，以言人情之喜新，故言間新者矣。而合故不著，將於甚處置之，

[一] 汗顏色，疑當作「污顏色」。
[二] 毋，疑當作「日」。
[三] 此，疑當作「比」。見杜集札記。

歎其必委棄也。**黃曰**：崔輔國詩云：妾有羅衣裳，秦王在時作。爲舞春風多，秋來不堪著。亦以言新而用之，故而棄之。凡詩人之興致如此。**君不見才**一作「志」。**士汲引難，恐懼棄捐忍覊旅。** **洙曰**：郭泰機答傅咸詩：皎皎白素絲，織爲寒女衣。寒女雖妙巧，不得秉機杼。天寒知運速，況復鴈南飛。衣工秉刀尺，棄我忽若遺。人不取諸身，世事焉所希。況復以朝飡，曷由知我饑。**趙曰**：此結一篇之意。夫繰絲之難，染之難，爲羅與錦織之又難，不猶才士汲引之難乎。一旦而棄之，故爲才士者，與其既用而棄，不若甘心忍受於覊旅之未用耳。**師曰**：今懷貞爲韋氏、楚客之所汲引，雖得爵禄，奈公論之，所棄忍何。故甫託意於懷貞，以戒後來。

去矣行

鮑曰：天寶十四年，歲次乙未，公年四十四，在率府。數上賦頌，不蒙采録，欲辭職，遂作去行矣。

師曰：此詩爲嚴武而作。見前貧交行注。

君不見鞲上鷹， **鄭曰**：鞲，古侯切，射臂决也。**一飽則飛掣。**尺列切。**洙曰**：鮑明遠詩：昔如鞲上鷹，今似檻中猿。晉孫楚鷹賦：鞲青骹，戲田疇。魏志：吕布因陳登來徐州牧〔一〕，不得，布怒。登喻之曰：「登見曹公，言待將軍譬如養虎，當飽其肉，不則噬人。公曰：不如卿言。譬如養鷹，饑則爲用，飽則揚去。」布乃解。史滑稽傳注：鞲，臂捍也。**焉能作堂上燕，啣泥附炎熱。** **洙曰**：古詩：翩翩堂前燕，冬藏夏來

〔一〕來，疑當作「求」。

見。庚肩吾詩：可憐幕上燕。古詩：思爲雙飛燕，啣泥巢君屋。傅玄陽春賦：燕啣泥於廣庭。湛方生懷春賦：燕啣泥而來征。附炎，附勢也。趙曰：如鷹之飽而高，不學燕之戀而附此，賢人義士不阿附於權貴之門也。

野人曠蕩無靦顏，靦，他典切。**豈可久在王侯間。**魯曰：語：先進於禮樂，野人也。蘇曰：江淹曰：野人疏散曠蕩，無名利拘繫，靦顏見公等。趙曰：野人，公自謂也。字出左傳「野人予之」。云曠蕩者，以言懷抱之閑曠也。有慚顏，則能忍慚者。公無慚顏，豈肯曳裾於王侯之間乎。沈休文奏彈王源云：明月腆顏〔一〕，曾無愧畏。**未試囊中飡玉法，明朝且入藍田山。**洙曰：周禮天官玉府：王齊則供食玉。注：玉是陽精之純者，食之以禦水氣。鄭司農云：王齊當食玉屑。列仙傳：赤松子者，神農時雨師。服水玉以教神農，能入火自燒。前漢地理志：藍田山出美玉，在長安。木玄虛海賦：神仙縹緲餐玉。清崖事見魏書李預傳：預居長安，每羡古人飡玉之法，乃採訪藍田，躬往攻掘，得若環璧雜器形者大小百餘，稍得麄黑者亦箧盛以還。而至家觀之，皆光潤可玩。預乃推七十枚爲屑〔二〕，日服食之，餘多惠人。後預及聞者更求於故處，皆無所見。馮翊公源懷等得其琢爲器佩，皆鮮明可寶。預服玉經〔三〕，云有效驗。而世事寢食不禁節之，又加之好酒損志，及疾篤，謂妻子曰：「服玉屏居山林，排棄嗜慾，或當有大神力。而吾猶色不絶，自致於死，非藥過也。然吾尸體必當有

〔一〕月，疑當作「目」。見杜集札記。
〔二〕推，疑當作「椎」。見杜集札記。
〔三〕「經」後疑闕「年」字。

異，勿使速殯，令後人知餐服之妙。」時七月中旬，長安毒熱，預得停尸四宿，而體色不變。其妻常氏以珠玉二枚唅之，口閉，常謂之曰：「君自言食玉有神驗，何故不受含也。」言訖，齒啓納珠，因噓囑其口，都無穢氣。舉斂於棺，堅直不傾委。死時猶有遺玉屑數斗，橐盛納諸棺中。

遣興三首

下馬古戰場，四顧但茫然。洙曰：蘇子卿：行役在戰場。蘇曰：徐昕過洛汭，無復見當日五侯第宅，馳馬四顧，茫然歎息。**風悲浮雲去，黃葉墜我前。朽骨穴螻蟻，**洙曰：老子：其人已死，其骨已朽。陸機挽歌：豐肌饗螻蟻，妍骸永夷泯。修可曰：莊子：在上爲烏鳶食，在下爲螻蟻食。舊注引陸士衡詩「豐服饗螻蟻」[一]，蓋出於此。**又爲蔓草纏。**洙曰：江淹恨賦：試望平原，蔓草縈骨，拱木斂魂。**故老行嘆息，今人尚開邊。**洙曰：嚴助傳：武帝時征伐四夷，開置邊郡。蘇曰：秦彭過五原，見白骨蔽野，駐泊嗟嘆久之。曰：「今人不能艾民瘡痍，尚思興師開邊，豈不憫黎民之性命乎。」**漢虜互勝負，封疆不常全。**洙曰：前漢匈奴傳：當孝武時，雖征伐克獲，而士馬物故，亦略相當。雖開河南之野，建朔方之郡，亦棄造陽之北九百餘里。匈奴人民每來降漢，單于輒拘留漢使以相報復。其桀驁尚若斯，安肯以愛子而爲質乎。韓安

[一] 服，疑當作「肌」。

國：漢數千里地爭利，則人馬罷。虜以全制其敝。去病云：漢、匈奴相紛拏〔一〕，殺傷大當。秦曰：孫子：一勝一負，兵家常事。**安得廉恥**一作「頗」。**將，三軍同晏眠。** 師曰：肅宗已平祿山，思明猶據鄴。甫意欲專事鄴城，奈何肉食者謀不臧，尚與吐蕃再戰，故甫欲得廉頗不邀功之將，唯務安邊，與三軍晏眠，不生事可矣。

高秋登塞一作「寒」。**山，南望馬邑州。** 洙曰：前漢地理志：馬邑屬鴈門郡。晉太康地記云：秦時建此城輒崩不成，有馬周旋戮走反覆〔二〕，父老異之，因依以築城，遂名爲馬邑。韓安國傳：武帝時匈奴來請和親，大行王恢議擊，上以恢議，陰使馬邑豪聶翁壹爲間亡入匈奴，謂單于曰：「吾能斬馬邑令丞，以城降，財物可盡得。」單于愛信，以爲然，而許之。聶壹乃詐斬死罪囚，縣其頭馬邑城，下視單于使者爲信，曰：「馬邑長吏已死，可急來。」於是單于穿塞，將十萬騎入武州塞。當是時，漢伏兵車騎材官三十餘萬，匿馬邑旁谷中。單于入塞，未至馬邑百餘里，覺之，還去。於是下恢廷尉，逗留當斬。恢行千金丞相蚡，蚡不敢言上，而言於太后曰：「恢首爲馬邑事，今不成而誅恢，是爲匈奴報仇也。」上朝太后，太后以蚡言告上。上曰：「首爲邑事者恢，今不誅，無以謝天下。」恢聞之，乃自殺。**降虜東擊胡，** 降，户江切。**壯健盡不留。** 洙曰：時回紇助順，收復京師，遂進收東都。前漢匈奴傳曰：漢大發關東輕鋭士，盡力擊匈奴。郡國吏三百石伉健習騎射者皆從軍。

〔一〕 拏，疑當作「挐」。見杜集札記。

〔二〕 戮，疑當作「馳」。見杜集札記。

蘇曰：匈奴寇邊，韓安國悉師向北，少年拒敵，惟老弱留守城邑。**穹廬莽牢落，****洙曰**：匈奴曰〔一〕：匈奴父子同穹廬卧。師古曰：穹廬，游帳也。其形穹隆，故曰穹廬。**上有行雲愁。老弱哭道路，願聞甲兵休。****洙曰**：前漢賈捐之傳：珠崖反，發兵擊之。諸縣更叛，連年不定。上與有司議大發軍，捐之建議以爲不可，曰：「當此之時，寇賊並起，軍旅數發，父戰死於前，子鬬傷於後，女子乘停障〔二〕，孤兒號道路，老母寡婦飲泣巷哭。」上以問丞相于定國，對以關東困乏，民難摇動，捐之議是。以遂從之〔三〕。前漢匈奴傳：匈奴上漢書曰：「願寢兵休士，以安邊民。使少者得成其老，老者得安其處。」**蘇曰**：王子溉年老氣衰，病痺，不能多飲。可恨單于寇渭南，老弱扶携，啼泣塞道。**鄴中事反覆，死人積如丘。****洙曰**：事反覆，一云「何蕭條」。憶惜詩云〔四〕：鄴城反覆不足怪。後漢韓遂語馬騰曰：「天下反覆未可知也。」**蘇曰**：馬良：連年兵火，尸積如丘。**趙曰**：兩京雖復平矣，而賊猶保相州，既圍復解，則士卒傷死可知矣。鄴中，乃相州也。**諸將已茅土，載驅誰與謀。****洙曰**：李陵與蘇武書：陵爲足下當享茅土之薦〔五〕。策文：錫君玄土，苴以白茅。**師曰**：鄴中叛服不

〔一〕「奴」後疑闕「傳」字。見杜集札記。
〔二〕停，疑當作「亭」。見杜集札記。
〔三〕以，疑當作「上」。見杜集札記。
〔四〕惜，疑當作「昔」。
〔五〕爲，疑當作「謂」。

常，人死如丘山。萬一有變，諸將已富貴，各顧私家，誰與國家謀事哉。此甫爲朝廷憂也。

豐年孰云遲，甘澤不在早。 **洙曰**：陸機雲賦：甘澤霶霈。孫楚雲賦：膏澤液普潤田中，肅肅三麥實豐年。曹子建：良田無晚歲，膏澤多豐年。**耕田秋雨足，禾黍已映道。** **蘇曰**：趙益：桑麻蔽天，禾黍映壟。**春苗九月交，顔色同日老。勸汝衡門士，** 衡門，見秋兩歎注〔一〕。**時可曰**：詩：衡門之下，可以棲遲。注：横木爲門，蓋貧者之居也。**勿悲尚枯槁。** **洙曰**：漁父：形容枯槁。莊子：枯槁之士。**時來展材力，先後無醜好。** **師曰**：此諭衡茅之士久困，一旦遇時立功，以取富貴，安問其先後之不同邪。甫意勉久困之士，譏驟進立功者不足爲貴。**但訝鹿皮翁，忘機對芳草。** **洙曰**：列仙傳：鹿皮翁者，菑川人也。少爲府小吏，機巧，舉手能成器械。岑山上有神泉，人不能至也。小吏曰府君：「請木工斧斤三十人。」作轉輪懸閣，意思叢生。數十日，梯道四門成，上其巔，作茅舍自止其旁。

高都護驄馬行

師曰：高適爲哥舒翰掌書記。甫嘗送以詩云「十年出幕府，自可持旌麾」。至是爲安西都護。其言豈不有微〔二〕。

〔一〕兩，疑當作「雨」。

〔二〕微，疑當作「徵」。

安西都護胡青驄，洙曰：前漢鄭吉傳：吉爲衛司馬，使護鄯善以西南道。吉既破車師，降日逐，威震西域。遂并護車師以西北道，故號都護。都護之置，自吉始焉。師古曰：並護南北二道，故謂之都。都，猶大也。唐安西郡東至烏蓍鎮〔一〕，去交河郡七百里。南鄰吐蕃，西連疏勒，去葱嶺七百里。北拒突厥。貞觀中，初置西都護府於西川〔二〕。顯慶中，移於龜兹城。**聲價欻然來向東。**洙曰：顏延年赭白馬賦：聲價隆振。又曰：欻聳躍以鴻驚。漢禮樂志：太初四年，獲宛馬。歌曰：「天馬來，歷無草。徑千里，循東道。」注：馬從西而來東也。趙曰：欻，音許勿反，有所以吹起貌。言馬致用之地在西，而傳譽於東，若吹而來也。**此馬臨陣久無敵，與人一心成大功。**趙曰：臨陣成功，指言高都護所御也。**功成惠養隨所致，**洙曰：顏延年賦：願終惠養，蔭本枝兮。**飄飄**一作「飖」。**遠自流沙至。**劉曰：天馬歌：天馬徠，從西極。涉流沙，九夷服。趙曰：其至也，遠自流沙，真天馬之種也。**雄姿未受伏櫪恩，**洙曰：顏延年賦：弭雄姿以奉引，婉柔姿而侍御。魏武樂府曰：老驥伏櫪，志在千里。烈士暮年，壯心不已。梁元帝謝馬啓：矧伊伏櫪，彌結懷恩。傅玄鷹賦：雄姿邈代，逸氣横生。**猛氣猶思戰場利。**洙曰：傅玄鷹賦：六離猛氣。又，隋魏彦深賦：資五方之猛氣。趙曰：言雖之皂棧，而非馬之本心，故思奮於戰場，以爲利目。師曰：適年五十，爲書記十年，出

〔一〕烏蓍，疑當作「焉耆」。見杜集札記。
〔二〕「西」前疑闕「安」字，當作「安西都護府」。見杜集札記；西川，疑當作「西州」。

爲都護。甫常送以詩云「男兒功名遂，亦在老大時」，則知適之罷都護年已老矣，猶欲爲國家立功，故甫有是句也。**腕促蹄高如踣鐵，趙曰：**腕欲促，蹄欲高，又穩如踣鐵，皆馬之奇也。**交河幾蹴曾冰裂。洙曰：**唐安西去交河郡七百里。顔延年賦：經玄蹄而雹散，歷素支而冰裂。神異經：蹄之如汗腕可握。**趙曰：**曾冰是冰名。東方朔神異記曰：北方有曾冰萬里，厚百丈。今公言交河西邊之地有曾積之冰，馬幾度蹴踏之而破裂。舊引顔賦「經玄蹄而雹散，歷素支而冰裂」，非是。蓋賦謂騎射耳。玄蹄素皮[一]，皆射帖名，而雹散冰裂，皆射帖之聲。與馬踏冰裂之義豈相干乎？**五花散作雲滿身，孝祥曰：**西域傳：大宛國多善馬，嶠山上有馬不可得，因取五色牝馬置其下與集，生騎，號天馬子。**趙曰：**此言馬之貴，如曰「箇箇五花文」是也。**萬里方看汗流血。洙曰：**天馬歌：體容與，迣萬里。又曰：霑赤汗，沫流赭。顔延年賦曰：膺門沫赭，汗溝走血。應劭曰：大宛馬汗血霑濡也。戰國策：白汗交流。白馬篇：劍騎何翩翩，長安五陵間。**時可曰：**周穆王傳：驊騮騄耳，日馳三萬里。**趙曰：**汗血之姿，非萬里無以見。**長安壯兒不敢騎，趙曰：**以善高都護之獨能騎也。**走過掣電傾城知。**掣，天列切。**洙曰：**沈休文詩曰：長安輕薄兒。晉傳玄詩：童女掣電策，童兒挽雷車。李延年詩：一顧傾人城。**趙曰：**言馬之行如電，舉國皆知。舊引傅玄詩「童女掣電策，童兒挽雷車」，非其義。**來曰：**馬善行者，追風逐電。走過如掣電，蓋言疾也，不敢騎，畏其太疾。**青絲絡頭爲老君，何由**

[一] 皮，疑當作「支」。

却出横門道。 鄭曰：横，音光。洙曰：梁簡文帝紫騮馬詩：青絲縣玉蹬。又云：宛轉青絲鞚。莊子：穿牛鼻，絡馬首。馬曰：方肅宗中興，安史之難已平，吐蕃不敢入寇，故此馬老於絡頭，無緣再出横門。甫厭亂願治之心可見。

天育驃騎歌

洙曰：天育，馬廐名。驃，匹妙切。趙曰：名驃，則所畫馬名。

吾聞天子之馬走千里， 洙曰：荀子曰：騏驥一日千里。穆天子傳曰：天子之八駿，赤驥、盜驪、白義、踰輪、山子、渠黄、驊騮、騄耳。漢文帝却千里馬。神異經曰：西南大宛宛丘有良馬，其大二丈，鬣至膝，尾委於地，蹄如汗，腕可握，日行千里，至日中而汗血。**今之畫圖無乃是。** 洙曰：莊子曰：齊景好馬，命使善畫者圖之，訪似者，朞年不得。今人君考古籍以求賢，亦不可得也。趙曰：出荀勗所上穆天子傳中云「天子之馬走千里」，蓋所謂八駿是也。今張景順畫圖無乃是穆天子之馬乎。**是何意態雄且傑，駿尾蕭梢朔風起。** 洙曰：選：朔風動秋草，邊馬有歸心。蘇曰：漢天馬曲曰：尾蕭稍兮朔風起，足銀砧兮破層冰。雖用古人語而琢，句法混然天成，不假翰墨岐逕。若非織綃大手，不能到此。趙曰：神異經：西南大宛丘有良馬，鬣至膝，尾委於地，則駁尾之長者蕭稍然矣。馬尾之長，蕭稍摇動，可起朔風。朔風則最慘烈者。師道曰：蕭稍者，摇尾之貌。朔風起，即北風。取其寒馬之良者不怕寒，嘶風踏雪，愈有精神。**毛爲緑縹** 鄭曰：普沼反，青黃色也。**兩耳黃，****琪曰：**史：驥垂兩耳。**眼有紫焰雙瞳方。****洙曰：**秦本紀：周穆王得騄耳之駟。相馬經曰：馬眼欲紫艷光，口中欲赤色。顏延年賦：雙瞳夾鏡，兩權協月。**矯矯**一云「矯然」。**龍性****彦輔曰：**一云「矯龍性逸」。**合變化，****洙曰：**崧高詩：四牡蹻蹻。顏延年賦：龍性誰能馴。**卓立天骨森開張。****洙曰：**周官曰：凡馬八尺以上爲龍。魯國黃伯仁龍馬頌曰：稟神祇之純化，乃大宛而載育。**修可曰：**蔡邕作庾侯碑曰：英風發於天骨。袁彦伯三國名臣贊曰：天骨疏朗。言人而公借用耳。**師曰：**馬有龍性，負天骨，合能變化，殆非常馬之比。開張，壯大之貌。甫自喻於良馬，謂己之才非凡俗輩可擬。**伊昔太僕張景順，監牧攻駒**一云「考牧神駒」。**閱清峻。****洙曰：**一作「老牧神駒閱清峻」。周穆王置太僕正，以伯冏爲之，掌輿馬。唐龍朔二年，改太僕爲司馭。咸亨初，復舊。光宅年改爲司僕。神龍初，復舊。天下監牧置八使五十六監。唐兵志：監牧所以蕃馬也。其制起於近世。唐之初起，得突厥馬二千匹，又得隋馬三千於赤岸澤，徙之隴西。監牧之制始於此。其官領以太僕，初用太僕少卿。張萬歲字景順，領群牧。自貞觀至麟德四十年間，馬七十萬六千，置八坊岐、豳、涇、寧間，地廣千里。廄牧令：諸牧，牧馬四歲遊牝，五歲責課，一百匹每年課駒六十，其二十歲以上不在課限。**趙曰：**唐兵志：監牧之制，其官領以太僕。今公詩所謂太僕張景順，乃開元時人。舊注便安排作張萬歲，自是貞觀時人，誤學者矣。今按張説作開元十三年隴右監牧頌德碑，其序云：元年牧馬二十四萬匹，十三年乃四十三萬匹。上顧謂太僕少卿兼秦州都督監牧都副使張景順曰：「吾馬幾何，其蕃育，卿之力也。」對曰：「帝之力也，仲之令也，臣何力之有焉。」其頌曰：有霍公之掌政，擇張氏之舊令。所謂霍公，即王毛仲也。**遂令大奴守天育，**蘇曰：舊本作「大奴守天育」。子瞻題子美天育驃驥圖後作「大奴字天育」。蓋天育爲大奴字也。今定猶有石本。趙曰：大奴，王毛仲也。毛仲父高麗人，坐事没爲官奴，守天育。則唐兵志云：毛仲領内外廐。所謂天育，乃廐名也。**別養驥子憐神俊。**洙曰：宋顔延年天馬狀曰：降靈驥子，九方是選。梁元帝荅齊國驤馬書曰：價匹龍媒，聲齊驥子。周王褒謝賚馬啓曰：漢時伯藥〔一〕，偏愛權奇。晉世桑門，時求神俊。世説：支遁常養數匹馬，而世或言：「道人亦畜馬？」支遁曰：「貧道重其神俊耳。」**當時四十萬匹馬，張公歎其材盡下。**洙曰：通典：貞觀初，僅有牡牝三千匹，從赤岸澤徙之隴右。十五年，始令太僕卿勾當群牧。至麟德四十年間，馬至七十萬六千匹。置八使，領九監，跨蘭、渭、秦、原四州之地，猶其隘狹，更拆八監布於河西。其時天下以一縑易一馬。儀鳳三年，少卿李思文檢校隴右諸牧監，方稱使爾。後或戎狄外侵，牧圉乖散，泊乎垂拱〔二〕，潛耗太半。開元初，牧馬二十四萬匹。十三年，加至四十五萬匹。莊子云：臣之子皆不才也。魯曰：張公即景順也。儀鳳後，牧圉乖散。泊乎垂拱〔三〕，潛耗太半。開元初，牧馬二十四萬匹。十三年，加至四十五萬匹。莊子五臣之子皆下材也〔四〕。修可曰：趙充國云：林下犬馬齒衰〔五〕。

〔一〕藥，疑當作「樂」。見杜集札記。
〔二〕泊，疑當作「洎」。
〔三〕泊，疑當作「洎」。
〔四〕五，疑當作「云」。
〔五〕林，疑當作「材」。見杜集札記。

此在人言之，而在馬亦可用矣。故獨寫真傳世人，見之座右久更新。年多物化空形影，嗚呼健步無由騁。如今豈無騕褭與驊騮，騕，於皎。褭，奴了切。時無王良伯樂死即休。洙曰：魯國黃伯仁爲龍馬頌曰：踰騕褭之體勢，逸飛菟之高蹤，兼驥騄之美質，逮驊騮之足雙。秦本紀：造父以善御幸於周穆王，得驥、温驪、驊騮、騄耳之駟。西巡狩，樂而忘歸。郭璞曰：色如華而赤。今名馬驃赤者爲棗騮。騮，馬赤也。徐廣曰：赤馬黑毛曰騮。戰國策曰：汗明見春申君曰：「夫驥之齒長，服鹽車而上太行，漉汗灑地，白汗交流，中坂遷延，負轅不能止。伯樂遭之，下車攀而哭之，解綾衣以幕之。驥於是俛而蕢，仰見，知樂之知己也。」漢書音義：騕褭者，神馬也。赤喙黑身，與飛菟同，以明君有德則至也。又出瑞應圖。薦禰衡表云：飛菟騕褭，絶足奔放，良樂之所急也。歐陽曰：王良善御，伯樂善相馬。孟子：齊景公使嬖奚與王良乘，返命曰：「天下之良工也。」史：伯樂名孫陽，嘗過虞阪，見駕鹽車馬，曰：「此良馬也。」取而試之，果然。又有鬻馬者，三日不售，伯樂去而眎之，回而睨之。明日，其價三倍。趙曰：韓退之有言曰：世有伯樂，然後有千里馬。千里馬常有，而伯樂不常有。此乃「豈無騕褭驊騮，而時無伯樂」之謂。公因題畫已死之驃，故起末句「死即休」之意，亦猶人抱出群之材，而不遇知己以死，爲可嗟矣。師曰：肅宗中興，正宜任賢使能，房琯以宰相器出爲邠州刺史，甫以貶爲華州司功，何世無才，何才不可用，但恨無賢君耳。琯之與甫何以異是，故云云。

驄馬行彥輔曰：太常梁卿勑賜馬也。李鄧公愛而有之，命甫製詩。

鄧公馬癖人共知，洙曰：晉杜預耽思經籍，爲春秋傳解。時王濟解相馬，又甚愛之。而和嶠頗聚斂。預常稱濟有馬癖，嶠有錢癖。武帝聞之，謂預曰：「卿有何癖？」曰：「臣有左傳癖。」又王濟傳：字武子，性豪侈，時洛京地甚貴，濟買地爲埒，編錢滿之，時人謂爲金埒。濟善解馬性，嘗乘一馬，著連乾鄣泥，前有水，終不肯渡。濟云：「此必是惜鄣泥。」使人解去，便渡。故杜預謂濟有馬癖也。趙曰：馬乃梁卿受賜於君，不可以予人。鄧公愛而取之，非是。故公詩以鄧公馬癖譏之也。**初得花驄大宛種。**宛，於袁切。洙曰：西域傳：大宛國多善馬。嶠山上有馬，不可得，因取五色牝馬置其下，與集生駒，號天子馬。**夙昔傳聞思一見，**希聲曰：南史：蕭摩訶千聞不如一見。**牽來左右神皆竦。雄姿逸態何崷崒，**上自秋，下昨没切。洙曰：顔延年賦：弭雄姿以奉引。西都賦：巖峻崷崒。傅玄鷹賦：雄姿邈世，逸氣横生。**顧影驕嘶自矜寵。**嘶，先齊切。趙曰：在人有顧影自憐者矣，在馬亦宜然，故使自矜寵也。**隅目青熒夾鏡懸，**洙曰：顔延年賦：徒觀其附筋樹骨，垂梢植髮，雙瞳夾鏡，兩權協月。又：睨影高鳴，將超中折。西都賦：琳珉青熒。趙曰：張平子西京賦：猛毅髬髵，隅目高匡。注云：隅目，謂目有角也。**肉騣碨礧連錢動。**碨，烏罪切。礧，力罪切。洙曰：爾雅：青驪驎驒。今連錢驄也。梁帝紫騮馬詩：金絡飾連錢。蘇曰：余在岐下，見秦州進一馬，騣如生項下，重胡側立，倒毛生肉端。蕃人云：此肉騣也。乃知鄧公驄馬行「肉騣碨礧連錢動」，當作肉騣。**朝來久試華軒下，未覺千金滿高價。**洙曰：韓子：馬似鹿者直千金。又：漢使壯士持千金請宛善馬。潘岳：珥筆華軒。王景玄：長想馮華軒。江淹：許史乘華軒。**赤汗微生白雪毛，**洙曰：漢書：霑赤汗。東觀漢記曰：漢武帝歌天馬：霑赤汗。今親見其然，血從前髆上小孔中出。**銀鞍却覆香羅帕。**洙曰：陳相孫登詩[一]：落淚灑銀鞍。徐敬業：汗馬羅銀鞍[二]。周弘正詩：銀鞍耀紫韁。**卿家舊賜公能取，**一作「有之」。**天廐真龍此其亞。**洙曰：周禮：凡馬八尺以上爲龍。禮記：孟春之月，天子乘蒼龍。趙曰：天廐真龍，乃天子所御之馬也。非天子所賜，不得而有之。以卿家舊物而能取，蓋非以勢迫之，則以利誘之，百計中之矣。**晝洗須騰涇渭深，朝趨可刷幽并夜。**洙曰：顏延年賦：簡偉塞門，獻狀絳闕。旦刷幽燕，晝秣荆楚。**吾聞良驥老始成，此馬數年人更驚。豈有四蹄疾如鳥，**洙曰：晉曹毗馬射：逸羽不能企其足。顏延年云天馬狀[三]：水軼驚鳧。七命曰：驚紅陽之飛燕[四]，驂唐公之驌驦。馬融曰：驌驦，鳥也。**不與八駿俱先鳴。**洙曰：穆天子傳曰：天子之八駿：赤驥、盜驪、白義、渠黃、華聊[五]、緑耳。

〔一〕相，疑當作「祖」。
〔二〕羅，疑當作「躍」。
〔三〕云，疑爲衍文。
〔四〕驚，疑當作「駕」。
〔五〕華聊，疑當作「驊騮」。見杜集札記。

時俗造次那得致，雲霧晦冥方降精。**洙曰**：春秋考異記曰：地生月精爲馬。月數十二，故馬十二月而生。**修可曰**：有雲霧而降精，此所以爲神異。瑞應圖曰：龍馬者，河水之精。近聞下詔喧都邑，肯使騏驎地上行。**彥輔曰**：肯使，一作「知有」。**趙曰**：將下詔取之，爲天子之御矣。**希聲曰**：末章歸功於鄧公，以此馬喻鄧公非塵世所能容，只恐天詔一下，騰踏帝庭，故云云。

題壁上韋偃畫馬歌

鮑曰：朱景玄畫斷云：韋偃伯父工龍馬，父鑾工山水松石，偃又工仙僧老松異石。人知其善畫馬，不知其松石更工。

韋侯別我有所適，**鄭曰**：韋侯，韋偃也。知我憐君一作「渠」。畫無敵。戲拈**彥輔曰**：一云「試拈」。禿筆掃驊騮，欻見騏驎出東壁。**洙曰**：顏延年白馬賦：欻聲躍以鴻驚。驊騮，良馬也。騏驎，瑞獸也。**時可曰**：於天育驃騎歌自注：周穆王傳：驊騮騄耳，日馳三萬里。一匹齕草一匹嘶，齕，下没切。坐看千里當霜蹄。當，丁浪切。時危安得真致此，與人同生亦同死。**洙曰**：莊子馬蹄：可以踐霜雪，齕草飲水。呂布嘗御良馬，號曰赤兔。能馳城飛塹，馳突燕軍。一日或至三四，斬首而出。**趙曰**：莊子馬蹄：可以踐霜雪。而摘用之也。末句乃「所向無空闊，真堪託死生」之意。**師曰**：韋偃，唐之善畫者也。取別於甫。甫試令於壁上作馬。末章寓意遭時艱危，安得此真馬以濟患難，免使甫困躓道路，故云「與人同生亦同死」。

戲題王宰畫山水圖歌彦輔曰：王宰畫。宰丹青絶倫。

十日畫一水，五日畫一石。能事不受相促迫，王宰始肯留真跡。壯哉崑崙方壺一作「丈」。圖，洙曰：列子湯問：夏革曰：渤海之東不知幾億萬里，有大壑焉。實惟無底之谷，其下底名曰歸墟。八宏九野之水，天漢之流，莫不注之，而無減焉。注：世傳大海與天海通，其中有五山，一曰岱嶼，二曰圓嶠，三曰方壺，四曰瀛洲，五曰蓬萊。又，周穆王宿於崑崙之阿，汾水之陽。山海經云：崑崙山有五色水也。挂君高堂之素壁。巴陵洞庭日本東，洙曰：巴陵，岳陽也。洞庭在其左。海東有日本國。赤岸水與銀河通，魯曰：赤岸，地名。本中曰：南兖州記曰：瓜步山東五里，江有赤岸山，南臨江中。羅君章云：赤岸若朝霞。即此也。濤水自海入江，衝激六百里，至此岸側，其勢始衰。郭景純江賦云：鼓洪濤於赤岸。趙曰：先言崑崙、方丈，特在仙山形容之下。言洞庭、赤岸水，則又壯其水之闊遠也。巴陵郡，岳州也，洞庭在焉。赤岸在真州。中有雲氣隨飛龍。洙曰：莊子：姑射山有神人，乘雲氣，御飛龍，而遊乎四海之外。江賦：鼓波濤於赤岸。舟人漁子入浦溆，象吕切。山水盡亞一作「帶」。洪濤風。洙曰：江賦：舟子涉人。又，蘆人漁子。海賦：舟人漁子徂南極東。七發：陵赤岸，篲扶桑。尤工遠勢古莫比，咫尺應須論一作

「千」。萬里。夢符曰：右按南史景陵王子良傳〔一〕：賁，字文煥，能書善畫，於扇上圖山水，咫尺之内，便同萬里爲遥。矜慎不傳，自娱而已。焉得并州快剪刀，蘇曰：索靖見顧愷之畫，欣然曰：「恨不帶并州快剪刀來，欲剪松江半幅紋練歸去。」古詩曰：借君快剪刀，輕綃剪波去。剪取吴松半江水。趙曰：吴松，言吴地之松江也。泰伯曰：甫託意言永王璘反漢中，吴松江爲之阻絶不通。時李光弼守并州，所攻必下，喻以快剪刀言其斷也。意欲得光弼之將平漢中，以通吴松，故云云。

題李尊師松樹障子歌

老夫清晨梳白頭，玄都道士來相訪。握髮呼兒延入户，彦輔曰：周公一沐三握髮。手提新畫青松障。障子松林静杳冥，憑軒忽若無丹青。陰崖却承霜雪一作「露」。幹，洙曰：馬季長長笛賦：生於終南之陰崖。南都賦：幽谷嶜岑，夏含霜雪。偃蓋反走虬龍形。老夫平生好奇古，對此興與精靈聚。已知仙客意相親，更覺良工心獨苦。蘇曰：管子曰：事無終始，無多事業。此言學者貴能成就也。唐人爲詩，皆量己力以致功，常積情思數十年，然後各自名家。今人不然，未有小得於己，

〔一〕景，疑當作「竟」。

高視前人，自以爲無敵，然知音之難，萬事悉然。杜工部云「更覺良工心獨苦」，用意之妙，舉世莫知者。此所以爲獨苦歟。蘇曰：故人董傳善論詩，余嘗云子美詩不免有凡語，「已知仙客意相親，更覺良工心獨苦」，此豈非凡語耶。傳笑曰：「此向殆爲君發。凡人用意深處，人罕能識。此所以獨苦，豈難畫哉。」馬曰：徐邈畫色，人多模學。邁曰：韓宏曰：「良工用心何苦刻如斯。」**松下丈人巾屨同，偶坐似**一作「自」。**是商山翁。**洙曰：一云南山四皓。隱於商山，避秦室之亂。**悵望**一云「惆悵」。**聊歌紫芝曲，**洙曰：四皓歌曰：煒煒紫芝，可以療饑。**時危慘淡來悲風。**師曰：玄都，壇名。道士受録皆於此壇[一]。障子松林靜杳冥，言畫松無聲也。已知仙客意相親，言有歲寒之操也。昔四皓遭秦亂，隱於商山，歌紫芝。甫傷時盜賊擾攘，悵望四皓而想其高躅，故云「時危慘淡來悲風」。

戲韋偃爲雙松圖歌

鮑曰：韋偃見畫馬歌注。

天下幾人畫古松，一作「樹」。**畢宏已老韋偃少。**洙曰：畢宏亦畫工也。鄭曰：宏大曆二年爲給事中。少，失照切。**絶筆長風起纖末，**洙曰：長笛賦：其應清風也，纖末奮籍。**滿堂動色嗟神妙。**蘇曰：蕭綈春宴時，金甌七發七中，滿堂賓客動容，嗟服神妙。趙曰：「滿堂」字如「滿堂爲之不樂」。秦曰：左傳：

[一] 録，疑當作「籙」。見杜集札記。

使者色動而言肆。兩株慘裂苔蘚皮，屈鐵交錯迴高枝。白摧朽骨龍虎死，黑入太陰雷雨垂。松根胡僧憩寂寞，龙眉皓首無住著。偏袒右肩露雙脚，袒，徒旱切。洙曰：金剛經：偏袒右肩，右膝着地。修可曰：榜嚴經云〔一〕：名無性行，名無着行。公取而合用之也。葉裏松子僧前落。韋侯韋侯數相見，我有一匹好東一作「素」。絹。重之不減錦繡段，洙曰：四愁詩：美人贈我錦繡段。已令拂拭光凌亂，洙曰：謝惠連：清波時凌亂。請公放筆爲直幹。師曰：畢宏、韋偃皆唐之善畫者也。白摧朽骨龍虎死，謂松枝也。黑入太陰雷雨垂，謂暗碧之色也。偏袒右肩露雙脚，言胡僧之狀也。東絹，謂山東大練也。

魏將軍歌

將軍昔著從事衫，著，陟略切。洙曰：別駕，亦曰治中從事。孔恂爲別駕從事。蘇曰：吴起暫卸戰裘，學著從事衣衫。趙曰：初爲幕官於元帥府耳。鐵馬馳突重兩銜。洙曰：銜，銜勒也。蘇曰：漢靈帝飛黄良駿，重銜交轡。趙曰：馬勒重銜，則戰馬之謹也。被堅執鋭略西極，洙曰：前漢高祖紀：朕親被堅執鋭。師古曰：被堅，謂甲胄也。執鋭，謂利兵也。爾雅：西至於邠國，謂之西極。崑崙月窟東嶄巖。鄭

〔一〕榜，疑當作「楞」。

曰：嶄，仕咸切，石高峻。洙曰：相如賦：嶄巖參差。揚雄長楊賦：西壓月窟，東震日城。君門羽林萬猛士，惡若哮虎子所監。洙曰：監，領也。君門羽林，禁旅也。漢有羽林軍。詩：噉如哮虎。言其勇也。趙曰：中言將軍監軍於殿前也。五年起家列霜戟，彥輔曰：門列棨戟也。蘇曰：楊素起家五年，門列棨戟。韓休語子曰：「爾輩豈不見楊將軍乎？不數年門列晝戟，況爾輩堂堂然獨守蠹簡，學組綉對偶，比楊將軍遠矣。」趙曰：言將軍驟貴如此。一日過海收風帆。趙曰：言將軍遠征而利於速戰。平生流輩徒蠢蠢，長安少年氣欲盡。趙曰：觀將軍富貴功名而然矣。魏侯骨聳精爽緊，華嶽峰尖見秋隼。趙曰：清秋之隼鳥也。凡鷙鳥以秋而健，所以比之。俯曰：謝承後漢書：竇武上疏曰：奉承詔命，精爽隕越。星纏寶校金盤陀，時可曰：星纏寶校金盤陀，蓋馬裝也。顏延年赭白馬賦云：具服金組，兼飾丹雘。寶校星纏，鏤章霞布。注云：以金組青飾其裝具，如星霞之布。蒼舒曰：又按文選張平子東京賦：龍輈華轙，金鍐鏤錫。方釳左纛，鈎膺玉瓖。注：蔡邕：白金鍐者，馬冠也。高廣各五寸，上如三華形，在馬髦前。鍐切，鏤彫飾也。當顱刻金爲之。毛詩曰：鈎膺鏤錫。所謂寶校，此其具也。第尊卑之制殊耳。又古樂府：白馬金具裝，橫行遼水旁。夜騎天駟超天河。洙曰：天官書：漢中四星，曰天駟。房一星〔二〕，曰天良。旁八星絶漢，曰天

〔二〕房，疑當作「旁」。

漢〔一〕。**趙曰**：此言將軍所騎之馬乃御廄馬也。星纏寶校，倒使顔延年赭白馬賦全語。**彦輔曰**：天官書：漢中四星，曰天駟。使此者以言御廄耳。**欃槍熒惑不敢動，****鄭曰**：上初銜，下楚耕切。災星。**洙曰**：欃槍，妖星。熒惑，火星。不敢動，言畏其威也。**蘇曰**：司馬仲達：回星拱帝座，熒惑欃槍焉敢動。**翠蕤雲旓相蕩摩。****鄭曰**：旓，所交切，旌旗旒也。**洙曰**：翠蕤雲旓，皆旗也。相蕩摩，舒閑也。**夢符曰**：右按文選：啓翠華之葳蕤。又張平子西都賦曰：棲鳴鳶，曳雲旓。又司馬相如子虛賦：下摩蘭蕙，上拂羽蓋。錯翡翠之葳蕤。注：徐廣曰：錯音措。或作「錯紛翠蕤」。**吾爲子起歌都護，****洙曰**：漢遣王吉護匈奴南北兩道，故曰都護。**趙曰**：古樂府有丁督護歌。**酒闌插劍肝膽露，鈎陳蒼蒼風玄武。****洙曰**：一本云「玄武暮」。隋天文志：鈎陳六星在紫宫中。故天子殿前亦有鈎陳，所以法天也。蒼蒼，言其明也。玄武，亦明星也。**趙曰**：鈎陳，星名。玄武，闕名。**安石曰**：三輔舊事曰：未央宫北有玄武闕。舊本誤以「武」字爲韻，云風玄武，極無義理，徒誤學者。以鈎陳則蒼蒼，以玄武則暮，言當酒闌插劍之時。**萬歲千秋奉明主，****趙曰**：申言將軍監軍於殿前矣。**臨江節士安足數。****彦輔曰**：夔州號臨江。**趙曰**：言將軍乃天子之節士，非特臨江王節士而已。**修可曰**：臨江節士，史失其名，唯古樂府載宋陸厥臨江王節士歌曰「節士慷慨，髮上衝冠。彎弓掛石水〔二〕，

〔一〕漢，疑當作「潢」。

〔二〕石水，疑當作「若木」。

長劍竦雲端」是也。符曰：夔州號臨江軍。甫欲將軍效漢王吉都護蕃漢，而臨江節士又安足數。甫自稱臨江節士。

贈陳二補闕

世儒多汨没，洙曰：汨没，不振之貌。來曰：甫嘗云儒冠多誤身，蓋儒者多不遇，故此又云云。**夫子獨聲名。獻納開東觀，**洙曰：謝玄暉：獻納雲臺表。後漢和帝幸東觀，覽書林，閲篇籍，博選術藝之士，以充其官。**君王問長卿。**洙曰：司馬相如字長卿，蜀人。楊得意爲狗監，侍上。上讀子虚賦而喜之，曰：「朕獨不得與此人同時哉。」得意曰：「臣邑人司馬相如自言爲此賦。」上驚，乃召問相如。**皂鵰寒始急，**師曰：皂鵰，御史。以比補闕。補闕，諫官也。**天馬老能行。**洙曰：所謂窮而益堅，老而益壯。修可曰：大宛，馬名。以其先乃天馬之種也。**自到青冥裏，休看白髮生。**言自可致於青霄之上，無以老自怠。

贈獻納起居田舍人澄 彦輔曰：一云贈田起居獻納使。

獻納司存雨露邊，洙曰：一作「偏」。武后初，置匭以受四方之書，謂之理匭使。玄宗改爲獻納使。趙曰：唐制：獻納使掌受封事，以獻天子。**地分清切任才賢。**洙曰：劉公幹：拘限清切禁。趙曰：以田君爲起居舍人，從六品上，隸中書省。斯爲禁近矣。**舍人退食收封事，**洙曰：唐以舍人給事中知匭事。趙曰：此言田君之職。**宮女開函近**一作「捧」。**御筵。**洙曰：函爲匭函也。宮女開函，以所投封事奏御。**曉漏追趨青瑣闥，**洙曰：青瑣，門也。范彦龍詩：攝官青瑣闥，遥望鳳凰池。**晴窗點檢白雲篇。**夢符曰：右按漢武帝秋風詞曰：秋風起兮白雲飛。淮南王安傳：武帝每爲報書及賜。嘗召司馬相如等視草乃遣。**揚雄更有河東賦，唯待吹噓送上天。**洙曰：持雄[一]，成帝時客有薦雄文有似相如。還，上河東賦。此子美自比雄也，故有「唯待吹噓」之句也。趙曰：漢成帝追觀先代遺迹，思欲齊其德號。上自西岳還，雄上河東賦，以爲勸戒。今公自比於雄，欲有諷諫，正賴田君爲獻納使而有以吹噓之也。

贈翰林張四學士

鮑曰：張珀也。張説之子，尚寧親公主。明皇眷之，即禁中置内宅。公詩故云「天上張公子，宮中漢客星」也。

翰林逼華蓋，洙曰：蔡邕傳：擁華蓋而奉皇極。逼，言密邇帝座。蒼舒曰：右按唐百官志：唐志[二]，

[一] 持，疑當作「揚」。見杜集札記。
[二] 志，疑當作「制」。

乘輿所在，必有文詞經學之士，下至上醫技術之流〔一〕，皆直於別院，以備宴見。而文書詔令，則中書舍人掌之。自太宗時，名儒學士，時時召以草制，然猶未有名號。乾封後，封號北門學士。玄宗初，置翰林待詔，以張説、陸堅、張九齡等爲之，掌四方表疏批答、應和文章。既而又以中書務劇，文書多壅滯，乃選文學之士，號翰林供奉，與集賢院學士分掌制誥書勅。開元二十六年，又改翰林供奉爲學士，别置學士院，專掌内命。凡拜免將相，號令征代〔二〕，皆用白麻。其後選用益重，而禮遇益親，至號爲内相。又以爲天子私人。凡充其職者無定員，自諸曹尚書下至校書郎皆得與選。入院一歲，則廷知制誥，班次各以其官。内宴則居宰相之下，一品之上。憲宗又置學士承旨。唐之文宗〔三〕、洪文〔四〕、集賢分隸中書、門下省，而翰林學士獨無所屬焉。**趙曰**：天文志：華蓋所以蔽覆天帝之座。此唐上有翰林供奉，明皇初始改爲學士，置院在禁中。鯨力破滄溟。天上張公子，**洙曰**：公子，公侯之子孫，美張翰林也，故稱天上言非人間人。**趙曰**：滄溟乃游泳寬縱之地，鯨力破之，則如宗慤云「願乘長風破萬里艮」之破矣〔五〕。**本中曰**：凡詩人於姓張者得曰張公子，如杜牧贈張祐亦曰〔六〕：誰人得似張

〔一〕上，疑當作「下」。
〔二〕代，疑當作「伐」。
〔三〕文宗，疑當作「學士」。
〔四〕洪，疑當作「弘」。
〔五〕艮，疑當作「浪」。
〔六〕祐，疑當作「祜」。

公子。是今言天上，以其在禁中如天上也。**宫中漢客星。****洙曰**：漢光武引嚴光入論，太史奏：客星犯御座甚急。**趙曰**：博物志載後漢人乘槎至天河之側，飲牛者：「問嚴君平。」嚴曰：「客星犯斗牛。」**賦詩拾翠殿，****蘇曰**：曹子建侍宴拾翠殿，上命賦詩，落筆即成，一座驚服。**佐酒望雲亭。****洙曰**：賦詩佐酒，言侍從宴賞也。**趙曰**：拾翠殿在東内大福殿之東南。望雲亭在西内景福臺之西。以其應和文章，且禮遇内亭。**紫誥仍兼綰，黄麻似六經。****洙曰**：翰林學士掌制誥。紫誥，謂以紫泥封誥。黄府[一]，謂寫誥詞於黄麻紙上。似六經，言訓辭深厚如六經。**旻曰**：隴右記：武都紫水有泥，每貢封璽書。故詔誥有紫泥之美。**趙曰**：凡拜免將相，皆用白麻。而馮鑑續事始：貞觀十一年，太宗詔用黄麻紙寫詔勑文。**内分金帶赤，恩與荔枝青。****洙曰**：翰林拜命日，賜金蕩枝帶。**趙曰**：楊文公談花載[二]：自相宰、節度使賜二十五兩金帶。**無復隨高鳳，****洙曰**：高鳳，後漢逸民也。言張翰林已在顯貴，不復與高鳳爲偶也。**空餘泣聚螢。****洙曰**：車胤家貧，無燈火，以絹囊盛螢火以照書讀。**趙曰**：此皆公曰謂也[三]。舊注謂：高鳳，逸民也。言翰林之貴，不復與鳳爲偶。殊無意義。豈可以人名對聚螢乎？**田曰**：謂鳳之飛鳴，必在於高。詩云：鳳凰鳴矣，于彼高岡。杜所引雖是

[一] 府，疑當作「麻」。
[二] 花，疑當作「苑」。見杜集札記。
[三] 曰，疑當作「自」。

而未解其深意。公蓋言我不能隨張翰之高飛，而止餘泣於聚螢爾。車胤家貧，囊盛螢火以照書也。師曰：甫謂張飛騰已如高鳳，無緣追隨之也，故云云。**此生任春草，垂老獨漂萍。**洙曰：春草，言不實也。流落漂泛，如萍之在水。洙曰：吳淑：此生棄擲，如春江野草，任軍馬踐踏。趙曰：意言任春時之草生幾度，更不管年華之去矣。皆感激之言。**儻憶山陽會，悲歌在一聽。**洙曰：山陽，嵇康所居。會，竹林之會也。向秀經康山陽舊居，作聞笛賦。趙曰：預指也日隔闊之事〔一〕，意謂山陽之會爲可憶。則今日悲歌宜在一聽也。楊曰：末章冀張無忘舊遊，故云云。

贈高式顔

昔別是一作「人」。**何處，相逢皆老夫。故人還寂寞，削跡共艱虞。**洙曰：莊子：孔子削跡於衛。**自失論文友，空知賣酒壚。**洙曰：見「爲覓酒家壚」注。趙曰：指高式顔爲論文之友。自失高公，則空知酒壚所在，不復別有人可與共飲，則亦沉滯愧處而已。酒壚，使相如事。**平生飛動意，見爾不能無。**趙曰：言一見高公則平生飛揚轉動之意不能自已也。義當如鳥之飛，如物之動。沈佺期李於侍郎祭

〔一〕 也，疑當作「他」。

文〔一〕：思含飛動。師曰：甫少與高適、李白常入酒壚，論文酣詠。自亂離以來相失，今見式顏亦高、李之類，不能無聳動，故有末句。

故武衛將軍挽詞三首

嚴警當寒夜，前軍落大星。洙曰：晉陽春秋曰：有星赤而芒角，自東北西南流投於諸葛亮營。三投再還，往大還小，而亮薨。趙曰：軍事以嚴，終破軍中，謂之嚴警。安石曰：三國志注載晉陽春秋：有星投乎亮營，而亮卒。**壯夫思敢決，哀詔惜精靈。**趙曰：思其敢決邁往之氣也。**王者今無戰，**洙曰：鍾士季檄蜀文：王者之師，有征無戰。**書生已勒銘。**洙曰：班孟堅爲竇憲德勒燕然山銘。秦曰：書生，甫自謂也。當爲之勒銘。**封侯意疏闊，編簡爲誰青。**洙曰：李廣不封侯。餘見「青簡爲誰編」注。

其二

舞劍過人絶，洙曰：高祖紀：項莊請以舞劍，因擊沛公。項伯亦起舞，常以身蔽翼沛公。**鳴弓射獸**

〔一〕於，疑爲衍文。

能。洙曰：曹子建詩：攬弓揵鳴鏑〔一〕，驅上彼南山。左挽因右發，一縱兩禽連。銛鋒行愜順，趙曰：言舞劍之絶也。猛噬失蹻騰。蹻，音橋。趙曰：言射獸之能也。赤羽千夫膳，修可曰：家語：赤羽若日，白羽若月。千夫膳，言所膳者千兵也。師曰：赤雨千夫膳。古詩云：桃花亂落如紅雨。赤雨，言落葉也。黄河十月冰。横行沙漠外，洙曰：所向無前，故曰横行。神速至今稱。洙曰：岑彭兵至蜀，公孫述以杖擊地曰：「是何神也。」

其三

哀挽青門去，洙曰：哀挽，哀歌也。漢書：霸城門，民間所謂青門。新阡絳水遥。路人紛雨泣，洙曰：諸葛亮亡，人皆野哭。時可曰：出曹子建作王仲宣詠曰〔二〕：延首歎息，雨泣交頸。趙曰：詩：漢泣如雨〔三〕。師曰：路人猶泣，况親知乎。天意颯風飈。部曲精仍鋭，見「部曲異平生」注。匈奴氣不驕。趙曰：此言將軍之餘烈如此。孫曰：氣不驕，言畏其威也。無由覩雄略，大樹日蕭蕭。馮異傳：諸將並

〔一〕揵，疑當作「捷」。見杜集札記。
〔二〕詠，疑當作「誄」。
〔三〕漢泣，疑當作「泣涕」。

坐論功，異常獨屏樹下，軍中號曰大樹將軍。

存殁口號二首

席謙不見近彈碁，**洙曰**：席謙，吴人，善彈碁。**黄曰**：漢梁異傳注〔一〕：藝經曰：彈碁，兩人對局，白黑棋各六枚，先列棋相當，更先彈也。**余曰**：酉陽雜俎謂：世説言彈棋起自魏室粧奩戲也。今彈棋用棋二十四，以色别貴賤。又魏戲法先立一棋立於局中〔二〕，餘中問白黑圍繞之〔三〕，十八籌成都計。畢耀仍傳舊小詩。**洙曰**：畢耀善爲小詩，見玉臺集。玉局他年無限笑，**薛曰**：右按道藏：成都地神踴出，扶一玉局。白楊今日幾人悲。**洙曰**：陶潛挽歌云：蔓草何茫茫，白楊亦蕭蕭。**趙曰**：言幾人爲之，悲特有我而已。

其二

鄭公粉繪隨長夜，曹霸丹青已白頭。天下何曾有山水，人間不解重驊騮。**洙曰**：高士

〔一〕異，疑當作「冀」。
〔二〕立於，「立」字疑爲衍文。
〔三〕中，疑當作「者」；問，疑當作「間」。

滎陽鄭虔善畫山水。曹霸，魏曹髦之後，善畫馬。**趙曰**：言無人珍重而藏其畫也。

城西陂泛舟

青蛾皓齒在樓船，**洙曰**：見大食刀詩注。橫笛短簫悲遠天。春風自信牙檣動，**洙曰**：庾信賦：鐵軸牙檣。**鄭曰**：在良切，帆柱也。**宋曰**：船檣首鋭如牙。遲日徐看錦纜牽。**洙曰**：吴甘寧以錦纜牽舡。魚吹細浪摇歌扇，燕蹴飛花落舞筵。蹴，七六切。**洙曰**：以扇自障而歌，故謂之歌扇。公曾云。**程曰**：歌扇所以掩口遮羞。不有小舟能盪槳，百壺那送酒如泉。**夢符曰**：按方言：楫謂之橈，或謂之擢。所以擢謂之槳。又前漢地理志：酒泉郡。師古曰：舊俗傳云城下有金泉之味如酒。

與鄠縣源大少府宴渼陂 得寒字。

應爲西陂好，金錢罄一飡。**夢符曰**：按前漢書：曹丘生數招權顧金錢。**蘇曰**：隋煬帝宫娃遊揚州，見菱芡，曰：「罄錢一飡。」其奢富如此。見大拾遺。飯抄雲子白，**洙曰**：雲子，雨也。荀子雲賦曰：託地而遊宇，友風而子雨。**時可曰**：漢武帝内傳：王母謂帝曰：「太上之藥，乃有玄光、梨角、風實、雲子。」**趙曰**：雲子指言菰米飯也。西陂中則有菰矣。宋玉云：主人女炊香菰之飯。惟菰米之香滑潔白，然後足以當雲子之譬也。**瓜嚼水精寒。無計迴船下，空愁避酒難。**趙曰：言主人苦相勸酒，無計避之耳。**主人情爛熳，持答翠琅玕。**洙曰：四愁詩：美人贈我翠琅玕，何以報之雙玉盤。趙曰：情爛慢〔一〕，蓋情多之意。持答翠琅玕，意以篇什當之也。師曰：漢武帝傳：王母謂帝曰：「太上之藥，乃有玄光、黎角、風實、雲子。帝園王族，昌城王蘂〔二〕，紫虬童子，九色龍腦，太真蚰芝，天漢神草，南宮大碧，西鄉扶老。有得服之，後天而老。」內翰以雲子爲雨，誤矣。翠琅玕以喻投我之恩重，故以此詩答之。

崔駙馬山亭宴集

蕭史幽棲地，林間踏鳥毛。師曰：蕭史娶秦女弄玉，故言比崔駙馬。踏鳥毛，謂蕭史與弄玉同跨彩鸞而去也。**洑池何處入，**鄭曰：洑，房六切。洙曰：洄洑之水。**亂石閉門高。**趙曰：皆言其幽棲。**客醉揮金椀，**趙曰：戴暠詩云：揮金留客座。**詩成得繡袍。**洙曰：李白外傳云：白對明皇撰樂府新詞，得宮錦袍。趙曰：唐武后使東方虬、宋之問賦詩，詩先成者得錦袍。**清秋多宴會，**彥輔曰：一云「賞樂」。**終日困香醪。**

〔一〕慢，疑當作「熳」。

〔二〕王藥，疑當作「玉蘂」。

陪諸貴公子丈八溝攜妓納涼遇雨二首

落日放船好，輕風生浪遲。竹深留客處，荷净納涼時。**趙曰**：簡文帝晚景納涼詩：荷净月應來。公子調冰水，佳人雪藕絲。**洙曰**：謝玄暉詩：狄藕折輕絲〔一〕。**蒼舒曰**：右按家語：魯哀公曰：黍以雪桃也。注云：雪拭也。片雲頭上黑，應是雨催詩。**趙曰**：蓋戲言也。東坡嘗使云：颯颯催詩白雨來。

雨來霑席上，風急打船頭。**洙曰**：急，一作「惡」。越女紅裙溼，燕姬翠黛愁。**洙曰**：越多美女。西施，美女也。**趙曰**：枚乘七發：越女侍側。鮑明遠舞鶴賦：燕姬色沮。纜侵堤柳繫，**趙曰**：蓋急雨當避，進舟於岸傍，故侵堤柳而繫纜也。幔卷浪花浮。歸路翻蕭颯，陂塘五月秋。**趙曰**：必稱月也，以當五月炎天而遂成秋，蓋公句法也。

陪李金吾花下飲

勝地初相引，徐行得自娱。見輕吹鳥毳，充芮切。隨意數花鬚。**鄭曰**：數，户矩切，計也。**蘇曰**：王逸少居山陰，日憑欄默數花鬚，或摘然咀嗅，怡然自若，人莫識其意。細草稱偏坐，香醪懶再沽。

〔一〕狄，疑當作「秋」。

蘇曰：張超曰：「香醪遽盡，吾懶再沽，煩爾輩與吾去取。」**醉歸應犯夜，可怕李金吾。** **時可曰**：韋述西都新記曰：京城街衢有金吾，曉瞑傳呼，以禁夜行。唯正月十五日夜勑許金吾弛禁，前後各一日。故蘇味道上元詩曰：金吾不禁夜，玉漏莫相催。**師曰**：薛夢符補遺引李廣從之田間飲歸，霸陵縣尉止之，「今將軍尚不得夜行」事，誤矣。

九日曲江

綴席茱萸好， **洙曰**：風土記：九月九日折茱萸房以插頭，言辟邪惡。**浮舟菡萏衰。** **洙曰**：蓮莖爲茄，葉爲荷，花爲菡萏，實爲蓮，根爲藕。**季秋時欲半，** **洙曰**：一作「百年秋已半」。**九日意兼悲。江水清源出，** **璡曰**：西京雜記以水源屈曲，故謂之曲江。**荆門此路疑。** **洙曰**：桓温以九日宴從事於龍山，孟嘉帽落。龍山，在荆門外。**師曰**：此路疑，疑其風景與曲江相若也。**晚來高興盡，摇蕩菊花期。** **師曰**：摇蕩猶云飄蕩，恐復飄蕩不得與菊花相期也。

王狀元集百家注編年杜陵詩史四卷

王狀元集百家注編年杜陵詩史五卷

天寶十五載丙申夏五月挈家避地鄜州及没賊中所作

白水縣崔少府高齋三十韻

洙曰：天寶十五載五月作。白水屬馮翊郡同州。秦文公分清水爲白水，即漢彭衙。鮑曰：肅宗元年乃明皇天寶十五載也，歲次丙申。五月，公年四十有五，在奉先。以舅崔氏爲白公縣尉〔一〕，故適白水，有是詩。鄭曰：十道志：同州白水，漢栗邑，南界臨白水。魏文改爲此縣。

客從南縣來，浩蕩無與適。洙曰：古詩：客從遠方來。蘇曰：姚萇云：四溟浩蕩，困鱗無所適耳。希曰：白水在同州西北一百二十里，而同州又在京兆東北二百五十里。公自奉先來，故以奉先爲南縣。旅食白日長，洙曰：唐書：朱克融輩皆旅食長安。况當朱炎赫。高齋坐林杪，鄭曰：亡沼切，木末也。信

〔一〕公，疑當作「水」。

宿遊衍閬。洙曰：左傳：再宿曰信。鄭曰：衍，干線切。閬，苦激切。寂静也。清晨陪躋攀，傲睨俯峭壁。睨，五計切。洙曰：海賦：馮夷俯浪以傲睨。崇岡相枕帶，曠野懷一作「回」。咫尺。洙曰：稽康賦〔一〕：託峻嶽之崇岡。始知賢主人，贈此遺愁寂。危堦根青冥，增冰生淅瀝〔二〕。洙曰：招魂：層冰峨峨。謝惠連雪賦：霰淅瀝而生集〔三〕。趙曰：青冥者，青雲杳冥之際。楚辭：據青冥而攄虹。上有無心雲，下有欲落石。泉聲聞復息，動静隨所激。蘇曰：郭汲曰：君不見幽谷之鍾而不自鳴，人擊即聲，人之動静亦隨所擊，然後應之也。鳥呼藏其身，有似懼彈射。食亦切。吏隱適一作「通」。情性，洙曰：王喬、梅福皆吏隱也。希曰：汝南先賢傳：郭欽吏隱於蟻陂之陽。兹焉其窟宅。洙曰：海賦：瑰奇之所窟宅。天台賦：靈仙之所窟宅。白水見舅氏，洙曰：左傳：晉文公謂子犯曰：「所不與舅氏同心者，有如白水。」投其璧於河內。薛曰：右按子美近體詩有白水明府舅氏宅喜雨詩。知白水者地名，非晉文公所謂白水，明矣。諸翁乃仙伯。希曰：集仙傳大茅君傳：有紫陽左公、太極仙伯。又，神仙王知遠母夢凡鳳集，因而有娠。僧寶誌曰：生子當爲神仙宗伯。其後知遠謂弟子曰：「吾漸遊洞府，仙曹除吾爲少室宗伯。」

〔一〕稽，疑當作「嵇」。
〔二〕增，疑當作「曾」。
〔三〕生，疑當作「先」。

杖藜長松陰，**修可曰**：莊子載：原憲杖藜應門。作尉窮谷僻。**洙曰**：梅福作尉，人謂之仙尉。爲我炊雕胡，逍遥展良覿。**洙曰**：西京雜記：太液池邊皆雕胡、紫籜、緑節之類。菰之有米者，長安謂爲雕胡。謝靈運詩：引領冀良覿。**趙曰**：菰米爲飯極滑，長安人謂爲雕胡。出宋玉諷賦曰：主人之女爲臣炊雕胡之飯，勸臣食也。坐久風頗怒，晚來山更碧。相對十丈蛟，欻翻盤渦坼。**洙曰**：海賦：盤渦谷轉。**師曰**：自相對十丈以下，寓意於禄山之叛。十丈蛟，喻禄山也。何得空裏雷，殷殷尋地脉。**洙曰**：殷，於謹切。詩：殷其雷。長門賦：雷殷殷而響起。煙氛藹崷一作「𡾊」。崒，魍魎森慘戚。崑崙崆峒顛，廻首如不隔。前軒頽一作「推」。反照，巉絶華嶽赤。**洙曰**：太行孟門，豈云巉絶。爾雅曰：落光反照於東，謂之反景。劍閣銘云：太行孟門，豈云巉絶。兵氣漲林巒，川光雜鋒鏑。丁歷切。知是相公軍，鐵馬雲霧一作「煙」〔一〕。積。**趙曰**：天寶十四載，禄山反，帝召哥舒翰守潼關。明年，拜尚書左僕射。故云相公軍也。玉觴淡無味，胡羯豈强敵。羯，居謁切。長歌激屋梁，淚下流衽席。**洙曰**：蘇武詩：長歌正激烈。曹植賦：若朝日之照屋梁。**趙曰**：黄香天子頌曰：獻萬年之玉觴。**本中曰**：黄庭内景經：淡然無味。此言至尊吁食，雖御酒而無味，然有相公之軍，胡羯亦不足敵也。**晏曰**：屋梁出宋玉神女賦，

〔一〕「煙」字據分門集注補。

曰：日朝出照屋梁。舊注引爲曹植賦，誤矣。**人生半哀樂，天地有順逆。慨彼萬國夫，休明備征狄。**一作「敵」。**猛將紛塡委，廟謀**洙曰：後漢光武贊：明明廟謀。**畜長策。**洙曰：前漢匈奴傳：制百蠻之長策。李陵書：猛將如雲。劉公幹：職事相塡委，文墨紛消散。**東郊何時開，**洙曰：書：周公既没，命君陳分正東郊成周，作君陳，曰：命汝尹兹東郊。又：命畢公保釐東郊。又：徐、夷並興，東郊不開。**帶甲**洙曰：史：帶甲百萬。**且未釋。欲告清宴疲，難拒幽明迫。**洙曰：易繫：知幽明之故。**三嘆酒食傍，何由似平昔。**洙曰：古樂府：一彈再三嘆。孝祥曰：左傳：魏獻子將受梗陽人賂饋，入召閻没、女寬，比置三嘆。程曰：魏子曰：「惟食忘憂，三嘆何也？」曰：「或賜二小人酒，不夕食。饋之始至，恐其足，是以嘆。中置自咎，曰『豈將軍食之而有不足』，是以再嘆。及饋之畢，願以小人之腹爲君子之心，屬饜而已。」獻子辭梗陽人。趙曰：借用閻没、女寬當饋而三嘆。今公所歎，歎其不若往日太平之時也。

白水明府舅宅喜雨得過字。

吾舅政如此，洙曰：喜雨之應禱，故美其政。**古人誰復過。碧山晴又濕，**饒曰：碧山又濕，言雨不多，而於白水縣最爲優渥也。**白水雨偏多。精禱既不昧，歡娱將謂何。湯年旱頗甚，今日醉弦歌。**洙曰：湯有七年之旱。此詩先言精禱不昧，即禱而得雨，故有醉弦歌之句。

沙苑行

君不見左輔白沙白如水，繚以周牆百餘里。 繚，力鳥切。洙曰：前漢：京兆尹、左馮翊、右扶風，謂之三輔。潘岳關中記曰：三輔舊治長安城中。長吏各在其縣治民。光武東都之後，扶風出治槐里，馮翊出治高陵。班固西都賦：西郊有上囿禁苑，繚以周牆四百餘里，其中乃有大苑之馬〔一〕。百官公卿表注：馮，輔也。翊，左也。三輔故事曰：上林連綿四百餘里。張子平西京賦〔二〕：繚垣綿聯四百餘里矣。**龍媒昔是渥洼生，汗血今稱獻於此。** 洙曰：前漢禮樂志：天馬騋，龍之媒。元狩三年，馬生渥洼水中，作天馬歌。本紀不載。惟元鼎四年秋，馬生渥洼水中，作寶鼎天馬之歌。注：李斐曰：南陽新野有暴利長，當武帝時遭刑，屯田燉煌界，數於此水旁見群野馬，中有奇者，與凡馬異，來飲此水。利長先作土人，持勒靽於水。後馬玩習久之，代土人持靽，收得其馬獻之。欲神異此馬，云從水中出。蘇林曰：洼音窊曲之窪。師古曰：渥音握，洼音於佳反。西域傳：宛別邑七十餘城，多善馬，馬汗血。言其先天馬子也。天馬歌曰：霑赤汗，沫流赭。神異經：大宛馬蹄如汗，腕可握，日行千里。至日中汗血。乘者當以綿絮纏頭。**苑中騋牝三千匹，** 洙曰：詩：定之方中，騋牝三千。毛詩注：馬七尺曰騋。騋馬，牝馬也。風俗通曰：馬一匹。俗說相馬及君子與人相匹。

〔一〕苑，疑當作「宛」。

〔二〕張子平，疑當作「張平子」。

或曰：馬夜行目明，照前四丈，故曰一匹。或說：馬死賣得一匹帛。或云：春秋左氏説諸侯相贈乘馬束帛，帛爲匹，與馬之相匹耳。**豐草青青寒不死。**洙曰：詩：湛湛露斯，在彼豐草。古詩：青青河畔草。**食之豪健西域無，**食音嗣。趙曰：寒時草當死，而沙苑之地宜草，雖寒而不死，以之食馬則豪健，雖西域出馬之地，亦無此豪健也。**每歲攻駒冠邊鄙。**洙曰：攻，一作「牧」。周禮夏官：庾人掌十有二閑之政[一]，教以皁馬、佚特、教駣、攻駒。注：攻駒，乘其蹄齧者閑之。又：校人春執駒。鄭司農云：執駒，無令近母攻駒也。三歲曰駒，三歲曰駣。月令：仲夏頒馬政。注云：教駣、攻駒之類也。**王有虎臣司苑門，入門天廐皆雲屯。**洙曰：矯矯虎臣。西都賦：披飛廉，入苑門。劉表傳：雲屯冀馬。陸機詩：胡馬如雲屯。希曰：列子言北人之居望之若雲屯然。**驌驦一骨獨當御，**鄭曰：上息逐，下色莊坊[二]。洙曰：左傳定三年[三]：唐成公如楚，有兩驌驦馬。**春秋二時歸至尊。**趙曰：虎臣所掌之馬雖多，而其中唯驌驦一種之骨充御，故一年之中春秋兩次進之。舊注引周禮「日中而出，日中而入」注「春分出之，秋分入之」，非是。**至尊內外馬盈億，伏櫪在坰空大存。**洙曰：開元初，牧馬二十四萬匹。十三年，加至四十五萬匹。魏武云：老驥伏櫪，志在千里。

[一] 庾，疑當作「廋」。
[二] 坊，疑當作「切」。
[三] 「定」後疑闕「公」字。

詩魯頌：駉駉牡馬，在坰之野。**趙曰**：言壢中坰外空大存之，而不如驌驦之駿異也。逸群絶足信殊深，**洙曰**：顔延年賦：伊逸倫之妙足。魏文帝與孫權馬書曰：此馬善，中國雖饒馬，其如此絶足亦少。曹毗馳馬射賊〔一〕：何逸群之奇駿。倜儻權奇難具論。**鄭曰**：倜，他歷切。儻，他朗切。不羈也。**洙曰**：禮樂志：俶儻精權奇。顔延年賦：雄志倜儻精權奇。纍纍塠阜藏奔突，追，都回切。往往坡陁縱超越。**洙曰**：列仙傳：蘇耽騎鹿，遇險絶處能超越。語人曰：「龍也。」**趙曰**：言沙苑之地，其高者塠阜，則馬之奔突可藏其稍峻處，坡陁則馬能超越，以美馬之適性且材健也。文選：凌邁超越。角壯翻同麋鹿遊，**洙曰**：顔延年賦：分馳迥場，角壯永埒。前漢伍被傳：見麋鹿遊姑蘇臺。浮深簸蕩黿鼉窟。**洙曰**：龐公傳：栖黿鼉穴於深淵之下。**師曰**：此篇甫寓意於禄山而爲之，若曰：唐家諸將爲不少，玄宗皆以凡材視之，獨以兵權委之禄山，甚見寵貴，故云「驌驦一骨獨見御」，終使禄山難制，奔突超越，一旦反於范陽，河北爲之震蕩，豈非「簸蕩黿鼉窟」乎。泉出巨魚長比人，丹砂作尾黄金鱗。**師曰**：甫既以馬比禄山，又以魚比史思明，蓋思明乃禄山將，相繼而叛，故甫託意焉。豈知異物同精氣，雖未成龍亦有神。**趙曰**：龍或魚所化，或馬所爲，故「異物同精氣」也。出易「精氣爲物」。舊注引原蚕事，非是。

〔一〕賊，疑當作「賦」。

三川觀水漲二十韻 **鮑曰**：天寶十五載乙亥，禄山陷京師。公徒步避寇鄜州三川縣，有是詩。時七月也。**洙曰**：三川，唐屬鄜郡，爲洛交郡。舊史云華池水、黑水、洛水之三水會同，因名。鮑注與梁權道所編皆以爲天寶十五載作，蔡興宗以爲五月避地鄜州有此作，而魯訔以爲七月寓於鄜州有此作。然詩云「我經華原來」，按公天寶十四載十一月自京兆之奉先，明年自奉先之白水，賦高齋詩，已是五月。又自白水之鄜州，故回經華原。是年史不書水并雨，而今詩言水爲甚。考彭衙行亦云「一旬半雷雨，竟日數里間」，故此詩亦云「雲雷屯不已」，是公去白水北行，却值水，亦可以補史之闕。鄜州在馮翊之北，而彭衙亦在馮翊白水縣之北，殆是赴靈武時所經如此。其曰華原者，謂華原郡，北至防州百八十里。防北至鄜百十里耳。馮翊在華原東百八十里，豈非公自白水西北至華原，又自華原北至防，復自防北至鄜也。後有玉華宮詩，可知至防無疑。玉華宮在防州宜君縣。

我經華原來，不復見平陸。 **洙曰**：華原屬京兆郡。後魏置北雍州，西魏改爲宜州，又置北地郡，尋改爲通州郡。武德初，復爲通州，罷都〔一〕。**北上惟土山，連天走窮谷。火雲無時出，** **洙曰**：一云「出無時」。**魯曰**：隋盧思道納涼賦云：火雲炎而四舉。**飛電常在目。自多窮岫雨，行潦相豗蹙。** **鄭曰**：豗，呼回切，相擊也。**洙曰**：海賦：磊匒匌而相豗。**蓊匌川氣黄，** **鄭曰**：蓊音烏。匌，口答切，又音溘匝。

〔一〕都，疑當作「郡」。

群流會空曲。清晨望高浪，忽謂陰崖踣。蒲北切。恐泥竄蛟龍，泥，乃計切。登危聚麇鹿。洙曰：海賦：狐玃登危而雍容。枯查卷拔樹，礧磈共充塞。鄭曰：查，士街切。礧，洛罪切。磈，口罪切。不平也。聲吹鬼神下，趙曰：礧磈，石也。聲吹，言其聲之吼。勢閲人代速。不有萬穴歸，何以尊四瀆。洙曰：海賦：江河既道，萬穴俱流。薛曰：右按爾雅：江、河、淮、濟，是爲四瀆。趙曰：公詩作於離亂之中，意在衆所歸往以尊王也。及觀泉源漲，反懼江海覆。漂沙折去岸，鄭曰：漂，匹妙切，浮也。洙曰：海賦：飄沙礐石，蕩颾島濱。漱壑松柏禿。洙曰：海賦云：漱壑生角。乘凌破山門，廻幹到地軸。洙曰：春秋括地象：去地有三千六百軸。海賦：似地軸挺拔而争廻。交洛赴洪河，及關豈信宿。應沉數州没，如聽萬室哭。穢濁殊未清，風濤怒猶蓄。洙曰：江賦：乃鼓怒而作濤。何時通舟車，旵曰：中庸：舟車所通。師曰：南北阻隔，舟車不通。而云何時者，厭亂願治之辭也。陰氣不黲黷。鄭曰：黲，千敢切。黷，徒卜切。垢黑也。趙曰：何時得水落而舟車可通，且陰氣開朗而不黲黷。選有上慘下黷。浮生有蕩汩，吾道正羈束。人寰難容身，師曰：謂當兵革擾攘，吾道拘束不得騁，武夫悍卒正得志之秋，人寰難容身，天地雖大，若無所往。石壁滑側足。雲雷屯不已，艱險路更跼。渠王切，促也。普天無川梁，欲濟願水縮。洙曰：魏文帝雜詩：欲濟河無梁。陸機詩：怨彼河無梁，引領望大川。因悲中林士，未脱衆魚腹。洙曰：詩：肅肅兔罝，施於中林。王康琚反招隱：今雖盛明世，能無中林士。屈原答漁父云：寧赴湘流，葬於江魚腹中。**舉頭向蒼天，安得騎鴻鵠。** **趙曰：**陸士衡擬西北有高樓云：思駕歸鴻羽。

哀王孫 **彦輔曰：**韓信至城下釣，漂母哀之，飯信。信謂漂母曰：「吾必重報。」母怒曰：「大丈夫不能自食，吾哀王孫而進食，豈望報乎。」**王深父曰：**安禄山驚潼關，玄宗倉卒西幸，諸嗣王及公主之在外者皆不及從，其後多爲禄山所屠，鮮有脱者。此詩記而哀之。

長安城頭頭白烏， **洙曰：**或謂「頭」字當作「頸」，蓋烏無頭白者〔一〕。**夜飛延秋門上呼。** **蘇曰：**神堯初得天下，夜有飛鵲數百皆集延秋西門呼鳴，至夜分乃散。**希曰：**通鑑云：上御勤政樓，下制云：「欲親征。」皆莫之信。移仗比内〔二〕，命陳玄禮整比六軍，上獨與貴妃姊妹、皇子、妃、主、皇孫及親近宦官宫人出延秋門。妃、主、皇孫之在外者皆委之而去。是日百官猶有入朝者，至宫門，猶聞漏聲，三衛立也儼然〔三〕。門既啓，則宫人亂出，中外擾攘。王公士民四出逃竄。**又向**一作「來」。**人家啄大屋，屋底達官走避胡。** **洙**

〔一〕烏，疑當作「烏」。
〔二〕比，疑當作「北」。
〔三〕也，疑當作「仗」。

曰：唐書：木稼達官怕。**趙曰**：白烏之號不祥也。天寶十五載，淥山陷潼關[一]、明皇幸蜀，從延秋門出。烏飛號於門上，暗言乘輿之出也。乘輿既出矣，公卿寧不逃避邪。**金鞭斷折九馬死，骨肉不待同馳驅。腰下寶玦青珊瑚，**玦，古穴切。**洙曰**：左傳：晉侯佩太子以金玦。**可憐王孫泣路隅。問之不肯道姓名，****蘇曰**：陳遺過武功道中，逢異人，曰：「子先辱後榮。」遺與語，答問俱有理。遺怪而問姓名居住，不答。乃長揖下路入竹林中，不知所之。**但道困苦乞爲奴。****趙曰**：齊建安王子真被誅，入床下叩頭乞爲奴贖死，不從。**已經百日竄荆棘，身上無有完肌膚。高帝子孫盡高**一作「隆」。**準，龍種自與常人殊。****洙曰**：漢高祖爲人隆準而龍顏。應劭注曰：隆，高也。李斐曰：準，鼻也。**趙曰**：隋文帝子勇，勇子儼，雲昭訓所生，乃雲定興女。文帝喜曰：「皇太孫何謂生不得其地。」定興奏曰：「天生龍種，所以因雲而出。」**豺狼在邑龍在野，王孫善保千金軀。****洙曰**：易：龍戰于野。光武紀：纖曰[二]：四炎雲集龍鬭野。**趙曰**：倣陸士衡詩：願保金石軀。又沈約雜詩：坐喪千金軀。**不敢長語臨交衢，且爲王孫立斯須。****洙曰**：周禮疏云：舞交衢。崔豹古今注：長注交衢。**師曰**：長音仗，乃剩言也。交衢，謂路相交錯，要衝之所。甫與之問答，不敢私言，但共立少頃，恐爲姦人窺伺故也。**昨夜東**一作「秦」。**風吹血腥，東來橐駝滿舊都。****洙**

[一] 淥，疑當作「祿」。

[二] 纖，疑當作「讖」。

曰：師古曰：橐駝，言能負囊橐而駛物也〔一〕。史思明傳：禄山陷南京，以駝運兩京御府珍寶於范陽，不知紀極。**鮑曰**：東來橐駝，謂賊自東都進也。舊都，謂長安也。**朔方健兒好身手**，**希曰**：詩云：好人服之。注云：好人，好女手之人。**昔何勇鋭今何愚**。**洙曰**：世説：桓車騎過江時，公私儉薄，自使健兒鼓行劫鈔。**師曰**：哥舒翰領朔方兵守潼關，爲賊所敗，故云。**竊聞太子已傳位**，**洙曰**：明皇傳位於肅宗。**聖德北服南單于**。**蘇曰**：霍光曰：「聖德北服單于，南化蠻貊。民俗淳厚，士各守職。」**花門𠢐面請雪恥**，𠢐，憐題切。**洙曰**：時回紇助順。**師曰**：南單于即回紇也。花門乃回紇地名。甫有留花門詩。回紇乃花門自號。𠢐面，謂披其面皮，示誠悃也。**夢符曰**：後漢：耿秉卒，匈奴聞之，舉國號泣，或至梨面流血。梨，即「𠢐」字。𠢐，割也。古通用。**慎勿出口他人狙**。**師曰**：狙，竊聽也。甫欲王孫慎密其事，恐爲諜者所得。**哀哉王孫慎勿疏，五陵佳氣無時無**。**洙曰**：漢高帝葬長陵，惠帝葬安陵，景帝葬陽陵，武帝葬茂陵，昭帝葬平陵，謂之五陵。**趙曰**：後漢：王伯阿望春陵城，曰：「氣佳哉，鬱鬱葱葱。」**師曰**：玄宗幸蜀，諸王流離不見收録，安知五陵佳氣中無天子出乎？故以勿疏爲戒。

〔一〕 駛，疑當作「駄」。

九日藍田崔氏莊

老去悲秋强自寬，洙曰：宋玉云：悲哉秋之爲氣也。興來今日盡君歡。羞將短髮還吹帽，洙曰：孟嘉九日爲風吹帽。笑倩旁人爲正冠。趙曰：借李下不正冠也。希曰：正其衣冠，語自有之，何必借此。魏陳思王植十歲善屬文，太祖嘗視其文，曰：「汝倩人耶？」跪進曰：「云云，奈何倩人。」藍水遠從千澗落，洙曰：三秦記曰：藍田有洲，方三十里，其水北流，出銅鐵玉石。玉山高並兩峰寒。洙曰：前漢地理志：藍田山出美玉。晏曰：玉山與泰山、華山峙立，故云「高並兩峰寒」。希曰：藍水指南山水而云。武德三年，嘗祈藍田，置玉山縣。貞觀三年省。則自有玉山也。以後詩論之，則玉山乃東山。明年此會知誰健，一云「在」。蘇曰：阮瞻元日會親友，曰：「人生如風中燭，樽酒何必拒其滿。不知明年今日，再開此會，誰是强健？」醉一作「再」。把茱萸子細看。夢符曰：按西京雜記：武帝宮人賈蘭佩茱萸，食飲餌菊花酒[一]。

崔氏東山草堂

愛汝玉山草堂靜，高秋爽氣相鮮新。有時自發鍾磬響，師曰：言無鄰築也。落日更見漁

[一] 飲餌，疑當作「餌飲」。

樵人。盤剥白鴉谷口栗，飯煮青泥坊底芹。洙曰：白鴉谷、青泥坊，皆地名。石曰：坊音防，即堤邊也。何爲西莊王給事，柴門空閉鎖松筠。趙曰：唐史鄭虔傳：安禄山反，遣張通儒刼置百官於東都。鮑曰：王維時被張通儒禁在東山，此詩有所歎息故云。

悲陳陶鮑曰：天寶十五載十月辛丑，房琯及禄山戰於陳陶斜，敗績。癸卯，琯又以南軍戰，敗績。公故有是詩。蘇曰：琯之敗，唐傳作陳陶斜，杜詩作陳陶，未知孰是？琯既敗，猶欲持重有所伺，而中人促戰，遂大敗。故後篇云「焉得附書與我軍，忍待明年莫倉卒」。洙曰：當是天寶十五載十月辛丑房琯陳陶戰敗後作。是年十月辛巳朔，辛丑乃十月二十一日，梁權道編在是年賊陷中詩内。蔡興宗就謂冬有悲陳陶、悲青坂。

孟冬十郡良家子，洙曰：漢趙充國始爲騎士，以六郡良家子。房琯傳：十月庚子，師次便橋。辛丑，一軍先遇賊於咸陽縣之陳濤斜〔一〕，接戰，琯軍敗績。血作陳陶澤中水。希曰：陳陶斜在咸陽縣，而公詩止云陳陶。蓋斜者，山澤之名，故又曰陳陶澤。野曠一作「廣」。天清一作「晴」。無戰聲，四萬義軍同日

〔一〕濤，疑當作「陶」。

死。洙曰：爲賊所傷殺者四萬餘人，存者數千而已。師曰：王洙所注本通鑑。按房琯本傳亦云：殺卒四萬血丹野，殘衆纔數千，不能軍。群胡歸來血洗箭，血，一作「雪」。仍唱一云「撚箭」。胡歌飲都市。都人迴面向北啼，日夜更望官軍至。洙曰：一云「前後官軍苦如此」。王深父序云：至德元年，宰相房琯以車師戰禄山之黨，而陳陶敗績。趙曰：此言朔方、安西、回紇、大食兵相助討賊，然夷狄之性不無殘擾，故房琯雖喪兵矣，都人不願胡兵討賊，只望官軍至也。師曰：禄山焚劫暴虐，都人怨之，而思唐德，遂有「望官軍」之句。肅宗一舉而復兩京，豈非因民謳吟思唐之心乎。

悲青坂彦輔曰：王深父序云：孔子行三軍，好謀而成。謀之未全而敢戰，所以速敗。

我軍青坂在東門，天寒飲馬太白窟。魯曰：在岐州郿縣，去長安三百里。黃頭奚兒日向西，數騎彎弓敢馳突。洙曰：匈奴傳：士力能彎弓，盡爲甲騎。趙曰：前篇悲陳陶，則辛丑之敗也。此篇悲青坂，則癸卯之敗也。以兩敗各散而歸，所以言日向西。其餘散騎猶敢馳突，以言其暴掠不改也。山雪河冰野蕭颼，青是烽煙白人骨。洙曰：舞鶴賦：冰塞長河，雪滿群山。焉得附書與我軍，忍待明年莫倉卒。趙曰：房琯戰於陳陶斜，不利，猶欲持重，而牽於邢延恩所促戰，故敗。而公詩有「忍待明年」之戒，所以重傷之也。

對雪

北雪犯長沙，晏曰：北地多雪，長沙南郡，偶有此，故云云。胡雲冷萬家。隨風且間一作「開」。葉，趙曰：當作「開」，言雪隨風灑於葉上而開之也。帶雨不成花。趙曰：爲雨所融混，而六出花之狀不明也。今世有鄭獬者，詩云「雨作雪花開不成」，蓋本於此。金錯囊徒罄，洙曰：張平子云：美人贈我金錯刀。趙壹云：不如一囊錢。時可曰：此專言錢也。漢王莽鑄大錢，又造錯刀，以金錯其文，此錢形之如刀而金錯之之證。蘇曰：种文云：共君莫惜醉，罄此金錯囊。銀壺酒易賒。無人竭浮蟻，趙曰：浮蟻，酒也。祖出釋名，曰：酒有泛齊浮蟻在上。炎曰：無人竭浮蟻，言獨酌遲也。有待至昏鴉。洙曰：公自注：何遜詩：城陰度塹黑，昏鴉接翅歸。立之曰：昏鴉亦常語，何必引遜句。後作絶句却云：釣艇收緡盡，昏鴉接翅稀。

月夜

今夜鄜州月，鄭曰：鄜，芳無切，今陝西路保大軍。閨中只獨看。趙曰：天寶十五載夏五月，公以家避亂鄜州。秋八月，挺身赴朝廷，獨轉陷賊中。閨中，言其家也。公在賊中而懷鄜州耳。遥怜小兒女，未解憶長安。香霧雲鬟濕，清輝玉臂寒。何時倚虛幌，鄭曰：户廣切，帷也。雙照淚痕乾。趙曰：江文通擬王徵詩[一]：練藥矚虛幌[二]。雙照者，以言月照其夫妻相會之時也。師曰：時寇亂，甫以家寄鄜州。長安謂西都也。禄山陷都城，甫故里焚劫蕩盡。虛幌謂無人也。

遣興

昔在洛陽時，親友相追攀。送客東郊道，遨遊宿南山。洙曰：張景陽詠史詩：昔在西京時，朝野多歡娛。蕩蕩東都門[三]，群公祖二疏。曹子建：鬬雞東郊道。又：驅上彼南山。煙塵阻長河，樹羽成皋間。洙曰：有瞽：崇牙樹羽。置羽也。成皋，在鞏、洛間。羽，羽旗也。廻首載酒地，豈無一日還。洙曰：前漢揚雄傳：好事者載酒過之。陶潛親朋好事，或載酒肴而往。丈夫貴壯健，慘戚非朱顏。

[一]「徵」下疑闕「君」字。
[二]練，疑當作「鍊」；矚，疑當作「矚」。
[三]蕩蕩，疑當作「藹藹」。

至德二載丁酉在賊中所作

元日洙曰：寄韋氏妹。

近聞韋氏妹，迎在漢鍾離。洙曰：濠州鍾離縣。郎伯殊方鎮，京華舊國移。趙曰：以禄山之亂而奔移也。莊子有「舊國舊都，望之暢然」。春城迴北斗，郢樹發南枝。洙曰：見「宿鳥戀本枝」注。趙曰：長安城曰北斗城。方春回於北斗之城，乃樹木發南枝於郢地之日，以紀元日公在長安而妹在鍾離也。鄭曰：王彦輔云：或云「郢」字誤。卬以意攷之，當作「嶺樹」。故王公注云：大庾嶺梅南枝落而北枝開。不見朝正使，啼痕滿面垂。趙曰：重紀亂離，四方之使隔絶故也。

蘇端薛復筵簡薛華醉歌

文章有神交有道，端復得之名譽早。愛客滿堂盡豪傑，趙曰：漢書：賓客滿堂。開筵上日一作「月」。思芳草。趙曰：尚書：正月上日。孔安國注：上日，朔日也。故玉燭寶典以正月一日爲上日。安得健步移遠梅，師曰：此詩末章言「氣酣日落西風來」，則知此上日爲日出。時開筵思芳草，嘆無花可賞也，故有「移遠梅」之句。亂插繁花向晴昊。千里猶殘舊冰雪，百壺且試開懷抱。垂老惡聞戰鼓悲，急觴爲緩憂心擣。**洙曰**：小弁：我心憂傷，惄焉如擣。心疾。**趙曰**：謝靈運擬王粲詩云：急觴盪幽默。少年努力縱談笑，**洙曰**：樂府：少壯不努力，老大徒傷悲。看我形容已枯槁。**洙曰**：漁父篇：顔色憔悴，形容枯槁。座中薛華善醉歌，歌辭自作風格老。**蘇曰**：盧蒙見江總文，歎曰：「格老詞麗，非後生輩所到。」近來海内爲長句，汝與山東李白好。何劉沈謝力未工，**洙曰**：梁書：何遜八歲能詩，賦一文一詠，范雲輒嗟賞，沈約亦愛其文。遜文章與劉孝綽並見重於世，田謂之何、劉。世祖著編論之，云：詩多而能者，沈約。少而能者，謝朓、何遜。又：劉孝綽十歲能屬文，每作一篇，朝成暮徧，好事咸誦諷傳寫，流聞絶域。又沈約傳：謝玄暉善爲詩，任彦昇工於文章，約兼而有之，然不過也。才兼鮑昭愁絶倒。**洙曰**：晉衛玠談道，平子絶倒。**修可曰**：宋景公筆録曰：今人多誤鮑照爲鮑昭。李商隱詩有「肥烹鮑照葵」之句。昔今陵人得地中石刻作鮑照〔一〕，蓋武后名昭，唐人讀「昭」爲「照」爾。鮑昭作明遠。諸生頗盡新知樂，**洙曰**：少司命云：樂莫樂兮新相知。萬事終傷不自保。氣酣日落西風來，願吹野水添金杯。**蘇曰**：阮籍與人野飲，酒盡興未盡，籍曰：「焉得東風吹野水，添此壺，使金盃不空耶。」如澠之酒常快意，**洙曰**：左傳：有酒如澠。亦知窮愁安在哉。忽憶雨時秋井塌，古人白骨生青苔，如何不飲令心

〔一〕今，疑當作「金」。

哀。**韓曰**：陳歆：古人白骨遍野。雨生莓苔在生，胡不飲酒。

春望

國破山河在，**洙曰**：劉越石云：家國破亡，親友凋殘。城春草木深。**洙曰**：春，一作「荒」。感時花濺淚，恨别鳥驚心。**梅曰**：花鳥，常時可娱之物，今覩之濺淚心驚，其憂可知。烽火連三月，家書抵萬金。**蘇曰**：王筠久在沙場，得家書，抵得萬金。顔師古曰：王筠意思真堪笑，却把家書抵萬金。**趙曰**：考此作於天寶十五載之正月，蓋禄山反於十四載之十一月，至則烽火連三月也。白頭搔更短，渾欲不勝簪。**洙曰**：司馬公曰：牂羊墳首，三星在罶。言不可久。古人爲詩貴於意在言外，使人思而得之，故言之者無罪，聞之者足以戒也。近世詩人唯杜子美最得詩人之體，如：國破山河在，城春草木深。感時花濺淚，恨别鳥驚心。山河在，明無餘物矣。草木深，明無人矣。花鳥，平時可娱之物，見之而泣，聞之而悲，則時可知矣。他皆類此，不可偏舉。**修可曰**：鮑照行路難云：白髮零落不勝簪。**蘇曰**：張茂先謂子曰：「利名縈鎖，未遂山林之興。短髮搔白，渾不勝簪矣。」史臣不載，何也。

送率府程録事還鄉

鄙夫行衰謝，**洙曰**：鄙，賤也。自稱故曰鄙夫。抱病昏妄集。常時往還人，記一不識十。

程侯晚相遇，與語才傑立。洙曰：徐穉角立傑出。薰然耳目開，頗覺聰明入。千載得鮑叔，末契有所及。洙曰：管仲與鮑叔爲友。意鍾一作「中」。老柏青，義動脩蛇蟄。洙曰：易：龍蛇之蟄。師曰：言陳公辭官歸鄉，如龍蛇之蟄以藏身，故其高義可以聳動於吾。若人可數見，洙曰：謝靈運：平生疑若人，通蔽互相〔一〕。潘安仁誅〔二〕：若人。鐃曰：語：君子哉若人，尚德哉若人。慰我垂白泣。洙曰：謝靈運：戚戚咸物態〔三〕，星星白髮垂。趙曰：杜欽傳：紀陽侯與欽子業書曰：誠哀老姊垂白。師古曰：垂白者，言白髮下垂也。生別無淹晷，百憂復相襲。見第一卷「登高翻百憂」注。内愧突不黔，洙曰：文子曰：墨子無黔突，孔子無煖席。揚雄曰：孔席不煖，墨突不黔。臣炎反。庶羞一云「明似」。以賙給。素絲挈長魚，碧酒隨玉粒。蒼舒曰：右按歷城北有使君林，魏正始中鄭公慤三伏之際，率賓僚避暑於此，取大蓮葉盛酒，以簪刺葉，令與大柄通。屈莖輪囷如象鼻，傳噏之名碧筒酒。又戰國策：粒米如玉。修可曰：碧筒酒以蓮莖得名，此言碧酒乃酒之色，非碧筒也。酒譜曰：安期先生與神女會於圜丘，酣玄碧之酒。途窮見交態，洙曰：阮籍詩：途窮能無慟。鄭當時：一貧一富，迺知交態。蘇曰：潘逐至漢中，見姪英曰：「今日窮途失適，

〔一〕「相」後疑闕「妨」字。
〔二〕誅，疑當作「誄」。見杜集札記。
〔三〕咸，疑當作「感」；態，疑當作「嘆」。

舉目添愁，其世態交情可見。楊朱之悲使然也。」世梗悲路澁。洙曰：潘正叔詩：世故尚未夷，崤函方險澁。東風吹春冰，泱莽后土濕。洙曰：謝玄暉：晨光復泱漭。月令：東風解凍，魚上冰。宋玉九辯：皇天淫溢而秋霖，后土何時兮得乾。泱漭，瀇滸也。師曰：禄山反范陽，在東，故云「東風吹春冰」。冰有兵革之象。泱漭后土濕，言率土之民皆陷於塗泥也。念君惜羽翮，既飽更思戢。莫作翻雲鶻，聞呼向禽急。

憶幼子

洙曰：字驥子，時隔絶在鄜州。

驥子春猶隔，鶯歌暖正繁。別離驚節换，聰慧與誰論。澗水空山道，柴門老樹村。趙曰：指言鄜州寄家之地。憶渠愁只睡，一作「卧」。炙背俯晴軒。師曰：甫作此詩，恨不得見也。

一百五日夜對月

無家對寒食，洙曰：世説：寒食去至一百五日。趙曰：時公寄家鄜州而身陷賊中，此所以嘆其無家也。有淚如金波。洙曰：前漢：歌：月穆穆以金波。斫却月中桂，清光應更多。洙曰：言月之清光，惟桂所掩。師曰：桂所以凝月之光，無桂則無所礙形，所以爲人之累，無身則無患矣。仳離放紅蕊，想像嚬青娥。洙曰：謝靈運詩：想像崑山姿。趙曰：此乃詩「中谷有蓷，有女仳離」之義，亦離也。今公詩作於無家之際，女方值仳離而花發，則示愁寂而已，想見其類也。舊本求青娥當作「蛾」，翠眉之謂也。倪曰：宋南平王白紵舞曲曰：佳人舉袖羅青蛾。牛女漫愁思，秋期猶渡河。洙曰：牛女，牽牛、織女二星。世說：牛、女隔河而居，每七夕則渡河而會，人間乞巧。趙曰：因月祈感，故起牽牛、織女興，言二星離而終聚，其在我未知如何耳。師曰：甫對月娥而思妻子矣。牛、女猶有會之期，甫久别家，曾牛、女之不若也。

雨過蘇端端置酒。

雞鳴風雨交，洙曰：鄭國風：風雨凄凄，雞鳴喈喈。師曰：雞鳴，思君子之詩，寓意思憶蘇端，故乘雨而過之。久旱雨亦好。杖藜入春泥，無食起我早。蘇曰：夏侯無食不寐，使我早起。諸家憶所歷，一飯一作「飽」。跡更掃。洙曰：言交態之薄也。蘇曰：邵平曰：交態浮薄，吾甘自養，或有親知家得一飯即掃，遂不復再扣門矣。世態由此見也。蘇侯得數過，數，色角切。歡喜每傾倒。也復可憐人，呼兒具梨棗。濁醪必在眼，盡醉攄懷抱。紅稠屋角花，稠，直由切。碧委墻隅草。親賓絶談謔，喧鬧慰衰老。况蒙霈澤垂，糧粒或自保。妻孥隔軍壘，撥棄不擬道。趙曰：阮籍詠懷：一身不自保，何説戀妻子。今於糧粒或自保之，下言妻子隔軍壘亦使此矣。撥棄不擬道，亦自淵明「撥置且莫念」之變也。師曰：天寶十五年，甫携家三川，是詩末章云「妻孥隔軍壘」，則知此詩之作在至德二載也。是年八月，始許往三川迎家，有北征詩。

哀江頭

少陵野老吞聲哭，洙曰：野老，甫自稱。少陵，杜陵也。**春日潛行曲江曲。**師曰：西京雜記：京城龍華寺南有流水屈曲，謂之曲江。在秦時爲宜春苑。漢時爲樂遊苑。玄宗開元中鑿池引水，環植花木，爲京師勝賞之地。遭禄山焚劫之後，荒凉可知也。**江頭宮殿鎖千門，細柳新蒲爲誰緑。**洙曰：康駢劇譚録曰：曲江池本秦隑州。開元中，疏鑿爲妙境，花卉周環，煙木明媚，都人遊玩盛於中和節。江側菰蒲葱翠，柳陰四合，碧波紅蕖，湛然可愛。唐書鄭注傳：大和九年，注言秦中有災，宜興力役以禳之。文宗因吟杜甫詩云「江頭宮殿鎖千門，細柳新蒲爲誰緑」，始知天寶四年曲江四面多樓臺行宫，乃勑公卿家住於曲江、昆明二池，起造亭觀。詔神策兩軍造紫雲樓、綵霞亭，内出牌以賜之。西京雜記云：朱雀街東第五街、皇城之東第三街昇道坊龍華尼寺南有流水屈曲，謂之曲江。司馬相如弔秦二世文云：臨曲江之隑州。蓋其所也。關中記云：宣帝立廟曲江之北，名曰樂遊廟，因苑爲名，即今昇平坊内餘址是也。此地在秦爲宜春苑也，在漢爲樂遊苑也。**憶昔霓旌下南苑，**洙曰：宋玉高堂賦[一]：霓爲旌。唐曲池坊南有南坊。**苑中萬物生顏色。昭陽殿裏第**

[一] 堂，疑當作「唐」。

一人，鄭曰：昭陽，漢殿名。同輦隨君侍君側。洙曰：李白詩云：漢宮誰第一，飛燕在昭陽。謂楊妃也。漢成帝趙皇后傳：飛燕召入宮，大幸。有女弟子復召入[一]，俱爲婕妤，貴傾後宮，乃立婕妤爲皇后。既立后，寵少衰。而弟絶幸，爲昭儀，居昭陽舍，其中庭彤朱，而殿上髹漆，自後宮未嘗有焉。姊弟專寵十餘年。干寶注：周禮云：對轝曰輦。輦前才一作「詞」。人帶弓箭，蘇曰：晉宣帝出獵長春苑，輦前才人皆乘寶馬，帶畫弓、白羽箭。白馬嚼一作「噍」。嚙黄金勒。洙曰：唐制：内官才人七人，正四品。翻身向天仰射雲，射，食亦切。一箭一作「笑」。正墜雙飛翼。洙曰：西都賦：招白鷳，下雙鵠。又：矢不單殺，中必疊雙。趙曰：按明皇雜録：上幸華清宮，貴妃姊妹各購名馬，以黄金爲銜勒。明眸皓齒今何在，洙曰：曹子建：皓齒内鮮，明眸善盼。傅武作舞賦[二]：眄盤旋則騰清眸，吐哇咬則發皓齒。枚乘七發：皓齒蛾眉，命曰伐性之斧。血污遊魂歸不得。蘇曰：北齊初，大戰累年不解，王襄曰：「吾親知言爲遊魂，歸故山不得。」唐曰：申屠嘉曰：「臣以血污車輪，陛下不得入廟矣。」趙曰：公此詩作於至德二載之春，血污遊魂，則天寶十五載六月丁酉，上皇車駕次馬嵬，賜貴妃自盡。清渭車流劍閣深，去住彼此無消息。洙曰：時明皇幸蜀，貴妃誅。人生有情淚沾臆，江水一作「草」。江花豈終極。黄昏胡騎塵滿城，欲往城南忘南北。洙

[一] 子，疑爲衍文。

[二] 「武」下疑闕「仲」字。

曰：一云「望城北」。正敏曰：荆公集句云：「欲往城南望城北，此心炯炯君應識。」又云：「欲往城南望城北，三步回頭五步顧。」始疑杜詩誤。後得荆公善本，皆作「忘南北」。或云公故改此二字，以合己意。然公平生未嘗改古人字，觀者宜詳此。黄曰：甫朝哀江頭，暮又聞史思明連結吐蕃入寇，欲往城南省家，倉皇之際，心曲錯亂，忘南而走北也。甫家居城南。

大雲寺贊公房四首

燈影照無睡，心清聞妙香。修可曰：維摩經曰：有國名衆香，佛號香積，其界皆以香作樓閣，其國如來無文字説，但以衆香令諸天人得入律行，菩薩各坐香樹下，聞斯妙香，即獲得藏三昧。夜深殿突兀，風動金琅璫。天黑閉春院，地清棲暗芳。玉繩洙曰：玉繩，星名。回斷絶，鐵鳳森翶翔。梵放時出寺，鍾殘仍殷床。趙曰：玉繩回斷絶，則夜欲向晨矣。鐵鳳，舊注引陸倕石闕銘「銅雀鐵鳳之工」，其説是。蓋施雀鳳於屋脊上者。梵放，蓋佛事至梵音必唱而誦之，故詩外可聞也[一]。殷，上聲，殷其雷之殷。明朝在沃野，洙曰：沃野千里。苦見塵沙黄。饒曰：時西郊逆賊拒官軍未已。

[一] 詩，疑當作「寺」。見杜集札記。

童兒汲井華，慣捷瓶上手。**修可曰**：按本草：井華水令人好顔色。與諸水有異，謂井中水。平旦第一汲者。霑灑不濡地，掃除似無箒。**洙曰**：周禮：宫人凡寢中之事掃除。**趙曰**：灑濡地則沮洳。掃有箒則除塵根也。明一作「晨」。霞爛複閣，**夢符曰**：右按廣韻：複，重也。又，古詩：交疏結綺窗，阿閣三重階。霽霧搴高牖。**修可曰**：陸士衡詩：高談一何綺，對若朝霞爛。梁元帝謂：能令雲霧搴。側塞被徑花，飄飄委墀柳。**洙曰**：九辯云：皐蘭被徑兮斯路漸非。阮籍詩：皐蘭被徑路。艱難世事迫，**蘇曰**：陳衡：世路艱難，老夫迫於生事。隱遁佳期後。**洙曰**：郭璞遊仙詩：山川隱遁棲。晤語契深心，那能總鉗口。鉗，其廉切。**洙曰**：鉗口結舌。**蘇曰**：袁紹曰：「諸大夫見晁錯，揔皆鉗口，莫敢措一辭。今諸侯分土，公等何計？」奉辭還杖策，暫别終回首。**洙曰**：曹操奉辭出征。房玄齡杖策謁於太宗軍門。謝靈運山賦：杖桂策以山遊。王粲詩：南登霸陵岸，回首望長安。徐敬業：回首見長安。**趙曰**：奉辭，相奉而辭别之。舊注引奉辭出征，其義非。泱泱泥污人，听听國多狗。听，魚斤切。**洙曰**：宋玉九辯：猛犬狺狺而迎吠兮，關梁閉而不通。皇天淫溢而秋霖兮，后土何時得乾。**鮑曰**：天寶十五年七月，賊將張通儒收録衣冠，污以僞命，不從者殺之。公晦迹幽隱，故云「泱泱泥污人，听听國多狗」。既未免羈一作「寓」。絆，**洙曰**：晉慕容垂猶鷹也，宜急其羈絆。時來憩奔走。**趙曰**：於此未免羈絆，則亦僅能時來憩息耳。近公如白雪，執熱煩何有。**趙曰**：詩：誰能執熱，逝不以濯。

心在水精域，洙曰：清净境土也。趙曰：江總大莊嚴寺碑云：光遍水精之域。蓋佛寺莊嚴，皆以金寶故也。衣霑春雨時。洞門盡徐步，深院果幽期。馬曰：謝靈運詩：平生協幽期。師曰：甫與贊公有期，於洞門徐步以待，雖春雨沾衣，不爲之避，禮遇之誠可見矣。到一作「倒」。扉開復閉，撞鍾齋及茲。醍醐長發性，洙曰：釋經言聞正法如食醍醐然。趙曰：陶潛居云〔一〕：佛經稱乳成酪，酪成酥，酥成醍醐。醍醐乃酥酪之精液也。覺範曰：世説云：淳酪養性，人無妬心。則醍醐之能發性，抑可知已。此釋經所以取喻正法也。飲食遇扶衰。把臂有多日，洙曰：絶交論：把臂之英。開懷無愧辭。洙曰：開懷言露底裏。黄鸝度結構，洙曰：見「新亭結構罷」注。紫鴿下罘罳。鴿，葛合切。余曰：前漢文帝紀：未央宫東闕罘罳災。師古曰：罘罳，謂連闕曲閣也。以覆重刻垣墉之處，其形罘罳然。一曰屏也。罘音浮。愚意會所適，花邊行自遲。湯休起我病，微笑索題詩。洙曰：沙門惠休姓湯氏，善屬文。趙曰：僧湯惠善詩與文，以比贊公也。

細軟青絲履，光明白氎巾。鄭曰：氎，達協切，毛布也。深藏供老宿，取用及吾身。洙曰：以白氎布爲巾，以供老宿之物而奉吾，所以言其敬。時可曰：南史：高昌國有草，實如繭，中絲如細纑，名爲白

〔一〕潛，疑當作「隱」。

氈。國人取織以爲布。自顧轉無趣，交情何尚新。道林才不世，洙曰：支遁字道林，有才辯。惠遠德過人。洙曰：高僧惠遠有宿德。雨瀉暮簷竹，風吹春一作「青」。井芹。天陰對圖畫，最覺潤龍鱗。師曰：天陰對圖畫，言二人相對如畫圖中人。揚子：攀龍鱗。潤龍鱗，言攀附贊公而有所滋潤也。

喜晴

皇天久不雨，既雨晴且佳。出郭眺西郊，蕭蕭春增華。青熒陵陂麥，洙曰：西都賦：琳珉青熒。莊子外物篇：青青之麥，生於陵陂。窈窕桃李一作「杏」。花。洙曰：曹子建詩：容華若桃李。詩：窈窕淑女。春夏各有實，我饑豈無涯。干戈雖橫放，鄭曰：横，户孟切。慘淡闘龍蛇。甘澤不猶愈，且耕今未賒。丈夫則帶甲，婦女終在家。力難及黍稷，得種菜與麻。千載商山芝，洙曰：前漢王貢兩龔傳：漢興，有園公[一]、綺里季、夏黄公、角里先生，此四人者當秦之世，避亂入商雒深山，以待天下之定也。自高祖聞而召之，不至。往者東門瓜。洙曰：前漢蕭何傳：邵平者，乃故秦東陵侯。秦破，爲布衣，貧，種瓜長安城東。瓜美，故世謂東陵瓜，從邵平始也。阮詩：昔聞東陵瓜，近在青門外。趙

[一]「有」後疑闕「東」字。

曰：以四皓采芝、邵平種瓜，皆避秦之亂，其道爲不可貶也。**其人骨已朽，**洙曰：朽，一作「滅」。史記：老子曰：「子所言者，其人與骨皆朽也。」**此道誰疵瑕。**洙曰：左傳云：不汝疵瑕。**英賢遇轗軻，**洙曰：古詩：坎軻長苦辛。楚辭：轗軻不遇。坎，與轗同。**遠引蟠泥沙。**洙曰：賈誼傳：鳳縹縹而高逝，固自引而遠去。揚子：蟠龍於泥。**顧慚昧所失，廻首白日斜。**師曰：甫自愧昧於所適，不能脱身晦迹，回首自顧，恨年已老矣，故云爾。**漢陰有鹿門，**洙曰：後漢逸民傳：漢陰老父，桓帝幸竟陵，過雲夢，臨沔水，百姓莫不觀者，老父獨耕不輟。又，龎公，襄陽人也。居峴山之南，未嘗入城府。後携其妻子登鹿門采藥，不反。襄陽記：鹿門山，舊名蘇嶺山。希曰：漢陰郡爲荆州，而鹿門在襄陽。今云「漢陰有鹿門」，何也？公弟以鹿門在漢水之陰，非指漢陰郡而言也。**蒼海有雲查。**音槎。趙曰：按張華博物志載舊説云：河與海通〔一〕，世有人居海渚者，年年八月浮槎去來，不失期。人多齎糧乘槎而去，奄至一處，遥望宫中多織婦，見一丈夫牽牛渚次飲之，驚問曰：「何由至此？」人問：「此是何處？」答曰：「君還至蜀，訪嚴君平，則知之。」後至蜀問君平，曰：「某年月日有客星犯牛宿。」計年月日，正是人到天河時也。**焉能學衆口，**蘇曰：吴芮曰：「吾焉能學衆兒女口，嗜棗栗瓜果邪？」**咄咄空一作「同」。咨嗟。**洙曰：世説：殷中軍被

〔一〕「河」上疑闕「天」字。

廢，在信安，終日恒書空作字。揚州吏人尋議之，竊視唯作「咄咄怪事」。范雲至殿門不得入，但云咄咄而已。中軍，殷浩也。

得舍弟消息

亂後誰歸得，他鄉勝故鄉。**蘇曰**：崔審與友人曰：「江南兵火，全不如舊。聞三峽人物富盛，況勝故鄉，何頻頻發吟思耶。」**趙曰**：休明之際，則他鄉雖樂，不如還家，惟亂離則他鄉安處自足居也。直一作「昔」。爲心厄苦，久念一作「得」。與存亡。**趙曰**：以弟存亡在念也。若「在與在，王亡與亡」之義〔一〕。汝書猶在壁，汝妾已辭房。**洙曰**：李陵書「生妻去室」也。舊犬知愁恨，垂頭傍我床。

晦日尋崔戢李封

朝光入甕牖，**洙曰**：朝光，晨光也。漢賈誼過秦論：陳涉甕牖繩樞之子。孟康曰：以瓦甕爲窗。尸一作「方」。寢驚弊裘。**洙曰**：論語鄉黨曰：寢不尸。包曰：偃卧四體，布展手足，似死人。起行視天

〔一〕王，疑當作「主」。

宇，**黄曰**：陶淵明詩：昭昭天宇闊。春氣漸和柔。興來一云「得興」。不暇懶，今晨梳我頭。出門無所待，徒一作「徙」。步覺自由。杖藜復恣意，**修可曰**：莊子載：原憲仗藜應門。**蘇曰**：林鳳恣意携杖藜看竹，過南溪。免值公與侯。晚定崔李交，會心真罕儔。**洙曰**：薛夢符云：世説：晉簡文幸華林園，謂左右曰：「會心處不在遠，翛然林水，便有濠梁之趣。」**田曰**：夢符引此，非也。是時蓋言與崔、李定交，相會以心，不以跡也。**黄曰**：古樂府後周徐謙短歌云：意氣青雲裏，爽郎煙霞外〔一〕。不重一囊錢，唯重心襟會。此乃會心之意。**薖曰**：會心，意相契合。每過得酒傾，一作「契」。**鄭曰**：過，左禾切。二宅可淹留。喜結仁里**逢原曰**：語：里仁爲美。**趙曰**：張子平思玄賦云〔二〕：匪仁里其焉宅。懽，况因令節求。李生園欲荒，舊一作「有」。竹頗脩脩。引客看掃除，隨時成獻酬。崔侯初筵色，**逢原曰**：詩：賓之初筵。已畏空樽愁。**洙曰**：馬融曰：坐上客常滿，樽中酒不空。未知天下士，至性有此不。一「至」作「志」。不，方鳩切。草牙既青出，蜂聲亦煖遊。思見農器陳，**洙曰**：農器，耒耜之類。何當甲兵休。上古葛天氏，不貽黄屋憂。**洙曰**：屋，一作「綺」。上林賦：聽葛天氏之歌。范蔚宗：黄屋非堯心。師古曰：黄屋，車上之蓋也。皆天子之儀。**修可曰**：漢書：紀信乃乘王車黄屋。李斐曰：天子車以黄

〔一〕郎，疑當作「朗」。
〔二〕張子平，疑當作「張平子」。

繒爲裏也。至今阮籍等，熟醉爲身謀。洙曰：顔延年詠阮步兵詩：阮公雖論跡[一]，識蜜鑒亦洞[二]。沈醉似醒然，萬辭類託諷[三]。籍傳云：籍本有濟世志，屬魏、晉之際，天下多故，名士少有全者，籍由是不與世事，遂酣飲爲常。文帝求婚於籍，醉六十日，不得言而止。鍾會數以時事問之，欲因其可否而致之罪，以酣醉獲免。威鳳高其翔，洙曰：一云「自高翔」。時天下大亂，賢者退處，若威鳳然，高其翔而不下，全身遠害也。宣帝紀：威鳳爲寶。服虔曰：威鳳謂鳥名也。晉灼曰：鳳之有威儀者也與。尚書：鳳凰來儀。長鯨吞九州。洙曰：謂盜賊縱横，如長鯨之吞并九州也。長鯨，鯨魚也。文選：長鯨吞航。地軸爲之翻，洙曰：海賦：又似地軸，拔而争廻。百川皆亂流。喻群盜不知朝宗之義也。當歌欲一放，淚下恐莫收。濁醪有妙理，師曰：自古賢人君子不遇，多適意於酒，況濁醪之有妙理乎。庶用慰沉浮。沉浮，猶言盛衰也。世説：顧邵謂龐統曰：「聞子知人，吾與足下孰愈？」曰：「陶冶一世，與時浮沉，吾不如子。」

王狀元集百家注編年杜陵詩史五卷

[一] 論，疑當作「淪」。
[二] 蜜，疑當作「密」。
[三] 萬，疑當作「寓」。

王狀元集百家注編年杜陵詩史六卷

至德二載自賊中達行在所授拾遺以後所作

喜達行在所三首彥輔曰：更始立光武爲蕭王，悉令罷兵諸行在所。蔡邕獨斷曰：天子以四海爲家，謂所居爲行在所。時子美自京竄至鳳翔。

西憶岐陽信，洙曰：岐陽在鳳翔西。左傳：成王有岐陽之蒐。鄭曰：十道志：岐陽，漢扶風、杜陽之地。**無人遂却迴。眼穿當落日，心死著寒灰。**洙曰：庚桑楚曰：心若死灰。別賦：骨肉悲而心灰。趙曰：岐陽，乃鳳翔也。左傳：成玉有岐陽之蒐〔一〕。公在賊中，引首西望，欲知鳳翔行在消息，惟無人可問，徒眼穿心死而已。**霧樹行相引，**霧，一作「茂」。師曰：言甫冒霧露奔行在。**蓮峰望或**一作「忽」。**開。**洙曰：華山有蓮花峰。趙曰：一作「連峰」。謂華州蓮花峰也。非是。豈有却過長安東經同、華之境而來乎？當

〔一〕 玉，疑當作「王」。

以「連山」爲正。魯曰：鮑昭詩：連山眇雲霧。**所親驚老瘦，辛苦賊中來。**洙曰：奔走憔悴，故所親驚其老瘦。漢書師古曰：所親，素所親任也。

愁思胡笳夕，洙曰：言陷賊久厭胡笳也。蔡琰：胡笳且動，牧馬悲鳴。胡笳動兮邊馬鳴。李陵[一]。沈曰：胡笳，胡人卷蘆葉吹之。一作「樂」。**凄涼漢苑春。**趙曰：胡笳，胡人所吹，則賊兵胡人也。言漢苑春，則追思其在賊中凄涼之時也。漢儀注：養鳥獸者，通名爲苑。雖春而凄涼，言殘敝也。**生還今日事，**後漢：班超妹、同郡曹壽妻昭上書請超曰：丐超餘年一得生還，復見闕庭。**間道暫時人。**洙曰：間道也，言伺間隙之道而行。班超從間道至疏勒。師曰：暫時人，言不敢具性命也。**司隸章初覩，**洙曰：更始以光武行司隸校尉，入洛陽。人見司隸僚屬，皆歡喜不自勝。老吏或垂立曰[二]：「不圖今日復見漢官威儀。」由是識者皆屬心焉。**南陽氣已新。**洙曰：後漢光武紀云：望氣者蘇伯阿爲王莽使，至南陽，遥望見舂陵郭，唶曰：「氣佳哉！鬱鬱葱葱。」黄曰：此二句指肅宗中興也。**喜心翻倒極，嗚咽淚沾巾。**師曰：樂極則哀繼之，此詩人抑揚之意。

死去憑誰報，歸來始自憐。洙曰：楚詞：私自怜兮何極。**猶瞻太白雪，喜遇武功天。**洙

[一]「胡笳且動，牧馬悲鳴」疑當在「李陵」之下。且，疑當作「互」。
[二] 立，疑當作「泣」。見杜集札記。

曰：太白山也。武功，縣名，屬鳳翔。趙曰：太白山在郿縣，鳳翔之屬縣也。武功在唐不屬鳳翔，但近鳳翔爾。公詩所以顯言，歸行在也。沈曰：録異記曰：金星之精墜於終南圭峰之西，因號爲太白。其精化爲白石，狀如美玉，常有紫氣覆之。玄宗立元廟於太寧里臨淄舊邸，取其石琢爲像焉。**影静千官裏，心蘇七校前。**洙曰：公入朝，鮮當途之交，故言影静。心蘇，言憂釋而心蘇也。前漢刑法志：京師有南北軍屯，武帝内增七校。注：中壘、屯騎、步兵、越騎、射声、虎賁，凡入校尉。射騎不常置，故此言七也。**今朝漢社稷，新數中興年。**中，竹仲切。洙曰：凡王室中否而再興，謂之中興。如周宣、漢光武時。唐有安、史之亂，故云。

述懷

彦輔曰：晉阮籍嘗作諒懷詩八十餘篇〔一〕，爲世所重。

去年潼關破，鄭曰：潼，徒紅切，水名。出廣漢，上有關，名潼關。**妻子隔絶久。**洙曰：新玄宗紀：天寶十五年，安禄山僭號於東京，賊將安慶緒犯潼關。哥舒翰軍敗退。翰至潼關，爲其帳下火拔歸仁以左右數十騎執之降賊，關門不守。京師駭，河東、華陰、上洛等皆委城而走。上乃謀幸蜀也。**今夏草木長，**陶淵明詩：孟夏草木長。**脱身得西走。**洙曰：按新唐書：天子幸蜀，甫走避三川。肅宗立，自鄜州羸服奔行在，

〔一〕諒，疑當作「詠」。

爲賊所得。至德二年，亡走謁帝鳳翔。麻鞋見天子，蘇曰：焦卓見文帝，麻鞋烏帽，舉動詳正，奏對明敏，帝呼爲高士。趙曰：炙轂子有云：夏、商以草爲屩，周以麻爲之，謂之麻鞋，貴賤通著。則「麻鞋」字亦有所據而言也。衣袖露兩肘。朝廷慜生還，慜，眉殞切。親故傷老醜。涕淚受拾遺，流離主恩厚。洙曰：言奔走流離，迫於窘困，至於麻鞋以見天子。露兩肘，言衣不完也。莊子言：原憲捉矜而肘見〔一〕。按新書言甫至德二年亡走鳳翔，上謁，授右拾遺。而舊史以爲甫謁帝彭原郡。至德，肅宗年號也。柴門雖得去，未忍即開口。趙曰：不欲遽違天顔也。寄書問三川，不知家在否。洙曰：三川在鄜州。按本傳：甫寄家三川，艱窶彌年，孺弱至餓死者。比聞同罹禍，殺戮到雞狗。蘇曰：黄巾犯渭上，雞犬俱殺戮盡，數千里斷絶人煙。山中漏茅屋，誰復依户牖。摧頽蒼松根，地冷骨未朽。蘇曰：弔王褒文云：西山地冷，靈骨未朽，秀氣轟然。君既長卧，復鍾後賢。其碑斷裂，不見完本。幾人全性命，盡室豈相偶。嶔岑猛虎場，上去今切，下鋤計切。鬱結回我首。洙曰：陸機：饑食猛虎窟。庾信小園賦：穿漏兮茅茨。自寄一封書，今已十月後。趙曰：十月後，非冬之十月也。何以明之？公往問家屋乃在「閏八月初吉」耳，此詩在閏八月之前所作也。反畏消息來，寸心亦何有。漢運初中興，洙曰：凡王室中否而再興，

〔一〕 矜，疑當作「襟」。

謂之中興。如周之宣王、漢之光武、唐之中宗是。**生平老耽酒。**洙曰：齊桓好酒。魏曹植賦曰：若耽於觴酌，流情縱佚，先王所禁，君子所失。霍光傳：昌邑夜飲，湛沔於酒。師古曰：湛讀曰沉，又讀曰耽。沔，荒迷酒也。**沈思歡會處，恐作窮獨叟。**師曰：孟子云：老而無子曰獨。

彭衙行

彥輔曰：左傳文二年：晉侯及秦師戰於彭衙。注：遏江縣西北有彭城。魯曰：馮翊郡合陽縣西有彭衙城。

憶昔避賊初，北走經險艱。夜深彭衙道，月照白水山。盡室久徒步，逢人多厚顏。洙曰：書五子之歌：顏厚忸怩。詩：以顏之厚矣。羞愧之情，見於面貌，如面皮厚然，故以顏厚爲色愧。**參差谷鳥吟，**一作「鳴」。**不見遊子還。**師曰：前年秋七月避賊，次年春尚不得還，故有此句。**癡女饑咬我，啼畏猛虎聞。懷中掩其口，**蘇曰：王莽五歲語尤乖，父聞之，急掩其口，抱於懷中。**反側聲愈嗔。小兒强解事，**强，巨兩切。**故索苦李餐。**蘇曰：時賊方收録衣冠，污以僞命，而避難者方銷晦聲跡，故託言女啼而恐虎狼聞也。虎狼，喻盜賊矣。**一旬半雷雨，泥濘相攀牽。**濘，乃定切。**既無禦雨**一云「禦濕」。**備，徑滑衣又寒。有時經**一作「最」。**契闊，竟日數里間。野果充糇糧，**洙曰：擊鼓：死生契闊。契闊，勤苦也。公劉：迺裹糇糧。**卑枝成屋椽。早行石上水，暮宿天邊煙。少留同家窪，**

烏瓜切。**欲出蘆子關。故人有孫宰，高義薄曾雲。** **洙曰**：陸士衡文：高義薄雲天。同家窪、蘆子關，皆地名也。故人，故舊之人也。高義，言其恩義高遠。皆說孫宰也。**延客已曛黑，** **洙曰**：曛黑，薄暮也。謝靈運詩：夜聽極星闌，朝遊窮曛黑。**張燈啓重門。煖湯濯我足，剪紙招我魂。** **洙曰**：宋玉爲屈原招魂。**從此出妻孥，相視涕闌干。** **洙曰**：言淚之墮也。闌干，衆多貌。**趙曰**：談藪：王元景使梁，劉孝綽送之，泣下。元景無淚，謝曰：「卿勿怪我別後闌干。」闌干，淚不斷之皃。**衆雛爛熳睡，** **師曰**：衆雛，指甫諸子昆兄也。**喚起霑盤餐。** **彦輔曰**：僖公二十二年：晉公子重耳過曹，曹大夫僖負覊饋盤飧，寘璧焉。公子受飧返璧。**趙曰**：爛熳，言睡之熟也。盧仝亦云：鶯花爛熳君不來。皆其多而熟也。**誓將與夫子，永結爲弟昆。遂空所坐堂，安居奉我歡。** **師曰**：惟孫宰尚義，以所坐之堂而館我，況復以盤餐禮之加恤，故甫誓與之結爲兄弟，示其親愛之誠不相忘也。**誰肯艱難際，豁達露心肝。別來歲月周，胡羯仍構患。** 胡官切。**何當有翅翎，飛去墮爾前。** **趙曰**：胡羯之患，蓋指言安慶緒，蓋安緒於正月弑父而襲僞位也。公既陷賊而脱身達行在所，故寄此詩感其恩，懷其人矣。

送長孫九侍御赴武威判官

驄馬新鑿蹄， **師曰**：後漢：桓典爲御史，常乘驄馬。時人語曰：「行行且止，避驄馬御史。」**銀鞍被來**

好。洙曰：東祖孫登詩〔一〕：落淚灑銀鞍。徐敬業：汗馬躍銀鞍。繡衣黃白郎，洙曰：漢侍御史有綉衣直指，持斧捕盜。騎向交河道。洙曰：漢侯應上書：車師前國，王治交河城。河水分流繞城下，故號交河。唐安西去交河郡七百里。問君適萬里，取別何草草。天子憂涼州，嚴程到須早。蘇曰：嚴顔謂左校曰：「久不得江左信息爾，宜嚴程勉力，早到甚妙。」去秋群胡反，不得無電掃。馬曰：風激電掃。此行牧遺甿，風俗方再造。洙曰：唐書：王室再造。族父領元戎，洙曰：元戎，元帥也。名聲閣中老。奪我同官良，飄飄按城堡。使我不能餐，令我惡懷抱。若人才思闊，饒曰：若人，羨孫侍御也。溟漲浸絶島。罇前失詩流，蘇曰：房炳見嵇康歸山陰，曰：「今日樽前失我詩流。」塞上得一作「多」。國寶。皇天悲送遠，雲雨白浩浩。洙曰：楚辭曰：天自顥。説文曰：顥，白貌。九辨：皇天平分四時，竊獨悲此凜秋。又：悲秋若遠行，登山臨水送將歸。東郊尚烽火，朝野色枯槁。西極柱亦傾，如何正穹昊。洙曰：列子湯問篇：折天柱。又云：常怒流於西極。蘇曰：徐貞曰：「憑君寄語數執事，方今天柱傾反，穹昊何計以正？」

〔一〕東，疑當作「陳」。

送從弟亞赴安西判官

一云「河西」。鮑曰：亞字次公。肅宗在靈武，上書論當世事，擢校書郎。杜鴻漸節度河西，奏署幕，故詩云：令弟草中來，蒼然請論事。

南風作秋聲，蘇曰：王澄：澆來南風，漸作秋聲，故山杞菊苗，吾當從事於斯矣。師曰：南風，生養之風。今作秋聲，敷氣盛也。時禄山反，河北二十四郡皆陷没於賊，安得陰陽調和。南風作秋聲，蓋有由也。**殺氣薄炎熾。**洙曰：南風作秋聲，言當生育而有肅殺聲。**盛夏鷹隼擊，**洙曰：月令：立秋之日，鷹隼乃擊。選：常恐鷹隼擊。**時危異人至。令弟草中來，蒼然請論事。詔書引上殿，奮舌動天意。**洙曰：動天意，言君意爲之回動也。解嘲：伸其舌而奮其筆。蘇曰：李斯奮三寸舌取富貴。**兵法五十家，爾腹爲篋笥。**兵法，見前漢藝文志。邊韶腹便便，五經笥。蘇曰：張敞聽郝焜説書，從容語左右曰：「萬卷書郝腹爲篋笥收貯乎。」**應對如轉丸，**洙曰：漢祖從諫若轉圜。修可曰：開元遺事：張九齡每與賓客議論，滔滔不竭，如下坂走丸，時人服其俊辨。**疏通略文字。經綸**洙曰：易屯：君子以經綸。**皆新語，**陸賈有新語。**足以正神器。**洙曰：老子：天下神器。蘇曰：李斯扶正神器，四海懽心。**宗廟尚爲灰，君臣俱**一作「皆」。**下淚。**九廟爲賊所焚也。**崆峒地無軸，清海天軒輊。**洙曰：言天地未安也。夢符曰：按詩：戎車既安，如輊如軒。又後漢馬援：夫居前不能令人輊，居後不能令人軒。注：軒輊，輕車也。鄭曰：輊，乍利切。車後頓曰軒，前曰輊。**西極最瘡痍，**趙曰：前漢季布傳：瘡痍未瘳。**連山暗烽燧。**彦輔曰：唐六典云：唐鎮戍烽侯所至〔一〕，大率相去三十里，其逼邊者築城以致之，其放煙有一炬二炬三炬四炬者，每日初夜舉一炬，謂之平安火。餘則隨賊多少而爲差。程曰：漢光武紀：修烽炬。注云：前書意義曰〔二〕：邊防蒲警急〔三〕，作土臺，臺上作桔槔，頭上有兜零，以薪草置其中，常低之。有寇即然火舉之以相告，曰烽。又多積薪，寇至即燔之，望其煙曰燧。晝則燔燧，夜則舉烽。俯曰：廣雅言：兜零，籠也。竦曰：相如諭蜀文曰：舉烽燧。帝曰大布衣，洙曰：布衣韋帶之士。魯曰：左傳：衛文公大布之衣，大帛之冠。藉卿佐元帥。坐看清流沙，洙曰：書曰：被于流沙。疏：流沙，當境最遠者也。而地理志：流沙爲張掖居延澤是也。計三危在居延之西，大遠矣。志言非也。所以子奉使。歸當再前席，洙曰：文帝前席賈生。注：漸促近聽說。適遠非歷試。馬曰：舜歷試諸難。須存武威郡，爲書長久利。孤峰石戴驛，快馬金纏轡。黄羊飫不羶，蘆酒多還醉。踴躍常人情，慘澹苦士志。安邊敵何有，反正洙曰：唐書：天子反正。計始遂。吾聞駕鼓車，洙曰：漢文以千里馬駕鼓車。修可曰：後漢循吏傳曰：建武十三年，異國有獻名馬者，日行千里。又進寶劍，價兼百金。詔以馬駕鼓車，劍賜騎士。建武乃光武年號，非孝文。止

〔一〕侯，疑當作「候」。見杜集札記。
〔二〕意，疑當作「音」。見杜集札記。
〔三〕蒲，疑當作「備」。

卻千里馬，無駕鼓車之説。不合用騏驥。龍吟廻其頭，夾輔待所致。洙曰：左傳：夾輔周室。黄曰：漢文帝以千里金馬駕鼓車。騏驥非駕鼓之用，大才不宜出爲判官，異日功成回頭，夾輔天子，正有待取。杜亞是時龍吟而雲從，雲龍之會，始爲得志，然則暫屈判官之任，烏足道哉。

送韋十六評事充同谷郡防禦判官

彦輔曰：安禄山大亂，甫與韋宙同陷賊，後皆遁歸行在所。**鮑曰**：注以爲宙。宙乃丹之子，仕宣宗時，非此所送人也。

昔没賊中時，潛與子同遊。今歸行在所，**洙曰**：天子行幸所在曰行幸。王事**洙曰**：詩：王事靡盬[一]。有去留。偪側偪側見上。**鄭曰**：偪，彼側切，迫也。亦作「逼」。兵馬間，主憂急良籌。**洙曰**：史：范雎：主憂臣辱，主辱臣死。子雖軀幹小，**趙曰**：書曰：劉曜詩陳安於壠城[二]，安死，人謡曰：「壠城健兒有陳安，軀幹雖小腹中寬，愛養將士同心肝。」老一作「志」。氣横九州。挺身艱難際，張目視寇讎。**修可曰**：摘用孟子：臣視君如寇讎。朝廷壯其節，奉詔令參謀。鑾輿駐鳳翔，同谷爲咽喉。**洙曰**：西都賦：乘鑾輿。鳳翔府，扶風郡，隋置鳳栖，尋改爲麟遊郡。同谷郡，今成州。晉仇地郡，漢下

[一] 盬，疑當作「盬」。
[二] 「書」上疑闕「晉」字；詩，疑當作「討」。見杜集札記。

辨縣，舊名武街城。**西扼弱水道**，扼，從革切。**洙曰**：禹貢：弱水既西。**孝祥曰**：十州記云：鳳麟洲在西海之中，四面有弱水遶之，鴻毛不浮，不可越也。**南鎮枹罕陬。****洙曰**：一作「氐羌陬」。唐安鄉郡河州理枹罕縣。枹罕，故羌侯邑。枹音孚，本枹鼓字也。**此邦承平日，剽劫吏所羞。****洙曰**：前漢地理志：椎剽掘冢。師古曰：椎殺人而剽切之。剽，匹妙切，急也。**況乃胡未滅，控帶莽悠悠。府中韋使君，道足示懷柔。****秦曰**：詩：懷柔百神。**令姪才俊茂，二美又何求。受詞太白脚，****洙曰**：太白山，在武功縣南，去長安三百里。**十朋曰**：録異記：金星之精，墜於終南，號爲太白。其精化爲白石，狀如美玉，常有紫氣覆之。玄宗立玄元廟，取其石琢爲像焉。**泰伯曰**：地圖記曰：太白山甚高，上常積雪，無草木，半山有雲如瀑布則澍兩[一]，人常候驗，如離畢焉。故語曰：南山瀑布，不朝則暮。**走馬仇池頭。****洙曰**：成州上禄縣有仇池也。晉永嘉末，爲氐羌文茂所據。太白，山名。**歐陽曰**：三秦記曰：仇池山上廣百頃，地平如砥，其南北有山路，東西懸絶百仞，一夫守道，萬夫莫向。山勢自然有樓櫓却敵之狀，上有崗阜泉源。史記謂秦得百二之固也。**馬曰**：南史：武興國本仇池。楊難當自立爲秦王。本朝同州河池乃故地。**俯曰**：太白事，見第十九卷喜達行在所「猶太白雪」注[二]。仇池事，見二十卷秦州雜詩「萬古仇池穴」「讀記憶仇池」注。**古色沙土裂，****洙曰**：

[一] 兩，疑當作「雨」。

[二] 「猶」下疑闕「瞻」字。

色，一作「邑」。前書音義曰：沙土曰漠。即今磧也。**積陰霜雪稠。** **洙曰：**一作「積雪陰雲稠」。**羌父豪猪靴，羌兒青兕裘。** **趙曰：**宋玉招魂曰：君王親親發兮憚青兕〔一〕。**大臨曰：**説文曰：兕如野牛，青皮堅厚。**吹角向月窟，** **洙曰：**顏延年歌：月毳來賓。毳，窟也。月窟西極。長楊賦：西壓月窟。**泰伯曰：**樂録曰：蚩尤率魑魅與黄帝戰於涿鹿。帝乃命吹角爲龍鳴以禦之。其後魏武北征烏丸，越沙漠，而軍士思歸，於是減爲中鳴而聲更悲矣。胡角者，本以應胡笳之聲，後漸用之。**蒼山旌旆愁。鳥驚出死樹，** **趙曰：**吴平爲句章州，門前忽生一株青桐樹，上有歌謡之聲。平惡而斫之。平隨軍北虜，首尾三年。死樹欻自還立於故根上，樹巔空中歌曰：「死樹今更青，吴平尋當歸」。故公詩又曰「君不見前者摧折桐，百年死樹中琴瑟」也。**龍怒拔老湫。** 七由切。**洙曰：**郊祀志：湫淵祠朝那。湫音子由反。湫水在涇州界，興雲雨。士俗亢旱每於此求之，相傳云龍之所伏也。天下山川隈曲有之。**古來無人境，今代横戈矛。** **修可曰：**孫興公遊天台山賦序云：踐入無人之境。**蘇曰：**范蠡今日横戈簇矛相持之場，皆古來無人之境。**傷哉文儒士，憤激馳林丘。中原正格鬬，** **洙曰：**相抱而殺之曰格。**蘇曰：**宋玉見襄王曰：「方今强秦恣横，六邦鼎沸。韓、魏蜂起，中原格鬬不息〔二〕。願王駕御英雄，練兵訓士，待其不虞，免其危削。」王善之。**趙曰：**格鬬字，祖出前漢，而

〔一〕後一「親」字疑爲衍文。
〔二〕鬬，疑當作「鬭」。

陳林飲馬長城窟行云[一]：男兒寧當格鬭死，死何能拂鬱長城道[二]。後會何緣由。百年賦命定，定功曰：古詩：人生不滿百。豈料沉與浮。且復戀良友，握手步道周。洙曰：謝玄暉：桑榆陰道周。魯曰：詩：有杕之杜，生于道周。釋文：周，曲也。韓詩：右也。師曰：道周即道邊也。論兵遠壑浄，亦可縱冥搜。洙曰：天台賦序。師曰：冥搜即搜吟也。題詩得秀句，蘇曰：陸士龍：題詩對南山，日晚得秀句。札翰時相投。

奉送郭中丞兼太僕卿充隴右節度使三十韻

鮑曰：郭英乂也。至德三載，加隴右節度使。傳與詩合。

詔發西山將，洙曰：辛慶忌贊曰：秦、漢已來，山東出相，山西出將。秋屯隴右兵。洙曰：屯，一作「營」。唐書郭英乂傳：英乂，知運之季子。至德初，肅宗興師朔野，英乂以將門子特見任用，遷隴右節度使。趙曰：英乂先爲秦州都督，乃加隴右節度使，故公詩云即非山西之出將事。鄭曰：屯，越渾切，聚也。淒涼餘部曲，趙曰：秦州部曲也。燀一作「烜」，齒善切。赫舊家聲。洙曰：謂知運先朝亦爲隴右節度使也。

[一] 林，疑當作「琳」。

[二] 死，疑是衍文。

宋鮑昭東武吟：將軍既即世，部曲亦空存。漢光武紀注：大將軍營有五部，部有三校尉，部下有曲，曲有軍候一人。李廣行無部曲、行軍。司馬子長報任少卿書曰：李陵既生降，頹其家聲。**鵰鶚乘時去，**洙曰：見「鵰鶚在秋天」注。師曰：言得時則駕也。**驊騮顧主鳴。**趙曰：鵰鶚、驊騮，所以美英乂也。師曰：言戀王室也。忠臣之志不忘於君。**艱難須上策，容易即前程。**易，以鼓切。洙曰：策，策略也。容易，猶無難也。言其功名策略，足以自取富貴無難。**斜日當軒蓋，高**一作「歸」。**風卷旆旌。**修可曰：蓋用夏侯湛禊賦「微雲承軒，清風捲旆」也。師曰：高風八月也。**松悲天水冷，**洙曰：天水郡，漢武元鼎三年置。秦州地記云：郡前湖水冬夏無增，因以名焉。**沙亂雪山清。**洙曰：後漢明帝紀：祁連，山名也。即天山也。一名雪山，今名折羅漢山，在伊州北。沈曰：其山至高，冬夏有雪，故亦曰雪山。**和虜猶懷惠，**洙曰：和，和好也。惠，恩惠也。**防邊不敢驚。**趙曰：指言吐蕃也。至德二載，使使來請賊〔一〕，且脩好，後又請和。**古來於異域，鎮静示專征。**洙曰：專征，請受斧鉞之賜，得專征討。趙曰：言待之以静，不時撓之，以有必征其侵叛之理也。**燕薊奔封豕，**洙曰：薊縣，燕之所都。前志云：秦舉兵滅燕薊。左傳：昭王在隨，申包胥如秦乞師，曰：「吴爲封豕長蛇，以薦食上國。」言吴貪害如蛇豕。封，大也。豕之性善突，故取以喻禄山。**周秦觸駭**

〔一〕「賊」前疑闕「討」字。見杜集札記。

鯨。洙曰：按新史：禄山之亂，英乂授蔡州都督、隴右採訪使。賊將高嵩擁兵入汧、隴，英乂僞勞之，既而伏兵發，盡虜其衆。駭鯨，言若鯨魚之駭，難禦也。陳琳檄云：若駭鯨觸細網。言易決也。趙曰：天寶十四載，禄山反幽州，陷河北。十二月，陷東京。明年，陷京師。此所謂奔突幽、薊，而觸冒周、秦也。中原何慘黷，餘孽尚縱横。洙曰：文選：上慘下黷。注：慘，不登貌也。哀江南賦：茫茫慘黷。殘孽，餘寇也。「餘」作「遺」。趙曰：禄山既弑，慶緒爲寇，此所謂尚縱横也。箭入昭陽殿，洙曰：箭，檄書箭也。趙曰：言禍亂及於宫中也。笳吟細柳營。洙曰：笳者，胡人捲蘆葉吹之以作樂也，故曰胡笳。張博望入西域，傳其法於西京，李延年更造新聲二十八解，以爲武樂。有出塞、入塞、柳楊等十曲。細柳營，周亞夫軍營也。趙曰：細柳，周亞夫之營，在長安。笳吟細柳，言胡人之笳乃在漢營也。内人紅袖泣，王子白衣行。趙曰：言是王子，以避亂之故隱迹爲白衣而行也。非是天子行幸。宸極妖星動，洙曰：虞翻别傳曰：仰瞻宸極。劉越石表：宸極失御。趙曰：妖星凡二十一，見晉天文志。園陵殺氣平。陵，一作「林」。趙曰：言殺氣與園陵平也。空餘金椀出，椀，一作「碗」。洙曰：光武紀：赤眉焚西京宫室，發掘園陵。注：園謂山墳。金椀出，見「早時金椀出人間」注。趙曰：漢武事，有持金椀賣於市。無復繐帷輕。繐，須銳切。洙曰：魏武帝遺令云：吾婕妤數人著於銅雀臺，堂上施六尺床，張繐帷。謝玄暉詩：繐帷飄井幹。此言賊凌暴園陵也。毁廟天飛雨，焚宫火徹明。洙曰：項羽入咸陽，殺秦降王子嬰，燒其宫室，火三月不滅。蘇曰：周盤龍焚紫翠宮，綺羅經火，徹明不滅。罘罳朝共落，**鄭曰**：上旁尤，下新茲切。朝，陟遥切，旦也。楡桷夜同傾。**洙曰**：言賊焚毀宗廟及宮室。漢書注師古曰：罘罳，謂連闕曲閣也。以覆重列垣墉之處，其形罘罳，一曰屏也。東觀元壽二年，盜賊並起，燔燒茂陵，都邑火見未央宮。**蒼舒曰**：右按詩：方斲是虔。注：椹謂之虔。升景山檜林木，取松柏易直者斲而遷之，正於椹上，以爲桷也。三月師逾整，群胡勢就烹。瘡痍親接戰，勇決冠垂成。冠，古玩切。**洙曰**：此言英乂躬冒矢石，功冠垂成。垂成，猶欲成也。**趙曰**：此微言英乂之敗而激其再立功也。是年二月，李光弼敗安慶緒於太原，而是時英乂戰於武功，敗績。故有瘡痍之譬，且言其功垂成也。妙譽期元宰，**趙曰**：美其可爲相。殊恩且列卿。**趙曰**：言其兼太僕卿也。幾時回節鉞，戮力掃欃槍。上初銜，下楚耕切。**洙曰**：成十三年傳：戮力同心。釋文云：欃槍，妖星也。前漢天文志：石氏：見欃雲如生[一]。甘氏：不出三月乃生天槍。石氏：見槍雲如馬。甘氏：不出三月乃生天欃。謝宣遠子房詩：鴻門銷薄蝕，垓下隕欃槍。**蘇曰**：此言與諸公戮力共掃欃槍，社稷一日重正，我輩光前冠後。圭竇三千士，**洙曰**：儒行：儒有蓽門圭竇。注：門旁窬，穿牆爲竇如圭。僖二十四年：秦伯送衛於晉三千人，實紀綱之僕。**修可曰**：左傳襄十年：王叔之宰曰：「蓽門圭竇之人，而皆陵其上。」杜預注云：蓽門，柴門。圭竇，

[一] 生，疑當作「牛」。

小户，穿壁爲户，上鋭下方，狀如圭焉。禮記儒行之語義同。雲梯七十城。洙曰：雲梯，攻城具，高長上與雲齊，可依雲而立，所以攻敵之城中。宋王令公輸作雲梯以攻宋，墨子設守宋之備，九攻而墨子九却之。趙曰：公輸班作雲梯以攻宋。公詩有云：蒼芒城七十，流落劍三千。恥非齊説客，説，輸芮切。洙曰：酈生嘗爲説客，馳使諸侯。漢王使説齊王田廣，廣罷歷下兵守，與漢通和，與生日縱酒。淮陰侯乃夜謀度兵襲齊，齊以酈生賣己，遂烹之。甘似魯諸生。洙曰：漢叔孫通傳：臣願徵魯諸生與臣弟子共起朝儀。趙曰：公自言也。蓋以謂圭竇之貧士，尚有三千而下七十城，亦有爲雲梯之具者，如我曾無説客之談，時爲諸生之事而已。蓋自責其無補於戰也。齊説客謂酈食其下齊七十城。魯諸生，出叔孫通傳「通所願徵者」也。通籍微班忝，洙曰：此公自言得通朝籍也。微班，言位下也。前漢元帝紀：令從官給事官司馬中者，得爲大父母、父母、兄弟通籍。籍者，爲二尺竹牒，記其年紀名字物色，縣之宮門。案省相應，乃得入也。謝玄暉詩：既通金閨籍。周行獨坐榮。行，胡岡切。洙曰：詩：寘彼周行。箋云：周之列位也。後漢：宣秉拜御史中丞，光武特詔御史中丞與司隸校尉、尚書令會同，並專席而坐。故京師號曰三獨坐。時英乂爲中丞。隨肩趨漏刻，蘇曰：漢宣帝置行刻漏賜十郡列卿。短髮寄簪纓。寄，一作「愧」。徑欲依劉表，洙曰：魏志王粲傳：粲以西京擾亂，皆不就辟，乃之荆州依劉表。還疑厭禰衡。洙曰：還疑，一云「能無」。後漢文苑傳：禰衡字正平，孔融愛衡材，數稱述於曹操。操欲見之，而衡素相輕疾，不肯往。操懷忿，而以其才名，不欲殺之，送與劉表。表及荆土大夫先服其才名，甚賓禮之。後復侮慢表。表恥不能容，以江夏太守黄祖性急躁，故送衡與之。卒爲祖所殺。**漸衰那此別，忍淚獨含情。**蘇曰：劉機：含情忍淚，夜起薊門。**廢邑狐狸語，**洙曰：襄十四年傳：南鄙之田，狐狸所居，豺狼所嗥。**空村虎豹争。**洙曰：空村，言無居人。虎豹争，盗賊縱横故也。**人頻墜塗炭，**洙曰：仲虺之語：有夏昏德，民墜塗炭。言民之危險若陷泥墜火。**公豈忘精誠。**鄭曰：忘，無放切。**元帥調新律，前軍厭舊京。**鮑曰：謂廣平王將復京師也。**安邊仍扈從，**才用切。**莫作後功名。**莫作，一云「無使」。時代宗爲元帥，期於收復。公勉郭令立功名，無後衆人也。趙曰：時代宗以廣平王初爲元帥，郭子儀副之。新律，是師律之律。舊京，指言長安。更云仍扈從，則望長安收復而車駕復還也。師曰：前軍壓舊京，言前軍已收京而鎮壓之，尚賴諸將安邊扈駕，此勉郭公之辭。

送楊六判官使西蕃

送遠秋風落，師曰：八月風高，九月風梢帖落。**西征海氣寒。帝京氛祲滿，**洙曰：氛祲，不祥之氣。言胡塵污染帝室。趙曰：往吐蕃渡青海，故云「海氣寒」也。此乃至德二年九月已前詩。蓋京師猶未復，故云「氛祲滿」也。鄭曰：祲，子鴆切。精氣感祥。**人世别離難。**蘇曰：季珪：人世萬事惟别離最難。**絶域遥懷怒，和親願結歡。**趙曰：中國以其懷怒侵叛而與之和親。**勑書憐贊普，**贊普，吐蕃王名。**兵**

甲望長安。**馬曰**：望長安，言欲入寇。宣命前程急，惟良待士寬。子雲清自守，今日起爲官。**洙曰**：揚子雲仕宦不達，寂寞自守。起爲官，以子雲比楊判官也，亦美之而已。垂淚方投筆，言以戎事爲憂，故垂淚投筆如班超投筆而起，志在功名。傷時即據鞍。**洙曰**：劉尚深入五溪，軍没。馬援因復請行，時年六十二，帝愍其老，未許之。援自請曰：「臣尚能被甲上馬。」帝令試之，援據鞍顧眄，以示可用。儒衣山鳥怪，**蘇曰**：桑聞再歸中條，時春鳥嘐戛，聞嘆曰：「山鳥亦怪我儒衣歸。」漢節野童看。**趙曰**：蘇武杖漢節牧羊。邊酒排金盞，一作「碗」。夷歌捧玉盤。草肥蕃一作「輕」。馬健，**洙曰**：胡人至秋則草肥馬健，思入寇。雪重拂廬乾。**修可曰**：拂廬，蕃帳名。**趙曰**：吐蕃聯毳帳以居，號大小拂廬也。慎爾參籌畫，從茲正羽翰。**鄭曰**：何于切，羽也。歸來權可取，九萬一朝摶。**晁曰**：言當以功名自致遠大。**趙曰**：莊子言：鵬之飛也，摶扶搖而上者九萬里。**黄曰**：言刷整羽翼，飛騰之兆，在此時也。

月

天上秋期近，人間月影清。入河蟾不没，**洙曰**：庾肩吾望月詩：渡河光不濕。擣藥兔長生。**洙曰**：傅玄擬問天曰：月中何有，白兔擣藥。王經曰：月中有兔與蟾，何也？月陰也。蟾，陽也，而與兔並明，陰係陽也。**夢符曰**：右按後漢張衡靈憲序曰：月者，陰宗之精，積而成獸，象兔，陰之類。其數耦，其後有憑焉。羿請無死之藥於西王母，姮娥竊之以奔月，是爲蟾蜍。**只益丹心苦，能添白髮明。干戈知滿地，休照國西營。**洙曰：時官軍營於國西。休照，爲征夫見月而感。

哭長孫侍御

道爲詩書重，孝祥曰：人誰不讀書，但誦其章句而不明其道，不足重也。長孫之學獨爲可重，以其達道故也。**名因賦頌雄。**逸曰：子雲賦頌，名重漢朝。**禮闈曾擢桂，**洙曰：禮闈，禮部所設以取士也。郄詵對武帝云：「臣舉賢良對策，爲天下第一，猶桂林一枝。」**憲府舊乘驄。**洙曰：御史所居之署，漢謂之御史府，亦謂之憲臺。唐龍朔中，爲東宫憲府。後漢桓典拜侍御史，是時宦官秉權，典執政無所回避，常乘驄馬，京師畏憚，爲之語曰：「行行且止，避驄馬御史。」**流水生涯盡，**趙曰：子在川上曰：逝者如斯夫，不舍晝夜。宋曰：生涯盡，言其清貧也。**浮雲世事空。**趙曰：浮雲，易散之物，故以比世事，所以悼之也。**唯餘舊臺柏，蕭琴九原中。**洙曰：成帝時，御史府中列柏樹。檀弓曰：文子曰：從大夫於九京也。注：晉卿大夫之墓地在九原。京，當作「原」。趙曰：亦御史事。漢朱博爲御史大夫，其府列柏樹，常有野鳥數千棲宿其上。古注云：檀弓注：卿大夫之墓地在九原。

得家書

去憑遊客寄，**革曰**：一云「休汝騎」。**趙曰**：言出遊彼處客寄之人。來爲附家書。今日知消息，他鄉且舊居。**趙曰**：指言鄜州。公寄居在鄜，已是他鄉，但恐亂離更有遷徙，故知消息而喜云耳。熊兒幸無恙，**洙曰**：後漢蘇竟傳：公君執事無恙。爾雅曰：恙，憂也。公孫弘傳：何恙不已。**師曰**：熊兒，甫小女。驥子最憐渠。**革曰**：驥子，公之子宗武。臨老羈孤極，**革曰**：謂流離孤苦。傷時會合疏。**符曰**：以時無交舊也。二毛趨帳殿，**洙曰**：二毛，言鬢毛二色，謂班白也。帳設，謂行在以帳爲殿。左傳：宋公曰：「君子不禽二毛。」黄巢之屯，八角帳幄皆象宮殿。**蘇曰**：景敷二毛，尚走塵埃兵甲之間，日趨帳殿。一命侍鸞輿。**洙曰**：公至行在，授左拾遺。**師曰**：周有未命、一命、再命之士。一命，言官卑也。北闕妖氛滿，**洙曰**：北闕，帝闕也。妖氛，謂未收復也。**趙曰**：時安慶緒方熾。西郊白露初。謂肅殺之威漸生。**趙曰**：指言長安西郊也。以白露初言之，則在七月明矣。涼風新過鴈，秋雨欲生魚。**饒曰**：甫得家書，故云「新過鴈」。農事空山裏，眷言終荷鋤。**洙曰**：一云「終篇言荷鋤。」宋陶潛雜詩：種豆南山下，草盛豆苗稀。晨興理荒穢，帶月荷鋤歸。**趙曰**：公遭亂傷時，乃欲歸耕而已。陶淵明：帶月荷鋤。**倪曰**：甫欲棄官歸老之意。

奉贈嚴八閣老鮑曰：嚴武也。至德初，房琯薦爲給事中。收長安，拜京兆尹。稱閣老，時爲給事中。師曰：臺閣之長，謂之閣老。

扈聖登一云「今日登扈」。**黄閣，**洙曰：扈，扈從也。宋忠曰：三公黄閣。前史無此義。禮記：士鞸與天子同〔一〕，公侯大夫則異。鄭玄注云：士賤，與君同，不嫌。夫朱門洞啓，當陽之正色。三公之與天子禮秩相亞，故黄其閣以示謙，不敢斥天子。疑是漢舊制。陳三公之制，開黄閣聽事。**明公獨妙年。**洙曰：明公，相尊美之稱也。蔡文姬謂曹公曰：「明公廐有萬馬。」妙年，少年也。**蛟龍得雲雨，**洙曰：吴志周瑜傳：上疏孫權曰：劉備以梟雄之姿，而關羽、張飛熊虎之將，猥割土地，以資業之，恐蛟龍得雲雨，終非池中物也。蘇曰：漢祖入關碑曰：劉季用蕭曹張韓，如蛟龍得時，雲沛雨飛，揚八紘四維。**鵰鶚在秋天。**洙曰：秋天，鷙鳥擊搏之時也。鵰鶚在秋天，得其時也。**客禮容疏放，**師曰：甫性疏放，雖屬官曹，而嚴每以客禮優之。**官曹可**一作「許」。**接聯。**趙曰：閣老尊矣，惟其以客禮待公，而容其疏放，故雖爲官曹而卑，可接聯之。**新詩句句好，**蘇曰：王獻之帖云：早得新詩披味，句句皆好，荒拙未敢酬答。**應任老夫傳。**趙曰：欲廣傳嚴公之詩句，自非知音，何以至此。

〔一〕鞸，疑當作「韠」。

留別賈嚴二閣老兩院補闕彦輔曰：得聞字。嚴武、賈至。按新書：公家寓鄜，彌年艱窶。詔許公自往視。

田園須暫往，魯曰：陶淵明歸去來：田園將蕪胡不歸。師曰：甫家在鄜，詔許公視之，故云「須暫往」。戎馬惜離群。洙曰：老子：戎馬生於郊。禮記：離群索居。師曰：惜離群，言惜別也。去遠留詩別，愁多任酒醺。一秋常苦雨，今日始無雲。沈曰：言雨歇也。山路晴吹角，那堪處處聞。洙曰：處處聞，言所在有兵。

八月還鄜州及扈從還京所作

晚行口號

三川不可到，洙曰：時三川在賊境。左傳：周之亡也，其三川震。注：涇、渭、洛水也。趙曰：三川，鄜州縣名也。地理志云：注華池水、黑水、洛水所會，故謂三川。舊注引西周三川，却是說長安矣。不知其名偶同，眩惑學者矣。歸路晚山稠。師曰：山重疊也。落鴈浮寒水，饑烏集戍樓。洙曰：戍樓，防戍之樓也。人欲遠望，故作樓。趙曰：此言地經喪亂，寂乎無人而然也。師曰：言兵敗散，故烏集之。市朝今日異，蘇曰：江總亂後歸金陵，過秦淮，覽物彷徨，長嘆市朝人情異於曩日。本中曰：謂經亂風物變也。喪亂幾時休。遠愧梁江總，還家尚黑頭。洙曰：江總在陳掌東宮管記，與太子爲長夜飲。後主即位，授尚書令。京城陷。入隋爲上開府，復歸老江南。

獨酌成詩

燈花何太喜，洙曰：西京雜記云：樊將軍噲問陸賈曰：「自古人君云受命於天，有瑞應，豈有是乎？」賈應之曰：「有之。夫瞤得酒食〔一〕，燈花得錢財〔二〕，乾鵲噪而行人至，蜘蛛集而百事喜。小既有徵，大亦宜然。」趙曰：今公得酒獨酌，而用燈事，大抵取喜事而已。酒緑正相親。緑，一作「色」。醉裏從爲客，趙曰：任從爲客而不辭也。師曰：言爲客得醉，且以寬釋也。詩成覺有神。洙曰：如有神助也。公嘗有詩云：「讀書破萬卷，下筆如有神。」趙曰：禰衡之能文章，曰：思若有神。兵戈猶在眼，儒術豈謀身。師曰：言兵戈之際，儒道非可圖富貴。苦被微官縛，低頭愧野人。何曰：低頭，言愧而不能仰視也。蘇曰：鮑暾放逸傲世，不仕，士大夫多枉駕過廬，不問高下，皆平揖，未嘗低折，人目爲後輩卧龍。一日，部使者謁暾。少

〔一〕「瞤」前疑闕「目」字。
〔二〕「花」前疑闕「火」字。

頃，弟昭曰：「子卑賤如此，如何不深雲笑傲。作此態豈不愧野人耶？」

九成宮魯曰：武德元年廢麟遊郡，置鄜州，有九成宮，即隋仁壽宮，隋文帝崩於此。

蒼山入百里，崖斷如杵臼。曾宮憑風迥，一作「廻」。**岌嶪土囊口。**上逆及，下逆怯切。一宋玉風賦：夫風生於地，起於青蘋之末，侵淫谿谷，盛怒於土囊之口。西京賦：狀嵬峨以岌嶪也。**立神扶棟梁，鑿翠開户牖。**敏修曰：魯靈光：神靈扶其棟宇。**其陽産靈芝，**蘇曰：隋文帝：終南山陽石柱上産金花芝十莖。趙曰：以言瑞物所生，如漢廟柱生芝。**其陰宿牛斗。**洙曰：西都賦：其陽則崇山隱天，幽林穹谷。其陰則冠以九峻，陪以甘泉。天台賦：蔭牛宿以曜舉。趙曰：以言其高。**紛披長松倒，揭巘怪石走。**巘，魚列切。趙曰：洞簫賦：若凱風紛披。魯靈光殿賦：飛陛揭孽，緣雲上〔一〕。**哀猿啼一聲，客淚迸林藪。**洙曰：宜都山川記曰：峽中猿鳴至清，諸山谷傳其響，泠泠不絶。行者歌：三聲淚霑衣。**荒哉隋家帝，製此今頽朽。**洙曰：楊素爲隋文帝營仁壽宮。仁壽宮規構鴻侈，文帝怒曰：「素爲吾掊怨天下。」素懼。封倫曰：「毋恐，后至當自免。」既而果然。**向使國不亡，焉爲巨唐有。**洙曰：齊景公遊牛山，北臨其

〔一〕「上」後疑闕「征」字。

國，曰：「若何去此而死乎？」晏子曰：「使賢人若常守，則大公有之，吾君安得此位。而爲流涕，是不仁也。」齊侯飲酒樂，曰：「若何？」晏曰：「昔爽鳩氏始居此，季萴、逢伯陵、蒲姑氏、大公因之。若古無死，則爽鳩之樂非君所願得也。」傳曰：不有廢也，君何以興。**雖無新增修，尚置官居守。巡非瑤水遠，**洙曰：王元長曲水序：夏后兩龍載驅璿臺之上，穆滿入駿如舞瑤水之陰。言周穆王遊於崑崙山，見西王母，與宴於瑤池之上也。**跡是雕墻後。**洙曰：五子之歌：峻宇雕墻。注：雕，飾畫也。**我來屬時危，仰望嗟嘆久。天王守太白，**洙曰：趙充國傳曰：今太白高，深入者勝。天王，天子也。守太白，待時而進也。趙曰：守音狩。太白，山名。守之爲義，言肅宗在鳳翔也。**駐馬更搔首。**

徒步歸行

彥輔曰：贈李特進。自鳳翔赴許州，途經邠州作。

明公壯年值時危，經濟實藉英雄姿。洙曰：天下英雄，惟操與使君。趙曰：晉石苞遷司馬景帝中護軍，而宣帝聞苞好色薄行，以責景帝。景帝答曰：「雖細行不足，而有經國才。」**國之社稷今若是，武定禍亂非公誰。**趙曰：魏賀拔軌稱宇文泰曰：「宇文公文足經國，武能定亂。」**鳳翔千官且飽飯，**洙曰：言公私窘迫，且飽而已，未能輕肥。**衣馬不復能輕肥。**魯曰：語：乘肥馬，衣輕裘，與朋友共，蔽之而無憾。**青袍朝士最困者，白頭拾遺徒步歸。**洙曰：甫謁上於鳳翔，受左拾遺。魯曰：史：白頭如新，傾蓋如故。**人生交契無老少，論交何必先同調。**洙曰：一作「論心誰謂古今殊，異代可同調」。**妻子山中哭向天，須公櫪上追風驃。**洙曰：梁邵陵王啓：連翩絶景，凌若追風。修可曰：崔豹古今注：始皇七馬，一曰追風。廣韻曰：馬黄白色曰驃。師曰：追風驃，言李公有驃騎，疾可追風逐電。甫欲就之一借。櫪，馬槽也。

玉華宫師曰：自此詩以下至羌村，乃甫趨鄜，路逢所經見，兼述抵家情況。讀者可以隨篇曉其意也。

溪回松風長，梅曰：苻堅墓在此宫前，有溪曰醽醁。蓋取溪色如酒色之碧也。溪回，言回遠也。惟回遠，故松風不歇。**蒼鼠竄古瓦。不知何王殿，遺構絶壁下。陰房鬼火青，**洙曰：淮南子：人血爲燐。許愼云：兵死之血爲鬼火。燐者，鬼火之名。趙曰：謝靈運登石門最高項詩〔一〕：晨策尋絶壁。此宫在坊州宜君縣。貞觀二十年，太宗所作也。高宗永徽二年，廢之爲寺。而公今詩云云。**壞道哀湍瀉。**洙曰：書：説築傅巖之野。注：傅氏之巖，在虞虢之界，通道所經，有澗水壞道，常使胥靡刑人等護此道。**萬籟真笙竽，秋色**一作「氣」。**正蕭灑。**洙曰：莊子齊物篇：子綦曰：「汝聞地籟，而未聞天籟。」子游

〔一〕項，疑當作「頂」。

曰：「地籟則衆竅是也。人籟則比竹是也。敢問天籟？」子綦曰：「夫吹萬不同，而使其自已也。」美人爲黄土，况乃粉黛假。當時侍金輿，故物獨石馬。梅曰：潘岳：美人歸重泉。列子：粉白黛黑，佩環雜芷若。蘇曰：梁隱過茂林，覽遺蹟，了無故舊碑文考驗往事，獨石馬在茂草中。憂來藉草坐，浩歌淚盈把。冉冉征途間，誰是長年者。洙曰：天台賦：萋萋之纖草，又：嗟人生之短期，孰長年之能執。

北征 彦輔曰：後漢：班彪更始時避地涼州，發長安，作北征賦。鮑曰：至德二年，公自賊竄歸鳳翔，謁肅宗，授左拾遺。時公家在鄜州，所在寇多，彌年艱窶，孺弱至餓死者。有墨制許自省視。八月之吉，公始北征，徒步至三州迎妻子，故有是詩。蘇曰：北征詩識君臣之大體，忠義之氣與秋色争高，可貴也。

皇帝二載秋，閏八月初吉。杜子將北征，蒼茫問家室。蘇曰：胡混自金陵歸永安，蒼茫下馬，問里人曰：「家室何在？」趙曰：皇帝，言肅宗也。二載，言至德二載也。自鳳翔歸鄜州，此之謂北征也。蒼茫，荒寂之皃。維時遭艱虞，朝野少暇日。顧慚恩私被，詔許歸蓬蓽。洙曰：時房琯得罪，甫上言琯罪細，不宜免。帝怒，詔三司推問。甫謝，因稱琯宰相子，少自樹立，有大臣體。帝不省録，詔放甫歸鄜省家。修可曰：傅長虞詩：歸身蓬蓽廬，樂道以忘饑。拜一作「奉」。辭詣闕下，一云「閣門」。怵惕久未出。雖乏諫諍姿，恐君有遺失。炎曰：言諫免琯。趙曰：甫不忍輕去其君，恐君又有過舉，而欲諫諍之。君誠中興主，經緯固密勿。東胡反未已，臣甫憤所切。洙曰：東胡，祿山也。憤其亂也。趙曰：指言安慶緒也。至德二載正月乙卯，安慶緒已弒其父祿山而襲僞位矣。揮涕戀行在，炎曰：天子行幸所在曰行在。道途猶恍惚。魯曰：言心憂也。乾坤含瘡痍，憂虞何時畢。靡靡踰阡陌，人煙眇蕭瑟。洙曰：靡靡，猶遲遲也。詩：行邁靡靡。蕭瑟，言人皆避亂，無留房者。所遇多被傷，呻吟更流血。回首鳳翔縣，旌旗晚明滅。洙曰：時肅宗在鳳翔。前登寒山重，屢得飲馬窟。洙曰：古樂府有飲馬寒山窟行。邠郊入地底，涇水中蕩潏。以律切。洙曰：邠州，古豳國。昔公劉據豳。其地開元十三年改豳州爲邠。周禮：雍州川曰涇汭。猛虎立我前，蒼崖吼時裂。菊垂今秋花，石戴一作「帶」古車轍。青雲動高興，幽事亦可悅。山果多瑣細，羅生雜橡栗。鄭曰：橡，徐兩切，櫟實也。或紅如丹砂，或黑如點漆。曾曰：玉白若截昉，黃如蒸栗，赤若丹砂，黑如點漆。又，齊有醜女，鬢若飛蓬，膚如點漆。雨露之所濡，甘苦齊結實。洙曰：言山中草木皆遂其生，而人不遑寧止。修可曰：放莊子「日月之所照，霜露之所墜」。緬思桃源內，益歎身世拙。桃源，秦俗避亂之所。坡陀望鄜畤，上芳無，下諸市切。洙曰：鄜畤，漢武郊祀之所。春秋時白狄之地。修可曰：前漢郊祀志：秦文公夢黃蛇自天而下屬地，其口止於鄜衍，文公問史敦，敦曰：「此上帝之徵，君祠之。」於是作鄜畤，用三牲郊祀白帝焉。以此考之，鄜畤乃文公所作，非漢武也。谷巖互出没。竦曰：互，遞互隱見也。我行已水濱，我僕猶木末。洙曰：木末，言猶遠也。鴟鳥一作「梟」。鳴黄桑，野鼠拱亂穴。夜深經戰一作「中」。場，寒月照白骨。潼關百萬師，往者散何卒。蘇曰：李隱塞上行云：寒月上征壘，沙與骨共白。胡馬中夜嘶，斷腸穹廬客。遂令半秦民，殘害爲異物。洙曰：翰以兵二十萬守潼關，及其敗也，火拔歸仁曰：「公以二十萬一日覆敗，持是安歸？」遂執以降賊也。修可曰：魏文帝與吴質書云：元瑜長逝，化爲異物。吴質與太子牋亦云：陳、阮、徐生而今各逝，以爲異物。況我墮胡塵，及歸盡華髮。甫先陷賊而亡歸。趙曰：言盡華髮，則其存者於離亂之久，見其盡老也。經年至茅屋，妻子衣百結。蔡曰：董先生衣百結。慟哭松聲迴，悲泉共幽咽。平生所驕兒，顔色白勝雪。見耶背面啼，垢膩脚不襪。蘇曰：徐貴妃幼時隱於庶人家，滿身膩垢，短衣，脚無襪。齊皇后見而奇其相，以萬金易而育之。修可曰：沈佺期被彈詩云：窮困多垢膩。床前兩小女，補綻纔過膝。海圖拆波濤，舊繡移曲折。天吴魯曰：天吴，水神也。修可曰：木玄虚海賦：天吴乍見而髣髴。山海經云：朝陽之谷有神曰天吴，是爲水伯。虎身人面，八手八足八尾，青黄也。及紫鳳，修可曰：山海經云：丹穴山有鸑鷟，鳳之屬也。如鳳，五色而多紫。趙曰：天吴，海圖所畫之物。紫鳳，所繡之物也。顛倒在短一作「裋」。褐。修可曰：當作「裋」，音豎。蓋傳寫之誤也。張衡應間曰：士有解短褐而襲黼黻。萬言曰〔一〕：關西謂襜褕短者爲短褐。前漢：貢禹短褐不完。師古：裋謂童豎所著之襦。褐，毛布也。定功曰：淮南子載：甯戚飯牛，歌曰：短褐單衣適上骭〔二〕。老夫情懷惡，嘔泄卧數日。洙曰：一作「數月卧嘔泄」。蘇曰：邵平不喜聞是非名利事，輒聞，即甚惡，數日嘔泄。古詩：是非添嘔泄。那無一作「能」。囊中帛，救汝寒凜慄。粉黛亦解苞，衾裯稍羅列。瘦妻面復光，癡女頭自櫛。學母無不爲，曉粧隨手抹。移時施朱鉛，狼藉畫眉闊。洙曰：宋玉登徒子好色賦：臣東家之子，著粉則太白，施朱則太赤。生還對童稚，蘇曰：郭攸：「吾幸生還故鄉，善對幼稚，雖死，心亦足矣。」似欲忘饑渴。問事競挽鬚，蘇曰：林喆自回中還鄉，兒童輩皆問事，争挽鬚鬢。定功曰：曹子建時〔三〕，謝安俛其鬚曰〔四〕：「使君於此不凡。」誰能即嗔喝。翻思在賊愁，甘受雜亂聒。新歸且慰意，生理焉得説。至尊尚蒙塵，洙曰：僖二十四年傳：臧文仲對曰：「天子蒙塵於外，敢不奔問官守。」幾日休練卒。仰看天色改，旁覺妖氣一作「氛」。豁。蘇曰：張子房曰：「幾日妖氣開豁，天宇明静。」陰風

〔一〕萬言，疑當作「方言」。
〔二〕上，疑當作「止」。
〔三〕據九家集注杜詩，「曹子建」前疑闕「桓伊撫箏咏」五字。又，時，疑當作「詩」。見杜集札記。
〔四〕俛，疑當作「挽」。

西北來，慘澹隨回鶻。洙曰：一作「胡紇」。唐書回鶻列傳云：回紇，其先匈奴也。元魏時，號高車部。或曰：敕勒訛爲鐵勒，臣於突厥。至隋，韋紇復叛去，自稱回紇。回鶻言勇鷙猶鶻然。其王願助順，其俗喜馳突。蘇曰：張騫曰：西羌人俗喜馳馬鬬射。送兵五千人，洙曰：時回紇以兵五千助順。驅馬一萬匹。此輩少爲貴，四方服勇決。所用皆鷹騰，破敵過一作「如」。箭疾。洙曰：回紇至隋曰韋紇。聖心頗虚佇，時議氣欲奪。趙曰：言主上雖虚心其人驍僵〔一〕，初無首長，逐水草轉徙，善騎射，喜盜鈔。以待其破賊，然時議恐畢竟爲害，所以氣欲奪也。伊洛指掌收，西京不足拔。官軍請深入，蓄鋭伺具發。趙曰：此正時議以爲國家自有恢復中原之理，官軍深入，自足破賊，不必專用回紇兵也。此舉開青徐，旋瞻略恒碣。昊天積霜露，正氣有肅殺。禍轉亡胡歲，勢成擒胡月。洙曰：隋長孫晟傳曰：臣夜望磧北，有赤氣長百餘里，如雨下垂，按兵書名灑血。欲滅匈奴，宜在今日。胡命其能久，洙曰：史思明傳：優相謂曰：「胡命盡乎。」皇綱未宜絶。憶昨狼狽初，定功曰：酉陽雜俎云：狼狽是兩物，前足絶短，每行駕兩狼，失則不能動，故世言乖者爲狼狽。鄭曰：狽，博蓋切。狼相負而行，曰狼狽。事與古先别。姦臣竟菹醢，菹，臻魚切。洙曰：禄山之反，亦國忠媒蝎之。同惡隨蕩折。不聞夏殷衰，中自

〔一〕僵，疑當作「彊」。

誅褒妲。當葛切。洙曰：褒姒、妲己也。此言誅楊貴妃也。鮑曰：魏泰云：唐人詠馬嵬之事尚矣，世所稱者劉、白。劉禹錫云：官軍誅佞幸，天子捨妖姬。白樂天曰：六軍不發無奈何，宛轉蛾眉馬前死。此乃歌詠禄山，而明皇不得已誅貴妃也。豈特不曉文體。蓋亦失事君之禮。老杜則不然，北征詩曰：憶昔狼狽初，事與古先別。姦臣竟俎醢，同惡隨蕩折。不聞夏商衰，中自誅褒妲。乃明皇鑒夏、商之敗，畏天悔禍，賜妃子死。官軍何與焉？周漢獲再興，宣光果明哲。魯曰：周宣王、漢光武也。桓桓陳將軍，洙曰：陳將軍，玄禮也。首謀誅貴妃、國忠也。仗鉞奮忠烈。蘇曰：汲黯：仗鉞宣風，奮於忠烈。微爾人盡非，于今國猶活。定功曰：孫楚爲石仲容與孫皓書曰：愛民活國，道家所尚。又，齊高帝手敕王廣之子珍國云：卿愛人活國，甚副吾意。淒涼大同殿，寂寞白獸闥。洙曰：大同、白獸，皆禁中宮殿名也。都人望翠華，洙曰：司馬相如曰：建翠華之旗。佳氣向金闕。蒼舒曰：右按神異經：東北大荒中有金闕，高百丈，上有明月珠，徑三丈，光照千里，中有金階，西北入兩闕中，名天門。園陵洙曰：園陵，天子所葬之處。固有神，掃灑數不缺。煌煌太宗業，樹立甚宏達。

行次昭陵彥輔曰：唐太宗文皇帝之陵也。

舊俗疲庸主，洙曰：舊俗謂隋氏庸主煬帝疲困也。群雄問獨夫。洙曰：獨夫，以失道而無助也。

書：獨夫紂。群雄，如李密之流也。**讖歸龍鳳質，**洙曰：讖書也。唐太宗龍鳳之姿，天日之表。書生云[一]。

威定虎狼都。洙曰：蘇秦傳：秦，虎狼之國。謂先定關中也。**天屬尊堯典，**洙曰：父子天屬也。尊堯典，謂循功典法也。太宗，高祖次子也。師曰：高祖禪位於太宗，猶堯之遜天下於舜，故云云。**神功協禹謨。**魯曰：謂親定九州也。趙曰：謂禹成厥功，而書有大禹謨也。舊注非。**風雲隨絶足，**洙曰：風雲會合，隨馬足而起也。趙曰：魏文與孫權送馬書曰：中國雖饒馬，其知名絶足，亦時有之矣。師曰：時李靖之徒皆以風雲之會，隨馬足而奮也。**日月繼高衢。**洙曰：日月謂相繼而明也。謂高祖禪位。**文物多師古，**洙曰：文物典章。左傳：文物以紀之。師古謂以古爲師也。猶稽古。趙曰：文物，如唐贊云：太宗之治，制度紀綱之法。**朝廷半老儒。**洙曰：太宗之時，朝廷多老儒碩學。趙曰：老儒，謂房、杜之屬。沈曰：太宗置學館，招延十八學士，故云云。**直詞寧戮辱，**趙曰：如魏鄭公、王珪之諫諍。**賢路不崎嶇。**洙曰：太宗納諫容直言，如魏徵之切直，無所不至，而嘗能容之。孫伏伽諫論元律罪不當死，賜以蘭陵公主園，直百萬。其用人如馬周之流，咸能盡其才。趙曰：言不艱於進用，如用馬周之才也。**往者災猶降，蒼生喘未蘇。指揮安率土，盪滌撫洪鑪。**歐陽曰：謂陶成天下如洪鑪爾。**壯士悲陵邑，**洙曰：陵邑，陵廣也，有奉

[一]「書生云」疑當在「唐太宗龍鳳之姿」前。

邑。**幽人拜鼎湖。洙曰**：鼎湖，黄帝鑄鼎，鼎成而仙去，後世名其地爲鼎湖。**趙曰**：言天變未弭，而指麾安宰士，盪滌撫洪鑪，則言太宗之意猶欲勤兵於遠也。立志方如此，遽爾升遐，故繼之以有陵邑之悲，鼎湖之拜也。**玉衣晨自舉，洙曰**：上賜霍光玉衣梓宫。耿秉死，亦賜玉衣。**修可曰**：玉衣，貴人死者珍異之衣。**鐵馬汗常趨。薖曰**：陸佐公：鐵馬千群。**松柏瞻虚殿，**虚，一作「靈」。**塵沙立瞑途。寂寥開國日，洙曰**：謂太宗躬親戎馬，平一天下，開建國社也。易：開國承家。**流恨滿山隅。師曰**：追想太宗開國之日，今無英雄之主如太宗以安天下，是以流恨也。

重經昭陵

草昧英雄起，洙曰：屯難之時也。**師曰**：草而不齊，昧而不明，言隋末之亂也。**謳歌曆數歸。洙曰**：孟子：謳歌者不謳歌堯之子而謳歌舜。語：天之曆數在汝躬。言其天命之所在也。**風塵三尺劍，洙曰**：高紀：上擊布時，爲流矢所中，行道疾甚。吕后迎良醫，醫入見，上問醫，曰：「疾可治。」於是上慢罵之，曰：「吾以布衣，提三尺取天下。」師古曰：三尺，劍也。**社稷一戎衣。洙曰**：武成：一戎衣，天下大定。衣服也，一著戎服而滅紂，言衆心同也。**翼亮貞文德，丕承戢武威。洙曰**：書：丕顯哉文王謨。丕承哉武王烈。**師曰**：置文館以招學士，故云云。**聖圖天廣大，洙曰**：無不覆燾也。**宗祀日光輝。洙曰**：奕葉隆盛也。陵寢盤空曲，熊羆守翠微。洙曰：陵，山陵也。寢，寢廟也。古詩：陵寢暮煙青。再窺松柏路，還見五雲飛。洙曰：天子有孝感，則五雲見。見往在詩注。俯曰：五雲，五色雲也。

羌村三首

峥嶸赤雲西，馬曰：赤雲西，謂返照雲漢皆赤也。日脚下平地。洙曰：楚詞云：載赤雲而陵太清。西都賦云：嵓峻崷崒，金石峥嶸。注曰：峥嶸，高秀也。柴門鳥雀噪，歸客千里至。洙曰：歸客，一云「客子」。范彦龍：有客款柴門。妻孥怪我在，驚定還拭淚。世亂遭飄蕩，生還偶然遂。鄰人滿墻頭，感歎亦歔欷。洙曰：歔欷，感泣也。夜闌更秉燭，相對如夢寐。蘇曰：謂更玄秉燭照之，恐尚是夢也。作「更」字讀，則失其意甚矣。師曰：相聚與夢想不知其所以，此語乃天然混成，了無斧鏧痕耳〔一〕。晚歲迫偷生，晁曰：晚歲，謂暮年也。還家少歡趣。嬌兒不離膝，畏我復却去。憶昔好追涼，趙曰：晉安王薄晚逐涼詩曰〔二〕：向夕紛喧屏，追涼飛觀中。故繞池邊樹。蕭蕭北風勁，撫事煎百

〔一〕鏧，疑當作「鑿」。
〔二〕「晉」前疑闕「和」字。

慮。洙曰：江淹詩：伏枕懷百慮。**賴如禾黍收，**洙曰：禾黍，一作「黍秫」。趙曰：言黍稌極是。蓋黍稌所以造酒，與下句相應。**已覺糟床注。**魯曰：糟床，即酒醡也。**如今足斟酌，且用慰遲暮。**夢符曰：按離騷經：惟草木之零落兮，恐佳人之遲暮。

群雞正一作「忽」。**亂叫，客至雞鬬争。**洙曰：一云「正生」。詩齊雞鳴。**驅雞上樹木，始聞扣柴荆。父老四五人，**蘇曰：謝朓過鄴中，貴交零落，有田畯野老四五人，慰朓曰道左商旅樵人。**問我久遠行。手中各有携，傾榼濁復清。**洙曰：徐邈曰：酒清者爲聖人，濁者爲賢人。酒頌〔一〕：挈榼提壺。**苦辭酒味薄，黍地無人耕。兵革既未息，兒童盡東征。請爲父老歌，**洙曰：漢祖宴父老，歌大風。**艱難媿深情。**馬曰：書：厥子乃不知稼穡之艱難。**歌罷仰天歎，四坐淚縱横。**師曰：時玄宗幸蜀，肅宗撫慰之道有所未盡，是何父子之恩反不若鄰里之深情乎。四坐淚下而仰嘆，深爲朝廷嘆惜此爾。

喜聞官軍已臨賊寇二十韻

胡虜潛京縣，洙曰：虜，一作「騎」。鮑明遠：河陽視京縣。趙曰：至德二載，子儀以朔方兵敗安慶緒

〔一〕「酒」下疑闕「德」字。

於澧水，復京師。慶緒奔於陝郡，此之謂潛京縣。京縣者，京師之縣也。**官軍擁賊壕。**胡刀切。**洙曰：**城壕也。**鼎魚猶假息，洙曰：**鼎魚、穴蟻，言雖假息，終不能逃死也。**趙曰：**南史：丘遲與陳伯之書云：首豪猜貳〔一〕，部落携離。方當繫頸蠻邸，縣首豪街，而將軍魚遊於鼎沸之中，燕巢於飛幕之上，不亦惑乎！**穴蟻欲何逃。趙曰：**異苑曰：桓謙太元中，忽有人皆長寸餘，悉被鎧持槊，乘具裝馬，從埳中出，緣机登竈。蔣山道士令以沸湯澆所入處，寂不復出。因掘之，有斛許大蟻死在穴中。**帳殿羅玄冕，洙曰：**以帳爲殿，羅玄冕，言君臣聚謀。**趙曰：**庾肩曲水聯句曰：回川入帳殿。玄冕，卿大夫之服。言羅者，群臣符之不一也。**轅門照白袍。沈曰：**周禮：以車轅爲門。梁陳慶之所統之兵悉著白袍，所向披靡。**秦山當警蹕，趙曰：**肅宗在鳳翔也。**沈曰：**前漢：出稱警，入稱蹕。止行人也。**漢苑入旌旄。洙曰：**言内地漸復。**趙曰：**兵往長安也。漢苑者，上林苑也。**路濕**一云「路失」。**羊腸險，洙曰：**羊腸坂也，在太行，天下之險也。光武贊：金湯失險。**趙曰：**慶緒弑父之年，光弼敗其衆於太原郡。今杜公所謂羊腸者，指太原，非太行山也。**沈曰：**皇甫謐地書：太原北九十里有羊腸。**雲横雉尾高。洙曰：**崔豹古今注：高宗有雉雊，服章多用翟羽，故有雉尾扇。**趙曰：**天子所在，雲横其上，如黄帝戰於涿鹿之野，上常有雲氣。**五原空壁壘，洙曰：**五丈原，地名，近

〔一〕首，疑當作「酋」。

長安。時賊退敗，故壁壘空。**趙曰**：長安縣之外有畢原、自鹿原〔一〕、少陵原、高陽原、細柳原、正得原，謂之五原也。舊注謂五丈原，非是。**八水散風濤。洙曰**：關内八水，一涇、二渭、三崖、四霸、五澤、六浩、七澧、八滈。散風濤，言寇亂漸平。**趙曰**：言風濤止息之意。**今日看天意，遊魂貸爾曹。乞降那更得，尚詐莫徒勞。趙曰**：賊窘則乞降，黠則尚詐。今安賊既爲官軍所臨，欲望如是不可也。**元帥歸龍種，司空握豹韜。趙曰**：至德二載，以廣平王俶爲天下兵馬元帥，往收長安，是爲代宗也。以司公郭子儀副之。太公六韜有豹韜也。**前軍蘇武節，洙曰**：軍，一作「旌」。蘇武至海上，杖漢節，旌毛盡落，言前軍皆守節之士。**左將呂虔刀。洙曰**：晉書：呂虔爲刺史，有佩刀。相者曰：「三公可佩。」虔乃贈别駕王祥，曰：「苟非其人，刀或爲害。以卿有公輔之量，故相與也。」言左將皆輔相之才。**兵氣回飛鳥，洙曰**：羽獵賦：鳥不及飛，獸不得過。言其疾也。**趙曰**：言氣之陵噴可彗。飛鳥回也，回如回天之回。舊注所引非。**威聲没巨鼇。洙曰**：威聲雄重。**趙曰**：巨鼇，屓贔之物。威聲所加，乃至没之，此狂賊懾服之意。**戈鋋開雪色，鄭曰**：鋋，時連切，小矛也。**洙曰**：東都賦：戈鋋彗雲。注：矛矟也。**弓矢向秋毫。洙曰**：秋毫，言極末也。弓矢向，言雖微必中。**天步艱方盡，洙曰**：詩：天步艱難。**時和運更遭。趙曰**：選云：遭遇嘉運。**誰云遺**一作

〔一〕自，疑當作「白」。

「貴」。毒螫，洙曰：一作「蠆」。西京賦：蕩亡秦之毒螫。四子講德論曰：秦之時處位任政者，並施毒螫。説文：螫，行毒也。遺，無遺也。已是沃腥臊。洙曰：如以湯沃去腥臊也。漢書：蠻夷腥臊。睿想一作「思」。丹墀近，趙曰：言車駕有可還之勢也。丹墀者，以丹塗墀上。神行羽衛牢。趙曰：神行，天子之行也。羽衛，葆羽之衛。牢則安而無警也。花門騰絶漠，洙曰：燕山銘〔一〕：經磧鹵，絶大漠。拓羯渡臨洮。石曰：臨洮，郡名。鄭曰：十道志：洮郡，秦漢魏置，皆吐谷渾所處。此輩感恩至，羸俘何足操。洙曰：言回紇感恩而助順，其勇鋭所向無前。趙曰：時用朔方、安西、回紇等兵，今言花門回紇是也，拓羯安西是也。言其喜來助順也。羸俘者，虺羸之俘爾。師曰：此輩感帝德，以兵騰度争來助唐討賊，然賊已係羸，不足執也。鋒先衣染血，洙曰：太宗平劉武周，躬臨矢石，血幟兩袖。趙曰：梁武帝謂張稷有「衣染天血」之語。騎突劍吹毛。洙曰：吹毛，言其利也。古有吹毛之劍。喜覺都城動，悲吹子女號。家家賣釵釧，只待獻香醪。洙曰：董卓傳：吕布殺卓，馳賚赦書，以令宫陛内外士卒皆稱萬歲，百姓歌舞於道。長安中士女賣其珠玉衣裝市酒肉相慶者，填滿街肆。

〔一〕「燕」下疑闕「然」字。

九日楊奉先會白水崔明甫

今日潘懷縣，洙曰：潘岳自河陽轉懷縣。同時陸浚儀。洙曰：陸雲出補浚儀令，縣居都會之委要，爲難理。雲到官肅然。坐開桑落酒，洙曰：世說：桑落河多美酒。蘇曰：桑落河出馬乳酒，羌人兼葡萄壓之。晉宣帝時來獻，九日賜百僚飲焉。庾信有從蒲州使君乞酒詩，亦云：蒲城桑落酒，灞岸菊花天。來把菊花枝。洙曰：晉陽秋曰：陶潛九月九日無酒，宅邊摘菊盈把，望見白衣人至，乃王弘送酒，便飲醉而歸。趙曰：有劉墮者，善造酒，熟於桑落之辰，故酒得名焉。水經載之詳矣。「菊花枝」出庾信從蒲州史君乞酒詩，曰：蒲城桑落熟，灞岸菊花秋。舊注引世説及陶潛事，非是。天宇清霜净，洙曰：言氣宇清徹也。公堂宿霧披。洙曰：衛瓘見樂廣曰：「若開雲霧而覩青天。」宿霧披，言每登公堂如披宿霧。披，開也。趙曰：公堂則楊奉先之公堂也。晚酣留客舞，鳬舃共差池。洙曰：王喬爲鄴令，旦望必入朝，每至即雙鳬飛來。帝令舉網獲之，乃雙舃也。差池，言舞也。昱曰：詩：差池其羽。

收京四首

仙仗離丹極，洙曰：謂大駕出幸也。妖星照玉除。洙曰：晉天文志：妖星，一曰彗星，二曰孛星，三曰天棓，四曰地槍，五曰天欃，六曰蚩旗，七曰天衡，八曰國星，九曰昭明，十曰司危，十一曰天爒彗，十二曰五殘，十三曰六賊，十四曰獄漢，十五曰旬始，十六曰天鋒，十七曰燭星，十八曰蓬星，十九曰長庚，二十曰四填，二十一曰地維。曹子建曰：凝霜依玉除。除，階也。説文曰：除，殿階也。西都賦曰：玉除彤庭。師曰：言禄山陷京闕。**須爲下殿走，**洙曰：世説：熒惑入斗〔一〕，天子下殿走。謂避亂。**不可好樓居。**好，虚到切。洙曰：一云「得非群盜起，難作九重居」。史武紀：公孫卿曰：仙人可見，但仙人好樓居。於是上令長安作蜚廉桂觀，甘泉作延壽觀焉〔二〕。趙曰：史記封禪書：仙人好樓居。今公以仙人比天子也。師曰：玄宗好神仙，故有好樓居之句。**暫屈汾陽駕，**洙曰：莊子：堯往見四子藐姑射之山、汾水之陽。釋文云：案汾水出太原。今莊生寓言也。謝靈運從遊京口北固詩：昔聞汾水遊，今見塵外鑣。**聊飛燕將書。**洙曰：史記魯仲連傳：燕將攻下聊城，聊城人或讒之，燕將懼誅，因保守聊城，不敢歸齊。田單攻聊城歲餘，士卒多死，而聊城不下。仲連乃爲書約之，矢射城中遺將，將見仲連書，泣三日，猶預不能自定。喟然嘆曰：「與人刃，我寧自刃。」乃自殺。**依然七廟略，**洙曰：天子七廟。趙曰：兵謀謂之廟略，蓋謀於廟也。今詩所言則在七廟之中，所謀略也。師曰：謂復立宗廟也。**更與萬方初。**趙曰：與民更始之義。

生意甘衰白，天涯正寂寥。忽聞哀痛詔，又下聖明朝。洙曰：漢武帝末年，下哀痛之詔。羽

〔一〕「斗」前疑闕「南」字。
〔二〕「延」前疑闕「益」字。

翼懷商老，洙曰：漢高祖時，戚夫人以寵將移動太子，吕后用張良計，召四皓使侍太子朝。高祖見而問之，四人各以姓名對，上曰：「煩公調護太子。」四人趨去。上指示戚夫人曰：「彼羽翼已成，難動矣。」商老，四皓隱居商山。**文思憶帝堯。**洙曰：堯典：放勛，欽明文思。又曰：聰明文思。鄭玄云：敬事節用之謂欽。照臨四方之謂明。經緯天地之謂文。慮深通敏之謂思。四者皆在身之德。鮑曰：乾元元年正月戊寅，上皇御宣政殿，授皇帝傳國受命寶符。公云「羽翼懷商老，文思憶帝堯」，謂裴冕、杜鴻漸等輔相肅宗，猶商山四皓輔漢太子。玄宗傳授，猶堯授舜也。**叨逢罪己日，**洙曰：罪己詔也。傳：臧文仲曰：禹、湯罪己，其興也勃焉。**霑灑望青霄。**一云「灑涕」。蘇曰：青園翁曰：秦鹿未息，四海如斯，終日灑淚沾衣，仰霄漢而已。師曰：今覩肅宗能刻責奮勵，猶有所仰望也。

汗馬收宮闕，洙曰：漢蕭何傳：未有汗馬之勞。**春城鏟賊壕。**鄭曰：鏟，楚醆切，平也。趙曰：謂之鏟，則盡削平其迹之義也。**賞應歌杕杜，**洙曰：詩杕杜：勞還役也。反而勞之者。**歸及薦櫻桃。**洙曰：歸，一作「福」。禮月令：仲夏之月，羞以含桃，先薦寢廟。即櫻桃也。今所謂朱櫻者是也。前漢叔孫通傳：古者有春嘗果，方今櫻桃熟，可獻，願陛下出，因取櫻桃獻宗廟。上許之。諸果獻由此興也。**雜虜橫戈數，功臣甲第高。**洙曰：武帝爲霍去病治第。第，宅也。甲第，甲猶言甲乙之次第，謂第一之第。田蚡治宅，甲諸弟。**萬方頻送喜，無乃聖躬勞。**洙曰：班超傳：西域平定，薦勳祖廟，布大喜於天下。師曰：此聖主之勳勞，人臣不宜貪大功以爲己力，諷之之辭。

收京新添。

復道收京邑，兼聞殺犬戎。衣冠却扈從，車馬已還宮。尅復誠如此，扶持在數公。莫今回首地，慟哭起悲風。

洗兵馬收京後作。

中興諸將收山東，**趙曰**：山東，河北也。安禄山反，先陷河北諸郡。至二京已復，慶緒奔於河奔北之後〔一〕，史思明等降，而諸郡漸復矣。故公今詩云「中興」也。捷書日報清晝同。河廣傳聞一葦過，**洙曰**：衛詩：誰謂河廣，一葦航之。胡危命在破竹中。**洙曰**：晉杜預傳：今兵威已振，譬如破竹，數節之後，迎刃而解，無復著手處也。祇殘鄴城不日得，獨任朔方無限功。**趙曰**：指言郭子儀也。素爲朔方節度使，時專任子儀，故云。京師皆騎汗血馬，汗血事見前詩。回紇餧肉蒲萄宮。**洙曰**：張耳傳：如

〔一〕後一「奔」字疑爲衍文。

以肉餧虎，何益？三輔黃圖曰：漢有蒲萄宮。**趙曰**：汗血馬，出大宛，蓋胡馬也。皆騎汗血馬，以言回紇騎胡馬之多。**沈曰**：餧肉，出張耳傳：如以肉餧虎，何益？則視回紇爲虎，以言强暴爲患也。**孝祥曰**：蒲萄宮，見景龍文館記云：中宗召近臣宴東蒲萄園，奏以宫樂。謂此園耳。**已喜皇威清海岱，洙曰**：禹貢：海岱惟青州。**常思仙仗過崆峒。洙曰**：王元長策：崆峒有順風之請。廣成子在崆峒上，黃帝順下風，膝行進而問道。**三年笛裏關山月，洙曰**：虞蕩〔一〕：胡笳關下思，羌笛隴頭鳴。**黃曰**：風月者，平時可娱之物，臨風對月，足快人意。關山者，家鄉所在也。**萬國兵前草木風。修可曰**：周王褒燕歌行云「無復漢地關山月，維有漢北薊城雲」也。**蘇曰**：趙肅：萬國兵革振動，如雄風偃草木，其悲聲非一。**成王功大心轉小，洙曰**：文王小心翼翼。時成王爲元帥。**鮑曰**：乾元元年，徙封俶爲成王。**郭相謀深古來少。**郭子儀也。**司徒清鑒懸明鏡，洙曰**：言李光弼。**尚書氣與秋天杳。洙曰**：指言僕固懷恩。**蘇曰**：晏子歸，謂諸大夫曰：司寇氣論杳若秋天明月，誰可量其遠近高下。**趙曰**：尚書，指言王思禮。本傳：長安平，思禮先入清宮。收東京，戰數有功，遷兵部尚書。江子之以尚書爲房琯，非是。**劉曰**：按至德元載十月，琯用車戰以敗。二載，琯罷相，卒貶琯邠州刺史。舊注作懷恩，非是。**秦曰**：據本傳：復兩京，懷恩雖有功，止詔加鴻臚卿。其後乾

〔一〕虞蕩，疑當作「虞子陽」。

元二年，方召入爲工部尚書。今公詩是收復兩京後，豈却是懷恩耶？**二三豪俊爲時出，整頓乾坤濟時了。東走無復憶鱸魚，**彦輔曰：張翰見秋風起，乃思吴中蓴羹鱸魚，遂命駕東歸吴，時人號爲江東步兵矣。**南飛覺有安巢鳥。**洙曰：古詩：越鳥巢南枝。曹子建詩：顧隨越鳥，翻南翔〔一〕。趙曰：曹孟德詩：烏鵲南飛。**青春復隨冠冕入，紫禁正耐煙花繞。**趙曰：乾元元年正月，上皇授皇帝以傳國璽。此時衣冠併入而定矣。故公今詩云紫禁、紫宫之禁也。蓋以紫微帝座得名。**鶴駕通霄鳳輦備，**洙曰：謝希逸：收華紫禁。蒼舒曰：右按漢宫闕疏：白鶴，太子之所居，凡人不得輒入。魯曰：劉向列仙傳云：王子喬，周靈王太子晉也。好吹笙，作鳳鳴。遊伊、洛間。道士浮丘公接上嵩山三十餘年，後來於此山上，告桓梁曰：「告我家，七月七日待我於緱氏山頭。」果乘白鶴駐山巔，望之不得到，舉手謝時人而去。故後世稱太子之駕曰鶴駕，宫曰白鶴，禁曰鶴禁。**雞鳴問寢龍樓曉。**洙曰：一作「虬」。文王世子：雞初鳴而問寢。王元長：出龍樓而問竪也。趙曰：文王爲太子，雞初鳴，至寢門外問内竪之御者曰：「今日安否，何如？」無己曰：文選：王融字元長，曲水詩序曰：儲后睿哲在躬，出龍樓而問竪，入虎闈而齒胄。注：龍樓，漢太子門名也。安石曰：沈文齊故安陸昭王碑文曰：式常儲命，允膺喜選。博望之苑載暉，龍樓之門以峻。**攀龍附鳳勢莫當，天下盡化**

〔一〕顧，疑當作「願」；「翻」下疑闕「飛」字。

爲侯王。洙曰：揚子：攀龍鱗，附鳳翼，乘天衢。時攀附而立功者皆有恩。汝等豈知蒙帝力，洙曰：莊子曰：帝力於我何有哉？時來不得誇身强。關中既留蕭丞相，洙曰：蕭何餉餽，不絕糧道。幕下復用張子房。洙曰：高祖曰：運籌帷幄之中，吾不如子房。謝宣遠張子房詩：婉婉幕中畫。張公一生江海客，身長九尺鬚眉蒼。蘇曰：謂張鎬也。蕭嵩薦之曰：「用則帝王師，不用則窮谷一叟耳。」十朋曰：東坡云：久困江湖，不見偉人。昨在金山，滕元發以扁舟破巨浪，出舡巍然，使人神聳，好个没興底。沈曰：唐舊史云：蕭昕與鎬友善，表薦之曰：「如鎬者，用之則爲王者師，不用則幽谷之叟尔。」玄宗擢鎬爲拾遺。不數年，出將入相。徵起適遇風雲會，洙曰：二十八將論：咸能感會風雲。扶顛始知籌策良。洙曰：語顛而不扶。青袍白馬更何有，定功曰：庾信哀江南賦曰：青袍如草，白馬如練。後漢今周喜再昌。寸地尺天皆入貢，奇祥異瑞争來送。不知何國致白環，洙曰：丘希範書：白環西獻，括矢東來。顔延年歌：亘地稱皇，罄天作王〔一〕。月毳來賓，日際奉土。世本曰：舜時西王母獻白環及佩。復道諸山得銀甕。洙曰：禮運：山出器車。注：器車，謂若銀甕丹甑。隱士休歌紫芝曲，安石曰：皇甫謐高士傳：秦世道滅德消，坑黜儒術，四皓於是退而作歌曰：「莫莫高山，深谷逶迤。曄曄紫芝，可以療饑。唐虞世遠，吾

〔一〕王，疑當作「主」。

將何歸。駟馬高蓋，其憂甚大。富貴之畏人兮，不如貧賤之肆志。」乃共入商洛，隱地肺山。秦滅，漢高帝徵之，不至。深入終南山，不能屈也。**詞人解撰河清頌。**歐陽曰：鮑昭字明遠，元嘉中，河、濟俱清，當時以爲美瑞。昭爲河清頌。趙曰：公詩言此者，是歲既收京，而於七月嵐州合、關河、黃河三十里清如水，蓋收京之祥，實事也。**田家望望惜雨乾，**居乾切。**布穀處處催春種。**洙曰：布穀，鳴鳩也。趙曰：楊惲云：田家作苦。故對布穀催耕之鳥。**淇上健兒歸莫懶，**晁曰：時思明餘黨未殄，故衛、相等州尚留兵屯，故甫有「淇上健兒」之句。**城南思婦愁多夢。**東山詩三章，言室家之望女也。婦嗟于室。**安得壯士挽天河，**洙曰：梁沈約詩：安得壯士馳奔波。後漢李亢九歌：安得壯士翻日車。蘇曰：蜀相劉文靜曰：「方今鼎足宇宙，鑊居黎氓，烏得五丁壯士挽回天河，洗滌天下之甲兵，車書一同，凶器長不用。皇天后土，豈不知區區之誠哉。」孔明賢之。**净洗甲兵長不用。**洙曰：武王伐紂，大雨洗兵。

臘日

臘日常年暖尚遥，今年臘日凍全消。侵陵雪色還萱草，沈曰：萱草乃忘憂草，今俗云萬年韭，雪霜不調。**漏泄春光有**一作「是」。**柳條。縱酒欲謀良**一作「長」。**夜醉，還家初散紫宸朝。**洙曰：紫宸殿也。鄭曰：紫宸志：宣政殿北曰紫宸門，内有紫宸殿，即内衙正殿。**口脂面藥隨恩澤，翠**

管銀罌下九霄。**洙曰**：唐制：臘日宣賜口脂、面藥，及賜宴。**趙曰**：唐制：臘日賜脂、面藥、翠管、銀罌，所以盛之也。**定功曰**：太平御覽載盧公家範：凡臘日上澡豆及頭膏、面脂、口脂。

送樊二十三侍御赴漢中判官

威弧不能弦，**蘇曰**：司馬遷：剡木爲弧，以威四方。然弧不能自弦自發，其威安弦者，人也。君子有道，不能自彰，使彰名者，亦人也。此言安父子爲亂，而乘輿播遷，肅宗駐蹕鳳翔也。威弧，出揚雄河東賦曰「獲天狼之威弧」。張子平思玄賦又云[一]：彎威狐之拔剌[二]。自爾無寧歲。易：弦木爲弧，剡木爲矢。弧矢之利，以威天下。蓋取諸睽。鮑明遠：寧歲猶亡奔[三]。國語：姜氏告於公子曰：「自子之行，晉無寧歲。」**師曰**：易曰：弧矢之利，以威天下。玄宗開元初，天下富實，自謂四方無虞，偃然荒縱酒色，寵愛貴妃。祿山以胡種居高位，總兵從事夷狄，中國武備皆弛，是不能以弧矢之利威天下也。祿山一旦乘隙而叛，自此紛亂略無寧歲，故曰「威弧不能弦，自爾無寧歲」。川谷血横流，**洙曰**：揚子：川谷流人之血。豺狼沸相噬。**蘇曰**：崔甫：

[一] 張子平，疑當作「張平子」。
[二] 狐，疑當作「弧」。
[三] 亡，疑當作「七」。見杜集札記。

干戈未止，狼虎相噬。黄曰：豺狼，喻盗賊也。天子從北來，黄曰：言肅宗即位於靈武也。長驅振凋敝。頓兵岐梁下，洙曰：肅宗理兵鳳翔。唐曰：肅宗爲中興恢復之計，故云「長驅振凋敝」。却跨沙溟裔。師曰：沙溟裔，捐漢中郡。謂跨歷楚、漢諸州，並皆整兵從帝東討。二京陷未收，四極我得制。修可曰：爾雅釋地：東至於秦遠〔一〕，西至於邠國，南至於濮沿〔二〕，北至於祝栗。謂之四極。注：此四方遠極之國名。歐陽曰：肅宗以太子稱尊號，雖云偏據一方，而四極之廣皆爲總制，何命而不從乎！蕭索洙曰：一作「瑟」。漢水清，緬通淮湖税。使者紛星散，洙曰：古詩：星使日夜馳。王綱尚旒綴。洙曰：長發：爲下國綴旒。又公羊傳：君若贅旒然。泰伯曰：言其危而欲絶也。南伯從事賢，君行立談際。洙曰：揚雄：或立談間而封侯。趙曰：南伯，指言漢中主將也。從，指言樊爲判官也。言南伯與從俱賢相投，在立談聞耳〔三〕。生知七曜曆，洙曰：月令：命太史司天曆，候日月星辰七曜爲經，二十八宿爲紀。修可曰：漢志注：日月五星謂之七曜。北史：劉焯博學洽聞，如九章筭術、周髀七曜書，莫不覈其本根，窮其秘要。手畫三軍勢。洙曰：馬援於帝前聚米爲山谷，指畫形勢，開示衆軍所從道徑，往來曲折，昭然可曉。帝曰：「虜

〔一〕秦，疑當作「泰」。見杜集札記。
〔二〕沿，疑當作「鉛」。
〔三〕聞，疑當作「間」。

在吾目中矣。」**定功曰**：前漢：張安世子千秋與霍光子禹俱度遼將軍范明友，擊烏桓還，詔大將軍光問千秋鬬戰方略、山川形勢。千秋口對兵事，畫地成圖，無所忘失。光復問禹，禹不能記，曰：「皆有文書。」光歎曰：「霍氏世衰，張氏興矣。」**師曰**：漢中係荆湖南路。南伯，言南方諸侯之長。從事，乃幕府屬内官也。南伯從事賢，謂樊待御之賢，爲漢中判官，謀事有成功，只在立談之間，可收其效。七曜，日月五星也。昔馬援聚米爲山谷，指畫形勢，光武曰：「虜在吾目中矣。」生知七曜，手畫三軍，蓋知天文與地理也。**冰雪凈聰明，雷霆走精鋭。幕府輟諫官，朝廷無此例。至尊方旰食，****洙曰**：左傳曰：伍奢曰：「楚君大夫其旰食乎。」旰，晏。**仗爾布嘉惠。補闕暮徵入，柱史晨征憩。****洙曰**：老聃爲柱下史。**正當艱難時，****洙曰**：天步艱難。**蘇曰**：吴起正當艱難之際，舉兵深入唯，慮糧不繼，蹈彼逆計，更宜度而行之。**實籍長久**一作「大」。**白日計。回風吹獨樹，****趙曰**：周王褒送葬詩：平原看獨樹，臯亭望列亭。又庾信詩：回風郎送師〔一〕。**白日照執袂。慟哭蒼煙根，山門萬里閉。居人莽牢落，遊子方迢遰。**音第。**徘徊悲生離，****洙曰**：九章：悲莫悲兮生别離。**局促老一世。****洙曰**：古詩：蟋蟀相局促。局促轅下駒。**夢符曰**：右前漢書灌夫傳：上怒内史，曰：「公平生數言魏其、武安長短，今日廷論，局促效轅下駒。」**陶唐歌遺民，****洙曰**：左傳：吴

〔一〕郎，疑當作「即」。見杜集札記。

季禮聞唐之歌曰〔一〕：思深哉，其有陶唐氏之遺民乎。後漢更列一作「别」。帝。恨無匡復姿，一作「資」。聊欲從此逝。洙曰：吾亦從此逝矣。師曰：慟哭蒼煙，山門萬里閉，甫既與樊生有萬里之别，從此消息閉絶，妻子間隔，朋友别離，是以慟哭於蒼煙之根。居人，甫自謂牢落辛苦之貌。遊子，指樊生。迢遞，言遠行也。局促老一世，甫自痛拘迫當今之世，謂所至亂離，竄匿村谷而不獲騁。左傳云：其有陶唐氏之遺民乎？唐繼堯之後，德祚長遠，未能遽絶，故云有陶唐之遺民。亦若孟子云：其故家遺俗，流風善政，猶有存者。漢承文、景之餘澤，遭王莽篡奪，不失其天下。光武因民謳吟思，漢遂建中興之業。肅宗亦然，故云「後漢更列帝」。甫自恨當艱難日，無匡復之才以佐天子，但從此長往山林，因勉樊生當努力以贊中興。

王狀元集百家注編年杜陵詩史六卷

〔一〕禮，疑當作「札」。見杜集札記。

王狀元集百家注編年杜陵詩史七卷

乾元元年戊戌春至夏五月在諫省所作

宣政殿退朝晚出左掖

鄭曰：掖，夷益切。長安志：宣政門内有宣政殿，殿東有東上閤門，西有西上閤門，故以掖稱。

天門日射黄金牓，洙曰：崔融詩：金牓照晨光，銅鈎起夕凉。**春殿晴曛赤羽旗。**洙曰：以赤鳥羽爲旗。**宫草微微**一云「霏霏」。**承委珮，**洙曰：曲禮：主佩垂則臣佩委。**爐煙細細駐遊絲。**洙曰：遊絲，蛛絲之遊散者，香煙似之。**雲近蓬萊常五色，雪殘鳷鵲亦多時。**鳷，章移切。洙曰：蓬萊，殿名。鳷鵲，樓名。趙曰：蓬萊，殿名也。鳷鵲，漢觀名，在甘泉宫。秦曰：謝玄暉詩云：金波麗鳷鵲。則借漢殿觀名以比當時之禁掖。**侍臣緩步歸青瑣，**洙曰：青瑣，門也。以青畫户邊鏤中，天子制也。趙曰：青瑣，漢門，在未央宫，今亦借用。**退食從容出每遲。**昱曰：羔羊詩：自公退食。

晚出左掖

晝刻傳呼淺，洙曰：新漏刻銘云：衛宏載傳呼之節，較而未詳。注：衛宏著漢儀，使夜漏起，宮衛傳呼，以爲備也。趙曰：傳呼淺，則傳呼在晝不若夜之遠也。**春旗簇仗齊。**洙曰：春旗，羽衛。孫曰：記月令。**退朝花底散，歸院柳邊迷。樓雪融城濕，宮雲去殿低。避人焚諫草，騎馬欲雞栖。**洙曰：高士廉每有獻納，必焚其草。文選：雞登栖而斂翼。師曰：騎馬出左掖，雞欲棲於塒，謂日之夕矣。肅宗至德初，子美爲拾遺，岑參爲補闕，或問：二人孰賢？杜田曰：子美賢。或曰：何以知之？曰：以其詩知之。子美之詩曰「避人焚諫草，騎馬欲雞栖」，又曰「明朝有封事，數問夜如何」。參之詩曰「聖朝無闕事，自覺諫書稀」。至德初，安史之亂方劇，上皇在蜀，朝野騷然，果無闕事時耶？

紫宸殿退朝口號

鄭曰：長安志：宣政殿北曰紫宸門，內有紫宸殿，即內衙正殿。

户外昭容紫袖垂，洙曰：唐制：昭容，正二品，係九嬪。田曰：唐制：天子坐朝，宮人司至殿上。至敬宗天祐二年始止。小黄門祇候引從，宮人不得出內。**雙瞻御座引朝儀。**蒼舒曰：右按唐制：天子坐朝，宮人引至殿上。至天祐二年十二月，詔曰：宮嬪女職，本備內任，今後每遇延英坐日，只令小黄門祇候引從，宮人不得出內。又百官志注：昭容爲九嬪，正二品。趙曰：應用昭儀二人爲引，謂之瞻，則回瞻也。**香飄**

合殿春風轉，花覆千官淑景一作「日」。移。師曰：淑景，日景也。晝漏聲一作「稀」。聞高閣報，趙曰：以閣之高而傳之遠也。天顔有喜近臣知。洙曰：言近臣密邇清光。宫中每出歸東省，會送夔龍集一作「到」。鳳池。洙曰：夔龍，舜之良臣。夔典樂，龍納言。鳳池，荀勖爲中書令，及罷，云奪我鳳凰池。趙曰：唐制：左拾遺隸門下省，而門下省在東，故曰「東省」。

送李校書二十六韻

鮑曰：李舟也。國史補言舟好事。與妹書曰：釋迦生中國，設教如周、孔。周、孔生西方，設教如釋迦。天堂無則已，有則君子生。地獄無則已，有則小人入。則其人可知。公故極稱道。

代北有豪鷹，師曰：大鷹也。生子毛盡赤。洙曰：鍾、岱二山出鷹。趙曰：譬李舟也。宋曰：晉孫楚鷹賦曰：有金剛之俊鳥，生井陘之巖阻。黄曰：隋魏彦深鷹賦曰：唯兹禽之化育，實鍾山之所生。而今公言亦此義也。渥洼騏驥兒，一作「種」。鄭曰：上於角，下烏瓜切，水名。趙曰：東方朔曰：騏驥、緑耳，天下良馬也。尤異是龍脊。一作「虎」。趙曰：尔雅曰：騮馬黄脊。李舟名父子，趙曰：前漢蕭育傳：

王鳳以育名人子〔一〕，除爲功曹。清峻流輩伯。人間好妙年，不必須白晳。洙曰：左傳：東門之晳，實興我役。趙曰：左傳昭公二十六年：冉豎曰：有君子，白晳鬒。十五富文史，十八足賓客。十九授校書，二十聲輝一作「煇」。赫。衆中每一見，使我潛動魄。自恐二男兒，辛勤養無益。秦曰：二子一曰宗文，二曰宗武。甫既羡李舟，自愧之不若，故云云。乾元元一作「二」。年春，萬姓始安宅。洙曰：乾元，肅宗時年號。始收復京師，民始安居。蘇曰：張湯：萬姓蘇息，始安厥宅。舟也衣綵衣，洙曰：見「休覓綵輕」注〔二〕。見三十一卷宗武生日「綵衣輕」注。趙曰：列女傳：老萊子孝養二親，著五色綵衣，卧地爲小兒啼。告我欲遠適。倚門固有望，斂衽就行役。洙曰：父曰：嗟予子行役。趙曰：戰國策：齊王孫賈之母謂賈曰：「汝朝出而晚來，則吾倚門而望。汝暮出而不還，則吾倚閭而望。」馬曰：陶淵明勸農四言云：敢不斂衽。南登吟白華，洙曰：白華，孝子之潔白。已見楚山碧。洙曰：鮑明遠：雪端楚山見〔三〕。蘇曰：景差至蒲騷見宋玉，曰：「不意重見故人，慰此去國戀王之心。昨到夢澤，喜見楚山之碧，眼力頓明。今又會故人，閉目心足矣。」藹藹咸陽都，冠蓋日雲積。洙曰：張景陽：藹藹，言氣象也。咸陽，

〔一〕人，疑當作「父」。

〔二〕「綵」下疑當闕「衣」字。見杜集札記。

〔三〕雪，疑當作「雲」。見杜集札記。

古雍郡也。冠蓋，士大夫也。雲積，言其多也。又古詩：冠蓋陰四衢。西都賦：冠蓋如雲也。何時太夫人，洙曰：文帝紀：列侯妻稱夫人。列侯死，子復爲列侯，乃得稱太夫人。子不爲列侯，亦不得稱。堂上會親戚。洙曰：潘安仁閑居賦：太夫人在堂。又云：席長筵，列孫子。陶淵明：悦親戚之情話。汝翁草明光，洙曰：漢武帝紀：太初四年秋，起明光宫。師古曰：三輔黄圖：在城中。元后傳云：成都侯商避暑，借明光宫。凡掌制誥文字，謂之視草也。趙曰：後漢：尚書郎含香握蘭，直宿於建禮門，奏事明光殿，下筆爲詔誥，出語爲誥令。在唐則中書舍人也。晁曰：凡掌制誥，必有草，故謂之起草。天子正前席。歸期豈爛漫，别意終感激。顧我蓬屋姿，洙曰：曹子建：顧念蓬室士，貧賤誠足憐。謬通金門籍。洙曰：謝玄暉出尚書省詩：既通金閨籍。師曰：甫爲拾遺，故云云。小來習性懶，晚節一作「歲」。慵轉劇。洙曰：嵇叔夜絶交書：少加孤露，性復疏懶。又，懶與慢相成。每愁悔吝作，如覺天地窄。羡君齒髮新，行已能夕惕。洙曰：易乾卦：夕惕若厲。臨岐意頗切，對酒不能喫。修可曰：李陵詩：對酒不能酬。迴身視緑野，慘滲如荒澤〔一〕。老鴈忍春饑，哀號待枯麥。趙曰：漢時謡：大麥青青小麥枯。時哉高飛燕，絢練新羽翮。洙曰：老鴈，甫自喻也。時鷰，喻李校書。趙曰：赭白馬賦云：别輩超群，絢練

〔一〕 滲，疑當作「慘」。

敻絶。句絢練[一]，疾也。長雲濕褒斜，洙曰：西都賦：右界褒斜、隴阪之險。修可曰：後漢：順帝罷子午道，通褒斜路。褒斜，谷名。南谷名褒，北谷名斜，首尾七百里。鄭子真所耕在此谷口。斜，余遮切。漢水饒巨石。無令軒車遲，洙曰：古詩：思君令人老，軒車來何遲。趙曰：江文通詩：海濱饒奇石。衰疾悲宿昔。師曰：甫與舟有宿昔之懽，况當老而有此别，儻或來遲，無以慰衰疾，寧免悲思之乎。

曲江二首

一片花飛减却春，蘇曰：丘豫見庭中花落，謂友人曰：「飛此一片，减却青春色，不趁行樂，復待何時耶。」風飄萬點正愁人。趙曰：秦少游有云「落紅萬點愁如海」，正使此也。且看欲盡花經眼，莫厭傷多酒入脣。江上小堂巢翡翠，蘇曰：宋丘蒙爲南陽守，政善廉愛，有翡翠巢於堂。庾信詩：翡翠本微物，知愛巢高堂。花一作「苑」。邊高冢卧麒麟。趙曰：冢前有石麒麟，蓋富貴之家。西京雜記云：是秦始皇驪山墓上有此物也。今詩言卧，則冢之荒廢矣。故公落句有感焉。細推物理須行樂，何用浮一作「榮」。名絆此身。余曰：絆音半，馬縶也。洙曰：西京雜記：五柞宫西有青梧觀，柏樹下有石麒麟二枚。其

[一] 句，疑當作「注」。見杜集札記。

身各刊其脇爲文字，是秦皇驪山墓上物也。頭高一丈五尺，左脚折。師曰：曲江舊時風景頗佳麗，爲京城勝遊。自禄山焚蕩之後，無復向時奢華，是以堂巢翡翠，冢卧麒麟，一盛一衰，其理不常。觀此理則人生不可不行樂矣。

朝回日日典春衣，趙曰：王長元古意〔一〕：思淚點春衣。**每日江頭盡醉歸。**洙曰：日出陳遵醉歸。**酒債尋常行處有，**洙曰：孫濟，權之叔也。嗜酒，不治産業，善嘯，日常醉，欠人酒緡，人皆笑之。濟怡然自若，謂人曰：「尋常行坐處，欠人酒債，欲貨此緼袍償之。」古詩云：典盡春衣無可奈，尋常行處欠人錢。**人生七十古來稀。**洙曰：古詩：人生不滿百，常懷千歲憂。晝短苦夜長，何不秉燭遊。**穿花蛺蝶深深見，**一作「舞」。**點水蜻蜓款款飛。**一作「緩緩」。趙曰：司馬遷云：效其款款。**傳語風光共流轉，暫時相賞莫相違。**洙曰：馬小憐春日詩〔二〕：傳語春光道，先歸何處邊。公參用之焉。言相與賞翫，莫相違戾，此豈語同舍郎乎？

曲江對酒

苑外江頭坐不歸，趙曰：苑外者，芙蓉苑之外也。曲江在苑北。文宗嘗謂公詩曰：江頭宫殿鎖千門。

〔一〕王長元，疑當作「王元長」。

〔二〕馬，疑當作「馮」。見杜集札記。

思復昇平事。水精春一作「宫」。殿轉霏微。趙曰：宫謂之水精宫，今以水精言春殿，蓋狀其清幽也。桃花細逐楊花落，洙曰：一云「桃花欲共梨花語」。黄鳥時一作「仍」。兼白鳥飛。蘇曰：古倚欄曲云：紅雨亂和春雨落，白鳥時兼黄鳥飛。工部用語有體法，復用古人語者，以爲龜鑑。縱飲久判人共棄，鄭曰：判，普官切。正作「拚棄」。懶朝真與世相違。吏一作「含」。情更覺滄洲遠，老大悲傷未拂衣。洙曰：謝玄暉：復叶滄洲趣。古樂府：老大徒悲傷。蘇曰：匡雲年未老大，日轉悲傷，流離洛陽，未遂之志。師曰：縱飲久判人共棄，甫性放誕，與世相忤，爲人所棄，故縱飲懶朝，無復顧惜。蓋任真如此，然爲薄宦所繫，不遂滄洲之期，至於老大悲傷，不能拂衣而去也。滄洲，神仙之境。

曲江對雨

城上春雲覆苑牆，趙曰：言芙蓉苑之牆也。江亭晚色静年一作「天」。芳。魯曰：沈休文二月三日詩：年芳俱在斯。林花著雨燕脂一作「支」。落，水荇牽風翠帶長。洙曰：荇，水草也。相連而生，故知翠帶〔一〕。龍武新軍深駐輦，洙曰：開元二十六年，析左右羽林軍置左右龍武軍，以左右萬騎營隷

〔一〕知，疑當作「如」。

焉。芙蓉别殿謾焚香。洙曰：芙蓉城連曲江。趙曰：言駕深駐曲江，不復幸芙蓉宛，則别殿焚香爲謾耳。何時詔一作「重」。此金錢會，蘇曰：開元别記：明皇與妃子在花蕚樓下以金錢遠近爲限，賽其元擲於地者以金觥爲賞，令里巷皆效之。諺曰卓親。趙曰：劇談録載：開元中，都人遊賞曲江，盛於中和、上巳節。即賜宴臣僚，會於山亭，賜太常教坊樂。推此則所謂金錢會者，賜金錢爲宴也。暫一作「爛」。醉佳人錦瑟旁。薛曰：右按李商隱詩有錦瑟篇，其詞曰：錦瑟無端五十弦，一弦一柱思華年。或云是美人名。趙曰：醉佳人傍者，賜太常教坊樂也。樂器則自有錦瑟者，寶瑟瑶瑟之謂也。彦輔曰：崔灝少年行曰：可憐錦瑟筝琵琶，玉堂清酒就君家。師曰：唐舊史百官志：左右龍武軍。注：太宗選飛騎之尤驍健者，别署百騎，以爲翊衛之備。武后加置千騎。中宗加置萬騎，分爲左右營。自開元以來，與左右羽林軍名曰北門四軍。開元二十四年，改爲左右龍武軍。按名諱莊，改莊周爲嚴周。漢安帝父諱慶，改慶氏爲賀氏。隋書易虎爲武，以唐始祖諱虎，稱琥珀爲武珀，白虎爲白武之類。龍武軍本龍虎軍，蓋避唐諱也。開元天寶遺事云：内庭嬪妃每至春時各於禁中結伴，擲金錢爲戲。又酉陽雜俎：梁時荆州掾爲雙陸，賭金錢、花相足。魚弘謂得花勝得錢。時新收京，宫殿焚蕩，故駐輦於此，回想舊時焚香於芙蓉殿，安可得哉。故末句有何時詔此金錢會。錦瑟，言瑟彩繪其文如錦。

早朝大明宮呈兩省寮友新添。　賈至

銀燭朝天紫陌長，禁城春色曉蒼蒼。千條弱柳垂青瑣，百轉流鸎滿建章。劍佩聲隨玉墀步，衣冠身染御爐香。共沐恩波鳳池裏，朝朝染翰侍君王。

和賈至舍人早朝大明宮

洙曰：舍人先世掌絲綸。**鄭曰：**長安志：東内大明宮。

五夜漏聲催曉箭， **洙曰：**顏氏家訓云：或問一夜何故五更，更何所訓。答曰：魏漢以來，謂爲甲夜、乙夜、丙夜、丁夜、戊夜。又云一鼓、二鼓、三鼓、四鼓、五鼓。亦云一更、二更、三更、四更、五更。皆以五爲節。更，歷也，經也。鼓五四更爾。**趙曰：**魏、漢以來，名夜有五。起於甲，盡於戊，故曰五夜。故公所言指言五更初也。**師曰：**箭乃漏箭，軍中傳箭以直更。五夜，謂五鼓，天將曉也。**九重**一作「天」。**春色醉仙桃。** **洙曰：**天子之門九重。漢武故事：西王母齎其桃七枚獻帝。帝欲留核種之。王母笑曰：「此桃一千年生，一千年結實。人壽幾何？」遂止。西王母指東方朔曰：「仙桃三熟，此兒已三偷。」**趙曰：**春色著桃酣醉，然以宮中之物，故得以仙桃爲言。**師曰：**凡詩稱春者，皆酒也。如麴東春、燒青春之類。春色醉仙桃，言入朝飲酒，其色如桃。今俗云相公入朝是也。杜亦云「汝陽三斗始朝天」，正此之謂也。**旌旗日暖龍蛇動，** **趙曰：**東坡曰：杜甫七言之偉麗者，余竊謂夏文莊「硯中旗影動龍蛇」，徐師川「旌旗不動御爐香」，皆剽杜也。然工拙可見矣。而御爐香豈於旌旗動不動乎？**宮殿風微燕雀高。****蘇曰：**言當時時權者皆小人〔二〕，而燕雀微物尚乘宮殿之風自高。工部陰蓄有巧思。王子淵曰：「鵰鷹飛平川闊野，寧肯視燕雀哉！」**余曰：**百斛明珠，云七言之偉麗者。杜子美如此二句，後寂寥無聞。**趙曰：**或以燕雀高比小人得位，則龍蛇動又何所比乎？後學妄引此，以爲東坡事實，而遽穿鑿如此。**朝罷香煙携滿袖，****蘇曰：**韋賢詩曰：御爐煙滿袖，丞相出朝時。**詩成珠玉在揮毫。欲知世掌絲綸美，****趙曰：**賈至，曾之子也。曾於開元間與蘇晉同掌制誥。玄宗幸蜀，拜至起居舍人。帝曰：「昔先天誥命乃父爲之辭，今茲命册乃爾爲之。兩朝盛典出卿家父子，可謂繼美矣。」**昱曰：**記緇衣篇：王言如絲，其出如綸。王言如綸，其出如綍。注：言言出彌大也。綸今有秩，嗇夫所佩也。**池上于**一作「如」。**今有**一作「得」。**鳳毛。****時可曰：**宋書：謝鳳子超宗有文辭，補新安王常侍。作王母殷叔儀誄。帝大嗟賞。謝莊曰：「超宗殊有鳳毛。」

題省中院壁

掖垣竹埤梧十尋，**趙曰：**禁掖之垣墻也。竹埤，當側聲。國語：松柏不生埤。注云：埤下濕也。音

〔二〕後一「時」字疑當作「持」。見杜集札記。

卑，又皮靡切。**洞門對雪**一作「靁」。**常陰陰。**洙曰：洞門，猶洞户。師曰：董賢傳：重殿洞門。注：洞門謂門之相當也。定功曰：對雪，當作「對靁」。左太冲吴都賦云：增岡重阻，列真之宇。玉堂對靁，石室相距。蓋是詩有鳴鳩乳燕落花遊絲之話，乃春時，非可言對雪。但傳寫之誤。蘇曰：魯直常云：唐省中皆青壁畫雪。**落花遊絲白日静，**洙曰：梁簡文帝春日詩：落花隨鷰入，遊絲帶蝶驚。**鳴鳩乳鷰青春深。**乳鷰，鶵鷰。**腐儒衰晚謬通籍，**洙曰：黥布傳：上置酒對衆折隋何曰：「腐儒。爲天下安用腐儒哉！」師古注：腐者，爛敗，言無所堪者。通籍，見「通籍微班添」注〔一〕。**退食遲回違寸心。衮職曾無一字補，**洙曰：詩：衮職有闕，仲山甫補之。注：衮，君之上服。補之，善補過。趙曰：公前爲拾遺，故用補衮事，不必泥仲山甫爲宰相事也。**許身愧比雙南金。**洙曰：古詩：美人贈我緑綺琴，何以報之雙南金。師曰：甫自賊歸謁肅宗，肅宗授左拾遺，得通籍禁省。退食遲回違寸心，言老年仕宦，非其本心。況無忠言以補天子，無以報君恩之重，故云「許身愧比雙南金」。

春宿左省

花隱掖垣暮，趙曰：隱者，隱蔽之也。**啾啾棲鳥過。星臨萬户動，月傍九霄多。**趙曰：使漢

〔一〕添，疑當作「忝」。見杜集札記。

宮千門萬户之萬户也。九霄多，意言九霄之間，月色明遍，斯爲多也。**不寢聽金鑰，因風想玉珂。**丘何切。**洙曰：**玉珂，鳴珂也。**蒼舒曰：**按通典：老鵬入海爲珬，可截作馬勒，謂之珂。**蘇曰：**郭汕立風簷，時聽玉珂。**趙曰：**兩句有封事而欲上，故聽開門且想朝馬之鳴珂也。**明朝有封事，洙曰：**言事也。欲其密，故封之以達。**數問夜如何。**數，色角切。**趙曰：**起於詩「夜如何其」也。**師曰：**漢武帝爲千門萬户之遊。萬户，指宮中之門也。月傍九霄，言親近天子也。聽金鑰，恐天子門開，群臣入朝。風傳王珂之聲，故數問夜如何。玉珂，導者所鳴之珂。或云鳥，非也。

送翰林張司馬南海勒碑

冠冕通南極，洙曰：通，猶通西南夷。**趙曰：**冠冕，指言張司馬。南極，指言南海之地。**文章落上臺。洙曰：**謂相國製文。**詔從三殿去，洙曰：**唐有三殿學士。**趙曰：**李翰林院在麟德殿西廂東廊之後，故曰三殿。出者，言詔自翰林院經三殿而出也。舊注云：唐有三殿學士。何所據而亂立名字邪。**師曰：**三殿，謂蓬萊、拾翠、紫微是也。學士直殿，故詔從三殿去。**碑到百蠻開。野館濃花發，春帆細雨來。師曰：**二句皆言春時之别。**不知滄海上，天遣幾時迴。**

曲江陪鄭八丈南史飲

雀啄江頭黃柳花，鵁鶄鸂鶒滿晴沙。自知白髮非春事，**洙曰**：歸去來賦云：農人告予以春，將有事于西疇。**趙曰**：春事嬉遊賞翫，皆年少之所宜，故白髮則非春事矣。舊注引歸去來「有事于西疇」，非是。且盡芳樽戀物華。近侍即今難浪跡，**魯曰**：近侍，謂爲拾遺。此身那得更無家。**趙曰**：公平昔放浪，今爲近侍，故難浪迹也。前此一身轉從賊中，寄家鄜州，當有詩云「無家對寒食」〔一〕，今既復聚，故喜而云云。丈人文力猶强健，豈傍青門學種瓜。**洙曰**：邵平種瓜青門，號邵平瓜。**師曰**：青門，長安城東門。末章勉鄭八出仕，未可遽隱。

鄭駙馬池臺喜遇鄭廣文同飲

不謂生戎馬，**洙曰**：老子：戎馬生於郊。何知共酒盃。燃臍郿塢敗，**洙曰**：董卓傳：呂布殺卓，使皇甫嵩攻卓弟旻於郿塢，殺其母妻男女，盡滅其族。乃尸卓於市，天時始熱，卓素充肥，脂流於地，守尸吏燃火置卓臍中，光明達晝。**師曰**：此句言禄山伏誅也。握節漢臣回。**洙曰**：蘇武仗漢節牧羊，起卧操持，

〔一〕當，疑當作「嘗」。

節毛盡落，積十九年還歸。**師曰**：此句言鄭自賊歸也。**白髮千莖雪，丹心一寸灰。** **洙曰**：言爲憂患所困，而心已無物矣。故云「一寸灰」。**別離經死地，披寫忽登臺。** **洙曰**：王粲登樓賦：聊假日以忘憂。與此同意。**師曰**：按寫言剖懷也。**重對秦簫發，**見「始知秦女善吹簫」注。**俱過阮宅來。**見「自須留阮宅」注。**師曰**：以虔之疏放比之阮籍也。**留連**一作「醉留」。**春夜舞，淚落强徘徊。** **洙曰**：一云「醉連春苑夜，舞淚落徘徊」。

送賈閣老出汝州 **鮑曰**：按紀：二年，九節度師潰。汝州刺史賈至奔於襄、鄧。而傳不書，隱之也。紀與詩合。

西掖梧桐樹，空留一院陰。 **洙曰**：喻賈之德猶足庇覆一院也。**趙曰**：賈至歷中書舍人，而中書省在月華門西，故曰西掖。**艱難歸故里，去住損春心。** **師曰**：言奔走之勞而減少年之心也。**宮殿青門隔，** **洙曰**：青門，長安東城門也。邵平種瓜青門外。隔青門，謂賈出汝州。**雲山紫邏深。** **洙曰**：邏，塞也。取巡羅之義。**趙曰**：王立之云：九域圖：汝州有紫邏山，故云。**鄭曰**：邏，郎佐切。寰宇記：汝州廢。臨汝縣紫邏川以邑城南臨汝水，兼郡名爲邑。**人生五馬貴，** **洙曰**：見「五馬有光輝」注。**趙曰**：漢官儀：太守五馬。蓋天子六馬，而諸侯五馬也。**莫受二毛侵。** **彦輔曰**：潘岳秋興賦：予三十有二，始見二毛班白也。**師**

曰：昔王羲之出守永嘉，夜別五馬〔一〕，後人皆援爲太守故事。人生五馬之貴，亦在少年，衰老不足貴也。

送鄭十八虔貶台州司户傷其臨老陷賊之故闕爲面別情見于詩

趙曰：按唐史：虔以禄山反，陷賊，爲授虔水部郎中，潛以密章達靈武。賊平，與王維等並囚宣陽。然皆善畫，崔圓使繪齋壁，虔等即祈解於圓，卒免死，貶台州。

鄭公樗散鬢如絲，洙曰：莊子有樗散之材。言不合世用。酒後常稱老畫師。洙曰：虔善畫，常獻詩畫又書於明皇〔二〕。御批號爲三絶。萬里傷心嚴譴日，百年垂死中興時。洙曰：時初復京師，虔以污賊貶。蒼惶已就長途往，邂逅無端出餞遲。便與先生應永訣，九重泉路盡交期。洙曰：言交契之期，死生不替。

題鄭十八著作虔

台州地闊一作「僻」。海冥冥，雲水長和島嶼青。洙曰：台州，鄭貶所。亂後故人雙別淚，

〔一〕夜別，疑當作「庭列」。

〔二〕又，疑當作「及」。見杜集札記。

春深逐客一浮萍。洙曰：以虔貶，故稱逐客。浮萍，言隨流也。秦李斯在逐客中，上書云。酒酣懶舞誰相拽，詩罷能吟不復聽。第五橋東流恨水，皇陂岸北結愁亭。洙曰：第五橋、皇陂，皆長安郭外送別之地。賈生對鵩傷王傅，洙曰：見「地顯愁飛鵩」注。趙曰：以言虔遷謫也。蘇武看羊陷賊庭。見「幄節漢臣回」注〔一〕。趙曰：言虔爲賊臣所刼，而不附賊也。可念此公懷直道，也霑新國用輕刑。洙曰：懷，一作「常」。周禮秋官：大司寇之職，一曰「刑」。新國用輕典。禰衡實恐遭江夏，見本卷送郭中丞詩。趙曰：初有告虔私撰國史，坐謫十年。其於賊平，被囚也，幾死而貶。則虔常以死爲慮矣。方朔虛傳是歲星。洙曰：夏侯孝若東方朔畫贊云：神變造化，靈爲星辰。俗謂方朔爲太白星精。趙曰：神仙傳曰：傳說上據辰尾爲宿，歲星降爲東方朔。今公所用蓋此也。窮巷悄然一云「一朝」。車馬絶，案頭乾死讀書螢。洙曰：車胤聚螢讀書。蘇曰：有人過車胤居郭，曰：「至人不見，茅屋頹圮，當年讀書螢，想乾死几案間。」

偪側行彥輔曰：贈畢耀，一云「偪偪行篇」。中字亦作「偪偪」。西征賦：駢闐偪側。

偪側何偪側，修可曰：巷之隘陋也。出西京賦：駢羅偪側。我居巷南子巷北。可恨鄰里間，

〔一〕幄，疑當作「握」。見杜集札記。

十日不一見顏色。洙曰：江淹古別離詩：願一見顏色，不異瓊樹枝。自從官馬送還官，行路難行澁如棘。洙曰：古樂府有行路難。我貧無乘非無足，昔者相遇今不得。實不是愛微軀，一云「慵相訪」。又非關足無力。徒步翻愁官長怒，此心炯炯君應識。洙曰：周禮：正長乃官之長也。潘安仁寡婦賦：目炯炯而不寢。鄭曰：炯，户頂切，光也。曉來急雨春風顛，睡美不聞鍾鼓傳。東家蹇驢許借我，定功曰：七諫云：駕驢而無策兮，又何路之能極。泥滑不敢騎朝天。已令請急會通籍，洙曰：令，郎丁切。一云「已令把牒還請假」。阮籍騎驢到郡。元帝紀：通籍。注：籍者，爲二尺竹牒，記其年紀名字物色，縣之宫門省禁，相應乃得入也。武后時，太學生請急[一]，后亦省視之。男兒性命絕可憐。焉能終日心一作「神」。拳拳，洙曰：中庸：回之爲人也，得一善則拳拳服膺弗失之矣。注：拳拳，舉持之貌也。憶君誦詩神凜然。辛夷始花亦一作「又」。已落，蘇曰：韓文公感春詩：辛夷花最高先開[二]。辨證：去此花[三]，江南地暖，正月開。北地寒，二月開。初發如筆，北人呼爲木筆。其花最早，南人呼爲迎春。鄭元成：與故人飲辛夷花下日，昨日方開，今日半落，人生有酒，不飲何爲。趙曰：今之木筆花也。本草云：正

[一] 急，疑當作「籍」。
[二] 此句疑當作「辛夷高花最先开」。
[三] 去此花，疑當作「辛夷花」。

月二月開花，既落而無子。夏秋復著花。言花之開落，所以顯人之易老。**况我與子非壯年。街頭酒價常苦貴，**師曰：禄山以來，京城蕭索，百物踴貴，何獨酒乎？甫以酒貴爲苦，傷時之意於此可見。**方外酒徒稀醉眠。速宜相就飲一斗，恰有三百青銅錢。**洙曰：宋鮑昭行路難：且願得志數相就，床頭恒有沽酒錢。功名竹帛非我事，存亡貴賤委皇天。世説：阮籍謂王戎曰：「偶得一斗美酒，當與君共飲。」趙曰：真宗問近臣唐酒價，衆莫能對。丁晉公獨曰：「每斗三百。」上問：「何以知之？」丁引此詩以對。

留花門

鮑曰：按唐志：甘州有留花門山堡。東北千里至回鶻衙帳。是年八月，廣平王爲元帥，以朔方、吐蕃、回紇諸兵討賊。公逆知其害，故言麥倒桑折，卒曰「花門既須留，原野轉蕭瑟」。言其爲農桑害也。趙曰：花門，即回紇之別名也。

北門一作「方」。**天驕子，飽肉氣勇決。**洙曰：門，一作「方」。前漢匈奴傳：單于遣使遺漢書曰：南有大漢，北有强胡。胡者，天之驕子也，不爲小禮以自煩。今欲與漢闓大關，取漢女爲妻，歲給遺酒糵萬石，稷米五千斛，雜繒萬匹。它如故約，則邊不相盗矣。又匈奴居北邊，君王以下咸食畜肉，衣其皮而已矣。**高秋馬肥健，**洙曰：前漢匈奴傳：秋馬肥，大會蹛林，課校人畜計。趙充國曰：「秋馬肥，變必起矣。」李廣以臨右北平，盛秋。師古曰：盛秋馬肥健，恐虜爲寇也。**挾矢射漢月。自古以爲患，**洙曰：贊曰：書戒「蠻夷猾夏」，「戎狄是膺」。春秋：有道，守在四夷。久矣，夷狄之爲患也。嚴尤曰：匈奴爲害，所從來久矣。未聞上世有必征之者也。侯應曰：周、秦以來，匈奴爲害暴桀，寇侵邊境。漢興，尤被其害。四子講德論：夫匈奴者，百蠻之最强者也。天性蹇驕，習俗桀暴，賤老貴壯，氣力相高，業在攻伐，事在獵射。兒能騎羊，走箭飛鏃云云。詩人詩人所歌，自古患之如此也。**詩人厭薄伐。**洙曰：周懿王時，王室遂衰，戎狄交侵暴虐，中國被其苦。詩人始作疾而歌之曰：靡室靡家，玁狁之故，豈不曰戒，玁狁孔棘。至懿王曾孫宣王，興師命將以征伐之。詩人美大其功，曰：薄伐玁狁，至於太原。言遂出之。**脩德使其來，羈縻固不絕。**洙曰：語：遠人不服，脩文德以來之。贊曰：其慕義而貢獻，則接之以禮讓。羈縻不絕，使曲在彼。蓋聖王制御蠻夷之常道也。揚雄書曰：然尚羈縻之計，不顓制也。應劭漢官儀曰：馬曰羈，牛曰縻，言四夷如牛馬之受羈縻也。**胡爲傾國至，出入暗金闕。中原有驅除，隱忍用此物。**洙曰：王莽贊曰：聖王之驅除云爾。蘇林曰：王莽爲光武驅除也。驅逐，蠲除以待聖人也。**公主歌黃鵠，**洙曰：西域傳：烏孫使使獻馬，願得尚漢公主，昆弟〔一〕。天子問群臣議計，曰：「必先納聘然後遣女。」烏孫以馬千匹聘漢。元封中，遣江東王建女細君爲公主，以妻焉。賜乘輿服御物爲備。官屬侍御數百人贈送甚盛。烏孫昆莫以爲左夫人。匈奴亦遣女妻昆莫，昆莫以爲右夫人。公主至其國，自治宮室，居歲時，再與昆莫會。置酒飲食，以幣帛賜王左右貴人。昆莫年老，言語不通，公

〔一〕「昆」前疑闕「爲」字。

主悲愁，自爲作歌曰：「吾家嫁我兮天一方，遠託異國兮烏孫王。穹廬爲室兮旃爲墻，以肉爲食酪爲漿。居常土思兮心内傷，願爲黄鵠歸故鄉。」天子聞而憐之。**趙曰**：乾元元年，肅宗以幼女寧國公主嫁回紇可汗，故云「歌黄鵠」。**君王指曰日**[一]。**洙曰**：詩大車：謂予不信，有如皦日。皦，白也。我言之信，有如皦然之白日，指白日以爲誓盟約。**連雲屯左輔，百里見積雪。****洙曰**：三輔故事：馮，輔也。翊，佐也。左輔，馮翊郡也。**趙曰**：此指言回紇留左輔之爲害也。**長戟鳥休飛，****蘇曰**：吕布曰：長戟霜戈，鳥亦不能飛度。吴人何患耶？**哀笳曉幽咽。田家最恐懼，麥倒桑枝折。****洙曰**：講德論：收秋則奔狐馳兔，穫刈則顛倒殪仆。驚邊杌士[二]，屢犯蕘蕘。哥舒翰傳：吐蕃每至麥熟時，即率部衆至積石軍獲取，呼爲吐蕃麥。**趙曰**：時殘害麥與桑，故田夫懼之。**莎苑臨清渭，****洙曰**：莎苑，馮翊郡界。**泉香草豐潔。****蘇曰**：王臻至漾陂，愛其泉香，草木豐秀，遂編茅讀書，精通三傳。**渡河不用船，千騎常撇烈。**一云「滅没」。**胡塵踰太行，****洙曰**：太行，山名。古詩「驅車太行道」也。**雜種抵京室。花門既須留，原野轉蕭瑟。****洙曰**：丘希範書：姬漢舊邦，無取雜種。王深父留花門序云：肅宗之復兩京，籍回紇之師助焉。雖幸成功，而朝野更被其毒。語曰：人無遠慮，必有近憂。以天子之尊，推誠仗順，集中國之智力，滅一狂賊，豈有不足哉。不忍須臾之遲，顧引勍

〔一〕曰，疑當作「白」。
〔二〕杌，疑當作「扤」。

虜入於腹心之地，卒不危禍其社稷者，僅耳。所謂飲鴆救渴。此詩蓋憂其事。其後陸贄賀吐蕃抽軍不助討朱泚亦此云。

贈畢四曜，玉臺後集載曜詩二首。

才大今詩伯，洙曰：晉有八伯，疑八儁〔一〕，伯如侯伯之伯。趙曰：詩伯，蓋亦宗師之稱也。家貧苦宦卑。饑寒奴僕賤，顏狀老翁爲。同調嗟誰惜，洙曰：謝靈運：誰謂古今殊，異代可同調。師曰：同調，言才調之同。論文笑自知。流傳江鮑體，江文通、鮑明遠。相顧免無兒。洙曰：伯道無兒。免無兒者，言各有子也。趙曰：唐宗嘗曰：「蘇環有子，李嶠無兒。」〔二〕免無兒，言各有子以傳世業，即非伯道無兒事。

酬孟雲卿

樂極傷頭白，更深愛燭紅。相逢難衮衮，師曰：言際會不得數也。告別莫怱怱。趙曰：衮

〔一〕疑，疑當作「擬」。見杜集札記。
〔二〕「唐」下疑闕「中」字；環，疑當作「瓌」。

衮，相繼之意，如不盡長江衮衮也。字出晉書：張華讀史，衮衮可聽。公言相逢既難得相繼，故不可忽忽爲別也。魯曰：張芳云〔一〕：忽忽不暇草書。**但恐天河落，**洙曰：鮑明遠：夜移衡漢落。劉曰：寓意禄山之亂，恐朝廷傾陷也。**寧辭酒盞空。**洙曰：孔融：罇中酒不空。趙曰：飲盡而空也，非罇中不空意。**明朝牽世務，揮淚各西東。**

奉贈王中允維

鮑曰：王維字摩詰，累遷給事中。禄山反，爲賊所得。禄山素知其才，迎置洛陽，迫爲給事中。禄山大宴凝碧池。維聞甚悲，作詩悼痛。賊平，下獄，以詩聞行在。肅宗憐之，下遷太子中允。

中允聲名久，如今契闊深。共傳收庾信，洙曰：周書：庾信字子山，先與徐陵並爲梁抄撰學士。後仕周，聘於東魏。文章辭令盛爲鄴下所稱。信雖位望通顯，嘗有鄉關之思。趙曰：侯景之亂，梁簡文帝使庾信率宮中文武千餘人營於朱雀航。及景至，信以衆奔江陵。梁元帝承制除信御史中丞。以言王維初以禄山之脅授僞命，肅宗憐維，釋其死，下遷中允。**不比得陳琳。**洙曰：琳避難冀州，袁紹初使典文章，作檄以告劉備，言曹公失德，不堪依附，反譏曹公父子。後紹敗，曹公得琳，愛其才，不之責。趙曰：陳琳爲袁紹作檄謗詈

〔一〕芳，疑當作「芝」。

曹公，及曹公得之，愛之而不之咎。王維在賊中，禄山大宴，黎園樂工皆泣，維賦詩痛悼，則異乎陳琳矣。一病緣明主，師曰：甫自言得肺疾，只緣思君也。三年獨此心。師曰：言在寇庭未嘗少忘於君，身雖困辱，而此心無變。窮愁應有作，試誦白頭吟。洙曰：虞卿窮愁，著書白頭吟，以人情樂新而厭故。蘇曰：張跋欲娶妾，其妻曰：「子試誦白頭吟，妾當聽之。」跋慚悚而止。此婦人女子善警戒者也。

奉陪鄭駙馬韋曲二首

韋曲花無賴，家家惱殺人。趙曰：古詩：白楊多悲風，蕭蕭愁殺人。淥樽須盡日，趙曰：沈休文詩：憂來命淥樽。鄭曰：淥，龍玉切。本作「醁」，美酒也。白髮好禁一作「傷」。鄭曰：禁，居吟切。勝也。春。石角鈎衣破，沈曰：石角，謂石菱角也。藤枝一作「蘿」。刺眼新。刺，七亦切。何時占叢竹，頭戴小烏巾。蘇曰：劉岩隱逸不仕，常著緇衣、小烏巾，天下咸稱其名行。師曰：甫意欲卜居植竹以怡情也。

野寺垂楊裏，春畦亂水間。美花多映竹，好鳥不歸山。師曰：託言猶在仕途，未能拂衣林下也。城郭終何事，風塵豈駐顔。趙曰：言城中多風塵，徒催人老耳。誰能共公子，薄暮欲俱還。趙曰：尚欲留連之意。師曰：甫意欲與鄭公於暮年俱還政以自養也。

寄左省杜拾遺新添。　**岑參**

聯步趨丹陛，分曹限紫微。曉隨天仗入，暮惹御香歸。白髮悲花落，青雲羨鳥飛。聖朝無闕事，自覺諫書稀。

奉答岑參補闕見贈

窈窕清禁闥，罷朝歸不同。**師曰**：岑爲補闕，屬中書，居右署。甫爲拾遺，屬門下，居左署。左爲東，而右爲西，故云「歸不同」也。君隨丞相後，**洙曰**：補闕官有左右，左屬門下省，右屬中書。**趙曰**：豈參爲補闕，而兼爲諸部中官邪？我往一作「住」。日華東。**蘇曰**：郭偲家住日華門東畔。**趙曰**：拾遺在百官志皆隸門下省，而門下省在華門之東，杜公爲左拾遺，故云云。冉冉柳枝碧，娟娟花蕊紅。故人得佳句，獨贈白頭翁。

端午日賜衣

宮衣亦有名，**師曰**：受之當有名也。則賜之也，豈可無名乎？賜之無名，是濫賞也。端午被恩榮。細葛含風軟，香羅疊雪輕。自天題處濕，**師曰**：自天，謂賜從天子。當暑著來清。意内稱長短，洙曰：一云「恰稱身長短」。終身荷聖情。一作「明」。趙曰：蓋言天子之意內，又稱量群臣身材長短而賜之，此所以荷聖情也。師曰：言長短皆稱意，足見君恩之重。

送許八拾遺歸江寧覲省甫昔時嘗客遊此縣於許生處乞瓦棺寺維摩圖樣志諸篇

詔許辭中禁，慈顏赴北堂。洙曰：詩：焉得萱草，言樹之背。注：背，北堂也。北堂，母氏也。一云「天語辭中禁，家榮赴北堂」。聖朝新孝理，洙曰：以孝理天下。祖席倍輝光。洙曰：祖席，飲餞也。漢祖二疏。一云「行子倍恩光」。內一作「贈」。帛擎偏重，宮衣著更香。淮陰清夜驛，京口渡江航。洙曰：淮陰、京口，皆江南地名。蘇曰：淮陰，楚州。京口，潤州。春隔雞人晝，洙曰：雞人，宮中司曉者。言許方歸寧，當隔雞人報曉爾。秋期鷰子涼。秋期還也。賜書誇父老，壽酒樂城隍。洙曰：一云「竹引趨庭曙，山添扇枕涼。十年過父老，幾日賽城隍」。薛曰：右按古樂府：前有一樽酒，主人行壽今日合，來者皆令富且貴，欲令主人三万歲。終歲不知老，爲吏當高遷。賈市得萬倍，桑蠶當大得，主人宜子孫。看畫曾饑渴，追蹤限一云「恨」。淼茫。鄭曰：淼，弭沼切，大水。虎頭金粟影，神妙獨難忘。洙曰：虎頭，維摩相也。金粟，釋有金粟也。修可曰：愷之字長康，小字虎頭。晉陵無錫人。多才氣，尤工丹青，傳寫形勢，莫不絕妙。曾於瓦棺寺北殿畫維摩詰。畫訖，光耀月餘日。師曰：王洙注以虎頭爲維摩相，大誤矣。**薛曰**：右按王簡栖頭陁寺碑：金粟如來儀〔一〕，文殊戾止。發迹經曰：净明大士，是往古金粟如來。

因許八奉寄江寧旻上人

不見旻公三十年，封書寄與淚潺湲。舊來好事今能否，老去新詩誰與一作「爲」。傳。碁局動隨尋一作「幽」。澗竹，袈裟憶上泛湖船。聞君話我爲官在，頭白昏昏只醉眠。**趙曰**：袈裟，僧人之衣。詩家亦爲熟字用耳。

夏日歎

夏日出東北，陵天經中街。**洙曰**：中街，黄道之所經也。**夢符曰**：右按前漢書天文志：日有中道，月有九行。中道者，黄道，一曰光道。光道北至東井，去北極近。南至牽牛，去北極遠。東至角，西至婁，去極中。夏至至於東井，北近極，故晷短，立八尺之表，而晷景長尺五寸八分。冬至牽牛，遠極，故晷長，立八尺之表，而晷景長丈三尺一寸四分。春秋分日至婁、角，去極中，而晷中，立八尺之表，而晷景長七尺六分。此日去極遠近之差，晷景長短之制。去極遠近難知，要以晷景。晷景者，所以知日之南北也。日，陽也。陽用事而日

〔一〕如，疑爲衍文。

進而北，晝進而長，陽勝，故爲温暑。陰用事則月退而南，晝退而短，陰勝，故爲凉寒也。故曰進爲暑，退爲寒。若日之南北失節，晷過而長爲常寒，退而短爲常燠，此寒燠之表也，故曰爲寒暑。**朱光徹厚地，**趙曰：楚辭云：陽杲杲其朱光。**鬱蒸何由開。**洙曰：晉天文志：夏志極起[一]，而天運近北，而斗去人遠，日去人近，南天氣至，故蒸熱也。張景陽：大火流坤維，白日馳西陸。漢書：昴畢爲天街。應璩書曰：處凉臺而有鬱蒸之煩。招魂：朱明承夜。注：明[二]，日也。張孟陽：朱光馳北陸，浮景忽西沉。翰曰：朱光，日也。陸士衡功臣頌：朱光以渥。楚詞：杲杲光光。**上蒼久無雷，無乃號令乖。**洙曰：易傳：當雷不雷，陽德弱也。郎顗傳：雷者號令，其德生養。號令殆廢，當生而殺。則雷反作，其時無歲。趙曰：言君令之不時。**雨降不濡物，**趙曰：言彼相之無澤。**良田起黄埃。**洙曰：易：潤萬物者，莫疾乎雨。濡，滋也。蘇曰：隋煬帝時大旱，任安曰：「上蒼久不降甘雨，良田黄埃勃起。」**飛鳥苦熱死，池魚涸其泥。**洙曰：鮑昭苦熱行：身熱頭且痛，鳥墮魂家歸。又曰：晨禽不敢飛。**萬人尚流冗，舉目唯蒿萊。**蘇曰：鮑昭賦：上古疊望，蒿萊盡目力。沈曰：晉灼曰：蒿萊荆棘，舉目皆是。**至今大河北，盡作虎與豺。**洙曰：言大河之北，民皆餓饑，相吞如豺虎也。**浩蕩想幽薊，**洙曰：幽州薊門，禄山境也。薊，居例切。**王師安在哉。對食不能飡，**

[一] 志，疑當作「至」。
[二] 「明」前疑闕「朱」字。

趙曰：蔡琰詩：饑當食兮不能飡其餘〔一〕。**我心殊未諧。眇然貞觀初，難與數子偕。** **洙曰**：君子以爲傷今思古之詩。**師曰**：太宗貞觀初，米斗三錢，行旅不齎糧。房、杜、王、魏之徒皆當時名臣。君臣之間，諫行言聽，遂使膏澤下於民，號令一無乖繆。故甫傷今思古，而欲與數子偕，不可得矣。

夏夜歎

永日不可暮， **洙曰**：劉公幹：永日行游戲。江淹别賦：夏簟青兮晝不暮。葛生：夏之日、冬之夜，言冬夜、夏日，晝夜之長時也。**炎蒸毒我腸。** 我，一作「中」。言熱自中起，故毒我腸也。**安得萬里風，飄颻吹我裳。** **蘇曰**：相如夢仙引云：悠悠夢到無何鄉，天風飄颻吹我裳。白瑜琪樹晃眼冷，有客引上白銀床。**蘇曰**：天色久陰，淫雨不止。潘章曰：「安得萬里長風，掃此陰翳也。」**趙曰**：陸士衡前緩聲歌云「長風萬里舉」也。**昊天出華月，** **洙曰**：傅玄詩：清風何飄颻，微月出西方。劉休玄：芳年有華月。**茂林延疏光。** **洙曰**：謝靈運：密林含餘清。潘安仁：茅屋茂林下。**趙曰**：王羲之蘭亭記：有茂林脩竹。**仲夏苦夜短，開軒納微凉。** **洙曰**：謝靈運：不怨秋夕長，恒苦熱夜短。**虚明見纖毫，** **洙曰**：陶潛：凉風起將夕，夜景湛

〔一〕「其餘」疑爲衍文。

虛明。羽蟲亦飛揚。蘇曰：李靳雜感：月華滿院寒，飛揚羽蟲亂。物情無巨細，自適固其常。洙曰：詩：熠燿宵行。羽蟲也。念彼荷戈士，洙曰：詩候人：荷戈與祋。荷，下可切。窮年守邊疆。何由一洗濯，執熱互相望。洙曰：無方切。言荷戈之士久苦於炎熱，但相望而已，未能一洗濯也。師曰：兵革以來，雨暘失序，甫苦於旱熱，因覩羽蟲夏夜飛揚，而適其性，乃念彼荷戈之士，執熱而不得一濯，君天下者，不能推好逸惡勞之心，與衆共之，豈所謂爲民父母也哉。竟夕擊刁斗，刁音彫。喧聲連萬方。洙曰：李廣傳：程不識正部曲、行伍、營陣，擊刁斗至明，軍自便。孟康曰：刁斗，以銅作鐎，受一斗。晝炊飯食，夜擊持行，名曰刁斗。今在熒陽庫中也。西域傳：斥堠七百餘人，五分夜，擊刁斗自守。師古曰：夜有五更，故分而持之也。青紫雖被體，蘇曰：韓耀：「雖青紫被體，鍾鼎列前，皆非吾所欲也。但得衡山一峰，嘯卧雲間，吾心足矣。」不如早還鄉。洙曰：李白蜀道難云：錦城雖云樂，不如早還家。韋賢：取青紫如俯拾地芥也。北城悲笳發，鸛鶴號且翔。號，胡刀切。洙曰：豳詩：鸛鳴于垤。況復一作「懷」。煩促倦，激烈思時康。魯曰：張茂先詩：煩促每有餘。蘇子卿詩：長歌正激烈。

王狀元集百家注編年杜陵詩史八卷

乾元元年夏六月出爲華州司功冬末以事之東都至乾元二年七月立秋後欲棄官所作

至德二載甫自京金光門出道歸鳳翔乾元初從左拾遺移華州掾與親故別因出此門有悲往事

此道昔歸順，西郊胡正煩。**洙曰**：公昔有賊中間道歸行在〔一〕。**趙曰**：言其逃賊欲之行在，是爲歸順。在金光門道出，故曰「昔歸順」也。言當歸順時，正值胡在西郊爾。至今猶破膽，應有未招魂。**洙曰**：言履艱危，膽破魂飛也。宋玉有招魂文。近得一作「持」。歸京邑，移官豈一作「遠」。至尊。**洙曰**：言移外官，非天子意也。**趙曰**：言得返長安爲拾遺，而遽移華州，本非至尊之意，特以自貽伊戚耳。蓋公

〔一〕有，疑當作「自」。見杜集札記。

以論房琯有才，不宜廢免，坐此而貶也。**無才日衰老，駐馬望千門。** **趙曰**：使千門萬户之語也。疑望於宮禁，傍徨不忍去也。**師曰**：甫陷禄山軍中，竄歸鳳翔，謁肅宗，故云「歸順」。後論房琯事，移華州司功，非出天子之意，蓋讒邪毁傷之也。漢武帝宫中爲千門萬户之遊。駐馬望千門，蓋戀君不忍去也。

奉同郭給事湯東靈湫作

東山氣濛鴻，宫殿居上頭。 **趙曰**：東山，驪山也，在長安之東。北望雲陽，悉見山阜之形，而恒若雲霧之中，故云「氣濛鴻」。**君來必十月，樹羽臨九州。** **洙曰**：湯泉，温泉。山上有宫殿，天寶中嘗以十月幸之。樹羽，立羽葆蓋也。**趙曰**：言温湯也。長安志云：開元後，玄宗每歲十月幸温湯，歲盡而歸。詩：崇牙樹羽。**彦輔曰**：立葆羽也。江淹詩有云：君王澹以思，樹羽望楚城。**陰火煮玉泉，噴薄漲巖幽。** **洙曰**：温泉也。海賦：陽冰不冶，陰火潛然。**修可曰**：博物志云：凡水源有硫黄，其泉則温，故云「陰火」。**有時浴赤日，光抱空中樓。** **洙曰**：山海經：大荒之中暘谷，上有扶桑，十日所浴。又曰：有七子，名曰羲和，浴日於甘泉。又曰：日拂於扶桑，出於暘谷，浴於咸池。**閬風入轍跡，曠原**一作「野」。**延冥搜。** **洙曰**：大人賦：登閬風而遥集。莊子：廣莫之野。廣原，崑崙東北脚名也。**覺範曰**：神異經：崑崙三角，北曰閬風巔，西曰玄圃臺，北曰崑崙宫。**趙曰**：崑崙，一名閬風，其義則周穆王欲車轍馬迹遍天下之意。謂之欲冥搜，蓋言乘輿自驪山而出，若將訪崑崙而遊廣原也。沸一作「拂」。天萬乘動，觀水百丈湫。洙曰：前漢郊祀志：湫淵祀朝那。注：水清澈可愛，不容穢濁，龍之所居。趙曰：鮑明遠蕪城賦：歌吹沸天。言其聲之多。幽靈新一作「靈湫新」。可佳，王命官屬休。初聞龍用壯，洙曰：大壯：九三，小人用壯。擘石摧林丘。洙曰：郭緣生述征記：巨靈擘開華山。謝惠連詩：落雪灑林丘。中夜窟宅改，移因風雨秋。趙曰：窟穴改而移。天台山賦序：靈仙之所窟宅。倒懸瑤池影，洙曰：漢郊祀志：谷永云：登遐倒景，覽觀縣圃，浮遊蓬萊。如淳曰：在日月之上，反從下照，故其景倒。大人賦：貫列缺之倒景。孫綽天台賦：或倒景於重溟。張協七命云：倒景而開軒。海賦：瑰琦之所窟宅。廣雅曰：景在下曰倒景。趙曰：此以狀湫之深廣險激。公詩又於過驪山之下曰：瑤池氣鬱律。舊注引到景以證倒懸，非是。屈注蒼江流。味如甘露漿，揮弄滑且柔。翠旗淡偃蹇，洙曰：九歌：靈旗偃蹇兮姣服。又：蹇將憺兮壽宮。枚乘七發：旌旗偃蹇。相如：建翠華之旗。注：以翠羽爲旗。上，葆也。大人賦：掉指橋以偃蹇。又云：蜩蟉偃蹇。趙曰：蒼江，當作「滄」。謝朓詩：結軫青郊路，廻瞰滄江流。揮弄，出郭璞賦：揮弄灑珠。滑且柔，取周禮「柔而滑」。雲車紛少留。薛曰：右按楚詞東皇太一曰：靈偃蹇兮姣服。又大司命曰：乘回風兮載雲旗。二章屈原之所作也。簫鼓蕩四溟，洙曰：漢武帝：簫鼓鳴兮發棹謳。顏延年：笳鼓震溟州。異香泱漭浮。泱，烏朗切。漭，模朗切。洙曰：木玄虚海賦：泱漭泞〔一〕。七啓：入乎泱漭之野。謝玄暉：晨光復泱漭。張平子：泱漭無疆。劉伶：泱漭望舒隱。蛟人獻微一作「徵」。綃，洙曰：吴都賦：泉室潛織而卷綃。注云：鮫人織輕綃於泉室以賣之。趙曰：蛟人水居。南海之外有之，善織綃。見海賦。曾祝沈豪牛。魯曰：穆天子傳：賜文山之民豪牛豪馬。百祥奔盛明，洙曰：書作「善降之百祥」。古先莫能儔。坡陁金蝦蟆，魯曰：相如哀二世賦：登陂陁之長阪。出見蓋有由。曾曰：小説：有人夜見林中光，屬天上，如月迹而視之，有一金背蝦蟆。趙曰：唐五行志有載：蝦蟆色如金者。或云驪山上有古碑載之矣。至尊顧之笑，王母不遺一作「肯」。收。洙曰：大人賦：吾乃今日覩西王母，暠然白首，載勝而穴處兮，亦幸有三足烏爲之使。張揖曰：西王母，其狀如人，豹尾虎首，蓬髮，暠然白首。烏三足，青鳥也，主爲西王母取食，在崑崙山之北。復歸虚無底，化作長黄虯。一作「龍與虯」。飄飄青瑣郎，洙曰：漢武帝説相如大人賦：「飄飄有凌雲氣。」初，秦漢別給事黄門之職，後漢併爲一官，故有給事黄門侍郎，掌從左右給事中，使開通中外，及諸王朝見於殿上，引王就座，日暮入，對青瑣門拜，故謂之夕郎。宫闕簿曰：青瑣門在南宫。衛瓘注：吴都賦曰：青瑣，户邊青鏤也。范雲詩有云：攝官青瑣門。文采珊瑚鈎。洙曰：西域傳：罽賓國出珊瑚。本草云：

〔一〕「泞」前疑闕「澹」字，當作「澹泞」。見杜集札記。

生海底，枝柯狀，明潤如紅玉。蘇曰：相如見枚叔文，謂友人曰：「如珊瑚之鈎，璠璵之器，非世間尋常所見也。」趙曰：以明潤如玉，故比人之文采也。珊瑚鈎，出纂典記載嵩岳嫁女事，云周穆王把酒請王母，歌，以珊瑚鈎擊盆而歌。師曰：郭給事能爲文章，如珊瑚之可貴。**浩歌緑水曲，清絶聽者愁。**洙曰：盧湛：俯淥緑水。馬季長笛賦：中取度於白雪、緑水。注：二曲名。嵇叔夜琴賦：初涉緑水，中奏清徵。張翰吊賈生賦：敢不敬吊寄之緑水。蘇曰：元温月下聞笛，其聲清絶，同舟數人倚墻聽久，愁思浩然。師曰：緑水，即伯牙高山、流水之音，後世製爲法曲，名曰緑水。言給事歌詩清雅絶倫，聽者愁莫能及也。終又叙給事文章收功之意。

望岳

南岳配朱鳥，秩禮自百王。洙曰：五月南廵狩至於南岳衡山。釋山又云：霍山爲南岳。衡之與霍皆一山，有兩名。南岳本自以兩山爲名，非從近來也。而學者多以霍山不得爲南岳。又云：漢武帝來，始乃名之。斯不然矣。衡山，一名霍山，言萬物霍而大也。應劭曰：風俗通曰：岳者稱考，功德黜陟之故，謂之岳。四方皆有七宿，各成一形。東方成龍形，西方成虎形，皆南首而北尾。南方成鳥形，北方成龜形，皆西首而東尾。以南方之宿象鳥，故謂之朱鳥。七宿也。書：望于山川。注：諸侯境内名山大川，如其秩次望祭之，故五岳牲禮視三公，四瀆視諸侯，其餘視子男。趙曰：荆州記曰：衡山者，五岳之南岳也。今云配朱鳥者，朱鳥，南方之宿也。秩則尚書「咸秩無文」之秩。秩者，等也。所謂五岳視三公，四瀆視諸侯是已。等秩之禮，其來久矣，故云「自百王」。**欻吸領地靈，** 洙曰：地之百靈。顔延年詩：邑社總地靈。趙曰：江文通雜擬詩：欲吸鵾雞悲〔一〕。注云：猶俄頃也。**鴻洞半炎方。邦家用祀典，** 趙曰：王褒四子講德論：洪洞朗天。言天地之神光洪洞相通，明朗於天也。**在德非馨香。** 五岳皆載祀典。**巡守何寂寥，有虞今則亡。** 洙曰：自戰國縱横而巡守之禮亡矣。有虞，虞舜也。謂五年一巡狩。**洎吾隘世網，行邁越瀟湘。** 洙曰：隘，言世網所拘迫也。行邁，猶行役也。趙曰：公之所以行邁者，以世網隘窄，故欲曠懷於江湖之上也。**渴日絶壁出，** 趙曰：難逢曰霽，以望其峰，於日如渴也。蓋如渴雨之渴。**漾舟清光旁。祝融五峰尊，峰峰次低昂。紫蓋獨不朝，爭長嶫相望。** 洙曰：祝融，峰名也。朱陵、祝融、紫蓋、石菌、芙蓉，所謂五峰也。爭長，言相峙而立，有如爭長也。趙曰：考衡山記有芙蓉峰、紫蓋峰、石門峰。而韓退之詩曰：紫蓋連延接天柱，石廩騰擲堆祝融。則又有天柱峰、祝融峰爲五峰。舊注以朱陵補之，非也。**恭聞魏夫人，群仙夾翺翔。** 洙曰：魏夫人，神仙也。主衡山。夢符曰：右按真誥：南岳夫人與弟子言：東岳上真卿司命君等左二十二真人坐西起南向東行，太和靈嬪上真太夫人右十五女真東坐北起南行。上真司命南岳夫人即魏夫人也。田曰：夫人諱華存，字賢安。晉司徒舒之女也。幼純讀書，喜神仙，其後四仙人降，車從鮮盛。夫人既與仙者遊，盡傳

〔一〕 欲，疑當作「欻」。

其秘術。咸和八年，終，壽八十二。舊説以謂夫人實不死，以杖代尸而升天。扶桑大帝君授夫人青瓊之板、丹録之文，治南岳。有時五峰氣，散風如飛霜。牽迫限脩途，未暇杖崇崗。洙曰：言爲行邁拘限，未暇策杖而登崇崗也。歸來覬命駕，沐浴休玉堂。三歎問府主，曷以贊我皇。牲璧忍衰俗，神其思降祥。洙曰：吴都賦：玉堂對霤，石室相距。注：皆仙人所居。又云：玉堂，府主所居也。故有三嘆之問，謂世亂俗薄，祀典闕而舉欲贊之，於是帝崇牲璧，則神必降祥於此矣。師曰：衰亂之俗，廢祀典而不舉，今甫欲以牲璧禮神，庶使岳神贊翊吾君，而降福祥矣。

至日遣興奉寄北省舊閣老兩院故人二首

去歲兹辰捧御床，五更三點入一作「出」。鵷行。師曰：鵷鷺之行，喻縉紳之列。余曰：唐上官儀傳：篙羽鴛鷺。欲知趨走傷心地，洙曰：此言爲華掾，趨走參謁郡將也。正想氛氳滿眼香。洙曰：御爐香煙。無路從容陪語笑，有時顛倒著衣裳。趙曰：東方未明篇：顛倒衣裳。師曰：言行之遽也。何人錯憶窮愁日，愁日愁隨一綫長。洙曰：一云「日日愁隨一綫長」。歲時記云：宫中以紅綫量日影，至日日影添一綫。蘇曰：唐雜録謂宫中以女工揆日之長短，冬至後日晷漸長，比當日增一綫之功。黄魯直云此説是。趙曰：至日景長，故繡工添一綫也。

憶昨逍遥供奉班，趙曰：唐拾遺掌供奉諷諫。去年今日侍龍顔。洙曰：漢高祖隆準而龍顔。麒麟不動爐煙上，蘇曰：漢武時月氏進七寶麒麟爐、百和香、續絃膠。孔雀徐開扇影還。蘇曰：孝明時，南蠻進白孔雀尾扇。趙曰：麒麟者，香爐之狀也。孔雀者，扇中所畫也。以言至日受賀之儀。玉几一作「坐」。由來天北極，洙曰：周禮：王左右玉几。朱衣只在殿中間。孝祥曰：言拾遺只在殿中間，與侍御史同立，所謂立螭頭是也。孤城此日堪腸斷，趙曰：公在外，不得預朝賀而懷之耳，故有腸斷之嘆。愁對寒雲雪滿山。洙曰：舞鶴賦：冰塞長河，雪滿群山。

閿鄉姜七少府設鱠戲贈長歌閿，音聞。

姜侯設鱠當嚴冬，昨日今日皆天風。趙曰：漢高皇后八年，太尉入未央宫，擊吕産。天風大起也。河凍未漁不易得，一作「黄河水漁」。鑿冰恐侵河伯宫。饔人受魚鮫人手，洙曰：周禮天官：内饔。饔，和也。熟食曰饔，割烹煎和之稱。潘安仁西征賦：饔人縷切，鑾刀若飛。應刃落俎，靃靃霏霏。紅鮮紛其初載，賓旅竦而遲御。既食服而屬厭，泊恬静以無欲。迴小人之腹，爲君子之慮。洗魚磨刀魚眼紅。無聲細下飛碎一作「素」。雪，有骨已剁觜春葱。洙曰：七啓云：纍如疊縠，離若散雪。輕隨風飛，刃不轉切。又：膾西海之飛鱗。七命云：范公之鱗，出自九溪。赬尾丹腮，紫翼青鬐。命支離飛霜，鍔紅肌綺散。素膚雪落。糈，平聲。偏勸腹腴愧年少，軟炊香飯一作「粳」。緣老翁。蒼舒曰：按禮記：冬右腴。鄭氏曰：腴，腹下也。前漢書：九州膏腴。顔師古曰：腹之下肥曰腴。落碪何曾白紙濕，碪音「砧」。放筯未覺金盤空。新懽便飽姜侯德，洙曰：詩：既醉以酒，既飽以德。清觴異味情屢極。趙曰：陳周弘讓答王褒書云：南風雅操，清觴妙曲。大臨曰：左傳云：必嘗異味。東歸貪路一作「貧路」。自覺難，欲別上馬身無力。可怜爲人好心事，於我見子真顔色。師曰：言姜侯禮貌非僞爲也。不恨我衰子貴時，悵望且爲今相憶。

戲贈閿鄉秦少府短歌

鮑曰：唐志：閿鄉屬陜郡。

去年行宫當太白，鮑曰：謂肅宗駐鳳翔也。唐志：鳳翔府郿縣有太白山。朝迴君是同舍客。洙曰：直不疑爲同舍郎疑盜金。師曰：至德二載，甫爲拾遺，故云「朝迴」。同心洙曰：易曰：同心之言。不減骨肉親，每語見許文章伯。洙曰：唐文三變，王、楊爲之伯。趙曰：王充論衡超奇篇有云：文辭之伯。而魏陳琳與吴張紘書云：此間率少於文章，易爲雄伯。唐贊所引，乃後人述用也。今日時清兩京道，耒曰：乾元元年，肅宗收復兩京。相逢苦覺人情好。昨夜邀懽樂更無，多才依舊能潦倒。洙曰：嵇康書：知吾潦倒，麄疏不切事情。晏曰：潦倒，衰老之貌。

李鄠縣丈人胡馬行鄭曰：鄠，扶古切。扶風縣名。

丈人駿馬名胡騮，前年避胡過金牛。洙曰：金牛，地名。余曰：昔秦欲伐蜀，無路通，遣人告蜀王曰：「秦有金牛，其糞成金。」使蜀迎與之。蜀王命五十力丁開山取金牛。路纔通，秦伐蜀，取其國。因號所開之山曰金牛。迴鞭却走見天子，朝飲漢水洙曰：漢水，漢江水也，在楚地方城。暮靈州。洙曰：靈州，靈武郡。唐理迴樂縣。秦始皇屬北地郡。趙曰：肅宗即位靈武，故廻鞭見天子，則自漢水而來靈州也。自矜胡騮奇絶代，乘出千人萬人愛。一聞説盡急難材，趙曰：急難材，如劉備之的驢，一躍三丈，過檀溪，以免劉表之追。劉牢之馬跳五丈澗，以脱慕容垂之逼也。轉益愁向駑駘輩。頭上鋭耳批秋竹，脚下高蹄削寒玉。梅曰：黄伯仁龍馬頌曰：耳如剡筩，目象明星。始知神龍别有種，不比俗馬空多肉。洛陽大道時再清，趙曰：已收復東京矣。累日喜得俱東行。鳳臆龍鬐一作「麟鬐」。鄭曰：渠伊切，馬鬣也。沈曰：伯樂相馬經云：鳳臆龍鬐。言馬胸如鳳，馬鬣如龍，真良馬也。未易識，側身注目長風生。師曰：言馬有精神也。良馬不怕寒，踏雪嘶風而愈健。

路逢襄陽少府入城戲呈楊員外綰彦輔曰：甫赴華州日，許寄員外茯苓。

寄語楊員外，山寒少茯苓。師曰：史記龜策傳云：茯苓在免絲之下，狀如飛鳥之形。新雨已天清，無風以夜晴。兔絲去之即篝燭此地，火滅記其處，明日乃掘取，入地四尺至七尺得矣。歸來稍暄暖，一云「候和」。當爲斸青冥。鄭曰：斸，株玉切，斫也。師曰：斸，以錐刺地也。翻動一作「倒」。神仙窟，洙曰：茯苓，松枝所化，斸之乃得。世言華山多茯苓，神仙所居之地。封題鳥獸形。唐曰：茯苓以鳥獸形者爲上。兼將老藤杖，扶汝醉初醒。

潼關吏王深父曰：安禄山反，哥舒翰以潼關擊賊。翰敗，禄山遂陷長安。其後收復長安，頗增飾餘險。此詩蓋刺非其人則舉關以棄之，得其人雖舊險亦足以持，不必衆而恃，無益也。孟子所謂「地利不如人和」也。

士卒何草草，築城潼關道。大城鐵不如，小城萬丈餘。薛曰：右按潤州圖經：城號鐵瓮城。吴孫權所築。杜牧潤州詩：城高鐵瓮橫强弩。又世説曰：若湯池鐵城，無可攻之勢。借問潼關吏，修關還備胡。脩關，一作「築城」。要我下馬行，要，於宵切。爲我指山隅。連雲列戰格，飛鳥不能踰。胡來但自守，豈復憂西都。丈人視要處，窄狹容單車。蘇曰：李左車云：井陘之道，車不得方軌，騎不得成列。艱難奮長戟，千古用一夫。洙曰：匈奴贊：厲長戟勁弩之械。劍閣銘：一人荷戟，萬夫趑趄。蜀都賦：一夫守隘，萬夫莫向。淮南子：一人守隘，千夫莫向。哀哉桃林戰，百萬化爲魚。

洙曰：武成放牛桃林之野。注：桃林，在華山東。西京賦：左有崤、函重險，桃林之塞。陸士衡：眷言懷桑梓，無乃化爲魚。光武紀：決水灌之，百萬之衆可使爲魚。請囑防關將，慎勿學哥舒。洙曰：唐哥舒翰突騎施首領哥舒部落之裔也。蕃人多以部落稱，始以爲氏。翰至潼關，次於靈寶縣之西原，與賊交戰。官軍南迫險峭，北臨黄河，因爲凶徒所乘，三師自相擠排，墜於河。翰與數百騎馳而西歸，爲火拔歸仁執，降於賊。禄山僞署翰司空，諸將光弼等皆爲書罪翰不死節。後爲安禄山所殺。師曰：今肅宗既收復兩京，儻不更選賢將，事之成敗，未可知也。故甫有「慎勿學」之句。

石壕吏

壕，胡刀切。王深父曰：驅民之丁壯，盡置死地，而猶急其老弱，雖爲閭左之戍，不堪也。嗚呼！其時急矣哉。

暮投石壕洙曰：石壕，地名。鄭曰：澠池有二崤，東壕土崤，西爲石崤。石崤，即石壕矣。村，有吏夜捉人。老翁踰墻走，老婦出門看。吏呼一何怒，婦啼一何苦。聽婦前致詞，三男鄴城戍。洙曰：江淹：飛蓋遊鄴城。王粲：歌舞入鄴城。魏都也。一男附書至，一作「到」。二男新戰死。存者且偷生，吕曰：李陵曰：陵豈偷生之士。死者長已矣。室中更無人，所有乳下孫。孫有母未去，出入無完裙。洙曰：一作「孫母未便出，見吏無完裙」。老嫗力雖衰，洙曰：文穎曰：幽州及漢中皆謂嫗爲媼。請從吏夜歸。急應河陽役，沈曰：河陽，東都也。猶得備晨炊。洙曰：史：晨炊蓐食。師曰：時三節度屯兵於此，以禦慶緒。兵敗，無丁可抽，故老嫗請赴河陽之役，以供炊爨而已。夜久語聲絶，如聞泣幽咽。天明登前途，獨與老翁别。

新安吏

王深父曰：乾元二年，郭子儀等九節度之師圍安慶緒於鄴，時不立元帥，以中官魚朝恩爲觀軍容宣慰使，師遂潰於城下。諸節度各還本鎮。子儀保河陽，詔留守東都。此詩蓋哀出兵之役。夫古者遣將有推轂分閫之命，今棄師於敵也，虐至於無告，如詩之所憾，其君臣豈不刺哉。然子儀猶寛度得衆，故卒章美焉。師曰：從新安吏以下至無家别，乃乾元元年所作。肅宗於至德二載改元乾元，時九節度兵圍安慶緒於相州，大敗而還。朝廷調諸郡兵益急，雖次丁盡行，秦之讁戍無以加此。惟郭子儀能撫恤士卒，有詔留守東都，故甫於首篇諷朝廷重困民力，末章美子儀善養士卒。惜夫肅宗任之不專，權分於九節度，總統不一，以至於敗也。

客行新安道，洙曰：新安，地名。喧呼聞點兵。洙曰：古木蘭詩：昨夜見軍帖，可汗大點兵。借問新安吏，縣小更無丁。府帖一作「符」。昨夜一作「日」。下，次選中男行。中男絶短小，何以守王城。肥男有母送，瘦男獨伶俜。洙曰：潘安仁寡婦賦：少伶俜而偏孤。伶音零。俜，無成單子貌。修可曰：古猛虎行曰：少年惶且怖，伶俜到他鄉。鄭曰：俜，普丁切。伶俜，行不正貌。**白水暮東流，青山猶**一作「聞」。**哭聲。**洙曰：木蘭詩：不聞爺娘哭子聲，但聞黄河流水鳴濺濺。**莫自使眼枯，收汝淚縱横。眼枯却見骨，天地終無情。我軍取**一作「至」。**相州，**洙曰：時九節度圍相州，而師潰也。**日夕望其平。豈意賊難料，**蘇曰：吴起：出兵不可輕戰，賊勢難料。**歸軍星散營。**趙曰：乾元初，詔子儀率李光弼等九節度兵二十萬討慶緒於相州，圍之。慶緒求救於史思明，王師不利，南潰，諸節度引還。故公今詩云云。**就糧近故壘，練卒依舊京。掘壕不到水，牧**一作「看」。**馬役亦輕。**洙曰：此言子儀保河陽，詔留守東都。**况乃王師順，撫養甚分明。送行勿泣血，僕射如父兄。**郭子儀也。

新婚别

王深父曰：先王之政：新有婚者，期不使。政出於刑名，則一切衆而已。此詩所怨，盡其常分，而能不忘禮義。余是以録之。

兔絲附蓬麻，引蔓故不長。洙曰：古詩：與君爲新婚，兔絲附女蘿。詩頍弁：蔦與女蘿，施于松柏。蔦，寄生也。女蘿，兔絲松蘿也。陸機疏云：今兔絲連草上生，黄赤如金，合藥兔絲子是也。在草曰兔絲，在木曰松蘿。趙曰：兔絲當附松柏，而乃附蓬麻，爲不得其所矣。**嫁女與征夫，不如棄路傍。**蘇曰：周述生而怪異，父曰：「不如棄置路傍。」母弗許。後文章隨名。**結髮爲妻子，**洙曰：蘇子卿詩：結髮爲夫妻，恩愛兩不疑。席不暖君床。孔席不暇暖。蘇曰：王簡樓[一]：君床席未暖，遽蒙棄逐。暮婚晨告别，無乃太匆忙。君行雖不遠，守邊赴一作「戍」。河陽。洙曰：河陽，東都也。妾身未分明，何以拜姑嫜。諸良切。夢符曰：右按前漢：廣川王去爲幸姬陶望卿，作歌曰：背尊章，嫖以忽。顔師古曰：尊章，言舅姑也。時可曰：曹子建詩：妾身守空閨。吕曰：按陳琳飲馬長城窟行云：善事新姑嫜。此姑嫜字所出也。師曰：姑之夫曰嫜。父母養我時，日夜令我藏。生女有所歸，洙曰：婦人謂嫁曰歸。雞狗一作「犬」。亦得將。君今死生地，沉痛迫中腸。洙曰：鮑昭：生軀蹈死地。謝靈運：眷言懷君子，沉痛切中腸。韓信：置之死地而後生。魏文帝詩：斷絶我衷腸。趙曰：鮑昭詩：沉痛切中腸。誓欲隨君往，形勢反蒼黄。洙曰：北山移文：蒼黄翻覆。蘇曰：韓遂：形勢不可欺。軍馬蒼黄，擊其左右。勿爲新婚念，努力事戎行。洙曰：古詩：努力加餐飯。蘇武詩：努力愛春花。李陵：努力崇明德。樂府：少壯不努力。婦人在軍中，兵氣恐不揚。蒼舒曰：右按前漢書：李陵與單于戰，陵曰：「士氣少衰，而鼓不起者，何也？軍中豈有女子乎？」始軍出時，關東群盜妻徙邊者隨軍爲卒妻婦，大匿軍中。陵按得，皆劍斬之。自嗟貧家女，久致一作「致此」。羅襦裳。鄭曰：襦，人朱切，短衣也。羅襦不復施，洙曰：淳于髡

[一] 樓，疑當作「棲」。

云：羅襦襟解。對君洗紅粧。洙曰：古詩：娥娥紅粉粧。仰視百鳥飛，大小必雙翔。人事一作「生」。多錯迕，與君永相望。無方切。趙曰：宋玉風賦：回穴錯迕。注云：雜錯交迕也。師曰：詩采緑，刺怨曠也。觀甫此詩怨別，又甚於采緑者矣。

垂老別王深父曰：軍興之甚，至於老者亦介胄，則又甚於閭左之戍矣。

四郊一作「方」。未寧静，洙曰：曲禮：四郊多壘，卿大夫之辱也。垂老不得安。子孫陣亡盡，焉用身獨完。投杖出門去，同行爲辛酸。蘇曰：衛隆：吾宗世業儒，值此離亂，子孫不慣操戍，陣亡皆盡。幸有牙齒存，所悲骨髓一作「肉」。乾。男兒既介胄，長揖別上官。洙曰：左思詩：長揖歸田廬。酈食其長揖高祖。老妻卧路啼，歲暮衣裳單。孰知是死別，且復傷其寒。此去必不歸，蘇曰：主父偃：此行斷當不復歸矣。吾吐詞與物多忤。還聞勸加餐。古詩：努力加餐飯。古辭：上言加餐食。土門壁甚堅，杏園度亦難。洙曰：史思明傳：李光弼出土門，收常山郡。郭子儀以朔方蕃漢二萬人自土門而至常山，軍威遂振。趙曰：時土門杏園設備以待史思明，時思明已殺安慶緒，自立爲帝矣。與天寶十五載潼關既潰之後，思明爲安禄山攻玉門、陷常山時事皆相遠。勢異鄴城下，縱死時猶寬。人生有離合，豈擇衰盛一作「老」。端。憶昔少壯日，遲迴竟長歎。洙曰：鮑昭：臨路獨遲迴。萬

國盡征戍，一云「東征」。**烽火被岡巒。**洙曰：蜀都賦：岡巒糾紛。盧諶詩：岡巒挺茂樹。鮑昭：烽火入咸陽。**積屍草木腥，**洙曰：晉天文志：太陵中一星曰積尸，明則死人如山。蘇曰：衛紹：累年兵戈不解，積屍徧野，草木皆腥，狐驕鳥肥。**流血川原丹。**洙曰：揚子：川谷流人之血，原野厭人之肉。西都平原赤。**何鄉爲樂土，**洙曰：詩：適彼樂土。**安敢尚盤桓。棄絶蓬室居，塌然摧肺肝。**洙曰：曹植詩：哀哉傷肺肝。又：顧念蓬室士。王仲宣：喟然傷心肝。列子曰：北宫子死，其蓬居若廣厦之蔭。蘇曰：張約過金陵，回首淚不能止，心肝摧折。師曰：痛念國家急難，征戍烽火何鄉不有，吾豈能獨安不慮哉。不敢盤桓，義也。塌然傷别者，仁也。詩之意不忘仁與義，此甫幾乎風、雅之作矣。

無家别

王深父曰：先王子惠困窮，苟推其所不忍，達之於其所忍，則天下無敗亂之兆矣。此詩何爲作乎。師曰：甫詩言無家者，離别不成家計爾。

寂寞天寶後，魯曰：天寶，明皇年號也。**園廬但蒿藜。**洙曰：喪亂，園廬殘破也。**我里百**一作「萬」。**餘家，世亂各東西。存者無消息，死者爲**一作「委」。**塵泥。**蘇曰：梁竦：賢愚貴賤，一死皆爲塵泥，造化豈有彼此之異。**賤子因陣敗，歸來尋舊**一作「故」。**蹊。久行見空巷，日瘦氣慘悽。**蘇曰：王齊累日饑腸，慘悽覺瘦。**但對狐與狸，豎毛怒我啼。**洙曰：苦寒行：熊羆對我蹲，虎豹夾路啼。

言田里荒蕪，人跡罕少，惟狐狸爾。**四鄰何所有，一二老寡妻。**洙曰：四鄰，所居之鄰近也。人多死於征役，所居者惟寡婦爾。孟子：老而無夫曰寡。**宿鳥戀本枝，安**一作「敢」。**辭且窮棲。**洙曰：人情之戀故鄉，如宿鳥之戀本枝也，雖窮棲且安辭矣。言人情之安土也。唐太宗爲太原父老曰：「飛鳥過故鄉猶躑躅，況朕少小所遊之鄉里乎。」王正長：人情舊鄉客，鳥思棲故林。顏延年：刻意籍窮棲。**方春獨荷鋤，**洙曰：陶潛：雖有荷鋤倦。鄭曰：荷，下可切，負荷也。蘇曰：潘勖見陸機曰：「今天下三分，兵戈騷屑，吾當獨荷鋤山谷，采芝木養此衰朽，不復有意於世間事也。」**日暮還灌畦。縣吏知我至，召令習鼓鞞。**洙曰：張景陽：人聞鼓鞞聲。鄭曰：府移切，又薄迷切。鞞，助鼓節。**雖從本州役，**曾曰：盧諶詩：肯謂鄉曲譽，謬充本州役。**内顧無所攜。近行止一身，遠去終轉迷。家鄉既盪盡，**盪，徒沆切。劉曰：謝靈運：家鄉皆掃盡。**遠近理亦齊。率痛長病母，五年委溝谿。生我不得力，**蘇曰：陳涉：人言父母生我不得力，吾試憑三尺逐秦鹿，使群兒洗目看，享富貴。見函谷碑。**終身兩酸嘶。人生無家别，何以爲蒸黎。**洙曰：傷不得養父母。師曰：昔宣王中興，勞來還定安集之，而鴻鴈之民獲安其居。今肅宗中興，使民無家，而至於生無以養，死無以葬，其視周宣之安民，不亦厚顏也哉。觀甫詩，持政之美惡，皆可得而知也。

瘦馬行

東郊瘦馬使我傷，骨骼一作「骸」。**鄭曰**：各額切，禽獸之骨。硉兀如堵墻。**洙曰**：郭璞江賦：巨石硉矹以前却。禮：觀者如堵墻。**鄭曰**：硉，郎兀切，危石也。**沈曰**：骨高貌。絆之欲動轉欹側，此豈有意仍騰驤。**洙曰**：東京賦：六玄虯之奕奕，齊騰驤之沛艾。西京賦：仍奮翅而騰驤。細看六印帶官字，**洙曰**：唐令：諸掌牧馬以小官字印印右膊，以年辰印印右髀，以監名依左右廂印印尾側。至二歲起，春量强弱，漸以飛字印左廂髀膊，細馬俱以龍形印印項左，官馬賜人者以賜字印，配諸軍及充傳送驛者以出字印，並印右頰。衆道三軍遺路傍。皮乾剥落雜泥滓，乾，居寒切。滓，阻史切。**洙曰**：雜卦：剥，爛也。物熟則剥落也。毛暗蕭條連雪霜。去歲奔波逐餘寇，驊騮不慣不得將。士卒多騎内廄馬，惆悵恐是病乘黃。**洙曰**：乘黃署。後漢太僕有未央廄令，魏改爲乘黃廄。乘黃，古之神馬，因以爲名。乘黃亦名飛黃，背有角，日行萬里。淮南子云：天下有道，飛黃伏皁。一云神黃，獸名，龍翼馬身，黃帝乘而登仙。當時歷塊誤一蹶，音厥。委棄非汝能周防。**蒭曰**：王褒聖主得賢臣頌：過都越國，蹶如歷塊。見人慘澹若哀訴，失主錯莫無晶光。天寒遠放鴈爲伴，一作「侶」。日暮不一作「未」。收一作「衣」。烏啄瘡。誰家且養願終惠，**洙曰**：顏延年赭白馬賦：願終惠養，陰本枝兮。更試明年春草長。**師曰**：按唐史：房琯有宰相器，其才亦長於戰。時帝命琯將兵與賊戰陳濤斜，琯儒者，不知兵，用春秋車戰法，爲賊所敗。帝怒，斥琯爲邠州刺史。夫人之材各有所長，琯長於輔，今用違所長，是以兵敗，奈何一跌不復。故唐史爲之歎惜。甫此詩寓意於琯之見棄，而朝廷寡恩，莫之終惠。甫欲再試用之，以盡其所長，斯可矣。故末章有「誰家且養願終惠，更試明年春草長」之句。

義鶻行 **彦輔曰：** 感鳥獸猶見義而動也。

陰崖有蒼一作「二」。**鷹，養子黑柏巔。白蛇登其巢，呑噬恣朝粲**[一]。噬，一作「之」。**雄飛遠求食，雌者鳴辛酸。力强不可制，黄口無半存。** **蘇曰：** 定遠侯過隍中，至門，燉煌氏羌掃殄殆盡，黄口亦無存者。**趙曰：** 陰崖出長笛賦：惟鍾籠之奇生兮，於終南之陰崖。朝食出楚辭「胥瓊以朝食」也[二]。黄口出家語：孔子見羅者，所得省皆黄口也[三]。**其父從西歸，**一作「來」。**翻身入長煙。斯須領健鶻，痛憤寄所宣。斗上捩孤影，** **鄭曰：** 捩，練結切，拗捩也。**噭哮來九天。** **鄭曰：** 上古弔切，深聲也。下許交切。**修鱗脱遠枝，巨顙拆老拳。** **時可曰：** 石勒與李陽鄰居，爭漚麻池，日相驅擊。及貴，乃召賜與

[一] 粲，疑當作「餐」。見杜集札記。
[二] 朝食，疑當作「朝餐」；胥，疑當作「屑」。
[三] 省，疑當作「者」。

酣，謔引陽臂笑曰：「孤往日厭卿老拳，卿亦飽孤毒手。」高空得蹭蹬，**洙曰**：海賦：蹭蹬，波失勢貌。短草辭蜿蜒。折尾能一掉，**洙曰**：江賦：楊鬐掉尾。左傳：尾大不掉。飽腸已皆穿。生雖減衆雛〔一〕，死亦垂千年。物情有報復，快意貴目前。茲實鷙鳥最，急難心惘然。**洙曰**：孔融云：鷙鳥累百。棠棣：兄弟急難。功成失所往，用捨何其賢。近經潏水湄，此事樵夫傳。飄蕭覺素髮，**洙曰**：潘安仁：班鬢彪以承弁，素髮飄以垂領。凜欲衝儒冠。**洙曰**：欲，一作「烈」。盧子諒詩：怒髮上衝冠。人生許與分，亦在顧眄閒。聊爲義鶻行，永激壯士肝。**蘇曰**：陸遜時政論曰：不以典刑善惡，焉能激壯士之肝膽耶？

畫鶻行 一作「畫」。

高堂見生一作「老」。鶻，颯爽動秋骨。初驚無拘攣，**洙曰**：曹褒傳：群寮拘攣。猶拘束也。潘安西征賦：陋吾人之拘攣。何得立突兀。乃知畫師妙，巧刮造化窟。寫此神俊姿，**洙曰**：安道林

〔一〕 減，疑當作「滅」。

云〔一〕：怜其神俊。**趙曰**：李賀云：二十八宿羅心胸，筆端造化天無功。蓋出於此。**充君眼中物。烏鵲滿樛枝，**洙曰：詩：南有樛木。釋文云：木下曲曰樛。樛，下垂也。**趙曰**：謝玄暉敬詩「樛枝聳復低」也〔二〕。**軒然恐其出。側腦看青霄，寧爲衆禽没。長翮如刀劍，人寰可超越。**唐曰：舞鶴賦：歸人寰之喧卑。**乾坤空峥嶸，**洙曰：鮑明遠：歲峥嶸而催暮。又：金石峥嶸。深高之貌也。**粉墨且蕭瑟。緬思**一作「想」。**雲沙際，自有煙霧質。吾今意何傷，顧步獨紆鬱。**洙曰：舞鶴賦：煙交霧凝，若無毛質。陸士衡：紆鬱游子情。**趙曰**：劉希夷邊城夢還詩：雲沙撲地起。煙霧質，所以言其真質也。摘用鮑明遠舞鶴賦「煙交霧凝，若無毛質」也。

憶弟二首 彦輔曰：時歸在南六渾莊。

喪亂聞吾弟，饑寒傍濟州。鄭曰：濟，子禮切，水名。禹貢有濟河。此因水名州。**人稀書不到，**葧曰：以道路榛梗，人稀少而難行。**兵在見何由。憶昨狂催走，**洙曰：狂催走，謂避亂出奔如狂。趙

〔一〕安，疑當作「支」。
〔二〕敬，疑當作「敬亭山」。

曰：自言奔走而生行在所〔一〕。**無時病去憂。**趙曰：公素多病，則又無時而病去，所以憂也。**即今千種恨，惟共水東流。**師曰：濟屬山東，弟居東，故恨與水東流故也。

且喜河南定，洙曰：安慶緒棄東都走也。趙曰：謂至德二載，復東京，故喜也。**不問鄴城圍。**炎曰：鄴城，史思明所據。**百戰今誰在，三年望汝歸。**洙曰：東山，周公東征也。三年而歸，三章言其室家望女也。趙曰：公自天寶十四載乙未冬因亂而相別，至乾元戊戌是爲三春，故曰「三年望汝」。蘇曰：杜預與弟書：三年望汝，汝何不歸？豈不念堂有老母。**故園花自發，**洙曰：丘希範書：暮春三月，江南草長，雜花生園，群鶯亂飛。見故國之旗鼓，感生平於疇日。師曰：花自發，言無主也。**春日鳥還飛。**洙曰：言草木禽鳥尚得其所，而人遭亂離不得相保爾。趙曰：言河南已定，當春之至，草木禽鳥各得其所，與前篇「感時花濺淚，恨別鳥驚心」，見之而泣，聞之而悲者異矣。黄曰：禽鳥尚得其所，而人遭亂離不獲聚會，故可傷也。**斷絶人煙久，東西消息稀。**

〔一〕生，疑當作「往」。

得舍弟消息

風吹紫荆樹，色與春庭暮。花落辭故枝，風回反無處。**洙曰**：周景式孝子傳曰：古有兄弟，忿欲分異，出門見三荆同株，接葉連陰，歎曰：「木猶欣聚，况我而殊哉。」又田真兄弟欲分，其夜庭前三荆便枯，兄弟歎之，却合，樹還榮茂。骨肉恩書重，漂泊難相遇。猶有淚成河，經天復東注。**洙曰**：世説：人問顧長康哭桓宣武之狀如何，曰：「鼻如廣漠風，眼如懸河決，聲如振雷破山，淚如傾河注海。」

贈衛八處士

師曰：按唐史拾遺：甫與李白、高適、衛賓相友善。時賓年最少，號小友。今據杜詩贈衛八云「昔别君未婚」，知此詩乃贈衛賓乎。

人生不相見，動如參與商。見送高書記詩注。今此復何夕，共此燈燭光。**洙曰**：見今夕行注。一云「共宿此燈花」。少壯能幾時，鬢髮各已蒼。**洙曰**：漢武帝秋風辭：少壯幾時兮奈老何。陶淵明歸去來：寓形宇宙兮復幾時。**鐃曰**：蒼，老蒼也。訪舊半爲鬼，驚呼熱中腸。**洙曰**：魏文帝與吴質書：昔年疾疫，親故多離其災。徐、陳、應、劉，一時俱逝，痛可言耶。昔日遊處，謂百年已分，可長共相保，何數年之間，零落略盡，言之傷心。頃撰其遺文，都爲一集。觀其姓名，已爲鬼録。追思昔遊，猶在心目，而此諸子化爲糞壤，可復道哉。**修可曰**：孟子：不得於君則熱中。注：心熱恐懼也。**趙曰**：此乃莊子「内熱」之義，蓋煎熱之謂也。焉知二十載，重上君子堂。**趙曰**：王仲宣詩：高會君子堂。昔別君未婚，兒女忽成行。怡然敬父執，**直方曰**：曲禮：見父之執，不謂之進，不敢進。問我來何方。問答未及已，兒女一作「驅兒」。羅酒漿。**何曰**：詩：可以挹酒漿。**蘇曰**：郭育見戴達，使羅酒漿，兒女進果餧。夜雨剪春韭，**蘇曰**：郭林宗見友人，夜冒雨剪韭作炊飯。今洛汭人皆效之。又**薛曰**：右按南史：周顒春初早韭。新炊間黃粱。**洙曰**：陶隱居曰：黃粱，本出青、冀，穗大毛長，殼米俱麤於白粱，食之比它穀最益脾。**修可曰**：王儉問周顒曰：「山中何者爲最勝？」曰：「春初早韭，秋末晚崧。」**趙曰**：見主人意殷懃而真也。主稱會面難，**洙曰**：張平子賦：王稱露未晞。曹子建詩：主稱千金壽。古詩：會面安可知。一舉累十觴。十觴一作「千觴」。亦不醉，感子故意長。明日隔山岳，世事兩茫茫。**洙曰**：曹穎達詩：舉觴詠露斯。**蘇曰**：遠詩詩雄雄。孔文舉：百觴亦不醉。**梅曰**：李牧曰：吴將軍飲數十觴未見有醉容。

重題鄭氏東亭

在新安界。**鮑曰**：即駙馬鄭潛曜也。

華亭入翠微，**洙曰**：釋名：山未及止曰翠微。見昭陵詩注。**夢符曰**：右按爾雅釋山：未及上曰翠微。疏曰：未及頂上，在傍坡陁之處，名翠微。一説山氣青縹色，故曰翠微。秋日亂清輝。**洙曰**：江文通詩：秋日懸光輝。謝靈運：山水含清輝。崩石欹山樹，清漣曳水衣。**薛曰**：右按詩：河水清且漣漪。

水成文曰漣。師曰：水衣，荇也。**紫鱗衝岸躍，**何曰：紫鱗，魚也。**蒼隼護巢歸。**師曰：隼以客遊，故歸護其巢，此甫所以傷其無家也。**向晚尋征路，殘雲傍馬飛。**

早秋苦熱堆案相仍

七月六日苦炎蒸，師曰：甫詩有「元年建巳月」，如此云七月六日，皆以年月紀時，使後世事可以考其行止。不然，何以謂之詩史乎？至德二載，甫自賊竄歸謁帝，帝授左拾遺。房琯兵敗陳濤斜，帝怒，甫上疏。論其罪，帝貶甫爲華州司功，即乾元元年。是年七月，任華州。西北地早寒，於七月六日猶苦熱，故甫託意以譏群臣不時。賀蘭進明譖琯於帝，併及甫，甫被逐。**對食暫飡還不能。**趙曰：蔡琰詩曰：饑當食兮不能食[一]。**每愁**一云「常愁」。**夜中**一作「來」。**自足**一作「皆是」。**蠍，**許竭切。趙曰：蠍者，螫蟲中原有之，南中無有。韓退之謫南方，及其歸也，有詩云：照壁喜見蠍。則每以得歸爲念，雖蠍之螫，而見之反喜也。**况乃秋後轉多蠅。束帶發狂欲大叫，簿書**唐書：切於簿書期會。**何急來相仍。南望青松架短壑，**趙曰：江文通擬謝光祿郊遊詩：風散松架險。注云：松枝可以爲架，故因謂之架焉。**安得赤脚踏層冰。**蘇

[一] 後一「食」字疑當作「餐」。

曰：馬融夏夜直館，是夕蒸燠倍常，如坐甑中，謂同舍曰：「安得披襟赤脚，踏陰山之層冰，洗滌塵熱。」

立秋後題

日月不相饒，蘇曰：王獻之覽鏡見髮，顧兒童曰：「日月不相饒，林野之人二毛俱催矣。汝等何不汲汲爲學，寸陰過而不可復得也。」**節叙昨夜隔。玄蟬無停號，**胡刀切。**秋燕已如客。**蔡曰：古詩：秋蟬鳴樹間，玄鳥逝將適。宋玉：燕翩翩而辭歸，蟬寂寞而無聲。蘇曰：張衡寓旅洛汭，生計無聊，有命駕之心。顧梁上燕曰：「秋風已至，想如客舆，斯難久留也。」**平生獨往願，惆悵年半百。罷官亦由人，何事拘形役。**洙曰：歸去來：既自以心爲形役，奚惆悵而獨悲。淮南王莊子略要曰：江海之士、山谷之人，輕天下、細萬物而獨往。司馬彪注曰：獨往自然，不復顧也。陶淵明「誰謂形蹟拘」也。師曰：甫此二篇詩作於乾元元年，至二年，果棄官之秦州。

王狀元集百家注編年杜陵詩史八卷

王狀元集百家注編年杜陵詩史九卷

乾元二年秋七月棄官居秦州以後所作

夢李白二首

死别已吞聲，洙曰：宋鮑昭行路難：吞聲躑躅不敢言。生别常惻惻。洙曰：蘇武詩：淚爲生别滋。歐陽建：惻惻心中酸。楚詞：悲莫悲於生别離。謝靈運：惻惻廣陵散。蘇曰：馬融：不忍生别，我心惻惻。江南瘴癘地，魯曰：劉孝標：流離大海之南，寄命瘴癘之地。趙曰：白坐永王璘之累，當誅，郭子儀請解官贖罪。詔長流夜郎，會赦，還潯陽。坐事下獄。潯陽，今之江州也，屬江南東路。逐客無消息。魯曰：李斯爲秦逐客。故人入我夢，明我長相憶。洙曰：樂府云：夢見己在傍，忽覺在他鄉。上有加湌食，下有長相憶。恐非平生魂，路遠不可惻〔一〕。魂來楓林青，洙曰：楚辭：湛湛江水兮上有楓。阮籍：湛

〔一〕惻，疑當作「測」。

湛長江水，上有楓樹林。**魂返關塞黑。今君在羅網，**蘇曰：魏壽：婦人女子，一旦陷君，在羅網。**何以有羽翼。**洙曰：時白爲永王事放逐。**落月滿屋梁，**洙曰：宋玉神女賦：若白月初出照屋梁。**猶疑照顏色。**彥輔曰：西清詩話云：太白歷見司馬子微、謝自然、賀知章，或以爲可與神遊八極之表，或以爲謫仙人，其風神超邁，英爽可知。後世詞人狀其風貌者多矣，亦間於丹青見之，俱不若少陵云「落月滿屋梁，猶疑照顏色」。熟味之，百世之下想見風采，此與李太白傳神詩。**水深波浪闊，**蘇曰：宋玉：海水深浩，波浪廣闊，非萬斛舟不可泛。**無使蛟龍得。**洙曰：續齊諧記曰：屈原五月投汨羅而死。楚人哀之，每至此日祭之。漢建武中，長沙人歐回見一人自稱三閭大夫，曰：「吾嘗見祭甚善，然爲蛟龍所苦，今若有惠，可以楝葉塞之，縛以五色絲，此二物蛟龍所畏也。」師曰：蓋言南海風濤之險，恐其罹淪溺之患也。

浮雲終日行，師曰：楚辭云：日暮碧雲合。言君昏暗爲群小爲蔽也。**遊子久不至。**洙曰：古詩：浮雲蔽白日，遊子不顧反。**三夜頻夢君，情親見君意。告歸常局促，苦道來不易。江湖多風波，**一云「秋多風」。**舟楫恐失墜。出門搔白首，**蘇曰：諸葛松出門無往還，時復搔白首。**若負平生志。**蘇曰：季常：一囊粟俸，拘束塵埃中，負平生山林之志。**冠蓋滿京華，斯人獨顦顇。**上昨焦，下秦醉切。洙曰：左太沖詩：濟濟京城內，赫赫王侯居。冠蓋蔭四街，朱輪竟長衢。寂寂揚子宅，門無卿相輿。寥寥空宇內，所講在玄虛。**孰云網恢恢，**洙曰：老子：天網恢恢，疏而不漏。**將老身反累。**蘇曰：稽昂：

吾將老矣，反爲牛尾累身。千秋萬歲名，寂寞身後事。洙曰：張翰曰：使我有身後名，不如即時一盃酒。阮籍詩：千秋百歲後，榮名安所之。按新唐書：時白坐永王事，當誅，郭子儀請解官贖罪。詔長流夜郎，會赦還潯陽，復坐事下獄。

有懷台州鄭十八司户 魯曰：虔時坐汚賊貶台州司户。

天台洙曰：天台，山名。隔三江，洙曰：一云「江海」。師曰：天台山在台州。三江，一錢塘，一揚子，三吴松。風浪無晨暮。鄭公縱得歸，老病不識路。洙曰：沈休文：夢中不識路，何以慰相思。趙曰：暗使韓非子中事。六國時，張敏與高惠爲友，每相思，不能得見。敏便於夢中往尋，但行至半道，即迷不知路。昔如水上鷗，趙曰：何遜詩曰：可憐雙白鷗，朝夕水上遊。今如罝中兔。洙曰：詩：肅肅兔罝。蘇曰：王璃與弟書曰：我若罝中毚兔，遂能跳躑，恐未免死。性命由他人，悲辛但狂顛。蘇曰：周伔：悲辛眩旋，時復狂顛。山鬼獨一脚，一足曰夔，魍魎也。夢符曰：右按楚詞屈原九歌章句有山鬼。蝮蛇長如樹。洙曰：招魂：蝮蛇蓁蓁，雄虺九首。呼號旁孤城，歲月誰與度。從來禦魑魅，多爲才名誤。洙曰：傳文十八年：舜流四凶族，渾敦、窮奇、檮杌、饕餮，投諸四裔，以禦螭魅。山林異氣所生爲人害者。趙曰：指言鄭公謫爲台州司户。夫子嵇阮流，更被時俗惡。洙曰：嵇康、阮籍。嵇康書云：阮嗣宗爲禮法之士所繩，故疾之爲讎。**蘇曰**：傅休弈：不才耿介，多被時俗嫌惡。**海隅微小吏，趙曰**：言鄭公反謫爲小吏也。**眼暗髮垂素。洙曰**：潘安仁興賦〔一〕：素髮颯以垂領。**黄帽映青袍，洙曰**：一云「鳩杖近青袍」。**修可曰**：後漢禮儀志：八十、九十賜玉杖，以鳩鳥爲飾，謂之鳩杖。鳩者，不噎之鳥，欲使老人不噎。**師曰**：黄帽，乃竹籜冠。**非供折腰具。洙曰**：見「凄凉爲折腰」注。陶潛：焉能折腰於閭里小兒。**趙曰**：黄帽非是，當作鳩杖。**平生一杯酒，洙曰**：沈休文：平生少年日，分手易前期。勿言一樽酒，明日難重持。**見我故人遇。洙曰**：古詩：瀟湘逢故人。**趙曰**：暗用謝朓詩：山川不可夢，况乃故人杯。**相望無所成，乾坤莽迴互。洙曰**：言天地雖大，胡爲其身若無所容乎。

天河

常時任顯晦，秋至最分明。洙曰：天河至秋則顯見，人自爲銀河〔二〕。**縱被微雲掩，終能**一作「當」。**永夜清。魯曰**：賢人雖爲群小所掩，然終不害其明。**含星動雙闕，伴月落邊城。牛女年年渡，趙曰**：齊諧記曰：桂陽武丁忽謂其家曰：「織女渡河，諸仙悉還宫。吾向已被召，不得停。」明日，失丁所

〔一〕興賦，疑當作「秋興賦」。見杜集札記。
〔二〕自，疑當作「目」。見杜集札記。

在。**何曾風浪生。** **洙曰：**世說：牽牛、織女二星，七夕渡河相會。

寄岳州賈司馬六丈巴州嚴八使君兩閣老五十韻。

衡岳啼猿裏，巴州鳥道邊。 **洙曰：**言州居山之險絶處也。李白云：西當太白有鳥道。道徑微窄止能容鳥度而已。**趙曰：**南中八志曰：交趾郡治龍編縣，自古興鳥道四百里，以其險絶，獸猶無蹊，人所莫由，特上有飛鳥之道耳。**故人俱不利，**一作「别」。**謫宦兩悠然。開闢乾坤正，** **趙曰：**言收復二京矣。**榮枯雨露偏。** **洙曰：**言澤不均也。**趙曰：**言二子不得受聖恩而謫去也。**長沙才子遠，釣瀨客星懸。** **洙曰：**漢賈誼，洛陽才子也，黜爲長沙王傅。嚴子陵釣瀨。光武徵之，太史奏客星犯於帝座，謂嚴使君也。**憶昨趨行殿，** **洙曰：**天子行幸所止曰行殿。**趙曰：**自此已下公自言也。肅宗即位靈武，公自賊中竄身至鳳翔見帝。**殷憂捧御筵。** **彦輔曰：**言自賊中赴鳳翔。**討胡愁李廣，奉使待張騫。** **洙曰：**見「焉知李廣不封侯」。又見「查上覓張騫」注。**趙曰：**討强胡未捷，則愁李廣。使之未還，則待張騫。**無復雲臺仗，虛修水戰船。** **洙曰：**見「寂寞雲臺仗」注。漢武作昆明池，以習水戰。中有戈船、樓船百般〔一〕，上建樓櫓。**趙曰：**言

〔一〕 般，疑當作「艘」。見杜集札記。

行宮草創，不復嚴整法仗也。便言哀江南賦猶有雲臺之仗。**蒼茫城七十，**洙曰：酈食其憑軾下齊七十餘城。**流落劍三千。**洙曰：莊子説劍：昔趙文王喜劍，劍士來門而客三千餘人，日夜相擊於前。**畫角吹**一作「歌」。**秦晉，**洙曰：一作「塞」。春秋時秦、晉通姻，又爲敵國。**旄頭俯澗瀍。**洙曰：見「旄頭初俶擾」注。澗、瀍，二水也。在伊、洛間。趙曰：此言安、史。前漢天文志：昴爲旄頭，胡星也。**小儒輕董卓，**洙曰：董卓廢立，凶暴無道，忍性矯情，擢用群士，以尚書韓馥等爲刺史，馥等到官，與袁紹之徒千餘人各興義兵，同盟討卓。**有識笑苻堅。**洙曰：苻堅違衆伐晉，遂至破敗。撫畜鮮卑，苻融諫之不聽，後爲鮮卑所亡。故爲有識者所笑。趙曰：小儒有識，公自謂也。董卓、苻堅指安、史也。董卓擢用群士，以韓馥等爲刺史。馥到官，與袁紹興義兵，同盟討卓。**浪作禽填海，**洙曰：山海經曰：發鳩之山，有鳥名精衛，本赤帝之女，嬉遊於東海，溺而死，不返，化爲精衛。常取西山木石，以填東海。江淹詩：精衛㘅木石，誰能測幽微。**那將血射天。**洙曰：商本紀：帝乙無道，爲偶人，謂之天神。與之博，令人爲行天神不勝，乃僇辱之。爲革囊盛血，仰而射之，命曰射天。武乙獵於河、渭之間，暴雷震死。趙曰：皆言安、史之不知量也。**萬方思助順，**助順，助天子也。**一鼓氣無前。**晏曰：言得衆助，故所向必破。左傳：曹劌曰：夫戰，氣也。一鼓作氣，再而衰，三而竭。**陰散陳倉北，晴熏太白巔。**洙曰：陳倉郡，陳寶鳴雞在焉，北近長安也。太白，山名。**亂麻屍積衛，**洙曰：武五子贊：秦始皇即位三十九年，内平六國，外攘四夷，死人如亂麻，暴骨長城之下。衛地，河北相、衛之間也。破竹勢臨燕。洙曰：杜預傳：今兵威已震，勢如破竹，數節之後，迎刃而解。燕地范陽，禄山巢穴也。法駕還雙闕，洙曰：天子還京也。西都賦：乘鑾輿，備法駕。王師下八川。見「八水散風濤」注。此時霑奉引，洙曰：見「奉引濫騎沙苑馬」注。趙曰：公爲拾遺，掌供奉，故云。佳氣拂周旋。洙曰：光武紀論：望氣者蘇泊阿爲王莽使〔一〕，至南陽，遥望見春陵郭，唶曰：「氣佳哉，鬱鬱葱葱哉。」貔虎開金匣，洙曰：書：如虎如貔。蔡文姬詩：軍衆來東下，金甲曜日光。麒麟受玉鞭。洙曰：凉州記：咸寧二年，發張駿陵，得鞭，飾以珊瑚。晉明帝以七寶鞭與賣食嫗，即玉鞭。或有之，但未知所出。趙曰：麒麟，以言御馬。按蘇鴞杜陽編〔二〕：代宗嘗賜郭子儀九花虬馬，并紫玉鞭轡。舊注模稜矣。侍臣諳入仗，廄馬解登仙。趙曰：法仗復備，皆侍臣所舊諳入者矣。時可曰：淮南子：乘黄，獸名，龍翼馬身，黄帝乘之而仙。花動朱樓雪，城凝碧樹煙。洙曰：江淹詩：碧樹露阡阡，生煙紛漠漠。顔延年詩：空城凝寒雲。衣冠心慘愴，洙曰：顔延年拜陵廟詩：衣冠終湏漠，陵邑轉葱菁。故老淚潺湲。洙曰：九辯：倚結軫太息，涕潺湲沾軾。九歌：横流涕兮潺湲。哭廟悲風急，見「及夫哭廟後」注。朝正霽景鮮。魯曰：朝正，元

〔一〕泊，疑當作「伯」。見杜集札記。
〔二〕鴞，疑當作「鶚」。

日朝會。鄭曰：朝，直遥。下諸成切。歲之首月。月分梁漢米，洙曰：梁、漢間所出者米。月分，廩給也。春得水衡錢。洙曰：宣帝本始二年春，以水衡錢爲平陵徙民起第宅。應劭曰：水衡與少府皆天子私藏耳。縣官公作，當仰給司農，今出水衡錢，言宣帝即位爲異政也。晉灼曰：食貨志：初，大司農管鹽鐵官布多，故置水衡，欲以主鹽鐵。及楊可告緡，上林財物衆，乃令水衡主上林。上林三官，主鐵錢也。內蘂繁於纈，鄭曰：奚結切，丈繒。魯曰：內蘂，宫花也。宫花軟勝綿。恩榮同拜手，出入一作「處」。最隨肩。洙曰：書：皋陶曰：拜手稽首。禮：五年之長則肩隨之。晚著華堂醉，寒重繡被眠。轡齊兼秉燭，趙曰：言並轡而行也。書枉滿懷牋。趙曰：言在禁掖時往來書尺也。每覺昇元輔，深期列大賢。趙曰：所以極言二公之才器可爲宰輔也。秉鈞方咫尺，洙曰：詩節南山：秉國之鈞。左傳：不違顔咫尺。鎩翮再聯翩。洙曰：顔延年：鸞翮有時鎩。注：鎩，殘也。謝靈運：聯翩何窮也。趙曰：言爲宰執不遠，而乃謫去，如鳥之殺翮也。無己曰：淮南子云：飛鳥鎩羽。許慎注云：鎩，殘羽。禁掖朋從改，改，一作「換」。微班性命全。青蒲甘受戮，洙曰：漢元帝疾，史丹以親密侍疾，候上寢，直入卧內，頓首伏青蒲誅〔一〕。趙曰：公以拾遺爲職，故使青蒲事。白髮竟誰憐。洙曰：左太冲：馮唐豈不傳〔二〕，白首不見招。弟子貧原

〔一〕誅，疑當作「諫」。見杜集札記。

〔二〕傳，疑當作「偉」。見杜集札記。

憲，諸生老伏虔。洙曰：見「諸儒引伏虔」注。趙曰：公自比原憲、伏虔也。公本傳云：入太學受業，有雅才，以其入學之故，故云「諸生老伏虔」爾。師資謙未達，鄉黨敬何先。舊好腸堪斷，洙曰：謝靈運：楚人心昔絶，越客腸今斷。鮑明遠：行子心腸斷。新愁眼欲穿。逸曰：穿，破也。趙曰：公懷二公也。翠乾危棧竹，鄭曰：乾，居寒切。棧，助諫切，棚也。紅膩小湖蓮。湖，一作「池」。賈筆論孤憤，洙曰：韓非作孤憤。屬賈司馬詩。嚴君賦幾篇。逸曰：屬嚴使君。定知深意苦，莫使衆人傳。貝錦無停織，洙曰：詩：萋兮菲兮，成是貝錦。趙曰：貝錦，以喻讒也。朱絲有斷絃。洙曰：鮑昭：直如朱絲繩。趙曰：鍾子期、伯牙絶絃。公詩歎二子無知音，而戒之也。浦鷗防碎首，霜鶻不空拳。鶻，胡骨切。蘇曰：王肅、張欽同舟，見野鶻盤旋，欽曰：「浦鷗然間暇，疑防鶻下老拳，碎首沙毛。」趙曰：兩句通意，謂二子如浦鷗，言官如霜鶻，既不空拳，期於必中，則鷗當有碎首之防矣。其戒之至也。地僻昏炎瘴，趙曰：言岳州近南，爲有瘴矣。山稠隘石泉。趙曰：言巴山在亂山間也。且將棊度日，應用酒爲年。典郡終微眇，嚴使君也。治中實棄捐。洙曰：賈司馬也。晉職官志：州置别駕、治中、從事。趙曰：治從平聲。二公在禁掖而出，斯爲微眇棄捐矣。安排求傲吏，洙曰：謝靈運：居常以待終，處順故安排。定功曰：郭景純遊仙詩曰：漆園有傲吏，萊氏有逸妻。注：莊子常爲漆園吏。楚威王聘之，欲以爲丞相，謂使者曰：「亟去，無污我。」故曰傲吏。比興展歸田。洙曰：陶淵明：田園將蕪胡不歸。去去才難得，洙曰：語：才難，不其然乎。**趙曰：**去去之語，如去國之義。古詩：去去復去去。**蒼蒼理又玄。洙曰：**蒼蒼，天也。言天理玄妙。莊子：天之蒼蒼，其正色耶。**趙曰：**謂天理難喻也。老子曰：玄之又玄。**古人稱逝矣，洙曰：**漢高紀：吾亦從此逝矣。**吾道卜終焉。洙曰：**終，窮也。吾道窮於此乎？**隴外翻投跡，漁陽復控弦。趙曰：**言安慶緒復熾也。**笑爲妻子累，甘與歲時遷。親故行稀少，洙曰：**時亂而離散，故親故稀少。**兵戈動接聯。洙曰：**接跡聯屬也。充斥也。**他鄉饒夢寐，失侶自迍邅。師曰：**言吐蕃復入寇隴外，思明再亂漁陽，甫傷爲妻子所累，是以客居秦州，甘與歲時遷移也。失侶，言與賈、嚴間隔。**多病加淹泊，長吟阻靜便。洙曰：**平聲，安貌。**如公盡雄俊，志在必騰騫。洙曰：**一云「公如盡憂患，何事有陶甄」。**趙曰：**言二公不久復用也。

山寺

野寺殘僧少，山園細路高。麝香眠石竹，洙曰：麝，鹿也。**蘇曰：**麝，香鳥名也。石竹，野花也。麝香之鳥，其骨極小。石竹之花，微弱叢生而纖短，麝香所以能眠其間。釋者以謂麝，鹿也，豈能眠於石竹？或以謂釋者是。**師曰：**天厨禁臠云：麝香，小鳥也。與蘇注同。**鸚鵡啄金桃。亂水通人過，定功曰：**詩：涉渭爲亂。**懸崖置屋牢。蘇曰：**姚崇，梵僧，居麥積山下，以巖造成屋，今自爲石巖寺。**上方重閣**

晚，百里見纖毫。

示姪佐

魯曰：佐草在東柯谷〔一〕。

多病秋風落，師曰：十月秋風起，八月風高，九月風落。君來慰眼前。自聞茅屋趣，只想竹林眠。師曰：甫欲得佐共住，故云。滿谷山雲起，侵籬澗水懸。嗣一作「阮」。宗諸子姪，早覺仲容賢。洙曰：阮咸字仲容，籍之姪也。任達不拘，與叔父籍爲竹林之遊。

佐還山後寄三首

山晚浮雲合，歸來恐路迷。澗寒人欲到，村黑鳥應栖。野客茅茨小，田家樹木低。舊諳疏懶叔，須汝故相攜。趙曰：又以嵇康自處。嵇康性復疏嬾也。

白露黄粱熟，分張素有期。已應舂得細，頗覺寄來遲。味豈同金菊，香宜配緑葵。趙曰：潘安仁賦：有緑葵含露。老人他日愛，正想滑流匙。

〔一〕「草」後疑闕「堂」字，當作「草堂」。見杜集札記。

幾道泉澆圃，澆，堅堯切。交橫落幔坡。葳蕤秋葉小，洙曰：小，一本作「少」。一作「葉色」。隱映野雲多。隔沼連香芰，通林帶女蘿。甚聞霜薤白，鄭曰：薤，胡介切。葷菜，葉似韭。重惠意如何。此三篇叙其姪還山後之事。分引泉水以灌園，故交橫而落也。幔坡，言坡翠如幔。葳蕤，盛貌。秋葉，言黄落之葉。女蘿，乃松蘿也。

宿贊公房彥輔曰：贊，大雲寺主，謫此安置。

杖錫何來此，秋風已颯然。雨荒深院菊，霜倒半池蓮。師曰：昔慧遠禪師與陶淵明結白蓮社。甫平昔與贊公遊從，亦其比也。今之霜倒半池蓮，言蓮社冷落也。放逐寧違性，洙曰：性安窮達，不以放逐而違尔。虛空不離禪。洙曰：釋經以禪宗爲空門。趙曰：在空寂之處，亦禪家所宜。相逢成夜宿，隴月向人圓。

寄高三十五詹事鮑曰：高適，肅宗奇之，除揚州大都督。李輔國惡其才，下除太子詹事。

安穩高詹事，兵戈久索居。洙曰：蕭索也。子夏離群索居。時來如一云「知」。官達，歲晚莫情疏。魯曰：言無隨世態。天上多鴻鴈，池中足鯉魚。相看過半百，過，古禾切。不寄一行書。

洙曰：蘇武繫書鴈足。古詩：呼童烹鯉魚，中有尺素書。古人言音信，多以此二物。或謂之鱗羽。**趙曰**：劉諭：故人各在異方，不能寄一行書，通關中消息。

月夜憶舍弟

戍鼓斷人行，**洙曰**：戍樓鼓也。秋邊一鴈聲。**洙曰**：言孤也。露從今夜白，月是故鄉明。有弟皆分散，**洙曰**：一云「羈旅」。**趙曰**：公之二弟，方賊亂時一在齊州，一在陽翟。無家問死生。亂離流落，故無家也。寄書長不達，况乃未休兵。**師曰**：一鴈聲，言其兄弟隔絶，遂孤也。當亂離流落，故云無家也。

雨晴一作「秋霽」。

天際一作「外」。秋雲薄，從西萬里風。今朝好晴景，久雨不妨農。**洙曰**：以得時也。**蘇曰**：元狩年中，雖久雨，不妨農事。塞柳一作「岸」。行疏翠，山梨結小紅。胡笳樓上發，一鴈入高空。**修可曰**：張佑詩〔一〕：萬人齊指處，一鴈落寒空。同此。

〔一〕佑，疑當作「祜」。

即事一云「天畔」。

天畔群山孤草亭，江中風浪雨冥冥。洙曰：楚辭：雷填填兮雨冥冥。**一雙白魚不受釣，**蘇曰：魯璘隱嵩山，不仕傲曠。鄉有大夫，不廉行惡。一日見璘垂釣，問曰：「先生今日得多少魚？」璘曰：「此池淺，无巨鱗，有白魚一雙，長二三寸，不受釣。」大夫者沮而歸。**三寸黄甘猶自青。**師曰：峽江魚不孤游，出必成雙，漁人以網取之，多得兩箇，云一雙，言其相隨也。甘以三寸者入貢，三寸猶青，以未成就，其加大可知。**多病馬卿無日起，**洙曰：謝靈運：有疾象長卿。**窮途阮籍幾時醒。**洙曰：見「至今阮籍等，熟醉爲身謀」注。**未聞細柳散金甲，**洙曰：周亞夫細柳營。蔡文姬詩：金甲耀朝日。**腸斷秦州流濁涇。**彦輔曰：公有弟妹在秦州。

歸燕彦輔曰：此詩公託意以自喻也。自東樓下皆有所感而作，然以前賢惜意，皆起一時之興，故不敢妄生意思，曲爲穿鑿也。

不獨避霜雪，其如儔侶稀。四時無失序，八月自知歸。洙曰：言四時迭運，自得其序，而以炎凉往來者，乃燕之自知爾。**春色豈相訪，衆鶵還識機。故巢儻未毁，會傍主人飛。**傍，去聲。師曰：此詩公託意以自况也。避霜雪，言避亂也。四時迭運，自有炎凉，公之去就非若俗態之奔競也。故巢喻故鄉。

遣興三首

干戈猶未定，弟妹各何之。洙曰：言避亂奔散，不知其所適。拭淚霑襟血，梳頭滿面絲。趙曰：以思憶而痛悼之極。地卑荒野大，天遠暮江遲。衰疾那能久，應無見汝期。一作「時」。蘇曰：鄧麋送子南遷，執手悵恨久之，語曰：「汝去万里，吾殘喘如桑榆末景，應無再見汝時，宜自勉力。」

我今日夜憂，諸弟各異方。不知死與生，何況道路長。洙曰：蘇武詩：良友遠別離，各在天一方。山海隔中州，相去悠且長。古詩：相去万餘里，各在天一涯。道路阻且長，會面安可知。避寇一分散，饑寒永相望。豈無柴門歸，欲出畏虎狼。仰看雲中鴈，禽鳥亦有行。洙曰：傅休奕：仰觀南鴈翔。

赤谷西崦人家

崦，衣檢切。師曰：按地理志：秦州有崦嵫山，在赤谷之西。曹操與劉備戰於此谷，川水爲之丹，因號曰赤谷。甫乾元元年貶華州司功，屬關輔饑亂，乾元二年遂棄官之秦州，宿於赤谷西崦人家，因有此作。

躋險不自安，**洙曰**：謝靈運詩：躋險築幽居。安，一作「喧」。出郊已清目。溪迴日氣暖，逕轉山田熟。鳥雀依茅茨，**師曰**：言其静也。藩籬帶松菊。**洙曰**：陶淵明：三徑就荒，松菊猶存。宋玉曰：藩籬之鷃，料天地之高。**師曰**：言其幽也。如行武陵暮，欲問桃源宿。**洙曰**：一本作「桃花」。陶潛桃源記曰：晉太原中〔一〕，武陵人捕魚，從溪而行，忽逢桃花林，夾兩岸數百步，無雜木，芳華鮮美，落英繽紛。漁人異之，前行，窮林盡，見山，有小口，髣髴有光。便捨舟步入，初極狹，行四五十步，忽然開朗。邑屋遷接，雞犬相聞，男女被髮，怡然自樂。見漁人，大驚，問所從來，要還爲設酒食。云：「先此避秦難，率妻子來此，遂與外隔絶，不知有漢，無論魏、晉也。」既出白太守。太守遣人隨而尋之，迷不復得路也。

初月

光細**洙曰**：一云「常時」。弦欲上，影斜輪未安。**魯曰**：魄未圓滿也。微升古塞外，已隱暮雲端。**洙曰**：言易落也。**蒼舒曰**：魏秦云〔二〕：夏鄭公評杜公初月詩曰：微升古塞外，已隱暮雲端。以謂意屬肅宗。鄭公善評詩者也。秦觀云：退之詩「煌煌東方星，奈此衆客醉」。其順宗時乎？東方謂憲宗在東宮也。

〔一〕原，疑當作「元」。見杜集札記。
〔二〕秦，疑當作「泰」。

此論與此詩合。河漢不改色，趙曰：言月出便隱，惟河漢不以月之隱而改色也。關山空自寒。庭前有白露，暗滿菊花團。師曰：是時肅宗乾元初，子美在秦州避亂。微升古塞外，喻帝即位於靈武也。已隱暮雲端，喻帝爲張皇后、李輔國所蔽也。按唐史：張后善牢籠，稍稍預政事，與中人李輔國相助，多以私謁撓權，徙太上皇西内，譖寧王之賜死，皆其謀也。及肅宗大漸，挾越王係謀危太子，卒以誅死。詳觀此詩，頗有深意。

擣衣

亦知戍不返，趙曰：婦人知其夫戍邊而不返。秋至拭清砧。已近苦一作「暮」。寒月，况經一作「驚」。長别心。洙曰：言征戍之苦，不保其生死。寧辭擣衣倦，一寄塞垣深。洙曰：垣，城牆也。塞垣，猶邊城也。用盡閨中力，君聽空外音。洙曰：砧聲也。師曰：此詩言征戍之苦。秋至拭砧，作寒衣送至塞垣。塞垣，邊城也。盡閨中之力擣衣，其砧聲音聞於空外，使人不忍聽也。

促織

促織甚微細，洙曰：促織，秋蟲也。哀音何動人。草根吟不穩，床下夜相親。趙曰：人多置床下也。久客得無淚，蘇曰：王粲：久客避地，對此景物，豈得無淚？故妻難及晨。洙曰：久客、故妻皆羈苦易感者。悲絲一作「絃」。與急管，感激異天真。洙曰：絲管之感人，不若蟲聲之自然也。師曰：促織，秋蟲也。常夜鳴，其哀切，故動人，此蟲常吟於草根，夜入人床下，使久客、故妻皆羈苦易傷感者也。雖有悲絲急管，不若此蟲聲也。

螢火

幸因腐草出，洙曰：月令：腐草化爲螢。敢近太陽飛。洙曰：太陽之光，固非螢火之可近，喻小有才而侵侮大德者。未足臨書卷，時能點客衣。隨風隔幔小，帶雨傍林微。十月清霜重，飄零何處歸。師曰：螢出於腐草，喻小人起於微賤，而侵陵大德之士，一旦時清，必蒙擯斥，故云「飄零何處歸」。

苦竹

青冥亦自守，軟弱强扶持。强，其兩切。洙曰：猶强自振立也。味苦夏蟲避，叢卑春鳥疑。軒墀曾不重，剪伐欲一作「亦」。無辭。幸近幽人屋，蘇曰：崔浩菜賦：種近幽人之屋，藏當野客之窗。霜根結在茲。趙曰：言在幽人之家，方有保護結根之理。師曰：言此竹質雖疲軟，然得其所託亦足以保其生矣。

貽阮隱居昉。

陳留風俗衰，人物世不數。所矩切。洙曰：晉書：阮籍字嗣宗，陳留尉氏人也。父䎽〔一〕，魏丞相掾。子渾，姪咸，咸子瞻，弟孚，咸從子脩，孚族弟放，放弟裕，皆陳留人。塞上得阮生，迥繼先父祖。貧知静者性，自益毛髮古。修可曰：謝靈運過始寧墅詩云：還得静者便。車馬入鄰家，蓬蒿翳環堵。洙曰：江文通詩：顧念張仲蔚，蓬蒿滿中園。莊子：庚桑楚鑿垣墻而殖蓬蒿。昭十六年傳：斬之蓬蒿藜藿而共處之。月令：藜莠蓬蒿並興。儒行：儒有一畝之宫，環堵之室。注：環堵，面一堵也。五版爲堵，五堵爲雉。張景陽詩：環堵自摧毀。清詩近道要，趙曰：傅咸贈崔伏詩云：人之好我，贈我清詩。識字用心苦。洙曰：劉棻嘗從揚雄學作奇字，劉歆觀之，泣曰：「空自苦。」宋曰：昉善篆隸，故云云。尋我草逕微，褰裳踏寒雨。洙曰：崔駰達，有辭曰：與其有事則褰衣濡足，冠掛不顧。更議居遠村，避喧甘猛虎。曾曰：沈休文詩：避世非避喧。足明箕潁客，榮貴如糞土。洙曰：陸士衡云：徐翰少無宦情，有箕、潁

〔一〕䎽，疑當作「瑀」。見杜集札記。

之心。晉語：玉帛酒食，猶糞土也。愛糞土以毀五常，無乃不可乎。箕，山名。潁，水名。許由、巢父，隱處也。僖二十八年傳：榮季曰：况瓊玉乎，是若糞土也。**師曰**：識字用心苦，時昉踏雨尋訪甫，議欲遠引深遁，謝絶當世，不接喧囂，雖餒猛虎，所甘心也。甫謂其真有箕山、潁水之節，視榮貴如糞土然。

寄張十二山人彪三十韻

獨臥嵩陽一作「雲」。客，三違潁水春。**師曰**：時彪避禄山，隱居嵩陽，凡三載矣。故云「三違」。違，別也。艱難隨老母，慘澹向時人。謝氏尋山屐，**洙曰**：宋謝靈運好登山陟嶺，必造幽峻，巖障數千重，莫不盡登。躡常著木屐，上山則去前齒，下山則去後齒。陶公漉酒巾。**洙曰**：陶潛在家，酒熟，取頭上葛巾漉酒畢，還復著之。群凶彌宇宙，此物在風塵。**洙曰**：猶使之過時，則必能自致，因寇亂，故在風塵。**蘇曰**：鄭莊未濟時，居洛下。殷穆歸，謂子曰：「於廣衆共見鄭子風神秀麗，如麟鳳處群類。此物豈久在風塵耶。」**黄曰**：此物，指彪也。歷下辭姜被，**洙曰**：見「醉眠秋共被」注。**趙曰**：後漢姜肱有兄弟四人，居貧，作一布被而共之。關西得孟鄰。**洙曰**：見「荒蕪孟母鄰」注。**趙曰**：孟子之母爲子擇鄰。早通交契密，晚接道流新。静者心多妙，先生藝絶倫。草書何太古，一云「應甚苦」。詩興不無神。**洙曰**：公詩云：下筆如有神。曹植休前輩，**洙曰**：曹植能詩，休言爲張所掩。**趙曰**：以終言其詩之神。張芝更後身。洙曰：言山人草書若張芝再生。趙曰：以終言其草書之古。數篇吟可老，蘇曰：黄旗見陰鏗詩，歎曰：「吾得此軸，吟詠可老，何必多也。」一字買堪貧。將恐曾防寇，深潛託所親。寧聞倚門夕，洙曰：薛包事母至孝，凡出入必有時，未嘗違也。至期，母必倚門望之，包必至矣。盡力潔飡晨。洙曰：束廣微補亡南陔詩：馨尔夕膳，潔尔晨飡。疏懶爲名誤，彦輔曰：嵇康書：信復疏懶，筋駑肉緩。驅馳喪我真。索居猶寂寞，洙曰：禮：離群索居。猶，一作「尤」。相遇益愁辛。洙曰：江淹嵇中散詩：鍾鼓或愁辛。流轉依邊徼，洙曰：邊徼，邊境也。逢迎念席珍。洙曰：儒行：席上之珍以待聘。時來故舊少，亂後別離頻。世祖脩高廟，洙曰：後漢祭祀志：光武建武二年正月，立高廟於洛陽，四時祫祀。高帝爲太祖，一歲五祀。文公賞從臣。洙曰：僖二十四年：晉侯賞從亡者，介子推不言禄，禄亦弗及推。商山猶入楚，洙曰：見「羽翼懷商老」注。渭水不離一作「知」。秦。洙曰：見「欲問桃花宿」注。趙曰：源，本指言桃源也。存想青龍祕，青龍，道家存想之術。騎行白鹿馴。洙曰：周義真入龍矯山見羨門子，乘白鹿而行。耕巖非谷口，魯曰：揚子：谷口鄭子真耕於巖石之下。結草即河濱。洙曰：河上公，不知姓，結草河濱，讀老子。漢景帝親問道，以素書授於帝。肘後符應驗，洙曰：葛稚川有肘後方數卷。囊中藥未陳。旅懷殊不愜，良覿眇無因。洙曰：謝靈運詩：引領冀長覿。自古皆悲恨，浮生有屈伸。程曰：言張之勢伸，而甫之勢屈也。張以疏散故伸，甫以貶逐故屈也。此邦今一作「全」。尚武，洙曰：方以武濟於時。何處且依仁。魯曰：語：依於仁。鼓角凌天籟，洙曰：莊子：汝不聞天籟乎。關山信月輪。洙曰：古今注：有月重輪。官場一作「壕」。羅鎮磧，趙曰：言官之戰場也。故曰言四鎮皆置官場，收賦斂以供軍也。賊火近洮岷。洙曰：洮、岷，地名，屬隴右。孫曰：言吐蕃入寇於此。蕭瑟論兵地，蒼忙鬬將辰。大軍多處所，餘孽尚紛綸。高興知籠鳥，彦輔曰：潘岳秋興賦：猶池魚籠鳥而有江湖山藪之思。斯文起一作「豈」。獲麟。洙曰：孔子西狩獲麟。師曰：張之高興，視甫如籠鳥之局促，其文不遇，如孔子傷麟出非其時也。窮秋正摇落，迴首望松一作「湘」。筠。洙曰：松筠有歲寒之操。

得舍弟消息二首

近有平陰信，鮑曰：平陰，屬河南郡。唐初屬濟州，天寶元年更名濟陽郡，十三載郡廢，以平陰屬鄆。遥憐舍弟存。側身千里道，洙曰：言避難不得正行。寄食一家村。烽舉新酣戰，洙曰：熢燧，時有寇則舉。趙曰：淮南子：魯陽公與韓戰，戰酣日暮，授戈而麾之[一]。啼垂舊血痕。不知臨老日，招得幾人一作「時」。魂。

[一] 授，疑當作「援」。見杜集札記。

汝懦歸無計，鄭曰：懦，奴卧切，弱也。吾衰往未期。浪傳烏鵲喜，洙曰：西京雜記：乾鵲噪而行人至。深負鶺鴒詩。上資昔，下盧經切。見「鴒原驚野草」注。生理何顔面，蘇曰：何敬相生理荒涼[二]，家風零替，重見古人，揣心撫膺，夫何顔面。憂端且歲時。兩京三十口，雖在命如絲。魯曰：言雖不死，亦若絲之欲絶，可謂至危矣。

秦州雜詩二十首鄭曰：寰宇記：魏初，中分隴右爲秦州。師曰：甫論房琯事，貶華州司功。屬關輔饑，棄官去客秦州，遂有此作。

滿目悲生事，因人作遠遊。師曰：因琯有此遊也。遲迴度隴怯，鄭曰：十道志：隴州有隴山。浩蕩及一作「入」。關愁。水落魚龍夜，洙曰：秦有魚龍川。蘇曰：倦遊録云：隴州地名魚龍，出石魚，掘地破石得之，多鰍鯽之形，鱗鬣皆具，狀如描畫。魚龍，古之陂澤也。豈非魚生其中，山頽塞久而上凝爲石，遂留形迹耳。此詩正謂隴州也。沈曰：太平御覽載水經注有：一水出天水縣西山，人謂小隴山。其水出五色魚，俗以爲龍，而莫敢捕，謂是水爲魚龍水。山空鳥鼠秋。洙曰：禹貢所謂「鳥鼠同穴」者是矣。鳥鼠，谷

[二] 相，疑當作「祖」。見杜集札記。

名。鄭曰：孔安國注：鳥鼠其爲雌雄同穴而處。西征問烽火，心折此淹留。洙曰：別賦：心折骨驚。蘇曰：王戎：非吾願在此淹留，每想故園風物，客心將折。趙曰：時有吐蕃之亂。

秦州山一作「城」。北寺，勝跡一云「傳是」。隗囂宮。洙曰：後漢：隗囂據隴西天水郡。寺即囂故居。苔蘚山門古，一作「故」。丹青野殿空。月明垂葉露，雲逐度溪風。蘇曰：李隱尋友人不見，謂童曰：「何往？」童不答。又曰：「主人何往？」童曰：「白雲無心，逐風渡溪耳。」李驚異久之。清渭無情極，愁時獨向東。師曰：言東望燕薊之亂，故愁也。

州圖領同谷，驛道出流沙。洙曰：同谷，縣名。流沙，地名。鄭曰：寰宇記：成州，禹貢梁州之域。古西夷地。天寶元年改爲同谷郡。流沙，西域地。降虜兼千帳，降，胡江切。居人有萬家。馬驕珠汗落，趙曰：傅玄乘輿馬賦：流汗如珠。胡舞白蹄斜。蹄，一作「題」。夢符曰：右按南史裴子野傳：時西北遠邊有白題入貢，莫知所出。子野曰：「漢潁陰侯斬白題一人。」服虔曰：白題，胡名也。年少臨洮子，洮，徒刀切。洙曰：一作「至」。臨洮，郡名。西來亦自誇。師曰：臨洮通羌胡，其人驍勇善戰，願隨王師擊賊，故云云。

鼓角緣邊郡，趙曰：此篇詠鼓角也。川原欲夜時。秋聽殷地發，彥輔曰：殷，盛也。風散入雲悲。趙曰：言當秋欲近之景，則聞鼓角，爲可傷矣。抱葉寒蟬靜，歸山獨鳥遲。蘇曰：古詩有「夕鳥背山遲」，有「歸林孤鳥遲」，何敬祖「倦鳥山林遲」，工部頗得換骨法。逸曰：獨鳥，失群之鳥。甫自喻也。萬方一作「年」。聲一概，趙曰：時東有安、史之亂，西有吐蕃之擾，故曰聲一概。吾道竟何之。洙曰：戎馬之際，天下皆有鼓角聲，人方以武事爲急，吾道何所施。蘇曰：盧玄：萬方鼙鼓之聲一概，吾輩復之何地，但死。趙曰：孔子云：吾道非耶。莊子：芒乎何之。

南使宜天馬，由來萬匹强。洙曰：阮籍詩：天馬出西北，由來從東道。趙曰：此篇專賦天馬也，出漢書：初，天子發易卜之，曰：「神馬當從西北來。」得烏孫馬，號名天馬。浮雲連陣没，秋草徧山長。洙曰：徧，一作「滿」。聞説真龍種，洙曰：天馬徠，龍種也。仍殘一云「空餘」。老驌驦。洙曰：見「驌驦一骨獨當御」注。趙曰：左傳：唐成公如楚，有兩驌驦。唐人語以余爲殘，蓋言所余驌驦遺而不用於戰，故「哀鳴思戰鬭」也。豈非公自况耶。哀鳴思戰鬭，迥立向蒼蒼。師曰：言已雖有千里之才，奈老而不用何。

城上胡笳奏，山邊漢節歸。趙曰：言用兵以禦吐蕃也。使蘇武持漢節事，言通使於吐蕃爾。防河赴滄海，奉詔發金徽。蒼舒曰：右按續唐通典：羈縻州有金徽州，隸振武軍也。趙曰：防河之士，自金徽而發也。鄭曰：金徽，隴右地名。士苦形骸黑，趙曰：言士卒勞苦之故。旌疏鳥獸稀。趙曰：旌字，一本作「林」。那堪往來戍，恨解鄴城圍。洙曰：鄴城，史思明所據。恨解圍者，言士苦於征戍，而恨賊之未平也。趙曰：西邊既苦吐蕃之戰，而鄴城史賊猶未平，則戍役疲於往，所以恨也。

莽莽萬重山，孤城山一作「石」。谷間。無風雲出塞，不夜月臨關。趙曰：今秦州有無風塞、不夜城，蓋亦後人因杜詩而爲之名也。田曰：齊地記曰：齊地有不夜城，蓋古者有日夜中照於東境，故萊子立此城，以不夜爲名。師曰：云不夜，蓋取月明如晝也。屬國歸何晚，洙曰：蘇武歸漢爲典屬國。樓蘭斬未還。洙曰：傅介子傳：先是龜兹、樓蘭嘗殺漢使者，介子持節，使誅斬樓蘭王安歸首，懸之北闕。以直報怨，不煩師衆。其封介子爲義陽侯。煙塵一一作「獨」。長望，衰颯正摧顏。一作「催」。

聞道尋源使，從天此路回。洙曰：張騫尋河源。趙曰：時遣使吐蕃，云尋源使，則借張騫以爲官。牽牛去幾許，洙曰：博物志：昔有人乘查泛河，忽忽不知晝夜。至一處，多見織女，有一丈夫牽牛渚次飲之。歸，問嚴君平，曰：「某日客星犯牛、女。」宛馬至今來。洙曰：見「宛馬總肥春苜蓿」注。逸曰：宛馬每入貢，置牧監於此。一望幽燕隔，何時郡國開。洙曰：時幽燕在賊境，郡國未安寧。東征健兒盡，羌笛暮吹哀。洙曰：士多死亡，哀憤氣形於羌笛。

今日明人眼，臨池好驛亭。叢篁低地碧，高柳半天青。洙曰：叢篁低地，高柳半天，是亦傷君子沉下位也。公之命意多有如此者。趙曰：此實道其景，非譏誚也。師曰：竹有節，喻君子。柳質柔脆，望秋先零，喻小人。稠疊多幽事，洙曰：稠疊，猶重疊。蘇曰：陶竺：幽居春來事亦稠，兼眼前兒女惱人。喧呼閲使星。洙曰：時亂，民喜見使者，故喧呼。晉志：流星天使。後漢：李郃指使星，以視二使。趙曰：推言往來使吐蕃者。老夫如有此，不異在郊坰。趙曰：老夫若有此亭景，則如在郊坰矣。雲氣接崑崙，蘇曰：黄河記云：雲氣浩漫，遠接崑崙。涔涔塞雨繁。涔，鉏簪切。羌童看渭水，趙曰：言吐蕃之兵窺覻渭水。使客向河源。洙曰：張騫奉使西域，尋黄河源。師曰：此句甫自比也。煙火軍中幕，牛羊嶺上村。所居秋草静，正閉小蓬門。

蕭蕭古塞冷，漠漠秋風一作「雲」。低。黄鵠翅垂雨，蒼舒曰：右按文選：黄鵠一遠則〔一〕，千里顧徘徊。蒼鷹饑啄泥。洙曰：亦自傷也。薊門誰自北，漢將獨征西。趙曰：薊門，指安、史，言收復燕薊者誰也。征西，則指言討吐蕃。漢有征西將軍。不意書生耳，薛曰：南史：沈慶之曰：「耕當問奴，職當問婢〔二〕。今欲伐國而欲與白面書生輩謀事，何由濟？」臨衰厭一作「見」。鼓鞞。魯曰：後漢皆有征西將軍。鄭曰：駢迷切，正作「鼙」。

山頭南一作「東」。郭寺，水號北流泉。師曰：水萬折必東，其勢順也。今而北流，其逆如此，叛臣

〔一〕則，疑當作「別」。
〔二〕職，疑當作「織」。

之謂乎。**秦曰**：詩云：彪池北流。蓋亦惡其逆爾。**老樹空庭得，清渠一邑傳。秋花危石底，師曰**：秋花非元物，况危於石底，公之命意自傷類若此。**晚景卧鍾邊。**一作「前」。**俛仰悲身世，溪風爲颯然。**一作「肅」。

傳道東柯谷，鄭曰：秦地名。**深藏數十家。對門藤蓋瓦，趙曰**：言藤蔓蔽蓋瓦上也。**映竹水穿沙。瘦地翻宜粟，趙曰**：種粟當在肥地，而地瘠翻宜粟者，土地之美可知也。**陽坡可種瓜。田曰**：毛文錫茶譜云：宣州宣城縣有塢如山，其東爲朝日所燭，號曰陽坡。**黄曰**：陽坡茶最勝，太守常薦於京洛人事，題曰陽坡横文茶。**船人相近報，但恐失桃花。彦輔曰**：桃花水也。俗以二月水爲桃花水。**趙曰**：借言桃源也。

萬古仇池穴，鄭曰：在成州。**潛通小有天。洙曰**：世説：仇池有地穴，通小有洞，中出神魚，食之者仙。**蘇曰**：趙德麟曰：仇池，小有洞天之附庸也。王仲至謂余曰：吾嘗奉使過仇池，有九十九泉石，萬山環之，可以避世，如桃源。**鮑曰**：按唐志：成州同谷縣有仇池，與秦城接壤。**修可曰**：引茅君傳：大天之内有玄中洞三十六所，第一王屋山之洞，周回萬里，名曰小有清虚之天。**神魚人不見，福地語真傳。洙曰**：仙經有福地、鎮地，皆以名山或洞府爲之。**夢符曰**：右按道書有三十六洞天、七十二福地。真誥曰：金陵者，洞墟之膏腴，句曲之福地。履之者萬萬，知之者無一。内經福地志曰：伏龍之地，在柳谷之西，金壇之右，可以高灑〔一〕，金陵之福地。近接西南境，長懷十九泉。師曰：甫有卜居之意，故云云。何時一茅屋，送老白雲邊。

未暇泛滄海，悠悠兵馬間。塞門風落木，洙曰：一云「塞風寒落木」，客舍雨連山。阮籍行多興，見「遂令阮籍等」注。龐公隱不還。見「昔者龐德公」注。東柯遂一作「放」。疏懶，洙曰：東柯，上詩所謂東柯谷者是也。休鑷鬢毛班。師曰：南史：鬱林王年五歲，戲高帝傍。帝令左右鑷白髮，問王：「我誰耶？」答曰：「太翁。」帝笑謂左右曰：「豈有爲人作曾祖而拔白髮乎？」即擲鏡鑷。子曰：道不行，乘桴浮於海。

東柯好崖谷，不與衆峰群。落日邀雙鳥，覺範曰：落日，喻暮年，邀雙鳥，言欲與妻子隱居於此。晴天卷一作「養」。片雲。野人吟險絶，水竹會平分。採藥吾將老，童兒未遣聞。

邊秋陰易夕，不復辨晨光。洙曰：鮑昭詩：曉星正寥落，晨光復泱漭。簷雨亂淋幔，山雲低度墻。蘇曰：公宙過友人舍，問其墻低。友人曰：「使山雲易度耳。」鸕鷀窺淺井，鄭曰：水鳥不卵生，口吐其鶵，正作「鷀」。上落胡，下疾之切。師曰：喻細民饑而無食。蚯蚓上深堂。洙曰：深，一作「高」。鸕

〔一〕灑，疑當作「栖」。見杜集札記。

鵁窺淺井，無食也。蚿蚓上深堂，言至空也。**蘇曰**：龐儼亂後歸鄉，時既兵火，建旄旟者皆群細。登高堂而歎曰：「何蚿引上此矣。」蓋譏小人得志也。**趙曰**：以積雨久陰而然也。**車馬何蕭索，門前百草長。蘇曰**：守劭守志讀書，不隨鄉辟，簞瓢自樂，門庭草數尺長。魏文帝兩徵，不起。世目爲當世顔回。**趙曰**：暗使張仲蔚所居蓬蒿滿門，寂無車馬事。

地僻秋將盡，山高夜未歸。趙曰：公自謂也。**塞雲多斷續，邊日少光輝。洙曰**：江淹恨賦：摇風忽起，白日西匿。隴鴈少飛，岱雲寡色。又：秋日蕭索，浮雲照光。蔡琰詩：惟彼方兮遠陽精，陰氣凝兮雪漂零。**警急烽常報，薛曰**：右按前漢書：長安，匈奴大入，烽火通於甘泉。**傳聞檄屢飛。洙曰**：鮑明遠詩：羽檄起邊亭，烽火入咸陽。**師曰**：説文曰：檄以木簡爲書，長尺二，以徵君也〔一〕。魏武奏事曰：若有急，則插以雞羽，謂之羽檄。**西戎外甥國，**爲尚主也。**蒼舒曰**：右按唐書：景龍四年，以金城公主下嫁吐蕃。乾元元年，肅宗以幼女寧國公主下降回紇。爾雅曰：妻之父爲外舅。郭璞曰：謂我舅者，謂之甥。然則亦呼壻爲甥。孟子曰「帝館甥于二室」是也。唐書：贊普遣名悉獵奉表，言甥，先帝舅，顯親也。**何得近天威。**近，一作「迮」。**洙曰**：天子之威也。左傳：王賜齊侯胙，命無不拜。齊侯曰：天威不違顔咫尺。**鳳林戈未息，魚海路常難。魯曰**：鳳林、魚海，皆地名。**候火雲峰峻，洙曰**：烽候之火。夏雲多

〔一〕君，疑當作「召」。

奇峰。懸軍幕井乾。洙曰：懸軍，謂路險阻，懸之使下也。鄧艾伐蜀，懸軍深入。幕，一作「暮」。夢符曰：右按周官：挈壺氏，掌挈壺，以令軍井。凡軍事縣壺以序聚欜。易曰：井收勿幕。趙曰：易：井收勿幕。注：井口曰收。勿幕，則勿遮幕之。今公言軍旅飲井者乾，而所幕之井乾，其懸示軍中之器，以表此井也。風連西極動，月過北庭寒。故老思飛將，彥輔曰：李廣，飛將。何時議築壇。魯曰：漢祖築壇拜韓信爲大將。師曰：甫思得大將如信者出焉。

唐堯真自聖，趙曰：謂肅宗也。逸曰：君自聖則忠讜不聞，甫微言以託諷也。野老復何知。洙曰：莊子所謂「帝力何有於我哉」。趙曰：公自謂也。曬藥能無婦，應門亦有兒。洙曰：李令伯表：内無應門五尺之僮。世説：荀淑使叔明應門，慈明行酒。師曰：應音因。當門户幸有兒子。藏書聞禹穴，洙曰：司馬遷年十歲誦古文，二十四而南游江、淮，上會稽，探禹穴，窺九疑。趙曰：言禹穴藏書也。讀記憶仇池。憶，一作「悟」。蘇曰：許靖過仇池，樹下有碑，靖駐馬一覽無遺，人皆稱賞。陸士衡有詩云：有客遠方來，過我漏蓬蓽。瓦罍酌松醪，呼兒且抵筆。詞語清水霜，書如鸞鳳立。爲報鴛行舊，趙曰：指言平日同禁省之人。鷦鷯在一枝。趙曰：莊子：鷦鷯巢林不過一枝。韓曰：父之執友皆在鵷行，想其子必有所託，故云云。

遣興五首

蟄龍三冬卧，洙曰：易：龍蛇之蟄以存神。老鶴萬里心。洙曰：舞鶴賦：結長悲於萬里。昔時賢俊人，未遇猶視今。洙曰：後之視今，猶今之視昔也。嵇康不得死，洙曰：一云「且不死」。江淹恨賦：中散下獄，神氣激揚。孔明有知音。魯曰：徐庶薦孔明。又如壠底松，用舍在所尋。洙曰：古詩：鬱鬱澗底松。大哉霜雪榦，歲久爲枯林。洙曰：傷有材而不見用。師曰：龍雖蟄於冬，至春則賴以沛霖雨，喻孔明得徐庶之薦，終則見用。鶴雖心在萬里，奈已老何，喻稽康日暮途窮〔一〕，左右無一言之援，是以終死獄中。古者嵇康、孔明皆賢士也，一則得君，一則失勢，豈非幸不幸耶。

其二

昔者一作「在」。龐德公，未曾入州府。襄陽耆舊間，處士節獨苦。洙曰：後漢逸民傳：龐德公者，南郡襄陽人也。未嘗入城府，夫妻相敬相賓。豈無濟時策，一作「術」。終竟畏羅罟。彦輔曰：一作「終歲畏罪苦」。林茂鳥有歸，水深魚知聚。舉家隱鹿門，劉表焉得取。洙曰：荆州刺史劉表

〔一〕稽，疑當作「嵇」。

數延請，不能屈，乃就候之，謂曰：「夫保全一身，孰若保全天下乎？」龐公笑曰：「鴻鵠巢於高林之上，暮而得所棲。黿鼉穴於深淵之下，久而得所宿。夫趨舍行止，亦人之所巢穴也，且各得其栖宿而已，天下非所保也。」因釋耕於壠上，而妻子耘於前。表指而問曰：「先生苦居畎畝而不肯官祿，後世何以遺子孫乎？」龐公曰：「世人皆遺之以危，今獨遺之以安，雖所遺不同，未爲無所遺也。」表歎息而去。後遂携其妻子登鹿山採藥，不反。**秦曰**：襄陽記云：鹿門山，舊名蘇嶺山。建武中，襄陽侯習郁立神祠於山，刻二石鹿夾神祠道口，俗因謂之鹿門廟，遂以廟名山。

陶潛避俗翁，未必能達道。 **蘇曰**：墨子：未必達吾道。**觀其著詩集，頗亦恨枯槁。** **趙曰**：因陶潛而有所悟，故於此詩，非直詆陶也。陶集中固有「恨枯槁」之語矣。如楚調之「夏日長抱饑，寒夜無被眠」，飲酒詩「顏淵稱爲仁，長饑至於老。雖留身後名，一生亦枯槁」。其他皆類是，豈不謂之頗恨枯槁乎。**達生豈是足，默識蓋不早。有子賢與愚，** **蘇曰**：党盟：吾雖有三子，賢不肖在渠輩。老夫一日合眼，子等榮賤任其事業，非干吾事。**何其挂懷抱。** **立之曰**：山谷書淵明文：有與五子疏，又命子詩曰：夙興夜寐，願爾斯才。才之不才〔一〕，亦已焉哉。又責子曰：白髮被兩鬢，肌膚不復實。雖有五男兒，總不好紙筆。阿舒已二八，懶放固無匹。阿宣行志學，而不愛文術。雍、端年十三，不識六與七。通子垂九齡，但覓梨與栗。天

〔一〕前一「才」字疑當作「爾」。見杜集札記。

運苟如此，且進杯中物。觀淵明之詩，想見其人愷悌慈祥，雖謔可觀也。俗人便謂淵明諸子皆不肖，而淵明愁嘆，見於詩，所謂癡兒前不得説夢也。黄曰：子美困於三蜀，蓋不知者詬病，以拙於生事，又往往譏議宗文、宗武失學，故聊寄此詩於淵明，以解嘲耳。其詩名曰遣興，可解也。俗人亦以爲譏淵明，非也。

賀公賀知章。**雅吴語，**蘇曰：陸機雅能吴語，吴兒聞之，皆起歸思。大臨曰：世説：玉真見王丞相〔一〕，以腹熨彈棋局，曰：「何乃淘。」注云：吴人口冷爲淘，虚觥反。劉既出，人問見公主云何〔二〕？劉曰：「未見他異，唯聞作吴語爾。」孝祥曰：語林曰：真長云：「丞相何奇，止能作吴語，及細唾也。」**在位常清狂。**洙曰：武五子傳：清狂不惠。凡狂者，陰陽脉盡濁。今此又不狂似狂者，故言清狂也。或曰色理清徐而心不惠曰清狂。清狂如今白癡。**上疏乞骸骨，黄冠歸故鄉。**蒼舒曰：右按禮記郊特牲曰：野夫黄冠。黄冠，草服也。蘇曰：賈亮疏乞骸骨，漢文不允，三上不答，乃棄官隱中條。**爽氣不可致，**洙曰：王徽之字子猷。桓公嘗謂徽之曰：「卿在府日久，此當相料理。」徽之初不酬答，直高視，以手板柱頰，云：「西山朝來，致有爽氣耳。」**斯人今則亡。**魯曰：顔淵：「今也則亡。」**山陰一茅宇，江海日淒凉。**洙曰：知章事明皇爲祕書監，自號四明狂客，及祕書外監。晚節尤誕放。天寶初，病，夢游帝居，及寤，遂請爲道士，歸鄉里，以宅爲

〔一〕玉真，疑當作「真長」。見杜集札記。

〔二〕公主，疑當作「王公」。

千秋觀。表求周官湖數頃爲放生池，有詔賜鏡湖一曲。

吾憐孟浩然，短褐即長夜。**修可曰**：短，當作「裋」。見北征詩注。陸士衡：送子長夜臺。王仲宣：長夜何冥冥。**趙曰**：南史：范曄在獄中，爲士題扇，曰：去白日之炤炤，即長夜之悠悠。賦詩何必多，往往凌鮑謝。**魯曰**：鮑昭、謝朓。**蘇曰**：江總詞氣凌鮑、謝，筆跡躔二王。史柄云：「足下新詩往往氣凌鮑、謝。」**趙曰**：往往者，忽忽如此也。應璩百一詩云「用等稱才學，往往見歎譽」也。清江空舊魚，**趙曰**：浩然嘗有詩曰：試垂竹竿釣，果見查頭鯿。今言清江之內，空有舊魚而人不見。春雨餘甘蔗。每望東南雲，**蘇曰**：梁瑄不歸，弟璟每見東南白雲，即立望，慘然久之。令人幾悲吒。陟駕切，正作「咤」。**修可曰**：郭璞游仙詩：臨川哀年邁，撫心獨悲吒。**趙曰**：浩然，襄陽人，襄陽在秦州之東南。公思而不見，故望雲而空悲咤耳。

寄贊上人

一昨陪錫杖，**洙曰**：天台賦：振金策之鈴鈴。金策，錫杖也。卜鄰南山幽。**趙曰**：左傳：唯鄰是卜。年侵腰脚衰，未便陰崖秋。**趙曰**：晉潘岳西征賦云：眺華岳之陰崖。重岡北面起，竟日陽光留。茅屋買兼土，買，一作「置」。斯焉心所求。近聞西枝西，有谷杉黍一作「漆」。稠。亭午頗

和暖，洙曰：天台賦：羲和亭午。孝祥曰：御覽載纂要云：日光曰景。注去〔一〕：日月之光，通明曰景。日景曰晷。日氣曰晛。日初出曰旭，曰昕，曰晞。注云：大明曰昕、晞，乾也。日温曰煦。在午曰亭午。在未曰昳。日晚曰旰，日將落曰薄暮。日西落，光反照於東，謂之返景。在下曰倒景。**石田又足收。**夢符曰：右按春秋左氏傳：吳將伐齊，越子率其衆以朝焉，王及刻士皆有饋賂〔二〕，吳人皆喜。唯子胥懼，曰：「是豢吳也。」夫得志於齊，猶獲石田也，無所用之。越不爲沼，吳其泯矣。」今云石田足收，則雖無用之田，猶可種而獲也。子美醉時歌又有「石田茅屋荒蒼苔」之句。**當期塞雨乾，宿昔齒疾瘳。**塞，一作「寒」。**徘徊虎穴上，**逸曰：班超云：不入虎穴，安得虎子。**面勢龍泓頭。柴荆具茶茗，徑路通林丘。與子成二老，來往亦風流。**洙曰：謝靈運：俶裝反柴荆。孫綽風流爲一時冠。師曰：二老言太公、伯夷避紂之亂，故隱居東海、北海之濱。今甫亦避唐亂而卜隱於此，所以示譏也。

王狀元集百家注編年杜陵詩史九卷

〔一〕去，疑當作「云」。見杜集札記。
〔二〕刻，疑當作「列」。見杜集札記。

王狀元集百家注編年杜陵詩史十卷

寓目趙曰：左傳：楚子玉之語曰：得臣與寓目焉。

一縣蒲萄熟，**沈曰**：永徽圖經曰：蒲萄生隴西五原，燉煌山谷今處處有之。秋山苜蓿多。**洙曰**：西域人好飲蒲萄酒，馬食苜蓿。二師伐宛，將種歸中國。**沈曰**：神農本草云：苜蓿味苦平無毒，主安中利人，可久食。陶隱居云：長安中有苜蓿園，北人甚重，南人不食，以其無味故也。關雲常帶雨，塞水不成河。羌女輕一作「搖」。烽燧，**趙曰**：烽燧，一物二名，燃火曰烽，舉炬曰燧。胡兒制一作「製」。駱駝。自傷遲暮恨，喪亂飽經過。

遣懷

昔我遊宋中，**鄭曰**：宋州也。禹貢豫州城，秦改爲梁國。漢文帝封子民爲梁王於曜陽〔一〕，置宋州。惟

〔一〕民，疑當作「武」；曜，疑當作「睢」。

梁孝王都。洙曰：宋即古大梁也。名今陳留亞，洙曰：陳留屬汴州也。劇則貝魏俱。洙曰：貝、魏，州名，在河北。劇，大也。邑中九萬家，高棟照通衢。舟車半天下，主客多歡娛。趙曰：主則本處人，客則遊寄者。白刃讎不義，黄金傾有無。殺人紅塵裏，報答在斯須。洙曰：言多豪傑也。文三王傳：梁孝王武始立爲代王，四年徙爲淮陽王，十二年因梁懷王揖入朝墮馬死，無子，國除，遂徙王梁。後七國反，梁王城守睢陽。梁最爲大國，居天下膏腴地，北界泰山，西至高陽。蘇林曰：陳留北縣治宫室連屬平臺。趙曰：鮑明遠詩：失意杯酒間，白刃起相讎。憶與高李輩，高適、李白。論交入酒壚。師曰：甫昔與適、白嘗遊此酒壚，埋甖於地也。相如滌器，文君當壚也。兩公壯藻思，饒曰：文思也。得我色敷腴。洙曰：世説：王濟仲爲尚書令，著公服，乘軺，經黄公酒壚中，過顧謂後車客曰：「吾昔與嵇叔夜、阮嗣宗共酣飲此壚。竹林之遊亦預其末。自嵇夭亡，阮公亡，便爲時所羈紲。今日視此雖近，邈若山河。」兩公，李、高也。言李、高得我而後懽悦，故敷腴也。蒼舒曰：右按爾雅：蕍，榮也。郭璞曰：蕍，猶敷。蕍亦草之榮也。氣酣登吹一作「文」。臺，懷古視平蕪。洙曰：吹臺，梁王歌臺也。今謂之繁臺。左太冲詩：酒酣氣益振。鄭曰：在開封縣南五里。蘇曰：新唐本傳云：甫與李白、高適過汴州，酒酣登吹臺，慷慨懷古，人莫能測。蓋謂此也。芒碭雲一去，鴈鶩空相呼。洙曰：前漢：高祖隱於芒碭山澤間，吕后與人俱求，嘗得之。高祖怪問吕后，后曰：「季所居，上嘗有雲氣，故從往嘗得季。」雲去，乃人亡也。不欲指言之爾。人亡鴈鶩相呼。師曰：謂懷古也。先帝正好武，師曰：先帝謂玄宗，好事邊功也。寰海未凋枯。洙曰：言方盛之時也。猛將收西域，長戟破林胡。洙曰：玄宗之時，開拓境土，如安禄山、王君㚟、張守珪、王忠嗣輩，皆以邊功爲己任，故張説獻鬬牛以箴之，而上不之改。百萬攻一城，獻捷不云輸。趙曰：攻取豈無勝負耶，但獻捷而已，未嘗言輸而不勝。組練棄如泥，洙曰：吴人大破楚軍，楚之免者惟組練三百而已。組，組甲。練，被練也。尺土負一作「勝」。百夫。洙曰：地不足以賞有功也。趙曰：争一尺之土，以百夫爲償，則不惜人之命。拓境功未已，元和辭大鑪。洙曰：謂政失其平和矣。繼有安、史之亂。趙曰：莊子曰：吾將以天地爲大爐。亂離朋友盡，合沓歲月徂。趙曰：朋友指言高、李也。洞簫賦云：薄索合沓。注云：重沓也。晁曰：合沓，相繼貌。吾衰將焉託，存殁再嗚呼。蕭條益堪媿，獨在天一隅。洙曰：一云「蕭條疾益甚，媿獨天一隅」。乘黄已去矣，凡馬徒區區。洙曰：乘黄，駿馬也。喻賢者。凡馬，喻常才。蘇曰：古駿馬行：飛黄汗血已去矣，駑駘凡馬徒區區。孔融：騏驥足超殁，凡馬徒追奔。不復有顔鮑，洙曰：顔延年、鮑明遠。常作荆州參軍，作蕪城賦，以諷宋臨海王也。趙曰：又以鮑比高、李二公矣。公嘗與白云：俊逸鮑參軍。繫舟卧荆巫。洙曰：荆州、巫峽也。鄭曰：在白帝城及南郡。臨飱吐更食，常恐違撫孤。趙曰：蓋恐違戾撫養高、李二公之孤也。此其爲朋友之義。

蒹葭

摧折不自守，洙曰：生質衰脆，不能自守。秋風吹若何。暫時花戴雪，墮木葉沉波。洙曰：言非歲寒之質也。體弱春苗草，叢長夜露多。江湖後摇落，亦一作「只」。恐歲蹉跎。

除架洙曰：瓜架也。

束薪已零落，趙曰：瓜架必以薪爲之，今瓜已摘，則架上之薪零落也。瓠葉轉蕭疏。幸結白花了，寧辭青蔓除。趙曰：瓜實既結，則其蔓可除。秋蟲聲不去，暮雀意何如。洙曰：架除而鳥失栖也。寒事今牢落，人生亦有初。洙曰：言瓜未生之初則作架以承之，纔結花則有將實之望，而其意稍怠矣，故架壞則除去而不修也。亦猶人事鋭始而怠終。趙曰：此詩作於秦州，爲客不堪如此，然人生未嘗無初，則公之初在太平之時，文采動止，聲譽烜赫，本不如是之牢落也。

廢畦

秋蔬擁霜露，豈敢惜凋殘。暮景數枝葉，趙曰：公自憫也。斷忍蔬之彫殘，故斷暮景之中，數其枝葉爾。天風吹汝寒。緑霑泥滓盡，香與歲時闌。生意春如昨，悲君白玉盤。

吹笛

吹笛秋山風月清，誰家巧作斷腸聲。洙曰：鮑明遠：離聲斷客情。又：行子心腸斷。蘇曰：阮晟聞笛，曰：「客中月夜聞此聲韻，使人腸斷。」**風飄律呂相和切，**洙曰：馬融笛賦：律呂既和，哀聲互降。**月傍關山幾處明。**洙曰：向秀月夜聞笛，遂作懷舊賦。趙曰：吹笛於月明之中，詩人自道到此。舊所弘非〔一〕。**胡騎中宵堪北走，**洙曰：言笛聲怨切，能動鄉思，胡人聞之當北走矣。夢符曰：右按晉：劉疇嘗避亂塢壁，賈胡百數，欲害之。疇無懼色，援笳吹之，爲出塞、入塞之聲，以動其遊客之思。群胡皆垂淚而去。笳，羌笛也。師曰：晉劉琨爲并州刺史，常爲胡騎所圍，琨乘月登樓清嘯，賊聞之長嘆。中夜吹胡笳，則又有流涕噓欷，有懷土之意，遂棄圍而去。薛注誤云賈胡爲胡騎，非也。趙曰：此指言史朝義借用胡笳事。笳，羌笛也。**武陵一曲想南征。**洙曰：王徽之聞桓伊善笛。一日，相逢於江次，未嘗相識，謂伊曰：「聞君善笛，請爲我一弄。」伊已貴顯，素聞徽之名，便爲據胡床三弄而去。賓主竟不言。伊爲南征將軍。**故園楊柳今搖**一作「摧」。**落，何得愁中却盡生。**洙曰：折楊柳、落梅花，皆曲名。蘇曰：桓伊善笛，撰折楊柳，尤盡巧妙。後人不能盡其指訣。趙曰：一本「曲盡生」，無義。緣笛有折楊柳之曲，故思感也。

〔一〕弘，疑當作「引」。見杜集札記。

天末懷李白 趙曰：自於至德二載坐永王璘而謫夜郎〔一〕，故公在秦州懷之而作。

涼風起天末，君子意如何。 洙曰：月賦：雲斂天末。**鴻鴈幾時到，江湖秋水多。文章憎命達，魑魅喜人過。** 鄭曰：上抽知，下明祕切。趙曰：欲害之矣，譬小人害君子之意。師曰：自古文章之士命運多蹇滯，魑魅言貶所窮僻。**應共冤魂語，投詩贈汨羅。** 琪曰：指屈原也。馬曰：若原不遇，投汨羅江死，故甫有是句。鄭曰：汨，迷筆切。

獨立

空外一鷙鳥，河間雙白鷗。 師曰：皆得其勢也。**飄飄搏擊便，** 搏，徒官切。**容易往來遊。** 趙曰：搏擊，謂鷙鳥也。往來遊，言白鷗也。白鷗往來，不知鷙之將搏擊，此可爲寒心矣。**草露亦多濕，蛛絲仍未收。** 師曰：詩云：豈不夙夜，謂行多露。露犯之則濡蛛絲，易染惹人。甫官拾遺，宜若鷙鳥獨立，遇事則誅擊姦回。時抗疏論房琯，反爲小人沾惹以朋黨，至於斥逐，故有「草露多濕，蛛絲未收」之句。**天機近人事，獨立萬端憂。** 蘇曰：蘇筠獨立西樓，俛仰身世，憂患萬端，思之一灑，使人心折骨驚。趙

〔一〕自，疑當作「白」。見杜集札記。

曰：或謂露下衆草則將殺草，蛛絲未收則將羅物，皆有殺意，此並是天機，如人事之好殺，宜公有萬端之憂也。

野望

納納乾坤大，行行郡國遥。洙曰：古樂府：行行重行行。雲山兼五嶺，魯曰：陸機贈顧交阯詩：伐鼓五嶺表。張耳傳：南有五嶺之戍。蒼舒曰：右按秦始皇略定楊越，謫戍五方，南守五嶺。塞上嶺，一也。騎歸嶺，二也。都龐嶺，三也。略緒嶺，四也。趙城嶺，五也。自北徂南，入越之道必由嶺焉。師古曰：嶺者，西自衡山之南，東窮於海，一山之限耳。而標名有五焉。黄曰：裴氏廣州記曰：大庾、始安、臨賀、桂陽、揭陽，是五嶺。何曰：鄧德明南康記曰：大庾嶺一，桂陽甲騎嶺二，九真都龐嶺三，臨賀萌緒嶺四，始安越嶺五。風壤帶三苗。洙曰：舜典竄三苗於三危。注：三苗，國名。縉雲氏之後爲諸侯，饕餮。三危，西裔。昭元年説自古諸侯不用王命者，虞有三苗，夏有觀扈。野樹侵江闊，春蒲長雪消。趙曰：蒲長於雪消之後。扁舟空老去，無補聖明朝。洙曰：服虔曰：嶺有五，因以爲名。交阯合浦果有此嶺。

秋日阮隱居致薤三十束

鄭曰：薤，胡介切。葷菜，葉似韭。

隱者柴一作「荆」。門內，畦蔬繞舍秋。盈筐承露薤，洙曰：詩卷耳：不盈頃筐。挽歌薤上露。不待致書求。束比青芻色，魯曰：詩云「青芻一束」。圓齊玉筯頭。衰年關鬲冷，味暖併一作「腹」。無憂。唐曰：薤情暖〔一〕，益老人，故云云。關，節也。鬲，胸也。

送張二十參軍赴蜀州因呈楊五侍御

好去張公子，通家別恨添。洙曰：兩家相通往來，言至契熟也。此別恨所以添。兩行秦樹直，萬點蜀山尖。御史新驄馬，洙曰：爲呈楊侍御。桓典拜侍御史，常乘驄馬，京師畏憚之，語曰行行且止，避驄馬御史。參軍舊紫髯。洙曰：爲張赴參軍。郄超髯，府中語曰：髯參軍。皇華吾善處，於汝定無嫌。禹偁曰：皇華，遣使臣之詩。言張有吏才。趙曰：正以言楊侍御爲皇華之使，乃吾所厚善之人，則於張二十亦必無嫌，所以薦之也。舊注非。

〔一〕情，疑當作「性」。

秦州見勅一作「除」。目薛三璩授司議郎畢四曜除監察與二子有故遠喜遷官兼述索居三十韻

大雅何寥闊，**蘇曰**：邵平：大雅寥邈，後世幾無所聞。斯人尚典刑。**洙曰**：詩：雖無老成人，尚有典刑。交期余潦倒，材力爾精靈。**洙曰**：嵇康書：足下舊知吾潦倒粗疏，不切事情。精靈，猶精明也。**蘇曰**：梁竦見顧秀，私謂同列曰：「秀之風標，太華鍾其靈。秀之文章，奎星降其精。使賈、馬、嚴、揚聽其談論，當北面而拱，誰可拒敵耶。」二子身同日，諸生困一經。文章開突**洙曰**：又作「窔」，東北隅也。一云窟也。**鄭曰**：柂没切。爾雅：傳謂之突。下方到切。室之西南隅曰奧。奧，**洙曰**：突奧，深邃貌。荀子：突奧之内，枕簟之上。遷擢潤朝廷。**蘇曰**：王罕擢翰苑，潤色朝廷典誥。**趙曰**：潤如德潤身之潤。舊好何由展，新詩更憶聽。別來頭併白，**秦曰**：古詩：相看俱白頭。相見眼終青。**洙曰**：阮籍善爲青白眼，見佳客則爲青眼，見俗客即爲白眼。伊昔貧皆甚，同憂心一作「歲」。不寧。棲遑分半菽，浩蕩逐流萍。**洙曰**：劉孝標絶交論：莫肯廢其半菽，罕有落其一毛。流萍，喻流落如萍之在水也。**趙曰**：祖出漢書：項羽歲饑人貧，卒食半菽。俗態猶「猜忌」，一云「猜忍」。**蘇曰**：張華過洛汭，俗士皆有猜忌之態。妖氛忽杳冥。獨慚投漢閣，**洙曰**：見「子雲識字終投閣」注。俱議哭秦庭。**洙曰**：吴入郢，由胥求救於秦，秦兵未出，包胥哭於秦庭者七日，勺水不入於口。還蜀祇無補，囚梁亦固扃。**洙曰**：司馬相如還

蜀。梁孝王怒，鄒陽下獄，吏將殺之，陽從獄中上書，王立出之。**華夷相混合，宇宙一羶腥。**洙曰：言胡兵亂華也。蘇曰：馬湘罵齊武曰：今宇宙姬、孔之道喪，爲爾輩一變。犬戎羶腥。**帝力收三統，**夢符曰：右按前漢書：三統，謂天統、地統、人統。爲夏、商、周之三正也。趙曰：周得天統，商得地統，夏得人統。言天地人皆歸之也。**天威總四溟。**天威見秦州雜詩注。**舊都俄望幸，**洙曰：顏延年車駕幸京口詩：春方動宸駕，望幸傾五州。張平子南都賦：歌曰：望翠華之威蕤，建太常兮排排。豈不思天子南巡者哉。遂作頌曰：真人南巡，覩舊里焉。趙曰：舊都，指言長安。望幸，言車駕還也。**清廟肅惟馨。**洙曰：詩清廟注：清廟，謂有清明之德者之宫也。天有清明之德，而文王象之，故以名詩。書：明德惟馨。趙曰：言再見宗廟也。**雜種雖**一作「難」。**高壁，**洙曰：漢書：羌胡，雜種，類不一也。高壁，言壁壘尚高深也。**長驅甚建瓴。**洙曰：高祖紀：若高屋之上建瓴水。言其勢順而易爲力也。鄭曰：盧經切。罌似餅。**焚香淑景殿，**鄭曰：長安志：殿在西内絲綵院西。**漲水望雲亭。法駕初還日，群公若會星。**洙曰：言帝初收復還言曰[一]，百官之轃於朝者若聚星焉。**宫臣仍點染，**洙曰：宫臣謂薛受司議也，屬東宫。蘇曰：徐牧云：百官近臣，半遭點染。願下明詔，洗滌赦其餘罪也。趙曰：司議郎，東宫之官。點染，爲文字也。以言薛璩。杜

[一] 言，疑當作「宫」。見杜集札記。

史正零丁。洙曰：畢受御史，老聃爲柱下史。點染、零丁，言未盡其半也。趙曰：老子爲柱下史，而畢擢除監察，故以柱下言之。零丁，介獨之貌。**官忝趨栖鳳，朝回歎**一作「欲」。**聚螢。**車胤聚螢。**喚人青騕褭，不嫁惜娉婷。**上普丁，下唐丁切。洙曰：張易之出塞行：騕褭青禄騎，娉婷紅粉粧。趙曰：言二公初不自眩鬻，以駿馬佳人爲喻。師曰：凡此皆甫自喻不見用於世。**掘劍知埋獄，提刀見發硎。**洙曰：劍埋於豐城獄，張華夜見其氣在斗牛間，使人掘之。庖丁解牛，十九年而刀刃若新發硎。鄭曰：硎音刑。砥石。梅曰：此二句喻薛、畢二子幾年埋没，今始奮發，殆見遇事剸裁也。**侏儒應共飽，**洙曰：東方朔傳：方待詔公車，俸禄薄，未得省見久之。朔紿侏儒曰：「上以若曹無益於縣官，欲盡殺若曹。」侏儒大恐，啼泣。朔教曰：「上即過，叩頭請罪。」居有頃，聞上過，侏儒皆號泣頓首。上問何爲？對曰：「東方朔言上欲盡誅臣等。」上知朔多端，召問朔何恐侏儒？爲對曰：「臣朔生亦言，死亦言。侏儒長三尺餘，俸一囊粟，錢二百四十。臣朔長九尺餘，亦俸一囊粟，錢二百四十。侏儒飽欲死，臣朔饑欲死。臣言可用，幸異其禮。不用，罷之，無令但索長安米。」上大笑，因使待詔金馬門，遂稍稍得進用焉。趙曰：以言二公猶未甚顯拔，與侏儒共飽耳。東方朔云：「臣朔饑欲死，侏儒飽欲死。」**漁父忌偏醒。**洙曰：屈原既放，行吟澤畔，顏色憔悴。漁父曰：「子非三閭大夫與？何故至此。」屈原曰：「衆人皆醉，惟我獨醒。」漁父曰：「何不哺其糟而啜其釃。」趙曰：公自此屈原之放逐[一]，以

[一] 此，疑當作「比」。見杜集札記。

漁父忌其獨醒也。楚辭載屈原曰：「衆人皆醉惟我獨醒。」旅泊窮清渭，長吟望濁涇。趙曰：公在秦州，而憶長安，故也。羽書還似急，洙曰：以鳥羽插檄書上，馳告四方，故云「羽書」。高祖曰：「吾以羽檄徵天下兵。」烽火未全停。洙曰：烽燧也。未全停，尚有餘烽也。趙曰：舉烽以報警急。師老資殘寇，戎生及近坰。忠臣辭憤激，烈士涕飄零。上將盈邊鄙，元勳溢鼎銘。洙曰：銘功鍾鼎也。仰思調玉燭，誰定握一作「淬」。青萍。洙曰：爾雅曰：四時調謂之玉燭。玉燭調，猶燮理也。青萍，劍名也。陳孔章答東阿王牋〔一〕：君侯體高俗之才，秉青萍、干將之器，拂鍾無聲，應機立斷。隴俗輕鸚鵡，洙曰：鸚鵡賦：命虞人於壠坻，閉以彫籠，剪其羽翅。趙曰：公自況也。原情類鶺鴒。洙曰：詩：鶺鴒在原，兄弟急難。趙曰：指與二公如兄弟之急難也。秋風動關塞，高卧想儀形。

寄彭州高三十五使君適虢州岑二十七長史參三十韻

故一作「古」。人何寂寞，今我獨凄涼。老去才難盡，秋來興甚長。洙曰：潘安仁有秋興賦。物情尤可見，師曰：目有所見則心有所感，故云云。詞客未能忘。洙曰：詞客謂高、岑也。俱以

〔一〕玉，疑當作「王」。見杜集札記。

詩名世。海内知名士，雲端各異方。洙曰：彭在蜀，虢在山南。高岑殊緩步，沈鮑得同行。洙曰：沈休文、鮑明遠。言高、岑可與沈、謝並驅也。意愜關飛動，篇終接混茫。趙曰：以言二子之詩，其妙如此。沈佺期祭文：思合飛動，才冠卿雲。舉天悲富駱，洙曰：富嘉謨爲文皆以經典爲本，時人欽慕，文體爲之一變。駱賓王嘗作帝京篇，當時以爲絶唱。近代惜盧王。洙曰：盧照鄰、王勃也。照鄰爲鄧王典籤，王重其文，待以相如。勃六歲能文，與兄勔、助才相類，人謂之「王氏三珠樹」。悲惜各以才不容於世，故也。似爾官仍貴，前賢命可傷。傷上四人。趙曰：富謂富嘉謨，駱謂駱賓王，盧謂盧照鄰，王謂王勃。蓋皆文章之伯，而不容於世，以言高、岑二子亦文士，而作貴官，則比四子爲得志矣。諸侯非棄擲，半刺已翺翔。洙曰：刺史，古之諸侯。庾亮與郭游書曰：别駕與刺史同流，王化於萬里，狂居刺史之半，安可非其人也。趙曰：諸侯，以言高適爲刺史。半刺，以言岑參。詩好幾時見，書成無使將。趙曰：言公在秦州欲寄書於二公也。男兒行處是，客子鬬身强。覊旅推賢聖，洙曰：孔、孟皆覊旅。趙曰：公自言孔、孟皆如此，不獨我也。沉綿抵咎殃。三年猶瘧疾，一鬼不銷亡。鮑曰：公遇王倚詩云：瘧癘三秋孰可忍，寒熱百日交相戰。與此正合。三秋，謂一在鄜，一在華，一在秦地。趙曰：公言其病之沉綿也。世言瘧鬼，故云。隔日搜脂髓，增寒抱雪霜。洙曰：此皆瘧之狀也。徒然潛隙地，有靦屢鮮粧。洙曰：俗言辟瘧鬼必伏於幽隙之地，不爾即晝易容貌。鄭曰：靦，他典切。説文：面見也。何太龍鍾極，蒼舒曰：抱廣韻〔一〕：龍鍾，竹名。世言龍鍾取此義也。謂其年老如竹之枝葉搖曳，而不能自禁持也。**于今出處妨。**趙曰：言病則龍鍾而妨出入也。**無錢居帝里，盡室在邊疆。**洙曰：寓同谷也。**劉表雖遺恨，龐公至死藏。**洙曰：見「劉表不得取」注。趙曰：後漢：龐公，襄陽人也。居峴山之南，未嘗入城府。荆州刺史劉表數延請，不能屈。竟隱於鹿門山，不反。**心微傍魚鳥，**魯曰：嵇康：遊山觀魚陽而心甚樂之〔二〕。**肉瘦怯豺狼。**洙曰：豺狼，類貪暴者。蘇曰：漢元狩中，盜賊屢起，州邑屠據，隱君子往往遭害。申舒隱中條山，行潔德著，謂諸子曰：「吾肉瘦，怯衆豺狼。」蓋言兵戈之際，君子不能全其身也。工部值祿山亂，流離悲怨，用此句語，故得其趣。不假群書證一詩一句，足矣。**隴草蕭蕭白，洮雲片片黃。彭門劍閣外，**洙曰：劍閣，劍關也，在蜀。定功曰：後漢郡國志：湔氏道。注：蜀王本紀曰：縣前有兩石，對如闕，號曰彭門。**虢略鼎湖傍。**洙曰：虢有朔城，迺鼎湖也。夢符曰：右按史記：黄帝採首山之銅，鑄鼎於荆山下，鼎成，乘龍而昇天，號鼎湖。此近虢略，未知孰是。又張平子西京賦：想乘龍於鼎湖。**荆玉簪頭冷，**趙曰：荆山之玉也。爲岑君而言。**巴牋染翰光。**洙曰：荆玉出虢。巴牋，蜀牋也。趙曰：爲高君而言。**烏**

〔一〕抱，疑當作「按」。見杜集札記。

〔二〕「山」下疑闕「澤」字；陽，疑當作「鳥」。見杜集札記。

更得清新否，遥知對屬忙。洙曰：言吟詩也。趙曰：言二子才思清新也。麻蒸續曬，丹橘露應嘗。豈異神仙宅，俱兼山水鄉。竹齋燒藥竈，花嶼讀書床。舊官寧改漢，淳俗本歸唐。師曰：號本晉地。詩晉國風曰：此晉也，而謂之唐，本其風俗憂深思遠，乃有堯之遺風焉。故云云。濟世宜公等，安貧亦士常。趙曰：安貧，公自言也。蚩尤終戮辱，胡羯漫猖狂。洙曰：史記：蚩尤最爲暴，黄帝能伐之。胡羯，安、史也。會待祅氛静，論文暫裹糧。洙曰：孟子曰：行者裹糧。言往論文也。蘇曰：韓挺裹糧就揚雄學，授太玄解。師曰：甫欲冠平裹糧就高、岑共論文章，故有末句。

病後過王倚飲贈歌

麟角鳳觜世莫識，韓曰：麟鳳，治世之祥，亂世誰識此物。喻王倚生非其時，世人莫識之。煎膠續絃奇自見。蒼舒曰：右按東方朔十洲記：仙家煮鳳喙麟角，金煎作膠〔一〕，名之續絃膠。一名連金泥。此物能連屬弓弩斷弦及斷折之金，以膠連，使力折繫，它處乃斷，續處不復斷也。尚看王生抱此懷，在於甫也何由羨。且遇王生慰疇昔，素知賤子甘貧賤。酷見凍餒不足恥，洙曰：語：在陳絶糧。蘇曰：

〔一〕金，疑當作「合」。見杜集札記。

王子淵曰：吾守道處凍餒，亦不足爲恥。今本中作「陳餒」，尤失本意。注者亦無高見，隨而疏之，真可笑也。今改正寫與李方叔。多病沉年苦無健。王生怪我顔色惡，答云伏枕艱難遍。瘧癘三秋孰可忍，寒熱百日相交戰。頭白眼暗坐有胝，丁尼反，皮厚也。肉黃皮皺命如綫。與線同。惟生哀我未平復，爲我力致美肴膳。遣人向市賒香粳，唤婦出房親自饌。長安冬葅酸且緑，金城土酥静如練。**蘇曰：**土酥即今之蘆菔也。其種蘭臯金城尤佳。魏夫人帖云：膾土酥如練，秦人呼爲池酥，能解麪毒。兼求富豪**洙曰：**一作「畜豪」，一作「畜豕」。且割鮮，**洙曰：**西都賦：割鮮野食。**趙曰：**金城，秦地也。有駝。金城自能爲酥，其名土酥。老杜身在秦州，而食長安之冬葅，金城之土酥，且求畜豕而割鮮焉。非肴饌之美而何。**魯曰：**畜豕，一作「畜豪」，非是。密沽斗酒諧終宴。**師曰：**言禮意無盡也。故人情味晚誰似，令我手脚輕欲漩。老馬爲駒摠不虚，**洙曰：**詩角弓：老馬反爲駒，不顧其後。注：已老矣，而孩童慢之。箋云：此喻幽王見人反侮慢之〔一〕，遇之如幼稚，不自顧念不至年老〔二〕，人之遇己亦將然也。當時得意况深眷。但使殘年飽喫飯，只願無事長相見。**師曰：**甫傷年老，時輩所忽，故云「當時得

〔一〕「人」前疑闕「老」字。
〔二〕後一「不」字疑當作「後」。見杜集札記。

意況深眷」，蓋譏時輩雖見眷遇於君，不必他日不若甫之困躓也。既傷交態刻薄，末章遂美王生事與長相見也〔一〕。

西枝村尋置草堂地夜宿贊公土室二首

出郭眄細岑，眄，莫甸切。**劉曰**：眄，斜視也。披榛得微路。**洙曰**：天台賦云：披荒榛之蒙蘢。趙景真書：步澤求蹊，披榛覓路。溪行一流水，曲折**洙曰**：師古曰：曲折，言委曲也。方屢渡。贊公湯休徒，**洙曰**：惠休上人，姓湯。好靜心迹素。**晏曰**：素謂質素也。昨枉霞上作，盛論巖中趣。**洙曰**：後漢：旌車之招，相望於嵓中。怡然共攜手，恣意同遠步。捫蘿澀先登，**洙曰**：天台賦：攬樛木之長蘿。謝靈運：蔓弱豈可捫。陟巘眩反顧。**鄭曰**：上語蹇，下熒絹切。要求陽岡暖，**洙曰**：顔延年：陽岡團精氣，陰谷曳煙寒。謝靈運：朝旦發陽崖，景落憩陰峰。若涉陰嶺沍。**洙曰**：胡故切。左太沖：白雲停陰岡，丹葩曜陽林。**師曰**：山南曰陽，山北曰陰，山南向陽故暖，山北背陽故沍寒。惆悵老大藤，沉吟屈蟠樹。卜居意未展，屈原卜居。杖策迴且暮。**洙曰**：左太沖：杖策招隱士。**趙曰**：字祖

〔一〕「事」前疑闕「無」字。見杜集札記。

「太公避狄，杖策去邠」。**層巔**一作「天」。**餘落日，**洙曰：謝靈運：築觀基層巔。又云：日落山照耀。**草蔓已多露。**洙曰：盧子諒：凝露霑蔓草。詩：謂行多露。

天寒鳥已歸，洙曰：陶潛：衆鳥相與飛，未夕復來歸。蘇曰：鮑昭詩：天寒日已久，出鳥自知歸。又云：天寒幽鳥歸。**月出山更静。**洙曰：山，一作「人」。更，一作「已」。沈休文：月華臨静夜，夜静滅氛埃。**土室延白光，松門耿疏影。**洙曰：謝靈運：攀崖照石鏡，牽葉入松門。**躋攀倦日短，**洙曰：謝靈運：常苦夏日短。**語樂寄夜永。**洙曰：天台賦：恣語樂以終日。趙曰：天寒則時在冬，故用日短夜永，出尚書「日短星昴」也。**明燃林中薪，暗汲石底**一作「泉」。**井。大師京國舊，德業天機秉。**洙曰：莊子：天機淺。**從來支許遊，**洙曰：支遁字道林，講維摩經。遁爲法師，許詢爲都講。遁衆謂無以歷難，詢設一難以調，遁不能復通。**興趣江湖迥。數奇謫關塞，**洙曰：李廣數奇。孟康曰：奇，隻不耦也。如字曰〔一〕：數爲匈奴所敗，爲奇不耦。師古曰：言廣命復，不耦合也。孟説是矣。數奇，上所角反，下居宜反。黄曰：師古以數奇爲命，隻不偶合，則數乃命數之數，非疏數之數也。而音所角反。蓋傳印之誤。宋景公筆録云：孫宣公奭當世大儒，亦以數奇爲朔。余後得江南漢書本，乃所具反。以此考之，殆傳印者誤以具爲角也。因以此詩

〔一〕如字，疑當作「如淳」。見杜集札記。

注猶仍舊音，故特辨之。徐敬業古詩云：寄言封侯者，數奇良可歎。道廣存箕潁。洙曰：太丘道廣，廣則難周。謝靈運：徐幹有箕、潁之心。何知戎馬間，復接塵事屏。必郢切。幽尋豈一路，遠色有諸嶺。修可曰：郭璞詩：色上遠野嶺，沉吟立夕陽。晨光稍曚曨，洙曰：陶淵明：恨晨光之熹微。更越西南頂。

太平寺泉眼

招提憑高岡，洙曰：見「已從招提遊」注。趙曰：招提，佛寺也。西天謂寺爲招提。疏散連草莽。洙曰：景帝紀：廣薦草莽。草稠曰薦，深曰莽。出泉枯柳根，汲引歲月古。石間一作「門」。見海眼，趙曰：成都記云：石笋之下是海眼。孫曰：成都府城西門外道傍有石笋，蜀人言天以鎮海眼，此泉從石中而出，亦如海眼。天畔縈水府。歐曰：小説：潤州爲中源水府。修可曰：張纘南征賦：曾潭水府。廣深丈尺間，宴息敢輕侮。青白二小蛇，幽姿可時覩。如絲氣或上，爛熳爲雲雨。洙曰：公羊傳曰：觸石而出，膚寸而合，不崇朝而徧天下者，太山之雲也。山頭到山下，鑿井不盡土。取供十方僧，香美勝牛乳。北風起寒文，弱藻舒翠縷。舒，一作「勝」。明涵客衣净，細蕩林影趣。何當宅下流，餘潤通藥圃。三春濕黃精，一食生毛羽。洙曰：嵇康書：又聞道士遺言，餌木黃精令人久壽，意甚信之。**黄曰**：神農本草：黄精久服，輕身延年。日華子云：黄精九蒸九曝，食之駐顔。**秦曰**：博物志云：天姥謂黄帝曰：太陽之草名黄精，餌之長生。太陰之草名鉤吻，入口立死。人信鉤之殺人〔一〕，不信黄精之益壽，不亦惑乎。真誥云：衡山中有學道者張禮正、治明期二人。禮正以漢末在山中，服黄精，顔色丁壯，常如年四十時。後乘雲升天，今在方諸飈室爲上仙。**趙曰**：鑿井自山頭至山下，皆石而已，不能窮盡，至有土處也。鑿井之難如此，而得泉眼爲可美。佛經：每以牛乳供僧。

佳人

王深父：云俗偷則人之無告者，政不足以恤之也。**師曰**：詩簡兮刺不用賢，云：彼美人兮，西方之人兮。蓋言賢者有佳美之德。此詩亦以佳人喻賢者，君用新進少年，至於疏棄舊臣，甫寓意有此作，非獨爲佳人之什，讀者可以意會。

絶代有佳人，洙曰：李延年歌曰：北方有佳人，絶代而特立。**幽居在空**一作「山」。**谷。**洙曰：詩：皎皎白駒，在彼空谷。**自云良家子，**洙曰：趙充國傳：六郡良家子。**末曰**：漢成帝選良家子充後宫。**零落依草木。關中昔喪敗，**一云「喪亂」。**兄弟遭殺戮。官高何足論，不得收骨肉。****蘇曰**：崔泓磔於市，骨肉不得收葬。**世情惡衰歇，萬事隨轉燭。****蘇曰**：徐邈：萬事興衰，轉燭相似，何必計較。

〔一〕「鉤」下疑闕「吻」字。見杜集札記。

夫婿輕薄兒，洙曰：沈休文詩：長安輕薄兒。新人美如玉。洙曰：一云「已如玉」。古詩：燕趙多佳人，美者顔如玉。合昏尚知時，定功曰：本草云：合歡即夜合也。人家多植庭除間，一名「合昏」。陳藏器云：其葉至昏即合，故曰合昏。趙曰：佳人自怨之辭，言物之有合有偶，而人之不若也。天覺曰：周處風土記云：合昏，槿也。詠曰：陳藏器本草曰：晨葉舒而至暮即合，故曰合昏。一名合歡，即夜合也。葉似皂莢之極細繁密。孝祥曰：陸倕刻漏銘曰：合昏暮捲，蓂莢朝開。鴛鴦不獨宿。洙曰：詩：鴛鴦于飛。鄭氏婚禮謁文贊曰：鴛鴦鳥，雄雌相類，飛正相隨。列異傳：宋康王埋韓馮夫妻，宿夕丈木生，鴛鴦雄雌各一，常栖樹上，晨嫣夕交頸〔一〕，音聲感人。趙曰：崔豹古今注曰：鴛鴦，鳧類也。雌雄未嘗相離，人得其一，一思而死，故謂之匹鳥。蒼舒曰：雄鳴曰鴛，雌鳴曰鴦。但見新人笑，那聞舊人哭。趙曰：李白亦云：新人如花雖可寵，舊人似玉猶來重。字起。邁曰：古詩：新人工織縑。在山泉水清，出山泉水濁。趙曰：此佳人志夫之辭〔二〕。逸曰：晉孫綽蘭亭詩序曰：古人以水喻性，有旨哉。斯談非以停之則清，混之則濁耶。情因所習而遷移，物因所遇而感興。侍婢賣珠迴，洙曰：東方朔傳：董偃母以賣珠爲事。牽蘿補茅屋。蘇曰：陶景山居賦云：采芝蕈爲盤蔬，牽藤蘿補巖屋。景差山齋云：牽蘿摭壞籬，挽葛補漏茅。此乃見工部深得換骨

〔一〕嫣，疑爲衍文。
〔二〕志，疑當作「怨」。見杜集札記。

法。**摘花不插髮，**修可曰：一作「髻」。以言其不事粧飾。此詩所謂：「自伯之東，首如飛蓬。豈無膏沐，誰適爲容。」**采柏動盈掬。**洙曰：詩：終朝采緑，不盈一掬。蘇曰：胡彝隱居衡山，采柏子食，年踰百歲，面類如兒童，少壯追奔不及。永徽中，往往人見之。**天寒翠袖薄，日暮倚脩竹。**洙曰：屈原山鬼云：余處幽篔兮終不見〔一〕。後漢：竇玄舊妻與玄書别，曰：「棄妻斥女，敬白竇生。卑賤鄙陋，不如貴人。妾日已遠，彼日已親。衣不厭新，人不厭故。悲不可忍，怨不可去。彼獨何人，而居我處。」玄以形貌絶異，天子以公主妻之，故舊妻乃云。趙曰：上句言天色已寒，而翠袖尚薄。下句則所思遠矣。師曰：柏與竹歲寒不改其操，亦猶君子見逐於君，而吾操守終無改易，此所以爲忠臣貞婦也。

送遠

帶甲滿天地，洙曰：盜賊充斥，時方用兵。**胡爲君遠行。親朋盡一哭，**洙曰：楚辭：悲莫悲於生别離。**鞍馬去孤城。草木歲月晚，關河霜雪清。别離已昨日，因見古人情。**蘇曰：張翰命駕歸吴，一世高其節。阮攸嘆曰：「讀留侯范蠡遺史，因此知季鷹見古人情矣。」趙曰：楚辭曰：悲莫悲於生别離。則古人之情可見矣。

〔一〕篔，疑當作「篁」；「見」下疑闕「天」字。見杜集札記。

空囊

翠柏苦猶食，修可曰：楚辭云：山中人兮採杜若，飲泉石兮飯松柏。又列仙傳云：仙人偓佺食松柏之實。**晨霞朝可飡。**田曰：楚辭云：飡六氣而飲沆瀣，漱正陽而飡朝霞。注：陵陽子明經云：春食朝霞者，日始出赤氣也。秋食淪漢者，日没後赤黄氣也。冬食沆瀣者，北方人半氣也〔一〕。夏食正陽者，南方日中氣也。華陽真妃實〔二〕：日者霞之實，霞者日之精，君唯聞服日之法，未聞飡霞之法也。蘇曰：陶弘景：飡霞吞氣，吾不知也。嵓邊清泉翠柏，亦可濟饑，吾豈能著脚踏是非場中。趙曰：楚辭云：漱正陽而餐朝霞。注：陽陵子明經云〔三〕：春食朝霞，日始出赤氣也。師曰：甫欲飡霞食柏，高遁於世。**世人共鹵莽，吾道屬艱難。不爨井晨凍，**洙曰：樵蘇不爨，清談而已。趙曰：以不爨，故不及井，而井晨凍矣。**無衣床夜寒。**洙曰：詩：無衣無褐，向以卒歲。**囊空恐羞澁，留得一錢看。**蘇曰：晉阮孚山野自放，嗜酒，日持一皂囊遊會稽。客問：「囊中何物？」「但一錢看囊，庶免其羞澁。」趙曰：趙壹之「文籍雖滿腹，不如一囊錢」也。師曰：甫嘗云：語言少味無阿堵。少味者，正羞澁之謂也。

〔一〕人，疑當作「夜」。見杜集札記。
〔二〕實，疑爲衍文。
〔三〕陽陵子明經，疑當作「陵陽子明經」。

送人從軍

弱水應無地，洙曰：弱水，水也。以其力不能載物，故謂之弱水。趙曰：無地，言水多也。陽關已近天。洙曰：陽關，地名。趙曰：近天，言山高也。余曰：唐王維詩：勸君更盡一盃酒，西出陽關無故人。後人以爲陽關曲唱之。今君渡沙磧，累月斷人煙。好武寧論命，洙曰：志於功名故也。封侯不計年。洙曰：有功即封。趙曰：言其從軍乃緣好武，於是用命之秋，故不論命。有功封侯，漢制也。不計年，所以激發之。馬寒防失道，師曰：李廣征匈奴，夫道當斬〔一〕，贖爲庶人。此戒之之辭也。雪没錦鞍韉。

東樓

萬里流一作「行」。沙道，洙曰：流沙，地名。老子西涉流沙而不返。征西過此門。洙曰：晉、漢有征西將軍官。趙曰：泛言西行之人出此西門耳。一本作「西征過北門」，義非。但添新戰骨，蘇曰：袁耽：數年相持邊疆，沙場但添新戰骨爾。不返舊征魂。洙曰：一云「但添征戰骨，不返死生魂」。樓角

〔一〕夫，疑當作「失」。

凌風迴，城陰帶水昏。傳聲看驛使，送節向河源。趙曰：時遣使與吐蕃和，借使張騫奉使尋河源事。

夕烽

夕烽來不近，每日報平安。塞上傳光小，雲邊落點殘。照秦通警急，趙曰：有警急之報，則舉烽火以相應。余曰：前：賈誼疏：斥候望烽燧，不得卧。文穎曰：邊方備胡寇，作高土櫓，櫓上作桔皐，桔皐頭兠零以薪草置其中，常低之。有寇即火燃，舉之以相告，曰烽。又多積薪，寇至即燃之，以望其煙，曰燧。張晏曰：晝舉烽，夜燔燧也。師古曰：張説誤也。晝則燔燧，夜則舉烽。過隴自艱難。趙曰：言安、史之兵猶出没隴上矣。聞道蓬萊殿，鄭曰：長安志：殿在東内紫宸殿北。千門立馬看。

觀兵

北庭送壯士，洙曰：燕太子送荆軻於易水上，軻歌曰：壯士一去不復還。貔虎數尤多。洙曰：書：如虎如貔。師曰：時回紇送兵三千助討賊，故云云。程曰：陸機云：貔似虎。遼東人謂之白貔。精鋭舊無敵，洙曰：精鋭猶勇敢。邊隅今若何。趙曰：此望其必勝而憂之之辭。妖氛擁白馬，趙曰：妖氛指言吐蕃之兵。待彤戈則待北庭之賜也。古鼎銘曰：王命户臣賜爾和鸞、黼黻、彤戈。**元帥待彤戈。莫守鄴城下，**師曰：元帥，代宗也。時九節度兵圍賊將慶緒於相州，甫欲誅其渠魁，故云云。**斬鯨遼海波。**洙曰：言當誅魁渠也。趙曰：思明據城宋下〔一〕，公謂可以緩圖，且於遼海斬鯨，則以吐蕃爲急也。

不歸

河間尚征伐，宋曰：河間，郡名。此詩甫從弟經亂離未歸也。**汝骨在空城。**趙曰：此言公之從弟有死而寄骨於其處。**從弟人皆有，終身恨不平。數金憐俊邁，**師曰：數金，謂初時知錢數也。**總角愛聰明。**洙曰：見「總角草書又神速」注。**面上三年土，春風草又生。**師曰：言三年飄蕩風埃之中，今春草又生也。

日暮

日落風亦起，城頭烏尾訛。修可曰：烏尾，當作「鳥尾」。殆傳印之誤。按後漢五行志：桓帝時，

〔一〕宋，疑當作「未」。見杜集札記。

京師童謡云曰：城上烏，尾畢逋。蓋言處高利獨食，不與下共，謂人主多聚斂也。**師道曰**：訛，以言驚動也。

黄雲高未動，白水已揚波。羌婦語還哭，胡兒行且歌。將軍别上馬，夜出擁彤戈。**蘇曰**：馬援夜出擊五蠻陣，换馬自備，遂横戈而出。**趙曰**：將軍以敵人識之，故换馬。彤戈，見此卷「彤戈」注。

蕃劍

致此自僻遠，又非珠玉裝。如何有奇怪，每夜吐光芒。**趙曰**：斗牛之間有紫氣。虎氣必騰上，龍身寧久藏。**趙曰**：孔章臨亡，戒其子以劍自隨，後其子爲建安從事，劍忽躍出，見二龍相隨焉。風塵苦未息，持女奉明王。

病馬

乘爾亦已久，天寒關塞深。塵中老盡力，歲晚病傷心。**趙曰**：此暗使田子方事。田子方出野，見病馬，問御者，對曰：「此故公家畜也。罷而不能爲用，故出放之。」曰：「少盡其力，老棄其身，仁者不爲也。」命束帛贖之。毛骨豈殊衆，馴良猶至今。物微意不淺，感動一沉吟。**師曰**：此詩詞意，人君始用其才，終乎捐棄，而失之寡恩也。

銅瓶

亂後碧井廢，時清瑶殿深。 **師曰：**銅瓶所以汲水以濟人者也。喻賢者宣君之恩以及衆，世亂則棄捐於寒甃，時清可收用於瑶殿。**銅瓶未失水，百丈有哀音。** **趙曰：**想平日清平之時，玉殿深邃，宫人以瓶汲井，離水欲上，時有滴水之音也。**側想美人意，應悲寒甃沉。蛟龍半缺落，猶得折黄金。** **趙曰：**井中或得斷鎮遺珥，有黄金蛟龍之狀則有之矣。

觀安西兵過赴關中待命二首

四鎮富精鋭， **洙曰：**言多勇鋭也。晉職官志：四鎮通於柔遠。通典：鎮東將軍，後漢末魏武帝爲之。鎮南將軍，劉表爲之，魏張魯、晉當陽侯杜元凱並爲之。鎮西將軍，後漢劉表爲之，魏鍾離、鄧艾爲之〔一〕。鎮北將軍，南魏明帝太和中置〔二〕，劉靖、許允並爲之，各一人。宋時四鎮與中軍通爲雜號，後魏加大，次尚書令。**夢**

〔一〕 離，疑當作「會」。見杜集札記。

〔二〕 南，疑爲衍文。見杜集札記。

符曰：右按唐武后時，右鷹揚衛將軍王孝傑擊吐蕃，大破其衆，復取四鎮，更置安西都護府於龜茲，以兵鎮守。又唐志：四鎮都督府謂龜茲、于闐、焉耆、疏勒也。**摧鋒皆絶倫。**洙曰：能摧鋒陷陣也。**還聞獻士卒，足以静風塵。****老馬夜知道，**洙曰：齊桓公失道，管仲使隨老馬而得出。以老馬多智也。師曰：老馬喻哥舒翰，老將也。**蒼鷹饑著人。**著，直略切。洙曰：晉載記言，慕容垂猶鷹也，饑則附人，飽則高飛。師曰：鷹饑喻禄山未高也。**臨危經久戰，用意始知神。**洙曰：精熟戰陣，用意若神。師曰：當此時，正好使之立功以充其志願，故云云。**奇兵不在衆，**洙曰：史：兵以正合，以奇勝。傳云：留侯用奇兵，不必衆多，雖多不精鋭而無益。**萬馬救中原。**洙曰：蔡琰謂曹公曰：明公廐有萬馬。蘇曰：司馬仲達曰：得萬馬，可解中原之急，亦成於大事也。**談笑無河北，**洙曰：言談笑可以却敵。趙曰：禄山之叛，河北一帶已陷没，今言安西兵之精鋭，主將於談笑之間可以蔑無河北矣。東坡云：「已覺談笑無西戎。」出於此也。**心肝奉至尊。**洙曰：言至誠也。**孤雲隨殺氣，飛鳥避轅門。**蒼舒曰：項羽傳「將入轅門」是也。石曰：轅門，以車爲軍門。兵屯嚴肅，雖飛鳥不敢過，故云云。**竟日留歡樂，**一作「觀」。**城池未覺喧。**洙曰：言軍令整肅，不嚻亂也。夢符曰：右按周禮：掌舍，掌王會同之舍。設車宫轅門。注：王行僉阻處，次車蕃，御車以轅表門。前漢書：項籍將入轅門。

兩當縣吳十侍御江上宅 俯曰：按地理志：鳳州兩當縣，州西八十五里。漢故道縣，後魏置兩當，以大散關與嘉陵地勢險隘相當，故云兩當。

寒城朝煙淡，洙曰：謝玄暉：寒城一凝眺，平楚正蒼然。**山谷落葉赤。**洙曰：謝靈運：曉霜楓葉丹，以曛嵐氣陰。**陰風千里來，吹汝江上宅。**洙曰：謝玄暉：朔風吹飛雨，蕭條江上來。趙曰：詳味詩意，吳侍御遷謫之因，爲辨論良民不是姦細，以此忤權貴而得罪耳。首四句以秦地之時候景物言其宅在兩當縣之江上，所以爲之感激也。兩當枕嘉陵江上。傳云：吳侍御宅，今子孫尚居之。**鵾雞號枉渚，日色傍阡陌。**洙曰：王徽詩：窈靄瀟湘空，欻吸鵾雞悲。謝靈運：弭棹薄枉渚，指景待樂闋。歌：朝騁鶩兮江皋，夕弭節兮北渚。楚辭：朝發枉渚，以宿辰陽。七發：鶤鵠晨號乎其上，鵾雞哀鳴翔乎其下。沈曰：相如上林賦云：藺玄鶴，亂鵾雞。張楫曰：鵾雞似鶴，黄白色。張無盡武陵圖經糾謬云：余閱四方圖經，何其舛訛之多也。以武陵善德出一事觀之[一]，其餘可知矣。武陵之東口二山，一曰枉山，二曰踴出山。吳均宋地居注云：宋元嘉七年五月，大水。武陵枉山陷爲枉渚。隋開皇中，刺史樊子重以枉山嘗爲善卷所居，名其地爲善德山，悅其名而遺其實也。唐貞元中，總印禪師居踴出山，鑿井陷泥，剳木爲庵，開山建寺。裴公美以踴出非佳名，爲易山之名爲古德山，禪院額爲古德山禪院。宣鑒嗣之，而德山之名遂著。劉禹錫集：善卷壇在枉山上。又曰：

[一] 出，疑當作「山」。見杜集札記。

杠渚在郭東。周朴詩曰：先生遺跡武陵西。且善卷之有壇，壇非堯、舜時所有地。杠山陷而壇在山上。杠渚在東，而謂之在西，斯則訛之又訛矣。太平御覽載江南諸水云：湘州記云：杠山在郡東十七里，有杠焉〔一〕。山西溪口有小灣，諸之杠渚〔二〕，山有楚辭焉〔三〕。**革曰**：謹按兩當縣隸鳳州，乃古雍州之地。子美是詩云杠渚，乃渚之斜曲而不直者，皆謂之杠渚，非武陵湘潭之杠渚也。**敏功曰**：陸雲答張上然詩曰：通波激杠渚，悲風薄丘榛。注云：杠渚，曲渚也。亦以斜曲爲義。**田曰**：鵾雞，楚地有之。楚辭曰：鵾雞啁哳。**借問持斧翁，幾年長沙客。** **洙曰**：武帝末，暴勝之爲直指使者，衣繡衣，持斧，逐盜長沙。長沙，湖南地名。**趙曰**：持斧御史事，指言吴侍御也。長沙，即潭州，賈誼所謫之地。**哀哀失木狖，** **洙曰**：西都賦：猿狖失木。淮南子：猿狖顛墜而失木。**矯矯避弓翮。** **洙曰**：見十六卷「鴈矯銜蘆内，猿啼失木間」。**趙曰**：淮南子：鴈嗛蘆而翔，以避弋繳。以此吴之失所也〔四〕。**亦知故鄉樂，** **洙曰**：飛鳥過故鄉猶躑躅。**未敢思伯昔〔五〕。昔在鳳翔都，共通金閨籍。** **洙曰**：謝玄暉：既通金閨之籍。**趙曰**：金閨，金馬門也。共通者，公爲左拾遺，與吴共通籍也。

〔一〕「杠」後疑闕「水」字，當作「杠水」。
〔二〕諸，疑當作「謂」。
〔三〕辭，疑當作「祠」。
〔四〕此，疑當作「比」。見杜集札記。
〔五〕伯，疑當作「宿」。見杜集札記。

天子猶蒙塵，洙曰：僖二十四年傳：臧文仲曰：天子蒙塵於外，敢不奔問官守。東郊暗長戟。洙曰：書泰誓：東郊不開。晁錯曰：兩陣相近，平地淺草，可前可後，此長戟之地也。又曰：勁弩長戟，射疏及遠。兵家忌間諜，洙曰：李牧爲鴈門，謹烽火，多爲間諜。此輩常接跡。臺中領舉劾，端本曰：舉善劾有罪，御史職也。君必慎剖析。不忍殺無辜，洙曰：書：與其殺不辜，寧失不經。所以分黑白。洙曰：曹子建：蒼蠅間白黑，讒巧乏親疏。上官權許與，失意見遷斥。洙曰：謝靈運：遭物悼遷斥。師曰：肅宗時，禄山未平。賊遣諜者行反間之言，以中傷朝臣。吴侍御作臺官，正領舉劾之職，每得罪者，必爲之分剖曲直是非之理，不忍濫殺無罪，由是失宰相意，遂見斥逐於兩當。上官，宰相也。吴侍御雖有所辨明，宰相雖權時從之，必竟不悦，以此故黜之。仲尼甘旅人，洙曰：王弼：仲尼旅人，則國可知矣。向子識損益。修可曰：後漢：向長字子平，潛隱於家。讀易至損益卦，喟然歎曰：「吾知富不如貧，貴不如賤，未知死何如生耳。」趙曰：舊解引春秋叔向怪鄭人鑄刑書事，了不相干。朝廷非不知，閉口休歎息。洙曰：張厚：此事已知閉口，何勞歎息。余時忝諍臣，趙曰：時爲拾遺也。丹陛實咫尺。洙曰：僖九年傳：天威不違顔咫尺。相看受狼狽，洙曰：見第三卷北征詩注。至死難塞責。蘇曰：呂産罪雖至死，亦難塞責。趙曰：以見吴之斥而不能言也。行邁心多違，洙曰：詩：行邁靡靡。沈休文：江海事多違。出門無與適。於公負明義，惆悵頭更白。洙曰：袁陽源詩：義分明於霜。趙曰：落句見公之恨深矣。師曰：甫時爲拾遺，其去天子不遠，可以諫矣。坐看吴公之狼狽，雖死不足塞吴公之責。蓋甫自知於吴公有負，是以惆悵自刻責其非義也，故云「於公負明義，惆悵頭更白」。

王狀元集百家注編年杜陵詩史十卷

王狀元集百家注編年杜陵詩史十一卷

乾元二年自秦州如同谷十二月一日紀行所作

別贊上人

百川日東流，客去亦不息。**洙曰**：謝玄暉：大江流日夜，客心悲未央。我生苦漂蕩，何時有終極。**修可曰**：曹子建詩：相思無終極。贊公釋門老，放逐來上國。**師曰**：贊公與房琯遊從，琯既得罪，贊公亦被謫。上國，京師也。還爲世塵嬰，**洙曰**：陸士衡：牽世嬰時網。文〔一〕：世網嬰我身。**師曰**：贊公本脱俗人，今反爲世塵所累。嬰，累也。頗帶憔悴色。楊枝晨在手，**定功曰**：佛經云：手把青楊枝，偏灑甘露水之。豆子兩已熟。**蘇曰**：崔玄見習鑿齒曰：「豆子熟矣。」張亘曰：「豆子眼中黑精也。」言無邪視也。**趙曰**：今取楊柳字，以見贊當春方爲寺主，來秦州而已見豆熟之際矣。公宿贊公房曰「杖錫何來

〔一〕文，疑當作「又」。見杜集札記。

此，秋風以颯然」。字同一義。舊解惑楊柳字出佛書，更引爲齒木之用云云，徒爲贅矣。**是身如浮雲，**君平曰：語：視富貴如浮雲。維摩經：是身如響，屬諸因緣。是身如浮雲，須臾變滅。是身如電，念念不在。**安可限南北。**竦曰：蔡謨初渡江，曰：「此天所以限南北也。」**異縣逢舊友，初欣寫胸臆。**洙曰：古樂府：他鄉各異縣。**天長關塞寒，歲暮饑凍逼。**洙曰：一云「長天關塞遠，歲暮饑寒迫」。趙曰：當作「饑寒」字。別留詩在十月，而比云歲暮者[一]，以見將爲歲暮之計，以救饑寒也。**野風吹征衣，欲別向曛黑。**洙曰：鮑明遠：野風吹秋木，行子心腸斷。謝靈運詩：朝遊窮曛黑。禹偁曰：日入爲黑。**馬嘶思故櫪，**洙曰：嘶，一作「鳴」。王正長：朔風動秋草，邊馬有歸心。**歸鳥盡斂翼。**洙曰：陶潛：日入群動息，歸鳥趨林鳴。**古來聚散地，**蘇曰：長安乃古今聚散榮辱之地。崇山遠水，惟與騷客作愁具。**宿昔長荊棘。**洙曰：姑蘇臺詩：荊棘霜露沾人衣。**相看俱衰年，出處各努力。**蘇曰：王導別阮彥曰：「宜努力爲王」。古詩云：明時各努力。又云：努力宜加飭。田曰：吴越春秋載：越人送其子弟，作離別相去之辭，曰：行行各努力。師曰：此蓋嘆兩都之地，昔與贊公或聚或散於此，今經禄山之亂，畫長荊棘[二]，況二人俱當衰年，出處之迹，可不勉乎。

[一] 比，疑當作「此」。

[二] 畫，疑當作「盡」。

發秦州彥輔曰：乾元二年，自秦州赴同谷縣，紀行十二首。

我衰更嬾拙，嬾，魯旱切。**生事不自謀。無食問樂土，**洙曰：詩：適彼樂土。修可曰：莊子云：吾無糧，我無食。師曰：同谷在京之南，不經殘破，故云樂土。**無衣思南州。**洙曰：雪賦：裸壤重繒〔一〕。注不衣國也。謝靈運詩：南州實炎德，桂樹陵寒山。彥輔曰：楚辭：嘉南州之炎德。南州氣暖，故思南州。**漢源十月交，**鮑曰：唐志：漢源屬同谷郡。大概美同谷風土多暄，利於貧士。非九月十月之交去秦也。**天氣如涼秋。草木未黃落，**月令文。蘇曰：賈誼：長沙十月草木尚未黃落，加之蒸濕，北人甚不宜風土。**況聞山水**一作「東」。**幽。栗亭名更佳，**鄭曰：今成州栗亭縣。**下有良田疇。充腸多薯蕷，**上常恕，下常怒切。洙曰：永和初，有採藥於衡山者，道迷糧盡，過息巖下，見一老公，四五年少對執書。告之以饑，與之食物，如薯蕷，後不復饑。田曰：陶隱居云：薯蕷處處有之，掘取食之以充糧。圖經云：胡閩中出一種，根如芋而皮紫色，煎煮食之俱美。彼土人呼曰藷，音殊。山海經云：景山北望，沙澤多藷藇。音與薯蕷同。郭璞云：根似芋，可食，江南人呼藷爲儲，語有輕重爾。其實一種。南北之產不同，故其形類差別。**崖蜜亦易求。**蘇曰：崖蜜乃櫻桃也。陸機：崖密珠滿藍。王子敬帖云：山陰崖蜜珠甘嘉，得多尤妙。本草

〔一〕重，疑當作「垂」。見杜集札記。

載石蜜。陶隱居云：即崖蜜也。高山巖石間作之，色青赤，味小嶮，食之心煩。其蜂黑色以虻。又：木蜜呼爲食密，懸樹枝作之。又有土蜜，於土中作之。凡蜂作蜜，皆須人小便以釀諸花，乃得和熟狀，似作飴須蘖也。掌禹錫云：按尋常蜜亦有木中，或土中作者，北方地燥，多在土中，南方地濕，多在木中，各隨土地所有而生，其蜜一也。崖蜜則是一蜂，如陶所説出南方巖嶺間，生懸崖上。蜂大如虻，房著巖窟，以長竿刺，令蜜出，承取之，多至三四石，入藥用，勝於凡蜜。張華博物志云：遠方山郡幽僻處出蜜，所著巉巖石壁，非攀緣所及，雖於山頂藍舉自懸挂下，遂得採取。覺範冷齋夜話載東坡橄欖詩云：待得微甘雨廻齒頰〔一〕，已輸崖蜜十分甜。乃云崖蜜事。鬼谷子曰：照夜，清螢也。百花，醴蜜也。崖蜜，櫻桃也。以子美此詩觀之，十月間恐無櫻桃，則崖蜜更無異議也。**密竹復冬笋，清池可方舟。****洙曰**：西都賦：鏡清流。又：方舟並騖，俛仰極樂。**趙曰**：謝靈運登石門最高頂詩「密竹使徑迷，方舟並兩船」也。爾雅：大夫方舟。**雖傷旅寓遠，庶遂平生遊。**傷，一作「云」。**此邦俯要衝，實恐人事稠。應接非本性，****蘇曰**：阮嗣宗：頗倦人事應接，進退非吾本性。**趙曰**：王子敬過越州，見潭壑澄澈，清流瀉注，云：「山川之美，使人應接不暇。」**登臨未銷憂。****洙曰**：王仲宣登樓賦：登茲樓以四望，聊假日以銷憂。**谿谷無異石，塞田始微收。**塞，先代切。**豈復慰老夫，惘然難久留。日色隱孤戍，****洙曰**：惘，一作「熌」。謝玄暉詩：日隱澗疑空。**趙曰**：何遜詩曰：團團日隱州。

〔一〕雨，疑爲衍文。見杜集札記。

烏啼滿城頭。**烏啼滿城頭。中宵驅車去，飲馬寒塘流。**洙曰：古詩飲馬長城窟。**磊落星月高，**磊，魯猥切。趙曰：古詩：兩頭纖纖新月主〔一〕，磊磊落落向曙星。**蒼茫雲霧浮。**修可曰：庾信詩：寂寞歲陰窮，蒼茫雲貌同。**大哉乾坤内，吾道長悠悠。**師曰：言天地雖寛，而吾道彫表〔二〕，若無所容，亦終於此而已矣。故曰「吾道長悠悠」。

赤谷

天寒霜雪繁，洙曰：正月繁霜。趙曰：孔子曰：天寒既至，霜雪既降。**遊子有所之。**洙曰：李陵：遊子暮何之。**豈但歲月暮，**洙曰：古詩：涼涼歲云暮。又：歲月忽已晚。沈休文：飛光忽我遒，豈止歲云暮。**重來未有期。**洙曰：古詩：會面安可知。蘇武：相見未有期。**晨發赤谷亭，險艱方自兹。**洙曰：任彦昇：晨發富春渚。又云：滿險方自知〔三〕。**亂石無改轍，**洙曰：曹子建：中塗絶無軌，改轍登高岡。趙曰：不以亂石之故而改轍。**我車已載脂。**洙曰：泉水：載脂載舝，還車言邁。**山深苦多風，**洙

〔一〕主，疑當作「生」。
〔二〕表，疑當作「喪」。
〔三〕滿，疑當作「湍」。

曰：魏文帝苦哉行：谿谷多風，霜露沾衣。**落日童稚饑。** 洙曰：苦寒行：行行日已遠，人馬同時饑。**悄然村墟迥，煙火何由追。** 洙曰：曹子建：中野何蕭條，千里無人煙。趙曰：四望無煙火。公詩言童稚苦饑，而村墟尚遠，煙火無所追求以造飯。舊注非。師曰：按地理志：秦州隴城縣有大隴山，亦曰隴首山。三秦記之「其坂九回上」者。七日乃越，上有清水四注下。俗歌曰：隴頭流水，鳴聲幽咽。遥見秦川，肝腸斷絶。甫蓋上大隴山，故云云。謂其坂九回故也。

鐵堂峽

山風吹遊子，縹緲乘險絶。 上普召，下弭沼切。趙曰：文選賦：神仙縹緲。逢原曰：縹緲，衣裳飛揚貌。**硤形藏堂隍，** 立之曰：山臺如堂皇，峽藏於兩山之間。**壁色立積鐵。徑磨穹蒼蟠，** 洙曰：魏文帝：倏條摩蒼天，常道立深谷。下無底高，巖曁穹蒼。趙曰：徑之屈蟠而摩天，以言高也。古歌：黄鵠摩天極高飛。**石與厚地裂。脩纖無限竹，嵌空太始雪。** 限，一作「垠」。空，一作「孔」。**威遲哀壑底，** 洙曰：殷仲文：哀壑叩虛無。趙曰：詩：周道倭遲。注云：歷遠貌。而變用威遲字。**徒旅慘不悦。** 洙曰：謝靈運：徒旅苦奔峭。顔延年：改服飾徒旅，首路跼險艱。又：隱閔徒御悲，威遲良馬煩。**水寒長冰横，** 魯曰：謝靈運：石横水分流。**我馬骨正折。** 旨熱切。洙曰：詩：我馬瘏矣。荀子：折筋絶骨。**生涯抵**

弧矢，盜賊殊未滅。飄蓬踰三年，**趙曰**：抵者，逢抵之抵。抵弧矢，則遭用兵之時也。飄蓬，出商君書曰：夫飛蓬遇飄風而行千里，乘風之勢也。古詩云：轉蓬離本根，飄飄畏長風。迴首肝肺熱。**師曰**：弧矢，言盜賊興也。自盜賊竊發以來，生涯抵棄，不成家計。抵，棄也。肝肺熱，言憂則内熱也。

鹽井 **彦輔曰**：蜀都賦：家有鹽泉之井。

鹵中草木白，**洙曰**：地舃鹵者生鹽。**修可曰**：許慎説文曰：鹵，鹽池也。東方謂之斥，西方謂之鹵。又漢宣帝常困於蓮白鹵中〔一〕。注：蓮勺縣有鹽池，廣十餘里，其鄉人名鹵中。師古曰：今在櫟陽縣。青者官鹽煙。**蘇曰**：郭思瑶溪詩話作「官者青鹽煙」。官作既有程，**洙曰**：程，限也。**趙曰**：陳琳詩曰：官作自有程。煮鹽煙在川。**洙曰**：前漢：吴王東煮海爲鹽。汲井歲榾榾，**鄭曰**：古忽切，木名。**洙曰**：莊子天地篇：子貢見漢陰丈人方將爲圃畦，鑿隧而入井，抱甕而出灌，榾榾然用力甚多，而見功寡。出車日連連。**洙曰**：駢母篇：又奚連連如膠漆纏糾連結也。**天啓曰**：連連，言運載不輟也。自公斗三百，轉致斛六千。**洙曰**：轉致，言貿易也。斗三百，斛六千，言其利相陪什。君子慎止足，**修可曰**：老子：知足不辱。

〔一〕蓮白，疑當作「蓮勺」。見杜集札記。

張景陽詠史詩：達人知止足。小人苦喧闐。我何良嘆嗟，物理固自然。洙曰：一云「亦固然」。魯曰：物有利則人争取之，此理之自然，何可嘆嗟呼。

寒硤侯夾切。魯曰：寒硤、雲門，皆秦地名。

行邁日悄悄，洙曰：詩：行邁靡靡。又：憂心悄悄。黄曰：遠行曰邁。山谷勢多端。雲門轉絶岸，積阻霾天寒。霾，謨皆切。洙曰：爾雅釋天：風而雨土爲霾。趙曰：海賦：絶岸萬丈。寒峽不可度，我實一作「貧」。衣裳單。趙曰：庾信梅詩：真悔著衣單。况當仲冬交，師曰：甫自秦至此，已十一月，故云「仲冬交」。甫於詩皆以年月紀，欲後世有所考其行止也。不然，何以謂之「詩史」乎？泝沿增波瀾。野人尋煙語，行子傍水餐。此生免荷殳，鄭曰：荷，何佐切，負也。洙曰：候人詩：荷戈與殳。蘇曰：劉肅退居嵩嶺，恬然自樂，謂兒姪曰：「爾輩當勉力井舂，此生何望青雲致身，儻免荷戈執殳，其幸亦非細。」未敢辭路難。

法鏡寺

身危適他州，黄曰：身危，謂避關輔之饑也。勉强終勞苦。蘇曰：陶侃：勉强仕宦，終亦勞心苦力，但歸老田園，養此疲薾可矣。**神傷山行深，**秦曰：山行深，謂經九回坂，頗令人傷神。**愁破崖寺古。**修可曰：破，除也。謂望見法鏡寺可以駐足，忽使人愁悶破除也。**嬋娟碧鮮净，**洙曰：吴都賦：檀欒嬋娟，玉潤碧鮮。謂竹。趙曰：碧鮮，言竹也。竹謂之嬋娟。唐孟郊有三嬋娟詩曰「竹嬋娟，月嬋娟，人嬋娟」也。**蕭摵寒籜聚。**鄭曰：摵，子六切，又所隔切，到也。洙曰：潘安秋興賦：庭樹摵以灑落。謝靈運：初篁苞緑籜。盧子諒：摵摵芳葉零，蘂蘂紛華落。射雉賦：陳柯槭以改舊。籜，撻各切。**回回山根水，**洙曰：山，一作「石」。劉公幹：回回自昏亂。**冉冉松上雨。洩雲蒙清晨，**洙曰：魏都賦：窮岫泄雲，日月恒翳。顔延年：泄雲已漫漫，夕雨亦淒淒。田曰：「洩」與「泄」同。泄，猶出也。清晨，出曹子建詩，多使，如名都篇：雲散還城邑，清晨復來還。**初日翳復吐。**洙曰：陶潛：景翳翳以將入。宋玉賦：白日初出。曹子建：微陰翳陽景。曹顔遠：密雲翳景陽。**朱甍半光炯，**鄭曰：甍，謨耕切。炯，古迥切，光也。**户牖粲可數。**色主切。**拄策忘前期，**趙曰：沈佺期云：紅日照朱甍。出一作「高」。**蘿已亭午。**洙曰：天台賦：羲和亭午。定功曰：廣雅：日在午。**冥冥子規叫，**洙曰：子規，一名「杜宇」。蜀人以爲望帝魂。趙曰：古說云望帝化爲子規。**微徑不復取。**師曰：甫欲少憩此寺，奈聞子規聲起，人思鄉，况徑陌微窄，難以取就一遊，於是前邁，故云云。

青陽峽

塞外苦厭山，南行道彌惡。師曰：天下山惟南最多。甫自秦適同谷，是自北之南也。岡巒相經亘，洙曰：盧子諒：岡巒挺茂樹。雲水氣參錯。洙曰：謝靈運詩：遡流觸驚急，臨圻阻參錯。林迴硤角來，天窄一作「穿」。壁面削。窄，側格切。磎西五里石，鄭曰：磎，苦奚切，今作「溪」。奮怒向我落。仰看日車側，洙曰：後漢李尤九曲歌：安得力士翻日車。俯恐坤軸弱。蘇曰：張化曰：日車轉側，羲和無功。趙曰：淮南子注曰：乘車駕以六龍。坤軸，即地軸也。此言落石之聲勢，以其聲震天而日車爲之側，其勢可以壓地，而坤軸爲之弱也。魑魅嘯有風，上丑知，下明祕切。洙曰：天台賦：始經魑魅之塗。鮑明遠蕪城賦：木魅山鬼，野鼠城狐，風嗥雨嘯，昏見晨趨。蘇曰：何遜詩：林間夕風生，隔水魑魅嘯。工部言亂世無正人，使魑魅向風而嘯。霜霰浩漠漠。昨憶踰隴坂，洙曰：四愁詩：欲往從之隴坂長。趙曰：漢書：天水郡。注：有大坂名曰龍坂。偶曰：秦州記曰：隴坂九曲，不知高幾里。高秋視吴岳。秦伯曰：周禮：雍州其鎮曰岳山。注云：吴岳也。漢志：吴山在汧縣西。彭曰：國語謂之西吴。秦都咸陽，以爲西岳。東笑蓮花卑，見「蓮峰望忽開」注。北知崆峒薄。見「聊欲倚崆峒」注。山名。超然侔壯觀，古亂切。洙曰：景福殿：雖咸池之壯觀，夫何足以比讎。趙曰：言青陽峽山超待而起，可侔吴岳之壯觀。司馬相如曰：此天下之壯觀也。已謂殷寥廓。殷音隱。洙曰：天台賦：太虛寥廓而無閡。曹子建：大谷何寥廓。突兀猶趁人，及兹嘆冥寞。嘆，一作「欲」。趙曰：謂至其趁人之際，歎神造之冥寞，而不可測也。

龍門鎮

細泉兼輕冰，沮洳棧道濕。鄭曰：上將茹，下羊洳切。漸濕也。棧，士諫切，又士恨切。木道也。洙曰：魏：分沮如[一]。潤濕之處，故爲沮洳。漢高紀：王燒絶棧道。師古曰：棧即閣也，今謂之閣道。不辭辛苦行，迫此短景急。洙曰：舞鶴賦：急景凋年。歐曰：短景急，言日短急於奔程也。石門雲雪隘，一云「雲」。雷隘，一作「溢」。古鎮峰巒集。旌竿暮慘淡，風水白刃澁。鄭曰：色立切，石滑也。胡馬屯成皋，洙曰：成皋，滎陽之間。胡馬，回紇也。趙曰：成皋，鞏洛之地，意言安、史之兵耳。舊以回紇，非也。是時乾言二年之冬[二]，回紇未反，不可妄引也。革曰：胡馬，指禄山之兵也。防虞此何及。洙曰：言已後時矣。嗟爾遠戍人，山寒夜中泣。洙曰：士衡：苦哉遠征人，拊心悲如何。

[一] 分，疑當作「汾」。
[二] 言，疑當作「元」。見杜集札記。

石龜

熊羆咆我東，咆，蒲交切。虎豹號我西。號，胡刀切。洙曰：魏武帝苦寒行：「熊羆對我蹲，虎豹夾路啼。」我後鬼長嘯，我前狨又啼。鄭曰：狨，而中切，獸也。山鬼雨嘯，見前。蘇曰：楊大年云：狨之形似鼠而大，尾長，作金色，生川峽深山中，人以藥矢射殺之，取其尾爲卧褥、鞍被、坐氈之用。狨甚愛惜其尾，既中毒，即齧斷其尾以擲之，惡其爲身害也。蓋輕捷，善緣木，猨之類。趙曰：回我乃公之新格〔一〕。劉琨扶風歌止曰「鹿遊我前，猴戲我側」兩句而已。天寒昏無日，山遠道路迷。洙曰：登高賦：白日忽其將匿，天慘慘而無色。恨賦：白日西匿，岱雲寡色。蘇曰：梁謌入黔中，山遠林茂，鳥道欹危，煙霧冥暗，咫尺路迷。驅車石龜下，仲冬見虹霓。洙曰：月令：孟冬之月，虹藏不見。蘇曰：惠帝時，仲冬虹霓晝見三日，國政頹圮，節令不時，諸侯弄權。趙曰：虹見非時，怪所見也。師曰：虹，陰氣也。孟冬三月，虹不見。今見於仲冬，謂陰勝於陽，有臣侵君之象。伐竹一作「木」。者誰子，悲歌上一作「抱」。雲梯。趙曰：雲梯，字起於墨子曰：公榆班爲雲梯〔二〕。爲官采美箭，五歲供梁齊。趙曰：摘使爾雅「東南之美者，有會稽之竹箭」也。梁謂汴州，齊謂今之山東，皆安、史之兵所在也。故采箭以供官用矣。苦云直簳盡，鄭曰：簳，口旱切，亦作

〔一〕回，疑當作「四」。見杜集札記。
〔二〕榆，疑當作「輸」。見杜集札記。

「笴」。無一作「應」。以充提携。洙曰：仲冬之月日短，至則言伐木取竹箭，堅成極時。蘇曰：郭璞秋日携杞菊親與大鮑，曰：「貧者無以獻，聊不空手，充提携故也。」奈何漁陽騎，奇寄切。颯颯驚蒸黎。洙曰：祿山之亂，皆漁陽之士。趙曰：漁陽騎，指言安慶緒之兵也。師曰：祿山反，長驅陷兩京，天下震駭，故云「颯颯」，如風之疾也。

積草嶺

連峰積長陰，詠曰：謂草木陰翳也。白日遞隱見。鄭曰：遞，待禮切，更也。見，形甸切。詠曰：言日光映射，一有一無也。颼颼林響交，颼，疏鳩切。慘慘石狀變。山分積草嶺，路異明水縣。蘇曰：劉安微時爲明水縣吏。旅泊吾道窮，洙曰：見第二卷。希聲曰：仲尼曰：吾道窮矣。王弼曰：仲尼旅人。衰年歲時倦。卜居尚百里，休駕投諸彥。洙曰：江淹：金閨諸彥。蘇曰：李尤：休駕沐浴，投諸英彥。趙曰：屈原有卜居篇。諸彥出謝靈運擬鄴中詩序，有云：一二三諸彥。舊注所引在後矣。邑有佳主人，情如已會面。趙曰：古詩：古稱會面難。來書語絶妙，王粲云。蘇曰：沈約得來書，詞語絶妙，筆墨遒勁，無一糝塵埃，氣味可愛。遠客驚深眷。食蕨不願餘，茅茨眼中見。洙曰：謝靈運想見山阿，薜蘿若在眼。陸士衡：髣髴眼中人。趙曰：左太沖詠史詩：飲河期滿腹，貴足不願餘。魏文帝詩曰：眼中無故人。

泥功山

朝行青泥上，暮在青泥中。泥濘非一時，濘，乃定切。版築勞人功。不畏道路一作「途」。永，反將一云「乃將」，一云「及此」。汩没同。趙曰：公言反同。版築之人同汩没於泥中也。白馬爲鐵驪，洙曰：馬青色曰驪。小兒成老翁。哀猿一作「猱」。透却墜，死鹿力所窮。趙曰：詩：野有死鹿。故用之。鹿之所以死，以力窮於泥中走困也。寄語北來人，後來莫忽忽。

鳳凰臺

魯曰：此詩思見太平之君子也。鄭曰：酈道元水經云：水南逕槃頭郡東，而南合鳳溪水，水上乘蜀水於廣業郡，南逕鳳溪，中有二石雙高，其形若闕。漢時有鳳凰止其上，故謂之鳳凰臺。北去郡三里。

亭亭鳳凰臺，洙曰：謝惠連：亭亭映江月。西京賦：干雲霧以上達，狀亭亭以迢迢。劉公幹：亭亭山上松。師曰：乃秦弄玉與蕭史吹簫於此，所謂「鳳凰臺上憶吹簫」是也。端本曰：亭亭，高貌。北對西康州。鄭曰：地理志：河池郡，後周改曰鳳州，領同谷，舊曰白石，置廣業郡。西魏改曰同谷，後周置康州。大業初廢。唐地理：成州同谷郡，武德元年以同谷置西康州。貞觀元年，州廢。西魏槃頭郡，亦唐興州之長舉縣也。西伯洙曰：西伯，文王也。今寂寞，鳳聲亦悠悠。洙曰：西伯時，鳳鳴於岐陽。師曰：文王七年，受天命，鳳鳴於岐岳而興。王通：自文王既没，鳳聲亦息而不聞。是詩寓意傷當世賢者不進，蓋鳳之爲物，有道則見，無道則隱。喻賢者出處之道。山峻路絶蹤，石林氣高浮。安得萬丈梯，爲君上上頭。恐有無母鶵，饑寒日啾啾。我能剖心出，飲啄慰孤愁。心以當竹實，炯然忘外求。血以當醴泉，豈徒比清流。所重王者瑞，敢辭微命休。夢符曰：右春秋元命苞：周成王時，大治，鳳凰來舞於庭。成王乃援琴而歌：鳳凰翔兮於紫庭，余何德兮以感靈。又瑞應圖曰：鳳，王者之嘉瑞。坐看綵翮長，鄭曰：如字。舉意八極周。自天銜瑞一云「啚讖」。圖，飛下十二樓。洙曰：十洲記曰：崑崙山有十二玉樓。圖以奉一作「獻」。至尊，修可曰：春秋元命苞：皇帝遊元扈洛水之上。注：元扈，石室也。與大司馬容光等臨觀鳳凰圖，置帝前，帝再拜受圖。鳳以垂鴻猷。蒼舒曰：右按山海經：鳳首文曰德，翼文曰禮，背文曰義，膺文曰仁，腸文曰信。藹曰：鴻猷，大道也。鳳乘鴻猷，所以表大道。再光中興業，一洗蒼生憂。深衷正爲此，群盗何淹留。洙曰：鳳非梧桐不棲，非竹實不食，非醴泉不飲。五靈，王者之嘉瑞。師曰：此甫所以感鳳而思見賢人，以致治平之效也。

乾元中寓居同谷縣作七首魯曰：同州縣名。

有客有客字子美，洙曰：以其寓居，故自稱有客。子美，甫字也。白頭亂髮一云「短髮」。垂過耳。歲拾橡栗隨狙公，洙曰：亂，一作「短」。按新史言甫居同谷縣，拾梠以自給，兒女有至餓殍者。天寒日暮山谷裏。夢符曰：右按列子：宋有狙公，愛狙而養之，先誑之曰：「與若芧〔一〕，朝三而暮四，足乎？」衆狙皆起而怒。俄而曰：「與若茅，朝四而暮三，足乎？」衆狙皆伏而喜。注：茅，栗也。中原無書歸不得，手脚凍皴皮肉死。鄭曰：皴，七倫切，皮細起也。師曰：甫自傷饑寒，不得歸鄉，悲風爲生，天爲之感動，况人乎。嗚呼一歌兮歌已哀，悲風爲我從天一作「東」。來。

其二

長鑱長鑱白木柄，鄭曰：鑱，鋤銜切，吴人云犂鐵。説文：鋭也。我生託子以爲命。黄精一作「黄獨」。無苗山雪盛，蘇曰：木栩貧居嘉陽，常負攙采黄獨。一曰雪盛，不獲。黄精，當作「黄獨」。往時儒者不解黄獨，改作「黄精」。魯直云：以予考之，黄獨是也。本草：赭魁。注：肉白皮黄也。漢人蒸食之。山

〔一〕茅，疑當作「芧」。見杜集札記。

東人呼爲土芋。江西人呼作土卵。蒸食之類芋魁。**短衣數挽不掩脛。****鄭曰：**胡定切，脚脛也。**洙曰：**甯戚叩角歌曰：短布單衣，不及其肘。**此時與子空**一作「同」。**歸來，男呻女吟四壁静。****洙曰：**相如家居，徒四壁立。**嗚呼二歌兮歌始放，閭**一作「鄰」。**里爲我色惆悵。****洙曰：**首章天哀其窮，次章人亦哀其窮矣。**田曰：**列子曰：昔韓娥東之齊，鬻歌假食逆旅，人辱之，因慢食哀哭〔一〕，一里老幼，悲愁相對，三日不食。老杜放歌而里閭惆悵，意頗類此。**師曰：**閭里尚爲之惆悵，況親戚舊故乎。

其三

有弟有弟在遠方，一作「各一方」。**三人各瘦何人强。****洙曰：**後漢：趙孝弟禮爲賊所得，將食之，孝自縛詣賊曰：「禮瘦，不如孝肥。」賊感其意，俱舍之。**生别展轉不相見，****洙曰：**樂府：他鄉各異縣，展轉不相見。**胡塵暗天道路長。****洙曰：**詩：道阻且長。**東飛駕鵝後鶖鶬，****鄭曰：**駕，古牙切，鳥名。鶖，七由切。鶬，七剛切。**洙曰：**揚雄傳：豈駕鵝之能捷。鶖鶬，惡禽也。鶬，九頭。詩：有鶖在梁。**安得送我置汝傍。嗚呼三歌兮歌三發，汝歸何處收兄骨。****洙曰：**收，一作「取」。僖三十二年：殽有二陵，必

〔一〕慢食，疑當作「曼聲」。見杜集札記。

死是間，余收爾骨。非時已窮而已[二]，而兄弟之親亦莫知其存亡。**梅曰**：甫詩云「花落辭故枝，風回反無處」，蓋傷年老死去，弟無處可以尋也。亦與此句同。

其四

有妹有妹在鍾離，**魯曰**：地理志：濠州鍾離郡。良人早歿諸孤癡。長淮浪高蛟龍怒，十年不見來何時。一作「遲」。扁舟欲往箭滿眼，杳杳南國多旌旗。嗚呼四歌兮歌四奏，竹林猿爲我啼清晝。**洙曰**：猿非有情者，而亦爲之啼，則窮可知矣。**蘇曰**：舊作「竹林」，後人改爲林爲猿，今本皆因之。蔡絛云：崇寧間，有貢士同州來，籠一禽，犬如雀[三]，色正青，善鳴，問其名，此竹林鳥也。少陵於詩必紀其處，以明風俗方物，詔於後人，豈易改也。**師曰**：猿乃無知之物，今爲我啼，蓋哀傷之至也。

其五

四山多風溪水急，寒雨颼颼枯樹濕。一云「樹枝濕」。黄蒿古城雲不開，白狐一云「玄狐」。

[二] 時，疑當作「特」。

[三] 犬，疑當作「大」。見杜集札記。

跳梁黃狐立。鄭曰：跳，徒聊切，躍也。我生胡爲在窮谷，中夜起坐萬感集。洙曰：謝靈運詩：千念集日夜，萬感盈朝昏。王康琚詩：哀風中夜起。嗚呼五歌兮歌正長，魂招不來歸故鄉。洙曰：招魂曰：魂兮歸來。師曰：甫身雖寓同谷而魂夢未嘗忘故鄉，可謂思鄉之甚也。

其六蘇曰：六歌一篇，爲明皇作也。明皇以至德二年至自蜀，居興慶宮，謂之南内。明年改元乾元，時持盈公主往來宮中，李輔國常陰候其隙間之，故上元二年常遷西内。

南有龍兮在山湫，逸曰：湫，龍潭也。古木巃嵸枝相樛。上盧紅，下子紅切。洙曰：劉安招隱士：桂樹生叢兮山之幽，偃蹇連卷兮枝相樛。山氣巃嵸兮石嵯峨。敏功曰：樛乃枝曲下垂貌。木葉黃落龍正蟄，洙曰：秋風辭：草木黃落鴈南飛。蝮蛇東來水上遊。蝮，芳福切。洙曰：招魂曰：蝮蛇蓁蓁。敏修曰：龍蟄喻天子失勢。蝮蛇東來，喻禄山從山東來。我行怪此安敢出，拔劍欲斬且復休。嗚呼六歌兮歌思遲，思，相吏切。洙曰：一作「怨遲遲」。溪壑爲我迴春姿。洙曰：鄒衍被讒，仰天而泣，五月爲之降霜。則士之怨憤足以感通於造物而然矣。

其七

男兒生不成名身已老，三一作「十」。年饑走荒山道。長安卿相多少年，富貴應須致身早。洙曰：古詩：致身青雲上。師曰：肅宗中興，所用皆後生晚進，元勳舊德如郭子儀尚見齟齬，它可知也，故云云。山中儒生舊相識，但話宿昔傷懷抱。嗚呼七歌兮悄終曲，仰視皇天白日速。洙曰：江文通：青春速天機，素秋馳白日。傷時不我留也。師曰：云白日速，蓋傷日月逝矣。歲不我與，所謂富貴不來年少去是也。

萬丈潭同谷縣作。

青溪合冥寞，神物有顯晦。龍依積水蟠，窟壓一作「厭」。萬丈内。洙曰：天台賦：臨萬丈之絶冥。張景陽：流間萬餘丈。跼步凌垠堮，洙曰：西京賦：靈囿之中，前後元有垠堮。淮南子：出於無垠堮之門。跼，渠六切。堮，逆各切。側身下煙靄。前臨洪濤寬，却立蒼石大。山危一徑盡，岸絶兩壁對。削成根虛無，洙曰：顔延年：踐華因削成。倒影垂澹瀨。洙曰：一作「賴」。天台賦序：或倒影於重溟。蒼舒曰：右按前漢郊祀：谷永曰：「世有仙人，服食不終之藥」。鄭曰：瀨，徒對切，猶澹淹也。水帶沙往來貌。與輕舉，涉遐倒景，覽觀縣圃，浮遊蓬萊，耕耘五德，朝種暮穫，與山石無極。注：如淳曰：在日月之上，反從下照，故其景倒。黑知一作「又如」。灣澴底，澴，音還。清見光炯碎。孤雲倒來深，飛鳥不在外。高蘿成帷洙曰：一作「帳」。幄，洙曰：陸士衡詩：密葉成陰幄。天台賦：踐莓苔之滑石，搏壁立之翠屏，蔭樛木之長蘿，援葛藟之飛莖。寒木壘旌旆。修可曰：康協終南行：楓丹杉碧，壘旌立旆。遠川曲通流，嵌竇潛洩瀨。嵌，上銜切。造幽無人境，洙曰：天台賦：卒踐無人之境。發興自我輩。告歸遺恨多，將老斯遊最。閉藏脩鱗蟄，出入巨石礙。何事炎天過，快意風雨會。洙曰：雨，一作「雲」。

乾元二年十二月一日自隴右赴劍南紀行所作

發同谷縣鄭曰：同州縣名。師曰：乾元二年，甫寓同谷，屬同谷饑歉，人自同谷入蜀。此詩以下皆沿通起行〔一〕。

賢有不黔突，聖有不暖席。洙曰：文子曰：墨子無黔突，孔子無暖席。況我饑愚人，焉能尚

〔一〕沿通起行，疑當作「沿道紀行」。

安宅。洙曰：聖賢尚不免此，吾豈能安宅乎？始來茲山中，休駕喜一作「嘉」。地僻。奈何迫物累，一歲四行役。大臨曰：詩：父曰：嗟，于季行役〔一〕。師曰：一歲之中，凡四行役，夏發華州，十月離秦州，故詩云「漢源十月交」，十一月至成州，故云「仲冬見虹霓」，十二月發同谷，故云云。忡忡去絶境，饒曰：忡忡，心變貌。杳杳更遠適。停慘一作「驂」。龍潭雲，迴首白崖石。一作「虎崖」。臨岐別數子，握手淚再滴。洙曰：江淹：罇酒送征人，握手淚如霰。雖舊情深知，洙曰：一云「交情無舊深」。趙曰：公於同谷寓居未久，蓋多新交，而惜別之情則如故舊之深遠。窮老多慘戚。夢符曰：右按史記：翟公爲廷尉，賓客交集。後免，門可張雀羅。後復爲廷尉，賓客欲至，翟公乃署門曰：一貴一賤，交情乃見。平生嬾拙意，偶值棲遁跡。洙曰：謝靈運：既枉隱淪客，亦肥遁賢〔二〕。郭景純：京華遊俠客，山林隱遁棲。去住與願違，趙曰：嵇康云：事與願違。却慚林間翮。洙曰：陶潛：遲遲出林翮。蘇曰：裴嚀法注不能如願〔三〕，四海干戈未息，出門無食，仰見飛鳥，顧子曰：「吾弗如此物，羽翮飲棲，出入自得。」長嘆久之。孝祥曰：林間鳥尚得休憩，而甫奔走無定居，反有愧於林間之翮乎。

〔一〕于，疑當作「予」。

〔二〕「亦」後疑闕「栖」字。

〔三〕裴嚀法注，據分門集注杜工部詩，疑當作「裴寧去住」。

木皮嶺

首路栗亭西，洙曰：首音狩，謂命車向西行也。尚想鳳凰村。馬曰：依悒不忍去之意。季冬攜童一作「幼」。稚，辛苦赴蜀門。魯曰：即劍門也。南登木皮嶺，艱險不易論。汗流被我體，洙曰：喻蜀檄：流汗相屬。大觀曰：漢史：汗流洽背。祁寒爲之暄。洙曰：書：冬祁寒。遠岫爭輔佐，洙曰：謝玄暉：窗中列遠岫。千巖自崩奔。洙曰：雪賦：瞻山則千巖俱白。謝靈運：洲島驟回合，圻岸屢崩奔。始知五岳外，別有一作「見」。他山尊。趙曰：此據其最高而形容之，別無它譏意。惟五岳言尊字。後漢張昶華山碑云：山莫尊於岳。仰干一作「看」。塞大明，塞，悉則切。俯入裂厚坤。師曰：自「遠岫爭輔佐」以下，託意譏禄山不知君臣之義。岫尚左右輔佐。此山之尊，千巖爲之崩奔，如千官奔走以趨王事者也。別有他山尊，喻禄山僭稱帝號。大明，君道也。仰干塞大明，言禄山自高大，干犯國紀而掩蔽於君。俯入裂厚坤，言郡縣之地爲禄山所割據也。再聞虎豹鬭，洙曰：劉安招隱士：虎豹鬭兮熊羆咆。蘇曰：徐庶見孔明曰：「虎豹再鬭，必有一傷。先生何法格之？」孔明曰：「使三分即無鬭矣。」屢跼風水昏。高有廢閣道，洙曰：棧道也。摧折如短轅。短，一云「斷」。下有冬青林，洙曰：今之梗柟也。鮑曰：木名。經冬不凋。今所在多有之。石上走長根。西崖特秀發，煥若靈芝繁。潤聚金碧氣，洙曰：蜀都賦：金馬馳光而絕影，碧雞倏忽而曜儀。連珠金碧之巖，必辱鳳舞之使。清無沙土痕。憶觀崑崙圖，一作「墟」。**目擊玄圃存。**洙曰：玄圃、涼風在崑崙中，見淮南子。又庾肩吾有從皇太子出玄圃詩。炎曰：莊子：目擊而道存。南史：梁簡文自於玄輔講老、莊。**對此欲何適，默傷垂老魂。**趙曰：蓋以崑崙之玄圃比木皮嶺也。葛仙翁傳曰：崑崙一曰玄圃。

白沙渡

畏途隨長江，洙曰：莊子：畏途者十殺一人，則父子兄弟相戒。蒭曰：釋文云：險阻道可畏懼者也。**渡口下絶岸。**趙曰：海賦云：絶岸千丈。**差池上舟楫，**差，初加切。趙曰：差，緩進之貌。起於詩：差池其羽。**杳窕入雲漢。**洙曰：陸士衡：遺響入於雲漢。**天寒荒野外，日暮中流半。**趙曰：鶡冠子云：中流失船，一壺千金。**我馬向北嘶，**洙曰：古詩：胡馬嘶北風。**山猿飲相喚。水清石礧礧，**魯水切。**沙白灘漫漫。**洙曰：九歌：石磊磊兮葛蔓蔓。沈休文：歸海水漫漫。**迥**一作「倏」。**然洗愁辛，**蘇曰：王夷甫：得書洗我愁辛。**多病一疏散。**蘇曰：嚴助遊陸軍山，歎曰：「多病無聊，來此疏散，以釋沈鬱之興。」**高壁抵嶔崟，**洙曰：一作「岑」。上去金，下鋤針切。趙曰：選詩：南山鬱嶽金〔一〕。**洪濤越凌**

〔一〕嶽金，疑當作「嶔崟」。見杜集札記。

亂。洙曰：曹植：泛舟越洪濤。惠連：清波時凌亂。**臨風獨回首，**蘇曰：王筠：臨風長想英猷，時復回首東望。**攬轡復三歎。**洙曰：王夷甫慨然攬轡。古詩：一彈再三歎。曹子建：欲還絕無蹊，攬轡止踟躕。朋曰：范滂攬轡，慨然有澄清天下之志。趙曰：左傳：置食三歎。禮記：一唱三歎。師曰：甫遭亂離，故厄於奔走羈旅，是以有范滂澄清之志。奈何時不見用，亦止於再三咨嗟，傷不得其志也。

水會渡

魯曰：一云「水回渡」。

山行有常程，中夜尚未安。蘇曰：寇恂中夜悲愁，不得安寢。**微月没已久，崖傾路何難。**洙曰：謝靈運：崖傾光難留。蘇曰：程煜：傾崖斷路，人馬不通。如逢泥水，去住多難。趙曰：丘希範云：崖傾嶼難傍。**大江動我前，**洙曰：謝玄暉詩：大江流日夜。**洶若溟渤寬。**洙曰：謝靈運：漲無端倪[一]。鮑明遠：穿池類溟渤。**篙師暗理楫，**鄭曰：篙，始勞切，刺船行。洙曰：謝靈運：理棹遄還期，遵渚鶩脩坰。夢符曰：右按左太冲吴都賦：槁工檝師，選自閩禺。習御長風，狎翫靈胥。責千里於寸陰，聊先期而須臾。**歌笑輕波瀾。**蘇曰：謝朓新城路上詩：吴兒未習水，歌笑欺波瀾。**霜濃木石滑，風急**一作「烈」。

[一]「漲」前疑闕「溟」字。見杜集札記。

手足寒。入舟已千憂，洙曰：謝靈運：入舟陽已微。陟巘仍萬盤。洙曰：詩：陟則在巘。趙曰：倣陸士衡詩：仰陟高山盤。迴眺一作「出」。積水一作「石」。外，趙曰：文子云：積水成海。始知衆星乾。遠遊令人瘦，衰疾慚加餐。洙曰：古詩：思君令人老。又：努力加餐飯。謝靈運：衰疾當在斯。楊曰：曹子建：沈憂令人老。又：吾得行遠遊，遠遊欲何之。趙曰：屈原有遠遊賦。

飛仙閣

土一作「出」。門山行窄，微徑緣秋豪。洙曰：一云「徑微上秋豪」。蘇曰：張儀過太行，曰：「微逕穿雲，仰視緣雲若秋毫幡折。」棧雲闌干峻，梯石結構牢。洙曰：見「新亭結構罷」注。萬壑欹疏林，一作「竹」。趙曰：顧愷之：萬壑争流。積陰帶奔濤。寒日外淡泊，長風中怒號。洙曰：莊子：風作則萬竅怒號。歇鞍在地底，始覺所歷高。往來雜坐卧，人馬同疲勞。蘇曰：李陵：人疲馬勞，一日三戰。趙曰：可法使苦寒行[一]：人司馬時饑[二]。浮生有定分，饑飽豈可逃。蘇曰：吴律：饑飽榮卒，

[一] 可，疑當作「句」。見杜集札記。

[二] 此句疑當作「人馬同時饑」。見杜集札記。

人之定分，非所苟欲可得也。**歎息謂妻子，我何隨汝曹。**洙曰：馬援傳：吾欲使汝曹聞人過失，如聞父母之名。

五盤魯曰：謂棧道盤屈有五重。

五盤雖云險，山色佳有餘。洙曰：陶潛：山氣日夕佳。**仰凌棧道細，**洙曰：道，一作「閣」。漢祖入漢中，燒絕棧道。**俯映江木疏。地僻無網罟，**蘇曰：宋玉出遊，見山鳥自得，玉嘆曰：「此中林幽地僻，無網罟彈射，宜爾盡其天年也。」仲尼所謂時哉時哉，宋玉此言微諷，蓋明屈平之非也。**水清反多魚。**趙曰：揚雄云：水至清則無魚。公據所見而反用之也。**好鳥不妄飛，**師曰：淵明云：鳥倦飛而知還。甫自傷奔走，曾好鳥之不若也。**野人半巢居。**洙曰：禮運：冬居橧巢。王康琚：皆在太平時，亦有東居子。選：巢居知天寒。泰伯曰：搜神記：巢居知風。**喜見淳樸俗，**天啓曰：莊子：澆淳散樸。**坦然心神舒。東郊尚格鬬，**洙曰：費誓：東郊不開。蘇曰：范曾：東郊金革不息，尚思格鬬，戰壘滿目，政散民流，田畝蕪没，寧不心痛。趙曰：指言東京之東郊。安、史之兵所在。公詩屢言之矣。格鬬，出前漢，見上注。**巨猾何時除。**洙曰：東京賦：巨猾間亹。**故鄉有弟妹，流落隨丘墟。**洙曰：曹子建：零落隨丘山。**成都萬事好，豈若歸吾廬。**洙曰：古詩：行客雖云樂，不如早旋歸。李白：錦城雖云樂，不如早還家。陶潛：吾亦愛吾廬。十朋曰：李白詩：錦城雖云樂，不如早還家。與此同意。

龍門閣

清江下龍門，魯曰：按地理志：施州清江郡。絶壁無尺土。趙曰：謝靈運云：晨策尋絶壁。長風駕高一作「白」。浪，洙曰：郭景純：呑舟浮海底，高浪駕蓬萊。趙曰：言風駕起之。浩浩自太古。洙曰：古詩：浩浩陰陽移。趙曰：浩浩，水貌。音上聲。其在水言之，如醴泉湧而浩浩。危途中縈盤，洙曰：一云「縈盤道」。仰望垂綫縷。滑石欹誰鑿，洙曰：謝靈運：苔滑誰能步。浮梁裊相柱。洙曰：西京賦：峙遊極於浮柱。陸左公：形聲飛棟[一]，勢超浮柱。趙曰：滑石，自是石之滑。浮梁，自是梁之浮。舊注所引雖旁見，而其義非也。目眩隕雜花，頭風吹過雨。洙曰：一云「過飛雨」。趙曰：滑石之欹，浮梁之裊，皆難行之地。故目生眩，頭生風矣。目眩，出史「心亂目眩」之昏眩，如見雜花之隕落。頭風，出魏太祖讀陳琳檄草，頭風自愈。頭或生風，如過雨之吹，皆言其地險絶而然也。百年不敢料，潘安仁：人生天地間，百年孰能要。趙曰：劉機：百年興衰長短，吾孰敢料也。一隊那得取。飽聞一作「知」。經瞿

[一] 聲，疑當作「聳」。

塘，**洙曰**：瞿塘，峽名。**足見渡大庾。****洙曰**：大庾，嶺名。**趙曰**：以龍門閣之險峻，推言而比之也。瞿塘峽在巫之下。大庾嶺在虔州之前。**終身歷艱險，恐懼從此數。****師曰**：瞿塘、大庾雖險，不若此閣道爲險之至。甫至此恐懼，若屈指數險阻之處，當從此爲始也。

石櫃閣

季冬日已長，**唐曰**：日自至節後旋長，宮中以紅綫量日影，長至遂添一綫。**山晚半天赤。****何曰**：謂反照也。**蜀道多草花，江間饒奇石。****洙曰**：江淹詩：崦山多靈草，海濱饒奇石。**石櫃曾波上，臨虛蕩高壁。****夢符曰**：右按郭璞江賦：迅雖臨虛以騁巧〔一〕，孤玃登危而雍容。**清暉回群鷗，****洙曰**：謝靈運：山水含清暉。**暝色帶遠客。****洙曰**：謝靈運：林壑斂暝色。**羈栖負幽意，感歎向絕跡。信甘孱懦嬰，****鄭曰**：上鋤山，下奴臥切。弱也。**不獨凍餒迫。優遊謝康樂，****洙曰**：晉謝玄暉也。**修可曰**：謝玄暉封康樂公，孫靈運，襲其封，與何長瑜等以文章賞會，共爲山澤之遊。詩家稱康樂，乃靈運，非玄暉也。以南史考之，謝密傳云：謝渾爲韻語奬勸靈運等曰：康樂誕通度實，有名家韻。王籍傳云：籍爲詩慕謝靈運，至其

〔一〕 雖，疑當作「蜼」。見杜集札記。

合也，殆無愧色。時人咸謂康樂之有籍，如仲尼之有丘門[一]。武陵昭王曄傳云：曄與諸王共作短句詩，學謝靈運體。高帝曰：「康樂放蕩作體，不辨有首尾。安仁、士衡深可宗尚。」簡文與湘東王書云：時有效謝康樂、裴鴻臚文者，抑亦感焉。何者？謝客吐言天拔，出於自然。時有不拘，是其糟粕。亦謂靈運也。因是詩注以康樂爲謝玄，故詳辨之云。**放浪陶彭澤。**洙曰：陶潛，彭澤令。**吾衰未自由，謝爾性有適。**洙曰：有，一作「所」。師曰：謝、陶輩優游放浪，無所繫滯。今甫未能自由，比於二子適性之樂，頗有感焉。

桔柏渡

桔，居屑切。

青冥寒江渡，趙曰：楚辭：據青冥而攄虹。青青冥冥，高遠之貌。**駕竹爲長橋。竿濕煙漠漠，**洙曰：一云「竹竿濕漠漠」。謝玄暉：生煙紛漠漠。**江水風蕭蕭。**洙曰：水，一作「永」。風蕭蕭兮易水寒。**連笮動嫋娜，**笮，側柏切。嫋，乃了。娜，奴可切。洙曰：連竹索而爲梁，謂之笮。前漢：邛笮之君。**征衣颯飄颻。急流鴇鶂散，**上博好，下五歷切。洙曰：西都：蒼鴰鶂鴇。趙曰：郭璞上林賦注曰：似鴈無後趾也。**絶岸黿鼉驕。**魯曰：鴇鶂，喻舟舡也。黿鼉，喻橋梁也。驕，壯也。**西轅自茲異，東逝不可要。**

[一] 門，疑當作「明」。

高通荆門路，闊會滄海潮。孤光隱顧眄，遊子悵寂寥。無以洗心胸，前登但山椒。洙曰：桔柏乃文州嘉陵二江合流處也。東下入渝，合通荆門矣。蒼舒曰：右按廣韻：椒，山頂。文選曰：税鑾登山椒。又集仙記：北海雕清大會於山椒。十朋曰：謝惠連詩：悲猿響山椒。漢武帝李夫人賦：釋馬山椒。廣雅曰：土高四墮曰山椒。謝莊月賦：菊散芳於山椒。

劍門

魯曰：自蜀出漢中皆自是，故以門名。背有閣道，在梓潼郡東北，蜀之險會。

惟天有設險，洙曰：北有劍門，天設之險。蘇曰：許襄：關河阻絶，乃天設險以全其封疆。孝祥曰：易：天險不可升。地險山川丘陵。王公設險以守其國。趙曰：今公詩參取易中語，以言劍門乃天造之險也。劍閣一作「門」。天下壯。蘇曰：嚴助至蜀，見劍門關乃嘆曰：「天下壯險，扼隘喉衿，莫過此關也。」立馬久之而去。連山抱西南，石角皆北向。洙曰：劍山主石皆北向，如拜伏狀。趙曰：此言地形勢雖險，而趨中原，自然之勢。觀劍門山雖抱西南，而石角北向，則有面内之義。兩崖崇墉倚，趙曰：即是詩「其崇如墉」，非「崇墉言言」，此崇國之墉也。張協玄武館賦云：崇墉四匝。刻畫城郭狀。洙曰：蜀郡賦：金城石郭，兼匝中區。既麗且崇，實號成都。一夫怒臨關，一作「門」。百萬未可傍。洙曰：蜀都賦：一人守隘，萬夫莫向。張孟陽劍閣銘：一人荷戟，萬夫趑趄。傍，一作「仰」。珠玉走中原，蘇曰：陳陟：珠玉無脛，遍走中原，何也？**岷峨氣悽愴。****洙曰：**岷，青城山也。峨，峨眉山也。**趙曰：**珠玉之於中原，必著走字者，或曰古之言珠玉，曰「無翼而飛，無脛而行」，非謂人之所攜持若飛走也。岷山在成都之西，青城山是也。峨山在成都之西南，峨眉山是也。遠人困於誅求，而悽愴之氣見於岷、峨，以二山無情之物，猶且悽愴，則有情之民可知矣。**三皇五帝前，****蘇曰：**王子淵：三皇五帝前事，臣不可知。蓋無書可考。**雞犬莫相放。****洙曰：**相，一云「自」。蜀至秦方與中國通。**後王尚柔遠，****洙曰：**書：柔遠能邇。**職貢道已喪。****田曰：**末云諸侯分權，擅據割，地土不復有職貢之道。**趙曰：**跋扈者，廢職貢而不可制。公詩託言後王尚柔遠，而不敢斥言，王者削弱之故。**至今英雄人，****蘇曰：**章邯：遂使英雄之輩遞相睚眦。**高視見霸王。**于况切。**并吞與割據，****洙曰：**李特送流人至劍門，箕踞四顧，太息曰：「劉禪有此形勢，而束手於人乎！」遂潛謀割據。**極力不相讓。****趙曰：**遂使英雄者見霸王，特在高視之間，可以爲之，於是或并或吞或割據，皆極力爲之而不少讓。**吾將罪真宰，**見前注。**趙曰：**莊子：若有真宰存焉，而不得其眹。**意欲鏟疊嶂。**鏟，楚産切。**洙曰：**海賦：鏟臨崖之阜逵。**蘇曰：**袁盎曰：諸公欲鏟連疊障，而造物復如何？**趙曰：**韻書云：平鐵也。**恐此復偶然，臨風默惆悵。****洙曰：**成都自前漢公孫述、後漢劉備、晉李雄、王建、孟知祥之屬，皆因中原多事，恃險割據也。**趙曰：**末四句則公之忠憤之辭矣。**師曰：**恐當肅宗中原未平之日，偶復有爲割據之禍者，是以臨風惆悵，而爲國家默爲之慮也。

鹿頭山彥輔曰：按地理志：漢州德陽縣有鹿頭山。

鹿頭何亭亭，是日慰饑渴。趙曰：西都賦之言宮室曰：狀迢迢以亭亭。陸士衡詩：願保金石軀，慰妾常饑渴。**連山西南斷，俯見千里豁。**洙曰：自秦入蜀，山嶺重複，極爲險阻。及下鹿頭關，東望成都，沃野千里，葱鬱之氣乃若煙霞靄然。**游子出京華，劍門不可越。**洙曰：京華，一云「咸京」。蒼舒曰：右按文選張孟陽劍閣銘曰：惟蜀之門，作固作鎮。是曰劍閣，壁立萬仞。酈元水經注曰：劍戍北去大劍三十里，連山絶險，飛閣相連，故謂之劍閣。田曰：鍾會平蜀，至綿谷，語左校曰：「山川懸遠，已盡咫尺。劍門不可開越，何計入蜀？公可籌度。」**及茲阻險盡，始喜平野闊。殊方昔三分，霸氣曾間發。**間，居莧切。師曰：昔魏、吳、蜀三分天下，劉備據此一方，以建霸王之業，故云云。**天下今一家，**洙曰：隋書：今天下一家。韓曰：今肅宗中興，天下已一家矣。**雲端失雙闕。**洙曰：華闕雙邈，重門洞開。又：飛陛躡雲端。夢符曰：右按神異經曰：東南有石非〔一〕，其方百丈，上有二石闕，俠東南面〔二〕，上有蹲熊，有榜著闕，題曰「地户」。又古樂府仙人篇：閶闔正嵯峨，雙闕萬丈餘。又公興孫遊天台賦〔三〕：雙闕雲竦以夾路，瓊臺中天而懸居。朱闕玲瓏於林間，玉堂陰

〔一〕非，疑當作「井」。

〔二〕俠，疑當作「夾」。

〔三〕公興孫，疑當作「孫興公」。見杜集札記。

映於高隅。顧愷之啓蒙記注曰：天台山列雙闕於青霄中，上有瓊樓瑶林，醴泉仙物畢具。**趙曰：**雲端，祖出枚乘樂府曰：美人在雲端，天路隔無期。失雙闕，天子之闕也。祖於元聖本紀曰：許中欲觀帝意，曰帝坐華堂面雙闕，君之榮願得矣。公詩言「失雙闕」者，以天下既一家，皆爲臣屬，故所僭擬天子之闕不復見矣。**悠然想揚馬，繼起名硉兀。****鄭曰：**硉，即兀切，危石也。**洙曰：**左太冲作蜀都賦：江、漢炳靈，世載其英。蔚若相如，皭若君平。王褒暐暐而秀發，揚雄含章而挺生。揚，揚雄。馬，馬相如[一]。**有文**一作「才」。**令人傷，****師曰：**揚馬二子皆蜀人，有文章，皆不顯用於漢。甫至此追思二子，亦若己之不遭其時也。**何處埋爾骨。紆餘脂膏地，****高曰：**紆餘，廣遠貌。脂膏地，言其肥沃也。**慘澹豪俠窟。****洙曰：**蜀都賦：外負銅梁於岩渠，内函要害以膏腴。**趙曰：**成都富饒之地，故公指爲脂膏也。豪俠窟，見郭璞云「京華遊俠窟」，公變其字爾。**杖鉞非老臣，宣風豈專達。冀公柱石姿，論道邦國活。斯人亦何幸，公鎮踰歲月。****趙曰：**公謂僕射裴冀公冕也。言裴公爲尹，尚有歲月之期，此斯人之所以幸也。此句可以見杜公初來成都，非爲嚴武而來也。

成都府

修可曰：是詩子美寓意深矣。淮南子曰：西垂景在樹桑榆，而其光翳翳，止足照我衣裳，則不能

[一] 馬相如，疑當作「司馬相如」。

遠照矣。以喻明皇以太上皇居西内也。初月不高出，衆星尚争光，而喻肅宗即位未久，而史思明之徒尚在也。蓋肅宗於天寶之丁酉，而子美乾元庚子至成都，以其時考之，故知其寓意如此也。鄭曰：劍南西路，蜀州也。

翳翳桑榆日，洙曰：歸去來：景翳翳以將入。東觀記：收之桑榆。江淹：曾是迫桑榆，歲暮從所東。趙曰：桑榆，晚日也。**照我征衣裳。**蘇曰：團圓江上月，照我征衣裳。趙曰：沈嗣宗詠懷詩曰[一]：灼灼西隤日，餘光照我衣。**我行山川異，忽在天一方。**蘇曰：曹植與陳琳疏曰：昔與子西園聯鑣遊，泳語笑嚮，今忽睽別，在天一方。後會邈然，莫可得也。古詩曰：各在天一方。甫亦全用，文云：各在天一涯。觀子美詩，固知爲後世史，不虛語矣。劉曰：成都偏在西，故云「天一方」。**但逢新人民，**洙曰：曹子建：不見舊耆老，但覩新少年。山川阻遠別，從會日月長。**未卜見故鄉。大江東流去，**洙曰：謝玄暉：大江流日夜。**遊子去日長。**洙曰：短歌行：去日苦多。**曾城填華屋，**鄭曰：填，陟刃切，定也。洙曰：西都賦：闐城溢郭，旁流百廛。曹子生存華屋處[二]。趙曰：曾城，層起之城。淮南子云：崑崙山上有曾城九重。華屋，史記平原君傳：歃血於華屋之下。**季冬樹木蒼。**洙曰：西都賦：靈草冬榮，神木叢生。東京賦：脩竹冬

[一] 沈，疑當作「阮」。見杜集札記。
[二] 曹子，疑當作「曹子建」。見杜集札記。

青。蜀都賦：寒卉冬馥。高唐：玄木冬榮。趙曰：前於發同谷縣題下公自注云：乾元二年十二月一日，自隴右赴劍南紀行。而今詩云「季冬樹木蒼」，則至成都乃是月也。元祐中，胡資正守蜀，作草堂詩碑引云：先生至成都月日不可考。蓋不詳此也。**喧然名都會，吹簫間笙簧。**洙曰：曹子建：名都多妖女，京洛出少年。詩：吹笙鼓簧。蒼舒曰：右按前漢志云：勃、碣之間一都會也。**信美無與適，**洙曰：王仲宣登樓賦：雖信美而非吾土兮，曾何足以少留。**側身望川梁。**洙曰：四愁詩：側身西望涕沾裳。魏文帝：欲濟河無梁。**鳥雀夜各歸，中原杳茫茫。**趙曰：觀衆鳥識巢而夜歸，乃思其中原故鄉之地而不得返。**初月出不高，衆星尚爭光。**師曰：初月，喻肅宗初即位。衆星，喻安、史之徒與天子抗衡。**自古有羈旅，我何苦哀傷。**洙曰：鮑明遠：古來共如此，非君獨撫膺。長門賦：衆雞鳴而愁子兮，起視月之精光。觀衆星之行列兮，畢昴出於東方。九辨云：仰明月而太息，步列星而極明。師曰：此乃甫自寬之辭。

上元二年庚子在成都所作

西郊

時出碧雞坊，洙曰：漢郊祀志：宣帝時或言益州有金馬、碧雞之神，可醮祭而致，遣王褒持節而求之，故成都有碧雞坊。鄭曰：梁益記：成都之坊一事有二，第四曰碧雞坊。**西郊向草堂。**洙曰：成都記：草堂寺，府西七里。**市橋官柳細，**洙曰：成都記：市橋水中有石犀，蓋吴漢爲賊將延岑所破之處。鄭曰：酈元水經注：益州西南石牛門曰市橋。趙曰：按樂史寰宇記云於成都府載：市橋在州之西。**江路野梅香。**趙曰：市橋、江路，皆草堂所經之地。**傍架齊書帙，看題減**一作「檢」。**藥囊。無人競**洙曰：一云「與」，一作「覺」。**來往，**鄭曰：介甫云：下得「覺」字大好，若作「與」，遂爲一篇之病。**疏懶意何長。**趙曰：荆公本作「覺來往」，甚善。余嘗讀梁徐姚婦題甘蕉示人曰：夕泣已非疏，夢啼真太數。唯當夜枕知，過此無人覺。舊本作「競」，又作「執」，誤矣。

所思

苦憶荆州醉司馬，崔吏部漪。**謫官**一作「居」。**樽俎**一作「酒」。**定常開。九江日落醒何處，**洙曰：禹貢：九江孔殷。地理志：九江在今廬江潯陽縣南，皆東合爲大江。然則江以南水無大小，俗呼爲江。應劭謂江自潯陽合爲九道。潯陽記有九江之名，一曰烏江，二曰蚌江，三曰烏白江，四曰嘉靡江，五曰畎江，六曰白源江，七曰廩江，八曰提江，九曰菌江。**一柱觀頭眠幾回。**洙曰：荆州路畔有一柱觀，在山上，土人呼爲木履觀。梁劉孝綽江津寄劉之遴詩：經過一柱觀，出入三休臺。**可憐懷抱向人盡，欲問平安無使**

來。故憑錦水將雙淚，好過瞿唐灩澦堆。洙曰：瞿唐，峽名。灩澦，石名也。在水中。荆州記云：灩澦如馬，瞿唐莫下。灩澦如象，瞿唐莫上。蓋人以爲水則也。

卜居洙曰：屈原作卜居一首。原往太卜鄭詹尹家，卜己宜何所居，因述其詞。成都詩，草堂寺府西七里，浣花亭三里，寺極宏麗，有名僧履空居其中，杜員外居處逼近，常恣遊焉。鮑曰：上上元元年〔一〕，歲次庚子，公年四十九，在成都。劍南節度使裴冕爲卜成都西郭浣花溪作草堂居焉。所謂「主人爲卜林塘幽」是也。前注以主人爲嚴武，非。趙曰：緣楚辭屈原有卜居一篇，故得倚以名詩。公又有卜居一篇，則在夔州也。

浣花流一作「之」。水水西頭，洙曰：浣花，溪名。鄭曰：在成都。主人爲卜林塘幽。主人，嚴武也。趙曰：主人謂地主，或所館置之人，不可指爲嚴武也。已知出郭少塵事，洙曰：梁張纘啓：常願卜居幽僻，屏避諠塵。修可曰：陶淵明云：閑居三十載，遂與塵事冥。更有澄江銷客愁。洙曰：謝玄暉詩：澄江静如練。曹子建詩云：誰與銷愁。無數蜻蜓齊上下，一雙鸂鶒對沉浮。東行萬里堪乘

〔一〕首「上」字疑爲衍文。

興，須向山陰上一作「入」。小舟。**洙曰：**蜀有萬里橋，在浣花之東。昔孔明送吴使至此，曰：「萬里之行，從此始矣。」因是得名。乘興，欲效王子猷月夜泛舟謁戴安道也。故有下句。山陰，王子猷所居之地。

春夜喜雨

好雨知時節，**洙曰：**管子曰：五政苟時，春雨乃來。又洪範：休應則時若。當春乃一云「及」。發生。隨風潛入夜，潤物細無聲。如膏也。野徑雲俱黑，江船火獨明。曉看經一作「紅」。濕處，花重錦官城。**洙曰：**蜀城人以江山明媚，錯雜如綉，故多呼錦宫城〔一〕。

春水生二絶

二月六夜春水生，**洙曰：**孫權傳：春水方生。門前小灘一作「籬」。渾欲平。鸕鷀鸂鶒莫漫喜，吾與汝曹俱眼明。**趙曰：**二禽見水生而喜，公語之以與汝曹俱眼明，則公可謂與物委蛇而同其波矣。

一夜水高二尺强，數日不可更禁當。**趙曰：**禁當，蜀中俗語。南市津頭有舡賣，無錢即買

〔一〕宫，疑當作「官」。

繫籬傍。

江畔獨步尋花七絕句

江上被花惱不徹，無處告訴只顛狂。走覓南鄰愛酒伴，經旬出飲獨空床。**洙曰**：斛斯融，吾酒徒。

稠花亂蘂畏一作「裹」。江濱，行步欹危實怕春。詩酒尚堪驅使在，未須料理白頭人。

江深竹静兩三家，多事紅花映白花。報答春光知有處，應須美酒送生涯。

東望少城花滿煙，**洙曰**：梁益記云：少城，張儀城。**蒼舒曰**：右按左太冲蜀都賦：亞以少城接乎其西，市廛所舍，賈商之淵，列隧百里，羅肆巨千，賄貨山積，纖麗星繁。注：少城，小城也。在城西，市在其中。百花高樓更可憐。誰能載酒開金盞，**洙曰**：盞，一作「鎖」。揚雄以免，復召大夫，家素貧，嗜酒，人希至其門。時有好事者，載酒從遊學。唤取佳人舞繡筵。

黄師塔前江水東，春光懶困倚微風。桃花一簇開無主，可愛深紅愛一作「映」。淺紅。

黄四娘家花滿蹊，千朵萬朵壓枝低。留連戲蝶時時舞，自在嬌鶯恰恰啼。**蘇曰**：齊、魯大臣，史失其名。黄四娘者獨何人哉，因託是詩以不朽。

不是愛花即欲死，只恐花盡老相催。繁枝容易紛紛落，嫩葉一作「蘂」。商量細細開。

江頭五詠

彥輔曰：王筠有才名，沈約重之。約於郊居作齋閣，請筠爲草木十詠，書之於壁，皆直寫之辭，不加篇題。約曰：「此詩指物呈形，無假題署。」

丁香

丁香體柔弱，亂結枝猶墊。**鄭曰：**都念切，下也。**洙曰：**尚書注：墊，溺也。細葉帶浮毛，疏花披素艷。深栽小齋後，庶近幽人占。晚墮蘭麝中，休懷粉身念。**洙曰：**言丁香結實則墮於蘭麝間，而有粉身之患也。

麗春

百草競春華，麗春應最勝。少須好顏色，多漫枝條剩。紛紛桃李枝，處處總能移。如何貴此重，**洙曰：**一作「稀如可貴重」。却怕有人知。

梔子魯曰：漢書曰：梔茜園。注：梔，支子也。本草曰：支子，一名「木丹」。晉宮閣名曰華林園者，梔子五株。名山志曰：樓石山多梔子。齊謝朓有墻花梔子樹詩，梁簡文帝有詠梔子花詩。

梔子比衆木，人間誠未多。於身色有用，洙曰：蜀人取梔子色以染帛。與道氣傷和。梔性絶冷。紅取風霜實，洙曰：實經霜則紅。青看雨露柯。無情移得汝，貴在映江波。

鸂鶒彦輔曰：臨海異物志：鸂鶒，水鳥，毛有五色，食短狐，其在溪中，無毒氣。

故使籠寬織，須知動損毛。看雲莫悵望，失水任呼號。六翮曾經剪，夢符曰：右按韓詩外傳曰：鴻舉千里，特六翮耳。背上之毛，腹下之毳。益一把，飛不爲加高。損一握，飛不爲加下。孤飛卒未高。且無鷹隼慮，留滯莫辭勞。洙曰：宋謝惠連鸂鶒賦：摧羽翮翩翻〔一〕。又云：宛羈畜於籠樊。

花鴨

花鴨無泥滓，堦前一作「中庭」。每緩行。羽毛知獨立，黑白太分明。洙曰：諸葛謂張温，其

〔一〕摧，疑當作「摧」。見杜集札記。

人於清濁太明，善惡不分。**不覺群心妬，休牽衆眼驚。稻粱霑**一作「知」。**汝在，作意莫先鳴。**

堂成

背郭堂成蔭白茅，洙曰：以白茅覆也。**緣江路熟俯青郊。**趙曰：謝玄暉和徐都曹詩：結軫青〔一〕。謂青麥蓋地，青青然也。**榿林礙日吟風葉，**洙曰：榿，木名也。不材，可充薪而已，惟蜀地最宜種。鄭曰：榿，五來切，不材之木。師曰：廣韻、玉篇無此字，恐刊誤也。原叔言此木不才，只可充薪。又云惟蜀地最宜種。不知有何所據？**籠竹和煙滴露梢。**洙曰：竹有籠筆名。趙曰：榿林、籠竹，正川中之物。鄭曰：籠，力鍾切。蜀有以鍾籠竹。**暫止**一作「下」。**飛烏將數子，頻來語鷰定新巢。旁人錯比揚雄宅，嬾墮**一作「慢」。**無心作解嘲。**洙曰：揚雄傳：有田一廛，有宅一區。世世以農桑爲業。哀帝時，丁傅、董賢用事，雄方草太玄。或嘲雄以玄尚白，而雄解之，號曰解嘲。左太冲詠史詩：寂寂揚子宅，門無卿相輿。寥寥空宇內，所講是玄虛。

〔一〕結軫青，疑當作「結軫青郊路」。見杜集札記。

蜀相

丞相祠堂何處尋，洙曰：蜀諸葛亮傳：先主建安二十六年，即帝位，册亮爲丞相、録尚書事。祠堂，孔明廟也。**錦宮城外柏森森**〔一〕。洙曰：成都記：府城亦呼爲錦宮城，以江山明麗錯雜如錦也。廟有古柏，武侯手植之。**映堦碧草自春色，**洙曰：江文通别賦：春草碧色。**隔葉黄鸝空**一作「多」。**好音。**洙曰：詩泮水：懷我好音。王僧達詩：楊園流好音。**三顧頻繁天下計，**洙曰：本傳曰：時先主屯新野，徐庶見先主，先主器之，謂先主曰：「諸葛孔明，卧龍也。將軍豈願見之乎？」先主曰：「君與俱來。」庶曰：「此人可就見，不可屈致也。將軍宜枉駕顧之。」由是先主遂詣亮，凡三往，乃見。又亮上疏曰：「先主不以臣卑鄙，猥自枉屈，三顧於草廬之中。」言先主之自見亮，亮爲先主而仕，皆爲天下大計。**兩朝開濟老臣心。**洙曰：先主於永安病篤，召見，屬以後事，謂亮曰：「君才十倍曹丕，必能安國，立定大事。若嗣子可輔，輔之。如其不才，君可自取。」亮泣曰：「臣敢竭股肱之力，效貞信之節，繼之以死。」又亮表云：興漢室，還於舊都，此臣所以報先帝而忠陛下之職分也。兩朝，謂先主及禪也。**出師未捷**洙曰：一云「未用」，又「未戰」。**身先死，長使英雄淚滿襟。**洙曰：閔其志不遂也。本傳云：十二年春，亮悉大衆由斜谷出，以流馬運，據武功五丈原，

〔一〕宫，疑當作「官」。注同。

與司馬宣王對於渭南，相持百餘日。其年八月，亮疾，卒於軍。軍退，司馬宣王案行其營壘處所，曰：「天下之奇才。」**師曰**：亮欲合一天下，未及出師一戰而死，使亮未死，則吳、魏豈能保其土地哉。

王狀元集百家注編年杜陵詩史十一卷

王狀元集百家注編年杜陵詩史

貳

〔唐〕杜甫 撰
舊題〔宋〕王十朋 集注
曾祥波 點校

杜詩宋元注本叢書
劉躍進 主編

鳳凰出版社

王狀元集百家注編年杜陵詩史十二卷

賓至

患氣經時久，**師曰**：甫有肺疾，故云云。臨江卜宅新。**洙曰**：舊史所謂「結廬枕江」也。喧卑方避俗，疏快頗宜人。有客過茅宇，呼兒正葛巾。**洙曰**：諸葛亮葛巾手扇〔一〕，指麾三軍。司馬宣王聞之，歎曰：「名士也。」自鋤稀菜甲，小摘爲情親。**師曰**：物雖薄，出於力之所致。

有客

幽棲地僻經過少，**洙曰**：幽棲，所居之地也。經過，往還也。以所居之地幽棲少往還也。謝叔原遊西池詩：逍遥越城肆，願言屢經過。謝靈運詩：恣此永幽棲，豈伊年歲别。老病人扶再拜難。豈有文章驚海内，謾勞車馬駐江干。**洙曰**：詩：寘之河之干兮。注：干，涯也。梁范雲詩：江干遠樹浮。竟

〔一〕手，疑當作「羽」。見杜集札記。

日淹留佳客坐，**洙曰**：劉安招隱詩云：攀援桂枝兮聊淹留。又詩：於焉嘉客。又：我有嘉客。百年粗糲腐儒飡。**洙曰**：粗糲，粗衣糲食也。腐儒，見題省中壁詩注。莫嫌野外無供給，乘興還來看藥欄。

爲農

錦里煙塵外，**洙曰**：華陽國志：錦江，織錦濯其中，則鮮明，濯他江，必不好，故命曰錦里。公居在近郊，無氛埃，故云「煙塵外」。江村八九家。圓荷浮小葉，細麥落一作「墜」。輕花。**余曰**：呂氏童蒙訓曰：五言詩第三字要響，如此二句浮字、落字是響字也。所謂響者，致力處也。予竊以爲字字當活，活則字字自響。卜宅從兹老，爲農去國賒。**洙曰**：顏延年詩：去國還故里，幽門樹蓬藜。曲禮：大夫士去國，君去其國。**晏曰**：賒，遠也。遠慚勾漏令，**鄭曰**：交趾邑。不得問丹砂。**洙曰**：晉葛洪傳：洪字稚川，從祖玄，吳時學道得仙，號曰葛仙公。其鍊丹祕術悉得真法，以年老欲鍊丹砂，以期遐壽，聞交趾出丹，求爲勾漏令。帝以洪資高，不許。洪曰：「非欲爲榮，以有丹砂。」帝從之。

梅雨

彥輔曰：梅熟而雨曰梅雨。江東呼爲黄梅雨。

南京西浦道，**洙曰**：玄宗幸蜀，改成都置尹，視二京，號爲南京。**鮑曰**：至德二載十二月戊午，大赦，以蜀郡爲南京，鳳翔爲西京，西京爲中京，故云有「南京西浦道」之句。師曰：原叔以爲玄宗，致誤矣。四月熟黄梅。湛湛長江去，洙曰：阮籍詩：湛湛長江水，上有楓樹林。冥冥細雨來。洙曰：隋煬帝江都夏詩：梅黄雨細麥秋横，楓樹蕭蕭江水平。茅茨疏易濕，洙曰：茅茨，以茅覆屋也。庾信小園賦：穿漏兮茅茨。雲霧密難開。竟日蛟龍喜，盤渦與岸回。洙曰：瓠子歌曰：蛟龍騁兮方遠遊。郭璞江賦：盤渦谷轉，凌濤山頽。鄭曰：渦，烏禾切，水回也。師曰：水之蟠聚而洄洑者，故與岸回旋。蛟龍喜，以水漲故也。

田舍

田舍清江曲，亦作「上」。柴門古道傍。草深迷市井，地僻懶衣裳。蘇曰：穆政：村居地僻，見客衣裳亦懶著，吾雖放曠如此，不識客意如何。欅柳枝枝弱，鄭曰：欅，居許切。正作「櫃」。枇杷樹樹香。洙曰：欅柳，木名。枇杷，果名。鸕鷀西日照，曬翅滿漁梁。洙曰：鸕鷀，水鳥也。蜀人以之捕魚。趙曰：陶侃母責其爲漁梁吏而寄鮓。

江漲

江發蠻夷漲，洙曰：蜀水之源皆出夷地。山添雨雪流。大聲吹地轉，洙曰：海賦：又似地軸，拔挺而争廻。**高浪蹴天浮。** **洙曰：**海賦：浮天無岸。游仙詩：高浪駕蓬萊。**魚鼈爲人得，蛟龍不自謀。** **洙曰：**七發：横暴之極，魚鼈失勢。**輕帆好去便，吾道付滄洲。** **洙曰：**公以道之不行，故有乘桴之意。

江村

清江一曲抱村流， **洙曰：**後漢：巴郡、南郡蠻。注：清江縣水色清，照十丈分沙石。蜀人見澄清，因名清江。**趙曰：**此言浣花溪之澄清也。舊注以爲清曲縣，却是施州矣。**長夏江村事事幽。** **洙曰：**沈佺期詩：坐看長夏曉。**趙曰：**長夏，言自四月至六月也。舊注引沈詩字，誤矣。**自去自來**一作「歸」。**堂上燕，相親相近水中鷗。** **老妻畫紙爲**一作「成」。**棊局，稚子敲針作釣鈎。** **趙曰：**此言事事清幽也。**師曰：**妻比臣，夫比君。棊局，直道也。針本全直，而敲曲之，言老臣以直道成帝業，而幼君壞其法。稚子，比幼君也。此天厨禁臠之説也。或説老妻以比楊妃，稚子以比禄山，蓋禄山爲妃養子。棊局，天下之喻也。妃欲以天下私禄山，故禄山得以邪曲，包藏禍心，此説爲得之。雖然，甫之意亦不如此。老妻、稚子，乃甫之妻子。甫其肯以己妻子而託意於淫婦人與逆臣哉？理必不然。如進艇詩云「晝引老妻乘小艇，晴看稚子浴清江」，則將何所比况乎。此皆村居與妻子適情以自樂，故形之詩詠，皆若託意於草木鳥獸之類，不宜區區於穿鑿也。**多**

病所須唯藥物，微軀此外更何求。何，一作「無」。

石笋行 **彥輔曰：**成都記：石笋及林亭池石之地，雨過必有小珠，或青黄如粟者，亦有細孔可以貫絲。**田曰：**杜光庭石笋記云：成都子城西曰興義門、金容坊，有通衢幾百五十步，有石二株，挺然聳峭，高丈餘，圍八九尺。耆舊傳云：其名有六，曰石笋，曰蜀妃闕，曰沈犀石，曰魚鳧仙檀，曰西海之眼，曰五丁石門，皆非也。圖經云：石笋街乃大秦寺之遺址，殿宇樓臺咸以金寶飾之，爲一代之勝概。後遭兵火而廢。或遇夏秋霖雨，里人猶拾珠玉異物。前蜀丞相諸葛亮命掘之，俯觀，方驗測隱，其家有篆字曰[一]：蠶叢氏啓國誓蜀之碑。以二石柱横理連接，鐵其中，歷代故不可毀。復鐫四字曰：濁歜觸蠲。時人莫能曉察，惟孔明默悟斯旨，令左右瘞之。後蜀主李雄召丞相范賢詰其連司，再掘而詳之。賢議曰：「然厥字四，其理各有所主。亥子歲『濁』曉可記[二]，主其水災。寅卯歲『歜』字可記，主其饑饉。巳午歲『燭』字可記，主其火災。申酉歲『觸』字可記，主稼穡充益，民物富贍。悉以年事推之，應驗符響。」又云：「蜀之城壘方隅不正，以景則之，石笋於南北爲定，無所偏邪。今按石笋在衙西門外僅百五十

[一] 家，疑當作「象」。
[二] 曉，疑當作「字」。

步，二株雙蹲，一南一北。北笋長一丈六尺，圍極於九尺五寸。南笋長一丈三尺，圍極於一丈二尺。南笋蓋公孫述時折，故長不逮北笋。」**趙曰**：此篇作於上元元年，是年李輔國日離間二宫，擅權之迹甚彰，故因賦石笋而指譏李輔國也。**師曰**：甫意謂此石必是古者卿相墓前表識，後世妄加緣飾，謂爲海眼，以蒙蔽愚俗。蓋譏禄山、國忠以微賤小臣蒙蔽玄宗，致天寶末年之禍，然誣辭謬語，君子當致察。

君不見益州城西門，陌上石笋雙高蹲。徂尊切。**洙曰**：成都記：石笋，城西門百餘步，亦呼爲石笋隅、落相隅。西南數步不對，各折爲五六段，相續以立。人云五丁檐，亦曰蜀王妃墓表。益州城郭皆不直，此蓋正東西也。公孫述時此石折，治中從事任文公嘆曰：「噫，西方智士死，吾其當之。」歲中果卒。陌，一作「街」。**古來**一云「老」。**相傳是海眼，苔蘚食盡波濤痕。田曰**：成都記：距石笋二三尺，每夏月大雨，往往陷作土穴，泓水湛然，以竹測之，深不可及，以繩繫石而投其下，愈投而愈無窮。凡三五日，忽然不見。嘉祐春，牛車碾地忽陷，亦測而不能達。父老云：「見此多矣。」此亦甚異者，故有海眼之説云。**趙曰**：按唐劉崇遠作金華子書，載海眼一事，云：北海郡國發得五銖錢，取之不盡，得一石。記云：此是海眼。華陽風俗記曰：蜀人曰：我州之西有石笋焉，天地之推以鎮海眼，動則洪濤大濫。**雨多往往得瑟瑟，洙曰**：每雨過，人多得瑟瑟。**蒼舒曰**：按博雅：瑟瑟，碧珠也。杜陽雜編：有瑟瑟幕，其色經明靈薄，無與爲比。**此事恍惚難明論。恐是昔時卿相墓，立石爲表今仍存。洙曰**：揚雄蜀王本紀云：武都丈夫化爲女子，顔色美絶，蓋山精也。蜀王納以爲妃，無幾物故，乃發卒之武都擔土，葬於成都郭中，號曰武擔。以石作鏡一枙表其墓。華陽國志曰：王哀念之，遣五丁之武都擔土，爲妃作冢，蓋地數畝，高七丈，立石，俗今名爲石筍。**惜哉俗態好蒙蔽，**洙曰：莊子：蔽蒙之民。**亦如小臣媚至尊。政化錯迕失大體，**蘇曰：趙充國：近見大臣全失燮理，政化錯迕，陰陽不時，多失大體。**坐看傾危受厚恩。**洙曰：時林甫、國忠傾覆王室，故子美此詩有所謂耳。**嗟爾石筍擅虚名，後坐未識猶駿奔。**洙曰：詩：駿奔走在廟。**安得壯士擲天外，**洙曰：梁沈約詩：安得壯士駐奔羲。孝祥曰：漢高祖大風歌：安得猛士兮守四方。**使人不疑見本根。**洙曰：華陽風俗録云：蜀人曰：我川之西有石筍焉，天植之以鎮海眼，動則江濤大濫。四方之人有來觀者，則奇而怪之。贊皇公曰：夫筍之爲狀也，亭亭揭峭，高然若削，圭芒天成，神矣。今小大相因，疊至八九節，束以鐵鼓，出於人力，又何神乎？遂命抽去鐵鼓，伺事變怪則寂然，而神怪不作。趙曰：此八句正以專指李輔國，一内臣而連結張妃，肅宗信任之，呼爲何父[一]，故公詩言「惜哉俗態好蒙蔽，亦如小臣媚至尊」者。石筍以堆石而蒙蔽於人，或指爲海眼，或指爲表墓，説終不明，正如輔國之蔽肅宗而人信好之也。坐看傾危受厚恩，言輔國之寵幸也。舊注却云是時李林甫、楊國忠用事，而公譏之，大非是。蓋公乾元元年十二月一日離同谷來蜀作此詩，時李與楊已死矣。又二公爲相，豈得云小臣哉。

[一] 何，疑當作「尚」。

石犀行

魯曰：成都記：石犀在李太白廟内。

君不見秦時蜀太守，刻石立作三犀牛。洙曰：華陽國志：秦孝文王以李冰爲蜀守。冰作石犀五頭，以壓水精。穿石犀溪於江南，命曰犀牛里。後轉爲耕牛二頭，一在府市橋門，今所謂石牛門。一在淵中。又自前堰上分穿羊摩江、灌口〔一〕，西於玉女房下，自涉郵作三石人立水中，與江神要，水竭不至足，盛不没肩。時青衣出象山下，伏行地中，會江南安，觸山脇溷崖，水遯東疾，破害舟船，歷代患。冰發卒鑿平崖，通正水道。或曰：冰鑿崖，時水神怒，冰乃操刃入水中，乞神。得迄今蒙福。成都記亦云：石犀五。今云三犀牛，未詳。**自古雖有厭聖法，**洙曰：匈奴傳：上以太歲厭勝所在。師古注：漢高紀云：蕭何初立未央宫以厭勝之術，理宜然乎。修可曰：本朝樂史寰宇記載：志云：在市北，乃李冰所立，以厭水怪。**天生江水向**一云「須」。**東流。**洙曰：襄陽白銅鞮歌：漢水向東流。又莫愁歌：河中之水向東流。**蜀人矜誇一千載，泛溢不近張儀樓。**洙曰：按圖經：秦張儀築少成〔二〕，在大城西。又周地圖云：張儀築城屢壞，不能立，忽有一龜周旋，巫依龜行巡築，遂得立。今有龜化橋。成都記云：張儀樓在子城南。又曰：張儀樓高一百尺，初築

〔一〕口，疑當作「江」。
〔二〕成，疑當作「城」。

此成〔一〕，雖曰附龜，蓋以順江山之勢正，即爲耕矣，乃作此樓而定南北焉。今年灌口損户口，此事或恐爲神羞。洙曰：武成：以齊北民，無作神羞。襄十八年：苟捷有功，無神羞。終藉隄防出衆力，高擁木石當清秋。先王作法皆正道，詭怪何得參人謀。洙曰：莊子：恢詭譎怪。又：諔絶詭幻。幻怪，易：人謀鬼謀。趙曰：厭勝者，詭怪之事，爲不足憑。故水終有時而爲害，隄防者正道，故終藉人力以爲隄防也。嗟爾三犀不經濟，缺訛只與長川逝。洙曰：語：子在川上，逝者如斯。趙曰：此公之寓意於三犀，指廟堂無經濟之人。夫無經濟之用，終亦缺訛，隨長川而漂逝。乾元二年乃吕諲、李現〔二〕、李揆、第五琦同平章事。未幾以罪去。但見元氣常調和，自免洪濤恣彫瘵。側界切。洙曰：曹子建詩：泛舟越洪濤。趙曰：謂元氣之謂，特在乎得人。蓋宰相以燮理陰陽爲事也。洪濤，出晉木華海賦云：帝爲、巨害之世〔三〕，天網浮橘〔四〕，爲彫爲瘵，洪濤瀾汚，萬里無際。意言汚之横流，乃爲彫傷瘵病於民矣。安得壯士提天網，再平水土犀奔茫。洙曰：前漢李尋傳：五行以水爲本，其精玄武、婺女，天地所紀，終始所生，水爲準隼平〔五〕，

〔一〕成，疑當作「城」。
〔二〕李現，疑當作「李峴」。
〔三〕爲，疑當作「嬀」；害，疑當作「唐」。見杜集札記。
〔四〕浮橘，疑當作「浡潏」。見杜集札記。
〔五〕隼，疑爲衍文。

王道公王脩明〔一〕，則百川理，洛脉通。偏黨失綱，則涌溢爲敗。陳蕃傳：志清天綱。舜典：咨禹，女平水土。**定功曰**：梁沈約云：安得壯士駐奔羲。**師曰**：玄宗時，用李林甫、楊國忠爲政，致有滔天之禍，其亦石犀之擅虚名者乎？甫託意黜之。

杜鵑

彦輔曰：華陽風俗録：鳥有杜鵑者，其大如鵲而羽，烏聲哀而吻有血。土人云：春至則鳴，聞其初聲者，則有别離之苦。人皆惡聞之，惟田家候其鳴則興農事。識者謂此詩上四句非詩，乃題下甫自注爾。後人誤寫。**蘇曰**：或者謂前四句非詩也，蓋甫於題下自記杜鵑事。後人誤寫之耳。或曰：正古之謡語，豈復以韻爲限耶。

西川有杜鵑，東川無杜鵑。涪萬無杜鵑，雲安有杜鵑。我昔遊錦城，結廬錦水邊。**洙曰**：子美結廬在浣花里。有竹一頃餘，喬木上參天。**蘇曰**：上林苑喬木參天，松篁陰合，珍禽奇獸，自然駢集。**趙曰**：曹子建云：荆棘上參天。杜鵑暮春至，哀哀叫其間。我見常再拜，重是古帝魂。**趙曰**：鮑昭行路難云：中有一鳥名杜鵑，云是古時蜀帝魂。公所用蓋出於此也。至若此篇常再拜而重之之〔二〕，

〔一〕公王，疑當作「公正」。

〔二〕之，疑爲衍文。

不能拜而淚下，則尊君之意前人所不到。**生子百鳥巢，百鳥不敢嗔。**一作「喧」。**仍爲餧其子，**洙曰：世說：杜鵑養子於百鳥巢，百鳥共養其子而不敢犯。**禮奉若至尊。**洙曰：成都記曰：杜宇亦曰杜主。自天而降，稱望帝。好稼穡，教人務農，治郫城，亦曰望帝。至今蜀人將農者必先祀社主[一]。時荆州人鼈靈死，其尸泝流而上，至文山下，復生。見望帝，望帝因以爲相，號曰開明。會巫山壅江，人遭洪水，開明爲鑿通流，有大功。望帝因以其位禪焉。後望帝死，其魂化爲鳥，名曰杜鵑，亦曰子規。又云：子規深春乃有聲，低且怨，與北之思歸樂都不同也。洛京東西多此鳥，人以爲子規者，誠妄矣。又云：宇禪位於開明，升西山隱焉。時適三月，子規鳥鳴，故蜀人悲子規鳥。**鴻鴈及羔羊，有禮太古前。行飛與跪乳，識序又知恩。**洙曰：晉羊祜鴈賦：鳴則相和，行則接武。前不絕貫，後不越序。春秋繁露曰：凡贄卿用羔。羔有角而不用，如好仁者。執之不鳴，殺之不謗，類死義者。羔飲其母必跪，類知禮者。故羊之爲言，猶詳，故以爲贄。趙曰：謂成行列而飛，所以謂之鴈序也。**聖賢吾法則，付之後世傳。君看禽鳥情，猶解事杜鵑。今忽暮春間，值我病經年。身病不能拜，淚下如迸泉。**洙曰：古詩譏世亂而不能明臣之義者，禽鳥之不若也。修可曰：劉越石扶風歌：據按長歎息[二]，下淚如流泉。余曰：百斛明珠云：南都王誼伯書江濱驛垣謂：子美

[一] 社，疑當作「杜」。

[二] 按，疑當作「鞍」。見杜集札記。

詩歷五季兵火，多舛缺奇異，雖經其祖父公所理，尚有疑闕者。誼伯謂「西川有杜鵑，東川無杜鵑。涪南無杜鵑，雲安有杜鵑」，蓋是題下注。斷自「我昔遊錦城」爲首句。誼伯誤矣。蓋子美詩備諸家體，非必率合程度侃侃者然也。且篇句處凡五杜鵑，豈可以文害辭，辭害意耶？原子美之意，類有所感，託物以發者也。亦六義之比興、離騷之法歟。按博物志：杜鵑生子，寄之他巢，百鳥飼之。胡江東所謂「杜宇曾爲蜀帝王，化禽飛去舊城荒」是也。且禽鳥之微，知有尊，故子美詩云「重是古帝魂」，又「禮若奉至尊」，子美蓋譏當時之刺史有不禽鳥若也。自唐明皇已後，天步多棘，刺史不能致節於君者，可得而考。嚴武在蜀雖横斂刻薄，而實資中原，是「西川有杜鵑」耳。其不受王命，負固以自抗，擅軍旅，絶貢賦，如杜克遜在梓州，爲朝廷西顧憂，是「東川無杜鵑」耳。至於涪、萬、雲安刺史，微不可考。凡其尊君者爲有也，懷貳者爲無也，不在夫杜鵑真有無也。誼伯以爲來東川聞杜鵑聲，煩而急，乃始疑子美詩跋疐紙上語。又云子美不應疊用韻，子美自我作古，疊用韻，無害於爲詩。僕所見如此。誼伯博學强辨，殆必有以折衷也。

杜鵑行

君不見昔日蜀天子，化作杜鵑似老烏。**趙曰**：按蜀記：昔有姓名宇，號望帝。宇死，俗傳化爲子規鳥，一名鵑。蜀人聞子規鳥，皆曰望帝，遂於鵑字加杜姓，謂之杜鵑。又直謂之杜宇。寄巢生子不自啄，群鳥至今與哺鶵。雖同君臣有舊禮，骨肉滿眼身羈孤。業工竄伏深樹裏，四月五月偏號呼。其聲哀痛口流血，所訴何事常區區。爾豈摧殘始發憤，羞帶羽翮傷形愚。蒼天變化誰料得，萬事反覆何所無。萬事反覆何所無，豈憶當殿群臣趨。洙曰：此詩注並在杜鵑詩內。趙曰：鮑昭行路難云：中有一鳥名杜鵑，言是古時蜀帝魂。聲音哀苦鳴不息，羽毛憔悴似人髡。飛走樹間逐蟲蟻，豈憶往月天子尊[一]。念此死生變化非常理，心中惻愴不能言。今公所謂哀痛口流血，又有摧殘之語，及末句憶群臣趨，且云萬事反覆，蓋出於此也。師曰：時祿山反，陷兩京，明皇西走幸蜀，既失帝位，奈何又棄骨肉而孤寓他邦。是時諸王公主皆爲賊所翦滅，豈非杜鵑化而似老烏之比乎。觀此詩有「雖同君臣有舊禮，骨肉滿眼身羈孤。萬事反覆何所無，豈憶當殿群臣趨」之語。詳味其旨，蓋爲明皇感嘆者也。杜鵑，蜀帝也。國亡身死，怨而化爲杜鵑鳥，每生子寄居百鳥之巢，百鳥爲之哺飼其子。帝以四五月悲鳴流血，血染山花，其色殷紅，號爲杜鵑花。然其聲哀怨者，豈非若訴國亡而身摧殘，變而爲禽耶。肅宗即位靈武，不能即遣迎還明皇，而使之羈孤在蜀。明皇由是悒怏不得意，至於化去，其亦不免於怨傷乎。甫之言頗有深意。

杜鵑

古時杜宇稱望帝，魂作杜鵑何微細。跳枝竄葉樹木中，搶佯瞥捩雌隨雄。搶，七羊切。

[一] 月，疑當作「日」。

佯，音羊。瞥，匹烈切。捩，力計切。毛衣慘黑貌憔悴，衆鳥安肯相尊崇。隳形不敢棲華屋，短翮唯願巢深叢。穿皮啄朽觜欲秃，苦饑始得食一蟲。誰言養鶵不自哺，此語亦足爲愚蒙。聲音咽咽如有謂，號啼略與嬰兒同。口乾垂血轉迫促，以欲上訴於蒼穹。蜀人聞之皆起立，至今教學傳遺風。迺知變化不可窮，豈思苦日居深宫，嬪嬙左右如花紅。此詩注並在杜鵑詩内。

三絶句

前年渝州殺刺史，今年開州殺刺史。**鮑曰**：崔寧傳所書山賊也。前年渝州殺刺史，謂段子璋陷綿、遂。今年開州殺刺史，謂徐知道之反，有乘亂者。開去成都遠，不知其故，史不書，失之。群盜相隨劇虎狼，**趙曰**：張孟陽云：賊盜如豺虎。食人更肯留妻子。**師曰**：步將吴璘殺渝州刺史劉卞以反，杜鴻漸討平之。又部卒翟封殺開州刺史蕭崇之以叛，揚子琳討平之。兩川盜賊乘隙而發。虎狼，喻盜賊也。劇，甚也。甫疾其亡上下之分，以爲甚於豺狼，是以有吴、楚之遊。

二十一家同入蜀，唯殘一人出駱谷。**蘇曰**：十道志云：駱谷道西南界入洋州路。蜀將姜維出駱谷，圍長安，即此也。屬盩室[一]。趙曰：魏志：姜維出駱谷，圍長安，即此谷道也。自說二女齧臂時，洙曰：世說：趙飛燕姊弟少貧微，及飛燕見召，與女弟齧臂而別。迴頭却向秦雲哭。師曰：祿山亂，百姓隨玄宗入蜀，凡二十一家。後出駱谷，但存一人。饑因蜀亂勦盡。甫聞其說，自傷妻子皆幸免，是以回頭望蜀而哭，痛斯民之不得其所也。

殿前兵馬雖驍雄，驍，堅堯切。縱暴略與羌渾同。洙曰：時神策軍恣橫。聞道殺人漢水上，婦女多在官軍中。師曰：吐谷渾，西羌之種也。殿前兵馬，乃王師。王者之師，奉辭伐罪以吊其民，秋毫無撓。時天子命睦璀以三千神策軍彈壓蜀中之亂，奈何神策軍横恣，虜掠婦女，其殘暴更甚於羌渾，百姓怨之。甫傷朝廷政治不明，縱使殿前之兵搔動良民，若此豈所謂王師吊民伐罪者乎？

寄李十二白二十韻

昔年有狂客，號爾謫仙人。洙曰：賀知章，會稽人，自號四明狂客。見白文章，乃歎曰：「子，謫仙人也。」筆落驚一作「聞」。風雨，洙曰：驚風雨，言敏速也。詩成泣鬼神。洙曰：泣感鬼神。蘇曰：李

[一] 室，疑當作「厔」。見杜集札記。

白墓銘云：公在長安，時祕書監賀知章吟公烏栖曲，云：「此詩可以哭鬼神。」聲名從此大，汩沒一朝伸。洙曰：按史言知章言白於玄宗，召見金鑾殿，奏頌一篇，賜食，帝爲調羹，召供奉翰林。文彩承殊渥，流傳必絶倫。洙曰：帝嘗召白爲樂章，白已醉，援筆成文，婉麗精巧，無留思。帝愛其才，數宴見。龍舟移棹晚，獸錦奪袍新。洙曰：白外傳云：白作樂章，賜錦袍。白日來深殿，青雲滿後塵。乞歸優詔許，洙曰：白爲高力士所譖，自知不爲親近所容，懇求還山，帝賜金放還。遇我宿一作「風」。心親。洙曰：與子美等爲醉中八仙。未負一作「遂」。幽棲志，兼全寵辱身。劇談憐野逸，嗜酒見天真。洙曰：嗜，好也。揚雄家貧嗜酒。醉舞梁園夜，洙曰：雪賦：梁王不悦，遊於兔園。今汴州乃梁園故地。行歌泗水春。洙曰：孔子行歌於泗水之上。泗水，今泗賓是也〔一〕。才高心不展，道屈善無鄰。處士禰衡俊，洙曰：平原處士禰衡，字正平。見「諸公厭禰衡」注。諸生原憲貧。洙曰：見「難甘原憲貧」注。稻粱求未足，洙曰：廣絶交論：分鴻鵞之稻粱。薏苡謗何頻。薏，於記。苡，養里切。洙曰：馬援征交趾，載薏苡種還，人謗之，以爲明珠大貝。喻白之遇讒也。五嶺炎蒸地，三危放逐臣。洙曰：見「雲山分五嶺，風壤帶三苗」注。幾年遭鵩鳥，洙曰：賈誼作長沙王傅，不得志，有鵩集於舍隅，遂作鵩鳥賦。獨泣向

〔一〕賓，疑當作「濱」。

麒麟。洙曰：王翰古峨眉怨：朝哺泣對麒麟，樹樹下蒼苔日漸班〔一〕。蘇武先還漢。洙曰：見「握節漢臣回」注。黄公豈事秦。洙曰：夏黄公也。見「羽翼懷商老」注。楚筵辭醴日，洙曰：見「門引申白賓」注。梁獄上書辰。洙曰：白坐事下潯陽獄。鄒陽於梁孝王獄中上書，即出之。已用當時法，誰將此義陳。老吟秋月下，病起暮江濱。莫怪恩波隔，乘槎與問津。洙曰：博物志：有居海者，八月乘查而上天，天犯牽牛星。孔子使子路問津焉。

狂夫

萬里橋西一一作「新」。草堂，洙曰：公築居浣花里，在萬里橋之西。萬里橋事見卜居詩注。百花潭水即滄浪。洙曰：成都記：杜員外別業在百花潭，臺猶在。風含翠篠娟娟静，雨裛紅蕖冉冉香。洙曰：謝靈運詩：緑篠媚清漣。趙曰：翠篠，竹也。紅蕖，荷花也。古詩：娟娟新月體。冉冉，衆多之貌。選詩云：柔條紛冉冉。厚禄故人書斷絶，洙曰：言交態薄也。杜元凱曰：僻居林下，謝絶人事。厚禄故交，音書斷絶。晚進小子，不足與言，它其如予何。怕饑稚子色凄凉。欲填溝壑唯疏放，自笑狂夫老

〔一〕樹，疑爲衍文。

更狂。**洙曰**：公以狂自隱爾。舊史言公於成都浣花里結廬枕江，與田畯野老相狂蕩。嚴武過之有時不冠。其傲誕如此。**趙曰**：將欲填溝壑而死矣，却惟只是疏放而不管，此其所以爲狂也。非嚴武過之而不冠之意。

進艇

南京久客耕南畝，**洙曰**：明皇幸蜀，號成都爲南京，置尹，比兩都。北望傷神卧北窗。晝引老妻乘小艇，晴看稚子浴清江。俱飛蛺蝶元相逐，並蔕芙蓉本自雙。茗飲蔗漿携所有，瓷罌無謝玉爲缸。**洙曰**：鄒陽酒賦：醪醴既成，緑瓷既啓。宋玉招魂云：濡鱉炮羔，有蔗漿些。

野老

野老籬前江岸迴，柴門不正逐江開。漁人網集澄潭下，**趙曰**：謂百花潭也。賈客船隨返照來。**鄭曰**：賈，公土切。行曰商，坐曰賈。長路關心悲劍閣，**洙曰**：劍門也。閣，棧道也。**趙曰**：回念其初來蜀時，道路之難也。**鄭曰**：梁益記：劍門山勢連絡，限蜀爲阻。閣，棧道也。片雲何意**洙曰**：一作「事」，又云「行雲幾處」。**趙曰**：「事」字一作「意」，不若「事」之快。傍琴臺。**鄭曰**：十道志：成都有琴臺，即相如與文君貰酒處。今海安寺。王師未報收東郡，**馬曰**：滑州。城闕秋生畫角哀。**趙曰**：成都改爲南京，故公自注得稱城闕。

雲山

京洛雲山外，音書静不來。神交作賦客，洙曰：神交作賦客，謂宋玉也。山濤、阮籍爲神交。喻不涉形跡，似神交而已。趙曰：京洛，言長安與洛陽也。賦客，指班、張也。長安則班固所謂西都，張平子所謂西京。洛陽則班固所謂東都，張平子所謂東京。望長安、洛陽之音書而不來，故神交於賦客而已，非謂宋玉也。力盡望鄉臺。洙曰：成都記：望鄉臺，隋蜀王秀所築。鄭曰：益州記：昇仙亭夾路有二臺，一曰望鄉臺。衰疾江邊卧，親朋日暮迴。白鷗元水宿，何事有餘哀。

遣興

驥子好男兒，洙曰：驥子，公子宗武也。見宗武生日詩注。前年學語時。問知人客姓，誦得老夫詩。洙曰：老夫，公自謂。世亂憐渠小，家貧仰母慈。洙曰：嵇夜夜〔一〕：母兄朔育〔二〕，有慈無威。

〔一〕嵇夜夜，疑當作「嵇叔夜」。見杜集札記。

〔二〕朔，疑當作「鞠」。見杜集札記。

鹿門携不遂，洙曰：龐德公携妻子入鹿門山隱。**鴈足繫難**一作「無」。**期。**洙曰：蘇武傳：鴈足繫書。事見上。一云「鹿門携有處，鳥道去無期」。**天地軍麾滿，山河戰角悲。儻歸免相失，見日**一作「爾」。**敢辭遲。**

北鄰

明府豈辭滿，洙曰：後漢張湛傳：明府。注：郡所居曰府。明府者，尊高之稱。前書：韓延壽爲東郡太守，門卒謂之明府。亦其義也。**藏身方告勞。**洙曰：詩：不敢告勞。**青錢買野竹，白幘岸江皋。**洙曰：劉隗岸幘大言，意氣自若。趙曰：青錢，蜀人語謂見錢也。**愛酒晉山簡，**趙曰：山簡每出嬉遊，多之池上，置酒輒醉，名之曰高陽池。**能詩何水曹。**洙曰：梁書：何遜字仲言，八歲能賦詩。沈約愛其文，嘗謂遜曰：「吾每讀卿詩，一日三復，猶不能已。」其爲名流所稱如此。爲安武王參軍〔一〕，兼水部郎。初，遜文章與劉孝綽並見重於世，世謂之「何劉」。**時來訪老疾，步屧到蓬蒿。**洙曰：三輔史録注曰：張仲蔚隱身不仕，所居蓬蒿没人。孫曰：屧，悉協切，履薦也。

〔一〕 武，疑當作「成」。

南鄰修可曰：左太冲詩云：南鄰擊鍾磬。有此南鄰字，故公取以爲題。

錦里先生烏角巾，洙曰：巾之有角者，郭林宗遇雨而角折，人皆折角以效之。夢符曰：右按晉史：羊祜與從弟琇書曰：既定邊事，當角巾東第，爲容棺之墟。園收芋栗一作「粟」。不全貧。洙曰：史記：卓氏曰：吾聞汶山之下沃野。下有蹲鴟。注：大芋也。成都風俗曰：大饑不饑。蜀有蹲鴟。言有所濟爾。蘇曰：舊本作「粟」。甫以其園只收芋栗，故謂之貧。然猶有芋栗可收，所以不爲全貧。若更收栗，則不可爲貧矣。慣看賓客洙曰：又作「朋友」。一本作「明户」。兒童喜，趙曰：慣看賓客則常喜，即與魏野詩云「兒童不慣見車馬，走入蘆花深處藏」異矣。得食堦除鳥雀馴。洙曰：言忘機也。類狎鷗翁。趙曰：置食堦除間，而鳥雀得之，以馴擾。蘇曰：黄湛養鳥雀數百，就掌中取食，俱無疑忌，自號林泉逸老。秋水纔一作「雖」。深四五尺，野航一作「艇」。恰受兩三人。趙曰：世多疑此謂之航，豈止恰受兩三人乎？余觀詩云「誰謂河廣，一葦杭之」，如今之一葉舟也。杭即航也。則野航不必名其大矣。白沙翠竹江村暮，相送一作「對」。柴門一作「籬門」。月色新。

過南鄰朱山人水亭趙曰：此篇公歸草堂所作也。所謂南鄰，豈前者錦里先生乎？

相近竹參差，相過人不知。幽花欹滿樹，小水細通池。歸客村非遠，趙曰：公自言也。

殘樽席更移。看君多道氣，從此數追隨。**趙曰**：曹子建公讌詩：飛蓋相追隨。

恨別

洛城一別四一作「三」。千里，胡騎長驅五六年。**洙曰**：一云「六七」。公因避亂入蜀。草木變衰行劍外，**洙曰**：宋玉九辨：草木搖落兮變衰。兵戈阻絶老江邊。**洙曰**：道路梗阻，未可歸也。思家步月清宵立，憶弟看雲白日眠。聞道河陽近乘勝，司徒急爲破幽燕。**洙曰**：幽燕，安、史巢穴。司徒，李光弼也，新破賊於河南三橋故也。**趙曰**：乾元二年，司徒李光弼敗史思明於河陽。幽燕，思明窟穴也。

散愁二首

久客宜旋旆，**蘇曰**：郭規：久客塞上，宜旋歸旆。故園桃李，想自成蹊。鄉親時復入夢。興王未息戈。蜀星陰見少，**趙曰**：星以陰而見少。江雨夜聞多。百萬傳深入，寰區望匪他。司徒下燕趙，收取舊山河。**趙曰**：望光弼之深也。弼爲檢校司空。

聞道并州鎮，尚書訓士齊。**洙曰**：并州，太原也。時王思禮爲帥。幾時通薊北，**洙曰**：范陽、盧龍等也〔一〕，皆安、史巢穴。當日報關西。洙曰：長安以西，皆謂之關西。戀闕丹心破，蘇曰：辛毗：值此喪亂，兵戈未定，丹心復將破矣。霑衣皓首啼。老魂招不得，歸路恐長迷。

寄楊五桂州參

鮑曰：名譚。因州參軍段子之任，即廣州段功曹也。楊五長史蓋自桂從廣，段子從之。

五嶺皆炎熱，洙曰：五嶺，見野望詩注。宜人獨桂林。梅花萬里外，洙曰：五嶺有梅嶺，以梅得名。雪片一冬深。聞此寬相憶，爲邦復好音。江邊送孫楚，遠附白頭吟。洙曰：晉孫楚字子荆，嘗參石苞驃隨軍事〔二〕。

逢唐興劉主簿弟

分手開元末，洙曰：開元二十九年，改爲天寶十載，禄山反。連年絶尺書。洙曰：古詩：中有尺素書。江山且相見，戎馬未安居。洙曰：戎馬之際，方奔走避亂，未安所止。劍外官人冷，洙曰：蜀在

〔一〕也，疑當作「地」。見杜集札記。

〔二〕驃隨，疑當作「驃騎」。見杜集札記。

欲往兩浙而問主簿之意如何。

劍外。關中驛騎疏。輕舟下吴會，洙曰：都會之會。謂當全吴都會之地。主簿意何如。趙曰：公

和裴迪登新津寺寄王侍郎

王時爲蜀牧。

何限一作「恨」。倚山木，吟詩秋葉黄。蟬聲集古寺，鳥影度寒塘。風物悲遊子，蘇曰：江淹過灞陵，秋深葉脱，漢曰〔一〕：「何限風物寥落，秖悲遊子故園之思。」登臨憶侍郎。老夫貪佛日，隨意宿僧房。田曰：金光明經云：佛日大悲滅一切闇。

暮登四安寺鍾樓寄裴十

四，一作「日」。

暮倚高樓對雪峰，僧來不語自鳴鍾。孤城返照紅將斂，洙曰：夕陽謂之返照。近市浮煙翠且重。多病獨愁常闃寂，趙曰：易曰：闚其户，闃其無人。王弼注云：闃，寂也。故人相見未從容。洙曰：從容，款曲也。天台賦：任緩步之從容。知君苦思緣詩瘦，蘇曰：崔浩愛吟詠，一日病起，友

〔一〕漢，疑當作「嘆」。

人戲之曰：「非子病如此，乃子苦吟詩瘦也。」後遂爲口實。因過來請問醉中書焉。太向交游萬事慵。洙曰：李白曾有戲贈公詩云：借問年來何瘦生，只爲從前作詩苦。趙曰：緣莫詩之故，其在交遊也，萬事皆慵廢矣。

敬簡王明府

葉縣郎官宰，洙曰：後漢方術傳：王喬，顯宗世爲葉令。有神術，即古仙人王子喬也。明帝云：郎官上應列宿，出宰百里。鄭曰：葉，失涉切。唐韻：縣名，在汝州。周南太史公。洙曰：司馬遷傳：是歲天子始建漢室之主〔一〕，而太史公留滯周南，不得從事，發憤且卒。如淳曰：周南，洛陽也。張晏曰：洛陽而謂周南者，自陝以東皆周南之地也。顏延年：周南悲昔老，留滯感遺坻〔二〕。神仙才有數，流落意無窮。驥病思偏秣，鷹秋怕苦籠。看君用高義，恥與萬人同。

〔一〕圭，疑當作「封」。見杜集札記。
〔二〕坻，疑當作「氓」。見杜集札記。

重簡王明府

甲子西南異，洙曰：言西南寒暑有異中土。冬來只薄寒。江雲何夜静，一作「盡」。蜀雨幾時乾。洙曰：楚詞：泥污居士兮何時乾。行李須相問，洙曰：襄八年傳：知武子使行人子員對之曰：「君有楚命，亦不使一介行李告予寡君。」注：行李，行人也。盧諶詩：簡才備行李。窮愁豈有一作「自」。寬。君聽鴻鴈響，恐致稻粱難。

寄賀蘭二銛息廉切。

朝野歡娱後，洙曰：張景陽詠史詩：昔在西京時，朝野多歡娱。乾坤震蕩中。相隨萬里日，摠作白頭翁。洙曰：曹丕書：已成老翁，但未白頭耳。歲晚仍分袂，江邊更轉蓬。勿云俱異域，洙曰：古詩：與君俱異域。飲啄幾回同。

建都十二韻彦輔曰：建都，以蜀爲南京也。置尹，比二京。鮑云：寶應元年，歲次壬寅，公年五十一，在成都。建卯月辛亥，建五都。以京兆府爲上都，河南府爲東都，鳳翔府爲西都，江陵府爲南都，太原府爲北都。故有是詩。

蒼生未蘇息，**洙曰**：蒼生，百姓也。書：海隅蒼生。未蘇息，言尚困於盜賊。胡馬半乾坤。**洙曰**：半天下也。議在雲臺上，**洙曰**：後漢：議功於雲臺。誰扶黄屋尊。**洙曰**：黄屋，天子車蓋。北指言誰爲安王室者[一]。建都分魏闕，下詔闢荆門。恐失東人望，其如西極存。**洙曰**：東人，謂關中父老也。時明皇在蜀，故云西極。時危當雪耻，**洙曰**：洗雪也。耻，國耻也。孟子：梁惠王曰：寡人耻之，願比死者一洗之。計大豈輕論。雖倚三階正，**洙曰**：東方朔傳云：願陳泰階六符。應劭曰：泰階，天之三階也。上階爲天子，中階爲諸侯公卿大夫，下階爲士庶人。三階平則是謂太平，天下大安。終愁萬國翻。**洙曰**：翻，謂翻覆也。牽裾恨不死，**洙曰**：魏文帝欲遷冀州士以實河南，辛毗諫帝，不答而起，毗引其裾。漏網辱殊恩。**洙曰**：前漢刑法志：網漏吞舟之魚。永負漢庭哭，**洙曰**：賈誼傳：可爲慟哭。遥憐湘水魂。**洙曰**：屈原沉湘。窮冬客江劍，隨事有田園。風斷青蒲節，霜埋翠竹根。衣冠空穰穰，關輔久一作「遠」。昏昏。**洙曰**：穰穰，衆多貌。言衣冠雖多，不濟危難，故曰空。史記貨殖傳：天下穰穰，皆爲利往。願枉一作「唯駐」。長安日，光暉照北原。

[一] 北，疑當作「此」。見杜集札記。

徐九少尹見過魯曰：唐以少尹爲行軍長史。有節度使，即謂之行軍司馬也。

晚景孤村僻，行軍數騎來。交新徒有喜，禮厚媿無才。賞静憐雲竹，忘歸步月臺。何當看花蘂，欲發照江梅。

投簡成華兩縣諸子

赤縣洙曰：十洲記：神州赤縣。官曹擁材傑，軟裘快馬當冰雪。長安苦寒誰獨悲，杜陵洙曰：杜陵屬京非[一]。野老骨欲折。南山豆苗早荒穢，洙曰：楊惲傳：詩曰：「田彼南山，蕪穢不治。種一石豆，落而爲萁。人生行樂耳，須富貴何時。」青門瓜地新凍裂。洙曰：見「往者東門瓜」注。鄉里兒童項領成，洙曰：節南山：四壯項領。朝廷故舊禮數絶。自然棄擲與時異，况乃疏頑臨事拙。饑卧動即尚一旬，洙曰：劉公幹詩：彌廣十餘旬。弊裘何啻聯百結。洙曰：見「女子衣百結」注。君不見空墻日色晚，此老無聲淚垂血。

〔一〕非，疑當作「兆」。

徐卿二子歌

君不見徐卿二子生絶奇，感應吉夢相追隨。洙曰：詩：吉夢惟何，惟熊惟羆。趙曰：世說：孔文舉有二子，大者十歲，小者五歲。晝日父眠，小者床頭盜酒飲之。大兒謂曰：「何以不拜？」答曰：「偷何行禮。」此載年小而善語言也。孔子釋氏親抱送，並是天上麒麟兒。洙曰：徐陵年數歲，家人携見寶誌上人。誌以手摩頂曰：「天上石麒麟也。」大兒九齡色清徹，洙曰：揚子：吾家之童烏九齡，而與我玄文。趙曰：禰衡有云：大兒孔文舉，小兒楊德祖。故公屢用也。秋水爲神玉爲骨。蘇曰：司馬太子見王岳，謂客曰：「此兒神如秋水而清徹，骨如皓玉之美秀。鳳雖爲雛，其文彩以彰矣。」子美拾而用之，了無斤斧痕。非子美亦不能用也。小兒五歲氣食牛，洙曰：尸子：虎豹之駒，雖未成文，已有食牛之氣。滿堂賓客皆迴頭。洙曰：謝希逸月賦：滿堂交客，回皇如失。吾知徐公百不憂，積善衮衮生公侯。洙曰：易：積善之家。王濟曰：張華説史、漢衮衮可聽。趙曰：言其生不絶也。衮衮，乃不絶之義。丈夫生兒有如此，二雛者名位豈肯卑微休。趙曰：左傳：名位不同。王充論衡自紀篇：位雖卑微，行苟離俗，必與之友。

歲暮

歲暮遠爲客，邊隅還用兵。煙塵犯雪嶺，洙曰：煙塵，兵氛也。趙曰：此篇全言吐蕃之亂也。西山近接維、松，上有積雪，經夏不消，人謂之雪山也。鼓角動江城。天地日流血，洙曰：謂多戰鬬。朝廷誰請纓。洙曰：終軍願請長纓，以係狂虜。濟時敢愛死，寂寞壯心驚。趙曰：公自悼其有濟時之志，而壯心已消故也。

和裴迪登蜀州東亭送客逢早梅相憶見寄

東閣官梅動詩興，還如何遜在揚州。洙曰：梁書何遜傳：不見揚州事。蘇曰：梁何遜作揚州法曹，廨舍有梅花一株，花盛開，遜吟詠其下。後居洛思梅花，再請其往，從之。抵揚州，花方盛，遜對花彷徨終日。此時對雪遥相憶，送客逢春一作「花」。可自由。幸不折來傷歲暮，若爲看去亂鄉。一作「春」。愁。江邊一樹垂垂發，蘇曰：吴防雪梅賦：照寒溪之艷艷，帶冷雪之垂垂。想子美雪中見梅作也。今梅花中用「垂垂」字，但可雪中梅花即用之。朝夕催人自白頭。

寄贈王十將軍承後

將軍膽氣雄，臂懸兩角弓。蘇曰：趙括每出，乘高馬，左右懸二白角弓。趙曰：孫子曰：并敵一向〔一〕，奪其膽氣。纏結青驄馬，出入錦城中。時危未受鉞，洙曰：未受鉞，言未經專征。趙曰：受鉞則爲大將矣。勢屈難爲功。賓客滿堂上，何人高義同。

少年行

馬上洙曰：一云「騎馬」。誰家白面洙曰：一云「薄媚」。郎，臨堦下馬坐人床。不通姓字粗豪甚，指點銀瓶索酒嘗。洙曰：一云「未嘗」。

蕭八明府實處覓桃栽

奉乞桃栽一百根，春前爲送浣花村。河陽縣裏洙曰：一作「底」。雖無數，洙曰：潘岳爲河陽令，種桃李花，人號曰河陽一縣花。濯錦江邊未滿園。

〔一〕并，疑當作「并」。

憑何十一少府邕覓榿木數百栽

草堂塹西無樹洙曰：一作「木」。林，非子誰復見幽心。飽聞榿木三年大，與致溪邊十畝陰。洙曰：蜀人以榿爲薪，三年可燒。

憑韋少府班覓松樹子栽

落落出群非櫸柳，洙曰：天台賦：蔭落落之長松。青青不朽豈楊梅。洙曰：莊子：受命於地，惟松柏獨正，故四時常保其青青。欲存老盡千年意，爲覓霜根數寸栽。洙曰：一云「來」。

又於韋處乞大邑瓷碗

大邑燒瓷輕且堅，扣如哀洙曰：一作「寒」。玉錦城傳。君家白碗勝霜雪，急送茅齋也可憐。

詣徐卿覓果子栽

草堂少花今欲栽，不問緑李與黄梅。洙曰：西京雜記：初修上林苑，群臣遠方各獻名果，制爲美石，以標奇麗。李十五種，内有緑李。石筍街中却歸去，**洙曰：**石筍，見李詩注。果園坊裏爲求來。

從人覓小胡孫許寄

人説南州路，山猨樹樹懸。舉家聞若欬，**洙曰：**又作「挽」。一云「共愛」。爲寄小如拳。預哂愁胡面，初調見馬鞭。許求聰惠者，童稚捧應癲。**師曰：**小如拳，言胡孫至小者爲奇也。初調見馬鞭，言始調狎之，則用笞撻如馬之見鞭而後行也。

王狀元集百家注編年杜陵詩史十二卷

王狀元集百家注編年杜陵詩史十三卷

上元二年辛丑在成都公年五十歲

百憂集行

憶年十五心尚孩，洙曰：魯昭公十五而猶有童心。老子：若嬰兒之未孩。聖人皆孩之。趙曰：孩者，可提之童也。十五乃志學之時，心未免於孩，故云尚孩。健如黄犢走復來。庭前八月梨棗熟，一日上樹能千迴。即今倏忽已五十，蘇曰：舊本作「即今年才五六十」。魯直云：此語似「方六七十，如五六十」。師曰：此詩作於上元元年辛丑，是年在蜀，年四十九歲。詩云已五十，舉大數然。坐卧只多少行立。强將笑語供主人，師曰：主人指郭英乂。英乂鎮成都，甫客依之。笑語，年少事也。甫老而客，雖强笑語以陪主人，奈非其真情也。悲見生涯百憂集。入門依舊四壁空，洙曰：相如家居，徒四壁立。老妻覩我顔色同。癡兒未知父子禮，叫怒索飯啼門東。蘇曰：班超幼年，每索飯稍遲即叫怒，父曰：「此子異日當爲萬户侯。」後果然。

題新津北橋樓得郊字。

望極春城上，開筵近鳥巢。白花簷外朵，青柳檻前梢。池水觀爲政，**洙曰**：澄清而不撓。厨煙覺遠庖。**洙曰**：言觀厨煙，知其不親庖厨。**師曰**：知其遠庖厨也。西川供客眼，一作「遠」。唯有此江郊。**蘇曰**：向兆曰：唯有此江郊可喜。故掛冠投老，率兒童操丹田。

奉酬李都督表丈早春作

力疾坐清曉，**趙曰**：晉載記：姚弋侍求見石虎[一]，虎力疾，見之。**師曰**：力疾，言雖病猶力起坐也。采詩悲早春。轉添愁伴客，**蘇曰**：王當避地江表，徒步唯有愁恨，仲遂無情悰作文字，後醉作放步行。更覺老隨人。紅入桃花嫩，青歸柳葉新。望鄉應未已，四海尚風塵。

遊修覺寺前遊。

野寺江天豁，山扉花竹幽。詩應有神助，**夢符曰**：右按唐書：張説既責岳州，而詩益淒婉，人謂

〔一〕侍，疑當作「仲」。

得江山助。**修可曰**：謝靈運嘗於永嘉西堂思詩，竟日不就，忽夢見惠連，即得「池塘生春草」，大以爲工。常云：「此語有神助，非吾語也。」吾得及春遊。徑石相一作「深」。縈帶，川雲自一作「免」。去留。禪枝宿衆鳥，**趙曰**：庾信安昌寺碑云：禪枝四静。公於佛寺每用佛家書，斯爲當體。漂轉暮歸愁。**師曰**：言衆僧得所棲託，傷己漂轉，曾衆僧之不若也。

後遊

寺憶曾遊處，橋憐再渡時。江山如有待，花柳更無私。**趙曰**：言遊者皆得見之，無所私也。野潤煙光薄，沙暄日色遲。客愁全爲減，捨此復何之。

遣意二首

囀枝黄鳥近，泛渚白鷗輕。一逕野花落，孤村春水生。見登白馬潭注。衰年催釀黍，細雨更移橙。**洙曰**：橙，香橙也，柑屬。**蒼舒曰**：右按世説：劉尹云：見何次道飲酒，使人欲傾家釀。春秋緯曰：凡黍爲酒，陽據陰，乃能動，故以麥釀黍爲酒。漸喜交遊絶，幽居不用名。**洙曰**：陶淵明：歸去來兮，謂息交以絶遊〔一〕。程曰：息交絶遊，不好聲名，故爾。

簷影微微落，宋曰：微微落，言月斜，故簷影落水而斜。津流脉脉斜。野船明細火，宿鴈聚圓一作「寒」。沙。雲掩初弦月，趙曰：庾肩吾七夕詩：初弦值早秋。香傳小樹花。趙曰：梁王訓詠舞詩：衣香十里傳。鄰人有美酒，稚子夜一作「也」。能賒。蘇曰：馬舉好飲，夜聞鄰家有酒，使童兒去賒，鄰家以雙瓶贈之。舉欣焉，曰：「非老好飲，喜稚子能賒。」師道曰：稚子，甫之子宗文。

漫成二首

野日一作「月」。荒荒一云「茫茫」。白，趙曰：王褒送葬詩：塵昏野日黄。春流泯泯清。師曰：泯，絶也。言其絶清。渚蒲隨地有，趙曰：梁簡文帝晚春詩：渚蒲變新節。村逕逐門成。只作披衣慣，師曰：披衣以示疏懶也。常從漉酒生。洙曰：陶潛以葛巾漉酒。眼邊無俗物，多病也身輕。蘇曰：全紹獨居一小室，前後種松竹，窗下列圖史，燒香默坐。語曰：「眼前無俗物挠，雖病身亦安穩。」田曰：世説：嵇、阮在竹林酣飲，王戎後往。阮步兵曰：「俗物已復來敗人意。」則知子美無俗物，宜其雖病而輕身也。

〔一〕謂，疑當作「請」。見杜集札記。

江皋已仲春，洙曰：謝靈運歌：白日麗江皋。又詩：仲春喜游遨。楚詞：朝馳予馬兮江皋。師曰：皋，緩也。江岸其土性緩，故云江皋。**花下復清晨。仰面貪看鳥，回頭錯應人。**上蔡謝氏語解：或問：言動非禮，則可以止。視聽如何得合禮？曰：四者皆不可易，易則多非禮，故仁者先難而後獲。所謂難者，以我視、以我聽、以我言、以我動也。仰面貪看鳥，回頭錯應人，視聽不以我也，胥失之矣。**讀書難字過，**師曰：言老年讀書但識大義，不能逐字經意也。**對酒滿壺頻。近識峨嵋老，**石曰：岷嵋山在蜀。**知余懶是真。**洙曰：東山隱者。

早起

春來常早起，幽事頗相關。帖石防隤岸，開林出遠山。一丘藏曲折，趙曰：漢書：班固書曰：夫嚴子者，棲遲於一丘，天下不易其樂。**緩步有躋攀。童僕來城市，瓶中得酒還。**

三絶句

彦輔曰：此三絶皆愍交道凋敝，風俗衰薄也。初章言新合之情不能久，則莫若不見之也。次章言疏數之無常也。三章言莫若以歲寒自守也。公當亂離之際，奔走流落，而無上下之交，故見於詩者，率皆如此。趙曰：洪覺範謂子美詩山間野外，意在譏刺風俗，如三絶句是也。余謂不然。

楸樹馨香倚釣磯，楸，此由切。斬新花蘂未應飛。不如醉裏春風盡，可洙曰：楸，一作「春」。可，一作「何」。忍醒時雨打稀。師曰：此詩譏後進暴貴，雖可爲一時榮觀，奈何恩重才薄，眼見其零落，不若未受恩眷之時。雨比天恩，以雨多，故致花易壞也。

門外鸕鷀久不來，沙頭忽見眼相猜。自今已後知人意，一日須來一百迴。蘇曰：齊騶見童癡且鄙，鞭撲不時，妻曰：「但以財使之。」果善事。人笑謂妻曰：「一日一百迴，亦須來往矣。」工部造法宜體之。師曰：此詩言貪利小人畏君子之譏其短也，然君子以蒙養正瑜瑾，匿瑕山藪，藏疾不發其隱，而小人來革面諂諛，不能愧耻也。

無數春笋滿林生，柴門密掩斷人行。會須上番看成竹，趙曰：上番乃川語，上番則成竹，故謂上筤竹。客至從嗔不出迎。師曰：前篇言花始雖斬新，終爲風吹雨打，以至零落，此詩言筍初生，終乎成竹，而有「客至從嗔不出迎」之語，蓋言唯君子守道爲歲寒，異夫小人之暴貴易壞也。

客至魯曰：喜崔明府相過。

舍南舍北皆春水，但見一作「有」。群鷗日日來。花徑不曾緣客掃，蘇曰：王武仲隱居，羊欣相訪，武仲曰：「君子宜去，吾不可啓關，恐踏碎滿徑落花。」欣嗟賞久之而歸。蓬門今始爲君開。洙曰：

言尋常爲鷗鳥往來，未嘗有客至。今也方除剪蓬蒿，以待君子。**盤飧市遠無兼味，趙曰：**潘岳作夏侯湛誄，有云：重珍兼味。**樽酒家貧只舊醅。肯與鄰翁相對飲，隔籬呼取盡餘盃。**

春水

三月桃花浪，趙曰：韓詩：於溱與洧，方涣涣兮。注云：謂三月桃花水下時也。**鄭曰：**桃花開時，水乃漲，云桃花水。**江流復舊痕。洙曰：**言復漲也。**朝來没沙尾，碧色動柴門。洙曰：**古詩：春水似挼藍。**接縷垂芳餌，洙曰：**水深可以垂釣。**連筒灌小園。洙曰：**連筒以引水。**已添無數鳥，趙曰：**古詩：寄語故林無數鳥，會入群裏比毛衣。**争浴故相喧。**

江亭

坦腹江亭暖，洙曰：王羲之東床坦腹。**長吟野望時。水流心不競，雲在意俱遲。寂寂春將晚，欣欣物自私。洙曰：**陶淵明賦：木欣欣以向榮。**故林歸未得，排悶强裁詩。洙曰：**排，猶排去也。**蘇曰：**劉公幹曰：吾非好吟詠，强裁排悶耳。**師曰：**萬物感陽而各遂其性，甫以「故林歸未得」，以至憂悶，殆不若夫欣欣之物邪。

村夜

蕭蕭風色暮，江頭人不行。村舂雨外急，鄰火夜深明。胡羯何多難，樵漁寄此生。蘇曰：梁革曰：衣冠我非敢倚，甘寄生於漁樵中，盡此天年。中原有兄弟，萬里正含情。蘇曰：臨風默含情。

可惜

花飛有底意，趙曰：謂有甚底事。老去願春遲。可惜歡娱地，都非少壯時。寬心應是酒，遣興莫過詩。過，古禾切。此意陶潛解，鄭曰：胡買切。唐韻：曉也。吾生後汝期。洙曰：陶潛性好琴酒，一撫一盃，笑詠而已。趙曰：淵明所樂，詩酒而已。公恨不與同時。師曰：陶潛以早悟棄官而歸，今甫當衰老而困於羈旅，故云「吾生後汝期」。

野人送朱櫻

西蜀櫻桃也自紅，野人相贈滿筠籠。數回細寫愁仍破，萬顆匀圓訝許同。憶昨賜霑門下省，退朝擎出大明宫。修可曰：唐李綽歲時記云：四月一日，内園追櫻桃寢廟。薦訖，頒賜各有差。

金盤玉筯無消息，此日嘗新任轉蓬。**洙曰**：唐制：賜近臣櫻桃，有宴。轉蓬，自言流落如蓬之隨風，任其轉徙也。

落日

落日在簾鉤，溪邊春事幽。芳菲緣岸圃，**洙曰**：楚詞：芳菲滿堂。**趙曰**：言芳菲之圃，緣岸而爲者也。樵爨倚灘舟。**洙曰**：應璩：樵蘇不爨。**趙曰**：言樵爨之舟倚灘而伯者也〔一〕。啅雀爭枝墜，啅，噪也。飛蟲滿院遊。濁醪誰造汝，一酌**洙曰**：一作「酌酒」。散千憂。**洙曰**：一云「一酌罷人憂」。東方朔曰：夫積憂者，得酒而解。**沈曰**：東方朔列傳〔二〕：武帝幸甘泉，長平坂道中有蟲，赤如肝，頭目口齒悉具。朔曰：「此謂怪氣，必秦獄處也。夫積憂者，得酒而解。」乃取蟲置酒中，立消。故云云。

獨酌

步屧深林晚，開樽獨酌遲。仰蜂粘落絮，**洙曰**：一作「蘂」。**趙曰**：蜂黏花蘂是也。一作「落

〔一〕 伯，疑當作「泊」。見杜集札記。

〔二〕 列，疑當作「别」。

絮」，非是。行行列之行。蟻上枯梨。薄劣慚真隱，洙曰：謝靈運詩：彼美丘園道，喟焉傷薄劣。幽偏得自怡。本無軒冕意，不是傲當時。洙曰：冕服軒車也。答舒曰：右按莊子曰：今之所謂得志者，軒冕之謂也。軒冕在身，非性命也。物之儻來，寄者也。師曰：蜂粘落絮，蟻上枯梨，言無味也。獨酌最無興味，故以喻之。隱有真有假，如杜淹之隱嵩山，徼求利禄，此所謂仕塗之捷徑耳。甫以薄劣而遁世，故云真隱，非有意於軒冕也。

徐步

整履一作「屐」。步青蕪，荒庭日欲晡。洙曰：晡，向午也。芹泥隨燕觜，蘇曰：梁王覺爲佞人奪權，故人慰問，指庭下泥，笑謂客曰：「非久，當隨燕觜污君子雕梁。」蓋譏執政非特達賢者。大抵晉、唐人率多以燕雀指人。王覺能説，工部善用，補綴之工尤妙耳。花蘂上蜂鬚。把酒從衣濕，吟詩信杖扶。敢論才見忌，洙曰：賈誼以才見忌。實有醉如愚。洙曰：潛德於酒也。

即事

暮春三月巫峽長，洙曰：盛弘之荊州記：巴東三峽巫峽長。皛皛行雲浮一作「無」。日光。皛，胡了切。**趙曰：**陶淵明詩云：皛皛川上平。**雷聲忽送千峰雨，花氣渾如百和香。**和，胡卧切。**洙曰：**古詩：博山爐中百和香，欝金蘇合與都梁。**蘇曰：**解濟遊樂游園，云：日烘花氣如百和香，惹衣雅然，宜數數行樂。**趙曰：**梁孝元帝巴陵詩：花氣盡薰舟。**黄鸝過水翻迴去，燕子嗡泥濕不妨。飛閣卷簾圖畫裏，虚無只少對瀟湘。****趙曰：**雖眼前之山水如畫圖，而其所虚無，只欠少瀟湘爲對也。

贈花卿

錦城絲管日紛紛，半入江風半入雲。此曲衹應天上有，**夢符曰：**右按白樂天詩注霓裳曲：開元老西涼府節度使楊敬迷造〔一〕。鄭愚津陽門詩注云：葉法善嘗引上入月宫，聞仙樂，及歸，但記其半，遂於笛中寫之。會楊敬述進婆羅門曲，與其聲調相符，遂以月中所聞爲散序，以敬述所進爲腔。宣室志：玄宗夢仙子十輩御卿雲而下，列於庭，各執樂器而奏之。其度曲清越，殆非人世也。及樂闋，有一仙子前曰：「陛下知此樂乎？此神仙紫雲之曲也。」**人間能得幾回聞。**

〔一〕老，疑當作「中」；迷，疑當作「述」。見杜集札記。

寒食

寒食江村路，一作「樹」。風花高下飛。汀煙輕冉冉，竹日浄暉暉。田父一作「舍」。要皆去，趙曰：要，平聲，言有招要則皆去也。鄰家鬧一作「問」。不違。洙曰：別本作「閑不違」。朱家本注云：子美父諱閑，集中不用「閑」字，後有北斗般，同。蘇曰：董寧淳至，每有借問，不違人意，甚喜得良鄰。趙曰：當作「問」，言鄰家之問，亦不違而受之。師曰：甫既卜居浣花溪上，日與田父野老相狎蕩，故有「田父要皆去，鄰家問不違」之語。不違者，不逆其情。問，乃問遺也。地偏相識盡，鷄犬亦忘歸。一作「機」。趙曰：陶淵明所謂「心遠地自偏」也。

別唐十五誡因寄禮部侍郎賈鮑曰：賈至本傳：寶應初，轉禮部侍郎。

九載一相逢，百年能幾何。洙曰：古詩：百年能幾何，會少別還多。蘇曰：陰驚：百年相逢，花朝月夕。高歌酣飲，流官南北，能得幾何。復爲萬里別，送子山之阿。白鶴久同林，潛魚本同河。未知棲集期，蒼舒曰：右按文選謝靈運擬鄴中詩：末塗幸休明，棲集建薄質。蘇曰：劉據送蕭款曰：「與君衰老，又作別，未知後會棲集何也。」衰老强高歌。歌罷兩悽惻，洙曰：燕丹送荆軻入秦，別於易水之上，高漸離擊缶，軻歌髮上衝冠，士皆淚垂。六龍忽蹉跎。洙曰：羲和以六龍御日。蹉跎，言遲暮也。師曰：謂衰老也。**相視髮皓白，况難駐羲和。**師曰：謂日月逝矣，歲不我與。**胡星墜燕地，**燕，烏前切。師曰：旄頭星主胡云云。謂禄山亂。**漢將仍横戈。**師曰：漢將即唐將。唐承漢，因謂之漢，猶今承唐，亦謂之唐朝。**蕭條四海内，人少豺虎多。**趙曰：胡星墜，言今歲上元元年，史朝義弑其父思明也。仍横戈，言史朝義襲僞位，復爲亂。戰國策：衛行人燭過免胄横戈而進。**少人慎莫投，多虎信所過。饑有易子食，**洙曰：宋子罕夜登子反床而告病，曰：「易子而食，析骸而爨。」**獸猶畏虞羅。**洙曰：虞羅可避之物，而獸由畏之。至於父子之親而不能相保，則可知矣。余曰：古今詩話云：梅聖俞愛杜詩「蕭條九州内，人少虎狼多。少人慎莫投，多虎信所過。饑有易子食，獸猶畏虞羅」，如此等句，含蓄深矣，殆不可模倣。**子負經濟才，**蘇曰：戴逵送王卞，曰：「子負經濟之才，幸遇明時，胡爲把犂鉏老於嵓谷乎？」**天門鬱嵯峨。**趙曰：晉石包傳：天門，泰山之稱。記云：泰山盤道屈曲而上，凡五十餘盤，經小天門、大天門。又漢官儀，曰：泰山東上七十里至天門，所以稱嵯峨也。**飄飄適東周，**洙曰：周平王東遷於洛，故謂之東周。**來往若崩波。南宫吾故人，**洙曰：南宫，禮部也。定功曰：按天官書：南宫朱鳥權衡，太微三光之庭，藩臣將相執法即位，衆星咸在。漢建尚書百官府，名曰南宫。蓋取象也。蓋南宫由南省，非止稱禮部而已。趙曰：南宫，蓋指言賈侍郎也。故此篇末云云。舊注以南宫爲禮部，非也。**白馬金盤陀。雄筆映千古，**蘇曰：羲、獻筆畫雄勁，映絶千古，非羊欣輩比也。師曰：謂賈公大手筆也。**見賢心靡他。**洙曰：詩：之子矢靡他。言見賢之心出於誠一也。念子善師事，歲寒守舊柯。洙曰：歲寒然後知松柏之後凋。以其不易柯葉也。蘇曰：班及：歲寒雪苦，松柏不易舊柯。雖艱險萬端，君子不易節行矣。師曰：欲唐生無變節於賈公。爲吾謝賈公，病肺卧江沲。徒何切。師曰：甫有脾疾，不及與賈公會集，徒緬想而已。託唐生以謝罪。

高柟鄭曰：那含切。木名。葉似桑，子似杏而酸，俗作「楠」。爾雅云「梅柟」。

柟樹色冥冥，江邊一蓋青。洙曰：劉先主所居，籬角一樹，遠望若車蓋。近根開藥圃，接葉製茅亭。落景陰猶合，趙曰：言枝葉濃茂也。微風韻可聽。尋常絶醉困，卧此片時醒。

惡樹

獨遶虛齋徑，常持小斧柯。幽陰成頗雜，惡木剪還多。洙曰：陸士衡云：熱不息惡木陰。蘇曰：王筠野中吟云：蘭蕙種而不茂，樗蕕剪而還多。此明君子道消、小人道長也。趙曰：管子云：士懷耿介之心，不蔭惡木，光能耻之〔一〕，況與惡人同處。枸杞固吾有，趙曰：以惡木蔽障，而枸杞不生，因公剪去雜

〔一〕光，疑當作「尚」。

陰而有也。**雞棲奈汝**一作「以」。**何。趙曰：**翦去木枝，似妨雞棲，故云。**師曰：**枸杞，嘉蔬也。雞棲，嘉木也。惡樹既翦，則枸杞、雞栖遂得生長，故云「因吾有」、「奈汝何」，猶小人既去則君子斯道長矣。**方知不材木，**一作「者」。**生長漫婆娑。洙曰：**莊子言：櫟杜之樹，匠伯不顧，弟子問之，匠伯曰：「彼散木也，無所可用，故能若是之壽也。」

石鏡彥輔曰：成都記：武都山精化爲女子，蜀王開明納爲妃，無幾物故，王哀之，取武都山土築爲冢，蓋地數畝，以石鏡表其門。

蜀王將此鏡，送死至空山。冥寞憐香骨，趙曰：謝惠運祭古冢文：號爲冥寞君。**提攜近玉顏。洙曰：**選：美者顏如玉。**衆妃無復歎，趙曰：**言昔日專寵，衆妃嗟嘆，今既死矣，無復歎也。**千騎亦虛還。趙曰：**言送葬之騎。**獨有傷心石，埋輪月宇間。洙曰：**見石笋行注。**趙曰：**借張綱埋輪爲熟也。

琴臺

茂陵多病後，洙曰：相如後居茂陵，常病渴。**尚愛卓文君。洙曰：**文君，臨邛卓氏女，少寡，好音。

相如以琴心挑之。文君夜奔相如，相如與歸成都。**酒肆人間世**，**洙曰**：相如既歸成都，家居徒四壁立，乃之臨邛，賣車騎酤酒。文君當鑪，自滌器於市。**琴臺日暮雲**。**洙曰**：成都記：琴臺院以司馬相如琴臺得名，而非相如舊臺，在浣花溪正路，金花寺北，相號海安寺。梁蕭藻鎮蜀，增建樓臺，以備遊觀。元魏伐蜀，下營於此，掘爲塹，得大甕二十餘口，蓋所以響琴也。隋蜀王秀更增五臺，并舊爲六。**野花留寶靨**，**夢符曰**：右按楚詞天招曰〔一〕：靨輔奇于〔二〕，宜笑嗎。**趙曰**：以譬寶靨花鈿也。**鄭曰**：靨，益涉切，頰輔也。**蔓草見羅裙**。**蘇曰**：江總妻一日見庭草，作詩曰：雨過草芊芊，連雲鎖南陌。門前君試看，似妾羅裙色。**趙曰**：言草之緑色，如見其裙也。**歸鳳求皇意**，**寥寥不復聞**。**蘇曰**：何遜聽琴畢，謂客曰：「吾恐伯牙絶弦之後，此意寥寥，世不復聞。今日何期再洗吾耳也。」**修可曰**：徐陵玉臺新詠載相如琴臺歌云：司馬相如遊臨邛，富人卓王孫女新寡，竊於壁間窺之。相如鼓琴歌挑之：鳳兮鳳兮歸故鄉，遨遊四海求其皇。又曰：皇兮皇兮從我栖，得託字尾永爲妃。則歸鳳求皇意乃見此。

〔一〕天，疑當作「大」。見杜集札記。

〔二〕于，疑當作「牙」。

聞斛斯六官未歸

故人南郡去，去索作碑錢。本賣文爲活，**洙曰**：唐書言：以文獲財，未有如李邕者。**蘇曰**：段湛家貧，賣文爲活。後子弟多歷顯要。**趙曰**：天爲人而作碑〔一〕，以至遠去索錢，爲可傷矣。其求碑之人亦可鄙矣。翻令室倒懸。**洙曰**：左傳：室如懸磬。孟子：猶解倒懸。**趙曰**：孟子云：如解倒懸。言其室中饑餓，不啻倒懸。荆扉深蔓草，土銼冷疏煙。**洙曰**：蜀人呼釜爲銼。**蘇曰**：王褒家貧，土銼經日無煙。土銼，瓦鍋也。**鄭曰**：銼，粗卧切。唐韻：蜀呼鈷鏻。老罷休無賴，**趙曰**：言老而罷也。歸來省醉眠。**師曰**：唐史拾遺：斛斯子明尤工碑銼〔二〕，四方以金帛求其文者，歲不減十萬，隨得隨費。家人至貧窶不給，子明不以介意。故甫末章有「老罷休無賴，歸來省醉眠」之語，深以爲戒也。

絶句漫興九首

趙曰：題名漫興，蓋言眼前之景而漫成耳，别無譏刺。

眼見一作「前」。客愁愁不醒，無賴春色到江亭。即遣花開深造次，**趙曰**：言愁如睡醉而不醒也。言即遣花飛去，此所以爲春之造次也。便覺一作「教」。鶯語太丁寧。

〔一〕天，疑當作「夫」。

〔二〕銼，疑當作「銘」。見杜集札記。

手種桃李非無主，野老牆低還是家。趙曰：野老，公自況也。恰似春風相欺得，夜來吹折數枝花。趙曰：言方藉見鄰家桃李以爲翫，而春風相欺吹折數枝。

熟一作「耐」。知茅齋絶低小，江上鷰子故來頻。啣泥點污琴書内，一作「困」。更接飛蟲打著人。洙曰：已上皆傷爲客見欺。趙曰：此篇專言鷰也，只道實事，别無所譏。師曰：已上甫自傷爲客而爲小人見欺也。

二月已破三月來，田曰：沈佺期度安梅入龍編詩云[一]：别離頻破目[二]，容鬢驟催年。漸老逢春能幾回。莫思身外無窮事，且盡生前有限杯。洙曰：張翰詩：使有身後名，不如即時一杯酒。

腸斷春江一云「江春」。欲盡一作「白」。頭，趙曰：此王維所謂「行到水窮處」也。杖藜徐步立芳洲。顛狂柳絮隨風去，蘇曰：嵇叔夜見豪少年上巳游恣，嵇揞頤長嘯久，乃作柳篇云：有縱其輕薄兮飄舞隨風。輕薄桃花逐水流。洙曰：柳絮、桃花非久固之物，欲隨風逐水，無有定止，此詩亦譏以勢利相交。趙曰：實道其景，别無所譏。

懶慢無堪不出村，呼兒日在掩柴門。趙曰：乃嵇康性疏懶而有七不堪是也。陶淵明歸去來云：

[一] 梅，疑當作「海」。

[二] 目，疑當作「月」。

門雖設而常關。**蒼苔濁酒林中静，碧水春風野外昏。**

糝逕楊花鋪白氈，點溪荷葉疊一作「纍」。**青錢。筍根雉子無人見，****鮑曰：**說者引唐人食筍詩云：稚子脱錦𦃇。謂稚子爲筍。贊寧雜志：竹根有鼠，大如猫，其聲類人，名竹豚，亦名稚子。今按稚，即雉字，字畫小訛爾。若以筍爲稚子，則鳧雛復是何物？筍詩雖以稚子脱𦃇喻筍，非便謂稚子爲筍也。**蘇曰：**筍是稚子，乃竹根稚子。葛琰云：竹根數稚子，喜無人見採，送阿洪爲早饌。阿洪乃葛洪也。琰，洪叔也。**趙曰：**是稚雞子子耳[一]。西京雜記：太液池其間鳧雛雉子布滿充實。稚子性好伏沉，其身小，在筍之傍，難見。緣近世本誤作「稚子」，故起紛紛之説。近世洪覺範以稚子爲筍名，夫既謂之筍根稚子，則稚子别是一物，豈仍是筍耶？**沙上鳧雛旁母眠。****師曰：**稚子説者不一，或以爲竹留，或以爲雉雛，或以爲筍，皆非也。殊不知子美多借爲對偶，其語句相混，後人多不曉其義。稚子乃甫之子宗文也。甫有二子，一曰宗文，字稚子。二曰宗武，字驥子。如云「驥子春猶隔，鶯歌暖正繁」，乃憶幼子之詩也。借驥子以偶鶯歌，正似此以「稚子」對「鳧夫」之類是也。甫詩云「老妻畫帋爲棋局，稚子敲針作釣鈎」，又云「晝引老妻乘小艇，晴看稚子浴清江」，又云「鄰人有美酒，稚子夜能賒」，則稚子乃宗文也，審矣。筍根稚子無人見，此尋兒不見，忽於竹叢下得子，遂有此句，復何疑乎。殊不看下句「沙上鳧雛傍母眠」，以禽鳥猶知愛其子，可以人反不如之乎？蓋謂小兒戲於竹邊，偶尋不見，

[一] 此句疑衍一「子」字。

遂至感物以興己意，其理灼然。

舍西柔桑葉可拈，趙曰：其葉繁茂，可引乎而拈之。江上細麥復纖纖。人生幾何春已夏，洙曰：魏武短歌行：對酒當歌，人生幾何。不放香醪如蜜甜。蘇曰：巴子歌：香醪甜似蜜，峽魚美可鱠。

隔户一云「户外」。楊柳弱嫋嫋，修可曰：宋鮑明遠詩：嫋嫋柳垂道。恰似十五兒女腰。誰謂朝來不作意，修可曰：琅邪王歌云：新買五尺刀，懸著中梁柱。一日三摩挲，劇於十五女。狂風挽斷最長條。

戲爲六絶

庾信文章老更成，凌雲健筆意縱横。趙曰：庾信文章綺麗，爲世所尚。江南賦尤見稱於世，謂若相如作大人賦，飄然有凌雲之氣。今人嗤點流傳賦，田曰：于宅晉紀云〔一〕：蓋世共嗤點以爲灰塵，而相詬病矣。不覺前賢畏後生。洙曰：周書：庾信字子山，有盛才，文章綺艶，爲世人所尚，謂之庾體。宿學後生竟相模範，每有一文出，京都莫不稱誦，作哀江南賦，尤爲麗絶。至今行於世。

〔一〕于宅，疑當作「干寶」。見杜集札記。

楊王盧駱當時體，**洙曰**：楊烱、王勃、盧照鄰、駱賓王以文詞齊名。天后初，海内呼爲楊、王、盧、駱，號爲四傑。後盧以疾投潁水卒，楊卒官，駱以檄武后死徐敬業難，王溺死也。輕薄爲文哂未休。**趙曰**：四子之文，大率浮麗，故公以爲輕薄爲文而哂之未休也。孔子曰：其言不遜，是故哂之。爾曹身與名俱滅，不廢江河萬古流。**歐曰**：唐史：李敬玄重楊烱、盧照鄰、駱賓王、王勃，必當顯貴。裴行儉曰：「士之致遠，先器識，後文藝。勃等雖有文才，而浮躁淺露，豈享爵禄之器也？」

縱使盧王操翰墨，劣於漢魏近風騷。**洙曰**：謂漢魏文雖近風騷，未失其大全爾。**趙曰**：此篇文舉照鄰與勃也，言漢、魏之文去古未遠，終有風騷之氣，而盧、王之文比之爲劣。龍文虎脊皆君馭，**洙曰**：龍文虎脊，馬之駿異者，皆君馭，言皆得逸才。**修可曰**：漢天馬歌：驊騮駿驥，龍文虎脊。武帝時西域大宛馬虎脊魚目，龍文鳳頸，尾如蒲梢也。歷塊過都見爾曹。過，古禾切。**洙曰**：見「學並盧王敏」注。王褒頌：過都越國，蹶若歷塊。**趙曰**：謂文章之妙，如龍文虎脊之馬，皆可充君之馭。然或過都而蹶，則猶不爲不良馬也。爾曹，指盧、王矣。**師道曰**：言逸足過都，如歷土塊之易也。

才力應難跨數公，凡今誰是出群雄。或看翡翠蘭苕上，**趙曰**：郭景純詩：翡翠戲蘭苕，容色更相鮮。言珍禽在芳草間，交相暉映，而公借用言文章也。未掣鯨魚碧海中。**洙曰**：言今之爲文者，止得小巧而已。**趙曰**：公自負其出群雄者，如掣鯨魚於碧海，非釣手之善、氣力之雄，安能然哉。

不薄今人愛古人，清詞麗句必爲鄰。竊攀屈宋宜方駕，恐與齊梁作後塵。**洙曰**：屈原、宋玉，言其文才足以方駕並至也。梁、齊詩體格輕麗，議者以文之失始齊、梁也。**趙曰**：此公之志也。公必欲追逐屈、宋而與之並駕者，唯恐不超越齊、梁而翻與之作後塵，蓋齊、梁體格輕麗，公所不取也。

未及前賢更勿疑，遞相祖述復先誰。別裁僞體親風雅，**夢符曰**：右按南史：徐陵多變舊體，有新意。又北史：庾信父肩吾，與徐陵並爲東宮學士，文辭奇艷，世號「徐庾體」。後進競相模範。轉益多師是汝師。**趙曰**：藡裁納之以近風雅〔二〕，亦無常師，必多求前人所最長者爲師耳。**師曰**：遞相祖述，言齊、梁相習爲輕薄之文，無有慨然以風雅正體倡先者。多師，言意尚不一也。

朝雨

涼氣曉蕭蕭，江雲亂眼飄。**趙曰**：周庾信詩：鶯花亂眼飄。風鴛藏近渚，雨鷰集深條。黄綺終辭漢，**洙曰**：見「羽翼終辭漢」注。巢由不見堯。**洙曰**：巢父、許由，古之隱者。列子曰：堯以天下讓許由。**師曰**：漢四皓黄公、綺里季，太子厚幣招之。既定太子位，遂辭漢歸商山。詩人多以風雨喻患難。上文言

〔二〕 藡，疑當作「欲」；納，疑當作「約」。

鴛藏近渚，燕集深條，爲避雨也。故下文以黄、綺辭漢，巢、由不仕堯朝爲己喻。草堂樽酒在，幸得過清朝。

晚晴

高唐暮冬雪壯哉，饒曰：高唐，楚地，襄王所夢者是也。舊瘴無復似塵埃。洙曰：峽中每嵐瘴起，如塵埃翳天。崖沉谷没白皚皚，莫開切。江石缺裂青楓摧。南天三旬苦霧開，洙曰：舞鶴賦：嚴嚴苦霧。赤日照耀從西來。六龍寒急光徘徊，洙曰：六龍，日馭也。照我衰顔忽落地，洙曰：言見陽而熙也。口雖吟詠心中哀。未怪及時少年子，揚眉結義黄金臺。洙曰：燕昭築黄金臺，以禮郭隗。鮑昭：豈伊白璧賜，時起黄金臺。汨乎吾生何飄零，支離委絶同死灰。洙曰：支離，言不爲時所用也。莊子：支離既〔一〕。又：心可使如死灰。

江上值一作「置」。水如海勢聊短述

爲人性僻耽佳句，語不驚人死不休。老去詩篇渾漫與，春來花鳥莫深愁。趙曰：耽佳

〔一〕「既」後疑闕「久」字。

句而語驚人，言其平昔如此，今老矣，所爲詩則謾與而已，無復有意於驚人也。故寄語花鳥無用深愁耳。新添水檻供垂釣，故著浮槎替入舟。焉得思如陶謝手，今渠述作與同遊。洙曰：見「陶謝不枝梧」注。

大雨

西蜀冬不雪，春農尚嗷嗷。洙曰：搜神記曰：萬物燋枯，百姓嗷嗷。言旱甚也。蘇曰：呂尚曰：方今亢陽，百卉俱槁，東作不入，民嗷嗷而怨嗟，望修仁德厭此。武王從之。上天回哀眷，蘇曰：漢文帝：上天昭明，曲回衷眷，憫此黎民。朱一作「清」。夏雲鬱陶。洙曰：謝靈運：幽居猶鬱陶。趙曰：孟子載：象謂舜：「鬱陶思君耳。」蓋鬱結於陶窑之義，故可使於朱夏之雲也。朱夏，見上注。魯曰：陶鬱，積不散貌。執熱乃沸鼎，纖絺成縕袍。洙曰：詩：誰能執熱。劉陶[一]：養魚沸鼎。秋興賦：釋纖絺。語：有衣弊縕袍。風雷颯萬里，霈澤施蓬蒿。敢辭茅葦漏，洙曰：茅葦，類蓬葦也。已喜黍豆高。三日無行人，二洙曰：一作「大」。江聲怒號。洙曰：蜀都賦：帶二江之雙流。莊子：萬竅怒

[一]「陶」後疑闕「傳」字。

號。**禹偁曰**：二江，涪江、巴江也。流惡邑里清，矧兹遠江臯。**趙曰**：左傳有「汾、澮流其惡」，今言大雨所蕩，亦流出穢惡也。荒廷步鸛鶴，**洙曰**：蓋鸛鳥則雨應也。隱几望波濤。沉痾聚藥餌，頓忘所進勞。**趙曰**：言以沉痾之故，而聚藥餌，今得大雨清凉。於是頓忘供進藥餌之勞也。則知潤物功，可以貸不毛。**洙曰**：諸葛傳：五月渡瀘，深入不毛。言不生物也。**趙曰**：因雨之潤，雖不毛之地，亦假貸而生。陰色静壠畒，勸耕自官曹。四鄰出耒耜，何必吾家操。**蘇曰**：王褒喜見四鄰耒耜之具。

溪漲

當時浣花橋，溪水纔尺餘。白石一作「月」。明可把，**洙曰**：艷歌行云：水清石自見。**趙曰**：水之清淺而石可見也。詩：白石鑿鑿。水中有行車。**洙曰**：華陽風俗録：浣花亭在州之西南，有江流，至清之所也。其淺可涉，故中有行車，甫有宅在焉。秋夏忽沉溢，豈唯入吾廬。**洙曰**：莊子：秋水時至，百川灌河。陶潛：吾亦愛吾廬。蛟龍亦狼狽，况是鼈與魚。**洙曰**：七發説濤云：其旁作而奔起也，六駕蛟龍，附從大白。又云：横暴之極，魚鼈失勢。**趙曰**：狼與狽本二獸名，半其體，相附而行，苟失其一，則無據矣。故倉皇失據者，謂之狼狽。**師曰**：蛟龍，喻君子。魚鼈，喻小人。兹晨已半落，歸路跬步疏。馬嘶未敢動，趙曰：跬，音丘弭切。舉一足也。與「蹞」同。荀子云：不積跬步，無以致千里。逢原曰：半步曰跬。前有深填淤。衣虛切。田曰：前漢溝洫志云：填淤反壤之害。顔師古曰：填淤，謂壅泥也。師曰：君子遇險而止，此處亂世之道也。青青屋東麻，散亂床上書。蘇曰：陳璋亂後歸中條，與兄琳書曰：窗牖網蜘蛛，几案蒙塵，床書散亂，鄰里零替，惘然不聊生意。不意遠山雨，夜來復何如。我遊都市閒，晚憩必村墟。趙曰：言晝日遊成都市，晚必憩意於村墟。村墟，指言草堂也。乃知久行客，終日思其居。

王狀元集百家注編年杜陵詩史十四卷

泛溪

落景下高堂，進舟泛迴溪。**洙曰**：謝靈運詩：對嶺林迴溪。誰謂築居小，**洙曰**：謝靈運詩：躡險築幽居。未盡喬木西。**洙曰**：詩：南有喬木。遠郊信荒僻，秋色有餘凄。練練峰上雪，**馬曰**：練練，白貌也。纖纖雲表霓。童戲左右岸，**洙曰**：岸，一云「峰」。一云「兒童戲左右」。謝靈運：海鷗戲春岸。**趙曰**：上言西山峰上之雪承秋色之後，而言雪，則西山謂之雪山。江淹麗色賦云：色練練而欲奪。梁書：吴筠詩：練練波中月。皆取白之義。**師曰**：童戲，甫之子宗文、宗武也。罟弋畢提攜。翻倒荷芰亂，指揮逕路迷。**洙曰**：謝靈運：連巖覺路塞，密竹使逕迷。來人忘新術，去子感故蹊。**趙曰**：莊子曰：畢弋多，鳥亂於上。網罟多，魚亂於下。網罟以取魚，畢弋以取鳥。今謂畢提携者，乃是畢盡之畢也。以言兒戲至，盡携網罟畢弋以取魚鳥。**師曰**：恐小兒之迷道，故指揮之。得魚已割鱗，採藕不洗泥。人情逐鮮美，物賤事已一作「迹」。睽。**趙曰**：龍陽君以得魚棄前魚爲恩奪而泣者也。公因目前實事起意，以雖小兒猶知好新而厭故也。**師曰**：開元中物賤，今兵火以來，百物踴貴，與向者已睽異矣。吾村靄暝姿，程曰：言日已黑矣。巽舍雞亦棲。蕭條欲何適，洙曰：沈休文：蕭條何所欲。出處庶可齊。衣上見新月，霜中登故畦。濁醪自初熟，東城多鼓鼙。蘇曰：應璩過温水，見孟嘉，問曰：「何適？」嘉曰：「欲歸東城，濁酒狂歌，度此疲耳。」璩曰：「今狼虎滿野，鼓鼙聲多，我輩無措手足矣。」古詩云：暮出城東路，鼓鼙愁殺人。趙曰：此言濁酒幸自初熟，可以供飲，宜安郊村之興。况東城之多鼓鼙乎？濁醪，出魏都賦：清酤如濟，濁醪如河。師曰：東城多鼓鼙，言禄山亂范陽。

柟樹爲風雨所拔歎

倚江柟樹草堂前，故老一云「古老」。相傳二百年。誅茅卜居揔爲此，趙曰：屈原問漁父云：誅鉏草茅，以力耕乎？五月髣髴聞寒蟬。東南飄風動地至，洙曰：老子曰：飄風不終朝。江翻石走流雲氣。洙曰：莊子：雲氣不待族而雨。蘇曰：漢四年，大風起東南，江浪翻吼，沙驚石走，林木多折。幹排雷雨猶力争，根斷泉源起天意。滄波老樹性所愛，浦上童童一青蓋。洙曰：蜀先主舍東南有一樹，遥望之童童若車蓋。野客頻留懼雪霜，行人不過聽竽籟。洙曰：莊子言：地籟，風作則萬竅怒號。前者唱于，而隨者唱喁。泠風則小和，飄風則大和[一]。**趙曰**：言其聲之鼓動如之。宋玉高唐賦云：纖條悲鳴，聲似乎籟。舊注止引莊子「地籟」，似之而非矣。**虎倒龍顛委榛棘，淚痕血點垂胸臆。****趙曰**：乃下和淚盡，繼之以血也。**我有新詩何處吟，草堂自此無顏色。****師曰**：楩、柟、杞、梓，天下之良材。柟樹爲風雨所拔，喻嚴武死於蜀，甫無所依，故歎惜之。上元二年，嚴武鎮成都，甫卧閬州，挈家往依之。武歸朝廷，甫浮遊左蜀諸郡，往來非一。武再鎮兩川，奏爲節度參謀、檢校工部員外郎。永泰元年夏，武卒，郭英乂代之，甫失所依，乃泛江移夔州。大曆三年春，下峽，至荆南。詳味此詩，殆爲嚴武而發歎焉。甫築草堂於成都浣花里。甫爲得此樹以爲遊息。木，仁類，以覆庇其下。甫賴武以庇焉。今也如虎倒龍顛，是使草堂之人憔悴而無所棲託，故云「草堂自此無顏色」。

茅屋爲秋風所破歌

蘇曰：古之封諸侯，分之以茅土。所謂茅屋者，制節之方州也。風，號令也。所以鼓舞萬民，和四方之義也。天寶十四載，禄山起漁陽之師，詭言奉詔誅楊國忠，是謂義兵。號令天下，陷河北郡縣，是謂茅屋破也。

[一] 「飄」後疑闕「風」字。見杜集札記。

八月秋高風怒號，**修可曰**：莊子：大塊隱氣[一]，其名爲風。唯是無作，作則萬竅怒號也。卷我屋上三重茅。**蘇曰**：八月，陰中也。陰以肅殺爲事。秋高風怒號者，秋於五性爲義，天寶十四載十一月九日，范陽節度使安禄山率藩漢兵十餘萬自幽州南向指闕，詭言起義，以誅楊國忠爲名，其怒號之甚也。卷我屋上三重茅者，是時方陷三郡，謂先後太原尹楊光翽於博陵郡[二]。十二月六日，陷陳留郡，殺張介然。九日，陷滎陽郡，殺太守崔無詖。故云「卷三重茅」也。茅飛度江灑一作「滿」。江郊，高者挂罥長林梢，**鄭曰**：罥，古火切。下者飄轉沉塘坳。**鄭曰**：於交切，地窟也。**蘇曰**：分茅之臣，悉皆奔逃，濱於患難之側而不顧者，若范陽副使封常清三與戰，皆不勝，西奔陝。高仙芝鎮陝，棄城西保潼關，故曰「灑江郊」也。高者，以義爲高也。林，君也。肅宗即位靈武，玄宗在蜀，長林也。高義之臣扈從左右，如韋見素、陳玄禮，故曰「挂罥長林梢」也。塘坳，泥塗也。下者卑污喪節，處於泥塗。是時河北二十四郡俱爲所陷，如譙守陽萬石、令狐潮、楊希文、劉貴哲皆附賊。其後潮亦説張巡曰：「蓋相從以苟富貴。」可謂飄轉而不能自守也。南村群童欺我老無力，忍能對面爲盜賊。公然抱茅入竹去，脣燋口燥呼不得。**蘇曰**：南，明也。村，鄙也。童，無知也。明明鄙野無知之輩，以我國家師老而莫能爲之敵，所以盜吾土疆、賊吾善良，故令狐潮説張巡曰：「本朝

[一] 隱，疑當作「噫」。
[二] 後，疑當作「殺」。

危蹙，兵不能出關，天下事去矣。」豈非欺我老無力也。平原太守顏真卿以食盡援絶，棄郡渡河，於是河北郡縣盡陷賊，豈非對面爲盜賊也。竹，制節也。公然抱茅入竹者，禄山反，顏杲卿、袁履謙緋袍，令與假子守土門，所謂抱茅制節者也。杲卿謂禄山曰：「汝營州牧羊羯奴，竊荷恩寵，天子負汝何事，而乃反乎？」禄山怒，縛之節解，而罵不絶。賊鈎斷其舌，杲卿含胡而絶。不獨夫是，張廵保睢陽，使南霽雲詣賀蘭進明告急。賀蘭無意出援兵，且張樂以大享，霽雲言城中食盡力屈。賀蘭不聽，遂截指示信，竟不食而去。豈非「呼不得」也。趙曰：韓詩外傳曰：乾喉焦脣，仰天而嘆。曹子建善哉行曰：日來大難，口燥脣乾。蓋公參用之也。**歸來倚杖自歎息，俄頃風定雲墨色，**蘇曰：甫嘗與韋宙同陷賊，遁歸行在，所此所以欷歔嘆息也。方是時，張廵、許遠擣其腹心，而賊勢遂衰。四方掎角，而禄山詭言之號令無所施，猶風之定也。雲墨色者，雲喻禮樂法度，墨色不明也。天子蒙塵而幸忠臣繼踵，南陷賊，禮義法度無自而明。**秋天漠漠向昏黑。布衾多年冷似鐵，嬌兒惡卧踏裏裂。**蘇曰：秋，義也。望天子以義理天下。今也宦豎蔽其明，女謁侈其心，漠漠而無所察治。向昏者，垂老之晚年也。墨，不明也。明皇晚年，高力士導其欲，太真妃迷其情，豈非向昏而黑也。布者，女工之本，儉之所尚也。衾者，所以衣被也。以布爲衾，蓋以恭儉而衣被天下，且置之而不用，所以冷而似鐵。鐵，黑金也，而以斬殺爲事，斬殺則少恩。明皇末年，非惟不知崇儉以衣被天下，又且少恩，以徇太真妃之欲也。嬌兒，太真妃也。卧，安寢也。太真妃摇其安，謂嘗以禄山爲養子，出入宫掖，不禁穢醜，稔聞而明皇不悟。禄山出范陽，與真妃爲内外援，且令進奇禽異物以蠱帝心。宰相、太子多言其反，太真妃力保之，故帝不信。及漁陽難作，且約太真妃爲之內應，朝廷機謀，禄山靡所不知，豈非「踏裹裂」也。**床床屋漏無乾處，雨脚如麻未斷絶。****蘇曰：**床，人所即以爲安也。床床，四方之所安居者。屋漏無乾處者，謂今皆陷於泥塗。是時滄趙見拔博平，虜陷潼關失守，南破宛、洛，張介然、崔無詖死其城郭，李澄、盧弈、蔣青死其宜，所謂如麻未斷絶者，蓋天下浸淫於塗泥，未有已也。揚雄嘗曰：震風凌雨，然後知夏屋之爲帡幪。故甫以雨脚未斷言亂之滋也。**自經喪亂少睡眠，長夜沾濕何由徹。****蘇曰：**禄山父子僭刼於三年之間，四方搔然，不遑安枕，豈非少睡眠也。蜀道尚艱難，靈武未還內，故謂之沾濕何由徹也。**安得廣厦千萬間，****趙曰：**白樂天詩：我願布裘千萬丈，與君同蓋洛陽城。然近乎戲語，豈有萬丈之裘乎？若公言千萬間之廣厦。二公之言自有深旨。**大庇天下寒士俱歡顔，風雨不動安如山。****蘇曰：**亂而願治，憂而思樂，忠臣義士之常心。甫於是時官卑位下，身親罹之，力無所施，不免傷今思古，而欲得庇覆天下之蒼生，謂其歡然懷歸，尚未忍棄去義祖、太宗之遺烈，故欲覆安之，使無震風凌雨之虞，故曰「不動安如山」也。**嗚呼何時眼前突兀見此屋，吾廬獨破受凍死亦足。****蘇曰：**嗟歎之不足，故永歌之。甫遇亂而願治，其所以嗟歎永歌者，蓋寫其憂憤之心，冀欲有興衰撥亂之主，而康濟王室，以成魏魏突兀之功。謂之何時者，所望之誠至也。「吾廬獨破受凍死亦足」者，禄山之亂，天子入蜀，甫走鳳翔謁肅宗，授拾遺。與房琯少爲布衣交。至德元年七月二十一日，琯敗於陳陶斜，罷相。甫上疏言琯罪細，不宜免。肅宗怒，詔吏推問，後意解，出爲華州司功曹，然不甚省録。時寇奪，甫家鄜彌年，孺弱至餓死，繼而棄官，去客秦州。負薪採橡栗自給，故其斷章所以言死以足也。左傳：楚申叔展問還無社曰：「有麥麴乎？有山芎藭乎？」注：二物可以禦濕，欲使無社逃泥水中。時子美方爲嚴武所不容，詩之作其近於此乎？**趙曰**：按舊注引楚申叔展事，明嚴武所不容。然所引事迹與意大不相同。十二詩皆上元二年之作〔一〕，嚴武鎮蜀初則廣德元年，公在梓州。再則廣德二年，公在幕中。故詩定爲上元元年之秋也。假使舊注不引左氏，又不誤指嚴武，直論詩意，豈有府尹不相容者乎？**師曰**：秋者，肅殺之氣，兵革之象也。王者之封諸侯，各本五方之土色而苴以茅賜之。茅屋，所以覆庇，人所依託焉。既爲秋風所破，則無以自庇。甫以嚴武鎮成都，遂往依之，不幸武卒，郭英乂代武爲節度，甫由是見知英乂，託以爲芘焉。兼與揚子琳、柏正節二刺史相善。崔旰殺英乂，併攻揚子琳、柏正節，是卷三重茅之比也。茅飛渡江灑江郊，謂子琳、正節蒼皇竄避也。高者罥挂長林梢，謂在位賢者逃於林野。下者飄轉沉塘坳，地不平曰坳，喻下民墜於塗炭之苦。童，無知之稱。南村群童，以譬崔旰之徒。欺我老無力，喻代宗師老，崔旰輩無忌憚焉，而恣爲殘暴。左傳云：師直爲壯，曲爲老。公然抱茅入竹去，謂竊據其茅土也。唇焦口燥呼不得，時代宗號令不行，召諸道之兵，無有應者，是以避吐蕃之亂，跳而幸陝。今崔旰叛，雖遣使諄喻，豈能止其侵暴？甫依託三子，以爲覆芘，如茅屋然。今三子爲旰所攻，是失所棲託，是以倚杖有所嘆息。時朝廷遣杜鴻漸討平蜀亂，故旰兵稍定，是以有俄頃風定之喻也。然旰雖定，蜀中

〔一〕十，疑當作「上」。

乘隙而叛者不一，如渝州、開州並殺刺史之類，殺氣猶盛，是以有雲墨色之喻也。昔楚王投醪於水，以飲士卒，三軍之士皆如挾纊，爲上者不可不恤其下。布衾多年冷似鐵，謂寡恩而士不和也。英乂爲政刻薄，無温燠之惠，如布衾然。嬌兒比崔旰，旰乘士卒怨背，舉兵以反，而蜀中大亂，豈非惡卧踏裏裂之譬乎。床床屋漏無乾處，非特甫無所芘，蜀民皆失所依故也。雨脚如麻未繼絶，謂反者繼而起。甫詩云「前年渝州殺刺史，今年開州殺刺史」是也。自經喪亂少睡眠，長夜沾濕何由徹，傷兵亂以來不獲安居也。王者以天下爲家，如廣厦之大芘，使天下之民咸得其寧，雖有風雨，其能飄摇震蕩乎。甫意非獨傷己，爲天下嘆息，故有末章云。

赴青城縣出成都寄陶王二少尹

老被樊籠役，**洙曰**：一云「老耻妻孥笑」。貧嗟出入勞。客情投異縣，詩態憶吾一作「君」。曹。**師曰**：詩云：樂爾妻孥。甫晚年不得志，耻爲妻孥所笑。貧嗟出入勞言，無車馬也。久客在他鄉異縣，其情况可知也。詩向會人吟，言詩之態度。思憶我曹輩，方知我之志意也。東郭滄江一作「浪」。合，**洙曰**：蜀城之東，二水合流而南下，土人謂之合水。西山白雪高。西山近接維、松，上有積雪，經夏不消。文章差底病，**趙曰**：差，病校也。蓋公尚投異縣，以干戈，雖有文章，可差得病乎。文章不足以療病，亦如蘇東坡所謂一字不堪煮之類。迴首興滔滔。

因崔五侍御寄高彭州一絶

百年已過半，秋至轉饑寒。**蘇曰**：黄巨：秋至人皆實其倉箱，吾見饑寒相逼。爲問彭州牧，何時救急難。**師曰**：此一絶，詩：兄弟急難，故云。

野望因過常少仙

野橋齊度馬，秋望轉悠哉。竹覆青城合，**孫曰**：蜀多以竹爲橋，參差不齊。今云野橋齊可度焉。江從灌口來。**洙曰**：青城，山名。灌口，地名。昔秦守李冰流鑿離堆以灌蜀土〔一〕，因而得名。入村樵徑引，嘗果栗園開。落盡高天日，幽人未遣回。

丈人山彦輔曰：青城山記云：此山爲五岳之長，故名丈人，有丈人觀。自爲青城客，**沈曰**：玄中記：蜀郡青城山有洞穴，爲三道，西北通崑崙。茅君傳：青城，十洞天之一也。不唾青城地。**趙曰**：唾地者，有所惡而唾也。元魏爾朱榮乎？毁匿名書，唾地曰云云是也。不唾其

〔一〕流，疑當作「疏」。

地，所以敬之也。又陳徐陵作玉臺新詠，載劉勳妻王雜詩云〔一〕：千里不唾井，况乃昔所奉。**爲愛丈人山，丹梯近幽意。**洙曰：謝玄暉敬亭山詩：要欲返寄趣，即此陵丹梯。靈運：躧步陵丹梯。**丈人祠西佳氣濃，**洙曰：陶潛：山氣日夕佳。後漢：鬱鬱葱葱，氣佳哉。**緣雲擬住最高峰。**洙曰：靈光殿賦：飛陛揭孽，緣雲上征。**掃除白髮黃精在，**洙曰：世説：黃精久服，反老爲少。**君看他時冰雪容。**洙曰：莊子：肌膚若冰雪。

寄杜位

魯曰：頃者與位同在故嚴尚書幕。

寒日經簷短，窮猿失木悲。洙曰：淮南子曰：猿顛蹷而失木。又晉書曰：窮猿奔林，豈暇擇木。修可曰：謝鯤：如失木之窮猿，但自悲嘯。**峽中爲客恨，江上憶君時。天地身何往，風塵病敢辭。封書兩行淚，霑灑裛新詩。**

出郭

霜露晚凄凄，高天逐望低。遠煙鹽井上，洙曰：蜀都賦：家有鹽井。立之曰：遠煙，蓋煮鹽也。

〔一〕「王」後疑闕「氏」字。

斜景雪峰西。**洙曰**：雪山也。**立之曰**：斜景，落日也。故國猶兵馬，**洙曰**：公，長安人也。他鄉亦鼓鼙。江城今夜客，還與舊烏啼。**趙曰**：公惑亂而與烏俱啼，其傷至矣。

戲作花卿歌

彦輔曰：高適傳：梓州副使段子璋反，以兵攻東川節度李奐。適率州兵與西川節度使崔光遠攻子璋，斬之。西川牙將花敬定者，恃勇，既誅子璋，大掠東蜀。天子怒之。**師曰**：甫爲花卿痛惜之。

成都猛將有花卿，**夢符曰**：右按左太冲蜀都賦：金城石郭，兼市中區。既且靡崇，實號成都。**魯曰**：花卿家在丹稜東館鎮，至今血食其鄉。本朝封爲忠應公。學語小兒知姓名。用如快鶻風火生，**蒼舒曰**：右按南史：曹景宗謂所親曰：「我昔在鄉里，騎快馬如龍，與年少輩數十騎拓弓弦作礔礰聲，放箭如餓鴟叫，平澤中逐麞，數肋射之，渴飲其血，饑食其胃，甜如甘露漿，覺耳後生風鼻尖出火。此樂使人忘死，不知老之將至。」**余曰**：易家人卦：巽上離下，爲風自火出。火熾則風生，風生自火，自內而出也。蒙曰〔一〕：風自火出，家人。見賊唯多身始輕。**洙曰**：漢光武見大敵則勇。綿州副使着柘黄，**洙曰**：綿州副使段子璋

〔一〕蒙，疑當作「象」。

也。着柘黃，僭乘輿服色也。**趙曰**：而公今詩云綿州，則梓州字誤，傳爲綿州乎？柘黃，天子之服也。**我卿掃除即日平。子璋髑髏血模糊，梅曰**：模糊，血塗貌。**手提擲還崔大夫。洙曰**：子章，即段子璋也。崔大夫，崔光遠也。**蘇曰**：少陵時有病瘧者，少陵謂之曰：「吾詩可療之。」病者曰：「云何？」少陵曰：「夜闌更執燭，相對如夢寐。」其人誦之，瘧猶是愈也。少陵曰：「更誦吾詩。」云：「子璋髑髏血模糊，手提擲還崔大夫」，其人誦之，果愈。然則可以感鬼神，信不妄矣。**李侯重有此節度，洙曰**：李侯，東川節度使李奂也。**趙曰**：段子璋既攻東川，則李奂必失節度矣。以花卿斬之，則李侯復保有節度焉。**人道我卿絶世**一作「代」。**無。既稱絶世無，天子何不喚取守京都。洙曰**：譏其掠奪也。**黃曰**：子美作花卿歌，雄壯激昂，讀之想見其人也。楊明叔爲余言花卿家在丹稜東館鎮，至今有英氣血食其鄉，見封爲忠應公。

少年行二首

莫笑田家老瓦盆，蘇曰：陳暄好飲，一日貴客過，笑暄用陶器。暄曰：「莫笑此老瓦盆，多見興廢也。」客無語。**自從盛酒長兒孫。**長，一作「養」。**傾銀注瓦驚人眼，共醉終同卧竹根。修可曰**：酒譜云：共醉終同卧。竹根爲飲器，事見江淹集。然徧閱江集，並無竹根事。唯庾信報趙玉賜酒詩曰：野爐燃樹葉，山林捧竹根。此以竹根爲飲器。然子美謂卧竹根者，但謂醉卧竹林中耳，理甚易曉。若以竹根爲飲器，失之太鑿也。趙曰：言與田家自瓦盆中喫酒，共醉卧竹根之傍耳。田曰：竹根爲飲器，引庾信報趙王賜酒詩曰：如聞傳上命，宜十是賜中樽〔一〕。野爐燃樹葉，山杯捧竹根。然子切疑之，以爲酒器，豈得謂之卧乎？巢燕養鶵渾去盡，江花結子已一作「也」。無多。黄衫年少來宜數，趙曰：黄衫，想唐人富貴家之服。不見堂前東逝波。洙曰：言行樂當及時也

送裴五赴東川

故人亦流落，高義動乾坤。何日通燕塞，相看老蜀門。東行應暫別，北望若銷魂。凛凛悲秋意，非君誰與論。

奉簡高三十五使君

當代論才子，如公復幾人。驊騮開道路，鷹隼出風塵。行色秋將晚，交情老更親。天涯喜相見，披豁對吾真。

〔一〕宜十，疑當作「定」。

贈蜀僧閭丘師兄**彦輔曰：**太常博士均之孫。

大師銅梁秀，**洙曰：**左思蜀都賦：於東則左綿、巴中，百濮所充。外負銅梁於巖渠，内函要害以膏腴。**田曰：**太平御覽載張孟蜀都賦注云：銅梁山名也。按其山有桃枝竹，東西連亘二十餘里。山嶺之上平整，遠望諸山，此獨秀也。山在合州界銅梁縣。籍籍名家孫。**洙曰：**袁陽源白馬篇：籍籍關外來，車徒傾國鄽。**安石曰：**籍籍，名聲之衆也。嗚呼先博士，炳靈精氣奔。**洙曰：**左太冲蜀都賦：近則江、漢炳靈，世載其英。鬱若相如，爵若君平。王褒韡曄而秀發，揚子含章而挺生。**師曰：**炳靈，言英靈顯赫也。惟昔武皇后，臨軒御乾坤。多士盡儒冠，墨客藹雲屯。**洙曰：**揚子雲上長雲賦〔一〕，聊因筆墨之成文章，故籍翰林以爲主人，子墨爲客卿以諷。陸士衡：馬如雲屯。當時上紫殿，不獨卿相尊。**洙曰：**謝玄暉直中書省：紫殿肅陰陰。世傳閭丘筆，**師曰：**閭丘文筆，號爲大手。峻極逾崑崙。**洙曰：**禹本紀曰：崑崙高三千五百里，日月所相避隱爲光明也。詩：峻極于天。鳳藏丹霄暮，一作「穴」。龍去白水渾。**洙曰：**東京賦：我世祖忿之，乃龍飛白水，鳳翔參墟。青熒雪嶺東，**洙曰：**西都賦：琳珉青熒。去，一作「出」。**沈曰：**雪嶺在蜀，一名大白山。碑碣舊製存。碣，巨列切。**田曰：**東蜀牛頭山下有閭丘均撰瑞聖寺磨崖碑，

〔一〕長雲賦，疑當作「長楊賦」。見杜集札記。

嚴政書。寺今改爲天寧羅漢禪院。斯文散都邑，高價越璵璠？洙曰：均以文名當時，四方碑碣多出其手。晚看作者意，趙曰：郄生見王導詩，歎曰：「晚見作者妙意。」梅曰：作者，指均也。妙絶與誰論。洙曰：陸韓卿：賦歌能妙絶。吾祖詩冠古，冠，古阮切。同年蒙主恩。豫章夾日月，歲久空深根。洙曰：見第十八卷「豫章深出地」。小子思疏闊，豈能達詞門。蘇曰：宗戩讀淵明詩，撫卷歎曰：「小子疏略，焉能達文詞之門閫，使人有愧服之心，信乎一世之真儒。」窮愁一揮淚，洙曰：愁，一作「秋」。陸士衡：揮淚歎流離。又：揮淚廣川陰。相遇即諸昆。我住錦宮城〔一〕，洙曰：成都記：錦城以江山明麗，錯雜如錦。兄居祇樹園。鄭曰：祇，翹移切。洙曰：金剛經：佛在舍衛國祇樹給孤獨園。田曰：楞嚴經云：祇洹精舍。注云：祇洹，林樹名。具云祇陁洹，或云逝多。此云戰勝。即太子名。林王是彼，故云勝林精舍。建立有二因緣：須達長者施園，祇陁太子施樹。故金剛經云：祇樹給孤獨園。地近慰旅愁，往來當丘樊。天涯歇滯雨，粳稻卧不翻。漂然薄遊倦，始與道旅敦。旅，一作「侶」。魯曰：敦厚也。景晏步脩廊，而無車馬喧。洙曰：陶淵明：結廬在人境，而無車馬喧。夜闌接軟語，落月如金盆。洙

〔一〕宮，疑當作「官」。

曰：謝靈運：夜聽極星闌。車又[一]：繼以闌夕語。法華經：又以軟語。一云言詞柔軟。漠漠世界黑，一作「空」。驅驅争奪繁。唯有摩尼珠，可照濁水源。洙曰：言性照圓明如摩尼珠，然雖識濁水而不爲汚濁所累也。如語云：涅而不淄。田曰：圓覺經：譬如清净摩尼寶珠，映於五色，隨方各現，諸愚癡者見彼摩尼實有五色，圓覺浄性現於身心，隨類各應，亦復如是。觀無量壽佛經云：諸天童子，摩尼以爲纓絡，光照百餘里，猶如和合百億日月，不可具名。室志云[二]：馮翊嚴生家漢南現山[三]，得一珠，如彈丸色。胡人曰：「此西國清水珠也。若至濁水，爲然洞徹矣[四]。」以三十萬易之而去。師曰：摩尼珠，以喻法性圓明清浄，不染塵垢。甫奔走盗賊間，健羨閭丘不爲汚濁所累，故云云。

送韓十四江東省覲

兵戈不見老萊衣，洙曰：見「休覓綵衣輕」注。歎息人間萬事非。我已無家尋弟妹，君今

[一] 車，疑爲衍文。
[二] 室志，疑當作「宣室志」。見杜集札記。
[三] 現，疑當作「峴」。見杜集札記。
[四] 爲，疑當作「泠」。

何處訪庭闈。黄牛峽静灘聲轉，洙曰：盛弘之前州記〔一〕：宜都四陵峽中有黄牛山〔二〕，山上有黄牛崗，江湍縈迴。白馬江寒樹影稀。洙曰：江陵縣有白馬州。此别應須各努力，魯曰：古詩：少壯不努力，老大徒傷悲。故鄉猶恐未同一作「堪」。歸。師曰：峽與江皆險陰，甫因戒之，欲其慎重也。

贈杜二拾遺趙曰：題云贈二拾遺，其官云蜀州刺史高論〔三〕。

傳道招提客，洙曰：招提，佛寺。詩書自討論。佛香時入院，僧飯屢過門。聽法還應難，洙曰：支遁與許詢同講維摩經，互爲設難。尋經剩欲翻。洙曰：翻，譯也。莊子：翻十二部經。趙曰：舊注誤引莊子「繙十二經」爲「翻十二部經」，非也。莊子言繙十二經以説老子，其云繙者，委曲敷衍之謂，非翻譯爾。十二經，解者以爲六經六緯，非佛十二部經也。草玄今已畢，此後更何言。洙曰：揚子雲作太玄經。解嘲曰：時方草太玄。師曰：維摩經云：如入薝蔔林，唯齅薝蔔，不嗅餘香。若入此室，但聞佛功德之香，不樂聞辟支佛功德香也。招提，佛寺也。此詩乃高適作以贈子美，故後篇子美用以酬高適。

〔一〕前，疑當作「荆」。見杜集札記。
〔二〕四，疑當作「西」。見杜集札記。
〔三〕論，疑當作「適」。

酬高使君相贈

古寺僧牢落，空房客寓居。故人供祿米，洙曰：祿米，俸廩。鄰舍與園蔬。陶淵明：摘我園中蔬。雙樹容聽法，洙曰：釋書言佛説法於祇園樹下。三車肯載書。洙曰：法華經：火宅喻三車，牛車、羊車、鹿車也。草玄吾豈敢，賦或似相如。洙曰：司馬相如善爲賦。夢符曰：司馬相如上林賦、子虛賦意思蕭散，不復與外事相關，總引天地，錯綜古今，忽然如睡，涣然而興，幾百日而從其〔一〕。盛長道嘗作賦〔二〕，相如答曰：合綦組以成文，列錦繡而爲質。一經一緯，一宮一商，此賦家之迹。賦家之心，包括宇宙，總質人物，斯乃得之於心，不可得而傳之也。趙曰：揚雄傳：孝成帝時有薦雄文似相如者，今公詩意姑以著書則不敢，爲賦則能之耳。

草堂魯曰：草堂在成都浣花里。揚子琳之亂，甫云草堂〔三〕，亂定復歸也。

昔我去草堂，蠻夷塞成都。今我歸草堂，成都適無虞。請陳初亂時，反覆乃須臾。蘇

〔一〕「其」後疑闕「成」字。
〔二〕道，疑當作「通」；「作賦」前疑闕「問以」二字。
〔三〕云，疑當作「去」。見杜集札記。

曰：曹參曰：事反覆於須臾之間。大將赴朝廷，洙曰：時崔寧入朝，留其弟寬守成都，揚子琳等乘間來襲。群小起異圖。中霄斬白馬，盟歃氣已麤。洙曰：穀梁傳：齊桓衣裳之會十有一，未嘗有歃血之盟。蘇秦説趙，令會天下之將通質，刳白馬而盟。漢高祖刑白馬盟。孟子：五霸桓公爲盛，葵丘之會，諸侯束牲載書而不歃血。西取邛南兵，洙曰：子琳與卭州柏正節同叛〔一〕。北斷劍閣隅。布衣數十人，亦擁專城居。洙曰：揚子琳爲瀘州刺史，柏正節卭州刺史〔二〕。其勢不兩大，洙曰：兩大不相事。始聞蕃漢殊。洙曰：子琳本賊帥也，杜鴻漸表以爲刺史。西卒却倒戈，洙曰：子琳爲寧妻任氏所敗走，爲王守仙所誅。賊臣互相誅。焉知肘腋禍，自及梟鏡徒。洙曰：前漢郊祀志：梟，鳥名，食母。破鏡，獸名，食父。黄帝欲絶其類，使百吏祠皆用之。破鏡如貙而虎眼。漢五月五日作梟羹，賜百官。義士皆痛憤，紀綱亂相踰。一國實三公，洙曰：僖五年左氏：狐裘尨茸，一國三公，吾誰適從？萬人欲爲魚。趙曰：左傳昭公元年：劉定公歎禹之功曰：「微禹，吾其魚乎。」光武紀：百萬之衆，可使爲魚。唱和作威福，孰肯辨無辜。眼前列杻械，背後吹笙竽。談笑行殺戮，濺血滿長衢。到今用鉞地，風雨聞號

〔一〕卭，疑當作「邛」。見杜集札記。
〔二〕卭，疑當作「邛」。

呼。洙曰：左傳：至於用鉞。鬼一作「人」。妾與鬼馬，趙曰：已殺其主矣，則妾謂之鬼妾，馬可謂之鬼馬。如匈奴以亡者之妻爲鬼妻。色悲充爾娱。國家法令在，此又足驚吁。賤子且奔走，三年望東吴。弧矢暗江海，難爲遊五湖。不忍竟舍此，洙曰：時蜀亂既平，甫復舍草堂也。復來薙榛蕪。鄭曰：薙，他計切，除草。蘇曰：安謂隋文帝召爲博士，性便山水，復來舊隱薙草，徘徊而去。後辭官不起。入門四松在，步堞洙曰：一云步屧。鄭曰：徒協切，城上垣。萬竹疏。趙曰：宋書：袁粲爲丹陽尹，常步屧白傷郊野間[一]。舊犬喜我歸，低徊入衣裾。鄰舍喜我歸，沽酒携胡蘆。洙曰：一云提榼壺。大官喜我來，遣騎問所須。城郭喜我來，賓客隘村墟。天下尚未寧，健兒勝腐儒。洙曰：黥布傳：上對衆折隋何：「爲天下安用腐儒哉。」飄飄風塵際，何地置老夫。於時見疣贅，鄭曰：上羽求切，結痛也。下之鋭切。趙曰：莊子云：附贅掛疣。此公自以傷見剩其身在天地間如之。骨髓幸未枯。飲啄愧殘生，食薇不敢餘。洙曰：莊子騈拇：疣贅。養生[二]：澤雉。又：十步一啄，百步一飲。嵇康：採薇山阿。趙曰：倣古詩：食蕨不願餘。師曰：嚴武鎮成都，卒於永泰元年夏間。朝廷有詔崔光

〔一〕傷，疑當作「楊」。

〔二〕「生」下疑闕「主」字。

遠代，甫年未老而不見用，故云「骨髓幸未枯，食薇不敢餘」，謂其貧也。薇，菜之薄者。

得廣州張判官叔卿書使還以詩代意

鄉關胡騎遠，**趙曰：**鄉關以胡騎之阻，故去之遠也。宇宙蜀城偏。**洙曰：**蜀城因隨龜行而築，故勢斜紆不正。**趙曰：**公言寓居於宇宙内，在蜀城之偏僻也。忽得炎州信，**洙曰：**廣在南，故謂之炎州。遥從月峽傳。**洙曰：**夷陵有明月峽。**趙曰：**荆州記：巴蜀有明月峽。**孫曰：**十道志：渝州有明月峽。雲深驃騎幕，**洙曰：**霍去病元狩二年春爲驃騎將軍。**趙曰：**張公居幕中也。夜隔孝廉船。**洙曰：**劉恢爲丹陽尹，張憑詣恢，恢留宿，明日乃還船。須臾，淚出〔一〕，傳教求張孝廉船，召同載。時人筞之〔二〕。却寄雙愁眼，相思淚點懸。

〔一〕淚，疑當作「恢」。
〔二〕筞，疑當作「榮」。

魏十四侍御就弊廬相別

有客騎驄馬，洙曰：見「憲府舊乘驄」注。趙曰：相典爲御史〔一〕，常乘驄馬，人爲之語曰：「行行且止，避驄馬御史。」故公用以比魏侍御也。**江邊問草堂。**洙曰：公所築也。**遠尋留藥價，**趙曰：言遠來見尋，因留買藥之貲。**惜別到文場。**趙曰：公自以其居爲文場矣。杜預贊：元凱文場，稱爲武庫。師曰：留藥價，言有所餽也。到文場，言傾寫詩章也。**入幕旌旗動，**洙曰：入王儉幕爲蓮花也〔二〕。**歸軒錦繡香。時應念衰疾，書跡及滄浪。**洙曰：跡，一作「疏」。趙曰：公便自以其居爲魚父之滄浪也。

范二員外邈、吳十侍御鬱特枉駕闕展待聊寄此作

暫往比鄰去，洙曰：比，近也。百毗。**空聞二妙歸。**洙曰：衛瓘與尚書郎索靖俱善草書，時人號爲一臺二妙。**幽棲誠簡略，衰白已光輝。野外貧家遠，村中好客稀。**蘇曰：柳下惠：莊周好客稀少。**論文或不愧，重肯款柴扉。**洙曰：范彥龍贈張徐州詩：田家樵採去，薄暮方來歸。還聞稚子說，有

〔一〕相，疑當作「桓」。
〔二〕也，疑當作「池」。

客款柴扉。輕蓋照墟落，傳瑞生光輝。

王十七侍御掄許攜酒至草堂奉寄此詩便請邀高三十五使君同到

老夫卧穩朝慵起，白屋寒多暖始開。江鸛一作「鶴」。巧當幽徑浴，鄰雞還過短牆來。繡衣屢許攜家醖，洙曰：漢侍御有繡衣直指，出討姦滑，治大獄。劉恢：每一見，令人欲倒家釀。趙曰：故公，指言王侍御也。皂蓋能忘折野梅。洙曰：續漢志：二千石皂蓋，朱兩轓。陸豈詩〔一〕：折梅逢驛使，寄與隴頭人。戲假霜威促山簡，須成一醉一云醉裏。習池迴。洙曰：謂侍御邀高使君，故言假霜威山簡。習池，乃襄陽山公醉習家池。趙曰：霜威，言王侍御，謂御史風霜之任。山簡，指高公。山簡傳無習池字。惟出襄陽記曰：峴山南習鬱大池。山季倫每臨此池，大醉而歸。

王竟攜酒高亦同過共用寒字。

卧病荒郊遠，通行小徑難。故人能領客，攜酒重相看。自愧無鮭菜，蘇曰：梁受友人至，

〔一〕豈，疑當作「凱」。

曰：「家貧，愧無鮭菜以待君子。」蜀人重鮭菜。趙曰：鮭，户皆切。晉人以魚爲鮭菜也。又南史：庾杲之清貧自業，食惟生韭雜菜。任昉戲之曰：「誰謂庾郎貧，食鮭。」空煩卸馬鞍。移時勸山簡，頭白恐風寒。

洙曰：高每云：「汝年幾，且不必小於我。」此句戲之。

王狀元集百家注編年杜陵詩史十四卷

王狀元集百家注編年杜陵詩史十五卷

暫如蜀州新津縣

陪李七司馬皂江上觀造竹橋即日成往來之人免冬寒入水聊題短作簡李公二首

伐竹爲橋結構同，褰裳不涉往來通。洙曰：詩：濟有深涉。孫炎曰：揭衣褰裳。曹顏遠：褰裳不足難。天寒白鶴歸華表，洙曰：遼東華表上有一鶴，自稱丁令威。趙曰：橋前二柱曰華表柱。昔有白鶴集於柱上，有云：有鳥有鳥丁令威，三千年吾其歸。日落青龍見水中。洙曰：橋影落水中如青龍。顧我老非題柱客，洙曰：見水宿遣興詩「登橋必題柱」注。知君才是濟川功。洙曰：説命：若濟巨川，用汝作舟楫。合歡却笑千年事，驅石何時到海東。洙曰：秦始皇作石塘，欲過海看日出處。有神人能驅石下海，石去不速，神輒鞭之，石皆流血。趙曰：言與賓客落橋之成而歡飲，因笑往事之勞，徒驅石也。

把燭橋成夜，迴舟客坐時。天高雲去盡，江迴月來遲。衰謝多扶病，招邀屢有期。洙曰：謝惠連詩：輟策共駢筵，並坐相招邀。異方乘此興，樂罷不無悲。趙曰：見橋成而翻悲，何也？蓋橋所以通往來，公流落旅寓而不能歸，此其所以悲也。

李司馬橋了承高使君自成都迴

向來江上手紛紛，三日成功事出群。已傳童子騎青竹，揔擬橋東待使君。 **洙曰：** 并州小兒騎竹馬以迎郭伋使君。

入奏行 **彥輔曰：** 贈西山檢察使竇侍御。

竇侍御，驥之子，鳳之鶵。 **修可曰：** 桓譚新論曰：善相馬者曰薛公，得馬惡貌而正走，其名驥子。又易林曰：鳳生五鶵。**年未三十忠義俱，骨鯁絕代無。** **洙曰：** 唐李吉甫傳：君有骨鯁之忠臣。**趙曰：** 骨鯁者，剛正之謂。蓋肉之有骨而魚之有鯁。**炯如一段清冰出萬壑，** **鄭曰：** 炯，户預切，光也。**置在迎風寒露之玉壺。** **洙曰：** 漢有迎風寒露之館。古詩：瑩若玉壺冰。言清撤也[一]。**蔗漿歸厨金碗凍，** 碗，亦作「宛」。**洙曰：** 晉張協蔗賦曰：挫斯蔗以療渴，若漸醪而含蜜。右按前漢書禮樂志：秦尊柘漿[二]。

[一] 撤，疑當作「澈」。

[二] 秦，疑當作「泰」。見杜集札記。

取甘柘汁以爲飲也。蔗，與「柘」同也。趙曰：宋玉招魂云：濡鼈炮羔有蔗漿。定功曰：前漢禮樂志：景星歌：泰尊柘漿相朝酲。注：取甘柘汁以爲飲，可解酲也。柘音蔗。舊注所引似之而非。洗滌煩熱足以寧君軀。政一作「整」。用疏通合典則，戚聯豪貴耽文儒。兵革未息人未蘇，天子亦念西南隅。吐蕃憑陵氣頗麤，洙曰：時吐蕃欲取成都爲東府。竇氏檢察應時須。運糧繩橋壯士喜，洙曰：繩橋，以竹繩爲橋也。斬木火井窮猿呼。洙曰：火井，地名。鄭曰：在蜀。修可曰：博物志曰：臨邛有火井，縱廣五尺，深十餘丈。諸葛丞相往觀。後火井益盛，以盆著井，煮鹽得熟。八州刺史思一戰，三城守邊却可圖。趙曰：西山三城也。此行入奏計未小，密奉聖旨恩宜殊。繡衣春當霄漢立，漢繡衣御史。綵服日向庭闈趨。洙曰：老萊綵服以娛親。修可曰：束皙補亡詩：眷戀庭闈。省郎京尹必俯拾，蘇曰：薛光戲友人曰：「古人云青紫可俯拾，吾令尹亦可俯拾。」江花未落還成都。肯訪浣花老翁無，洙曰：一云「公來肯訪浣花老」。爲君酤酒滿眼酤，與奴白飯馬青蒭。洙曰：又云「携酒肯訪浣花老，爲君著衫捋髭鬚」。趙曰：此雖不言主人，而待奴、馬如此，則主人可知。與詩所謂「言刈其楚，言抹其馬」同意〔一〕。秣音末。師曰：吐蕃分三道入寇，欲取成都爲東府。竇氏以御史出檢察諸州軍儲器械，得以便宜入

〔一〕抹，疑當作「秣」。

奏。甫作是詩以贈之。驥子、鳳鶵，皆不凡也。逆耳之言，比之骨鯁。漢武帝置迎風、寒露之館。玉壺貯水，言其瑩澈也。蔗漿可以除煩。天子方憂吐蕃，不無内熱，今竇生入奏忠言，上沃帝心，如蔗漿然，疏通其施爲，無所蔽也。太宗皇后竇氏〔一〕，侍御正其族也，故云戚聯豪貴。雖云外戚，尤好儒學。西南隅，謂蜀也。須，乃軍興所須也。蜀人以竹素爲橋，謂之繩橋。地里志：邛州有火井縣，在州西六十二里。斬木將以爲栅，猿依於木，今既盡斬之，則猿窮而失所，是以號呼。八州，謂彭、嘉、黎、簡、嚴、陵、雅、邛。三城，謂姚、維、松，皆當吐蕃之衝。兵有攻有守，八州可攻，三城可守，奏其事於朝廷，以取天子之命。甫謂必蒙殊恩，省郎、京尹如俯拾地芥。行色當春秋間可還成都，故云江花未落也。漢暴勝之衣繡衣，持斧出使，故云繡衣春當霄漢立。立，謂立對於天陛。甫築草堂，居成都浣花里，自稱浣花翁。滿眼酤，謂滿前士卒皆有勞也。甫約竇歸來不遺寒賤，儻賜光訪，當沽酒宴集，下至車從僕隸，皆待以殊禮。蓋所以尊重於竇故也。

贈別何邕

生死論交地，何由見一人。**洙曰**：鄭當時傳：一死一生，乃見交情。悲君隨薦雀，**洙曰**：公孫洪傳：鴻漸之翼，困於燕雀。薄宦走風塵。**洙曰**：陸士龍：飄飄冒風塵。**余曰**：邵氏聞見録：少陵此二

〔一〕太宗，疑當作「高祖」。

句本陳勝與人傭耕之語也。或以此論少陵之妙，予謂少陵所以獨立千載之上者，不但有所本也。三百篇之作，果何所本哉？**緜谷元通漢，** **趙曰：** 緜谷，縣名，屬利州。言何公所往利州而去，得歸漢上也。**沱江不向秦。** **洙曰：** 沱江在蜀城北三十里，水不入秦。**五陵花滿眼，傳語故鄉春。** **蘇曰：** 張翃送友人入關，曰：「憑君傳語，故園春色，來歲相期。」友人笑而去。**趙曰：** 沱江在蜀城，言不向秦，尚留蜀中，勢不能去。則有懷故鄉之念。馮小憐春日詩云：付語春光道，先歸何處邊。

贈別鄭鍊赴襄陽

戎馬交馳際，柴門老病身。 **蘇曰：** 王子敬見戴文，文曰：「公子意厚，時過柴門來慰病身，所謂歲寒知松柏之操也。」**把君詩過日，** **蘇曰：** 晉索靖語魏玄同曰：「弊居謝絶人事，病中無以慰牢落，把君詩軸過日，足有發益。」**念此別驚神。** **洙曰：** 別賦：使人意奪神駭，心折骨驚。**地闊峨眉晚，** **洙曰：** 一作「曉」。峨眉山在蜀地。**趙曰：** 公自言在蜀也。**天高峴首春。** **趙曰：** 言鄭之赴襄陽也。峴首在襄陽，羊叔子墮淚碑所在也。**爲於耆舊内，試覓姓龐人。** **洙曰：** 龐德公隱於鹿門，屬襄陽。**黄曰：** 甫意以龐與鄭鍊一革人〔一〕，故

〔一〕革，疑當作「輩」。見杜集札記。

有末句。

重贈鄭鍊絶句

鄭子將行罷使臣，囊無一物獻尊親。江山路遠羈離日，裘馬誰爲感激人。**洙曰**：言雖清潔，不爲人所知。**蘇曰**：江總曰：「今出入無馬，禦寒無裘。誰是感激之士，憫此遷客。」**趙曰**：言乘肥衣輕之人，誰感激而憐鄭之貧也。**師曰**：鄭鍊出監蜀，今任罷，故云罷使臣。然身居皇華之貴，以至囊無一物，雖清潔如此，不能爲人所知，故甫欲朋友輕裘馬以資之。

懷舊

趙曰：懷蘇源明也。公平生所最善，今已死而追悼之，故曰懷舊。

地下蘇司業，親情獨有君。**洙曰**：司業即源明也。新史云：雅善杜甫。那因喪一作「衰」。亂後，**鄭曰**：喪，息郎切。便有一云「便作」。死生分。老罷知明鏡，悲來望白雲。**趙曰**：仰視浮雲馳奄，忽互相踰。自從失詞伯，不復更論文。**洙曰**：蘇前名預，緣與今上同名，後改爲源明。**趙曰**：王充論衡有云：文詞之伯。**師曰**：時源明已死，故云「地下知明鏡」，言覽鏡知其衰老。古有白雲篇，觀蘇之篇詠，則情不勝其悲。

所思趙曰：古樂府云：有所思。故公倚以爲題。虔以禄山之污，貶台州司户。

鄭老身仍竄，趙曰：言雖免死而卒不免於貶。**台州信**洙曰：一作「始」。**所傳。**洙曰：鄭老，虔也。以污賊貶台州。趙曰：始得其消息也。**爲農山澗曲，卧病海雲邊。世已疏儒素，**蘇曰：梁珩：世方用兵戈，與儒業相疏。三代典謨慮後此掃地，其如後世蒼生何。**人猶乞酒錢。**洙曰：公嘗贈虔詩云：賴得蘇司業，時時與酒錢。**徒勞望牛斗，無計斸龍泉。**趙曰：使牛斗之間有紫氣事。龍泉，劍名也。斸之爲言掘也。蓋以劍比公之在台州，如劍之埋於土中，雖遠望其衝斗牛之氣，而無由掘顯之故也。師曰：台州屬吴。吴應牛斗之域。昔曾焕掘劍於豐城獄〔一〕，上常有紫氣，夜衝牛斗。斸謂掘取之也。喻虔有衝斗氣，朝廷不用，故云無計斸龍泉。

不見魯曰：近無李白消息。

不見李生久，佯狂真可哀。趙曰：箕子被髪佯狂。唐史載以永王璘之累流夜郎。**世人皆欲殺，**趙曰：白會赦還潯陽，坐事下獄。此衆人欲殺之證也。**吾意獨憐才。敏捷詩千首，飄零酒一盃。**匡

〔一〕曾，疑當作「雷」。

山讀書處，**鄭曰**：匡廬山也。頭白好歸來。**洙曰**：新史載：白始隱岷山，後客任城，居徂萊山。而並不載匡山也。**修可曰**：范傳正李白新墓碑云：白之先客居蜀之彰明，太白生焉。彰明，綿州之屬邑，有小、大匡山。白讀書於大匡山，有讀書臺尚存。其宅在清廉鄉，後廢爲僧坊，號隴西院。蓋以太白得名。所謂匡山，乃彰明之大匡山，非匡廬也。**秦曰**：白以永王璘反事生放謫。

廣州段功曹到得楊五長史書功曹却歸聊寄此詩

衛青開幕府，**洙曰**：李廣傳注云：衛青伐匈奴，絶大漢〔一〕，克獲。帝就拜大將軍於幕中，故曰幕府。幕府之名，始於此也。楊僕將樓船。**洙曰**：漢征南越，以楊僕爲樓船將軍。漢節梅花外，**趙曰**：漢遣使者必持節。廣州大庾嶺多梅花，故言梅花外。州近海，故云海水邊。春城海水邊。銅梁書遠及，**洙曰**：銅梁、玉壘，皆成都地名。**趙曰**：銅梁，蜀地名。言楊公自廣州有書來成都也。珠浦使將旋。**洙曰**：廣州合浦出珠，使將還，言段功曹將還廣州也。**師曰**：甫在蜀報楊，以書附段功曹還，故云珠浦使將旋。貧病他鄉老，煩君萬里傳。

〔一〕 漢，疑當作「漠」。見杜集札記。

送段功曹歸廣州

南海春天外，功曹幾月程。峽雲籠樹小，湖日落一作「蕩」。江明。交趾丹砂重，**洙曰**：見「未就丹砂媿葛洪」注。**趙曰**：交州丹砂。葛稚川求爲鈎漏令。見上。韶州白葛輕。**洙曰**：白葛，葛布。**蘇曰**：胡歗寄王稽韶陽白葛布一匹，稽製爲京帔。王逸少與銘其紳，世號三表衣。幸君因旅一作〔一〕。客，時寄錦宮城〔二〕。**饒曰**：錦宮城，即蜀也。

畏人 **趙曰**：選詩曰：客子常畏人。故公得倚以爲題。

早花隨處發，春鳥異方啼。萬里清江上，**趙曰**：公所居在萬里橋西也。三年**洙曰**：一作「峰」。落日低。畏人成小築，褊性合幽棲。**蘇曰**：殷亮：性器褊窄，才術無能，肉食非我所宜，幽棲林泉，平生心足矣。**趙曰**：謝靈運詩：買此永幽棲。門逕一作「逕没」。從榛草，無心待**洙曰**：一作「走」。馬蹄。**蘇曰**：崔豹：讀書尚無暇，誰有心待輪蹄來往。**師曰**：花鳥逢春皆爲可娱，但不合客於異方，轉使人傷

〔一〕「作」後疑闕「估」字。
〔二〕宫，疑當作「官」。注同。

心也。三年落日低，言爲客已涉三年，嗟己之衰暮也。畏人，言避寇也。甫自言性褊，與物相忤，今宜隱居，以畏人而成此築室，殆非功成名遂而身退也。門逕從榛草，將息交絶遊故也。

遭田父泥飲美嚴中丞

蘇曰：嚴武也。甫與武世舊，故入蜀依之。新書言甫結廬成都浣花里，與田畯野老相狎蕩。

步屧隨春風，屧，先篋切。禹偁曰：屧，草履也。隨春風謂放步也。村村自花柳。蘇曰：鮑明遠行樂篇云：春風太多情，村村花柳好。少年宜遊賞，莫使顔色槁。田翁逼社日，邀我嘗春酒。趙曰：宋書：袁粲爲丹陽尹，嘗步屧白楊郊野間，遇士大夫，便呼與酣飲。「花柳」字則魏應璩與從弟君胄書曰：吟詠花柳之下。酒酣誇新尹，畜眼未見有。迴頭指大男，渠是弓弩手。洙曰：籍丁爲兵也。名在飛騎籍，洙曰：飛騎，軍名。趙曰：傚曹子建白馬篇：名編壯士籍。長番歲時久。洙曰：長番，猶長在直也。言無更代也。前日放營農，洙曰：放營農，歸耕也。辛苦救衰朽。差科死則已，鄭曰：差，楚皆切，簡也。誓不舉家走。今年大作社，洙曰：社，祭也。所以祈農事也。春祈秋報，故歲有春、秋二社。趙曰：左傳：鄭子産大爲社也。拾遺能住否。叫婦開大瓶，盆中爲吾取。感此氣揚揚，須知風化首。洙曰：郡守縣令，風化之首。趙曰：晏子傳：其御者意氣揚揚也。語多雖雜亂，説尹終在口。朝來偶然出，自卯將及酉。久客惜人情，如何拒鄰叟。高聲索果栗，欲起時被肘。洙曰：言屢爲掣肘。蘇曰：孔文舉就里人飲，夜深而歸，家人責其遲，曰：「欲命駕，數數被肘。」工部一世偉人，造語深得要妙，胸中無國子監者，不可讀其詩。師曰：足知甫久客，與鄰叟無一日不如此也。指揮過無禮，未覺村野醜。洙曰：舉止無度，不可責禮法也。月出遮我留，仍嗔問升斗。蘇曰：何憙以春秋知名海內，累詔不仕。嗜酒，每飲不問升斗俱盡，醉中猶長褒貶，人皆欽服其量。

嚴中丞枉駕見過彦輔曰：嚴自東川除西川，勑令兩川都節制。一本云「嚴黄門枉駕見過」。

元戎小隊出郊坰，洙曰：詩六月：元戎十乘，以先啓行。注：元，大也。夏后曰：鈎車先正也。殷曰：寅車先疾也。周曰：元戎先良也。爾雅曰：邑外謂之郊，林外謂之坰。問柳尋花到野亭。川合東西瞻使節，洙曰：玄宗在蜀，合東西兩川爲一道，以武爲尹。趙曰：公自注云：嚴自東川除西川，勑令西川都節制〔一〕。地分南北任流洙曰：一作「孤」。萍。洙曰：謂長安有南杜、北杜也。趙曰：公自言也。自蜀望長安，則長安爲北而蜀爲南也。扁舟不獨如張翰，洙曰：晉文苑傳：張翰字季鷹，會稽賀循赴命入洛，

〔一〕西，疑當作「兩」。

經吴閶門〔一〕，於船中彈琴。翰初不相識，乃就循言談，便大相欽悦。問循，知其入洛。翰曰：「吾亦有事北京。」便同載即去，而不告家人。後爲齊王曹冏曹掾。因見秋風起，思蓴鱸，遂命駕南歸。趙曰：晉文苑有張翰傳，傳中别無扁舟之文，唯云爲掾於齊王冏幕，見秋風起，思菰蓴鱸鱠，遂命駕歸吴而已。白帽應兼似管寧。洙曰：魏青龍中徵命管寧，寧不至，常著白帽布襦袴。趙曰：魏管寧傳：青龍中，徵命不至，居海上，常著皂帽。杜佑通典所載亦然。今云著白帽，公必有據也。寂寞洙曰：一作「今日」。江天雲霧裏，何人道有少微星。洙曰：隋天文志：少微四星，在太微西。士大夫之位也。一名處士。明黄則賢士舉矣。晉書隱逸謝敷傳：初月犯少微。一名處士星。占者以隱士當之，俄而敷死。

野望

清秋望不極，迢遞起曾陰。遞，待禮切。趙曰：晉陵冲詩〔二〕：層巒起曾陰。遠水兼天净，孤城隱霧深。葉稀風更落，山迴日初沉。獨鶴歸何晚，昏鴉已滿林。洙曰：譏小人衆多也。蘇曰：陸機晚立江上，獨鶴未至，曰：「獨爾歸晚，昏鴉已滿林矣。」余疑子美先得後句，就而補之。趙曰：何遜詩：昏

〔一〕間，疑當作「閶」。
〔二〕陵，疑當作「陸」。

鴉接翅歸。

暫之漢州作

舟前小鵝兒

洙曰：漢州城西北角官池作。

鵝兒黄似酒，對酒愛新鵝。引頸嗔船逼，無行亂眼多。翅開遭宿雨，力小困滄波。客散曾城暮，狐狸奈若何。

官池春鴈二首

自古稻粱多不足，至今鸂鶒亂爲群。且休悵望看春水，更恐歸飛隔暮雲。師曰：鴈有序，喻兄弟。寇亂，諸弟離散，有阻隔，故云歸飛隔暮雲。

青春欲盡急還鄉，紫塞寧論尚有霜。洙曰：蕪城賦：北走紫塞鴈門。謝靈運詩：季秋邊朔苦，旅鴈違霜雪。翅在雲天終不遠，力微繒繳絶須防。夢符曰：右按文選班固兩都賦：撫鴻罿，御矰繳。師曰：矰繳，言以繩繫矢而射之。

水檻遣心二首

去郭軒楹敞，無村眺望賒。趙曰：無林木謂之材，惟其無材，所以眺望可賒。賒者，遠也。澄江平少岸，幽樹晚多花。細雨魚兒出，微風燕子斜。城中十萬户，此地兩三家。

蜀天常夜雨，尹曰：蜀雅州常多陰雨，號曰漏天。江檻已朝晴。葉潤林塘密，衣乾枕席清。不堪祇老病，何得尚浮名。淺把涓涓酒，深憑送此生。

屏跡三首

用拙存吾道，幽居近物情。桑麻深雨露，燕雀半生成。村鼓時時急，漁舟箇箇輕。杖藜從白首，趙曰：莊子：原憲杖藜而應門。心迹喜雙清。蘇曰：阮瑀白首杖藜來往，亦鄉里中風流事。謝靈運齋中讀書詩曰：昔余遊京華，未嘗廢丘壑。矧乃歸山川，心迹雙寂寞。梅曰：心迹雙清，無塵俗氣也。

晚起家何事，無營地轉幽。竹光團野色，舍一作「山」。影漾江流。失學從兒懶，長貧任婦愁。百年渾得醉，一月不梳頭。趙曰：暗使嵇康云：頭面常一月十五日不洗也。

衰年洙曰：一作「顔」。甘屏迹，幽事供高卧。鳥下竹根行，龜開萍葉過。年荒酒價乏，日併園蔬課。**趙曰**：蓋以乏酒價之文〔一〕，則併課園蔬賣之，以充沽可也〔二〕。猶酌甘泉歌，**洙曰**：一云「獨酌酣且歌」。歌長擊樽破。**修可曰**：世説：王大將軍每酒後輒詠魏武樂府曰：老驥伏櫪，志在千里。烈士暮年，壯心不已。以如意打唾壺，壺盡缺。子美長歌而擊樽破，有類於此。

遠遊

賤子何人記，**師曰**：賤子，甫自稱。何人記，猶言君不録用之也。迷方著處家。**洙曰**：言所至即安。**趙曰**：迷方則漫行而不知所定止也。鮑照擬古云：南國有儒生，迷方獨淪誤。竹風連野色，江沫擁春沙。種藥扶衰病，吟詩解嘆嗟。**洙曰**：詩：言之不足，故嗟嘆之。似聞胡騎走，失喜問京華。**洙曰**：失喜，言出於不自覺。

奉和嚴中丞西城晚眺十韻

汲黯匡君切，**洙曰**：前漢：汲黯字長孺，武帝時爲中散大夫，以數切諫，不得久留，内遷於東海太守。

〔一〕文，疑當作「故」。
〔二〕可，疑當作「直」。

武帝曰：「古有社稷之臣，如汲黯近之矣。」廉頗出將頻。洙曰：史記：廉頗，趙之良將。頻爲趙將，兵破齊、魏。直詞才不世，雄略動如神。洙曰：取汲黯之直言、廉頗之雄略，以美嚴公也。政簡移風速，洙曰：史記世家：太公至國脩政，因其俗，簡其禮，民多歸齊，比三月而報政成。周公曰：「政不簡不易，民不有近。平易近民，民必歸之。」詩清立意新。余曰：呂氏童蒙訓：老杜詩云：清詩立意新。最是作詩用力處。蓋不可循習陳言，只規摹舊作也。魯直云：隨人作計終後人。又云：文章切忌隨人後。此自魯直處也。近世人學老杜多矣，左規右短，不能稍出新意，終成屋下架屋，無所取長。魯直下語未嘗似前人，而卒與之合，此爲善學。層城臨媚洙曰：一作「暇」。景，絶域望餘春。洙曰：層城，高城也。絶域，遠域也。言蜀與京畿遠絶。旗尾蛟龍會，洙曰：禮：蛟龍爲旂。樓頭鷰雀馴。師曰：言公之德及鳥獸也。地平江動蜀，天闊樹浮秦。趙曰：此兩句張大城上所望之遠也。帝念深分閫，洙曰：馮唐曰：上古王者之遣將也，跪而推轂曰：「閫以内者，寡人制之。閫以外者，將軍制之。」韋昭曰：此郭門之閫也。門中橛曰閫。軍須遠筭緡。洙曰：軍須，師旅之費也。漢武元狩四年，初筭緡錢。李旻曰[一]：緡，絲也。以貫錢出筭二十也[二]。師古曰：謂有儲積錢者，其緡貫而稅之。花羅封蛺蝶，蘇曰：漢武時，西域獻蛺蝶羅。師曰：筭緡，衰世之

[一] 旻，疑當作「斐」。
[二] 據漢書，此句疑當作「以貫錢也。一貫千錢，出筭二十也。」

法。公貢花羅瑞錦以應軍須，與箕緡者遠矣。**瑞錦送麒麟。**洙曰：蛺蝶麒麟羅，錦上絲繡也。蘇曰：漢武：日本國貢麒麟錦十端，金花眩人眼目。趙曰：言嚴公之入貢，不忘朝廷也。**辭第輸高義，**洙曰：霍去病傳：上爲治第，令視之〔一〕，對曰：「匈奴未滅，無以家爲。」由此上益重愛之。**觀圖憶古人。**洙曰：馬援傳：顯宗圖畫建武中名臣列將於雲臺，以椒房故，獨不及馬援。東平王蒼觀圖，言於帝曰：「何故不畫伏波將軍像？」帝笑而不言。趙曰：言嚴公可與古人爲比，當圖畫之。**征南多興緒，事業闇相親。**晉杜預作征南將軍。興緒，公自爲譜，以預爲祖。

奉酬嚴公寄題野亭之作

拾遺曾奏數行書，洙曰：公曾任左拾遺。**懶性從來水竹居。奉引濫騎沙苑馬，**洙曰：赭白馬賦：弭雄姿以奉引。公有沙苑馬詩。趙曰：拾遺掌供奉，則騎馬以奉引。**幽棲真釣錦江魚。謝安不倦登臨費，**洙曰：以謝安比嚴公也。安寓居會稽，與王羲之、高陽許詢、桑門支遁遊處，出則漁弋山水。每往臨安山中，坐石室，臨濟谷，放情丘壑。然每遊賞處，必以妓女從之。**阮籍焉知禮法疏。**洙曰：阮籍性疏

〔一〕今，疑當作「令」。見杜集札記。

懶，至爲禮法之士疾之如讎焉。**師曰**：唐於沙苑置坊監養馬。甫爲拾遺，侍肅宗收復京師。奉引者，導駕也。武數過子美草堂，携酒饋遺頗厚，故云「謝安不倦登臨費，阮籍焉知禮法疏」。公自釋不著鵕鸃冠之罪也。杜沐**洙曰**：一作「今日」。旌麾出城府，草茅無**洙曰**：一作「荒」。逕欲教鋤。**洙曰**：卜居賦：寧誅鋤草茅以力耕乎。

中丞嚴公雨中垂寄見憶一絶奉答二絶

雨映行宫辱贈詩，元戎肯赴野人期。**洙曰**：一云「元戎欲動野人知」。江邊老病雖無力，强擬晴天理釣絲。

何日雨晴雲出溪，白沙青石光**洙曰**：一云「洗」。無泥。只須伐竹開荒徑，拄杖穿花聽馬嘶。**洙曰**：一作「鳥啼」。**趙曰**：側聽嚴公之馬嘶也。

謝嚴中丞送青城山道士乳酒一瓶

山瓶乳酒下青雲，氣味濃香幸見分。鳴鞭走送憐漁父，**趙曰**：謝靈運詩：鳴鞭適大阿。漁父，公自謂也。洗盞開嘗對馬軍。**洙曰**：軍州，謂馬軍。蓋以騎兵送酒。**趙曰**：公自注：軍州謂驅使騎爲馬軍。以漁父對馬軍，爲工矣。**師曰**：遣馬軍走送乳酒。

戲贈二友

元年建巳月，**洙曰**：肅宗去上元三年年號，止稱元年，月以斗建辰爲名也。**師曰**：肅宗止稱元年，復以月建之辰稱月，蓋法上古之制也。年號自漢武帝方有之，甫特於此年以元年建巳月爲稱，記肅宗之立上古制。不然，何以謂之詩史乎。郎有焦校書。自誇足膂力，能騎生馬駒。一朝被馬踏，脣裂板齒無。壯心不肯已，欲得東擒胡。**趙曰**：公使魏武帝樂府云：老驥伏櫪，志在千里。烈士暮年，壯心不已。**師曰**：胸腸之間曰膂。生馬駒，其馬未調習者。板，大齒也。仲尼嘗譏子路：暴虎馮河，死而無悔，爲其好勇故也。此詩雖云諧戲，亦爲好勇者之戒。

元年建巳月，官有王司直。馬驚折左臂，骨折面如墨。**洙曰**：國語：望之如墨。駑駘漫染泥，何不避雨色。**師曰**：觀此詩有「何不避雨色」之句，蓋爲躁進者之戒云。勸君休嘆恨，未必不爲福。**洙曰**：此詩所諷近白居易新豐折臂翁。**趙曰**：淮南子云：塞上翁馬亡入胡，人皆弔之。曰：「何知非福？」居數月，其馬引胡駿馬而歸，人皆賀之。曰：「何知非禍？」及家富馬良，其子好騎，墮而折髀，人又弔之。曰：「何知非福？」居一年，胡人大入，丁壯戰死者十九。其子獨以跛故，父子得獲相保。舊注引居易折臂翁，穿鑿矣。

嚴公仲夏枉駕草堂攜酒饌魯曰：得寒字。一云「鄭公枉駕攜饌訪水亭」。

竹裏行厨洗玉盞，花邊立馬簇金鞍。蒼舒曰：古樂府：對酒行金樽，清俊滯玉盤。亟來親。又白馬行：白馬黄金鞍，蹀躞柳城前。又輕薄篇：象床沓繡被，玉盤傳騎食。非關使者徵求急，趙曰：莊子載：顔闔守陋閭，魯君之使者至，闔對曰：「恐聽者謬而遺使者罪，不若審之。」使者還，反審之，復求之，不得矣。自識將軍禮數寬。洙曰：嵇康書云：阮籍爲禮法之士所繩，賴大將軍保持之。百年地僻柴門迥，五月江深草閣寒。看弄漁舟移白日，老農何有罄交歡。趙曰：老農，公自言也。

嚴公廳宴同詠蜀道畫圖得空字。

日臨公館静，畫列地圖雄。劍閣星橋北，洙曰：華陽記：李冰造七星橋，上應七星。松州雪嶺東。洙曰：西山有松州，當吐蕃要衝也。趙曰：雪嶺在今威州之外，冬夏常雪。華夷山不斷，吴蜀水相通。興與煙霞會，清樽幸不空。

奉送嚴公入朝十韻

鼎湖瞻望遠，趙曰：前漢郊祀志：黄帝採首山銅，鑄鼎於金山下。鼎既成，龍有垂胡髯下迎。後世因名其處曰鼎湖。**象闕憲章新。**洙曰：陸佐公石闕銘：以爲象闕之制，其來已遠。春秋設舊章之教，經禮垂布憲之文。**四海猶多難，中原憶舊臣。與時安反側，自昔有經綸。感激張天步，**洙曰：劉越石詩：鄧生何感激，千里來相求。**從容静塞塵。南圖回羽翮，**洙曰：莊子：夫鵬九萬里而圖南。趙曰：言嚴公入朝如鵬之圖南也。**北極捧星辰。漏鼓還思晝，宫鶯罷囀春。空留玉帳術，**趙曰：唐藝文志有玉帳經一卷。蓋兵書也。**愁殺錦城人。**趙曰：人思戀之也。**閣道通丹地，**洙曰：禁中謂之彤庭，言丹地也。張正己艷歌：執戟趨丹地。**江潭隱白蘋。**洙曰：柳渾詩：汀洲採白蘋。趙曰：公自言也。爾雅曰：萍之大者曰蘋也。**此生那老蜀，不死會歸秦。公若登台輔，臨危莫愛身。**洙曰：言當殺身成仁。

王狀元集百家注編年杜陵詩史十五卷

王狀元集百家注編年杜陵詩史十六卷

上元二年暫之漢州作

送嚴侍郎到綿州同登杜使君江樓宴得心字。

野興每難盡，江樓延賞心。歸朝送使節，落景惜登臨。稍稍煙集渚，微微風動襟。重船依淺瀨，輕鳥度層陰。檻峻背幽谷，窗虛交茂林。燈光散遠近，月彩静高深。城擁朝來客，**師曰**：言滿城擁送侍郎之來。天橫醉後參。**師曰**：參，西方之宿。蜀在西，以江樓之高，逼於參星。窮途衰謝意，苦調短長吟。此會共能幾，諸孫賢至今。**師曰**：杜使君乃宗人。不勞朱户閉，自待白河沉。**趙曰**：白河，謂銀河也。**師曰**：白河沉，言天曙不現，不勞閉户，坐待白河沉也。

奉濟驛重送嚴公四韻

遠送從此別，青山空復情。幾時盃重把，昨夜月同行。列郡謳歌惜，三朝出入榮。**洙**

曰：三朝，武仕明皇、肅、代也。江村獨歸處，一作「去」。寂寞養殘生。

巴西驛亭觀江漲呈竇使君

宿雨南江漲，波濤亂遠峰。孤亭凌噴薄，洙曰：見「真氣森噴薄」注。萬井逼春容。趙曰：《記》注：春容，謂重繫鍾也。霄漢愁高鳥，黄曰：鳥愁，言不得其食。泥沙困老龍。蘇曰：吴漢：老龍失勢，暫困泥沙。天邊同客舍，携我豁心胸。

又一首新添。

轉驚波作怒，即恐岸隨流。賴有杯中物，還同海上鷗。黄曰：《列子》：海上人好鷗鳥，其父欲取玩之。明日，之海上，鷗鳥舞而不下。關心小剡縣，傍眼見揚州。爲接情人飲，朝來減片愁。

又呈竇使君

向晚波微緑，連空岸脚青。日兼春有暮，愁與醉無醒。漂泊猶盃酒，踟蹰此驛亭。相看萬里別，同是一浮萍。

海棕行鄭曰：棕字，以意逆之，當作子冬切。趙曰：海棠記載李贊皇公云：花木以海爲名者，悉從海上來。

左綿公館清江濆，師曰：綿州，涪水所經。涪居其右，綿居其左，故曰左綿。**海棕一株高入雲。**修可曰：古樂府：高城上入雲。**龍鱗犀甲相錯落，蒼稜白皮十抱文。自是衆木亂紛紛，**趙曰：王長元吉古意云〔一〕：况復飛營夜〔二〕，木葉亂紛紛。**海棕焉知身出群。移栽北辰不可得，時有西域胡僧識。**師曰：北辰，喻君也。夫大材生非其地，人無識者，其與衆木紛亂，何以異乎？中國無人識而胡僧識之，正仲尼欲居九夷之意。

越王樓歌

綿州州府何磊落，顯慶年中越王作。洙曰：太宗子越王貞也。顯慶中爲綿州刺史，創此樓。顯慶，中宗年號〔三〕。趙曰：作者，言其作綿州也。**孤城西北起高樓，**洙曰：古詩：西北有高樓，上有浮雲齊。

〔一〕王長元吉，疑當作「王元長」。

〔二〕營，疑當作「螢」。

〔三〕中宗，疑當作「高宗」。見杜集札記。

碧瓦朱甍照城郭。趙曰：神仙傳：蔡少霞夢人託書新宫銘，有云：碧瓦鱗差。沈佺期詩：紅日照朱甍。樓下長江百丈清，山頭落日半輪明。君王舊跡今人賞，轉見千秋萬古情。

姜楚公畫角鷹歌

楚公畫鷹鷹戴角，殺氣森森洙曰：一云「如」。到幽朔。觀者貪愁掣臂飛，趙曰：如在幽朔見此鷹之殺氣，蓋名鷹出於此地也。畫師不是無心學。此鷹寫真在左綿，却嗟真骨遂虚傳。梁間燕雀休驚怕，亦未摶空上九天。師曰：書曰：宅朔方。曰：幽都，幽陰也。朔，北也。幽朔，肅殺之方。此鷹殺氣窮極幽朔。掣臂，謂掣臂鞲而欲飛。物有異質，而世所未嘗覩，人見之必駭而不信。畫師不是無心學，蓋恐人未之信也。末章譏朝廷之士稱才角出者，率有虚名而無實效。

觀打魚歌

綿州江水之東津，魴魚鱍鱍色勝銀。洙曰：詩：魴魚赬尾。鱍鱍，跳躍貌。修可曰：小雅曰：魴，鮃也。今之鯿魚是。陸機疏曰：魴魚廣而薄，肥甜而少肉。細鱗之美者也。漁人漾舟沉大綱，截江一擁數百鱗。衆魚常才盡却棄，赤鯉騰出如有神。洙曰：陶弘景本草曰：鯉最爲魚中之主，形可愛，又能神變，乃至飛越山湖，所以琴高乘之也。潛龍無聲老蛟怒，迴風颯颯吹沙塵。饔子左右揮霜刀，鱠飛金盤白雪高。**洙曰**：西征賦：饔人縷切，鑾刀若飛。應刃落俎，靃靃霏霏。徐州禿尾不足憶，漢陰槎頭遠遁逃。**洙曰**：禿尾、槎頭，皆魚名。魴魚肥美知第一，既飽驩娛亦簫瑟。**趙曰**：廣州記曰：魴魚廣而肥甜，魚之美者也。君不見朝來割素鬐，**鄭曰**：渠伊切，魚鬣也。咫尺波濤永相失。**師曰**：綿州，蜀西川道。魚善變化，乃龍之類。老蛟怒，惡傷其類故也。禿尾、槎頭、縮項，皆魚之名。既飽歡娛亦蕭瑟，謂樂極則哀繼之。春秋：隱公矢魚於棠，聖筆書之，以爲譏。甫此詩初叙得魚之樂，而末則有「咫尺波濤永相失」之句，豈非得聖人危亡之戒耶。

又觀打魚

蒼江漁子清晨集，設網提綱萬**洙曰**：一作「取」。魚急。能者操舟疾若風，**鄭曰**：操，七刀切，持也。撐突波濤挺叉入。**洙曰**：顔回濟於觴深之泉，見操舟者若神。西征賦：徒觀其鼓拖回輪，灑鉤投網，重餌出入〔一〕，挺叉來往也。**定功曰**：莊子：津人之操舟若神，且曰：書游者數能也〔二〕。潘安仁西征賦：

〔一〕重，疑當作「垂」。見杜集札記。

〔二〕書，疑當作「善」。見杜集札記。

垂耳出入〔一〕，挺叉往來。**小魚脱漏不可紀，半死半生猶戢戢。大魚傷損皆垂頭，屈强泥沙有時立。** **鄭曰：** 屈强，正作「倔」，渠勿切，梗戾也。**洙曰：** 蜀志曰：武陽小魚大如針，一斤千頭。蜀人以爲醬。七發云：其根半死半生。**東津觀魚已再來，主人罷鱠還傾盃。日暮蛟龍改窟穴，** **趙曰：** 此言打魚之故而驚動神物也。**山根鱣鮪隨雲雷。** **修可曰：** 郭璞注：爾雅曰：鱣，大魚，似鱏而鼻短，口在頷下，體有斜行甲，無鱗，肉黄，江東人呼爲黄魚。**干戈兵革鬭未止，** 一云「干戈革鬭尚未已」。**鳳凰麒麟安在哉。吾徒胡爲縱此樂，暴殄天物聖所哀。** **洙曰：** 春秋繁露曰：恩及虫魚，則麒麟至。孝經援神契曰：德至鳥獸，則鳳凰翔。**師曰：** 叉，魚叉也，持以入水網大繩也。所以舉網覆巢毁卵，則麒麟不至，鳳凰不翔。自禄山之亂，干戈日尋，戕害生民之命，亦已甚矣。蛟龍改窟穴，鱣鮪隨雲雷，喻賢人君子遇亂而遁迹也。聖人仁及草木昆虫，今於戰鬭之際，復暴殄天物若此，仁人君子忍爲之乎？使甫得時遇主，其仁政自可見也。

相從歌 **魯曰：** 贈嚴二别駕。時方經崔旰之亂。**師曰：** 崔旰殺郭英乂，成都亂，適東川，與嚴别駕相遊從，一見如舊，故作此。

〔一〕 耳，疑當作「餌」。見杜集札記。

我行入東川，十步一回首。**梅曰**：憶舊隱也。成都亂罷氣蕭瑟，浣花草堂亦何有。**師曰**：草堂爲賊焚，故云云。梓州豪俊大者誰，本州從事知名久。**趙曰**：指豪俊者，謂嚴二也。**師曰**：梓州屬東川，嚴二爲梓州別駕，如今之通判，乃梓州人爲本州從事。把臂開樽飲我酒，酒酣擊劍蛟龍吼。烏帽拂塵青螺粟，紫衣將炙緋衣走。**趙曰**：指言從人也。青螺粟，則帽之紋也。銅盤燒蠟光**洙曰**：一作「炎」。吐日，**安石曰**：銅盤，燭臺盤承淚者。夜如何其初促膝。**洙曰**：言將以紫綬易緋衣。促膝，言膝相近也。入則促膝密語。黄昏始扣主人門，**師曰**：新相知也。誰謂俄頃膠在漆。**洙曰**：古詩：以膠投漆中。**師曰**：古云：自謂膠漆堅，不如雷與陳。甫一見嚴二便如膠漆之固。萬事盡付形骸外，**趙曰**：莊子曰：索我於形骸之外。百年未見歡娛畢。神傾意豁真佳士，久客多憂今愈疾。高視乾坤又可愁，一軀交態同悠悠。**逢原曰**：翟公云：一貧一富，乃知交態。悠悠，泛交也。甫視乾坤之内，雖大相知者，皆泛泛爾。垂老遇君未恨晚，似君須向古人求。**洙曰**：魏志張邈傳後：陳登字元龍，劉備曰：「若元龍文武膽志，當之於古人耳[一]。」晉王戎從弟衍字夷甫，帝聞其名，問戎曰：「夷甫當時誰比？」戎對曰：「未見其比，當從古人中求耳。」

[一]「當」下疑闕「求」字。見杜集札記。

九日登梓州城

伊昔黄花酒，如今白髮翁。追歡筋力異，望遠歲時同。弟妹悲歌裏，朝廷醉眼中。**蘇曰**：索休曰：近戮子胥，朝廷在吾醉眼中矣。兵戈與關塞，**趙曰**：兵戈以言戰鬭，關塞以言戍屯。時吐蕃之亂，既與之戰，且有防守也。此日意無窮。

九日奉寄嚴大夫**趙曰**：時嚴武歸朝，以御史中丞進爲大夫，故云。

九日應愁思，經時冒險艱。不眠持漢節，**趙曰**：謂嚴武充明皇、肅宗山陵橋道使也。何路出巴山。**趙曰**：公自言也。蓋公時方在梓，久客厭倦而欲出耳。小驛香醪嫩，重巖細菊班。遥知簇鞍馬，迴首白雲間。**趙曰**：公遥想其簇鞍馬而回首白雲以望之。此嚴武所謂「杜二見憶」者，謂此也。

宗武生日**彦輔曰**：宗武小名驥子，曾有詩「驥子好男兒」，又云「驥子最憐渠」。

小子何時見，**蘇曰**：王肅思男，謂弟曰：「何時得見小子。」**趙曰**：老杜既有盛名於時，則人皆知其有是子也。高秋此日生。自從都邑語，已伴老夫名。**洙曰**：禮：自稱曰老夫者。詩是吾家事，人傳世上情。**趙曰**：既以詩擅名，而世間愛之者多，故云。熟精文選理，唐儒學傳：李善，揚州江都人，嘗注解文選，分爲十六卷〔一〕，表上之。賜卷一百二十匹〔二〕，詔藏於秘閣。善嘗受文選於同郡人曹憲，寓居汴、鄭之間，以講文選爲業。尹曰：梁昭明太子賢集古人文詞詩賦爲文選，李善嘗受文選於曹憲，後遂解注文選十六卷〔三〕。**休覓綵衣輕。**洙曰：列女傳曰：老萊子老養二親，行年七十，嬰兒自娛，著五色綵衣，嘗因取漿水上堂跌仆，因卧地爲小兒啼。或弄烏鳥於親側。趙曰：老萊子者五綵色衣戲於親側〔四〕。此言「熟精文選理」，所以責望其子而已，雖綵衣之輕，猶使之休覓也。**凋瘵筵初秩，**洙曰：小雅：賓之初筵，左右秩秩。箋云：筵，席也。秩秩，肅敬也。海賦：爲凋爲瘵。**欹斜坐不成。流霞分片片，**夢符曰：右按抱朴子：項曼卿修道山中，升天遊紫府，仙人飲流霞一杯，輒不飲渴。**涓滴就徐傾。**洙曰：河東項曼卿好道，去家三十年而反，曰：「去時有數仙人將上天，離日數里，止日之旁，甚寒悽愴。饑飲食，輒飲我流霞一盃，每數月不饑。」隋江總爲馬腦杯賦：翠羽流霞之杯。庾信有示内人詩：定取流霞氣，將添承露杯。趙曰：抱朴子：項曼自言至天上，過紫府，金床几〔五〕，晃晃昱昱。仙人以流霞一杯飲之，輒不饑渴。王丘之云：項曼。舊注又誤爲曼卿，故表

〔一〕十六，疑當作「六十」。
〔二〕卷，疑當作「絹」。
〔三〕十六，疑當作「六十」。
〔四〕者，疑當作「著」。
〔五〕「几」前疑闕「玉」字。

出之。

嚴氏溪放歌 **彦輔曰：** 時郭英乂代嚴武鎮蜀，麄暴不能容，甫故有公卿獨驕之作。

天下甲馬未盡銷，豈免溝壑常漂漂。**洙曰：** 成都在劍嶺之南。**劍南歲月不可度，邊頭公卿仍獨驕。** **趙曰：** 此謂居邊之守臣也。謂之獨，蓋有跋扈不遵王命之意矣。舊注謂時郭英乂代嚴武鎮蜀，麄暴則固然矣，然英乂乃成都尹，豈得謂之邊頭公卿乎？非公詩本意。**費心姑息是一役，肥肉大酒徒相要。** **洙曰：** 此詩譏邊臣顧望不爲朝廷憂也。**趙曰：** 費心姑息，特一役耳，何補於事哉。禮記謂：小人之愛人也以姑息。呂氏春秋曰：肥肉厚酒，務以自强。**嗚呼古人已糞土，獨覺志士甘漁樵。** **師曰：** 昔周公吐握待士，今公已糞土，此有志之士混於漁樵而莫之出，蓋譏英乂不能禮賢下士，是以寡援而爲崔旰之所勦也。**況我飄轉無定所，** **洙曰：** 時甫方避地，流徙無所依止。**終日慼慼忍羇旅。** **鄭曰：** 慼，且的切，痛也。**秋宿霜溪素月高，喜得與子長夜語。東遊西還力實倦，從此將身更何許。知子松根長茯苓，遲暮有意來同煮。** **鮑曰：** 永泰元年，公在成都。夏，嚴武卒，郭英乂代爲節度，苛暴不能容公，故公往來東川，所謂「東遊西還力實倦」之句。**趙曰：** 楚辭：傷美人之遲暮。此末句傷歲晚矣，欲服餌長生之藥也。**師曰：** 甫意欲暮年與嚴氏同隱溪，故云。

歸成都迎家遂徑往梓

秋盡

秋盡東行且未迴，茅齋寄在少城隈。**洙曰：**蜀之張儀城也。**趙曰：**公將往於東蜀矣，姑寄草堂放成都也。少城，城内小城也。籬邊老却陶潛菊，**洙曰：**陶潛詩：採菊東籬下，悠然見南山。江上徒逢袁紹盃。**洙曰：**典略曰：劉松、袁紹於河朔三伏之際，晝夜飲酒，至於無知，以避一時之暑。故河朔間有避暑之飲。雪嶺獨看西日落，**趙曰：**西山謂之雪嶺。劍門猶阻**洙曰：**一作「斷」。北人來。**洙曰：**言京信尚阻。不辭萬里長爲客，懷抱何時得好開。

秋笛

清商欲盡奏，奏苦血沾衣。**趙曰：**五音惟商最悲，今欲盡奏以全其曲，則聞者必揮涕而繼之以血也。他日傷心極，征人白骨歸。**趙曰：**它日士有死於戰而以白骨歸時，聞此聲尤傷心矣。相逢恐恨過，故作發聲微。**趙曰：**恐聞此而恨極，故發聲微細矣。不見秋雲動，悲風稍稍飛。**洙曰：**言笛聲哀切，風雲亦爲之悽慘。**趙曰：**蓋言不獨人愁而已，雖天亦爲之愁，故雲動而風悲也。

十一月往射洪縣通泉縣

野望

金華山北洙曰：一作「南」。涪水西，趙曰：金華山，涪涪皆射洪縣也〔一〕。仲冬風日始淒淒。山連越嶲蟠三蜀，鄭曰：嶲，悉委切。唐韻：郡名。十州志：漢置越嶲郡，以隸三蜀。洙曰：東西兩川及梁，謂之三蜀。田曰：左太冲賦注：三蜀，蜀郡、廣漢、犍爲也。水散巴渝下五溪。洙曰：越嶲，郡名也。當南蠻之要。李德裕鎮蜀日，置屯以制蠻寇。五溪屬交阯。馬援征五溪蠻，見上注。鄭曰：巴、渝二州。十州志：太清四年，武陵王於巴陵置楚州，隋改爲渝州。獨鶴不知何事舞，饑烏似欲向人啼。射洪春酒寒仍淥，目極傷神誰爲携。洙曰：射洪，縣名，屬梓州。

冬到金華山觀因得故拾遺陳公學堂彦輔曰：拾遺，唐陳子昂也。少讀書於金華山。程曰：子昂，梓州射洪人。射洪在州東南六十里。子昂未達時，在金華山讀書，有書堂尚存。甫遊金華，因得子

〔一〕後一「涪」字疑當作「水」。見杜集札記。

昂書堂，遂有此作。

涪右衆山内，**鄭曰**：涪，扶鳩切，水水出徼外[一]，南入漢。金華紫崔嵬。**洙曰**：爾雅：石戴土，謂之崔嵬。陸士衡：西山何其峻，層曲鬱崔嵬。上有蔚藍天，蔚，紆勿切。**師曰**：金華神仙有三十六洞天，八十一福地。蔚藍天，乃洞天之名。金華山有觀，故云云。垂光抱瓊臺。**洙曰**：孫綽遊天台賦：瓊臺中天而顧居。**趙曰**：蔚藍則茂蔚之藍。今詩人言水曰挼藍，則天之青亦可言蔚藍。近世韓子蒼出汴州即事詩云：恍然不悟身何處，水色山光盡蔚藍。繫舟接絶壁，杖策窮縈回。**洙曰**：陸士衡：杖策將遠尋。**趙曰**：謝靈運詩：晨策尋絶壁。四顧俯層巔，**修可曰**：謝靈運：築臺基層巔。淡然川谷開。雪嶺日色死，霜鴻有餘哀。焚香玉女跪，霧裏仙人來。**洙曰**：曹植遠遊詩曰：靈鼇戴萬丈，神嶽儼嵯峨。仙人翔其隅，玉女戲其阿。陳公讀書堂，石柱仄青苔。悲風爲我起，激冽傷雄材。**洙曰**：古詩：浩歌正激冽。唐書：陳子昂，梓州射鴻人[二]，苦節讀書，尤善屬文。初爲感遇詩三十首。王適見而驚曰：「此子必爲天下文宗。」後詣闕上書，自稱梓州射鴻縣草莽愚臣[三]。則天召見，奇其對，拜麟臺正字。文詞宏麗，甚爲當時所重。

[一] 前一「水」字疑當作「涪」。

[二] 鴻，疑當作「洪」。見杜集札記。

[三] 鴻，疑當作「洪」。

新書：子昂有所論著，當時以爲法。及載：武后嘗問調元氣以何道，而子昂勸后興明堂太學。而史臣譏其以王者之事勉女主，故卒爲訕侮而不用也。**師曰：**子昂遭時無明聖之君，故其才不得展，甫傷之，故云云。雖傷子昂，亦自傷也。

陳拾遺故宅

拾遺平昔居，大屋尚脩椽。蘇曰：郯鑒：脩椽大屋，貯青眉粉質。**悠揚荒山日，慘淡故園煙。位下曷足傷，所貴者聖賢。**洙曰：按子昂勸后興明堂太學，及條上利便三事，莫非賢聖之先務。具載新書。**有才繼騷雅，哲匠不比肩。**趙曰：子昂初爲感寓詩三十首，王適見而驚曰：「必爲天下文宗。」故公此篇言江左之詩至子昂而初變，蓋本乎離騷、二雅也。殷仲文云：哲匠感蕭辰。**公生揚馬後，名與日月懸。**洙曰：揚雄、司馬相如皆蜀人。蘇曰：郭汭曰：「男兒焉能久生，一死足矣。若輩不見晁錯、紀信，名如日月懸空，誰可掩蔽。吾要明身後名，非苟富貴之徒也。」陳後主壯之。趙曰：使荀子：貴名起於日月。師曰：拾遺，諫官也。子昂嘗爲拾遺，爵位雖卑，不足傷痛。後世所貴於子昂者，以能諫武后爲王者之事，如興明堂、崇太學，皆聖賢之急務。況又作感遇詩三十章，其才可繼離騷、大小二雅，雖當時哲匠善爲詩者，莫與之比肩。子昂生於揚雄、司馬相如之後，時雖不同，其名與日月爭輝，固不減於二子。二子亦蜀人，故甫言及之。子昂平昔與〔一〕。同遊英俊人，多秉輔佐權。**洙曰**：子昂與陸餘慶、王無競、房融、崔泰、盧藏用、趙元最厚善。彥昭超玉價，**洙曰**：超，一作「趙」。**趙曰**：趙彥昭以權幸進，然必有才智者，故以超玉價言之。郭振起通泉。**洙曰**：郭元振舉進士，授通泉尉，後封代國公。餘見後過郭代公故宅。**趙曰**：元振則自通泉而往，先天二年，定策誅竇懷貞等，皆處相位。到今素壁滑，**洙曰**：甚方生曰〔二〕：素壁流光。灑翰銀鉤連。**洙曰**：銀鉤，字勢也。索靖書勢曰：婉若銀鉤，漂若驚鴻。盛事會一時，此堂豈千年。終古立忠義，感遇有遺編。**洙曰**：傳言子昂死，有文集十卷。盧藏用爲之序，盛行於代。**趙曰**：子昂有感遇詩曰「吾觀龍變化」、曰「聖人不利己」、曰「金鼎合還丹」等篇者是也。**師曰**：時同遊之士多秉輔佐之權，獨子昂官不甚顯，至今素壁上尚有諸公墨迹存焉。以此堂經久必壞，不足以傳後代，然忠義之名不朽者，惟感遇詩傳示天下，覽者得以覩子昂之蘊矣。字體如銀鉤屈曲，故云「灑翰銀鉤連」。

謁文公上方

野寺隱喬木，山僧高下居。石門日色異，絳氣橫扶疏。**洙曰**：江文通：絳氣下縈薄。注

〔一〕按，考分門集注杜詩等亦然，疑有闕文。
〔二〕甚，疑當作「湛」。見杜集札記。

云：絳氣，赤霞氣也。**窈窕入風磴，**丁鄧切。**薖曰：**風磴，風路也。石梯曰磴。**逸曰：**窈窕，幽深貌。**長蘿紛卷舒。****洙曰：**陶潛：既窈窕以尋壑。謝靈運：側徑既窈窕。**庭前猛虎卧，****洙曰：**高僧傳：僧惠永感虎來馴。**遂得文公廬。俯視萬家邑，煙塵對階除。吾師雨花外，****洙曰：**高僧傳有講經而天雨花者。**不下十年餘。長者自布金，****洙曰：**給孤長者以黄金側布於祇園地。**禪龕只晏如。**龕音含也。**大珠脱玷翳，白月當空虚。****洙曰：**大珠白月，言其性之圓明也。故佛書有摩尼珠及水月之説。又曰望已前爲白月，望已後爲黑月，見佛書。**甫也南北人，****洙曰：**檀弓曰：今丘也乃東西南北之人也。**革曰：**甫以漂蕩無定矣，故云云。**蕪漫少耘鋤。****師道曰：**謂性地荒而不修也。**久遭詩酒污，****師曰：**甫嗜酒好吟，每多因詩酒忤權貴，故云云。**何事忝簪裾。****端本曰：**簪裾，士大夫之服。**王侯與螻蟻，同盡隨丘墟。願聞第一義，迴向心地初。****洙曰：**第一義，言其教無上也。佛書脩行有十地，以歡喜爲初地。**金篦刮眼膜，**篦，邊迷刮〔一〕，古殺。膜，末各切。**洙曰：**見「金篦空刮眼」注。**師曰：**凡看經明達性本，譬如以金篦刮去眼膜，所視豁然。甫欲文公以無上教開發甫性，使悟無生法。**價重百車渠。**車，音遮切。**洙曰：**法華經：或有行施金、銀、珊瑚、真珠、摩尼、硨磲、瑪瑙。**無生有汲引，兹理儻吹噓。**

〔一〕刮，疑當作「切」。

奉贈射洪李四丈

丈人屋上烏，人好烏亦好。**洙曰**：詩：瞻烏爰止，于誰之屋？注：富人之屋，烏所集也。**修可曰**：尚書大傳曰：武王登夏臺以臨殷氏。周公旦曰：「臣聞之，愛其人者，愛其堂上烏。」人生意氣豁，不在相逢早。**洙曰**：鄒陽：傾蓋如故。**趙曰**：北史李延壽叙傳載：閻信謂其祖李曉之言曰：古人相知，未必在早。南京亂初定，所向色枯槁。**趙曰**：南京，成都府也。肅宗至德二年，以蜀郡爲南京。所謂亂初定，指言前年辛丑之歲四月，劍南東川節度使段子璋反。五月，崔光遠擊斬之。遊子無根株，茅齋付秋草。東征下月峽，挂席窮海島。**洙曰**：謝靈運：泛舟採石華，挂席拾海月。海賦：維長綃，挂長席。萬里須十金，**晁曰**：漢書：百金中人，十家之産。顔師古注：古者一兩金直十千，十金則知爲百千。妻孥未相保。蒼忙風塵際，蹭蹬騏驎老。馬蹭蹬，失勢貌。志士懷感傷，心胸已傾倒。

早發射洪縣南途中作

將老憂貧窶，**魯曰**：詩云：終窶且貧。窶，賤也。筋力豈能及。**趙曰**：使老者不以筋力爲禮。征途乃**洙曰**：一作「復」。侵星，**洙曰**：鮑明遠：侵星赴早路，畢景逐前儔。得使諸病入。鄙人寡道氣，在困無獨立。俶裝逐徒旅，俶，昌六切。**魯曰**：顔延年詩：改服飭徒旅。**修可曰**：張平子思玄賦：占既吉而無悔兮，簡元辰而俶裝。注：俶，始也。**達曙陵險澁。** **洙曰**：潘正叔：世故尚未夷，崤函方險澀。**寒日出霧遲，清江轉山急。** **唐曰**：江爲山所激。**僕夫行不進，駑馬若維縶。** 陟立切。**趙曰**：詩：縶之維之。**汀洲稍疏散，** **何曰**：岸行坦夷也。**風景開怏悒。空慰所尚懷，終非曩遊集。衰顔偶一破，勝事難屢挹。茫然阮籍途，更灑楊朱泣。** **洙曰**：阮籍常不由徑路而行，途窮則哭。楊朱泣多岐。**師曰**：甫遭窮途，至於東西南北，了無定居，安免楊朱之揮淚邪。

通泉驛南去通泉縣十五里山水作

魯曰：地理志：通泉縣在梓州東南百三十里，去縣十五里，有佳山水。諺號沈家坑。甫至此覽眺，愛其山水，而有是作。

溪行衣自濕，亭午氣始散。 **洙曰**：天台賦：羲和亭午，遊氣高褰。**冬温蚊蚋在，人遠鳧鴨亂。** **高曰**：行人少也。**登頓生曾陰，** **洙曰**：江文通：日落長沙渚，曾陰萬里生。**欹傾出高岸。驛樓衰柳側，縣郭輕煙畔。一川何綺麗，** **洙曰**：釗公幹[二]：麗不可忘[三]。**魯曰**：所謂沈家坑也。**盡日窮壯觀。山色遠寂寞，江光夕滋漫。傷時愧孔父，** **修可曰**：孔子嘆鳳泣麟，皆傷時也。**去國**

[一] 釗，疑當作「劉」。
[二] 「麗」前疑闕「綺」字。見杜集札記。

同王粲。**洙曰**：王粲字仲宣，山陽人。避地荆州，後爲魏侍中。在荆州日，嘗思歸，因登樓作賦。**趙曰**：王粲，漢獻帝西遷，西京擾亂，乃之荆州依劉表。其七哀詩：西京亂無象，豺虎方遘患。復棄中國去，遠身適荆蠻。**師曰**：昔魏王粲去國來依劉表，甫去杜鄠而遊蜀，豈不同王粲之去國乎？我生苦飄零，所歷有嗟嘆。

過郭代公故宅

彦輔曰：郭震，字元振，以字顯，封代國公。

豪儁初未遇，其跡或脱略。**洙曰**：江淹賦：脱略公卿，跌宕文史。**師曰**：自昔豪俊之士，多不拘小節，故云云。代公尉通泉，放意何自若。**洙曰**：元振尉通泉，嘗盜鑄及掠賣部口，以餉遺賓客。及夫登衮冕，直氣森噴薄。**洙曰**：靈運吴都賦〔一〕：噴薄沸騰，寂寞長邁。**趙曰**：先天二年，郭元振以兵部尚書復同中書門下。竇懷貞等附太平公主，潛謀不順。玄宗發羽林兵，睿宗聞變，登承天門樓，元振躬率兵侍衛奏上前，奉誥誅懷貞等。無它也。磊落見異人，豈伊常情度。**洙曰**：新書：武后與語，奇之，索文章，上寶劍篇，遂得擢用。後聘吐蕃還，上疏言大將，論欽陵，請去四鎮兵卒，分十姓地爲不便。**趙曰**：此專説讖太平公主

〔一〕靈運，疑當作「左思」。見杜集札記。

事，而舊注又雜之以武后召見奇之，此豈登衮冕時耶。定策神龍後，宫中翕清廓。洙曰：按新書：明皇之誅太平公主，元振獨領軍扈從。事定，宿中書十四日。以功封代國公。趙曰：神龍則中宗即位改元元年，去天先二年凡八年[一]，而學者每疑之。嘗論曰：太平擅寵自中宗而未，則禍胎在神龍而下也。俄頃辨尊親，指揮存顧託。趙曰：太平公主既誅，則君臣之間玄宗得尊位，父子之間玄宗得親傳，所以咸睿宗付託之意矣[二]。群公見慚色，洙曰：玄宗之舉事也，諸宰相皆走伏外省，蕭至忠、竇懷貞等皆從逆。趙曰：玄宗之平亂也，諸宰相皆走伏外省，獨元振摠兵扈帝。王室無削弱。迥出名臣上，丹青照臺閣。劉曰：玄宗封元振代國公，畫像凌煙，故云云。我行得遺迹，洙曰：一作「址」。晏曰：遺迹，故宅也。池館皆疏鑿。壯公臨事斷，顧步涕横落。高詠寶劍篇，定功曰：元振寶劍歌云：君不見昆吾鐵冶飛炎煙，紅光紫氣俱赫然。良工鍛錬凡幾年，鑄作寶劍名龍泉。龍泉顔色如霜雪，良工嗟咨歎奇絶。瑠琉玉匣吐蓮花，錯鏤金環生明月。正逢天下元風塵，幸得用逢君子身。精光黯黯青蛇色，文章片片緑龜鱗。非直結交遊俠子，亦曾親近英雄人。何言中路遭棄捐，零落飄淪古獄邊。雖復埋沉無所用，猶能夜夜氣衝天。趙曰：寶劍篇乃郭代公之奇作，所受知於武后，宜公服膺而高詠之也。神交付冥漠。修可曰：文選潘安仁作夏侯湛誄曰：心照神

[一] 天先，疑當作「先天」。
[二] 咸，疑當作「成」。見杜集札記。

交，唯我與子。南史：劉訏字彦度，阮孝緒博學隱居，不交當世，訏一造之，即顧以神交。列子曰：夢有六候，正噩思覺喜懼，此六夢者神所交也。沈休文和宣城詩：神交疲夢寐，路遠隔思存。

觀薛稷少保書畫壁

少保有古風，得之陝郊篇。洙曰：公詩曰：驅車越陝郊，北顧臨大河。師曰：周公、召公分陝而治。自陝以東，周公主之。自陝以西，召公主之。稷嘗爲古風詩，以美周、召，是有志於周、召而立功名也。惜哉功名忤，但見書畫傳。洙曰：稷，薛收之從子，以詞學知名，博雅，尤工隸書。自貞觀、永徽之際，虞世南、褚遂良時人宗其書跡，自後罕能繼者。稷外祖魏徵富圖籍，多有虞、褚舊跡，稷鋭精模倣，筆態遒麗，當時無及之者。又善畫，博採古跡。睿宗在藩，留意於文學，稷於是特見招引，除太子少保。睿宗嘗召稷入宮中參決庶政，恩遇莫與比。及竇貞伏誅〔一〕，稷以知其謀賜死於萬年縣獄中矣。我遊梓州東，遺跡涪江邊。鄭曰：陪〔二〕，扶鳩切，水出徼外，南入漢。畫藏青蓮界，洙曰：青蓮界，佛寺也。書入金牓懸。洙曰：事見

〔一〕竇貞，疑當作「竇懷貞」。見杜集札記。

〔二〕「陪」，疑當作「涪」。

「天門日射黃金牓」注。**仰看垂露姿，不崩亦不騫。**洙曰：漢曹喜二篆隸〔一〕，變懸針垂露之法。詩天保：不騫不崩。騫，虧也。**鬱鬱三大字，蛟龍岌相纏。**岌，魚及切。趙曰：稷所書慧普寺碑上三字，字方徑三尺許，筆畫雄勁。然公於李潮八分小篆歌云：八分一字直千金，蛟龍盤弩肉倔强〔二〕。是言八分及草書之纏糾，然後可言有蛟龍之勢也。然稷三大字乃真書，其勢豈若蛟龍耶？余嘗到慶寺觀之，三字之傍，有贔屭纏捧，乃龍蛇岌相纏也。詩人道實事，爲壯觀之句耳。**又揮西方變，發地扶屋椽。**趙曰：其所盡西方變相則亡矣〔三〕。**慘淡壁飛動，到今色未填。此行疊壯觀，**師曰：甫獲觀其故宅與書畫，故云疊壯觀。**郭薛俱才賢。不知百載後，誰復來通泉。**洙曰：通泉前有郭代公，後有薛少保，故云郭、薛。

通泉縣署屋壁後薛少保畫鶴

薛公十一鶴，皆寫青田真。洙曰：晉永嘉記：青田有雙鶴，生子即便去。孫曰：地理志：處州青田縣在州東南一百五十里，有雙鶴，生子即便化去。人以爲異。**畫色久欲盡，蒼然猶出塵。**修可曰：北

〔一〕二，疑當作「工」。
〔二〕弩，疑當作「拏」。見杜集札記。
〔三〕盡，疑當作「畫」。見杜集札記。

史：劉歆矯矯出塵，如雲中白鶴。**低昂各有意，**洙曰：薛公畫鶴，低昂皆有意，如返啄疏翎唳天警露之類，皆隨而名之。**磊落如長人。**洙曰：晉書：嵇紹在稠人中，昂然若野鶴在雞群。**佳此志氣遠，豈唯粉墨新。**師曰：鶴磊落，比之賢人無塵俗氣象。甫奇其有遠志，豈特悦其粉墨之新麗哉。**萬里不以力，群遊森會神。威遲白鳳態，**洙曰：揚雄作甘泉賦：夢吐白鳳。秋胡詩：行路正威遲。**非是倉鶊鄰。**洙曰：七月：有鳴倉庚。注：倉庚，黄鸝也。**高堂未傾覆，幸得慰佳賓。曝露牆壁外，終嗟風雨頻。赤霄有真骨，恥飲洿池津。**洙曰：拾遺記：鶴飲洛溪之水。鶴賦〔一〕：多飲於瑶池〔二〕。師曰：甫託意譏賢者羞食汙君之禄，時不用賢之咎也。**冥冥任所往，脱略誰能馴。**洙曰：有遺支遁鶴者，遁曰：「爾沖天之物，寧爲耳目之玩？」遂放之任所往。

陪王侍御同登東山最高頂宴姚通泉晚携酒泛江

姚公美政誰與儔，不減昔時陳太丘。洙曰：世説：陳紀字元方，年十一時候袁紹。袁公問曰：

〔一〕鶴賦，疑當作「舞鶴賦」。見杜集札記。

〔二〕多，疑當作「夕」。見杜集札記。

「卿家君在太丘，遠近稱之，何所履行？」元方曰：「老父在太丘，强者綏之以德，弱者撫之以仁，恣其所安，久而益敬。」袁公曰：「孤往者嘗爲鄴令，正行此事。不知卿家君父何師〔一〕？」元方曰：「周公不師孔子，孔子不師周公。」**邑中上客有柱史，多暇日陪驄馬遊。**洙曰：老子爲柱下史。舊説驄馬御史。**東山高頂羅珍羞，**洙曰：晉謝安雖貴，而東山之志不謝。曹子建：緩帶傾庶羞。**下顧城郭銷我憂。**洙曰：登樓賦：聊假日以銷憂。**清江白日落欲盡，復携美人登綵舟。笛聲憤怒哀中流，妙舞逶迤夜未休。**洙曰：漢武秋風辭：携佳人兮不能忘，横中流兮揚素波。簫鼓鳴兮發棹歌，歡樂極兮哀情多。宋曰：逶迤，即委蛇。**燈前往往大魚出，聽曲低昂如有求。**洙曰：荀子：瓠巴鼓瑟，游魚出聽。師曰：自北以上〔二〕，既陳宴樂之興，遂於末章有警戒之意。蓋樂極則繼之以哀，樂不可過，古人戒之，作詩之體當然。自「三更風起寒」以下，皆警戒之辭。**三更風起寒浪湧，取樂喧呼覺船重。滿空星河光破碎，四座賓客色不動。請公臨深莫相違，迴船罷酒上馬歸。人生歡會豈有極，無使霜露霑人衣。**洙曰：此言極樂則悲來也。修可曰：此倣謝希逸月賦：日月既役兮露欲晞〔三〕，歲方晏兮無與歸。佳期可以還，微霜露

〔一〕父，疑爲衍文。見杜集札記。
〔二〕北，疑當作「此」。見杜集札記。
〔三〕役，疑當作「没」。見杜集札記。

人在。

漁陽彥輔曰：時禄山平，以雍王遥領范陽、盧龍節制，而不出閤。趙曰：按通鑑：十月，以雍王适爲天下兵馬元帥。舊注以雍王受節制而不出閤，非是。**漁陽突騎猶精鋭，**鮑曰：光武曰：「吾聞漁陽、上谷突騎，天下精兵。」趙曰：此指雍王所統之兵。修可曰：引漢光武謂馬武曰：「吾聞漁陽、上谷突騎，欲令將軍將之。」又引唐六典注：蔡邕曰：「冀州强弩，幽州突騎，天下之精也。」其説是。**赫赫雍王都節**洙曰：一作「前」。**制。猛將飄然恐後時，本朝不入非高計。**洙曰：禄山已破，而朝廷不能革其積敝，復以盧龍授蕃鎮，故李懷仙、朱滔之屬得以跋扈，竟不爲朝廷所有也。蘇曰：李靖：西羌犯塞，若不深入虜庭，擣其巢穴，實非高計。趙曰：按編年通載：十月，雍王适大敗史朝義，將以汴州降。十一月，薛嵩等皆以五州降。是歲，公在梓，聞雍王之勝，尚聞河北猶未有入朝者，故告諭諸將等飄然而來，已爲後時，而乃不入本朝，豈高計乎？舊注殊不考按，乃云禄山已破，而復以盧龍受藩鎮，故李懷仙、朱滔之屬得以跋扈，非也。按朱滔反，乃是德宗建中三年。李懷光反，乃是德宗興元元年。以雍王适爲雍王遥，李懷光爲懷仙，此皆顛倒錯亂，疑誤學者。此不得不辨也。**禄山北築雄武城，舊防敗走歸其營。繫書請問燕耆舊，今日何須十萬兵。**洙曰：按新書言禄山計天下可取，逆謀日熾，遂乃築壘范陽，北號强武，峙兵積穀。趙曰：魯仲連繫書約矢以射聊城中也。此篇上兩句舉往事以懲警之也。言禄山初爲走計，而竟不保耳。

黄河二首

鮑曰： 黄河北岸海西軍，胡人高鼻動成群。謂吐蕃入寇。舊注謂禄山，非也。黄河西岸是吾蜀鄭公軍也，謂當狗之戰。舊注謂明皇、肅宗，非也。

黄河北岸海西軍，椎鼓鳴鐘天下聞。鐵馬長鳴不知數，胡人高鼻動成群。**洙曰：** 禄山之反，皆漁陽突騎及所養同羅降奚、契丹曳落河，并誘置諸蕃，皆胡騎也。**趙曰：** 黄河之北，大海之西，則河北一帶之州郡也。此篇言椎鼓鳴鐘，體面如此，至使胡人動成群而來，斯乃罪其不能致力於禦之乎。李陵重報蘇武書云：吟嘯成群，聽之不覺淚下。

黄河西岸是吾蜀，欲須供給家無粟。願驅衆庶戴君王，混一車書棄金玉。**洙曰：** 時明皇在蜀，肅宗起靈武。**趙曰：** 此篇憫蜀人困於供給，而終之以願君王之無侈靡也。如傳云「不寶金玉」之義。

中夜

中夜江山静，危樓望北辰。**洙曰：** 顔延年：起觀辰漢中。長爲萬里客，有媿百年身。**洙曰：** 鮑明遠：争先萬里途，各事百年身。**蘇曰：** 孔融中夜不寐，翻覆生計無補於世，有媿百年身後之名，取羞於子孫。**故國風雲氣，**洙曰：顔延年：故國多喬木，空城凝塞雲。史記：風雲，天之客氣者也。**高堂戰伐塵。胡鶵負恩澤，**趙曰：當時史朝義之亂未除，而公興感亂階自禄山也。**嗟爾太平人。**洙曰：明皇嘗寵禄山，坐於金雞障下。肅宗以爲言。上曰：「胡有異相，吾厭之。」趙曰：公追思而傷及昔爲太平之人，皆被此禍也。師曰：望北辰，言思君也。雲從龍，風從虎，喻君臣會聚。子美家京城，今客萬里之遠，故望風雲之氣，有所感傷也。

王狀元集百家注編年杜陵詩史十六卷

王狀元集百家注編年杜陵詩史十七卷

廣德元年癸卯春在梓之綿之閬復歸梓所作

春日戲題惱郝使君兄

使君意氣凌青霄，趙曰：北山移文云：干青霄而直上。憶昨歡娱常見招。細馬時鳴金騕褭，上於皎，下於了切。修可曰：盧照鄰詩：漢家金騕褭。佳人屢出董嬌饒。洙曰：嬌饒，名姬也。朱子侯有董嬌饒詩。革曰：董嬌饒，妓名也。東流江水西飛鷰，可惜春光不相見。趙曰：此句以興見招之後不復見其姬也，故下句有願携之請焉。句法則古東飛伯勞等歌曰：東飛伯勞西飛鷰，黄姑織女時相見。願携王趙兩紅顔，端本曰：王、趙亦通泉有色之妓。再騁肌膚如素練。通泉百里近梓州，請公一來開我愁。蘇曰：王戎：與公破悶開愁。舞處重看花滿面，樽前還有綿纏頭。洙曰：唐王元寶富而無學識，嘗會賓客。明日，親友謂之曰：「昨日必多佳論。」元寶曰：「但費綿纏頭爾。」田曰：唐明皇宴於清元小殿，自打羯鼓。曲終，戲謂八姨曰：「樂藉今日有幸，約供養夫人，請一纏頭。」八姨曰：「豈有大唐天子阿姨無錢用耶？」出三百萬爲一局爾。**師曰**：前輩詩云：不能文字飲，惟解醉紅裙。甫之戲惱郝使君，蓋一弛一張，君子之道。此亦君戲謔者矣。

絶句

趙曰：或云江邊踏青乃成都事，每以三月三日出郊，言踐踏青草，故謂之踏青。

江邊踏青罷，迴首見旌旗。風起春城暮，高樓鼓角悲。 **修可曰**：唐李綽歲時記云：三月上巳，有錫宴群臣於曲江，傾都人物於江頭禊飲踏青。

鄭城西原送李判官兄武判官弟赴成都府

鄭曰：鄭，七稽切，縣名。在梓州。

憑高送所親，久坐惜芳辰。遠水非無浪， **趙曰**：以言其行路之辛苦。**他山自有春。** **蘇曰**：阮咸歸陳留，衆俱留咸，曰：「看洛中春罷去。」王尚曰：「他山春色甚可人意，清泉白石清人耳目，比洛中無塵土氣味。」**野花隨處發，官** **洙曰**：一作「妖」。**柳著行新。** 行，胡岡切。**天際傷愁別，** **洙曰**：謝玄暉詩：天際識歸舟。**離筵何太頻。** **師曰**：甫與二判官於情最親，臨此送別，言其此去如遠水不能無風浪，它山雖有春，兄弟不得同賞，以至野花官柳觸目使人不能無傷感也。

春日梓州登樓二首

行路難如此，登樓望欲迷。身無却少壯，跡有但羈栖。江水流城郭，春風入鼓鞞。**洙曰**：石勒聞鼓鞞之聲。雙雙新燕子，依舊已銜泥。**洙曰**：謝玄暉詩：風簾入雙燕。古詩：思爲雙飛燕，銜泥巢君堂。**師曰**：甫言久客，一身羈棲，今日登樓所見景物如此，不能無所感。天畔登樓眼，隨春**洙曰**：一作「風」。入故園。**趙曰**：指洛陽也。戰場今始定，移柳更一作「豈」。能存。**趙曰**：史朝義已滅，戰場雖定，而故園舊所移柳更能存乎？更，疑辭也。厭蜀交遊冷，**蘇曰**：廖岸遷居，人問其故，曰：「厭此交態寒冷，故有所適耳。」思吴勝事繁。**歐曰**：晉張翰守官於洛，及秋風起，忽思吴蓴菜鱸魚之興，遂棄官歸。甫既厭蜀，欲適吴、楚，故有思吴之句。應須理舟檝，長嘯下荆門。**定功曰**：袁山松宜都山川記曰：南崖有山名荆門，北崖有山名虎牙，二山相對，有象門然。

泛江送魏十八倉曹還京因寄岑中允參范郎中季明

遲日深春**洙曰**：一作「江」。水，**洙曰**：詩：春日遲遲。輕舟送別筵。帝鄉愁緒外，春色淚痕邊。見酒須相憶，將詩莫浪傳。**趙曰**：言公自負其詩如此。若逢岑與范，爲報各衰年。

送路六侍御入朝

童稚情親四十年，**洙曰：**言相得於總角。中間消息兩茫然。更爲後會知何地，忽漫相逢是別筵。不分桃花紅勝錦，**蘇曰：**李夫人病起，南園桃花盛開，李不悦，武帝問其故，李曰：「不分桃花如錦，惱人病眼。」帝感其言，遂去其花。爲一國笑。生憎柳絮白於綿。劍南春色還無賴，觸忤愁人到酒邊。**趙曰：**不分生憎，所以深言其紅白也。皆俗語中字。惟桃花之深紅，絮之驪白，正是春色放蕩無所倚賴者也。如此故翻是觸忤愁人，斷送令到酒邊，以散其愁。**師曰：**甫與路侍御相得於總角之時，中間不得消息，未知後會在何處。言今春色使人愁悶，不若以酒消遣之。

泛江送客

二月頻送客，東津江欲平。煙花山際重，舟楫浪前輕。淚逐勸盃落，**洙曰：**李陵別蘇武詩：對酒不能酬。**趙曰：**以其行而勸之，既別矣，淚所以落。舊注所引非。愁連吹笛生。**洙曰：**馬融去京踰年，有洛客逆旅吹笛，暫聞之，甚悲感。離筵不隔日，那得易爲情。**洙曰：**離筵祖席也。

上牛頭寺

青山意不盡，衮衮上牛頭。**趙曰：**衮衮，相繼不斷之義。出王濟説：張華説史、漢，衮衮可聽。無復能拘礙，真成浪出遊。花濃春寺静，竹細野池幽。何處鶯啼切，移時獨未休。

望牛頭寺

牛頭見鶴林，**薖曰：**鶴林即靈仙觀也。梯逕繞幽深。**洙曰：**一作「秀麗一何深」。春色浮**洙曰：**一作「流」。山外，天河宿一作「没」。殿陰。**趙曰：**言殿之高也。**詠曰：**言殿高，通天河也。傳燈無白日，**洙曰：**釋書以燈喻法，謂能破暗也。六祖相傳一法，故云傳燈。故釋書有傳燈録，皆言傳法。**趙曰：**此言長明燈也。借傳燈字言之。傳燈所以照夜，而白日亦有燈，故云無白日。舊注遂引傳燈事，非也。布地有黄金。**洙曰：**見「長者自布地」注。**趙曰：**言佛宇。佛書有黄金布地。休作狂歌老，回看不住心。**洙曰：**釋書有「不住相、常住相」。**趙曰：**緣佛書有住相，而公摘用之，義取於「無所住而生其心」也。

上兜率寺兜，當侯切。

兜率知名寺，**洙曰：**佛書有兜率天宫，故取以名寺。真如會法堂。**洙曰：**真如，禪理也。**趙曰：**佛書言真如實際。**江山有巴蜀，**趙曰：江山自有巴、蜀時便有之，此乃羊叔子所謂自有宇宙來便有此山之義。**棟宇自齊梁。庾信哀雖久，何顒好不忘。**洙曰：何顒，後漢人，尚氣節，感友人之義而爲之復父讎，與李膺善，後爲宦者所陷，亡匿汝南，間所至皆親其豪傑。袁紹愛慕之，私與往來，結奔走之友。趙曰：庾信作哀江南賦，所以哀者，以金陵瓦解而身竄荒谷。後漢末，黨事起，顒私入洛陽，從袁紹計議。其窮困閉戹者爲求救援以濟其患。蓋公言身已流離，有庾信之哀矣。而哀愁之中，不忘交好也。何顒者，有救之之心也。師曰：言甫所至，爲人所好。詩所謂「在彼無惡，在此無斁」是也。**白牛車遠近，**趙曰：法華經云：有太白牛肥壯多力，以駕寶車。蓋喻大乘也。**且欲上慈航。**夢符曰：右按清涼禪師序般若心經云：般若者，苦海之慈航，昏衢之巨燭也。

望兜率寺

樹密當山徑，江深隔寺門。霏霏雲氣重，洙曰：九章曰：霰雷紛其無垠兮，雲霏霏而乘宇。**閃浪花翻。**洙曰：海賦：蜩象暫曉而閃屍。**不復知天大，空餘見佛尊。時應清盥罷，**盥，古滿切。**隨喜給孤園。**洙曰：釋書有給孤園，又有給孤長者。

數陪李梓州泛江有女樂在諸舫戲爲豔曲二首

上客迴空騎，佳人滿近船。江清歌扇底，**洙曰：**以扇自障而歌，故謂之歌扇。野曠舞衣前。玉袖凌風並，金壺隱浪偏。競將明媚色，偷眼豔陽天。**洙曰：**一作「年」。**趙曰：**公言佳人自衒其美色，偷眼瞻視春光，以争相勝之意。鮑明遠詩：兹辰自爲美，當避豔陽天。

白日移歌袖，青霄近笛床。翠眉縈度曲，**鮑曰：**古詩云：度曲翠眉低。雲鬢儼分行。立馬千山暮，迴舟一水香。使君自有婦，莫學野鴛鴦。**修可曰：**古樂府柏上桑羅敷行云〔一〕：使君謝羅敷，寧可共載車。羅敷前致詞，使君一何愚。使君自有婦，羅敷自有夫。李梓州泛江有女樂，公用此以諷之。

登牛頭山亭子

路出雙林外，亭窺萬井中。**洙曰：**市井也。江城孤照日，山**洙曰：**一作「春」。谷遠含風。兵革身將老，關河信不通。**趙曰：**吐蕃猶盛也。猶殘數行淚，行，胡岡切。忍對百花叢。

〔一〕柏，疑當作「陌」。

陪李梓州王閬州蘇遂州李果州四使君登惠義寺

春日無人境，虛空不住天。**修可曰：**取佛書「不住相」，意謂天運無常，以成四時。**覺範曰：**不住者，言無著也。鶯花隨世界，樓閣倚山巔。**洙曰：**倚，一作「寄」。耳雅釋名[一]：山頂曰冢，亦曰巔。遲暮身何得，**洙曰：**言衰老而未有所得也。登臨意惘然。誰能解金印，**趙曰：**所以諷四使君也。瀟灑共安禪。**洙曰：**一云「三軍將五馬，若箇合安禪」。**蘇曰：**王得至少室山寺，愛其瀟灑，顧弟待語曰：「好解金印，共此安禪，庶免榮華之事。」弟笑而不答。

送何侍御歸朝 **彥輔曰：**李梓州泛舟筵上作。

舟楫諸侯餞，**趙曰：**言李梓州作泛舟之筵也。車輿使者歸。**洙曰：**御史乃使者。**趙曰：**言何公歸朝也。山花相映發，水鳥自孤飛。春日垂霜鬢，天隅把繡衣。**洙曰：**漢御史繡衣持斧。故人從此去，**洙曰：**一作「遠」。寥落寸心違。

[一] 耳，疑當作「爾」。

江亭送眉州辛別駕昇之得蕪字。

柳影含雲幕，洙曰：一作「重」。趙曰：言幕之如雲也。江波近酒壺。異方驚會面，終宴惜征途。趙曰：曹子建詩：終宴不知疲。沙暖低風蝶，天晴喜浴鳬。別離傷老大，意緒日荒蕪。蘇曰：孔孟傷別離，情悰唯傷老大。

歸鴈

聞道今春鴈，南歸自廣州。見花辭漲海，趙曰：漲海，海名也。避雪到羅浮。是物關兵氣，何時免客愁。年年霜露隔，不過五湖秋。趙曰：五湖霜雪之多，鴈之不宜，故隔而秋不過也。

短歌行魯曰：送祁録事歸合州，因寄蘇使君。

前者途中一相見，人事經年記君面。洙曰：古者有半面之交。趙曰：經年之中，徒記君面而已，不得再相見也。後生相動洙曰：一作「勸」。何寂寥，君有長才不貧賤。洙曰：陳平傳：張負曰：「人固有好美如陳平而長貧賤乎？」趙曰：嵇康云：長才廣度，無所不淹。君今起柂春江流，柂，徒可切。趙曰：柂所以行大舟也。余亦沙邊具小舟。幸爲達書賢府主，趙曰：指言合州蘇使君也。江花未盡會江樓。

惠義寺園送辛員外

朱櫻此日垂朱實，郭外誰家負郭田。萬里相逢貪握手，高才仰望足離筵。

又送

雙峰寂寂對春臺，萬竹青青照洙曰：一作「送」。客盃。細草留連侵坐軟，殘花悵望近人開。同舟昨日何由得，並馬今朝未擬迴。直到綿州始分首，江邊樹裏共誰來。

涪江泛舟送韋班歸京

追餞同舟日，傷春洙曰：一作「心」。一水間。趙曰：一作「傷春」，非但不若傷心之快，古詩云：相望一水間。飄零爲客久，衰老羨君還。花遠洙曰：一作「雜」。重重樹，雲輕處處山。趙曰：一作「花遠」，非。蓋重重樹則已有遠意，不可疊用也。天涯故人少，更益鬢毛斑。

涪城縣香積寺官閣

鄭曰：涪城，梓州縣。

寺下春江深不流，山腰官閣迥添愁。含風翠壁孤雲細，背日丹楓萬木稠。小院回廊春**洙曰**：一作「青」。寂寂，浴鳧飛鷺晚悠悠。諸天合在藤蘿外，昏黑應須到上頭。**洙曰**：釋書有「諸天」，皆言勝樂事，公之末章因以見志也。**蘇曰**：常宗侍煬帝遊寶山〔一〕，帝曰：「幾時到上方？」琮曰：「昏暗，應須到上頭。」左右失笑，帝曰：「淳古君子也。」

題玄武禪師屋壁

何年顧虎頭，**趙曰**：世説載：顧愷之爲虎頭將軍。舊注以爲僧相，誤矣。滿壁畫瀛洲。**修可曰**：顧愷之字長康，小字虎頭，晉陵無錫人。多才氣，尤工丹青，傳寫形勢，莫不絶妙。曾於瓦棺寺北殿畫維摩詰畫訖，光耀月餘日。赤日石林氣，青天江海**洙曰**：一作「水」。流。**趙曰**：此自皆言所畫之景物也。錫飛常近鶴，**洙曰**：天台賦：振金策之鈴鈴。飛錫杖也。有人遺支道林鶴者，道林放之。**田曰**：圖經：舒州灊山最奇絶，而山麓尤勝。誌公與白鶴道人欲之，同謀於梁武帝，帝以二人悉具靈通，俾各以物識其地，得者居

〔一〕宗，疑當作「琮」。

之。道人云：「某以鶴止處爲記。」誌公云：「某以卓錫處爲記。」已而鶴先飛去，至麓將止，忽聞空中錫飛聲，誌公之錫遂卓於山麓。道人不懌，然以前言不可食，遂名以所識室築焉。**杯渡不驚鷗。**洙曰：高僧傳：杯渡者，不知其名姓，常乘木杯渡河，因名焉。不脩細行，不甚精持，飲酒食肉，與俗人不殊。佛圖澄變化詭異，圖澄在石勒時，以爲海鷗。趙曰：傳燈録載：劉宋時，杯渡者，不知姓名，常乘木杯渡水。嘗宿一家，竊一金像去。主人追之，至孟津，浮木杯渡河，無假風棹，輕疾如飛。不驚鷗，使列子海人有狎鷗之意。舊注所引非。**似得廬山路，真隨惠遠遊。**洙曰：世説：遠公在廬山，雖老，講論不輟。弟子中或有墮者，遠公曰：「桑榆之光，理無遠照。但願朝陽之輝，時與並光明耳。」趙曰：言所畫之趣，似是廬山路，可以尋惠遠大師也。沈曰：昔陶淵明與惠遠遊從，結白蓮。杜甫以比之。

韋諷録事宅觀曹將軍畫馬圖引

國初已來畫鞍馬，趙曰：鮑昭詩：鞍馬光照地。**神妙獨數江都王。**鄭曰：名畫記：江都王緒，霍王元軌之子。**將軍得名三十載，人間又見真乘黄。**乘黄，見第三卷瘦馬行注。黄曰：詩：大叔于田，乘乘黄。趙曰：江都王，宗室也。將軍，即曹將軍霸也。明皇雜録云：陳義、曹霸等善繪畫，時稱神妙。乘黄，神馬也。詩：大叔于田，乘乘黄。**曾貌先帝照夜白，**鄭曰：貌，莫角切，貌人類狀。下屢貌同。洙曰：

胡皇馬名〔一〕。別傳云：上乘照夜白。**龍池十日飛霹靂。**蒼舒曰：右按唐會要：明皇在藩邸，宅居興慶里宅，有龍池湧出，日以浸廣。至開元中，爲興慶宮。趙曰：以狀所畫神妙。而照夜白者，乃真龍耳。蓋真龍在圖，感動龍池中龍如此。**内府殷紅馬腦盤，**殷，烏閑切。**婕妤傳詔才人索。**洙曰：唐制：以婕妤、才人代世婦。鄭曰：上即葉，下女諸切。婦官也。**碗賜將軍拜舞歸，**碗，烏管切。或作「椀」。**輕紈細綺相追飛。**趙曰：碗，別本作「盤」。蓋專賜瑪瑙盤，故拜舞婦其從者〔二〕。輕紈，細綺也。吳越春秋：群臣拜舞天顏舒。**貴戚權門得筆跡，始覺屏障生光輝。昔日太宗拳毛騧，**鄭曰：古華切。太宗所乘久駿名，皆平盜時所乘。拳毛騧乃平劉闥時所乘〔三〕。**近時郭家師子花。**洙曰：吐蕃潰，郭子儀收復京師，代宗以花虬賜之〔四〕，一名師子驄。**今之新圖有二馬，復令識者久歎嗟。此皆騎戰一敵萬，縞素漠漠開風沙。**師曰：雖畫縞素之上，而有開拓沙磧之態。**其餘七匹亦殊絶，迥若寒空動煙雪。霜蹄蹴踏長楸間，**楸，此由切。洙曰：曹子建名都篇：走馬長楸間。新，一作「畫」。定功曰：莊子有「馬蹄可以踐霜

〔一〕胡，疑當作「明」。
〔二〕婦，疑當作「歸」。
〔三〕劉闥，疑當作「劉黑闥」。見杜集札記。
〔四〕「花」前疑闕「九」字。

雪」。維摩經：龍象蹴踏，非驢所堪。馬宮厮養森成列。厮，息移切。可憐九馬争神駿，洙曰：漢武帝有九逸。支遁曰：憐其神駿耳。顧視清高氣深穩。借問苦心愛者誰，鄭曰：借，資昔切。後有韋諷前支遁。洙曰：支遁，字道林。憶昔巡幸新豐宫，洙曰：新豐宫，驪山也。趙曰：神駿字，支遁養馬，曰：「余憐其神駿耳。」以支遁養馬，韋諷藏畫馬，皆苦心之所愛矣。翠華拂天來向東。洙曰：南都賦：望翠華之葳蕤。東都賦：旌旗拂天。騰驤磊落三萬匹，皆與此圖筋骨同。洙曰：明皇幸驪山，王毛仲以厩馬數萬從，每色爲一隊，相間若錦繡。自從獻寶朝河宗，趙曰：穆天子傳：天子西征，至陽紆之山，河伯無夷都，是爲河宗。觀春山之寶。所謂「朝河宗」者，河宗朝而獻寶也。無復射蛟江水中。洙曰：元封五年，漢武自尋陽浮江，親射蛟江中，獲之。君不見金粟堆前松柏裏，龍媒去盡鳥呼風。洙曰：漢武歌曰：天馬騋，龍媒〔一〕。金粟堆，在玄宗泰陵南。趙曰：唐舊紀云：玄宗至睿宗橋陵，見金粟岡有龍盤鳳翥之勢，謂侍臣曰：「吾千秋萬歲後，宜葬此。」暨升遐，群臣遵先旨，葬焉。師曰：自禄山反，馬政荒廢，天子猶不偏車騎，良馬戰没殆盡，甫傷之，故云。

〔一〕龍媒，疑當作「龍之媒」。見杜集札記。

送韋諷上閬州録事參軍

國步猶艱難，洙曰：詩：天步艱難。趙曰：此篇憂國愛民之意切矣。兵革未衰息。萬方哀嗷嗷，洙曰：民困於役而無訴，故哀嗷嗷。修可曰：鴻鴈詩：哀鳴嗷嗷。十載供軍食。饒曰：自天寶十四年至寶應間，凡十年。庶官務割剥，不暇憂反側。誅求何多門，晁曰：謂斂取非一端也。賢者貴爲德。洙曰：哀，一作「尚」。載，一作「年」。一云「賢俊愧爲力」。韋生富春秋，洙曰：高五王傳：皇帝春秋富。師古曰：言年幼也。比之於財，方未匱竭，故謂之富。洞澈有清識。操持紀綱地，喜見朱絲直。洙曰：鮑昭白頭吟：直如朱絲繩。當令豪奪吏，洙曰：大吏豪奪。趙曰：管子曰：凡輕重散斂，以時平準，故大賈富家不得豪奪吾人也。自此無顔色。必若救瘡痍，何曰：喻民困傷也。先應去蝥賊。蝥，莫交切。洙曰：去其螟螣，及其蝥賊。詩〔一〕。蘇曰：吴起：善治田者，先去蟊賊，然後獲實。善治國者，先屏姦佞，然後進賢。覺範曰：爾雅釋虫：食心曰蝥。何曰：喻害民之吏。揮淚臨大江，高天意悽惻。行行樹佳政，馬曰：樹，立也。慰我深相憶。洙曰：此詩欲韋抑暴斂也。

〔一〕「詩」疑當在「去其螟螣」前。

陪章留後惠義寺餞嘉州崔都督赴州

中軍待上客，洙曰：晉以郤縠將中軍。孔融謂李膺爲登龍之上客。趙曰：中軍指章留〔一〕，上客指崔都督。左傳凡言某人中軍，則以言主將也。令肅事有恒。前驅入寶地，洙曰：縣令負弩前驅。祖帳飄金繩，洙曰：法華經：國名離垢，琉璃爲地，有八交道，黄金爲繩。趙曰：前漢疏廣：故人邑子爲名祖道供帳〔二〕。蓋摘用之耳。言佛寺佛居以七寶爲地。南陌洙曰：一云「伯」。既留歡，兹山亦深登。清聞樹杪磬，遠謁雲端僧。洙曰：鮑明遠〔三〕：雲端楚山見。迴策匪新岸，所攀仍舊藤。耳激洞門飇，目存寒谷冰。出塵閟軌躅，畢景遺炎蒸。洙曰：鮑明遠：侵星赴早路，風景遂前儔〔四〕。永願坐長夏，將衰棲大乘。洙曰：法華經：決定説大乘。文〔五〕：佛自住大乘。羇旅惜宴會，艱難懷友朋。蘇曰：曹修客南都，見劉損，曰：「艱難之際，頗懷朋友，何時相與抵掌一笑，滌我塵冗。」勞生共幾何，蘇曰：魏

〔一〕「留」下疑闕「後」字，當作「章留後」。

〔二〕名，疑當作「設」。

〔三〕鮑明遠，疑當作「謝玄暉」。

〔四〕此句疑當作「畢景逐前儔」。見杜集札記。

〔五〕文，疑當作「又」。

文帝〔一〕：對酒當歌，人生幾何。**離恨兼相仍。** **蘇曰**：鮑昭、何慚宿昔意猜恨，坐相仍。**師曰**：章彝權東川節度，故云中軍。中軍，大將也。上客，指崔都督恒。如詩云恒之祖，徧也，周也，言章彝持軍令嚴，今待上客，禮樂無所不用其周至。寶地，寺也。佛國以琉璃爲地，黄金爲繩。祖，餞也。祖餞之地，陳設帳幕，故云祖帳。南陌既留歡，先會於城南，繼送之於惠義。兹山，即寺也。回策，回鞭也。新岸，即新脩路，以備章使君車馬也。甫既送崔都督回，復從舊路攀緣藤蘿，蓋樂山水之興也。出塵閟軌躅，言居山間，蹤跡幽閟，非若塵市應接煩劇。畢景遺炎蒸，謂盡夏景款留此寺，遺却炎蒸之氣，故下文有「永願坐長夏」之句。釋氏有大乘，有小乘，如來謂之大乘教，羅漢果謂之小乘教。甫以衰老之年，欲棲心於大乘。惜宴會，謂惜别也。

椶拂子子紅切。

椶拂且薄陋，豈知身效能。不堪代白羽， **蘇曰**：諸葛嘗持白羽扇以指麾。又，顧榮伐陳敏，以白羽扇麾之。**有足除蒼蠅。** **洙曰**：詩：營營蒼蠅。**熒熒金錯刀，** **洙曰**：四愁詩：美人贈我金錯刀。**尹曰**：李善文選注「金錯刀」，云：續漢書曰：佩刀，諸侯王黄金錯環。謝承後漢書曰：詔賜應奉金錯把刀。續漢書：班固與弟超書曰：竇侍中遺仲叔金錯半垂刀一枝。前漢食貨志曰：錢，新室更造契刀、錯刀。契刀，其

〔一〕魏文帝，疑當作「魏武帝」。

鐶如大錢，身形如刀，長二寸，文曰契刀，刀直五百。錯刀，以黄金錯其文，一刀直五千。熒熒金錯刀，乃佩刀之屬也。第三十六卷對雪對雪詩云〔一〕：金錯囊徒罄，乃是錢刀，而以金錯之也。第十三卷虎牙行：金錯旌竿蒲雲直〔二〕，蓋以黄金而錯鏤旌竿也。大抵古人之於器物以黄金錯之，皆謂之金錯。如秦嘉妻以金錯琬奉其夫盛水之類，是以當隨其器物而名之，不可以名同不究其實焉。趙曰：續漢書曰：佩刀，諸侯王黄金錯環。**擢擢朱絲繩。**洙曰：鮑昭：直如朱絲繩。**非獨顔色好，亦用顧眄稱。**趙曰：金錯刀、朱絲繩二物者，非特以其金朱之好顔色耳，皆係乎人之顧眄也。鮑昭云：直若朱絲繩。**吾老抱疾病，家貧卧炎蒸。咂膚倦撲滅，**咂，作答切。洙曰：蠅蚋咂膚。**賴爾甘服膺。**洙曰：顔子得一善則拳拳服膺。**物微世競棄，義在誰肯徵。三歲清秋至，未敢闕緘縢。**師曰：按唐史：玄宗以李林甫代張九齡相。九齡既不見用，因作白羽扇賦以自見其志，云：縱秋氣之移奪，終感恩於篋中。白羽爲物，可以驅蠅蚊，爲世所用。九齡自喻也。椶拂其質薄陋，雖不堪代白羽，猶足以驅除蒼蠅。時林甫以瑣陋之材而代九齡，其材能全無用於朝廷，曾椶拂之不若乎。楚辭云：美人贈我金錯刀。古者以金爲幣，錯鏤其文。或謂之刀布，後世用錢代之。朱絲繩所以中琴瑟之用，金錯刀與朱絲繩以利用而見顧，豈特所其顔色之好以爲玩物哉。椶拂爲物雖微，有理義在，

〔一〕疑衍「對雪」二字。
〔二〕蒲，疑當作「滿」。

蓋可用之除蠅，奈何世人不肯徵信其義，而競棄之。甫傷清秋廢置不用，不敢怠於緘藏，冀其他時之復用，然椶拂微有功於人，猶護惜之，況白羽其可奪於秋氣，一棄而不復顧惜乎？所以傷九齡之見棄，而疾林甫之獲用也。

陪章留後侍御宴南樓得風字。

絶域長夏晚，趙曰：非吾鄉而在遠，亦可用絶域矣。茲樓清宴同。朝廷燒棧北，洙曰：謂在大散之北也。高祖入漢中，令韓信燒絶棧道，攻破大散。趙曰：因宴南樓而望長安也。張良説漢高祖燒絶棧道。舊注以爲韓信，誤矣。鼓角滿洙曰：一作「漏」。天東。洙曰：雅州在蜀之西，地多雨，名漏天。屢食將軍第，洙曰：第，宅也。夢符曰：右按前漢：霍去病爲驃騎大將軍，上爲治第，令視之，對曰：「匈奴不滅，無以家爲也。」由此上益重愛之。蘇曰：吴罕屢乞食於將軍第，宥俱蒙魚味。仍騎御史驄。洙曰：見「憲府舊乘驄」注。唐曰：甫以避亂食章公之宅，騎章公之馬，叙其恩禮之厚。本無丹竈術，洙曰：道家燒丹之事。蘇曰：郝希：神仙以陰陽怡養，豈有丹竈術致乘風御氣之道，真妄耶。修可曰：江文通別賦：華陰上士，服食還仙。術既妙而猶學，道以寂而未傳。守丹竈而不顧，鍊金鼎而方堅。那免白頭翁。洙曰：言無丹竈之術以延年也。寇盜狂歌外，形骸痛飲中。洙曰：以酒自隱爾。野雲低渡水，簷雨細隨風。出號江城黑，趙曰：夜傳號令，此節度府之事也。題詩蠟炬紅。趙曰：言宴中明燭而題詩。此身醒復醉，不擬哭途窮。洙曰：阮籍以酒自隱，故得免當世之難。常出不由徑，遇途窮則慟哭而反。公自言取籍之自隱於酒，而不倣其哭窮途也。趙曰：言飲醉則如阮籍，而哭窮途則不擬學之。

臺上得涼字。

改席臺能迥，趙曰：改席，則自南樓改於臺上也。留門月復光。雲霄遺暑濕，洙曰：蒸鬱也。山谷進風涼。老去一杯足，洙曰：不如生前一盃酒。誰憐屢舞長。洙曰：賓之初筵：屢舞傞傞。何須把官燭，似惱鬢毛蒼。

對雨

莽莽天涯雨，江邊獨立時。不愁巴道路，趙曰：指言梓州也。自綿而東乃巴矣。公於梓州九日寄嚴大夫云：無路出巴山。恐濕漢旌旗。雪嶺防秋急，趙曰：雪嶺在松、維州之外，即西山也。繩橋戰勝遲。洙曰：見「防秋近赤霄，下臨千雪嶺，却背五繩橋」注。趙曰：以岷江湍急不可爲梁，乃竹繩爲橋，駕虛而渡。西戎甥舅禮，洙曰：言父尚公主，則子爲甥，中國爲舅也。未敢背恩私。趙曰：景龍二年，以金賊公主妻贊普[一]。今公言望其敦甥舅之禮而勿背焉。**師曰**：時回紇恃功欲入寇，甫不愁飄濕道路之間，恐關中復遭污辱也。故託意言「不愁巴道路，恐濕漢旌旗」。胡人秋高馬肥，常入寇，故云「防秋」。雪嶺、繩橋，皆蜀中。蜀人以竹綍爲橋，名曰繩橋。

警急趙曰：時高適代崔光遠領西川節度使。

才名舊楚將，妙略擁兵機。 **趙曰**：以美高適也。**玉壘雖傳檄，洙曰**：傳檄，言吐蕃入寇，檄書相聞也。**松州會解圍。** **洙曰**：松州在西山，正控吐蕃。**趙曰**：廣德元年，吐蕃取隴右。十二月，遂亡松、維、保三州。公詩乃在未亡松州之前。**和親知計拙，公主漫無歸。** **洙曰**：見留花門注。**趙曰**：吐蕃方請和，繼而又叛。**青海今誰得，洙曰**：見贈哥舒哥府詩注[二]。**西戎實飽飛。** **洙曰**：曹公言：吕布猶鷹也，飽則飛去。按新唐書：適代崔光遠爲節度。吐蕃取隴右，適出兵南鄙以牽制之，既無功，遂亡松、維二州。**趙曰**：言青海爲吐蕃所有，而其勢如鷹之飽而飛揚，不就縶紲也。

[一] 賊，疑當作「城」。見杜集札記。
[二] 後一「哥」字疑當作「開」。見杜集札記。

王命

漢北豺狼滿，巴西道路難。**趙曰**：漢與巴相連，蓋吐蕃入寇之地。血埋諸將甲，骨斷使臣鞍。**趙曰**：廣德元年，使李之芳、崔倫往聘吐蕃，留不遣。虜破邠州，入奉天，天子幸陝。使臣，指李之芳、崔倫也。骨斷，則憂懼而骨欲斷折之義。牢落新燒棧，**洙曰**：漢高紀：張良説漢王燒絶棧道。棧，即閣也。今謂之閣道。蒼茫舊築壇。**洙曰**：漢王齊戒設壇場，拜韓信爲大將軍。師古曰：築土而高曰壇。除地爲場。**趙曰**：時雍王适爲兵馬元帥，子儀副之，而禦奉天之寇。委子儀，則舊築壇，指郭令公也。深懷喻蜀意，**洙曰**：司馬相如有喻巴蜀檄。慟哭望王官。**洙曰**：時段子璋反東川，適與崔光遠逆戰斬之。光遠不戢兵，遂大掠，至有斷士女腕取金者，故民怨哭而欲聞王命也。**趙曰**：司馬相如有喻巴蜀文，公止取「喻蜀」字，以言蜀父老以望王官之至也。

征夫

十室幾人在，千山空自多。路衢唯見哭，城市不聞歌。**洙曰**：民苦役，故多怨哭。漂梗無安地，**洙曰**：用民如榛梗飄泊，不遑寧處。**蘇曰**：宗壽：己身如水上浮梗，南北無安身之地，齒豁頭白，其將奈何。**趙曰**：此公自言爾。蓋旅寓之人如梗之漂蕩，於義分明。銜枚有荷戈。**洙曰**：漢紀：章邯夜銜枚擊項梁定陶。師古曰：銜枚者，止言語讙囂，欲令敵人不知其來也。周官有銜枚氏。枚狀如箸，横銜之。蘇曰：吴起中夜起，謂裨將曰：「防彼銜枚荷戈，衝突吾寨。」官軍未通蜀，吾道竟如何。

王狀元集百家注編年杜陵詩史十七卷

王狀元集百家注編年杜陵詩史十八卷

倦夜

竹涼侵臥内，**趙曰**：漢書：引入臥内。然凡寢所皆可例稱。野月滿庭隅。重露成涓滴，墮也。稀星乍有無。**洙曰**：明滅也。暗飛螢自照，**蘇曰**：王琨如飛螢自照。言其勢焰尋常也。水宿鳥相呼。**洙曰**：蜀都賦：雲飛水宿。江賦：其羽族也，千類萬聲，自相喧聒。**修可曰**：師曠禽經曰：陸鳥曰棲。水鳥曰宿。獨鳥曰止。衆鳥曰集。又曰：凡鳥朝鳴曰嘲，夜鳴曰唳。林鳥以朝嘲，水鳥以夜唳。今林棲之鳥多朝鳴，水宿之鳥多夜叫。**蘇曰**：江淟：水鳥相呼，言其共欲安居也。因兒子過來請益，遂檢録與之矣。**余曰**：王直方詩話云：司空表聖自論其詩，以爲得味外味。緑樹連村暗，黄花入麥稀。此句最善。若子美此二句，則才力富健，過表聖遠甚。萬事干戈裏，空悲清夜徂。**洙曰**：有感時之志，而不見用於時，故徒悲清夜。**師曰**：古詩云：良馬白日足，壯士中夜心。甫有成時之志，而不見用於時，故「空悲清秋徂」〔一〕。

〔一〕秋，疑當作「夜」。

悲秋

凉風動萬里，群盜尚縱横。家遠傳洙曰：一作「待」。書日，秋來爲客情。洙曰：此二事皆情意之極者。愁窺高鳥過，洙曰：高鳥，言東西南北猶得所適。老逐衆人行。洙曰：老者尚爲衆人，亦悲時之不與也。始欲投三峽，何由見兩京。

有感五首

將帥蒙恩澤，兵戈有歲年。至今勞聖主，何以報皇天。白骨新交戰，雲臺舊拓邊。趙曰：言新戰之兵方横白骨，將帥必有意於拓邊，而功未立，其在雲臺畫像議功者，則是舊拓邊之功也。乘槎斷消息，無處覓張騫。洙曰：見「查上似張騫」夫[一]。趙曰：言遣使吐蕃未還，所以用張騫乘槎爲喻。

幽薊餘蛇豕，洙曰：爲史思未平也[二]。趙曰：左傳曰：吴爲封豕長蛇，薦食上國。餘蛇豕於幽、薊，則今歲廣德元年正月，史朝義雖滅，而未有臣服者。乾坤尚虎狼。洙曰：盜賊充斥也。諸侯春不貢，洙

[一] 夫，疑當作「注」。
[二] 史思，疑當作「史思明」。見杜集札記。

曰：藩鎮擅命，基兆於此。使者日相望。洙曰：董仲舒傳：漢家使者冠蓋相望。慎勿吞青海，洙曰：在「君不見青海頭」注。趙曰：戒之以無事於西羌。無勞問越裳。洙曰：見「越裳翡翠無消息」注。趙曰：戒之以無事於東夷。大君先息戰，歸馬華山陽。洙曰：武成：乃偃武修文，歸馬於華山之陽，放牛於桃林之野，示天下弗復用也。

洛下舟車入，天中貢賦均。洙曰：周禮天官：惟王建國。注：周公營邑於土中，使居洛邑，治天下。謂之地中，天地之所告也〔一〕，四時之所交也，風雨之所會也，陰陽之所和也。然則百物阜安，乃建王國焉。趙曰：言史朝義既滅，道路亦不阻絕矣，故舟車入而貢賦均。此指言長安，特用洛陽爲天地之中而貢賦均焉，爲譬也。日聞紅粟腐，洙曰：太倉之粟紅腐而不可食。寒待翠華春。洙曰：翠華，天子車蓋。趙曰：言賜予幣帛之厚，實翠華之春，和氣所及也。上林賦曰：建翠華之旗。蓋天子之旗也。韓曰：古今注：黄帝與蚩尤戰，常有五色雲氣、金枝玉葉覆之，因而作華蓋。莫取金湯固，洙曰：賈誼：金城湯池，帝王萬世之業。王元長策：金湯非粟不守。長令宇宙新。趙曰：莊子疏云：揭天地以趨新，負山岳而捨故。宇宙新則一洗乾坤，而其命惟新矣。不過行儉德，盜賊本王臣。蘇曰：邵輝曰：今賊盜蜂起，驚剽郡邑，皆吾王

〔一〕告，疑當作「合」。見杜集札記。

之臣。蓋修德不臻之所致者也。**趙曰**：此公致君之胸懷矣。

丹桂風霜急，青梧日夜彫。由來强幹地，**洙曰**：西都賦：强幹弱枝，隆上都而觀萬國。未有不臣朝。**趙曰**：丹桂，耐風霜之物。楚辭云：麗桂樹之冬榮。是以青梧易彫之物。楚辭又云：白露下衆草兮，奄彫此梧楸。是已以引下句，若幹之强壯，則枝無勝幹之理。猶主强則臣自歸服而朝也。受鉞親賢往，**洙曰**：分茅列土，親賢並建。親賢，同姓也。時代宗爲帥。**趙曰**：受鉞者，授之以節，而使之受所以爲元帥也。傳曰：親賢並建。寶應元年，代宗既即位。五月，以雍王适爲天下兵馬元帥。舊臣謂代宗爲帥〔一〕，却是肅宗時矣。卑宮制詔遥。**洙曰**：禹卑宮室。漢以所降勑命爲制詔。終依古封建，**洙曰**：封爵建國。豈獨聽簫韶。**洙曰**：書：簫韶九成。**趙曰**：蓋勸朝廷非特任元帥而已，終以封建之制待夫親〔二〕。而爲天子者，豈獨聽簫韶之樂，宴樂而已乎？

胡**洙曰**：一作「盜」。滅人還亂，兵殘將自疑。**洙曰**：此詩言安、史既平，而僕固懷恩反側也。**趙曰**：言安、史滅矣，僕固懷恩以疑而叛，李光弼以疑而沮。登壇名絶假，**洙曰**：漢高祖設壇場，具禮拜韓信爲大將軍。高祖曰：「大丈夫定諸侯，即爲真王耳。何以假爲？」遣張良立韓信爲齊王。**趙曰**：高祖以韓信爲

〔一〕舊臣，疑當作「舊注」。見杜集札記。

〔二〕「親」後疑闕「賢」字。見杜集札記。

大將，登壇而拜之。名絶假則真拜之，非特假節而已。此言諸將蒙寵如此，故責以下句之報主也。舊注引韓信欲爲假主之事，非其義。報主洙曰：一作「執玉」。爾何遲。領郡輒無色，之官皆有詞。願聞哀痛詔，洙曰：見「忽聞哀痛詔」注。端拱問瘡痍。洙曰：時縉紳皆重内官，而不樂外任，故子美有無色、有詞之譏也。

送元二適江左

亂後今相見，秋深復遠行。風塵爲客日，趙曰：公言其遭戰鬭之時，旅泊於外。江海送君情。趙曰：言無適江左也[一]。晉室丹陽尹，洙曰：温嶠爲丹陽尹。公孫白帝城。洙曰：公孫據白帝城。趙曰：元既往爲丹陽尹，則舟行而去，經白帝城而下也。師曰：丹陽尹指元二適丹陽也。白帝城，甫自言客居夔州也。經過自愛惜，取次莫論兵。洙曰：元嘗應「孫吴科」舉。

章梓州水亭彦輔曰：時漢中王兼道士席謙在會，同用荷字韻。

城晚通雲霧，亭深到芰荷。吏人橋外少，蘇曰：尹伯吉爲丹陽令，好飲，語友人曰：「可同過橋

[一] 無，疑當作「其」。見杜集札記。

飲，彼處吏人少。」潘岳詩：貪盃避吏人。**秋水席邊多。近屬淮王至，**洙曰：淮南王劉安，以比漢中王。**高門薊子過。**薊，居例切。洙曰：家家迎薊子，以比席道士也。趙曰：後漢：薊子訓有神異之術，士大夫嚮慕之。到京師，公卿以下候之者座上常數百人。今公詩句又以尊章梓州之能致異人矣。**荊州愛山簡，吾醉亦長歌。**洙曰：山簡習池事，以比章梓州也。趙曰：以山簡比章留後。山簡每出嬉遊，多之池上，置酒輒醉。時有童兒歌曰：「山公出何許，每至高陽池。日夕倒載歸，酩酊無所知。」公言吾醉亦長歌，則效童兒之爲歌矣。

章梓州橘亭餞成都竇少尹 得涼字。新添

秋日野亭千橘香，玉杯錦席高雲涼。主人送客何所作，音佐。**行酒賦詩殊未央。衰老應爲難離別，賢聲此去有輝光。預傳籍籍新京兆，青史無勞數趙張。**

送陵州路使君赴任

王室比多難，比，毗至切。**高官皆武臣。**洙曰：時方急於賞功，故武臣在高位。蘇曰：宋鍼：近世兵戈擾擾，而高爵厚祿皆武官。高牙大飾，金紫煌煌，駭人耳目。我輩頭白作冷局官，復何益哉。**幽燕通使者，**洙曰：時安、史之亂平而幽、燕路通矣。**岳牧用詞人。國待賢良急，君當拔擢新。佩刀成氣**

象，洙曰：晉書：呂虔爲刺史，有佩刀。相者曰：「以三公可服。」虔乃贈别駕王祥，曰：「苟非其人，刀或爲害。卿有公輔之量，故相與也。」行蓋出風塵。趙曰：時方吐蕃之亂，而刺史之蓋出風塵以往也。程曰：皂蓋行春，指路使君也。戰伐乾坤破，洙曰：所在殘敝也。瘡痍府庫貧。洙曰：軍用匱乏，急也。鄭曰：瘡，初莊切，傷也。下延知切。衆寮宜潔白，萬役但平均。蘇曰：元興曰：「今世事若此，諸公宜潔正廉，自不可學日前貪饕。」又王子敬：「萬民徭役，宜科使平均，自無怨謗。」趙曰：四句以誠其爲政，可謂贈人以言矣。霄漢瞻佳士，蘇曰：張景陽：近數佳士致身在於霄漢之上，可爲當世儀表。趙曰：指路君。其爲太守，自此而遷擢，當在霄漢矣。泥塗任此身。趙曰：公自言也。秋天正摇落，回首大江濱。

自梓暫往閬

九日

去年登高郪縣北，洙曰：東蜀有郪縣。趙曰：射洪之江也。鄭曰：寰宇記：江左在縣西二百里。今日重在涪江濱。沈曰：蜀有涪州，以涪江得名。苦遭白髮不相放，羞見黄花無數新。世亂鬱鬱久爲客，路難悠悠常傍人。酒闌却憶十年事，腸斷驪山清路塵。洙曰：憶明皇太平之時也。

不敢明指，故致意驪山也。**蒼舒曰**：子美傷時憂憤，發爲辭章，指陳得失，莫不切至。而此注謂不敢明指，嗚呼謬哉。**趙曰**：驪山在臨潼縣，即明皇之華清宮也。**孫曰**：驪山，明皇遊幸土地。

薄暮

江水最深地，**宋曰**：此指蜀江。山雲薄暮時。寒花隱亂草，**師曰**：寒花已非其時，甫自比衰年也。宿鳥擇**洙曰**：一作「探」。深枝。**趙曰**：史云：鳥則擇木，木豈能擇鳥。**師曰**：鳥志在奮飛，宿鳥已有棲息之地。甫自比無飛騰之志也。舊國見何日，高秋心苦悲。人生不再好，鬢髮白**洙曰**：一作「自」。成絲。

薄遊

淅淅風生砌，**洙曰**：謝惠連：淅淅振條風。團團月隱牆。**洙曰**：班婕好：團圓似明月。遥空秋鴈滅，半嶺暮雲長。病葉多先墜，**洙曰**：秋興，槁葉多隕。寒花只暫香。巴城添淚眼，今夕復清光。**趙曰**：公以薄遊之無定，見月而添淚也。

客夜

客睡何曾著，秋天不肯明。洙曰：魏文帝行旅詩曰：漫漫秋夜長，烈烈北風凉。展轉不能寐，披衣起彷徨。入簾殘月影，高枕遠江聲。師曰：甫此二句正旅中睡不著之時，因思計拙途窮。計拙無衣食，途窮仗友生。洙曰：見「今日暮途窮」注。詩伐木：不如友生。趙曰：顏延年詠阮籍詩：途窮能無慟。老妻書數紙，應悉未歸情。

客亭

秋窗猶曙色，木落更天洙曰：一作「高」。風。日出寒山外，江流宿霧中。聖朝無棄物，蘇曰：王祥：聖世物無大小皆料材適用，無棄擲者。老病已成洙曰：一作「衰」。翁。多少殘生事，飄零似轉蓬。

閬州東樓筵奉送十一舅往青城縣得昏字。

曾城有高樓，制古丹雘存。洙曰：梓材：既勤樸斲，惟其塗丹雘。注：塗以漆，丹以朱，而後成。山海經云：青丘之山，多有賁雘。頭陁碑：朝霞爲丹雘。顏延年：雖暫丹雘陁。趙曰：字出淮南子：崑崙之山，有曾城九重。迢迢百餘尺，洙曰：西京賦：狀迢迢以亭亭。古詩：迢迢牽牛星。雙闕百餘天〔一〕。陸士衡：高樓一何峻，迢迢峻而安。豁達開四門。高曰：舜闢四門。漢高祖豁達大度。雖有洙曰：一作「會」。車馬客，而無人世喧。洙曰：陶淵明：結廬在人境，而無車馬喧。遊目俯大江，列筵慰別魂。洙曰：江淹：黯然銷魂者，惟別而已。謝靈運：得以慰別魂。蘇武：俯觀江漢流。是時秋冬交，節往顔色昏。洙曰：雪賦：歲將暮，時既昏。天寒鳥獸伏，洙曰：登樓賦：步棲遲以徒倚兮〔二〕，白日忽其將匿。風蕭瑟而並興，天慘慘而無色。獸狂顧以求群，鳥相鳴而舉翼。霜露在草根。令我送舅氏，洙曰：詩渭陽。沈休文：樹頭鳴風飇，草根積霜露。萬感集清罇。洙曰：謝靈運：千念集日夜，萬感盈朝昏。豈伊山川間，迴首盜賊繁。高賢意不暇，王命久崩奔。洙曰：靈運詩：拆岸屢崩奔。臨風欲慟哭，洙曰：賈誼傳。聲出已復呑。師曰：此樓多是送客於是，雖有車馬往來，而去塵市稍遠，故云而無塵世喧。顔色昏，謂離別之際，慘澹無顔色也。天寒鳥獸休，鳥獸尚得休息，而人行役，故傷之也。霜露在草根，此乃萬物歸根之時，而舅氏未能室處，尚往青城，是以使我對酒不能無感懷也。豈惟傷其山川間隔，仍痛賊之多，舅氏奉王命不遑啓居，如山之崩，如水之奔，往來辛勤若此，得無憂念之乎。

〔一〕天，疑當作「尺」。見杜集札記。

〔二〕徒，疑當作「徙」。

王閬州筵奉酬十一舅惜别之作

萬壑樹聲滿，洙曰：顧愷之言：千嵒競秀，萬壑争流。千崖秋氣高。洙曰：宋玉曰：悲哉秋之爲氣也，天高而氣清。浮舟出郡郭，别酒寄江濤。良會不復久，此生何太勞。洙曰：古詩：今日良宴會。窮愁但有骨，群盜尚如毛。洙曰：窮愁而瘦極也。群盜尚多，故如毛。蘇曰：齊招：群盜如毛，四方擾擾。吾舅惜分手，使君寒贈袍。洙曰：范雎見須賈，賈曰：「范叔寒如此哉。」乃取一綈袍以賜之。後雎謂賈曰：「公所以得無死者，以綈袍戀戀有故人之意。」沙頭暮黄鶴，失侣自一作「亦」。哀號。趙曰：亦，一作「自」。當以「亦」爲正。言人别而哀矣。黄鶴失侣之亦然也。

放船新添。

收帆下急水，卷幔逐回灘。江市戎戎暗，山雲淰淰寒。荒林無徑入，獨鳥怪人看。已泊城樓底，何曾夜色闌。

夜

絶岸風威動，**洙曰**：蕪城賦：菊莉風威〔一〕。寒房燭影微。嶺猿霜外宿，江鳥夜深飛。**蘇曰**：王詠云：深夜飛江鳥。言鳥夜深飛，無安栖處。子美逢亂世漂轉，因用此語。獨坐親雄劍，哀歌嘆短衣。**洙曰**：哀歌嘆短衣，事近寧戚不及骭之嘆也。以爲胡服，則非。煙塵繞閶闔，白首壯心違。

送李卿曄

王子思歸日，長安已亂兵。**趙曰**：王子，指李曄也。時有吐蕃之亂也。霑衣問行在，**趙曰**：代宗車駕出幸陝也。走馬向承明。**趙曰**：承明，漢殿名。暮景巴蜀僻，春風江漢清。晉山雖自棄，魏闕尚含情。**趙曰**：按宣室志載：庶史有道士尹君者，隱晉山，不食粟，嘗餌柏葉。北門從事嚴綬敬事之。莊子言：身在江湖之上，心遊魏闕之下。

〔一〕 菊莉，疑當作「蕨蕨」。見杜集札記。

發閬中

前有毒蛇後猛虎，溪行盡日無村塢。洙曰：時盜賊縱横，政役煩重，而民不安居也。江風蕭蕭雲拂地，山木慘慘天欲雨。女病妻憂歸意速，趙曰：此言歸梓州也。秋花錦石，可玩之物，以歸意速，不復數之矣。秋花錦石誰復數。别家三月一得書，避地何時免愁苦。洙曰：賢者避地。趙曰：公以九月自梓往閬，至十三月而復歸梓〔一〕。

光禄坂行

山行落日下絶壁，西望千山萬山赤。洙曰：山，一作「水」。謝靈運：日落山昭濯〔二〕。樹枝有鳥亂鳴時，洙曰：一作「棲」。時，暝色無人獨歸客。洙曰：謝靈運：林壑斂暝色。馬驚不憂深谷墜，草動只怕長弓射。食亦切。安得更似開元中，洙曰：一云「開元年」。鄭棨傳信記云：開元初，上勵精理道，不六七月，天下大治。安西諸國悉平爲郡縣，行者不囊糧，上猶惕厲未已。道路即今多擁隔。洙

〔一〕三，疑當作「二」。
〔二〕昭濯，疑當作「照耀」。見杜集札記。

曰：白日賊多，翻是長弓子弟。**鮑曰**：按崔寧傳：寶應初，蜀亂，山賊乘險，道路不通。與此詩合。

冬狩行 **魯曰**：時梓州刺史章彝兼侍御史，留後東川。

君不見東川節度兵馬雄，校獵亦似觀成功。 **修可曰**：上林賦：天子校獵。李奇注云：以五校兵出獵也。**夜發猛士三千人，清晨合圍步驟同。** **洙曰**：禮：天子不合圍。**禽獸已斃十七八，** **鄭曰**：斃，毗祭切，頓仆也。**洙曰**：西京賦：僵禽斃獸，爛若磧礫。白日未及移晷，已獮其十七八。磧，音跡。**殺聲落日迴蒼穹。幕前生致九青兕，** **沈曰**：爾雅曰：似牛。郭璞曰：角青色，重千斤。**馲駝㠑峞垂玄熊。** **鄭曰**：馲，他閣。駝，大何切。馲駝有肉鞌，行百里，負千斤，而知水行。㠑，落猥。下五毁切。高貌。**洙曰**：幕前，幕帳前以熊駝負也。**東西南北百里間，髣髴蹴踏寒山空。** **鄭曰**：蹴，七六切，踏也。**洙曰**：羽獵賦：羡漫半散，蕭條數千里之外。東西南北，騁嗜奔欲。拖蒼豨，跋犀犛，蹶浮麋，斮巨狿，摶玄猿。南都賦：排揵陷扃，蹩踏咸陽。**有鳥名鸜鵒，力不能高飛。逐走蓬肉味，不足登鼎俎。** **洙曰**：鸜鵒賦：忖陋體之腥臊，亦何勞於鼎俎。鶬鶊賦：毛弗施於器用，肉不登於俎味。言非薦羞之物也。**劉曰**：左傳有鸜鵒來巢。童謡曰：鸜鵒鸜鵒，往來歌哭。**胡爲見羈虞羅中，** **洙曰**：陳子昂：豈不在遠遊，虞羅所見尋。**春蒐冬狩侯得同。** **洙曰**：四時田狩，諸侯得行其事。**趙曰**：周禮：春蒐、夏苗、秋獮、冬狩。本天子之事也，而諸侯同之。故公詩曰「侯得同」。使君五馬一馬驄，洙曰：章彝兼侍御史，故云一馬驄。故事：使君五馬。況令攝行大將權，號令頗有前賢風。蘇曰：孫昱：昨見耿將軍行師，號令明嚴，頗有前賢威風。飄然時危一老翁，十年厭見旌旗紅。蘇曰：用里先生語薪者曰：「子十年厭見干戈旌旗，只非今日耶。」喜君士卒甚整肅，爲我回轡擒西戎。草中狐兔盡何益，蘇曰：韓擒虎出獵，門人諫曰：「將軍驅旌旆，獵原野，逐射馳躍，以爲樂。雖盡得草棘窟穴狐兔，亦復何益於君子？宜掃蕩塵坌，勒功彝鼎，非細事。」韓大喜，薦其才於朝臣，亦登顯。門人即岑孝務也。天子不在咸陽宮。洙曰：時天子避狄。趙曰：此篇蓋廣德二年十月已後作也。八月，吐蕃入寇。十月，陷邠州及奉天。車駕幸陝。又三日，吐蕃陷京師。故云不在咸陽宮也。朝廷雖無幽王禍，洙曰：史：申侯與西夷犬戎攻幽王於驪山。得不哀痛塵再蒙。趙曰：明皇以祿山之禍，已蒙塵於蜀矣。今天子又以吐蕃之故，蒙塵於外也。嗚呼，得不哀痛塵再蒙。洙曰：時代宗在陝，詔徵天下兵，而程元振用事媒蝎，大臣皆疑懼不進，天下無一人應召者。故此詩末章大有感激也。

丹青引魯曰：贈曹將軍霸。

將軍魏武之子孫，趙曰：魏武，則曹公操也。於今爲庶爲清門。洙曰：昭傳三十二年：三后之姓，於今爲庶，主所知也。英雄割據雖已矣，文彩風流今尚存。蘇曰：晉羊枯〔一〕，字叔子，至蜀，愛其山川風物明媚，謂御驂者曰：「揚雄、王褒、君平、相如雖去數百年，覽其遺蹤，想風流文彩，宛然如在。疑其典刑不泯，範法尚存。」遂追賦四先生詩。趙曰：司馬遷：恨文彩不表於後世。晉書：天下之言風流者，推王衍、樂廣。學書初學衛夫人，洙曰：晉李夫人名衛，善書。但恨無過王右軍。洙曰：王羲之善隸書，爲今古之冠。論者稱其筆勢，以爲飄然若游雲，矯若驚龍。初，羲之爲老嫗書紙扇，謂曰：「但言是王右軍書。」以求百錢。丹青不知老將至，富貴於我如浮雲。洙曰：語：不知老之將至。又曰：不義而富且貴，於我如浮雲。開元之中常引見，承恩數上南薰殿。數，色角切。又如字。凌煙功臣少顔色，洙曰：唐將畫李靖等二十四人於凌煙閣，時貞觀中，太宗爲序。將軍下筆開生面。趙曰：凌煙畫像顔色已暗，而曹將軍重爲之畫，故云開生面。用字蓋因左氏「狄人歸先軫之元而面如生」也。良相頭上進賢冠，洙曰：後漢志：進賢冠，古緇布冠也。文儒者之服也。猛將腰間大羽箭。洙曰：太宗嘗自製長弓大羽箭，皆倍常制。褒公鄂公毛髮動，洙曰：鄂公尉遲敬德、褒公段志玄。英姿颯爽來酣戰。趙曰：淮南子曰：魯陽公與韓戰，戰酣日暮，援戈而揮之。先帝天馬玉花驄，畫公如山貌不同〔二〕。是日牽來赤墀下，洙曰：

〔一〕枯，疑當作「祜」。見杜集札記。
〔二〕公，疑當作「工」。見杜集札記。

劉孝標下命論〔一〕：時在赤墀之下。**迥立閶闔生長風。**趙曰：天門也。李善文選注有：紫微宮門名曰閶闔。言馬之上而生風〔二〕，以其神駿。**詔謂將軍拂絹素，意匠慘澹經營中。斯須九重真龍出，一洗萬古凡馬空。玉花却在御榻上，**趙曰：玉花，先帝之馬也。畫手精妙，盡得其真。**榻上庭前屹相向。**屹，魚乞切。**至尊含笑催賜金，圉人太僕皆惆悵。弟子韓幹早入室，**洙曰：言得其真蹟也，故稱入室。晏曰：語：由也升堂矣，未入於室也。**亦能畫馬窮殊相。幹唯畫肉不畫骨，**蘇曰：韓幹善畫馬，大梁人。右丞王維見其畫，遂推奬之。官至太府寺丞。善寫貌人物，尤工鞍馬。初師匠曹霸，於後則獨善。子美與韓幹畫馬，子美豈知畫者，徒以幹畫馬肥大，遂有畫肉之誚。**忍使驊騮氣凋喪。將軍盡善蓋有神，必逢佳士亦寫真。**夢符曰：右按晉書：顧愷之善丹青，每畫人成，或數年不點目精。人問其故，答曰：「四體妍蚩，本無闕少。於妙處傳神寫照，正在阿堵中。」趙曰：梁簡文帝詠美人看畫詩云：可令俱是畫，詩能辨寫真。**即今漂泊干戈際，屢貌尋常行路人。途窮返遭俗眼白，**洙曰：言識者蓋寡耳。**世上未有如公貧。但看古來盛名下，**洙曰：唐房琯贊曰：盛名之下爲難名矣。**終日坎壈纏其身。**

〔一〕下，疑當作「辯」。

〔二〕上，疑當作「立」。見杜集札記。

桃竹杖引洙曰：贈章留後。蘇曰：柳子厚詩云：盛時一失貴反賤，桃笙葵扇安可常。不知桃笙爲何物，偶閲方言：簟，宋、魏之間謂笙。方悟桃笙，以桃竹爲簟也。梁簡文納南正獻書云〔一〕：五離九折，出桃枝之翠笋。乃謂桃枝竹簟也。桃竹，出巴渝間。

江心蟠石生桃竹，趙曰：爾雅謂桃皮。山海經謂桃枝竹也。蒼波噴浸尺度足。斬根削皮如紫玉，江妃水仙惜不得。洙曰：江賦：冰夷倚浪以傲睨，江妃含頻而瞟眇。注：冰夷，水仙也。梓潼使君開一束，滿堂賓客皆歎息。洙曰：君，一作「者」。憐我老病贈兩莖，出入爪甲鏗有聲。老夫復欲東南征，乘濤鼓枻餘制切。洙曰：一作「棹」。白帝城。洙曰：白帝城在魚腹，有公孫述像也。路幽必爲鬼神奪，杖劍洙曰：一作「拔劍」。或與蛟龍争。重爲告曰：杖兮杖兮，爾之生也甚正直，慎勿見水踴躍學變化爲龍，趙曰：神仙傳曰：壺公遺費長房歸，以一竹杖與之騎。長房騎杖，忽然如眠，便到家。以竹投葛陂，顧之乃青龍也。石曰：杖爲物，既稟正直之姿，當以正直輔吾，無爲化龍而去。使我不得爾之扶持，滅跡於君山湖上之青峰。洙曰：君山在洞庭湖心也。趙曰：謝靈運：滅迹入靈峰。噫，風塵澒洞兮豺虎咬人，澒，胡孔切。咬，古爻切。洙曰：時盜賊害人如豺虎。忽失雙杖兮

〔一〕納南正獻書，疑當作「答湘南王獻簟書」。

吾將曷從。師曰：甫意若曰：天下未平，尚賴此杖扶持衰老，流寓遠鄉。苟失雙杖，吾將曷從？

寄題江外草堂

魯曰：梓州作，寄成都故居。泰伯曰：甫從同谷入蜀，卜居成都。亂，遂走梓州。今於梓州懷思草堂，遂作是詩寄題焉。

我生性放誕，洙曰：唐賀知章晚節尤誕放。蘇曰：嵇康：生平放誕，性僻泉石，焉能王公大人門下，心緒卑屈。難欲逃自然。覺範曰：自然，道也。釋氏謂之逃禪，儒者謂之逃自然。嗜酒愛風竹，洙曰：風，一作「脩」。蘇曰：吴謨嗜酒，每醉，愛觀風竹，怡然自樂。人或曰：「陶弘景愛聽松風，王子猷愛竹，先生愛風竹，其清氣可相敵。」吴笑而不答。卜居此一作「必」。林泉。遭亂到蜀江，俯曰：遭亂，謂禄山反。卧痾遺所便。洙曰：沉痾，病也。趙曰：謝靈運：卧痾對空床。君平曰：便，安静也。誅茅初一畝，洙曰：屈原卜居：誅鋤草茅以力耕。儒行：儒有一畝之宫。廣地方連延。經營上元始，斷手寶應年。洙曰：上元、寶應，皆年號。趙曰：公以乾元元年十二月末至成都。明年即上元元年，乃公建草堂之始。又二年即寶應元年，乃公成草堂之日也。唐高祖勑云：使至，知玄堂已成，不知諸作早晚得斷手。凡營造了，當言斷手者矣。敢謀土木麗，彭曰：堂名以草者，取其草創，豈求土木之華麗乎。自覺面勢堅。洙曰：東京賦：審曲面勢。周禮考工注：審察方面形勢之宜。臺亭隨高下，敞豁當清川。洙曰：陸士衡：清川帶華薄。雖有會心侶，**蒼舒曰**：右按古樂府短歌：不羨一囊錢，唯重心襟會。數能同釣船。干戈未偃息，安得酣歌眠。蛟龍無定窟，黃鵠摩蒼天。**洙曰**：魏文帝：脩條摩蒼天。古來達士志，**洙曰**：一云「賢達士」。寧受外物牽。顧惟魯鈍姿，豈識悔吝先。偶攜老妻去，慘澹陵風煙。事迹無固必，**洙曰**：語：孔子無固無必。幽貞愧雙全。尚念四小松，**趙曰**：秦本紀：幽而不正，非君子之幽也。易：幽人之貞。蔓草易拘纏。霜骨不甚長，永爲鄰里憐。**師曰**：以四小松爲念，憫其有剛姿勁節，而爲蔓草所戕，不獲遂其生長之性，故云云。英乂見殺，四子遇害，甫託意傷之。

山寺　**彥輔曰**：得開字。章留後同遊。

野寺根石壁，諸龕遍崔嵬。龕，苦含切。前佛不復辨，百身一莓苔。**洙曰**：天台賦：踐莓苔之滑石。唯有古殿存，世尊亦塵埃。如聞龍象泣，足令信者哀。**蒼舒曰**：右按王筠棲頭陀寺碑曰〔一〕：正法既没，家教陵夷〔二〕。又曰：馬鳴幽讃，龍樹虚求。經曰：有比丘名曰龍樹。龍象，猶佛象也。**修可曰**：維摩經云：菩薩勢力，譬如龍象。又傳燈録云：達麼是六衆中所師波羅提法中龍象。蓋龍象乃鱗毛頭中

〔一〕筠，疑當作「簡」。
〔二〕家，疑當作「象」。見杜集札記。

最巨者，猶麒麟之於走獸，鳳凰之於飛鳥，故經稱僧之出類者曰龍像，非佛像也。**使君騎紫馬，**蘇曰：謝靈運出守永嘉，人曰：「騎紫馬者乃太守也。」蓋當日靈運、宗文東同治郡，猶今之守、倅並行也。永嘉今有紫馬詞尚傳，乃播謝之德也。**捧擁從西來。樹羽靜千里，臨江久徘徊。山僧衣藍縷，告訴棟梁摧。公爲顧兵徒，咄嗟檀施開。**夢符曰：右按左氏：篳簬藍縷，以啓山林。晉書石崇傳：咄嗟而辨。佛書：信施檀越。又王簡棲頭陁寺碑曰：行不捨之檀，施洽群有。**吾知多羅樹，却倚蓮華臺。諸天必懽喜，鬼物無嫌猜。以茲撫士卒，孰曰非周才。窮子失净處，高人憂禍胎。**洙曰：福有基，禍有胎。趙曰：漢武帝謂臨賀王曰：「汝包藏禍胎也。」**歲晏風破肉，**蘇曰：蘇章傳：邊地霜緊，沙風破肉。雖重裘氈帳，寒色可畏。**荒林寒可迴。思量入道苦，自哂同嬰孩。**

將適吳楚留別章使君留後兼幕府諸公得柳字。

我洙曰：一作「甫」。**來入蜀門，歲月亦已久。**洙曰：古詩：歲月忽已晚。**豈惟長兒童，自覺成老醜。**洙曰：阮籍詩：朝爲美少年，夕暮成老醜。**常恐性坦率，失身爲杯酒。**洙曰：古詩：失意杯酒間。**近辭痛飲徒，折節萬夫**洙曰：一作「人」。**後。**洙曰：前漢：郭解年長，更折節爲儉，以德報怨。蘇曰：邢充胸襟恢廓，豈折其高節，挫其銳志，從萬夫之後，爲參御之徒歟。趙曰：此言喪失其身，特以愛酒而已，所以下有折節云者，摧折其節，蓋悔過之義。舊注引古詩「失意杯酒間」，非是。昔如縱壑魚，洙曰：王子淵頌：如巨魚之縱大壑。今如喪家狗。洙曰：孔子纍纍然若喪家之狗。既無遊方戀，洙曰：所遊必有方。又：君子遊必擇方。趙曰：禮記：所遊必有方。言父母在堂，當不遠遊也。公已無父母，故無此戀矣。舊注非。行止復何有。相逢半新故，取別隨薄厚。不意青草湖，洙曰：青草湖在湖南。扁舟落吾手。蘇曰：張翰曰：「不意吴江扁舟落吾手中。」眷眷章梓州，開筵俯高柳。樓前出騎馬，帳下羅賓友。健兒簸紅旗，此樂幾洙曰：一作「或」。難朽。日車隱崑崙，洙曰：莊子徐無鬼：若乘日之車。鳥雀噪户牖。蘇曰：徐騏養素曠蕩，居少室山，鳥雀朝夕噪宿户牖坐隅之間。波濤未足畏，三峽徒雷吼。洙曰：七發：將以八月之望，與諸侯遠方交遊兄弟，並往觀濤乎廣陵之曲江。又云：雷聞百里，江水逆流，海水上朝，波湧而濤起，混混庉庉，聲如雷孔鼓〔一〕，此天下怪異詭觀也。太子能强起觀之乎。所憂盜賊多，重見衣冠走。中原消息斷，黄屋今安否。洙曰：黄屋，斥天子也。趙曰：吐蕃陷京師，代宗出狩，而地遠，所未知也。終作適荆蠻，洙曰：王仲宣七哀詩：西京亂無象，豺虎方遘患。捐棄中國去，遠身適荆蠻。荆蠻非我鄉，何爲久滯淫。安排用莊叟。洙曰：謝靈運：居常以待終，處順故安排。趙

〔一〕孔，疑爲衍文。見杜集札記。

曰：莊子：安排而去化，乃入于寥天一。**隨雲拜東皇，挂席上南斗。**洙曰：靈運：揚帆採石華，挂席拾海月。趙曰：屈原九歌有東皇太一。東皇，所以言楚。春秋説題云：南斗，吴地也。東皇之廟，隨雲而拜之。南斗之地，排席而上之。非適吴楚而然乎。**有使即寄書，無使長回首。**蘇曰：韓斐送李定出上東門，握斐手曰：「因風示信慰，我跂仰。」定曰：「有使即寄書，以通安好。」

送裴二虬作尉永嘉

孤嶼亭何處，天涯水氣中。故人官就此，絶境與誰同。趙曰：故人，則指裴二矣。絶境，則指孤嶼亭矣。**隱吏逢梅福，**洙曰：漢梅福，九江人，補南昌尉。居家嘗讀書養性爲事。至元始中，王莽專政，梅福一朝棄妻子去九江。至今傳以爲仙。其後見福於會稽者，更名，爲吴市門卒。所謂隱於吏也。**遊山憶謝公。**洙曰：謝安石寓居會稽，與羲之遊處，出則漁弋山水，常往臨安山中，坐石室，臨濬谷，悠然歎曰：「此亦伯夷何遠。」安雖放情丘壑，然每遊賞，必以妓女從也。趙曰：謂謝靈運也。爲永嘉守，好遊山水，時號云謝公。今積穀山南有謝公巖焉。舊注妄引謝安，非是。**扁舟吾已就，**洙曰：一作「具」。**把釣待秋風。**洙曰：張翰見秋風起，乃思吴中蓴羹鱸魚鱠，遂命駕東歸。蘇曰：杜預書曰：吾本麋鹿心性，强拘名利，欲脱不能。漢水澄明，鯿魚正肥，待得秋風凉冷，吾當把釣，盡此林泉之志。

送韋書記赴安西

夫子歘通貴，趙曰：歘，音許勿切，有所吹起貌。歘通貴，忽然而貴也。雲泥相望懸。洙曰：雲泥，猶貴賤之懸遠，如雲之與泥。余曰：後漢逸民傳：吴倉與矯仲彦書云：乘雲行泥，棲宿不同。白頭無籍在，洙曰：無籍在朝列也。籍如通籍之籍。朱紱有洙曰：一作「即」。哀憐。洙曰：曹子建：俯愧朱紱。趙曰：韋君爲書記，則賜緋矣。有哀憐，則言朱紱之人有哀憐於我。書記赴三捷，洙曰：一作「接」。采薇：豈敢定居，一月三捷。注：捷，勝也。三勝，謂侵伐戰。趙曰：指安西主將也。又以言韋君矣。公車留二年。洙曰：東方朔待詔公車。師古曰：公車令屬衛尉，上書者所詣。欲浮江海去，此別意滄洙曰：一作「蒼」。然。洙曰：公以道不偶時，欲放跡於江海也。論語：道不行，乘桴浮於海。趙曰：公自謂也。公自負其才，既見韋之通貴，而身留公車，不能無觖望於欲去而之江海矣。

遊子

巴蜀愁誰語，吴門興杳然。洙曰：梅福變名姓，爲吴市門卒。趙曰：此篇公欲南下，而尚在巴蜀，留滯而愁也。九江春草外，洙曰：九江，江名。見所思詩注。三峽暮帆前。洙曰：見「忠州三峽内」注。趙曰：九江、三峽，正是南下之所歷。厭就成都卜，洙曰：史記：嚴君平避世賣卜於成都市中。趙曰：言不思再往成都，以嚴君賣卜於成都市。休爲吏部眠。洙曰：晉書：畢卓太興末爲吏部郎，比舍郎釀熟，卓因醉，夜至其甕間盜飲之，爲掌酒者所縛。明旦視之，乃畢吏部也，遽釋其縛。卓遂引主人宴於甕一側，致醉而去。趙曰：言休爲酒而眠，以爲留滯也。蓬萊如可到，洙曰：庾信哀江南賦云：舟楫路窮，星漢非乘槎可上。風飈道阻，蓬萊無可到之期。前漢郊祀志：自威、宣、昭使人入海求蓬萊、方丈、瀛洲。此三神山者，其傳在勃海中，去人不遠。蓋常有到者，未至，望之如雲。及到，三神山反居水下。水臨之，患且至，則風輒引船而去，終莫能至云。趙曰：公言非止南下遊吴而已，蓬萊仙山可到則亦往矣。衰白問群仙。洙曰：世説：蓬萊有群仙及不死之藥。

將赴荆南寄別李劍州

使君高義驅今古，寥落三年坐劍州。但見文翁能化俗，洙曰：前漢循吏傳：文翁，景帝末爲蜀郡太守。仁愛好教化，見蜀地僻陋，有蠻夷風，乃選郡縣小吏開敏有才者張叔等十餘人，親自飭厲，遣詣京師，受業博士，或學律令。數歲，蜀生皆成就歸，文翁以爲右職，用次察舉，官有至郡守刺史者。又脩起學官於成都市，招下縣子弟以爲學官子弟，爲除更繇，高者以補郡縣吏，次爲孝弟力田。常選學官僮子，使任便坐受事。每出行縣，益從學官諸生明經飭行者與俱，使傳教令，出入閨門。縣邑吏民見而榮之。數年，争欲爲學官弟子，富人至出錢以求之。繇是大化蜀地，學於京師者比齊魯焉。至武帝時，乃令天下郡國皆立學校官，自文翁爲之始云。文翁終於蜀，吏民爲立祠堂，祭祀不絶。至今巴蜀好文雅，文翁之化也。**焉知李廣未封侯。****洙曰**：李廣傳：初，廣與從弟李蔡俱爲郎。文帝、景帝時，蔡積功至一千石。武帝元朔中，封爲樂安侯。廣不得爵邑，官不過九卿。廣之軍吏及士卒或取封侯。常與望氣王朔言之，朔曰：「將軍自念豈嘗有恨者乎？」廣曰：「吾爲隴西守，羌嘗反，吾誘降者八百餘人，詐而同日殺之。至今恨獨此耳。」朔曰：「禍莫大於殺已降，此乃將軍所以不得封侯也。」**路經灔澦雙蓬鬢，天入滄浪一釣舟。****趙曰**：灔澦堆在巫峽之口。滄浪，則楚漁父所謂滄浪之水也。公將南下，故言灔澦，以明其所往之處。入滄浪之天，乃我之扁然之釣舟也。**戎馬相逢更何日，春風回首仲宣樓。****誅曰**：荊州有仲宣樓。魏志：王粲字仲宣，年十七，司徒辟詔除黄門侍郎。以西京擾亂，皆不就。乃之荊州依劉表，遂登江陵城樓，作賦云。**趙曰**：方當戎馬之亂，相逢果何日乎？仲宣樓，雖起於王粲字仲宣，自長安來依劉表，登荊州之樓，而有登樓賦，故云仲宣樓。舊注遂謂荊州有仲宣樓，非也。

奉寄別馬巴州**彦輔曰**：時甫除京兆功曹，在東川。

勳業終**洙曰**：一作「真」。**歸馬伏波，****洙曰**：謂馬巴州也。馬援封伏波將軍，少有大志，以功名自許。嘗曰：「男兒要當死邊，以馬革裹尸，何能卧床上，在兒女手耶。」**功曹非復漢蕭何。****洙曰**：功曹，公自謂也。前漢：蕭何爲沛王吏掾，及高祖爲沛公，何嘗爲丞，督事。高祖爲漢王，遂以何爲丞相。**修可曰**：劉貢父作詩話稱杜甫云「功曹非復漢蕭何」，按曹參嘗爲功曹，非蕭何也。王定國云：高祖紀：何爲主吏。孟康注曰：主吏，功曹也。貢父之言誤矣。二説皆非。按吴志：虞翻爲孫策功曹。策曰：「孤有征討事，未得還府。卿復以功曹爲吾蕭何守會稽耳。」**扁舟繫纜沙邊久，南國浮雲水上多。**趙曰：公欲爲荆楚之行，尚留東川，故繫纜久而空望南國也。此詩蓋公雖除京兆功曹，乃有南往之興，而不赴矣。**獨把漁竿終遠去，難隨鳥翼一相過。知君未愛春湖色，興在驪駒白玉珂。**洙曰：前漢儒林傳：王式詔除爲博士，既至舍中，會諸大夫博士共持酒肉勞式。博士江公心嫉式，謂歌吹生曰：「歌驪駒。」式曰：「聞之於師，客歌驪駒，主人歌客毋庸歸。今日諸君爲主人，日尚早，未可也。」驪駒逸詩，見大戴禮。客欲去，歌之。文穎曰：其辭云：驪駒在門，僕夫具存。驪駒在路，僕夫整駕。公言知馬巴州不似我欲游江湖，其興在於朝覲見君。驪駒白玉珂，則早朝騎馬之事。古詩：驪駒在門。珂者，馬口中鳴珂也，以白玉爲之。

述古三首

彦輔曰：此詩傷賢者不得志也。

赤驥頓長纓，洙曰：列子：周穆王右驂赤驥，左白㢤。**非無萬里姿。**趙曰：王褒聖主得賢臣頌：周流八極，萬里一息。**悲鳴淚至地，爲問馭者誰。鳳凰從天來，何意復高飛。竹花不結實，念子忍朝饑。**朝，陟遥切。洙曰：劉公幹：鳳凰集南嶽，徘徊孤竹根。於心不肯厭，奮翅凌紫氛。豈不常勤苦，羞與黃雀群。蒼舒曰：右按劉公幹魯都賦曰：竹填山陔，根彌坂域。蒙雪含霜，不踰其色。翠實離離，鳳鸞收食。趙曰：莊子：鵷鶵非練實不食。郭家注云〔一〕：練實，竹實也。古時君臣合，可以物理推。賢人識定分，進退固其宜。洙曰：大臣以道事君，可則進，否則奉身以退。退，一作「用」。師曰：昔良驥困於鹽車，遇伯樂，悲鳴若有所訴。鳳非竹實不食。驥有萬里之姿，御非其人則必困頓於長纓。鳳有應期之瑞，竹花不實，則必困於饑餒，譬君子不逢賢聖之君，不食其祿。古來君臣遇合，可以物理知之，是以賢人進以禮，退以義，知分命之所在，不苟於貪冒寵榮，豈非驥鳳甘於困頓饑餒之比乎。

市人日中集，洙曰：易：日中爲市。於利競錐刀。洙曰：江文通云：競錐刀之利。置膏烈火上，蘇曰：左濟：如致脂膏於烈火之上，轉增焰熾。今王會諸侯亦然。趙曰：市人之争利，如膏火之自煎爾。莊子：白膏以明自煎。哀哀自煎熬。洙曰：莊子：膏火自煎也。農人望歲稔，相率除蓬蒿。蘇曰：王陵母家每春暮，蓬蒿生，居人相率手除薙之。所務穀爲本，邪贏無乃勞。洙曰：莊子：長梧封人曰：昔子爲禾耕而鹵莽之，則其實亦鹵莽而報子。芸而滅裂之，其實亦滅裂而報子。予來年變齊，深其耕而熟耰之，其禾繁以滋。予終年厭餐。趙曰：張衡西京賦云：商賈裨販，何必昏於作勞邪。贏優而足持〔二〕。注：邪，

〔一〕家，疑當作「象」。見杜集札記。
〔二〕持，疑當作「恃」。見杜集札記。

爲也〔一〕。欺爲之事〔二〕，自餘贏豐饒足恃也。舜舉十六相，身尊道何高。洙曰：文十八年傳：昔高陽氏有才子八人，天下之人謂之八愷。高辛氏有才子八人，天下之人謂之八元。此十六族也。堯不能舉，而舜舉之，天下如一，同心戴舜以爲天子，以其舉十六相故也。秦時任商鞅，法令如牛毛。洙曰：商君名鞅，相秦十六年。天資刻薄少恩，變秦法令。宗室貴戚多怨望者，後滅商君之家也。蘇曰：秦法如牛毛，沛公盡革去。趙曰：東坡先生云：子美詩自許稷、契，人未必許也。然此詩言舜舉十六相，與秦任法之事，句法自是稷、契輩人口中語也。師曰：錐刀，利之微細也。易曰：日中爲市。古者敦本而抑末，市人競錐刀之利，喧喧不息，如置膏火上，自取煎熬。玄宗之時，利孔百出，聚斂之臣削民膏血，是知以利爲政，未有不亂者也。禹、稷躬稼而有天下，則務農重穀，國家之本。是以舉十六相，唯急親賢。賢人用則民安其業，民安其業，身尊而道高，終享無爲之治。彼始皇任商鞅，壞井田之制，頭會箕斂，民不堪命。雖法令之密如牛毛，然果安能禁人之不爲亂乎？是以陳勝一起，天下應之如影響。肅宗中興，故甫意欲敦本，輕傜薄賦，此天下可得而治也。漢光得天下，祚永固有開。禮：有開必先。豈惟高祖聖，功自蕭曹來。經綸中興業，何代無良才。吾慕寇鄧勳，濟時信良哉。耿賈亦宗臣，趙曰：班固之傳蕭、曹云：漢之宗臣，是謂相

〔一〕爲，疑當作「僞」。見杜集札記。
〔二〕爲，疑當作「僞」。

國。今公詩於耿、賈亦云。**羽翼共徘徊。休運終四百，**洙曰：漢祚終四百，故范蔚宗獻帝贊曰：終我四百，永作虞賓。**圖畫在雲臺。**洙曰：雲臺圖功臣像。蘇曰：崔融：君不見耿、賈輩，扶顛起仆，漢道中興。圖形雲臺，照耀萬世。師曰：孔云：國之將興，有開必先。漢自高祖開基，至哀平之間衰弱，王莽篡國。先武中興〔一〕，使國祚再永。實自高祖有開其先也。雖然，豈特高祖之聖，亦本乎得蕭何、曹參輔贊之力。光武中興之日，寇恂、鄧禹、耿弇、賈復之徒，左右羽翼，與光武徜徉天下，收復土宇。及功成名遂，光武不任以吏事，俾之各奉朝請，善得御功臣之術。是以漢運終四百餘，多二十八將之功。赫然畫像雲臺，殆非韓、彭葅醢殺戮之比也。肅宗中興，是亦光武之倫。奈何諸將邀功養寇以自封，其與寇、鄧、耿、賈輩遠矣。甫意傷肅宗無駕御英豪之策，而作是詩也。

王狀元集百家注編年杜陵詩史十八卷

〔一〕先，疑當作「光」。

王狀元集百家注編年杜陵詩史十九卷

廣德二年甲辰自梓州挈家再住閬州

閬山歌閬，音浪。

閬州城東靈山**洙曰：**一云「雪山」。白，閬州城北玉臺碧。**洙曰：**靈山、玉臺，皆閬山景也。松浮欲盡不盡雲，江動將崩已一作「未」。崩石。那知根無鬼神會，已覺氣與嵩華敵。**趙曰：**此言靈山、玉臺也。潘岳晉武誄有「等壽嵩華」。中原格鬬且未歸，應結茅齋看青壁。**洙曰：**兩相敵曰格鬬。**師曰：**靈山、玉臺，皆閬州風景。五岳，西曰華山，中曰嵩山。凡名山大川，鬼神之所扶持。此山雖不與五岳之數，安知鬼神不會於是。甫愛閬中山水，謂中原盜賊未平，且暫居於此，其後蜀中亂，遂之吳楚。

閬水歌

嘉陵江色何所似，**洙曰：**嘉陵江，源出散關，而入于閬。**趙曰：**使謝安石内集問諸子曰：白雪紛紛何所似？石黛碧玉相因依。正憐日破浪花出，**趙曰**：阮籍「寒鳥相因依，日出正照水」也。更復春從沙際歸。**趙曰**：費昶雜詞云：春隨楊柳歸。巴童蕩槳欹側過，**薛曰**：右按廣韻：槳，檝屬。**趙曰**：所以摇檝之處。古歌云「艇子打兩槳」者，扶兩檝而來也。水雞銜魚來去飛。閬中勝事可腸斷，**蘇曰**：劉表曰：故鄉勝事，使人臨風對月，回腸欲斷。閬州城南天下稀。**洙曰**：閬州城南有山，極秀麗，人謂之錦屏山。**師曰**：地里志：閬州閬中郡，城臨閬水，却據連崗。嘉陵江源出散關，而合流于閬。其山水之色，遠視如黛玉之相因依，日照浪花，春媚沙際，殊可人意。巴人善操舟，嘉陵出美魚，詩所謂「南有嘉魚」是也。水雞銜魚來去飛，蓋言魚多也。城南有曰屏山，錯麗如錦屏，號爲天下第一，故云「閬州城南天下稀」。本朝前輩嘗詠福唐詩云：曉角吹殘十二枝，春風樓閣酒旗飛。杜陵未識三山好，却道閬城天下稀。蓋閩、蜀同風故也。

南池

峥嶸巴閬間，所向盡山谷。**希聲曰**：巴、閬，蜀中二州也。巴、閬間山多險阻，故云云。安知有蒼池，萬頃浸坤軸。**余曰**：張華博物志曰：崑崙東北地轉，下有八玄幽都，方二十餘萬里地，下有四柱，廣十萬里。地有三千六百軸，互相牽也。呀然閬城南，**昱曰**：呀，虚加切，張口貌。枕**洙曰**：一作「控」。帶巴江腹。芰荷入異縣，粳稻共比屋。**洙曰**：堯比屋可封。皇天不無意，美利戒止足。高田失西成，此物頗豐熟。清源多衆魚，遠岸富橋木。蘇曰：郭元澤：近舍溪岸有磻石，可坐卧，兼喬木蔽日，時曳履投竿，不知塵事。獨歎楓香林，春時好顔色。南有漢王祠，終朝走巫祝。歌舞散靈衣，洙曰：潘安仁寡婦賦：仰神宇之寥寥，瞻靈衣之披披。荒哉舊風俗。高堂亦明王，魂魄猶正直。不應空陂上，縹緲親酒食。淫祀自古昔，趙曰：左傳：非所祭而祭，名曰淫祀。非唯一川瀆。干戈浩茫茫，地僻傷極目。洙曰：楚詞：目極千里傷春心。平生江海興，遭亂身局促。洙曰：沈休文：纓佩空爲忝，江海事多違。古詩：蟋蟀傷局促。趙曰：漢景帝：局促如轅下駒。駐馬問漁舟，躊躇慰羈束。蘇曰：邢元：駐馬立江中，借問漁舟客。征戰何時停，我亦卜林宅。師曰：鬼神非其族類，不歆其祀，自古淫祀媚神邀福者多矣，豈特此一川瀆而已哉。有道之世，鬼神無所施其靈響。甫傷世亂而祀典不舉，固有淫邪之祭，則云：干戈浩茫茫，地僻傷極目。局促，不得騁之貌。漁舟泛泛煙波之上，得以自由。甫謂平生有五湖之興，今羈束亂世而不得騁，是以駐馬問漁舟，而少有所慰者也。

苦戰行

苦戰身死馬將軍，自云伏波之子孫。干戈未定失壯士，蘇曰：牛繪戰死，張光嘆曰：「天下未安，兵戈尚爾。遽失壯士，仰天悲悼。」趙曰：伏波，漢馬援也。吐蕃去冬陷松、維、保三州，則干戈豈便息邪。

使我歎恨傷精魄。**蘇曰：**山濤曰：嵇中散就誅，使我失精神，歎憤而已。去年江南討狂賊，臨江把臂難再得。別時孤雲今不飛，時獨看雲淚橫臆。**鮑曰：**謂段子璋戰遂州時，公與此事，送別江上，今其人死矣，故有感而作。遂州在涪江少南，故云江南也。**趙曰：**倣李陵與蘇武詩曰：良時不再至，離別在須臾。屏營衢路側，執手野踟躕。仰視浮雲馳，奄忽互相踰。**師曰：**漢馬援爲伏波將軍，嘗云：「大丈夫當死邊野，以馬革裹尸而歸。」唐馬璘讀漢書至此，嘆曰：「使吾祖勳業墜地乎。」時馬璘與吐蕃戰没，失國家壯士。甫是以傷之。去年江南討狂賊，謂於涪江之南討段子璋之亂也。時甫與馬將軍訣別把臂，今傷其死。狄仁傑嘗望白雲孤飛，曰：「吾親在其下。」甫悵望去年别處，不見雲飛，故思其人而淚下横胸臆。

去秋行 **魯曰：**時段子璋反於東川。

去秋涪江木落時，臂槍走馬誰家兒。**蘇曰：**王宏見陸景，曰：「彼陣前臂槍走馬、往來返逐者，誰家小兒？得如此俊偉。」到今不知白骨處，部曲有去皆無歸。**洙曰：**見「部曲異平生」注。遂州城中漢節在，遂州城外巴人稀。**鮑曰：**上元二年四月，劍南節度兵馬使段子璋反，陷緜州。遂州刺史嗣虢王巨死之〔一〕，

〔一〕 虢，疑當作「虢」。

節度李奂奔於城都〔一〕。故詩云「遂州城中漢節在」，蓋傷之也。**趙曰**：意兵敗績而死亡者多，故有巴人稀之實。**戰場冤魂每夜哭，空令野營猛士悲。** **師曰**：部曲，行伍部有曲。昔漢蘇武使匈奴凡十九年，留匈奴中，行卧常持漢節。時馬璘死於吐蕃，持節而死。巴人屯守遂州城外，吐蕃兵攻遂州，巴人死盡，故云「巴人稀」。

泛江

方舟不用楫， **趙曰**：方舟，並船也，字出爾雅。**大臨曰**：隨流也。**極目摠無波。** **洙曰**：招魂曰：目極千里兮傷春心。**長日容盃酒，深江浄綺羅。** **大觀曰**：言江花色浄如綺羅也。**亂離還奏樂，飄泊且聽歌。故園流清渭，如今花正多。**

陪王使君晦日泛江就黄家亭子二首

山豁何時斷，江平不肯流。稍知花改岸，始驗鳥隨舟。結束多紅粉， **趙曰**：言有妓也。**歡娱恨白頭。** **蘇曰**：陳苑曰：「青春風物雖好歡娱，獨恨白頭翁不得馳逐五陵年少。」古詩：娥娥紅粉粧。

〔一〕 城，疑當作「成」。

吁嗟久之。非君愛人客，晦日更添愁。洙曰：添，一作「禁」。趙曰：時景遷移已盡矣，不爲不愁。蔡伯世曰：古以正月盡爲令節，曰晦日。其説是。有徑金沙軟，無人碧草芳。野畦連蛺蝶，趙曰：相連之蝶也。裴子野雪詩云：栖葉如連蝶。江檻俯鴛鴦。日晚煙花亂，風生錦繡香。趙曰：言花錦繡之香也。不須吹急管，衰老易悲傷。

傷春五首師曰：時避寇在蜀作。

天下兵雖滿，趙曰：謂廣德元年吐蕃陷京師，車駕幸陝。春光洙曰：一作「青春」。日自濃。西京疲百戰，趙曰：吐蕃留京師，聞郭子儀軍至，驚潰。子儀復長安。北闕任群凶。蘇曰：除符北闕，震蕩群凶，肆威若不誅鋤，恐逼洛汭。趙曰：指言程元振、魚朝恩之徒。按史記柳伉疏：吐蕃犯順，罪由元振，請斬之以謝天下。關塞三千里，趙曰：公在閬中，望乘輿所在，有三千里關塞之隔矣。煙花一萬重。蒙塵清露急，洙曰：見「至尊尚蒙塵」注。御宿且一作「有」。誰供。殷復前王道，洙曰：商之中宗、高宗能復前王之道。周遷舊國容。洙曰：平王東遷於洛邑。蓬萊足雲氣，應合揔從龍。趙曰：豈言蓬萊殿乎？蓋言群臣當盡隨駕。易：雲從龍也。雲以比群臣，龍以比天子。

鶯入新年語，花開滿故枝。天清洙曰：一作「青」。風卷幔，草碧水通池。牢落官軍速，蕭條萬事危。**洙曰**：憂時之心切，故於萬事未見其安也。鬢毛元自白，淚點向來垂。不是無兄弟，其如有別離。**洙曰**：言雖有兄弟，而爲喪亂阻隔，不得相保爾。巴山春色靜，北望轉逶迤。**洙曰**：巴山，蜀山也。北望，謂長安在蜀之北也。**師曰**：甫謂憂時之心切，故於萬事未見其安也。巴山，蜀山也。北望謂長安在蜀之北也。

日月還相鬬，星辰屢合圍。**洙曰**：一云「亦屢」。圍。**洙曰**：漢天文志：五星所行，合散犯守，陵歷鬬食，彗孛飛流，日月薄蝕。韋昭曰：星相擊爲鬬。高祖七年，月暈，圍參畢七重。不成誅執法，焉得變危機。**洙曰**：天文志：南宫，南四星名。執法，中端門。**趙曰**：廣雅曰：熒惑謂之罰星，或謂之執法。今指熒惑而言，則指程元振之熒惑人主也。大角纏兵氣，**洙曰**：天文志：大角者，天王帝座廷其兩旁曰攝提。魏都賦：姦回内鼎，兵纏紫微。**趙曰**：京師兵又滿矣，故曰「纏兵氣」。西都賦云：兵纏紫微。鉤陳出帝畿。**洙曰**：西都賦：周以鉤陳之位。注：鉤陳，王者法之，主行宫也。煙塵昏御道，**洙曰**：黄道也。耆舊把天衣。**洙曰**：一云「固無牽白馬，幾至著青衣」。**蘇曰**：煬帝幸維陽〔一〕，朝廷耆艾把天衣，諫不止。**趙曰**：父老不欲車駕之出，皆素挽帝衣。行在諸軍闕，**蘇曰**：漢帝：諸軍闕食，四掠居民。**趙曰**：言軍士稀少。來朝

〔一〕陽，疑當作「揚」。見杜集札記。

大將稀。洙曰：吐蕃陷京師，天子幸陝，諸鎮畏程元振、魚朝恩讒構，莫肯奔命。朝廷所恃者，郭子儀一人而已。趙曰：言藩鎮不朝。賢多隱屠釣，王肯載同歸。洙曰：賢者避地自隱於屠釣，王能爲文王載吕望事否？任彦昇爲蕭揚州薦士表：隱鱗卜祝，藏器屠保。蘇曰：寧元：自古賢人哲士，或抱關擊柝，或隱迹屠釣，或雜漁樵。師曰：日月相鬬，星辰合圍，言天示變異，故盗賊興。執法者，大將之權也。不命將以誅之，則危機不得息。大角纏兵氣，言禄山陷京師，天王之位尚妖氛所纏繞也。鈎陳者，天子之仗。出帝畿，言帝出幸。耆舊把天衣，言父老皆攀車駕。

再有朝廷亂，難知消息真。近傳王在洛，復道使歸洙曰：一作「通」。秦。洙曰：謂傳者不一也。奪馬悲公主，登車泣洙曰：一作「哭」。貴嬪。蕭關迷北上，洙曰：漢武行幸雍，祠五畤，通回中道，遂北出蕭關。迷北上，謂東行陝，故下句有欲東巡之句。滄海欲東巡。洙曰：秦始皇東巡海上，銘石勒功。敢料安危體，猶多老大臣。豈洙曰：一作「得」。無嵇紹血，霑灑屬車塵。洙曰：晉書忠義傳：紹以天子蒙塵，承詔馳詣行在，所值王師敗績於蕩陰，百官及侍衛莫不散潰，唯紹儼然端冕，以身捍衛。兵交御輦，飛箭雨集，紹被害於帝側，血污御服。天子深哀歎之。及事定，左右欲浣衣，帝曰：「此嵇侍中血，不可去。」司馬相如諫獵書云：犯屬車之清塵。師曰：吐蕃再陷京城，代宗幸陝，故云「再亂」。滄海欲東巡，言代宗幸陝，如始皇之東巡，勞民動衆也。敢料安危體，言朝廷老臣猶多，國體未遽危也。豈無嵇紹血，言艱難之際，衛帝者豈無忠臣義士如嵇侍中者乎。

聞說洙曰：一作「道」。初東幸，孤兒却走多。洙曰：宣帝紀注：取從軍死事者之子養羽林官，教以五兵，號曰羽林孤兒。少壯者令從軍也。趙曰：此篇聞官軍逃亡之詩。却走，退却而走也。難分太倉粟，洙曰：漢太倉之粟紅腐不可食。趙曰：言其既走，則雖有太倉之粟，而難與之也。競棄魯陽戈。洙曰：魯陽公與韓遘戰酣，日暮，援戈而揮之，日爲之反三舍。趙曰：言戈乃魯陽之戈，可以麾戰，而反棄之，爲可痛矣。胡虜登前殿，洙曰：吐蕃陷京師也。王公出御河。洙曰：出奔也。得無洙曰：一作「忍爲」。中夜舞，洙曰：晉春秋曰：祖逖字士稚，與司空劉琨雄豪著名。時與琨同辟司馬、州主簿，情好綢繆，共被而寢。中夜聞雞鳴起舞，曰：「此非惡聲。」每語世事，或中宵起坐，相謂曰：「若四海鼎沸，豪傑並起，吾與足下相逐中原耳。」劉琨與親舊書曰：吾枕戈待旦，志梟逆虜。常恐祖生先吾著鞭。誰洙曰：一作「宜」。憶大風歌。洙曰：漢高作大風歌云：大風起兮雲飛揚，安得猛士兮守四方。發沛中兒教之歌，酒酣，上擊缶而和之。趙曰：此又見公之忠義深矣。師曰：代宗出幸，禁軍皆逃竄也。難分太倉粟，言國用乏也。競棄魯陽戈，言兵敗北也。英雄之士於斯時豈無覬覦如劉琨者，故曰「得無中夜舞」。誰憶大風歌，言無人守四方也。春色生烽燧，洙曰：見悲青坂詩注。幽人泣薜蘿。洙曰：猶賢者泣於草野爾。趙曰：幽人，公自謂也。方春之時，而惟有烽燧。此薜蘿之中，幽人無如之何，所以但泣而已。君臣重脩德，猶足見時和。洙曰：巴、閬僻遠，傷春罷，始知春前已收宮闕。趙曰：尤見公之經濟矣。

城上

草滿巴西緑，空城白日長。風吹花片片，春動水茫茫。八駿隨天子，洙曰：王子年拾遺記：周穆王巡行天下，馭八龍之駿，名曰絶地、翻羽、奔宵、超影、踰輝、超光、騰霧、挾翼。穆王神智遠謀，使車轍跡周於四海，故絶異之物不期自服。**群臣從武皇。**洙曰：見「未柱周王駕，淹期武帝巡」注。趙曰：漢武帝初幸汾陰，至洛陽，寢尋於泰山。其所巡幸周萬八千里，群臣之從可知矣。**遥聞出巡守，早晚遍遐荒。**趙曰：不敢言天子蒙塵，姑以巡守微言之。師曰：禄山亂，玄宗出幸蜀。蜀在巴之西。昔周穆王、漢武帝皆出巡守，以比玄宗之西幸也。天子諱言出奔，特云巡守，亦若春秋書「天王出狩於河陽」是也。

登樓

趙曰：此聞代宗車駕長安之作。

花近高樓傷客心，萬方多難此登臨。錦江春色來洙曰：一作「水流」。**天地，玉壘浮雲變古今。**洙曰：左太沖蜀都賦云：夫蜀都者，擴雲闗以爲門，包玉壘而爲宇。玉壘，山名也，前水出焉，在成都西北岷山界。蜀有銅梁、玉壘。**北極朝廷終不改，西山寇盜莫相侵。**洙曰：時崔旰起兵於西山。趙曰：吐蕃也。言今朝廷如北極終不改移爾，吐蕃無用相侵也。**可憐後主還祠廟，日暮聊爲梁甫吟。**洙曰：見武侯廟詩注。趙曰：諸葛作梁甫吟。師曰：蜀有銅梁、玉壘二山。錦江春色來天地，言錦江春色鮮妍，自天地開闢以來有之，非獨今也。縱使玉壘古今英雄割據，千變萬態如浮雲，終亦歸中原總統也。此二句諷崔旰反成都，不能爲朝廷之害。故下文云「北極朝廷終不改」。昔諸葛亮佐先主圖收復，功未就而亮卒。及後主即位，祠祭亮廟，嘆無人以爲之助。亮未達時，常耕於隴上，作梁甫吟。故甫因崔旰之亂傷朝廷無諸葛之才。

遣憤

聞道花門將，洙曰：回紇也。論功未盡歸。自從收帝里，趙曰：長安也。誰復揔戎機。蜂蠆終懷毒，洙曰：左傳：君無謂邾小，蜂蠆有毒，況國乎？蘇曰：武黨廟記：張良謂蕭何曰：「黥布輩如蜂蠆逐時，暫親近人，其懷毒之性不革。」雷霆可震威。洙曰：賈山傳云：「人主之威，非特雷霆也。震之以威，豈有不摧折者哉。」趙曰：大意以回紇助順討史朝義，恐其恃功，驕暴難制，故欲早加以威而絶其如此。莫令鞭血地，再濕漢臣衣。洙曰：時回紇恃功陵暴，此詩之作，蓋有所警也。師曰：禄山亂，回紇以兵助討賊，其後恃功桀驁，故蜂蠆終懷毒，欲帝震之以威，無使彼再效禄山之陷京闕也。漢書云：禁中非刑人鞭血之地。鞭血地，指禁中也。花門將，即回紇之將。

釋悶

四海十年不解兵，犬戎也復臨咸京。洙曰：自禄山、思明之亂方已，而吐蕃復陷京城。蔿曰：咸謂咸陽，即西京也。時禄山連結吐蕃陷京城。**失道非關出襄野，蒼舒曰：**右按莊子：黄帝將見大隗乎具茨之山，至於襄城之野，七聖皆迷，無所問塗。**揚鞭忽是過胡城。修可曰：**世説：王敦作逆，明帝騎巴鎮馬，齎一金鞭至湖陰察軍形。敦晝夢日遶其城，忽然驚覺，曰：「營中有黄鬚鮮卑奴來，何不縛取？」命騎追之，不及也。**炎曰：**避寇者，奔走迷道，故有是句耳。**豺狼塞路人斷絶，洙曰：**豺狼，盜賊也。**蘇曰：**龐德翁：狼虎塞路，人迹斷絶。**烽火照夜屍縱横。洙曰：**漢制：有寇則舉烽燧。言寇亂未平，故烽火照夜也。**天子亦應厭奔走，洙曰：**時帝幸陝。**趙曰：**車駕雖歸長安，而有乞還恪巡悔之説〔一〕。**群公固合思升平。蘇曰：**薛延慶曰：群公豈不見天子遷播，自合建立功勳，共豎太平。**但恐誅求不改轍，朋曰：**譏賦斂之重也。**聞道嬖孽能全生。洙曰：**指程元振也。時元振用事，媒蝎大臣，故吐蕃入寇，以至功臣不肯用命。**符曰：**代宗不能正其典刑。**江邊老翁錯料事，眼暗不見風塵清。**

青絲

青絲白馬誰家子，洙曰：樂府有白馬篇。梁吴筠：白馬黄金羈。梁元帝：宛轉青絲鞚。**趙曰：**青

〔一〕恪，疑當作「洛」；悔，疑當作「海」。

絲，所以言鞚也。南史侯景傳：初，大同中童謡曰：青絲白馬壽陽來。及景之叛，乘白馬青絲以應讖。**麤豪且逐風塵起。** **洙曰**：風塵，喻亂離也。**鮑曰**：豈懷恩之反有從亂者也。**趙曰**：風塵多以言征戰，言盜賊，而云逐風塵，則乘此爲盜者。**不聞漢主放妃嬪，** **洙曰**：誅貴妃也。**近静潼關掃蜂蟻。** **趙曰**：此公戒約麄豪子之辭。**殿前兵馬破汝時，十月即爲蚃粉期。** 蚃，祖稽切。**洙曰**：蚃粉，言破碎若蚃粉也。**趙曰**：告以必破亡之證也。蚃粉，出莊子云：宋王之猛，非直驪龍也。子能得車者，必遭其睡也。使宋王而寤，子爲蚃粉。夫蚃之爲言，若以爲蚃粉之爲言，散金物爲屑。舊注謂破碎若蚃粉，非是。**未如** **洙曰**：又作「知」。**面縛歸金闕，** **洙曰**：欲其歸降天子也。左傳：克許，許子面縛銜璧。**萬一皇恩下玉墀。** **洙曰**：時降者皆受節鎮，河北之患自此起矣。**趙曰**：教以悔過歸命，而庶幾皇恩寬宥之也。此篇**蔡伯世曰**：以爲五谷盜賊事〔一〕，其説是。按通鑑：廣德一年，吐蕃入長安。諸軍亡卒及鄉曲無賴相聚爲盜。丁巳，以太子賓客薛景仙討之，所以有「殿前兵馬破汝時」之句也。**師曰**：青絲爲絡頭。麄豪且逐風塵起，謂禄山反，不逞之徒皆起附爲亂。漢王放妃嬪，喻肅宗誅楊貴妃，斥宫人也。近静潼關掃蜂蟻，哥舒翰守潼關，爲賊所破，遂陷兩京。肅宗鳩義兵，收復兩京，如掃蜂蟻然。殿前兵馬，乃神策軍。天子親征，群盜望風而敗，恐碎若蚃粉。不如前期背縛歸降京師，尚有見赦之理。時賊黨來降，帝復授以節鎮。終唐之世，藩鎮跋扈者，蓋由此也。

〔一〕曰，疑爲衍文。此句疑當作「此篇蔡伯世以爲五谷盜賊事」。「其説是」以下仍屬趙注。

江亭王閬州筵餞蕭遂州 洙曰：一云「閬州王使君江亭餞蕭遂州」。

離亭非舊國，洙曰：莊子：舊國舊都，望之暢然。**春色是他鄉。老畏歌聲繼，**洙曰：一作「短」。**愁從舞曲長。二天開**洙曰：一作「悲」。**寵餞，**洙曰：後漢：蘇章順帝時遷冀州刺史，故人爲清河太守。章行郡按其姦臟，乃請太守爲設酒殽，陳平生之好甚歡。太守喜曰：「人皆有一天，我獨有二天。」章曰：「今夕蘇孺文與故人飲，私恩也。明日冀州刺史案事，公法也。」遂舉正其罪。**五馬爛生光。**洙曰：古陌上桑羅敷行：使君從南來，五馬立踟躕。使君自有婦，羅敷自有夫。**川路風煙接，**洙曰：謝玄暉詩：馳驛不可接〔一〕，何況隔兩鄉。風煙有鳥路，江漢無限梁。趙曰：閬州與遂州相接也。**俱宜下鳳凰。**洙曰：黃霸爲潁川太守，是時鳳凰神爵數集郡國，潁川〔二〕。師曰：閬與遂皆屬蜀道，故云「川路風煙接」。昔蕭史、王喬皆神仙人也。蕭與秦女跨鳳而去，喬亦飛乘雙鳧，今云「俱宜下鳳凰」，豈非皆不凡歟。

滕王亭子 彥輔曰：在玉臺觀內。王調露年中任閬中刺史云。一云「閬州玉臺觀滕王亭子作」。王曾典此州。

君王臺榭枕巴山，萬丈丹梯尚可攀。洙曰：謝靈運詩：灑步臨丹梯。謝玄暉敬亭山詩：要欲追

〔一〕驛，疑當作「暉」。
〔二〕「潁川」下疑闕「尤多」二字。

奇趣，即此凌丹梯。**春日鶯啼脩竹裏，仙家犬吠白雲間。****洙曰**：神仙傳：淮南王丹成上昇，雞犬舐其鼎，亦仙去。今天上有雞鳴犬吠。**清江碧石傷心麗，****趙曰**：麗矣而謂之傷心，則追感滕王之歿，空餘景在耳。**嫩蘂濃花滿目班。人到於今歌出牧，來遊此地不知還。**

玉臺觀

滕王造。**趙曰**：觀在高處，其中有臺，號曰玉臺也。

中天積翠玉臺**洙曰**：一作「虛」。**遙，****洙曰**：列子曰：周穆王築臺，號曰中天臺。樂府歌云：閶闔觀玉臺。注：帝之所居。**上帝高居絳節朝。****洙曰**：列子曰：周穆王築臺，號曰中天之靈。樂府歌：閶闔觀玉臺。注：帝之所居。**修可曰**：顔延年應詔詩曰：坤行埒浮景〔一〕，交映溢中天。攢素既森靄，積翠亦葱芊。注：松柏重布云積翠。**趙曰**：以臺之高而在道觀，故直指爲上帝之高居，而群仙絳節所朝之處也。**遂有馮夷來擊鼓，****洙曰**：曹子建洛神賦：馮夷鳴鼓，女媧清歌。馮夷乃河北〔二〕。**師曰**：張平子思玄賦云：號馮夷使清津兮，擢龍舟以濟予。注：馮夷者，弘農華陰潼鄉首里人。服八石得水仙，爲河伯龍魚。河圖曰：河伯姓呂，名公子。馮夷，即河伯夫人。抱朴子釋鬼篇曰：馮夷，華陰人。以八月上庚日渡河，溺水死。天帝署爲河

〔一〕坤，疑當作「神」；埒，疑當作「埓」。見杜集札記。
〔二〕北，疑當作「伯」。

伯。三説不同，故並載之。生羽翰，言飛仙也。始知嬴女善吹簫。洙曰：秦本紀：大費佐舜，是爲伯翳。舜賜姓嬴氏。列仙傳：蕭史，秦女弄玉之夫也。教弄玉吹簫，作鳳凰鳴，而作鳳凰臺，吹其上。一旦夫妻隨鳳仙去。江光隱見黿鼉窟，洙曰：李華海賦〔二〕：或屑没於黿鼉之穴。石勢參差烏鵲橋。洙曰：淮南子：烏鵲填河成橋，而渡織女。趙曰：石自高處望之，其勢參差，可以想其如烏鵲之狀。更有紅顔生羽翰，便應黄髮老漁樵。

滕王亭子

寂寞春山路，君王不復行。古牆猶竹色，虚閣自松聲。鳥雀荒村暮，雲霞過客情。尚思歌吹入，吹，盡僞切。千騎把霓旌。洙曰：高唐賦：不見其底，虚聞松聲。又云：蜺爲旌，翠爲蓋。梁孝王傳：得賜天子旌旗，千乘萬騎。

〔二〕李，疑當作「木」。見杜集札記。

玉臺觀 滕王造。

浩劫因王造，洙曰：一作「起」。劫，猶世也。頭陁碑云：功濟塵劫。趙曰：公言道觀，多使道書。度人經曰：惟有元始浩劫之家。師曰：劫，蓋俗謂塔之一級二級爲一劫二劫。子美岳麓道林二寺行亦曰：塔劫宮墻壯麗敵。若以爲世劫之劫，則玉臺乃滕王於高宗調露中任閬州刺史日所造，去子美未百年，豈可言「浩劫因王造」乎？**平臺訪古遊。**洙曰：梁孝王大治宮室，爲複道，自宮連屬於平臺。如淳曰：平臺在大梁東北，離宮所在也。趙曰：以梁王平臺比之。**綵雲簫史駐，**見前詩注。**文字魯恭留。**洙曰：景十三年，魯恭王餘初治宮室，壞孔子舊宅以廣其居，聞鍾磬琴瑟之聲，遂不敢復壞。於其壁中得古文經傳云。趙曰：以魯恭比滕王也。以詩意推之，滕王必有文書遺迹在焉。**宮闕通群帝，**洙曰：道書云：天有群帝，而大帝最尊。帝猶五方之帝也。大帝，北極也。**乾坤到十洲。**洙曰：道書中有十洲記，皆言神仙境土。定功曰：東方朔十洲記：漢武帝既見西王母，言說八方巨海之中，祖洲、瀛洲、元洲、炎洲、長洲、鳳麟洲、聚屋洲、流洲、生洲、宂洲，云十洲，並是人跡所稀絶處。趙曰：以臺在道觀中，於天地之間由此可以到神仙十洲也。**人傳有笙鶴，時過北山頭。**洙曰：劉向列仙傳云：王子喬，周靈王太子晉也。好吹笙，作鳳鳴。遊伊、洛間。道士浮丘公接上嵩山三十餘年。後來於山上告桓良曰：「告我家，七月七日待我緱氏山頭。」果乘白鶴駐山頭，望之，不得到。舉手謝時人而去。

渡江

春江不可渡，**蘇曰**：河記曰：春江桃花泛漲，吾弟舟重，不可迅渡，恐風浪驚兒女輩。二月已風濤。**洙曰**：顔延年云：春江壯風濤，蘭野茂荑英。**尹曰**：顔詩正此之謂也。舟楫斜欹疾，**洙曰**：一作「甚」。魚龍偃臥高。**趙曰**：以水漲爲便也。渚花張素錦，汀草亂青袍。**趙曰**：非時白花如素錦而已。看一兼字可推見其意。古詩：青袍似春草。戲問垂綸客，悠悠見汝曹。**洙曰**：見，一作「是」。

絶句二首

遲日江山麗，春風花草香。**趙曰**：爲春日所照，景象佳麗也。泥融飛燕子，沙暖睡鴛鴦。

江碧鳥逾白，山青花欲燃。**修可曰**：出孟子：如火之始然。今春看又過，何日是歸年。**師曰**：北齊陽松玠談藪云：吴均有才氣，嘗爲詩云：秋風籠白水，鴈足印黄沙。沈隱侯曰：「黄沙語大儉。」均曰：「亦見公詩云：野棠開未落，山櫻發欲燃。」均曰：「我始欲燃，卿已印訖。」

送韋郎司直歸成都

竄身來蜀地，同病得韋郎。**洙曰**：以避難奔走入蜀，故言竄身。韋亦避難者，故言同病。天下兵戈滿，江邊歲月長。別筵花欲暮，春日鬢俱蒼。**洙曰**：一云「春鬢色俱蒼」。爲問南溪竹，**洙曰**：一云「笋」。抽梢合過牆。**趙曰**：公自注：余草堂在成都西郭。則南溪者，又草堂傍近之名。

奉待嚴大夫

殊方又喜故人來，重鎮還須濟世才。**鄭曰**：重，直隴切，厚也。**洙曰**：時武再鎮蜀。常怪偏裨終日待，**洙曰**：偏裨，諸將校也。光武令鄧禹自選偏裨以下。不知旌節隔年回。**洙曰**：旌節，麾幢也。楊國忠兼領劍南，每幸驪山，必以旌旗前引。欲辭巴徼啼鶯合，遠下荊門去鷁催。**洙曰**：公自言欲辭蜀而入楚。**趙曰**：此言船，蓋船首畫鷁以驚水怪。**師曰**：甫與武有世契，武爲成都尹，甫依之。及武入朝，甫之巴峽。今甫聞嚴再鎮蜀，欲辭巴徼下荊門迓之。云「啼鶯」者，春時也。鷁，舟也。已督舟將行。身老時危思會面，**洙曰**：古詩：道路阻且長，會面安可知。一生襟**洙曰**：一作「懷」。抱向誰開。**洙曰**：言人不己知。

奉寄高常侍**洙曰**：一云「寄高三十五大夫」。

汶上相逢年頗多，**洙曰**：地理志：汶水出泰山，萊蕪西南入濟，在濟南，魯地。蜀亦有汶川，出西山。

亦有汶川縣。修可曰：魯之汶，今在鄆州。以閔子騫有「吾必在汶上」之語。非蜀之汶川矣。**飛騰無那故人何。**鄭曰：那，乃箇切。洙曰：故人，侍御也。飛騰，言自致於漢霄。趙曰：高適與公皆拜拾遺，其後高公至爲散騎常侍，則其飛騰明矣。**揔戎楚蜀應全未，**洙曰：爲帥也。趙曰：揔戎，大將之事。適先除揚州大都督、淮南節度使。以李輔國之毁，出爲彭、蜀二州刺史。蓋言雖揔戎於楚與蜀，而猶未焉。尹曰：適代崔光遠節度西川，又守彭州，故云「揔戎楚蜀應全未」。未者，言年未及老也。**方駕**洙曰：一作「慣」。**曹劉不啻過。**洙曰：方，齊也。言文才過於曹丕、劉楨也。家語：何翅惠哉，猶過多也。修可曰：方駕，並駕也。與「方舟」之「方」同。劉孝標廣絶交論曰：遒文麗藻，方駕曹、王。注：謂曹植、王粲。此言曹、劉，乃曹植、劉楨，非曹丕也。**今日朝廷須汲黯，**洙曰：漢書：汲黯在朝，淮南寢謀。言黯之材足以折衝千里爾。時寇賊充斥，朝廷須如汲黯者。**中原將帥憶廉頗。**洙曰：馮唐傳：文帝輦過郎署，問馮唐曰：「吾居代時，吾尚食監高袪數爲我言趙李齊之賢，戰於鉅鹿下。吾每飲食，意未嘗不在鉅鹿也。父老知之乎？」唐對曰：「齊尚不如廉頗、李牧之爲將也。」上曰：「何也？」唐曰：「臣大父在趙時爲官帥將，善李牧，臣父故爲代相，善李齊，知其爲人也。」上既聞廉頗、李牧爲人良説，迺拊髀曰：「嗟乎，吾獨得廉頗、李牧爲將，豈憂匈奴哉。」**天涯春色催遲暮，別淚遥添錦水波。**趙曰：時高常侍在成都，起發赴召，故云。

奉寄章十侍御彥輔曰：時初罷梓州刺史、東州留後。將赴朝廷。一云「寄梓州張使君」。

淮海惟揚一俊人，洙曰：禹貢：淮海惟揚州。注：北據淮，南距海。趙曰：章侍御必揚州人，故用淮海也。朱曰：章彝，揚州人。**金章紫綬照青春。**洙曰：百官公卿表：侯，金印紫綬。師古曰：漢儀云：銀印皆龜斂〔一〕，其文曰章，謂刻曰某官之章。前漢書曰：丞相皆秦官，金印紫綬。孝祥曰：青春，言年少也。**指麾能事回天地，**洙曰：唐張玄素有回天之力，言能回人主之意也。趙曰：指麾所能之事，雖天地亦可回，所以重大言之。陸士衡有云：回天倒日之力。歐曰：時段子璋反，章討平之，故云云。**訓練强兵動鬼神。**洙曰：公孫瓚爲袁紹所攻，與其子書曰：袁氏之攻，狀若鬼神，梯衝舞吾樓上，鼓角鳴於地中。趙曰：言威力所致然。**湘西不得歸關羽，**洙曰：蜀將關羽，字雲長。先主收江南諸郡，乃封拜元勳，羽爲襄陽太守、盪寇將軍，駐江北。先主西走益州，拜羽董荆州事。後孫權斬於臨沮。**河内猶宜借寇恂。**洙曰：後漢：寇恂字子翼，光武取河内，拜恂爲太守，行大將軍。後潁州盜賊群起，帝曰：「潁川迫近京師，當以時定，惟念卿獨能平之耳。從九卿復出，以憂國，可知也。」即日車駕南征。恂從至潁川，盜賊悉降，而竟不拜郡。百姓遮道曰：「願從陛下復借寇君一年。」乃留向長社〔二〕，鎮撫吏人，納餘降也。黄曰：甫意美章善守東川，恐如關

〔一〕 斂，疑當作「鈕」。見杜集札記。

〔二〕 向，疑當作「恂」。

羽、寇恂不得去也。朝覲從容問幽仄，勿云江漢有洙曰：一作「老」。垂綸。趙曰：公自言其身，而其義甚明。晁曰：此句甫自言也。

春遠

肅肅花絮晚，菲菲紅素輕。趙曰：兩句通義。紅所以言花，絮所以言素也。日長唯鳥雀，蘇曰：周素：山居風暖日長，不謝賓客，俯簷把琖，但聞鳥雀啁啾，亦足爲幽人之樂。春遠獨柴荆。趙曰：言無往來之人，故獨柴荆而已。數有關中亂，何曾劍外清。故鄉洙曰：一作「園」。歸不得，地入亞夫營。趙曰：此指言長安屯兵，乃公之故鄉而爲軍營矣。亞夫營在長安，其事則文帝單于入寇，三分將軍，軍棘門、灞上與細柳，而細柳營則周亞夫之所軍也。

暮寒

霧隱平郊樹，洙曰：鮑明遠詩：風斷陰山樹，霧失交河城。江淹詩：千里何蕭條，白日隱寒樹。趙曰：言霧遮掩其樹。風含廣岸波。沉沉春色静，慘慘暮寒多。戍鼓猶長擊，趙曰：言吐蕃之亂，至今春尚防戎也。林鶯遂不歌。忽思高宴會，朱袖拂雲和。洙曰：古詩：今日良宴會。周禮春官：

大司樂，雲和之琴瑟。注：雲和，地名也。玄謂雲和、空桑、龍門皆山名。東京賦：孤竹之管，雲和之瑟。鮑明遠：五侯相餞送，高會集新豐。趙曰：漢祖置官高會。周禮：大司樂，雲和之琴瑟。注：地名也。以其産良材而中爲琴瑟，然後人承用，直以雲和便當琴瑟名。朱袖，紅袖也。用字新奇矣。

雙燕

旅食驚雙燕，**洙曰**：一作「雙飛燕」。啣泥入此堂。**洙曰**：魏文帝書：旅食南館。古詩：思爲雙飛燕，啣泥巢君堂。應同避燥濕，**夢符曰**：右按春秋左氏傳：子罕曰：吾儕小人皆有闔廬，以避燥濕寒暑。且復過炎凉。養子風塵際，來時道路長。**趙曰**：梁吳均燕詩：問余來何遲，山川幾紆直。今秋天地在，吾亦離殊方。**趙曰**：言當秋而身於天地之間存在，亦如燕捨此而去也。**禹偁曰**：此詩子美托物以見己意。

百舌

百舌來何處，重重祇報春。知音兼衆語，整翮豈多身。花密藏難見，**洙曰**：一云「難相見」。枝高聽轉新。過時如發口，君側有讒人。**鮑曰**：王直方詩話：山谷云：余讀周書月令「反舌有聲，讒人在側」，乃解老杜「過時如發口，君側有讒人」之句。按周書月令乃周公時訓也，百舌之爲反舌，見寫烈時則訓「仲夏」注〔一〕。朝野僉載：百舌春轉夏止，唯食蚯蚓。正月蝀開蚓出而來，十月蚓藏而往。**蒼舒曰**：右按呂氏春秋：反舌有聲，佞人在側。**十朋曰**：反舌，鳥能反復其舌，隨百鳥之鳴。

喜雨

南國旱無雨，今朝江出雲。趙曰：南國，荆楚也。**安石曰**：記云：山川能出雲爲風雨，故曰「江出雲」。**入空纔漠漠，灑迥已紛紛。巢鷰高飛盡，林花潤色分。晚來聲不絶，**洙曰：一作「更急」。**應得夜深聞。**

送梓州李使君之任魯曰：故陳拾遺，射洪人也，篇末有云。

籍甚黄丞相，能名自潁川。洙曰：前漢循吏傳：黄霸字次公，宣帝下詔曰：制御史其以賢良高第揚州刺史。霸爲潁州太守，咸稱神明，治爲天下第一。前後今年郡中愈治〔二〕，聲名籍甚。後爲丞相。**近看除**

〔一〕寫，疑當作「鴻」。見杜集札記。
〔二〕今，疑當作「八」。見杜集札記。

刺史，**洙曰**：前漢景帝紀注：凡言除，除故官，就新官也。**還喜得吾賢。五馬何時到，** **洙曰**：古陌上桑羅敷行：使君從南來，五馬立踟躇。**雙魚會早傳。** **趙曰**：囑李使君早寄書也。古樂府：客從遠方來，遺我雙鯉魚。呼兒烹鯉魚，中有尺素書。**師曰**：昔王羲之守永嘉，庭列五馬。此二句言使君幾時到任，早寄書達甫。**老思笻竹杖，** **洙曰**：一云「笻杖柱」。蜀都賦：笻竹緣嶺。漢張騫在大夏時見笻竹杖，云賈人市之於身毒國。**冬要錦衾眠。** **洙曰**：漢朱寵爲太尉，家貧，布被。帝聞之，賜錦被。**趙曰**：公從李使君要此二物也。笻竹，蜀中所出。蜀都賦云：笻竹緣嶺。注云：中實而高節，可以作杖。錦衾雖是錦被，而字出詩：錦衾爛兮。蜀中有錦，故公及之。**不作臨歧恨，** **洙曰**：陳陰鏗送始興王詩：背飛傷客念，臨歧惆聖情。**唯聽舉最先。** **洙曰**：京房舉最，當遷。注：以課最被舉。**火雲揮汗日，** **洙曰**：潘安仁詩：朝恩想慶雲興〔一〕，夕遲白日移。揮汗亂中字〔二〕，登城臨清池。淮南子：旱雲煙火生。**趙曰**：隋盧思道納涼詩：火雲赫而四舉。史記云：臨淄揮汗如雨〔三〕。**山驛醒心泉。遇害陳公殞，** **洙曰**：子昂後爲縣令段簡收繫，憂憤死獄中。**于今蜀道憐。君行射洪縣，爲我一潸然。** **洙曰**：射洪屬梓州。**鄭曰**：潸，師姦切，涕流貌。

〔一〕恩，疑爲衍文。見杜集札記。

〔二〕字，疑當作「宇」。見杜集札記。又，亂，疑當作「辭」。

〔三〕淄，疑當作「淄」。

天邊行

天邊老人歸未得，**蘇曰**：陳秀漂泊西平秋月，自嘆鴻燕皆歸天邊，老人尚困逆旅悽愴。日暮東臨大江哭。隴右河源不種田，胡騎羌兵入巴蜀。**洙曰**：大曆中，吐蕃三道入寇，誡其衆曰：「吾要蜀川爲東府。」連陷郡邑，而士庶奔亡山谷。**趙曰**：廣德元年，吐蕃陷隴右，而河源不種矣。十二月，陷松、維、保三州，則入巴、蜀矣。洪濤滔天風拔木，**洙曰**：洪濤滔天，言民罹昏墊也。項王圍漢王，犬風拔木〔一〕。前飛秃鶖後鴻鵠。**趙曰**：鶖音秋，水鳥也。九度附書向洛陽，十年骨肉無消息。**師曰**：甫客居天邊，遭兵馬之亂，歸鄉不得，寧不悲傷。時吐蕃分爲三道入寇，一自隴右，一自河源，一自巴蜀。田畝廢而不耕，蜀中騷動，故甫思欲附鶖鶬鴻鵠，奮飛以歸鄉，蓋有所不得也。洪濤滔天風拔木，喻天下兵革不寧，民罹墊溺之患也。鶖鶬，九頭鳥。

大麥行

大麥乾枯小麥黄，婦女行泣夫走藏。**洙曰**：見「崆峒小麥熟」注。東至集壁西梁洋，**洙曰**：

〔一〕犬，疑當作「大」。

集、壁、梁、洋，皆蜀地州郡名。問誰腰鎌胡與羌。趙曰：此又言吐蕃與回紇也。鮑明遠東武吟：腰鎌刈葵藿，倚杖牧雞豚。豈無蜀兵三千人，洙曰：一云「千人去」。部領辛苦江山長。安得如鳥有羽翅，託身白雲還故鄉。師曰：古詩云：小麥青青大麥枯，誰當穫者婦與姑，丈夫何在西擊胡。集、壁、梁、洋，四州名。時吐蕃入寇，四州之民皆奔竄山谷。腰鎌穫麥，惟羌與胡而已。時杜鴻漸以蜀兵三千遏賊衝突，江山險澀，士卒至有介冑生蟲而不得休息者，故云「部領辛苦江山長」。

自閬州領妻子却赴蜀山行三首

汩汩避群盜，悠悠經十年。不成向南國，趙曰：指言自閬中而欲南下之計不成。復作遊西川。物役水虛照，趙曰：言爲身爲物所役，水亦虛徒相照，而不得優游而覩賞之也。魂傷山寂然。我生無倚著，洙曰：師古曰：地著謂安土也。盡室畏途邊。趙曰：盡室，全家也。左傳：盡室以行。莊子：畏途者，十殺一人，則父子兄弟相戒。師曰：甫初欲遊荆楚，今聞嚴武再鎮成都，故云「不成向南國，復作遊西川」。畏途者，言道路盜賊險阻也。

長林偃風色，迴一作「首」。復意猶迷。衫裛翠微潤，洙曰：蜀都賦：鬱葐蒀以翠微。山色之輕縹也。趙曰：言山中翠微之氣潤裛衣服也。馬銜青草嘶。棧一作「逕」。懸斜避石，洙曰：棧，閣道也。

橋斷却尋溪。何日兵戈盡，飄飄媿老妻。

行色遞隱見，洙曰：孔子見盜跖回，遇柳下惠於魯東門，曰：「車馬有行色，得微往見盜跖耶？」趙曰：言山有高下，林木有蔽虧，其行李物色或見或隱也。師曰：言山環合，其身遞隱見也。棧，閣道也。人煙時有無。僕夫穿竹語，稚子入雲呼。轉石驚魑魅，洙曰：天台賦：始經魑魅之塗。趙曰：山中之人以其有魑魅而轉石驚之。抨弓落狖鼯。洙曰：狖，猿屬也。鼯，鼠也。荀卿：鼯鼠五技而窮。蘇曰：崔績爲黔江太守，官署後多鼯，抨絃即驚墮。趙曰：抨，波耕切，訓彈也。真供一笑樂，似欲慰窮途。

別房太尉墓

彥輔曰：閬州太尉名琯，常與嚴武等交結，貶邠州刺史。上元元年爲漢州刺史。寶應二年拜刑部尚書，在路遇疾，廣德六年卒於閬州僧舍，年六十七。

他鄉復行役，駐馬別孤墳。近淚無乾土，趙曰：言淚多而濕之也。低空有斷雲。對棋陪謝傅，洙曰：晉謝安傳：安贈太傅。初，苻堅入寇，諸將退敗，相繼次於淮、肥，京師震恐。加安征討大都督。姪謝玄入問計，安夷然無懼色，玄不敢言，乃令張玄重請問，遂命駕。出墅，親朋畢集。至夜還，指受帥將各當其任。玄等既破堅，有驛書至，安方對客圍棋，看書既竟，便攝於床上，了無喜色，棋如故。客問之，徐啓云：

「小兒遂已破賊。」既罷還內，過户限，心喜甚，不覺屐齒折。其矯情鎮物如此。**把劍覓徐君。**洙曰：新序曰：延陵季子將西聘晉，帶寶劍以過徐君。徐君不言，而色欲之。季子爲有上國之事，未獻也。然心許之矣。使於晉，顧返，則徐君死。於是以劍帶徐君墓樹而去。江淹詩：延陵輕寶劍。謝靈運詩：延陵協心許，解劍非所惜。逢原曰：謝傅、徐君，指房太尉也。**唯見林花落，鶯啼送客聞。**

將赴成都草堂途中有作先寄嚴鄭公五首

得歸茅屋赴成都，洙曰：潘安仁秋興賦：偃息不過茅屋茂林之下。**真**洙曰：一作「直」。**爲文翁再剖符。**洙曰：謂嚴鄭公再鎮成都也。文翁，見李劍州詩注。剖符，分符也。漢制：符皆有合契。當給符者止給其半，留一半京師。**但使閭閻還揖讓，**洙曰：循吏傳：孝宣興於閭閻。師古曰：閭，里門也。閻，里中門也。**敢論松竹久荒蕪。**洙曰：陶淵明云：田園將蕪胡不歸。又云：三徑就荒，松菊猶存。趙曰：兩句通義。公之心在愛人，不私一己矣。**魚知丙穴猶來美，**洙曰：左太冲蜀都賦：嘉魚出於丙穴。劉淵林注曰：丙穴，在漢中沔陽縣北。有魚穴二所，常以三月取之。丙，地名也。任豫益州記曰：嘉魚鱗似鰌魚。師曰：水經曰：丙穴出嘉魚，常以二月出，十月入。水泉懸注，魚自穴下遠入水。穴口向丙，故曰丙穴。又酉陽雜俎曰：丙穴魚食乳水，食之甚是温。神農本草亦云：嘉魚味甘，食之令人肥健悦懌。此乳穴中小魚常食乳水，所以益人。子美稱丙穴魚美，其以此歟。酒憶郫筒不用酤。郫，賓彌切。洙曰：成都記曰：郫縣因水得名。蜀王杜宇所都。華陽風俗録曰：郫人刳竹之大者，傾春釀於筒，閉以藕絲，苞以蕉葉，信宿馨達於竹外，然後斷之以獻，俗號爲郫筒酒也。修可曰：郫出大竹，土人截以盛酒，故號郫筒。至今如此。非傾釀於筒，候其香而斷之也。故李商隱詩云「錦石爲棋子，郫筒當酒壺」。則郫筒爲盛酒器可知矣。蘇曰：山濤治蜀之郫城，用筠管釀酴醾作酒，浹旬方開，香聞百步。故蜀人傳其法效之。趙曰：言酒不須沽，而從嚴公飲耳。五馬舊曾諳小徑，蘇曰：古今風俗通曰：王逸少出守永嘉，庭列五馬，繡鞍金勒，出即鞚之。故永嘉有五馬坊焉。幾回書札待潛夫。洙曰：五馬，見餞蕭遂州詩注。潛夫，見「偶題謾作潛夫論」注。趙曰：言嚴公昔曾枉駕之熟，今有書札來相待其歸矣。後漢：王符隱居著書，號潛夫論。詠曰：潛夫，甫自比。

其二

處處青江帶白蘋，洙曰：青江，春流也。白蘋，水草也。左傳「蘋蘩蘊藻之菜」是也。趙曰：爾雅：萍之大者曰蘋。故園猶得見殘春。趙曰：故園，指成都也。雪山斥候無兵馬，洙曰：雪山，蜀之西山也。無兵馬，罷三城戍也。天覺曰：無兵馬，言靖亂也。錦里逢迎有主人。洙曰：成都記：錦里城呼爲錦城，以江山明麗錯雜如錦故也。公與嚴故德，故有主人之說。蘇曰：王褒歸蜀，謂人曰：「逢迎有賢主人，吾當掛冠投老，爲林下散人耳。」**秦曰**：此句言嚴再鎮成都也。休怪兒童延俗客，不教鵝鴨惱比鄰。比，頻脂切。**蘇曰**：魏陸曷居櫟陽，性淡正潔，嘗見童驅鵝鴨，出顧四之，曰：「不曾使惱比鄰。」立町，客伏其清謹。**趙曰**：公於嚴公有故舊之好，而能如此，則公之厚德與夫慎重可見矣。比鄰者，比近之鄰也。習池未覺風流盡，況復荆州賞更新。**洙曰**：晉山簡字季倫。永嘉三年，出爲征南將軍，鎮襄陽。於時四方寇亂，天下分崩，王威不振，朝野危懼。簡優游卒歲，惟酒是耽。諸習氏荆土豪族，有佳園池。簡每出戲游，多之池上，飲輒醉，名之曰高陽池。**師曰**：武每訪草堂，酣飲賦詠，故比之習池之遊。荆州賞更新，言武之來宴賞復無窮也。

其三

竹寒沙碧浣花溪，**洙曰**：梁益記：溪水出湔江，居人多造綵牋，故號浣花。公之别館，後爲崔寧宅，捨爲寺，今尚在焉。菱**洙曰**：一作「橘」。刺藤梢咫尺迷。**趙曰**：公離草堂之久，宜其荒蕪矣。過客徑須愁出入，居人不自解東西。**鄭曰**：解，佳買切，曉也。**趙曰**：以蓬蒿之礙也。書籤藥裹封蛛網，**洙曰**：沈休文「綱虫垂户，織蜘蛹網」也。**鄭曰**：籤，千廉切，驗也。野店山橋送馬蹄。**趙曰**：言橋與店空送馬蹄於道中，往來而已。蓋公不在草堂故也。肯藉荒庭春草色，**洙曰**：一云「新月色」。天台賦：藉萋萋之纖草。別賦：春草碧色。**先判一飲醉如泥。**判，普官切。洙曰：後漢：周澤字穉都，爲太常。清絜循行，盡敬宗廟。嘗卧疾齋宫，其妻哀澤老疾，闚問所苦。澤大怒，以妻子犯齋禁，遂收詔獄謝罪。當世疑其詭激，時人爲之語曰：生世不諧，作太常妻。一歲三百六十日，三百五十九日，一日不齋醉如泥。

其四

常苦沙崩損藥欄，也從江檻落風湍。新松恨不高千尺，洙曰：七發云：高百尺而無枝。魯連子：東方有松，縱高千仞，無枝也。趙曰：公指言所種四松，故欄之新松。**惡竹應須斬萬竿。**洙曰：去其惡者，留其善者，洗竹也。**生理祇憑黄閣老，**洙曰：黄閣，見贈嚴八閣老詩注。薖曰：言甫生計皆仰於嚴也。**衰顏欲付紫金丹。**洙曰：神仙有金丸，可以延年却老。蒼舒曰：右按樂府歌行：定取金丹作幾服，能令華衰得十年[一]。田曰：大藥登云[二]：紫金大丹，若人服食，化腸爲筋，變髓凝骨，自然不死。沈曰：丹陽抱陽山人大藥證曰：煉鉛爲粉，化緑爲塵。自然伏火，去鉛取丹。更入華池，還源反色。再入神室，更養火六十日，成紫金火丹。若人服食，化腸爲筋，變髓凝骨，自然不死。**三年奔走空皮骨，**蘇曰：王翦：三年奔

[一] 衰，疑當作「表」。十，疑當作「千」。見杜集札記。
[二] 登，疑當作「證」。見杜集札記。

走，邊鄙老夫但存皮骨，誰敢有勞王事。**信有人間行路難。**洙曰：言爲憂患所迫而癯瘠也。古詩有行路難。

其五

錦宮洙曰：一作「館」。**城西生事微**[一]，師曰：言土田薄有也。**烏皮几在還思歸。**洙曰：以烏皮裹几也。趙曰：謝朓詠烏皮隱几詩曰：蟠木生附枝，刻削豈無施。末句：曲躬奉微用，聊承終宴疲。**昔去爲憂亂兵入，今來已恐鄰人非。**洙曰：恐經亂離而人物改變。**側身天地更懷古，**洙曰：側身，言無所容。蘇曰：張融：側身俯仰天地間，懷古弔今，轉增悽惻。**回首風塵甘息機。**洙曰：息，忘也。馬援：回首往事，甘自息機。師曰：甘息機，言甫猒奔走也。**共説揔戎雲鳥陣，**洙曰：元帥也。雲鳥，陣名，如鵝鸛之類是也。夢符曰：古按唐獨孤及風后八陣圖記：天命聖者，以廣戰術。俾懸衡於未然，察變於倚數。握機制勝，作爲陣圖。夫八官之位正，則數不忒，神不忒，故八其陣所以定位也。衡抗於外，軸布於內，風雲附其四維，所以備物也。虎結翼以進，蛇向敵而蟠，飛龍翔鳥，上下其勢，以致用也。趙曰：揔戎，以言嚴公。遊子，

[一] 宮，疑當作「官」。

公自謂也。**田曰**：太公六韜：以車騎分爲鳥雲之陣。所謂鳥雲者，鳥散而雲飛，變化無窮者也。不妨遊子芰荷衣。**洙曰**：北山移文：焚芰製，裂荷衣。**師曰**：欲參軍謀，不妨吾逸態而衣芰荷之衣也。

行次鹽亭縣聊題四韻奉簡嚴遂州蓬州二使君諮議諸昆季魯曰：此詩奉簡嚴、遂兩使君，以比蜀之名士。

馬首見鹽亭，高山擁縣青。雲溪花淡淡，**洙曰**：一作「漠漠」。春郭水泠泠。全蜀多名士，**洙曰**：蜀都賦：近則江漢炳靈，世載其英。鬱若相如，皭若君平。王褒韡曄而秀發，揚雄含章而挺生。**趙曰**：多名士，指言當日之人，以引下句。嚴家聚德星。**洙曰**：陳仲弓從諸子造荀季和，德星聚。太史奏賢人聚也。長歌意無極，好爲老夫聽。

倚杖洙曰：鹽亭縣作。**趙曰**：鮑昭有「倚杖雞豚」之句〔一〕，故公倚以爲題。

看花雖郭外，倚杖即溪邊。山縣早休市，江橋春聚船。狎一作「野」。鷗經白浪，**洙曰**：

〔一〕「倚杖」下疑闕「牧」字。見杜集札記。

一作「浪子」。列子有狎鷗翁，言忘杖，故物亦不懼。**趙曰：**言可狎之鷗游泳乎自日之中，不知光景之可重也。

歸鴈**洙曰：**一作「鳥」。喜青天。物色兼生意，淒涼憶去年。

王狀元集百家注編年杜陵詩史十九卷

王狀元集百家注編年杜陵詩史二十卷

陪王漢州留杜綿州泛房公西湖

舊相恩追後，春池賞不稀。**洙曰**：房琯相肅宗，以事責官。後爲漢州刺史。湖，琯所鑿也。闕庭分未到，舟檝有光輝。**趙曰**：舊相，言房琯也。指言於恩追而未行之間，則數數遊此湖，此追道其實也。又言闕庭未到之間，且於此遊湖，而當承恩命時，則舟楫爲有光輝也。豉化蓴絲熟，**洙曰**：世説：王武子前有羊酪，指示陸雲。雲曰：「千里蓴羹，但未下鹽豉。」**師曰**：唐吴筠隱不仕，帝賜以湖，爲扁舟之樂。甫雖未蒙朝廷之賜，然舟檝亦有光輝矣。本草云：蓴生水中，葉似凫葵，採莖堪啖，花黄白，子紫色，三月至八月莖細如釵股，通名爲絲蓴。十一月蘼短爲瑰蓴，亦名爲猪蓴。刀鳴鱠縷飛。**洙曰**：見設鱠歌注。**趙曰**：潘安仁西征賦云：饔人切縷，鑾刀若飛。使君雙皂蓋，灘淺正相依。**洙曰**：漢二千石皂蓋朱轓。

得房公池鵝

房相西亭鵝一群，眠沙泛浦白於雲。鳳凰池上應迴首，**洙曰**：見「鳳沼接亭衢」注。**趙曰**：

公以自興也。荀勗罷中書令，爲尚書。人賀之，乃曰：「奪我鳳凰池，何賀我耶？」爲報籠隨王右軍。**洙曰**：見「鵝費羲之墨」注。**師曰**：房琯相肅宗，以兵敗陳陶，責爲房州刺史。今漢州城西池乃琯所鑿。王羲之性愛鵝，道士常以鵝易其字。

答楊梓州

悶到楊**洙曰**：一作「房」。公池水頭，坐逢楊子鎮東州。**洙曰**：梓州，東州也。却向青溪不相見，回船應載阿戎遊。**洙曰**：阮籍謂王渾曰：「與卿語，不若與阿戎談。」阿戎，王戎也。渾之子。**師曰**：楊梓州先人嘗守，鑿池一百頃，引水爲農田利，今在梓州青溪之西，號楊公池。今子又再守此州，故甫詩有「載阿戎遊」之句。

投簡梓州幕府兼簡韋郎十官

幕下郎官安穩無，**趙曰**：出佛書：問世尊曰：「世尊安穩否？」從來不奉一行書。因知貧病人須棄，能使韋郎跡也疏。

莫相疑行

男兒生無所成趙曰：李陵書：男兒生無所成名。**頭皓白，牙齒欲落真可惜。憶獻三賦蓬萊宫，自怪一日聲輝赫。**洙曰：天寶中，明皇朝獻太清宫，饗廟及郊。十三載，亦如之。甫時獻三大禮賦。**集賢學士如堵墻，觀我落筆中書堂。**洙曰：新唐書：甫獻賦，帝奇之，使待制集賢院，命宰相試文章。按，開元十三年，改集仙殿爲集賢殿，麗正殿書院爲集賢殿書院。院内五品以上爲學士，六品以上爲直學士。禮：孔子射於矍相之圃。蓋觀者如堵墻。**往時文彩動人主，此日饑寒趨路傍。**洙曰：時擢甫爲京兆兵曹，會禄山亂，甫遂齟齬，與時不合。後寓同谷，採橡自給，男女餓殍者數人。趙曰：至德二載，公受左拾遺。及房琯罷相，甫上疏論琯不宜廢，肅宗怒，出甫爲華州司功。屬關輔饑亂，棄官，寓同谷，自負薪採梠，餔糒不給，遂入蜀，卜居成都。**晚將末契託年少，**趙曰：陸機歎逝賦云：託末契於後生。**當面輸心背面笑。**洙曰：時甫依嚴武，幾爲武所殺。**寄謝悠悠世上兒，不爭好惡莫相疑。**師曰：甫嘗於天寶十三年乙未獻三大禮賦，其大略云：臣生陛下淳樸之俗，四十年矣。時年四十三。賦入蓬萊宫，天子命宰相試文章，一日聲馳乎天下。如堵墻，言列看之多也。中書堂，即宰相所坐之堂。人主，謂玄宗也。甫出爲華州司功，屬關輔饑，棄官去同谷。自同谷入蜀，饑寒奔走，故云「趨路傍」。年少，指嚴武也。甫與武父嚴挺之素善。武時年尚少，鎮成都，甫往依焉，故云「晚將末契託年少」。甫嘗醉登武床，瞑目曰〔一〕：「嚴挺之乃有是兒。」武感其斥父名，拔劍將殺之，賴武母救止乃免。武與甫由是有隙，故甫譏其不以誠相待，而有是作。白居易嘗作蜀道難，亦爲甫而有是篇也。

春末再至成都作

寄司馬山人十二韻

關内昔分袂，**洙曰**：謝惠連詩：飲餞野亭館，分袂登湖陰〔二〕。天邊今轉蓬。**洙曰**：曹子建詩：轉蓬離本根。驅馳不可説，**蘇曰**：劉韻曰：年來驅馳，不可與子細説，恐子心折。談笑偶然同。道術曾留意，先生早擊蒙。**洙曰**：蒙卦。家家迎薊子，**洙曰**：後漢方術傳：薊子訓有神異之道，到京師，公卿已下候之者坐上常數百人，皆爲設酒脯，終日不匱。後因遁去，遂不知所止。處處識壺公。**洙曰**：費長房傳：市中有老翁，懸一壺於肆頭，及市罷，輒跳入壺中，市人莫之見。長房於樓上覩之，異焉，因往再拜。長嘯

〔一〕 瞑，疑當作「瞋」。見杜集札記。

〔二〕 登，疑當作「澄」。見杜集札記。

峨嵋北，潛行玉壘東。**洙曰**：江賦：峨嵋爲泉陽之揭，玉壘作東別之標。**曾曰**：潛行，言晦迹也。有時騎猛虎，虛室使仙童。髮少何勞白，**梅曰**：此以下甫自嘆也。顔衰肯更紅。望雲悲轗軻，**洙曰**：陶潛詩：望雲慚飛鳥，臨水愧游魚。畢景羨冲融。**洙曰**：謝靈運詩：餘景逐前濤[一]。謝希逸賦：餘景就畢。**韓曰**：言司馬養和氣如陽春也。喪亂形仍役，**蘇曰**：徐邈：喪亂之際，形役心勞，兒女寒瘦，雖有厥居，不暇少安。**趙曰**：陶淵明云：既自以身爲形役。淒凉信不通。懸旌要路口，**趙曰**：史記云：摇摇懸旌，無所終薄。倚劍短亭中。**修可曰**：宋玉賦云：倚長劍兮天外。**康曰**：懸旌倚劍，言屯戍之兵以防寇盜。永作殊方客，殘生一老翁。相哀骨可換，亦遺馭清風。**洙曰**：莊子云：列子御風而行，泠然善也。

春歸 **趙曰**：此言歸當春時，非謂春色之歸也。

苔逕臨江竹，茅簷覆地花。**趙曰**：言花倚簷而覆地也。古燕歌行：桃抽覆地春花舒。舊注謂花落在地，非也。別來頻甲子，**洙曰**：見「甲子混泥塗」注。歸到忽春華。**洙曰**：忽，輕忽也。**師曰**：甫避崔

[一] 濤，疑當作「儔」。見杜集札記。又，餘，疑當作「畢」。

盱亂，適東川，後復以春時歸草堂，見江竹無恙，唯落花覆地，故下文云「別來頻甲子」。甲子，記時節也。如「甲子混泥塗」，皆言歷時之久。及歸到草堂，倏忽又春華也。内翰不明春歸草堂，謂春色歸去，遂以「忽」爲輕忽，誤矣。**倚杖看孤石，**蘇曰：謝安所居有石一株，安常倚杖相看，吟嘯終日忘歸。北齊謝洙名之爲玉笋峰。唐柳公權榜其亭曰獨秀峰。**傾壺就淺沙。遠鷗浮水静，輕鷰受風斜。世路雖多梗，吾生亦有涯。**洙曰：莊子曰：吾生也有涯。**此身**洙曰：一作「且應」。**醒復醉，乘興即歸家。**

歸來

客裏有所過，洙曰：一作「適」。**歸來知路難。**趙曰：此篇叙其久往東劉而歸也〔一〕。**門開野鼠走，散帙壁魚乾。**洙曰：謝玄暉詩：陵㵎尋我屋，散帙問所知。定功曰：壁魚，白魚也。俗傳壁魚入道經函中，因蠹食「神仙」字，則身有五色，人得而吞之，可致神仙。唐張裼之少子惑其説，乃多書「神仙」字，碎翦置瓶中，取壁魚投之，冀其啖食，而不能得，遂致心疾。餘見酉陽雜俎。原化記載何諷事。趙曰：壁魚，白魚也。在文書中爾。爾雅所謂蟫白馬是已。沈曰：郭璞注：衣書中虫，今人謂之壁魚。**洗杓開**洙曰：一作「斟」。

〔一〕劉，疑當作「川」。

新醞，低頭拭小盤。洙曰：一云「著小冠」。憑誰給麴糵，洙曰：書：若作酒醴，爾爲麴糵。趙曰：意欲得之以造酒。細酌老江干。洙曰：干，涯也。趙曰：司空飲酒詩〔一〕：開君一壺酒，細酌對春風。

草堂即事

荒村建子月，趙曰：肅宗上元元年，歲在辛丑，於九月壬寅大赦，去尊號。又去上元號，稱元年，以十一月爲歲首。以斗所建辰爲名。今公此作詩以紀著事，蓋有意於後世之所考信者矣。獨樹老夫家。趙曰：王褒送葬詩云：平原看獨樹。雪裏江船渡，風前逕竹斜。寒魚依密藻，宿鷺起圓沙。蜀酒禁愁得，禁，居吟切。無錢何處賒。

除草

洙曰：去蕣也。蘇曰：蕣草，蜀中謂之毛蕣。毛芒可畏，觸之如蜂蠆，治風疹，以此草點之，一身失去。葉背紫者入藥。蕣，山韭也。

草有害於人，曾何生阻脩。洙曰：言草之毒者不必生於阻脩之處，雖平夷之地亦有之也。高曰：

〔一〕司空飲酒詩，疑當作「答王司空餉酒詩」。

阻脩，謂脩遠險阻之地。**其毒甚蜂蠆，**洙曰：左傳：猶蜂蠆有毒。蘇曰：梁準：小人之言行甚於蜂蠆。蜂蠆尚可去，小人不可去，故也。趙曰：蓋蒺之上皆芒刺，觸之能螫人也。**其多彌道周。**洙曰：道周，道兩傍也。**清晨步前林，江色未散憂。芒刺在我眼，**洙曰：霍光驂乘，上内嚴憚之，若有芒刺在背。蘇曰：馬援見諂佞輩，如芒刺在眼中。師曰：草喻小人。彌道周，喻居王之左右。君子疾之，如芒刺在眼，求其去之之術。**焉能待高秋。霜雪一霑凝，**洙曰：一作「衣」。**蕙葉亦難留。**師曰：春以喻賞，秋以喻罰。焉能待高秋，急於去小人也。蘭蕙香草，以比君子。今與蘋草同殺，喻政刑無辨，善惡莫分。**荷鋤先童稚，**洙曰：陶徵君：荷鋤稚有倦[一]。劉曰：先者，以身率。**日入仍討求。**修可曰：莊子：日入而息。**轉致水中央，**晏曰：禮：薙人掌殺草，有水火之化。以釣舟載而致之水，此水化也。**豈無雙釣舟。頑根易滋蔓，**洙曰：左傳：無使滋蔓。**敢使依舊丘。**洙曰：鮑明遠：復得還舊丘。師曰：小人立黨，其黨滋盛。敢使依舊丘，謂小人不可近也。**自茲藩籬曠，更覺松竹幽。**洙曰：草去則幽芳之物伸矣。此詩有所傷而云。**芟荑不可闕，疾惡信如讎。**洙曰：隱六年傳：周任有言曰：「爲國家者，見惡如農夫之務去草焉。芟荑蕰崇之，絶其本根，勿使能殖，則善者使信之矣。」師曰：松竹有操，君子自守之象。小人既去，則君子道

[一] 此句疑當作「雖有荷鋤倦」。見杜集札記。

長，而松竹得遂其生養之性也。此篇大有含蓄，詳玩之頗有味矣。

四松

四松初移時，大抵三尺强。别來忽三歲，離立如人長。趙曰：禮記：離坐離立。師曰：甫詩云「賤子且奔走，三年望東吴」，則知甫去草堂及歸時凡涉三歲。會看根不拔，莫計枝凋傷。幽色幸秀發，趙曰：王褒：曄曄而秀發。疏柯亦昂藏。所插小藩籬，本亦有隄防。終然振撥損，上直庚，下比末切。洙曰：謂有所觸動也。師曰：道曰振撥，觸撼貌。得愧千葉黄。敢爲故林主，師曰：甫傷兵亂，民尚不保其故居，況吾敢爲故林之主，而欲保四松之無損乎。黎庶猶未康。避賊今始歸，春草滿空堂。蘇曰：嵇紹一日復一日篇云：去日畫樓歌管沸，歸來春草滿空堂。詩語困即借句〔一〕，今杜工部往往全用古人語，斯亦不害詩人之工也。覽物歎衰謝，及兹慰淒涼。洙曰：前詩有「入門四松在」。清風爲我起，灑面若微霜。趙曰：張茂言〔二〕：穆如灑清風。陸機連珠云：秋風夕灑。足以送老姿，洙曰：

〔一〕困，疑當作「因」。見杜集札記。
〔二〕張茂，疑當作「張茂先」。

一云「足爲送老姿」。聊待偃蓋張。**趙曰**：抱朴子云：天陵偃蓋之松。我生無根蔕，配爾亦茫茫。有情且賦詩，事迹兩可忘。勿矜千載後，慘澹蟠穹蒼。

水檻

蒼江多風飇，雲雨晝夜飛。茅軒駕巨浪，**洙曰**：郭景純：吞舟浮海底，高浪駕蓬萊。焉得不低垂。遊子久在外，門户無人持。高岸尚爲谷，**洙曰**：高岸爲谷，深谷爲陵。何傷浮柱欹。**趙曰**：張平子西京賦：跱遊極於浮柱，結重欒以相承。注：三輔名梁爲極，作遊梁置浮柱上也。扶顛有勸誡，恐貽識者嗤。**洙曰**：危而不持，顛而不扶，則將焉用彼相矣。既殊大厦傾，可以一木支。**洙曰**：大厦將傾，非一木可支。臨川視萬里，何必欄檻爲。人生感故物，慷慨有餘悲。**洙曰**：漢高祖過沛，置酒沛宫，慷慨傷懷，泣數行下。**趙曰**：韓詩外傳載：孔子出遊少原之野，有婦人哭甚哀，問之，婦人曰：「向刈蓍薪亡吾簪，是以哀。非傷亡簪，不忘故也。」**師曰**：持，守也。詩云：高岸爲谷爲陵〔一〕。萬物皆有變易，於水檻何恨乎？水檻駕於巨浪之上，爲水所傷，動浮柱欹側，此亦常理。但顛危必用扶持，譬若大厦非一木所

〔一〕「爲陵」前疑闕「深谷」二字。見杜集札記。

能支，危而不持，則將焉用彼相。此甫含蓄意思，諷朝廷之材，當顛危之際，莫有扶持者矣。川林視萬里，何必欄檻爲。蓋言王者以天下爲度，當一視同仁，恩及無外，不可有此疆爾界之辨，諷肅宗示人不廣耳。

破船

平生江海心，宿昔具扁舟。豈惟清溪上，日傍柴門遊。趙曰：此言志在江海，豈扁促於青溪上，旁柴門而遊爲事乎？蒼惶避亂兵，洙曰：言避蜀亂也。緬懷邈舊丘。洙曰：又云「緬邈懷舊丘」。舊丘，故里也。言避亂而達故里也。鄰人亦已非，野竹獨脩脩。船舷不重扣，舷，胡田切。洙曰：江賦：詠採菱以扣船。趙曰：晉夏中御以足扣船〔一〕，歌吴曲。埋没已經秋。仰看西飛翼，下媿東逝流。故者或可掘，新者亦易求。所悲數奔竄，數，色角切。白屋難久留。蘇曰：賈復見耿弇曰：「子非久留白屋之士，風雲會合，子當平步天衢耳。」後果如其言。趙曰：白屋，貧者之居也。公自悲於奔竄，不得久寧居於白屋耳。師曰：亂兵，謂崔旰之亂，甫往梓州。舊丘，故林也，指草堂。鄰人亦已非，謂流離也。甫去成都凡三載，向者所泛扁舟埋没於泥沙，故船舷不堪重叩。舷，船傍也。叩之以節歌。甫在東州〔二〕，未及西

〔一〕中，疑當作「仲」。見杜集札記。
〔二〕州，疑當作「川」。見杜集札記。

歸，故云「仰看西飛翼，下媿東逝流」。故者或可掘，謂破船。

王録事許修草堂貲不到聊小詰

爲嗔王録事，不寄草堂貲。昨屬愁春雨，能忘欲漏時。

寄邛州崔録事

邛州崔録事，聞在果園坊。**洙曰**：坊名，在成都。久待無消息，終朝有底忙。應愁江樹遠，**洙曰**：謝玄暉詩：中流辨江樹。怯見野亭荒。**洙曰**：謝惠連詩：飲餞野亭館。浩蕩風煙外，誰知酒熟香。

過故斛斯校書莊二首

此去已云殁，鄰人嗟亦休。竟無宣室召，**洙曰**：漢文帝召賈誼於宣室。徒有茂陵求。**洙曰**：謝玄暉詩：廣平聽方籍，茂陵將見求。前漢：司馬相如既病免，家居茂陵。天子曰：「司馬相如病甚，可往從，悉取其書，若不然，後失之矣。」所忠往而相如已死，無遺書。問妻，對曰：「長卿未嘗有書也。時時著書，人又取去。長卿未死時，爲一卷書，曰：有使來求書，奏之。」其遺札書言封禪事。所忠奏焉。天子異之。**妻子寄他食，園林非昔遊。空餘繐帷在，****洙曰：**謝玄暉詩：繐帷飄井幹。陸士衡注：繐，細布而疏者爲靈帳。裙繐帳之冥漠也。**淅淅野風秋。**

鷰入非傍舍，**趙曰：**鷰仍入其舍。**鷗歸祇故池。斷橋無復板，卧柳自生枝。****洙曰：**池館依舊，而人不可見也。**趙曰：**梁孝威詩〔一〕：卧柳尚還生。**遂有山陽作，****洙曰：**見贈王侍御契詩注。**多慚鮑叔知。****洙曰：**鮑叔與管仲交，貧則知其困而容之，達則知其賢而舉之。管仲曰：「生我者父母，知我者鮑叔。」**素交零落盡，****洙曰：**劉孝標絶交論：斯賢達之素交，歷萬古而一遇。素交盡，利交興。謝靈運：萬事俱零落。**白首淚雙垂。**

揚旗**彦輔曰：**三年夏六月，成都尹鄭公置酒公堂，觀騎士試新旗幟。**俯曰：**代宗大曆三年，甫離峽中，之荆南。夏六月，鄭公置酒公堂，觀騎士旗幟，將平吐蕃之難，而作此詩。

江**洙曰：**一作「風」。**雨颯長夏，****石曰：**夏日長，故云「長夏」。颯，動也。**府中有餘清。****洙曰：**謝

〔一〕「孝威」前疑闕「劉」字。

靈運：密林含餘清。**蘇曰**：張敞：新秋雨過，民事簡，府中景物餘清。**我公會賓客，肅肅有異聲。君平曰**：鄭公持軍嚴肅，有殊異聲名。**初筵閱軍裝，洙曰**：閱，視也。**羅列照廣庭。洙曰**：詩：有來雍雍，至比肅肅。**庭空六洙曰**：一作「四」。**馬入，蘇曰**：任安等六馬騎直入安西都護府。**駮騣揚旗旌。鄭曰**：上布可，下王可切。馬摇頭也。**洙曰**：甘泉賦：崇丘陵之駮騣兮。駮騣，山阜之高貌也。**迴迴偃飛蓋，洙曰**：對公幹〔一〕：回回自昏亂。曹子建：飛蓋相追隨。**倪曰**：迴迴，勢回旋也。**熠熠迸流星。洙曰**：河東賦：掉奔星之流稱〔二〕。又校獵賦：曳彗星之飛旗。**來纏洙曰**：一作「衡」。**風颷急，去擘山岳傾。彭曰**：言揚旗去來之狀，其疾速若此。**材歸俯身盡，洙曰**：鮑昭詩云〔三〕：俯身散馬蹄。**妙取略地平。虹蜺就掌握，舒卷隨人輕。洙曰**：高唐賦：蜺爲旌。王冗賦〔四〕：曳招摇之脩旗，婉若虹之垂天。選：虹旗攝麾而就卷。**三州陷犬戎，趙曰**：言去年十一月吐蕃陷松、維、保三州。**但見西嶺青。公來練猛士，欲奪天邊城。蘇曰**：班超謂將佐曰：「與君等仗天子之威靈，擣氐羌，奪天邊之城，斷其左臂與月

〔一〕對，疑當作「劉」。見杜集札記。

〔二〕稱，疑當作「旃」。

〔三〕鮑昭，疑當作「曹植」。

〔四〕冗，疑當作「沉」。

氏首，亦不易也。」此堂不易升，易，以豉切。洙曰：言食人之禄，當懷人之憂也。蘇曰：王戎見陸達，議論久之，退，回視達居堂，曰：「吾終日不易升此堂。」庸蜀日已寧。吾徒且加餐，休適蠻與荆。洙曰：見「近聞犬戎遠遁逃」注。書：庸蜀微盧。古詩：上言加餐飯。王仲宣七哀詩：復棄中國去，遠身適荆蠻。趙曰：相勸加飡飯，而不必捨去，以嚴公之故也。師曰：甫終去蜀之荆蠻，且爲是辭以美鄭公云。

立秋雨院中有作泰伯曰：此詩在嚴武書院中作。

山雲行絶塞，大火復西流。洙曰：張景陽詩：大火流坤維。閑居賦：望流火之餘景。夢符曰：右按春秋左氏傳：哀十二年冬十二月，螽。季孫問仲尼，仲尼曰：「丘聞之，火復而後蟄者畢〔一〕。今火猶西流，司歷過也。」又爾雅云：大火謂之大辰。注：大火，心也，在中最明，故時候至也。飛雨動華屋，蕭蕭梁棟秋。洙曰：謝玄暉詩：朔風吹飛雨，蕭條江上來。既灑百常觀，復集九城臺。窮途愧知己，趙曰：指嚴鄭公也。暮齒借前籌。洙曰：張良願借前著以籌之。左太冲：壯齒不恒居，歲暮常慷慨。修可曰：言其晚年而得預節度府參謀也。已費清晨謁，希聲曰：甫言日過武廳謀府事。那成長者謀。趙曰：又自謀之

〔一〕復，疑當作「伏」。

辭。解衣開北户，高枕對南樓。**趙曰**：北户、南樓，自是當時實事。舊注所引徒紛紛矣。樹濕風凉進，江喧水氣浮。禮寬心有適，**趙曰**：言嚴公待以寬禮。節爽病微瘳。**趙曰**：時節清爽，乃題所謂立秋日。公素有肺疾，惟氣爽則少蘇也。主將歸調鼎，吾還訪舊丘。**洙曰**：主將，謂嚴公也。言公還朝秉政日，吾當遂歸計也。鮑明遠詩：去鄉三十載，復得還舊丘。

軍城早秋　鄭國公嚴武作

昨夜秋風入漢關，朔雲邊雪滿西山。更催飛將追驕勇，**洙曰**：漢：匈奴號李廣爲飛將。莫放沙場匹馬還。**洙曰**：吐蕃常入積石軍取麥，哥舒翰殺之，隻馬無還。**修可曰**：春秋僖公公羊云：匹馬隻輪無返者。舊引哥舒翰事，何干嚴公乎？

奉和

秋風嫋嫋動高旌，**洙曰**：九歌：嫋嫋兮秋風，洞庭波兮木葉下。高旌，旌旗也。玉帳分弓射虜營。**蘇曰**：賀若弼征可汗，夜分勁弓射虜營，皆破，繼而追殺，大捷。**趙曰**：帳，大將軍之帳。已收滴博雲間戍，**趙曰**：滴博，城名。雲間戍，以言其高也。欲奪蓬婆雪外城。**洙曰**：滴博、蓬婆，皆西山地名。**趙**

曰：蓬婆，吐蕃城名，以其遠在雪山之外。

院中晚晴懷西郭茅舍

幕府秋風日夜清，**洙曰**：幕府事，見送高三十五書記詩。武帝拜霍去病大將軍於幕府中，故號幕府也。澹雲疏雨過高城。葉心朱實堪時落，**洙曰**：劉越石：朱寔隕勁風，繁英落素秋。階面青苔先自生。**洙曰**：沈休文詩：賓除緑錢滿，客位紫苔生。復有樓臺銜暮景，不勞鍾鼓報新晴。浣花溪裏花饒笑，肯信吾兼**洙曰**：一作「今」。吏隱名。**洙曰**：公嘗爲嚴公參謀，故云「吏隱」。**趙曰**：言浣花之開，似能獻笑，必笑我離草堂而宿院，此中有公家事，亦不信我兼爲吏隱也。字出汝南先賢傳：鄭欽吏隱於蟻陂之陽。兼，一作「今」。

到村

碧澗雖多雨，**洙曰**：謝玄暉詩：銅陵映碧澗，石磴寫紅泉。秋沙先**洙曰**：又云「亦」。**鄭曰**：先，先見切，後也。少泥。蛟龍引子過，荷芰逐花低。老去參戎幕，**洙曰**：爲作簽謀也。**趙曰**：爲劍南節度參謀也。歸來散馬蹄。**洙曰**：曹子建詩：俯身散馬蹄。稻粱須就列，**洙曰**：爲貧而仕也。榛草即相迷。趙曰：言既離草堂而入使院，則路逕生草，反相迷矣。蓄積思江漢，洙曰：蓄積，猶鬱以瀉其鬱結爾。頑疏惑町畦。上他典，下胡圭切。洙曰：嵇康云：匪降自天，實由頑疏。町畦，隴畝也。蒼舒曰：右按南華真經人間世篇曰：彼且爲無町畦，亦與之無町畦。趙曰：言其稟性頑疏，所惑者但在於町畦之間，故雖朝夕在院，仍思欲一歸也。暫酬知己分，還入故林棲。洙曰：王正長：人情舊鄉客，鳥栖思故林。蘇曰：鹿岑曰：「山野性豈能拘祿仕，旦夕即還故林，單栖一枝，秋心足矣。」後果棄官入梁山。人高其節。趙曰：知己，謂嚴公。言既稍酬報知己之分，乃因遂歸故林爾。

宿府

清秋幕府井梧寒，洙曰：梧桐也。趙曰：魏明帝詩：雙梧生枯井。詩用井梧，自此始矣。獨宿江城蠟炬殘。永夜角聲悲自語，中天月色好誰看。蘇曰：李固：邊角風急，永夜無寐，時唯自語。鄭當時：中天月色皎潔，故人流落千里，不知渠與誰看也。風塵荏苒音書絶，關塞蕭條行路難。已忍伶俜十年事，洙曰：伶俜，猶零丁也。流落貌。强移栖息一枝安。洙曰：莊子言鵬鷃事，而云：鷦鷯巢於深林，不過一枝。以謂性各有極，苟足其極，則不知其所以然矣。

遣悶奉呈嚴公二十韻

蘇曰：嚴武在蜀，對客多騁筆札。甫醉曰：「不謂嚴挺之有此兒。」武怒。甫徐曰：「我乃杜審言孫，擬捋虎鬚爾。」合坐大笑彌縫之。武曰：「與公等言，何至上及祖考乎。」深銜之。甫歸草堂，遂有此詩。

白水魚竿客，清秋鶴髮翁。**洙曰**：鮐背鶴髮，言老也。**趙曰**：鶴髮，老者之相。庾信作賦：子老矣，鶴髮雞皮，蓬頭歷齒。胡爲來幕下，祇合在舟中。**洙曰**：言體性疏散，止可與漁樵爲偶，不當爲幕客也。黄卷真如律，**趙曰**：自不是黄卷聖賢之義，意其以黄紙所寫之法令合如何之内，故云「真如律」。**大臨曰**：言詩書以禮法繩人。青袍也自公。**洙曰**：詩：自公退食。**大臨曰**：言不卑小官也。老妻憂坐痺，卑利切。幼女問頭風。平地專欹倒，分曹失異同。**趙曰**：言其散秩在府中，所坐之曹不專其事，而分之，不知爲異爲同也。禮甘衰力就，義忝上官通。**洙曰**：謂能容之於散秩也。**趙曰**：公得預府幕，忝闕通於上官矣。上官，指嚴武也。疇昔論詩早，**洙曰**：公與嚴公先以文才相知。**趙曰**：與嚴論詩，已在早年矣。光輝仗鉞雄。**洙曰**：仗鉞，言嚴公作鎮也。寬容存性拙，**洙曰**：公嘗斥嚴公父名，公不以爲忤。翦拂念途窮。**洙曰**：謂嚴公奏請爲軍簽謀也。劉孝標絶交論：顧眄增其倍價，翦拂使其長鳴。露裛思藤架，洙曰：詩：厭浥行露。煙霏想桂叢。洙曰：言身雖在幕中，而嘗有山休之志〔一〕。信然龜觸網，洙曰：龜筴傳：預且觸網去。蘇曰：王翻：行止如龜網，雖不遭羅，其駭恐亦可知也。直作鳥窺籠。洙曰：秋興賦：池魚籠鳥，而有江湖山藪之思。趙曰：上兩句則身雖在幕府，而有山林之念，故如龜之在網，鳥之在籠也。下八句有懷草堂之意。西嶺紆村北，師曰：自此句以下乃子美述草堂之興，恐其荒蕪而有歸休之意。故末章云：會希全物色，時放倚梧桐。物色，言形體衰老，冀保其天年，遂其真性，倚梧桐以自樂也。南江繞舍東。竹皮寒舊翠，椒實雨新紅。浪簸舡應拆，杯乾甕即空。蘇曰：蘇定戲友人曰：薪盡火滅，杯乾甕空。藩籬生野徑，斤斧任樵童。洙曰：自西嶺至此，皆志在草堂。束縛酬知己，蹉跎效小忠。洙曰：言性雖疏散，當束縛以酬知己，年雖蹉跎，不足以負任責，亦當效小忠也。周防期稍稍，太簡遂怱怱。曉入朱扉啓，昏歸畫角終。不成尋別業，大觀曰：別業，指草堂也。未敢息微躬。烏鵲愁銀漢，洙曰：爲填河也。炎曰：烏鵲填河，以渡牛、女，甫意謂雖參幕府，無以補濟，故曰「愁銀漢」。駑駘怕錦幪。洙曰：非其飾也。會希全物色，時放倚梧桐。趙曰：言如烏鵲之微力，不任於填河，駑駘之蹇，不足以被錦幪之飾，則所望於故人知己者，幸全其物色，而放令倚於梧桐也。

〔一〕休，疑當作「林」。

西山三首

夷界荒山頂，蕃州積雪邊。**洙曰**：成都記：西山冬夏積雪。築城依**洙曰**：一作「連」。白帝，**洙曰**：白帝城在夔州，此西山詩而言築城依白帝，恐傳者誤矣。轉粟上青天。**洙曰**：李白蜀道難：難如上青天。**趙曰**：兩句通義。公孫述自號白帝，其所築城在高山上，本曰白帝城是已。今公言高山之上築城，依倣白帝，所以轉粟之艱難，如上青天也。蜀將分旗鼓，**趙曰**：以吐蕃陷松、維、保三州，勢迫近蜀，故分旗鼓以禦之。羌兵助**洙曰**：一作「動」。鎧鋋。**洙曰**：一作「井泉」。**鄭曰**：上苦亥切，甲也。下時連切，小矛也。

西南背和好，殺氣日相纏。**洙曰**：時吐蕃陷隴右。**趙曰**：以吐蕃背先帝時盟好，而爲寇不已。

辛苦三城戍，長防萬里秋。**洙曰**：明皇還蜀後，復分東西兩川，爲兩節度。西山列防秋三戍，民罷於役，高適論之，不聽。煙塵侵火井，**洙曰**：雪賦：火井滅。蜀都賦：大井沉熒於幽泉[一]，高焰飛煽於天垂。**趙曰**：火井雖在邛州，大率是蜀地名，言吐蕃迫蜀中也。**孫曰**：蜀志云：火井在臨昂[二]。雨雪閉松州。**洙曰**：注見上。**趙曰**：言松州已陷而閉於雨雪之中矣。風動將軍幕，**洙曰**：一云「蓋」。天寒使者

[一] 大，疑當作「火」。見杜集札記。

[二] 昂，疑當作「邛」。見杜集札記。

裘。漫山賊營壘，鄭曰：漫，舊謨官切。迴首得無憂。洙曰：漫山，言賊壘之多也。

子弟猶深入，趙曰：子弟言充兵之人也。關城未解圍。蠶崖鐵馬瘦，宋曰：寰宇記：蠶崖關在永康軍西北四十七里。灌口米船稀。洙曰：蠶崖關、灌口，並西山隘口地名。趙曰：蠶崖在西山關隘處。灌口在今永康軍。戰馬不足充戰而瘦。米船，以船運之，多不繼而稀。此爲可憂矣，故有下句。程曰：寰宇記：灌口山在永康軍導江縣。李膺益州記云：清水路西七里灌口，古所謂天彭關。辯士安邊策，元戎決勝威。洙曰：元戎，元帥也。史：決勝千里。今朝烏鵲喜，洙曰：西都雜記云：乾鵲噪而行人至。欲報凱歌歸。

戲題寄上漢中王三首彥輔曰：時王在梓州。初，王乃斷酒不飲，篇中有戲。

西漢親王子，洙曰：王，讓皇帝之子，汝南王璡弟也。成都老客星。洙曰：公自喻也。趙曰：如嚴陵與光武同宿，史占客星犯帝座。百年雙白鬢，一別五秋洙曰：一作「飛」。螢。洙曰：五飛螢，則歲五換矣。忍斷杯中物，洙曰：張翰曰：使有身後名，不如即時一盃酒。蘇曰：吳術好飲酒，因醉詬權貴，遂誡飲。阮宣命飲，術曰：「近斷飲。」宣以拳毆其背，曰：「看看老逼，癡漢忍斷杯中物耶？」抑而飲之。衹看座右銘。洙曰：崔子玉有座右銘。蘇曰：柳渾寫座右銘，自誡起坐皆書之，行卧亦看。不能隨皁蓋，洙曰：

見陪王漢州遊房公西湖注。趙曰：皂蓋，指漢中王也。漢二千石朱轓皂蓋。**自醉逐浮萍。策杖時能出，**修可曰：吴越春秋載：太王杖策去邠。**王門異昔遊。**洙曰：謂其斷酒也。**已知嗟不起，**師曰：言王以酒得病，遂斷不飲。**未許醉相留。蜀酒濃無敵，**洙曰：蜀都賦：觴以醥清，一醉累月。**江魚美可求。**洙曰：蜀都賦：嘉魚出於丙穴。**終思一酩酊，**蘇曰：向秀曰：「長安酒家多好事，兼酒味醇醲，其思得與嵇中散一醉。」**净掃鴈池頭。**洙曰：廣漢郡有金鴈池。古老相傳云：有金鴈一雙，隱於此池，日出見其影也。趙曰：此梓州詩，而舊注引漢州鴈水以證，豈干廣漢郡耶？高嶠詩云：乘歡俯鴈池。則往時素有鴈池之名，於池可以泛指爲鴈池矣。以俟明識。鄭曰：西京雜記：梁孝王范有鴈池〔一〕。

群盜無歸路，衰顔會遠方。尚憐詩警策，洙曰：文賦云：立片言以居要，乃一篇之警策。西征賦：發闥卿之警策〔二〕。趙曰：梁鍾嶸作詩品曰：陳思贈弔、仲宣七哀、公幹思友、阮籍詠懷、靈運鄴中、士衡擬古、陶公詠貧之製，惠連擣衣之作，皆五言之警策者也。**猶憶酒顛狂。魯衛彌尊重，**洙曰：漢中王兄弟俱領重鎮。蒭曰：語云：魯、衛之政，兄弟也。漢中王與兄璡俱領重鎮。**徐陳略喪亡。**洙曰：魏文帝與王粲書云：徐、陳、應、劉一時俱逝，何數年之間零落略盡。趙曰：言王賓客多喪。**空餘枚**洙曰：一作「故」。

〔一〕范，疑當作「苑」。見杜集札記。

〔二〕闥卿，疑當作「閿鄉」。見杜集札記。

叟在，應念早升堂。洙曰：枚叟，公自喻也。趙曰：雪賦云：召鄒生，延枚叟。鄭曰：枚叟，枚乘也。

贈王二十四侍御契四十韻

往往雖相見，蘇曰：蘇章曰：與子相別，往往難得再相見也。萬事勉力。飄飄愧此身。不關輕紱冕，洙曰：冕，冠冕也。紱，朱紱也。皆朝服。言此身之不仕，非輕禄仕也，不得志而已。俱是避風塵。洙曰：兵氛也。竇融拔起風塵之中。趙曰：紱，綬。冕，冠也。公以左拾遺出爲華州功曹，而遂自罷官，若輕紱冕者，但以風塵之警，不得不避亂也。一別星橋夜，洙曰：華陽記：李冰造七星橋，上應七星。三移斗柄春。洙曰：公羊隱元年：春王正月。注：春者，天地開閉之端，昏斗指東曰春。史記：攝提者，直斗杓所指，以建時節也。趙曰：以志時也。斗杓隨時而指於昏，指東則爲春，三移則三年矣。敗亡非赤壁，洙曰：阮元瑜爲曹公作書與孫權，曰：昔赤壁之役，遭罹疫氣，燒船自還，以避惡也。非周瑜水軍所能抑挫也。江陵之守，物盡穀殫，無所復據，徙民還師。又非瑜之所能敗也。馬曰：赤壁近江陵。尹曰：言潼關之敗，兩京遂陷，其禍酷烈，殆非赤壁之比。奔走爲黄巾。洙曰：後漢：靈帝中平元年春，鉅鹿人張角自稱黄天，其部師有三十六萬，皆著黄巾，同日反叛。安平、甘陵人各執其主以應之，有潁川黄巾，有南陽黄巾張漫成，有汝南黄巾，有廣陽黄巾，有葛陂黄巾，有青、徐黄巾。炎曰：黄巾，以喻禄山者也。子去何蕭灑，洙曰：孔德璋北山移文：蕭灑出塵之想。**余藏異隱淪。** **洙曰**：見「行歌非隱淪」注。**朋曰**：甫因奔走避寇，遂成隱淪，非本志也。故曰「異隱淪」。**書成無過鴈，** **洙曰**：蘇武傳：昭帝即位數年，匈奴與漢和親。漢求武等，匈奴詭言武死。後漢使復至匈奴，常惠請其守者，與俱得夜見漢使。具自陳道，教使者謂單于言漢天子射上林中，得鴈足，有係帛書，言武等在某澤中。使者大喜，如惠語以責單于。單于視左右而驚謝漢使曰：「武等實在。」范彥龍詩：寄書雲中鴈，爲我西北飛。**衣故有懸鶉。** **洙曰**：荀子曰：子憂貧衣若懸鶉〔一〕。**恐懼行裝數，**色角切。**洙曰**：孔子歷聘諸侯，席不暇暖也。**蘇曰**：王敬：恐懼行裝，數煩遷挈，今又避地東南，恐臨老無依止之地而已。**伶俜卧疾頻。** **洙曰**：劉公幹卧病漳。**蘇曰**：賈瞻：伶俜萬里，不宜風土，頻頻疾作，第恐難見太平。**蘇曰**：伶俜，失所貌。**曉鸎工迸淚，秋月解傷神。** **洙曰**：聞鸎而泣，見月而傷，則公之不得志於時，可知矣。**蘇曰**：王粲觀秋月，懷弟妹故里而傷神。**趙曰**：春鸎秋月，人所賞翫，而鸎所工者在於迸人之淚，月所解者在於傷人之神，則以亂離疾病之所感也。**深父曰**：鸎、月可娱之物，對此而傷，此所以見公之不得志也。**會面嗟黧黑，** **洙曰**：泰誓：播棄犂老。孫炎曰：耉面東黧〔二〕，色似浮垢也。面色似黧，故稱犂老。李斯傳：二世責問斯曰：「禹鑿龍門，股無胈，脛無毛，手足胼胝，面色黧黑。」**趙曰**：列子載楊朱之語曰：「面目黧

〔一〕憂，疑當作「夏」。見杜集札記。
〔二〕東，疑當作「凍」。見杜集札記。

黑。」含悽話苦辛。洙曰：陸機：慷慨含辛〔一〕。楚古詩云：坎軻長苦辛。接輿還入楚，洙曰：論語：楚狂接輿：鳳兮。師曰：言甫自蜀適荆、衡也。王粲不歸秦。洙曰：謝靈運曰：王粲家本秦川貴公子孫，遭亂流寓，自傷情多。詩曰：整裝辭秦川，秣馬赴楚壤。趙曰：王粲，秦川貴公子也，遭亂流寓。公取其不得歸長安，故又以王粲爲比。師曰：自喻不得歸故鄉也。錦里殘丹竈，趙曰：以景物明焕錯雜如錦，故曰錦里。別賦云：守丹竈而不顧。花溪得釣綸。洙曰：浣花溪，見上注。詩：其釣維何，維絲伊緡。注：緡，綸也。趙曰：以言前此不在浣花而人往往得之。消洙曰：一作「宵」。中祇自惜，趙曰：公自言也。取古人以此消中。消渴也。司馬相如常有消渴病。晚起索誰親。洙曰：嵇康與山濤書：晝卧喜晚起，而當關呼之不置，一不堪也。趙曰：爲況蕭索，無親之者。又，音求索之索，言將求誰親我乎，亦通，以俟明識。伏柱聞周史，洙曰：史記：老子，周守藏室之吏也。而史記：周太史儋見秦孝公。或曰：儋即老子也。王康琚詩：伯夷竄首陽，老聃伏柱史。師曰：柱史，比王公。乘槎似漢臣。洙曰：見「查上憶張騫」詩注。趙曰：兩句指言王侍御。上句以御史之官，故用老子比之。老子爲周柱下史。下句豈王侍御嘗使吐蕃乎？別篇有云：魂斷使臣鞍，查上似張騫。鴛鴻不易狎，龍虎未宜馴。趙曰：言王侍御如鴛鴻龍虎之莫能狎馴也。客即挂

〔一〕「辛」後疑闕「楚」字。

冠至，**洙曰**：葛洪挂冠不仕。交非傾蓋新。**洙曰**：鄒陽傳：白頭如新，傾蓋如故。**師曰**：時公守漢州，甫往依之，公一見如舊，不以甫貧賤爲耻，故甫嘆世之動貴不易親近，比之鴛鴻龍虎而有取於公之傾蓋。由來意氣合，直取性情真。浪跡同生死，**洙曰**：亡壽夭也。**趙曰**：言共遭亂離而爲友，即同生同死也。無心耻賤貧。**洙曰**：樂窮通也。偶然存蔗芋，**洙曰**：蜀都賦：瓜疇芋區，甘蔗辛薑。幸各對松筠。**洙曰**：歲寒之物也。麤飯依他日，**洙曰**：公孫洪脱粟飯。窮愁怪此辰。**洙曰**：虞卿窮愁。女長裁褐穩，男大卷書勻。**趙曰**：四句通義。言麤糲之飯依如他日，所以窮愁者，繼以女長男大，則婚嫁之事迫矣。湔口江如練，湔，普崩切，又普冰切。**洙曰**：湔口，岷江所經也。謝玄暉詩：澄江静如練。**趙曰**：此已下言王侍御所居也。樂史寰宇記：李冰擁江，作掤口。湔堰在導江縣。蠶崖雪似銀。**洙曰**：蠶崖，關名，在西山也。名園當翠巘，野棹没青蘋。**洙曰**：宋玉風賦：風生於地，起於青蘋之末。屢喜王侯宅，時邀**洙曰**：一作「逢」。江海人。**趙曰**：王侯宅，普言之，而王侍御亦在其中矣。江海人，公自況也。追隨不覺晚，**洙曰**：江文通：月出照園中，冠珮相追隨。款曲動彌旬。但使芝蘭秀，**洙曰**：謝玄暉少爲叔父安所器重，安嘗戒約子姪輩曰：「子弟亦何豫人事，而正欲使其佳。」諸人莫有言者。答曰：「譬如芝蘭玉樹，欲使其生於庭堦耳。」安悦。何須棟宇鄰。**趙曰**：陶淵明答龐參軍四言詩：歡心孔洽，棟宇唯鄰。公居在成都浣花。注：侍御在導江，故有此句也。山陽無俗物，**洙曰**：向秀字子期，與嵇康爲竹林之遊，作思舊賦云：濟黄河以泛舟兮，經山陽之舊居。顔延年向常侍詩：流連何裏游〔一〕，惻愴山陽賦。師曰：言王門下無俗客也。**鄭驛正留賓。**洙曰：見「置驛嘗如此」注。趙曰：史記：鄭莊爲太子舍人，嘗置驛馬於長安諸郊，請謝賓客，夜以繼日。**出入並鞍馬，光輝參**洙曰：一作「忝」。**席珍。**洙曰：儒行：儒有席上之珍。趙曰：鮑明遠云：鞍馬光照地。**重遊先主廟，**洙曰：見謁先主廟詩注。師曰：自此句以下甫又傷嚴武之死，朋舊彫喪，今幸遇王侍御禮待之隆，可以駐足。**更歷少城闉。**洙曰：少城，張儀城。**石鏡通幽魄，**洙曰：見石鏡詩注。**琴臺隱絳脣。**洙曰：文君挑琴心事。鮑明遠蕪城賦：若夫歌堂舞閣之基，玉貌絳脣，莫不埋魂幽石，委骨窮塵。趙曰：蜀王葬其妃，徇以石鏡。琴臺則司馬相如彈琴之所。**送終惟糞土，結愛獨荆榛。置酒高林下，**師曰：自此句以下叙甫之依王也。**觀碁積水濱。**趙曰：此以結上句。初以石鏡送終，今墓中之人已糞土矣。以琴結夫婦之情，今則徒生荆棘矣。既往之事爲可弔，則置酒觀碁以遣懷耳。**區區甘累趼，**洙曰：謂奔走避難，故累趼也。趙曰：趼，足瘡也。莊子云：百舍重趼而不息。鄭曰：趼，古典切，胝也。**稍稍息勞筋。**洙曰：孟子曰：勞其筋骨。蘇曰：秦伯犁歸永嘉十餘年，謝絶人事，杜門著書。人勸其仕秦，曰：「邇來漸覺耳目清爽，勞筋稍息，何再爲耶？」**網聚粘圓鯽，絲繁煮細蓴。**洙曰：蓴菜也。陸雲曰：

〔一〕何，疑當作「河」。見杜集札記。

千里蓴羹。趙曰：此又言歸成都之樂也。網聚則漁者非一人之網耳。謂之絲繁，以言其多。本草云：鯽魚合蓴作羹食良。長歌敲柳癭，洙曰：柳癭木之節目如疣。鄭曰：癭，於郢切，瘤也。小睡憑藤輪。洙曰：蒲團也，以藤爲之。蘇曰：魯宿有白藤輪，嘗憑坐待一。農月須知課，田家敢忘勤。忘，無放切。浮生難去食，洙曰：洪範：八政一曰食。食者，萬物之始，人之所本。良會惜清晨。洙曰：曹子建名都賦：雲散還城邑，清晨復來還。列國兵戈暗，今王德教淳。要聞除猰㺄，鄭曰：上烏八，下勇王切。獸名。洙曰：揚子雲長楊賦云：昔有强秦，封豕其土，窫窳其民，鑿齒之徒相與摩牙而争之。窫窳，食人之獸。修可曰：爾雅：猰㺄，類貙，虎牙，食人，迅走。山海經曰：少減山有獸，狀似牛，而赤身人面馬足，名曰窫窳。聲如嬰兒。則窫窳自是一獸。注引窫窳證猰㺄，非也。師曰：猰㺄比盜賊，當從爾雅説。休作畫麒麟。洙曰：見「今代麒麟閣」注。趙曰：但以除猰㺄爲心，不必志於閣，畫麒麟閣上也。洗眼看輕薄，蘇曰：崔宏見長安中多豪家輕薄子，曰：「吾當洗眼看爾曹矣。」趙曰：輕薄，言交道之不終者。蓋公有激而云。虛懷任屈伸。莫令膠漆地，萬古重雷陳。洙曰：古詩：以膠投漆中，誰能别離此。後漢：陳重與同郡雷義同爲舉辟，更相推讓。鄉里爲之語曰：「膠漆自爲堅，不如雷與陳。」趙曰：公之望王侍御者至矣。

送舍弟頻赴齊州三首

岷嶺**孫曰**：岷峨也，在蜀。南蠻北，**洙曰**：南詔蠻也。徐關東海西。**洙曰**：徐關，齊地。**趙曰**：言弟自岷蜀起發而之齊耳。徐關，齊地耳。此行何日到，送汝萬行啼。絶域惟高枕，**趙曰**：公自中原而來蜀，則亦以蜀爲絶域，大抵言異方也。清風獨杖藜。危時暫相見，衰白意都迷。

風塵暗不開，汝去幾時來。兄弟分離苦，形容老病催。江通一柱觀，**洙曰**：見「一柱觀頭眠幾回」注。**鄭曰**：古玩切。荆州記：江陵有臺，上有一柱，衆梁栱此。或云荆州有一柱觀，士人呼爲木履觀。日落望鄉臺。**洙曰**：成都記：隋蜀王秀所創。客意長東北，齊州妥在哉〔一〕。

諸姑今海畔，兩弟亦山東。**趙曰**：齊州近海，則是山東矣。去旁干戈覓，來看道路通。短衣防戰地，**洙曰**：趙武靈王好胡服，士皆短服。**趙曰**：公自言也，時吐蕃未息，故戎服以在防戰之地。匹馬逐秋風。**趙曰**：言地穎之征行也。莫作俱流落，長瞻碣石鴻。**洙曰**：絶交論：附騏驥於旄端，軼歸鴻於碣石〔二〕。注：海畔山也。

〔一〕妥，疑當作「安」。見杜集札記。

〔二〕軼，疑當作「軼」。

嚴鄭公堦下新松得霑字。

弱質豈自負，移根方爾瞻。**洙曰：**民具爾瞻。細聲聞**洙曰：**一作「侵」。玉帳，疏翠近珠簾。未見紫煙集，虚蒙清露霑。何當一百丈，欹蓋擁高簷。**蘇曰：**此詩公之措意極爲深遠，以意逆志，觀者當自知矣。既瑀松賦：擁高簷，碧似欹蓋。**趙曰：**欹蓋，抱朴子云：偃蓋之松也。

嚴鄭公宅同詠竹得香字。

緑竹半含籜，**洙曰：**謝靈運詩：初篁包緑籜。新梢纔出牆。色侵書帙晚，陰過酒罇凉。雨洗娟娟静，風吹細細香。但令無翦伐，會見拂雲長。**洙曰：**此詩公之措意極爲深遠，以意逆志，觀者當自知矣。

奉觀嚴鄭公廳事岷山沲江畫圖十韻得忘字。

沲水臨中座，**鄭曰：**沲，唐水切。寰宇記：在成都府新繁縣。岷山到**洙曰：**一作「對」。北堂。**洙**

曰：江賦：惟岷之導江〔一〕，水所出也。書：沱潛既導。今蜀縣花丘及漢中沔陽皆有沱水。**趙曰**：此篇句句皆盡義甚分明。**白波吹粉壁，青嶂插雕梁。****洙曰**：謝靈運詩：連嶂鼻峬崿，青華香深沉〔二〕。**直訝杉松冷，兼疑菱荇香。雪雲虚點綴，沙草得微茫。嶺鴈隨毫末，川蜺飲練光。****趙曰**：亦只是畫作清川之景，自有蜺飲練光之態，不必畫蜺也。**霏紅洲蘂亂，拂黛石蘿長。暗谷非關雨，丹楓不爲霜。****洙曰**：曉霜楓葉丹。**趙曰**：暗谷處非真是雨而暗。丹楓葉不爲真是遭霜而丹。皆以言畫也。**秋成****洙曰**：一作「城」。**玄圃外，****洙曰**：崑崙山有玄圃。**蒼舒曰**：右按楚詞曰：朝發軔於蒼梧兮，夕余至乎玄圃。注：玄圃，神山也。淮南子曰：崑崙玄圃，惟絶通天。**鄭曰**：崑崙山去地萬一千里，上有層城九重，或上倡之〔三〕，是謂闃風〔四〕。又倍之，爲懸圃。**景物洞庭傍。****洙曰**：洞庭，湖名。**趙曰**：昔以形容其畫，乃其景也。**繪事功殊絶，幽襟興激昂。從來謝太傅，丘壑道難忘。****洙曰**：太傅謝安也。安雖貴，而東山之志不忘。**夢符曰**：右按晉書：明帝問謝鯤曰：「論者以君方庾亮，何如？」答曰：「端委廟堂，使百僚準，則鯤不如亮。一丘一壑，自謂過之。」**師曰**：薛夢符續注云云，顧長康畫鯤在石嵓裏，人問其故，顧曰：「謝玄：一丘一壑，自謂

〔一〕「岷」下疑闕「山」字。

〔二〕據文選，此句疑當作「連鄣疊巘崿，青翠杳深沉」。見杜集札記。

〔三〕倡，疑當作「倍」。見杜集札記。

〔四〕闃，疑當作「閬」。

過之。」此子宜置丘壑中。又，謝安寓居會稽，與羲之、支遁遊，出則漁山水。每往臨安山中，坐石室，放情丘壑。及薨，贈太傅。以此考之，謝太傅乃安也，非謝鯤。故子美別房太尉墓詩又有「對碁陪謝傅」之句。當從内翰注爲正。

晚秋陪嚴鄭公摩訶池泛舟得溪字。**魯曰：**池在使府内，蕭摩訶所開，因是得名。**鄭曰：**摩訶池，即污池也，在錦城西。

湍駃風醒酒，**鄭曰：**駃，苦夬切。馬日行千里。**洙曰：**謝靈運：浩浩夕流駃〔一〕。**馬曰：**駃，疾貌。**船回霧起隄。高城秋自落，雜樹晚相迷。坐觸鴛鴦起，巢傾翡翠低。莫須驚白鷺，爲伴宿青溪。****趙曰：**公指浣花溪爾。

初冬

垂老戎衣窄，**洙曰：**垂老，臨老也。戎衣窄，爲作簽軍謀。**歸休寒色深。****趙曰：**時方戍屯以防吐

〔一〕此句疑當作「活活夕流駛」。

著。漁舟上急水，獵火著高林。日有習池醉，趙曰：陪嚴公出也。山簡在襄陽，習氏有佳園池，簡日醉焉。愁來梁甫吟。洙曰：見「得兼梁甫吟」注。趙曰：公以諸葛亮自比也。師曰：甫云此句，其志厭唐室之亂可知。干戈未偃息，出處遂何心。

太子張舍人遺織成縟段

客從西北來，遺我翠織成。洙曰：古詩：客從遠方來，遺我一端綺。開緘風濤湧，蘇曰：吴翰：開緘詞采璀璨，筆勢若風動濤湧。中有掉尾鯨。洙曰：江賦：揚鬐掉尾。又：介鯨乘濤以出入。海賦：其魚則横海之鯨，偃高濤，巨鱗插雲。鄭曰：悼，徒弔切，摇也。逶迤羅水族，何曰：逶迤，委曲貌。瑣細不足名。洙曰：皆言織紋也。師曰：自「開緘風濤湧」至此句，皆叙織段之紋。客云充君褥，承君終宴榮。修可曰：曹子建詩：終宴不知疲。安石曰：宴榮，乃安榮也。空堂魑魅走，師曰：空堂，言堂上無所有，四壁徒立而已。魑魅走，言鬼神驚駭此物也。高枕形神清。梅曰：謂爽人神思。領客珍重意，顧我非公卿。留之懼不祥，洙曰：左傳：服之不衷，身之災。蘇曰：王剪：留之懼不祥生其間，去之可也。施之濕柴荆。服飾定尊卑，大哉萬古程。洙曰：書：車服以庸。韓曰：程謂法度。今我一賤老，短褐更無營。洙曰：見「短褐霜風入」注。趙曰：短褐者，蓋短窄之褐也。煌煌珠宮物，寢處禍所嬰。

洙曰：書：臣有作福、作威、玉食，害于而家，凶于而國。蘇曰：段植有送九華戰袍，碾玉腰帶。植曰：「珠宮貴物，非武人所服。」之辭〔一〕。趙曰：珠宮指言龍宮也。楚辭云：寶闕兮珠宮〔二〕。蓋言以此物而寢處，非卑賤所宜，懼嬰於禍。歎息當路子，干戈尚縱橫。掌握有權柄，衣馬自肥輕。洙曰：語：乘肥馬，衣輕裘。李鼎死岐陽，實以驕貴盈。來瑱賜自盡，鄭曰：瑱，陟刃切，襄州節度使。氣豪直阻兵。洙曰：上元三年，肅宗追瑱入京，裴茂稱瑱屈強難制，宜早除之。代宗潛令裴茂圖之。瑱擒茂妻子於江漢。瑱入朝謝罪，代宗含怒。寶應二年，貶瑱播州縣尉。翌日，賜死於鄠縣，籍没其家。瑱先爲襄陽節度使。左傳：阻兵安忍。昔聞黃金多，洙曰：蘇季子位高金多。老子曰：多藏則厚亡。坐見悔吝生。奈何田舍翁，洙曰：漢祖起田舍翁。受此厚貺情。錦鯨卷還客，卷，古轉切。始覺心和平。振我麤席塵，蘇曰：胡誼家貧，讀書不憚寒暑，所卧床上唯麤席、布衾、木枕而已。媿客茹藜羹。洙曰：王子淵頌：羹藜含糗者，不足論太牢之滋味。趙曰：莊子云：藜羹不糝。舊注所引王子淵頌「羹藜含糗」，非徒在後，又字倒矣。師曰：甫傷兵革之際，生民有不得其食、不得其居處者，我何忍獨安於此。又自以卷還客，始覺心和平，足知甫之所養於中者宏深，雖伯夷目不視惡色，耳不聽惡聲，何以加此。

〔一〕之辭，疑當作「辭之」。

〔二〕寶，疑當作「紫貝」。

至後

冬至至後日初長，洙曰：周禮：冬至日在牽牛，影長一丈三尺。夏至日在東井，影尺有五寸。長短之至也。晉、魏間，宮中以紅線量日影，至後添長一線。趙曰：漢時宮中繡工以線量日影，冬至後添一線也。舊注所引周禮，乃是立表求地中之説，非此也。遠在劍南思洛陽。青袍白馬有何意，洙曰：公止服九品服爾。金谷銅駝非故鄉。洙曰：金谷園、銅駝陌，皆蜀中故事。鄭曰：皆在漁陽。師曰：金谷園、銅駝街，皆不及故鄉之樂。梅花欲開不自覺，棣萼一別永相望。洙曰：棣萼，猶兄弟也。公前有詩云：干戈猶未定，弟妹各何之。愁極本憑詩遣興，詩成吟詠轉淒涼。蘇曰：庾子山云：本託詩遣興，詩成反使旅思淒涼。

從韋二明府續處覓錦竹三數叢

華軒藹藹它年到，錦竹亭亭出縣高。江上舍前無比物〔一〕，幸分蒼翠拂波濤。蘇曰：阮籍：居家有竹，欲分蒼翠，但數箇而已，粗欲補闕也。師曰：華軒則言韋明府下車來種錦竹已成矣，故就韋乞。

〔一〕比，疑當作「此」。見杜集札記。

舍弟占歸草堂檢校聊示此詩

久客應吾道，**趙曰**：家語載：孔子陳、蔡之厄，曰：「吾道其非耶？」相隨獨爾來。孰知江路近，頻爲草堂迴。鵝鴨宜長數，柴荆莫浪開。東林竹影薄，臘月更須栽。

觀李固請司馬弟山水圖三首 一云「李七」。

簡易高人意，**洙曰**：一作「體」。**敏功曰**：易，以豉切，平易也。揚子：以簡以易。匡床竹火爐。**蘇曰**：張扶隱居太白山，茅庵、石鼎、匡床、竹火爐、藥壺而已。嘗有白猿隨行。漢武累徵不起，使繪像進呈。帝再三加賞。後尸解。**趙曰**：莊子：騎姬與晉公同匡床而食〔一〕。寒天留遠客，碧海掛新圖。雖對連山好，貪看絶島孤。群仙不愁思，冉冉下蓬壺。**洙曰**：蓬壺，山名，神仙所宅之地。

方丈渾連水，天台總映雲。**洙曰**：方丈、天台，二仙山。人間長見畫，老去恨空聞。范蠡舟偏小，**洙曰**：范蠡爲越破吳，功成名遂，乃乘扁舟浮江湖，變姓名，適齊，爲鴟夷子。王喬鶴不群。**趙曰**：其圖必畫舟與鶴，故以范蠡、王喬比之。王喬鶴事，見昔遊詩注。此生隨萬物，何處出塵氛。**洙曰**：莊子

〔一〕騎，疑當作「驪」。見杜集札記。

所謂「與物轉徙」也。

高浪垂翻屋，洙曰：郭景純詩：高浪駕蓬萊。崩崖欲壓床。野橋洙曰：一作「樓」。分子細，沙岸繞微茫。紅浸珊瑚短，青懸薜荔長。浮查並坐得，仙老暫相將。

贈別賀蘭銛思廉切。

黄雀飽野粟，群飛動荆榛。趙曰：此比時人之蹇淺也。今吾抱何恨，寂寞向時人。趙曰：此傷賀蘭而問之。老驥倦驤首，洙曰：騏驥逢伯樂之知，驤首長鳴。趙曰：暗使戰國策：汗明見春申君，曰：「大驥之齒至矣[一]，服鹽車而上太行，漉汗灑地，白汗交流，而不能上。伯樂遭之，下車攀而哭之，解紵衣以幕之。驥於是俛而噴，仰而鳴，聲造於天。仰見伯樂之知己也。」今云倦，則以無伯樂而倦也。蒼鷹愁易馴。趙曰：權翼：慕容垂由鷹，饑則附人，飽則高飛。今云愁，則以苟於食養而愁。高賢世未識，固合嬰饑貧。國步初返正，洙曰：時初復京師。乾坤尚風塵。洙曰：史思明由鴟，張河朔。悲歌鬢髮白，遠赴湘吴春。我戀岷下芋，君思千里蓴。生離與死別，自古鼻酸辛。洙曰：岷山之下沃懋[二]，下

[一] 大，疑當作「夫」。
[二] 懋，疑當作「壄」。見杜集札記。

有踆鴟，至死不饑。師古曰：踆鴟，羊也〔一〕。千里蓴羹，未下鹽豉。楚詞：悲於生别離。高唐賦：孤子寡婦，寒心酸鼻。**師曰：**黄雀，物之微者，一飽之外，則無所求。蒼鷹饑則隨人，飽則揚去。馴，狎也。甫自喻如老驥倦舉首以求人，知賀蘭如饑鷹側翅隨人，故云「易馴」。自古賢士君不見知，未免嬰累乎饑貧，何獨賀蘭乎。國步初反正，謂肅宗收復京師。乾坤尚風塵，謂史思明尚呑噬相、衛。悲歌鬢髮白，爲國家憂也。遠赴湘吴春，謂甫移居夔州，既而下峽適荆、吴。岷山，蜀中之山，地產芋魁，可以充糧，凶年不能饑。甫既去蜀，故戀岷山之芋。吴地出蓴菜鱸魚，昔張翰，吴人也，在洛守官，忽思蓴菜，遂去官而歸。賀蘭在蜀，故思吴中之蓴，舉其物則思其人，相思故也。

王狀元集百家注編年杜陵詩史二十卷

〔一〕羊，疑當作「芋」。見杜集札記。

王狀元集百家注編年杜陵詩史二十一卷

永泰元年乙巳

正月三日歸溪上有作簡院内諸公

野外堂依竹，籬邊水向城。蟻浮仍臘味，**洙曰**：酒也。周庾信謝賜酒詩曰：浮蟻對春開。鷗泛已春聲。**洙曰**：南越志：鷗，水鳥也。在漲海中，隨潮上下，三月風至乃去。**蘇曰**：耿昇曰：「門前池水已有春色。」客曰：「如何？」忌曰〔一〕：「今日鷺浴鷗泛，漣漪灩灩。」藥許鄰人斸，**趙曰**：公之不吝如此。**師曰**：子美詩有「天寒斸茯苓」之句，言以鐵雖斸地而得之也〔二〕。書從稚子擘。**趙曰**：言文書多任稚子也。白頭趨幕府，深覺負平生。**趙曰**：公嘆老而猶仕耳。公與嚴故人，故顯言之，别無指旨。舊注非。

〔一〕忌，疑當作「昇」。

〔二〕雖，疑當作「錐」。

弊廬遺興奉寄嚴公

野水平橋路，春沙映竹村。風輕粉蝶喜，花暖蜜蜂喧。把酒宜深酌，題詩好細論。府中瞻暇日，江上憶詞源。趙曰：隋文藝傳曰：筆有餘力，詞無竭源。跡忝朝廷舊，洙曰：公仕三朝。情依節制尊。洙曰：公之入蜀，惟依嚴公。節制，持節專制也。還思長者轍，恐避席爲門。洙曰：見「寧紆長者轍」注。顔延年：林間時晏開，迎回長者轍。趙曰：欲枉嚴公之駕，故用陳平事以激之也。

春日江村五首

農務村村急，洙曰：農務田事。春流岸岸深。乾坤萬里眼，時序百年心。茅屋還堪賦，洙曰：秋興賦：僕野人也，偃息不過茅屋茂林之下。桃源自可尋。洙曰：見「欲問桃花宿」注。艱難昧洙曰：一作「賤」。生理，飄泊到如今。

迢遞來三蜀，趙曰：蜀郡、廣漢郡、犍爲郡爲三郡也〔一〕。師曰：蜀、吴、魏分爲三國，故曰三蜀。蹉跎又六年。洙曰：又，一作「有」。趙曰：公自乾元二年冬到蜀，至今乾元七年，凡六年矣。客身逢故舊，洙

〔一〕犍，疑當作「犍」。

曰：得嚴公薦舉也。發興自林泉。過懶從衣結，洙曰：董京威〔一〕，衣百結衣。頻遊任履穿。洙曰：東郭先生履穿，行雪中，著地處皆足迹。藩籬頗無限，恣意向洙曰：一作「買」。江天。師曰：言江天恣意賞眺，不費錢買也。

種竹交加翠，栽桃爛熳紅。經心石鏡月，到面雪山風。洙曰：石鏡、雪山，皆蜀中故事。已見前注。赤管隨王命，洙曰：漢官儀：尚書令僕丞郎，月給赤管大筆一雙。公爲檢校尚書工部，故云「赤管」也。銀章付老翁。洙曰：見「霧雨銀章澀」注。趙曰：銀章方賜。朱，朱服也。故次篇有「垂朱紱」之句也。豈知牙齒落，蘇曰：李笴有子在江南，久不至，語其妻曰：「阿陳豈知我牙齒豁落，如桑榆倒景，何與子相見耶。」名玷薦賢中。

扶病垂朱紱，洙曰：紱，古蔽膝也。象冕服以韋爲之。曹子建：俯愧朱紱。鮑曰：公謂檢校工部員外郎，賜緋也。歸休步紫苔。洙曰：休，沐也。漢制：五日一下休沐。沈休文：客泣紫苔生〔二〕。郊扉存晚計，洙曰：顔延年：側同幽人居，郊扉常晝閉。哀暮之計也。幕府媿群材。洙曰：見「幕府秋風日」注。趙曰：衛青傳云：開幕府。蓋設幕以爲府也。鷰外晴絲卷，鷗邊水葉開。蘇曰：阮籍詩：浴鷗開水葉，戲

〔一〕董京威，疑當作「董京」。晉書隱逸傳：董京，字威輦。
〔二〕泣，疑當作「位」。

蝶避風絲。其語冲淡。子美往往尤盡巧妙。書示任師中。鄰家送魚鼈，問我數能來。洙曰：見過故斛斯校書莊詩注。

群盜哀王粲，洙曰：見久客詩注。趙曰：王粲避亂客荆州。中年召賈生。洙曰：文帝召賈誼至宣室。登樓初有作，洙曰：王粲在荆州思歸，作登樓賦。前席竟爲榮。洙曰：賈生對文帝於宣室，言鬼神事，帝不覺前席。宅入先賢傳，洙曰：先賢傳載王粲宅。才高處士名。趙曰：以誼洛陽之才子，異乎處士矣。異時懷二子，春日復含情。洙曰：二子，謂王粲、賈誼也。師曰：昔王粲依劉表於荆州，思歸，作登樓賦。子美在蜀依嚴武，故以比之。然子美以晚年得嚴武薦檢校工部，故比之賈生文帝前席之也。

絶句四首

堂西長筍别開門，塹北行椒却背村。趙曰：行椒，蓋成行者，如官柳著行新。梅熟許同朱老喫，松高擬對阮生論。洙曰：朱、阮，劍外相知。

欲作魚梁雲覆湍，洙曰：覆，一作「復」。鄭曰：魚梁，地名。因驚四月雨聲寒。青溪先有蛟龍屈，竹石如山不敢安。趙曰：魚梁，劈竹積石，横截中流，以爲聚魚之區也。以溪下有蛟龍，時興雲雨，雖以魚梁人之所利也，而公不敢犯害以就利，異乎世人徑行直前，惟利是謀矣。

兩箇黄鸝鳴翠柳，一行白鷺上青天。鄭曰：行，胡岡切，列也。窗含西嶺千秋雪，洙曰：西山白雪，四時不消。門泊東吴萬里船。洙曰：西山，舊謂雪山，以此也。趙曰：公之志每欲南下，其所買而治門外之舡，乃欲萬里往東吴之船也。

藥條藥洙曰：一作「草」。甲潤青青，色過棕亭入草亭。苗滿空山慚取譽，趙曰：公自喻也。藥者如本草所載，各以其土地知名於世。根居隙地怯成形。趙曰：今所種之藥，在空隙之地，欲成以物之形，而怯於人之所易見也。

營屋

我有陰江竹，師曰：甫植萬竹於草堂，嘗有詩云：入門四松在，步堞萬竹疏。即此所謂「我有陰江竹」是也。能令朱夏寒。夢符曰：右按梁元帝纂要曰：夏曰朱夏，亦曰長嬴、炎夏、三夏、九夏。又爾雅：夏爲朱明。陰通積水内，高入浮雲端。趙曰：枚乘詩曰：美人在雲端。甚疑鬼物憑，蘇曰：王肅行大白，見山林秀茂，曰：「疑有神物所憑。」不顧翦伐殘。東偏若面勢，師曰：謂植竹以蔭。東射之日，隨其所向之勢。户牖可永安。愛惜已六載，兹晨去千竿。蕭蕭見白日，洶洶開奔湍。度堂匪華麗，養拙異考槃。趙曰：詩：考槃在阿，考槃在澗。考，成也。槃，樂也。今公言養拙而已，非若碩人之在澗在阿，而後成其樂也。**草茅雖薙葺，衰疾方少寬。**趙曰：除草曰薙。言雖有薙葺之勞，而吾之衰病可寬也。**洗然順所適，此足代加餐。**寂無斤斧響，師曰：甫築草堂，茅茨不翦，椽柱不斲削，蓋順其所適也，故云「寂無斤斧響」。**庶遂憩息懽。**洙曰：甘棠：勿翦勿伐。考工記：審曲面勢。詩：考槃在澗。古詩：上言加餐飯。周禮：薙氏。趙曰：甘棠：勿翦勿敗，召伯所憩。注：憩，息也。

王十五司馬弟出郭相訪兼遺營茅堂貲

客裏何遷次，江邊正寂寥。修可曰：陳樂昌公主詩：今日何遷次，新官對舊官。**肯來尋一老，愁破是今朝。**蘇曰：阮簡久寓西山，一日友人攜酒炙雞往見，阮大笑曰：「今朝愁腸破矣。」其擴放如此〔一〕。趙曰：詩：不慭遺一老。**憂我營茅棟，攜錢過野橋。他鄉唯表弟，還往莫辭遥。**師曰：漢初，應曜隱於淮陽山中，與四皓俱徵，曜獨不至。時人語曰：南山四皓，不如淮陽一老。曜即應劭八代祖。又，管寧書曰：唯陛下聽野人山藪之願，使一老得盡微命。次乃次舍。遷次，謂遷卜此居。愁破，言客來破吾之愁。

〔一〕擴，疑當作「曠」。

挈家下忠渝州所作

宴戎州楊使君東樓

勝絶驚身老，情忘發興奇。趙曰：破頭已對，言勝雖絶矣，而驚見在之身則老。情雖忘矣，而發所對之興則奇也。座從歌妓密，樂任主人爲。趙曰：歡樂之事，一任主人爲之。重碧拈洙曰：一作「酟」。春酒，洙曰：曹子建七啓云：春清縹酒。注：縹，深碧色。蘇曰：歐陽文忠公曰：酟，當作「拈」。趙曰：舊本作「酟春酒」，非也。善本作「拈」，則元稹元日詩：羞看稚子先拈酒。白樂天歲假詩云：歲酒先拈辭不得。如此，則拈酒乃唐人之語也。輕紅擘洙曰：一云「酌」。又「掌」。荔枝。洙曰：蜀都賦：旁挺龍目，則生荔枝。蘇曰：李充閩中行云：擘荔枝，濕輕紅。酌竹葉，艷深緑。王愷見而奇之。趙曰：荔子雖有數種，而膜皆帶粉紅。黄魯直在戎州詩：王公權家荔子緑，廖致平家緑荔枝。詩〔二〕：試傾一盃重碧色，快剥千顆輕紅肌。樓高欲愁思，横笛未休吹。

〔二〕詩，疑爲衍文。見杜集札記。

渝州候嚴六侍御不到先下峽

聞道乘驄發，立之曰：溪桓典號驄馬御史〔一〕。此句指嚴侍御也。**沙邊待至今。不知雲雨散，**洙曰：宋玉高唐賦：湫兮如風，凄兮如雨。風止雨霽，雲無處所。王粲詩：風流雲散，一别如雨。師曰：雲雨散，喻别離也。**虚費短長吟。**洙曰：古詩有長短吟。**山帶烏蠻闊，**洙曰：嶲州西有烏、白蠻。鄭曰：梁益記：嶲州嶲山，其地接諸蠻部，有烏蠻、秋蠻。**江連白帝深。**洙曰：公孫述以永安爲白帝城。師曰：此二句言阻遠也。**船經一柱過，**洙曰：梁劉孝綽江津寄劉之遴詩：經過一柱觀，出入三休臺。**留**洙曰：一作「滯」。**眼共登臨。**

撥悶

彦輔曰：一云贈嚴二别駕。

聞道雲安麴米春，蘇曰：退之詩：且可勤買拋青春。國史補：酒有郢之富水、烏程之若下、滎陽之土窟春、富平之石凍春、劍南之燒春。子美聞道「雲安麴米春」。裴鉶傳奇亦有酒名松醪春，乃知唐名酒多以春。趙曰：東坡詩「麴米春香並舍聞」，蓋出於此。**纔傾一盞即醺人。乘舟取醉非難事，下峽銷愁定幾**

〔一〕溪，疑當作「昔」。

巡。長年三老，洙曰：舟師名見上注。遥憐汝，趙曰：長年三老，川中呼舟師之名。師曰：俗謂之翁，蓋把梔者。捩梔開頭洙曰：一作「鳴鐃」。捷有神。洙曰：皆行船貌。初行船曰開頭。趙曰：棙梔開頭之捷疾。捩，縛結。拖，吐邏切。已辨青錢防雇直，趙曰：川人不以隼折〔一〕，而一色見錢，爲青錢。當令美味入吾脣。一作「身」。

聞高常侍亡忠州作。鮑曰：高適也。本傳：繼廣德元年後，言召爲刑部侍郎、左散騎常侍。

歸朝不相見，蜀使忽傳亡。虚歷金華省，洙曰：江淹上建平王書：升降承明之闕，出入金華之殿。班固傳：王鳳薦班伯，召見，宴昭殿，誦説有法，拜爲中常侍。時上方嚮學，鄭寛中、張禹朝夕入説尚書、論語於金華殿中。詔伯受焉。數年，金華之業絶，出。注：金華殿在未央宫。何殊地下郎。洙曰：世説：顔回爲地下修文郎。致君丹檻折，洙曰：見折檻詩注。哭友白雲長。蘇曰：山巨源哭嵇中散，曰：「白雲央央，我心悲傷。揮哭望雲，雲路阻長。」趙曰：自渝州望長安而哭，爲白雲長矣。獨步詩名在，趙曰：曹子建與楊德祖書曰：昔仲宣獨步於漢南。田曰：南史：沈約謂王筠：「文章之美，可謂後來獨步。」祇令故舊

〔一〕隼，疑當作「準」。

傷。洙曰：適有詩名於時。

宴忠州使君姪宅

出守吾家姪，洙曰：出守，守土也，刺史是也。詩云：一麾乃出守。殊方此日歡。自須遊阮巷，洙曰：晉阮咸與叔父籍爲竹林之遊。咸與籍居道南，諸阮居道北。北阮富，而南阮貧也。師曰：阮咸比張，子美自比籍，乃知叔姪之相得也。不是怕湖灘。洙曰：湖灘，忠州下惡難也〔一〕。樂助長歌逸，洙曰：一作「送」。杯饒旅思寬。昔曾如意舞，趙曰：如意，乃所執之物。王戎嘗以如意起舞。師曰：如意者，乃鐵如意。石崇以鐵如意擊碎珊瑚樹，即此。牽率强爲看。

禹廟

禹廟空山裏，秋風落日斜。蘇曰：楊脩：晚蟬噪秋風，饑鴉鬧斜日。荒庭垂橘柚，古屋畫龍蛇。洙曰：招魂：仰觀刻桷畫龍蛇。雲氣生虚壁，洙曰：一作「清虚壁」。江聲走白沙。早知乘四

〔一〕 難，疑當作「灘」。見杜集札記。

載，洙曰：史記河渠書云：夏書曰：禹湮洪水十三年，三過不入門。陸行載車，水行載舟，泥行蹈毳，山行即橋。一作「輦」。疏鑿洙曰：一作「流落」。控三巴。洙曰：華陽國志曰：武王克商，封其子宗姬於巴，爵之以子。古者遠國雖大爵不過子，故吴、楚及巴皆曰子。獻帝時，征東中郎將安漢趙韙建議分巴爲二郡，韙欲得巴舊名，故曰巴。益州牧劉璋以墊江以上爲巴郡，江州至臨江爲永寧郡，朐忍至魚復爲固陵郡。巴遂分矣。璋復改永寧爲巴郡，以固陵爲巴東，徙龐羲爲巴西太守，是三巴。郭璞江賦：巴東之峽，夏后疏鑿。趙曰：按樂史寰宇記於渝州記云：閬、白二水東西流，三曲如巴字，是爲三巴。則非分有其地之定名。當俟博聞訂之。鄭曰：十道志：渝州巴縣，并巴東、西，是爲三巴。

題忠州龍興寺所居院壁

忠州三峽内，洙曰：蜀都賦：經三峽之峥嶸。注：三峽，巴東永安縣有高山相對，相去可二十丈，左右崖甚高，人謂之峽。江水過其中。井邑聚雲根。趙曰：雲根，言石也。張協詩：雲根臨八極。蓋取五岳之雲觸石而出。則石者，雲之根也。小市常争米，孤城早閉門。蘇曰：楚人侵鄖，鄖閉門常早。空看過客淚，莫覓主人恩。蘇曰：子美自稱。主人，指張使君。上篇有宴忠州張君宅。淹泊仍愁虎，深居賴獨園。洙曰：金剛經：給孤獨園。

哭嚴僕射歸櫬

素幔隨流水，歸舟返舊京。**洙曰**：舊京，故國。**修可曰**：盧子諒詩：南望舊京路。老親知**洙曰**：一作「如」。宿昔，按新史：武卒，母哭，且曰：「今而後吾知免爲官婢矣。」**趙曰**：言嚴公之母尚健如宿昔耳。舊注所引新史，非是。不知何自得之。部曲異平生。**洙曰**：言部曲有異於存日也。宋鮑昭東武吟：將軍既即世，部曲亦罕存。後漢光武紀注：大將軍營有五部三校尉，部下有曲，曲有軍候一人。風送蛟龍雨，**洙曰**：見「蛟龍雲雨」注。**趙曰**：以嚴公若蛟龍，則風之所送者乃蛟龍雨也。**師曰**：子美詩云「蛟龍得雲雨」，言賢者之得勢。今云「風送蛟龍雨」，雨被風吹斷，則蛟龍失勢可知。天長驃騎營。**洙曰**：晉書：齊獻王攸遷驃騎將軍，時驃騎當罷營，兵士數千人戀攸恩德，不肯去。一哀三峽暮，遺後見君情。**趙曰**：言所以遺傳於後世，見君有恩德於公之情如此也。**師曰**：遺後者，謂恩德遺與後人，使人哀思之不忘，則君之情可見也。

到雲安所作

贈鄭十八賁

温温士君子，**洙曰**：前漢律歷志以銅有似士君子之行，言不爲燥濕寒暑變其節，不爲風雨暴露改其形，介然有常也。**令我懷抱盡。** 師曰：詩云：温其如玉。鄭賁有温潤君子之德，使我得展盡底蘊，無有遺恨。**靈芝冠衆芳，安得闕親近。** 趙曰：芝以比鄭，蓋靈芝人所喜見者，故不可闕於親近也。韓退之有云：若鳳凰芝草，争先覩之爲快。**遭亂意不歸，竄身跡非隱。** 洙曰：以避亂也。趙曰：山濤吏非吏，隱非隱。**細人尚姑息，** 趙曰：禮記：小人之愛人也，以姑息。薖曰：小惠相濡潤，侮慢無所不至。**吾子色愈謹。高懷見物理，識者安肯哂。卑飛欲何待，捷徑應未忍。** 洙曰：不欲枉尺而直尋也。修可曰：張衡應間曰：捷徑邪至，我不忍以投步；於進容，我不忍歙扇[一]。又楚詞：夫惟捷徑而窘步。盧藏用傳：士大夫指嵩山、終南爲仕塗捷徑。**示我百篇文，詩家一標準。** 蘇曰：屈平文詞乃詩家標準也。**覊離交屈宋，** 洙曰：屈原、宋玉。**牢落值顔閔。** 洙曰：顔淵、閔子騫。**水陸迷畏** 洙曰：一作「長」。**途，藥餌駐脩軫。** 逸曰：言以丹藥延年也。**古人日已遠，青史字不泯。** 洙曰：古詩：不泯並圖，青史盛德[二]。夢符曰：右按應劭風俗通曰：青史善著書。即青史者，人姓名也。趙曰：青史者，殺青竹簡之史也。江文通云：啓丹青[三]，並圖青史。詩云：靡國不泯。**步趾詠唐虞，追隨飯葵堇。** 洙曰：以堯、舜之道自

[一] 此句疑當作「干進苟容，我不忍以歙肩」。
[二] 此句疑當作「盛德不泯，并圖青史」。
[三] 「啟」前疑闕「俱」字。見杜集札記。

樂，而不以簞瓢爲慮也。數盃資好事，異味煩縣尹。心雖在朝謁，力與願矛盾。抱病排金門，衰容月爲敏。**洙曰**：敏，不敏也。如左傳「魯人以爲敏」同。**師曰**：衰老欲排金馬門，尤非本志也。

雲安九日鄭十八携酒陪諸公宴

寒花開已盡，菊蘂獨盈枝。舊摘人頻異，**趙曰**：言舊時摘採菊花之人頻改易而不同也。輕香酒暫隨。地偏初衣裌，**洙曰**：陶潛：身遠地自偏。秋興賦：御裌衣。山擁更登危。**洙曰**：風俗記：九日登高以禳災厄。萬國皆戎馬，酣歌淚欲垂。

答鄭十七郎一絶

雨後過畦潤，花殘步屧遲。**蘇曰**：曹植：花殘惜春，步屧自遲。把文驚小陸，**洙曰**：小陸，陸雲。**蘇曰**：王融見張充文，曰：「子文章如小陸，小陸瘦而散，子文麗而秀。」好客見當時。**洙曰**：當時，鄭莊者也。

懷錦水居止二首

軍旅西征僻，風塵戰伐多。**蘇曰**：孫權：風塵滿天，相力伐不止，四海困窮，黎民流亡。上愧乎天，中愧乎人，下愧乎地。**趙曰：**永泰元年，僕固懷恩誘吐蕃等寇奉天，京師大震。帝自將苑中，急召子儀屯涇陽，故曰西征。**猶聞蜀父老，**洙曰：猶，一作「獨」。司馬相如有難蜀父老。**不忘舜謳歌。**忘，無放切。**洙曰：**孟子曰：謳歌者不謳歌堯之子，而謳歌舜。**趙曰：**關外之亂，蜀人聞之必駭，而所謳歌在舜。**天險終難立，**洙曰：劍門，天設之險也。難立，無德不可恃。**趙曰：**憂吐蕃之能犯蜀之險矣。易曰：天險不可升也。**師曰：**子美以崔旰亂成都，故避亂之東川。然旰雖叛，民心未忘唐室，雖據劍門之險，終難自立。**柴門豈重過。****鄭曰：**重，儲用切，再也。**洙曰：**謂思草堂，未可再到。**朝朝巫峽水，遠逗錦江波。****洙曰：**錦江水與巫峽相通。**趙曰：**重懷成都之意，水徒相通，而不能即返焉。**鄭曰：**逗，文透切，住也。

萬里橋南宅，百花潭北莊。**洙曰：**浣花草堂在萬里橋之南，地有百花潭。**趙曰：**舊本作「橋南」，非是。蓋公詩又云「萬里橋西一草堂，百花潭北即滄浪」。**層軒皆面水，****修可曰：**宋玉招魂：高堂邃宇檻層軒。**老樹飽經霜。****趙曰：**四時纂要：冬瓜飽霜。**雪嶺界天白，錦城曛日黃。****洙曰：**雪嶺、錦城，並見上嚴中丞詩注。**惜哉形勝地，回首一茫茫。****洙曰：**張孟陽劍閣銘曰：形勝之地，匪親勿居。**蘇曰：**姜維曰：劍門乃形勝之地，扼三巴要路，不可不惜。**趙曰：**以西山尚有屯戍，恐蜀受其禍，故嘆惜形勝之地而憂之也。

八哀詩并序

傷時盜賊未息，興起王公、李公，歎舊懷賢，終於張相國。八公前後存没，遂不詮次焉。洙曰：王仲宣、張景陽皆作七哀詩。黄鳥哀三良，亦其義也。

贈司空王公思禮

彦輔曰：按思禮傳：加守司空。上元二年以疾薨，贈太尉，謚曰武烈。

司空出東夷，童稚刷勁翮。端本曰：謂修整其儀矩。追隨燕薊兒，穎鋭洙曰：一云「脱」。物不隔。洙曰：王思禮，營州城傍高麗人也。少習戎旅，隨節度使王忠嗣至河西，與哥舒翰對爲押衙。高麗，東夷也。修可曰：張景陽七命有云：落勁翮。平原傳：毛遂曰：「使遂早得處囊中，乃穎脱而出。」服事哥舒翰，意無流沙磧。洙曰：及翰爲隴右節度使，思禮爲翰押衙。無流沙，言其輕視夷狄，不以爲意也。端本曰：沙石曰磧，言必掃蕩之也。未甚拔行間，犬戎大充斥。敏功曰：充斥，言盛大也。短小精悍姿，屹然强寇敵。定功曰：前漢：嚴延年爲人短小精悍，敏捷於事。雖子貢、冉有通於政事，不能絶也。趙曰：言屹如山而爲强寇之敵也。按史：加思禮金成太乎〔一〕。安禄山反，翰爲元帥，奏思禮赴軍。玄宗曰：「吐蕃有

〔一〕成，疑當作「城」；乎，疑當作「守」。見杜集札記。

釁，唯倚思禮。」且觀玄宗之言，則思禮在金城時能敵吐蕃，可知矣。**貫穿百萬衆，出入由咫尺。馬鞍懸將首，**蘇曰：辛倚破匈奴，常懸蕃將首於鞍前。齊太祖見而賞愛。倚能騎射，尤妙文墨。**甲外控鳴鏑。**夢符曰：右按前漢書：冒頓作鳴鏑，習勒其騎射。應劭曰：髐箭也。趙曰：倣蔡琰詩：馬鞍懸虜頭。**洗劍青海水，**孫曰：青海，在山東。**刻銘天山石。**洙曰：思禮以拔石堡城功，在行間除右金吾衛將軍，充關西兵馬使。左傳：盜賊充斥。蔡琰詩：馬鞍懸虜頭。鳴鏑，匈奴以射頭曼者。班固爲竇憲刻燕然銘也。趙曰：皆戰勝而深入也。班固爲竇憲刻燕山銘。敏修曰：唐薛仁貴傳云：三箭定天山。**九曲非外蕃，其王轉深壁。**夢符曰：古按唐會要：景龍四年，贊普請昏，以左衛大將軍楊矩爲送金城公主使。後矩爲鄯州都督，吐蕃厚賂之，因請河西九曲之地，以爲公主湯沐之邑。矩遂奏與之。吐蕃既得九曲，其地肥良，尤與唐地接近。自是復叛，矩懼，飲藥而死。唐王思禮傳：事哥舒翰，以功授右衛將軍、關西兵馬使，從其討九曲也。趙曰：則九曲非外蕃。**飛兔不近駕，**修可曰：飛兔，古之神馬也。淮南子曰：夫待腰裹飛兔而駕之，則世莫乘車矣。晁曰：馬名飛兔，善走躍，而復能飛，以名馬，其駿快可知矣。**鷙鳥資遠擊。**洙曰：十二歲，翰征九曲，思禮後期，欲引斬之，續命使釋之。思禮徐言曰：「斬則斬，却喚作何物。」諸將皆以是壯之。趙曰：飛兔，古之神馬。陳孔璋答東阿王牋曰：飛兔流星，超越山海。傳曰：擊鳥之擊〔一〕。曉達兵家流，飽聞春秋癖。**修可曰：**漢藝文志云：兵家者流凡百八十二家也。晉杜預雖爲將軍，而有左傳癖。胸襟日沉静，肅肅自有適。**洙曰：**前漢藝文志：兵權謀十三家，兵形勢十一家，陰陽十六家，兵技巧十三家。兵家者，蓋出於古司馬之職。自春秋至於戰國，出奇設伏，變詐之兵並存。漢興，張良、韓信序次兵法，凡百八十二家。晉杜預有左氏傳癖。裴楷自夏侯玄〔二〕云：「肅肅如入宗廟中，俱見禮樂器。」**師曰：**自「短小精悍姿」至此句，皆美思禮之辭。潼關初潰散，萬乘猶辟易。**饒曰：**辟易，退却奔走之貌。偏裨無所施，元帥見手格。**洙曰：**禄山之反也，思禮從翰守潼關，密語翰誅國忠，又欲以三千騎劫之。翰不從，遂至於敗。思禮爲偏裨而謀不見從，翰遂被擒。元帥，翰也。萬乘，天子也。辟易，播遷也。**饒曰：**格，鬬也。太子入朔方，至尊狩梁益。**鄭曰：**劍南。胡馬纏伊洛，中原氣甚逆。**蘇曰：**蒙將軍一日謂扶蘇曰：「今天色黯淡，回視中原，其氣甚逆。吾慮者恐不測之禍在其中。」後果如所言。肅宗登寶位，塞望勢敦迫。塞，入聲。**洙曰：**翰既敗，潼關不守。玄宗幸蜀，太子從百姓之請，遂入靈武，圖興復。而群臣勸進，遂即位於靈武，以從人望。思禮奔行在。**趙曰：**勢出於裴冕等所迫也。和肅宗以皇太子爲天下兵馬元帥，北收兵，至靈武，裴冕等奉皇太子即皇帝

〔一〕前一「擊」字疑當作「鷙」。見杜集札記。

〔二〕自，疑當作「目」。

位。公時徒步至，請罪將厚責。際會清河公，間道傳玉册。天王拜跪畢，讜議果冰釋。洙曰：思禮至行在，上責其不堅守，坐纛下將斬之。會房琯在蜀，奉太上皇册命至，諫上以爲可收後效，遂釋之。蘇曰：徐偶數上書明劉向事，讜議訣論，即日冰釋。翠華卷飛雪，熊虎亘阡陌。洙曰：書：如熊如羆，如虎如貔。趙曰：翠華，天子之旗。上林賦：建翠華之萎蕤。「卷飛」則言其時在冬〔一〕。周禮曰：熊虎爲旗。所謂亘阡，言兵旗之多也。舊注引「如虎如貔」，却是言兵旅，非是。屯兵鳳凰山，帳殿涇渭闢。洙曰：天子所在以帳爲殿，象宮闕臺殿也。趙曰：行宫殿帳以爲殿。庾肩吾云：回川入帳殿。鳳凰山，鳳翔山名。涇渭則在平京，乃渭州。金城賊咽喉，詔鎮雄所搤。乙革切。洙曰：思禮既釋，尋副房琯戰便橋，不利，更爲關内行營節度、河西、隴右、伊西行營兵馬使，守武功，以控賊。及廣平王收復，思禮入清宫。禁暴靖無雙，爽氣春淅瀝。師曰：和爽之氣如春風然。巷有從公歌，洙曰：詩：無小無大，從公于邁。野多青青麥。洙曰：言賊不敢犯境土也。及夫哭廟後，復領太原役。洙曰：郭子儀收復兩京，時太廟爲賊所焚，權移神主於大内長安殿。上皇謁廟請罪。及光弼鎮河陽，制以思禮爲太原尹、北京留守、河東節度使，兼御史大夫。貯軍糧百萬、器械精鋭，尋加守司空。自武德以來，三公不居於宰輔，唯思禮而已。恐懼禄位高，

〔一〕「飛」後疑闕「雪」字。見杜集札記。

悵望王士窄。 洙曰：昔也日闢國百里，今也日蹙國百里。趙曰：在我之禄位則恐其高，本朝之土地則恨其窄。又以美其謙忠。**不得見清時，嗚呼就窀穸。** 洙曰：左傳：唯是窀穸之事。**永繫五湖舟，** 洙曰：范蠡事勾踐，既滅吴，乘扁舟泛五湖，有功成身退之忠〔一〕，而不能遂。**悲甚田横客。** 洙曰：田横死，賓客聞之，從死者五人〔二〕。言思禮賓客尤甚於横也。**千秋汾晉間，事與雲水白。** 趙曰：前勿云「復領太原役」，則兩在太原矣。宜有顯績，歷千年如雲水之白矣。**昔觀文苑傳，豈述廉藺績。** 洙曰：言思禮撫御積畜之才，在汾晉之間者，與雲水無晦也。廉頗、藺相如，古名將也。言有武功者，不必責之以文德矣。趙曰：以形容思禮文不足，而武有餘也。廉頗、藺相如，古之名將，豈必書其文采於文苑傳乎？末句正譏文勝者徒以取禍。**嗟嗟鄧大夫，士卒終倒戟。** 洙曰：鄧景山，曹州人，以文吏見稱，亦爲太原尹、北京留守。至太原，以鎮撫紀綱爲己任，檢覆軍吏隱没者。衆懼，有一偏將抵罪當死，諸將各請贖其罪，景山不許。其弟請以身代其兄，又不許。其弟請納馬一匹以贖兄罪，景山許其減死。衆咸怒，謂景山曰：「我等人命輕如一馬乎？」軍衆憤怒，遂殺景山。上以景山撫馭失所，以故不復驗其罪。

〔一〕忠，疑當作「志」。見杜集札記。
〔二〕五，疑當作「五百」。見杜集札記。

故司徒李公光弼

司徒天寶末，北收晉陽甲。洙曰：按唐書李光弼傳：光弼，營州人。幼持節行，善騎射，能讀班氏漢書。少從戎，嚴毅有大略。天寶十三年，郭子儀薦之，堪當閫寄。禄山之亂，玄宗幸蜀，肅宗理兵靈武，授光弼户部尚書兼太原尹。晉陽，太原也。趙曰：光弼加檢校司徒，在至德二載。尋遷司空矣。今止云司徒，則據爲司徒已前事而稱其官耳。按史云：安禄山反，郭子儀薦其能，持節河東節度副大使。晉陽則河東之太原也。胡騎攻吾城，愁寂意不愜。人安若泰山，薊北斷右脅。朔方氣乃蘇，黎首見帝業。洙曰：賊將史思明等四僞帥來攻城，光弼麾下衆不滿萬，皆烏合之人，賊以太原屈指可取。光弼伺其怠，出擊，大破之，斬首十餘萬級。又破思明於嘉山，而河北歸順者十餘郡。朔方，河北也。趙曰：光弼屢戰屢勝，所以斷薊北之脅，蘇朔方之氣，使萬民得見帝業。觀公爲華州子儀進滅殘寇形勢圖狀云：平盧兵馬在賊左脅。正此義。二宮泣西郊，師曰：二宮，謂肅宗與皇后。九廟起頹壓。洙曰：見「及夫哭廟後」注。未散河陽卒，思明僞臣妾。復自碣石來，火焚乾坤獵。高視笑禄山，公又大獻捷。洙曰：乾元二年，爲天下兵馬元帥，與九節度兵圍安慶緒於相州，拔有日矣。史思明自范陽來救，屢絶糧道。光弼身先士卒，苦戰勝之。思明因殺慶緒，即僞位，縱兵河南，賊勢甚熾。光弼議洛不足抗賊，遂檄官吏令避寇，引兵入三城。賊憚光弼，頓兵白馬祠，不敢西犯宫闕，遂戰於中潬西，大破逆黨。賊走，保懷州。趙曰：唐史：思明乘勝西向嚮〔一〕，光弼敦陣徐行，趨東京，謂留守韋陟曰：「公計將安出？」陟曰：「不如移軍河陽，表裏相應，此猨臂勢也。」遂悉軍趨河陽。光弼禽周摯等，思明未知，光弼驅所俘示之，思明大懼，築壘以拒官軍。**高視笑禄山，**言思明笑禄山而自矜也。獻大捷，則傳所謂獻俘太廟。**異王册崇勳，小敵信所怯。**定功曰：光弼以功封臨淮王。非，謂非劉氏而王也。小敵信所怯，謂北邙之敗也。光武與王鳳等戰，自將步騎千餘前去。諸部喜曰：「劉將軍平生見小敵怯，今見大敵勇，甚可畏也。」**擁兵鎮河汴，千里初妥帖。**鄭曰：妥，吐火切，安也。洙曰：光弼以功進封臨淮王，鎮河汴，謂鎮臨淮。漢光武見小敵則怯。蘇曰：張遜上隋文帝表云：幅員暫寧，千里安帖。民瘵未痊，宜寬恤蒼生，羅寵英俊。**青蠅紛營營，風雨秋一葉。内省未入朝，死淚終映睫。**洙曰：青蠅，喻魚朝恩、程元振等也。初，北邙之戰，光弼屢表賊未可破，爲僕固懷恩譖害，遂至於敗。及吐蕃犯京師，代宗幸陝，徵天下兵，光弼與程元振不叶，遷延不至。後遂不敢入朝。及卒，諸將問後事，曰：「吾久在軍，不得就養，既爲不孝子，夫復何言。」時母在河中，所謂「風雨秋一葉」者也。修可曰：按唐史：北邙之敗，魚朝恩羞其策謬，深忌光弼功骨〔二〕，而程元振尤嫉之。及來瑱爲元振讒死，光弼愈恐。吐蕃寇京師，代宗詔入援，光弼畏禍，遷延不敢行。帝遠長安〔三〕，因拜東都留守，察其去就。光弼以久須詔不至。二年，光弼

〔一〕嚮，疑爲衍文。
〔二〕功，疑當作「切」。
〔三〕遠，疑當作「還」。見杜集札記。

疾篤，薨。大屋去高棟，洙曰：高棟大屋所恃而安，喻光弼朝廷之所倚賴也。長城掃遺堞。洙曰：倚光弼如今長城，今其死矣，是掃遺堞也。平生白羽扇，洙曰：裴啓語林曰：諸葛武侯持白羽扇指麾三軍。言人亡而所用之物存爾。零落蛟龍匣。洙曰：蛟龍匣，劍匣也。言人亡不復見用，故云「零落」爾。雅望與英姿，洙曰：二十八將論：至使英姿茂績，委而不用也。惻愴槐里接。洙曰：命京兆尹第五倫監護喪事，葬於三原。詔宰臣百官祖送於延平門外。前漢：槐里屬右扶風。武帝茂陵、昭帝平陵在。趙曰：槐里豈葬地乎？以詔百官送葬延平門外。按長安志：延年門乃在郭西。而前漢：槐里屬右扶風，今之鳳翔府，正在長安之西矣。三軍晦光彩，烈士痛稠疊。直筆在史臣，將來洗箱篋。洙曰：言平生功名書在史册也。趙曰：言史以直筆書光弼之功業，不幸遭讒，致公恐懼之事，將來先濯箱篋之污辱矣。吾思哭孤冢，南紀阻歸楫。洙曰：時甫避亂荆衡，故云南紀。趙曰：南紀，楚之分。公自南紀往歸長安，則可以弔光弼之英魂。今阻而不能，故云。扶顛永蕭條，洙曰：言光弼有扶顛之力也。未濟失利涉。洙曰：時未至大治，而光弼亡，如濟而失舟也。疲薾竟何人，鄭曰：薾，乃結切，疲貌。灑涕巴東峽。洙曰：巴東峽在荆州。趙曰：巴東峽，指言夔州。而舊注指爲荆州，非是。

贈左僕射鄭國公嚴公武

鄭公瑚璉器，洙曰：鄭，嚴武所封。瑚璉，宗廟器。華岳金天晶。子盈切。洙曰：以其得山岳之孕精也。趙曰：武，挺之之子，華州華陰人。爾雅曰：華爲西岳。古有帝王之號，曰金天氏。晶，音晶。昔在童子日，已聞老成名。趙曰：本傳：武幼豪爽。母不爲挺之所答，獨厚其妾，武始八歲，怪問其母，母語之故，武奮然以鐵鎚碎其妾首。嶷然大賢後，嶷，鶚力切。復見秀骨清。洙曰：嚴武傳：武，中書侍郎挺之子。神氣雋爽，敏於聞見。幼有成人風，讀書不究精義，涉獵而已。大賢，謂嚴子陵歟？趙曰：大賢，指嚴挺之。舊注謂嚴子陵，非是。開口取將相，小心事友生。洙曰：甫與武世契也。嘗醉登武床，呼斥其父名，而武不忤。趙曰：凡開口只欲爲將相。傳云：與元載厚相結，求宰相，而事不遂。是已小心事友生。蓋普言其實。舊注引甫嘗醉登武床，武不之忤，其説構矣。閲書百紙洙曰：一云「氏」。盡，落筆四座驚。歷職匪父任，嫉邪常力争。洙曰：武弱冠，以門蔭策名，哥舒翰奏充判官。至德初，肅宗初靖難，大收才傑。武仗節赴行在，宰相房琯素重之，及是首薦才略可稱，累遷給事中。趙曰：言武初離補蔭〔一〕，其後自致身，累遷殿中侍御史。所謂嫉邪者，乃御史之職，而嘗力争，乃武之能矣。舊注以武爲給事中，乃在肅宗時，而與嫉邪有

〔一〕離，疑當作「雖」。

何相干？漢儀尚整肅，洙曰：時武爲侍御史。胡騎忽縱橫。洙曰：禄山之亂也。飛傳自河隴，洙曰：傳，音弧戀反。逢人問公卿。趙曰：史云：玄宗入蜀，擢爲諫議大夫。則天寶末，武在蜀中矣。飛傳，則傳遽之報也。傳，張戀反。可隴西來蜀中之道〔一〕，肅宗即位靈武，而前路梗澀，有飛傳自河隴來，武必詢問公卿爲誰。不知萬乘出，雪涕風悲鳴。受詞劍閣道，謁帝蕭關城。洙曰：河隴、劍閣、蕭關城事，新、舊二史皆不載。趙曰：武在蜀之遠，亦不知萬乘所出之的，所以雪涕悲鳴，其忠義之情如此。於是請於玄宗，乞往行在也。鄭曰：渭州清原縣乃武州舊治蕭關縣，按其地即漢朝那縣，在原州西一百八十里。龍朔中，故於白草軍城置蕭關。寂寞雲臺仗，洙曰：庾信哀江南：非無北闕之兵，猶有雲臺之仗。修可曰：言行宫儀衛之草創也。飄飄沙塞旌。江山少使者，笳鼓凝皇情。洙曰：顔延年：窮遠凝聖情。又：笳鼓震溟洲。壯士血相視，洙曰：别賊〔二〕：刎血相視也。忠臣氣不平。趙曰：指嚴武也。密論貞觀體，洙曰：貞觀，太宗撥亂反正時。揮發岐陽征。洙曰：時肅宗理兵鳳翔。感激動四極，聯翩收二京。洙曰：二京，長安、東都也。二史皆不載武收復功。定功曰：史云：至德初，武赴肅宗行在，房琯薦爲給事中。已收長安，拜京兆尹。則固有建議收復者矣。西郊牛酒再，洙曰：沈休文碑：牛酒日至，壺漿塞陌。西郊，

〔一〕可，疑當作「河」。見杜集札記。
〔二〕賊，疑當作「賦」。

謂文王也。牛酒，謂擊牛釃酒饗士也。**原廟丹青明。**洙曰：叔孫通：願爲原廟。注：原，重也。先以有廟，今更立之也。脩張良廟教云：可改構棟宇而脩丹青也〔一〕。**匡汲俄寵辱，**洙曰：匡衡、汲黯。趙曰：以武之諫諍如匡、汲也。既拜京兆尹矣，而坐房琯事貶巴州，此則寵之所辱也。**衛霍竟哀榮。**洙曰：衛青、霍去病。趙曰：武爲東川及劍南節度，則遷謫之中，雖可哀而復榮也。**四登會府地，**洙曰：既收長安，以武爲京兆少尹兼御史中丞，時年三十二，後又遷京兆尹兼御史大夫。**三掌華陽兵。**洙曰：華陽，成都也。武以史思明阻兵不之官，優游京師，頗自矜大，出爲緜州刺史，遷劍南東川節度使。登發上皇誥，以劍南兩川合爲一道，拜武成都尹，充劍南節度使。入，復求爲方面，拜成都尹。在蜀累年，肆志逞欲，恣行猛政，威震一方。趙曰：武爲京兆少尹，又爲京兆尹，爲成都尹、劍南節度，又復節度劍南，此爲四登會府。書曰：華陽黑水惟梁州。則東川、西川皆華陽也。**京兆空柳色，**洙曰：色，一云「市」。張敞爲京兆尹，走馬章臺街。唐詩有章臺柳是也。**尚書無履聲。**洙曰：前漢：哀帝擢鄭崇爲尚書僕射，數求見諫諍，上初納用之，每見曳革，上笑曰：「我識鄭尚書履聲。」注：生曰革。**群烏自朝夕，**洙曰：成帝時，御史府中列柏株，尚有野烏數千栖宿其上，晨去暮來，號曰朝夕烏。烏去不來者數月，長者異之，後果廢御史大夫爲司空，是其徵也。**白馬休橫行。**

〔一〕「脩」下疑闕「飾」字。

趙曰：漢張湛爲光禄大夫，常乘白馬。光武每有異政，輒曰：「白馬生且復諫矣。」諸葛蜀人愛，洙曰：陳壽言蜀人愛亮，雖甘棠之詠召公，鄭人歌子産，曰「未足爲過也」。文翁儒化成。洙曰：西漢文翁之守蜀，召下縣子弟以爲學官弟子，爲除更繇，高者補郡吏，以爲孝弟力田。由是大化。蜀之學於京師者，比齊、魯。公來雪山重，公去雪山輕。洙曰：雪山，西山也。言輕重在公，而不在山。記室得何遜，洙曰：梁書：何遜爲建安王記室。王愛文學之士，日與遊宴。又爲虜陵王記室〔一〕，復隨府於江州。韜鈐延子荆。洙曰：晉孫楚字子荆，參石苞驃騎軍事。四郊失壁壘，洙曰：失壁壘，言無屯戍也。此美武能鎮静也。趙曰：鎮静無事也。記曰：四郊多壘卿，大夫之辱也。虚館開逢迎。洙曰：開閤以禮士也。堂上指圖畫，軍中吹玉笙。師曰：言公鎮静蜀中，惟以宴樂圖畫與衆共樂，無寇盜之憂也。豈無成都酒，憂國只細傾。時觀錦水釣，問俗終相并。趙曰：上句雖成都有醇酒，難而不敢盛爲宴飲也〔二〕。下句言車騎之出，非專爲問遊，終以問俗爲事也。意待犬戎滅，人藏紅粟盈。洙曰：見「近聞犬戎遠遁逃」注。漢太倉之粟紅腐不可食。趙曰：犬戎，指吐蕃也。武再節度劍南日，破吐蕃七萬衆於當狗城，然其意終待盡滅，而人免誅求，使

〔一〕虜，疑當作「廬」。
〔二〕據杜詩趙次公先後解，此句疑當作「以國步多艱而不敢盛爲宴飲也」。

粟至於紅腐也。**以兹報主願，庶或**洙曰：一云「獲」。**裨世程。炯炯一心在，**洙曰：見「此心炯炯應君識」注。馬曰：炯炯，明貌。**沉沉二豎嬰。**洙曰：晉侯疾，求醫於秦。秦伯使醫緩爲之。未至，公夢疾爲二豎子，曰：「彼良醫也，懼傷我，焉逃之？」其一曰：「我居肓之上，爾居膏之下，若我何？」醫至，曰：「不可爲也。在肓之上，膏之下，攻之不可，達之不及，藥不至焉，不可爲也。」公曰：「良醫也。」**顏回竟短折，**洙曰：顏回年二十九，蚤死。武終，時年四十。洪範注「短未六十，折未三十」也。**賈誼徒忠貞。**洙曰：褚淵碑「忠貞允亮」也。師曰：公之意在於報主，不幸疾化，故比之回、誼，謂年少而殂也。**飛旐出江漢，**洙曰：潘安賦：飛旐翩以啓路。趙曰：武卒於蜀，舟行而歸，故今云云。**孤舟轉荆衡。**洙曰：荆、衡，乃楚地也。**虚無馬融笛，**洙曰：見「如聞馬融笛」注。蘇曰：後漢：馬融精覈術數，性好音律，能吹笛。爲督郵，無留事，獨卧郡。平陽鄔中有洛客，舍逆旅，吹笛。融去京師踰年，暫聞悲甚而樂之，作長笛賦。**悵望龍驤塋。**洙曰：王濬以龍驤將軍平陳，及卒，以龍驤名墓。田曰：武帝以謡言拜王濬爲龍驤將軍，至太康六年卒，葬桓谷，小大營塋城。舊注以龍驤名墓，非是。**空餘老賓客，身上媿簪纓。**洙曰：武在蜀，辟甫爲參謀。

贈太子太師汝陽郡王璡資辛切。

汝陽讓帝子，洙曰：讓皇帝憲，本名成器，睿宗長子，立爲皇太子。以玄宗有討平韋氏之功，成器懇讓儲位，封爲寧王。薨，謚曰讓皇帝。長子汝陽郡王璡也。眉宇真天人。虬鬚似太宗，洙曰：書生相太宗，曰：「龍鳳之姿，天日之表。」又，有虬鬚也。趙曰：讓帝，睿宗子也。以其讓爲皇嗣，玄宗以其有高世之行，非大號不稱，故追謚讓皇帝。汝南郡王璡，讓帝長子。枚乘七發：陽氣見於眉宇之間。鄧禹傳注：衆皆切言〔一〕：「劉公真天人也。」餘見上。色映塞外春。師曰：謂貌和雅也。往者開元中，主恩視遇頻。出入獨非時，禮異見群臣。師曰：玄宗以璡父讓位於己，故眷遇之恩異於諸王，出入宫禁不以時也。愛其謹潔極，洙曰：新史採此語。倍此骨肉親。從容聽朝後，或在風雪晨。忽思格猛獸，洙曰：江都王力格猛獸。苑囿騰清塵。洙曰：司馬相如諫獵書云：今陛下好陵阻險，射猛獸。卒然遇逸材之獸，駭不測之地，犯屬車之清塵，豈不殆哉。羽旗動若一，萬馬肅駪駪。洙曰：三禮圖：全羽爲旞，析羽爲旗。全羽、析羽，皆五采繫之於燧旌之上。所謂注旄於竿首也。詩：駪駪征夫。注：衆多之貌。鄭曰：駪，疏臻切，馬衆多也。詔王來射鴈，拜命已挺身。箭出飛鞚内，洙曰：言王從帝獵苑中，帝詔子射鴈也。上又回翠麟。洙曰：又，一作「入」。翻然紫塞翮，修可曰：崔豹言今注曰〔二〕：秦所築長城土色皆紫，漢亦然，故云。紫塞者，塞也。下拂明月輪。趙曰：言鴈下而拂弓也。皆言王射獵之精絶。胡人雖獲多，天

〔一〕切，疑當作「竊」。
〔二〕言，疑當作「古」。

笑不爲新。**洙曰**：長楊賦：上將大誇胡人，以多禽獸，令胡人手搏之，自取其獲。上親臨觀焉。天笑，天子之笑也。**夢符曰**：右按仙傳拾遺：木公與一玉女投壺，設有不入者，天爲之嚙噓。注：嚙噓，開口而笑也。嚙，呼監切。王每中一物，手自與金銀。袖中諫獵書，扣馬久上陳。**洙曰**：漢武帝方自擊熊逐獸，相如因上書諫之。伯夷、叔齊叩武王馬而諫。**趙曰**：言王雖隨獵矣，而有書諫獵也。諫獵書，暗以司馬相如比之。竟無銜橛虞，**洙曰**：相如書曰：且夫清道而後行，終路而馳，猶時有銜橛之變。橛音掘。聖聰矧多仁。官免供給費，水有在藻鱗。**洙曰**：以其諫獵而罷，故官免供給之費，而物亦得所。**趙曰**：非特止獵，且不漁也。匪唯帝老大，皆是王忠勤。**趙曰**：皆王諫之之效也。晚年務置醴，門引申白賓。**洙曰**：璡歷太僕卿，賀知章、褚庭誨爲詩酒之交。天寶初，終又加特進。楚元王交好書多材藝，少時嘗與魯穆生、白生、申公俱受詩於浮丘伯。元王既至楚，以穆生、白生、申公爲中大夫。初，元王敬禮申公等，穆生不嗜酒，元王每置酒，嘗爲穆生設醴。師古曰：醴，甘酒也，少麴多米，一宿而熟，不齊之矣。道大容無能，永懷侍芳茵。**洙曰**：言己無能，而惟王之所容。侍芳茵，言侍王也。**趙曰**：家語：道大不容。莊子：無能者無所求。好學尚貞烈，義形必霑巾。**洙曰**：義形於色。揮翰綺繡揚，篇什若有神。川廣不可泝，**趙曰**：言自別之後，流落於蜀，欲泝而上見王，則川廣不可泝也。傚詩：漢之廣矣，不可泳思。墓久狐兔鄰。**洙曰**：張孟楊七哀詩[一]：借問誰家墳，皆云漢世主。狐兔窟其中，蕪穢不復掃。宛彼漢中郡，**洙曰**：王弟瑀早有才望，傳儀表。天寶十五載，從玄宗幸蜀，至漢中，因封漢中王。文雅見天倫。**洙曰**：見「天倫恨莫俱」注。**趙曰**：劉公幹贈五官中郎將詩云：君侯多壯思，文雅縱横飛。何以開我悲，泛舟俱遠津。温温昔風味，少壯已書紳。**洙曰**：書之紳帶也。語：子張書諸紳。舊遊易磨滅，衰謝多酸辛。

贈祕書監江夏李公邕

長嘯宇宙間，高才日陵替。**蘇曰**：王粲曰：「小人日覺得志，高才日覺陵替。夫造物者，其意於賢愚何如哉。」**趙曰**：長咲，嘆咲之長也。左傳云：上陵下替。古人不可見，前輩復誰繼。憶昔李公存，詞林有根柢。**洙曰**：唐文苑傳：李邕，廣陵江都人。父善，嘗注文選六十卷，行於時。邕少知名，在長安。初，李嶠、張廷珪並薦邕詞高行真，堪爲諫諍官。**蘇曰**：潘安仁文章瑰瑋，友人謂潘詞林繁茂。根柢衍密，不然，何妙秀美發如斯。聲華當健筆，灑落富清製。風流散金石，追琢山岳鋭。**鄭曰**：追，都回切，治玉也。**洙曰**：邕早擅才名，尤長碑頌。中朝衣冠，天下寺觀，多出其手。**趙曰**：金石以言碑，追琢山岳，則若

[一] 楊，疑當作「陽」。

磨崖碑之謂。師曰：言得山岳英鋭之氣。情窮造化理，學貫天人際。洙曰：董仲舒言天人相與之際。干謁走其門，蘇曰：羊叔子：吾非干謁走人門。碑版照四裔。各滿深望還，森然起凡例。洙曰：杜預左氏傳序：發凡以言例。邕雖貶黜在外，人亦名齎金帛[一]，往求其文也。蕭蕭白楊路，洞徹寶珠惠。趙曰：墳墓也。墳墓之路幽昏，而得邕之文，如寶珠之洞徹以照之，所以爲惠。龍宫塔廟湧，浩劫浮雲衛。洙曰：雲，一作「空」。夢符曰：右按南史：阿育王佛滅度後，一日一夜造八萬四千塔。梵言塔，華言廟也。又王簡悽頭陁寺碑[二]：功濟塵劫。法華經曰：如人以力磨，三千大千土，復盡末爲一塵，一塵爲劫。唐書：辛替否曰：「窮金三修塔廟[三]。」仙傳拾遺：昆明池龍宫有仙方三十六首。又廣異記：丁約謂韋子威曰：「郎君終當棄俗，尚隔兩塵。」丁曰：「儒謂之世，釋謂之劫，道謂之塵。」趙曰：浩劫，無窮之劫也。度人經曰：唯有元始浩劫之家，部制我界，統乘玄都也。龍宫之塔廟，得邕之文，亘歷浩劫，而浮雲衛護之也。宗儒俎豆事，故吏去思計。洙曰：李玄盛爲酒泉太守，百姓思之，請勒銘，許之。羊祜爲荆州刺史，立碑峴山，百姓見而悲感，號爲墮淚碑。趙曰：俎豆事，言作修學校記、文宣王廟記之屬也。去思計，言使者、太守、縣令替罷而

[一] 名，疑當作「多」。見杜集札記。
[二] 悽，疑當作「棲」。
[三] 三，疑當作「玉」。見杜集札記。

作頌政碑之屬。眄睞已皆虛，睞，洛代切。跋涉曾不泥。向來映當時，豈獨勸後世。洙曰：自「蕭白楊路」至此，皆邕所造碑事意也。沈休文：論辭人才子，並標能擅美，獨映當世，是以一時之士，各相慕習也。趙曰：言其文之光焰已自輝映當時，而歆慕之，非止勸率後人。豐屋珊瑚鉤，騏驎織成罽。紫騮隨劍几，洙曰：高紀：賈人毋得衣罽。師古曰：罽，織毛，若今毼及氍毹之類。鄭曰：説文曰：西湖毳布也。義取無虛歲。洙曰：傳言自古鬻文獲財者，未有如邕之盛也。趙曰：豐屋，大屋也。珊瑚鉤，屋中之簾鉤。織成罽，則罽上所織者麒麟也。罽，居例切。既以紫騮馬，而又隨之以寶劍與憑凡〔一〕，此數者皆富貴家物，不惜以饋邕矣。義取無虛歲，則以文得財矣。新史云：奉金帛請其文，前後所受鉅萬計。分宅脱驂間，感激懷未濟。洙曰：吳志：周瑜推道南大宅以舍孫策，與策爲友，升堂拜母，有無通共。史記：越石父賢，在縲紲中，晏子出，遭之塗，解左驂贖之，延入爲上客。邕之急於養士如此。趙曰：以邕雖以文受人之財，而氣義好與，思古人分宅或脱驂之事，其所感慨常以未濟爲懷。衆歸賙給美，擺落多藏穢。洙曰：邕素負美名，頻彼貶斥〔二〕，皆以邕能文養士，而賈生、信陵之流，執事忌勝，剥落在外。趙曰：在衆人則歸其能賙給，在邕之身則雖多藏而能擺落其穢也。獨步四十年，風聽九皋唳。洙曰：邕知名長安中，死天寶初，四十年間

〔一〕凡，疑當作「几」。見杜集札記。
〔二〕彼，疑當作「被」。見杜集札記。

可謂獨步矣。累獻詞賦，甚稱玄宗旨，後因上許中使臨索其新文，以文章徹天聽，故有九皋唳云。趙曰：傳言帝封太山還，邕見帝汴州，詔獻詞賦，帝悦，後上許京師中人索所爲新文以進上，則聲聞於天，可比鶴矣。**嗚呼江夏姿，**趙曰：此黄香也。漢人語云：天下無雙，江夏黄童。**竟掩宣尼袂。**洙曰：孔子獲麟，反袂拭面，稱吾道窮。**往者武后朝，引用多寵嬖。否臧太常議，**洙曰：邕有批韋巨源謚議文，士推重之。**面折二張勢。**洙曰：初，邕爲左拾遺，俄而御史中丞宋璟奏侍臣張昌宗兄弟有不順之言，請付法斷。則天初不應，邕在陛下進曰：「璟言事關社稷，望陛下可其奏。」則天色解，始允。宋璟既出，或謂邕曰：「子名位尚卑，若不稱旨，禍福將不測，何爲造次如是。」邕曰：「不顛不狂，其名不彰。」**衰俗凜生風，排蕩秋旻霽。忠貞負冤恨，**趙曰：以邕忠正，爲人所陷。**宮闕深流綴。**趙曰：此言天子深居九重，不加省察也。**放逐早聯翩，低垂困炎厲。**洙曰：邕始以與張柬之善，貶雷州。玄宗初，又貶崖州。後召還，爲姚崇所嫉，貶柞州。徵爲陳州。玄宗東封回，邕謁見於汴，獻辭賦，稱旨，頗自矜衒，爲張説所惡，發陳州贓事，抵死。許州人孔璋上疏救之，會赦免，貶欽州。後於嶺南從中官楊思勗討賊有功，轉括、渭、淄三州刺史。上訃京師〔一〕。邕少有名，累被貶逐，後進不識，京洛阡陌聚觀，以爲古人。或將眉目有異〔二〕，衣冠望風尋訪門巷。又中使臨問，索其

〔一〕訃，疑當作「計」。
〔二〕將，疑當作「傳」。見杜集札記。

新文，復爲人陰中，竟不得進用也。**日斜鵩鳥入，魂斷蒼梧帝。**洙曰：賈誼賦：鵩集予舍。又：野鳥入室，主人將去。玄暉：雲去蒼梧野。趙曰：言其悲愁，如賈誼鵩鳥賦云：庚子日斜，鵩集余舍。帝舜之狩，至蒼梧而死，今之梧州也。**榮**一作「策」。**枯走不暇，星駕無安稅。**洙曰：李斯未知稅駕也。趙曰：榮一枯之不常〔一〕，故奔走不暇，所以無安息稅駕之地。詩：星言夙駕。**幾分漢廷竹，**洙曰：漢制：以竹使符分給郡守。邕累爲刺史，故曰幾分也。**夙擁文侯篲。**洙曰：魏文侯擁篲以迎朋友。**終悲洛陽獄，事近小臣斁。禍階初負謗，易力何深嚌。**洙曰：邕與柳勣馬一疋，及勣下獄，吉温令勣引邕，議及休咎事，遂誅。趙曰：天寶初，柳勣有罪天獄〔二〕。邕嘗遺勣馬，故吉温使引邕嘗以休咎相語，陰賂遺，竟杖死北海郡。**伊昔臨淄亭，酒酣託末契。**洙曰：甫有陪李北海宴歷下亭詩是也。**重叙東都別，朝陰改軒砌。**朝，陟遥切。**論文到崔蘇，**洙曰：崔信明、蘇源明二人皆以文章擅世。**指盡流水逝。近伏盈川雄，**洙曰：唐文苑傳：楊炯爲盈川令，卒。張説曰：「楊盈川文思如懸河注，酌之不竭。既優於盧照憐〔三〕，亦不減王勃。」**未甘特進麗。**洙曰：張説曰：「李嶠之文如良金美玉，無施不可。」特進，李嶠爲特進故也。**是非張相國，**

〔一〕一，疑爲衍文。
〔二〕天，疑當作「下」。
〔三〕憐，疑當作「鄰」。

相振一危脆。洙曰：玄宗東封回，邕於汴州謁見，累獻詞賦，甚稱上旨，由是頗自矜衒。自云當居相位，又素輕張説，與相惡。時説爲中書令，甚惡之。趙曰：指張説也。邕素輕，與張説相惡。公詩言張説以國相勢力所能勝邕，特邑身危脆〔一〕，易於一扼耳。爭名古豈然，洙曰：魏文帝典論云：文人相輕，自古而然。鍵捷欻不閉。洙曰：老子：善閉者不用關鍵。趙曰：邕於關鍵則捷急而欻然不閉，所以召禍。鄭曰：鍵，巨展切，鑰牝。揵，其獻切，門限也。倒及吾家詩，曠懷掃氛翳。慷慨嗣真作，洙曰：和李大夫。趙曰：公以詩自負如此，言例則邕與公此肩〔二〕，以詩爲常例也。氛翳，言讒謗之人也。咨嗟玉山桂。洙曰：郄詵云：崑山片玉，桂林一枝。鍾律儼高懸，鯤鯨噴迢遞。師曰：鍾律，喻詩有法度。鯤鯨，喻其雄健。坡陁青州血，趙曰：言杖死之也。師曰：坡陁，高聚貌。青州血，謂死所。蕪没汶陽瘞。洙曰：邕葬所也。哀贈竟蕭條，恩波延揭厲。洙曰：代宗時，國恩例得贈秘書監。子孫在如綫，舊客舟凝滯。洙曰：不絶如線。江淹別賦：舟凝滯於水濱。趙曰：存如綫，傷李其無後也。舊客，則公自傷其流落於外，未能乘扁舟以往也。君臣尚論兵，將帥接燕薊。朗詠六公篇，洙曰：邕有張、桓等五王，洎狄相六公詩。憂來豁蒙蔽。洙曰：盧藏用嘗謂邕如干將、莫邪，難與爭鋒，但虞傷缺耳。後卒如其言。趙曰：嘆時之多艱，當

〔一〕邑，疑當作「邕」。見杜集札記。
〔二〕此，疑當作「比」。見杜集札記。

後如邕者慷慨有所陳説，故詠其所作六公詩，以解憂也。公自注云：桓彦範、敬暉、崔玄暐、張柬之、袁恕已也，洎狄相六公。六公篇詠，具載邕傳。

故祕書少監武功蘇公源明

武功少也孤，趙曰：源明，京兆武功人，故直以此名之。徒步客徐兖。讀書東岳中，十載考墳典。洙曰：按新史：源明初名預，字弱夫。少孤，寓居徐兖，工文辭，有名。時下菜蕪郭〔一〕，忍饑浮雲巘。語蹇切。負米晚爲身，每食臉必泫。洙曰：子路爲親百里負米。源明養不及親，負米自爲而已，故每食必泫。夜字照爇薪，夢符曰：右按文士傳：侯瑾字子喻，家貧，傭賃。暮輒燒柴薪以讀書。獨處一室如對尊賓。垢衣生碧蘚。庶以勤苦志，報兹劬勞願。洙曰：以已勤苦之志報父母劬勞也。學蔚醇儒姿，洙曰：賈山涉獵書記，不能爲醇儒。文包舊史善。洙曰：左傳序：仲尼因魯史策書成文，其餘皆即用舊史。師曰：源明嘗私著國史，後史館採其語，故云云。灑落辭幽人，歸來潛京輦。射策君東堂，宗匠集精選。制可題未乾，乙科已大闈。洙曰：源明天寶中及進士第，更試集賢院。漢書顔師古

〔一〕菜，疑當作「萊」。見杜集札記。

曰：射策者，謂爲難問疑義，書之於策，量其大小，署爲甲乙之科。列而置之，不使彰顯，有欲射者，隨其所取，得而釋之，以知優劣。**文章日自負，掾吏亦累踐。**趙曰：累遷太子諭德。**晨趨閶闔内，足踏宿昔趼。**鄭曰：古典切，胝也。**一麾出守還，**洙曰：源明累遷太子諭德，出爲東平太守，故召爲國子司業也。夢符曰：右按文選：屢薦不入官，一麾乃出守。趙曰：宿昔趼，言其由貧賤中也。足胝曰趼。莊子云：百舍重趼是已。出守，謂出爲東平太守。**黄屋朔風卷。不暇陪八駿，虜庭悲所遺。**趙曰：朔風卷，則明皇乘輿以禄山反而出狩，源明不得扈從而留虜庭，每悲恨以遺懷耳。八駿事，周穆王乘八駿以出遊。**平生滿樽酒，**蘇曰：阮迷愛詩好飲，足不跡公卿大夫之門。水邊林下，放懷自若。張翰相顧遇，問其所欲，迷曰：「平生滿樽酒，活計一張琴。」翰歎伏，曰：「真傲逸奇士，非我輩比也。」**斷此朋知展。憂憤病二秋，有恨石可轉。**洙曰：安禄山陷京師，源明以病不受僞官。趙曰：詩曰：我心匪石，不可轉也。其二秋憂憤，則石可轉而吾心不轉焉。此言源明不污賊也。**肅宗復社稷，得無逆順辨。**洙曰：肅宗復兩京，權考功郎中、知制誥。**范曄顧其兒，**洙曰：沈林文宋書云〔一〕：范曄字蔚宗，爲高祖相國掾，稍遷太子詹事。坐謀反，誅。范泰之子。趙曰：范曄坐謀反誅，臨刑，醉。其子藹亦醉。取地土及果皮以擲曄。曄問曰：「汝瞋我耶？」藹曰：

〔一〕林，疑當作「休」。

「今日何緣瞋，但父子同死，不能不悲。」李斯憶黃犬。洙曰：李斯傳：二世二年七月，具斯五刑，論腰斬咸陽市。顧謂其中子曰：「吾欲與若復牽黃犬，俱出上蔡東門，逐狡兔，豈可得。」言受僞官之人如范、李之顧戀也。祕書茂松意，洙曰：源明後以祕書少監卒。茂松意，以不變節於姦危，如松柏不爲風霜所奪也。載從祠壇墠。前後百卷文，枕藉皆禁臠。趙曰：禁臠，言其文之美也。出晉元帝始鎮建業，每得一豚，以爲珍饍，項上一臠尤美，輒以薦帝，呼爲禁臠。篆刻揚雄流，溟漲木末淺〔一〕。趙曰：揚雄以賦爲童子雕蟲篆刻，然竟爲長楊、羽賦〔二〕，見稱於時。溟漲，謂其文波瀾浩汗，雖溟海之張其本末，比之猶爲淺。青熒芙蓉劍，師曰：言能斷決也。犀兕豈獨剸。洙曰：吳越王允常取純鈞劍示薛燭曰：「光乎如屈陽之華，沉沉如芙蓉始生於湖。」王子淵頌：巧冶鑄干將之樸，水斷蛟龍，陸剸犀兕。鄭曰：剸，止兗切，截也。反爲後輩褻，予實苦懷緬。煌煌齋房芝，事絕萬手搴。洙曰：漢武帝大興祠，齋房生芝，而作歌。肅宗時，宰相王璵以祈禬進，勸上興祠禱事，禁中稍崇淫祀。源明數進時政得失。鄭曰：搴，九輦切，取也。垂之俟來者，正始徵勸勉。趙曰：源明所言可以垂後世法，乃正始之道也。不要懸黃金，胡爲投亂贊。洙

〔一〕木，疑當作「本」。見杜集札記。

〔二〕「羽」後疑闕「獵」字。見杜集札記。

曰：獸名，似犬。**修可曰**：按爾雅：豶有力。注云：出西海大秦國。似狗，多力，獷惡。炙轂子載豶銘曰：爰有獷獸，厥形似犬，饑則馴服，飽則反眼。出於西海，名之曰畎。**趙曰**：所以美之且危之也。乳豶，謂乳虎也。蓋言安媢則黃金可惡，而切直犯上之怒，不啻投饑豶也。豶，乎犬切。**結交三十載**，**洙曰**：任彥升哭雲僕射：結懽三十載，生死一交情。**吾與誰遊衍**。**洙曰**：新史亦言源明雅善杜甫、鄭虔。**榮陽復冥寞**[一]，**罪罟以橫罥**。**洙曰**：上戶孟切，下音畎。謂鄭虔也。**嗚呼子逝日，始泰則終蹇。長安米萬錢，凋喪盡餘喘**。**趙曰**：言源明未死間，猶及肅宗反正之後，時已向泰矣。而源明死後，時復屯蹇，所以有未萬錢而至凋喪也[二]。舊注所引非。**戰伐何當解，歸帆阻清沔。尚纏漳水疾**，**洙曰**：劉公幹：余嬰沉痼疾，竄身清濱漳。**趙曰**：公言在雲安，不得泝沔以歸。**永負蒿里餞**。**洙曰**：蒿里，送士大夫庶人挽歌。**蘇曰**：徐翔之姪陵泣曰：「永負蒿里之哀，東門相餞。」**趙曰**：傷其不得一弔酹之。

故著作郎貶台州司戶滎陽鄭公虔

鶢鶋至魯門，上于元，下斤求切。**不識鐘鼓饗**。**洙曰**：莊子至樂篇：昔者海鳥止於魯郊，魯侯御

〔一〕榮，疑當作「滎」。
〔二〕未，疑當作「米」。見杜集札記。

而觴之於廟，奏九韶以爲樂，具太牢以爲膳，鳥乃眩視憂悲，不敢食一臠，不敢飲一杯，三日而死。此以己養養鳥也，非以鳥養養鳥也。海鳥，鶢鶋也。孔子謂臧文仲不智者三，而祀鶢鶋一也。注：鶢鶋止於魯東門，文仲使國人祀也。孔翠望赤霄，愁思彫籠養。洙曰：孔翠，翡翠孔雀也。其志在丹霄，然終不免籠樊之愁者，以其質之異於衆禽也。故鷦鷯賦：彼鷲鶚鶤鴻，孔雀翡翠，或陵赤霄之際，或託絕垠之外。翰羽足以冲天，觜距足以自衛，然皆負矰纓繳，羽毛入貢。何者？用於人者然也。趙曰：言鄭公如鶢鶋，如孔翠，非鍾鼓所能樂之，雕籠所能拘之也。師曰：虔嗜酒放誕，不樂檢束。更置廣文館，以虔爲博士。虔聞命，詣宰相，何異饗鶢鶋以鍾鼓，養孔雀以雕籠乎？滎陽冠衆儒，早聞名公賞。地崇士大夫，況乃氣清爽。洙曰：文藝傳：鄭虔，鄭州滎陽人。天寶初，爲協律郎。天然生知姿，學立游夏上。神農或闕漏，黃石愧師長。洙曰：黃石，古書也。夢符曰：右按前漢張良傳：父出一編書，曰：「讀是則爲王者師。後十年興。十三年孺子見我濟北穀城，山下黃石即我矣。」遂去不見。世之所謂三略者，即其書也。此言「黃石愧師長」，名其人耳，非書也。公著薈蕞等諸書之外，又撰胡本草七卷。趙曰：鄭虔自著書外，又選胡本草七卷，故公所言補闕，乃神農本草之所不載也。張良遇黃石公爲師，今公言愧者，愧則不敢爲虔之師長也。藥纂西極名，兵流指諸掌。貫穿無遺恨，薈蕞何技癢。鄭曰：薈，烏外切。蕞，祖外切。小貌。癢，以兩切，本作「養」。圭臬星經奧，蟲篆丹青廣。洙曰：按新史：虔集撰當世事，著書八十餘篇。有窺其藁者，上書告虔私傳撰國史，虔蒼黃焚之，坐謫十年。名其書爲會粹。孔子作春秋，游、夏不能贊皇猷。虔私撰國史，是出其上也。神農、黄石、藥纂、兵流，皆古書也。言虔無不貫穿，復通游藝、星經、丹青之類。趙曰：圭臬，言其善地理也。選言陳圭置臬。圭者，土圭，所以測日影。臬者，表臬，所以度廣狹。虫篆言能書，丹青又言能畫。子雲窺未遍，洙曰：揚雄字子雲，少好學，博覽無所不見。蘇曰：劉薦語陳貞曰：「吾腹中書皆揚子雲窺未徧者。」方朔諧太枉。洙曰：東方朔上書曰：「臣年十三學，三冬文史足用。十五學擊劍。十六學詩書，誦二十二萬言。十九學孫、吴兵法、戰陣之具、征鼓之教，亦誦二十二萬言。凡臣朔已誦四十四萬餘言。」趙曰：言虔能知荒遠之所在也。東方朔每言其所指，皆神仙之處，故云「諧枉」，尤太迂〔一〕。神翰顧不一，體變鍾兼兩。洙曰：虔好書及畫，恨無紙。慈恩寺貯柿葉數屋，虔取隸書，歲久皆遍。修可曰：書苑曰：虔善草隸。吕總云：「虔書如風送雲收，霞催月上。」鍾兼兩，鍾繇、鍾會也。父子善隸書，皆盡其妙。或云「兼兩，車也」。漢吴恢爲南海太守，欲殺青寫書。子祐諫曰：「此書若成，則載之兼兩。」注：車有兩輪，故稱。文傳天下口，蘇曰：相如片文隻字，朝出而暮傳天下。古詩云：高文滿天下，藉藉喧萬口。大字猶在牓。昔獻書畫圖，新詩亦俱往。滄洲動玉陛，寡鶴設一響。三絶自御題，四方尤所仰。洙曰：虔自寫其詩并畫以獻，帝大署其尾曰：鄭虔三絶。宣，一作「寡」也。嗜酒益疏放，洙曰：虔嗜酒疏放，故杜甫贈詩

〔一〕尤，疑當作「猶」。見杜集札記。

云：賴得蘇司業，時時與酒錢。蘇司業，源明也。**蘇曰**：陶潛、阮籍輩嗜酒，疏放逸山野，終免其禍，當世莫及。其高見自全之機。**彈琴視天壤。****洙曰**：嵇康曰：目送歸鴻，手彈五絃。**形骸實土木，親近唯几杖。****趙曰**：言親近於天子，今以言几杖，則未嘗暫離之意。**未曾寄官曹，****梅曰**：謂不寓意於官職。**突兀倚書幌。****洙曰**：虔初坐謫還京師，上愛其材，欲置左右，以不事事更爲置廣文館，以虔爲博士。虔聞命，不知廣文曹司何在，訴宰相，曰：「上增國學，置廣文館，以居賢者。今後世言廣文博士自君始，不亦美乎？」**晚就芸香閣，****洙曰**：遷著作郎。魚豢典略云：芸香辟紙魚蠹，故藏書臺稱芸臺。**胡塵昏坱莽。****曾曰**：坱莽，廣貌。**反覆歸聖朝，點染無滌盪。****趙曰**：虔值禄山反，爲受虔水部郎中〔一〕，因稱風緩，求市令，潛以密章達靈武。故言無一點所染，不煩澆蕩之。**老蒙台州掾，泛泛浙江槳。****洙曰**：禄山反，遣張通儒劫百官置東都，僞授虔水部郎中，因稱風緩，求攝市令，潛以密章達靈武。賊平免死，貶台州司户參軍。**履穿四明雪，****洙曰**：東郭先生久待詔公車，貧，因其履行雪中，有上足跡踐地。**饑拾楢溪橡。****洙曰**：四明、楢溪，皆浙江地名。言虔貧困，拾橡而食之。**定功曰**：按唐史：虔以污禄山僞官，貶台州司户。四明及楢溪皆屬台州。孫綽賦云：登陸則有四明、天台。**趙曰**：暗使莊子：冬日食橡栗。**空聞紫芝歌，不見杏壇丈。****洙曰**：莊子漁父

〔一〕爲，疑當作「僞」。見杜集札記。

篇：孔子遊乎緇帷之林，休坐乎杏壇之上。弟子讀書，孔子絃歌、鼓琴、奏曲。**天長眺東南，秋色餘魍魎。****洙曰：**天台賦：始經魑魅之塗，卒踐無人之境。**師曰：**言荒僻也。**別離慘至今，班白徒懷曩。****洙曰：**曩，昔時也。**春深泰山秀，葉墜清渭朗。劇談王侯門，野稅林下鞅。****洙曰：**鮑明遠：無田稅歸鞅。**操紙終夕酣，時物集遐想。****師曰：**自「春深秦山秀」至此，追憶昔時與虔聚會於關中，春和秋凉之日，或劇談，或解鞅，操紙賦詩，把酒酣飲。今詞場疏闊，故傷之。**詞場竟疏闊，平昔濫吹獎。****洙曰：**甫自言嘗爲虔濫吹獎也。盧諶：濫吹乘名實。**趙曰：**指言昔與鄭遊於詞翰之場，而今竟疏遠間闊，人憶鄭之平昔濫有推獎於己也。**百年見存没，****洙曰：**百年交情見於存没之際，虔至台州後，數年卒。**牢落吾安放。****洙曰：**一云「倣」。**趙曰：**孔子將死，子貢曰：「泰山其頽，吾將安仰？梁木將壞，吾將安放？」**蕭條阮咸在，出處同世網。****洙曰：**阮咸，阮照子也。任達不拘，雖處世，不交人事。**他日訪江樓，含悽述飄蕩。****洙曰：**著作與今秘書監鄭君審篇翰齊價，謫江陵，故有阮咸、江樓之句。**趙曰：**阮籍與其姪共爲竹林之遊，今以阮咸比鄭審，故云「空餘跡咸在」也。

故右僕射相國張公九齡

相國生南紀，**師曰：**滔滔江漢，南國之紀。説者援是詩以江漢爲南紀，非也。蓋南紀乃分野名。廣天文志云：東循嶺徼達甌閩中，是謂南紀。所以限蠻夷也。張相國，曲江人。曲江隸韶州，正嶺徼甌粤之地。大抵自江漢以南皆謂之南紀，非特江漢而已。金璞無留礦。洙曰：張九齡父爲韶州别駕，因家於始興，今爲曲江人。九齡幼聰敏，善屬文。十三以書於廣州刺史王方慶。方慶大嗟賞之，曰：「此子必能致遠。」金玉未成器曰礦，言九齡成器早，故不留礦也。田曰：圓覺經云：譬如銷金礦，金非銷故有。雖復本來金，皆以銷成就。一成真金體，無復重爲礦。趙曰：言已爲金而不復留在礦，以譬張曲江出而應用，不復退縮也。仙鶴下人間，獨立霜毛整。洙曰：言九齡之出也，如仙鶴然，潔白脩整。矯然江海思，蘇曰：阮熙：年來浩然起江海之思。復與雲路永。趙曰：矯然有江海之思，而復思奮飛，與雲路齊永。師曰：言其志趣高遠，前程亦不淺也。寂寞想土階，未遑等箕潁。洙曰：堯土階三尺。想土堦，有致君堯、舜之心也。有致君之心，故未遑於箕、潁。箕山也，潁水也。巢父、許由所隱之地。上君白玉堂，倚君金華省。洙曰：九齡登進士第，應拔萃，登乙科，拜校書郎。玄宗在東宮，舉天下文藻之士，親加策問。九齡對策高第，遷右拾遺。由玉堂、金華省，言直登清華之地。趙曰：此言張曲江爲秘書郎，爲左拾遺，爲左補闕，爲中書舍人，爲集賢院學士是也。碣石歲崢嶸，天地日蛙黽。師曰：碣石山在東，禄山所據之方。崢嶸，高大貌。禄山有叛志，嘗自高大，視天地間如蛙黽然，全無忌憚。相國料其有反意，屢請於帝。退食吟大庭，何心記榛梗。洙曰：大庭，古至治之國也。言九齡雖退食之間，未嘗忘致治也。榛梗，言不以嫌猜爲心也。骨驚畏曩哲，洙曰：

曩哲，昔賢也。畏其不若，故骨驚。**鬢變負人境。**洙曰：鬢，黑髮也。變而爲白，以負人事而已。謝玄暉：誰能鬢不變。趙曰：上句言畏其不逮故前人。下句憂其髮白而將老。皆傷功名之不立也。江淹賦云：心折骨驚。**雖蒙换蟬冠，右地恧多幸。**洙曰：侍中冠加貂蟬。九齡爲相，以文雅爲上知，右相李林甫惡之，引牛仙客以傾之，遂罷。趙曰：此乃侍中事，而史不載。漢官儀：侍中冠，武帝大冠[二]，加金璫，附蟬爲文，貂尾爲飾，謂之貂蟬也。下句則以九齡以尚書右丞相罷，言在右地已慚恧爲多幸，何者？有林甫之嫉、仙客之憾，則得此爲幸矣。**敢志二疏歸，**洙曰：疏廣爲漢太子太傅，謂兄子受曰：「吾聞知足不辱，知止不殆。豈如父子相隨出關歸老，不亦善乎？」遂上疏乞骸骨。上言之[三]，公卿設祖道供帳東都門外。**痛迫蘇耽井。**蘇曰：神仙蘇耽種橘鑿泉，以救時疫。病者食橘葉，飲泉，即愈。趙曰：神仙傳：蘇仙翁名耽，忽辭母去，母曰：「使我如何存活？」仙翁曰：「明年天降疫疾，庭中水、簷邊橘樹可以代養。」**紫綬映暮年，荆州謝所領。**洙曰：初九齡爲相，薦長安尉周子諒爲監察御史。至是子諒以妄陳休咎，上親加詰問，令於朝堂決殺之。九齡坐引非其人，左遷荆州大都督府長史。**庾公興不淺，**洙曰：庾亮鎮武昌，諸佐吏殷浩之徒乘月登南樓，俄而不覺亮至，將起避之，亮徐曰：「諸君少住，老子於此興不淺。」便據胡床與浩等談詠。其坦率如此。**黄霸鎮每**

[二] 帝，疑當作「弁」。
[三] 言，疑當作「許」。見杜集札記。

靜。洙曰：循吏傳：黄霸獨用寬和爲治，擢爲揚州刺史、潁川太守，治爲天下第一。自漢興，言治民吏，以霸爲首。賓客引調同，洙曰：謝靈運：異代可同調。諷詠在務屏。詩罷地有餘，篇終語清省。一陽發陰管，趙曰：謂如黄鍾之律也，言其詩之和而可聽耳。淑氣含公鼎。趙曰：謂如大烹之和也，言其詩之美而可味於口。乃知君子心，用才文章境。洙曰：九齡善屬文，有集二十卷。散帙起翠螭，倚薄巫廬並。洙曰：謝靈運：散帙問所知。巫、廬，二山名。趙曰：言開散曲江文帙，神物欻起，其高至並巫、廬之山也。廣雅云：龍有角曰螭。師曰：公有集二十卷，荆人刻之碑。翠螭，即碑頭刻螭文也。倚薄巫廬並，巫、廬二山，其才氣能與二山之氣相倚迫也。綺麗玄暉擁，洙曰：謝朓字玄暉，少有美名，爲文綺麗。牋誄任昉騁。洙曰：任昉，字彦升，長於牋誄。自我一家則，未闕隻字警。洙曰：史記序：勒成一家。傳序：隻字之褒。千秋滄海南，名繫朱鳥影。趙曰：韶州即滄海之南。朱鳥，南方之宿。當時謂九齡爲滄海遺珠，則有名稱矣。歸老守故林，戀闕悄延頸。趙曰：九齡在荆州之久，封始興縣伯，諸還展墓也〔一〕。戀闕，言其心不忘君也。波濤良史筆，蘇曰：班孟堅：信知一代良史，下筆善惡瀾翻而昭著。無絶大庾

〔一〕諸，疑當作「請」。見杜集札記。

嶺。洙曰：限賦〔一〕：終燕絶於異域。九齡自荆州請歸拜墓，因遇疾卒，年六十八。謚曰文憲。至德初，上皇在蜀，思九齡先覺安禄山面有反相，乃下詔褒贈司徒，仍遣使就韶州致祭。趙曰：意謂九齡之文如波濤之翻，可充良史之筆，惜乎燕没隔絶於大庾嶺之外也。向時禮數隔，制作難上請。趙曰：此言帝眷已衰，難以制作上請於朝也。再讀徐孺碑，猶思理煙艇。蘇曰：謝安石理五湖煙艇。趙曰：後漢徐孺，漢之高士也。曲江爲之墓碣，公之句意謂今再讀之而猶思理煙艇，則以慕徐孺高風而不忘江漢之念。

别常徵君

兒扶猶杖策，卧病一秋强。白髮少新洗，寒衣寬揔長。蘇曰：曹子建：瘦覺衣寬長，愁知酒淺淡。趙曰：以病瘦之後，故衣寬而揔長大矣。故人憂見及，革曰：見及，猶云「訪及」也。此别淚相忘。趙曰：雖别而俱不能淚，所以成相忘也。各逐萍流轉，來書細作行。

折檻行

嗚呼房魏不復見，秦王學士時難羨。洙曰：房玄齡、魏徵也。唐書：初，太宗爲秦王，既平天下，

〔一〕限，疑當作「恨」。見杜集札記。

乃鋭意經籍。於宮城之西開文學館，以待四方之士。於是以杜如晦、房玄齡並以本官兼弘文館學士，圖其形狀，且顯爵土，命褚亮爲像贊，藏之書府，號十八學士。給五品珍饍，分爲三番，更直宿於閣下。預入閣者，時人謂之曰登瀛洲。**青襟冑子困泥塗，白馬將軍若雷電。**洙曰：時方貴武而賤文也。定功曰：魏龐德每戰每陷陣，與關羽交戰，射羽中額。時德常乘白馬，羽軍時謂白馬將軍。若雷電，則言馬之駿驟。大意言武人之寵幸，故其威勢如此。**千載少似朱雲人，至今折檻空嶙峋。**洙曰：朱雲請上方斬馬劍以斬佞臣張禹。帝怒，將雲下，欲斬之。雲攀檻，檻折。後欲理檻，帝曰：「勿理，故以旌直臣也。」修可曰：左太冲魏都賦：造文昌廣〔一〕，極棟宇之規，榱題黮黮，階陏嶙峋。注：嶙峋，高也。鄭曰：嶙，離玲。峋，思遵切。深崖貌。**婁公不語宋公語，尚憶先皇容直臣。**洙曰：婁師德、宋璟也。言互以正救爲心。張嘉貞代璟爲相，閱堂按，見其危言讜議，未嘗不失聲歎息也。

別蔡十四著作

賈生慟哭後，寥落無其人。洙曰：賈誼上書言時事六，可爲慟哭。**安知蔡夫子，高義邁等倫。**蘇曰：朱雲意氣超邁等倫，映絶今古。**獻書謁皇帝，志已清風塵。流涕灑丹極，萬乘爲酸**

〔一〕「昌」後疑闕「之」字。

辛。天地則創痍，朝廷當一云「多」。正臣。異才復間出，**洙曰：**間出，猶間生也。周道日惟新。使蜀見知己，別顏始一伸。主人薨城府，扶櫬歸咸秦。櫬，初僅切。**洙曰：**言主人薨，謝蔡扶櫬歸秦也。**趙曰：**史記云：士伸於知己。主人，指郭英乂於泰天元年爲崔旰所殺〔一〕，故言薨。巴道此相逢，**洙曰：**巴道，蜀道也。相如論蜀文〔二〕：巴、蜀之士。會我病江濱。憶念鳳翔都，聚散俄十春。我衰不足道，但願子意陳。稍令社稷安，自契魚水親。**洙曰：**蜀先主得孔明，猶於魚之得水也。**趙曰：**以孔明待蔡君矣。我雖消渴甚，敢忘帝力勤。尚思未朽骨，復覩耕桑民。**洙曰：**民安於耕桑，則至治之世然也。積水駕三峽，浮龍倚長津。**趙曰：**郭景駕純遊仙詩云〔三〕：高浪駕蓬萊，浮龍倚長津。亦實道三峽中有如此事。楊舲洪濤間，**蘇曰：**馬藻楊舲槮檝，語笑於洪濤之間。仗子濟物身。鞍馬下秦塞，王城通北辰。**洙曰：**北辰，北極也。象於帝居。**趙曰：**秦塞則出陸矣。北辰言帝居也。玄甲聚不散，兵久食恐貧。**洙曰：**兵聚而食費也。窮谷無粟帛，使者來相因。若憑南轅使，**洙曰：**又作「南轅史」。書札到天垠。**洙曰：**使者，徵歛之使也。相因，言來相繼。漢書：陳陳相因。之北而南轅。古

〔一〕泰天，疑當作「永泰」。見杜集札記。
〔二〕論，疑當作「諭」。見杜集札記。
〔三〕駕，疑爲衍文。

詩云：遺我一書札。垠，岸也。甘泉賦有云：漂龍淵而還九垠。趙曰：班固燕山銘曰：玄甲曜日。注：鐵甲也。窮谷，指夔州也。來相因，不斷也。此言方用兵須食，而頻遣使者來至窮谷，如此則南轅之使可馮其史而附書也。

十二月一日三首

今朝臘月春意動，雲安縣前江可憐。 鄭曰：十道志：雲安在夔州，本漢朐䏰縣也。**一聲何處送書鴈，百丈誰家上水舡。** 蘇曰：古離別曲：百丈牽舡上水遲，即去瞿塘幾日歸。鍾會呼挽船索爲百丈。今舟子皆呼之，爲實故事。趙曰：百丈者，牽船篾，内地謂之。宣音彈。**未將梅蘂驚愁眼，更取椒花媚遠天。明光起草人所羨，** 鄭曰：長安志：明光殿在東内。**肺病幾時朝日邊。** 洙曰：明光，殿名也。漢王商借明光殿起草作制誥也。相如病肺，多渴，遂卧疾於茂陵。趙曰：晉明帝云：「只聞人自長安來，不聞人自日邊來。」其後人遂以日邊爲帝都。

寒輕市上山煙碧，日滿樓前江霧黄。負鹽出井此溪女，打鼓發船何郡郎。新亭舉目風景切，茂陵著書消渴長。 趙曰：晉王導傳：洛京傾覆，中州士人避亂江左十六七，每至暇日，邀出新亭飲宴。周顗中坐而嘆曰：「風景不殊，舉目有江山之異。」皆相視流涕。惟導愀然變色曰：「當共戮力剋復神州，何至相對作楚囚泣耶。」衆收淚而謝。茂陵著書，乃司馬相如事。**春花不愁不爛熳，楚客唯聽棹相將。即看鷰子入山扉，豈有黄鶯歷翠微。短短桃花臨水岸，輕輕柳絮點人衣。**蘇曰：張麗華遊園，有柳絮點衣，謂後主：「何能點人衣？」玉曰[一]：「輕薄物誠卿意也。」笑而不答。趙曰：十二月一日作詩，而有鷰子桃花之類，何也？此義在末句，所謂「也日一盃難强進」者也[二]，此蓋逆道其事耳。**春來準擬開懷久，老去親知見面稀。他日一盃難强進，重嗟筋力故山違。**

又雪

南雪不到地，洙曰：風土記云：南方無雪。**青崖霑未消。**趙曰：當作「霑」爲正。但雪不濃，所以不到地而止著青崖耳。舊注引南方無雪，背違詩意。**微微向日薄，脉脉去人遥。冬熱鴛鴦病，峽深豺虎驕。愁邊有江水，焉得北之朝。**趙曰：言當愁之際，觀江水止是朝東入海，安得折入北朝，我乘之以歸長安而朝上乎。

[一] 玉，疑當作「主」。

[二] 也，疑當作「他」。

子規

峽裏雲安縣，江樓翼瓦齊。兩邊山木合，終日子規啼。洙曰：子規，杜鵑也。公有杜鵑行云：涪萬無杜鵑，雲安有杜鵑。此可見矣。蘇曰：非親到其處，不知此詩之主也。眇眇春風見，蕭蕭夜色淒。趙曰：於春風之中眇眇見之也。客愁那聽此，故作傍人低。趙曰：一作「故傍旅人低」，非是。蓋已言愁，不應更言旅人也。

客居趙曰：此雲安詩。

客居所居堂，前江後山根。下塹萬尋岸，塹，此艷切。蒼濤鬱飛翻。葱青衆木梢，洙曰：沈休文：林薄香葱青〔一〕。趙曰：借用王粲四言詩：苟非鴻鵬，孰能飛翻。邪豎雜石痕。趙曰：沈休文詩：傾壁復邪豎。子規晝夜啼，壯士斂精魂。趙曰：阮籍詠懷：容色改平常，精魂自漂淪。峽開四千里，趙曰：千字疑誤，豈自渝州明月峽至夔州西陵峽而下，水路有四千里乎？水合數百源。人虎相半居，相傷終兩存。蜀麻久不來，吴鹽擁荆門。洙曰：蜀人以麻布貿易吴鹽也。趙曰：以商旅貨易吴

〔一〕 香，疑當作「杳」。見杜集札記。

鹽也，不行之故也。西南失大將，鮑曰：謂鄭公卒也。商旅自星奔。洙曰：時崔寧殺郭英乂也。修可曰：劉孝標廣絶交論：靡不望影星奔。今又降元戎，降，古巷切。已聞動行軒。洙曰：時除杜鴻漸爲成都尹。舟子候利涉，亦憑節制尊。我在路中央，生理不得論。洙曰：甫依嚴武，武死，英乂麤暴不能容，旋有崔寧之亂，此甫所以進退不能也。趙曰：公言其欲南下以歸長安，到處留滯而未能，今尚在半路也。舊注云：甫欲依嚴武，武死，英乂不能容。大非是。卧愁病脚廢，徐步視小園。短畦帶碧草，悵望思王孫。洙曰：思嚴武也。修可曰：楚辭：劉安招隱辭曰：王孫遊兮不歸，春草生兮萋萋。鳳隨其皇去，鮑曰：豈鄭公之夫人亦繼亡也。籬雀暮喧繁。洙曰：言賢者亡而小人喧競也。時崔寧、楊子琳、柏正節更來成都。蘇曰：王符隱居不仕，自歎曰：「鸞鳳思見而不可得，籬逢終日喧人耳目〔一〕，何其繁也。」又云：工部此語寓意非淺。覽物想故國，蘇曰：王仲宣：周覽春物，緬想故國花草。十年別荒村。日暮歸幾翼，北林空自昏。趙曰：上句以譬能歸者幾人，下句以譬故居所在徒自昏暗而無有歸棲之翼也。安得覆八溟，爲君洗乾坤。洙曰：時厭亂久矣，故甫前有洗兵行，此有洗乾坤之説也。稷契易爲力，洙曰：言得其人則天下不足治。犬戎何足吞。趙曰：公又嘗曰：遥拱北辰纏寇盗，欲傾東海洗乾坤。又曰：安

〔一〕逢，疑當作「雀」。見杜集札記。

得壯士挽天河，盡洗甲兵長不用。此意大欲然者，但得稷、契而用之，易爲力耳。彼吐蕃、犬戎何足吞乎？儒生老無成，**蘇曰：**孔安國云：儒士懦弱，到老無成立矣。臣子憂四番。篋中有舊筆，情至時復援。**洙曰：**詩所謂「以寫我憂」也。

客堂

憶昨離少城，**洙曰：**成都之内城謂之少城。**趙曰：**指言成都也。蜀都賦云：亞以少城，接乎其西。注云：少城，小城也。在大城西。而今異楚蜀。捨舟復深山，**趙曰：**謝靈運詩：捨舟眺回渚。窅窕一林麓。**蘇曰：**龐説愛山，至牛滁，嘆曰：「欲得此窅窕林麓，採薪種藥，足以投老。」後隱中山，果召不起，號曰太平逸民。隋文詔嘉之。栖泊雲安縣，**洙曰：**雲安屬夔州。**趙曰：**栖泊字，謝靈運謂「維舟而止宿」也。消中内相毒。舊疾甘載來，衰年得無足。死爲殊方鬼，**洙曰：**李陵書云：没爲異域之鬼。頭白免短促。**洙曰：**不爲天也。老馬終望雲，南鴈意在北。**洙曰：**馬望雲，鴈意在北，以所居非故國。此自喻也。**趙曰：**蓋懷卿之譬也〔一〕。此乃倣「胡馬嘶北風，越鳥巢南枝」之意。别家長兒女，欲起慚筋力。**趙**

〔一〕卿，疑當作「鄉」。

曰：禮曰：老者不以筋力爲能[一]。客堂叙節改，具物對羇束。石暄蕨牙紫，洙曰：謝靈運：山桃發紅萼，野蕨漸紫苞。渚秀蘆笋緑。洙曰：蘆，竹笋也。楚人謂之荻芽。巴鶯洙曰：一作「稼」。紛未稀，趙曰：舊本作「巴鶯」，非是。當作「稼」。劉章云：深耕穊種，立苗欲疏。公言紛未稀，則苗猶多耳。徼麥早向熟。悠悠日動江，漠漠春辭木。洙曰：日華川上動。謝玄暉：生煙紛漠漠。臺郎選才俊，趙曰：謂省郎也。公時爲尚書工部員外郎，故稱臺郎。舊注非是。自顧亦已極。洙曰：甫先授右拾遺。前輩聲名人，蘇曰：張融：前輩聲名映照今古。埋没何所得。居然綰章紱，趙曰：謂緋魚也。受性本幽獨。平生憩息地，必種數竿竹。洙曰：王子猷所居必種竹，自云：「不可一日無此君。」事業只濁醪，洙曰：恨賦：濁醪久引[二]。修可曰：李善注恨賦「濁醪夕飲」之下，引嵇康與山巨源書曰：濁醪一盃，彈琴一曲。營葺但草屋。上公有記者，累奏資薄禄。洙曰：嚴武奏甫受劒南參謀。主憂豈濟時，身遠彌曠職。洙曰：曠職，於職事無所親也。循文廟筭正，洙曰：循文，守文也。廟，廟堂也。筭，籌筭也。獻可天衢直。洙曰：左傳：獻可替否。易：何天之衢。尚想趨朝廷，毫髮裨社稷。形骸今

[一] 能，疑當作「禮」。見杜集札記。
[二] 久，疑當作「夕」。

若是，進退委行色。洙曰：傷不得行其志耳。

寄常徵君

白水青山空復春，趙曰：言徵君本在白水青山之間，今以其不在，所以空復春也。徵君晚節旁風塵。洙曰：徵君，以其曾爲朝廷禮聘而不起，故謂之徵君。蘇曰：顔延年：陶徵君晚節彌高，肯作風塵態。趙曰：言其晚節末路，却出爲官也。楚妃堂上色殊衆，海鶴堦前鳴向人。洙曰：海鶴非堦墀之物，而今鳴向人者，言徵君晚節也。趙曰：上句言徵君如楚妃之姸，有絶衆之色。下句言徵君如海鶴之高，非堦墀之物，而今鳴向人，則以其旁風塵也。萬事糾紛猶絶粒，洙曰：賈誼賦：糾錯相紛。一官羈絆實藏身。趙曰：言徵君也。蓋愁疾病若無不有矣，猶更有絶糧粒之患，則其困可知。一官羈絆，則以成旁風塵之語。舊注云：公自言，則公已不爲官，不可謂之羈絆也。開州入夏知凉冷，不似雲安毒熱新。

寄岑嘉州

魯曰：州據蜀江外。趙曰：岑參也。

不見故人十年餘，不道故人無素書。洙曰：古詩：中有尺素書。願逢顔色關塞遠，洙曰：江淹詩：願一見顔色。豈意出守江城居。洙曰：顔延年：一麾乃出守。外江三峽且相接，斗酒新詩終自疏。謝朓每篇堪諷誦，洙曰：謝朓字玄暉。蘇曰：羊蓋曰：謝公篇什俱無塵俗氣韻，自可諷誦，足有開發也。趙曰：懷憶其詩也。馮唐已老聽吹噓。洙曰：見「白首願爲郎」詩注。趙曰：公自以馮唐爲比，而聽有吹噓之者。泊舡秋夜經春草，趙曰：公初至雲安是去年秋時，故云「泊船秋夜」。今又見春矣，故云「經春草」。伏枕青楓限玉除。洙曰：見贈李八祕書詩注。趙曰：公卧病於此也。青楓，乃言楚地。限玉除，則公猶念還闕見君也。眼前所寄選何物，贈子雲安雙鯉魚。洙曰：古詩：客從遠方來，遺我雙鯉魚。

水閣朝霽奉簡嚴雲安

東城抱春岑，江閣鄰石面。崔嵬晨雲白，朝日射芳甸。洙曰：謝玄暉有「雜英滿芳甸」。雨檻卧花叢，風床展書券。鈎簾宿鷺起，丸藥流鶯囀。呼婢取酒壺，蘇曰：陶徽詩：壁上挂酒壺，客來喚婢取。對酒展塵編，朱黄加釋注。王粲見之，吟諷終日。高聲曰：「今日空囊中，得陶夫子二十顆明珠。何患子孫不富貴。」其賞愛如此。續兒誦文選。晚交嚴明府，矧此數相見。數，色角切。

題桃樹

趙曰：此非止因桃而題其所懷，蓋含仁民愛物之心，與夫遏亂喜治之意，其詳於逐下句。

小逕升堂舊不斜，五株桃樹亦從遮。高秋摠餧貧人實，趙曰：言其至高秋時盡熟，皆以分餧貧者，以其不害來歲之花，仍是滿眼，則望復其結實矣。此其爲仁民之心乎。**來歲還舒滿眼花。簾户每宜通乳鷰，** **洙曰**：乳鷰，鷰雛也。謝玄暉詩：花叢亂數蝶，風簾入雙鷰。**余曰**：王直方詩話之漢駒父見陳無已小放歌行云〔一〕：「不惜捲簾通一顧。此爲奇語，蓋通字未嘗有人通〔二〕。」予曰：「子豈不記老杜云『簾户每宜通乳鷰』耶？」**兒童莫信打慈鴉。** **洙曰**：鴉有慈孝之名，以其授哺反哺也。**趙曰**：於簾户則通乳鷰之往來，而不信任兒童妄亂打慈鴉，非有愛物之心而何。**寡妻群盜非今日，天下車書正一家。** **洙曰**：中庸：天下車同軌，書同文。**趙曰**：告群盜以天下一家矣，庶其無妄動也。非遏亂喜治之意乎。後漢劉盆子傳：天鳳元年，琅邪海曲有吕母者，子爲縣吏，宰以小罪殺之，吕母怨宰，碩家貲密與客以報仇〔三〕，合衆至數千，吕母自稱將軍，執宰斬之。群盜之起，由於吕母，此非寡妻群盜之謂乎？

王狀元集百家注編年杜陵詩史二十一卷

〔一〕漢，疑當作「洪」。見杜集札記。

〔二〕末「通」字疑當作「道」。見杜集札記。

〔三〕碩，疑當作「傾」。

王狀元集百家注編年杜陵詩史二十二卷

大曆元年春後遷夔州所作

移居夔州郭

伏枕雲安縣，遷居白帝城。春知催柳別，趙曰：言春知人之離居，故催柳之生，以供行人之爲別也。相别多用柳者，蓋古有折楊柳曲，多言離别也。江與洙曰：一作「已」。放舡清。趙曰：以放舡之清爽也。農事聞人說，山光見鳥情。禹功饒斷石，且就土微平。洙曰：沿峽皆因開鑿而成，故少平土，惟夔州稍平爾。

船下夔州郭宿雨濕不得上岸别王十二判官

依沙宿舸船，石瀨月娟娟。洙曰：謝靈運有「回谿石瀨，茂林脩竹」詩。鮑昭翫月詩：娟娟似娥眉。風起春燈亂，江鳴夜雨懸。晨鐘雲外濕，勝地石堂煙。趙曰：石堂是夔州佳處。空望其煙，此題中所謂不得上岸也。柔艣輕鷗外，含悽覺汝賢。趙曰：船艣在輕鷗之外，怱怱遂行，不得如鷗之遊漾，所以含情而覺鷗之勝我也。

漫成一首新添。

江月去人只數尺，趙曰：梁虞騫詩：月光移數尺。風燈照夜欲三更。沙頭宿鷺聯拳静，洙曰：一作「起」。趙曰：聯拳者，相並相續之貌。船尾跳魚撥洙曰：一作「跋」。剌鳴。洙曰：撥剌，躍而有聲也。夢符曰：右按後漢張平子賦：控飛弧之撥剌兮，射嶓冢之封狼。

長江二首

衆水會涪萬，洙曰：涪、萬，峽中二郡名。瞿塘争一門。洙曰：瞿塘爲三峽之門。朝宗人共挹，禹貢：江漢朝宗於海。盗賊爾誰尊。洙曰：言水之歸海，始人之奉君，勢不可移也。彼盗賊者，曾水之不若爾。趙曰：禹貢：江漢朝宗於海。人以其朝宗，所共挹取，若盗賊者敢犯順爲不義，將欲使誰尊爾乎？舊注謂盗賊曾水之不若，失詩本意。孤石隱如馬，高蘿垂飲猿。師曰：唐子輿字恪師，父域出守巴西而卒，子輿奉喪歸巴東，有淫預石高二十許丈，及秋至，則纔如馬。次有瞿塘大灘，行旅忌之。子輿撫心長叫，其夜五更，水忽退，安流而行。古樂府又作淫豫，南史又作瞿塘，不知孰是，並録之。猿緣蘿垂而飲水。**歸心異波浪，何事即飛翻。**趙曰：言波浪飛翻而流去，歸心飛翻，未便得往。**浩浩終不息，乃知東極臨。**洙曰：一作「深」。趙曰：言水之必東。**衆流歸海意，萬國奉君心。色借瀟湘闊，**趙曰：瀟湘在潭州。三峽之水下入洞庭，與瀟湘相遠，故云「色借」也。**聲驅灧澦深。**洙曰：一作「沉」。**未辭添霧雨，**趙曰：江海不讓衆流以爲大，雖霧雨之微，亦可添益其流。**接上遇**洙曰：一作「過」。**衣襟。**趙曰：舟中之人接於其人，則先經過於衣襟間也。此是微雨而作，實道其事耳。

承聞故房相公靈櫬自閬州啓殯歸葬東都有作二首房琯，字治律〔一〕，河南人。

遠聞房太守，歸葬陸渾山。洙曰：伊、洛間有陸渾山。昔辛有適伊川，見被髮而祭者，言此地當夷。後爲陸渾之戎所有，山因而得名。鄭曰：十道志：山在洛陽。趙曰：舊本作「太守」，非。善本作「太尉」。蓋琯謫漢州刺史，召拜刑部尚書，道病卒，贈太尉。不應呼之爲太守也。**一德興王後，**洙曰：同德以興王業也。伊尹咸有一德。趙曰：琯爲相，廟堂固以一德興王矣。**孤魂久客間。**洙曰：房公客死閬州。孔明

〔一〕治，疑當作「次」。見杜集札記。

多故事，**洙曰**：蜀志：陳壽上言：臣壽等言，前有著作郎、侍中、領中書監、濟北侯臣荀勗，中書令、關内侯臣和嶠奏：使臣定故蜀丞相諸葛亮故事。亮佐危國，負阻不賓，然由存録其言，恥善有遺，誠是大晉光明至德，澤被無疆。自古以來，未之有倫也。輒刪除復重，隨類相從，凡爲二十四篇，篇名如右。安石竟崇班。**洙曰**：謝安薨時六十六，帝三日臨於朝堂，賜東園祕器朝服，贈太傅，謚曰文竫。以無下舍，詔府中備凶儀，及葬，加殊禮，依大司馬亘温故事〔一〕。**師曰**：孔明多故事，喻房公奏議可爲朝廷典故。安石竟崇班，喻房公死後竟追贈褒崇之也。嘉陵縣，屬閬州。他日嘉陵涕，**鄭曰**：嘉陵，江名。仍霑楚水還。**趙曰**：靈櫬自閬州起發，則由嘉陵江而下，故云。

丹旐飛飛日，**洙曰**：丹旐，銘旌也。寡婦賦：龍輴儼以星駕，飛旐翩以啓路。初傳發閬州。風塵終不解，**趙曰**：時吐蕃未息也。江漢忽同流。**趙曰**：靈櫬所經者，江與漢也。**師曰**：風塵終不解，言盜賊未息，而房公忽與江漢同遊，故嘆惜之。劍動新身匣，**趙曰**：善本作「親身」，方有義。書歸故國樓。**蘇曰**：陳惇放歸故國，載書一千卷。歸家起樓，今西歧觀風樓是也。盡哀知有處，爲客恐長休。**趙曰**：此因遠送靈櫬之歸，有感而言也。

〔一〕亘，疑當作「桓」。

贈崔十三評事公輔

飄飖西極馬，洙曰：漢郊祠歌云：天馬來西極。來自渥洼池。洙曰：見沙宛行注。趙曰：言崔公有天馬之妙，而所從來之遠也。漢郊祠歌曰：馬生渥洼水中。颯飂定洙曰：一作「寒」。山桂，趙曰：當作「寒山」。楚辭云：桂樹叢兮山之幽。此其義也。師曰：定山，當作「鄧山」。鄧林有桂。西極馬、鄧山桂，比崔公之才。低徊風雨枝。趙曰：選詩：桂枝生自直。不宜低徊。今桂所以低回者，風雨之故也。以譬崔評事之美材，而困於邊徼之水官矣〔一〕。彥輔曰：飂音習。唐韻云：颯飂，大風也。我聞龍正直，道屈爾何爲。趙曰：如龍之直，而屈在僚屬，故公怪而問之。且有元戎命，洙曰：屈道而起，謂有元戎之命。悲歌識者知。趙曰：元戎，節度使也。以元戎命之，而有行役，不能無悲歌，而惟識者知之。官聯辭冗長，洙曰：文賦：固無取乎冗長。鄭曰：長，直亮切，多也。趙曰：崔評事於元戎之僚屬，可辭冗長矣。師曰：時王思禮爲帥，表請崔爲幕職，故云云。冗長，不急之務也。行路洗敧危。洙曰：當闢公正之路。趙曰：以舟行則免敧危之苦也。脱劍主人贈，洙曰：脱，解也。季札脱劍挂樹，以贈徐君。趙曰：主人，指元戎也。以劍贈人，亦理之常。如伍子胥解劍以贈漁父也。舊注引季札以劍挂徐君墓上，却是贈死者耳，可用證此乎？

〔一〕水，疑當作「小」。

去帆春色隨。陰沉鐵鳳闕，洙曰：陸佐公石闕銘：蒼龍玄武之制，銅爵鐵鳳之工。教練羽林兒。洙曰：宣帝紀：羽林孤兒。注：天有羽林、星林，諭若林木之盛。羽有羽翼鷙擊之意，故以名武官焉。百官表：取從軍死事者之子，養羽林宮，教以五兵，號曰「羽林孤兒」。天子朝侵早，雲臺仗數移。趙曰：言天子多難，其朝侵早以訓兵練卒，故所御非一處，而移雲臺之仗矣。分軍應供給，百姓日支離。洙曰：支離，言不親。黠吏因封己，公才或守雌。洙曰：老子：知其雄，守其雌。趙曰：封，厚也。言貪吏乘之以封己，廉吏閔之以柔克也。公正美崔公之才，子雌柔之道〔一〕，不乘勢刻削以嵇於封己〔二〕，則爲可尚爾。燕王買駿骨，洙曰：燕昭王以金帛市駿骨，人知好駿馬，不遠千里而來。渭老得熊羆。洙曰：見「田獵舊非熊」注。活國名公在，拜壇群寇疑。冰壺動瑤碧，洙曰：鮑昭：清如玉壺冰。野水失蛟螭。黃曰：謂寇賊將就擒也。入幕諸彥集，洙曰：別賦：捨金閨之諸彥。渴賢高選宜。騫騰坐可致，九萬起於斯。洙曰：見「圖南未可料」注。趙曰：方當渴賢，而崔君宜應高選，必能騫騰如鵬飛之九萬里矣。黃曰：言崔奮迅自此始。復進出矛戟，昭然開鼎彝。洙曰：銘功於鼎彝。會看之子貴，歎及老夫衰。豈但江曾決，洙曰：孟子：若決江河。還思霧一披。洙曰：衛瓘見樂廣曰：「若披雲霧，覩青天。」趙曰：我豈特

〔一〕子，疑當作「守」。
〔二〕嵇，疑當作「私」。

平昔與之談論如江河之決，當此之時，又思一披霧以相見也。暗塵生古鏡，拂匣照西施。舅氏多人物，**孫曰**：崔乃子美之舅氏，其人物爲世所重，故曰「多人物」。多，重也。無慚困翮垂。**趙曰**：舅氏之家多有好人材，必應如我上所言騫騰富貴之事，今日尚爾行役，無慚困苦也。

曉望白帝城鹽山

徐步移班杖，看山仰白頭。翠深開斷壁，紅**洙曰**：一作「江」。遠結飛樓。日出清江**洙曰**：一作「塞」。望，喧和散旅愁。春城見松雪，**洙曰**：顔延年詩：山明望松雪。始擬進歸舟。**洙曰**：謝玄暉詩：天際識歸舟。

將曉二首

石城除擊柝，**趙曰**：擊柝以言警，夜静則除之。鐵鎖欲開關。鼓角悲荒塞，星河落曉山。巴人常小梗，**洙曰**：謂段子璋反也。蜀使動無還。**趙曰**：吐蕃未息，所以蜀使輒無還。垂老孤帆色，飄飄犯百蠻。**趙曰**：指荆州也。舊本作「百蠻」，非。

軍吏回官燭，舟人自楚歌。**洙曰**：項籍聞軍中皆楚歌。寒沙蒙薄霧，落月去清波。**趙曰**：

月落時離江已遠，不復有影在水中。壯惜身名晚，衰慚應接多。歸朝日簪笏，筋力定如何。

遣愁

養拙蓬爲户，茫茫何所開。江通神女館，洙曰：見「神女峰娟妙」注。地隔望鄉臺。洙曰：見「日落望鄉臺」注。漸惜容顏老，洙曰：傷時不可再也。無由弟妹來。洙曰：以道路阻隔也。兵戈與人事，迴首一悲哀。

石硯詩平侍御者。

平公今詩伯，天覺曰：伯，長也。秀發吾所羨。奉使三峽中，孫曰：瞿塘、明月、巫峽也。長嘯得石硯。師曰：晉謝琨：長嘯却胡騎。時峽中亂，平侍御持節出使，靖其亂，長嘯雍容，不勞智力。巨璞禹鑿餘，洙曰：禹開鑿以疏江河。趙曰：此使鑿字，正言石也。郭景純賦云「巴東之峽夏禹疏」是也。異狀君獨見。其滑乃波濤，其光或雷電。聯坳各盡墨，詠曰：坳，硯穴也。聯坳，謂雙穴相並。各盡墨，謂盡墨力，所謂發墨是也。多水遞隱見。邁曰：謂溫潤出水也。揮灑容數人，十手可對面。比公頭上冠，正質未爲賤。趙曰：平公爲侍御，故云「頭上冠」者，獬冠也。獬豸，一角獸，而能觸邪，此所以爲正質。當公賦佳句，況得終清宴。洙曰：曹子建：公子愛敬客，終宴不知疲。公含起草姿，洙曰：起草，掌綸綍也。不遠明光殿。致於丹青地，知汝隨顧眄。洙曰：明光殿，霍去病借以避暑。修可曰：漢殿名。之秦記曰〔一〕：明光殿，以金爲所〔二〕，玉爲階。元傳曰「成都侯商嘗病，欲避暑，從上借明光宮」是已〔三〕。

三韻三篇

高馬勿唾面，洙曰：唾，一作「捶」。趙曰：當作「捶面」方有義。長魚無損鱗。辱馬馬毛焦，困魚魚有神。君看磊落士，不肯易其身。洙曰：馬、魚尚不可輕，士有被褐而懷玉者，其可輕乎？師曰：高馬長魚有異於類，尚不輕，況拔萃之士嘗晦其迹，其可以被褐輕賤之乎？

蕩蕩萬斛船，趙曰：釋名曰：船二百斛曰舠，三百斛曰艇。而趙五虎造萬斛之舟。今取其大者以比興也。影若揚白虹。起檣必椎牛，洙曰：椎牛，言祭也。趙曰：椎牛所以享衆功，至於用牛，則人徒之衆可見，舡之大又可知。舊注謂以牛祭，非是。挂席集衆功。自非風動天，莫置大水中。洙曰：言才大

〔一〕之，疑當作「三」。
〔二〕所，疑當作「戺」。見杜集札記。
〔三〕「元」下疑闕「后」字，當作「元后傳」。

不可小用也。**趙曰**：得大風而後飽其帆也。出鮑照舞鶴賦：箕風動天。

烈士惡多門，**洙曰**：晉政多門。小人自同調。**洙曰**：以其同而不和也。**趙曰**：字出謝靈運：誰謂古今殊，異代可同調。名利苟可取，殺身傍權要。何當官曹清，爾輩堪一笑。**洙曰**：譏趨附勢以致名位者。**師曰**：晉政多門，謂政出於不一。小人自同調，謂小人挾私互相黨同。孔子云：富而可求也，雖執鞭之士，吾亦爲之。如不可求，從吾所好。名利豈可苟求，權要豈可苟附。唐玄宗之時，牛、李用事，官曹混濁。祿山一武夫而求平章事，儻遇英明之主，澄汰冗則斯輩也，直付之一笑耳。此詩譏趨炎附勢者。

園官送菜并序

園官送菜把，本數日闕。矧苦苣、馬齒，掩乎嘉蔬，傷小人妬害君子，菜不足道也，比而作詩。**趙曰**：三曰比之義。

清晨蒙菜把，常荷地主恩。**蘇曰**：陶侃得張餗園蔬，曰：「久客常荷地主恩，私家貧無所報，但手加額而已。」**趙曰**：出國語：越王以會稽三百爲范蠡地，曰：「後世有敢侵蠡之地者，皇天后土、四鄉地主正之。」守者愆實數，略有其名存。**蘇曰**：祖平曰：「東漢文章掃地，見今之圓冠輩略存其名已。」苦苣刺如針，馬齒葉亦繁。青青嘉蔬色，埋沒在中園。**洙曰**：此序所以言小人害君子也。**趙曰**：公言所送止苦苣、馬齒莧爾，而所謂嘉蔬者，未嘗摘以相遺也。張載登成都白菟樓云：原隰植嘉蔬。師曰：嘉蔬比君子，苦苣、馬齒比小人。言小人掩君子，君子不得其所。園吏未足怪，世事固堪論。嗚呼戰伐久，荆棘暗長原。師曰：老子曰：大軍之後，必有凶年，荆棘生焉。乃知苦苣輩，傾奪蕙草根。洙曰：蕙草，薰草也。小人塞道路，爲態何喧喧。又如馬齒盛，氣擁葵荏昏。洙曰：葵荏，嘉蔬也。趙曰：苦苣、馬齒如小人可知，葵荏正以言嘉蔬，蕙草雖不可爲蔬，而要之君子之比。師曰：蕙草香，有君子之象。蕙草見奪於苦苣，君子爲小人所勝也。小人得志則作態，驕淫矜夸，靡所不至，故云「爲態何喧喧」。葵荏嘉蔬，又爲馬齒昏塞，足見小人勢盛，君子道消也。點染不易虞，師曰：喻君子爲小人所污。絲麻雜羅紈。一經器洙曰：一作「氣」。物內，永挂麄刺痕。趙曰：以苦苣、馬齒一經器物所盛，則便永遠挂麄之痕，然則君子固宜傷所染矣。師曰：喻國家爲小人所敗。國者，天下之大器也。志士採紫芝，放歌避戎軒。洙曰：古有紫芝歌，亦神仙所作。趙曰：皇甫謐高士傳：秦世坑黜儒術，四皓於是作歌曰：「莫莫高山，深谷逶迤。曄曄紫芝，可以療饑。」畦丁負籠至，感動百慮端。蘇曰：孫鍾治蔬圃爲生，嘗與畦丁負籠拾李。

崔評事弟許相迎不到應慮老夫見泥雨怯出必愆佳期走筆戲簡

江閣要賓許馬迎，午時起坐自天明。浮雲不負青春色，細雨何孤白帝城。趙曰：孤負字出李陵書：陵雖孤恩，漢亦負德。今世多用「辜負」字，乃俗字相承耳。身過花間霑濕好，醉於馬上往來輕。虚疑皓首衝泥怯，實少銀鞍傍險行。

武侯廟彦輔曰：成都記云：諸葛公廟在先主廟故宅城西，復立素像，先主廟西院即武侯廟。前有雙大柏，古峭可愛。内有裴令公所著碑，柳僕射書，相國段公古柏文。

遺廟丹青落，空山草木長。猶聞辭後主，不復卧南陽。洙曰：蜀志諸葛亮傳：亮父玄卒，亮躬耕隴畝，好爲梁父吟。漢晉春秋曰：亮家於南陽之鄧縣，在襄陽城西二十里，號曰隆中。徐庶謂先主曰：「諸葛孔明者，卧龍也。將軍豈見之乎？」先主病，勑後主曰：「汝與丞相從事，事之如父。」建興元年，封亮武鄉侯。五年，率諸軍北駐漢中。臨發，上表辭，卒於軍。魏鎮西將軍鍾會至漢川，祭亮之廟，令軍士不得於亮墓所左右芻牧樵採。

古柏行魯曰：傷有其才而不得用也。

孔明廟前有老柏，洙曰：見第二十一卷武侯廟注。「前」作「階」。廟在成都先主廟西院。柯如青銅根如石。霜皮溜雨四十圍，黛色參天二千尺。洙曰：曹子建：荆棘上參天。蘇曰：古制以圍三徑，即一圍者三尺也。沈存中謂：霜姿溜雨四十圍，黛色參天二千尺。四十圍乃是徑七尺，無乃太細長也。黄朝英謂：若以古制論之，當有百二十尺，圍有百二十尺，即徑四十尺，安得云七尺也。若以人兩手大指頭相合爲一圍，則一圍是一小尺，即徑一丈三尺三寸，又安得云七尺也。孔明廟前柏當以古制爲定。趙曰：孔明爲蜀相，成都則先主廟，而武侯祠堂附焉。夔州則先主廟、武侯廟各別。今詠柏，專是孔明廟而已。豈非夔州柏乎？公詩集中其在夔也，屢有孔明廟詩。於夔州十絶云：武侯祠堂不可忘，中有松柏參天長。以絶句證之，則此乃夔州之詩明矣。正敏曰：沈内翰譏子美此句，以謂四十圍配二千尺爲太細長，不知子美之意，但言其色事已[一]，猶言其翠色蒼然，仰視高遠，有至於二千尺而幾於參天也。若如此求疵，則二千尺固未足以參天，而詩人謂駿極於天者，更爲妄語。苦論詩者正不應爾[二]。**君臣已與時際會，**洙曰：蜀先主：孤之有孔明，如魚之有水也。**樹木猶爲人愛惜。**洙曰：宣九年：思其人，猶愛其樹，況用其道而不恤其人乎？劉歆曰：思其人猶愛樹，況宗其道而毁其廟乎？**雲來氣接巫峽長，**洙曰：宜都山川記曰：巴東三峽巫峽長。**月出寒通雪山白。**尹曰：范元實云：形似之言，蓋若詩人之賦「蕭蕭馬鳴，悠悠旆旌」是也。激昂之言，蓋若詩人之興「周餘黎民，靡有孑遺」是也。古人形似之言必實録，是事決不可易。故老杜所題詩往往親到其處，益知其

[一] 事，疑當作「而」。見杜集札記。
[二] 苦，疑當作「善」。見杜集札記。

工。激昂之言，孟子所謂「不以文害辭，不以辭害志」。初不可以形迹考，然如此乃見一時之意，如古柏詩「柯如青銅根如石」，視之信然。雖聖人復生，不可改此形似之語。霜皮溜雨四十圍，黛色參天二千尺。雲來氣接巫峽長，月出寒通雪山白。此激昂之語，不如此則不見古柏之大也。文章故多端，然驚策處往往是此兩體爾。范蜀公云：武侯廟柏才十丈，而杜云二千尺，以謂詩人好大其事。沈存中又云：蒼皮四十圍，乃是七尺徑，而長二百丈，無乃太細長乎。王立之云：論詩正不當爾。二公之言皆非也。趙曰：巫峽在夔之下，巫峽之雲來而柏之氣與接。雲山在夔之西[一]，雪山之月出而柏之寒與通。皆言其高大者也。憶昨路繞錦亭東，先主武侯同閟宫。洙曰：詩：閟宫有侐。趙曰：此乃追言成都先主廟之柏，蓋杜公近方離成都而來夔，故上可言憶昨也。崔嵬枝幹郊原古，窈窕丹青户牖空。趙曰：上句又以言成都柏之亦老也。盧獻卿夢人贈詩曰：卜築也原古[二]。落落盤踞雖得地，冥冥孤高多烈風。洙曰：七發之「則烈風之所激」。趙曰：杜篤首陽山賦曰：長松落落。沈約高松賦曰：鬱彼高松，栖根得地。扶持自是神明力，夢符曰：右按孫興公天台賦：嗟台岳之所異挺，實神明之所扶持。蘇曰：劉禪：自是神明扶持，非人力能致。正直元因造化功。大廈如傾要梁棟，洙曰：大廈將顛。尹曰：耿恭謂岑彭曰：「方今漢基頹圮，英雄寒餓，如大廈傾，求

[一] 雲，疑當作「雪」。見杜集札記。
[二] 也，疑當作「郊」。

天下之義士要爲梁棟，子何如此寒餓，不乘時取萬户侯，侯何時耶？」**萬年迴首丘山重。**去聲。**不露文章世已驚，未辭翦伐誰能送。**洙曰：甘棠：勿剪勿伐。**苦心豈免容螻蟻，香葉終經宿鸞鳳。**趙曰：謝靈運後漢書曰〔一〕：方儲遭母憂，種松柏，鸞棲其上。**志士幽人莫怨嗟，古來材大難爲用。**洙曰：莊子：吾有大樹，人謂之樗。其大本擁腫而不中繩墨，立之塗，匠者不顧。今子之言大而無用，衆所同去也。蘇曰：張華：志士蓄怨，幽人含嗟，朝廷雖下哀詔，誰肯出松蘿嵓穴？

八陣圖

彦輔曰：亮推演兵法，作八陣圖，咸得其要。桓温傳：初，諸葛亮造八陣圖於魚復平沙之上，壘石爲八行，相去二丈。温見之，謂此常山蛇勢也。文武皆莫能識之。昱曰：陣勢八，天、地、風、雲、飛龍、翔鳥、虎翼、蛇蟠。二革二金爲天，三革三金爲地，二革三金爲風，三革二金爲雲，四革三金爲龍，三革四金爲虎，四革五金爲鳥，五革四金爲蛇。

功蓋三分國，洙曰：三分，謂魏、吴、蜀也。蜀記曰：三分我九鼎。**名成八陣圖。江流石不轉，**趙曰：行客云：水方落時，於石磧就視，則茫茫然一磧耳。及登高而望，乃隱隱見其行列。則武侯製作豈近於神異乎。余曰：按永嘉薛氏云：余武侯之圖，可見者三。一在沔陽之高平舊壘，一在廣都之八陣鄉，一在魚復

〔一〕謝靈運，疑當作「謝承」。

永安宫南江灘水上。在高平者自酈道元已言傾褫難識，在廣都者隆土爲基，魁以江石，四門二首六十四魁，八八成行，兩陣俱立，陣周四百七十二步，其魁百有三十。在魚復者，因江爲勢，積石憑流，前蔽壁門，後依却月，縱横皆八魁，間二丈，偃月内面，九六鱗差。廣都舊無聞焉，惟見於李膺益州記，其言魁行皆八，財舉其半。趙抃成都記稱耆老之説，以爲江石兵數魁應六十四卦，則知兩陣二首之意，以體乾坤門户，法象之所由生也。然其陣居平地，束於門壁，營陣之法具，而奇正之道藴。魚復陣於江路因水成形，七八以爲經，九六以爲緯。體方於八陣，形圓於却月，壁門可以觀營陣之制，却月可以識奇正之變。故雖長江東注，夏流端駃，轟雷犇馬，不足以擬其勢，回山卷石，不足以言其怒。峨峨八陣，實激其衝。子石奉如，灘沙攸積，而歷年千數，未嘗回撓，隱若敵國，屹然長城。故桓温以爲常山之蛇，杜甫偉其江流而不轉也。**遺恨失吞吴。****洙曰**：習鑿齒曰：昔齊桓一矜其功，而叛者九國。曹操暫自驕伐，而天下三分。**蘇曰**：僕嘗夢見人云是杜子美，謂僕世人多誤會吾八陣圖詩，以謂先主、武侯恨不能滅吴，非也。我意本謂吴、蜀唇齒不當相圖，晉所以能取蜀者，以蜀有吞吴之意，以此爲恨耳。此説甚長。然子美死僅四百年，而猶不忘詩，區區自别其意，此真書生習氣也。**師曰**：劉禹錫嘉話録：夔州西市俯臨江，沙石下有諸葛八陣圖，聚石分布，宛然尚存。峽水大時，三蜀雪消之際，澒湧滉瀁，可勝道哉。大木十圍，枯槎百丈，隨波而下，與水岸齊，人奔上山，則聚石爲堆者斷可知也。及乎水落川平，萬物皆失故態。諸葛亮小石之堆，摽聚行列，依然如是者。僅六百年，迨今不動。然天下三分如鼎足峙立，蜀之所以不存者，其遺恨失在吞吴而已。使不吞吴，則魏豈能合并哉。

風，每誦此詩以喻父老，然亦未易變其習也。

負薪行　**魯曰**：峽民男爲商，女當門户。坐肆於市廛，檐負於道路者，皆是婦人也。**蘇曰**：海南亦有此

夔州處女髮半華，四十五十無夫家。更遭喪亂嫁不售，一生抱恨堪咨嗟。土風坐男使女立，**趙曰**：陸機詩：土風清且嘉。應當門户女出入。十猶八九負薪歸，賣薪得錢應供給。至老雙鬟只垂頸，野花山葉銀釵並。**趙曰**：晉傅玄豫章行曰：男兒當門户，墮地自生神。今公詩却云「女當門户」也。筋力登危集市門，死生射利兼鹽井。**洙曰**：夔有鹽井。面粧首飾雜啼痕，地褊衣寒困石根。若道巫山女麤醜，何得此一云「北」。有昭君村。**師曰**：售賣也。夔有鹽井，婦人當門户，或負薪販鹽以自給，其女麤醜可知。**蒼舒曰**：右按歸州圖經：王嬙字昭君。漢紀注云：南郡秭歸人，待詔掖庭。元帝竟寧元年，匈奴虖韓邪單于來朝，帝賜單于待詔掖庭王嬙爲匈奴閼氏。按樂府解題云：帝後宫既多，乃使畫工圖形，按圖召幸。宫人皆賂畫工，多有十萬，少不減五萬。昭君自恃其貌，獨不與，乃惡圖之。及後匈奴入朝，選美人配之，昭君當行。及入辭，光彩射人，悚動左右。天子方重失信外國，悔恨不及。窮按其事，畫工杜陵毛延壽爲人形，老小必得其真，陳敞、劉白、龔寬並工狗馬人形，不逮延壽，楊杜、樊青尤善布衆色，皆同日棄市。漢人憐昭君遠嫁，爲作歌詩。始武帝以江都王建女爲公主嫁烏孫王昆莫，令琵琶馬上作樂，以慰其道路之思，其送昭君亦然。晉文王諱昭，故晉人改爲明君。石崇有妓曰緑珠，善歌舞，以此曲教之，而自製王明君歌，其文悲雅，「我本漢家子」是也。琴操載：昭君，王穰女。端正閑麗，未嘗窺門户。穰以有異，人求之不

與。年十七，獻之元帝。帝以地遠不幸，備後宮，積五六年，帝每遊後宮，昭君常怨不幸。後單于遣使朝賀，帝宴之，盡召後宮。昭君乃盛飾而至，帝問：「欲以一女賜單于，誰能行者？」昭君越席請往。時單于使在旁，帝驚恨不及。昭君至，單于大悅，遣使報送白璧一雙、駿馬一十疋，胡地致寶之物。昭君恨帝始不見遇，乃作怨思之歌曰：「梨葉萋萋其葉黄，有鳥處此，集於芭桑。父兮母兮，道路脩長。嗚呼哀哉，憂心惻傷。」單于既死，子達立，昭君謂達曰：「將爲漢，將爲胡？」曰：「將爲胡。」於是昭君伏毒而死。單于舉國葬之，胡中多白草，而此冢獨青。前代詞人爲歌詩以吊之，悽怨者不一。鄉人思之，爲之立廟。廟之中有大柏，圍六丈五尺，披葉蓊鬱，出於故臺之上。及有搗練石，長二丈，闊五尺，在廟側溪中，即今香溪也。廟今屬興山縣。樂府與琴操所傳不同，故並載之。

最能行

峽中丈夫絶輕死，少在公門多在水。少，始沼切。富豪有錢駕大舸，加我切。貧窮取給行艓子。**鄭曰**：艓，宜從徒協切。**師曰**：艓音葉。**洙曰**：峽人富則爲商旅，貧則爲人操舟。以地居山水之間，瘠惡無以耕也。**修可曰**：博雅曰：舸，舟也。又揚雄方言：南楚江水湘〔一〕，凡舡大者謂之舸。艓，小舟，言

〔一〕 水，疑爲衍文。見杜集札記。

輕如小葉也。**小兒學問止論語，**蘇曰：王衍云：「家中諸小兒學問無所兼，但論語而已。何必奇字爲。」見舊注。**大兒結束隨商旅。欹帆側柂入波濤，**鄭曰：柂，持可切，正船木。**櫂旋梢濆無險阻。**旋，隨戀切。洙曰：櫂旋梢濆，皆操舟者所能也。**朝發白帝暮江陵，頃來目擊信有徵。瞿塘漫天虎鬚**洙曰：一作「眼」。**怒，歸州長年與最能。**洙曰：峽人以操舟人爲長年。趙曰：言行瞿唐峽與虎鬚灘其易也。**此鄉之人氣量窄，誤競南風疏北客。**洙曰：左傳：南風不競。蘇曰：晁錯：「項羽氣量淺窄，識見卑凡，但能亂秦，而無奪秦之策。」**若道士無英俊才，何得山有屈原宅。**洙曰：屈原有宅在歸州。定功曰：後漢郡國志：秭歸。注云：荆州記曰：秭歸縣北一百里有屈平故宅。方七頃，累石爲屋基，今地名樂平。

王十五前閣會

楚岸收新雨，春臺引細風。情人來石上，趙曰：鮑明遠詩：留鈞待情人。**鮮鱠出江中。**趙曰：枚乘七發云：鮮鯉之鱠。**鄰舍煩書札，**洙曰：司馬相如傳：札，水蘭之薄小者[一]。時未多用紙，故給札以書録。趙曰：王十五者，必公之鄰也。**肩輿强老翁。**趙曰：以筍輿來迎公也。**病身虛俊味，**趙

[一] 水蘭，疑當作「木簡」。見杜集札記。

曰：以病不能食，而虛其俊美之味。**何幸飫兒童。****趙曰：**饋食於公，持之以歸，故燕及兒輩矣。

寄韋有夏郎中

省郎憂病士，**蘇曰：**潘安仁：荷省郎常來慰問，知有憂病士之誠。**書信有柴胡。****洙曰：**藥名也。郭璞聞景倩病，作書令童送柴胡及真茶數兩。**飲子頻通汗，懷君想報珠。****洙曰：**四愁詩：何以報之明月珠。**蘇曰：**沈佺期回波辭云：姓名雖蒙齒録，袍笏未復牙緋。子美用飲子對懷君，亦齒録、牙緋之此也[一]。**親知天畔少，藥餌峽中無。****洙曰：**峽俗信鬼，病則禱祠而不服藥，故峽中藥最少。**歸楫生衣卧，****趙曰：**以上水更不須楫，所以生衣而卧。生衣者[二]，生衣者，坐水衣於其上也。**春鷗洗翅呼。猶聞上急水，早作取平塗。萬里皇華使，爲僚記腐儒。****洙曰：**皇皇者華，君遣使臣也。文七年傳：荀林父曰：「同官爲僚，吾常同僚，敢不盡心乎。」漢高祖詈酈食其曰：「腐儒，幾敗迺公事。」**師曰：**仇池翁曰：沈佺期回波辭云：姓名雖蒙齒録，袍笏未復牙緋。子美用「飲子」對「懷君」，亦齒録、牙緋之比也。又古今詩話云：古之文章自應律度，未以音韻爲主。自沈約增崇韻學之後，巧之語體製漸多，始有蹉對、假對、雙聲、疊韻之類，如

[一] 此，疑當作「比」。
[二] 生衣者，疑爲衍文。

「自朱邪之狼狽，致赤子之流離」，不惟「赤」對「朱」、「邪」對「子」，兼「狼狽」、「流離」乃獸名對鳥名，又如「厨人具雞黍，稚子摘楊梅」。以「雞」對「楊」之類，皆爲假對。子美以「飲子」對「懷君」，及惡樹詩「枸杞因吾有，雞棲奈爾何」，殆亦所謂假對也。柴胡可煎爲飲子，喫之通汗。夔峽間多險阻，唯州稍平，故子美云「林中纔有地，峽外更無天」，此言早作取平塗，欲其來就此平地相見也。

上白帝城二首

江城含變態，**洙曰**：朝莫雲煙變化，態度多端也。**趙曰**：祖出楚辭思美人篇曰：觀南人之變態。**一上一回新。天欲今朝雨，山歸萬古春。英雄餘事業，洙曰**：白帝城，公孫述所築。後爲劉備屯戍之地，改名曰永安。**趙曰**：英雄，指白帝也。公孫述自號白帝，築爲此城。**衰邁久風塵。洙曰**：公自言也。**取醉他鄉客，相逢故國人。兵戈猶擁蜀，洙曰**：謂段子璋之徒未靖也。**趙曰**：乃大曆元年崔旰之叛，戰於梓州，敗績。舊注謂段子璋事，乃在前年上元二年，非是。**賦斂尚輸秦。洙曰**：時國用不足，多賦斂也。**不是煩形勝，深慚畏損神。趙曰**：不是憚煩此地之形勝而難上，所慚者以畏懼而損我之神耳。**師曰**：秦謂關中也。時干戈用事，國用不足，賦斂無藝，惟以煩刑勝之民之輸賦斂於關中者，非其本心也。特迫於刑政之煩苛，故曰「賦斂强輸秦」。子美慮叛亂未已，祇畏奔走而耗損精神也。

白帝空祠廟，**洙曰**：公孫述廟。述自號白帝。孤雲自往來。江山城宛轉，棟宇客徘徊。勇略今何在，當年亦壯哉。**洙曰**：述始爲王莽導江卒正。更始時，起兵討宗成、王岑之亂，破之，遂有蜀土。僭立爲帝，號成家。立十二年，爲光武所誅。後人將酒肉，**洙曰**：凡舟人往來皆祠之。虚殿日塵埃。谷鳥鳴還過，林花落又開。多慚病無力，騎馬入青苔。

槐葉冷淘

青青高槐葉，採掇付中厨。**洙曰**：曹子建：豐膳出中厨。新麪來近市，汁滓宛相俱。**洙曰**：以槐葉溲麪爲冷淘，取其碧鮮可愛。入鼎資過熟，加飡愁欲無。碧鮮俱照筯，鮮，相然切。香飯兼苞蘆。**蘇曰**：蜀人呼魚鮓爲苞蘆。王褒曰：新鯉苞蘆美。經齒冷於雪，勸人投此珠。願隨金騕褭，**趙曰**：騕褭，神馬名。盧照潾詩[一]：漢朝金騕褭。走置錦屠蘇。**洙曰**：金騕褭，馬也。蜀人元日入香藥漬酒而飲，謂之屠蘇。**修可曰**：屠蘇，屋名。或作「廜廯」。玉篇云：廜廯，庵也。通俗文：屋平曰廜廯。廣韻曰：廜廯，草庵。又廜廯酒，元日飲之，可除瘟氣。則廜廯有二義。是詩「走置錦廜廯」，乃屋也，非酒。古

[一] 潾，疑當作「鄰」。

樂府劉孝威結客少年場行：插腰銅匕首，障月錦屠蘇。路遠思恐泥，乃計切。洙曰：致遠恐泥。興深終不渝。獻芹則小小，洙曰：野人有美芹而獻於君者。薦藻明區區。洙曰：左傳：蘋蘩蕰藻之菜，可羞於王公，獻於鬼神。萬里露寒殿，洙曰：上林賦：過鳷鵲，望露寒。露寒，漢殿名。開冰清玉壺。洙曰：鮑昭：清如玉壺冰。君王納涼晚，此味亦時須。

雨趙曰：此篇主用巫山之雨爲意。

峽雲行清曉，煙霧相徘徊。風吹蒼江樹，雨灑石壁來。淒淒生餘寒，殷殷兼出雷。白谷變氣候，朱炎安在哉。高鳥濕不下，居人門未開。楚宫久已滅，幽珮爲誰哀。趙曰：神女賦：於是搖珮飾，鳴玉鸞也。高蟾亦曰：丁當玉佩三更雨。侍臣書王夢，賦有冠古才。冠，古亂切。冥冥翠龍駕，多自巫山臺。洙曰：謝玄暉：朔風吹飛雨，蕭條江山來。楚襄王夢與神女遇，宋玉作高唐賦曰：且爲朝雲〔一〕，暮爲行雨。朝朝暮暮，陽山之下〔二〕。楚詞：雷填兮雨冥冥。高唐賦：虹爲旌，翠爲蓋。神女

〔一〕且，疑當作「旦」。
〔二〕山，疑當作「臺」。

賦：婉若游龍。又，乘雲翔。又，摇佩飾，鳴玉鸞。趙曰：謝朓七夕賦：回龍駕之容曳。

覽物一云「峽中覽物」。

曾爲掾吏趨三輔，洙曰：三輔，京兆、扶風、馮翊也。公曾爲掾。趙曰：公曾爲華州功曹，故曰「掾吏」。華爲扶風。**憶在潼關詩興多。**洙曰：事見詩年譜。蘇曰：王納曰：「吾憶在洛陽詩興甚多，今老矣，終日思一二字，無處下筆。」趙曰：公華州所有詩即潼關之詩興矣。**巫峽忽如瞻華岳，**華，胡化切。**蜀江猶似見黄河。**趙曰：巫峽、蜀江，則所謂峽中覽物。華岳、黄河，所以言華州也。師曰：華岳、黄河，皆子美故鄉。公今客中見巫峽、蜀江，遂想像有感，故曰「忽如瞻華岳，猶似見黄河」也。**舟中得病移衾枕，**趙曰：言其得病在雲安舟中，而移衾枕於客居屋舍之下。**洞口經春長薜蘿。**洙曰：謝靈運詩：想見山阿人，薜蘿若在眼。**形勝有餘風土惡，幾時回首一高歌。**洙曰：雖號形勝之地，而風土不類中原。公曾有南楚詩云：南楚青春異，暄寒早早分〔一〕。趙曰：言幾時離此風土惡之地而去，可以回首望之，寫胸懷而浩歌也。

〔一〕此句疑闕「早」字，當作「早早」。

灔澦

灔澦既没孤根深，洙曰：灔澦如馬，瞿塘莫下。灔澦如象，瞿塘莫上。此峽人以灔澦爲水候也。既没則尤漲，不可下矣。夢符曰：右按古樂府灔澦作淫澦，其詞曰：淫澦大如服，瞿塘不可觸。金沙浮轉多，桂浦忌經過。**西來水多愁太陰。**洙曰：言陰氣太盛也。**江天漠漠鳥飛去，風雨時時龍一吟。**舟人漁子歌迴首，洙曰：海賦：府人漁子[一]。江賦：蘆人漁子。趙曰：龍吟未必可聞，而水之深積想其如此矣。**沽客胡商淚滿襟。**蘇曰：南海有烈婦，夫戰死，行哀水畔，胡商賈客見之，皆泣下，遂投水而死。今有廟焉。劉非熊作記。予親見灔澦。趙曰：以水之冷漲，不行則滯留，行則憂心傾沉之患，此所以泣也。**寄語舟航惡年少，休翻鹽井擴**洙曰：一作「擲」。鄭曰：擴，户孟切，不以理也。**黄金。**洙曰：蜀都[二]：家有鹽井之泉。

送李功曹之荆州充鄭侍御判官重贈

曾聞宋玉宅，每欲到荆州。洙曰：韓愈爲江陵法曹，亦云：宋玉亭邊不得見。哀江南賦：誅茅宋

[一] 府，疑當作「舟」。見杜集札記。

[二] 「都」後疑闕「賦」字，當作「蜀都賦」。

玉之宅。**師曰**：按余知古諸宮故事曰：庾信因侯景之亂，自建康遁歸江陵，居宋玉故宅。宅在城北三里，故其賦云：誅茅宋玉之宅，穿逕臨江之府。子美在夔詠懷古跡云：搖搖深知宋玉悲〔一〕。江山故宅空文藻。又移居夔州入宅詩云：宋玉歸州宅，雲通白帝城。疑歸州亦有宋玉宅，非止於荆州。此地生涯晚，遥悲水國秋。孤城一柱觀，落日九江流。**洙曰**：見「九江落日醒何處，一柱觀頭眠幾回」注。使者雖光彩，青楓遠自愁。**洙曰**：阮籍詩：上有楓樹林，遠望令人悲。

白帝

白帝城中雲出門，**趙曰**：謝靈運詩：巖高雲若屯。舊作「雲出門」，無義。白帝城下雨翻盆。**洙曰**：雲行而雨施爾。翻盆，言其勢之暴也。**蘇曰**：黄翌過秦關，值驟雨，笑謂友人曰：「屏翳蜚廉，鬬競翻盆澆吾。」友皆笑。高江急峽雷霆鬬，江爲峽所束，故波聲若雷霆也。翠**洙曰**：一作「古」。木蒼藤日月昏。戎**洙曰**：一作「去」。馬不如歸馬逸，千家今有百**洙曰**：一作「十」。家存。**洙曰**：言殘敝也。哀哀寡婦誅求盡，慟哭秋原何處村。**洙曰**：時征役並興，民死於役，故多寡婦也。暴賦横斂，故多誅求也。

〔一〕後一「搖」字疑當作「落」。見杜集札記。

此言軍旅之際，民不聊生如此。

七月一日題終明府水樓二首

高棟層軒已自涼，秋風此日灑衣裳。**洙曰**：招魂：高堂邃宇檻層軒。劉公幹詩：涕泣灑衣裳。**蘇曰**：孫康：登高軒披襟，不煩風扇而自生涼。**定功曰**：春秋緯書：高棟深宇。齊王踐從兄詩：念別開曾軒。何邵詩：穆若灑清風。倏然欲下陰山雪，**洙曰**：范彦龍詩：寒沙四面平，飛雪千里驚。風斷陰山樹，霧失交河城。陰山，匈奴山名。吐谷渾西附陰山，其地四時常有冰雪，雖六七月雨雹甚盛。**趙曰**：今眼前初見夔地之山，當初秋而倏然欲雪，有類陰山，此爲可愁矣。不去非無漢署香。**洙曰**：尚書郎，漢置四人。口含雞舌香，以其奏事答對，欲使氣息芬芳。**趙曰**：自憫其身滯留也。署，指書省署也。公官爲工部員外郎，其在省也，自宜應有含香之制。今以爲客不去耳。絶壁過雲開錦繡，**洙曰**：夔峽路有錦繡嵓。疏松隔水奏笙篁。**洙曰**：天籟是也。看君宜著王喬履，真賜還疑出尚方。**洙曰**：終明府功曹也，兼攝奉節令，故有此語。仛觀奏即真也。後漢方術傳：王喬，河東人。顯宗世爲葉令。喬有神術，每月朔常自縣詣臺朝，帝怪其來數而不見車騎，密令太史伺望之。言其臨至，輒有雙鳧從東南飛來。於是候鳧至，舉羅張之，但得一雙舄焉。乃詔尚方診視，則四年中所賜尚書官屬履也。前漢百官公卿表：尚方主作禁器物。師古曰：尚方，少府之屬官也。作供御之器物也。

宓子彈琴邑宰日，洙曰：潘正叔謂河陽詩〔一〕：宓生化單父，子奇位東阿。呂氏春秋曰：宓子賤治單父，彈琴，身不下堂而治之。終軍棄繻英妙時。洙曰：終軍傳：年十八，選爲博士。初，軍從濟南，當詣博士步入關，關吏與軍繻，軍問：「以此何爲？」吏曰：「爲復傳還，當以合符。」軍曰：「丈夫西遊，不復傳還。」棄繻而去。後爲謁者使行郡國，建節東出關。關吏識之，曰：「此使者乃前棄繻生也。」承家節操尚不泯，師曰：潘安仁西征賦：終童山東之英妙，賈生洛陽之少年。承家，言繼終軍家風也。爲政風流今在茲。可憐賓客盡傾蓋，洙曰：鄒陽傳曰：古語：白頭如新，傾蓋如故。何則，知與不知也。文穎曰：傾蓋猶交蓋駐車也。何處老翁來賦詩。洙曰：公自謂也。傳：鄭十子賦詩。魏文帝曰：已成老翁，但未白頭。楚江巫峽半雲雨，洙曰：宋玉高唐賦：妾在巫山之陽，高丘之隈。朝爲行雲，暮爲行雨。清簟疏簾看弈棊。洙曰：謝玄暉：珍簟清夏室。江淹賦：夏簟清兮晝不暮。魏文帝書：彈棊間設，終以博弈。

夜雨

小雨夜復密，迴風吹早秋。野涼侵閉户，趙曰：已閉户矣，涼氣透之，故云「侵閉户」。江滿帶

〔一〕謂，疑當作「贈」。

維舟。**趙曰**：公言江水既添滿，而有維舟在岸也。任彦昇詩序云：維舟久之，郭生方至爾。**通籍恨多病，**

洙曰：公通籍朝省，以病不赴。**趙曰**：公前爲左拾遺，蓋嘗通禁省之籍矣。**爲郎忝薄游。洙曰**：檢校尚書

工部員外郎，則已自媿其忝竊於薄薄游官矣〔一〕。漢卜式不願爲郎。**天寒出巫峽，醉別仲宣樓。洙曰**：

王粲字仲宣，有樓在荊州。

更題

只應踏初雪，騎馬發荊州。直怕巫山雨，真傷白帝秋。趙曰：公在夔州，乃巫山白帝之側，

故指其多雨，而當秋時可傷也。**群公蒼玉珮，洙曰**：晉公卿禮秩：特進、尚書令、僕射皆佩水蒼玉。**蘇曰**：

朱椿：昨日見王遵緑衣佩蒼玉，於群公中風資尤異。**天子翠雲裘。洙曰**：禮：孟冬之月，天子始裘。**趙**

曰：宋玉賦：主人之女，爲日之乘華，上翠雲之裘。北王夸誕之言〔二〕。今公直言天子矣。**同舍晨趨侍，胡**

爲淹此留。洙曰：言同舍皆在侍從，已何爲而留此。公之志嘗在朝廷，而不爲時之所用如此。

〔一〕官，疑當作「宦」。見杜集札記。

〔二〕北王，疑當作「此玉」。見杜集札記。

峽隘

聞說江陵府，洙曰：荆州也。雲沙静眇然。白魚如切玉，朱橘不論錢。水有遠湖樹，人今何處舡。趙曰：言江陵府。以水言之在遠，在湖遠之樹。而所謂欲往江陵之人，其舡今在何處，乃公自言也。青山各在眼，却望峽中天。趙曰：若巫之青山在眼，仰望峽中之天矣。意謂峽山兩立，才能見其天也已。

寄劉峽州伯華使君四十韻

峽内多雲雨，秋來尚鬱蒸。洙曰：高唐賦：朝爲行雲，暮爲行雨。應璩書：處凉臺而有鬱蒸之煩。趙曰：此言楚地也。遠山朝白帝，洙曰：見上白帝城詩注。趙曰：説夔州，蓋公之所在。深水謁洙曰：一作「出」。夷陵。洙曰：峽州有夷陵縣。趙曰：説峽州，蓋言劉使君之所在也。遲暮嗟爲客，西南喜得朋。洙曰：易：西南得朋。哀猿更起坐，趙曰：聞哀猿之聲，不覺起坐。更音平聲。落鴈失飛騰。趙曰：以譬其身如鴈之落而失於飛騰也。伏枕思瓊樹，洙曰：江淹賦云：願一見顔色，不異瓊樹枝矣。趙曰：李陵贈蘇武詩：思得瓊樹〔一〕，以解長渴饑。公思劉使君亦如之。臨軒對玉繩。星名。謝玄暉詩云：

〔一〕「樹」後疑闕「枝」字。

玉繩低建章。**趙曰**：思與劉使君臨軒而坐，直至玉繩星見時也。**青松寒不落，洙曰**：歲寒若青松色。何敬祖詩：青青陵上松，亭亭高山柏。光色冬夏茂，根柢無凋落。**趙曰**：言劉使君之歲寒。莊子云：松柏在冬夏青青。舊引何敬祖詩，在後矣。**碧海闊逾澄。洙曰**：器宇若碧海。十洲記：扶桑在碧海之中。**趙曰**：以言劉使君之寬量。東方朔十洲記：東有碧海，廣狹浩汗，與東海等，水不鹹苦，正作碧色。**昔歲文爲理，群公價盡增。洙曰**：尚文之世，群公皆馳譽得時，其價增。**趙曰**：言往時尚文爲治，故群公諸儒增價也。**饒曰**：言玄宗之世以文理天下也。**家聲同令聞，鄭曰**：聞，亡運切，名達也。以令聞爲家聲。**時論以儒稱。洙曰**：以儒名世。**趙曰**：此言劉使君先世家聲與公祖杜審言同沐，當時士論並以儒稱之，歸劉、杜氏。**太后當洙曰**：一作「臨」。**朝肅，多才接迹昇。翠虛捎魍魎，**捎，所交切。**洙曰**：甘泉賦：捎夔魍魎扶橘征〔一〕。羽獵賦：曳捎星之旗。捎，拂也。東京賦：捎魑魅斯橘狂〔二〕。**丹極上鯤鵬。洙曰**：莊子：鯤化爲鵬。**趙曰**：太后，指則天也。言棄捐不才，如捎魍魎。賢者得君，如上鶤鵬，有九萬之翱翔也。東京賦：捎魍魎而獝狂。注云：捎，殺也。**師曰**：翠虛，言山林之間。捎拂魍魎，喻小人遠遁也。下句言賢者奮迅於丹霄也。**宴引春壺滿，洙曰**：一作「酒」。**趙曰**：自此言太后朝所寵賜大臣如此。詩：春酒百壺。**恩分夏簟**

〔一〕此句疑當作「捎夔魖而抶獝狂」。見杜集札記。
〔二〕斯，疑當作「新」；橘，疑當作「獝」。

冰。洙曰：錫宣賜冰也。江淹：夏簟清兮晝不暮。蘇曰：魏明帝賜許玩黃藤蚪紋簟、玉井冰，以表優恩。彫章五色筆，洙曰：江淹夢得五色筆，由是文藻日進。後有人夢中稱郭璞而取之。趙曰：彫章之作，在紫殿夜宴之時。田曰：齊蕭慤秋夜賦詩云：芙蓉露下落，楊柳月中疏。高林以爲斯文彫章間出。紫殿九華燈。洙曰：西京雜記：元日燃九華燈於南山上，照見百里。謝玄暉：紫殿肅陰陰。學並盧王敏，洙曰：唐文苑傳：盧照鄰與楊炯、王勃、駱賓王以文詞齊名海内，稱爲王楊盧駱，號爲四傑。書偕褚薛能。洙曰：褚遂良、薛稷也。褚遂良之書得王逸少之體。稷外祖魏徵，家多褚書，稷鋭意模學，時無及者。老兄真不墜，小子獨無承。洙曰：言伯華所學真不墜古人大體，惟己無所承於前輩。近有風流作，聊從月繼徵。蘇曰：庾凱：聞足下近有風流佳客，不惜寄雲臥野人。顔延年宋郊祀歌：月竁來賓，日際奉土。注云：竁，窟也。一作「峽」，又作「月繼」，非。趙曰：自此下言劉使君之詩也，言其詩之風流。用對月繼，則日月相繼而徵之。舊作「月竁」。竁，窟也。作「月竁」，則於徵求劉使君之詩全無説矣。放蹄知赤驥，洙曰：列子：周穆王有赤驥。晁曰：喻其才馳騁也。捩翅服蒼鷹。洙曰：捩，一作「校」。鸚鵡賦曰：蒼鷹鷙而受紲。此一對皆言文才俊逸。蘇曰：盧充曰：「赤驥失秣，駑駘見欺，放蹄始知俊逸。」馬融語友人曰：「蒼鷹捩翅，百禽咸服。真儒一言，群詞俱挫。」趙曰：兩句言劉使君詩如馬行鷹飛，駿疾如此。晁曰：服其豪邁也。卷軸來何晚，襟懷庶可憑。趙曰：卷軸所寄之晚，所以怪之，而我襟懷所望於詩也。會期吟諷數，益破旅愁凝。**洙曰**：凝結也。**趙曰**：會欲數，數吟諷之，而用破散旅愁之凝結焉。**雕刻初誰料，洙曰**：一作「解」。揚子：或問：「雕刻衆形，匪天歟？」曰：「以其不雕刻也。如物刻而雕之，焉得力而給諸。」**趙曰**：言其雕刻之妙，誰能輕料之，此蓋以造化言之也。揚子曰：「如物刻而雕之，則天焉得力而給諸。」**纖毫欲自矜。趙曰**：言纖毫皆妙而可矜誇也。**神融躡飛動，田曰**：列子曰：心凝形釋，骨肉都融。不覺形之所倚，足之所履，隨風東西。**戰勝洗侵凌。田曰**：韓子昔云：子夏見曾子，曰：「肥。」對曰：「戰勝故肥。」曾子曰：「何謂也？」對曰：「吾入見先王之義則榮之，出見富貴又榮之。兩者戰於胸中，未知勝負，故臞。今先王之義勝，故肥也。」**妙取筌蹄棄，洙曰**：易：得魚忘筌，得兔忘蹄。**趙曰**：以言詩之不拘泥。**高宜百萬層。洙曰**：言格致高遠也。**白頭遺恨在，趙曰**：公之自歎也。**青竹幾人登。洙曰**：青竹，青簡也。猶書於青簡者能幾人。**回首追談笑，勞歌跼寢興。鄭曰**：跼，渠六切，不伸也。**趙曰**：以追懷劉使君之談笑，故待勞我之歌詠，而踞躋於一寢一興之間也。**年華紛已矣，世故莽相仍。洙曰**：嵇康書曰：世故繁其慮，七不堪也。**趙曰**：方遭安、史之亂，而又有吐蕃之擾，則世故相仍，如草莽之多矣。**刺史諸侯貴，洙曰**：翟方進奏曰：「古選諸侯，賢者以爲州伯，今部刺史居牧伯之位，秉一州之統，請罷刺史，置州牧。」**趙曰**：今日刺史乃古諸侯之貴也。**郎官列宿應。洙曰**：漢明帝館陶公主爲子求郎，帝不許，賜錢一千萬，曰：「夫郎官上應列宿，出宰百里，非其人，民受其殃。」**趙曰**：公乃尚書工部員外郎。漢明帝云：「郎官上應列宿。」故也。**潘生驂閣**

遠，**洙曰**：一云「潘安雲閣遠」。又，潘安仁賦：高閣連雲。黄霸璽書增。**洙曰**：黄霸爲潁川太守，治爲天下第一。天子以霸治行終長者，又下詔稱揚，賜關内侯，黄金百斤。循吏傳云：二千石有治里效者，輒報璽書勉勵，增秩賜金。**趙曰**：專言劉伯華爲太守有政績，如黄霸之治潁川，以循吏而徵入也。乳貙號攀石，貙，胡畎切。**洙曰**：乳虎也。**趙曰**：自此而下，公自叙之也。言乳貙號叫而攀石。貙音畎。**田曰**：爾雅：貙有力。注：出西海大秦國，似狗，多力獷惡。又音鉉。舊注謂乳虎，非也。饑鼯訴落藤。鼯，訛胡切。**洙曰**：蕪城賦：階聞麏鼯。**趙曰**：鼯以訴饑而至於落藤，皆道夔州山居事。藥囊親道士，**趙曰**：以其病之，故求服食於道士。灰劫問胡僧。**洙曰**：武帝穿昆明池，悉是灰墨，有外國胡道人云：「此是天地劫灰之餘。」**趙曰**：以世故之多，形乎憂懼，遂有胡僧之問矣。憑久烏皮綻，**洙曰**：烏皮几也。**蘇曰**：宋明不仕杜門，注黄老書。孫登惠烏羔皮裏几，歲久，憑皆破綻，自號守一先生。簪稀白帽稜。**洙曰**：管寧常著白帽。**趙曰**：言髮少之故。白帽，白紗帽也。林居看蟻穴，**洙曰**：焦戇易林曰：蟻封户穴，大雨將集。博物志：蟻知將雨。**蘇曰**：焦林郊居終日，看蟻穴運壤，怡然自樂。人莫識其意也。**趙曰**：閑散之事也。野食待魚罾。罾，魚網也。筋力交彫喪，飄零免戰兢。**蘇曰**：高翃致仕，語弟曰：「昔居諫省，日夕如履冰戰兢，今遂飄零幸免，此亦佳事也。」**趙曰**：避免而眼中不見戰伐之事，故得免戰戰兢兢之憂懼也。皆爲百里宰，**趙曰**：言身爲郎官，當其時自可以爲百里宰矣。正似六安丞。**夢符曰**：右按後漢：桓譚數言事忤旨，出爲六安丞，忽忽不樂，道病卒。趙曰：公言房琯無罪，忤肅宗，遂棄不省之。正如桓譚之忤旨也。**姹女縈新裹，**姹，陟駕切。洙曰：姹女，神女也。善燒煉，因而得乘煙仙去。或云能點化。修可曰：漢魏真人參同契曰：河上姹女，靈而最神，得火則飛，不染垢塵。注云：河上，即是真录也[一]。又參同契曰：丹砂木精，得金乃并。漢真人大丹訣曰：姹女隱在丹砂中。注：姹女，录也[二]。以二書考之，則姹女非神仙人。**丹砂冷舊秤。**洙曰：葛洪求爲句漏令，就採丹砂而已。**但求椿壽永，**洙曰：莊子曰：古有大椿者，以八千歲爲春，以八千歲爲秋。**莫慮杞天崩。**洙曰：杞國人憂天崩墜，身無所寄。趙曰：兩句亦以永長年而已，勿以天尚有崩，而不信無長年之效。**鍊骨調情性，**洙曰：文子曰：太上養神，其次養形。**張兵撓棘矜。**巨巾切。洙曰：徐樂傳：舊棘矜[三]。師古曰：棘，戟也。矜者，棘之把。時秦銷兵器，故但有戰之把耳。**養生終自惜，伐數**洙曰：一作「叛」。**必全懲。**洙曰：嵇康有養生論。七發云：伐性斧。趙曰：言養生終日愛惜，而時之用兵伐叛，必全懲之。**政術甘疏誕，詞場愧服膺。**洙曰：顏子拳拳服膺。趙曰：公自謙而言之也。以爲不若劉使君也。**展懷詩誦魯，**洙曰：魯諸侯而有頌德者，以德可歌誦也。趙曰：指言劉使君之政。**割愛酒如**

〔一〕录，疑當作「汞」。見杜集札記。
〔二〕录，疑當作「汞」。
〔三〕舊，疑當作「奮」。見杜集札記。

澠。洙曰：平生所好，消渴止之。見汝南王詩注。趙曰：公自注云：左傳：有酒如繩〔一〕。咄咄寧書字，洙曰：世說：殷中軍名浩，被廢在長安，終日嘗畫空作字，揚州吏人尋議之切視，唯作「咄咄怪事」四字而已。冥冥欲避矰。洙曰：揚子：鴻飛冥冥，弋人何慕焉。江湖多白鳥，天地有青蠅。洙曰：詩青蠅以喻讒。鮑曰：與「白鷗没浩蕩，萬里誰能馴」同意。指言自適也。青蠅，言有讒也。修可曰：按白鳥有二説，一説謂鷗鷺之類，詩言「白鳥鶴鶴」是也，喻賢者之絜白，乃棄置江湖之間。一説謂白鳥，蚊蚋也，以譬則小人，言賢者居亂世，欲隱，則爲蚊蚋所嗜，欲出，則爲青蠅所污，是無逃於天地之間矣。趙曰：此言在江湖之間，天地之内，無所逃蚊蠅之害。又戴記：白鳥者，謂蚊蚋也。

近聞

近聞犬戎遠遁逃，洙曰：説文解字曰：赤狄，本犬種也。故字犬子。匈奴聞漢兵大出，老弱奔走，歐畜産遠遁逃〔二〕。蕭望之：白狄遁逃竄伏。趙曰：犬戎，此指言吐蕃也。牧馬不敢侵臨洮。洙曰：臨洮，

〔一〕繩，疑當作「澠」。見杜集札記。

〔二〕歐，疑當作「驅」。

郡名也。賈誼過秦論：胡人不敢南下而牧馬。蘇曰：班超鎮西，醜虜屈膝，不敢南白牧馬〔一〕。趙曰：今之兆州也〔二〕。渭水逶迤白日浄，隴山蕭瑟秋雲高。趙曰：選有「紆餘逶迤」。選有「蓊茸蕭瑟」。崆峒五原亦無事，此庭數有關中使。洙曰：言通和也。趙曰：突厥通好也。或云回紇等不附吐蕃，亦遣使中國。其説亦是。似聞贊普更求親，洙曰：贊普，吐蕃也。夢符曰：右按唐吐蕃傳：其俗謂强雄曰贊，大夫曰普，故號君長贊普。今西域有籛逋者，即贊普之聲，訛而爲籛逋也。趙曰：先帝昔嘗和親，以公主嫁贊普矣。吐蕃本西羌屬，其俗謂强雄曰贊，大夫號〔三〕，君長曰贊普。舅生和好應難棄。

寄董卿嘉榮十韻

聞道君牙帳，洙曰：曹子建關中詩：高牙乃建。牙，大旗也。兵家書牙旗。將軍之旗立於元帥帳前，故謂之牙旗。防秋近赤霄。洙曰：謂西山三戍也。西山記曰：東觀成都，若在井底。下臨千雪嶺，洙曰：西山記曰：上有積雪，經夏不消。却背五繩橋。洙曰：岷江湍急不可爲梁，乃以竹繩爲橋，駕虛而渡。

〔一〕白，疑當作「向」。見杜集札記。

〔二〕兆，疑當作「洮」。見杜集札記。

〔三〕「號」後疑闕「普」字。

鄭曰：即岷江笮橋。海内久戎服，洙曰：用兵日久。京師今晏朝。洙曰：後漢明帝論曰：明帝善刑理，法令分明。日晏坐朝，幽枉必達。趙曰：以前日用兵之久，而今日罷兵，則可以晏朝也。犬羊曾爛熳，洙曰：應劭曰：鮮卑隔在漠北，犬羊爲群。宫闕尚蕭條。洙曰：孫子荆書：四海蕭條，非復漢有。顔延年：宫陛多窠穴，城闕生雲煙。趙曰：以吐蕃爲患之久，故前日嘗陷京師，今尚蕭條也。猛將宜嘗膽，洙曰：李陵書：猛將如雲。越王勾踐反國，苦身勞思，置膽於坐，坐卧即仰膽，飲食亦嘗膽也。曰：「女忘會稽之恥耶。」趙曰：猛將，謂董嘉榮也。龍泉必在腰。洙曰：事見奉送蘇州李長史之任詩「三尺獻龍泉」注。黄圖遭污辱，洙曰：天子圖籍也。趙曰：有三輔黄圖之書，言宫殿名號與京畿地理也。月窟可焚燒。洙曰：長楊賦：西壓月窟。又言月窟雖高，猶可燒之也。蘇曰：吴術曰：「大丈夫按劍横行沙塞，取月支之首，焚其窶窟。何區區奔走塵埃中，爲掃門兒態耶。」章炳壯其言，薦爲游擊將軍。趙曰：指言吐蕃巢穴也。會取干戈利，趙曰：此戒董卿之辭。干戈利，則書「敵乃干，穀乃戈」之義。無令斥候驕。洙曰：西域傳：斥候百人，五分之，夜擊刀斗，自衛。趙曰：無令其驕，則號令嚴肅也。斥候，兵家探候也。居然雙捕虜，洙曰：後漢：世祖建武四年，拜馬武捕虜將軍。顯宗初，西羌寇隴西，覆軍殺將。朝廷患之，復拜武捕虜將軍。自是一嫖姚。洙曰：霍去病爲嫖姚校尉。落日思輕騎，蘇曰：何斌：輕騎數百，轉戰至日暮，斬馘，擒酋首。趙曰：史有云：輕騎襲之。秋天憶射鵰。洙曰：李廣時爲上郡太守，匈奴侵上郡，上使中貴人從廣勒習兵擊匈奴。中貴人者將十騎從，見匈奴三人，與戰，射傷中貴人，殺其騎且盡。中貴人走廣，廣曰：「是必射鵰者。」廣乃從百騎往馳三人，三人亡馬步行，行數里，廣令其騎張左右翼，而廣自射彼三人者，殺得二人，生得一人。果匈奴射鵰者。**修可曰**：北史：斛律金子光見一大禽，射之，正中其頸，形如車輪而下，乃鵰也。邢子高歎曰〔一〕：「此射鵰手也。」人號爲落鵰都督。是詩寄董嘉榮，而元注别李廣傳匈奴射鵰〔二〕，非是。**雲臺畫形像，**洙曰：見「雲臺終日畫」注。**皆爲掃氛妖。**洙曰：掃氛妖，言能靖患亂也。**趙曰**：所以激昂董卿也。漢雲臺畫二十八將之像，以其有功氛妖也。

西閣二首

巫山小搖落，洙曰：宋玉九辨：草木搖落而變衰。燕歌行：草木搖落露爲霜。**趙曰**：楚地暖，其搖落也小小而已。**碧色見松林。百鳥各相命，****夢符曰**：右按王粲登樓賦：鳥相鳴而舉翼。注：大戴禮夏小正之「鳴也者，相命也」。**孤雲無自心。**洙曰：陶淵明詠貧士：萬旅各有記〔三〕，孤雲獨無依。**層軒俯江**

〔一〕子，疑當作「子」。見杜集札記。

〔二〕别，疑當作「引」。

〔三〕旅，疑當作「族」；記，疑當作「託」。

壁，洙曰：招魂：高堂邃宇，檻層軒些。要路亦高深。洙曰：選：先據要路津。朱紱猶紗帽，新詩近玉琴。趙曰：朱紱則朝服，而紗帽則隱者之巾。公官雖省郎，而閑曠，故云。功名不早立，衰疾謝知音。哀世非王粲，終然學越吟。洙曰：王粲登楲賦云〔一〕：莊舄顯而越吟。

懶心似江水，日夜向滄洲。洙曰：謝玄暉詩：既懽懷緣情，復叶滄洲趣。不道含香賤，洙曰：尚書郎含雞舌香，以其奏事答謝，欲使氣芬芳。田曰：應劭漢官儀曰：始桓帝時，侍中刁存年老口臭，上出雞舌香與含之，頗辛螫，不敢咀燕，疑有過賜毒藥。歸舍，辭決家人，哀泣，可知其故。僚友取其藥驗之，無不嗤笑。後尚書郎含雞舌香，始於此。其如鑷白休。鑷，昵輒切。田曰：南史：鬱林王年五歲，戲高帝傍，令左右鑷白髮，王問：「我誰耶？」答曰：「太翁。」帝笑謂左右曰：「豈有爲人作曾祖，而拔白髮乎？」即擲鏡鑷。經過調碧柳，趙曰：通下句言秋時。公詩又曰：清秋凋碧柳。舊誤作「調碧柳」，非是。蕭索倚朱樓。畢娶何時竟，洙曰：謝靈運謂子尚曰：男娶女畢，勑斷家事，勿復相關。消中得自由。趙曰：相如有此疾也。豪華看古往，趙曰：庾信見遊春人詩云：金穴盛豪華。舊誤作「蒙華」，非是。服食寄冥搜。洙曰：選：服食求神仙。古賦：遠寄冥搜。詩盡人間興，兼須入海求。趙曰：方欲儘南下，故有「入海」

〔一〕楲，疑當作「楼」。見杜集札記。

之語。

西閣雨望

樓雨霑雲幔，山寒著水城。逕添沙面出，湍減石稜生。**趙曰：**逕之所以添，以水落而涉面出也。湍減則石露而其稜自生，可謂奇語矣。菊蘂淒疏放，松林駐遠情。滂沲朱檻濕，**洙曰：**詩：彼滂沲矣。萬慮倚簷楹。**洙曰：**沈休文詩：夕自傍簷飛〔一〕。**趙曰：**簷邊之柱也。傍倚簷楹，有所思矣。

上卿翁請修武侯廟遺像缺落時崔卿權夔州

大賢爲政即多聞，**趙曰：**言多有傳聞之善政也。刺史真符不必分。尚有西郊諸葛廟，卧龍無首對江濆。**洙曰：**徐庶謂先主曰：「諸葛孔明，卧龍也。」

孤鴈**彦輔曰：**一云「後飛鴈」。公値喪亂，羇旅南土，而見於詩者，志嘗在於鄉井，故託意於孤鴈也。末

〔一〕自，疑當作「鳥」。見杜集札記。

章識不知我而譊譊者。

孤鴈不飲啄，飛鳴聲念群。洙曰：一作「聲聲飛念群」。誰憐一片影，相失萬重雲。師曰：鮑當孤鴈詩云：更無聲接緒，空有影相隨。孤則孤矣，豈若子美有「不飲啄」、「念群」之語，孤之中乃有不孤之念。而「誰憐一片影，相失萬重雲」，又有不盡之意乎。望盡似猶見，哀多如更聞。野鴉無意緒，鳴噪自紛紛。

黃草鄭曰：峽中記：三峽劍側多黃草生，虎豹賢之〔一〕，故云。

黃草峽西船不歸，赤甲山下行人稀。趙曰：舊作「少人稀」。惟蔡伯世本作「人行稀」，是。黃草峽在涪州，峽之西則蜀中矣。言水行之舡不歸，陸行之人稀少，此所以致疑道路之梗塞也。秦中驛使無消息，蜀道兵戈有是非。鮑曰：崔寧之亂，郭英乂犯寧家室，寧逐之是也。以大義責之，則寧以偏裨逐大將，非也。趙曰：望秦中之驛使，則無消息。聞蜀道之兵戈，或是或非，未敢必料也。蔡伯世曰：是時蜀中多故。冬日詩公自注曰：傳聞軍官自圍普。遂可見之矣。萬里秋風吹錦水，洙曰：成都記：濯錦江，秦相張儀

〔一〕賢，疑當作「資」。見杜集札記。

所作笮橋，東下枕水，舊錦里勝基址，由在此水，濯錦即鮮明，它水不得。太原公濬而闢之，堅其岸而疏大之，澄而陽之。水居者以虹橋跨水，綵畫相鮮，笙歌之樂，恍若天外之意也。**趙曰**：因蜀道之兵戈而起思。秋風，言萬里橋之秋風也。錦水正在其下。**誰家別淚濕羅衣。洙曰**：古詩：被服羅衣裳。**蘇曰**：王泊聞砧詩：空閨少婦聽，別淚滿羅衣。**趙曰**：言行兵出戍，與夫避難逃禍者，爲有離別矣。**莫愁劍閣終堪據，洙曰**：張孟陽劍閣銘：興實在德，嶮亦難恃。**蘇曰**：姜維曰：劍閣堪據，實蜀路要之處。**聞道松州已被圍。洙曰**：松州在西山，吐蕃之南鄙也。**蘇曰**：梁元帝解松州之圍。**趙曰**：勿謂劍閣之險可恃，而欲割據。雖松州在劍閣之内，已有圍之者矣。此所以戒守土之臣也。

白鹽山

卓立群峰外，蟠根積水邊。他皆任厚地，爾獨近高天。白牓千家邑，趙曰：言縣額以白爲牌耳。**清秋萬古船。詞人取佳句，刻畫竟難傳。趙曰**：欲以佳句專詠白鹽之狀，雖加刻畫，終難傳播，所以重言於難措辭也。

覆舟二首

巫峽盤渦曉，洙曰：江賦：衝巫峽以迅激。又：盤渦谷傳。**黔陽貢物秋。丹砂同隕石，洙曰**：

僖十六年：隕石於宋丘〔一〕。翠羽共沉舟。洙曰：洛神賦：或拾翠羽。鄒陽書：積羽沉舟。羈使空斜影，羈，旅也。趙曰：一句寫出押舡使者舡覆而無聊之意盡矣。龍居悶積流。洙曰：龍居，寶之所歸聚也。趙曰：罪流之爲孽也。世言覆舟之物多爲龍宮之所聚耳。篙工幸不溺，俄頃逐輕鷗。洙曰：言其能溷爾。

竹宮時望拜，洙曰：前漢禮樂志：正月上辛用事甘泉圜丘，使童男女七十人俱歌，昏祠至明，夜常有神，光如流星，上集於祠壇。天子自竹宮而望拜，百侍祠者數百人〔二〕，皆肅然動心。趙曰：詳味此篇，蓋因祠享而貢物也。上四句言祠享，下四句言覆舟。桂館或求仙。洙曰：前漢郊祀志：公孫卿曰：「仙人可見，上常處〔三〕，以故不見，今陛下可爲館，如緱氏城，置棗脯，神人宜可致。仙人好樓居。」於是長安創飛廉、桂館。師古曰：飛廉及桂館，二館名。黄曰：竹宮、桂館事，皆語諷玄宗好神仙。姹女凌波日，姹，陟駕切。洙曰：曹子建洛神賦：凌波微涉〔四〕，羅襪生塵。桓帝童謡「河簡姹女工數錢」也〔五〕。神光照夜年。趙曰：所謂「神

〔一〕丘，疑當作「五」。見杜集札記。
〔二〕首「百」字後疑闕「官」字，當作「百官」。見杜集札記。
〔三〕此句疑當作「上往常遽」。見杜集札記。
〔四〕涉，疑當作「步」。見杜集札記。
〔五〕簡，疑當作「間」。

光如流星」是已，此四句言祠神而神降之。徒聞斬蛟劍，洙曰：荆佽飛得寶劍，渡江中流，兩蛟繞舟幾没，佽飛拔劍斬蛟，乃得濟。趙曰：恨無劍以斬蛟。無復爨犀船。洙曰：温嶠爨犀以照水怪。使者隨秋色，迢迢獨上天。洙曰：張騫也。趙曰：上天以言見帝也，然使者之情爲可嗟矣。

懷灞上遊

悵望東陵道，洙曰：蕭何傳：召平，故秦東陵侯。種瓜長安城東，世謂東陵瓜。阮籍詩云：昔聞東陵瓜，近在青門外。平生灞上遊。洙曰：灞水也。春濃停野騎，夜宿敞雲樓。離別人誰在，趙曰：所與同遊灞上之人，今既離別，復誰在乎。經過老自休。眼前今古意，江漢一歸舟。洙曰：古詩：天際識歸舟。

日暮

牛羊下來夕，洙曰：詩：日之夕矣，牛羊下來。各已閉柴門。風月自清夜，江山非故園。石泉流暗壁，草露滿秋根。洙曰：一作「滴秋原」。頭白燈明裏，何須花燼繁。洙曰：世俗以燈花爲報喜，公流泛異鄉，觸事多感，固無意於此也。

晚晴

返照斜初散，浮雲薄未歸。江虹明遠飲，洙曰：楚詞：虹霓紛其朝霞兮，久淫淫而霖雨。漢燕王且謀反〔一〕，大虹下於宮中，飲井水竭。趙曰：惟近飲，所以明見之。舊作「遠飲」，非是。黄帝占軍訣曰：攻城，有虹從南方來，入飲城中者，從虹擊之。**峽雨落餘飛。鳧鶴終高去，**洙曰：喻避世之士能高舉遠引也。**羆熊覺自肥。**洙曰：喻貪暴者賊民以自豐也。蘇曰：秦純詩：麒麟鸞鳳何時見，豺虎羆熊日覺肥。工部當離亂之際，託意此詩，極工。趙曰：晚晴矣，故鴻鴈仍高飛而去，羆熊之覺肥，亦以晴而便求食也。別無託興。**秋分客尚在，竹露夕微微。**

哭王彭州掄

執友驚淪没，趙曰：禮記：執友稱其仁也。**斯人已寂寥。新文生沈謝，**洙曰：沈約、謝靈運也。趙曰：以沈、謝比之，則君王必能文矣〔二〕。**異骨降松喬。**洙曰：王君平謂茅盈曰：「子有異骨，可學仙。」漢文帝：壽命非松、喬得神仙。赤松子、王喬也。**北部初高選，**洙曰：漢有北部太守。趙曰：言其初官得京

〔一〕且，疑當作「旦」。見杜集札記。
〔二〕君王，疑當作「王君」。

畿尉也，故用北部事。曹操年二十，除洛陽北部尉。舊注謂北部太守，豈有才起身而遂爲太守者乎？**東堂早見招。**洙曰：晉郄詵還，遷雍州刺史。武帝於東堂會，問詵曰：「卿自以爲何如？」詵對曰：「臣舉賢良對策，爲天下第一，猶桂林之一枝，崑山之片玉。」帝笑。侍中奏免詵官。帝曰：「吾與之戲耳，不足爾。」**蛟龍纏倚劍，**趙曰：言禁從之地，變化者如蛟龍，纏繞其所倚之劍。**鸞鳳夾吹簫。**洙曰：王子晉，趙鸞與鳳夾其所，吹之簫也。秦有簫史，教弄玉以吹簫，而鳳凰降。舊注於此句下注王子晉，誤惑學者。子晉乃是吹笙，非簫也。**歷職漢庭久，**洙曰：職任也。**中年胡馬驕。**洙曰：謂安、史亂。**兵戈聞兩觀，**洙曰：東京賦：建象魏之兩觀。**寵辱事三朝。**洙曰：隨國之寵辱。趙曰：謂明皇、肅宗與當日代宗也。**蜀路江干窄，**洙曰：見「謾勞車馬駐江干」注。**彭門地里遙。**洙曰：彭門，地名，屬彭州。鄭曰：即彭州。即兩峰相對曰天彭。**解龜生碧草，**洙曰：謝靈運：解龜在景平。謂解去所佩龜印。**諫獵阻清霄。**洙曰：司馬長卿上書諫獵。趙曰：王君必彭州替罷，而有封事於雖朝上而不報也。**頃壯戎麾出，叨陪幕府要。**趙曰：言王在彭州而參成都節度軍謀矣。**將軍臨氣候，**趙曰：指言揔戎之人。**壯士塞風飈。**趙曰：指言戰鬪之士。**井渫**洙曰：又作「滿」。渫，悉列切。**泉誰汲，**洙曰：易：井之九三，井渫不食，爲我心惻，可用汲。注言潔己而不見用也。**烽疏火不燒。**趙曰：凡軍旅所在必先論井泉，凡有警必頻舉烽燧。今井泉不汲，而烽火不燒，則無事矣。皆以王君參謀所致而然也。**前籌多自暇，**洙曰：張良借筯前籌。**隱几接終朝。**隱，去聲。洙曰：孟子：隱几而卧。翠石俄雙表，洙曰：蔡伯喈樹碑表墓。寒松竟後凋。洙曰：語：歲寒，然後知松柏之後凋。贈詩焉敢墜，染翰欲無聊。蘇曰：晁建中：僻居山林，經年不識車馬，養成嬾散。或答親友書亦無聊染翰，誰復著書者耶。趙曰：謂不敢以其死而廢詩篇之贈，然染翰之間，自痛悼，而其情無聊矣。再哭經過罷，洙曰：橋玄見曹植曰〔一〕：「天下將亂，安生民者其在君乎？」後玄死，操經過玄墓，輒愴悽致祭，感其知己也。趙曰：聞其死已哭矣，靈櫬從舟中經過夔州，則公又再哭焉。離魂去住銷。洙曰：言去者有思念之心，住者有思念之意，故皆銷魂也。趙曰：離別之魂，或去自夔州，或住夔州，皆自銷矣。之官方玉折，洙曰：蕭望之：便道之官。王褒：死如玉折也。寄葬與萍漂。洙曰：寄葬莽也。趙曰：追悼其才赴任而遂如玉折，又傷念其寄殯若萍泛未安也。曠望渥洼道，洙曰：渥洼水出龍馬，謂王之如龍馬不可復見矣。霏微河漢橋。洙曰：烏鵲填河爲橋，以渡牛、女，謂王之魂當在仙境矣。趙曰：言王君之喪未能歸鄉，言其所出陸馬所經之塗，與夫渡橋而往，方其曠望之間，霏微之眇矣。天馬篇：天馬徠，循東道。此所謂道也。河漢橋，如世傳織女渡河而烏鵲爲橋也。舊所引王之魂當在仙境，非是。夫人先即世，令子各清標。趙曰：歎王君没後如此。巫峽長雲雨，洙曰：見「峽内多雲雨」注。趙曰：言公身之在夔。秦城近斗

〔一〕植，疑當作「操」。

杓。**洙曰**：斗杓，斗極也。**趙曰**：公懷長安之遠。**鄭曰**：杓，平遥切，柄也。馮唐毛髮白，歸興日蕭蕭。**洙曰**：見「白首恨爲郎」詩注。**趙曰**：公自嘆其留滯空老，又因王君之喪，不即還鄉而感傷也。

王狀元集百家注編年杜陵詩史二十二卷

王狀元集百家注編年杜陵詩史二十三卷

秋日寄題鄭監湖上亭三首

碧草違春意，洙曰：別賦：春草碧色。沅湘萬里秋。沅，音元。洙曰：沅、湘，二水名。池要山簡馬，洙曰：見「習池未覺風流盡」注。月静庾公樓。洙曰：晉庾亮在武昌，諸佐吏殷浩之徒乘秋夜共登南樓。俄而不覺亮至，諸人將起而避之，亮徐曰：「諸君可住，老子於此處興復不淺。」便據胡床與浩等談詠竟夕。其坦率行多此類。磨滅餘篇翰，洙曰：尚書序：其餘錯亂磨滅。蘇曰：吴湘曰：一代風流磨滅殆盡，唯有餘篇遺翰，氣焰焰然。平生一釣舟。趙曰：此兩句公自言也。高唐寒浪滅，髣髴識昭丘。洙曰：王粲登樓賦：北彌陶牧，西接昭丘。趙曰：高唐峽水入東而浪滅，則可以行，故能髣髴望昭丘而識之。王粲登樓賦：西接昭丘。注：當陽東南有楚昭王墓。

新作湖邊宅，還聞賓客過。自須開竹逕，誰道避雲蘿。趙曰：既開竹逕，則其逕顯豁，豈是隱避於雲蘿之間乎？官序潘生拙，洙曰：潘岳閑居賦：拙者絶意乎寵榮之事。趙曰：潘生所以比鄭監，蓋言其材器可以超遷，而止如潘岳之拙也。才名賈誼多。洙曰：本傳言：誼年少，頗通諸家之書。文帝召爲博士，每詔令議下，諸老先生未能言，誼盡爲之對。**捨舟應卜地，鄰接意如何。** 趙曰：公欲往江陵，故有鄰接之問。

暫住蓬萊閣，終爲江海人。 洙曰：沈休文詩：江海事多違。趙曰：鄭爲秘書監，即漢之東觀。後漢東觀書曰：學者稱東觀爲老氏藏室，道家蓬萊山。今鄭君罷退，斯江海之人矣。**揮金應物理，** 洙曰：張景陽詩：揮金樂當年，歲暮不留儲。夢符曰：右按古樂府煌煌京絡篇〔一〕：揮金留客坐，饌玉待鍾鳴。師曰：揮金，蓋二疏散金事。張協字景陽，詠史詩曰：昔在西京時，朝野多勸娛〔二〕。藹藹東都門，群臣祖二疏。朱軒耀金城，供帳臨長衢。達人知止足，遺榮忽如無。揮金樂當年，歲暮不留儲。按疏廣爲太傅，兄子美爲少傅〔三〕，乞骸骨歸，上加賜黃金二十斤，皇太子贈以五十斤。既歸日，具酒食待族人賓客相與娛樂。故子美有「揮金應物理」之句。**拖玉豈吾身。** 洙曰：西征賦：飛翠緌，拖鳴玉，以出入禁門者衆矣。**羹煮秋蓴弱，盃迎露菊新。** 洙曰：陶淵明詩：秋菊有佳色，裛露掇其英。泛此忘憂物，遠我達世情。一觴雖獨進，盃盡壺復傾。**賦詩分氣象，佳句莫頻頻。** 趙曰：言鄭君賦詩分我，得吟詠之氣象，則佳句莫也頻頻有之乎？

〔一〕絡，疑當作「洛」。見杜集札記。
〔二〕勸，疑當作「歡」。見杜集札記。
〔三〕美，疑當作「受」。見杜集札記。

秋清

高秋蘇肺氣，白髮自能梳。藥餌憎加減，洙曰：謝靈運詩：藥餌憎所止〔一〕，衰疾忽在斯。門庭悶掃除。洙曰：陳蕃不事一室，志掃除天下。杖藜還客拜，愛竹遣兒書。趙曰：王子猷愛竹，凡遣兒書則題字於竹上。十月江平穩，輕舟進所如。

九日諸人集於林

九日明朝是，相要舊俗非。洙曰：非昔日遊賞之地也。老翁難早出，賢客幸知歸。舊採黄花賸，石證切，亦作「剩」。梅曰：賸，有餘也。新梳白髮微。謾看年少樂，忍涙已霑衣。蘇曰：王子敬：昨過嵇公墳，忍涙急趨，迴首不覺霑衣，情動於中，莫可制止也。

九日五首闕一首。

重陽獨酌洙曰：一云「少飲」。盃中酒，抱病豈一作「起」。登江上臺。竹葉於人既無分，洙

〔一〕憎，疑當作「情」。見杜集札記。

曰：張景陽七命：乃有荆南烏程，豫北竹葉，浮蟻星沸，飛華萍接。竹葉，酒名也。趙曰：公病肺斷酒，雖酌而竟不飲也。張華輕薄篇曰：蒼梧竹葉清，宜城九醖酒。菊花從此不須開。洙曰：荆楚歲時記：九日登高飲菊花酒。殊方日落玄猿哭，洙曰：後語宋玉曰〔一〕：「子獨不見其玄猿乎？」趙曰：峽中多猿。古歌：巫山長佳啼，三聲淚霑裳。上林賦：玄猿素此〔二〕。舊國霜前白鴈來。洙曰：漢武太子婚，得白鴈於上林，以爲贄。鮑曰：筆談：北方白鴈，似鴈而小，秋深則來。白鴈至則霜降，北人謂之霜信。弟妹蕭條各何往，干戈衰謝兩相催。洙曰：干戈與衰老相逼也。

舊日重陽日，傳盃不放盃。即今蓬鬢改，但媿菊花開。洙曰：愁見節物也。北闕心長戀，洙曰：北闕，帝都也。趙曰：不忘君也。西江首獨迴。茱萸賜朝士，難得一枝來。洙曰：唐制：九日賜宴及茱萸。

舊與蘇司業，源明。兼隨鄭廣文。虔。採花香泛泛，洙曰：一云「簇簇」。坐客醉紛紛。野樹歌還倚，秋砧醒却聞。歡娛兩冥寞，洙曰：言蘇、鄭俱亡，而已又流落也。顏延年：衣冠終冥寞。西北有孤雲。洙曰：魏文帝：西北有浮雲。孝祥曰：唐狄仁傑授并州法曹參軍，親在河陽，仁傑登太行

〔一〕後語，疑當作「新序」。
〔二〕此，疑當作「雌」。

山，反顧見白雲孤飛，謂左右曰：「吾親舍其下。」瞻悵久之。雲移，乃得去。

故里樊川菊，洙曰：樊川在杜曲。登高素滻源。洙曰：滻，所簡切，滻水也。他時一笑後，今日幾人存。洙曰：言節物依然而人事更變也。巫峽蟠江路，終南封國門。繫舟身萬里，伏枕淚雙痕。洙曰：巫峽、終南相去萬里，於流落之際而又伏枕，則羈苦可知矣。爲客裁烏帽，從兒具綠樽。洙曰：沈休文：賓至下塵榻，憂來命綠樽。佳辰對洙曰：一作「帶」。群盜，愁絶更堪論。洙曰：當盜賊充斥，道路阻絶，於異鄉逢此佳節，固多愁蹙也。

諸將五首

漢朝陵墓對南山，洙曰：張孟陽七哀詩：北邙何壘壘，高陵有四五。借問誰家墳，皆云漢世主。恭文遥相望，原陵鬱膴膴。胡虜千秋尚入關。昨日玉魚蒙葬地，洙曰：西京雜記：長安大明宫宣政殿。此殿初就，每夜見數騎衣鮮麗遊往其間。高宗使巫祝劉明奴、王湛然問其所由。鬼云：「我是漢楚王戊太子，死葬於此。」明奴等曰：「按漢書戊與七國反，誅死，無後，焉得其子葬於此？」鬼曰：「我當時入朝，以路遠不從坐，後病死。天子於此葬我。漢書自有遺誤耳。」明奴因宣詔與改葬。鬼喜曰：「我昔日亦是近屬豪貴，今在天子宫内出入不安，改卜極爲幸甚。今在殿東北入地丈餘，我死時天子斂我玉魚一雙，今猶未朽，必以此相送，勿見奪也。」明奴以事奏聞，有勑改葬苑外。及發掘，玉魚宛然見在，棺槨之屬朽爛已盡。自是遂絶。**早時金碗出人間。**洙曰：孔氏怪曰〔一〕：盧充家西有崔少府墓。一日，見一府舍門進見少府，與崔小女爲婚。三日，崔曰：「君可歸。女生男，當以相還。」居四年。三月三日，臨水戲，忽見崔氏并少府抱兒還充。又與碗，并贈詩一首。充取兒、碗及詩，女忽不見。充詣市賣碗，崔女姨曰「我妹之女嫁而亡，贈以金碗，著棺中」云。田曰：補遺云：沈炯行經漢武通天臺，爲表奏之，其略曰：甲帳珠簾，一朝零落。茂陵玉碗，遂出人間。今公所言乃茂陵事，但金玉異爾。舊所引乃女子之事也。趙曰：此四句所以邀怒諸將也〔二〕。漢朝天子之陵、大臣之墓，自以對南山千秋萬歲之固矣。及胡虜入關，不無侵掠也。**見愁汗馬西戎逼，曾閃朱旗北斗閑。**洙曰：子美父名，集中兩處用「閑」字，皆非是。謂吐蕃於河隴陷京師也。趙曰：前四句既有胡虜發拙冢墓矣〔三〕，今繼有吐蕃之難，而諸將不知憤激，速來長安禦戎也。長安號北斗城耳。**多少材官守涇渭，**洙曰：漢材官蹶張，皆武臣也。**將軍且莫破愁顏。**趙曰：爲將軍者，當以防寇爲念，且莫破愁顏而爲樂也。

韓公本意築三城，擬絶天驕拔漢旌。洙曰：匈奴傳：天之驕子。夢符曰：右按唐呂温三受降城

〔一〕「怪」前疑闕「志」字。
〔二〕邀，疑當作「激」。見杜集札記。
〔三〕拙，疑當作「掘」。見杜集札記。

碑：默啜强暴，朔方天總管韓國公張仁愿請築三城〔一〕，奪據其地。中宗詔許，橫議不撓。於是留及瓜之戍，斬姦命之卒，六城雷動，三城岳立，以拂雲祠爲中城，東西相去各四百里。過朝那而北闢，斥候迭望，幾二十所〔二〕，損費億萬，減兵萬人。趙曰：漢匈奴傳：自稱爲天之驕子。而回紇者，匈奴之種也。故亦得稱天驕。豈謂盡煩回紇馬，翻然遠救朔方兵。洙曰：言築城以備蕃寇，而蕃反爲唐平難也。趙曰：至德元年，郭子儀以朔方、安西、回紇等兵討安慶緒。其後回紇恃功侵擾中國，此公所以嘆也。胡來不覺潼關隘，洙曰：謂禄山陷關也。趙曰：潼關非不隘也，而胡來不覺其隘，蓋以失守也。此以譏哥舒翰之敗。龍起猶聞晉水清。洙曰：謂肅宗起於靈武也。趙曰：河北者，晉地也。乃安賊所起之地。肅宗龍飛而晉水復清。獨使至尊憂社稷，諸君何以答升平。蘇曰：劉毅曰：至尊獨憂社稷，焦心勞思，諸大夫忍食肉，端然安君平。洛陽宮殿化爲烽，洙曰：曹子建：洛陽何寂寞，宮殿盡燒焚。休道秦關百二重。洙曰：張孟陽劍閣銘：秦得百二，併吞山河。注：言百二，謂以二萬之衆，足以當百萬，得形勢也。趙曰：祖出前漢：田肯賀高祖曰：「陛下治秦中，秦形勝之國也。帶山阻河，持戟百萬。秦得百二焉。」注曰：秦地險固，二萬人足當諸侯百萬人也。滄海未全歸禹貢，薊門何處盡堯封。洙曰：言爲盜賊所奄有也。趙曰：滄海指山東，

〔一〕天，疑當作「大」。見杜集札記。
〔二〕十，疑當作「千」。

薊門言河北。言爲盜賊所陷也。朝廷袞職雖多預，天下軍儲不自供。趙曰：罪朝廷之臣不能補袞也。下言郡國不修貢賦，須上求索而後供也。稍喜臨邊王相國，洙曰：王縉也。文中子：折衝樽俎不臨邊。肯銷金甲事春農。洙曰：蔡文姬詩：金中耀日光〔一〕。

回首扶桑銅柱標，洙曰：見「南海殘銅柱」注。趙曰：馬援南征，建銅柱標以勒功。冥冥氛祲未全銷。越裳翡翠無消息，洙曰：前漢西域傳贊：孝武之世，覩犀布玳瑁，則建朱崖七郡。自是之後，明珠文甲通犀翠羽之珍，盈於後宮。師古注云：昔周公相成王，越裳氏重九譯而獻曰雉〔二〕，譯曰：「吾受命國之黃耇已日〔三〕：『久矣，天之無烈風迅雷也，意中國有聖人乎，蓋往朝之。』」南海明珠久寂寥。洙曰：賈琮傳：交趾土多珍異，產明璣、翠羽、犀象、瑇瑁、異香、美木之屬，莫不自出。殊錫曾爲大司馬，洙曰：東晉石勒侵阜陵，詔加王導大司馬，假以黃鉞，出討之。軍次江寧，帝親餞于郊。揔戎皆插侍中貂。洙曰：漢侍中冠武弁大冠，亦曰惠文冠，加璫附蟬爲文，貂尾爲飾也。趙曰：此深責諸君徒享高爵厚恩，而不能輸忠者也。故有下句。師曰：子美嘗有「自平宮中呂太一」、「南海收珠」之句。蓋呂太一爲廣州使，舉兵叛，故翡翠明珠久

〔一〕中，疑當作「甲」。見杜集札記。
〔二〕曰，疑當作「白」。見杜集札記。
〔三〕已，疑爲衍文；日，疑當作「曰」。

不貢朝廷。說者多引此詩以解太一之事。摠戎皆插侍中貂，言將帥邀功皆居高官也。**炎風朔雪天王地，只在忠良翊聖朝。** **洙曰**：言天子冒風雪於外，所賴者惟忠臣而已。**趙曰**：公以莫非王土，當脩職貢，必欲其來，而在忠臣翊贊天子而已矣。

錦江春色逐人來， **趙曰**：此篇專言嚴武也。公以去年夏離成都，而今年至夔，初見春焉，故云「逐人來」。**巫峽清秋萬壑哀。** **洙曰**：殷仲文詩：獨有清秋日，能使高興盡。又：爽籟驚幽律，哀壑叩虛牝。**趙曰**：公至夔初見秋也。**正憶往時嚴僕射，** 嚴武。**共迎中使望鄉臺。** **趙曰**：嚴武鎮蜀，辟公爲參謀。望鄉臺在成都之北，時公隨嚴僕射登此臺以迎中使也。**主恩前後三持節，** **洙曰**：按武傳：兩鎮蜀，一刺緜州。**趙曰**：第一次寶應元年正月，權令兩川都節制。第二次於六月，專以節制西川，阻徐知道反，不得進。第三次廣德二年，朝廷方正以兩川合一節度，而武以黃河侍郎來〔一〕。**軍令分明數舉盃。** **西蜀地形天下險，安危須仗出群材。** **洙曰**：劍閣銘曰：形勝之地，匪親勿居。**趙曰**：安危則安其危也。公於八哀之言武公來雪山重，武公去雪山輕，正此意矣。

〔一〕河，疑當作「門」。

月

四更山吐月，**趙曰**：在夔州群山之中，故謂之「山吐月」，字出費昶省中聞擣衣詩「丹墀吐明月」，蓋吐露其光之謂。殘夜水明樓。**趙曰**：言夜將盡矣，登樓看月，其明照於水，而水光照樓。**沈曰**：詩第二字側入，謂之正格。如此句謂之偏格。唐名輩詩多用正格，杜詩用偏格者十無二三。**余曰**：王直方詩話云：子美此二句才力富健。塵匣元開鏡，**洙曰**：古詩：破鏡飛上天。**趙曰**：庾信鏡詩：玉匣聊開鏡。信用之於鏡。而公則以比月爲工矣。風簾自上鈎。**洙曰**：月詩：纖纖似玉鈎，娟娟若娥眉。謝玄暉：風簾入雙燕。**趙曰**：如陳蕭佺詩「珠簾半上珊瑚鈎」也。兔應疑鶴髮，蟾亦戀貂裘。**趙曰**：上句公又自言其老，下句公又自言其貧。鶴髮，老者之狀。庾信竹杖賦：子老矣，鶴髮雞皮。又使蘇季子黑貂裘也。斟酌姮娥寡，天寒奈九秋。**洙曰**：見「九秋驚鴈」字。**尹曰**：後漢天文志注：張昭載靈憲之言曰〔一〕：日者，陽精之宗，積而成烏，象烏而有三距。陽之類，其數奇。月，陰精之宗，積而成獸，象兔。陰之類，其數耦。其後有憑焉者。羿請不死之藥於西王母，其妻姮娥竊之以犇月，將往，枚筮之於有黄，有黄占之曰：「吉。翻翻歸妹〔二〕，獨將西行。

〔一〕張昭，疑當作「劉昭」。見杜集札記。

〔二〕翻翻，疑當作「翩翩」。

逢大晦茫〔一〕，毋驚毋恐，後且大昌。」姮娥託身於月，是名蟾蜍。阮嗣宗詠懷詩：悅懌若九春。李善注引春秋元命包云：陽氣成於三，故一時三月；陽氣終於九，故三月一時，凡九十日。宋哀曰〔二〕：四時皆象，此不獨春也。九秋，以九十言。

上白帝城

彥輔曰：華陽國志：先主征吳，於夷道還，薨於巴東治魚復縣。公孫述更名白帝。章武中改曰永安。先主章武元年，屯白帝城，遂爲重鎮。後主建興十五年中，吳將全琮來攻，不剋。

城峻隨天壁，趙曰：天然自立之石壁也。師曰：天壁乃西方室壁之星，言城之高，與天壁相隨。**樓高更女牆。**洙曰：庾信泛江詩：春江下白帝，畫舸向黃牛。錦纜回沙磧，蘭橈避荻洲。濕花隨水泛，空巢逐樹流。岸社多喬木，山城是迴樓。徐敬業登琅邪城云：登陴起遐望。注：女牆也。孝祥曰：崔豹古今注：女牆，城上小牆也。亦名睥睨，言於牆上睥睨人也。**江流思夏后，**洙曰：禹貢：岷山導江，東別爲沱。左傳：劉子見河洛，思禹功。江賦：巴東之峽，夏后疏鑿。**風至憶襄王。**洙曰：宋玉風賦：楚襄王遊於蘭臺之宮，宋玉、景差待，有風颯然而至者，王乃披襟而當之，曰：「快哉此風。」**老去聞悲角，人扶報夕陽。**公孫

〔一〕大，疑當作「天」。
〔二〕宋哀，疑當作「宋衷」。見杜集札記。

初恃險，躍馬意何長。洙曰：左太沖蜀都賦：臨谷爲塞，因山爲障。峻阻塍埒長城，豁險吞若巨防。一人守隘，萬夫莫向。公孫躍馬而稱帝，劉宗下輦而自王。後漢公孫述字子陽，使人詐稱漢使者，假述輔漢將軍、蜀郡太守，述恃其地險衆附，自立爲蜀王，都成都。蜀地肥饒，兵力精强，遠方士庶多歸之，遂立爲天子，號成家。昔蔡澤不遇而從唐舉相，曰：「先生之壽，促今以往者四十三歲〔一〕。」蔡澤笑謝而去，謂其御者曰：「吾持梁刺齒肥，躍馬疾驅，懷黄金之印，結紫綬於腰，揖讓人主之前，食肉富貴，四十三年足矣。」公孫述夢有人語之曰：「公子系十二爲期。」覺，謂其妻曰：「雖貴而祚短，若何？」妻對曰：「朝聞道，夕死尚可，況十二年乎？」

宿江邊閣

暝色延山徑，高齋次水門。薄雲巖際宿，孤月浪中翻。韓曰：何遜入西塞示南府同僚詩云：薄雲際出〔二〕，初月波中上。鸛鶴追飛盡，豺狼得食喧。不眠憂戰伐，無力正乾坤。洙曰：謝靈運詩云：林壑斂暝色。鶴賦〔三〕：星翻漢迴，曉月將落。

〔一〕促，疑當作「從」。
〔二〕「雲」後疑闕「巖」字。見杜集札記。
〔三〕「鶴賦」，疑當作「舞鶴賦」。

別崔潩因寄薛據孟雲卿潩，夷記切。

志士惜妄動，蘇曰：謝安石：志士之心如石，豈可妄動？知深難固辭。趙曰：志士本惜妄動，而受知之深，則難固辭，此以言漫赴幕職於湖南也。如何久磨礪，但取不磷緇。鄭曰：磷，力珍切。洙曰：語：不曰堅乎，磨而不磷。不曰白乎，涅而不緇。喻君子雖在濁亂，不能污也。謝靈運：緇磷謝清曠，疲薾慚貞堅。趙曰：言如以久磨礲淬礪，便以爲利乎？所貴尚者取磨不磷、涅不緇而已。夙夜聽憂主，飛騰急濟時。荆州遇薛孟，爲報欲論詩。蘇曰：阮瞻行，程劇曰：「煩子寄語友人，欲與子共竹林諸公論詩耳。」

殿中楊監見示張旭草書圖

斯人已云亡，草聖祕難得。趙曰：漢張伯英善草書，人謂之草聖。及兹煩見示，滿目一悽惻。蘇曰：孫登：人事悽凉，滿目淒惻。悲風生微綃，洙曰：潘安仁：凱風揚微綃。萬里起古色。師曰：言有古人之氣象。鏘鏘鳴玉動，落落群松直。連山蟠其其間〔一〕，溟漲與筆力。趙曰：言筆力浩汗，若溟勃之漲水，乞與之也。此篇言玉動、松直、山蟠，皆狀其草書耳。師曰：自「鏘鏘鳴玉動」至此句，

〔一〕疑衍一「其」字。

皆言草書之狀。有練實先書，臨池真盡墨。**洙曰**：張伯英善草書，凡家之衣帛必先書而後練。臨池學書久，池水盡黑，人謂之草聖。俊拔爲之主，**泰伯曰**：俊拔，言筆力超越人也。暮年思轉極。未知張王後，**趙曰**：張則伯英，王則羲之。誰並百代則。嗚呼東吴精，**洙曰**：張乃蘇州人也。逸氣感清識。**洙曰**：張芝草書，每大醉叫呼狂走乃下筆，自視以爲神。**趙曰**：張旭之逸氣，感楊監之清識。楊公拂篋笥，**安石曰**：謂祕藏也。舒卷忘寢食。**蘇曰**：李成得王逸少帖，舒卷披玩，寢食俱忘，示兒曰：「此吾傳家之寶也。」**安石曰**：忘寢食，言愛之也。念昔揮毫端，不得觀酒德。**洙曰**：張自言始見公主擔夫争道而得書法意，觀公孫大娘舞劍器而得其神俊。觀張旭用意，不獨在於大醉而已。**趙曰**：公嘗曰「張旭三盃草聖傳」。又，劉伶善飲而有酒德頌也。

楊監又出畫鷹十二扇

近時馮紹正，能畫鷙鳥樣。明公出此圖，無乃傳其狀。殊姿各獨立，清絕心有向。疾禁千里馬，禁，居吟切。氣敵萬人將。**洙曰**：狀其快疾勇快也[一]。**夢符曰**：右按前漢：文帝有獻千里馬

[一] 勇快，疑當作「勇決」。

者。三國志：評曰：關羽、張飛，萬人之敵也矣。憶昔驪山宮，冬移含元仗。天寒大羽獵，此物神俱王。洙曰：玄宗盛時，常以冬十月幸温泉宮時肆獵。趙曰：莊子曰：澤雉一步一啄，百步一飲，神雖王，不善也。當時無凡材，百中皆用壯。洙曰：時寧王有高麗赤鷹，尤俊異，帝獵則置之駕前，號決雲兒。粉墨形似間，識者一惆悵。干戈少暇日，真骨老崖嶂。爲君除狡兔，會是翻鞲上。

送殿中楊監赴蜀見相公

趙曰：相公，杜鴻漸也。大曆元年，受劍南節度使。

去水絶還波，洙曰：古詩：長江無迴浪。洩雲無定姿。洙曰：陸機賦曰：有輕盈之艷狀，無實體之真形。人生在世間，聚散亦暫時。離別重相逢，偶然豈定期。趙曰：莊子曰：人生世間，如白駒之過隙。送子清秋暮，風物長年悲。趙曰：淮南子云：木葉落，長年悲。豪俊貴勳業，邦家頻出師。相公鎮梁益，軍事無孑遺。解榻再見今，洙曰：陳蕃禮周璆，别置一榻，去則懸之，來則解。用才復擇誰。況子已高位，爲郡得固辭。難拒供給費，慎哀漁奪私。洙曰：言不以道取也，如漁人之漁焉。蘇曰：張曙秉權勢，漁奪貧民私帑。干戈未甚息，紀綱正所持。泛舟巨石横，登陸草露滋。山門日易久，當念居者思。趙曰：此公自言也。左傳有居行者之語。師曰：甫意謂己能逐奸邪，苟能用之，則亦軒然而奮矣。

夜宿西閣曉呈元二十一曹長

城暗更籌急，樓高雨雪微。稍通綃幕霽，**趙曰**：言天幕之色，其薄如綃。遠帶玉繩稀。**洙曰**：謝玄暉詩：玉繩低建章。注：玉繩，星名。門鵲晨光起，**洙曰**：一作「喜」。檣烏宿處飛。**師曰**：謝玄暉詩：金波麗鳷鵲。鳷鵲，門名也。故曰「門鵲」。檣挂帆木而烏泊其上。故子美公安送李二十九詩又有「檣烏相背發」之句。過南岳入洞庭詩亦云「莫怪啼痕數，危檣逐夜兔」也〔一〕。然子美發潭州詩又云「檣燕語留人」，則不特檣烏而已。故燕子來舟中作斷句云：暫語舡檣還起去，穿花落水益沾巾。鳷鵲，又觀殿名。寒江流甚細，有意待人歸。**蘇曰**：蘇絲：野花溪草，春風未齊，應有意待遷人歸。

西閣口號呈元二十一

山木抱雲稠，寒空繞上頭。雪崖纔變石，風幔不依樓。社稷堪流涕，**洙曰**：賈誼上疏陳政事：可爲流涕者三。**蘇曰**：陳壽：思社稷事，使人真堪流涕。安危在運籌。**洙曰**：漢書：運籌帷幄之中。看君話王室，感動幾銷憂。

〔一〕兔，疑當作「烏」。見杜集札記。

縛雞行縛，伏約切。

小奴縛雞向市賣，雞被縛急相喧争。家中厭雞食蟲蟻，不知雞賣還遭烹。蟲雞於人何厚薄，吾叱奴人解其縛。雞蟲得失無了時，注目寒江倚山閣。**蘇曰**：杜悰注目寒水，搔首思歸。梁歇終日倚小閣，望遠水，悠然自樂，後隱天台山，不知所之。**趙曰**：人之得失如雞如虫，又且相仍，何時而了乎？至於「注目寒江倚山閣」，則所思深矣。近世惟黄魯直達此詩之旨，其書酺池寺書堂云：小黠大癡螗蜋捕蟬〔一〕，有餘不足夔憐蚿。退食歸來北窗夢，一江風月趁漁舡。可與言詩者當自解也。**師曰**：愛虫則害雞，愛雞則害虫，利害得失，要在權其輕重而爲之。除寇則勞民，愛民則養寇，其理亦猶是也。與其養寇，孰若勞民，與其食虫，孰若存雞。

不離西閣二首

江柳非時發，江花冷色頻。地偏應有瘴，**洙曰**：陶潛詩：心遠地自編〔二〕。**蘇曰**：吴宿曰：盧南地僻蒸熱，有瘴，凡事自養，嗔醉飽。臘近已含春。失學從愚子，無家住**洙曰**：一作「任」。老身。

〔一〕蜋，疑爲衍文。
〔二〕編，疑當作「偏」。見杜集札記。

傳：何恤無家。不知西閣意，肯別定留洙曰：一作「何」。人。趙曰：言西閣之意豈令我別乎，莫定要留人也。

西閣從人別，人今亦故亭。江雲飄素練，洙曰：一作「葉」。石壁斷空青。田曰：空青字，詩人無敢使，惟太白亦云「山色倒空青」。滄海先迎日，銀河倒列星。平生耽勝事，吁駭始初經。

西閣三度期大昌嚴明府同宿不到

問子能來宿，今疑索故要。趙曰：言不來宿者，蓋疑以我尋索，故要我也。匣琴虛夜夜，趙曰：期之不來，遂廢彈琴，故云「虛夜夜」。手板自朝朝。夢符曰：右按南史：庾道敏善相手板。世說：王子猷以手板拄頰，云：「西山朝來別有爽氣。」趙曰：手板，笏也。言嚴明府自持手板以入官府於朝朝也。冷吼霜鐘徹，花催蠟炬銷。夢符曰：右按山海經：豐山之鐘，霜降自鳴。豐山今在鄧州南陽縣北三十里。又梁劉孝威燭詩：浮光燭綺席，凝滴污垂花。趙曰：以待嚴君至也。鐘以曉而霜氣侵之，故謂之霜鐘。右「蠟」字作「臘」耳。早鳧江檻底，雙影謾飄颻。王喬鳧舄。

自平

自平宮中吕太一，洙曰：吕太一，代宗時爲廣南市舶使，逐刺史張休而反。蘇曰：自平宮中吕太一，世莫曉其義，而妄者以謂唐有自平宮。偶讀玄宗實録有宮中吕太一叛於廣南，故下有「南海收珠」之句。定功曰：「宮中」當作「中官」，見舊唐史帝紀。收珠南海千餘日。近供生犀翡翠稀，洙曰：時太一反，賦不止供也。復恐征戍干戈密。蠻溪豪族小動摇，蘇曰：蘇曰：今黔旋蠻兒小有摇動，亦須數年不止，兵革日平。世封刺史非時朝。洙曰：時溪洞蠻酋歸順者，皆世授刺史。蓬萊殿裏諸主將，才如伏波不得驕。趙曰：言汝輩才如馬伏波，可以辨征南之事，而輒不得驕悍也。師曰：東坡嘗云：讀杜詩不識太一之義，及覽拾遺，見有吕寧爲太一宮使，領廣南市舶，逐刺史張休而叛。乃曉太一非人名，宮號也。廣連蠻洞，守官者不務懷輯，則群蠻相率而叛，珠璣、犀象、翡翠之類所以不來貢也。自平吕太一之後，節制者得其人，是以南海收珠凡三載矣。近來供貢稀少，復恐鎮守者不能懷柔，妄舉兵征誅群蠻，此群蠻不復來貢矣。唐太宗之時，應溪蠻來歸者皆封刺史，不以時朝，不比内諸侯，姑務羈縻而已。是以蠻洞畏威懷德，蓋太宗時諸將之才率類馬援，故不敢驕慢悖命。傷今不然。昔漢馬援爲伏波將軍，群蠻畏服。

鷗

江浦寒鷗戲，無它亦自饒。却思翻玉羽，隨意點春苗。雪暗還須落，洙曰：一作「浴」。

風生一任飄。**趙曰：**鷗性耐寒。南越志曰：常以三月風至，乃還州嶼。幾群滄海上，清影日蕭蕭。

猿

裊裊啼虛壁，蕭蕭掛冷枝。艱難人不免，隱見爾如知。**趙曰：**人生不免艱難矣，然不知隱見之機，若猿則知之也。蓋猿之便捷，嘗隱茂林之中。慣習元從衆，**趙曰：**言便捷之慣，衆猿皆如此。全生或用奇。**趙曰：**得以全生如搏矢避弓之事。前林騰每及，父子莫相離。

黄魚

日見巴東峽，**洙曰：**荆州記：巴東三峽巫峽長。黄魚出浪新。脂膏兼飼犬，**洙曰：**韓愈叉魚詩：飼犬驗今朝。**蒼舒曰：**右按鹽鐵論：江陵之人以魚飼犬。**逸曰：**王充論衡云：彭蠡之濱，以魚飼犬。長大不容身。筒筩相沿久，**洙曰：**筒筩，捕魚器也。**趙曰：**筒筩散布水中，以繫餌，觀其没以爲驗，而隨其用以取之也。風雷肯爲神。泥沙卷涎沫，回首怪龍鱗。

白小

白小群分命，**洙曰**：物以群分。天然二寸魚。細微霑水族，風俗當園蔬。入肆銀花亂，傾箱雪片虛。生成猶拾卵，盡取義何如。**洙曰**：西京賦：獲胎拾卵，蚳蝝盡取。**趙曰**：微細所當有也。

麂居履切。

永與清溪別，**蘇曰**：夷陵風俗記曰：清溪山多麂麝。蒙將玉饌俱。**洙曰**：爾雅曰：麂，大麕，旄毛狗尾。梁王筠四言詩：玉饌駢羅。**秦曰**：左太冲吴都賦「競其區宇則并疆兼巷，矜其宴居則珠服玉饌」也。無才逐仙隱，**蘇曰**：九華隱翁，不知何許人，常驅一白麂往來，人莫識其姓名年紀。漢武多召，不起。後與麂同隱山，不出。**趙曰**：仙家嘗乘鹿車也。不敢恨庖厨。亂世輕全物，微聲及禍樞。**蘇曰**：王元行求安路，聞有物鳴林中，問樵者曰：「何聲？」曰：「鹿也。鳴即死。」少頃，果爲獵人大獲。元歎曰：「爲爾之微聲，已彰禍機，不可免。」**趙曰**：言亂世輕全生之物，才聞鹿鳴之微聲，則禍隨之矣。衣冠兼盜賊，饕餮用斯須。**洙曰**：文十八年傳：縉雲氏有不才子，天下之民以比三凶，謂之饕餮。注：貪財爲饕，貪食爲餮。**趙曰**：言衣冠之人行如盗賊，唯知饕餮而已。故使人多害生物以充庖，止在所須之間焉。**鄭曰**：饕，吐刀。餮，他結切。貪飲食也。

鸚鵡魯曰：一云「翦羽」。注皆是禰衡賦。

鸚鵡含愁思，聰明憶別離。洙曰：禰衡賦：性辯慧而能言，才聰明以識機也。趙曰：憶別則眷西路而長懷，望故鄉而延佇。翠衿渾短盡，紅觜謾多知。洙曰：紺趾丹觜，緑衣翠衿。趙曰：以言語而階亂，將不密以致危也。未有開籠日，洙曰：閉以雕籠，翦其翅羽。鸚鵡賦：鸚鵡慧而入籠。空殘宿舊枝。洙曰：想昆山之高峻，思鄧林之故枝。世人憐復損，何用羽毛奇。洙曰：雖同族於毛羽〔一〕，故殊智而異心。

雞

紀德名標五，洙曰：田饒曰：夫雞戴冠，文也。足持距，武也。見敵而鬬，勇也。得食而相呼，義也。鳴不失時，信也。雞有五德，君猶亨而食之，其所由來近矣。初鳴度必三。洙曰：禮文王世子：雞初鳴，衣

〔一〕族，疑當作「殊」。

服至寢門。蘇曰：雞經：未曉而必三唱。古詩云：三唱遠村雞。殊方聽有異，洙曰：晉祖逖與劉琨同寢，中夜聞雞鳴蹴，琨曰：「此非惡聲。」因起舞。失次曉無慚。洙曰：詩雞鳴：匪雞則鳴，蒼蠅之聲。後漢：應門失守，關雎刺世。趙曰：公在夔爲殊方，於殊方而聽雞鳴，有異於中原之它日，則以雞失鳴之次，而天既曉矣。殊無慚赧也。此陳壽國志所謂「失旦之雞」者矣。門俗人情似，充庖爾輩堪。洙曰：禮：充君之庖。蘇曰：梁繪兒群雞而語曰〔一〕：「爾輩堪充吾席之上庖。」氣交亭育際，趙曰：梁劉孝綽啓曰：一物之微，遂留亭育。巫峽漏司南。

西閣曝日

凛洌倦玄冬，負暄嗜飛閣。洙曰：負暄，以背向日也。昱曰：列子楊朱篇：宋國有田夫，常衣縕黂，僅以過冬。暨春冬作，自曝於日，不知有廣厦、隩室、綿纊、狐狢，顧其妻曰：「負日之暄，人莫知者。以獻吾君。」趙曰：梁元帝纂要曰：冬日玄英，亦曰玄冬。負暄，見此卷寫懷詩注。羲和流德澤，蘇曰：嵇紹貞謂友人曰：「荷羲和德澤之深。」友人大笑。顓頊愧倚薄。洙曰：曹子建：悲風鳴我側，羲和逝不留。重陰潤

〔一〕兒，疑當作「見」。

萬物，何懼歲不周。倚薄，見前注。**毛髮具自和，肌膚潛沃若。**洙曰：沃若，暖也。如以湯沃然。趙曰：上顯項見禮記月令。謝靈運詩：抽疾相倚薄，猶得静者便。倚薄，附著之謂也。**太陽信深仁，衰氣欻有託。歘傾煩注眼，容易收病脚。流離木杪猿，翩仙山顛鶴。**洙曰：敬祖：連翩御飛鶴。謝靈運：仰看條上猿。趙曰：翩仙，輕舉貌。**朋知苦聚散，哀樂日已作。即事會賦詩，人生忽如昨。古來遭喪亂，賢聖盡蕭索。**洙曰：自古喪亂之世，聖賢不得其所，故蕭索也。**胡爲將暮年，憂世心力弱。**師曰：負暄，炙背也。嗜，好也。羲和，日御也。顓項，北帝也。歘薄，謂陰氣迫人。沃若，暖貌。歘傾，謂展轉向日。病脚藉暖氣煦之，則易收。猿鶴喜日和，則流離布散，翩仙軒舉。人生貴隨時之宜，不必傷今不如古昔。古來聖賢遭喪亂之世，亦皆蕭索失所，豈獨甫乎？何必憂世而至於心之弱也。

月圓

孤月當樓滿，寒江動夜扉。委波金不定，洙曰：前漢郊樂歌：日月穆穆以金波。蘇曰：羊勝月賦：金委波而不定，桂照水以常摇。**照席綺逾依。**洙曰：江淹詩：綺席生浮埃。趙曰：委於波中則蕩漾，而金色不定，照席上則與綺繡相依。**未缺空山静，**趙曰：未缺，言月之尚圓。**高懸列宿稀。**鄭曰：宿，悉救切，列星也。**故園松桂**洙曰：一作「菊」。**發，萬里共清輝。**洙曰：陶潛云：三徑就荒，松菊猶存。

古詩：千里共明月。又：清輝溢天門。

中霄

西閣百尋餘，**洙曰**：西京賦：巨獸百尋。八尺曰尋。中霄步綺疏。**洙曰**：天台賦：皦日炯晃於綺疏。又，詩：交疏結綺窗，阿閣三重階。陸機：玄雲拖朱閣，振風薄綺疏。飛星過水白，過，古禾切。落月動沙虛。擇木知幽鳥，**洙曰**：仲尼曰：鳥能擇木，木豈能擇鳥？詩：鳥鳴嚶嚶，出自幽谷。潛波想巨魚。**洙曰**：古詩：潛虯思餘波。漢書：巨魚縱大壑。親朋滿天地，兵甲少來書。

白帝樓

漠漠虛無裏，**洙曰**：陸機：街巷紛漠漠。謝玄暉詩：生煙紛漠漠。連連睥睨侵。上匹詣，下研計切。**趙曰**：睥睨，城上女墻也。侵則侵虛無之裏，言其高也。**師曰**：崔豹古今注：女墻，城上小墻。言在大墻之上，如女之於夫也。一名睥睨，言於墻上睥睨人也。樓光去日遠，峽影入江深。臘破思端綺，**洙曰**：古詩：客從遠方來，遺我一端綺。**趙曰**：所以禦寒。春歸待一金。**蘇曰**：王逸少：春歸，待子一金濟貧兒，今束縑何用也。客皆掀髯，逸少自若。時懷祖以束縑贈，故有是句。**趙曰**：所以充費，且以爲賞。去年梅柳意，還欲攬邊心。洙曰：詩：「祇攪我心。」蘇曰：宗壽春日出閩閣，時風物明媚，顧同行曰：「去年梅柳俱有春意，弟妹天涯，何日復得相聚？」惆悵久之。

送王十六判官

客下荆南盡，君今復入舟。買薪猶白帝，孫曰：夔州沽水買薪。鳴櫓少沙頭。洙曰：江陵舟船至，泊於郭外沙頭。衡霍生春早，瀟湘共海浮。荒林庾信宅，爲仗主人留。

奉送卿二翁統節度鎮軍還江陵

火旗還錦纜，洙曰：龍旂九旒，以象大火，諸侯所建。鳥旟毛旒，旒以象鶉火，州里所建。吴甘寧以錦維舟。趙曰：大旗，朱旗也。還錦纜，則軍從舟中歸矣。甘寧以錦維舟。白馬出江城。趙曰：指言卿二翁也。寵德好騎白馬〔一〕，號白馬將軍。故使白馬字。嘹唳吟笳發，蘇曰：戴亨塞管吟笳，嘹唳晚風，遷客聞之，心驚意愀。蕭條別浦清。寒空巫峽曙，落日渭陽情。洙曰：一作「明」。趙曰：巫峽，言夔州。渭

〔一〕寵，疑當作「龐」。見杜集札記。

陽，言長安。所以懷卿也。**留滯嗟衰疾，何時見息兵。****洙曰：**太史公留滯周南。**蘇曰：**馮約曰：「盜賊蜂起，江淮秦楚民不奠枕，何時息兵，歸養殘喘。」**趙曰：**嘆其留滯於夔。

閣夜

歲暮陰陽催短景，**洙曰：**謝靈運雪賦：歲將暮，時既昏。鮑明遠鶴賦：歲峥嶸而催暮。又，窮陰殺節，急景周年[一]。**天涯霜雪霽寒宵。五更鼓角聲悲壯，****洙曰：**顏氏家訓：問：「一夜何故五更？」曰：「更，歷也，經也。」**趙曰：**據西清詩話引禰衡過漁陽摻：其聲悲壯。**三峽星河影動摇。****修可曰：**西清詩話云：作詩用事，要如釋語水中著鹽，飲水乃知鹽味。此說詩家秘藏也。如子美「五更鼓角聲悲壯，三峽星河影動摇」，人徒見陵轢造化之工，不知乃用故事也。禰衡過漁陽摻：其聲悲壯。漢武故事：星辰摇動，東方朔謂民勞之應。則善用故事，豈有迹耶？**余曰：**百斛明珠云：七言之麗者，杜子美此二句後，寂寥無聞。**野哭千家聞戰伐，****洙曰：**夫子惡野哭者。非其所而哭曰野哭。**夷歌幾****洙曰：**一作「數」。**處起漁樵。****洙曰：**蜀都賦曰：陪以白狼，夷歌成章。**卧龍躍馬終黃土，****洙曰：**卧龍，謂孔明也。郭外有孔明廟。躍馬，

〔一〕周，疑當作「凋」。見杜集札記。

謂公孫述也。城上有白帝祠。此二人蜀之英雄，言不免歸於土。**人事音書漫寂寥。** 洙曰：一云「人事音塵日寂寥」。左太冲蜀都賦：公孫躍馬而稱帝。

白帝城最高樓

城尖徑昃 洙曰：一作「翼」。**旌旆愁，獨立縹緲之飛樓。** 洙曰：海賦：神仙縹緲。**峽坼雲霾龍虎睡，江清日抱黿鼉遊。** 趙曰：爲張大之語，以見樓之最高也。**扶桑西枝封斷石，** 洙曰：日出暘谷，浴於咸池，拂於扶桑。山海經云：大荒之中，暘谷上有扶桑，十日所浴，九日居下枝，一日居上枝，皆戴烏。趙曰：淮南子云：日出於暘谷，拂於扶桑。扶桑在東，故望見其向西之枝，且與斷石相對隔也。**弱水東影隨長流。** 洙曰：禹貢：弱水既西。又：導弱水至於合黎。夢符曰：右按淮南子：弱水自窮石。注：窮石，在張掖北，其水弱不能勝羽。趙曰：蓬萊山下弱水也。以弱水在東，故言「東影」。道書言蓬萊隔弱水三十萬里，不可到是也。**杖藜歎世者誰子，** 蘇曰：黄晟曰：「子非杖藜歎世者也，慮人疑子。」趙曰：莊子：原憲杖藜應門。**泣血迸空迴白頭。**

覽鏡呈柏中丞

渭水流關内， 洙曰：渭水入於河，故浮渭而東還帝都。西都賦：帶以黄河、涇、渭之川。**終南在日**

邊。洙曰：詩曰：終南何有？王萇曰〔一〕：終南，周之名山。西都賦「表以太華、終南之山」是也。趙曰：西都賦：帶以洪河、涇、渭之川。又云：表以太華、終南之山。則渭水、終南者，長安也。日邊，言帝都。膽銷豺虎窟，洙曰：南都賦：豺虎肆虐。淚入犬羊天。起晚堪從事，趙曰：凡仕有官者必早起。起晚矣，可堪從事乎？行遲更覺仙。趙曰：仙者，身輕步疾，老而行遲矣，那更覺爲仙乎？鏡中衰謝色，萬一故人憐。趙曰：傷其衰者而求憐於柏中丞也。

西閣夜

恍惚寒山暮，逶迤白霧昏。山虚風落石，樓静月侵門。擊柝可憐子，洙曰：魯擊柝，聞於邾。易：重門擊柝。無衣何處村。洙曰：詩：無衣無褐。時危關百慮，盜賊爾猶存。

瀼西寒望

水色含群動，洙曰：陶潛詩：日入群動息。朝光切太虚。趙曰：天台賦：太虚寥廓。年侵頻

〔一〕王萇，疑當作「毛萇」。

悵望，洙曰：陸機豫書行〔一〕：前路既已多，後塗隨年侵。興遠一蕭疏。猿挂時相學，鷗行炯自如。瞿塘春欲至，定卜瀼西居。洙曰：瀼，水名。管郫縣江水横通山谷處，市人謂之瀼。趙曰：先在赤甲，方移瀼西也。

陪柏中丞觀宴將士二首

極樂三軍士，誰知百戰場。洙曰：西都賦：觀三軍之殺獲。又曰：俛仰極樂者也。無私齊綺饌，趙曰：梁何遜輕薄篇曰：象床沓繡被，玉盤傳綺食。久坐密金章。夢符曰：右按東晉初，拜官相飾供饌，羊曼丹陽日〔二〕，客來早者得佳設，日晏則漸不復精。隨客早晚。時羊固拜臨海守，竟日皆得精饌，時以固之豐腆，不如曼之真率。趙曰：指將士之金帶耳。鮑明遠建除詩：左右佩金章。醉客霑鸚鵡，歐曰：酉陽雜俎云：梁宴魏使，魏肇師舉酒勸陳昭儀，俄而酒至鸚鵡盃，徐君房飲不盡，屬肇師。肇師曰：「海蠡蛇蜒，尾翅皆張，非以爲玩，亦以爲罰。今日直不得辭。」田曰：鸚鵡，盃名。雕刻海蠡而爲之，像鸚鵡形。昔人以之勸酒，且以爲罰爵。佳人指鳳凰。趙曰：筵上或畫圖，或繡帳上有之，而佳人共指而言說也。幾時來翠節，特

〔一〕書，疑當作「章」。
〔二〕此句疑當作「羊曼拜丹陽尹日」。

地引紅粧。洙曰：古詩：娥娥紅粉裝。謝玄暉「坐昔紅裝蔓」之句。修可曰：詳觀是詩，首句云「極樂三軍士」，乃享軍詩，非可使之賦。鸚鵡，杯名，雕刻海蠡而爲之，像鸚鵡形。師曰：薛夢符云：沈約宋書：南平王鑠上赤鸚，普詔群臣爲賦。袁叔文冠當時。又後漢：黄祖之子射大會賓客，有獻鸚鵡者，射舉酒於禰衡曰：「今日無以娛賓，願先生爲之賦。」衡筆不停綴，文無加點。詳觀是詩首句云「極樂三軍士」，乃饗軍詩，非可使之賦鸚鵡也。蓋鸚鵡，盃名，刻海螺而爲之，昔人以之勸酒，并爲罰爵。南海異物志云：鸚鵡，螺狀似霞，杯形如鳥頭，向其腹視，似鸚鵡，故以爲名。佳人指鳳皇，疑是如秦弄玉吹簫，乘鳳凰飛去事。繡段裝簷額，洙曰：張平子：美人贈我錦繡段。金花帖鼓腰。趙曰：上句則樂工之飾，下句則工所繫之鼓。一夫先舞劍，洙曰：子路拔劍而舞。項莊舞劍爲樂。百戲後歌鐎。洙曰：李廣傳注：刁斗以鉅作。趙曰：戲爲夔峽樵歌之音也。公前篇閣夜詩曰「夷歌是處起漁樵」是已。江樹城孤遠，雲臺使寂寥。趙曰：公言「使寂寥」，豈久無使命之來乎？漢朝頻選將，應拜霍嫖姚。洙曰：霍去病爲嫖姚將軍。

奉漢中王手札報韋侍御蕭尊師亡

秋日蕭韋逝，淮王報峽中。洙曰：漢有淮南王，賢王。少年疑柱史，洙曰：王康琚詩：老聃伏柱史。老子傳：老子百有六十餘歲，以其脩道而養壽。**多術怪仙公。**趙曰：淮王則漢南王安〔一〕，其人賢，以比漢中王也。柱史以言韋侍御。老子爲周柱下史，而韋以少年爲之，疑其不似也。仙公以言蕭尊師。仙公宜有多術以延生，而死，故怪之也。**不但時人惜，祇應吾道窮。**洙曰：左傳：反袂拭面，稱吾道窮。**一哀侵疾病，相識自兒童。處處鄰家笛，**洙曰：向子期思舊賦序：於時日薄虞淵，寒木淒然。鄰人有吹笛者，後發聲寥亮，追想曩昔遊讌之好，感音而嘆，作賦。**飄飄客子蓬。**洙曰：曹子建：轉蓬離本根，飄飄隨長風。類此遊客子，捐軀遠從戎。趙曰：公自嘆其飄零也。**强吟懷舊賦，**洙曰：潘安仁作懷舊賦。**已作白頭翁。**洙曰：魏文帝：已成老翁，但未白頭耳。

送鮮于萬州遷巴川

趙曰：鮮于，名炅，仲通之子也。廣德中，爲尚書都官即〔二〕，自將相公卿無不相厚，皆稱交友。

京兆先時傑，趙曰：京兆者，炅父仲通天寶末爲京兆尹，弟叔明乾文中亦爲之〔三〕。長安歌曰：前尹赫

〔一〕漢，疑當作「淮」。

〔二〕即，疑當作「郎」。見杜集札記。

〔三〕文，疑當作「元」。見杜集札記。

赫，具瞻允若。後尹熙熙，具瞻允斯。**琳琅照一門。**洙曰：甫有贈鮮于京兆詩：晉史忠孝萃一門。安石曰：世説：有人詣王太尉，遇王安豐，大將軍、丞相在坐，別屋見季胤、平子。還語人曰：「今日之行，觸目見琳琅珠玉。」**朝廷偏注意，**洙曰：天下安，注意於相。**接近與名藩。**趙曰：自万遷巴，故云「接近」。**祖帳維舟數，**洙曰：疏廣傳：設祖道供帳。**寒江觸石喧。看君妙爲政，他日有殊恩。**洙曰：蜀都賦：觸石吐雲。

有歎魯曰：傳：蜀官軍自圍普還。

壯心久零落，趙曰：魏武帝樂府曰：列士暮年，壯心不已。**白首寄人間。**蘇曰：梁鴻曰：白首猶寄人間，萍迹可厭。**天下兵常鬭，江東客未還。**趙曰：公有所歎也。**窮猿號雨雪，**洙曰：晉書云：窮猿奔林。**老馬望關山。**洙曰：管子曰：老馬之智可用也。**武德開元際，蒼生豈重攀。**洙曰：武德，高祖年號。開元，明皇年號。趙曰：追念祖宗之盛時也。

不寐

瞿唐夜水黑，城内改更籌。翳翳月沉霧，輝輝星近樓。洙曰：景陽詩：翳翳結繁雲。**氣衰**

甘少寐，心弱恨容一作「和」。又作「多」。愁。趙曰：心既弱矣，恨其知愁，則恐以愁而尤弱矣。多壘洙曰：一作「恨」。滿山谷，洙曰：曲禮：四郊多壘，卿大夫之辱也。桃源無處求。洙曰：桃源，見赤谷西崦人家詩注。趙曰：以兵戈未息而多壘，非若桃源可以避地。而問桃源何處，則以仙境難造也。

灩澦堆

巨石水中央，洙曰：蒹葭：宛在水中央。江寒出水長。沉牛答雲雨，洙曰：楚俗祈而獲雨，必沉牛以答神貺。如馬戒舟航。洙曰：世説：灩澦如馬，瞿塘莫下。言其嶮絶。蘇曰：三巴録：灩澦如象，舟船莫上。灩澦如馬，舟船莫下。長年三老常以此候之。張華詩云：象馬誠可驗，波神亦露機。永叔以爲絶唱，有包蓄之法。天意存傾覆，神功接混茫。洙曰：莊子繕性：右之人在混茫之中，與一世而得澹漠焉。干戈連解纜，行止憶垂堂。洙曰：袁盎傳：千金之子，坐不垂堂。百金之子，立不倚衡。師古曰：言富人之子則自愛也。垂堂，謂坐堂外邊，恐墮也。趙曰：干戈之變，解纜之危，二者相連，可不慎乎。

白帝城樓

江度寒山閣，城高絶塞樓。翠屏宜晚對，洙曰：天台賦：搏壁立之翠屏。注：石屏風如壁。蘇曰：羊元居山，當户山峰奇秀，每據�床，終日笑傲，或偃卧看山。客至，謂客曰：「此翠屏宜晚對，爽人心目。」顔魯公名其隱山爲翠屏，今人皆傳之。嘗見人題詩曰：萬古漸漸立翠屏，昔年不枉占佳名。白谷會深遊。急急能鳴鴈，輕輕不下鷗。夷陵春色起，漸擬放扁舟。蘇曰：唐劉：洞庭秋來，橘柚欲熟，酒賤魚肥，吾漸放舟，傲蕩君山、湘川耳。

寄杜位彦輔曰：位京中宅近西曲江，詩尾有述。

近聞寬法離新州，想見歸懷尚百憂。逐客雖皆萬里去，洙曰：秦議逐客，李斯在逐客中，上書，秦王留斯爲客卿。趙曰：謂之「皆萬里」，則所逐非止杜耳。悲君已是十年流。流，竄也。干戈況復塵一作「行」。隨眼，鬢髮還應雪一作「白」。滿頭。玉壘題書心緒亂，何時更得曲江游。洙曰：玉壘，蜀之坊名也。趙曰：玉壘在青城縣也。此詩公在青城縣，因書寄之。曲江在唐，其游最盛。

冬深洙曰：一云「即日」。

花葉隨天意，江溪共石根。早霞隨類洙曰：一作「淚」。影，趙曰：言其變熊不常〔一〕，隨所類之

〔一〕熊，疑當作「態」。

影而呈現也。寒水各依洙曰：一作「流」。痕。易下楊朱淚，洙曰：楊朱泣岐路，謂其可以南，可以北。趙曰：公之流落，困於岐路，故云爾。難招楚客魂。洙曰：宋玉哀屈原憂愁山澤，魂魄飛散，其命將落，故作招魂，欲以復其精神，延其年壽。外陳四方之惡，内崇楚國之美，以諷於君。風濤暮不穩，趙曰：古詩：風濤暮不止，幾日到瀟湘。薛曰：公欲南下，以歲暮而未成行也。捨棹宿誰門。

奉送十七舅下邵桂

絶域三冬暮，洙曰：東方朔傳：三冬文史足用。浮生一病身。感深辭舅氏，洙曰：詩渭陽：我見舅氏。别後見何人。縹緲蒼梧帝，洙曰：謝玄暉詩：雲去蒼梧野。顔延年：謁帝蒼山溪。檀弓：舜葬於蒼梧之野。蒼梧，南越。趙曰：虞舜死於蒼梧之野，指言虞舜，以述十七舅所往之處也。推遷孟母憐〔一〕。洙曰：孟子序云：幼被慈母三遷之教。潘安仁閑居賦：孟母所以三徙。注：孟軻母與軻少居近墓，軻乃戲爲墓，軻母曰：「此非所居。」去居市傍，軻愛戲爲商賈。又居學館之旁，遂爲大儒。趙曰：孟母指言十七舅之母也。昏昏阻雲水，側望苦傷神。洙曰：張平子四愁詩：側身東望涕霑翰。蜀都賦：望之天

〔一〕憐，疑當作「鄰」。見杜集札記。

迴，即之雲昏。

謁真諦寺禪師

蘭若山高處，**洙曰**：蘭若，寺名。煙霞嶂幾重。凍泉依細石，晴雪落長松。**洙曰**：天台賦：落落之長松。問法看詩妄，觀身向酒慵。未能割妻子，卜宅近前峰。**洙曰**：費長房棄妻子以從壺公。**趙曰**：如宋周顒長於佛理，於鍾山西立隱舍，終日長蔬。雖有妻子，獨處之。此於卜宅近寺翁爲可證也。舊注以費長房棄妻子從壺公遊，非是。

王狀元集百家注編年杜陵詩史二十三卷

王狀元集百家注編年杜陵詩史二十四卷

大曆二年丙午在夔州西閣所作

立春

春日春盤細生菜，**趙曰**：齊人月令曰：凡立春日，食生菜，不可過多。取迎新之意。忽憶兩京梅發時。**趙曰**：以紀兩京當立春日已有菜也。盤出高門行白玉，**趙曰**：行白玉盤也。應劭漢官儀曰：封禪壇有白玉壇〔一〕。菜傳纖手送青絲。**蘇曰**：東晉李鄂立春日命蘆菔芹芽爲菜盤饋貺。江淮人效之。古詩云：蘆菔白玉縷，生菜青絲盤。予寓惠州，適值春日，書示翟夫子。巫峽寒江那對眼，杜陵遠客不勝悲。**趙曰**：言巫峽傍江也寒〔二〕，那得此菜對服，宜乎其悲矣。此身未知歸定處，呼兒覓紙一題詩。

〔一〕末「壇」字疑當作「盤」。見杜集札記。

〔二〕也，疑當作「地」。見杜集札記。

雨

行雲遞崇高，**鄭曰**：遞，待禮切，更易也。飛雨藹而至。**洙曰**：蓋雲行則雨施。潺潺石間溜，**何曰**：水穿石曰溜。汩汩松上駃。**鄭曰**：疏吏切，馬行貌。亢陽乘秋熱，百穀亦已棄。**洙曰**：陽過亢則旱，而無歲望矣。**蘇曰**：傅弈：霖霪不止，漲潦發川，百穀委棄，農愁民嘆。皇天德澤降，燋卷有生意。**趙曰**：應璩與岑瑜書云：頃者炎旱，日更甚〔一〕，沙礫銷鑠，草木燋卷也。前雨傷卒暴，卒，蒼汲切。今雨喜容易。**趙曰**：雖雨而速止，是謂倉卒。及悠久而降，斯謂容易。不可無雷霆，間作鼓增氣。佳聲達中宵，所望時一致。**洙曰**：以其應期也。清霜九月天，髣髴見滯穗。**洙曰**：詩：遺秉滯穗，伊寡婦之利。郊扉及我私，**洙曰**：一云「栽耘」。詩：遂及我私。我圃日蒼翠。恨無抱甕力，庶減臨江費。**洙曰**：子貢過漢陰，見一丈夫方爲圃畦，鑿隧而入井，抱甕而出灌。**蘇曰**：龐淳見里人灌竹淳，曰：「恨老病無抱甕力，助子灌此蒼翠。」**修可曰**：峽内無井，取江水飲之。

〔一〕「甚」前疑闕「增」字。

南楚

南楚青春異，暄寒早早分。**趙曰**：公在夔而云南楚，則夔在戰國爲楚地。無名江上草，隨意嶺頭雲。正月蜂相見，非時鳥共聞。杖藜妨躍馬，**洙曰**：蔡澤曰：「吾躍馬食肉，四十年亦足矣。」不是故離群。**蘇曰**：公自言適楚本避地而已，非離群也。**趙曰**：言官在身，而在諸人之間，則必騎馬。今也杖藜而獨往，乃放曠所然，不是故離群也。**師曰**：南地與北異，冬反暖，春却寒，故有「春寒料峭」之語。杖藜，貧賤也。躍馬，富貴也。子美避地而甘於貧賤，非故意離群，乃不得已也。**余曰**：邵氏聞見録：子美詩「不是故離群」，離字如律，當讀平聲。記檀弓：離群索居。釋文：離字讀去聲，力智反。退之云：凡爲文辭宜略識字，有以也夫。

入宅三首

奔峭背赤甲，**洙曰**：謝靈運詩：孤客傷逝湍，徒旅苦奔峭。**趙曰**：赤甲，本岬字。按水經注：南連基白帝，山甚高大，其石背赤，土人云如人袒胛，故謂之赤岬山。**鄭曰**：寰宇記：赤甲城，公孫述所築，樹木土石悉赤，如人袒臂，故云赤甲。在縣北。斷崖當白鹽。**洙曰**：赤甲、白鹽，瞿塘峽口二山。**趙曰**：白鹽高可千餘丈，人見其高白，故因名之。客居媿遷次，**洙曰**：次，舍也。遷次，由移居也。**趙曰**：如樂昌公主詩「今日何遷次」也。春酒漸多添。花亞欲移竹，趙曰：言花枝偃亞於欲將移去之竹也。鳥窺新卷簾。衰年不敢恨，勝概欲相兼。

亂後居難定，春歸客未還。水生魚復浦，洙曰：魚復，白帝舊名。鄭曰：十道志：夔州，古魚國，漢魚復縣地。師曰：魚復縣，即夔州。峽人以春水漲，謂之水生。雲暖麝香山。定功曰：後漢郡國志：巴郡魚復，古之庸地。左氏文十年：魚人逐楚師是也。夔州圖經：麝香山，州東南一百二十五里，山出麝香，故以名之。半頂梳頭白，趙曰：白髮之所存者僅半頂耳。過眉柱杖班。相看多使者，一一問函關。洙曰：時寇亂未平，關中之信未通爾。趙曰：時吐蕃未平，所以問之也。

宋玉歸州宅，洙曰：歸州有宋玉宅，今亡矣。雲通白帝城。洙曰：見白帝城樓詩注。吾人淹老病，趙曰：吾人，乃自言也。漢宣帝歌曰：泛濫不止兮愁吾人。旅食豈才名。趙曰：旅食他州，豈坐才名之故耶？峽口風常急，江流氣不平。趙曰：江流之洶湧，如人氣之不平也。只應與兒子，飄轉任浮生。

赤甲

卜居赤甲遷居新，兩見巫山楚水春。炙背可以獻天子，趙曰：列子：宋國有田夫，暨春東作，自曝於日，不知天下有綿纊狐狢，顧謂其妻曰：「負日之暄，人莫知者。以獻吾君，將有重賞。」美芹由來知野人。洙曰：嵇康書：野人有快炙背而美芹子者，欲獻之至尊，雖有區區之意，亦已疏矣。荆州鄭薛寄書近，蜀客郄岑非我鄰。洙曰：鄭、薛、郄、岑皆公之故舊，見于前詩注。笑接郎中評事飲，病從深酌道吾真。師曰：赤甲山屬夔州，子美登高詩云：艱難苦恨繁霜鬢，潦倒新停濁酒杯。則知子美以病斷酒，今郎中、評事深酌勸子美，道子美真性嗜此，如何不飲，甫亦難逆其意，而云「病從深酌道吾真」。

一室

一室他鄉遠，洙曰：一作「老」。後漢：陳蕃曰：「大丈夫處世，當掃除天下，安事一室乎？」空林暮景懸。洙曰：江文通詩：秋日懸清光。趙曰：張景陽雜詩：鳴鶴聒空林。正愁聞塞笛，獨立見江船。巴蜀來多病，洙曰：成都記：其西即隴之南首，故曰隴蜀。以與巴接，復曰巴蜀。趙曰：巴與蜀相連之地也。荆蠻去幾年。洙曰：一作「千」。荆蠻，荆楚也。詩謂之蠻荆，太史公得漢古文春秋，乃知中國之虞與荆蠻句吴兄弟也。應同王粲宅，留井峴山前。洙曰：峴山，荆楚也。今屬襄陽，有井在焉，人呼爲仲宣井云。王粲故宅也。師曰：暮景，謂晚照也。其影倒懸於林梢。甫以避寇驅馳來蜀，遂成肺疾。荆蠻去幾年，意欲適荆楚，厭蜀崔旰之亂，不知幾年得去也。昔王粲依劉表，卜居峴山下，後人呼爲王粲宅。宅前有井，呼爲仲宣井。甫之此室殆王粲宅之比也。

老病

老病巫山裏，稽留楚客中。藥殘他日裏，花發去年叢。夜足霑沙雨，春多逆水風。合分雙賜筆，**洙曰**：見上「君恩隨赤管」注。**趙曰**：漢官儀：尚書令漢丞郎，月給赤管大筆一雙。公爲尚書工部郎，故感而有是句。猶作一飄蓬。**洙曰**：見上注。

愁

魯曰：强戲爲吴體。

江草日日唤愁生，**蘇曰**：樊林：呼唤濃愁酒。又古樂府：青青河畔草。巫**洙曰**：一作「春」。峽泠泠非世情。**趙曰**：水自泛泛，不徇世情，人自愁寂，而惑其泛泛之聲也。盤渦露浴底心性，**趙曰**：郭璞賦：盤渦谷轉。獨樹花發自分明。十年戎馬暗萬國，**洙曰**：自安、史亂後，天下草草不安者十餘年。異域賓客老孤城。**洙曰**：公本北人而寓南國，故云「異域」。渭水秦山得見否，人今罷病虎縱横。**洙曰**：渭水、秦川，皆關中風物也。時方罷弊，賊寇充斥，而未可歸，故云「得見否」。**師曰**：王孫不歸來，池塘春草，碧草唤愁生，言起歸心也。巫峽之水，泠泠不斷，世情疏絶，非水長流之比也。盤渦，乃碾碓之水。鷺浴自得，子美心性亦鷗鷺安閑之比也。獨樹花發自分明，喻子美不徇乎流俗也。渭水、秦山乃子美故鄉。

江雨有懷鄭典設

春雨闇闇塞峽中，早晚來自楚王宮。洙曰：謂旦爲朝雲，暮爲行雨也。鄭曰：襄王故宮。亂波分披已打岸，弱雲狼藉不禁風。禁，居吟切。寵光蕙葉與多碧，趙曰：孔雀賦：天雨之施，惠於蕙葉。此乃蒙寵光之義。點注桃花舒小紅。趙曰：古燕歌行云：曲桃抽覆，地春花舒。谷口子真正憶汝，見「谷口但窮耕」注。岸高瀼滑洙曰：一作「闊」。限西東。洙曰：夔有澗水出於山谷間，謂之瀼。居人分其左右，謂之瀼東、瀼西。公亦有瀼東閑望詩。

雨不絶

鳴雨既過漸細微，映空揺颺如絲飛。洙曰：古詩：密雨如散絲。堦前短草泥不亂，院裏長條風乍稀。舞石旋應將乳子，洙曰：湘川記：零陵有石燕，雨過則飛，如生燕。行雲莫自濕仙衣。洙曰：謂高唐神女也。朝爲行雲，暮爲行雨。眼邊江舸何忽促，舸，嘉我切。未得一作「待」。安流逆浪歸。

病柏

有柏生崇岡，洙曰：琴賦：惟倚吾之所生兮，託峻嶽之崇岡。童童狀車蓋。洙曰：車，一云「青」。魏文帝：西北有浮雲，亭亭如車蓋。陳琳柳賦：象翠蓋之葳蕤。十朋曰：蜀志：先主舍東南角籬上有桑樹，高丈餘，遥望童童姓小蓋〔一〕，往來者皆怪此樹非凡，謂當出貴人。先主少時與諸兒於樹下戲言：「吾必當乘此羽葆車蓋。」又齊書：太祖宅有進武〔二〕，南有桑樹，狀如車蓋。上年數歲，遊於其下，從兄敬宗謂曰：「此樹爲汝生也。」偃蹙龍虎姿，洙曰：神仙傳：麒麟客有龍虎之姿。主當風雲會。洙曰：乘風雲之會。神明依正直，故老多再拜。蘇曰：王褒歸蜀，過寶稽，父老遮路再拜，餉以壺漿、桃李、餅餌之類。豈知千年根，中路顔色壞。出非不得地，蟠據亦高大。歲寒忽無憑，洙曰：歲寒，然後知松柏之後凋。日夜柯葉改。洙曰：禮：器如松柏之有心，貫四時不改柯易葉。趙曰：本有歲寒之姿，今柏病之，故云「日夜顔色改」也。丹鳳領九雛，哀鳴翔其外。洙曰：建康實録：鳳將九雛，再見於豐城，衆鳥從之。洞簫賦：孤雌寡鵠，娱優乎其下者，禽群嬉翱翔乎其巔。琴賦：翔鸞集其嶺。蘇曰：東海何承天除著作，年已邁，諸佐郎並年少，荀伯呼爲妳母。承天云：「卿當言鳳凰將九子，妳母何言耶？」鴟鴞志意滿，養子穿穴内。洙

〔一〕姓，疑當作「如」。見杜集札記。

〔二〕有進武，疑當作「在武進」。

曰：詩有鴟鴞篇。**客從何鄉來，**趙曰：倣古詩客從何方來。**竚立久吁怪。靜求元精理，浩蕩難倚賴。**洙曰：穿，一作「窟」。無精，一作「無根」。趙曰：字出後漢：「元精所生，王之佐臣。」師曰：之罪耶〔二〕物實有以侵之。此詩寓意傷郭英乂也。英乂鎮成都，爲人端直，蜀人重之，不幸爲崔旰所殺。其諸孤哀泣，若無所訴，故有「丹鳳領九雛，哀鳴翔其外」之句。鴟鴞惡鳥，喻崔旰。崔旰既害英乂，竊據成都，故有「鴟鴞志意滿，養子穿穴内」之句。然正直之人，神明佑之，父老敬之，今反罹其禍，豈非歲寒無憑乎？客，甫自稱。英乂在蜀，甫爲客以依之。今既遇害，是以爲之吁怪。細思天理，天理茫亦不足倚賴，蓋嘆禍淫福善之理，若乘戾不可考信故也。

病橘洙曰：此詩傷物失所而至於困悴也。

群橘少生意，雖多亦奚爲。洙曰：群，一作「伊」。**惜哉結實小，**洙曰：一作「少」。**酸澀如棠梨。剖**洙曰：一作「割」。**之盡蠹蝕，采掇爽其宜。**洙曰：其，一作「所」。詩芣苢：薄言采之，薄言掇之。**紛然不適口，**洙曰：莊子：相梨橘柚，皆可於口也。**豈止存其皮。蕭蕭半死葉，**洙曰：七發：

〔二〕「之」前疑有闕文。

其根半生半死，冬則列風漂霰飛雪之所激。**未忍別故枝。玄冬霜雪積，**洙曰：劉公幹：自夏涉玄冬。**況乃迴風吹。嘗聞蓬萊殿，**蘇曰：唐太宗蓬萊殿九月九日宴群臣，酒行遍，賜湖南新橘，宰相以下有詩謝。**羅列瀟湘姿。**洙曰：瀟湘有橘田、橘州。世説：江南爲橘，江北爲柚。**此物歲不稔，玉食失光輝。**洙曰：失，一作「少」。天子玉食。周禮：共食玉。謂入貢玉府也。**寇盜尚憑陵，當君減膳時。**洙曰：天子徹樂減膳。**汝病是天意，**師曰：陵謂史思明未平，天子嘗膽，每遇凶年禍亂則必減飡徹樂，示自刻責。今橘病不貢，無乃天意使吾君減徹乎。**吾諗**洙曰：一云「愁」。**罪有司。憶昔南海使，奔騰獻荔枝。百馬死山谷，到今耆舊悲。**洙曰：唐書：貴妃嗜荔枝，必欲生致之，乃置騎傳送，走數千里，其味未變，已至於京師也。田曰：漢和帝紀：舊南海獻龍眼荔枝，十里一置，五里一堠，奔騰險阻，死者繼路。時唐羌上書，帝下詔曰：「遠國珍羞，本以薦奉宗廟，苟有傷害，豈愛民之本？」敕太官勿復受獻。謝承漢書云：唐羌字伯游，辟公府，補臨武長，縣接交州，舊貢荔枝龍眼，驛馬晝夜傳送，至有遭虎狼毒害，頓仆死亡不絶。道經臨武，羌乃上書諫和帝曰：「臣不以滋味爲德，下不以貢膳爲功，故天子食太牢爲尊，不以果實爲珍。伏見交阯七郡獻生龍眼等，鳥驚風發，南州地土惡蟲猛獸不絶於路，至於觸犯死亡之害，死者不可復生，來者猶可救也。此二物并殿，未必延年益壽。」帝從之。羌即充官還家〔一〕，不應徵。修可曰：公借其事以譏楊妃。舊注引唐書，其

〔一〕充，疑當作「棄」。見杜集札記。

説非。唐所貢乃涪州荔枝，由子午道而往，非南海也。**趙曰**：此用獻荔枝事比之，奇矣。

枯椶

洙曰：此詩傷民困於重斂也。

蜀門多椶櫚，洙曰：椶，一作「栟」。南都賦：其木則栟櫚，結根竦本，垂條嬋媛，布緑葉之萋萋，敷華蘂之蓑蓑。**鄭曰**：櫚，力居切。栟櫚，木名，有葉無枝。**高者十八九。其皮割剥甚，雖衆亦易朽。徒布如雲葉，青青歲寒後。交横集斧斤，凋喪先蒲柳。****洙曰**：説文云：楊柳即蒲也。詩：蒲柳之木二種，一種皮正青，一種皮紅。布，一作「有」。**夢符曰**：右按北史：韋世康與子弟書曰：耄雖未及，杜年已謝[一]。霜旱楸梧[二]，風先蒲柳。又，晉書：顧悦之與簡文同年，而髮早白。帝問其故，對曰：「松柏之姿經霜猶茂，蒲柳之質望秋先零。」**傷時苦軍乏，**律乏軍興。**一物官盡取。****鄭曰**：此苟切。**嗟爾江漢人，生成復何有。有同枯椶木，使我沉歎久。死者即已休，****趙曰**：猶椶之既剥多而枯死也。**生者何自守。****洙曰**：何，一作「能」。**趙曰**：猶椶之未剥者終復遭剥也。**啾啾黄雀啅，**竹角切。又作「啄」。**側見寒蓬走。念爾形影乾，**古寒切。**摧殘没藜莠。****洙曰**：蜀人取椶皮以充用，惟軍興，誅求尤急。**師曰**：蒲

[一] 杜，疑當作「壯」。見杜集札記。
[二] 旱，疑當作「早」。見杜集札記。

柳之爲物，望秋先零。椶其皮可用，軍興之際，割剥殆盡，譬若江漢之民，困於重斂，然掊刻之吏，刮削苦毒，何異斧斤交集，而民不得保其生耶？啾啾黄雀啅，蓋傷其無所託也。蓬逐風飛，喻甫爲客飄蕩。甫既痛嗟割剥之虐，復自悼飄蕩如飛蓬，恐亦埋没隨藜莠而已。

枯柟洙曰：此詩傷抱材者老死丘壑，而不材者見用也。鄭曰：柟，那含切，葉似桑，子似杏而酸。俗作「楠」。

楩柟枯峥嶸，洙曰：蜀都賦：楩柟幽藹於谷底。劉曰：峥嶸，高貌。**鄉黨皆莫記。不知幾百歲，慘慘無生意。上枝摩皇天，**洙曰：魏文帝：脩條摩蒼天。**下根蟠厚地。**洙曰：易：坤厚載物。**巨圍雷霆折，**洙曰：七發：夏則雷霆霹靂之所感。**萬孔蟲蟻萃。凍雨落流膠，衝風奪佳氣。**趙曰：郭璞曰：今江東夏月暴雨，呼爲凍雨。引楚辭使凍風灑塵。衝風，隧風也。楚辭少司命曰：衝風至兮水揚波。**白鵠遂不來，天鷄爲愁思。**洙曰：謝靈運：天雞弄和風。七發：獨鵠晨號乎其上。唐曰：天雞，雉也。**猶含棟梁具，無復霄漢志。良工古昔少，識者出涕淚。種榆水中央，成長何容易。截承金露盤，裊裊不自畏。**洙曰：西都賦：抗仙掌以承露，擢雙立之金莖。西京賦：立脩莖之仙掌，承雲表之清露。師曰：喻君子負大材，不遭明聖之君，而至於困頓失所。小人以柔脆嵬瑣之姿，反俾之居廟堂以承重任，其不傾危，不可得矣。昔漢武帝爲金人承露，植以脩莖。榆，柔脆之木，賤而易長。今用以承露盤，裊褭而危，可不寒心乎。小人貪位慕禄，雖處重任，不知自畏，以至於傾覆而後已。此詩所以傷大材老死丘壑，而小有材者居重任，其顛倒若此。

憶昔二首

憶昔先皇巡朔方，千乘萬騎入咸陽。洙曰：後漢：靈帝末，京都童謡曰：侯非侯，王非王。千乘萬騎上北芒。趙曰：先皇言肅宗也。肅宗即位靈武，而朔方在靈州之鄰，則車駕所巡矣。**陰山驕子汗血馬，**洙曰：史：胡者，天之驕子。大宛有汗血駒，侯應之北邊塞。陰山在遼東外西千餘里。趙曰：驕子，指言回紇也。至德二載，廣平王俶爲兵馬元帥，郭子儀副之，以朔方、安西、回紇、南蠻、大食兵討安慶緒。時回紇兵最有功也。**長驅東胡胡走藏。**趙曰：東胡，指言安慶緒也。時廣平王之兵戰於澧水〔一〕，而慶緒敗走。**鄴城反覆不足怪，**趙曰：慶緒奔河北。明年乾元元年，蔡希德等復會安慶緒，賊復振，以相州爲成安府。鄴城即相州也。此所謂鄴城反覆，指言慶緒明矣。舊注模稜云「胡走藏」者，禄山也。鄴中反覆者，思明未服也。然不知當回紇助順之時，禄山已爲慶緒所殺，而已非禄山也。**關中小兒壞紀綱，張后不樂上爲忙。**蘇

〔一〕澧，疑當作「灃」。見杜集札記。

曰：梁到曰：壞劉氏紀綱者，數小兒也。今用權勢者，乃匹夫耳。趙曰：東坡先生詩話有曰：「關中小兒亂紀綱，謂李輔國也。張后不樂上爲忙，謂肅宗張皇后也。」舊注至謂關中小兒爲越王係欲奪嫡。言「上爲忙」者，以代宗畏后，皆非也。自有東坡成説正其謬。按張后能牢寵干豫政事，後與李輔國謀徙上皇，又屢欲危太子，皆張后之惡也。至今今上猶撥亂，勞心焦思息吏切。補四方。洙曰：今上，代宗也。自爲太子，授天下兵馬元帥，及即位，内平張后、越王之難，外經營河朔。我昔近侍叨奉引，洙曰：往在詩云：我昔忝近侍。時代宗享郊廟也。此詩亦言代宗時事，而云「我昔近侍叨奉引」，然二史皆不載，故不知所任官也。出兵洙曰：一云「兵也」。整肅不可當。趙曰：奉引，供奉之事也。舊注謂奉引事二史皆不載，故不知所任何官，是何等語也。田曰：引唐六典：補闕、拾遺，武后置，二人以掌供奉諷諫。子美至德二年肅宗授左拾遺。明年，收京，扈從還長安。蓋拾遺掌供奉扈從也。爲留猛士守未央，蘇曰：謂郭子儀奪兵柄入宿衛也。致使岐雍防西羌。雍，於用切。犬戎直來坐御床，百官跣足隨天王。洙曰：吐蕃陷長安，天子奔陝。趙曰：守未央，東坡以爲郭子儀。按史：程元振以子儀有天下功，醜爲詆譖。肅宗不納其語，然猶留守京師。明年，吐蕃入寇，陷長安。願見北地傅介子，洙曰：傅介子，北地人也。持節使誅斬樓蘭王安歸，懸首之比闕〔一〕，封介

〔一〕比，疑當作「北」。

子爲義隅侯。**老儒不用尚書郎。** **洙曰**：木蘭行云：欲與木蘭賞，不用尚書郎。**師曰**：甫嘗爲工部尚書郎中。犬戎之難，甫欲得將如傅介子以討平之。而甫文士，年已衰老，想不爲朝廷用，所謂「儒冠多誤身」者，此也。

憶昔開元全盛日， **修可曰**：鮑明遠蕪城賦曰：當昔全盛之時。**小邑猶藏萬家室。稻米流脂粟米白，公私倉廩俱豐實。** **洙曰**：開元間，承平日久，四郊無虞，居人滿野，桑麻如織，雞犬之音相聞。**蘇曰**：段晞：倉廩豐盈，民亦富畜，公私通客，宜舉大事。**九州道路無豺虎，** **洙曰**：時開遠門外西行，亘地里萬餘〔一〕，路不拾遺，行者不囊糧，丁壯之人不識兵器，人情欣然，感封禪之事。**蘇曰**：王融詩：澄清九州牧，道路無豺虎。**遠行不勞吉日出。** **洙曰**：言道路無阻隔，所至皆通達，不必擇日而後出也。按唐書稱至治者，以開元、貞觀爲首。**齊紈魯縞車班班，** **洙曰**：齊紈、魯縞，世稱奇者偉。強弩之末，不能穿魯縞。桓帝初，京師童謠曰「車班班，入河間」者，言上將崩，乘輿班班，入河間迎靈帝。**夢符曰**：右按前漢志：齊織作冰紈。綺繡純麗之物。**師古曰**：冰，謂布帛之細，其色鮮潔如冰也。紈，素也。**饒曰**：山東出厚繒，商販不絕也。**男耕女桑不相失。** **洙曰**：揚子：男子畝，婦人桑。**梅曰**：言民不失其業也。**宮中聖人奏雲門，** **洙曰**：周

〔一〕里萬餘，疑當作「萬餘里」。

禮：大司樂歌大呂，舞雲門，以祀天神。**天下朋友皆膠漆。**洙曰：後漢：陳重、雷義爲友。語曰：膠漆自謂堅，不如雷與陳。劉孝標絶交論：道協膠漆。歐曰：以信義相交接也。**百餘年間未災變，叔孫禮樂蕭何律。**洙曰：揚雄解嘲：叔孫通起於枹鼓之間，解甲投戈，遂作君臣之儀，得也。聖漢權制，而蕭何造律，宜也。**豈聞一絹直萬錢，**蘇曰：河平元年，絹每端直八千。至開元，子美言萬錢。其凶荒不言何知。**有田種穀今流血。洛陽宮殿燒焚盡，**洙曰：安、史之亂，民困於役而不得耕桑。長安宮殿、九廟焚燒略盡。**宗廟新除狐兔穴。**洙曰：張孟陽七哀詩：園寢化爲墟，周墉無遺堵。狐兔窟其中，蕪穢不復掃。蘇曰：郭佐：近除官苑荆棘，狐狸窟穴尚未持平。**傷心不忍問耆舊，**蘇曰：劉璣重過故鄉，井邑遷移，田園荒廢，駐馬傷心之久〔一〕，不復更問耆舊。**復恐初從亂離説。小臣魯鈍無所能，**洙曰：劉公幹：小臣信頑魯，僶俛安能返。**朝廷記識蒙禄秩。周宣中興望我皇，灑血江漢長衰疾。**洙曰：長，一作「身」。宣王承厲王之亂，復修文武之業，周道復興。師曰：百餘年間未災變，誚禄山未反。叔孫通爲高祖制禮，蕭何定律令，當是時禮樂律令修明。開元之治，幾於三代。及罷九齡相，李林甫生事遠夷，中國消耗，禄山一叛，舉前日禮樂法律圮壞而棄之，玄宗於是時雖欲奏雲門於宮中，豈可得哉？林甫、國忠、禄山之徒，平昔相遊從，一

〔一〕之久，疑當作「久之」。

旦反目，操戈相逐，雖欲如向者膠漆之堅，豈可得哉？太宗時，米斗三錢，布帛稱是。玄宗承富實之餘業，物價極賤。兵興以來，一絹直萬錢，前日種穀之地，今鞠而爲戰場。東都宮殿盡爲煨燼，宗廟失守，狐兔成群，令人傷心痛首，不忍道及亂離時事。甫自顧魯鈍無能，叨蒙工部禄秩，足認朝廷不即棄捐，唯以周宣中興之功仰望其君，灑淚江漢之上，惓惓朝廷，無復一預朝會，但衰疾日長，老死而後已。未嘗一言話之間，少忘其君。足見甫之忠勤，詩人無能及之，蓋謂是也。

晝夢

二月饒睡昏昏然，不獨夜短晝分眠。**趙曰**：言二月昏睡，不獨只是春夜短睡不足，而乃分晝之半以眠耳。桃花氣暖眼自醉，**蘇曰**：一作「桃花醺人眼欲醉」。吕安行鏡湖，岸上桃花爛熳，謂王恂曰：「醺得眼醉，殷紅泛眩。」江總詩云「惱殺未歸客，桃花醺眼醉」云。**趙曰**：觀桃花在暖日中，醮灼人眼，已是醉悶。春渚日落夢相牽。**趙曰**：春緒纔日晚，夢已相牽挽，不自由矣。故鄉門巷荆棘底，**趙曰**：不歸之久而生荆棘矣。中原君臣豺虎邊。**洙曰**：見「人少豺虎多」注。**趙曰**：言盜賊也。王粲詩：盜賊如豺狼。安得務農息戰鬬，普天無吏横索錢。**洙曰**：時多横賦暴歛也。**趙曰**：横，去聲。吏乘軍須之勢，又至於暴横求索，四爲可傷也。

熟食日示宗文宗武

洙曰：熟食日，即寒節也。秦人呼寒食爲熟食日，言其不動煙火，預辦熟食物過節也。齊人呼爲冷節，又云禁煙。

消渴游江漢，趙曰：自志其病也。**羈栖尚甲兵。幾年逢熟食，**趙曰：寒食日更不舉火而冷食其物，故謂之寒食，亦謂之熟食。**萬里逼清明。松柏邛山路，風花白帝城。**田曰：十道志曰：邛山在路湯縣北〔二〕。俗以寒食省墳，子美先塋在邙，而其身流寓白帝，於寒食不能展省，故有此句。鄭曰：寰宇志：邛州因邛來山爲名。水經注：邛來山，在漁嘉嚴道縣。**汝曹催我老，回首淚縱横。**

又示兩兒

令節成吾老，他時見汝心。趙曰：令節，指寒食也。以汝年少未知老者之情，他日汝輩老年，方見其心，如我之今日矣。**浮生看物變，爲恨與年深。長葛書難得，**鄭曰：春秋時鄭地，今縣隸許州。**江州涕不禁。**居吟切。**團圓思弟妹，**蘇曰：季湛中秋日登仲宣樓，拊欄自語：「登樓似有弔古之恨，更值團圓，忍不思弟妹共觀耶？」趙曰：長葛、江州，必其弟妹所在。**行坐白頭吟。**趙曰：卓文君作白頭吟，諷相

〔二〕路湯縣，疑當作「洛陽縣」。

如。詳見上注。

陪諸公上白帝城頭宴越公堂之作越公，楊素也。有堂在城上，畫像尚存。

此堂存古制，城上俯江郊。落構垂雲雨，**趙曰：**雲頹而下，雨落於空，皆有垂之義。荒堦蔓草茅。柱穿蜂溜蜜，棧缺燕添巢。坐接春盃氣，心傷艷蘂梢。**蘇曰：**左希登西樓，曰：艷蘂傷客心，和風吹薄袂。英靈如過隙，**洙曰：**見「身世白駒催」注。宴衎願投膠。**洙曰：**古詩：以漆投膠中。**趙曰：**指公孫述之英靈如過隙而逝亡，則今日宴衎，當願如以膠投漆，結綢繆之好也。莫問東流水，生涯未即抛。

晴二首

久雨巫山暗，新晴錦繡文。**洙曰：**江山晴明，風物鮮麗，若錦繡也。碧知湖外**洙曰：**一作「上」。草，**趙曰：**洞庭湖之外遂連青草湖也。紅見海東雲。**趙曰：**言日出之處紅雲也。竟日鶯相和，摩霄鶴數群。野花乾更落，風處急紛紛。

啼烏争引子，鳴鶴不歸林。下食遭泥去，高飛恨久陰。雨聲衝塞盡，日氣射江深。迴首周南客，洙曰：太史公留滯周南。驅馳魏闕心。洙曰：天子之門，兩闕謂之象魏。夢符曰：右按文選謝靈運詩：仲連輕齊組，子牟眷魏闕。注：吕氏春秋曰：中山公子牟謂詹子曰：「身在江海之上，心居魏闕之下，奈何？」

雨

山雨不作泥，江雲薄爲霧。晴飛半嶺鶴，風亂平沙樹。趙曰：陳正見經季子廟詩[一]：小雨濕苔碑。明滅洲景微，隱見巖姿露。拘悶出門遊，曠絶經目趣。消中日伏枕，卧久塵及屨。蘇曰：羊充不仕，隱中條山辟穀，每卧即浹旬，至有塵滿草履。豈無平肩輿，趙曰：輿，橋子也[二]。王猷聞觀辟疆有名園[三]，乘平肩輿而徑入。莫辨望鄉路。兵戈浩未息，蛇虺反相顧。蘇曰：孔融：豺虎相食，蛇虺相防。悠悠邊月破，蘇曰：李恢秋日詞云：邊月破鏡飛，塞鴈斷行數。鬱鬱流年度。針灸阻朋曹，洙曰：針灸所以救療也，譬良友朋也。糠籺對童孺。洙曰：時既乏良朋，所對者童孺而已。糠籺，

[一] 正見，疑當作「張正見」。
[二] 橋，疑當作「轎」。
[三] 觀，疑當作「顧」。見杜集札記。

言非實德也。**趙曰**：以久病故，須針灸以安養，故與朋友阻隔，如賈島言多病人疏也。正句言貧食糠，與童孺相對而已。**一命須屈色，新知漸成故。窮荒益自卑，飄泊欲誰訴。** **趙曰**：以嚴武辟公爲節度參謀，所謂一命也。今公受命矣，則當屈色以下之。以漸故，蓋言死也。此所以有窮荒之嘆也。**尪羸愁應接，俄頃恐違**一云「危」。**迕。浮俗何萬端，幽人有高步。** **洙曰**：幽人不隨流俗，不合污世，自有高致也。**趙曰**：缶太仲詠史詩〔一〕：高步追許由。**龐公竟獨往，** **洙曰**：龐德公也。未嘗入州府，夫妻相敬如賓。劉表不能屈。後携妻子入鹿門山，不反。**尚子終罕遇。** **洙曰**：後漢逸民傳：尚長字子平。高士傳：隱居不仕，肆意遊五岳名山，竟不知所終。謝靈運：畢聚類尚子。**宿留洞庭秋，天寒瀟湘素。杖策可入舟，送此齒髮暮。** **洙曰**：漢書：宿留聱言。楚詞：嫋嫋兮秋風，洞庭波兮木葉下。**趙曰**：宿留，音透溜，出漢，如言等候也。公詩蓋言候秋時可以登舟而往矣。

〔一〕缶太仲，疑當作「左太冲」。見杜集札記。

三月新自赤甲遷瀼西

卜居

歸羨遼東鶴，**洙曰**：遼東華表柱有鶴集其上，曰：有鳥有鳥丁令威，去家千年今始歸。城郭如故人民非，何不學仙冢纍纍。吟同楚執珪。**洙曰**：淮南子：宣王以執珪封子發，子發辭而不得。楚法：得子胥，爵執珪。莊舃爲楚執珪。王仲宣賦：莊舃顯而越吟。**趙曰**：此兩句歎其不得歸鄉也。史記曰：莊舃，故越之細鄙人也。爲楚執珪，病而尚猶越聲。本無「吟」字。而王粲登樓賦云：莊舃顯而越吟也。未成遊碧海，**洙曰**：十洲記曰：扶桑在碧海之中，地去西南萬里。大帝之宫，太真東王君所治。**趙曰**：十洲記云：東有碧海，廣狹皓汗，與東海等，水不鹹苦，正作碧色也。著處覓丹梯。**洙曰**：謝靈運詩：躡步陵丹梯。謝玄暉詩：即此陵丹梯。雲嶂寬江北，**趙曰**：夔江之北，其山稍遠爲寬矣。春耕破瀼西。**洙曰**：南瀼水，管鄓縣也。**趙曰**：公自赤甲而遷此江北，乃瀼西之地。瀼，水名。音讓。**鄭曰**：瀼，奴浪切，水名。今作「瀼」。桃紅客若至，定似昔**洙曰**：一作「晉」。人迷。**洙曰**：見「欲問桃花宿」注。

玉腕騮 洙曰：江陵節度衛公馬也。

聞説荆南馬，尚書玉腕騮。頓駿飄赤汗，洙曰：漢歌：天馬下，霑赤汗。跼蹐顧長楸。洙曰：詩正月注：跼，曲也。蹐，累足也。曹子建名都篇：走馬長楸間。胡虜三年入，乾坤一戰收。趙曰：禄山、慶緒之亂，三年之際，遂仍收復，斯爲一戰收矣。衛公之馬豈正於此時得用乎。舉鞭如有問，欲伴習池遊。洙曰：襄陽記：峴山南習郁大魚池，山季倫每臨此池，飲輒大醉而歸。常曰：「此我高陽也。」城中小兒歌之曰：「山公去何遠，來至高陽池。日夕倒載歸，酩酊無所知。」

暮春題瀼西新賃草屋五首

久嗟三峽客，再與暮春期。修可曰：樂史寰宇記：渝州有三峽之名，曰西峽、巴峽、巫峽，明月峽在夔州之西，即西峽矣。百舌欲無語，趙曰：反舌無聲，在芒種後十日，今謂之欲無語，則暮春之時也。師曰：百舌，江東人謂之信鳥。逢春則效百鳥語，故名百舌。或曰反舌。反舌無聲，蓋暮春也。繁花能幾時。谷虚雲氣薄，波亂日華遲。戰伐何由定，哀傷不在兹。洙曰：百舌，反舌也。禽名。

此郊千樹橘，不見比封君。洙曰：李衡種甘橘千樹，號千頭木奴。前漢貨殖傳：蜀漢江陵千樹橘，比其人，皆與千户侯等。養拙干戈際，全生麋鹿群。蘇曰：陳遂曰：「幸得全生於麋鹿群中，盡老矣。」

畏人江北草，旅食瀼西雲。蘇曰：言其客路萍跡，無走計也。古詩云：旅食如閑雲。王仲宣：漂泊南北，如水上萍。旅食不定，若出谷雲。趙曰：畏人在於江北之草間，旅食在於漢西之雲裏[一]。公之自嘆也。師曰：畏人江北草，言草動則驚，恐盜伏其中也。萬里巴渝曲，洙曰：前漢禮樂志：巴渝鼓員三十六人。師古曰：巴，巴人也。渝，渝人也。當高祖初爲漢王，得巴渝人並橋捷善鬭[二]，與之定三秦，滅楚國，存其武樂也。巴渝之樂因此始也。巴即今巴州，渝即今渝州。本蜀都之地[三]。三千實飽聞。蘇曰：司馬遷：三年飽聞仁政。趙曰：自永泰元年至今大曆二年，爲三年矣。

綵雲陰復白，錦樹曉來青。身世雙蓬鬢，趙曰：言身已老而雙鬢如蓬矣。乾坤一草亭。趙曰：言天地之間有此瀼西一草亭也。哀歌時自短，師曰：古詩有短長吟。子美渝州候侍御詩云：虛費短長吟。故此云「哀歌時自短」。醉舞爲誰醒。細雨荷鋤立，蘇曰：晁詠因思詩：荷鋤立雨中，不濕不自覺。人皆愛其苦學。江猿吟翠屏。洙曰：見「卷言終荷鋤」并「却略羅翠屏」注[四]。黃曰：陶淵明：帶月荷鋤歸。

[一] 漢，疑當作「瀼」。
[二] 橋，疑當作「趫」。
[三] 都，疑當作「郡」。
[四] 卷，疑當作「眷」。

壯年學書劍，**洙曰**：項籍少年學書不成，去學劍。他日委泥沙。**洙曰**：言不見用於世。**趙曰**：公自嘆於流落也。事主非無祿，浮生即有涯。高齋依藥餌，絶域改春華。喪亂丹心破，**蘇曰**：辛毗：值此喪亂，兵戈未定，丹心復將破矣，爲之奈何？王臣未一家。**趙曰**：詩所謂「率土之濱，莫非王臣」也。

欲陳濟世策，已老尚書郎。**洙曰**：見「老儒不用尚書郎」詩注。**趙曰**：公官是尚書工部員外郎，故云。不息豺虎鬭，**洙曰**：見「豺虎正縱横」注。**趙曰**：豺狼以言盜賊。王粲詩：盜賊如豺狼。空慚鴛鷺行。**洙曰**：公曾任拾遺，籍占朝列。時危人事急，風逆羽毛傷。落日悲江漢，中宵淚滿床。

引水魯曰：夔俗無井，皆以竹引山泉而食。蟠屈山腹間，有至於數百丈者。

月峽瞿塘雲作頂，**洙曰**：庾仲雍荊州記曰：巴楚有明月峽。**趙曰**：本朝史寰宇記於渝州載有明月峽〔一〕，以石穴圓似之故以名。亂石崢嶸俗無井。**洙曰**：楚俗山居負水而食，故高者引水。雲安無泉，尤難得水，故云。雲安沽水奴僕悲，魚復移居心力省。**洙曰**：後漢地理志：魚復屬巴郡，古庸國。左傳文

〔一〕史，疑當作「樂史」。見杜集札記。

十年「魚人逐楚師」是也。**修可曰**：魚復即夔州矣。今之倚郭奉節縣，乃漢之魚復縣也。白帝城西萬竹蟠，接筒引水喉不乾。人生留滯生理難，斗水何直百憂寬。**洙曰**：莊子：期斗升水之活。**趙曰**：盧照鄰秋風至詩：還思不動行，賴此百憂寬。

甘園

春日清江岸，千甘二頃園。青雲著**洙曰**：一作「羞」。葉密，白雪避花繁。**洙曰**：郭璞柑贊：花染繁霜，葉鮮翠藍。**趙曰**：本言密葉如雲，白花如雪，而變其語云雲羞雪避，乃公新奇之句。結子隨邊使，開筒近至尊。**洙曰**：蜀柑歲入貢。**蘇曰**：隋文帝好食柑，蜀中摘黄柑即以蠟汙其蔕，用筠筒盛封之，使不泄香氣。後於桃李熟，終得獻金門。**洙曰**：公自記意於末章〔一〕。

承聞河北諸道節度入朝歡喜口號絶句十二首

禄山作逆降天誅，更有思明亦已無。**洙曰**：安禄山、史思明。洶洶人寰猶不定，時時戰鬬

〔一〕記，疑當作「寄」。

欲何須。**洙曰**：時尚有反者。**趙曰**：廣德元年七月，吐蕃入寇矣。

社稷蒼生計必安，蠻夷雜種錯相干。周宣漢武今王是，**洙曰**：周宣中興，漢武雄略，言除去暴亂如漢武，恢復帝業如周宣也。孝子忠臣後代看。**趙曰**：此篇望諸節度之忠孝如此。

喧喧道路多歌謡，**洙曰**：一作「好童」。河北將軍盡入朝。始是乾坤王室正，却教江漢客魂銷。**洙曰**：言亦望朝廷徵用也。**趙曰**：公因喜諸節度入朝而傷其流落，未可還闕朝王。魂銷者，所以重嘆也。舊注言亦望朝廷徵用，豈公本意？

北**洙曰**：又云「不」。道諸公無表來，茫然庶事遣人猜。擁兵相學干戈鋭，使者徒勞萬里迴。**洙曰**：吐蕃之亂，諸道節度無一人救援者，朝廷遣使敦諭，竟不至。

嗚玉鏘金盡正臣，**洙曰**：西征賦：飛翠緌、拖鳴玉以出禁門者，衆矣。**趙曰**：嗚玉鏘金，言諸節度之貴。稱爲正臣，則公豈待之以忠義耶？修文偃武不無人。**洙曰**：武成云：王來自商，至于豐，乃偃武修文。**蘇曰**：鄭玄曰：陛下修文偃武，不能使天下無人，山林之士，駢集闕下。**趙曰**：又責望於諸節度矣。興王會静妖氛氣，聖壽宜過一萬春。**蒼舒曰**：世説：晉武帝問孫皓：「聞南人好作爾汝歌，頗爲不？」皓正飲酒，因以舉觴勸帝而言：「昔與汝爲鄰，今與汝爲臣。上汝一盃酒，令汝壽萬春。」帝悔之。又古樂府秦箏曲：

羅袖颭灑拂梧桐，促柱高張散輕宮，迎歌度舞遏歸風。歸風〔一〕，止流月，壽萬春，歡無歇。

英雄見事若通神，聖哲爲心小一身。 **洙曰**：不役天下以自奉。 **燕趙休矜出佳麗，** **洙曰**：古詩：燕趙多佳人，美者顔如玉。 **宫闈不擬選才人。** **洙曰**：唐制：才人正二千石。 **趙曰**：此篇喜諸節度入朝。所謂節度者，河北之地也。既喜其入朝，却防其媚悦而獻佳麗，故預以爲戒。古詩云：燕趙多佳人，美者顔如玉。才人，宫中之爵號。

抱病江天白首郎， **趙曰**：公晚年爲尚書工部員外郎也，其字依傍馮唐白首爲郎矣。 **空山樓閣暮春光。衣冠是日朝天子，草奏何人入帝鄉。** **趙曰**：草奏之語，則公有所激矣。

澶漫山東一百州， 澶，市連切。漫，莫干切。 **韓曰**：澶漫，不供貌。 **削成如案抱青丘。** **洙曰**：削，平也。顔延年：入河起陽峽，踐華因削成。 **趙曰**：山東，言今日之河北也。 **鄭曰**：青丘，在青州千乘縣。 **苞茅重入歸關内，王祭還供盡海頭。** **洙曰**：左傳：齊桓問罪楚國曰：「爾貢苞茅不入，王祭不共，無以縮酒。」

東逾遼水北滹沲， **洙曰**：遼水，遼東國水也。山海經云：大戲之山，滹沲之水出焉。本代州繁時縣，

〔一〕「歸」前疑闕「遏」字，當作「遏歸風」。

東流經定州深澤縣東南，即光武所度處。案滹沲河舊在饒陽南。至魏太祖曹操因饒河故瀆決，令北注新溝水，所以今在饒陽縣北。**趙曰**：舊本作「呼沲」，非。善本作「滹沲」，是。蓋河名也。光武紀：至滹沲河，無舡，遇水合得過。**星象風雲喜共和。洙曰**：西域記贊注譯曰：「吾受命國之黄耇日久矣，天之無烈風雨雷也，意中國有聖人乎？蓋往朝之。」**紫氣關臨天地闊，洙曰**：見「東來紫氣滿函關」注。**趙曰**：紫氣關，言函谷關也。周時尹喜爲關吏，望其有紫氣，云：「當有聖人入關。」**師曰**：言關中有佳氣也。**黄金臺貯俊賢多。洙曰**：燕王置千金於臺上，以延天下之士，謂之黄金之臺。**修可曰**：燕昭王築臺以禮郭魂〔一〕，而繼得樂毅之屬。幽燕既平，其黄金臺上俊賢復集也。

漁陽突騎邯鄲兒，夢符曰：右按後漢：世祖尅邯鄲，置酒高會，從容謂馬武曰：「吾得漁陽、上谷突騎，欲令將軍將之。」武曰：「駑怯無方略。」世祖曰：「將軍久將習兵，豈與我掾吏同哉？」**酒酣並轡金鞭垂。意氣即歸雙闕舞，雄豪復遣五陵知。洙曰**：漁陽突騎、邯鄲遊俠，其豪俊勇決，古有名稱也。五陵，漢之五陵亦豪俠所聚之地。復遣五陵知，謂復爲王臣也。

李相將軍擁薊門，趙曰：李相，則節度使之稱相公者。將軍，則節度使之稱將軍者。擁薊門，乃河北

〔一〕魂，疑當作「隗」。見杜集札記。

諸道節度矣。白頭惟有赤心存。**蘇曰**：馬援曰：「吾白頭老顔，赤心壯志尚存。」竟能盡説諸侯入，**趙曰**：盡喜説諸侯之入朝，蓋天子從來有至尊之勢也。知有從來天子尊。

十二年來多戰場，天威已息陣堂堂。**洙曰**：孫子：堂堂之陣。天威，天子之威。神靈漢代中興主，功業汾陽異姓王。**洙曰**：郭子儀也。

得舍弟觀書自中都已達江陵今兹暮春月末合行李到夔州悲喜相兼團圓可待賦詩即事情見乎詞

爾到江陵府，何時到峽州。亂離生有别，**修可曰**：楚詞云：悲莫悲於生别離。聚集病應瘳。颯颯開啼眼，朝朝上水樓。老身須付託，白骨更何憂。

喜觀即到傷題短篇二首

巫峽千山暗，終南萬里春。**洙曰**：終南山在長安，言去家萬里也。病中吾見弟，書到汝爲人。**洙曰**：始爲亂離所隔，則莫知生死也。及書到，方知其爲人。意答兒童問，來經戰伐新。**趙曰**：兩句通義。自戰伐中來，兒童見之，必有所問，已意其一一答之也。泊舡悲喜後，款款話**洙曰**：一作「議」。

歸秦。

待爾嗔烏鵲，沈曰：西京雜記：鵲噪則行人至。拋書示鶺鴒。趙曰：待弟而來，怒烏鵲之不實。下言喜弟來，故拋書示之。枝間喜不去，洙曰：西京雜記云：乾鵲噪而行人至。原上急曾經。洙曰：詩：鶺鴒在原，兄弟急難。江閣嫌津柳，洙曰：嫌其隔望眼也。風帆數驛亭。洙曰：數，其驛程也。應論十年事，愁絶始星星。蘇曰：蘇代：堂上星星之髮。張禹對鏡，悲鬢始變星星。陸嵩云：客髮一星星。趙曰：舊本作「然絶」，非是。星星，言鬢之白也。南史韻詩云：星星行復出。

寄薛三郎中

人生無賢愚，飄飖若埃塵。蘇曰：丁固：人生無賢與愚，百年之後，俱成糞壤。又黄玘：利名聚散，若風中埃塵，去來不足校輕重。自非得神仙，誰免危其身。與子俱白頭，役役洙曰：一云「没没」。常苦辛。雖爲尚書郎，不及村野人。憶昔村野人，蘇曰：馬融曰：「我輩仕塗，不及村野之人，雞豚社飲，足以自樂。我輩區區塵土，豈有此況味？」其樂難具陳。趙曰：歡樂難具陳。藹藹桑麻交，公侯爲等倫。天未厭戎馬，我輩本常貧。子尚客荆州，我亦滯江濱。峽中一卧病，瘧癘終冬春。春復加肺氣，此病蓋有因。早歲與蘇鄭，洙曰：蘇、鄭，蘇源明、鄭虔是也。痛飲情相親。二公化爲土，嗜酒不失真。洙曰：蘇、鄭亦皆嗜酒。予今委脩短，豈得恨命屯。聞子心甚壯，所過信席珍。洙曰：席珍，席上之珍也。上馬不用扶，每洙曰：一作「思」。扶必怒嗔。賦詩賓客間，揮灑動八垠。乃知蓋代手，洙曰：可蓋覆當代也。漢書：功業蓋代。蘇曰：李密：蓋代手段，不可容易施呈也。才力老益神。青草洞庭湖，洙曰：青草、洞庭皆湖名也。鄭曰：二湖俱在巴陵。東浮滄海漘。君山可避暑，洙曰：君山在洞庭湖心。況足採白蘋。子豈無扁舟，往復江漢津。我未下瞿塘，空念禹功洙曰：又作「禹力」。勤。聽説松門峽，吐藥攬衣巾。趙曰：聞松門峽之好，則方喫藥而吐之，遽攬衣巾思去。鄭曰：松門峽，巴中地名。高秋却束帶，鼓栧視清旻。鳳池日澄碧，濟濟多士新。餘病不能起，健者勿逡巡。趙曰：健者，薛據也。紹勃然曰〔一〕：「天下健者豈惟董公。」上有明哲君，下有行化臣。洙曰：行化臣，謂承流宣化之大臣也。

王狀元集百家注編年杜陵詩史二十四卷

〔一〕「紹」前疑闕「袁」字。見杜集札記。

王狀元集百家注編年杜陵詩史二十五卷

喜聞賊盜蕃寇摠退口號五首

蕭關隴水入官軍， 趙曰：蕭關在靈州之傍。隴水則隴州之水。言吐蕃退而盡入居矣。鄭曰：縣屬原州。**青海黃河卷塞雲。** 洙曰：見「蕭關迷北上」，并「君不見青海頭」。趙曰：青海在西，吐蕃之地。黃河則自積石而往。「卷塞雲」則無復戰伐，而塞雲卷散矣。鄭曰：鄯州西至青海三百七十里。**北極轉愁龍虎氣，** 洙曰：高紀：范增説項羽曰：「日使人望漢王氣，其上皆爲龍虎，成五色。」趙曰：言吐蕃望之，轉加憂愁矣。**西戎休縱犬羊群。** 師曰：蕭關、隴水皆秦地。北極，喻君。轉愁龍虎氣，言中國氣盛，胡人愁恐也。

贊普多教使入秦， 洙曰：贊普，吐蕃主帥。**數通和好止煙塵。** 洙曰：按新史本傳：至德三年，吐蕃使使來請討賊，且脩好。肅宗遣南巨川報聘。**朝廷忽用哥舒將，殺伐虛悲公主親。** 洙曰：吐蕃先爲哥舒翰所殺，不敢近青海。趙曰：開元末，吐蕃金城公主薨，遣使來告。又因請和，明皇不許，以哥舒翰節度隴右。翰攻拔石堡，又擒其相，又破洪濟。翰雖有功而結吐蕃之怨深矣。其後禄山之亂，邊候空虛，故吐蕃得以乘隙暴掠。

崆峒西極過崑崙，趙曰：崆峒在西郡之西，崑崙又在崆峒西極之西。詩人廣大言其從化之地遠也。孫曰：十道志：岷州，崆峒西四十里。鄭曰：水繞崑崙虛，在西北。駝馬由來擁國門。逆氣數年吹路斷，蕃人聞道漸星奔。趙曰：劉孝標廣絶交論：靡不望影星奔。

勃律天西采玉河，鄭曰：唐西域傳：大勃律西與小勃律接，西鄰北天竺烏萇地。堅昆碧碗最來多。夢符曰：右按唐書：于闐國距京師九千七百里，有玉河。國人夜視月光盛處，必得美玉。堅昆國在唐爲黠戛斯，匈奴西鄙也。地當伊吾之西，焉耆北，白山之旁。鄭曰：堅昆國在康居西，葱嶺北。趙曰：勃律天之西，乃采玉河所在，應是于闐國也。碧碗出堅昆國。舊隨漢使千堆寶，少答胡王萬匹羅。趙曰：舊日以千堆隨漢使入貢，而中國所少答者特萬匹羅。夫以蠻夷貢獻之多，而中國賜遺之不費，自非服化從義而然乎？師曰：晉平居海爲張鄴，使于闐判官作行程記云：其國采玉之地。玉河在于闐城外，其源出崑山，西流一千三百里，至于闐界牛頭山，乃流爲三河。一曰白玉河，在城東三十里。二曰緑玉河，在城西二十里。三曰烏玉河，在緑玉河西七里。其源雖一，而其玉隨地而變，故其色不同。每歲五六月，大水暴漲，則玉隨流而至。玉之多寡，由水之小大。至秋水退，乃可采，人謂之撈玉。堅昆亦胡地。

今春喜氣滿乾坤，南北東西拱至尊。大曆三年調玉燭，趙曰：爾雅曰：時和爲玉燭。玄元皇帝聖雲孫。趙曰：爾雅釋：仍孫之子爲雲孫，乃七世孫也。修可曰：唐以老子爲聖祖，封玄元皇帝，故曰「聖雲孫」。師曰：爾雅：四時和爲通正，四氣和爲玉燭。邢昺疏曰：四時和氣，温潤明照，故曰「玉燭」。又釋：親孫之子爲曾孫，曾孫之子爲玄孫，玄孫之子爲來孫，來孫之子爲晜孫，晜孫之子爲仍孫，仍孫之子爲雲孫。注言：輕遠如浮雲。唐以老子爲聖祖，封玄元皇帝，故曰「聖雲孫」。

即事

聞道花門破，**洙曰**：前有留花門詩。和親事却非。人憐漢公主，生得渡河歸。**趙曰**：回紇助討禄山有功。乾元元年，請婚肅宗，以寧國公主下嫁。明年，可汗死。公主以無子得歸。秋思抛雲髻，**洙曰**：一作「鬢」。腰艾賸**洙曰**：一作「勝」。寶衣。群凶猶索戰，**蘇曰**：王世充：群兇兵猶索戰，但持重吾軍，然後大事可成。**趙曰**：初爲和親之因，以藉其來助。和親既非，而索戰，則所以藉之之意又違矣。迴首意多違。

暮春

卧病擁塞在峽中，瀟湘洞庭虚映空。**趙曰**：言瀟湘、洞庭之景虚，在彼處映空，而我卧病於此，不得見之也。楚天不斷四時雨，**蘇曰**：蜀邛僰山後四時常無晴日，梁益稱爲漏天。古詩：地近漏天經歲雨。

巫峽長吹千里風。洙曰：巫峽多風。趙曰：地理志：黎州之西有漏天，四時常雨。今公借字以言楚地耳。沙上草閣柳新閒，城邊野池蓮欲紅。暮春鴛鷺立洲渚，挾子翻飛還一叢。趙曰：叢聚也。言鴛鷺與子叢聚也。

晚登瀼上堂

故躋瀼岸高，頗免崖石擁。開襟野堂豁，趙曰：文選賦：向北風而開襟。繫馬林花動。雉堞粉似雲，鄭曰：堞，徒恊切，城上垣也。夢符曰：右按公羊傳：五板而堵，五堵而雉，百雉而城。堞，城墻馬面也。文選鮑明遠蕪城曰：以板築雉堞之盛，井幹烽櫓之勤。山田麥無壠。春氣晚更生，江流靜猶湧。四序嬰我懷，群盜久相踵。黎民困逆節，天子渴垂拱。洙曰：時喪亂既久，民困於賊，後天子播遷，未獲收復也。趙曰：天子皇皇於廟謨，不得垂衣拱手，不必指言播遷。舊注非。所思注東北，深峽轉脩聳。衰老自成病，郎官未爲冗。淒其望呂葛，洙曰：以世亂思得良臣如呂望、諸葛者。趙曰：可以有爲於世，而嘆其衰病也。謝靈運詩：欽聖若旦暮，懷賢亦淒其。魯直作陶淵明詩云：淒其望諸葛。

蓋本於杜。不復夢周孔。洙曰：如周公、孔子不可夢見矣。文況得見之乎[一]？濟世數嚮時，斯人各枯冢。洙曰：老子所謂「其人與骨皆朽矣」是也。楚星南天黑，蜀月西霧重。趙曰：以況風塵昏蔽，道路阻隔，而不得即去也。安得隨鳥翎，迫此懼將恐。師曰：楚地有瀼東、瀼西，地高可以登眺，故云「頗免崖石擁」。雉堞，矮墻也。麥無壠，言麥茂熟。静猶湧，言無風而波。逆節，指禄山之亂。渴垂拱，謂未收復京城。所思注東北，甫以東北爲寇所擾，不能無憂思也。深峽轉脩聳，言困於楚峽，不聞朝廷消息，是以衰老自成病也。郎官未爲冗，言不見用，故思得賢俊如吕望，諸葛、周公、孔子之徒，出爲國家整頓。奈何斯人骨已朽矣。「楚星南天黑，蜀月西霧重」，庶民惟星，卿士惟月，復歎楚蜀數昏亂，是以甫欲隨鳥翅奮飛而去也。

李潮八分小篆歌

余曰：邵氏聞見録云：韓退之石鼓詩體，子美八分歌也。

蒼頡鳥跡既茫昧，字體變化如浮雲。洙曰：蒼頡，黄帝臣也。觀鳥跡而爲文字。自蒼頡之後，字體變易如浮雲焉，無定體也。陳蒼石鼓又已訛，趙曰：韓退之詩：周綱陵遲四海沸，宣王憤起揮天戈。鐫功勒成告萬世，鑿石作鼓隳嵯峨。鄭曰：陳蒼，山名，在鳳翔寶雞縣。大小二篆生八分。洙曰：周太史籀

[一] 文，疑當作「又」。見杜集札記。

始創大篆。唐蘇載記石鼓文謂之周宣王獵碣，共十鼓。其文則史籀大篆。漢蔡邕字伯喈，爲中郎將，正六經於太學石壁，天下摹學。邕大篆入妙品。小篆者，秦丞相李斯刪古文，複篆及史籀之書也。初諸侯力正文字異形，秦始皇帝初兼天下，丞相李斯乃奏同之，罷其不與秦文合者，斯作蒼頡篇，胡毋敬作博學篇，皆取史籀大篆，或頗改，所謂小篆。秦有李斯漢蔡邕，見上注。中間作者寂不聞。趙曰：大分篆與八分事，書苑所載不一。以予觀之，蔡文姬別傳曰：臣父邕言八分書割李斯小篆，去二分，取八分，故曰八分書。嶧山之碑野火焚，棗木傳刻肥失真。洙曰：嶧山碑，李斯書也，爲野火所焚，人惜其文，故以棗木傳刻。按史記：始皇二十八年，東行郡國，上鄒嶧山，於是刻之於石，乃頌秦德。苦縣光和尚定功曰：苦縣，屬陳國，故城今在亳州。骨立，修可曰：續漢書：詔苦縣立老子祠，兼刻石。即蔡邕八分書也。趙曰：野火焚，謂李斯書也。尚骨立，謂蔡邕書也。故於嶧山之碑則傷棗木之失真，於苦縣之碑則喜其有骨立也。嶧音亦。書洙曰：一作「畫」。貴瘦硬方通神。蘇曰：羊欣曰：古將軍筆畫勁硬，妙絶通神。惜哉李蔡不復得，洙曰：李斯、蔡邕不可復得。吾甥李潮下筆親。尚書韓擇木，騎曹蔡有鄰。開元已來數八分，潮也奄有二子成三人。洙曰：韓擇木，昌黎人，官至工部尚書、散騎常侍。工八分，師蔡邕法，風流閑媚，號伯喈中興。蔡有鄰，濟陽人，官至胄曹參軍，善八分。始拙弱，至天寶中遂精妙，相、衛間多其筆跡。況潮小篆逼秦相，快劍長戟森相向。八分一字直百洙曰：一作「十」。金，蘇曰：程邈見李斯書，曰：「此一字直千金。」

蛟龍盤拏肉屈强。屈，九勿切，亦作「倔」。洙曰：言筆跡奇怪勁屈，如蛟龍之盤拏也。吳郡張顛誇草書，草書非古空雄壯。洙曰：張旭，吳郡人，官至右率府長史。時善草書，言「吾見公主擔夫争路，而得其意」。後又觀公孫氏舞劍器，而得其神。飲醉輒草書，揮筆大叫，以頭濡墨水中。天下呼爲張顛。醒後自視以爲神，人謂之草聖。豈知吾甥不流宕，鄭曰：徒浪切，過也。丞相中郎丈人行。洙曰：丞相，斯也。中郎，邕也。丈人行，尊老之稱也。巴洙曰：一作「江」。東逢李潮，逾月求我歌。我今衰老才力薄，潮乎潮乎奈汝何。師曰：昔蒼頡觀鳥跡以制字，自頡之後，有大篆、小篆、隸與八分、行草之類，字體變易如雲無定。書苑云：八分書者，秦羽人上谷王次仲飾隸書爲之，鍾繇謂之章程書。王愔曰：王次仲始以古書方廣少破勢，建中初，以隸書作楷法，字方八分。始皇得次仲文，簡略赴急疾之用，甚善之。蔡姬別傳曰：臣父邕言八分書，割程邈隸字法，去八法，李斯小篆，去二分，取八分，故曰八分書。蔡希綜曰：王次仲以楷法局促，更引而伸之，爲八分。故號八分書。張懷瓘云：八分本謂之楷書。楷者，法也。漸若八字分散，故名八分。後漢桓帝紀：延熹八年春正月，遣中常侍左悺之苦縣祠老子。注云：苦縣厲鄉人，屬陳國，故城在亳州。續漢書云：桓帝夢見老子，令左悺於賴鄉祠之，詔陳相邊韶立祠，兼刻石，即蔡伯喈八分書也。又靈帝紀：光和五年，始置鴻都門生。注云：於鴻都門内置學，召能爲尺牘及工書鳥篆者。時南陽人師宜官稱八分爲最大，則一字徑丈，小則方寸。以是考之，疑苦縣蔡邕書、光和師宜官書也。詳觀此歌「嶧山之碑野火焚」，謂李斯書也。苦縣光和尚骨立，謂蔡邕書也。故初言秦有李斯，漢蔡邕次，惜哉李蔡不復得，卒言丞相、中郎丈人行，而未嘗一言師宜官。然苦縣之祠立於桓帝之延熹，而光和乃靈帝年號，豈非祠立於延熹，而碑刻於光和乎？蓋延熹至光和纔十年之迹爾。或謂光和爲伯喈所書華山碑、苦縣老子朱龜碑，未知孰是。親近也，言近於李、蔡。秦相即李斯。快劍長戟森相向，解在鄭典設自施州歸。行，音項，輩也。草書失之流宕，篆則不然。

醉爲馬墜諸公携酒相看

甫也諸侯老賓客，**蘇曰**：卜子夏見魯大夫，曰：「商也諸侯門下老賓客爾。思以恢弘仲尼之道，賢大夫宜如何？」罷酒酣歌拓金戟。拓音託。**梅曰**：拓，持也。騎馬忽憶少年時，**蘇曰**：許褚騎馬過新豐，淚下不止，客問其故，褚曰：「憶少年時挾矢躍馬醉戲於此，回首五十年事，不覺淚下。」**趙曰**：阮籍詩：憶昔少年時。散蹄迸落瞿塘石。**禹偁曰**：瞿塘，峽名。時甫在夔，故言及此。白帝城門水雲外，低身直下八千尺。粉堞電轉紫遊韁，**洙曰**：粉堞，城堞也。以堊土塗之，故曰粉堞。韁，馬韁，以紫絲爲之，故曰紫韁。**禹偁曰**：電轉，言其疾也。東得平岡出天壁。**逢原曰**：言山立與天齊高也。江村野堂争入眼，垂鞭軃鞚凌紫陌。軃，子可切。**逢原曰**：軃鞚，謂俯勒其馬也。向來皓首驚萬人，自倚紅顏能騎射。**洙曰**：自恃少年自能騎射也。**趙曰**：言人雖以我皓首爲驚，而自謂其年少時能騎射，今亦尚能也。安知決臆追風足，**洙曰**：決臆，縱意也。追風，言馬足疾可以追風也。**趙曰**：追風，太宗十驥之名。朱汗驂驛猶噴玉。**趙曰**：朱汗，即汗血也。崔液上元夜遊詩：驂驛始散東城曲，倏忽還逢南陌頭。穆天子傳：王東遊於黃澤，時人語曰：黄之澤，其馬歕玉。不虞一蹶終損傷，**洙曰**：不虞，非出於虞度。以馬之蹶不可預度。人生快意多所辱。職當憂戚伏衾枕，況乃遲暮加煩促。**趙曰**：詩：角枕粲兮，錦衾爛兮。而摘用之熟矣。張茂先云：煩促每有餘。朋知來問腆我顔，**洙曰**：腆，厚也。杖藜强起依僮僕。語盡還成開口笑，提携别掃清谿曲。酒肉如山又一時，**趙曰**：倣左傳「有酒如繩〔一〕，有肉如陵」。初筵哀絲動豪竹。**琪曰**：大管也。共指西日不相貸，**琪曰**：共指西日不相貸，言欲暮，須痛飲不相假借。喧呼且覆杯中渌。何必走馬來爲問，君不見嵇康養生被殺戮。**洙曰**：嵇康注養生詩，後以事坐誅。

往在

往在西京時，胡來滿彤宫。**魯曰**：胡，禄山也。中宵焚九廟，**趙曰**：彤宫，天子之宫也。天子七廟，而王莽增爲九廟。今云九廟，以其盛者言之也。此篇首述明皇天寶十五載安禄山陷長安也。雲漢爲之紅。解瓦飛十里，繐帷紛曾空。**洙曰**：繐帷，廟中素帷也。疚心惜木主，一一灰悲風。**洙曰**：疚

〔一〕繩，疑當作「澠」。見杜集札記。

心，心如有疾也。木主，神主也。史記：武王伐紂，載木主而行。合昏非鐵騎，清旭散錦驂。洙曰：一云「幪」。鄭曰：驂，亡東切，驢子也。修可曰：古樂府紫騮馬曲：玉鞍繡纏鬃，金鞍覆錦幪。錦幪，鞍帕。賊臣表逆節，相賀以成功。是時妃嬪戮，連爲糞土叢。洙曰：王昭君辭：昔爲匣中玉，今爲糞土英。當宁陷玉坐，趙曰：天子當宁而立。謝玄暉銅雀臺詩：玉座猶寂寞。舊注言吐蕃陷京邑，則代宗事，非是。玉座，帝座也。時禄山及吐蕃兩陷京邑，天子出奔也。白間剥畫蟲。定功曰：何平叔景福殿賦：皎皎白間，離之列錢。晨光内照，流景外烻。張銑注曰：白間，窗也。以白塗之，畫以錢文，猶言綺疏、青瑣之類。師曰：白間，黼扆也。畫蟲畫雉以飾之。不知二聖處，洙曰：玄宗、肅宗。私泣百歲翁。車駕既云還，楹角欻穹崇。洙曰：代宗自陝還，先修九廟。楹角，廟楹也。魯「丹楹刻桷」也。趙曰：此述肅宗至德二載復京師也。舊注又以代宗廣德元年十二月事，亂之矣。左傳「丹楹刻桷」也。師曰：欻，忽也。穹崇，高貌。故老復涕泗，祠官樹椅桐。鄭曰：椅，於宜切，梓類。師曰：守祠之官種此木，將以興禮樂。宏壯不如初，已見帝力雄。洙曰：時屢臻喪亂，國力凋敝，雖未及未焚之前，而已見帝力之雄矣。前春禮郊廟，祀事親聖躬。趙曰：此述乾元元年朝享於太廟，有事於南郊也。微軀忝近臣，黄曰：甫爲拾遺諫官，得以親近天子，故曰近臣。景從陪群公。景，於景切。從，才用切。洙曰：廣德元年，吐蕃陷京師，代宗幸陝。是年子儀收復，帝還京。二年春，享廟及郊。新、舊唐史皆不載甫官。夢符曰：右按文選東都賦云：王官景從，祲威盛容。**登堦捧玉册，**洙曰：玉册，册文也。**峨冕耿**洙曰：一云「聆」。**金鍾。**趙曰：聆，舊本作「耿」，非也。聆，蓋言聆金奏也。峨冕聆金鍾，則奉祠者具法服也。**侍祠恧先露，**鄭曰：恧，女六切，慚貌。**掖垣邇濯龍。**洙曰：侍祠之官恧暴露，猶假濯龍門，即宗廟未至全備爾。夢符曰：右按後漢：桓帝祠老子於濯龍宫，以文罽爲壇，飾黄金爲釦器，設華蓋之座。趙曰：得預其事者爲榮，其有合預侍祠而不幸先露，所以慚恧矣。史有先朝露，以言臣之不幸也。紫垣者，紫掖之垣也。濯龍，池名也。薛綜注載：洛陽圖經曰：濯龍，池名。故歌曰：「濯龍望如海，河橋渡以雷。」**天子惟孝孫，五雲起九重。**洙曰：韓愈賀慶雲表：按沈約宋書云：慶雲五色者，太平之應。文據孝經援神契曰：王者德至山陵則慶雲出。昱曰：選恩幸論：九重奥絶。**鏡奩换粉黛，**昱曰：奩音廉，盛晉器，又鏡奩也。**翠羽猶葱曨。**洙曰：光烈陰皇后名麗華，崩，葬原陵。明帝性孝愛，追慕無已，時當謁原陵，夜夢先帝、太后如平生歡，既寤，悲不能寐。即按曆，明旦日吉，遂率百官及故客上陵。其日降甘露於陵樹，帝令百官採取以薦。會畢，帝從席前伏御床視太后鏡奩中物，感慟悲涕，令易指澤裝具，左右皆泣，莫能仰視。趙曰：鏡奩，乃供后廟神御之物也。翠羽，乃飾神御之物也。出曹子建詩：或拾翠羽。**前者厭羯胡，**洙曰：明皇。禄山陷長安。**後來遭犬戎。**洙曰：代宗。吐蕃陷長安。**俎豆腐**洙曰：一云「爛」。**膻肉，罘罳行角弓。**罘，房尤切。罳，新兹切。蒼舒曰：漢書文帝紀云：七年夏六月，未央宫東闕罘罳災。崔豹古今注云：罘罳，屏也。罘罳者，復也。罳者，思也。臣朝君，至屏外復思所奏之事於其下。顔師古注云：罘罳，謂連闕曲閣也。以覆重刻垣墉之處，其形罘罳然。一曰屏也。又禮記云：疏屏，天子之廟飾也。鄭注云：屏謂之樹，今浮思也。刻之爲雲氣蟲獸，如今闕上爲之矣。按唐蘇鶚演義稱罘罳織絲爲之，輕疏浮虚，象羅網交文之狀。蓋宫殿簷户之間也。乃引文宗實録云：太和中，甘露之禍，群臣奉上出殿北門，裂斷罘罳而去。又引温庭筠補陳武帝與王僧辨書云：「罘罳晝卷，閶闔晨開」爲證。皆非曲閣屏障之意。反以崔豹、師古之徒爲大誤。又按段成式酉陽雜俎稱上林間多呼殿榱桷護雀網爲罘罳。其淺誤也。如此乃引張揖廣雅曰：復思謂之屏。又王莽性好時日小數，遣使壞渭陵、延陵園門罘罳，曰：「使民無復思漢也。」又卧魚拳魏略曰「黄初三年，築諸門闕外罘罳」爲證〔一〕。反以絳網之説爲大謬。余謂二説皆通，以罘罳爲網，則結繩爲之，施於宫殿簷楹之間，如蘇鶚之説是也。以罘罳爲屏，則刻木爲之，施於城隅門闕之上，如成式之言是也。然就二説之中，段氏之説爲長。按五行志注云：罘罳，闕之屏也。玉篇云：罘罳屏樹門外也。又曰：罘，罟也。但屏上彫刻爲之，其形如網罟之狀。故謂之罘罳。音浮思，則取其復思之義耳。漢西京罘罳合版爲之，亦築土爲之，每門闕殿舍前皆有焉。於今郡國廳前亦樹之。**安得自西極，申命空山東。盡驅詣闕下，士庶塞關中。主將曉逆順，元元歸始終。**趙曰：言令始終歸順爲王之臣也。**一朝自罪己，**洙曰：見「思聞罪己詔」注。趙曰：禹、湯罪己，其興也勃焉。**萬里車書通。**余曰：記中庸：天下書同文，車同軌。後漢：光武車書共道。**鋒鏑供鋤犂，征伐聽所從。**趙曰：供鋤犂，則以兵器爲農器也。

〔一〕卧，疑當作「引」；拳，疑當作「豢」。見杜集札記。

聽所從，則不復拘留之以爲征戍，而聽其所從，或爲農，或爲民也。冗官各復業，蘇曰：黃忠：放冗官瑣材，盡歸農業，免虛耗府庫。土著還力農。著，直略切。趙曰：當用兵擾攘之際，有冗監爲官者，各令復業。土著户口前日失耕種者，今還力穡，以爲農也。君臣節儉足，朝野懽呼洙曰：一作「娛」。同。洙曰：食貨志：安民之道，土著爲本。張景陽詩：昔在東都時，朝野多歡娛。中興似國初，繼體如太宗。端拱納諫諍，蘇曰：趙襄子清穆端拱，開納諫諍訐直之臣。和風日沖融。赤墀櫻桃枝，隱映銀絲籠。千春薦陵寢，永永垂無窮。洙曰：薦桃言，奉宗廟，無所窮極也。定功曰：月令：仲夏之月，羞以含桃，先薦寢廟。注：櫻桃也。漢惠帝出離宮，叔孫通曰：「古者春秋嘗菓，方今櫻桃可獻，願陛下出，因取櫻桃獻宗廟。」唐李綽歲時記：四月一日，内園進櫻桃，寢廟薦訖，頒賜各有差。京都不再火，涇渭開愁容。歸號故松柏，歐曰：使京師奠枕，涇、渭之民頓豁愁容，得以歸號墳墓也。老去若飄蓬。趙曰：庾信燕歌行云：十里飄蓬無復根。歐曰：惟甫衰老若飄蓬然，不獲還故鄉，故自傷也。

雨

始賀天休雨，還嗟地出雷。洙曰：雷出地奮豫。驟看浮洙曰：一作「巫」。峽過，密作渡江來。牛馬行無色，洙曰：秋水篇：不辨牛馬。蛟龍鬬不開。干戈盛陰氣，蘇曰：月令：天地不時，陽衰陰盛，君弱臣强，即生兵戈。未必自陽臺。洙曰：因陰氣盛而多雨，非必來於陽臺也。陽臺，謂暮爲行雨。趙曰：惟是峽中詩，故用陽臺爲當體。神女曰：「妾在巫山之陽，高山之阻，旦爲朝雲，暮爲行雨。」

奉寄李十五祕書二首 文嶷。

避暑雲安縣，秋風早下來。蘇曰：阮瑀曰：乘此秋風掛帆，乘此下江南，薄鱸可喜。暫留魚復浦，洙曰：巴東，漢魚復縣。宋曰：寰宇記：夔州奉節縣，本漢魚復縣。同過楚王臺。洙曰：楚襄王與宋玉遊雲夢之臺。猿鳥千崖窄，秦曰：謂夔峽之地多崖嶂而少平地也。江湖萬里開。竹枝歌未好，畫舸且遲迴。洙曰：竹枝歌，巴渝之遺音也。惟峽人善唱。趙曰：速其出峽矣。竹枝歌惟夔峽人歌之爲未好，則離出夔峽聽好音也。

行李千金贈，趙曰：美其行贐之多。余曰：左傳云：行李之往來。杜預注云：行李，使人也。今人以裝爲行李，非也。衣冠八尺身。飛騰知有策，意度不無神。班秩兼通貴，趙曰：唐制：祕書郎，從六品上。所以謂之通貴。公侯出異人。趙曰：左傳：公侯之子孫，必復其始。李祕書必宗室之子矣。玄成負文彩，世業豈沉淪。洙曰：漢韋賢，其先韋孟，少子玄成，皆以經術名家。趙曰：韋玄成少好學，修父業，爲相七年，守正持重，不及父賢，而文采過之。

豎子至

樝梨且洙曰：一作「纔」。綴碧，樝，莊加切。梅杏半傳黃。小子幽園至，輕籠熟㮈香。山風猶滿地，野露及新嘗。欹枕洙曰：一作「欲寄」。江湖客，提携日月長。趙曰：豎子所摘來之熟㮈，正欲寄遠，而道路長阻，費時日也。師曰：壺中日月長。携持日月長，携壺以將柰之。

舍弟觀歸藍田迎新婦送示二首

汝去迎妻子，高秋念却迴。即令螢已亂，好與鴈同來。東望西江水，趙曰：舊作「水」。善本作「永」，是。蜀江謂之西江。公欲泛舟南下，以楚之上游，而西江之盡處在其東，故東望其水。詩：江之永矣，不可方思。彦輔曰：水，當作「永」。南游北户開。趙曰：成南遊則見北户之開。吴都賦云：開北户以向日。卜居期静處，會有故人杯。蘇曰：郭林宗曰：吾當比居静處，期友人野酌放浪，誰能學後生兒輩日傍門户，低眉下氣，爲雖刀之利者乎〔一〕。趙曰：卜居静處，當有故人之來。

楚塞難爲路，洙曰：一作「别」。藍田莫滯留。衣裳判白露，鞍馬信清秋。滿峽重江水，

〔一〕雖，疑當作「錐」。見杜集札記。

開帆八月舟。此時同一醉，應在仲宣樓。**趙曰**：王粲字仲宣，劉表時在荆州，因登樓而作賦。其後指荆州樓爲仲宣樓。**鄭曰**：樓在荆州界，今襄州。

園

仲夏流多水，清晨向小園。碧溪摇艇闊，**蘇曰**：何遜京口詩云：碧溪水色闊，摇艇煩舟子。朱果爛枝繁。始爲江山静，終防市井喧。畦蔬繞茅屋，自足媚盤飧。**趙曰**：媚者，宜也。沈約詩：旅遊媚年春。左傳：盤飧加璧。

歸

束帶還騎馬，東西却渡舡。林中才有地，峽外絶無天。**洙曰**：夔州居山水間，在峽中，故號爲稍平，然狹隘多石。**趙曰**：若盧仝詩：低頭雖有地，仰面若無天。虚白高人静，**洙曰**：莊子謂虚室生白。注謂室虚則純白生矣。謂人能虚心以避世，則純白備於内也。故詩主意高人静也。喧卑俗累牽。**洙曰**：喧卑，囂雜貌。以俗累之牽人者，如此。**趙曰**：鮑明遠舞鶴賦：歸人寰之喧卑。他鄉悦遲暮，不敢廢詩篇。

諸葛廟

久遊巴子國，**洙曰**：夔，古巴子國也。**程曰**：寰宇記：夔州，春秋時夔子國，後爲楚地。秦滅楚，置郡，即爲巴郡。屢入武侯祠。竹日斜虛寢，溪風滿薄帷。君臣當共濟，賢聖亦同時。翊戴歸先主，并吞更出師。**洙曰**：翊戴，言輔翊尊戴劉氏也。并吞，謂出師表「有并吞中國之志」。蟲蛇穿畫壁，巫覡醉蛛絲。覡，研歷切。**夢符曰**：右按前漢志：民之精爽不二，齊肅聰明者，神或降之，在男曰覡，在女曰巫。使制神之處位，爲之牲器。以見廟獘，巫覡醉於蛛絲中也。**趙曰**：事雖出國語「在男曰覡，在女曰巫」，而合用巫覡字，則張衡東宮賦「巫覡操茢」也。欻憶吟梁父，躬耕起未遲。**洙曰**：亮耕南陽，作梁父吟。**趙曰**：公惑孔明梁父吟事，方却思歸耕而起耳。舊本作「也未遲」，非。蓋却成方欲躬耕也。

課伐木并序

課隸人伯夷、幸秀、信行等，入谷斬陰木，**鄭曰**：隸，郎計切，附著也。**洙曰**：冬官：輪人爲輪，斬三材必以時。注：材在陽則仲冬斬之，在陰則以仲夏斬之。此並據山虞云。人日四根止。維條伊枚，**洙曰**：詩：終南何有，有條有枚。正直侹然。晨征暮返，委積庭內。我有藩籬，是缺是補，載伐篠簜，**洙曰**：禹貢：揚州篠簜既敷。注：篠，竹箭。簜，大竹。**鄭曰**：篠，先了切，竹小者。簜，徒沆切，大竹也。伊杖支持，則旅次於小安。山有虎，知禁，若恃爪牙之利，必昏黑搪突。夔人屋壁，列洙曰：一作「冽」。鄭曰：搪，徒郎切。突，陁没切。觸也。樹白菊鏝爲墻，鄭曰：鏝，謨官切，柯也。實以竹，示式遏。爲與虎近，混淪乎無良。賓客憂洙曰：一作「齒」。害馬之徒，洙曰：莊子：黄帝於襄城下見牧馬童子，而問理天下。童子曰：「爲天下何異乎放馬？去其害馬者。」苟活爲幸，可嘿息已。作詩付宗武誦。趙曰：盧陵嘗謂杜甫無韻者不可讀，今此可見矣。

長夏無所爲，邁曰：夏日長，故云「長夏」也。客居課奴僕。清晨飯其腹，持斧入白谷。青冥曾巔後，趙曰：張平子南都賦言木有曰：攢立叢騈，青冥芊眠。謝靈運詩：葺宇臨回溪，築觀基曾顛。邁曰：曾巔，高山也。十里斬陰木。修可曰：周禮山虞：仲冬斬陽木，仲夏斬陰木。鄭司農云：陽木，春夏生者，陰木，秋冬生者。鄭玄云：陽木生南山，陰木生北山。蘇曰：韓信廟記：斬十里陰木，鑿五尋巨石也。人肩四根已，逸曰：四根，四株也。亭午下山麓。尚聞丁丁聲，洙曰：天台賦：羲和亭午。詩：伐木丁丁。鄭曰：丁，字耕切，伐木聲。功課日各足。蒼皮成積委，素節相照燭。籍汝跨小籬，當仗洙曰：一云「當材」。若虚竹。空荒咆熊羆，乳獸待人肉。蘇曰：廉頗别傳曰：乳虎饑怒而待人，肉豈有棄於齒牙之間也。趙曰：謂之跨小籬，則跨越居而遮護之也。此言及熊羆，則山居所防豈獨虎耶。不示知禁情，豈唯干戈哭。城中賢府主，師曰：嘆美夔守也。處貴如白屋。蘇曰：戴憑：富貴如歸閭里白屋，食列鼎，常思黄粱。**師曰**：茅草蓋屋曰白屋。**蕭蕭理體浄，洙曰**：治道貴清浄。**蜂蠆不敢毒。洙曰**：左氏：蜂蠆猶有毒。**蘇曰**：葛稚川與兒出戲，誤捉蜂蠆，不敢毒螫。其父嘉之，鄉曲皆推重。**虎穴連里閭，隄防舊風俗。泊舟滄江岸，久客慎所觸。舍西崖嶠壯，雷雨蔚含蓄。墻宇資屢脩，衰年怯幽獨。爾曹輕執熱，蘇曰**：杜周：兵馬輕執熱而深入，已成虜功，不可旌賞。**爲我忍煩促。秋光近青岑，季月當泛菊。報之以微寒，共給酒一斛。蘇曰**：徐邈：酒一斛，餅三事。**師曰**：甫泛舟自蜀來泊止於此，要當戒慎無觸此禍，又況舍西山嶠雄壯含蓄，猛獸極多，墻壁貴乎脩葺，是以課隸斬木取竹以爲扞禦之備。爾曹，指信行等冒熱往取竹木，宜有以勞之。泛菊伊邇，給酒一斛，以報其勞，仍以熨微寒爾。

園人送瓜

趙曰：此太平遣送官園中瓜也〔一〕。**師曰**：時柏公守夔，遣人送瓜。

江間雖炎瘴，瓜熟亦不早。柏公鎮夔國，鄭曰：柏中丞。**滯務茲一掃。食新先戰士，洙曰**：成十年傳：桑田巫言晉侯不食新矣。注言：公不得及食新麥。**逸曰**：食新，嘗新也。**共少及溪老。**

〔一〕平，疑當作「守」。見杜集札記。

師道曰：共少，分甘也。溪老，甫自稱。傾筐蒲鴿青，鴿，葛合切。**師曰**：青瓜色如蒲鴿。蒲鴿、貍首，皆瓜名也。滿眼顔色好。竹竿接嵌竇，**鄭曰**：嵌，丘銜切。嵌岩，山險也。**師曰**：嵌竇，岩泉也。引注來鳥道。**師曰**：鳥道，乃飛鳥之道，高貌。沉浮亂水玉，**洙曰**：魏文帝：浮甘瓜於清泉。赤松子服水玉。**沈曰**：寒水玉，水精也。愛惜如芝草。落刃嚼冰霜，開懷慰枯槁。許以秋蔕除，**洙曰**：謝玄暉：殘翩似秋蔕〔一〕。仍看小童抱。**洙曰**：一作「飽」。東陵跡蕪絶，楚漢休征討。**洙曰**：東陵，邵平種瓜之地也。園人非故侯，種此何草草。**趙曰**：此篇兩押「草」字，亦豈東坡所云兩耳義不同，故得重用邪？**師曰**：草草，辛苦貌。

信行遠修水筒引泉筒也。**師曰**：信行，乃童行也。

汝性不茹葷，許云切。清净僕夫内。秉心識本**洙曰**：一云「根」。源，於事少滯礙。雲端水筒坼，林表山石碎。**洙曰**：鮑明遠〔二〕：雲端楚山見，林表吴岫微。觸熱藉子脩，通流與厨會。

〔一〕殘，疑爲衍文。
〔二〕鮑明遠，疑當作「謝玄暉」。

往來四十里，荒險崖谷大。日曛驚未飡，**洙曰**：曛，黑也。貌赤愧相對。浮瓜供老病，裂餅常所愛。**洙曰**：何曾傳：蒸餅上不坼作十字，不食之。**趙曰**：公食餅則裂而與之，乃常所私愛信行者也。故繼以於斯答恭謹。裂餅字，暗使王羆與客食餅，客裂餅緣，羆曰：「只是不饑。」於斯答恭謹，足以殊殿最。**洙曰**：文賦：考殿最於錙銖。注：下功曰殿，上功曰最。詎要方士符，何假將軍蓋。**趙曰**：意是貳師將軍拔刀刺山而飛泉出事，但無「蓋」字耳。行諸直如筆，用意崎嶇外。**定功曰**：直如筆，言其有用而不邪曲也。故後魏古弼，太武嘉其直而有用，賜名曰筆，以其頭尖，又名尖頭奴。時人呼之爲筆公，後改曰弼。

行官張望補稻畦水歸

東屯大江北，**洙曰**：一「枕大江」。**鄭曰**：屯，徒渾切，聚也。百頃平若案。**饒曰**：六尺爲步，步百爲畝，畝百爲頃。六月青稻多，千畦碧泉亂。插秧適云已，引溜加溉灌。更僕往方塘，更，古行切。**洙曰**：更僕以番次更代使之也。劉公幹：方塘含白水。決渠當斷岸。**洙曰**：西都賦：決渠降雨，荷插成雲。**趙曰**：鮑明遠蕪城賦：崪若斷岸。公私各地著，陟略切。**洙曰**：食貨志：理民之道，地著爲本。師古云：謂安土也。浸潤無天旱。主守問家臣，**洙曰**：陸韓云：庶子及家臣。分明見溪畔。竿竿烱翠羽，剡剡生銀漢。剡，以冉切。蘇曰：桑敬：剡剡兮雲生銀漢。趙曰：曹子洛神賦云〔一〕：或拾翠羽。廣雅云：天河謂之天漢。亦曰銀漢也。師曰：剡剡，竹未削殺貌。生銀漢，渭水注如傾河漢〔二〕。鷗鳥鏡裏來，關山雪邊看。秋菰成黑米，菰音孤。洙曰：菰米，彫胡也。趙曰：鏡裏雪邊皆收畦水之明潔也〔三〕。精鑿洙曰：一作「穀」。傅白粲。夢符曰：右按鄭氏釋詩「俾疏斯粺」云：米之率，糲十，粺九，鑿八，侍御七。趙曰：本草云：菰又謂之茭白。歲久，中心生白臺，謂之菰手。其臺中有黑者，謂之茭鬱。至後結寶〔四〕，乃彫胡米也。精鑿，出左傳「粢食不鑿」，音作鑿，謂治米使白。晁曰：傅，合也。以菰米合白粲炊飯。玉粒足晨炊，紅鮮任霞散。趙曰：蘇秦所謂米貴如玉也。上言米粒之珍貴，下云紅鮮，方是言飯紅潤之色。韓信傳：晨炊蓐食。終然添旅食，作苦期壯觀。洙曰：史：晨炊蓐食。楊惲：田家作苦。趙曰：魏文帝云：旅食南館。遺穗及衆多，我倉戒滋漫。趙曰：詩云：遺秉滯穗，伊寡婦之利。師曰：利於人而嗇於己之意。

〔一〕曹子，疑當作「曹子建」。
〔二〕渭，疑當作「謂」。
〔三〕收，疑當作「狀」。
〔四〕寶，疑當作「實」。

催宗文樹雞柵

吾衰怯行邁，朱曰：遠行曰邁。旅次展崩迫。趙曰：易旅卦有「旅即次」。任彥昇辭奪禮啓云：不任崩迫之情。愈風傳烏雞，洙曰：本草以烏雌雞治風。秋卵方漫喫。趙曰：春卵可以抱育，而秋卵充食而已。自春生成者，隨母向百翮。驅趁製不禁，喧呼山腰宅。課奴殺青竹，洙曰：楚人以火炙竹，去其汗，謂之殺青。欲其耐久也。終日憎赤幘。洙曰：赤幘，雞之有冠。趙曰：小說載空宅有怪，或居之，中夜有赤幘而來，問其怪類，答曰：「老雄雞也。」踏藉盤案翻，塞蹊使之隔。墻東有隙地，可以樹高柵。避熱時來歸，問兒所爲跡。織籠曹其内，令入不得擲。稀間可突過，觜爪還污席。我寬螻蟻遭，彼免狐貉厄。應宜各長幼，自此均勍敵。籠柵念有脩，近身見洙曰：一作「知」。損益。洙曰：言非特制雞而已，於近身之事亦可知損益也。明明領處分，一一當剖析。不昧風雨晨，洙曰：風雨晦明，不亂其鳴也。亂離減憂慼。洙曰：雞鳴之詩，序詩者以爲亂世則思君子。子美之減憂慼，其可見矣。其流則凡鳥，其氣心匪石。洙曰：以不改其度也。倚賴窮歲晏，撥煩去洙曰：一作「皮」。冰釋。趙曰：莊子：渙若冰將釋。未似尸鄉翁，拘留蓋阡陌。洙曰：祝雞翁居尸鄉山下，養雞百餘輩，有名字，叫名則種別而至。販雞及賣子。見列仙傳。

上後園山脚

朱夏熱所嬰，清旦步北林。小園背高岡，挽葛上崎崟。**天覺曰**：崎崟，山也。曠望延駐目，飄颻散疏襟。潛鱗恨水壯，**洙曰**：水壯則非潛鱗之所居也。**趙曰**：顔延年：春江壯風濤。去翼依雲深。**洙曰**：蓋避難地不可以深遠也。**趙曰**：上句以譬隱淪之士須幽曠深遠而後可。勿謂地無疆，**洙曰**：坤厚載[一]，德合無疆。劣於山有陰。**洙曰**：山北曰陰。時喪亂，九州分裂，孰若山陰之可以避亂也。石榞遍天下，**趙曰**：學者疑「榞」字之誤。**田曰**：唐韻曰：榞音原，木名，皮可食。或云善本止是「石原」，蓋平地曰原。**鄭曰**：榞，魚袁切，實如甘蕉，而皮可食。**沈曰**：石榞，其子如芎藭，其皮可以禦饑。時天下荒亂，小民轉溝壑，水陸並載石榞以充饑。水陸兼浮沉。自我登隴首，**趙曰**：顔延年：隴有秋雲飛。十年經碧岑。劍門來巫峽，薄倚浩至今。**洙曰**：自鳳翔赴同谷，由同谷入蜀，沿流下峽，皆山水鄉也。故園暗戎馬，骨肉失追尋。時也無消息，老去多歸心。**蘇曰**：吴革：老年客寓，自多歸思。志士惜白日，**洙曰**：荀子曰：君子愛日。**趙曰**：古詩：志士惜白日。久客藉黄金。**洙曰**：古詩：徒有萬里志，欲行囊無金。敢爲蘇門嘯，庶作梁父吟。**洙曰**：阮籍嘗登蘇門山，有真人在焉。籍對之長嘯，及歸，至半嶺

[一]「載」後疑闕「物」字。見杜集札記。

門，聞唒然有聲，若數部鼓吹，乃前人嘯也。諸葛亮好爲梁父吟。師曰：甫不敢以真人自居，但效諸葛躬耕嘯詠而已，此謙辭。

雷

大旱山岳燋，密雲復無雨。洙曰：小畜：密雲不雨。修可曰：莊子：大旱金石流，土山焦。南方瘴癘地，罹此農事苦。封内必舞雩，峽中喧擊鼓。洙曰：周禮：司巫若國大旱，則率巫而舞雩。神農求雨書曰：祈而不雨則曝巫，曝巫不雨則積薪擊鼓而焚神仙。真龍竟寂寞，土梗空俯僂。洙曰：土梗，土龍也。葉公好龍，而真龍入室。吁嗟公私病，税斂缺不補。蘇曰：何儔：今兵革不上税賦，尚缺科斂，非一家貧，無物補助。故老仰面啼，瘡痍向誰數。趙曰：季布傳：瘡痍未瘳。暴尪或前聞，暴，步木切。尪，烏光切。鞭巫非稽古。修可曰：禮記：穆公召縣子而問焉曰：「天久不雨，吾欲暴尪而奚若？」曰：「天則不雨，而暴人疾子，虐，毋乃不可歟？」或以爲尪非巫也。瘠病之人，其面上向，俗謂天哀其病，恐雨入其鼻，故爲之旱。故僖公欲焚之。請先偃甲兵，蘇曰：武王問，太公請先偃甲兵，乃創天下長久之基也。武王喜之。處分聽人主。萬邦但各業，一物休盡取。水旱其數然，堯湯免親覩。洙曰：堯九年之水，湯七年之旱，其數然也。上天鑠金石，蘇曰：武帝時，夏旱。張惠歎曰：「歊陽如是，金石銷鑠，何況苗稼耶？請陛下修政以告上天。」武帝嘉之，遂減膳祈雨，果獲甘澍。群盜亂豺虎。洙曰：招魂曰：十日並出，流金鑠石。七哀詩：盜賊如豺虎。二者存一端，愆傷不猶愈。洙曰：二者皆有傷於和氣也。愆陽伏陰，皆能爲變。趙曰：以盜賊與旱爲二也。就二者之中，言雖愆陽而旱，不猶勝於盜賊乎？舊注所說非。昨宵殷其雷，殷，於隱切。風過齊萬弩。復吹霾翳散，虛覺神靈聚。氣暍腸胃融，汗滋衣裳汙。洙曰：一作「腐」。吾衰尤拙計，失望築場圃。洙曰：九月築場圃。注：春夏爲圃，秋冬爲場。

火 洙曰：楚俗：大旱則焚山擊鼓，有合神農書。

楚山經月火，大旱則斯舉。趙曰：此燒山以求雨之詩。舊俗燒蛟龍，驚惶致雷雨。爆嵌魑魅泣，爆，皮教切。崩凍嵐陰昈。鄭曰：侯古切，日光也。又文彩。趙曰：言冰雪下墮，其文採明昈於風陰之間。羅落沸百泓，鄭曰：烏宏切，水深也。根源皆萬古。青林一灰燼，雲氣無處所。趙曰：言青林既灰燼矣，雲氣無所止泊也。出宋玉高唐賦：風止雨霽，雲無處所。入夜珠赫然，新秋照牛女。風吹巨焰作，河棹騰煙柱。勢欲焚崑崙，光彌焮洲渚。鄭曰：焮，香靳切，炙也。趙曰：火炎崑崙，參合而言之也。焮字出左傳「火所焮燎」。腥至焦長蛇，聲吼洙曰：一云「吼争」。纏猛虎。神物已高飛，趙曰：指言神龍也。不見石與土。爾寧要謗讟，徒谷切。憑此近熒侮。薄關長吏憂，甚昧至精主。遠遷誰樸滅，洙曰：書：若火燎于原，不可嚮邇，其猶可樸滅。將恐及環堵。流汗卧江亭，更深氣如縷。

雨

萬木雲深隱，連山雨未開。風扉掩不定，蘇曰：吴芮山居，扉不用横木，遇風即開掩。芮欣然而樂。趙曰：風扉，舟中之門也。水鳥過仍迴。蛟館如鳴杼，直吕切。洙曰：文選：蛟人織綃於泉室。趙曰：以在舟中，視大江云：「不若有蛟人之館，而聽其鳴杼。」樵舟豈伐枚。洙曰：樵人於木無所取材，止採薪而已。清凉破炎毒，衰意欲登臺。

贈李十五丈别

峽人鳥獸居，其室附層巔。洙曰：魏都賦：嵓崗淵潭，帳蠻隔夷。敻危之藪也。蠻陬夷落，度導而通者，鳥獸之氓也。下臨不測江，中有萬里船。多病紛倚薄，趙曰：謝靈運：拙疾相倚薄。少留改歲年。絶域誰慰懷，開顔喜名賢。孤陋忝末親，等級敢比肩。人生意頗洙曰：一作「氣」。合，相與襟袂連。一日兩遣僕，三日一共筵。揚論展寸心，壯筆過飛泉。修可曰：曹子建作王仲宣詩曰〔一〕：發言可詠，下筆成篇。文若春華，思若涌泉。又李廣利拔刃刺山，飛泉湧出。壯筆過飛泉，言其快利也。玄成美價存，洙曰：韋賢四子，少子玄成復以明經歷位至丞相。故鄒魯諺曰：遺子黄金滿籯，不如教子一經。子山舊業傳。洙曰：庾信字子山，父肩吾，爲梁太子中庶子，掌書記。徐陵及信並爲抄撰學士。信父子在東宫，出入禁闥，文並綺麗。世號「徐庾體」。不聞八尺軀，常受衆目憐。且爲苦辛行，蓋被生事牽。北迴白帝棹，南入黔陽天。鄭曰：黔陽，屬武陽郡，今辰州三亭縣。而黔陽故城即漢故事縣。汧公制方隅，汧，輕煙切。洙曰：汧，李之所封。定功曰：汧公，李勉也。按舊史：上元初，爲梁之刺史、山南道防禦使。李十五丈在峽中往謁之，故公作詩以别之，以李之所封也。迥出諸侯先。封内如太古，時危獨蕭然。清高金莖洙曰：一作「金莖掌」。一作「掌」。露，正直朱絲絃。洙曰：西都賦：抗仙掌以承露，擢雙立之金莖。軼埃𣺊之混濁，鮮顥氣之清英。鮑明遠詩：清如玉壺冰，直如朱絲繩。黨錮傳：直如絃，死道邊。昔在堯四岳，今之黄穎川。洙曰：四岳，分掌四岳之諸侯。黄霸爲穎川太守，有治狀，此皆美李汧公也。于邁恨不同，所思無由宣。所行不同，故所思難宣也。山深水增波，解榻秋露懸。客遊雖云久，亦思月再圓。師曰：李丈待甫正當秋月，甫以客遊既久爲辭，主人更要

〔一〕詩，疑當作「誄」。

月再圓，言挽留之誠意也。**晨集風渚亭，**師曰：謂李丈餞别也。**醉操雲嶠篇。**操，七到切。蘇曰：徐陵醉中作白雲出渚嶠篇，明日酒醒，讀之，自驚以爲神助。陳統見而心降。師曰：此句謂送之以詩也。**丈夫貴知己，**趙曰：史記：士伸於知己，而屈於不知。**歡罷念歸旋。**師曰：謂酒罷將歸，念念不忘，蓋惜别之意也。

季夏送鄉弟韶陪黄門從叔朝謁從，才用切。

令弟尚爲蒼水使，趙曰：吴越春秋：禹登衡岳，血白馬以祭，夢見赤綉衣男子，稱玄夷蒼水使者，曰：「聞帝使文命於斯，故求候之。」**名家莫出杜陵人。**洙曰：杜陵有南、北杜，最爲名家。**比來相國兼安蜀，**洙曰：杜鴻漸以相國入蜀，平崔旰之亂，尋表旰爲節度使，還朝。**歸赴朝廷已入秦。捨舟策馬論兵地，**趙曰：以同行二人，所以可論兵矣。**拖玉腰金報主身。**洙曰：西征賦：拖鳴玉以出入禁門，腰金帶也。鄭曰：拖，託何切，曳也。趙曰：專言叔父黄金也。**莫度清秋吟蟋蟀，**洙曰：潘安爲黄門，作秋興賦云：蟋蟀鳴乎軒屏。**早聞黄閣畫麒麟。**洙曰：見「扈聖登黄閣」，并「今代麒麟閣」注。趙曰：漢武帝畫功臣於麒麟閣上也。師曰：時崔旰成都作亂，杜鴻漸以黄門侍郎領相職，入蜀平其亂，遂還朝，故有「相國安蜀，歸朝入秦」之語。昔潘安爲黄門，作秋興賦云：蟋蟀鳴乎軒屏。子美勉鴻漸莫空度時節，淹留於蜀，早歸論功，畫象於麒麟閣也。

返照

楚王宫北正黄昏，白帝城西過雨痕。返照入江翻石壁，歸雲擁樹失山村。**趙曰：**如鮑昭詩：霧失交河城。衰年肺病唯高枕，絶塞愁時早閉門。不可久留豺虎亂，**蘇曰：**燕寧與子祝書曰：「晉地豺虎正亂，不可久留。速鞭馬來，關中甚佳。」南方實有未招魂。**趙曰：**公自言也。客於南楚，魂魄飛越，實爲未招也。

熱三首

雷霆空霹靂，雲雨竟虚無。炎赫衣流汗，低垂氣不蘇。乞爲寒水玉，願作冷秋菰。**革曰：**寒水玉，水精也。菰，蒲也，成於冷秋，二物皆凉，故願爲之。何似兒童歲，風凉出舞雩。**洙曰：**冠者五六人，童子六七人，浴乎沂，風乎舞雩，詠而歸。

瘴雲終不滅，**師曰：**瘴雲，乃炎瘴之雲。瀘水復西來。瀘，龍都切。**孫曰：**瀘水出瀘州，屬蜀道。閉户人高卧，**蘇曰：**黄起雨中見竇朴，朴家貧，雨中揜蓬門，高卧長嘯自若。起歎曰：「袁安卧雪，人俱稱賢。

竇夫子雨中高卧，的不讓古人也。」歸林鳥却迴。**趙曰**：人高卧而但睡，鳥不安而又飛，以見其熱之甚矣。峽中都似火，江上只空雷。想見陰宫雪，風門颯踏開。**孝祥曰**：宫中暑月積雪爲山，取其陰凉。朱李沉不冷，雕胡炊屢新。**洙曰**：魏文帝書：浮甘瓜於清泉，浸朱李於寒水。沈休文：長袂屢以拂，朝胡方自炊。將衰骨盡痛，被褐**洙曰**：一作「暍」。味空頻。**趙曰**：暍音於歇反，傷暑也。夏禹扇暍，武王亦扇暍。欻許律反。翕炎蒸景，飄颻征伐人。十年可解甲，爲爾一霑巾。**洙曰**：憫其經寒暑而不得休息也。**蘇曰**：孫約：征伐十年，不解甲兵。**師曰**：彫胡，即菰米。被褐，言其賤也。身賤而味重，併享此，寧不傷。征戍者十年不得解甲乎。

示獠奴阿段獠，魯皎切。

山木蒼蒼落日曛，竹竿褭褭細泉分。**洙曰**：以竹引泉也。郡人入夜争餘瀝，**趙曰**：以筒引水，其水涸塞不通，故郡人止争餘瀝耳。稚子尋源獨不聞。病渴三更迴白首，**趙曰**：惟阿段者獨能尋源修筒，水而至焉。公有渴疾，賴此水爲多。傳聲一注濕青雲。**趙曰**：以修筒之後，水來之聲自傳聞矣。曾驚陶侃胡奴異，怪爾常穿虎豹群。**洙曰**：此詩全章皆引泉事，惟陶侃胡奴，傳記不録。**蘇曰**：侃得胡奴，甚不喜語言，常默坐。侃一日出郊，執鞭隨之。胡僧見而驚禮曰：「此海山使者也。因念墮下。」侃異之，至夜失其所在。趙曰：薛夢符云：晉陶侃傳：家僮千餘。世説謂胡奴，陶範小字。侃别傳曰：範，侃第十子也。可以見胡奴者，陶侃之子名。其於阿段似無相干。余逆其意，豈以侃奴僕之多，其子胡奴必有稱異之者，如今日阿段能穿虎豹群，以尋水源，其在陶侃家僮千餘之中，必亦有可異者。意似如此，以俟博聞。師曰：此詩乃命獠奴以竹引水，以濟病渴。常穿虎豹群，言入山以理水筒也。

奉送王信州崟北歸

朝廷防盜賊，供給愍誅求。下詔選郎署，傳聲典信洙曰：一作「能典」。州。趙曰：信州乃夔州，見唐志。蒼生今日困，天子嚮時憂。井屋有煙起，瘡痍無血流。趙曰：追言天子前時以蒼生之困而選王君爲守，其效見於井邑有煙，則逃亡復業矣。瘡痍無血，則誅求不再矣。壤歌唯海甸，趙曰：擊壤之歌也。唯海甸，則時淮海無虞也。畫角自山樓。白髮寐常早，趙曰：公自言也。荒榛農復秋。趙曰：言荒年之後又復有秋矣。解龜踰卧轍，洙曰：謝靈運初去郡：牽絲及元興，解龜在景平。侯霸爲臨淮太守，被徵，百姓攀轅卧轍，不許去。趙曰：以徐孺子自比，而指王崟爲陳蕃也。言崟相待如陳蕃之見孺子，則潁川將何以酬之乎？潁川，陳氏郡號也。遺騎覓扁舟。洙曰：劉真長遣騎覓張孝廉舡，見晉書。扁舟，小舟也。徐榻不知倦，洙曰：陳蕃爲徐孺子下榻，去則懸之。潁川何以酬。塵生洙曰：一「生塵」。彤管筆，洙曰：詩：彤管有煒。寒膩黑貂裘。洙曰：蘇秦有黑貂裘。高義終焉在，斯文去矣休。別離同雨散，洙曰：曹子建：風流雲散，一別如雨。劉孝標：煙飛雨散。行止各雲浮。洙曰：劉越石詩：功業未及建，夕陽忽西流。時哉不我與，去矣若雲浮。林熱鳥問口，江渾魚掉頭。掉，徒弔切。趙曰：此言離別之景。尉佗雖北拜，尉，紆物切。洙曰：陸賈傳：時中國初定，尉佗平南越，因王之。高祖使賈賜佗印爲南越王。尉佗魋髻箕倨見賈，賈因説佗：「君王且郊迎，北面稱臣。」於是佗迺蹶然起坐謝賈，卒拜佗南越王，令稱臣奉漢約。歸報，高祖大悦，拜賈爲太中大夫。太史尚南留。洙曰：見「周南太史公」注。軍旅應都息，寰區要盡收。九重思諫諍，八極念懷柔。徙倚瞻王室，從容仰廟謀。故人持雅論，絶塞豁窮愁。趙曰：故人，指王信州也。言聞王信之論[一]，則可以豁其旅寓之愁也。復見陶唐理，甘爲汗漫遊。洙曰：神仙傳：盧敖見一士，曰：「吾與汗漫期於九垓之外。」趙曰：言既復唐堯之化，則無心從官，而甘爲方外之士也。汗漫遊，祖出淮南子載：若士謂盧敖曰：「吾將與汗漫遊於九垓之上。」舉臂竦身而遂入雲中也。師曰：張星陽七命曰[二]：爾乃踰天垠，越地隔，過汗漫之不遊，躡張亥之未跡。注：汗漫，能遊天者也。李善曰：淮南子云：若士曰：「吾汗漫遊於九垓之上。」若士舉臂竦身而遂入雲中。井屋有煙

[一]「信」下疑闕「州」字。見杜集札記。

[二] 星，疑當作「景」。見杜集札記。

起，言民獲安居飽食也。瘡痍無血流，無賦斂以横索也。解龜，言任滿解龜印也。子美爲拾遺，今見斥逐，故云「塵生彤管筆」。

夔州歌十絶句

中巴之東巴東山，**趙曰**：水經：劉璋分三巴，有中巴，有巴西，有巴東。江水開闢流其間。白帝高爲三峽鎮，**洙曰**：三峽，瞿塘、巫山、黄牛也。夔州險過百牢關。**洙曰**：南都賦：於東則左綿、巴中，百濮所充。外圓銅梁於岩渠，内函要害以膏腴。**蘇曰**：辛毗曰：「夔州百牢關，兵馬不可越。」**趙曰**：瞿塘兩崖壁立，大江中流，無路可行，非舟莫濟。**宋曰**：十道志：梁州有百牢山。**師曰**：説者以子美有「上牢下牢修水關」之句，謂瞿塘之險倍百於上牢、下牢之關，此説非也。圖經云：百牢關，孔明所建，故基在今興元西縣，泥口化撿玉觀山下，傍臨白馬河，東自梁洋，北自武興，西入金牛，三泉皆涉北河以濟。河之西兩壁山相對，六十里不斷。嶓冢，漢江水流其間，與白馬河合，緣江乃入金牛益昌路也。雖不甚險，而爲入川之隘口。此瞿塘兩崖壁立，大江中流，無路可行，非舟莫濟，固有間矣。

白帝夔州各異城，**洙曰**：公孫述自稱白帝，故夔有白帝城。**蘇曰**：風俗記曰：白帝城據百牢，至夔州千里。蜀江楚峽混殊名。英雄割據非天意，**蘇曰**：武侯曰：英雄鼎立，割據土疆，誠非天意。**趙曰**：言公孫之與劉豈天容其割據乎。霸王并吞在物情。

群雄競起向前朝，趙曰：指言已前之代也。王者無外見今朝。洙曰：公羊傳曰：天王出居于鄭，王者無外。此其言出，何不能于母弟也？東都賦：子徒識函谷之可閉，不知王者之無外。比訝漁陽結怨恨，洙曰：漁陽，禄山舊鎮。趙曰：禄山以怨恨起兵於漁陽。元聽舜日舊簫韶。趙曰：此明皇時太平爲虞舜之日。時明皇寵幸禄山，每與之宴，未嘗不奏霓裳之曲。此句含蓄美中有刺如此。

赤甲白鹽俱刺天，刺，七迹切。洙曰：南都賦：森尊尊而刺天。蘇曰：裴悰曰：「白鹽挣空，赤甲刺天。峽浪洶湧，鳥道盤紆。」閭閻繚繞接山巔。楓林橘樹丹青合，洙曰：蜀都賦：家有鹽泉之井，户有橘柚之園。西京雜記：中南山有樹，直上百丈，無枝，上結叢條如車蓋，葉一青一赤，望之班駁如錦繡。長安謂之丹青樹也。蘇曰：阮季行南埭上，曰：「紅楓緑橘，如丹青相合。」複道重樓錦繡懸。趙曰：言其華麗也。

瀼東瀼西一萬家，孫曰：瀼，奴朗切。夔有澗水出於山谷之間，謂之瀼溪。人居其左右，謂之瀼東、瀼西。江北江南春冬花。背飛鶴子遺瓊蘂，趙曰：魏王粲白鶴賦云：食靈岳之瓊蘂。相趁鳧鶵入槳牙。洙曰：其草則蔣蒲葭。又云其沃瀛則有攢蔣叢蒲。

東屯稻畦一百頃，北有澗水通青苗。修可曰：夔有平田，號青苗陂。晴浴狎鷗分處處，洙曰：孫綽詩：物我俱忘懷，可以狎鷗鳥。趙曰：狎鷗，言可狎之鷗也。列子：「海上有人狎鷗」是已。雨隨神女下朝朝。洙曰：高唐賦：朝朝暮暮，陽臺之下。

蜀麻吴鹽自古通，萬斛之舟行若風。長年三老長歌裏，洙曰：峽人謂操舟人爲長年三老。師曰：峽人以船頭把篙相水道者曰長年，正梢者三老。白晝攤錢高浪中。田曰：梁冀傳：能意錢之戲。注：何承天纂文曰：詭憶一目射意[一]，一曰射數，即攤錢也。趙曰：蜀人賭錢名。憶昔咸陽都市合，趙曰：指長安也。山水之圖張賣時。蘇曰：郭秀過巫峽，愛十二峰，立馬久之，嘆曰：「吾昔年貢山水圖，疑其妄粧景色。今日親見，勝彼圖十八九矣。」巫峽曾經寶屏見，楚宮猶對碧峰疑。趙曰：言昔畫圖上見楚宮，今對碧峰灘，由疑是舊所見之畫圖也。

閬風玄圃與蓬壺，鄭曰：酈元水經注：崑崙之山三級，一曰閬風，一曰玄圃。中有高堂天下無。洙曰：南都賦：崑崙無以侈，閬風不能踰。趙曰：其上臺觀皆金玉，故曰天下元[二]。借問夔州壓何處，峽門江腹擁城隅。

武侯祠堂洙曰：一作「生祠」。不可忘，中有松柏參天長。洙曰：見「丞相祠堂何處尋，錦宮城外

[一] 目，疑當作「曰」。

[二] 元，疑當作「無」。見杜集札記。

柏森森」〔一〕、「孔明廟前有老柏，黛色參天二千尺」詩。**趙曰**：夔州武侯廟有之也。干戈滿地客愁破，雲日如火炎天凉。

王狀元集百家注編年杜陵詩史二十五卷

〔一〕 宫，疑當作「官」。

王狀元集百家注編年杜陵詩史二十六卷

大曆二年秋在瀼西

七月三日亭午已後較熱退晚加小涼穩睡有詩因論壯年樂事戲呈元二十一曹長

今兹商用事，**蘇曰：**應瑒秋日燕山陰亭云：商飈用事，金帝持權。羊弘云：商帝行令，草木摇落。餘熱亦已末。**覺範曰：**末，無也。餘熱將無也。衰年旅炎方，**洙曰：**炎方，南方。**趙曰：**公時在夔，爲楚地，故云「旅炎方」。生意從此活。亭午減汗流，**修可曰：**梁元帝纂要云：在午曰亭午。北鄰耐人聒。晚風爽烏匼，**蔣曰：**烏匼，不舒貌。風爽人烏匼之懷。筋力蘇摧折。**夢符曰：**右按子美曰：馬頭金匼匝。所謂烏匼，即烏巾也。閉目踰十旬，大江不止渴。退藏恨雨師，健步聞旱魃。**洙曰：**雨師，行雨神也。退藏，不用事也。神異經曰：南方有人，長二三尺，走行如風，名曰旱魃。所見之國，大旱也。園蔬抱金玉，無以供採掇。**趙曰：**言其貴而難得如金玉也。密雲雖聚散，徂暑終衰歇。前聖眘焚巫，昚，古慎字。洙曰：魯僖公欲焚巫，而藏文仲止之[一]。武王親救渴。洙曰：武王見暍人，自左擁而右扇之。見世紀。陰陽相主客，時序遞回斡。洙曰：陰陽相推而用事，則四時斡流而爲寒暑。灑落唯清秋，昏霾一空闊。蕭蕭紫塞鴈，南向欲行列。趙曰：言清秋則昏霾一掃空矣。塞鴈是時有南向之行列，不必以熱爲念也。欻思紅顔日，霜露凍堦闥。胡馬挾彫弓，鳴弦不虚發。洙曰：弦不虚發，中必決背。趙曰：此思少年乘寒射獵之事，而感歎年老也。長鈚逐狡兔，突羽當滿月。夢符曰：右按家語：子路：白羽若月，赤羽若日。趙曰：鈚音批。韻書云：箭也。突羽又所少，言箭其羽奔突而疾，故曰突羽。當滿月，言挽弓之滿。箭當其挽滿之間也。薛注所引，大非也。師曰：秋月光滿，故曰滿月。惆悵白頭吟，洙曰：古樂府有此吟，疾人相知以新間舊，不能至白首也。趙曰：祖出卓文君以相如置妾之故，以其不能至於白首，而爲此吟。故公借用耳。詠曰：此句傷哀老也。蕭條游俠窟。洙曰：游俠，豪傑也。前漢有游俠傳。定功曰：郭景純遊仙詩：京華游俠窟。舊注引前漢游俠傳，即非窟字出處矣。臨軒望山閣，縹緲安可越。天覺曰：縹緲，高遠貌。高人鍊丹砂，天覺曰：高人，指元曹長也。未念將朽骨。洙曰：世説：丹砂可以駐年。夢符曰：右按抱朴曰：臨沮縣有廖氏，世老壽，後移子孫輒殘折。它人居其故宅，復累世

[一] 藏，疑當作「臧」。

壽，乃知是宅所爲，不知何故，疑井水赤，乃掘井左右，得古人埋丹砂十斛，丹汁入井，是以飲水而得壽。又樂府：但使丹砂就，令億萬年[一]。**少壯跡頗疏，**洙曰：疏，縱誕也。**歡樂曾倏忽。**洙曰：倏忽，不可留也。**杖藜風塵際，老醜難翦拂。**洙曰：翦，裁也。拂，拂拭。言老醜難可矜飾也。蘇曰：北史：盧思道翦拂吹噓，長其先買[二]。趙曰：劉孝標絶交論言：翦拂使長鳴。**吾子得神仙，本是池中物。賤夫美一睡，煩促嬰詞筆。**洙曰：周瑜：蛟龍得雲雨，非復池中物也。張華：煩促每有餘。趙曰：言我非若子之得神仙，俱美一睡而已。師曰：言其癖於文章。

牽牛織女

牽牛出河西，織女處其東。洙曰：牽牛、織女，皆星名也。蘇曰：焦林天斗記云：天河之西有星，煌煌與參俱出，謂之牽牛。天河之東有星，微微在氐之下，曰織女。**萬古永相望，七夕誰見同。神光意**洙曰：一作「竟」。**難候，此事終蒙朧。颯然精靈合，**蘇曰：東海記：神龍交即風濤颯然，精靈符合，水爲之軍。**何必秋遂通。**洙曰：周處風土記：七月七日其夜灑掃於庭露，施几筵，設酒

[一] 「令」前疑闕「能」字。
[二] 先買，疑當作「光價」。

脯，時果散香粉於河鼓、織女。言此二星神當會。少年夜者感懷私願，或云見天漢中有弈弈正白氣，有光曜五色，以此爲徵，見者便拜而乞願，乞富壽，又無子乞子，唯得乞一，不得兼求。三年乃言之。**亭亭新粧立，龍駕具曾空。**修可曰：南齊謝脁七夕賦云：回龍駕之容裔。言織女之渡河也。**世人亦爲爾，祈請走兒童。稱家隨豐儉，**稱，昌孕切。**白屋達公宮。**趙曰：白屋，貧人之屋。如周公下白屋之士。公宮，公侯之家也。出左傳「有守於公宮」。鄭曰：白屋，草舍也。以白茅茨覆，故云。**膳夫翊堂殿，鳴玉凄房櫳。**盧紅切。**曝衣遍天下，**洙曰：竹林七賢傳：舊俗以七月七日曝衣，時南阮富，所曝皆錦繡。北阮貧，乃立長竿，摽大布犢鼻於庭中，曰：「未能免俗。」北阮，阮咸也。**曳月揚微風。蛛絲小人態，曲綴**洙曰：一作「掇」。**瓜果中。**洙曰：荊楚歲時記曰：七夕婦人結綵縷，穿七孔針於中庭，以乞巧。有喜子網於瓜上，則以爲得巧。**初筵裛重露，**鄭曰：裛，乙業切，潤也。**日出甘所終。嗟汝未嫁女，秉心鬱忡忡。防身動如律，竭力機杼中。**洙曰：姚萇：婦女精力竭於機杼，尚不能支持西北之費，倉庫日耗減矣。**雖無舅姑事，敢昧織作功。明明君臣契，咫尺或未容。義無棄禮法，恩始夫婦恭。小大有佳期，戒之在至公。**趙曰：公以君臣比夫婦之義也。君臣相契於咫尺之間，臣苟有虧君，或不容之矣。爲婦者可不慎乎？蓋因織女每歲有期，爲不可亂，則爲人女、爲人婦者，當慎守至公之戒也。**方圓苟齟齬，**鄭曰：上壯所，下偶許切。不相值也。**丈夫多英雄。**洙曰：一云「勿替丈夫雄」。夢符曰：右按楚詞九辨云：圓鑿而方枘兮，吾固知其齟齬而難入。**趙曰**：凡相背矣，則圓鑿而方枘矣。婦人女子一有齟齬，爲丈夫者豈能容之？此人之常情也。孔文舉論盛孝章書曰：孝章實丈夫之雄也。**師曰**：詳味此詩，託意牛、女東西間隔，必無私合之期。孟子云：男子生而願爲之有室，女子生而願爲之有家，此人之至情也。雖然，不待父母之命、媒妁之言，鑽穴隙相窺，踰墻相從，則父母國人皆賤之。臣之事君，苟不以其道而進，何異於踰墻相從乎？詩：二之日，鑿冰沖沖。又，士如歸妻，迨冰未泮。桃華於仲春，以記昏姻之時。未嫁之女秉心於鑿冰沖沖之月，以禮防閑，如法律然。竭力機杼，無故不出外閫，豈有私相會合耶？譬如君臣相去咫尺，非其義則不相從，契合必以道也。況夫婦之間，其可棄禮法爲私會哉？始或不恭，終則乖暌，故云「恩始夫婦恭」。然小大各有期會，要在至公爲私邪也[一]。丈夫英雄之氣，苟非君臣道合，殆若方鑿員枘，子不相入，況牛、女之東西乎？是以甫云「神光意難候，此事終蒙朧」。曾空，天有九重也。祈請走兒童，謂乞巧也。自小民上至公宮，隨家豐儉設果饌以祀之。鳴玉淒房櫳，外則膳夫翊敬於堂殿，內則婦人鳴佩玉於房帷。竹林七賢傳：舊谷以七月七日曝衣[二]，南阮富，所曝皆錦綉，北阮貧，乃以竹竿摽布犢鼻。故云「曝衣遍天下」。曳月揚微風，謂佳人粧飾於風前月下乞巧。荆楚歲時記：七夕穿七孔針，於中庭有蟢子羅於瓜菓上，則以爲得巧。自露零至日出方罷。此人間舊風俗也。

[一]「爲」前疑闕「不」字，當作「不爲」。

[二] 谷，疑當作「俗」。見杜集札記。

秋行官張望督促東渚耗洙曰：一作「刈」。**稻向畢清晨遣女奴阿**烏葛切。小語。本作「咹」。**稽豎子阿段往問**洙曰：文十年：王已渚宮。注：小洲曰渚。

東渚雨今足，佇聞粳稻香。洙曰：謝靈運詩：滮池既粳稻。說文：粳，稻屬也。稻稌也。**上天無偏頗，蒲稗各自長。**洙曰：匈奴傳：朕聞天不頗覆，地不偏載。謝靈運湖中作：芰荷送映蔚，蒲稗相因依。**人情見非類，**洙曰：前漢：朱虛侯章請爲呂太后言耕田，高后兒子畜之，笑曰：「顧乃父知田耳，若生而爲王子，安知田乎？」章曰：「臣知之。」太后曰：「試爲我言田。」意曰〔一〕：「深耕穊種，立苗欲疏，非其種者，鉏而去之。」太后默然。師古曰：以斥諸吕也。穊，稠也。穊種者，言多生子孫也。修可曰：前漢：劉章云：「非其種者，鉏而去之。」**田家戒其荒。**洙曰：前漢武帝紀：野荒田苛也。注曰：荒田畝不闢。**功夫競搰搰，除草置岸傍。**洙曰：食貨志：芸，除草也。莊子天也篇〔二〕：搰搰然用力甚多。搰，苦骨反。**穀者今之本，客居安可忘。**洙曰：命之一云「今土」。范子：計然曰：「五穀者，萬民之命，國之重寶也。」晉書：黎元以穀爲命。**青春具所務，勤墾免辭常。吳牛力容易，並驅動莫當。**驅，區遇切。洙曰：驅，去聲。動莫當，一云「紛遊場」。世說：滿奮云：「吳牛見月而喘。」齊還詩：並驅從兩牡兮。潘安仁籍田賦：浮

〔一〕意，疑當作「章」。
〔二〕也，疑當作「地」。

遊場染履[一]。世説：今之水牛生江淮，故謂吴牛，畏熱，見月疑日，所以喘也。趙曰：容易，言其水牛力之最多，不以爲難也。並驅，則雙駕之也。場者，疆場之場。豐苗亦已穊，見上注。鄭曰：几利切，稠也。雲水照方塘。洙曰：劉公幹雜詩：方塘含白水。有生固蔓延，静一資隄防。督領不無人，提携頗在綱。洙曰：携，一作「挈」。書盤庚：若網在綱，有條而不紊。荆揚風土暖，洙曰：周官曰：揚州、荆州宜稻。江淹：南中氣候暖，朱華陵白雲。肅肅候微霜。尚恐主守疏，用心未甚臧。洙曰：臧，善也。趙曰：守，指行官張望也。清朝遣婢僕，寄語踰崇岡。西成聚必散，洙曰：書：平秩西成。不獨陵我倉。洙曰：詩：我倉既盈。又：曾孫之庾，如坻如京。潘安仁籍田賦有云「我倉如陵，我庾如坻」也。豈要仁里譽，洙曰：里仁爲美。蘇曰：祖宥守志自養，文名四馳。永嘉太守屢枉駕見之，曰：「君子道高德尊，所致如此，非仁里所要譽。」感此亂世忙。洙曰：非欲賙施以要仁里之譽，蓋亂世不可不蓄積以爲給也。北風吹兼葭[二]，蟋蟀近中堂。洙曰：北風，冬風也。言歲向冬矣。詩：十月蟋蟀入我床下。故近中堂。荏苒百工休，鬱紆遲暮傷。洙曰：禮月令：霜降，百工休。謝宣遠詩：履運傷荏苒。陸士衡：紆鬱遊子

[一] 浮，疑爲衍文。

[二] 兼，疑當作「蒹」。

清[一]。謝琨：遲暮獨如何。**蘇曰**：陸士衡：歲華荏苒，士莫百工俱休。**師曰**：詳味北詩[二]，託意於除惡，以佑善人，其終篇在於聚而能散，以閔亂世之困乏，使甫爲政，其意必有見於世者。惜夫莫之用也。

月

斷續巫山雨，天河此夜新。**洙曰**：天河，銀漢。**趙曰**：謂之新，則知其爲秋人月也[三]。若無青嶂月，愁殺白頭人。**蘇曰**：李愬隱首陽山中，秋夕携酒友人，曰：「若無明月，豈不愁人也。」魍魎多**洙曰**：一作「移」。深樹，**洙曰**：月明則魍魎遁逃，故多深樹。蝦蟆動半輪。**洙曰**：月中有蝦蟆、白兔。**趙曰**：古人言月之狀曰隻輪。言月之端曰重輪。今謂之半輪，乃十一、十二夜之象也。故園當北斗，**洙曰**：北斗，辰柄也[四]。公家在長安。**趙曰**：説者謂長安上直北斗，蓋廣雅云：北斗樞爲雍州。公用北斗，止從上直北斗之説。直想照西秦。

[一] 清，疑當作「情」。
[二] 北，疑當作「此」。
[三] 人，疑當作「七」。
[四] 柄，疑當作「極」。見杜集札記。

見螢火

巫山秋夜螢火飛，簾疏巧入坐人衣。趙曰：言入於坐人之衣也。忽驚屋裏琴書冷，復亂簷前星宿稀。却繞井欄添箇箇，偶經花蘂弄輝輝。滄江白髮愁看汝，來歲如今歸未歸。

送十五侍御弟使蜀

喜弟文章進，添余别興牽。數盃巫峽酒，百丈内江船。洙曰：水自消上合者謂之内江[一]。自喻由戎瀘上蜀者[二]，謂之外江。未息豺狼鬬，洙曰：以自稱其年，故從卑賤。晉陶侃臨終上表曰：「臣猶爲犬馬之齒，故尚可少延。」歸朝多便道，搏擊望秋天。洙曰：便道，問道也。夢符曰：右按前漢趙充國傳：嘗責充國曰：「將軍其引兵便道西並進，雖不相及，使虜聞東方、北方兵並來。」田曰：舊唐史：柏彦範舉楊嶠爲御史，嶠不樂搏擊之任。彦範曰：「爲官擇人，豈待情願？」遂引爲右臺御史。師曰：御史之擊搏姦回，如鷹逢秋擊搏鳥獸，故云云。

[一] 消，疑當作「渝」。

[二] 喻，疑當作「渝」。

奉漢中王手札

國有乾坤大，王今叔父尊。洙曰：王，讓皇帝之子，代宗之叔父也。剖符來蜀道，洙曰：見將赴成都韋堂詩注〔一〕。歸蓋取荆門。洙曰：夷陵有荆門山，其狀如闕然。趙曰：由荆門軍出陸而往矣。謂之取者，取道之取也。峽險通舟過，江長注海奔。主人留上客，避暑得名園。趙曰：在塗中借名以過夏也。主人，指爲郡之人。前後緘書報，分明饌玉恩。天雲浮絶壁，風竹在華軒。趙曰：觀絶壁之天雲，對華軒之風竹，言主名園中如此也。已覺良宵永，何看駭浪翻。洙曰：海賦：驚浪雷奔，駭水迸集。鮑明遠：翻良揚白鷗〔二〕。趙曰：言時已秋矣，而風水稍定，不復見浪之可駭也。入期朱邸雪，洙曰：唐制：諸侯各置邸京師，故有邸吏。朱邸，言邸有朱户。以冬爲入期，故言雪。謝玄暉：朱邸方開效，蓬心於秋實。趙曰：以雲爲期而至京也〔三〕。言制諸侯各置邸京師。朱邸，言邸以朱户故也。朝旁紫微垣。洙曰：晉志：紫宫垣，一曰紫微。大帝之坐，天子之所居也。枚乘文章老，洙曰：西京雜記：枚乘文章敏疾，長卿制作淹遲，皆盡一時之譽。而長卿温麗，枚乘時有累句，故知疾行無善迹矣。揚子曰：軍旅之際，戎馬

〔一〕韋，疑當作「草」。
〔二〕良，疑當作「浪」。見杜集札記。
〔三〕雲，疑當作「雪」。見杜集札記。

之間，飛書馳檄，用枚乘。廊廟之下，朝廷之中，高文典册，用相如。趙曰：梁孝王時，枚乘在諸文士之間，年最高。舊注所引失公本意。河間禮樂存。洙曰：景十三王：河間獻王德，武帝時來朝，獻禮樂，對三雍客〔一〕。又立博士修禮樂，被服儒術。悲秋宋玉宅，洙曰：哀江南賦：誅茅宋玉之宅。趙曰：宋玉宅在歸州，言玉在歸州。又如悲秋之宋玉也。失路武陵源。洙曰：見「如逢武陵路」詩注。淹薄俱崖口，東西異石根。夷音迷咫尺，洙曰：楚俗語言多夷音。鬼物傍洙曰：一作「倚」。黄昏。洙曰：蕪城賦：木魅山鬼，昏見晨趨。犬馬誠爲戀，洙曰：曹子建表：不勝犬馬戀主之情。史記：丞相翟青曰：臣不勝犬馬之心。趙曰：公又言其有懷君之心。狐狸不足論。洙曰：張綱傳：豺狼當路，安問狐狸。從容草奏罷，宿昔奉清鐏。趙曰：此言漢中王爲上草奏既罷，當奉飲宴，蓋其清鐏已在昔日如此矣。

暇日小園散病將種秋菜督勒耕牛兼書觸目

不愛入州府，蘇曰：劉稚：「吾任真放逸，不能巧言取媚。大人長者多嫌，亦不愛時入州府。」畏人嫌我真。洙曰：襄陽耆舊記：龐德公在沔水上，至不入襄陽城。及乎歸茅宇，洙曰：一云「及歸在茅屋」。

〔一〕客，疑當作「宫」。見杜集札記。

旁舍未曾嗔。**趙曰**：漢高祖適從旁舍來。老病忌拘束，**蘇曰**：王祥：「老病纏綿，不堪拘束。」應接喪精神。**趙曰**：使人應接不暇。江村意自放，林木心所欣。秋耕屬地濕，山雨近甚匀。冬菁飯之半，牛力晚來新。**修可曰**：張平子南都賦：酸甜滋味，百種千名。春卵夏笋，秋韭冬菁。蘇菽紫薑，拂撒羶腥。注：菁，蔓菁也。黄石公三略云：士力日新。深耕種數畝，未甚後四鄰。嘉蔬既不一，名數頗具陳。荆巫非苦寒，採擷接青春。飛來兩白鶴，暮啄泥中芹。雄者左翮垂，損傷已露筋。一步再流血，尚經**洙曰**：一云「驚」。矰繳勤。三步六號叫，志屈悲哀頻。鸞皇不相待，側頸訴高旻。杖藜俯沙渚，爲汝鼻酸辛。**趙曰**：宋玉賦：寒心酸鼻。

洞房

洞房環珮冷，玉殿起秋風。**蘇曰**：楊妃過温湯行，云：王殿空掩扉，秋風動琪樹。昔日繁華事，盡逐流波去。介甫、永叔俱稱絶題。**趙曰**：此篇思長安而懷帝闕也。言洞房所以環珮冷者，以王殿起秋風之時也。楚辭：修容修熊亘洞房〔一〕。秦地應新月，龍池滿舊宫。**洙曰**：興慶宫，明皇潛龍之地也。有龍池

〔一〕首「修」字疑當作「姱」；熊，疑當作「態」。見杜集札記。

在焉。**趙曰**：按長安志：龍池在興慶宮躍龍門南。本是平地，垂拱初因雨水流潦成小池。至景龍中，彌亘數頃，深至數丈，常有雲氣，或見黄龍。**繫舟今夜遠**，**洙曰**：莊子謂藏舟於壑，謂之固矣。然夜半有力者負之而走。**清漏往時同**。**洙曰**：漏聲依舊也。**趙曰**：所繫舟之處，去秦地爲遠，而想像清漏，與往時無異。**萬里黄山北**，**園陵白露中**。**洙曰**：東方朔〔一〕：微行始〔二〕，北至池陽，西至黄山。晉灼曰：宫名，在槐里。**趙曰**：尤見懷長安之心切矣。舊所引脱誤。今按傳云：唐帝微行而至黄山〔三〕，蓋右扶風槐里縣有黄山宫，惠二年所起。

宿昔洙曰：詠天寶中事也。

宿昔青門裏，**逸曰**：青門，京城東門。**蓬萊仗數移**。數，色角切。**逸曰**：蓬萊，殿名。**花驕迎雜樹**，**洙曰**：天寶中，最重木芍藥，群花不可比其貴盛〔四〕。**趙曰**：言雜樹之花則如桃李之屬。沈約望春詩：春風摇雜樹。**龍喜出平池**。**洙曰**：柳芳傳信記云：天寶中，興慶宫小龍常遊於宫垣南溝水中。**落日留王**

〔一〕「朔」後疑闕「傳」字，當作「東方朔傳」。見杜集札記。

〔二〕「始」後疑闕「出」字。

〔三〕唐帝，疑當作「武帝」。

〔四〕此，疑當作「比」。見杜集札記。

母，**洙曰**：山海經云：西王母狀如人，狗尾蓬頭戴勝，善肅〔一〕，居洵水之涯。漢武帝内傳云：西王母與上元夫人降，帝美容貌，神仙人也。微風倚少兒。**洙曰**：衛青傳：衛媪次女少兒。**趙曰**：王母以言楊貴妃，少兒以言妃之諸姨矣。少兒，則衛少兒也。宮中行樂祕，**夢符曰**：右按前漢書：周仁爲人陰重不泄，得幸入卧内，於後宮於戲，仁常在旁，終無所言。少有外人知。

能畫

能畫毛延壽，**洙曰**：西京雜記：杜陵畫工毛延壽，善爲人形，醜好老少必得其真。投壺郭舍人。**洙曰**：東方朔傳：幸倡郭舍人，滑稽不窮。西京雜記：武帝時，郭舍人善投壺，以竹爲矢，不用棘也。能激矢令還，一矢百餘反。謂之驍，言如博之竪〔二〕，於輩中爲驍傑也。每爲武帝投壺，輒賜金帛也。每蒙天一笑，**洙曰**：玉女投壺，天爲之笑，則電。**修可曰**：仙傳拾遺曰：大公與玉女投壺，有不入者，天爲之噓嘘。注：噓嘘，開口而笑也。又太平御覽載神異傳曰：東王公與玉女投壺，設而不接，天爲之笑。開口流光，今電是也。二説大同小異。**師曰**：玄宗時承平日久，驕逸遂生，百技皆能感動帝意，故云云。復以物皆春。政化平如

〔一〕肅，疑當作「嘯」。

〔二〕「竪」後疑闕「梟」字。

水，洙曰：言無偏詖也。皇恩斷若神。洙曰：言不可測也。時時用抵戲，亦未雜風塵。洙曰：抵戲，謂角抵也。令兩兩相當，角力量其技爾。趙曰：言至用抵戲而止，不甚雜民俗之風塵事也。

鬬雞鮑曰：東城父老傳云：明皇以乙酉生，而喜鬬雞，兆亂之象也。

鬬雞初賜錦，洙曰：楊妃外傳云：國忠始以鬬雞供奉。曹子建：鬬雞東郊道。趙曰：明皇好鬬雞，有賈昌者，以善養雞蒙寵。當時爲之歌曰：「生兒不用識文字，鬬雞走犬勝讀書。賈家小兒年十三，富貴榮華代不如。」惟此則賜錦可知矣。舊所引國忠事，皆妄。舞馬既登床。洙曰：既，一作「解」。明皇常令教舞四百蹄〔一〕，目之爲某家驕。其曲謂之傾盃樂。奮首鼓尾，無不應節。又施三層木床，乘馬於上，抃轉如飛，命壯士舉馬舞於榻上。安禄山亂，馬散落人間，田承嗣得之。一日軍中大享，馬聞樂而舞，承嗣以爲妖而殺之。簾下宫人出，樓前御柳洙曰：一作「曲」。長。仙遊終一閟，女樂久無香。洙曰：謂禄山亂，天子出幸，女樂流散也。趙曰：仙遊，言明皇上昇矣。宜女樂之久無香也。寂寞驪山道，清秋草木黄。洙曰：言不復行幸也。定功曰：傷嘆之也。秋風辭云：草木黄落兮鴈南飛。

〔一〕「舞」下疑闕「馬」字。

歷歷

歷歷開元事，分明在眼前。**洙曰**：開元太平之事也。無端賊盜起，忽已歲時遷。巫峽西江外，**趙曰**：蜀江從西來，故謂之西江。秦城北斗邊。爲郎從白首，**夢符曰**：右按後漢：張衡思元賦：尉龙眉而郎潛兮，逮三葉而遘武。注：尉，謂都尉顔駟也。龙，蒼雜色也。遘，遇也。漢武故事曰：上至郎署，見一老郎，鬢皓白，問：「何時爲郎？何其老也。」對曰：「臣姓顔名駟，以文帝爲郎，文帝好文，而臣好武。景帝好老而臣尚少。陛下好少，臣已老。是以三葉不遇也。」上感其言，擢爲會稽都尉。**趙曰**：懷長安也。長安城謂之北斗城。卧病數秋天。

洛陽

洛陽昔陷没，胡馬犯潼關。**洙曰**：禄山先陷東都，乘勝犯關。**趙曰**：天寶十四載，禄山陷東京，所謂洛陽也。次年，遂陷潼關。天子初愁思，都人慘别顔。清笳去宫闕，翠蓋出關山。**洙曰**：幸蜀也。故老仍流涕，龍髯幸再攀。**洙曰**：見「先帝弓劍遠」注。**趙曰**：黄帝鼎既成，垂龍胡髯而上迎，群臣從上七十餘人，餘小臣不得上，乃悉持龍髯。

驪山

驪山絶望幸，洙曰：謂不復行幸也。趙曰：明皇於驪山下益治湯水爲池亭，環列山谷，蓋歲幸也。花萼罷登臨。洙曰：明皇友愛，於上都建花萼相輝之樓，爲諸王燕集之地。趙曰：帝時登花萼樓，聞諸王作樂，必召升樓，與同榻坐。地下無朝燭，洙曰：陶潛：幽室一已閉，千年不復朝。劉向傳：秦始皇帝葬於驪山之阿，下錮三泉，上崇山墳，石槨爲游宫，人膏爲燈，蜀水銀爲江海，黄金爲鳧鴈。趙曰：朝音朝覲之朝。凡朝在早，則秉燭而朝。今地幽閟，無朝見之燭。舊注誤以朝爲晨朝，失公本意。師曰：此句言玄宗已仙去矣。人間有賜金。趙曰：言王時所賜金，有留在人間也〔一〕。鼎湖龍去遠，洙曰：見「先帝弓劍遠」注。銀海鴈飛深。趙曰：何遜經孫氏陵詩云：銀海終無浪，金鳧會不飛。萬歲蓬萊日，趙曰：句似難解，蓋言天子如平日平時蓬萊殿中之日，懸於殿間。今則懸在舊羽林中爾。羽林，謂今守護陵寢者。長懸舊羽林。洙曰：蓬萊，殿名也。羽林，星名。漢有羽林軍。

提封

提封漢天下，洙曰：東方朔傳：提封頃畝。師古曰：亦謂提舉四方之内，揔計其數也。萬國尚同

〔一〕王，疑當作「生」。見杜集札記。

心。**洙曰**：民未有離德也。借問懸車守，何如儉德臨。**洙曰**：懸車束馬，言至嶮也。言以嶮爲守，莫若守之以儉德也。此吴起對魏文以在德不在嶮，以此。**趙曰**：此篇崇德息兵之義甚明。所謂束馬懸車而後得入，如此而後可以守，則莫如臨之以儉德也。時徵俊乂入，**洙曰**：言當搜賢以自輔也。草竊**洙曰**：一作「莫慮」。犬羊侵。**洙曰**：犬羊，戎狄也。願戒兵猶火，恩加四海深。**洙曰**：言用兵莫若以恩也。左傳：衆仲曰：「兵猶火也，弗戢，將自焚。」**蘇曰**：陳群：皇恩溥加海岱。

白露

白露團甘子，**洙曰**：見「玉露團清影」注。清晨散馬蹄。**洙曰**：鮑明遠[一]：附身散馬蹄[二]。圃開連石樹，船渡入江溪。憑几看魚樂，**洙曰**：莊子與惠子觀魚於濠梁，而羨魚之樂也。迴鞭急**洙曰**：一作「至」。鳥棲。**洙曰**：王正長：鳥思栖故枝。**師曰**：回鞭急者，以日暮鳥棲林也。漸知秋實美，幽徑恐多蹊。**洙曰**：李廣傳：桃李其言[三]，下自成蹊。

[一] 鮑明遠，疑當作「曹子建」。
[二] 附，疑當作「俯」。
[三] 其，疑當作「不」。

孟氏

孟氏好兄弟，養親唯小園。洙曰：爲園以養親也。承顔胝手足，洙曰：禹手足胼胝。趙曰：勤勞於小園以養親也。孟子所謂「竭力耕田以供子職」之意。坐客强盤飧。洙曰：左氏：盤飧置壁。負米力葵外，洙曰：子路負米。趙曰：致力以治葵也。讀書秋樹根。卜鄰慚近舍，訓子覺先門。洙曰：一作「誰門」。先門，爲孟母訓子擇鄰也。

吾宗衛倉曹崇簡。

吾宗老孫子，質樸古人風。耕鑿安時論，衣冠與世同。在家常早起，蘇曰：劉琨常早起治蔬圃，自力桔槔。憂國願年豐。語及君臣際，經書滿腹中。趙曰：言凡語論之間，及於君臣之際，必反覆論議，用其腹中之書而證明之也。

第五弟豐獨在江左近三四載寂無消息覓使寄此二首

亂後嗟吾在，羈栖見汝難。草黄騏驥病，洙曰：公以騏驥自託也。蘇曰：陳腴卧疾，梁杓過門，曰：「霜勁草黄，騏驥病矣。駑駘何得快駃。」蓋君子不得時，小人自肆也。少遊一日來問曰：「細味工部詩，皆拾古人句語綴補，作詩平穩安帖，若神施鬼設。工部腹内幾箇國子監耶？」予喜此談，遂筆之。**沙晚鶺鴒寒。**趙曰：憫其弟之寒也。詩云：鶺鴒在原，兄弟急難。以成「羈栖見汝難」之句。**楚設關城險，**洙曰：左傳：屈完對齊相曰：「君若以德綏諸侯，誰敢不服。君若以力，楚國方城以爲城，漢水以爲池。」注：言其險固也。趙曰：白帝城乃夔之險矣。**吴吞水府寬。**趙曰：吴則江左，至吴而積水之多，故云「水府寬」。**十年朝夕淚，衣袖不曾乾。**

聞汝依山寺，杭州定越州。趙曰：題正云「五弟獨在江左」，不指名其州，則亦傳聞而未審。**風塵淹別日，**趙曰：兵戈謂之風塵，蓋言風動塵起也。**江漢失**洙曰：一作「共」。**清秋。**趙曰：言我秋時在此而不見其弟爲相失也。**影著啼猿樹，**趙曰：公自言所在之處。盧照鄰巫山高云：莫辨啼猿樹。**魂飄結蜃樓。**洙曰：史：海傍蜃氣象樓臺。趙曰：指言弟豊所在之處，故深思之也。思之而魂飄。謂之結蜃樓，言蜃所結成樓也。前漢天文志：海旁蜃氣象樓臺。可以證矣。師曰：陳藏器云：車螯是大蛤，一名蜃，能吐氣爲樓臺。**明年下春水，東盡白雲求。**趙曰：所以成「杭州定越州」之句。

鄭典設自施州歸宋曰：春秋時，巴國界。秦昭王置黔中郡，梁改爲施州。

吾憐滎陽秀，冒暑初有適。名賢慎出處，不肯妄行役。洙曰：言其以義而動也。師曰：出處，君子之大致，不可妄動。鄭公雖冒水有適〔一〕，蓋以鄭子每乏是以南謁裴施州，亦以義動，不肯妄行役也。旅兹殊俗遠，竟以屢空迫。洙曰：顔淵屢空。南謁裴施州，氣合無險僻。攀援懸根木，援，于元切。登頓入矢石。洙曰：言險阻也。青山自一川，城郭洗憂慼。趙曰：公嘗有詩曰：下視城郭消人憂。聽子話此邦，令我心悦懌。其俗則純樸，蘇曰：魏人俗尚輕靡，趙人俗尚淳樸，楚人俗尚魚鹽。不知有主客。温温諸侯門，禮亦如古昔。敕厨倍常羞，盃盤頗狼籍。洙曰：言雖幽遠而敬客之意不異於中華也。史滑稽傳：履舄交錯，盃盤狼籍。堂上燭滅，主人留髡而送客。時雖屬喪亂，事貴賞洙曰：一作「當」。匹敵。中宵愜良會，裴鄭非遠戚。群書一萬卷，博涉供務隙。他日辱銀鈎，洙曰：銀鈎，書也。言字體交連勁屈如銀鈎然。森疏見矛戟。夢符曰：右按北史：李義深有當世才用，而心險峭，時人語曰：矛戟森森李義深。倒屣喜旋歸，洙曰：蔡邕倒屣而迎王粲。趙曰：倒屣，不上鞋踵也。畫地來所歷。鄭曰：畫，去聲。乃聞風土質，又重田疇闢。刺史似寇恂，列郡宜競借。鄭曰：如字。又音亦。洙曰：見「權宜借寇恂」注。北風吹瘴癘，羸老思散策。蘇曰：吴定：「臨危老拙，久厭戎馬，思得散策林泉，遂此猿猱野性。」渚拂蒹葭塞，洙曰：一云「寒」。嶠穿蘿蔦冪。此身仗

〔一〕水，疑當作「暑」。

兒僕，高興潛有激。孟冬方首路，洙曰：顔延年：改服飾徒侶，首路踦險難。强飯取崖壁。歎爾疲駑駘，汗溝血不赤。洙曰：言非良馬也。修可曰：馬援銅馬相法曰：汚溝欲深長。漢書曰：大宛國多善爲〔一〕，汗血，言其先天馬子也。終然備外飾，駕馭何所益。我有平肩輿，前途猶準的。翩翩入鳥道，師曰：鳥道，謂飛鳥之道。蓋言高嶮也。庶脱蹉跌厄。

阻雨不得歸瀼西甘林

三伏適已過，洙曰：陰陽書曰：夏至後第三庚初爲初伏，第四庚爲中伏，立秋後初庚爲末伏。王彪之井賦：三伏焦暑，元陽重授。輕颷不扇，纖雲不覆。詠曰：以金伏畏火，故熱。驕陽化爲霖。欲歸瀼西宅，阻此江浦深。壞舟百板坼，師曰：自此句以下叙阻雨舟破，恐泥不可濟，故思歸也。峻岸復萬尋。篙工初一棄，恐泥勞寸心。洙曰：舡敗而不可致遠也。佇立東城隅，悵望高飛禽。趙曰：此言望瀼西而阻於渡涉，恨無羽翼以飛去也。草堂亂玄圃，不隔崑崙岑。昏渾衣裳外，曠絶同層陰。園甘長成時，三寸如黄金。諸侯舊上計，厥貢傾千林。洙曰：禹貢：淮海惟揚州，厥苞橘柚

〔一〕爲，疑當作「馬」。

錫貢。江文通：日落長沙渚，曾陰萬里生。蜀都賦：户有橘柚之園。漢武「計偕」注[一]：計者，上計薄使也。邦人不足重，所迫豪吏侵。客居暫封植，日夜偶瑶琴。趙曰：甘可用入貢以奉至尊，非不貴也，而邦人反不足以爲重者，無它，苦於豪吏之侵奪故耳。邦人既不重之，唯客居尚可封植也。字出左傳「敢不封植此樹」。虚徐五株態，側塞煩胸襟。焉得輟兩足，杖藜出嶇嶔。上虧于，下驅音切。條流數翠實，偃息歸碧潯。洙曰：靈運云：舉目眺嶇嶔。拂拭烏皮几，趙曰：謝朓詠烏皮隱几詩曰：蟠木生附枝，刻削豈無施。又云：曲躬奉微用，聊承終宴疲。喜聞樵牧音。蘇曰：郄詵數日山行，喜聞樵語牧唱，洗盡五年塵土腸胃。欣然倚驂臨水，久之而去矣。趙曰：公得歸瀼西，聞平昔之音而喜。張景陽：投來循岸側，時聞樵採音。令兒快搔背，蘇曰：袁安卧，負暄頹簷，頗覺和暢，四肢舒展，令兒搔背，甚快人意。脱我頭上簪。洙曰：見「憑久烏皮綻」注。

柴門

泛舟登瀼西，洙曰：楚俗以山谷間水可涉者爲瀼，其涉也謂之踏瀼。秦俗以堰水爲瀼，皆謂之瀼。鄭

[一] 漢武，疑當作「漢書武帝紀」。

曰：本作漾字，如亮切，水名。在隴西。趙曰：夔州惟有東瀼溪，見水經注。瀼東、瀼西則水兩傍之名。今云登瀼西，則舟已泊而登其岸也。舊注有蹈瀼之説，非也。迴首望兩崖。華曰：兩崖，峽也。東城乾旱天，其氣如焚柴。蘇曰：甘士安：其熱氣過如焚柴，飛鳥爲之不飛。趙曰：此燔柴也。爾雅云：祭天曰燔柴，積薪而焚之也。長影没窈窕，餘光散唅呀。趙曰：唅，音憾，哺也。呀，音虚加反，張口也。而公所用無乃唅呀乎？蓋唅呀注云谷中也。大江蟠嵌根，嵌，口銜切。歸海成一家。洙曰：禹貢：九州之水皆入於海。趙曰：嵌嵓之根也。出莊子：賢者伏於大山嵌嵓之下。公所言雖蟠曲於嵌嵓，而終於流出以歸於海也。下衝割坤軸，洙曰：海賦：又似地軸，挺扶而争回。竦壁攢鏌鋣。上靡各，下以蛇切。趙曰：巫峽之竦，蓋如鏌鋣之劍矣。蕭瑟灑秋色，氣洙曰：一作「氛」。昏霾日車。洙曰：日車，見前注。峽門自此始，洙曰：夔州爲夷門也。鄭曰：峽，以脂切，夔州名。最窄容浮查。禹功翊造化，疏鑿就欹斜。洙曰：江賦：三峽之東，夏后疏鑿。趙曰：江賦：巴東之峽，夏后疏鑿。舊注改爲三峽之東，誤矣。巨渠決太古，蘇曰：巫峽記：巨渠開石，決太古之積水。衆水爲長蛇。趙曰：此水爲長蛇，亦新矣。蘇曰：赴壑如長蛇，蓋本於此矣。風煙渺吴蜀，舟楫通鹽麻。洙曰：鹽麻，見前注。我今遠遊子，飄轉混泥沙。趙曰：江賦：或混淪乎泥沙。萬物附本性，約身不願奢。趙曰：孟子：不願人之文綉。茅棟蓋一床，趙曰：沈休文詩：茅棟嘯蹲鴟。清池有餘花。濁醪與脱粟，洙曰：濁醪，嵇康。脱粟，公孫弘。

在眼無咨嗟。山荒人民少，地僻日夕佳。洙曰：陶淵明：山氣日夕佳。貧病洙曰：一作「賤」。固其常，富貴任生涯。老於干戈際，宅幸蓬蓽遮。石亂上雲氣，杉清延月華。賞妍又父外，理愜夫何誇。洙曰：漢書：理得則不怨。華曰：愜，欣也。足了垂白年，趙曰：畢卓：拍浮酒船中，便足了一生。後漢：班超妹書：今超年已垂白矣。敢居高士差。師曰：差，輩也。敢以高士爲伍。書此豁平昔，迴首猶暮霞。

貽華陽柳少府華，胡化切。

繫馬喬木間，趙曰：劉琨詩：繫馬長松下。問人野寺門。師曰：柳少府寓居於野寺，甫尋訪之，故云云。柳侯披衣笑，蘇曰：苻堅見張育，育披衣出，喜曰：「何堅來矣。」欣然握手絶倒。見我顔色温。並坐石堂下，洙曰：一云「堂下石」。俛視大江奔。火雲洗月露，洙曰：火雲，旱雲也。趙曰：東坡云：火雲無時出，未受月露洗。蓋出於此。絶壁上朝暾。鄭曰：他昆切，日始出。洙曰：謝靈運：早聞夕飈急，晚見日月暾。趙曰：謝靈運登石門最高頂詩曰：晨策尋絶壁。自非曉相訪，觸熱生病根。洙曰：觸，冒也。趙曰：晉程曉詩：可憐褦襶子，觸熱生病根。南方六七月，出入異中原。老少多暍死，鄭曰：暍，於歇切，傷熱也。趙曰：熱病謂之暍。武王下車而扇暍。蘇曰：暍，許葛反，熱貌。漢明帝徙河南人實河北，老少途中無水，暍熱死數百人。**汗踰水漿翻。****趙曰：**世説載：鍾會、鍾毓見魏文，毓面有汗，帝問曰：「何以汗？」對曰：「兢兢皇皇，汗出如漿也。」**俊才得之子，筋力不辭煩。**筋，舉欣切。**趙曰：**俊才得柳少府，所以不辭筋力之煩而往謁也。**指揮當世事，****師曰：**自此句以下謂柳生負經綸之志，言及國家未寧，慷慨悲憂，其義氣上排帝閽。帝閽，天門也。觀柳生之義槩，可與知己者論，不可爲外人道也。**語及戎馬存。涕淚濺我裳，悲氣排帝閽。****洙曰：**思玄賦：叫帝閽使闢扉兮，覿天皇於瓊宫。**鬱陶抱長策，****洙曰：**書：鬱陶乎予心。長策，良策者也。有良策而不見用，故鬱陶。**義仗知者論。吾衰卧江漢，但愧識璵璠。****洙曰：**潘正叔：寸晷惟寶，豈無璵璠？言己之所識止璵璠而已，以美柳侯也。**文章一小伎，於道未爲尊。****趙曰：**後漢楊賜傳云：造作賦説，以史篆小伎見寵於時。**起余幸班曰**[一]**，因是託子孫。****趙曰：**起余者商也。言柳少府起發余於班白衰老之間，因此相見而有子孫可託之幸也。**俱客古信州，****洙曰：**夔乃古信州也。**程曰：**春秋時，魚國。漢爲魚腹縣。梁、隋皆爲巴東郡。唐初改爲信州，又爲夔州，取夔國名之。**結廬依毀垣。相去四五里，徑微山葉繁。時危挹佳士，況免軍旅喧。醉從趙女舞，歌鼓秦人盆。****洙曰：**楊惲書：家本秦地，能爲秦聲，婦趙女，雅善鼓琴瑟。酒後耳熱，仰天撫缶而

[一] 曰，疑當作「白」。見杜集札記。

呼嗚嗚。李斯書：隨俗雅化，佳治窈窕，趙女不立於側也。夫擊甕叩缶，彈箏搏髀而歌嗚嗚快耳者，真秦之聲也。莊子鼓盆。趙曰：古稱燕歌趙舞。趙女出李斯傳「趙女立於側」。秦人盆者，又如李斯所謂「擊甕而叩缶者，真秦聲也。」盆即甕缶之變稱耳。而鼓盆則莊子「鼓盆而歌」也。舊注妄引楊惲傳，爲雜矣。子壯顧我傷，我驪兼淚痕。餘生如過鳥，故里今空村。趙曰：張景陽詩：忽如鳥過目。師曰：柳生年少，傷甫衰老，甫喜悲相半，故云「我驪兼淚痕」。餘生，殘年也。過鳥，言其疾。甫傷故鄉經兵革後唯空村而已，此生蹉跎，不獲一歸。

種萵苣并序。上烏禾，下勤吕切。

既雨已秋，堂下理小畦，隔種一兩席許萵苣，向二旬矣。而苣不甲拆，伊人莧青青。趙曰：別本「伊人」作「獨野」，是。傷時君子，或晚得微禄，轗軻不進，因作此詩。

陰陽一錯亂，驕蹇不復理。枯旱於其中，炎方慘如燬。鄭曰：虎委切，火也。趙曰：在炎方則慘毒如焚燬。詩：王室如燬。言陰陽乖繆而致旱也。植物半蹉跎，嘉生將已矣。洙曰：以旱而物無生意也。趙曰：漢書：嘉生之類。注：專指爲禾。雲雷欻奔命，師伯集所使。趙曰：唐狄仁傑傳：風伯清塵，雨師灑道。故公摘而用之。指麾赤白日，澒洞青光起。雨聲先已風，散足盡西靡。趙曰：謝朓詩：森森散雨足。山泉落滄江，霹靂猶在耳。終朝紆颯沓，信宿罷瀟灑。堂下可以畦，呼童對經始。洙曰：經始，言初無畦而始經構之也。苣兮蔬之常，隨事藝其子。破塊數席間，荷鋤功易止。兩旬不甲坼，空惜埋泥滓。趙曰：易云：百穀草木皆甲坼。選：奮迅泥滓。野莧迷汝來，宗生實於此。修可曰：揚子雲蜀都賦：其竹則宗生族攢，俊茂豐美。又左思吴都賦：楠榴之木，相思之樹，宗生高岡，族茂幽阜。此輩豈無秋，亦蒙寒露委。翻然出地速，滋蔓户庭毁。因知邪干正，掩抑至没齒。洙曰：言苣爲莧所蕪，以喻賢者爲小人見掩抑也。賢良雖得禄，守道不封己。趙曰：言賢良之人得位則不恣，非似邪佞得位而封己，亦猶嘉蔬之苣，出地則不滋，非似野莧之得而滋蔓也。國語：叔向曰：「引黨以封己。」注曰：封，厚也。擁塞敗芝蘭，衆多盛荊杞。洙曰：小人衆也。趙曰：芝蘭所以壅塞，以荊杞之衆多也。非特苣耳。中園陷蕭艾，老圃永爲恥。登於白玉盤，洙曰：漢官儀曰：封禪壇有白玉盤。藉以如霞綺。莧也無所施，胡顔入筐篚。洙曰：有其文者必有其容，有其容者必有其德，喻小人雖有掩抑之才，而終不爲邦家所用。師曰：胡顔，謂强厚顔也。野莧始雖盛，及萵苣生長，登於白玉之盤，藉以如霞之綺，遂使彼無所用，猶强顔入吾筐篚之内，不亦無恥乎？以喻小人掩君子，一旦登於玉堂，則小人將何顔而猶居朝乎？終亦不用而已矣。

秋風二首

秋風淅淅吹巫山，上牢下牢修水關。**洙曰**：上牢、下牢，皆峽内地名。水關，關津也。**鄭曰**：與上牢相連。荆州記：峽江突起最險處，山複陡下，名下牢關。吳檣楚柂牽百丈，**洙曰**：檣柂、百丈，皆船上器用也。**夢符曰**：按今湖湘間行舟，以竹相續爲索，以引上水舟，謂之百丈。暖向神都寒未還。要路何日罷長戟，戰自青羌連白蠻。**趙曰**：舊本作「百蠻」。善本作「白蠻」，極是。蓋巂州以西有烏蠻、白蠻也。公於夔詠懷詩云：絶塞烏蠻地。**修可曰**：青羌謂吐谷澤[一]，其先居於徒河之青山。又界内有青海，乾封元年封青海國王。北蠻在東謝蠻之南，東謝蠻又在黔州之西數百里。中巴不得消息好，暝傳戍鼓長雲間。**洙曰**：戍鼓，戍樓鼓也。

秋風淅淅吹我衣，東流之外西日微。**洙曰**：東流言逝而不返也。日微言迫遲暮也。天清小城擣練急，**洙曰**：爲征戍者爲寒衣也。石古細路行人稀。**洙曰**：以商旅未通也。不知明月爲誰好，早晚孤帆他夜歸。會將白髮倚庭樹，故園池臺今是非。**洙曰**：時經喪亂也。**師曰**：百川東流，其勢順然也。喻天下當效順於天子。月，臣道也。日，君道也。月微乃其常，日不當微。西日微，喻京師爲賊所

〔一〕澤，疑當作「渾」。見杜集札記。

陷，代宗出幸。擣練急，謂婦人送征戍之衣。行人稀，謂商旅不通也。故園池臺今是非，傷故里爲寇焚蕩也。

同元使君春陵行并序

覽道州元使君結。春陵行，兼賊退後示官吏作二首。志之曰：當天子分憂之地，效漢官良吏之目。今盜賊未息，知民疾苦，得結輩十數公，落落然參錯天下爲邦伯，萬物吐氣，天下少安，可待矣。不意復見比興體制，微婉頓挫之詞，感而有詩，增諸卷軸。簡知我者，不必寄元。

遭亂髮盡**洙曰**：一作「遽」。白，轉衰病相嬰。沉緜盜賊際，狼狽江漢行。歎時藥力薄，爲客羸瘵成。**趙曰**：此言非不進藥，以歎時之故，憂思奪之，其病雖痊，而藥力減半也。吾人詩家秀，博採世上名。粲粲元道州，前聖畏後生。**洙曰**：粲粲，言美之盛也。史：三女爲粲。孔子曰：後生可畏。觀乎春陵作，欻見俊哲情。復覽賊退篇，結也實國楨。賈誼昔流慟，**洙曰**：賈誼可爲慟哭者三。匡衡常引經。**洙曰**：衡上疏陳便宜。及朝廷有政議，傳經以對。道州憂黎庶，詞氣浩縱橫。**洙曰**：道州，元結也。劉公幹：君侯多壯思，文雅縱橫飛。兩章對秋月，**洙曰**：一作「水」。一字「偕」**洙曰**：一作「階」。華星。**趙曰**：魏文帝詩：華星出雲間。致君唐虞際，**洙曰**：見第一卷「致君唐虞上」注。

純樸憶大庭。洙曰：大庭氏也。蘇曰：崔列：此方人多純樸，吾大庭氏之遺民也。師曰：賈誼於漢之時陳治安之策曰：「可爲流涕慟哭者。」匡衡：每朝廷有論，誼常引經以對。道州，指元結之守道州，志在憂民，嘗抗兩章，詞氣激於忠義，一字不虚設，欲致君爲堯、舜之君，使民風純樸，如大庭氏。故甫比之賈誼與匡衡。大庭，黄帝也。何時降璽書，洙曰：前漢循吏傳：二千石有治效，輒以璽書勉勵焉。用爾爲丹青。洙曰：見前「丹青憶老臣」注。趙曰：莊子：爲丹青則藻縟王猷，粉飾治具。獄訟久衰息，洙曰：漢禮樂志「百姓素樸，獄訟衰息」也。豈惟偃甲兵。悽惻念誅求，薄斂近休明。乃知正人意，不苟飛長纓。洙曰：陸士衡：長纓麗且光。趙曰：長纓者，冠冕之事。以難其不苟且在冠冕之中也。涼飈振南岳，洙曰：南岳，衡山也。之子寵若驚。洙曰：老子：寵辱若驚。色沮洙曰：一云「色沮」。金印大，洙曰：刺史印綬也。趙曰：周伯仁云：今年殺諸賊奴，取金印如斗大繫肘。興含滄溟清。洙曰：溟，一作「浪」。趙曰：孺子歌曰：滄浪之水清兮，可以濯我纓。我多長卿病，洙曰：長卿，司馬何如也〔一〕，病渴。日夕思朝廷。肺枯渴太甚，漂泊公孫城。洙曰：白帝城，公孫述所據。呼兒具紙筆，蘇曰：陸士衡有客篇云：有客遠方來，過我漏蓬蓽。瓦罍酌松醪，呼兒具紙筆。詞語青水霜，書如鸞鳳立。隱几臨軒楹。作詩

〔一〕何，疑當作「相」。見杜集札記。

公孫城，乃夔州。是時甫客居於此，思慕朝廷，未嘗一日忘君。隱几，倚几也。呻吟，苦痛之聲，乃爲渴疾所苦。字欹傾，病中書字横斜也。危苦詞，謂道州舂陵之作。

呻吟内，墨淡字欹傾。感被危苦詞，庶幾知者聽。**師曰**：司馬相如字長卿，病渴。甫亦有是疾。

甘林

捨舟越西岡，**洙曰**：謝靈運：舍舟眺迴渚。入林解我衣。**趙曰**：惟恐入山之不深，入林之不密。青芻適馬性，好鳥知人歸。**修可曰**：曹子建：好鳥鳴高枝。晨光映遠岫，**洙曰**：陶潛：晨光喜微〔一〕。謝玄暉：窗中列遠岫。夕露見日晞。遲暮少寢食，清曠喜荆扉。**洙曰**：荆扉，柴門也。經過倦俗態，**蘇曰**：張博遇陳暄於途中，曰：「君子何不迂步經山家。」暄曰：「吾猒子俗態，故不足以下也。」在野無所違。試問甘藜藿，**洙曰**：莊子：藜藿不糝。未肯羨輕肥。**洙曰**：子路：願肥馬，衣輕裘。**蘇曰**：梁資隱嵩山不仕，友人勉仕，養妻子，不致寒瘦。資曰：「小君甘與吾筍蕨同老，未肯羨輕肥。」友人負慚而退。喧静不同科，出處各天機。**洙曰**：莊子：其嗜欲深者，乃天機淺。**趙曰**：天機雖三出莊子，而今所用，則蚿

〔一〕喜，疑當作「熹」。見杜集札記。

曰：「子動吾天機。」主自然也。舊注非。勿矜朱門是，洙曰：郭景純：朱門何足榮，未若託蓬萊。陋此白屋非。洙曰：蕭望之傳：周公致白屋之意。師古曰：白屋，謂白蓋之屋，以茅覆之，賤人所居也。明朝步鄰里，長老可以依。時危賦斂數，色角切。脱粟爲爾揮。洙曰：公孫弘身食一肉、脱粟飯。師古曰：才脱粟而已，不精鑿也。此言民雖困賦斂，猶能致意於賓客，故曰可依也。相攜行豆田，秋花藹菲菲。子實不得喫，貨市送王畿。趙曰：言豆雖緒實矣，而長老者不得喫也。盡添軍旅用，迫此公家威。洙曰：言賦斂煩重而民無餘貲。迫此公家威，在上者苛急也。主人長跪辭，戎馬何時稀。我衰易悲傷，屈指數賊圍。勸其死王命，慎莫遠奮飛。趙曰：詩：不能奮飛。

雨

冥冥甲子雨，洙曰：楚辭：雷填填兮雨冥冥。已度立春時。趙曰：兩句憂之之辭也。唐詩云[一]：春雨甲子，赤地千里。輕箑煩相向，箑，山合切。洙曰：秋興賦：於時乃屏輕箑。注：所甲反，扇也。蘇曰：和用：夏夜蚊雷，足煩輕箑。吴人俗呼扇爲箑。纖絺恐自疑。洙曰：秋興賦：釋纖絺。注：絺，葛

[一] 詩，疑當作「諺」。

也。公言扇可相向，則纖絺疑其可著大。煙添纔有色，風引更如絲。洙曰：張景陽：騰雲似湧煙，密雨如散絲。直覺巫山暮，洙曰：高唐賦：妾在巫山之陽，暮爲行雨。兼催宋玉悲。洙曰：宋玉故有悲秋。趙曰：催則不必待秋至，而此雨已可催之。

別李祕書始興寺所居

不見祕書心若失，及見祕書失心疾。洙曰：既見君子，我心則降。安爲動主理信然，我獨覺子神充實。重聞西方止觀經，洙曰：佛，西方之教，其法有大觀、大覺也。老身古寺風泠泠。妻兒待米又云「我」。且歸去，他日杖藜來細聽。蘇曰：盧璀聞匡山雨，璀歸，容它日杖藜再造門下，細聽淵妙之理。

寄狄明府博濟。

梁公曾孫我姨弟，洙曰：狄仁傑封梁國公。母之妹，妹之子曰姨弟。不見十年官濟濟。大賢之後竟陵遲，浩蕩古今同一體。比看伯叔四十人，有才無命百寮底。洙曰：沉下位也。今者兄弟一百人，幾人卓絶秉周禮。洙曰：閔元年：齊仲孫湫來省難，及還，公問：「魯可取乎？」對曰：

「魯秉周禮，未可動也。」言猶守先王法度也。此詩言兄弟雖多，能守梁公之法幾人爾。**在汝更用文章爲，長兄白眉復天啓。**洙曰：馬良兄弟五人，並有才名，鄉里諺曰：「馬氏五常，白眉最復[一]。」良眉中有白毛，因以是爲稱。左氏：天將啓之。**汝門請從曾公説，**洙曰：梁公也。**太后當朝多巧計。狄公執政在末年，濁河中不污清濟。**洙曰：言獨立於朝，不移於衆邪。趙曰：謝元暉始出尚書省詩：紛紛亂朝日[二]，濁河污清濟。**國嗣初將付諸武，公獨廷諍守丹陛。**洙曰：武后當朝，革唐爲周，欲以武三思爲儲貳，以問宰相，皆莫敢對。仁傑獨曰：「臣每觀天下，未厭唐德。」**禁中册決詔房陵，**洙曰：房陵，中宗所在。**前**洙曰：一作「滿」。**朝長老皆流涕。**洙曰：狄仁傑傳：初，中宗在房陵，而吉頊、李昭德皆有匡復讜言，則天無復辭意。唯仁傑每從容奏對事，無不以子母恩情爲言。則天亦漸省悟，召還中宗。**太宗社稷一朝正，漢官威儀重昭洗。**洙曰：后嘗夢雙陸不勝，仁傑對曰：「雙陸不勝，無子也。」因進説：「文皇帝身蹈鋒鏑而有天下，以傳子孫，陛下因監國掩而有之，又欲以三思爲後，且子母與姑姪孰親？若立三思，廟不祔姑。」后感悟，即日迎中宗，復唐社稷。光武紀：人見司隸僚屬，皆歎喜不自勝，老吏或垂泣曰：「不圖今日復見漢官威儀。」**時危始識不世才，**蘇曰：楊脩謂曹適曰：「時危始見不世之才，如孔文舉輩是也。」**誰政荼苦甘如**

[一] 復，疑當作「良」。

[二] 紛紛，疑當作「紛虹」。見杜集札記。

薺。洙曰：謝詩〔一〕：防口猶寬改〔二〕，飡荼更如薺。汝曹又宜裂土食，身使門户多旌棨。鄭曰：康禮切，兵欄。説文曰：傳信。洙曰：裂土，一作「列鼎」。賢者之後，宜有土。趙曰：杜田引唐制：節度使就第，賜旌節，三品以上門立戟。後漢匈奴傳注曰：有衣之戟曰棨。胡爲飄泊岷漢間，干謁王侯頗歷詆。洙曰：詆，訐也。息夫躬歷詆漢朝公卿。況乃山高水有波，秋風蕭蕭露泥泥。洙曰：謝詩：凝露方泥泥。鄭曰：奴禮切。濃露也。虎之饑，下巉巖。蛟之横，出清泚。早歸來，黄污人衣眼易眯。歐曰：莫禮切，物入目中。莊子：簸糠眯目。師曰：甫意責博濟宜守梁公之禮法，無逐奔競之風。岷漢中山水險阻，居官者率多麄暴，動即相殘，不啻虎蛟之吞噬，是以勉其歸去，無爲當路者所污辱，而疾之眯物入眼也。古詩云：昔爲掌上珠，今爲眼中刺。物入眼必不能容，思有以去之，如甫之依嚴武，尚幾爲所殺，況餘人乎？

寄韓諫議

師曰：地里志：岳州巴陵郡，在岳之陽，故曰岳陽。有君山、洞庭湖、湘江。韓注以諫爲職，直言陳天下事，代宗不悦，貶岳陽。注適意遊君山，棄人間事，將爲長往之計。甫思之，故有此作。

今我不樂思岳陽，洙曰：岳陽，巴陵也，屬湖南。身欲奮飛病在床。洙曰：詩：静言思之，不能

〔一〕謝，疑當作「謝玄暉」。
〔二〕改，疑當作「政」。

奮飛。美人娟娟隔秋水，洙曰：詩人以美人比君子，故詩有「彼美人兮，西方之人兮」。趙曰：公時在夔，而韓在岳，斯爲隔秋水矣。濯足洞庭望八荒。洙曰：左太冲：濯足萬里流。鴻飛冥冥日月白，青楓葉赤天雨霜。洙曰：選詩：曉霜楓葉丹。趙曰：鮑照詩：窮秋九月荷葉黄，北風驅鴈天雨霜。雨音去聲。玉京群帝集北斗，洙曰：玉京，帝居也。五方各有帝，惟北極爲至尊。夢符曰：右按晉天文志：北極五星，北辰最尊者也。北斗七星在太微北，七政之樞機，陰陽之元本，故運乎天中，而臨制四方，以建四時而均五行。人君之象，號令之主。注以斗爲極，誤矣。五星經云：太上白玉京，黄金闕。趙曰：群帝如諸王三公之類。以言天子。五方之帝，三十三天之帝，雖稱帝，而於大帝爲卑，故稱群帝也。或騎麒麟翳鳳凰。趙曰：集仙傳：天人降王妙想，皆乘麒麟、鳳凰、龍、鶴、大鳥是也。芙蓉旌旗煙霧樂，洙曰：楚詞：搴芙蓉兮木末。影動倒景摇瀟湘。洙曰：郊祀志：登遐倒景。注：在日月之上反照，故其影倒也。趙曰：言瀟湘，言韓在岳陽也。星宫之君醉瓊漿，洙曰：梵詞〔一〕：摇漿密勺實羽觴，萃酌既陳有瓊漿。羽人稀少不在傍。趙曰：楚辭：仰羽人於丹丘。似聞昨者赤松子，恐是漢代韓張良。昔隨劉氏定長安，帷幄未改神慘傷。洙曰：張良，其先韓人也。高祖立蕭相國，良乃稱曰：「家世相韓，及韓滅，不愛萬金之

〔一〕梵，疑當作「楚」。

資，爲韓仇强秦，天下震動。今以三寸舌爲帝者師，封萬户，位列侯，此布衣之極，於良足矣。願棄人間事，欲從赤松子遊耳。」乃學道，欲輕舉。師古曰：赤松子，仙人號也。神農時爲雨師。高祖曰：「運籌帷幄之中，決勝千里之外，吾不如子房。」**國家成敗吾豈敢，色難腥腐食風香。** **洙曰**：鮑明遠：何時與汝曹，啄腐共吞腥。**趙曰**：神仙傳：壺公留費長房於群虎之中，長房不恐。又內石室中，頭上有大石，茅繩懸之，諸蛇嚙繩欲斷，長房不移。公往撫之，曰：「可教矣。」又命噉溷臭惡非常，長房色難之，公乃歎而謝遣之，曰：「子不得仙也，今以子爲地主。」**周南留滯古莫惜，** **洙曰**：太史公留滯周南。**趙曰**：又以太史公北之〔一〕。**南極老人應壽昌。** **洙曰**：春秋元命苞曰：老人星，治平則見，見則主壽。**美人胡爲隔秋水，焉得置之貢玉堂。** **師曰**：今韓注隱岳陽，效張良之所爲，故甫云色難腥腐飡楓香。昔太史公留滯周南之地，注見貶於岳陽，何其太史公〔二〕，是以爲之痛惜。南極星中有老人星，見則主壽，以應治平。甫以注隱南方，比之老人星，嘆其不見也。於末章則又云「美人胡爲隔秋水」，欲得此美得之人貢之玉堂，以輔天子，不宜隱於此也。所以甚惜注之不用。

〔一〕北，疑當作「比」。見杜集札記。

〔二〕其，疑當作「異」。見杜集札記。

奉送韋中丞之晉赴湖南

寵渥徵黄漸，**洙曰**：前漢循吏傳：黄霸爲潁川太守，户口歲增，治爲天下第一。徵守京兆尹。權宜借寇頻。**洙曰**：見「河内猶宜借寇恂」注。湖南安背水，**洙曰**：韓信破隨反〔一〕，背水陣。峽内憶行春。**洙曰**：後漢鄭弘傳：太守行春。任彦升詩：涿令行春返，冠蓋溢川坻。謝夷吾傳：行春乘柴車。**趙曰**：言公離此而公有所懷恨也。王室仍多故，蒼生倚大臣。**蘇曰**：晁錯云：天下蒼生，全倚大臣安養。鼎鼐調羹手，不可容易錯動。還將徐孺榻，處處待高人。**洙曰**：陳蕃爲徐稚下榻。

謁先主廟

成都記曰：先主廟，府南八里惠陵東七十步。齊高帝夢益州有天子鹵簿，詔刺史博覃修立，而卑小。後至長沙王鍾改更構及四面墻屋，置守墓户五百。

慘澹風雲會，**洙曰**：古詩：藹藹風雲會，佳人一何繁。劉植説李軼書曰：以龍虎之姿，遭風雲之時。中興二十八將論曰：咸能感會風雲，奮其智勇。乘時各有人。力侔分社稷，志屈偃經綸。**洙曰**：屯君子以經綸。**趙曰**：言劉、葛之志屈而不得伸，所以偃僕經綸之業也。復漢留長策，中原仗老臣。**洙**

〔一〕隨，疑當作「趙」。見杜集札記。

曰：復漢，謂欲興劉氏也。老臣，孔明也。蜀志：建安二十五年，魏文帝稱尊號，改年曰黃初。或傳聞漢帝見害，先主乃發喪制服。譙周等上言曰：「大王襲先帝軌迹，亦興於漢中。」又：「大王出自孝景皇帝、中山靖王之冑，宜即帝位。」博士許慈等上尊號，爲文曰：「惟建安二十六年四月丙午，皇帝備敢用玄牡，昭告皇天上帝后土神祇。漢有天下，曆數無疆。曩者王莽篡盜，光武皇帝震怒致誅，社稷復存。今曹操阻兵長安忍〔一〕，戮殺主后，滔天泯夏，罔顧天顯。操子丕載其凶逆，切居神器。群臣將士以爲社稷隳廢，備宜修之，嗣武二祖，惟神饗祚於漢家，改元章武，以諸葛亮爲丞相。」趙曰：先主欲與劉氏而稱漢〔二〕，其所留之長策與後主也。所留長策者，欲取中原，仗諸葛老臣耳。**雜耕心未已，**洙曰：後主建興十二年春，亮悉大衆由斜谷出，以流馬運，據武功五丈原與司馬宣王對於渭南。每患糧不繼，使己志不伸，是以分兵屯田，爲久駐之基。耕者雜於渭濱，居民之間百姓安堵，軍無私焉。**歐血事酸辛。**歐，於口切。洙曰：亮與宣王相持百餘日，其年八月，亮疾病，卒於軍。時年五十四。魏書：亮糧盡勢窮，憂恚歐血。一夕燒營，道走入谷道〔三〕，發病卒。漢晉春秋曰：亮卒於郭氏塢。臣松之以爲亮在渭濱，魏人躡迹，勝負之形未可測量，而云歐血，蓋因亮自亡而自誇大也。夫以孔明之略，豈爲

〔一〕長，疑爲衍文。
〔二〕與，疑當作「興」。見杜集札記。
〔三〕首「道」字疑當作「遁」。見杜集札記。

仲達歐血乎？及至劉琨喪師，與晉元帝箋亦公〔一〕：亮軍敗歐血。此則引虛記以爲言也。其云：入谷而卒。緣蜀人入谷發喪故。**霸氣西南歇，**洙曰：晉陽秋曰：有星赤而芒角，自東北南流，投於亮營。三投再還，往大還小。俄而亮卒。譙周云：西南上有黃氣。趙曰：譙周等初勸進曰：「西氣願大王應天順民。」今葛亮已死，中原莫圖，則霸氣所以歇也。**雄圖歷數屯。錦江元過楚，劍閣復通秦。**洙曰：言拓地至秦、楚。趙曰：錦江、劍閣，蜀國之土地也。過楚通秦，則言本可以混一而不能焉，則所以傷之也。**舊俗存祠廟，空山立**洙曰：一作「泣」。**鬼神。**洙曰：襄陽記曰：亮死，所在各求爲立廟。朝議以禮秩不聽，百姓遂因時節私祭之於道陌上。**虛簷交**洙曰：一作「扶」。**鳥道，**趙曰：此是夔州先主廟，廟在山中，故云「交鳥道」。鳥道則山中之險道也。舊所引乃成都先主廟事，地理錯亂也。**枯木半龍鱗。**洙曰：成都記：諸葛亮廟亦在先主故宅，城西復立素像先主廟西院，即武侯廟。廟前有雙大柏，古峭可愛，人云諸葛手植。襄陽記曰：亮初卒，所在各求爲立廟，朝議以禮秩不聽，百姓遂因時節私祭之於道陌上。言事者或以可聽立廟於成都者，後主不從，步兵校尉習隆、中書郎尚充等共上表曰：「臣聞周人懷召伯之德，甘棠爲之不伐。越王思范蠡之功，鑄金存其像。自漢興以來，小善小德而圖形立廟者多矣。況亮德範遐邇，勳蓋季世，興王室之不壞，實斯人是賴，而蒸

〔一〕公，疑當作「云」。見杜集札記。

嘗止於私門，廟像問而莫立〔一〕。使百姓巷祭，戎夷野祀，非所以存德念功，述追在昔者也。臣愚以爲宜因近其墓立之沔陽，使所親屬以時賜祭。凡其臣故吏欲奉祠者，皆限至廟所，斷其私祀，以崇正禮。」於是始從。**竹送清溪月，**蘇曰：黃綬詩云：娟娟釣絲竹，幾送青溪月。森森澗底松，風回落霜雪。**苔移玉座春。**洙曰：玉座，玉床也。謝玄暉銅雀臺詩：玉座猶寂寞，況乃妾身輕。**閭閻兒女換，歌舞歲時新。**洙曰：成都記：舊俗以四時祀，十二月亦祈禱。閭，里門也。閻，里中門也。蘇曰：葛稚川再到鄉園，閭井改易，兒女更換，唯緑水青山少不減舊耳。趙曰：此言夔州之人所事先主者如此。舊所引成都記事，誤矣。**絶域歸舟遠，荒城繫馬頻。如何對摇落，**洙曰：宋玉曰：草木摇落而變衰。謝玄暉拜中軍記室辭隋王牋：皐壤摇落，對之惆悵。岐路東西，或以嗚唈。趙曰：此句已下公言其身之流落，因先主廟即諸葛之功，以自比而感歎也。**況乃久風塵。**洙曰：晉總紀論〔二〕：悠悠風塵。**孰與關張並，**洙曰：關羽張飛傳曰：初，劉備襲蜀，丞相掾趙戩曰：「劉備其不備乎〔三〕？拙於用兵，每戰則敗，奔亡不暇，何以圖人？蜀雖小區，險固四塞，獨守之國，難卒用兵也。」徵士傳：幹曰：「劉備寬仁有度，能得人死力。諸葛達治知變，正而有謀，而爲之相。張飛、關羽勇

〔一〕問，疑當作「闕」。見杜集札記。

〔二〕晉總紀論，疑當作「晉紀總論」。

〔三〕不備，疑當作「不濟」。見杜集札記。

而有義，皆萬人之敵，而爲之將。此三人者，皆人傑也。以備之略，三傑佐之，何爲不濟？」諸葛傳：先主與亮情好日密，關、張等不悦，先生解之曰：「孤之有孔明，猶魚之有水也。願諸君勿復言。」羽、飛乃止。**趙曰**：此蓋言諸葛與關羽、張飛之才器孰與並乎？言不可並矣。**功臨鄧耿親。洙曰**：耿弇、鄧禹。後漢論云：寇、鄧之高勳，耿、賈之鴻烈。**修可曰**：公評品以爲鄧禹之高勳，耿、賈之鴻烈，可親近矣。**應天才不小，洙曰**：應，一作「繼」。蜀志：譙周等上言：臣聞河圖、洛書、五經、讖緯，孔子所甄，驗應自遠。謹按洛書云云，圖書云云。臣聞聖主先天而天不違，後天而奉天時，故應際而生，與神合契。願大王應天順民。**得士契無鄰。洙曰**：蜀志：先主復領益州牧，諸葛亮爲股肱，法正爲謀主，關羽、張飛、馬超爲爪牙，許靖、糜竺、簡雍爲賓友，及董和、黄權、李嚴等本璋之所授用也，吴壹、費觀等又璋之婚親也，彭羕又璋之所擯也，劉巴者宿昔之所忌恨也，皆處顯任，盡其器能。有志之士，無不競勸。**遲暮堪帷幄，洙曰**：運籌帷幄之中。**飄零且釣緡。洙曰**：其釣維何，維絲伊緡。**向來憂國淚，寂寞灑衣巾。洙曰**：謝靈運廬陵王墓下作：灑淚眺連崗。**蘇曰**：孔煒常下憂國之淚。

秋野五首

秋野日蔬蕪，洙曰：謝玄暉詩：邑里向蕪蔬。**寒江動碧虚。繫舟蠻井絡，洙曰**：蜀都賦：岷山之精，上爲井絡。趙曰：楚在春秋爲蠻夷。卜宅楚村墟。洙曰：夔州，楚附庸。棗熟從人洙曰：一作「行」。打，葵荒欲自洙曰：一作「旦」。鋤。蘇曰：左思自鋤園葵，客問其勤如此，左曰：「去其蕕草耳。」

盤飧老夫食，分減及溪魚。

易識浮生理，難交一物違。洙曰：物不可違其性也。水深魚極樂，林茂鳥知歸。洙曰：見「茂林鳥有歸，水深魚知聚」注。吾老甘貧病，榮華有是非。趙曰：吾老矣，自安於貧病，而無他念於榮華，非不羨也，而有是與非。秋風吹几杖，不厭北洙曰：一作「此」。山薇。洙曰：夷、齊隱於首陽山，採薇而食之。蘇曰：殷竦，晉宣帝兩徵不起，里人勸其仕，其仕竦曰[一]：「老子不厭北山蕨薇，君其謂予何？」人皆服其量。

禮樂攻吾短，山林引興長。洙曰：嵇康書：儕類見寬，不攻其過。又云：至爲法禮之士所繩，疾之如言[二]。又云：有入山林而不反之論。遊山澤，觀魚鳥，心甚樂之也。掉頭紗帽側，洙曰：莊子在宥篇：爵躍掉頭。紗帽，見「管寧紗帽靜」注。曝背竹書光。洙曰：竹書，古簡册也。趙曰：所謂竹簡之書也。暗用郝隆曬腹中書也。風落收松子，天寒割蜜房。洙曰：蜜房，蜂房也。趙曰：班固終南頌曰：蜜房溜

〔一〕其仕，疑爲衍文。見杜集札記。
〔二〕言，疑當作「讎」。

其顛。稀疏小紅翠，趙曰：言秋花也。駐屐近微香。

遠岸秋沙白，連山晚照紅。洙曰：海賦：波如連山。潛鱗輸駭浪，洙曰：海賦：駭浪暴灑。趙曰：言魚以深爲樂，而峽水之深則輸瀉駭浪。歸翼會高風。洙曰：魏文帝：適與高風會。修可曰：張翰曰：如歸翼得高風，翩翩投林中。古詩云：翩翩歸鴈翅，更得高秋風。砧響家家發，洙曰：謝惠連詩：欄高砧響發，楹長杵聲哀。樵聲箇箇同。洙曰：峽中樵人常唱大昌歌，以弔柳青，每聲闕即呼柳青，不知所爲也。飛霜任青女，賜被隔南宮。洙曰：淮南子云：霜神青女。注云：青女，天神。青天王女，主霜雪。後漢：樂崧嘗直南宮，家貧無被，帝聞而嘉之，詔大官賜尚書郎已下食，并給帷被。公雖爲郎而在位〔一〕，故云隔爾。

身許騏驎畫，洙曰：見「今代騏驎閣」注。年衰鴛鷺群。洙曰：公晚方登朝籍。大江秋易盛，空峽夜多聞。逕隱千重石，帆留一片雲。兒童解蠻語，鄭曰：解，佳買切，識也。不必作參軍。洙曰：世説：郝隆爲南蠻參軍，上巳日作詩曰：娵隅躍清池。桓温問：「何物？」答曰：「名魚爲娵隅。」温曰：「何爲作蠻語？」隆曰：「千里投公，始得一蠻府，那得不蠻語也？」

〔一〕「在」前疑闕「不」字，當作「不在」。見杜集札記。

簡吳郎司法

有客乘舸自忠州，遣騎安置瀼西頭。洙曰：前詩注所謂瀼東、瀼西者。古堂本買藉疏豁，借汝還居停宴遊。趙曰：借吳司法自舟中遷來以居停宴遊。雲石熒熒高葉曉，洙曰：一作「曙」。風江颯颯亂帆秋。却爲姻婭過逢地，夢符曰：按爾雅婦父母、婿之父母，相謂爲婚姻，兩婿相謂爲婭。詩云：瑣瑣姻婭。今江東人呼同門爲僚婿〔一〕。許坐曾軒數散愁。

又呈吳郎

堂前撲棗任西鄰，夢符曰：按漢王吉傳：東家棗垂吉庭，其妻取棗啖吉，吉知，去婦。鄰人欲伐樹，吉乃還婦。里語曰：東家棗完，去婦復還。趙曰：公舊嘗見有撲棗者矣，今告吳郎以任從之。無食無兒一婦人。不爲困窮寧有此，蘇曰：束晳赴孝廉舉，謂友人曰：「不爲養親困窮，寧有此態耶？」祇緣恐懼轉須親。趙曰：言探斯婦之情，乃困窮所致，又告吳郎當念其恐懼，宜更親之。即防洙曰：一作「知」。遠客雖多事，使洙曰：一作「便」。插疏籬却甚真。趙曰：言雖任鄰婦取棗，然吳郎以遠方來，當謹藩籬以

〔一〕 媢，疑當作「婿」。見杜集札記。

防他寇，亦不害爲真耳。已訴徵求貧到骨，正思戎馬淚盈巾。

聽楊氏歌

佳人絶代歌，獨立發皓齒。**洙曰**：前漢外戚傳：李延年侍上起舞，歌曰：「北方有佳人，絶代而獨立。」以其顔色特異，當代無匹也。**夢符曰**：按楚詞：朱唇皓齒，嫭以姱些。比德好閒，習以都些。又古樂府雜曲：從來著名惟趙子，復有丹唇發皓齒。一嬌一態本難逢，如畫如花定相似。**定功曰**：阮籍詠懷詩：南國有佳人，榮華若桃李。朝遊江北岸，夕宿瀟湘沚。時俗薄朱顔，誰爲發皓齒。滿堂慘不樂，**洙曰**：前漢刑法志：古人有言曰：滿堂飲酒，有一人向隅而悲泣，則一堂皆爲之不樂。故一人不得其平，爲之悽愴於心。響下青虚裏。**洙曰**：一作「浮雲裏」。江城帶素月，**洙曰**：謝希遠月賦〔一〕：素月流天。況乃清夜起。**洙曰**：曹子建詩：中夜起長嘆。老夫悲暮年，壯士淚如水。**洙曰**：世説：王敦每酒後，輒詠魏武帝樂府曰：「老驥伏櫪，志在千里。烈士暮年，壯心不已。」以如意打玉唾壺，唾壺盡缺。荆軻歌於易水之上，士皆淚垂也。玉盃久寂寞，**洙曰**：山海經曰：犬戎國有一女子，方跪進玉盃食。韓子曰：紂爲象箸，而箕子怖，以爲

〔一〕遠，疑當作「逸」。見杜集札記。

象箸必不加於土鉶，必將犀玉之杯。象箸、玉杯必不羹菽藿，則必薦豹胎。孟嘉語也。**金管迷宫徵。**洙曰：世之議樂者，以絲不如竹，竹不如肉，言肉聲勝於絲竹，則金石固當有間矣。趙曰：以玉盃之寂寞，言不敢爲聲。以金管迷宫徵，言其聲之不逮於歌。皆以形容歌聲之妙。**勿云聽者疲，愚智心盡死。**洙曰：韓娥過宋，人辱之，娥曼聲而哭，長幼皆泣下。宋人謝之，娥乃曼聲而歌，老幼皆喜躍。言聲感人心之如此也。**古來傑出士，豈待一知己。**洙曰：孟子曰：豪傑之士，雖無文王猶興。**吾聞昔秦青，傾側**洙曰：一云「倒」。**天下耳。**修可曰：列子曰：昔薛譚學謳於秦青，未窮青之技，自謂盡之，遂辭歸。青弗止，餞於郊衢，撫節悲歌，聲振林木，響遏行雲。譚乃謝，求返，終身不敢言歸。趙曰：傾天下之耳，則非特一知己而已。

王狀元集百家注編年杜陵詩史二十七卷

大曆二年秋在夔州

秋日夔府詠懷奉寄鄭監審。李賓客之芳一百韻 一云「千字」。

絶塞烏蠻北，洙曰：巂州以西有蠻號烏、白。孤城白帝邊。洙曰：公孫述更魚復縣爲白帝城。飄零仍百里，蘇曰：吴靖爲長沙令，一日自嘆曰：「讀五車書，辛苦十年，不得綴鴛鷺班。髮白，蹤踪飄零，尚爲百里。陶元亮復何人邪？」消渴已三年。洙曰：司馬相如有消渴病。雄劍鳴開匣，洙曰：雷焕得雙劍於酆城，劍有雌雄。群書滿繫船。洙曰：一云「所向皆窮轍，餘生且繫船」。亂離心不展，洙曰：詩：亂離莫矣。不展，謂憂心如結也。衰謝日蕭然。洙曰：名跡消泯也。筋力妻孥問，洙曰：一作「覺」。菁華歲月遷。洙曰：陶徵士詩：菁華隱没。注：菁華，猶英華也。登臨多物色，陶冶賴詩篇。洙曰：登高臨遠，多有景物，所以象其變態者，有詩以陶成之爾。陶，如陶者之埏埴。冶，如冶工之鎔鑄。峽束滄江起，巖排石樹圓。趙曰：善本作「古」，字作「石樹」，非。拂雲霾楚氣，鄭曰：霾，謨皆切。風雨土。泰伯曰：

此句謂霧瘴之氣拂雲天也。**潮海蹴吴天**。趙曰：言江漢朝宗於海，其勢蹴踏吴國之天也。**煮井爲鹽速**，洙曰：蜀都賦曰：濱以鹽池。注：巴東北新井縣水出池如涌泉，可煮以爲鹽。**燒畬度地偏**。畬，詩遮切。度，達各切。洙曰：峽土瘠确，暖氣晚達，故民燒地而耕，謂之火耕，亦謂之畬田。**有時驚疊嶂**，洙曰：疊，任彦升詩：疊嶂易成響。**何處覓平川**。洙曰：峽中無川也。**瀺鶬雙雙舞**，**獮猴壘壘懸**。洙曰：壘，壘，重疊貌。**碧蘿長似帶**，**錦石小如錢**。蘇曰：黄牛峽出錦石，圓如錢，上有五綵花紋。隋煬帝時，張昇來獻，帝號曰春池叢玉。**春草何曾歇**，洙曰：謝靈運詩：芳草亦未歇。**寒花亦可憐**。洙曰：張景陽詩：寒花發黄彩。師曰：夔地暖，春草寒花，四時不斷。**獵人吹戍火**，趙曰：謂之戍火，則有屯戍在白帝城也。獵人至其上。**野店引山泉**。洙曰：峽民依山而居，故鮮水，常以竹引山泉而食。師曰：自「峽束滄江起」至「野店引山泉」，皆述夔風景也。**唤起搔頭急**，洙曰：西京雜記：武帝過李夫人，就取玉簪搔頭，自此後宫人搔頭皆用玉搔頭。刀抓頭也。何遜云：金粟裹搔頭。師曰：唤起鳥也。晨鳴之鳥唤人睡起，因以得名。前輩詩云：唤起窗全曙，催歸日未西。東坡謂唤起、催歸，二鳥名。古人用事，後世不知，多作虚字解釋，其失前賢之旨遠矣。**扶行幾屐穿**。洙曰：阮孚性好屐，客有詣孚，正見自蠟屐，因自嘆曰：「未知一生能著幾緉屐。」神色自閑暢。師曰：扶行，杖也。扶行遍歷，故屐齒穿。**兩京猶薄産**，**四海絶隨肩**。洙曰：公有田在韋杜。絶隨肩，言無故舊也。**幕府初交辟**，洙曰：蔡邕薦邊讓於何進，曰：「幕府初開，博選清英。」

郎官幸備員。洙曰：公爲郎備員。備員數而已，言不事事。趙曰：嚴武東西川爲節度使，辟公爲參謀，故云交辟。時公爲尚書工部員外郎。備員，公自謂也。瓜時猶旅寓，洙曰：莊八年：齊侯使連稱、管至父戍葵丘，瓜時而往，曰：「及時而代。」萍泛若夤緣。洙曰：謝靈運詩：蘋萍泛深沉。藥餌虚狼籍，洙曰：謝靈運詩：藥餌情所止，衰疾忽在斯。陸賈名聲籍甚。注：言狼籍甚盛。秋風灑静夜〔一〕。趙曰：謝靈運詩：還得静者便。開襟驅瘴癘，洙曰：峽多嵐瘴，氣候蒸濕，故多瘴癘。憂愁鬱結者易爲所困，故開襟以驅之。明目掃洙曰：一作「拂」。雲煙。洙曰：史：明目張膽。顔延年詩：城闕生雲煙。蘇曰：魯肅：雲煙掃盡，明目望遠。高宴諸侯禮，趙曰：赴藩侯之宴會。佳人上客前。洙曰：古詩：主人愛上客。哀箏傷老大，洙曰：魏文帝書：哀箏順耳。華屋豔神仙。洙曰：曹子建箜篌引：空存華屋處，落落歸丘山。古詩：金屋羅神仙。南内開元曲，常時弟子傳。鄭曰：明皇所在。法歌聲變轉，滿坐涕潺湲。洙曰：都督柏中丞筵開，梨園弟子李仙奴歌。明皇雜録云：天寶中，上命宫中女子數百人爲梨園弟子，皆居宜春北院。上素曉音律，時有馬仙期、李龜年、賀懷志皆洞知律度。安禄山自范陽入覲，亦獻白玉簫管數百事，皆陳於梨園。自是音響殆不類人間。其後李龜年流廢江南，每遇良晨勝景，爲人歌闋，座上聞之者莫不掩泣而罷

〔一〕夜，疑當作「便」。

酒。有梨園法曲及霓裳曲，至今尚存。**弔影夔州僻，**洙曰：言獨客夔州，旁無親舊，惟與影相弔而已。李令伯陳情表：煢煢孑立，形影相弔。**回腸杜曲煎。**洙曰：宋玉高居賦口〔一〕：感心動且，回腸氣〔二〕。司馬遷書：腸一日而九迴。趙曰：公在長安，家於杜曲，故懷杜曲而回腸煎熬也。**即今龍廐水，莫帶犬戎羶。**洙曰：犬戎，吐蕃是也。謂陷京師。趙曰：兩京龍廐門，苑馬門也。渭水流苑門内，此公自注也。公不知中原消息，故深憂之，以今龍廐門邊之水莫也。爲犬戎所羶污乎。**耿賈扶王室，**洙曰：耿、賈。後漢二十八將：耿弇、賈復也。論曰：賈、耿之洪烈。又：翼扶王運。**蕭曹供御筵。**洙曰：蕭、曹之功尊拱漢室。趙曰：既憂吐蕃之羶污，又思廟堂大臣有耿、賈、蕭、曹焉，可以伐叛而息兵矣。**乘威滅蜂蠆，**洙曰：左傳：公卑邾不設備而禦之，臧文仲曰：「君其無謂邾小，蠭蠆有毒，而況國乎？」**戮力效鷹鸇。**洙曰：左傳：季文子使太史克對曰：「先大夫臧文仲教行父事君之禮，行父奉以周旋，弗敢失墜。」曰：「見有禮於其君者，事之如孝子之養父母也。見無禮於其君者，誅之如鷹鸇之逐鳥雀。」又，子產問然明爲政，對曰：「見不仁者，誅之如鷹鸇之逐鳥雀也。」**舊物森猶在，**洙曰：哀元年傳：祀夏配天，不失舊物。**凶徒惡未悛。**洙曰：左傳：子家亦無悛志。注：悛，改竄。悛，且緣切，止也。**國須行戰伐，人憶止戈鋋。**洙曰：言人厭兵革也。光武紀：道

〔一〕居，疑當作「唐」；口，疑當作「曰」。
〔二〕且，疑當作「耳」；「氣」前疑闕「傷」字。見杜集札記。

未方古，亦止戈之武焉。東都賦：戈鋋慧雲。注：矛矟也。**奴僕何知禮，恩榮錯與權。**洙曰：衛青傳：青曰：「人奴之生，得無笞罵即足矣。」公孫洪傳贊曰：衛青奮於奴僕。言以恩而假奴僕，以權任人之失也。蘇曰：公孫邈叱衛青曰：「爾奴僕庸夫也，焉知禮義？」青神色頓挫。趙曰：言武夫悍卒有立功而蒙寵者，然公此句無所畏憚，蓋亦痛悼其弊，出於中誠也。**胡星一彗孛，**洙曰：前漢天文志：昴曰旄頭，胡星也。張晏曰：彗所以除舊布新也。孛氣似彗也。趙曰：旄頭，胡星也。星妖所纏謂之彗，亦謂之孛。師曰：胡星指安、史之亂。**黔首遂拘攣。**洙曰：秦本紀：更民曰黔。應劭曰：黔亦黎黑也。鄒陽傳：以其能越攣拘之語。漢曹褒傳：寮拘攣難與圖始生。拘攣，猶拘束也。潘安西征賦：陋吾人之拘攣。**哀痛絲綸切，**洙曰：前漢西域傳贊：武帝末年，遂棄輪臺之地，而下哀痛語〔一〕。禮緇衣：子曰：王言如絲，其出如綸。**煩苛法令蠲。**洙曰：前漢書云：高祖約法三章，蠲削煩苛。**業成陳始王，**洙曰：詩七月：陳王業也。言因時而變，陳王業之艱難，以警時君也。歐曰：言肅宗成中興之業。**兆喜出于畋。**洙曰：齊世家：太公望呂尚以漁釣奸周西伯。將出獵，卜之曰：「所獲非熊非驪，非虎非羆，所獲霸王之輔。」於是西伯獵，果遇太公望於渭陽，載與俱歸，立爲師。**宮禁經綸密，臺階翊戴全。**洙曰：梁竦傳：宮省事密，莫有知者。臺階事見建都詩注。

〔一〕語，疑當作「詔」。見杜集札記。

熊羆載吕望，鴻鴈美周宣。**洙曰：**美其能勞來旋定安集。**側聽中興主，洙曰：**烝民：宣王任賢使能，周室中興焉。顯宗紀：先帝受命中興。側聽，諦聽也。**長吟不世賢。洙曰：**王吉云：欲治之主不世出。師古曰：言有遇之不常出也。杜延年蒯通傳並云：略不世出。曹子建曰：不世之賢。**趙曰：**言王室中興本乎得賢，而鄭與李乃所謂賢者，故吟詠而思之。選有「永嘯長吟」也。**音徽一柱數，洙曰：**梁劉孝綽江津寄劉之遴詩：經過一柱觀，出入三休臺。**道里下牢千。洙曰：**下牢關，在巫峽之南。**趙曰：**公自注：鄭在陵〔一〕，李在夷陵。一柱觀在荆州。渚宫故事：宋臨川王於羅公淵上立觀，甚大，而惟一柱。所以言江陵也。下牢關在峽州，所以言夷陵也。數通音問，故言「數」。相去千里，故云「千」也。**師曰：**一柱觀、上牢、下牢，皆在夔峽。音徽一柱數，言得李、鄭音書之煩數也。道里下牢千，言鄭在江陵，李在夷陵，與子美相距凡千里，時不絶音問也。**鄭李光時論，文章並我先。陰何尚清省，梅曰：**言其文清新而警省於人。**沈宋欻聯翩。洙曰：**陰、何、沈、宋皆能文者，並見上注。**趙曰：**以四子比鄭、李也。陰則陰鏗，何則何遜，沈則沈佺期，宋則宋之問。陰、何前代，而二公比之。彼尚清省，我爲富艷。沈、宋近代，欻然追逐，與之相聯翩也。**梅曰：**聯翩，文疾速也。**律比崑崙竹，洙曰：**前漢律歷志：黄帝使伶倫去大夏之西、崑崙之陰，取竹之嶰谷，斷兩

〔一〕「陵」前疑闕「江」字，當作「江陵」。

節間而吹之，以爲黄鍾之宫。音知燥濕絃。洙曰：伯牙彈琴，意在山，子期曰：「巍巍乎。」意在水，子期曰：「蕩蕩乎。」子期死，伯牙遂絶絃。修可曰：按劉孝標廣絶交論曰：撫絃徽音，未達燥濕變響。張羅沮澤，不睹鴻鴈高飛。又按韓詩外傳：趙王曰：「夫時有燥濕，絃有緩急，徽指推移，不可記也。」使者曰：「臣詩借此以譬之，故公有燥濕之句。」風流俱善價，洙曰：王衍、樂廣宅心事外，見重於時。天下言風流者，惟王、樂爲首。見晉書。愜當久忘筌。趙曰：上四句以言三公之文章也。文賦：誇目者尚奢，愜心者貴當。王弼明象曰：猶筌者所以在魚，得魚而忘筌也。置驛常如此，洙曰：鄭當時，孝景時爲太子舍人，每五日洗沐，常置驛馬長安諸郊，請謝賓客，夜以繼日，至明旦，常恐不徧。師古曰：此謂長安城外四面之郊耳。邑外謂之郊。登龍蓋有焉。洙曰：李膺獨持風裁，以聲名自高，士有被延接者，名爲登龍門。趙曰：上句以言鄭監之好客，下句以言李賓客之待士。雖云隔禮數，洙曰：名位不同，禮亦異數。隔，猶不同也。趙曰：公自謙以謂與之位貌隔也。不敢墜周旋。洙曰：左傳：奉以周旋，不敢失墜。高視收人表，洙曰：曹子建與楊德祖書曰：足下高視於上京。楊德祖答牋云：自周章於省覽，何遑高視哉。庾信贊：高視當此。趙曰：任彦昇撰王文憲集序曰：經師人表。虚心味道玄。洙曰：老子：虚其心。又：玄之又玄。馬來皆汗血，洙曰：見馬詩注。鶴唳必青田。洙曰：永嘉記：青田有雙白鶴，年年生子，長便去。鮑明遠詩：獨鶴方朝唳。趙曰：以馬比二公，則皆汗血。以鶴比二公，則必青田。汗血馬，詳見上注。羽翼商山起，洙曰：見收京詩注。**趙曰**：以言李賓客者，太子官也，故用四皓事。**蓬萊漢閣連**。**洙曰**：西都賦：脩塗飛閣，自未央而連桂宮。又云：瀛洲、方壺、蓬萊，皆起於中央。**趙曰**：以言鄭監乃祕書監也，故用蓬萊字。後漢書曰：學者稱東觀爲老氏藏室、道家蓬萊也。唐祕書監掌圖書秘記，即漢之東觀也。**管寧紗帽淨**，**洙曰**：見嚴中丞枉駕見過詩注。**江令錦袍鮮**。**洙曰**：陳書：江總爲尚書令[一]，能屬文，於五言七言尤善。然傷於浮艷，故爲後主所幸，多有側篇，好事者相傳諷翫，於今不絶。日與後主遊宴後亭，共陳暄等十餘人，當時謂之狎客。**趙曰**：江總傳不載錦袍事，其文集自有山水納袍賦，其序云：皇儲監國餘辰，勞謙終宴，有令以納袍降賜，何以奉揚恩德？**東郡時題壁**，**蘇曰**：南史：柳惲詩云：亭臯木葉下，壠首秋雲飛。琅邪王融見而嘆賞，因題東壁。惲，于粉反。**南湖日扣舷**。**洙曰**：舷，船唇也。扣，擊也。郭璞江賦云：詠採菱以叩舷。選賦：鳴根叩舷。説文曰：根，高木也。以長木叩舷爲聲，以驚魚，使入網之中。**趙曰**：此專言鄭也。有寄鄭監湖亭三首。又有過鄭監湖亭泛舟。又有重泛鄭監湖前是也。**鄭曰**：南湖在夷陵。扣，丘候切。舷，胡田切。舡舷也。**遠遊臨絶境**，**洙曰**：遠遊，履名。洛神賦云：踐遠遊之文履。古詩云：足下雙遠遊。**佳句染華牋**。**洙曰**：華牋，蜀牋也。**趙曰**：世說：孫興作天台賦[二]，以示范榮期，每至佳句，則曰：「是我輩語。」**每欲孤飛去**，**洙曰**：

[一] 汪，疑當作「江」。

[二] 「興」後疑闕「公」字；「台」後疑闕「山」字。見杜集札記。

謝玄暉雪賦：瞻雲鴈之孤飛。**趙曰**：此已下言二公之遊賞，欲往從之不得，且起故鄉之念。江總南樓詩：不及孤飛鴈。徒爲百慮牽。**洙曰**：江淹詩：撫枕懷百慮。又云：歲暮百慮交。生涯已寥落，**洙曰**：生涯，言己之生計也。寥落，無成也。國步尚**洙曰**：一作「乃」，一作「巧」。迍邅。**洙曰**：柔桑詩〔二〕：國步斯頻，國步蔑資。易屯卦：六二，迍如邅如。難行不進之貌。衾枕成蕪没，池塘作棄捐。**洙曰**：國亂離故，寢處宴安之地，皆蕪没而棄捐也。**蘇曰**：江總：池塘荒廢，筆硯棄捐，爾來欲謝人事，抱一守真。**趙曰**：公自注云：平生多病，卜築遺懷，因亂離故，寢食宴安之地，皆蕪没棄捐也。別離憂怛怛，當割切。**洙曰**：怛怛，傷慘不安貌。伏臘涕漣漣。**洙曰**：臘，夏曰嘉平，殷曰清祀，周曰大蠟。漢改爲臘。伏臘，人所以祭祀也。公在殷鄉，故於伏臘多有所感。史記：秦德公始爲伏。**師曰**：曆忌釋曰：伏者何也？金氣伏藏之日也。一時代謝皆以相生，立春木伐水，水生木。立夏火伐木，木生火。立冬水伐金，金生水。立秋金伐火，金畏火。故至庚日必伏庚者，金也。陰陽書言從夏至第三庚爲初伏，第四庚爲中伏，立秋後初庚爲末伏，故謂之三伏。高堂隆魏臺訪議曰：何以用未祖丑臘？對曰：按月令：孟冬十月，臘先祖五祀。謂薦田獵所得禽獸，故謂之臘。左傳曰：虞不臘矣。聞之師曰：「王者各以其行之盛祖，以其終臘。」水始於申，盛於子，終於辰。故水行之君，以子祖辰臘。火始於寅，盛於午，終於戌，故火行之君，以午祖戌臘。木始於亥，盛於卯，終於未，故

〔二〕柔桑，疑當作「桑柔」。

木行之君，以卯祖未臘。金始於巳，盛於酉，終於丑，故金行之君，以酉祖丑臘。土始於未，盛於戌，終於辰，故土行之君，以戌祖辰臘。魏土德，宜以戌祖辰臘也。又風俗通曰：臘者，獵也。因獵取獸以祭先祖。或曰：臘，接也。新故交接，大祭以報功也。**露菊班豐鎬，**下老切。洙曰：西征賦：徘徊豐、鎬。秦紀：豐、鎬之間，帝王之都。**秋蔬**洙曰：一作「菰」。**影澗瀍。**洙曰：豐、鎬在長安。澗、瀍在洛陽。皆公生涯所在之鄉也。**共誰論昔事，**蘇曰：張華：昔事歷歷記，獨坐共誰論。**幾處有新阡。**洙曰：風俗通：南北曰阡。又謂之家。趙曰：前漢言涉名其母墓曰「南陽阡」是也[一]。**富貴空回首，**洙曰：言富貴亦外物也。空回首，言倏忽間爾。**喧爭懶著鞭。**洙曰：見前傷春詩注。趙曰：劉琨云：常恐祖生先吾手鞭也[二]。**兵戈塵漠漠，江漢月娟娟。**洙曰：時天下亂離，惟江漢可以避難。鮑明遠翫月詩：娟娟似娥眉。趙曰：公在夔，於江漢之水爲近，故以月繫之。選詩云：娟娟新月體。**局促看秋鷰，**洙曰：局促，言不得自肆也。秋鷰，言欲歸而未得爾。仲長統云：人事可遣，何爲促局？**蕭疏聽晚蟬。**洙曰：宋玉九辨：而翩翩其辭歸兮，蟬寂寞而無聲。蘇曰：張翊渭南詩云：蕭索渭南客，馬上聞晚蟬。撩我故鄉思，攪我心懸懸。趙曰：謝靈運：蕭疏野趣生。**雕蟲蒙記憶，**洙曰：揚子曰：童子雕蟲篆刻。俄而曰：壯夫不爲也。蘇曰：王武子：遠蒙雕蟲，

[一] 涉，疑當作「原涉」。見杜集札記。

[二] 手，疑當作「著」。見杜集札記。

知君子記憶。**烹鯉問沉綿**。**洙曰**：古樂府詞：呼兒烹鯉魚，中有尺素書。**趙曰**：言二公記憶其能賦詩，故致尺書以問其病體也。沉綿者，若久病之謂也。**卜羨君平杖**，**洙曰**：嚴君平卜筮於成都市，以爲卜筮者賤業，而可以惠衆人，有邪惡非正之問，則依蓍龜爲言利害，各因勢道之，以善從吾言者已過半矣。裁日閲數人，得百錢，足自養，則閉肆下簾，而授老子。阮修宣子常步，以百錢掛杖頭，至酒店便獨酣暢，家無儋石之儲也。**偷存子敬氊**。**洙曰**：見「舊物森猶在」注。**囊虚把釵釧，米盡拆花鈿**。**趙曰**：言皆賣易之也。**甘子陰涼葉，茅齋八九椽。陣圖沙北岸**，**洙曰**：桓温傳：初，諸葛亮造八陣圖於魚復平沙之上，壘石爲八行，行相去二丈。温見之，謂之常山蛇勢也。文武皆莫能識之。**市暨瀼西巔**。**洙曰**：公自注：市暨夔人語也。工水横通山谷處[一]，方人故謂之瀼也。**羈絆心嘗折**，**洙曰**：江淹別賦：心折骨驚。**棲遲病即痊**。**趙曰**：每爲事物羈絆，故其心嘗折，今得棲遲，可以養而痊也。**紫收岷嶺芋**，**洙曰**：一云「紫秾岷下芋」。前漢貨殖傳：蜀卓氏曰：「吾聞岷山之下，沃野千里，下有蹲鴟，至死不饑。」師古曰：蹲鴟，謂芋也。其根可食，以充糧，故無饑年。華陽國志曰：汶山郡都安縣大芋如蹲鴟也。**趙曰**：從此已下，紀瀼西草堂所有也。**白種陸家**洙曰：一作「池」。**蓮。色好梨勝頰，穰多栗過拳**。**洙曰**：蜀都賦：紫梨津潤，樼栗罅發。**勑廚**

[一] 工，疑當作「江」。見杜集札記。

唯一味，**蘇曰**：段干木見客，供庖唯笋羹瀹笋。干木曰：「家貧山居，唯此一味。」客曰：「清奇雅味。」**趙曰**：王羲之傳：有一味之甘，割而分之。**求飽或三鱣。** **洙曰**：楊震傳：冠雀銜三鱣魚飛集講堂前。注：鱣似蛇。一音善。**兒去看魚笱，** **洙曰**：一云「俗異鄰蛟室，詩敝笱在梁」也。**蘇曰**：孫林終日溪上守漁笱，獨坐吟嘯自得，其忘形若此，人皆愛之。**人來坐馬韉。** **洙曰**：朋來坐馬韉。晉王尼初爲護軍府軍士，胡毋輔之等齎羊酒詣護軍門，入遂坐馬廄下，與尼炙羊飲酒，醉飽而去。**定功曰**：戰國：蘇秦少與張儀友，秦在趙爲相，儀至趙，使人白秦，秦必激之，令儀於城東門外坐，以破馬韉進之麤食。儀憤，乃西入秦，昭王善之，拜爲相。儀歎曰：「馬韉之事，乃至是乎？」人來坐馬韉，言貧無席坐也。**縛柴門窄窄，** **洙曰**：一云「柴門窄小小」。通竹溜涓涓。 **洙曰**：縛柴，縛柴爲門也。通竹，引泉以竹也。陶淵明：泉涓涓而始流。**塹抵公畦稜，** 魯鄧切。**洙曰**：京師農人指田遠近，多云幾稜。**末曰**：公畦，官園也。**村依野廟壖。** 而宣切。**洙曰**：晁錯傳：鑿太湖廟堧垣。師古曰：堧者，内垣之外，游地也。人緣反。**鈌籬將棘拒，倒石賴藤纏。借問頻朝謁，何如穩晝眠。** **趙曰**：言懶不出仕。**誰云行不逮，** **洙曰**：語：古者言之不出，恥躬之不逮。**自覺坐能堅。** **洙曰**：馬援曰：大丈夫窮當益堅，老當益壯。**霧雨銀章澀，** **洙曰**：前漢百官公卿表：銀章印皆龜劍〔一〕，其文

〔一〕劍，疑當作「鈕」。見杜集札記。

曰章。謂刻其官之章也。趙曰：銀章久不服之，所以澀也。馨香粉署妍。洙曰：粉署，郎署也。趙曰：公時乃工部員外郎，不生詣省中，徒想其官署之妍美耳。省謂之蘭者，以其諸郎官握蘭含香也。故云馨香。又謂之畫省，以粉畫之也。故言粉署。紫鸞無近遠，黃雀任翩翾。許緣切。趙曰：上句以譬高才之人則不論遠近而往，下句則公自謙如黃雀之小徒任翱翔而已。紫鸞者，亦紫色之鸞也。困學違從衆，洙曰：與俗俯仰而已。孔子：拜下，違衆。麻冕，從衆。明公各勉旃。洙曰：楊惲傳：方當盛漢之隆，願勉旃，無多談。師古曰：旃，勉也。言子當自勉勵以立功名，不須多爲我言也。趙曰：言己之局促如黃雀，而勉二公之爲功名也。揚子：困而不學，斯爲下矣。聲華夾宸極，洙曰：言李、鄭聲華足以夾輔宸極。早晚到星躔。洙曰：郎官象列星。諸侯象四七，宰相法三臺，皆星躔。早晚，言非久拔用之也。懇諫留匡鼎，洙曰：匡衡傳：諸儒爲語曰：無説詩，匡鼎來。匡説詩，解人頤。服虔曰：鼎，猶言當之也。言匡且來也。應劭曰：鼎，方也。張晏曰：匡衡時字鼎長，乃易字稚圭。世傳衡與貢禹上書，言衡敬報，下言匡鼎白，知是字也。師古曰：服、應二説是也。傳載衡言日食事甚切到。鄭曰：西京雜記：匡鼎，小名鼎。諸儒引伏虔。洙曰：後漢儒林傳：服虔字子慎，初名重，又名祇，後改爲虔。少以清苦建志，入太學受業，善著文，舉孝廉。不逢洙曰：一作「過」。輪鯁直，會是正陶甄。宵旰憂虞軫，洙曰：宵衣旰食。黎元疾苦駢。雲臺終日畫，洙曰：馬援傳：顯宗圖畫建武中名臣列將於雲臺。劉孝標論：影組雲臺者摩肩〔一〕。詩：獻納雲臺表。蘇武傳：丹青所畫者，何以過子鄉〔二〕。**青簡爲誰編。**洙曰：青簡，殺竹青爲簡也。春秋序：小事簡牘而已。齊崔杼亂，太史氏書之，死。南史聞之，執簡而往。青簡乃史臣所以記事者。編，編條也。如今之史亦有編修官。趙曰：不過用鯁直以進，當爲正陶甄之化耳。所以然者，上則天子軫宵旰之憂，下則黎元駢疾苦之事也。如此則可畫像於雲臺，而書名於史冊耳。雲臺，詳見上注。田曰：文選載劉向別録：治青竹作簡書，謂之青簡。余曰：後漢吴祐傳：青簡。注：火炙簡令汗，取其青，易書，復不蠹，謂之汗簡。**行路難何有，**洙曰：古有行路難詩。**招尋興已專。由來具飛檝，**洙曰：木玄虛海賦：飛迅鼓檝。**暫擬控鳴弦。**洙曰：西域傳：控弦者十餘萬。趙曰：兩句通義，言檝飛之疾，如箭之往也。**身許雙峰寺，**田曰：釋氏要覽云：曹溪在韶州雙峰寺下。昔晉武帝曹叔良宅也。**門求七祖禪。**洙曰：雙峰，寺名也。釋書有一祖，此言七祖，不知其故。田曰：按佛書：毗婆尸佛、尸棄佛、毗舍浮佛、拘留孫佛、勾那含牟尼佛、迦葉佛、釋迦牟尼佛，謂之七祖。其所説十偈，乃禪原也。趙曰：謂之門求，則所求之法。舊注模令無法，田説是。師曰：又按佛書：毗婆尸佛、尼棄佛、毗舍浮佛、拘留孫佛、拘那含牟尼佛、迦葉佛、釋迦佛、牟尼佛，胃之天竺七祖〔三〕。其所説七偈，乃禪源也。自達磨至慧能，謂之中華六祖。由五祖而上，蓋梁、隋、開元以

〔一〕影，疑當作「彯」。見杜集札記。
〔二〕鄉，疑當作「卿」。
〔三〕胃，疑當作「謂」。

前人，六祖慧能入滅於唐睿宗先天元年，而子美於是年始生。六祖之道，至肅宗上元初方盛，故肅宗自曹溪請其衣鉢，歸内供養，子美於是漂泊在蜀，以此考之，則六祖與子美蓋同時先後人也。故所求禪言七祖，而不言六祖也。因是詩注云不知其故，乃叙其世次而辨之。**落帆追宿昔，衣褐向真詮。**洙曰：天台賦：披毛褐之森森。真詮，佛法也。趙曰：言於彼處落帆，乃是宿昔之願，其衣褐之身，專爲依徇真詮也。褐者，布衣之謂。**安石名高晉，**洙曰：公自注云：鄭高簡得謝太傅之風。趙曰：此謝安也。**昭王客赴燕。**洙曰：公自注云：李宗親有燕昭之美。燕昭之裔。趙曰：以燕昭比李。**途中非阮籍，**洙曰：阮籍時率意獨駕，不由徑路，車迹所窮，輒慟哭而返。**查上似張騫。**洙曰：因話録：漢書載張騫窮河源，言其奉使之遠，實無天河之説。唯張茂先博物志説：近世有人居海上，每年八月見槎來，不違時。齎一年糧乘之，到天河，見婦人織，丈夫飲牛，遣問嚴君平，云：某年某月日客星犯牛斗，即此人也。後人相傳云得織女支機石，持以問君平，都是虚憑河之説。今成都嚴真觀有一石，呼爲支機石。皆云當時君平留之。寶曆中，余下第還家，於京師途中逢官差遞夫舁張騫槎，先在東都禁中，今準詔索有司取進，不知是何物也。前輩詩往往有東君槎者，相襲訛謬矣。縱出雜詩，亦不足據也。**披拂雲寧在，**洙曰：拂，一作「寤」。衛瓘見樂廣，曰：「瑩然若披雲霧，覩青天。」趙曰：選云：步幽蘭以披拂。**淹留景不延。**洙曰：劉安招隱士詩云：援桂枝兮聊淹留。**風期終破浪，**師曰：子美淹留江漢，年已老矣。破浪，謂下峽歸故里，故曰「他日辭神女」。**水怪莫飛涎。**洙曰：孔子世家：水之怪，龍罔象。韋昭曰：龍，神獸也，非常見，故曰怪。海賦：其垠則有天琛水怪，鮫人之室。江賦：水物怪錯。

又云：揚鬐掉尾，濆浪飛涎。趙曰：言我之風期必破浪而往，告爾水怪，毋爲孽也。南史：宗慤曰：「願乘長風，破萬里浪。」選云：噴沫飛涎。而義則饑虎垂涎之意。他日辭神女，洙曰：宋玉有神女賦，廟在巫山。傷春怯杜鵑。洙曰：蜀都賦：鳥生杜鵑之魄。見華陽風俗録。蘇曰：曹晏遊巴江，聞杜鵑，語友人曰：「吾年來傷春，怯聞此聲，使我心索然。」趙曰：既離夔，而於巫峽辭别神女之日，當在暮春時也。師曰：雲安有杜鵑。客情畏聽杜鵑也。淡交隨聚散，洙曰：禮：君子之交淡如水。澤國遶迴旋。洙曰：言地多陂澤，故言澤國。本自依迦葉，洙曰：王簡栖頭陁寺碑：以法師景行大迦葉，故以頭陁爲稱首。注：大迦葉，佛大弟子也。師曰：此句言寓居僧舍也。何曾藉去聲。偓佺。上音渥，下音詮。洙曰：列仙傳：偓佺，魏里採藥父也。食松實，形體生毛數寸，能飛行，捷走馬。揚雄甘泉賦云：雖方征僑與偓佺兮，猶仿佛其若夢。師古曰：偓佺，仙人名。鑪峰生轉眄，洙曰：廬山東南有香煙山，孤峰起，遊氣籠其上，氛氲若香煙。鄭曰：廬山記：東南有香鑪山，孤峰秀起。橘井尚高褰。洙曰：神仙蘇耽種橘鑿井，以救鄉里之有病者，以井泉服一橘葉，即已。東走窮歸鶴，洙曰：遼東歸鶴，見卜居詩注。南征盡跕鳶。跕，的恊切。洙曰：馬援傳云：吾在浪泊西里間，虜未滅之時，下潦上霧，毒氣薰盛，仰視飛鳶，跕跕墮水中。卧念少遊平生時語，何可得也？注：鴟，鳶。跕跕，墮水。晚聞多妙教，卒踐塞前愆。塞，悉則切。洙曰：妙教，釋教也。釋書云：能脩其教者，足以追塞前業也。顧凱丹青列，洙曰：晉顧凱尤善丹青，圖寫特妙。謝安深重之，以爲有蒼生以來未之有也。凱之每畫人成，或數年不與目精，人問其故，答曰：「四體妍蚩本無闕少，於妙處傳神寫照，正在阿堵中。」**頭陁琬琰鐫。****洙曰：**姓氏英賢録云：王中字簡栖〔一〕，作頭陁寺碑文。頭陁寺者，沙門釋慧宗之所立也。敢寓言於雕篆，庶髣髴乎衆妙。琬琰，鐫碑也。**衆香深黯黯，****洙曰：**法華經云：曉燒衆名香煙。天台賦：衆香馥以揚。**師曰：**如戒青〔二〕、定香、慧香、解脱香之類。**幾地肅阡阡。****洙曰：**潘岳藉田賦：蟬冕熲以灼灼兮，碧色肅其芊芊。**師曰：**幾地，謂釋氏目第一地至第十地。修行言有漸也。**勇猛爲心極，****洙曰：**經云：猛勇精進。**清羸任體孱。****洙曰：**鋤連切，弱也。**洙曰：**陳書：姚察居憂，齊素日久。後主見察柴瘠，爲之動容，勑曰：卿羸瘠如此，齊菲累年，不宜一飯有乖將攝也。**金篦空刮眼，**篦，邊迷切。**鏡象未離銓。****洙曰：**一云「平等未難銓」。釋書涅盤經云：如目盲人爲治目，故造詣良醫，即以金篦刮其眼模。**師曰：**鏡象，言鏡中之象。未離乎相迹，要當悟豈達本，如得魚而忘其筌，乃爲善學道也。

送田四弟將軍將夔州柏中丞命起居江陵節度陽城郡王衛公幕**洙曰：**一云「夔府送田將軍赴江陵」。

〔一〕王中，疑當作「王巾」。
〔二〕青，疑當作「香」。

離筵罷多酒，起地發寒塘。回首中丞座，洙曰：見「周行獨座榮」注。趙曰：言田公所起發之地在夔州寒塘也。辭中丞而行猶回首，顧戀也。御史中丞謂之獨座。馳牋異姓王。洙曰：見「八哀臨淮江」詩注。趙曰：漢有異姓諸侯王也。燕辭楓樹日，趙曰：楚地多楓也，辭以言燕之去。鴈度麥城霜。空醉山翁酒，遥憐似葛强。洙曰：葛强，山簡愛將也。襄陽童謡曰「舉鞭向葛强，何如并州兒」是也。

垂白

一云「白首」。

垂白馮唐老，洙曰：見「名慚白首郎」注。清秋宋玉悲。趙曰：見宋玉九辨云：悲哉秋之爲氣也。江喧長少睡，樓迥獨移時。多難身何補，難，乃旦切。無家病不辭。趙曰：公携妻奴入蜀，而今句云無家，豈專以故鄉爲家者乎？甘從千日醉，洙曰：中山有酒，飲者一醉千日。玄石飲之，千日乃醒。師曰：張茂先博物志云：昔人有姓劉名玄石者，從中山酒家沽酒，酒家與之千日酒而忘語，歸數日尚醉，家人不知，以爲死，斂葬之。酒家忽悟，告之，發塚乃醒。未許七哀詩。洙曰：曹子建、王仲宣、張孟陽皆有七作。師曰：曹子建等七哀詩云：七哀，謂痛而哀，義而哀，感而哀，怨而哀，耳目見聞而哀，口歎而哀，鼻酸而哀。子建爲漢末征役别離婦人哀歎，故賦此詩。仲宣則哀漢室之亂，孟陽則前哀人事之遷變，後哀王室之漸亂，故其題皆曰七哀。

草閣

草閣臨無地，洙曰：頭陀寺碑：飛閣逶迤，下臨無地。柴扉永不關。洙曰：范彦龍：有客疑柴扉〔一〕。陶潛：門雖設而常關。魚龍迴夜水，洙曰：見「水落魚龍夜」注。竊觀「水落魚龍夜」，自是隴右有魚龍也。恐此魚龍非矣。田曰：正謬云：此詩乃夔州所作。舊注於下云隴，豈可言秦之魚龍川乎？按酈元水經曰：魚龍以秋日爲夜龍，秋分而降蟄，寢於淵，故以秋日爲夜也。星月動秋山。趙曰：漢武帝故事有「星辰動摇」之事。師曰：草閣、秋興詩乃夔州所作，豈可言秦之魚龍川乎？此二詩皆秋時，是以子美言「魚龍夜水」、「魚龍寂寞秋江冷」也。漢武故事曰：東方朔云：「星辰動摇，民勞之應。」久洙曰：一作「夕」。露晴洙曰：一作「清」。初濕，高雲薄未還。泛舟慚小婦，飄泊損紅顏。

江月

江月光如水，高樓思殺人。思，息吏切。洙曰：庾肩吾月詩：樓上徘徊月，窗中愁殺人。天邊長作客，老去一霑巾。洙曰：見月而感流落也。玉露團清影，洙曰：謝惠連：團團滿葉露。謝玄暉：猶

〔一〕疑，疑當作「款」。見杜集札記。

霑餘露團。**銀河没半輪。**洙曰：公月詩云：不遣銀漢落，亦伴玉繩横。**誰家挑錦字，**洙曰：别賦：織錦曲兮泣已盡，回文詩兮影獨傷。注：織錦爲回文詩以寄遠。**燭滅**洙曰：一作「滅燭」。**翠眉嚬。**蘇曰：鮑明遠古樂府：空閨燭初滅，撫懷嚬翠眉。

社日兩篇

九農成德業，洙曰：少皥氏以九扈爲九農正。**百祀發光輝。**洙曰：共工氏有子曰勾龍，能平水土，故祀以爲社。左傳：盛德者必百世祀。**報效神如在，**洙曰：謂祭神如神在。**馨香舊不違。**洙曰：左傳所謂「馨香無讒慝」也。**南翁巴曲醉，**蘇曰：晉初，南隱者自號南翁，人莫知來歷，因社日至衆會，上願聽巴歌，乞此一日醉。趙曰：公自言也。其在夔州，得稱南翁。**北鴈塞聲微。**趙曰：秋時鴈北向矣。**尚想東方朔，恢諧割肉歸。**洙曰：東方朔傳：伏日詔賜從官肉，太官丞日晏不來，朔獨拔劍割肉，謂其同官曰：「社日當蚤歸，請受賜。」即懷肉去。太官奏之，詔朔自責。朔曰：「拔劍割肉，一何壯也。割之不多，又何廉也。歸遺細君，又何仁也。」蘇曰：此社日詩所載乃是伏日，或云誤使事，或云大手筆，寓意而已。鮑曰：按十二諸侯年表：秦德公二年初，作伏祠社，磔狗四門。則祠社用伏日，此詩用伏日事，何疑。**陳平亦分肉，太史竟論功。**洙曰：陳平傳：里中社，平爲宰，分肉甚均。里父老曰：「善，陳孺子之爲宰。」平曰：「嗟乎，使平得宰天下，亦如此肉矣。」今日江南老，他時渭北**洙曰：**一作「水」。童。**洙曰：**公生於渭北，老於江南。歡娱看絶塞，涕淚落秋風。**趙曰：**公言流落於此，故涕淚在秋風之中落也。鴛鷺迴金闕，**洙曰：**鴛鷺，公卿也。**趙曰：**金闕，天子之闕。言貴人之自金闕迴者，誰念我也。誰憐病峽中。**洙曰：**公自傷也。

夔府書懷四十韻

昔罷河西尉，初興薊北師。**洙曰：**公召試集賢，授河西尉，不拜。而安禄山反。鮑明遠詩有「出自薊北門」。不才名位晚，**洙曰：**事見詩年譜。**蘇曰：**鄭洗：不才無遠見，致此名位迁，晚誤被恩私。敢恨省郎遲。**趙曰：**嚴武再爲東西川節度，辟公爲參謀，方爲尚書工部員外郎。扈聖崆峒日，**洙曰：**見「常思仙仗過崆峒」詩注。**趙曰：**肅宗幸平凉，公爲左拾遺，扈從乘輿矣。端居灩澦時。**洙曰：**謂居夔州也。灩澦已見上注。**趙曰：**謂今日寓居夔州。灩澦在瞿塘江中，故言夔。萍流仍汲引，樗散尚恩慈。散，蘇旱切。**洙曰：**萍之無根，任漂流也。樗散，莊子：樗櫟不材而壽者。公自言蹤迹萍流，仍爲人汲引，嚴公辟請也。不才而猶蒙恩，謂除京兆功曹不赴也。**蘇曰：**孔融：以樗散不才，尚賴恩慈之厚也。遂阻雲臺宿，**洙曰：**一作「靈臺」。宿，直宿也。後漢鍾離意傳：欒崧家貧爲郎，常獨直，言上無被枕，止食糟糠。帝夜入臺，輒見崧，問其故，甚嘉之。自此詔大官賜尚書以下朝夕食，給幃被皂袍，及侍史二人。趙曰：公以病不得歸直也。雲臺，南宮臺名。乃顯宗畫二十八將於南宮雲臺是也。常懷湛露詩。洙曰：湛露，天子宴諸侯詩。翠華森遠矣，洙曰：南都賦：望翠華之葳蕤。趙曰：翠華者，天子之旗也。白首颼淒其。洙曰：謝靈運詩：懷賢亦淒其。拙被林泉滯，生逢酒賦欺。文園終寂寞，洙曰：司馬相如拜爲孝文園令。漢閣自磷緇。洙曰：揚雄自投天祿閣。見「但取不磷緇」注。病隔君臣議，洙曰：公以病辭召。慚紆德澤私。趙曰：公被召命，以病不行，不參預國論，徒荷私恩也。揚鑣驚主辱，洙曰：漢書：主辱臣死。趙曰：鑣者，馬銜也。拔劍撥年衰。社稷經綸地，洙曰：時方艱難，有賴於經綸也。趙曰：公忠義之心爲之憤怒，乃拔劍慷慨，以撥遺年衰也。風雲際會期。洙曰：後漢：咸能偶風雲之會。血流紛在眼，洙曰：謂方事戰争也。趙曰：揚子：谷川流人之血。涕泗亂交頤。鮑曰：卞和泣玉於楚山下，三日三夜淚盡，繼之以血。黄祖涕泗交頤，仰天不能告。公自喻不見用也。四瀆樓船泛，洙曰：見「太常樓舡聲嗽嘈」注。趙曰：樓舡，大舟，所以載兵，所以運糧。漢有樓舡將軍。中原鼓角悲。洙曰：人心悲憤，故鼓角之聲亦悲爾。賊壕連白翟，洙曰：左傳有長狄、白狄。戰瓦落丹墀。洙曰：後漢：昆陽屋瓦皆落。先帝嚴靈寢，靈，一作「虚」。趙曰：指言肅宗也。空虚其寢。舊作「虚寢」，非。師曰：言肅宗收京，修寢廟也。宗臣切受遺。洙曰：蕭何傳：一代宗臣。公孫洪傳：受遺則霍光、金日磾。師曰：言受遺詔立代宗也。恒山猶突騎，洙曰：恒山，河北。遼海競張旗。洙曰：遼東也。田父嗟膠漆，洙曰：見「天下朋友皆膠漆」注。行人避蒺藜。趙曰：膠漆所以爲弓，誅求之多，則田父以供輸爲嗟也。鐵蒺藜所以禦馬，所在布蒺藜於地，而行人避之。周易：據于蒺藜。避蒺藜，言行道梗澀，如蒺藜之害。揔戎存大體，洙曰：揔戎，元帥也。時代宗爲帥。蘇曰：王衍揔戎握符，貴其持重，不可輕敵，使節制存其大體。降將飾卑詞。楚貢何年絶，洙曰：左傳：齊責楚曰：「爾貢苞茅不入。」見聞河北諸節度入朝歡喜口號詩注。堯封舊俗疑。洙曰：堯有可封之俗。蘇曰：作辨孟子云：堯、舜之民比屋可封。桀、紂之民比屋可誅。信如此説，則堯時諸侯滿天下，桀時大辟遍四海。故公所以疑之。長吁翻北寇，趙曰：指言安、使也[一]。一望卷西夷。趙曰：今有西夷之禍，一望思欲席卷之也。不必陪玄圃，趙曰：言己身以譬不必在朝列也。葛仙傳云：崑崙一曰玄圃，仙人所居耳。鄭曰：淮南子：崑崙山去地萬一千里，上有層城九重。或上陪之[二]，是謂闐風[三]。又倍之，爲懸圃。超然待具茨。洙曰：莊子徐無鬼：黄帝將見太蒐於具茨之山，至於襄城之野，七聖皆迷。遇牧馬童子問塗焉。在滎陽密縣東。凶兵洙曰：凶，一作「休」。鑄農器，洙曰：老子曰：兵者凶器，聖人不得已

[一] 使，疑當作「史」。
[二] 陪，疑當作「倍」。
[三] 闐，疑當作「閬」。

而用之。**趙曰**：公之望太平如此。傳所謂「銷鑄劍戟爲農器」也。**講殿闢書幃。洙曰**：東方朔傳：文帝集上書囊爲殿幃。**廟筭高難測，洙曰**：廟堂之籌筭也。高難測，假意以譏時無善謀者。**天憂實在兹。趙曰**：天子之憂每在比耳〔一〕，故後篇云：獨使至尊憂旰食，諸君何以答升平。**形容真潦倒，洙曰**：嵇康書云：潦倒麄疏。**答效莫支持。洙曰**：答效，猶報國也。**趙曰**：公之自傷無補也。**使者分王命，群公各典司。恐乖均賦歛，不似問瘡痍。洙曰**：喪亂之際，公私窘急，所分之命，所典之司，必未至於均賦斂、問瘡痍也。瘡痍，言民傷爾。**萬里煩供給，蘇曰**：張華：出師萬里，恐煩長安供給。**孤城最怨思。趙曰**：孤城，指言夔州。公雖寓居，而眼前所見當爲之傷矣。**緑林寧小患，洙曰**：後漢劉玄傳：諸亡命共攻離鄉，聚藏於緑林中。緑林山在今荆州當陽縣東北。**詠曰**：謂荆楚復亂也。**雲夢欲難追。洙曰**：韓信傳：信初之國，行縣邑，陳兵出入，有告信欲反。書聞，上患之，用陳平謀，僞遊於雲夢者。信果來朝，遂擒以歸。**趙曰**：憂藩鎮爲患也。**詠曰**：恐其難擒也。**即事須嘗膽，洙曰**：越勾踐既脱會稽之難，思有以報吴，出入嘗膽。**蒼生可察眉。洙曰**：言時多盜賊也。列子：却雍能視盜，察眉知之，千無一遺。**蘇曰**：東方朔言：蒼生憂樂，見其眉，事可察。近世注工部詩者妄引事，真可爲笑。**趙曰**：公意言蒼生爲盜賊之情，可得於

〔一〕比，疑當作「此」。見杜集札記。

眉睫之間，但當撫綏之，則不爲盜耳。議堂猶集鳳，洙曰：議，一作「義」。蜀都賦：議殿爵堂。蘇曰：班孟堅曰：高林論議者皆駕鳳騎鯨之士。貞觀是元龜。洙曰：言欲求治，當以貞觀爲元龜也。龜言有先知之靈爾。趙曰：議堂者，議論之堂也。猶集鳳，又申言廟堂諸公如鳳之集，欲除上所陳之患，但以貞觀爲龜鑑可也。處處喧飛檄，洙曰：左太沖詩云：邊城苦鳴鏑，羽檄飛京都。張景陽：常懼羽檄飛，神武一朝征。家家急競錐。洙曰：江淹書云：競錐刀之利。孝祥曰：其賦斂之急如此。蕭車安不定，趙曰：漢肅育傳〔一〕：哀帝南郡多盜賊，拜育爲太守，以育耆舊名臣，乃以三公安使車載育入殿中，受策曰：南郡盜賊爲害，朕甚憂之，以太守威信素著，故委之官，其爲民除害，安元元而已。舊注所引非特無義，又以蕭育爲望之，誤矣。蜀使下何之。洙曰：蕭望之爲郎，常有飛雉隨車飛翔。司馬相如爲郎使蜀，諭巴蜀父老。趙曰：公之詩意乃信今日遣使在寡誅求、除盜賊之事而已，非若相如諭蜀父老也。師曰：言朝廷遣人安撫之，猶不服，畢竟將何往，言無所逃也。釣瀨疏墳籍，洙曰：後漢：嚴光披羊裘釣澤中，後人名其釣處爲嚴陵瀨。疏墳籍，言典籍所稀載也。耕巖進弈棋。洙曰：揚子：谷口鄭子真不詘其志，耕於巖石之下，名震於京師。趙曰：此公自叙釣瀨，則以嚴陵自比。蓋陵釣於七里灘也。耕巖，則以鄭子真自比，蓋鄭子真耕於巖谷之下也。疏墳典，

〔一〕 肅，疑當作「蕭」。

進弈棋，乃閑曠而然。**地蒸餘破扇，**蘇曰：司空達：嶺南蒸濕，北人乍居，殊不宜風土，破扇常不釋手。**冬暖更纖絺。**洙曰：前覽物詩所謂「形勝有餘而風土惡」，此見之矣。趙曰：以夔之風土多暄也。**豺遘哀登楚，**洙曰：王仲宣七哀詩：西京亂無象，豺虎方遘患。又：南登灞陵岸，回首望長安。趙曰：乃是荆州之樓，此謂登楚哀。登楚者，哀登楚之人也。**麟傷泣象尼。**洙曰：史記：魯哀公西狩獲麟，孔子見之，曰：「吾道窮矣。」喟然嘆曰：「莫我知。」夫公道不行於時，故悲嘆若孔子之見麟也。趙曰：孔子之生，其父母禱之於尼丘，故名丘，字仲尼。而傳記又載孔子之首象其山，故公云。**衣冠迷適越，**趙曰：言欲離夔而南下，且未能，所以述適越。莊子曰：宋人資章甫而適諸越，越人斷髮文身，無所用之也。**藻繪憶遊睢。**洙曰：睢水也。漢武帝祀后土於睢水之上。夢符曰：右按陳孔璋與魏文帝書曰：遊睢、渙者，學藻繪之綵。傳云：睢、渙之間出文章。故其黼黻絺繡日月華蟲以奉宗廟服御焉。前漢書郊祀志：武帝立后土祠於汾陰。睢上音雖，此遊睢之字，當作「雖」。述異志曰：睢、渙二水，波文皆若五色，其人多文章，故名繢水。又九州要記曰：睢、渙之間出文章。天子郊廟御服出焉。尚書所謂「厥篚織文」者也。李善曰：睢、渙二水之名，其處能織藻繪錦綺，天子御服出焉。趙曰：睢水在南都，昔之宋州也。公少年嘗遊，故云憶也。**賞月延秋桂，**洙曰：沈休文：山中咸可悦，賞逐四時移。春光發隴首，秋風生桂枝。趙曰：三秋皆秋桂也。而非八月不足以當之。故定此篇爲八月作也。爲其當秋延賞，故曰秋桂。**傾陽逐露葵。**洙曰：曹子建表：若葵藿之傾太陽。**大庭終反**

樸，趙曰：幸天下之治平，反淳復樸也。大庭氏在莊子，與赫胥氏、粟陸氏相連，大率至德之世也。舊注便安排作神農之别號，非是。京觀且僵尸。洙曰：翟方進傳：語曰：古者伐不敬，取其鯨鯢，築武庫，封以爲大戮。於是乎有京觀，以懲淫慝。此左傳載楚莊王辭也。高枕虚眠晝，哀歌欲和誰。洙曰：左太冲：哀歌和漸離。謂若傍無人。南宫載勳業，洙曰：後漢：永平中，顯宗追感前世功臣，乃圖畫二十八將於南宫雲臺。凡百慎交綏。洙曰：左傳：交綏而退。蘇曰：此兩句深戒大臣及諸將欲功成圖像，當以交綏爲慎，勿輕使志之不堅，而後可也。師曰：自釣瀨以下乃子美自述。傾陽逐露，言慕君也。綏，乃車綏。慎交綏，當以兵爲可戒。

巫峽弊廬奉贈侍御四舅别之澧朗

江城秋日落，山鬼閉門中。行李淹吾舅，洙曰：行李，猶行使也。見上注。誅茅問老翁。屈原誅茅。赤眉猶世亂，洙曰：光武平赤眉之亂。青眼只途窮。洙曰：阮籍善爲青白眼，以白眼待俗客，青眼待佳客。傳語桃源客，人今出處同。洙曰：見「欲問桃花宿」注。趙曰：桃源，今之鼎州也。四舅之澧、朗，故因以問桃源客也。人則公自謂爾。師曰：桃源在澧，秦人避亂之所。子美以今世之亂，竄避荆楚，亦與秦人同出處也。

溪上

峽内淹留客，溪邊四五家。古苔生迮洙曰：一作「濕」。鄭曰：迮，側格切，迫也。地，秋竹隱疏花。塞俗人無井，洙曰：峽俗多引泉，或負水以自給。山田飯有沙。西江使舡至，時復問京華。洙曰：心未嘗忘王室也。蘇曰：王粲曰：「聞江西有使者船至，煩問洛陽消耗。」

樹間

岑寂雙甘樹，洙曰：鮑明遠舞鶴賦：去帝鄉之岑寂。婆娑一院香。交柯低几杖，垂實礙衣裳。滿歲如松碧，趙曰：言歲寒如松也。同時待菊黄。幾迴霑葉露，乘月上胡床。

八月十五夜月二首

滿目飛明鏡，歸心折大刀。洙曰：古詩：藁砧今何在，山上復有山。何當大刀頭，破鏡飛上天。謂殘月也。趙曰：延篤與李文德書「焕兮爛兮，其滿目」是也。庾信磨鏡詩：明鏡如曉月。師曰：唐吴競樂府古題要解：藁砧今何在？砧，砆也，問夫何處也。山上復有山，重山爲出字，言夫出不在也。何當大刀頭，刀頭有環，問夫何時還也。破鏡飛上天，言月半缺當還也。歸心折大刀，蓋子美旅泊巫山，中秋見月，心念還歸爾。題云「八月十五夜月」，又言明鏡而不言破鏡，即非殘月。**轉蓬行地遠，**趙曰：公自謂也。**攀桂仰天高。**趙曰：言月中桂也。劉安招隱士云：攀桂枝兮長淹留。**水路凝霜雪，林栖見羽毛。此時瞻白兔，直欲數秋毫。**洙曰：月中有白兔，以其明徹無所不照，故可數秋毫矣。蘇曰：元典秋夜望月，坐至中宵。人問其久坐，典曰：「仰瞻白兔，直欲數其秋毫耳。」

稍下巫山峽，猶銜白帝城。趙曰：稍下、猶銜，言月也。**氣沉全浦暗，輪仄半樓明。刁斗皆催曉，**刁，丁聊切。洙曰：刁斗，軍營中以警夜者。**蟾蜍且自傾。**洙曰：張衡靈憲云：夫月者，衆陰之精，積而成獸，象蟾兔。**張弓倚殘魄，不獨漢家營。**洙曰：軍營有偃月名。趙曰：時與吐蕃交兵，則張弓於夜，皆倚曉月之殘魄，不獨漢營爲然，虜營亦然。倚字使宋玉「長劍倚天外」之倚。

十六夜翫月

舊挹金波爽，洙曰：前漢：月穆穆以金波。**皆傳玉露秋。關山隨地闊，**秦曰：謂故鄉遠也。**河漢近人流。**洙曰：魏文帝：仰看明月光，天漢回西流。秦曰：謂夔州地高，去河漢爲近。**谷口樵歸唱，孤城笛起愁。巴童渾不寢，半夜有行舟。**

十七夜對月

秋月仍圓夜，江村獨老身。捲簾還照客，倚仗更隨人。光射潛虯動，洙曰：謝靈運：潛虯媚幽姿。明翻宿鳥頻。洙曰：樂府：月明星稀，烏鵲南飛。繞樹三匝，無枝可依。趙曰：宿鳥字出文選，言無定名。舊引「烏鵲南飛」，全不相干也。茅齋依橘柚，清切露華新。

翫月呈漢中王

夜深露氣清，江月滿江城。浮洙曰：一作「游」。客轉危坐，歸舟應獨行。關山同一照，烏鵲自多驚。洙曰：樂府：月明星稀，烏鵲南飛。欲得淮王術，風吹暈已生。鄭曰：暈，正問切，日月傍氣。洙曰：淮南子：月隨灰而暈闕。注云：以蘆灰環月，缺其一面，暈亦隨而缺。田曰：樂府關山月云：天寒光轉白，風生暈欲生〔一〕。

驅豎子摘蒼耳趙曰：蒼耳，今所謂羊負菜也。在詩則謂之卷耳。

江上秋已分，林中瘴猶劇。畦丁告勞苦，洙曰：畦丁，種田者也。猶今之佃民。無以供日

〔一〕風生，疑當作「風多」。見杜集札記。

夕。**蓬莠猶不燋，**蘇曰：久旱不雨，王戎出郊語父渾曰：「炎歊赫赫，嘉蔬盡槁。禾黍枯悴，蓬蒿猶莠，獨不焦旱。豈造物之私耶？」父駭其言而異之。**野蔬暗泉石。卷耳況療風，**洙曰：見本草。蘇曰：寵濟：昨使畦丁去摘卷耳，得滿筐筥者，此物療風氣，故分贈友人。**童兒且時摘。**洙曰：一云「童僕先時摘」。**浸星驅之去，爛熳任遠適。放筐亭午際，洗剥相蒙羃。**趙曰：洗其土，剥其毛。**登床半生熟，**趙曰：登食床也。或作「生菜」，或作「熟菜」。**下筯還小益。**趙曰：小益，謂療風也。**加點瓜薤間，依稀橘奴跡。**洙曰：李衡以橘爲木奴，故江左有橘奴號。**亂世誅求急，黎民糠籺窄。**夢符曰：右按前漢書陳平傳：或謂平：「何食而肥若是？」其嫂疾平之不視家生産，曰：「亦食糠覈耳。」晉灼曰：覈音紇，京師人謂麄屑爲紇頭。**飽食復何心，荒哉膏梁客。**夢符曰：右按唐柳芳氏族論曰：三世有三公者，曰膏梁。有令僕者，曰華腴。**富家厨肉臭，戰地骸骨白。**洙曰：言天下荒亂饑饉薦仍，而在位者無救恤之意。**寄語惡少年，黄金且休擲。**洙曰：燕太子者得荆軻，與之臨池，軻以瓦抵鼃，太子命捧金以進。軻用抵之，又進。軻曰：「非爲太子愛金，乃臂痛爾。」趙曰：梁元帝古意詩：中有惡少年，伎能專自得。

詠懷古跡五首

支離東北風塵際，洙曰：莊子人間世：支離疏。注云：形體支離不全貌。蘇曰：徐懿老年病體支離，漂泊萬里，又值西北風塵。趙曰：言祿山之亂時在賊也。公之在賊，或住河陽，或趨行在，或居秦，或居同谷，是爲東北風塵也。漂泊西南天地間。洙曰：漂泊，言無定止。趙曰：言其入蜀往來東、西川，且在夔也。三峽樓臺淹日月，洙曰：三峽，謂瞿唐、巫山、黄牛也。趙曰：夔之上游則月峽，下游則巴峽、巫峽，此三峽也。五溪衣服共雲山。洙曰：五溪，蠻夷所居，馬援所征之地。衣服，言異制也。共雲山，言與之雜居。夢符曰：右按後漢：武威將軍劉尚擊武陵五溪蠻夷。注：酈元注水經云：武陵有五溪，謂雄溪、樠溪、酉溪、潕溪、辰溪，悉是蠻夷所居，故謂五溪蠻。皆盤瓠之子孫也。土俗「雄」作「熊」，「樠」作「朗」，「潕」作「武」，今在辰州界。羯胡事主終無賴，洙曰：祿山負恩也。無賴，言無所倚賴。詞客哀時且未還。洙曰：公自言傷時也。庾信平生最蕭瑟，暮年詩賦動江關。洙曰：周書：庾信字子山，雖位望通顯，常有鄉關之思，乃作哀江南賦，以致其意。其辭略云：壯士不還，寒風蕭瑟。

搖落深知宋玉悲，洙曰：宋玉，一作「爲主」。九辨云：悲哉秋之爲氣也，蕭瑟兮草木摇落而變衰。又曰：竊獨悲此凛秋。風流儒雅亦吾師。蘇曰：江總曰：宋玉不惟文章亘絶，風流儒雅，自可爲後生師範。趙曰：言風流以樂廣、王衍爲首，儒雅則公孫洪、董仲舒。悵望千秋一灑淚，洙曰：謝靈運詩：灑淚眺連崗。蕭條異代不同時。洙曰：漢文帝見相如上林賦，恨不與之同時。江山故宅空文藻，洙曰：哀江南賦：誅茅宋玉之宅。趙曰：今公殊在夔，所賦詩乃言歸州宅耳。雲雨荒臺豈夢思。洙曰：爲玉曾賦陽臺事也。**趙曰**：宋玉所言「朝雲行雨」，託興以言夢中事。公詩言荒臺之雲雨，豈是夢思乎？詳並見上注。**最是楚宮俱泯滅，舟人指點到今疑。** **洙曰**：疑神女之事也。**趙曰**：此言楚之所謂高唐觀、朝雲廟者無有矣。後人亦疑其當時之有無，亦未可知也。

群山萬壑赴荆門，生長明妃尚有村。 **洙曰**：歸州有昭君村，下有香溪，俗傳因昭君而草木皆香，故曰香溪。**一去紫臺連朔漠，** **洙曰**：江淹恨賦：若夫明妃去時，仰天太息，紫臺稍遠，關山無極。摇風忽起，白日西匿。隴鴈少飛，岱雲寡色。望君子兮可期，終蕪絶於異域。**蘇曰**：王昭君臨行，掩淚曰：「使妾別紫臺椒房，和親朔漠，大將軍寧無愧恥乎？」**獨留青塚向黄昏。** **洙曰**：昭君墓也。**夢符曰**：右按圖經：昭君臺，興山山南二里。漢掖庭待詔王嬙，字昭君，南郡秭歸人。舊注云：邑人閔昭君不回，立臺以祭焉。今有昭君村。又琴操：昭君伏毒而死，單于舉葬之。胡中多白草，而此冢獨青。**田曰**：單于既死，子達立。昭君謂達曰：「將爲漢，將爲胡？」曰：「爲胡。」於是昭君服毒而死。單于舉國葬之。胡中多白草，而此冢獨青。前代詩人爲作歌詩以弔之。**畫圖省識春風面，環珮空歸月夜魂。** **蒼舒曰**：漢元帝宮人頗多，嘗令畫工圖之，有欲呼者，披圖以召。故宮人多行賂於畫工。王昭君姿容甚麗，無所苟求，工遂毀其狀。後匈奴求美女，帝以昭君充行，既召見，帝悦之，而名字已去，遂不復留。帝怒，殺畫工毛延壽。**千歲琵琶作胡語，分明怨恨曲中論。** **洙曰**：昭君初適匈奴，在路愁怨，遂於馬上彈琵琶以寄其恨，至今傳之，謂之昭君怨。**夢符曰**：釋名：推手向前曰琵，却手向後曰琶。因以爲名。漢遣烏孫公主，念其行道，使知音者馬上奏琵琶，以慰之。歸州有昭君村。趙曰：若魯變詩「一曲琵琶馬上彈，恨聲飛入單于國」是也。

蜀主窺吴幸三峽，崩年亦在永安宫。洙曰：劉先主以孫權襲關羽之故，東征三吴，爲將陸議所破於秭歸〔一〕，步歸魚復，改爲永安，遂卒於永安。鄭曰：十道志：夔州永寒宫，劉備作，在豐溪南。翠華想像空洙曰：一作「寒」。山裏，洙曰：翠華軍蓋想像猶髣髴。趙曰：翠華，天子之旗也。先主即皇帝位，故得用翠華字也。玉殿虚無野寺中。洙曰：山有卧龍寺，先主祠在焉。古廟杉松巢水鶴，歲時伏臘走村翁。洙曰：言民猶祭祀。武侯祠屋長鄰近，一體君臣祭祀同。洙曰：注見武侯廟。注又云：公自注云：殿今爲寺廟，在宫東。

諸葛大名垂宇宙，洙曰：謂孔明之名垂於天下。宗臣遺像肅清高。洙曰：漢以蕭何爲宗臣，以功業爲時所宗尚也。言孔明勳烈見於後世者，亦可擬蕭何。三分割據紆籌策，洙曰：三分謂魏、吴、蜀。當時孔明多籌策。萬古雲霄一羽毛。洙曰：言聲名飛揚，獨步萬古。趙曰：以高飛鳥喻之也。伯仲之間見伊吕，洙曰：孔明佐蜀，瑾佐吴，俱受重任。而孔明又受顧託。趙曰：言孔明在二公之間也。魏文帝論

〔一〕陸議，疑當作「陸遜」。

傅毅之於班固，伯仲之間耳。指揮若定失蕭曹。洙曰：謂功垂成而亮薨。福移漢祚難恢復，洙曰：大福不可再。志決身殲軍務勞。鄭曰：殲，子廉切，滅也。洙曰：孔明在軍，罰二十已上皆親覽。

九月一日過孟十二倉曹十四主簿

藜杖侵寒露，蓬門啓曙煙。力稀經樹歇，老困撥書眠。秋覺追隨盡，來因孝友偏。趙曰：言今來孟氏家，因重其兄弟孝友偏篤也。清談見滋味，爾輩可忘年。洙曰：爲忘年之契也。趙曰：禰衡始弱冠，孔融年四十，爲忘年。

過客相尋

窮老真無事，江山已定居。地幽忘盥櫛，洙曰：地幽故得遂疏慵也。客至罷琴書。惟以琴書自樂也。挂壁移筐果，呼兒問煮魚。洙曰：樂府：呼兒烹鯉魚。時聞繫舟檝，及此問吾廬。洙曰：陶潛：吾亦愛吾廬。趙曰：公自言凡有舟楫過往，必來見之也。

孟倉曹步趾領酒醬二物滿器見遺老夫 **趙曰**：夏侯湛賦：詁朝之暇[一]，步趾前廡。

楚岸通秋屐，胡床面夕畦。藉糟分汁滓， **洙曰**：酒德頌：枕麴藉糟。後漢樊儵傳：歲獻甘醪膏餳。注：醪，醇酒，汁滓相將也。**趙曰**：劉伶酒德頌言枕麴藉糟也。周禮正[二]：二曰醴齊。云：醴，由體也，成而汁滓相將，如今恬酒矣。**甕醬落提携。飯糲添香味，** **趙曰**：麄糲之飯也。**朋來有醉泥。理生那免俗，** **洙曰**：竹林七賢傳：阮咸曰：「未能免俗。」**方法報山妻。** **師曰**：酒醬乃生計日用之物，不免求所造之方法，以告其家人也。故云「方法報山妻」。

課小豎鉏斫舍北果林枝蔓荒穢净訖移床三首 **洙曰**：一云「秋日閑居」。

病枕依茅棟，荒鉏净果林。背堂資僻遠，在野興清深。山雉防求敵， **洙曰**：詩：雉鳴求牡。**趙曰**：雉性强而善鬭。**江猿應獨吟。** **趙曰**：應，平聲。以鉏斫果林荒穢，净其枝蔓，則猿來者少，應有獨吟而已。**洩雲高不去，** **洙曰**：見「洩雲蒙清塞」注。**隱几亦無心。** **洙曰**：莊子：東郭子綦隱几，答然似喪其耦。注言「心形兩忘」也。

[一] 詁，疑當作「詰」。見杜集札記。

[二] 「正」前疑闕「酒」字，當作「周禮酒正」。

衆壑生寒早，長林卷霧齊。青蟲懸就日，朱果落封洙曰：一作「成」。泥。洙曰：以泥封其接枝也。薄俗防人面，洙曰：人，一作「狸」。左傳：人心不同如面。蘇曰：使人面獸心之義。舊引左氏「人心不同如其面」焉。止其面之不同，於防字無義。全身學馬蹄。洙曰：莊子有馬蹄篇，言齕草飲水，適足其身，馬之真性。有善治馬者出，則馬失真性而不得盡其生也。趙曰：所謂馬蹄可以踐霜雪，毛可以禦風寒，齕草飲水，翹足而陸，此馬之真性也。吟詩坐迴首，隨意葛巾低。

籬弱門何向，趙曰：言籬觸處損壞，門無定向也。沙虛岸只洙曰：一作「自」。摧。日斜魚更食，客散鳥還來。寒水光難定，秋山響易哀。天涯稍曛黑，洙曰：謝靈運詩：朝遊窮曛黑。倚杖更徘徊。蘇曰：陶侃每見山水佳麗之地，莫不怡然倚杖徘徊，至興罷則已。

峽口二首

峽口大江間，洙曰：一作「闊」。西南控百蠻。洙曰：施、黔，五溪之蠻也。城欹連粉堞，鄭曰：達協切，城上垣。岸斷更青山。開闢當洙曰：一作「多」。天險，洙曰：天設之險也，言險因開闢而後通爾。防隅一水關。洙曰：峽口有關，斷以鐵鏁。亂離聞鼓角，秋氣動衰顏。趙曰：以身逢亂離，聞鼓角聲，所以感動衰顏也。

時清關失險，世亂戟如林。去矣英雄事，荒哉割據心。洙曰：當公孫述、劉備之際，夔爲要衝。趙曰：皆以英雄而割據一隅也。蘆花留客晚，楓樹坐猿深。疲薾煩親故，薾，乃結切。蘇曰：麻緗隱居終南山不仕，常有親知見緗，緗曰：「疲薾之人，何煩親故生來存問。」諸侯數賜金。數，色角切。洙曰：言多得諸侯贈遺也。蒼舒曰：主人中丞頻分明俸。趙曰：公自注云：主人柏中丞頻分明俸。蓋節度，古諸侯也。因言諸侯所貽之金，得稱賜金。

村雨

雨聲傳兩夜，寒事颭高秋。挈一作「攬」。帶看朱紱，洙曰：公任郎官，故朱紱。開箱覩黑裘。洙曰：蘇季不得用，而貂裘弊黑。趙曰：以雨之故，恐其邑醭故也。世情只益睡，洙曰：世態凋弊，不可瞻想，莫若自隱於睡爾。趙曰：亦以雨悶，思及世情，惟睡而已。盜賊敢忘憂。洙曰：所憂者盜賊未平。松菊新霑洗，茅齋慰遠遊。

寒雨朝行視園樹

柴門雜樹向千株，丹橘黃甘此地無。趙曰：江南種橘，江北成枳，則知甘橘惟楚地之所有耳。

江上今朝寒雨歇，籬中秀洙曰：一作「邊新」。色畫屏紆。桃蹊李徑年雖故，洙曰：李廣贊：諺曰：桃李不言，下自成蹊。師古曰：蹊爲徑道也。言桃李以其華實之故，非有所召呼，而人争歸趣，來往不絶，其下自然成徑。以喻人懷誠信之人，故能潛有所感。梔子紅椒豔色殊。洙曰：一作「豔復殊」。鑠石藤梢元自落，到天松骨見來枯。林香出實垂將盡，葉蔕辭枝洙曰：一作「柯」。不重蘇。愛日恩光蒙借貸，洙曰：冬日可愛。清霜殺氣得憂虞。洙曰：釋名云：霜者，喪也。其氣慘毒，物皆喪也。趙曰：仲秋之月，殺氣浸盛。衰顔動覓藜床坐，洙曰：管寧家貧，坐藜床欲穿，爲學不倦。緩步仍須竹杖扶。洙曰：費長房投竹杖於葛陂，化龍而去。散騎未知雲閣處，啼猿僻在楚山隅。洙曰：潘安秋興賦：寓直於散騎之省，高閣連雲。趙曰：今公以别無官署，故言未知雲閣處，止在猿啼之地耳。

偶題

文章千古事，得失寸心知。趙曰：言文章垂不朽之事，其得其失，蓋吾心自知之。作者皆殊列，名聲豈浪垂。洙曰：言以文章名，必有所長也。騷人嗟不見，洙曰：世之言文章者，謂文至於齊、梁之間，變而爲風、騷矣。趙曰：指言屈原、宋玉也。文章之祖起於騷，嗟不見，則屈、宋遠矣。漢道盛於斯。洙曰：漢文章深厚有古人之風。趙曰：言漢有司馬遷、相如、劉向、王褒之屬，傷今不復見古人也。師曰：文章惟漢爲渾厚森嚴，故曰：漢道盛於斯，心從弱歲疲。**前輩飛騰入，餘波綺麗爲。**洙曰：綺麗，騷人之作也。趙曰：文章至於綺麗，乃騷、雅之末流矣。故謂之「餘波」。**後賢兼舊利，**洙曰：利，一作「列」。後之作者兼騷人之體也。**歷代各清規。**趙曰：所謂遞相祖述也。**法自儒家有，心從弱歲疲。**趙曰：公自謂也。吾之用心，自弱冠時疲苦至今也。**永懷江左逸，**洙曰：江左，晉元帝渡江所都也。阮籍之流，文多尚逸。趙曰：江左則嵇、阮、鮑、謝之徒。文選多採取焉，故公永懷之。**多病**洙曰：一作「謝」。**鄴中奇。**洙曰：鄴，魏所都。文帝好文，故作者多尚奇。江文通云：關西、鄴下既已罕同，河外、江南嶺爲異法[一]。**騄驥皆良馬，麒麟帶好兒。**趙曰：麒麟之子仍是麒麟，故云「帶好兒」。**車輪徒已斲，**洙曰：莊子：桓公讀書，輪扁以爲聖人之糟粕。桓公曰：「寡人讀書，輪人安得議乎？」輪扁曰：「以臣之事觀之。夫斲輪，徐則甘而不固，疾則苦而不入，不徐不疾，得之於手，應之於心，口不能言，有數存焉於其聞[二]。臣不能以喻臣之子，臣之子亦不得受之於臣。是以行年七十而老斲輪。古人之與其不可傳也，死矣。然則君之所讀者，古人之糟粕已。」陸士衡文賦：是蓋輪扁所不得言，故非華説之所能精也。**堂構惜仍虧。**洙曰：書曰：若考作室，既底法，厥子乃弗肯堂，矧肯構。**謾作潛夫論，**洙曰：後漢：王符字節信，隱居著書三十餘篇，以譏當時失得，不

[一] 嶺，疑當作「頗」。見杜集札記。

[二] 聞，疑當作「間」。

欲章顯其名，故號曰潛夫論。虛傳幼婦碑。洙曰：曹操與楊脩讀曹娥碑，陰有八字，曰：「黃絹幼婦，外孫虀臼。」脩解得，操行三十里乃悟，云：「黃絹是色絲，絶字也。幼婦，少女，少女妙字也。外孫，女子，女子好字也。虀臼，受辛之器，受辛辭也。言絶妙好辭。」與楊合。操曰：「有智無智，校三十里。」緣情慰漂蕩，洙曰：文賦：詩緣情而綺靡。抱疾屢遷移。經濟慚長策，洙曰：言無經濟之才。趙曰：公雖爲自謙，蓋亦自傷於不用也。飛棲假一枝。洙曰：鷦鷯賦：巢不過一枝。左太冲：巢林棲一枝，可爲達士模。塵沙傍蜂蠆，鄭曰：傍，蒲浪切，近也。江峽繞蛟螭。洙曰：蜂蠆、蛟螭，皆毒物也。言避患難不暇耳。趙曰：言棲托於夔州之地如此，非有譬托。蕭瑟唐虞遠，洙曰：沈休文論：虞夏以來，遺文不覩。趙曰：歎治古之復見。聯翩楚漢危。洙曰：江文通雜體詩序：夫楚謠漢風，既非一體，製魏晉造[一]，固亦二體。趙曰：傷戰爭之不能安。聖朝兼盜賊，洙曰：胡虜爲中原之亂也。趙曰：言前有安、史，今有吐蕃是也。異俗更喧卑。洙曰：公北人而在南，故呼楚人爲異俗。喧卑，囂雜貌。鬱鬱星辰劍，洙曰：張華夜登樓，望見牛斗間有異氣，乃鄷城寶劍也。蒼蒼雲雨池。洙曰：周瑜傳：蛟龍得雲雨，恐非池中物。華曰：此二句子美自喻，失其所也如此。兩都開幕府，洙曰：兩都，東京、西京也。幕府，謂元帥也。萬宇插軍麾。洙曰：

[一] 製魏，疑當作「魏製」。見杜集札記。

謂天下用兵也。南海殘銅柱，**洙曰**：馬援勒功銅柱。**趙曰**：言在南亦有侵犯者。馬援征南時，立銅柱而勒功其上也。**師曰**：恨無人立功如馬援也。東風避月支。**洙曰**：匈奴傳：東胡强而月氏盛。**趙曰**：以比吐蕃也。**師曰**：言避吐蕃之難也。音書恨烏鵲，**洙曰**：西京雜記：乾鵲噪而行至。**趙曰**：恨烏鵲之不信也。號怒怪熊羆。**洙曰**：苦寒行：熊羆對我蹲。**趙曰**：言夔州山居之所有也。稼穡分詩興，**洙曰**：役於營生，不暇吟詠也。柴荆學士宜。**洙曰**：習其風俗也。故山迷白閣，秋水憶黄陂。**洙曰**：白閣、黄陂，關中山水。**趙曰**：白閣，則終南山相附之山。皇陂，則皇子陂也。舊以爲黄陂，誤矣。不敢要佳句，要，伊逍切。愁來賦别離。**趙曰**：言夫鄉國之遠也。

雨晴

雨晴山不改，晴罷峽如新。**洙曰**：言陰晴在雨而不在山也。天路休殊俗，秋江思殺人。有猿揮淚盡，**洙曰**：荆州記曰：巴東三峽長，猿聲中啼，至三聲，聞者垂淚。無犬附書頻。**洙曰**：犬爲陸機送書也。**趙曰**：陸機有犬曰黄耳，在洛中，使附書歸江左也。故國愁眉外，長歌欲損神。**蘇曰**：蔡琰曰：故國迢遞，回首愁眉之外。

晚晴吴郎見過北舍

圃畦新雨潤，**洙曰**：新，一作「佳」。媿子廢鉏來。竹杖交頭柱，**趙曰**：費長房投竹杖於葛陂，化龍而去。柴扉隔徑開。**蘇曰**：顔延年過陳拱，時秋暮，拱呼童婦遝開門，談論如鮫珠落盤，琅琅可愛。**趙曰**：范彦龍詩：有客款柴扉。欲栖群鳥亂，未去小童催。明日重陽酒，相迎自醱醅。**洙曰**：開酒也。**鄭曰**：上普活切，醱醅，酘酒。下匹才切，未醑酒。

王狀元集百家注編年杜陵詩史二十七卷

王狀元集百家注編年杜陵詩史二十八卷

大曆二年秋在夔所作

解悶十二首

草閣柴扉星散居，**趙曰：**庾信寒園即目詩：寒園星散居。**師曰：**夔地多山少平居，人傍山，故星散。浪翻江黑雨飛初。**洙曰：**鮑昭：翻浪揚白鷗。山禽引子哺紅果，溪友**洙曰：**一作「女」。得錢留白魚。**師曰：**得錢不論其價，知魚賤也。

商胡離別下揚州，憶上西**洙曰：**一作「蘭」。陵故驛樓。爲問淮南米貴賤，**蘇曰：**王褒：「淮南米價貴賤，吾欲東下。」老夫乘興欲東流。**趙曰：**因其行而問淮南米價，公欲儘南下也。

一辭故國十經秋，每見秋瓜憶故丘。**洙曰：**一作「侯」。長安東門瓜絶美，乃邵平故事。**趙曰：**邵平種瓜長安東門也。公長安人，故有懷鄉之詩。今日南湖采薇蕨，何人爲覓鄭瓜**洙曰：**一作「袁」。州。**洙曰：**公自注：今鄭秘監審。**趙曰：**言鄭必有瓜州之命，或舊曾守瓜州，故云。**師曰：**瓜州，金陵之别號。鄭審乃公故人也。

沈范早知何水部，洙曰：謂水部郎中薛據。沈約、范雲見「能詩何水部」注。**曹劉不待薛郎中。**洙曰：曹子建、劉幹[一]、薛據也。趙曰：若薛據者，恨不與曹子建、劉楨同時。**獨當省署開文苑，**師曰：子美以文章爲己任，故云。**兼泛滄浪學釣翁。**趙曰：言薛前在省部，今在荆南，有江湖之樂，斯爲學釣翁。

李陵蘇武是吾師，洙曰：世之言五言詩始於蘇武、李陵。**孟子論文更不疑。**蘇曰：顔延年云：「李陵、蘇武句注可師，餘區區輩不足數。」南子端：「論文究理，惟孟軻之書使人不疑。」趙曰：指孟雲卿也。魏文帝有論文篇。末句專言孟雲卿。**一飯未曾留俗客，**蘇曰：陶侃未嘗延俗客。**數篇今見古人詩。**蘇曰：校書郎孟雲卿。

復憶襄陽孟浩然，清詩句句盡堪傳。即今耆舊無新語，蘇曰：殷湛曰：「曹、劉泯跡，文章無宗師。觀耆舊區區於毫楮間，倔奇新語，何後生者敢爾爲也。」**謾釣槎頭縮項**洙曰：一作「頸」。**鯿。**卑連切。洙曰：浩然，開元時人。詩云：梅花殘臘月，柳色半春天。鳥泊隨陽鴈，魚藏縮項鯿。又云：試垂竹竿釣，果得查頭鯿。鯿魚也。楚人云：長腰粳米縮頭鯿。魚爲美味也。趙曰：言今耆舊之間不復造新語，以言鯿魚，但謾釣之而已。習鑿齒襄陽耆舊傳云：漢水中鯿魚甚美，禁人捕，以槎斷水，因謂之槎頭鯿。

[一]「劉」後疑闕「公」字，當作「劉公幹」。

陶冶性靈存底物，洙曰：詩能陶冶情性。修可曰：梁鍾嶸評阮嗣宗詩無彫蟲之工，而詠懷之作可以陶冶靈性幽思。趙曰：言用何物以爲陶冶性靈者，惟有詩而已。故下句「自長吟」。**新詩改罷自長吟。**蘇曰：謝惠連改改詩既罷〔一〕，無知音者，遇好句自吟而已。**熟知二謝將能事，**洙曰：玄暉、靈運。趙曰：熟知者，稔熟之熟也。公言其稔熟知謝靈運、謝惠連將作此詩爲能事。**頗學陰何苦用心。**蘇曰：梁術云：陰鏗、何遜文章傑出諸公，用心太苦。趙曰：陰則陰鏗，何則何遜。苦用心，則不苟且爲心矣。

不見高人王右丞，鄭曰：本注云：相國縉。**藍田丘壑蔓寒藤。**趙曰：右丞王維也，有别墅在藍田，所謂輞川也。**最傳秀句寰區滿，未絶風流相國能。**洙曰：唐書王維傳：維字磨詰，開元中擢進士第。乾元中，轉尚書右丞。以詩名，盛於時，尤長五言詩。晚年得宋之問藍田别墅，墅在輞口，水周於舍下，竹洲花塢，與道友裴迪浮舟往來，彈琴賦詩，嘯歌終日。嘗聚其田園所爲詩，號輞川集。代宗時，弟縉爲宰相。代宗好文，求維文，縉編綴得四百餘篇，上之。趙曰：王維能詩，號輞川集，行於世。其弟相國縉。本傳云：少好學，與兄維俱以名聞。

先帝貴妃俱寂寞，荔枝還復入長安。洙曰：楊貴妃傳：妃嗜荔枝，必欲生致之，乃置騎傳送數千

〔一〕改，其一疑爲衍文。見杜集札記。

里，味色未變，至京師。炎方每續朱櫻獻，趙曰：禮記：仲夏之月，天子以含桃先薦寢廟。今云「朱櫻獻」，則亦南方之所貢也。玉座應悲白露團。洙曰：謝玄暉詩：玉座猶寂寞，況乃妾身輕。脩可曰：唐史遺事云：乾元初，明皇幸蜀回，嶺南進荔枝，上感念楊妃，不覺悲慟。師曰：高力士於御座傍設位享之，上稍蘇息。

憶過瀘戎摘荔枝，青楓隱映石逶迤。京華應見無顏色，趙曰：君指言荔枝也。紅顆酸甜只自知。洙曰：蜀無荔枝，惟戎、瀘最多，蓋荔枝常生於嵐瘴之地也。師曰：瀘、戎二州名。蜀蜀荔枝譜云〔一〕：廣南及梓、夔之間所出，大率早熟，肌肉薄，其味甘酸。其精好者近比閩中之下品。戎州圖載：郡國志云：僰人住西夷中，多以荔枝爲業，園植萬株，樹收百斛，故戎州有荔枝園户。

翠瓜碧李沉玉甃，洙曰：玉甃，井也。魏文帝書有云：浮甘瓜於清泉，沉朱李於寒水。赤梨葡萄寒露成。可憐先不異枝蔓，此物娟娟長遠生。趙曰：此物，言荔枝也。可憐先與荔枝不異枝蔓，他處所有，而此物長於遠地，娟娟然生，所以嘆異之也。

側生野岸及江蒲，不熟丹宮滿玉壺。趙曰：此篇山谷云：亦貢荔枝之什。蜀都賦：側生荔枝江蒲。則自戎、僰而下，例以畝爲蒲，今官私契約皆然，因以押韻。丹宮，神仙之宮，以比禁苑。玉壺，珍貴之器，

〔一〕蜀，其一疑爲衍文。

以言至尊之奉。惟其不熟丹宮而滿玉壺，所以求之於遠也。**雲壑布衣鮐背死，勞生**洙曰：謝師厚云：生，當作「人」。**重馬翠眉須。**洙曰：重，當作「害」。須，一作「疏」。定功曰：此一絶亦言荔枝。歐陽公本作「勞人害馬翠眉須」。蜀都賦有曰：卬竹緣嶺，菌桂臨崖。旁挺龍眼，側生荔枝。布緑葉之萋萋，結朱實之離離。按，楊貴妃嗜荔枝，必欲生置，乃置騎曉夜傳至京師，色未變。駢召至於老死山谷間，故曰勞人害馬也。翠眉，指貴妃也。

復愁十二首洙曰：此詩十二首，多感時事而言，故無傳信者則闕之，以竢有聞。

人煙生處僻，洙曰：一云「遠處」。趙曰：曹子建：千里無人煙。**虎跡過新蹄。野鵰翻窺草，**蘇曰：董卓每視漢獻帝如野鶻之窺深草，蓋其禽心自視無異也。工部作是句，深得體法。**村船逆上溪。**

釣艇收緡盡，昏鴉洙曰：一作「鷗」。**接翅稀。月生初學扇，雲細不成衣。**洙曰：初學扇，謂未甚圓也。不成衣，言細也。趙曰：李義甫詞：鏤月成歌扇，裁雲作舞衣。

萬國尚防寇，故園今若何。蘇曰：楊震：故園今復如何？趙曰：故園，指長安也。**昔歸相識少，早已戰場多。**

身覺省郎在，趙曰：公任工部員外郎，故云。**家須農事歸。年深荒草徑，老恐失柴扉。**

金絲鏤箭鏃，皂尾製旗竿。一自風塵起，猶嗟行路難。洙曰：金絲箭、皂尾旗，皆胡服也。貞觀銅牙弩，田曰：南越志云：龍川，唐時常有銅弩牙流出水，皆銀黃彫鏤，取之以製弩。開元錦獸張。趙曰：書曰：若虞機張。則所謂錦獸張者，亦弩之物耳。花門小前洙曰：一作「箭」。好，此物棄沙場。師曰：唐六典注：釋名曰：弩，怒也。有弩怒也。其柄曰臂，似人臂也。鉤弦曰牙，似牙齒也。牙外曰郭，爲牙之規郭也。合名之曰機，如門户樞機，開闔有節也。父老云：蓋越王弩營也。錦獸張，設射侯也。花門，乃回紇。

胡虜何曾盛，干戈不肯休。閭閻聽小子，談笑覓封侯。趙曰：此篇公蓋憤生事邀功、濫冒榮寵者矣。雖閭閻小人，亦説取封侯也。

今日翔麟馬，夢符曰：右按唐志：翔麟，廐名。續通典：内有飛龍、翔麟、鳳苑、鵷鸞、告良、六群等大廐。先宜駕鼓車。洙曰：漢文以千里馬駕鼓車。無勞問河北，諸將覺洙曰：一云「角」。榮華。趙曰：言此馬不勞問，惟河北諸將角勝於榮華而已。

任轉江淮粟，蘇曰：董莋：轉江湖淮浙粟，以實河北。休添苑囿兵。由來貔虎士，不滿鳳凰城。趙曰：責天下勤王而已，不在京城之兵多也。

江上亦秋色，火雲終不移。趙曰：餘熱猶在也。巫山猶錦樹，南國且黃鸝。

每恨陶彭澤，無錢對菊花。如今九日至，自覺酒須賒。**洙曰**：陶潛九日無酒，採菊盈把，遠望，有白衣人携酒來，乃王弘使人送酒至，遂醉而歸。

病減詩仍拙，吟多意有餘。莫看江總老，**洙曰**：江總，陳後主狎客也。陳破，歸隋，後歸老江南。**趙曰**：按江總傳：總尤工五言律詩。而不及江總，蓋公亦喜其詩矣。猶被賞時魚。**師曰**：江總，陳後主狎客也。陳破歸隋，後復歸江南。子美以身未歸故鄉，故託江總以自比，言揔雖易主，得歸，猶不若子美流落而有銀魚之賜。子美檢校工部，朱紱銀魚。

南極

南極青山衆，**趙曰**：南極，星名。老人之南極也。晉天文志：南極在井、柳之中，正是南方之星，故云。於夔州詩可用矣。西江白谷分。古城疏落木，荒戍密寒雲。**洙曰**：顏延年詩：憔悴征戍勤。又：故國多喬木，空城凝寒雲。曹顔遠：落落卉木疏。歲月蛇常見，**蘇曰**：景二年，冬蛇見，不蟄，乃政令失時。風飈虎忽聞。近身皆鳥道，殊俗自人群。睥睨登哀柝，**洙曰**：宣十二年傳：守陴者皆哭。注：陴，城上睥睨也。**鄭曰**：睥，匹詣切。睨，研計切。城上女牆。柝，撻各切。**趙曰**：睥睨，城上小城也。登哀柝，指言白帝城上之事，有屯戍故也。矛弧照夕曛。亂離多醉尉，**尹曰**：南史何敬容傳：謝郁作書戒之曰：君侯已得瞻望朝夕，出入禁門，醉尉終不敢呵止，然不無其慚。**趙曰：**左傳：取蝥弧以登。乃鄭之旗名也。照夕曛，則旗爲日所照。舊作「矛弧」，無義。愁殺李將軍。**洙曰：**李廣贖爲庶人，數與故潁陰侯屏居藍田南山中射獵。嘗夜從一騎出，從人田間，至亭。霸陵尉醉，呵止廣，廣騎曰：「故李將軍。」尉曰：「今將軍尚不得夜行，何故將軍也。」宿廣亭下。**師曰：**李廣傳止言霸陵尉呵止廣，而子美使醉尉字，蓋出謝郁書云。睥睨，城上短墻。

摇落

摇落巫山暮，寒江東北流。煙塵多戰鼓，風浪少行舟。鵝費羲之墨，**洙曰：**王羲之傳：羲之性愛鵝，會稽有孤居姥，養一鵝善鳴，求而未能得，遂携親友命駕就看。姥聞羲之將至，烹以待之，羲之歎惜彌日。又，山陰有道士養好鵝，羲之看焉，意甚悦，因求市之，道士曰：「爲寫黄庭經，當舉鵝相贈耳。」羲之欣然寫畢，籠鵝而歸，甚以爲樂。貂餘季子裘。**洙曰：**史記：蘇秦説季允，允遺之黑貂裘。蘇秦遊秦，秦不能用，於是貂裘色敝。**趙曰：**戰國策：蘇秦仕趙，趙王負貂裘黄金使説秦〔一〕。書十上而説不行，黑貂之裘弊。今云「貂餘季子裘」，言貧如蘇子矣。長懷報明主，卧病復高秋。

〔一〕負，疑當作「資」。

季秋江村

喬木村墟古，**蘇曰**：孫陽云：「重到潛溪，喬木蔽日，村墟故老無一存者。」疏籬野蔓懸。青**洙曰**：鵁鶄賦：一作「素」。琴將暇日，**趙曰**：言將琴往江村，當暇日也。白日望霜天。登俎黄柑重，**洙曰**：鵁鶄賦：肉不登於俎味。支床錦石圓。**洙曰**：史龜策傳：用龜支床足。遠遊雖寂寞，難見此山川。

季秋蘇五弟纓江樓夜宴崔十三評事韋少府姪三首

峽險江驚急，樓高月迥明。一時今夕會，萬里故鄉情。**蘇曰**：梁里：起故園萬里之情。星落黄姑渚，**蘇曰**：蜀記：黄惠女下巫峽，聞兒亡，乃悲泣累日而止於水湄。世號其地曰黄姑渚。秋辭白帝城。老人因酒病，堅坐看君傾。

明月生長好，浮雲薄漸遮。悠悠照邊塞，**洙曰**：月賦：升素質之悠悠。悄悄憶京華。**蘇曰**：陸雲：春來客思，酷憶京華，世事悄悄可憂也。清動盃中物，**洙曰**：陶淵明詩：天運苟如此，且盡盃中物。晉樂廣傳：嘗有親客久閉不復來，廣問其故，答曰：「前在坐蒙賜酒，方欲飲，見盃中有蛇，意甚惡之，既飲而疾。」于時河南廳事壁上有漆弓，畫作蛇。廣意盃中蛇即角影，乃復置酒於前，謂客曰：「酒中復有所見否？」答曰：「所見如初。」廣乃告其所以，客醒然意解，沉痾頓愈。高隨海上查。**洙曰**：事見「查上覓張騫」注。

不眠瞻白兔，洙曰：劉孝綽月詩：欑柯半玉蟾，植叢映金兔。拾遺記：玄州之南以水精爲月，刻瑶爲兔。楚辭：夜光何德，顧兔在後。百過落烏紗。洙曰：烏紗帽也。對月那無酒，登樓況有江。聽歌驚白鬢，笑舞拓秋窗。樽蟻添相續，洙曰：子建七啓：盛以翠樽，酌以彫觴，浮蟻鼎沸，酷烈馨香。沙鷗並一雙。盡憐君醉倒，更覺片洙曰：作「我」。心降。洙曰：詩：我心則降。

送孟十二倉曹赴東京選

君行别老親，此去苦家貧。藻鏡留連客，夢符曰：右按晉太康四年制曰：藻鏡銓衡。又李重選曹尚書咸序曰[一]：童忝曹郎[二]，銓管九流，品藻清濁。雖祇慎，莫知所寄。尹曰：藻鏡，猶藻鑒也。故子美上韋左相詩又有「持衡留藻鑒」之句。晉太康四年制曰：藻鑒銓衡。又唐舊史：許子儒長壽中爲天官侍郎，子儒居選部，不以藻鏡爲意，委令史句直以心腹注官之次。子儒高枕而卧。時云：句直平配。道路以爲口實。江山憔悴人。蘇曰：張湛：長江遠山供愁眼，其兄解作憔悴與遷人。秋風楚竹冷，夜雪鞏梅春。朝夕

[一] 咸，疑當作「箴」。
[二] 童，疑當作「重」。

高堂念，應宜綵服新。**洙曰**：見「休見綵衣輕」注。

憑孟倉曹將書覓土婁舊莊

平居喪亂後，不到洛陽岑。爲歷雲山問，無辭荆棘深。北風黄葉下，南浦白頭吟。**洙曰**：文君作白頭吟。**夢符曰**：右按楚詞：予交手兮東行，送美人兮南浦。波滔滔兮來迎，魚鱗鱗兮媵予。十載江湖客，茫茫遲暮心。

耳聾

生年鶡冠子，**黄曰**：袁叔真隱傳曰：鶡冠子者，楚人，隱居深山中，衣敝履穿，以鶡爲冠，莫測其名，因服成號。著書言道家事，馮諼嘗師之，後顯於趙。鶡冠子懼其薦己，遂與之絶。鶡者，勇雉也。歎世鹿皮翁。**洙曰**：見「遣興但訝鹿皮翁」注。眼復幾時暗，耳從前月聾。猿鳴秋淚缺，雀噪晚愁空。黄落驚山樹，呼兒問朔風。**師曰**：鶡冠子，隱人也。常居深山，耳聾，謂妻子曰：「吾免爲巢、由洗清溪耳。」鶡者，勇雉也，其鬭無已，一死乃止。故趙武靈王爲冠，以表武士。是詩所謂鶡冠，非武士所冠，蓋名同而實異爾。

小園

由來巫峽水，本自楚人家。客病留因藥，春深買爲花。秋庭風落果，瀼岸雨頽沙。問俗營寒事，將詩待物華。

即事

百寶裝腰帶，**夢符曰**：右按北史：達奚武，生貪〔一〕，爲大司寇，取萬釘寶帶以歸，因以賜之〔二〕。**趙曰**：此篇贈舞者，故云。舊注所引非。真珠絡臂韝。古侯切。**洙曰**：馬后傳：蒼頭衣緑韝。注：韝，臂衣也。以縛左右手，於事便也。錦纏頭，以賞歌舞者。開元間富人王元寶常會賓客，元寶富於財，而無文。求曰〔三〕，親友問曰：「昨日高會，有何佳談？」元寶視屋良久，曰：「但費錦纏頭爾。」笑時花近眼，舞罷錦纏頭。

〔一〕生，疑當作「性」。見杜集札記。
〔二〕「因以」前疑闕「晉公護」三字。
〔三〕求，疑當作「來」。見杜集札記。

自瀼西荆扉且移居東屯茅屋四首屯，徒渾切。

白鹽危嶠北，赤甲古城東。平地一川穩，高山四面同。煙霜淒野日，秔稻熟天風。人事傷蓬轉，吾將守桂叢。**洙曰**：劉安招隱：桂樹叢兮山之幽。

東屯復瀼西，一種住青溪。來往兼茅屋，淹留爲稻畦。市喧宜近利，**洙曰**：西居近市。易巽：近利市三倍。林僻此無蹊。**洙曰**：曹子建：欲還絶無蹊。若訪衰翁語，須令賸客迷。

道北馮都使，高齋見一川。子能渠細石，吾亦沼青泉。枕帶一作「席」。還相似，柴荆即有焉。斫畬應費日，**夢符曰**：右按荆楚多畬田，先縱火熂爐，俟經雨下種，歷三歲，土脉竭，不可復樹藝，但生草木，復熂旁山。唐劉禹錫適連州畬田行云：何處好畬田，團團縵山腹。鑽龜得雨卦，上山燒卧木。又云：下種暖灰中，乘陽坼牙孽。蒼蒼一雨後，苕穎如雲發。白居易子規歌云：畬田有粟何不啄，石楠有枝何不棲。燒榛種田也。爾雅：一歲曰菑，二歲曰新，三歲曰畬。易曰：不菑畬。皆音餘。畬田凡三歲不可復種，蓋取畬之義也。熂音餼，燹火燎草也。爐音盧，火燒山界也。解纜不知年。**洙曰**：見本卷「畬田費火耕」注。

牢落西江外，參差北户間。久遊巴子宅，**鄭曰**：寰宇記：夔子國後爲楚所滅，至秦分爲巴郡。卧病楚人山。幽獨移佳境，清深隔遠關。寒空見鴛鷺，迴首想朝班。**洙曰**：謝靈運：安排徒空言，幽獨賴鳴琴。思玄賦：幽獨守此側陋。

題柏大兄弟山居屋壁二首

叔父朱門貴，洙曰：郭景純：朱門何足榮。**郎君玉樹高。**洙曰：見「玉樹臨風前」注。**山居精典籍，文雅涉風騷。江漢終吾老，雲林得爾曹。哀絃繞白雪，**夢符曰：右按宋玉對楚襄王問曰：客有歌郢中者，其始下里、巴人，國中屬和者數千人。其爲陽春、白雪，國中屬而和者數十人而已。又文選：鮑昭：蜀琴抽白雪，郢曲繞陽春。尹曰：京絃琴也〔一〕。記曰：絲聲哀，哀以立廉，廉以立忘〔二〕。君子聽琴瑟之聲，則思志義之臣。又枚乘七發曰：龍門之相高百尺而無枝〔三〕，使班爾斫斬以爲琴〔四〕，野繭之絲以爲絃，孤子之鈎以爲隱，九寡之珥以爲礿，使師堂操張，伯牙爲之歌，此亦天下之至悲也。太子能强起而聽之乎？生礿音的〔五〕。隱礿，琴上飾。取孤子、寡婦之寶而用之，欲其聲多悲哀。九寡，九度寡也。琴録曰：琴曲有幽蘭、白雪、風入松、烏夜啼，俗人非知音者，故未可與之操。**未與俗人操。**洙曰：琴有白雪操。

野屋流寒水，山籬帶白雲。靜應連虎穴，喧已去人群。筆架霑窗雨，書籤映隙曛。籤，

〔一〕京，疑當作「哀」。見杜集札記。
〔二〕忘，疑當作「志」。見杜集札記。
〔三〕相，疑當作「桐」。
〔四〕班爾，疑當作「琴摯」。見杜集札記。
〔五〕生，疑爲衍文。

子廉切。蕭蕭千里馬，洙曰：詩：蕭蕭馬鳴。漢文却千里馬。箇箇五花文。

暝

日下西山陰，山庭嵐氣侵。洙曰：謝靈運：夕曛嵐氣侵。牛羊歸徑險，洙曰：詩：牛羊下來。北征賦：日晻晻其將暮，覩牛羊之下來。烏雀聚枝深。正枕當星劍，收書動玉琴。半扉開燭影，欲掩見清砧。洙曰：星劍，劍上有星文也。玉琴，以玉爲琴徽也。

茅堂檢校收稻二首

香稻三秋末，平田百頃間。喜無多屋宇，幸不礙雲山。御裌侵寒氣，洙曰：秋興賦：籍莞蒻，御裌衣。鄭曰：裌，古洽切，複衣。嘗新破旅顔。紅鮮終日有，玉粒未吾慳。夢符曰：右按文選：尺爐重尋桂〔一〕，紅粒貴瑶瓊。李善云：戰國策曰：蘇秦之楚三月，乃得見王談，卒辭行。楚王曰：「先生不遠千里而臨寡人，曾弗肯留，願聞其説。」對曰：「楚國食貴於玉，薪貴於桂，謁者難見於鬼，王難見於帝。今

〔一〕爐，疑當作「爈」。見杜集札記。

臣食玉炊桂，因鬼見帝，其可得乎？」

稻米炊能白，秋葵煮復新。誰云滑易飽，老藉軟俱匀。種幸房州熟，苗同伊闕春。**鄭曰**：縣名，在洛陽。無勞映渠碗，自有色如銀。**黄曰**：魏文車渠椀賦：車渠，玉屬也。多纖理縟文，生於西國，其俗寶之。惟二儀之普育，何萬物之殊形。料珍怪之上美，無兹椀之獨虚[一]。苞華文之光麗，發浮彩而揚榮。理交錯以連屬，似將離而復并。又梁陸倕蠡杯銘曰：用邁羽杯，珍逾渠椀。實同蠡測，形均樸滿。廣雅云：車渠石，次玉。

夜二首

白夜月休弦，燈花半委眠。號山無定鹿，落樹有驚蟬。暫憶江東鱠，**洙曰**：張翰憶鱸魚。兼懷雪下船。**洙曰**：王子猷訪戴於道[二]。蠻歌犯星起，重**洙曰**：一作「空」。覺在天邊。

城郭悲笳暮，村墟過翼稀。甲兵年數久，賦斂夜深歸。暗樹依巖落，明河繞塞微。斗斜人更望，月細鵲休飛。**洙曰**：樂府：月明星稀，烏鵲南飛。

[一] 虚，疑當作「靈」。見杜集札記。

[二] 於，疑當作「安」。見杜集札記。

東屯月夜

抱疾漂萍老，防邊舊穀屯。春農親異俗，歲月在衡門。青女霜楓重，洙曰：曉霜楓葉丹。青女，霜神名。黄牛峽水喧。泥留虎鬭跡，月挂客愁村。喬木澄稀影，輕雲倚細根。數驚聞雀噪，暫睡想猿蹲。日轉東方白，風來北斗昏。蘇曰：漢元帝七月，有塵埃大風自北來，北斗爲之昏。天寒不成寢，無夢寄歸魂。

東屯北俺[一]於驗切。

盜賊浮生困，誅求異俗貧。空村唯見鳥，落日未洙曰：一作「不」。逢人。洙曰：登樓賦：白日忽其西匿，鳥相鳴而舉翼。原野闃其無人[二]，征夫行而未息。步壑風吹面，看松露滴身。遠山回白首，戰地有黄塵。

[一] 俺，疑當作「崦」。見杜集札記。
[二] 闐，疑當作「闃」。

雲

龍以**洙曰**：一作「自」。瞿唐會，江依白帝深。終年常起峽，每夜必通林。收穫辭霜渚，分明在夕岑。高齋非一處，秀氣豁煩襟。**趙曰**：家家有高齋，可以登覽。

獨坐二首

竟日雨冥冥，雙崖洗更青。水花寒落岸，山鳥暮過庭。煖老須燕玉，**洙曰**：唐寧王有煖玉鞍。又有煖玉盃，以爲飲器，不暖而自熱。**趙曰**：燕玉，婦人也。古詩云：燕趙多佳人，美者顔如玉。侍燕玉而煖，則孟子所謂「七十非人不煖」也。充饑憶楚萍。**洙曰**：家語：楚昭王渡江，有一物大如斗，圓而赤，取之以問孔子曰：「此何物也？」「可剖而食之。吾昔過陳，聞童謡曰：楚王渡江得萍實，大如斗，赤如日，剖而食之，甜如密。」胡笳在樓上，哀怨不堪聽。**洙曰**：晉劉疇避亂爲賈，胡欲害，疇援笳而吹之，作出塞之聲以動其歸思，群胡皆啼哭而去。

白狗斜臨北，**田曰**：水經注：秭歸白狗峽，蜀江中流兩面如削，絶壁之際隱出白石如狗，形狀具足，故以名焉。黄牛更在東。**洙曰**：黄牛山在縣北四十五里，周回五十里，高三十一里。盛弘之荆州記曰：黄牛山有重嶺疊起，其最大高崖間有石，色如人負刀牽牛，人黑牛黄，其狀分明。此崖加之江湍迂回，行經信宿，猶尚望見。行者歌曰：朝發黄牛，暮宿黄牛，一朝一暮，黄牛如故。今黄牛峽山下有廟曰洛川王。土人云黄牛神也。東坡有碑載歐陽文忠公事云：予昔以西京留守推官爲館閣校勘，時同年丁寶臣元珍適來京師，夢與余同舟泝江，入廟中拜謁堂下，予班元珍下，元珍固辭，予不可，方拜時，神像爲起鞠躬堂上，且使人邀予上耳語久之。元珍私念神亦如世俗待館閣，乃爾異禮耶？既出門，見一馬隻耳，覺而語予，固莫識也。不數日，元珍除峽州通判，已而予亦貶夷陵令。日與元珍處，不復記前夢矣。一日，與元珍泝峽謁黄牛廟，入門，惘然皆夢中所見。予爲縣令，固班元珍下，而門外鐫石爲馬，缺一耳，相視大驚，乃留詩廟中，有「石馬繫祠門」之句，蓋私識其事也。張無盡天角讚曰〔一〕：壯哉黄牛，有大神力。輦聚呂石，百千萬億。劍戟牙齒，碟硊江側。壅激波濤，險不可測。威脅舟人，駭怖失色。刲牲釃酒，千載廟食。峽雲常照夜，江日會兼風。曬藥安垂老，應門試小童。**夢符曰**：右按莊子：子貢往見原憲，原憲華冠縱履，杖藜而應門。亦知行不逮，苦恨耳多聾。

雨四首

微雨不滑道，斷雲疏復行。紫崖奔處黑，白鳥去邊明。秋日新霑影，**趙曰**：以雨之故，日影朦朧爲霑影矣。寒江舊落聲。柴扉臨野碓，**鄭曰**：都内切，舂也。半濕搗香秔。**洙曰**：搗，一作

〔一〕角，疑當作「覺」。

「我」。趙曰：音庚，稻也。

江雨舊無時，天晴忽散絲。趙曰：古詩：密雨如散絲。暮秋霑物冷，今日過雲遲。上馬迴休出，看鷗坐不辭。高洙曰：一作「層」。軒當灧澦，鄭曰：寰宇記：灧澦堆在夔州西南二百步，蜀江中心瞿唐峽口。冬水淺，屹然露二百餘尺。夏水漲，没水中十丈，其狀如馬。舟人不敢進。潤色靜書幃。物色歲將晏，天隅人未歸。朔風鳴淅淅，洙曰：謝玄暉：淅淅就衰林。謝惠連：淅淅振條風。寒雨下霏霏。多病久加飯，趙曰：古詩：上害加飡飯〔一〕。衰容新授衣。時危覺凋喪，一云「喪亂」。故舊短書稀。

楚雨石苔滋，京華消息遲。山寒青兕叫，江晚白鷗饑。神女花鈿落，洙曰：宋玉有神女賦。夢符曰：右按唐志：命婦之服，兩博鬢飾以寶鈿金花也。趙曰：神女廟在巫山山中，花即神女所以爲鈿者，被雨而落。蛟人織杼悲。洙曰：江賦：鮫人構館於懸流。又，潛織以春綃。注：鮫人，泉客。織輕綃於泉室，出以賣之。趙曰：鮫人以雨之故悲耳。吴都賦云：泉客潛織而卷綃。注：泉客，鯨人也〔二〕。織輕綃於泉室，出於市間賣之。繁憂不自整，終日灑如絲。

〔一〕害，疑當作「言」。見杜集札記。
〔二〕鯨，疑當作「鮫」。見杜集札記。

戲寄崔評事表姪蘇五表弟韋大少府諸姪

隱豹深愁雨，**洙曰**：謝玄暉：雖無玄豹恣，終隱南山霧。**定功曰**：劉向列女傳：陶答妻謂其夫曰：「妾聞南山有玄豹，霧七日不下食，何也？欲以澤其衣毛而成文章。故藏以遠害也。」潛龍故起雲。**洙曰**：易：潛龍勿用。泥多仍徑曲，心醉**洙曰**：中說：心醉六經。阻賢群。忍待江山麗，**趙曰**：言忍以待春景也。還披鮑謝文。**洙曰**：鮑昭、謝玄暉。高樓憶疏豁，秋興坐氤氳。

傷秋

林僻來人少，山長去鳥微。高秋收畫扇，**洙曰**：一云「藏羽扇」。班姬詠扇詩：常恐秋風至，凉飈奪炎熱。棄捐篋笥中，恩情中道絶。久客掩柴扉。**洙曰**：范彥龍云：有客款柴扉。懶慢頭時櫛，**洙曰**：嵇康書：懶與慢相成。艱難帶減圍。**洙曰**：謝惠連：腰帶准疇昔，卜知今是非。將軍思汗馬，**洙曰**：見收京詩注。**趙曰**：吐蕃未息。天子尚戎衣。**洙曰**：見「社稷二戎衣」注〔一〕。白蔣風飈脆，**鄭曰**：

〔一〕 二，疑當作「一」。

說文：蔣，菰也。唐雅曰〔一〕：蔣菰，其米謂之彫胡。殷檉曉夜稀。洙曰：白蔣，茭草也。殷檉，檉柳也。鄭曰：殷，烏閑切，赤黑色。檉，丑成切，河柳。爾雅曰：檉，河柳。何年滅豺虎，似有故園歸。洙曰：王仲宣七哀詩：西京亂無象，豺虎方遘患。南登灞陵岸，回首望長安。張孟陽七哀詩：季葉喪亂起，賊盜如豺虎。

秋峽

江濤萬古峽，肺氣久衰翁。不寐防巴虎，全生狎楚童。趙曰：言爲客於外，年老而不敢待，雖童稚亦神熟，免其猜忌爲害，乃所以全生也。衣裳垂素髮，洙曰：秋興賦：素髮颯以垂領。門巷落丹楓。洙曰：謝靈運詩：曉霜楓葉丹。常怪商山老，兼存翊贊功。洙曰：四皓也，見「羽翼思商老」注。

秋興八首夔州作。

玉露凋傷楓樹林，洙曰：李密詩：金風蕩佳節，玉露凋晚林。巫山巫峽氣蕭森。洙曰：張景陽：荒楚鬱蕭森。趙曰：巫山以言山，巫峽以言水也。江間波浪兼天湧，塞上風雲接地陰。叢菊兩

〔一〕唐，疑當作「廣」。

洙曰：一作「重」。開他日淚，趙曰：此句涵蓄。蓋公於夔州見菊花者二年矣，方叢菊之兩開，皆是他日傷感之淚。孤舟一繫故園心。寒衣處處催刀尺，白帝城高急暮砧。洙曰：郭泰機：皎皎白素絲，織爲寒女衣。良工秉刀尺，棄我忽若遺。

夔府孤城落日斜，每依南斗望京華。趙曰：蓋長安上直北斗，號北斗城也。舊本「南斗」，非。聽猿實下三聲淚，洙曰：見「雨晴有猿揮淚盡」注。奉使虛隨八月查。洙曰：見「查上似張騫」注。畫省香爐違伏枕，洙曰：見「遂阻雲臺宿」注。趙曰：畫省以粉畫之，謂之畫省。初學記載應劭漢官儀曰：尚書郎入直臺廨中，給女侍史二人，執香爐燒薰以從入臺。違伏枕，則違去畫省香爐者，以伏枕之故也。山樓粉堞隱悲笳。洙曰：堞，城堞也。粉，謂飾以堊土也。胡人卷蘆葉吹之以爲笳。趙曰：指言白帝城也。請看石上藤蘿月，已映洲前蘆荻花。趙曰：想像扁舟之景如此。北山移文云：秋桂遺風，春蘿罷月。

千家山郭靜朝暉，日日一作「一日」。江樓坐翠微。洙曰：見「熊羆守翠微」注。趙曰：樓在山間也。爾雅：山欲上日翠微，以其氣然也。信宿漁人還泛泛，趙曰：詩：泛泛揚舟。清秋燕子故飛飛。趙曰：江總別詩：黃鵠飛飛遠。匡衡抗疏功名薄，洙曰：匡衡傳：有日蝕地震之變，上問以政治得失，衡遂上疏，上悅其言。又，傳昭儀及子定陶王愛幸寵於皇后太子，衡復上疏。衡爲少傅，數年數上疏陳便宜，言多法義，上以爲任公卿，由是爲御史大夫。劉向傳經心事違。洙曰：劉向傳：會初立穀梁春秋，徵更生受穀梁，講論五經於石渠。更生後改名向。趙曰：漢初立穀梁春秋，徵更生受穀梁，講論六經於石渠。公其心事欲如劉向之傳經於朝，而乃違背不偶也。同學少年多不賤，五陵衣馬自輕肥。夢符曰：右按文選范彦龍贈張徐州詩：由家採樵去〔一〕，薄暮方來歸。還聞稚子説，有客款柴扉。儐從皆珠玳，裘馬悉輕肥。軒蓋照墟落，傳瑞生光輝。又「劍騎何翩翩，長安五陵間」云。蘇曰：劉嵩謂兒童曰：「若等不見我同學少年皆衣錦食肉，若等不力學，復何爲終身之計耶？」趙曰：五陵衣馬，言貴公子也。西都賦：北眺五陵。言長陵、安陵、陽陵、茂陵、平陵。高貴豪傑之家所居。舊引嚴陵與光武同學，何相干耶？

聞道長安似弈碁，洙曰：弈碁互勝負也。百年世事不勝洙曰：一作「堪」。悲。王侯第宅皆新主，洙曰：以喪亂而易主也。左太冲：濟濟王城内，赫赫王侯居。文武衣冠異昔時。洙曰：非故舊也。直北關山金鼓振，洙曰：時河北尚用兵也。趙曰：言夔州之北用兵，乃隴右、關輔間也。舊本輒云河北尚用兵，考之大曆二年，豈有此事乎？征西車馬羽書遲。征西興於漢代，以張遼爲征西大將軍也。一作「馳」。趙曰：此所云西，指言吐蕃之過。征西者，將軍之號也。魚龍寂寞秋江冷，故國平居有所思。秦有魚龍川。修可曰：草閣秋興詩乃夔州所作，豈可言秦之魚龍川乎？按酈元水經曰：魚龍以秋日爲夜龍，秋分而降蟄，寢於淵，故以秋日爲夜也。此二詩皆秋時，是以子美言「魚龍回夜水」、「魚龍寂寞秋江冷」也。趙

〔一〕由，疑當作「田」。見杜集札記。

曰：言故國平時之事，今有所思也。

蓬萊宫闕對南山，承露金莖霄漢間。洙曰：漢武帝置金露盤。西都賦：遊仙掌以承露，擢雙立之金莖。軼埃壒之混濁，鮮顥氣之清英。**西望瑤池降王母，**洙曰：漢武帝内傳：七月七日，西王母降，漢武帝夜忽見天西南如有白雲起，俄須王母至〔一〕。趙曰：周穆王觴王母於瑤池之上，今云望瑤池，則望其自瑤池而降也。**東來紫氣滿函關。**洙曰：老子傳注：列仙傳曰：關令尹喜者，周大夫也。言學星宿，服精華，隱德行仁，時人莫知老子西遊，喜先見其氣，知真人當過，候物色而迹之，果得老子。亦知其奇，爲著書，與老子俱之流沙之西，服巨勝實，莫知其所終。亦著書九篇，名關令子。**雲移雉尾開宫扇，**洙曰：見「雲横雉尾高」注。趙曰：崔豹古今注云：商高宗有雊雉之祥，服章多用翟羽，故有雉尾扇。今公言天子雉扇，則天子御朝用。**日繞龍鱗識聖顔。一卧滄江驚歲晚，**趙曰：公自謂也。**幾回青瑣點朝班。**洙曰：見「通籍踰青瑣」注。趙曰：想望省中諸公之朝也。青瑣者，漢未央宫中門名。

瞿唐峽口曲江頭，萬里風煙接素秋。洙曰：瞿唐、曲江，雖南北萬里相遠，而秋止一色也。**花萼夾城通御氣，**洙曰：見「白日雷霆夾城仗」注。趙曰：花萼，明皇樓名。**芙蓉小苑入邊愁。**洙曰：見「青春波浪芙蓉園」注。花萼樓、芙蓉園，皆長安宫禁故事。趙曰：芙蓉花在敦化坊，本天子遊幸之地，而今乃有邊

〔一〕須，疑當作「頃」。見杜集札記。

愁入於其間，以紀吐蕃之亂，當陷京師故也。**珠簾繡柱圍黃鶴，**洙曰：昭陽殿織珠爲簾，風至則鳴，如珩珮之聲。趙曰：言綉窠作雙鶴圓〔一〕，而用黄線繡爲鶴也。舊解惑於黄鶴二字，遂便以爲黄鶴樓，非。**錦纜牙檣起白鷗。迴首可憐歌舞地，秦中自出帝王州**〔二〕。洙曰：謝玄暉鼓吹曲云：江南佳麗地，金陵帝王州。

昆明池水漢時功，洙曰：初，武帝欲征昆明夷，爲有填河〔三〕，乃作池以習水戰，因而得名。**武帝旌旗在眼中。織女機絲虚月夜，石鯨鱗甲動秋風。**洙曰：西京雜記：昆明池刻玉石爲鯨，每至雷雨，鯨常鳴吼，鬐尾皆動。漢世祭之以祈雨，往往有驗。西都賦：集乎豫章之宇，臨乎昆明之池。左牽牛織女〔四〕，似雲漢之無涯。修可曰：西都賦注：武帝鑿昆明池，於左右作牽牛、織女，以象天河。**波漂菰米沉雲黑，**洙曰：西京雜記：太液池邊皆是彫胡、緑節之類。菰之有米者，長安人謂爲彫胡。菰之有首者，謂之緑節。見二十五「滑憶彫胡飯」注。趙曰：言菰之多，其望之，長遠黯黯如雲之黑也。**露冷蓮房墜粉紅。**洙曰：蓮房，蓮花也。修可曰：蓮房墜粉紅，謂蓮實上花葉墜也。爾雅：荷芙蕖，其華菡萏，其實蓮，其中的。郭璞注

〔一〕圓，疑當作「圖」。
〔二〕出，疑當作「古」。
〔三〕填，疑當作「滇」。見杜集札記。
〔四〕「織女」上疑闕「而右」二字。見杜集札記。

云：蓮，謂房也。的，房中子也。以此考之，則蓮房非花矣。唐本草圖經云：菰又謂之茭白。歲久者中心生白臺，如小兒臂，謂之菰手。其臺中有黑者，謂之茭鬱。至後結實，乃彫胡米也。沉雲黑，其茭鬱乎。**趙曰**：言蓮花一朵，而諸相是花房中已自有一蓮蓬，其房中有的，其的有意，皆分明也。**關塞極天唯鳥道**，**洙曰**：言道路多狹，所通者鳥道而已。**趙曰**：言白帝城之塞。鳥道，則一帶皆高山也。**沈曰**：南中地志：交趾郡治龍偏縣[一]，自興古鳥道四百里。**江湖滿地一漁翁**。**趙曰**：公自謂也。

昆吾御宿自逶迤，**鄭曰**：晉灼曰：昆吾，地名，有亭。顔師古曰：御宿苑在長安城南。孟東曰：諸宮別觀，不許人往來，上宿皆宿於此，故名御宿。**紫閣峰陰入渼陂**。**洙曰**：一云「紫閣峰陰入渼陂，昆吾御宿自逶迤」。**鄭曰**：渼，莫彼切。今本作「漾」，如亮切，非是。**趙曰**：此篇紀其舊遊渼陂之事也。昆吾、御宿，皆地名。以長安志考之，在萬年縣西紫閣峰，終南山之峰名。**香稻啄餘鸚鵡粒**，**碧梧棲老鳳凰枝**。**余曰**：古今詩話云：紅飯啄餘鸚鵡粒，碧梧棲老鳳凰枝。此語反而意奇。退之詩云：舞鑑鸞窺沼，行天馬度橋。亦效此理。**佳人拾翠春相問**，**洙曰**：洛神賦：或拾翠羽。**趙曰**：費昶春郊望美人詩：芳郊拾翠人。**仙侶同舟晚更移**。**洙曰**：李膺、郭林宗同舟而濟，人望之爲仙舟。**綵筆昔曾干氣象**，**白頭吟望苦低**

[一] 偏，疑當作「編」。見杜集札記。

垂。**洙曰**：卓文君有白頭吟。**趙曰**：公自言其昔日曾携綵筆題詩干歷其氣象，老矣，正白頭中吟詠而望之，其頭苦於低垂。

遠遊

江闊浮高棟，雲長出斷山。塵沙連越嶲，夢符曰：右按唐地理志：劍南道蓋古梁州之域，蜀郡、廣漢、犍爲、越嶲、益州、牂柯、巴郡之地。總爲鶉首。**趙曰**：以吐蕃之兵未息也。**風雨暗荆蠻。鴈矯銜蘆内，洙曰**：淮南子曰：鴈從風而飛，以愛氣力。銜蘆而飛，以避矰繳。張華賦：又矯翼而增逝，徒銜蘆以避繳，終爲戮於此世。**猿啼失木間。洙曰**：見「哀哀失木狖」。**弊裘蘇季子，歷國未知還。洙曰**：蘇秦説秦，書十上而説不行，黑貂裘色敝。仲尼歷聘諸國。

從驛次草堂復至東屯茅屋二首

峽裏歸田客，洙曰：恨賦：欲通抵見〔一〕，罷歸田里。**趙曰**：以張平子自比也。張公作歸田賦，略曰：

〔一〕此句疑當作「敬通見抵」。見杜集札記。

起塵矣以遐逝〔一〕，與世事乎長辭。江邊借馬騎。**洙曰**：有馬者借人乘之。非尋戴安道，**洙曰**：見三十一卷山陰詩注。似向習家池。**洙曰**：見琬騮詩「習池」注。山險風煙合，**洙曰**：江淹賦：煙有鳥道〔二〕。天寒橘柚垂。**洙曰**：蜀都賦：户有橘柚之園。築場看斂積，**洙曰**：豳詩：十月築場圃。一學楚人爲。

短景難高卧，**洙曰**：秋興賦：何微陽之短晷。謝玄暉：高卧猶在兹。衰年强此身。山家蒸栗暖，野飯射麇新。**洙曰**：玉色如蒸栗。**趙曰**：左傳：射左麇鹿龜〔三〕。龜者，麇背之高處也。世路知交薄，門庭畏客頻。**蘇曰**：陸抗家貧，畏客過門。**趙曰**：惟其從爲面交而不心，所以畏客來之多，徒爲紛紛也。牧童斯在眼，田父實爲鄰。**蘇曰**：黄起云：編帙作友，田父爲鄰，全勝薄宦，汩没於市廛塵土間。

晨雨

小雨晨光内，初來葉上聞。霧交纔灑地，風逆旋隨雲。暫起柴荆色，輕霑鳥獸群。**洙**

〔一〕起，疑當作「超」；矣，疑當作「埃」。
〔二〕「煙」前疑闕「風」字；江淹，疑當作「謝朓」。
〔三〕左，疑爲衍文；鹿，疑當作「麗」。見杜集札記。

曰：語：鳥獸不可與同群。麝香山一半，鄭曰：寰宇記云：麝香山在縣南一百二十里。亭午未全分。洙曰：天台賦：羲和亭午。趙曰：雨氣昏之，其一半明而一半未分也。

天池

天池馬不到，洙曰：天池，山上池也。嵐壁鳥纔通。蘇曰：宋玉望岳詩：嵐壁立萬仞，鳥逕人莫通。百頃青雲杪，曾波白石中。洙曰：楚辭：眇視目層波。詩：白石磷磷。鬱紆騰秀氣，洙曰：陸士衡：紆鬱遊子情。簫瑟浸寒空。直對巫山出，洙曰：一作「峽」。兼疑夏禹功。魚龍開闢有，趙曰：言其所有之最遠。菱芡古今同。洙曰：一作「豐」。聞道奔雷黑，趙曰：選賦有云：電礉雷奔[一]。初看浴日紅。洙曰：日出於暘谷，浴於咸池。飄零神女雨，洙曰：高唐賦：暮爲行雨。斷續楚王風。洙曰：宋玉賦：楚襄王遊於雲臺之宮，有風颯然而至，王乃披襟而當之。欲問支機石，如臨獻寶宮。洙曰：見「自徒獻寶朝何宗」[二]。九秋驚鴈序，洙曰：曹子建：丹唇含九秋。南都[三]：結九秋之增

[一] 礉，疑當作「激」。見杜集札記。
[二] 徒，疑當作「從」。見杜集札記。
[三] 「都」下疑闕「賦」字。見杜集札記。

傷。萬里狎漁翁。洙曰：一作「樵童」。蘇曰：黄霸休官求隱，人問其故，霸曰：「吾欲拏輕舟，適浩蕩，狎漁翁與鷗爾。」更是無人處，誅勞任薄躬。趙曰：公自言其身，以引末句雖無人之處，可以下居[一]，其誅鉏草茅之勞，任責於微薄之躬也。

贈韋贊善別

扶病送君發，自憐猶不歸。衹應盡客淚，復作掩荊扉。江漢故人少，音書從此稀。往還二十載，歲晚寸心違。蘇曰：張季鷹秋日北園詩云：旅途驚歲晚，歸興與心違。工部用語補綴尤有工巧，了不見痕迹。後進可爲師範。趙曰：陸士衡文賦：吐滂沛乎寸心。

大覺高僧蘭若和尚去冬往湖南。若，爾者切。

巫山不見廬山遠，趙曰：廬公惠遠也。松林蘭若秋風晚。洙曰：蘭若，寺也。一云「蘭」，蘭也。若，杜若也。修可曰：釋氏要覽曰：蘭若者，梵言阿蘭若，唐言無諍。回分律云[二]：空静處。薩婆多論云：閑

[一] 下，疑當作「卜」。
[二] 回，疑當作「四」。見杜集札記。

静處。智度論云：遠離處。大悲經云：阿蘭若者，離諸忽務。故數説不同，其實無諍也。注以爲蘭草與杜若，非也。**一老猶鳴日暮鍾，諸僧尚乞齋時飯。香爐峰色隱晴湖，****洙曰**：香爐峰，廬山之勝境也。勢如香爐，上有飛泉。**趙曰**：遠法師廬山記曰：東南有香爐，上孤峰秀起。**種杏仙家近白榆。****洙曰**：神仙董奉居廬山治病，重者重杏五株〔一〕，輕者一株，號董仙杏林。**趙曰**：近近白榆〔二〕，言其所居之高近乎星辰也。古詩曰：天上何所有，歷歷種白榆。**飛錫去年帝邑子，****洙曰**：高僧傳：有飛錫而赴齋者。**定功曰**：要覽又云：昔高僧隱峰，遊五臺，出淮西，擲錫飛空而往西天。比丘持錫有二十五威儀，凡室中不得著地，必掛於壁牙，故釋子稱遊行僧爲飛錫，安住僧爲掛錫。孫綽天台賦云：王喬控鶴以冲天，應真飛錫以躡虛。**趙曰**：言其去冬往湖南也。注云：得真道之人，執錫杖而行於虛空，故云飛也。邑子，同邑之子也。**獻花何日許門徒。****洙曰**：高僧傳：僧有戒行嚴潔，天女來獻花。**趙曰**：後分經載：釋伽爲静慧仙人時，獻五蓮花於燃燈佛，此獻花之祖也。其在佛僧，則謂諸弟子之來從者爲門徒矣。

〔一〕重杏，疑當作「種杏」。
〔二〕近，其一疑爲衍文。

戲作寄上漢中王二首王新誕明珠。

雲裏不聞雙鴈過，掌中貪見一珠新。洙曰：三輔訣録曰〔一〕：孔融見韋乞將其父書〔二〕，曰：「不意雙珠生於老蚌。」蘇曰：馬梵賀人有子，曰：「欣得掌中之一珠。」趙曰：幽明録：張華言入九館之人，所見癡龍初一珠，食之，天地齊壽。佛書云：如掌中之珠。**秋風嫋嫋吹江漢，**洙曰：謝靈運：嫋嫋秋風過。湘夫人云：嫋兮秋風〔三〕。**只在他鄉何處人。**

謝安舟楫風還起，洙曰：謝安嘗與孫綽等泛海，風起浪涌，諸人並懼，安吟嘯自若。舟人以安爲悦，猶去不止，風轉急，安徐曰：「如此將何歸耶？」舟人默然，即回。衆咸服其雅量。**梁苑池臺雪欲飛。**洙曰：謝靈運雪賦〔四〕：歲將暮，時既昏，寒風積，愁雲繁。梁王不悦，遊於兔園，俄而微霰零落雪下。**杳杳東山携漢妓，**洙曰：謝靈運：携妓遊東山。趙曰：戲言漢中王。謝安携妓東山之興尚杳杳然。**泠泠脩竹待王歸。**修可曰：脩竹，梁孝王園名也。續漢書：梁王兔園多植竹，即所謂脩竹園。地志云：孝王東苑方三百

〔一〕三輔訣録，亦作「三輔決録」。
〔二〕韋乞將，疑當作「韋元將」。見杜集札記。
〔三〕嫋，疑當作「嫋嫋」。
〔四〕謝靈運，疑當作「謝惠連」。

里，苑中有鴈池、脩竹園。

覃山人隱居

南極老人自有星， 洙曰：見「南極一星朝北斗」注。趙曰：老人星，一名南極，在井、柳之中，乃南方之星。今言覃山人本隱居此地，蓋自是南極之老人星也。**北山移文誰勒銘。** 洙曰：齊書：孔稚圭字德璋，同彦倫隱鍾山〔一〕，後應詔出，德璋作北山移文，其文云：馳驛煙路，勒移山庭。**徵君已去獨松菊，** 洙曰：陶潛爲徵君，歸去來云：松菊猶存。**哀壑無光留户庭。** 洙曰：殷仲文：哀壑叩虚〔二〕。北山移文云：誘我竹松，欺我雲壑。**予見亂離不得已，** 蘇曰：蘇嶷謂嵇康：「子與登肥遯，宜其時也。予兒女滿眼，又值亂離，不得已而返居塵埃中，非吾素所願也。」**子知出處必須經。** 趙曰：上句以己微諷之言也，我所以不仕而流落於外，正亂離之故耳。而覃山人者何事而出哉，故又以能經出處譏之也。**高車駟馬帶傾覆，** 洙曰：揚雄解嘲云：客徒欲朱丹吾轂，不知一跌赤吾之族。**悵望秋天虚翠屏。** 洙曰：天台賦：聳壁立之翠屏。

〔一〕同，疑當作「周」。見杜集札記。

〔二〕「虚」後疑闕「牝」字。

柏學士茅屋

碧山學士焚銀魚，**洙曰**：移文云「焚芰製而裂荷衣」也。**蘇曰**：張褒梁天監中不供學士職，御史欲彈劾，褒曰：「碧山不負吾。」乃焚章長嘯而去。**白馬却走身巖居。** **尹曰**：光武臨朝，或有情容。張湛輒陳諫其失。湛常乘白馬，帝每見，曰：「白馬生且復諫矣。」**古人已用三冬足，** **洙曰**：東方朔：三冬文史足用。**年少今開萬卷餘。** **洙曰**：今，一作「曾」。見「讀書破萬卷」。**晴雲滿户團傾蓋，** **洙曰**：鄒陽：傾蓋如故。冠蓋若浮雲。**秋水浮堦溜決渠。** **洙曰**：張景陽：堦下伏泉通，堦上水衣生。陸士衡：豐注溢修霤，黄潦侵堦除。雲陰結不解，通衢化爲渠。**富貴必從勤苦得，** **蘇曰**：徐陵見弟姪讀書，陵指其書語人曰：「人之富貴，必從此勤苦而得。」**男兒須讀五車書。** **洙曰**：莊子天下篇：惠施多方，其書五車。

贈李八祕書別三十韻

往時中補右，扈蹕上元初。**洙曰**：扈，扈從也。蹕，鳴蹕也。天子之出，鳴蹕以清道。後漢輿服志：蘭臺令史皆執蹕以督整專驅，謂之護駕。**反氣凌行在，** **洙曰**：天子所幸謂之行在。反氣，謂賊未破也。**妖星下直廬。** **洙曰**：見收京詩注。陸機詩云：厭直承明廬。**六龍瞻漢闕，** **洙曰**：易：時乘六龍。蕭何作漢宫闕記。**萬騎略姚墟。** **洙曰**：蔡邕獨斷曰：大駕備千乘萬騎。王元長曲水序：殷殷均乎姚澤。帝王世紀曰：瞽瞍之妻曰：握登生舜於姚墟，故得姓氏於姚氏也。玄朔巡洙曰：一作「迴」。天步，洙曰：詩：天步斯頻。神都憶帝車。洙曰：武后以東都爲神都。時天子上在蜀[一]，故言憶。後漢輿服志：以攜龍角爲帝車。一戎纔汗馬，洙曰：書：一戎衣天下大定。公孫弘：臣愚駑，無汗馬之勞。師古曰：言未嘗從事軍旅也。百姓免爲魚。洙曰：昭元年：劉子曰：「美哉禹功，明德遠矣。微禹，吾其魚乎。」蘇曰：漢中河決，蕭望之塞定，人曰：「百姓免此回爲魚。」事見塞河碑。通籍蟠螭印，洙曰：通籍，注籍者爲二尺竹牒，記其年紀名字物色，縣之宫門，案省相應，乃得入。蟠螭，謂印鼻鈕上文也。晉陽春秋曰：重光照洞微，上蟠螭文隱起。夢符曰：右按漢舊儀：天子六璽，皆玉螭虎紐也。差肩列鳳輿。事殊迎代邸，洙曰：高帝崩，吕產欲危劉氏，周勃爲丞相陳平、朱虚侯劉章共誅諸吕，遂奉天子法駕，迎代王於代邸，立爲孝文皇帝。喜異賞朱虚。洙曰：齊哀王弟章入宿衛於漢高后，封爲朱虚侯。以吕禄女妻之。後吕禄、吕產作亂，章與太尉周勃、丞相平等誅之。章乃先斬吕產。文帝益封朱虚侯二千户、黄金一千斤。寇盜方歸順，洙曰：歸順，歸降納款。乾坤欲晏如。洙曰：寧静也。不才同補衮，洙曰：謂作捨遺也[二]。衮職有闕，仲山甫補之。奉詔許

[一] 上，疑當作「尚」。見杜集札記。
[二] 捨，疑當作「拾」。

牽裾。洙曰：魏辛毗字佐治，文帝欲徙冀州士家十萬户實河南，毗諫，帝怒不答，起入，毗隨而引其裾。帝怒，良久乃出，曰：「佐治，卿持我何太急邪？」毗曰：「今徙既失人心，又已無食。」帝遂徙其半。鴛鷺叨雲閣，洙曰：古詩：廁迹鴛鷺行。謂侍徙列也[一]。潘安仁：高閣連雲。騏驎滯玉除。洙曰：一作「石渠」。屬字祕書也。文園多病後，洙曰：司馬相如傳：相如嘗有消渴疾，後拜爲孝文園令。中散舊交疏。洙曰：嵇康爲中散。飄泊哀相見，平生意有餘。風煙洙曰：一作「塵」。巫峽遠，臺榭楚宫虚。洙曰：一作「除」。觸目非論故，洙曰：阮步兵詩云：物固不可論。新文尚起予。洙曰：語：起予者商也。清秋凋碧柳，别浦落紅蕖。消息多旗幟，洙曰：高紀：張旗幟於山上，爲疑兵。經過歎里閭。洙曰：爲喪亂多凋弊。戰連脣齒國，洙曰：僖五年傳：晉侯假道於虞以伐虢。宫之奇諫曰：「虢，虞之表也。虢亡，虞必從之。此所謂輔車相依、脣亡齒寒者，其虞、虢之謂。」軍急羽毛書。洙曰：魏武帝奏事曰：若有急則插羽於檄，謂之羽檄。幕府籌頻問，洙曰：李廣幕下省文書。師古曰：幕府者，以軍幕爲義。山家藥正鋤。洙曰：祕書北臥青城山下[二]。台星入朝謁，使節有吹噓。西屬災長弭，南翁憤始攄。對

[一] 徙，疑當作「從」。見杜集札記。
[二] 北，疑當作「比」。

斆抗士卒，洙曰：斆，余章切。益稷曰：時而颺之。注：颺，道揚舉也。畢命：對揚文武之光命。又說命曰：敢對揚天子之休命。乾没費倉儲。乾，居寒切。洙曰：張湯傳：湯始爲小吏，乾没，與長安富賈田甲、魚翁叔之屬交私。服虔曰：乾没，謝成敗也[一]。如淳曰：豫居物以待之，得利爲乾，失利爲没。勢藉兵須用，功無禮忽諸。御鞍金騕褭，洙曰：漢書音義曰：騕褭者，神馬也。赤喙黑身，與飛兔同。明君有德則至。宫硯玉蟾蜍。洙曰：西京雜記：晉靈公冢甚環壯[二]，四角皆以石爲玃犬捧燭。石人男女四十餘皆立侍。棺器無復形兆，户猶不壞[三]。孔竅中皆有金玉。其餘器物皆朽爛不可別，惟有玉蟾蜍一枚，大如拳，腹空容五合水，光潤如新。玉取以盛其書滴[四]。拜舞銀鉤落，洙曰：銀鉤，字也，猶詔書。恩波錦帕舒。洙曰：西京雜記言秘閣圖書皆表以牙籤，覆以錦帕。此行非不濟，良友昔相於。去棹依顏色，沿流想疾徐。沉綿疲井臼，洙曰：馮衍傳：兒女常自操井臼。倚薄似樵漁。乞去聲。鄭曰：云既切，與人物。米煩佳客，鈔詩聽小胥。鈔，楚交切。洙曰：小吏也。杜陵斜晚照，洙曰：漢書曰：宣帝葬杜

[一] 謝，疑當作「射」。
[二] 環，疑當作「瓌」。見杜集札記。
[三] 户，疑當作「尸」。
[四] 玉，疑當作「王」。

陵。元紀[一]：杜陵在長安南五十里。張湯爲御史大夫，蕭望之爲前將軍，皆徙杜陵也。**滻水帶寒淤。**滻，以律切。淤，衣居切。**洙曰**：滻，水名也。上林賦：豐鎬潦滻。杜陵、滻水，公之故里。**莫話青溪髮，鄭曰**：在荊州，鬼谷子學仙處。**蕭蕭白映梳。****蘇曰**：黄休：「年老多病，素髮映梳燈下，不辨蠅頭，世事疏也。」

送李公祕書赴杜相公幕新添。

青簾白舫益州來，蘇曰：劉濬自益州歸荊渚，白舫百棹，皆繡帆青簾，多載妓女，峽人呼爲天上樓舡。**巫峽秋濤天地迴。石出倒聽楓葉下，洙曰**：灩澦堆。**櫓搖皆指菊花開。貪趨相府今晨發，恐失佳期後命催。南極一星朝北斗，洙曰**：晉文志[二]：北極北而最尊者也。天運無窮，三光迭曜，而星辰不移，故曰居其所而衆星拱之，人君之象也。**趙曰**：南極，以言李公在楚而往，是爲南極之星。北斗，指長安，蓋上直北斗，而號北斗城也。**五雲多處是三台。洙曰**：五雲，五色雲也。三台，上台、中台、下台也。**趙曰**：晉天文志：三台六星，兩兩而居，三公之位也。三台，指杜相矣。

[一] 元紀，疑當作「元帝紀」。
[二] 文志，疑當作「天文志」。

大曆二年九月三十日

爲客無時了，悲秋向夕終。瘴餘夔子國，**洙曰**：魚復，古夔子國。霜薄楚王宮。**洙曰**：楚王遊蘭臺之宮。草敵虚嵐翠，花禁冷葉紅。年年小摇落，不與故園同。**蘇曰**：同素塞上行云：八月嚴霜邊岸白，風光豈與故園同。陰鏗云：秦川風物異，不與故園同。

十月一日

有瘴非全歇，爲冬不亦難。**趙曰**：時已十月矣，而瘴尚未全歇，所以爲冬候之難也。夜郎溪日暖，**洙曰**：夜郎，西南夷也。揵爲有夜郎溪[一]。白帝峽風寒。蒸裹如千室，**洙曰**：後漢贊：一夫得情，千室鳴絃。峽俗以蒸裹爲節物。燋糟**洙曰**：一作「糖」。幸一柈。**夢符曰**：右按云微之詩[二]：雜蓴多剖鱔，和黍半蒸菰。此與蒸裹無異。燒糟皆荆楚人所食者。柈與盤同。又抱朴子曰：七柈瓦甗，無救朝饑。**趙**

[一] 揵，疑當作「犍」。

[二] 云，疑當作「元」。

曰：以糖爲止[一]。蒸裹、燋糖，皆十月一日之事如此。一柈，史多用此。倭字書乃俗槃字之真者也[二]。**鄭曰：**柈，晉官切。王注音盤，與盤同。**兹辰南國重，舊俗自相歡。**

王狀元集百家注編年杜陵詩史二十八卷

[一] 止，疑當作「正」。見杜集札記。
[二] 倭，疑當作「按」。

王狀元集百家注編年杜陵詩史

叁

〔唐〕杜甫 撰
舊題〔宋〕王十朋 集注
曾祥波 點校

杜詩宋元注本叢書
劉躍進 主編

鳳凰出版社

王狀元集百家注編年杜陵詩史二十九卷

戲作俳諧體遣悶二首俳音排。

異俗可吁怪，斯人難並居。家家養烏鬼，養，去聲。薛曰：右按沈存中筆談：峽中人謂鸕鷀爲烏鬼，以繩繫其頸，使人捕魚〔一〕，此説非也。楚人信巫，以爲烏鬼耳。田曰：元稹詩曰：病賽烏稱鬼，巫占瓦代龜。注：南人染病，競賽烏鬼。楚巫列肆悉賣瓦卜，此在元稹長慶小集。所謂注，則稹有注也。蘇曰：夔州圖經稱峽中人謂鸕鷀爲烏鬼，蜀人臨水居者皆養鸕鷀，繫其頸，使之捕魚，得魚則倒提出之，至今如此。或言居人相率十百爲曹，設牲酒於田間，衆操兵杖群譟而祭烏蠻鬼，言烏蠻戰死者多與人爲厲，歲以此禳之。余曰：冷齋夜話云：川峽路民多供事烏蠻鬼，以臨江，故頓頓食黄魚耳。俗人不解，便作養畜字讀，遂使沈存中自差以烏鬼爲鸕鷀也。師曰：按沈存中筆談：峽中人謂鸕鷀爲烏鬼，以繩繫其頸，使之捕魚。此説非也。楚人信巫，以烏爲鬼耳。元稹詩曰：病賽烏稱鬼，巫占瓦代龜。注：南人染病，競賽烏鬼。楚巫列肆悉賣瓦卜。夢符之説是，養當讀爲供養之養。頓頓食黄魚。鮑曰：按爾雅注：鱣，大魚，似鱏而短，口在頷下，邪行無鱗。内

〔一〕人，疑當作「之」。見杜集札記。

黃大者長二三丈，江東呼爲黃魚。故公詩云「脂膏兼飼犬，長大不容身」，豈有如此大魚可以鸕鷀爲捕者，則知烏鬼乃烏蠻鬼耳。**舊識難爲態，新知已暗疏。****洙曰：**楚辭：樂莫樂兮新相知。**治生且耕鑿，只有不關渠。****洙曰：**峽俗養烏頭鬼，祭之似人。**趙曰：**交態之態也。難與之態，則其薄矣。楚辭曰：樂莫樂於新相知。而至於已暗疏，則其人之薄又可知，故下句欲耕鑿，不復與薄俗相關。

西歷青羌坂，**鄭曰：**水經注：江水遥巫峽[一]，過青羌山坂。**南留白帝城。於菟侵客恨，****鄭曰：**菟，同都切，虎名。**洙曰：**一作「穀於」。宣四年：初，若敖娶於䢵，生鬭伯比，若敖卒，從其母畜於䢵，浮於䢵子之女[二]，生子文焉。䢵夫人使棄諸夢中，虎乳之。䢵子田見之，懼而歸，夫人以告，遂使之[三]。楚人謂乳穀，謂虎於菟，故命之曰鬭穀於菟。其女妻伯比，實爲令尹子文。**粔籹作人情。****蒼舒曰：**宋玉招魂云：粔籹密餌，有餦餭此二[四]。注：粔籹，故以密和米，煎作之。粔，奇舉切。籹音女。**蘇曰：**張黔送友人粔籹、餳糍。粔籹，今糖餅，蜀人呼爲粔籹。**鄭曰：**粔，其呂切。籹，尼呂切。膏環也。**瓦卜傳神語，****洙曰：**巫俗擊瓦，觀其文理，分折以定吉凶，謂之瓦卜。**夢符曰：**右按元微之詩：病賽烏稱鬼，巫占瓦代龜。注：南人染病，競賽烏

[一] 遥，疑當作「逕」。見杜集札記。
[二] 浮，疑當作「淫」。見杜集札記。
[三] 「使」後疑闕「收」字。
[四] 此二，疑當作「些」。見杜集札記。

鬼。楚巫列肆，悉賣瓦卜。畬田費火聲。洙曰：一作「耕」。火耕水耨。史記食貨傳載。田曰：楚俗燒榛種田曰畬。先以刀芟治林木，白斫畬〔一〕，其刀以木爲柄，刃向曲，謂之畬刀。劉禹錫畬田行：何處好畬田。子美夔府詠懷又云：燒畬渡地偏。是非何處定，高枕笑浮生。洙曰：公須歲自秦涉隴，從同谷縣出遊蜀，留帶巫山〔二〕。趙曰：言風俗處處不同，孰是孰非，焉有定乎？但付之一睡而已。

暫往白帝復還東屯

復作歸田去，趙曰：言自白帝歸田也。猶殘穫稻功。築場憐穴蟻，趙曰：以見公之不殘。拾穗許村童。趙曰：以見公之不吝。拾穗，詩云：遺秉滯穗，伊寡婦之利也。落杵光輝白，除芒子粒紅。加餐可扶老，趙曰：古詩：上言加餐飯。扶老，扶吾身之老也。倉庾慰飄蓬。

刈稻了詠懷

稻穫空雲水，川平對石門。洙曰：南都賦：緣以劍閣，阻以石門。趙曰：此乃夔州詩，而言石門，

〔一〕白，疑當作「曰」。見杜集札記。
〔二〕帶，疑當作「滯」。見杜集札記。

乃下篇「雙崖壯此門」也。舊引蜀都賦「阻以石門」。舊注云：石門在漢中之西，豈干夔州事哉？非是。寒風疏草木，又云「落木」。旭日散雞豚。洙曰：孟子：雞豚狗彘。野哭初聞戰，樵歌稍出村。無家問消息，作客信乾坤。

瞿塘兩崖

三峽傳何處，雙崖壯此門。入天猶石色，趙曰：兩面壁立而高插天。穿水忽雲根。趙曰：雲根亦以言石。傳云：五岳之雲觸石而出。其後唐人呂使雲根字以名石[一]。猱玃鬢髯古，鄭曰：玃，許縛切，搏也。蛟龍窟宅尊。洙曰：江賦：瑰奇之所窟宅。羲和冬馭洙曰：一作「驂」。近，洙曰：天台賦：羲和亭午。愁畏日車翻。趙曰：淮南子注云：日乘車駕以立龍[二]。羲和爲之馭。公以山之高，故日去之近，然冬日景短，故畏其車翻去。李尤歌曰：安得猛士翻日車。

[一] 呂，疑當作「屢」。

[二] 立，疑當作「六」。見杜集札記。

柳司馬至洙曰：此詩言中原用兵，民未安定也。

有使歸三峽，相過問兩京。洙曰：兩京，雍、洛。函關猶出將，洙曰：尹喜見老子於函關。渭水更屯兵。洙曰：文王得呂望於渭濱。設備邯鄲道，洙曰：漢文帝謂慎夫人曰：「此北走邯鄲道。」和親邏些洙曰：一作「沙」。城。鄭曰：邏，力佐切。沙，四箇切。地名。寰宇記：匈邏沙城。夢符曰：右按「邏沙」作「邏娑」。薛仁貴爲邏娑道行軍總管，城在吐蕃中。修可曰：邏些，吐蕃都城名也。唐舊史：吐蕃本南京禿髮之後，語訛謂之吐蕃。其國都城號爲邏些城，屋皆平頭，貴人處於大氊帳，爲佛廬。新、皆史云〔一〕：吐蕃號君長曰贊普，春跋布川或邏娑川〔二〕。姑蘇及蜀本杜詩作「邏沙」，惟歐陽文忠公本作「邏些」。當舊史爲正。趙曰：出將屯兵與夫設備和親，皆因吐蕃而然也。吐蕃傳曰：其贊普居跋布川或邏沙川，有城郭廬舍。幽燕唯鳥去，趙曰：北地猶不通，豈以安、史雖滅，而蕃鎮相繼跋扈耶？商洛少人行。衰謝身何補，蕭條病轉嬰。洙曰：劉公幹：余嬰沉痾疾。霜天到宮闕，戀主寸心明。

〔一〕皆，疑當作「舊」。

〔二〕春，疑當作「居」；跂，疑當作「跋」。

孟冬

殊俗還多事，趙曰：公中原人，而流落巴夔，故指爲殊俗也。方冬變所爲。破甘霜落爪，嘗稻雪翻匙。巫岫寒都薄，趙曰：楚地煖故也。烏蠻洙曰：一作「黔溪」。瘴遠隨。鄭曰：梁益記：嶲州嶲山，其地接諸蠻部，有烏蠻、秋蠻。終然減灘瀨，暫喜息蛟螭。洙曰：南都賦：憚夔龍兮布蛟螭。又云：或藏蛟螭。趙曰：水盛滿則蛟螭橫，既冬則水日落，可以暫息蛟螭之憂也。

悶

瘴癘浮三蜀，風雲暗百蠻。趙曰：此夔州詩而言三蜀。百蠻，蓋夔在三蜀之下、百蠻之北，廣言之也。卷簾唯白水，隱几亦青山。隱，去聲。猿捷長難見，洙曰：淮南子：置猿檻中，非不巧捷。南都賦：猿狖騰希而競捷。鷗輕故不還。洙曰：南越志：勃海中有鷗，隨潮上下。無錢從滯客，有鏡巧催顏。

雷

巫峽中宵動，滄江十月雷。洙曰：陸士衡：迅雷中宵激，驚電光夜舒。龍蛇不成蟄，洙曰：

易：龍蛇之蟄以存信。**天地劃争迴。**劃，呼麥切。**却碾空山過，深蟠絶壁來。何須妬雲雨，霹靂楚王臺。**趙曰：宋玉高賦言[一]：神女云：朝爲行雲，暮爲行雨。朝朝暮暮，陽臺之下。而今也雷之不時，若妬神女之爲雲雨，而霹靂以震之也。

朝二首

清旭楚宮南，趙曰：清旭，清朝也。江賦：視雰祲於清旭。楚宮，則楚王之宮也。**霜空萬嶺含。野人時獨往，**趙曰：朝未有行人，故野人時獨往耳。**雲木曉相參。俊鶻無聲過，饑烏下食貪。**蘇曰：鼂錯：仰看飛鳥，無聲而過者俊鶻，乾噪而下者饑烏。**病身終不動，**蘇曰：西方妙華尊者，國王三召不來，使人又召，曰：「如不來，王當斬爾。」尊者曰：「斬即斬，吾身終不動。」王聞而異之，加禮焉。**搖落任江潭。**洙曰：陸士衡：戢翼江潭。

浦帆晨初發，郊扉冷未開。趙曰：善本作「浦帆」。帆音去聲。今韻書亦收矣。言方晨朝之際，想江浦之中，其帆起發，而郊居之家以冷而未開其扉也。**村疏黄葉墜，野静白鷗來。礎潤休全濕，**夢符

[一] 高賦，疑當作「高唐賦」。

曰：右按淮南子：山雲蒸，柱礎潤。趙曰：休，罷也。言礎石之潤，經夜稍乾，而半濕矣。**雲晴欲半迴。**趙曰：言朝既晴霽，其宿雲半劍而迴去也。**巫山冬可怪，昨夜有奔雷。**洙曰：江淹：山雲潤柱礎。趙曰：使三都賦之「雷奔」也。

寫懷二首

勞生共乾坤，何處異風俗。冉冉自趨競，行行見羈束。趙曰：古樂府：冉冉幕中趨。古詩：行行重行行。**無貴賤不悲，無富貧亦足。**洙曰：言貴賤貧富，一委順之而已。所謂樂天之命者〔一〕。趙曰：賤之所以悲者，以貴形之也。故無貴則賤者不悲。貧之所不足者，以富形之也。故無富則貧也亦足。此義甚明，而舊注亂之。**萬古一骸骨，**洙曰：同歸於死。**鄰家遞歌哭。鄙夫到巫峽，三歲如轉燭。**洙曰：言光景之迅速也。**全命甘留滯，忘情任榮辱。**洙曰：一歸之於真。**朝班及暮齒，日給還脫粟。**趙曰：公嘗爲左拾遺，今又爲工部員外郎，則所謂朝班。公時年五十六矣，所謂暮齒。然日給還脫粟而已，蓋其貧故也。**編蓬石城東，**洙曰：編蓬以庇風雨。**採藥山北**洙曰：一云「林」。**谷。**洙曰：許徵君

〔一〕之，疑當作「知」。

詢詩：採藥白雲偎，略以肆所養。許畋隱居北山，採藥讀易，自號太易先生。漢武三召不起。用心霜雪間，不必條蔓緑。非關故安排，洙曰：謝靈運詩：安排徒空言，幽獨賴鳴琴。達士如弦直，小人似鈎曲。曲直吾不知，負暄候樵牧。洙曰：謝靈運詩：居當以待終，處順故安排。曾是順幽獨。洙曰：後漢：童謡：直如弦，死道邊。曲如鈎，封公侯。趙勝負暄坐睡風簷，候樵牧之歸。趙曰：負晚日之暄，以候樵牧之歸也。列子楊朱篇曰：昔者宋國有田夫，常衣緼以過冬。暨春東作，自曝於日，不知天下之有綿纊狐貉。顧謂其妻曰：「負日之暄，人莫知者，以獻吾君，當有重賞。」師曰：古樂府陌上桑云：盈盈公府步，冉冉府中趨。冉冉，無氣貌。人趨競於物，則其氣喪矣。凡百所行，但見羈束不自由也。君子當安乎富貴貧賤，樂天知命而不憂。甫檢校工部，故云朝班。暮齒，乃晚年也。編蓬所以禦風雨，採藥所以療衰病。雖不特達，然能守其節操，不爲紛華所變，故云：用心霜雪間，不必條蔓緑。孟子曰：古者以利爲本，人當安時處順。不用注意安排，排著則是以利爲本。是以達理之士，其直如弦。負暄，炙背也。

夜深坐南軒，明月照我膝。驚風翻河漢，梁棟已出日。洙曰：洛神賦：若白日之照屋梁。群生各一宿，飛動自儔匹。蘇曰：武璋云：「飛走水陸，咸有儔匹。」吾亦驅其兒，營營爲私實。洙曰：一作「室」。天寒行旅稀，歲暮日月疾。榮名忽洙曰：一作「感」。中人，洙曰：楚辭：以薄寒中人。蘇曰：許尚：「榮名如風箭，忽然暗中。」世亂如蟣虱。古者三皇前，滿腹志願畢。定功曰：顔延年曰：亂世人事如蟣虱。胡爲有結繩，陷此膠與漆。洙曰：言三皇之前，民未有知結繩。之後民僞日起，而是非交構如膠漆然。趙曰：莊子曰：待繩約膠漆而固者，是侵其德也。禍首燧人氏，厲階董狐筆。洙曰：燧人火化而争欲之心生，董狐直筆而是非之端起，故以燧人爲禍首，以董狐爲厲階也。君看燈燭張，轉使飛蛾密。洙曰：言愈察則愈繁。放神八極外，俛仰俱蕭瑟。趙曰：莊子：其疾俛仰之間，再撫四海之外也。見前注。終契如往還，洙曰：一云「終然契如真」。得匪合洙曰：一云「金」。仙術。師曰：甫以私居口體爲累，不免驅兒營治生計，以爲口實故也。榮名忽中人，謂暮年檢校工部。三皇之前，其風淳樸，欲寡而自足，結繩之後，巧僞日滋，如膠漆然，是以燧人火化而争欲之心起，董狐直筆而是非之端生，此甫所以有禍首厲階之語也。有燈則有蛾，有利則有争，要在放神俛仰，無所凝滯，視死生如往還。

可歎

天上浮雲如白衣，斯須改變如蒼狗。洙曰：言雲本無體，人以爲衣，人以爲狗而已。趙曰：浮雲固變態不常之物，然初爲白衣，而變爲蒼狗，以譬萬事之變不可名狀也。北史元諧傳：如蹲狗去鹿。古往今來共一時，人生萬事無不有。洙曰：非特雲也。古今人事亦如此者衆。趙曰：應詹與陶侃書曰：其問事故何所不有也。近者抉眼去其夫，洙曰：一云「昧」。河東女兒身姓柳。趙曰：不喜其夫，如抉眼中之物而去之。東北人方言，不喜見者，每日抉眼。丈夫正色動引經，酆城客子王季友。趙曰：惟王季友正色引經。在唐之粹惟載季友詩〔一〕，觀公全篇所云，則王佐之才矣。群書萬卷常暗誦，孝經一通看在手。蘇曰：高岳讀孝經一遍，即背誦，時五歲。貧窮老瘦家賣屐，好事就之爲携酒。趙曰：暗使揚雄傳：好事者載酒肴從遊學。豫章太守高帝孫，洙曰：宗室也。引爲賓客敬頗久。趙曰：此下紀述季友，且言其逢主人李太守也。聞道三年未曾語，小心恐懼閉其口。太守得之更不疑，人生反覆看亦醜。趙曰：言人生相得氣合則勿疑，若更反覆，則旁人看之亦醜也。明月無瑕豈容易，紫氣鬱鬱猶衝斗。洙曰：明月之珠，紫氣衝斗，見張華傳。時危可杖真豪俊，二人得置君側否。太守頃者在南山，邦人思之比父母。王生早曾拜顔色，高山之外皆培塿。上都茍切，下路茍切。洙曰：魏都賦：培塿之與方壺。修可曰：左傳曰：部婁無松柏。説文曰：培塿，小土山。方言曰：冢，秦、晉之間謂之培塿。風俗通曰：培塿者，即阜之類也。今齊、魯之間，山之小高者曰培塿。趙曰：小阜也，言王生之拜太守，顔色如仰高山，其餘人真培塿也。用爲羲和天爲成，用平水土地爲厚。洙曰：堯羲仲和仲〔二〕。書：地平天成。又：禹平水土。王也論道阻江湖，李也丞疑曠前後。洙曰：左輔右弼，前疑後

〔一〕 之，疑當作「文」。
〔二〕 「堯」後疑闕「命」字。

丞，三公論道經邦。**趙曰**：王也可以論道，而留滯於江湖，阻隔於致身。李也可爲疑丞，而天子前後曠闕斯人也。**死爲星辰終不滅，洙曰**：見「方朔爲歲星」注。**致君堯舜焉肯朽。吾輩碌碌飽飯行，風后力牧長迴首。洙曰**：風后、力牧，黄帝時良臣也。**師曰**：衣無情而狗有情，如衣猶之可也，變而爲狗則甚矣。古今人事變更，有同浮雲。河東柳氏之女疾其夫貧醜，抉眼以去其夫王生。然王生通經孝友之士也，見愛於太守李侯，而見惡於其妻，亦足見人生返覆，萬事變更如浮雲然，兹可歎也。夏侯湛東方朔畫贊序曰：先生棄俗登仙，神變造化，靈爲星辰。此又奇怪恍惚，不可備論也。莊子曰：傅説得之以相武丁，乘車維〔一〕，騎箕尾，而比於列星。陶淵明集賢群輔録：風后受金法。注云：金法，言能決理是非。力牧受準〔二〕。注：準斥九事也。與天老、五聖、知命、窺紀、地典爲黄帝七輔。州選舉翼佐帝德。又帝王世紀也，黄帝夢大風吹天下，塵垢皆去。復夢人執千鈞之弩，驅羊數萬群。帝歎曰：「風天號令，垢去土，后在也。豈有姓風名后者哉。千鈞之弩，異力能遠。驅羊萬群，牧民爲善。豈有姓力名后者哉。」乃得風后於海隅，力牧於大澤。甫以王季二人比之風后、力牧，可以論道，可以丞疑以輔王室，故回首以眷思之。

〔一〕車，疑當作「東」。見杜集札記。

〔二〕「準」後疑闕「斥」字。

觀公孫大娘弟子舞劍器行并序

大曆二年十月十九日，夔府別駕元持宅，見臨潁李十二娘舞劍器，壯其蔚跂。問其所師，曰：「余公孫大娘弟子也。」開元三載，余尚童稚，記於郾城觀公孫氏舞劍器渾脫，瀏灕上力周切，下力支切。頓挫，獨出冠時。自高頭宜春、梨園二伎坊內人，洎外供奉，曉是舞者，聖文神武皇帝初，公孫一人而已。玉貌錦衣，況余白首，今茲弟子，亦匪盛顏。既辯其由來，知波瀾莫二。撫事慷慨，聊爲劍器行。往者吴人張旭，善草書書帖，數嘗於鄴縣見公孫大娘舞西河劍器，自此草書長進。豪蕩感激，即公孫可知矣。行曰：

昔有佳人公孫氏，一舞劍器動四方。觀者如山色沮喪，天地爲之久低昂。**敏功曰**：言不自安也。㸌如羿射九日落，㸌音酷。**洙曰**：堯時十日並出，堯令羿射中九日，日烏皆死，墮其羽翼。矯如群帝驂龍翔。來如雷霆收震怒，罷如江海凝清光。**洙曰**：皆言舞劍器回旋疾徐變態也。**趙曰**：選詩：秋月懸清光。絳脣珠袖兩寂寞，**洙曰**：蕪城賦：玉貌絳脣。**蘇曰**：杜遵過銅雀臺序云：緬懷朱唇翠袖，絲竹絃索，今俱寂寞，唯有崇山遠水依舊。**敏功曰**：謂公孫已死也。晚**洙曰**：又云「脱」。有弟子傳芬芳。**饒曰**：李十二娘傳其術。臨潁美人在白帝，**洙曰**：李十二娘也。**饒曰**：白帝即夔州魚復，孫、甫於此先之[一]。妙舞此曲神揚揚。與余問答既有以，感時撫事增惋傷。先帝侍女八千人，晁曰：先帝，指元宗也。公孫劍器初第一。五十年間似反掌，風塵傾洞昏王室。趙曰：指言祿山之亂也。梨園弟子散如煙，夢符曰：右按唐書志：元宗既知音律，又酷愛法曲，選坐部女子弟三百教於梨園，號皇帝梨園子弟。宮女數百，亦爲梨園弟子，居宜春北院。女樂餘姿映寒日。洙曰：祿山之亂，梨園弟子及雜伎皆流散也。趙曰：指言李十二娘也。十月十二日見之，此所謂映寒日。金粟堆南木已拱，洙曰：見「金粟堆南松柏裏」注。左傳：墓木拱矣。江淹恨賦：拱木斂魂。趙曰：金粟堆在明皇泰陵之北，今詩懷想之也。瞿塘石城草蕭瑟。玳筵急管曲復終，夢符曰：右按古樂府今日樂相樂行：綺殿文雅逌，玳筵歡趣密。又曰：歌朱脣動愛神舉，洛陽少童邯鄲女。古稱淥水今白紵，催絃急管爲君舞。樂極哀來月東出。老夫不知其所往，足繭荒山轉愁疾。洙曰：足重繭也。言奔走流落而足重繭爾。趙曰：公自言去留未定，今徒足繭荒山足耳[二]。胝如繭也，所謂重既累繭是也。

[一] 先，疑當作「見」。見杜集札記。
[二] 後一「足」字疑爲衍文。

冬至

年年至日長爲客，忽忽窮愁泥殺人。泥，乃計切。江上形容吾獨老，**洙曰**：屈原放於江潭，形容枯槁。天涯**洙曰**：一作「天邊」。風俗自相親。**洙曰**：陸士龍：脩路無窮迹，井邑自相循。百城名異俗[一]，千里是良鄰。歡舊難假合，風土豈虛親。杖藜雪後臨丹壑，鳴玉朝來散紫宸。**洙曰**：西征賦：飛翠緌，拖鳴玉，以出入禁門者，衆矣。心折此時無一寸，**洙曰**：別賦：使人意奪神駭，心折骨驚。路迷何處見**洙曰**：一作「是」。三秦。**洙曰**：項羽立三秦王。

小至

天時人事日相催，冬至陽生春又來。**夢符曰**：右按玉燭寶典：禮：夏至小正十有一月，王狩。又沈約宋書曰：魏晉冬至日受萬國及百寮稱賀。因小會，其儀亞於歲朝。甫稱小至，當謂是也。或曰：陽爲大，陰爲小，冬至陰極，故曰小至。春秋元命苞曰：冬至百八十日，春夏成道。宋均曰：冬至陽用事，歷春至夏，百八十二日八分之五，而陽道成也。孝經援神契曰：冬至陽氣萌。刺繡五紋添弱線，刺，七迹切。吹

[一] 名，疑當作「各」。見杜集札記。

葭六琯動浮灰。洙曰：續漢書：以葭莩灰實律之端，按歷者候之，氣至則灰飛，而通以六律也。岸容待臘將舒柳，山意衝寒欲放梅。雲物不殊鄉國異，洙曰：左傳：分至啓閉，以舒雲物〔一〕。教兒且覆掌中杯。

舍弟觀赴藍田取妻子到江陵喜寄三首

汝迎妻子達荆州，消息真傳解我憂。鴻鴈影來連峽内，洙曰：古詩：弟兄鴻鴈序。鶺鴒飛急到沙頭。洙曰：詩：鶺鴒在原，載飛載鳴。燒關險路今虚遠，洙曰：漢祖入蜀，張良辭歸，勸高祖燒絶棧道。修可曰：燒關，當作「嶢關」。音堯，在峽右。漢書：曹參從高祖西攻嶢關。注：在洛北藍田武關西，以觀赴藍田，故云。尹曰：燒，當作「嶢」者，堯關在上洛北、藍田南、武關之西。漢高祖紀：秦王嬰子誅趙高〔二〕，遣將將兵據嶢關。禹鑿寒江正穩流。洙曰：江漢巴東之峽，夏后疏鑿云。朱紱即當隨綵鷁，青春不假報黄牛。

〔一〕舒，疑當作「書」。見杜集札記。

〔二〕嬰子，疑當作「子嬰」。見杜集札記。

馬度洙曰：一作「虔」。**秦山雪正深，北來肌骨苦寒侵。他鄉就我生春色，**趙曰：白日峽往荆〔一〕，可以春時矣。**故國移居見客心。**趙曰：故國，人情之所不忍離也。今自故國而移居，以不得已而來，則不心可見矣〔二〕。**歡劇提携如意舞，**洙曰：一云「王戎好作如意舞」。諸葛亮出軍，嘗以鐵如意指麾。**喜多行坐白頭吟。**洙曰：文君作白頭吟。**巡簷索共梅花笑，冷蘂疏枝半不禁。**

庾信羅含俱有宅，黄曰：庾信因侯景之亂，自建康遁歸江陵，居宋玉故宅，宅在城北三里。羅含爲桓温別駕，以廨舍喧擾，於江陵城西三里小舟上立茅屋而居，布衣蔬食，晏如也。師曰：庾信宅即宋玉故宅，見送李功曹之荆州詩注。余知占諸宮故事〔三〕：羅含爲桓温別駕，以廨舍喧擾，於江陵城西三里小州上立茅屋，伐木爲床，織葦爲席而居。布衣蔬食，晏如也。後安成王在鎮，以其宅借録事劉朗之。見一丈夫衣冠甚偉，冰矜而立，朗之驚問，忽然失之。人謂含有神。**春來秋去作誰家。短墻若在從殘草，喬木如存可假花。卜築應同蔣詡徑，**洙曰：三輔決録：蔣詡舍中竹下惟開三徑，羊仲、求仲從與之遊。**爲園須似邵平瓜。**洙曰：邵平種瓜美，故世謂之東陵瓜。**比年**洙曰：一作「因」。**病酒開涓滴，弟勸兄酬何怨嗟。**

〔一〕白，疑當作「自」；曰，疑爲衍文。

〔二〕不心，疑當作「客心」。

〔三〕諸，疑當作「渚」。

別李義彥輔曰：公自言杜與李同出於陶唐氏，故此詩言余亦忝諸孫也。詩云「中外貴賤殊」，乃與義爲表昆弟，非李、杜同出陶唐氏。

神堯十八子，十七王其門。道國洎舒國，實惟親弟昆。洙曰：唐高祖二十二子，而此止云「十七王其門」，未詳也。道王名元慶，第十六子也。舒王元名，第十八子也。鮑曰：高祖二十二子，道王元慶、舒王元名、衛懷王玄霸、楚哀王智雲，皆先薨。太子建成、巢王元吉以事誅，詔除籍。故止言十八。太宗有天下，故有十七子封王也。**中外貴賤殊，**師曰：義，宗姓，爲內。甫，異姓，爲外，故云「貴賤殊」。**余亦忝諸孫。**趙曰：神堯，唐高祖也。按史有二十二子，而今詩云十八子邪。學者尚疑之。道名元慶，第十六子也。舒王元名，第十八子。詳味詩意，則李義者，道國之裔孫，而公則舒國後裔之外孫也。舊注云：公自言杜與李同出於陶唐氏。是何夢語。**丈人嗣王業，**洙曰：唐制：諸子襲封者，謂之嗣王。趙曰：丈人，指言李義之父也。嗣王業，則繼嗣前王之業也。舊注云：襲封，謂之嗣王。其說誤矣。**之子白玉溫。**趙曰：稱李義也。謂其溫如玉也。**道國繼德業，請從丈人論。**趙曰：申言丈人乃道國之後，其能繼其德業者，請從李義之父言之也。**丈人領宗卿，**洙曰：宗正卿也。**肅穆古制敦。**馬曰：肅穆，欽和貌。古制敦，謂敦厚宗族也。**先朝納諫諍，**馬曰：先朝，指太宗也。**直氣横乾坤。子建文筆壯，河間經術存。**洙曰：曹子建能文。漢河間王能明於經術，獻禮樂，建三雝之教。趙曰：子建，魏陳留王曹植也，能文章。漢景帝子河間獻王德也，明於經術。以此言李義之父。**温克富詩禮，骨清慮不喧。洗然遇知己，談論淮湖奔。**

洙曰：言談論鋒起，若淮湖奔注，不可涯涘也。**蘇曰**：梁衡曰：「見王戎談論，如淮湖傾注原流，莫可擬此而測掩也。」**憶惜初見時，小襦**洙曰：一作「孺」。**繡芳蓀。****洙曰**：文選：芳蓀紫綺爲上襦。襦，袴也。**趙曰**：自經術存而下，皆言李義。襦，矩衣也[一]。賈誼過秦論云：寒者利短褐。注曰：一作「短小襦」也。舊注妄添選五言詩爲七字，云「芳蓀紫綺爲上襦」，何輒附會如此。**長成忽會面，慰我久疾魂。三峽春冬交，江山雲霧昏。正宜且聚集，恨此當離罇。莫怪執盃遲，我衰涕唾煩。****洙曰**：王仲宣：怨盃行遲。解嘲：涕唾流珠沫[二]。**趙曰**：舉杯西我獨執之遲[三]，蓋以涕唾煩故也。舊注引但訝盃行遲[四]，却是訴主人行盃之遲耳，何干此義？**重問子何之，西上岷江源。****洙曰**：順流爲沿，逆流爲泝。自夔入蜀，泝流也。故曰西上。**願子少干謁，蜀都足戎軒。誤失將帥意，不如親故恩。****洙曰**：甫幾不能脱嚴武之暴，又爲郭英乂所不容，有是句。**少年早歸來，梅花已飛翻。****趙曰**：王粲四言詩曰：苟非鴻鵠，孰能飛翻。**努力慎風水，****洙曰**：言世若風波也。**趙曰**：舟行之所當慎也。**豈惟數盤飱。****洙曰**：古詩「所謂加飱

[一] 矩，疑當作「短」。見杜集札記。
[二] 珠，疑爲衍文。見杜集札記。
[三] 西，疑當作「哂」。
[四] 訝，疑當作「訴」。

食」也。猛虎卧在岸，蛟螭出無痕。洙曰：言所在皆害人者也，此皆譏時。王子自愛惜，老夫困石根。生別古所嗟，發聲爲爾吞。洙曰：王子，稱李義也。困石根，言不得其地也。吞聲，言聲出而復吞也。

送高司直尋封閬州

丹雀銜書來，洙曰：文王之時，赤雀銜書集於周社也。暮棲何鄉樹。驊騮事天子，辛苦在道路。洙曰：丹雀，異也。驊騮，駿也。言駿異處非其位。趙曰：尚書中候曰：赤雀丹書入豐，止於昌前。昌拜稽首受之。舊注模棱，所引非是。驊騮事，列子：周穆王駕八駿之乘，有曰右服驊騮。此言高司直通藉事主，故以丹雀之於文王、驊騮之於穆王比之。司直非冗官，荒山甚無趣。洙曰：司直華選也，而在荒山，此所以無趣。借問泛舟人，胡爲入雲霧。與子姻婭間，既親亦有故。洙曰：姻婭，猶言姻聯也。詩：瑣瑣姻婭。非特親也，又有舊故。萬里長江邊，邂逅一相遇。洙曰：邂逅，言不期而遇也。長卿消渴再，公幹沉綿屢。洙曰：長卿，相如也，病渴。劉公幹詩：余嬰沉痼疾，竄身清漳濱。趙曰：公自言其病與相如、公幹同。清談慰老夫，開卷得佳句。時見文章士，蘇曰：枚叔見司馬犬子遠寄詩，喜而謂室家曰：「示意開卷得此佳句〔一〕，瓊瑰南金，不足貴也。」欣然淡情素。伏枕聞別離，疇能忍漂寓。良會苦短促，溪行水奔注。熊羆咆空林，蘇曰：古詩：熊羆呼林寒。言小人得志自肆之意也。遊子慎馳騖。亡遇切。西謁巴中侯，洙曰：閬爲巴中。趙曰：巴中侯，則封閬州也。官難險，則高君之不憚遠如此。艱險如跬步。主人不世才，先帝常特顧。洙曰：主人，巴中侯也。拔爲天軍佐，洙曰：天軍，禁宰也。趙曰：必嘗佐禁旅之任。崇大王法度。淮海生清風，南翁尚思慕。趙曰：言淮海，則必爲揚州等處官。南公者，南方之老人也。公宮造廣廈，木石乃無數。洙曰：言幕府方須才也。趙曰：建廣廈於官府者也。凡官府貴處謂之公宮。左傳：構其公宮。舊注謂幕府乃須才，不知此乃述封閬州事，非指高使者也〔二〕。初聞伐松柏，猶卧天一柱。趙曰：此言廊廟之具矣，非封閬州不足以當之。神異經云：崑崙有銅柱焉，其高入天，所謂天柱也。我瘦洙曰：一作「病」。書不成，蘇曰：郭贇久疾，書不成，攲傾倒側。今月自讀，亦不能識，何況兒童搭耶？成字讀亦誤。爲我問故人，勞心練征戍。洙曰：此詩觀末章，則閬州是房琯也。趙曰：故人指封閬州也。師曰：文王時丹雀來岐岳。騂騮，穆王之駿。二物皆王者瑞，喻司直宜瑞聖世，不宜在荒山也。今入雲霧，尋封閬州，故云「甚無趣」。姻婭，連襟也。非惟親戚，亦與甫有

〔一〕示，疑當作「不」。
〔二〕者，疑當作「君」。見杜集札記。

故。甫病肺久卧，故比之長卿、公幹。熊羆，喻盜賊。巴中侯，即閬州。半步曰跬，巴蜀路險難行，故云「如跬步」。主人指巴中侯。玄宗常擢之爲禁軍副將，持軍整肅，故云「崇大王法度」。南翁，甫自稱，以流滯於南州也。公宫造廣廈，言天子正再造王室，人材雖多，一柱尚未用，蓋言房琯見貶閬州訓練征戍之兵，故甫託司直以勞問之。

壯遊魯曰：按新史本傳言公少貧不自振，客齊趙吴越間，李邕奇其才，先往見之。師曰：此篇叙壯年經遊之迹。

往昔又云「往者」。十四五，出遊翰墨場。洙曰：阮籍：昔年十四五，志尚好書詩。被褐懷珠玉，顏閔相與期。鮑明遠：十五諷詩書，篇翰靡不通。趙曰：謝宣遠賦張子房詩：粲粲翰墨場。**斯文崔魏徒，**洙曰：崔鄭州尚、魏豫州啓心。**以我似班揚。**洙曰：班固、揚雄。**七齡思即壯，開口詠鳳皇。**蘇曰：張華五歲能詩，見畫鳳凰，觀久之。客命詠之，隨口即成，人皆嘆服。**九齡書大字，有作成一囊。性豪業嗜酒，嫉惡懷剛腸。**修可曰：嵇叔夜與山巨源書：剛腸嫉惡，輕肆直言。遇事便發，此不可二也。**脱略小時輩，結交皆老蒼。飲酣視八極，俗物都茫茫。**洙曰：嗜酒注已見「嗜酒見天真」。孔文舉薦禰衡表：嫉惡若讎。恨賦：脱略公卿，跌宕文史。**東下姑蘇臺，**洙曰：伍被傳：淮南王陰有邪謀，被諫之曰：

「昔子胥諫吴王，吴王不用，迺曰：臣今見麋鹿遊姑蘇之臺也。」張晏曰：姑蘇，吴臺名也。師古曰：吴地記云：因山爲名，西南去國三十五里。史吴世家：越伐吴，敗之姑蘇。越絶書曰：闔廬起姑蘇臺，三年聚材，五年乃成，高見三百里。吴都賦：造姑蘇之高臺，臨四遠而時見。**已具浮海航。**洙曰：航，大舟也。**到今有遺恨，不得窮扶桑。**洙曰：山海經：大荒之中，暘谷上有扶桑。陸機前緩聲歌：總轡扶桑底，濯足暘谷波。**王謝風流遠，**洙曰：王戎、謝安也。**闔廬丘墓荒。**洙曰：闔廬，吴王公子光也。吴越春秋曰：闔廬死，葬於園西比[一]，名曰虎丘。穿土爲川，積壤爲丘，發五都之七十萬人，共治千里。冢池西周深丈餘[二]，銅棺二重，積水銀爲池，池廣六十步，黄金珠玉爲鳧鴈之屬。扁諸之劍、魚千腸在焉[三]。葬之三日，白虎居其上，故號虎丘。**劍池石壁仄，**洙曰：劍池見上。**長洲芰荷香。**洙曰：枚乘遺吴王書：脩治上林，雜以離宫。積聚玩好，圈中禽獸不如長洲之苑。服虔曰：吴苑。孟康曰：以江水洲爲苑也。韋昭曰：長洲，在東吴。吴都賦：帶朝夕之濬池，佩長洲之茂苑。鄭曰：寰宇記云：蘇州長洲縣，縣吴長洲苑也。**嵯峨閶門北，**洙曰：陸士衡吴越行：吴越自有始，請從閶門起。閶門何峨峨，飛閣跨通波。**清廟映迴塘。**洙曰：文王之廟也。

[一] 比，疑當作「北」。見杜集札記。
[二] 西，疑當作「四」。
[三] 魚千腸，疑當作「魚腸之劍」。

脩可曰：按吴越秋闔閭内傳云[一]：立閶門者，以象天門，通閶闔風。立蛇門者，以象地户。清廟非文王之廟，乃吴文皇帝孫和廟也。子皓改葬和，號明陵。又分吴郡、丹陽爲吴興郡，置太守，四時奉祠，立寢堂，號曰清廟。**每趨吴太伯，撫事淚浪浪。** **洙曰**：皇覽曰：太伯冢在吴縣北海里聚[二]，去城十里。吴太伯、弟仲雍皆周太王之子，而王季歷之兄也。季歷賢而有聖子昌，太王欲王季歷，以及昌。於是太伯、仲雍一人犇荆蠻[三]，文身斷髪，示不可用，避季歷。季歷果立，是爲王季，而昌爲太子。太伯之犇荆蠻，自號勾吴。荆蠻義之，人從而歸之。**枕戈憶勾踐，** **洙曰**：越王勾踐，允常之子也。既逃會稽之恥反國，苦身焦思，曰：「汝忘會稽之耻耶？」出則嘗膽，卧則枕戈。**渡浙想秦皇。** **洙曰**：秦始皇紀：十一月行至雲夢，望祀虞舜於九疑山。浮江下，觀藉河，渡海渚，過丹陽，至錢塘，臨浙江，水波惡，乃西百二十里從峽中渡，上會稽，祭大禹，望於南海，而立石刻石秦德[四]。晉灼曰：江水至會稽、山陰，爲浙江。**蒸魚聞匕首，** **洙曰**：史刺客傳：專諸，吴堂邑人，吴公子光之欲殺王僚也，得專諸，善待之。後具酒請王僚，使專諸置匕首魚腹中而進之，以刺王僚。僚已死，光自立爲王，是爲闔廬。**除道哂要章。** **洙曰**：朱買臣，吴人也。初，買臣免待詔，常從會稽守邸者寄居飲食。及拜爲

[一] 吴越秋，疑當作「吴越春秋」。
[二] 海，疑當作「梅」。見杜集札記。
[三] 一，疑當作「二」。
[四] 後一「石」字疑當作「頌」。

太守，買臣衣故衣，懷其印綬，步歸郡邸。直上計，時會稽吏方相與群飲，不視買臣。買臣入室中，守邸與共食，食且飽，少見其綬，守邸輕之，前引其綬，視其印，會稽太守章也。守邸驚出，語上計掾吏，皆醉，大呼曰：「妄誕耳。」守邸曰：「試來視之。」其故人素輕買臣者入內視之，還走，疾呼曰：「實然。」坐中驚駭，曰守〔一〕，相推排陳引中庭拜謁，買臣徐出户。有頃，長安廄吏乘駟馬車來迎買臣，遂乘傳去。會稽聞太守且至，發民除道，縣長吏並送迎車百餘乘。入吳界，見故妻夫妻治道，買臣駐車呼，令後車載其夫妻到太守舍，置園中，給食之。居一月，妻自縊死。**越女天下白，**蘇曰：風俗記：梁援曰：天下之女白，不如越溪之女肌皙。**鑑湖五月涼。**定功曰：梁任昉述異記：鏡湖，世傳軒轅氏鑄鏡湖邊，因得名。今有軒轅磨鏡石尚存，石畔常潔，不生蔓草。蘇曰：郄詵曰：「憶前年五月泛鑑湖，凉風吹面，殊不識炎熱。」**剡溪蘊秀異，**洙曰：「晉、宋間名士多起於此。」鄭曰：剡溪，縣名。時冉切。師曰：自「東下姑蘇臺」至此句，謂遊吳越之地。**欲罷不能忘。歸帆拂天姥，**洙曰：謝靈運登聞海嶠詩〔二〕：暝投剡中宿，明登天姥岑。鄭曰：姥，莫古切。在剡縣南八十里，山名。**中歲貢舊鄉。**洙曰：按新史書傳：甫少貧不自振，客遊吳越齊趙間，舉進士不第。**氣劘屈賈壘，**劘，莫婆切。洙曰：賈山傳贊：賈山自下劘上。屈原、賈誼。壘，喻戰壘也。孟康曰：劘，謂剴切之也。蘇林曰：劘音

〔一〕曰，疑當作「白」。
〔二〕聞，疑當作「臨」。見杜集札記。

摩，摩勵也。**目短曹劉牆。**洙曰：目，一作「日」。賜之牆也及肩，故曰短也。曹子建、劉公幹文章也。**忤下考功第，**忤，五故切。洙曰：武德舊令：考功員外郎監試貢舉人。貞觀已來，乃員外郎專掌貢舉，省郎之殊美者。至開元中後，貢舉於禮部。**獨辭京尹堂。放蕩齊趙間，裘馬頗清狂。春歌叢臺上，**洙曰：叢臺，趙王之臺也。在邯鄲。鄒陽云：全趙時，武力鼎士袨服叢臺之下者一旦成市，不能止幽王之諶患。張平子：楚架章華於前，趙建叢臺於後。**冬獵青丘旁。**洙曰：青丘，地名。鄭曰：青丘，千乘縣。齊景公有馬千駟，畋打青丘[一]。**呼鷹皂**洙曰：一作「紫」。**櫪林，逐獸雲雪岡。射飛曾縱鞚，**洙曰：鮑昭：幽并重騎射，少年好馳逐。獸肥春草短，飛鞚越平陸。**引臂落鶖鶬。**洙曰：引，一云「跋」。李廣長臂。**蘇侯據鞍喜，**洙曰：蘇謂晉蘇預也。夢符曰：右按南史：顔峻好騎馬，遨里巷，遇知舊輒據鞍索酒，得必傾盡，欣然自得。**忽如携葛强。**洙曰：舉鞍問葛强，何如并州兒。師曰：自「放蕩齊趙間」至此句，謂遊齊、趙之地。**快意八九年，西歸到咸陽。**師曰：按唐史：甫少貧，不自振，客遊吴越，還自舊鄉，以進士舉不中第，遂遊齊、趙間凡八九年，復歸京師。咸陽，西京也。**許與必詞伯，賞遊實賢王。**洙曰：賞，一作「貴」。孟子：賢王好善而忘勢。**曳裾置醴地，奏賦入明光。**洙曰：玄宗朝饗而甫獻大禮三賦。楚元王敬申生，

[一] 打，疑當作「於」。見杜集札記。

置醴以代酒。天子廢食召，**蘇曰**：嚴光見光武，廢食召見。群公會軒裳。脱身無所愛，**洙曰**：帝奇其材，使待詔集賢，命宰相試文章，擢西何尉〔一〕，不拜。痛飲信行藏。黑貂不免弊，**洙曰**：蘇季不用於秦，而黑貂裘弊。班鬢兀稱觴。**洙曰**：秋興賦：班鬢彪以承弁。閑居賦：稱萬壽以獻觴。**唐曰**：兀，兀坐也。杜曲晚耆舊，**洙曰**：晚，一云「换」。耆舊，故老也。四郊多白楊。**洙曰**：言死者衆也。**何曰**：白楊，乃墳上之草也。坐深鄉黨敬，**何曰**：今復推甫爲長上，故云云。日覺死生忙。朱門任傾奪，**劉曰**：朱門，權貴也。傾奪，争權也。赤族迭罹殃。**洙曰**：任，一云「務」。揚子解嘲：客徒欲朱丹其轂，不知一跌赤吾之族。**劉曰**：謂誅三族。國馬竭粟豆，**洙曰**：漢有太常、三輔粟豆。**蘇曰**：伍子胥曰：「國無粟支凶年，馬無豆秣。越兵將至，誰復勍敵？」見子胥廟記。官雞輸稻粱。**洙曰**：時玉坊有供奉鬬雞。又有鬬雞使。**蘇曰**：漢靈帝養雞數千，民輸雞食。舉隅見煩費，**洙曰**：舉一隅則衆費可知矣。引古惜興亡。**洙曰**：言引古以辨今，則足以知其興亡，而可痛惜者也。河朔風塵起，**洙曰**：禄山起於河朔。**蘇曰**：吴壯：河朔風塵傾洞，玁狁跳梁，況炎天非出師之時，而又慮寇吾畿甸田草，農力既奪，必廢耕桑，恐失人望。岷山行幸長。**洙曰**：玄宗來幸蜀。兩宫各警蹕，萬里遥相望。**洙曰**：肅宗即位於靈武也。崆峒殺氣

〔一〕西何，疑當作「河西」。見杜集札記。

黑，少海旌旗黃。禹功亦命子，涿鹿親戎行。洙曰：以廣平王爲天下兵馬元帥。王，肅宗之子代宗也。修可曰：東宮故事：天子比大海，太子爲沙海〔一〕。山海經曰：無皋之山南望幼海。郭璞注云：幼海，少海也。淮南子云：九州之外乃有八寅，亦曰演澤。東方曰太清，曰少海。或謂肅宗太子廣平王爲元帥，故無少海。詳觀此詩之意，恐非是。崆峒在西，少海在東。河朔風塵起，岷山行幸長，則東西南北皆不寧也。禹功亦命子啓戰於甘之野，正指太子爲元帥。涿鹿親戎行，蓋黃帝與蚩尤戰涿鹿。指肅宗親征。**翠華擁吴岳，**洙曰：翠華，天子羽葆也。**螭虎噉豺狼。**噉音淡。蘇曰：郡平：秦鹿既走，螭蛟狼虎遞相食噉也。**爪牙一不中，胡兵更陸梁。**洙曰：房琯敗於陳濤也。賊既得志，則愈陸梁矣。**大軍載草草，**韓曰：草草，辛苦貌。**凋瘵滿膏肓。**洙曰：見「沉沉二豎嬰」注。夢符曰：右按春秋左氏傳：秦使醫緩視晉侯疾，曰：「肓之上，膏之下，攻之不可達，針之不可及，藥不至焉，不可爲也。」韓曰：謂民困疲之甚。**備員竊補袞，**洙曰：譏時相也。房琯雖敗，然非備員。**憂憤心飛揚。上感九廟焚，**洙曰：天子九廟。**下憫萬民瘡。**蘇曰：漢景一日不悦，群臣請問其故，帝曰：「兵戈之後，朕憫萬民瘡痍未合，不覺形於顏色。」群臣皆惻然。**斯時伏青蒲，**洙曰：前漢史丹傳：元帝欲易太子。丹聞上獨寢，直入卧内，伏青蒲上泣諫。以青規地曰青蒲，非皇后

〔一〕沙，疑當作「少」。見杜集札記。

不得至此。廷諍守御床。洙曰：王陵面折廷諍。衛瓘託醉跪帝床，前以手撫床曰：「此生可惜〔一〕。」君辱敢愛死，洙曰：主憂臣辱，主辱臣死。檀弓：申生不敢愛其死。赫怒幸無傷。洙曰：詩：王赫斯怒。聖哲體仁恕，師曰：自此句以下復叙肅宗收復京師。宇縣復小康。哭廟灰燼中，鼻酸朝未央。洙曰：時天子收復京師，先素服哭廟，而後受朝。小臣議論絶，蘇曰：崔宏：陛下一言及四方，蔽小臣訩訩之議論。老病客殊方。鬱鬱苦不展，洙曰：張平子：鬱鬱不得志。蘇曰：東方朔：鬱鬱不得展舒志氣。羽翮困低昂。秋風動哀壑，碧蕙捐微芳。洙曰：陸士衡塘上行：江蘺生幽渚，微芳不足宣。四時逝不處，繁華難久鮮。淑氣與時殞，餘芳隨風捐。之推避賞從，去聲。洙曰：介之推從晉亡，賞不及，亦不言，後避賞入山。漁父濯滄浪。洙曰：漁父歌曰：滄浪之水清，可以濯吾纓。鄭曰：浪，盧當切，水名。浪字雖重，意殊，不妨。榮華敵勳業，歲暮有嚴霜。洙曰：言勳業雖盛，而不能損退，如萬物歲暮不免嚴霜之患。吾觀鴟夷子，才格出尋常。蘇曰：鄭康成才格迴出尋常輩。趙曰：言榮華與勳業相敵，不可妄求也。然歲聿暮而嚴霜降，則傷其遲暮，無復勵勳業以取榮華矣。所慕者若范蠡泛舟浮海，變姓名，號鴟夷子。其高舉遠引，乃出尋常之才格也。群兇逆未定，側佇英俊翔。

〔一〕生，疑當作「座」。

君不見簡蘇徯

君不見道邊廢棄池，君不見前者摧折桐。百年死樹中琴瑟，洙曰：蔡邕取爨下桐爲琴。趙曰：異苑載：吴平在勾章，州門外忽生一株桐，上有謡歌之聲。平惡而斫，其後桐自還立於故根上，又聞歌聲曰：「死樹今更青，吴平尋當歸。」桐材所以爲琴瑟，今言死樹猶可爲之，譬士終有用也。舊注所引非。一斛舊水藏蛟龍。洙曰：積水成淵，蛟龍生焉。趙曰：以譬士當守所養也。丈夫蓋棺事始定，洙曰：古詩：蓋棺事乃已。言死而後已也。蘇曰：劉毅：「丈夫兒蹤跡不可尋常便混群小中，蓋棺事方定矣。」君今幸未成老翁。趙曰：魏文帝與吴質書云：已成老翁，但未白頭耳。何恨憔悴在山中，深山窮谷不可處，霹靂魍魎兼狂風。蘇曰：鮑休清溪賦：霹靂坡石，狂風驚林。

贈蘇四徯

異縣昔同遊，各云厭轉蓬。洙曰：古詩：爲客若轉蓬。言如蓬之隨風無所定止也。别離已五年，尚在行李中。洙曰：左傳：秦、晉圍鄭，燭之武夜見秦伯，曰：「若舍鄭以爲東道主，行李之往來，供其困乏。」注：行李，使人。戎馬日衰息，乘輿安九重。洙曰：天子之門九重。乘輿，天子所乘輿。時京師初復，天下漸平也。趙曰：以車駕嘗因吐蕃陷京師而幸陜，今稍平定，復還長安，爲九重之安矣。有才何棲棲，將老委所窮。趙曰：公每自負矣，故不以言才爲嫌。微生畝云：「丘何爲是棲棲者歟？」爲郎未爲賤，洙曰：谿爲宣義郎。子美檢校工部員外郎，非以階官也。後篇云「雖爲尚書郎」，可以證矣。其奈疾病攻。子何面黧黑，焉得豁心胸。趙曰：指言蘇谿也。列子云：面目黧黑。巴蜀倦剽劫，下愚成土風。洙曰：崔旰之亂也。幽薊已削平，洙曰：禄山所節鎮處也。荒徼尚彎弓。洙曰：時思明未平。趙曰：安、史之亂雖已削平，而猶有盜賊也。斯人脱身來，豈非吾道東。洙曰：儒林傳：初，梁項生從田何受易，丁寬爲項生從者，讀易精敏，材過項生，遂事何學成。何謝寬，寬東歸，何謂門人：「受易以東矣。」師古曰：言丁寬得其法術以去。後漢：鄭玄學於馬融，辭歸，融喟然謂門人曰：「鄭生今去，吾道東矣。」乾坤雖寬大，所適裝囊空。肉食哂菜色，少壯欺老翁。洙曰：傷時情以肥癯爲輕重也。蘇曰：吕安謂嵇康曰：「我輩稍有菜色，反爲肉食輩所哂，徒知其外而不知内也。」周澤謂諸齋郎曰：「若有少壯，不可欺老翁。翁胃中有書萬餘卷，若輩未到此田地。」諸人皆慚悚，無一語對。況乃主客間，古來偪側同。君今下荆揚，趙曰：言時之寬舒，則寬舒同。時之偪側，則偪側同。公專有偪側行。獨帆如飛鴻。二州豪俠場，人馬皆自雄。一請甘饑寒，再請甘養蒙。洙曰：養蒙，欲其晦迹以自全也。

別蘇徯赴湖南幕。

故人有遊子，棄擲傍天隅。洙曰：李陵詩：遊子暮何之。又：各在天一涯。他日憐才命，居然屈壯圖。趙曰：佗日，前日也。嘗愛憐蘇之才命，以爲必超騰矣，而今居然猶壯圖之屈也。十年猶塌翼，洙曰：陳琳檄：忠義之佐，垂頭塌翼。絶倒爲驚呼。洙曰：昔琅邪王澄每聞衛玠言，輒歎息絶倒。故時人謂之語曰：「衛玠談道，平子絶倒。」消渴今如在，洙曰：司馬相如常有消渴病。提携媿老夫。洙曰：禮：長者與之提携，則兩手奉長者之手。注：謂牽將行。又自稱曰老夫。趙曰：公自言有消渴之病，不能提携蘇徯爲媿也。豈知臺閣舊，洗拂鳳凰雛。洙曰：蜀龐統號鳳雛。易林：鸑者，鳳之雛。得實翻蒼竹，棲枝把翠梧。洙曰：鳳非梧桐不棲，非竹實不食。北辰當宇宙，南岳據江湖。國帶煙塵色，趙曰：據者，盤據之據。以蘇徯往爲幕客，故指其地而言。時干戈未息，故公風塵〔一〕。兵張虎豹符。洙曰：杜詩傳：發兵皆以虎符。數論封内事，揮發府中趨。趙曰：言蘇徯爲幕客，則數論其湖南封内之事，而能發揮之也。府趨之人非一人也。古樂府：冉冉府中趨。贈爾秦人策，洙曰：文十三年傳：秦伯使士會行，繞朝贈之以策，曰：「子無謂秦無人，吾謀適不用也。」注：策，馬撾。臨别授之馬撾，並示已所策。所

〔一〕公，疑當作「云」。

策以展情。繞朝，秦大夫。莫鞭轅下駒。洙曰：灌夫傳：上怒内史曰：「公平生數言魏其、武安長短，今日廷論，局促效轅下駒。」應劭曰：駒者，駕著轅下。張晏曰：俛頭於車轅下，隨母而已。

反照

反照開巫峽，趙曰：開則開豁之義。寒空半有無。已低魚復暗，洙曰：魚復，縣名。不盡白鹽孤。洙曰：白鹽，山名。荻岸如秋水，趙曰：荻花密在，如秋水之翻波也。松門洙曰：地名。似畫圖。蘇曰：稽山景物奇秀，王逸少云：「過松門，如在畫圖中。」牛羊識童僕，既夕應傳呼。

向夕

畎畝孤城外，趙曰：畎遂溝洫，田水之名也。畎畝，則畎之畝也。江村亂水中。深山催短景，喬木易高風。蘇曰：喬木易得高風，巨海易得驚波。余曰：古今詩話云：如此二句，了無瑕纇，含蓄深美，殆不可模倣。鶴下雲汀近，雞栖草屋同。琴書散明燭，長夜始堪終。洙曰：嘯賦：清飈振乎喬木。

曉望

白帝更聲盡，陽臺曉色分。洙曰：神女賦：求之至曉。趙曰：白帝者，白帝城也。陽臺則宋玉所謂「陽臺之下」是也。高峰寒上日，疊嶺宿霾雲。蘇曰：仇輝：疊嶺霾雲，長江激浪。地坼江帆隱，蘇曰：樂廣曰：「地坼山摧，國有大恐。」趙曰：地坼，言江闊也。故江帆隱於其中耳。天清木葉聞。荆扉對麋鹿，共應爾爲群。

錦樹行

今日苦短昨日休，歲云暮矣增離憂。洙曰：時不我與，而不知老之將至也。霜凋碧樹作錦樹，洙曰：木葉經霜而紅，故若錦然。萬壑東逝無停留。洙曰：聖賢之傷時者莫不寓意於此，孔子所以有川上之嘆。荒戍之城石色古，東郭老人住青丘。趙曰：東郭，夔州之郭也。老人，公自言。飛書白帝營斗粟，琴瑟几杖柴門幽。青草萋萋盡枯死，天驥跛足隨氂牛。洙曰：天馬隨氂牛，喻君子而隨小人。趙曰：草枯則無以充天馬之飼，與氂牛無異矣。氂牛，蠻中牛也。自古聖賢多薄命，洙曰：伯夷之餓死，孔子之棲棲，顔回之夭，孟軻之坎軻，皆薄命之聖賢也。姦雄惡少封公侯。洙曰：漢祖之起，所取侯者皆屠沽刀筆之人。故國三年一消息，蘇曰：王粲：一别三年，不通消息，何可以慰遷客流落寂寞情悰。**終南渭水寒悠悠。五陵豪貴反顛倒，鄉里小兒狐白裘。**洙曰：五陵，漢帝五陵也。言當貴者賤，當賤者貴，是皆傷時也。夢符曰：右按史記：秦囚孟嘗君，昌説幸姬求解〔一〕，姬曰：「願得君狐白裘，直千金，以獻昭王。」有客能狗盜，入秦宫藏，盜得狐白裘。獻之，遂得歸齊矣。又禮：士不衣狐白。又，王褒講德曰：千金之裘，非一狐之腋。**生男墮地要膂力，生女富貴傾邦國。**趙曰：傅玄豫章行「男兒當門户，墮地自生神」也。生男有膂力之故，可以用武致功，則一生之間所取富貴，傾動國家，與美人容貌「一顧傾人城，再顧傾人國」不同。**莫愁父母少黄金，天下風塵兒亦得。**洙曰：天下風塵，則姦邪得志。蘇曰：衛青未濟時，爲人隸御，南郭先生曰：「天下風塵未息，使此兒掃亦得。」師曰：日短歲暮，皆傷老之將至，而歲不我與也。樹以霜壓，葉紅若錦，然萬壑東逝無停留，亦孔子嘆川逝之意也。青丘乃夔州地名，非洛陽之青丘也。東郭老人，甫自稱。飛書白帝，謂有所請丐也。天馬跛足隨氂牛，喻君子失所而混居小人之中。聖賢命薄，惡少逢時，五陵豪貴反顛倒，鄉里小兒狐白裘，皆嘆亂世貴者反賤，賤者反貴，如小人徒有膂力，動取富貴，蓋以天下風塵故也。五陵已解在前篇。終南山、渭水，皆關中山水，已爲禄山所陷。

赤霄行

蘇曰：嚴武一日欲殺甫及章彝，集吏於門，武出，冠掛於簾者三，左右白其母，奔救得止，獨殺彝。

〔一〕昌，疑當作「君」。見杜集札記。

於是有赤霄行以叙其事。**趙曰**：此篇乃遭海而感歎之作〔一〕。

孔雀未知牛有角，渴飲寒泉逢觝觸。**洙曰**：以非類也，非類故不相知，不相知而相從，則見辱矣。

赤霄玄圃須往來，翠尾金花不辭辱。**趙曰**：張茂先鷦鷯賦序：彼鷲鶚鶤鴻，或凌青霄之際，或託絶浪之外也。玄圃在崑崙山上之别名。見葛仙傳。翠羽金花，則孔雀之毛羽如此。晉左九嬪孔雀賦云：擢翠羽之脩莖。**江中淘河嚇飛鷰，銜泥却落羞華屋。****趙曰**：淘河者，鵜鶘也。飛燕從江上來，爲淘河所疑，意謂燕争其魚，而嚇之。歸華屋之上，負此羞耻，喻泥而却落也。莊子言：鴟得腐鼠，鵷雛過之，仰而視之，曰「嚇」也。**皇孫猶曾蓮勺困，****洙曰**：孝宣帝紀：帝初爲皇孫，高材好學，然亦喜遊俠，鬬雞走馬，具諳知閭里姦邪、吏治得失，數上下諸侯〔二〕，常困於蓮勺鹵中。如淳曰：爲人所困辱也。蓮勺縣有鹽池，縱廣十餘里，鄉人名爲鹵中。蓮音輦，勺音灼。**衛莊見貶傷其足。****洙曰**：成十七年傳：刖鮑牽而逐高無咎。齊人來招牽之弟鮑國而立之。鮑國相施氏忠，故齊人取以爲鮑氏後。仲尼曰：鮑莊子之知不如葵，猶能衛其足。注：葵傾葉向日，以蔽其根。言鮑牽居亂不能危行言孫。衛，作「鮑」。**老翁慎莫怪少年，葛亮貴和書有篇。****趙曰**：老翁，公自指言也。少年，則所見辱之子也。陳壽所上諸葛亮集目録，凡二十四篇，而貴和第十一。此公

〔一〕海，疑當作「侮」。見杜集札記。
〔二〕侯，疑當作「陵」。

所以託言不能和則必召辱矣。**丈夫垂名動萬年，記憶細故非高賢。**洙曰：言不可録小怨而棄大德也。蘇曰：陳遠忤徐陵。陵明日枉駕訪遠，遠曰：「君真高賢也，不能細故。」自此密治。趙曰：此見公胸懷之廓落，無宿憾矣。斯乃顔淵犯而不校者也。漢文帝與匈奴書曰：朕與單于捐細故。師古曰：細故，小事也。師曰：博物志：孔雀尾多變色，或紅或黄，有如雲霞，其色無定。人怕其尾有金翠〔一〕，五年而後成，始生三年，金翠尚小。初春乃生，四月後凋。與花蘂俱衰。南人取其尾，握刀蔽於叢竹潛隱之處，伺過急剪之，若不即斷，回首一顧，無復光彩矣。爾雅釋鳥：鶂，鶂鷁。郭璞注：今之鶂鴣也。好群飛，沉水食魚，俗呼爲淘河。孔雀與牛非其類，猶君子小人非其類，不虞小人，反爲小人中傷。淘河、飛燕銜泥以污華屋，猶小人居朝，反爲污辱。曾孫鮑莊事，已見内翰注。語云：君子坦蕩蕩，小人長戚戚。此甫所以末章貴和而不記録其小怨也。不然，何以見君子之大。

前苦寒行二首

漢時長安雪一丈，牛馬毛寒縮如蝟。洙曰：芒刺也。修可曰：西京雜記：漢元封二年，大雪，深

〔一〕怕，疑當作「拍」。見杜集札記。

一丈，野中鳥獸皆死，牛馬蜷縮如蝟。鮑明遠出自薊北行：疾用衝塞起〔一〕，沙礫自飛揚。牛馬縮如蝟，角弓不可張。鄭曰：蝟，千貴切，蟲似豪猪者。**楚江巫峽冰入懷，虎豹哀號又堪記。秦城老翁荆揚客，**洙曰：公杜陵人，乃秦地也。**慣習炎蒸歲絺綌。玄冥祝融氣或交，手持白羽未敢釋。**趙曰：以楚地多熱故也。白羽，以言扇矣。

去年白帝雪在山，今年白帝雪在地。凍埋蛟龍南浦縮，趙曰：此言水涸少也。**寒刮肌膚北風利。楚人四時皆麻衣，**趙曰：楚地多熱，故四時麻，以雪爲訝也。師曰：西京雜記：漢元封二年，大雪，深數尺，野中鳥獸皆死，牛馬蜷縮如蝟。鮑明遠出自薊北行：疾風衝塞起，沙礫自飄揚。牛馬縮如蝟，角弓不可張。楚峽地暖，從來無雪，今乃如冰入懷，虎貂之類哀號，此又足堪記也。歲絺綌，謂歲暮猶衣絺綌。玄冥，冬神。祝融，夏神。冬夏之交，常持羽扇，是以知楚峽之暖也。**楚天萬里無晶輝。三足之烏足恐斷，羲和迭送將安歸。**洙曰：言陰盛陽弱，日不能破群陰也。蘇曰：管寧久雪陰霾，謂友人曰：「吾恐凍斷三足烏脚，寧不吾憂。」人皆變色。趙曰：淮南子曰：日中有踆烏。注云：踆，趾也。謂三足烏也。羲和，日御也。以雪而烏斷，則羲和馭日車失其所歸矣。皆以形容雪深之意也。

〔一〕用，疑當作「風」。見杜集札記。

寄裴施州

廊廟之具裴施州，洙曰：潘安仁：器非廊廟姿。**宿昔一逢無此流。金鍾大鏞在東序，**洙曰：禮樂之所在也。夢符曰：右按詩：鼖鼓維鏞。大鍾曰鏞。書曰：天球河圖在東序。鍾鏞以言至和所自出。東，陽位也。**冰壺玉衡懸清秋。**洙曰：氣宇之清徹也。夢符曰：右按文選：清如玉壺冰。書曰：在琁璣玉衡，以齊七政。玉衡正天文之器，非特氣之清也。**自從相遇減多病，三歲爲客寬邊愁。堯有四岳明至理，**洙曰：堯建四岳，以共治天下。**漢二千石真分憂。**洙曰：漢宣帝曰：我與共理者，惟良二千石乎。**幾度寄書白鹽北，**洙曰：施州在白鹽山之北也。趙曰：白鹽者，夔州之山。此裴使君寄書與公，義甚明也。舊注云施州在鹽山之北，非矣。其下句言蟠龍銀鉤，以言其書也。**苦寒贈我青羔**洙曰：一作「絲」。**裘。**蘇曰：沈約，牛元慶愛其文章，自解錦囊、青羔裘贈之。**霜雪迴光避錦袖，蛟龍動篋蟠銀鈎。**洙曰：龍蛇銀鈎，皆字體也。言所惠之書如龍蛇銀鈎，屈蟠交連。趙曰：其如龍如蛇，今藏裴公銀鈎於其中，所以龍蛇動於篋也。**紫衣使者辭復命，再拜故人謝佳政。將老已失子孫憂，後來況接才華盛。**趙曰：言我將老而免憂子孫，無它，以後來之人相接，有裴君諸子才華之盛美矣。師曰：東序，殷學也。金鍾大鏞，乃禮樂之器，言能文之以禮樂也。冰壺玉衡，言其清和也。漢有二千石，有中二千石。二千石，其實一千四百四十石，不滿二千石也。中二千石，其實一千一百六十石，故謂之中二千石。漢宣帝曰：「與我共理者，惟良二千石乎。」甫以施州比堯之四岳，漢之二千石。施州在白鹽山之北。甫屢得其惠書與羔裘。霜雪回光避錦袖，蓋言裘也。龍蛇動篋蟠銀鈎，蓋言書字體勢也。紫衣使者辟復命，言朝廷必遣使辟召之也。

奉酬薛十二丈判官見贈

忽忽峽中睡，悲風方一醒。師曰：甫有渴疾，故忽忽不樂，至秋風稍蘇，故云「悲風方一醒」。**西來有好鳥，爲我下青冥。**西有崑崙山，王母與漢武帝相會於此，常有青鳥爲使。甫以薛十二有仙姿，故以況之。**羽毛净白雪，慘澹飛雲汀。**趙曰：晉道壹道人之言雪曰「先集其慘澹」也。**既蒙主人顧，舉翮唳孤亭。持以比佳士，及此慰揚舲。**洙曰：江淹詩：蕭舲出郊際。趙曰：劉勰彌勒石像碑云：似揚舲游水。高曰：揚舲，行船也。**清文動哀玉，**趙曰：此言佳士之文清如玉聲之哀，蓋環佩之類。舊注引卞和泣玉，非是。**見道發新硎。**洙曰：莊子：屠牛坦刀，刃若發新硎。唐曰：薛之善屬文，復能知道，故云云。**欲學鴟夷子，**洙曰：貨殖傳：范蠡浮江湖，改姓適齊，爲鴟夷子。注：顔師古曰：自號鴟夷者，言若盛酒之鴟夷，多所容受，而可卷懷與時張弛。陳遵傳曰：自用如此，不如鴟夷也。趙曰：李賀昌谷詩：刺促成幾人，好學鴟夷子。蓋用杜公今句也。**待勒燕山銘。**洙曰：竇憲勒銘燕然山，班固爲之銘。**誰重斷蛇劍，**洙曰：一云「口重斬邪劍」。漢高有斬蛇劍。**致君君未聽。**洙曰：伊、尹致君堯、舜。趙曰：此言利器如漢朱雲所用之劍，而未施。有致君之術業，而君未用。舊注引漢高斬蛇劍，以爲證，大誤學者矣。**志在麒麟閣，****洙曰**：見「今代麒麟閣」注。**無心雲母屏。****洙曰**：後漢：鄭弘爲太尉時，舉弟五倫爲司空，班次在下。每正朔朝見，弘曲躬自卑，上遂聽置雲母屏風，分隔其間，由此爲故事。**師曰**：昔范蠡號鴟夷子，鴟夷子乃韋囊也，可以盛酒，舒卷隨宜者似之。甫勉薛十二莫學鴟夷子泛湖，當如竇憲立功，勒銘於燕然山，畫像麒麟閣，無徒若鄭洪爲帝寵眷，賜以雲母屏，隔坐而已。**卓氏近新寡，豪家朱門扃。相如才調逸，銀漢會雙星。****洙曰**：司馬相如初遊臨邛，臨邛之富人卓氏有女名文君，新寡，善琴，相如因以琴心挑之，遂爲夫婦。**晏曰**：雙星，牛郎、織女也。**客來洗粉黛，日暮拾流螢。****晏曰**：車胤聚螢讀書，故云「拾流螢」。**不是無膏火，勸郎勤六經。老夫自汲澗，****蘇曰**：孫芸銘石庵云：稚子拾薪，老夫汲澗。細君緝紵。王術自汲澗泉煮茗。**野水日泠泠。我歎黑頭白，君看銀印青。****洙曰**：見上「露雨銀草澀」注。**卧病識山鬼，****洙曰**：九章有山鬼。**爲農知地形。****洙曰**：相高下，視肥磽，辨五種，君子不如老農。**誰矜坐錦帳，****洙曰**：漢百官志：郎官給錦帳。**苦厭食魚腥。****蘇曰**：梁鴻曰：「鴻北人，乍到江南，苦厭魚鰕氣，風土不相宜，欲歸不能。」**東南兩岸坼，****孫曰**：謂峽江也。**横水注滄溟。碧色忽****洙曰**：一云「苦」。**惆悵，風雷搜百靈。****洙曰**：見「滋山朝百靈」注。**空中石****洙曰**：一云「有」。**白虎，赤節引娉婷。自云****洙曰**：一云「季」。**帝里女，****洙曰**：文選：我天帝之季女。**噀雨鳳皇翎。****洙曰**：弄玉，帝女也。乘鳳皇仙去。**師曰**：

欒巴噀酒爲雨，故云「噀雨」。**襄王薄行跡，莫學冷如丁。** 洙曰：丁，丁令威也。去家一千年始一歸也。**千秋一拭淚，夢覺有微馨。** 洙曰：見宋玉高唐賦并神女賦云。**人生相感動，金石兩青熒。** 洙曰：李廣射石虎没羽。揚子雲曰：至誠則石金爲開。選賦：琳珉青熒。**丈人但安坐，休辨渭與涇。** 洙曰：無分清濁也。**龍蛇尚格鬬，灑血暗郊坰。吾聞聰明主，治國用輕刑。** 洙曰：尚德也。**銷兵鑄農器，今古歲方寧。文王日儉德，俊乂始盈庭。** 洙曰：詩言：濟濟多士，文王以寧。言爲國當籍才也。**榮華貴少壯，豈食楚江萍。** 洙曰：楚昭王渡江，得一物大如斗，色赤，以問孔子。孔子曰：「此萍實也。」師曰：至誠則金石爲開。甫言薛丈以至誠相感動，能移此以感人主，使之輕刑消兵，務從節儉，搜求賢俊，如是則天下不期治而自治。薛於此可以掇取榮華於年少之日，豈但如甫客寓荆楚而食萍實也哉。

晚晴

村晚驚風度，庭幽過雨霑。夕陽薰細草， 洙曰：别賦：陌上草薰。**江色映疏簾。書亂誰能帙，杯乾自可添。** 蘇曰：王符好飲，閉户獨酌，自歡自飲。**時聞有餘論，未怪老夫潛。** 夢符曰：右按後漢：王符著潛夫論。

復陰

方冬合沓玄陰塞，昨日晚晴今日黑。萬里飛蓬映天過，孤城樹羽揚風直。江濤簸岸黄沙走，雲雪埋山蒼兕吼。君不見夔子之國杜陵翁，牙齒半落左耳聾。洙曰：夔州古夔子國也。杜陵，子美故里也。

後苦寒行二首

南紀巫廬瘴不絶，太古以來無尺雪。洙曰：世説：南州謂之炎方，地嘗温無雪。蠻夷長老怨苦寒，崑崙天關凍應折。玄猿口噤不能嘯，白鵠翅垂眼流血，安得春泥補地裂。蘇曰：孔文舉語友人曰：「今地軸輾然裂，安得東君汲海作泥而補之。」

晚來江門洙曰：又云「問」。失大木，猛風中夜飛白屋。洙曰：白屋，見甘林詩注。天兵斷斬青海戎，殺氣南行動坤軸。不爾苦寒何太酷，洙曰：疑殺戮太過也。巴東之峽生凌澌，彼蒼迴幹人得知。

夜歸

夜來歸來衝虎過，山黑家中已眠卧。傍見北斗向江低，仰看明星當空大。**洙曰**：明星夜半則見。庭前把燭嗔兩炬，峽口驚猿聞一箇。白頭老罷舞復歌，杖藜不睡誰能那。

寄柏學士林居

自胡之反持干戈，天下學士亦奔波。**洙曰**：避亂奔散也，如波之奔然。歎彼幽栖載典籍，蕭然暴露向山阿。**洙曰**：暴露，言無所休庇也。漢書：衣冠暴露。青山萬里静散地，白雨一洗空垂蘿。亂代飄零予到此，古人成敗子如何。荆揚春冬異風土，**洙曰**：風土記：荆、揚之間，春寒而冬煖。此所以爲異也。巫峽日夜多雲雨。**洙曰**：神女朝爲雲，暮爲雨。赤葉楓林百舌鳴，**洙曰**：楓木凡經霜則葉赤。百舌，鳥也。黄泥一作「花」。野岸天雞舞。**洙曰**：天雞，鳥名。謝靈運：海鷗戲春岸，天雞弄和風。**夢符曰**：右按爾雅釋虫：螒，天雞。注：小虫，黑身赤頭。一名莎雞，又曰樗雞。盗賊縱横甚密邇，形神寂寞甘辛苦。幾時高議排金門，各使蒼生有環堵。**洙曰**：使民各安其居也。

寄從孫崇簡

嵯峨白帝城東西，南有龍湫北虎溪。吾孫騎曹不記馬，**修可曰**：世說：王子獻爲桓沖騎曹參軍〔一〕。桓問曰：「卿何署？」答曰：「不知何署，時牽馬來，似是馬曹。」又：「所管幾何？」曰：「何由知數？」又問：「馬死多少？」曰：「未知生，焉知死。」業學尸鄉多養雞。**洙曰**：見崔樹雞柵詩注〔二〕。龐公隱時盡室去，武陵春樹他人迷。**洙曰**：龐德公携妻子盡室入鹿山。武陵春樹，桃源也。漁人迷路而入。見「欲問桃花宿」。與汝林居未相失，近身藥裹酒長携。**蘇曰**：江淹行常使童挈酒，斞蚌盞藥，裹周易，傲然，人皆奇之。牧叟樵童亦無賴，莫令斬斷青雲梯。**洙曰**：文選注云：仙者以雲而升，故謂之雲梯。

奉送蜀州柏二別駕將中丞命赴江陵起居衛尚書太夫人因示從弟行軍司馬位

中丞問俗畫熊頻，**洙曰**：漢制：刺史車畫熊於軾。愛弟傳書綵鷁新。**洙曰**：見「上紱即朱當隨綵鷁」注〔三〕。遷轉五州防禦使，起居八座太夫人。**洙曰**：後漢：以六曹尚書并令僕二人謂之八座。魏

〔一〕獻，疑當作「猷」。
〔二〕崔，疑當作「催」。
〔三〕上，疑當作「朱」。

以五曹尚書、二僕射合爲八座。宋與魏同。隋以六尚書、左右僕射合爲八座。唐與同。漢文紀注：列侯妻稱夫人。列侯死，子復爲列侯。乃傳稱太夫人。子不爲列侯，則否。楚宫臘送荆門水，白帝雲偷碧海春。與報惠連詩不惜，洙曰：謝惠連乃靈運之弟。知吾班鬢揔如銀。洙曰：秋興賦：班鬢彪以承弁，素髮颯以垂領。

昔遊

昔謁華蓋君，緑袍崑玉脚。人棺已上天，白日亦寂寞。洙曰：後漢方術傳：王喬爲葉令，後天下玉棺於堂前，吏人推排，終不摇動。喬曰：「天帝獨召我邪？」乃沐浴服飾寢其中，蓋便立覆。宿昔，葬於城西。其夕縣車牛皆流汗喘乏[一]，而人無知者。百姓乃爲立廟，號葉君祠。暮升艮岑頂，洙曰：艮岑，東北之岑也。巾几猶未却。弟子四五人，入來淚俱落。余時遊名山，發軔在遠壑。軔，而振切。洙曰：離騷：朝發軔於蒼梧。又：朝發軔於天津。良覿違夙願，洙曰：謝靈運詩：搔首訪行人，引領冀良覿。含凄向寥廓。林昏罷幽磬，竟夜伏石閣。王喬下天壇，微月映皓鶴。洙曰：嵇康琴賦：

[一] 車，疑當作「中」。

王喬披雲而下墜。天台賦：王喬控鶴以沖天。何敬祖：在昔王子喬，有道發伊洛。迢遞陵峻岳，連翩御飛鶴。王喬傳：或云即古仙人王子喬也。劉向列仙傳曰：王子喬，周靈王太子晉也。好吹笙，作鳳鳴，遊伊洛。聞道士浮丘公接上山三十餘年，後來於山上，告桓梁曰：「告我家，七月七日待我緱氏山頭。」果乘白鶴駐山頭，望之不得到。舉手謝時人而去。晨溪嚮虛駃，鄭曰：苦夬切。駃馬日行千里。歸徑行已昨。豈辭青鞋胝，趙曰：青鞋，山行之具。公又嘗曰：「若耶溪，雲門寺，青鞋布襪從此始。」胝，足病也。莊子曰：手足胼胝。悵望金匕藥。東蒙洙曰：東蒙，山名。昔者先王以爲東蒙主。赴舊隱，尚憶同志樂。伏事董先生，洙曰：董先生，董京威也。行吟常宿白社之中，時乞市肆，得碎繒，結以自覆。於今獨蕭索。胡爲客關塞，道意久衰薄。蘇曰：吳持道：意久不怡，神氣覺衰歇。妻子亦何人，丹砂負前諾。洙曰：晉葛洪求句漏令，以鍊丹砂。雖悲髮變鬒，洙曰：一云「鬒髮變」。謝玄暉詩：有情知望卿，誰能鬒不變。詩：鬒髮如雲。趙曰：髮之黑者曰鬒。鬒髮變，言變而爲黑也。未憂筋力弱。杖藜望清秋，有興入廬霍。洙曰：杖，一作「扶」，一云「衡」。謝靈運詩：遊羅浮行，息必廬霍〔二〕。江淹擬靈運詩：靈壇信淹留，貴心非待設〔三〕。平明登雲峰，杳與廬霍絶。

〔二〕此句疑當作「遊當羅浮行，息必廬霍期」。見杜集札記。

〔三〕壇，疑當作「境」；貴，疑當作「賞」。見杜集札記。

虎牙行

虎牙，灘名也。嶮絶。蕭銑潛江陵日，屯兵於此，後常爲屯戍之地。鮑曰：虎牙，山名。盛弘之荆州記：郡西泝江六十里，南岸有山，名荆門。北岸有山，名虎牙。二山相對，楚西塞也。

秋風欻吸吹南國，天地慘慘無顔色。洞庭揚波江漢迴，虎牙銅柱皆傾側。洙曰：虎牙、銅柱，並灘名。言江漢之間亦未寧静也。虎牙屬南郡，山名。見後漢志。**巫峽陰岑朔漠氣，峰巒窈窕溪谷黑。杜鵑不來猿狖寒，**洙曰：杜鵑，杜宇也。**山鬼幽憂雪霜逼。**洙曰：楚九歌有山鬼詩。**楚老長嗟憶炎瘴，**洙曰：以慘急所以憶炎瘴也。此皆傷時也。**三尺角弓兩斛力。**洙曰：弓短而勁，力不能勝也。**壁立石城橫塞起，金錯旌竿滿雲直。**洙曰：時多防戎也。**漁陽突騎獵青丘，**洙曰：禄山之反，皆漁陽突騎。漁陽，燕薊。青丘，内地，屬洛陽。**犬戎鏁甲聞丹極。**洙曰：犬戎，吐蕃也。丹極，帝居也。時吐蕃陷京師。**八荒十年防盜賊，征戍誅求寡妻哭，**洙曰：夫征役在外，故多寡妻。**遠客中宵淚霑臆。**蘇曰：顔鑄值桓帝政弱，大臣持權，語徐庶曰：「遠客聞此，不覺中宵橫淚流臆，如處身列焰鑄。與徐子非無心安反側者，爲之何計。」

晚

杖藜尋晚巷，炙背近牆暄。洙曰：嵇康書：野人有快炙背而美芹子者，欲獻之至尊。雖有區區之意，亦已疏矣。人見幽居僻，吾知拙養尊。朝廷問府主，耕稼學山村。歸翼飛棲定，寒燈亦閉門。洙曰：曹子建：歸鳥赴喬林，翩翩厲羽翼。陸士衡：願假歸鴻翼，翻飛游江汜。

荆南兵馬使太常卿趙公大食刀歌

太常樓船聲嗷嘈，洙曰：漢武鑿昆明池，始製樓船，上建樓櫓戈矛，四角垂幡旄旌葆麾蓋。官有樓船將軍。問兵刮寇超下牢。洙曰：下牢，楚地。牧出令奔飛百艘，夢符曰：牧，州牧也。令，縣也〔一〕。牧出令奔，同赴軍事也。艘，船也。劉備遣關羽乘船數百艘，皆會於江陵。艘，蘇曹切。猛蛟突獸紛騰逃。白帝寒城駐錦袍，洙曰：華陽國志：先主征吴，於夷道還屯於巴東，治魚復縣。公孫述更名白帝。章武中，改曰永安也。玄冬示我胡國刀。壯士短衣頭虎毛，洙曰：莊子説劍：庶人之劍，蓬頭突鬢，垂曼胡之纓，短後之衣。憑軒拔鞘天爲高。鞘，所交切。翻風轉日木怒號，平聲。冰翼雪淡傷哀猱。奴刀切。鐫錯碧罌鷿鵜膏，鷿，步覓切。鵜，田黎切。洙曰：方言曰：野鳧甚小，好没水中，南楚之人謂之鷿鵜。爾雅注：鷿鵜似鳧而小，膏中瑩刀。鋩鍔洙曰：一云「銛鋒」。已瑩虚秋濤。洙曰：王褒頌：巧冶鑄

〔一〕「縣」後疑闕「令」字。

干將之樸，清水淬其鋒，越砥斂其鍔。注：鋒刃芒端秋濤，言其色之澄徹如此。**鬼物撇捩亂坑壕，**撇，匹蔑切。捩，練結切。**蒼水使者捫赤絛。**洙曰：搜神記曰：秦時有人夜渡河，見一人丈餘，手横刀而立，叱之，乃曰：「吾蒼水使者也。」**龍伯國人罷鈎鼇，**洙曰：列子湯問：龍伯之國，有大人，一鈎而連六鼇合，負而趨歸其國焉。**芮公迴首顔色勞，**洙曰：芮公，荆南節度使。**分閫救世用賢豪。**洙曰：分閫，謂閫内事寡人制之，閫外之事將軍制之。賢豪，趙公也。**趙公玉立高歌起，攬環結佩相終始。萬歲持之護天子，得君亂絲與君理。**洙曰：隱四年傳：衆仲曰：以德和民，不聞以亂。猶理絲而棼之。漢龔遂曰：治亂民猶治亂繩，不可急也。唯緩之，然後可治也。**蜀江如線針如水，**洙曰：蜀水至瞿塘，則爲峽所束，如線焉。**荆岑彈丸心未已。**彈，徒案切。洙曰：言有以一丸泥封大散關也。**賊臣惡子休干紀，**洙曰：史記：亂臣賊子。陸士衡：誅鋤干紀。**魑魅魍魎徒爲耳。**洙曰：宣三年傳：王孫滿曰：「昔夏之方有德也，鑄鼎象物，百物而爲之備，使民知神姦，故民入川澤山林，不逢不若。魑魅魍魎，莫能逢之。」注：魑，山神也，獸形。魅，怪物。魍魎，水神也。**妖腰亂領敢欣喜，用之不高亦不庳。**音婢。又音卑。**不似長劍須天倚，**夢符曰：右按前漢：文帝有獻千里馬者。三國志評曰：關羽、張飛，萬人之敵也。修可曰：荆楚故事曰：襄王與唐勒、景差、宋玉等遊於雲陽之臺。王謂左右曰：「能爲大言者乎？」唐勒曰：「壯士怒兮絶天柱，北斗戾兮泰山夷。」景差曰：「狡士猛毅，撼摇覆載。鋸牙鋸雲聲其大，吐舌萬里唾一世。」玉曰：「方地爲輿，圓天爲蓋，彎弓掛扶桑，長劍倚天外。」王曰：「善。」吁嗟光禄英雄弭。大食寶刀聊可比，**蘇曰**：晉永徽中，大食國獻寶刀。使者云：「漁人夜見溪中有光，疑其寶也。視之，得此刀。」天色悔暝〔一〕，匣中錚錚有聲。晉滅，其刀不知所適。丹青宛轉麒麟裏，光芒六合無泥滓。**洙曰**：言終用此刀澄清六合，畫象麒麟閣。

大曆三年戊申在夔所作

太歲日

楚岸行將老，巫山坐復春。**洙曰**：巫山，夔州。楚置巫山郡，秦昭三十年，伐楚，取黔中、巫郡是也。漢爲巫郡，今縣北有巫山，即楚詞所謂「巫山之陽，高丘之岨」。**修可曰**：陸機云：吾將老而爲客。病多猶是客，謀拙竟何人。**洙曰**：顔延年：存没竟何人，炯介在明淑。閶闔開黄道，**洙曰**：丘希範侍晏樂遊苑，詰旦開閶闔馳道，聞鳳吹。離騷：吾令帝閽開闢兮，倚閶闔而望予。曹植：閶闔天衢通。前漢：遊閶闔，觀坐

〔一〕 悔，疑當作「晦」。

臺，天門開，灰蕩蕩。大人賦：排閶闔而入帝居。楊炯賦：閶闔開兮凉風𩙪。庾肩吾：閶闔九門通。**衣冠拜紫宸。**洙曰：唐韓臯爲中丞，常有所陳，必於紫宸殿對百寮而請，未嘗詣便殿。卞伯玉中書郎詩曰：大方信包含，優渥逐不已〔一〕。躍鱗龍鳳池，揮翰紫宸裏。**榮光懸日月，**洙曰：中侯曰：榮光出河，休氣四塞。榮光，即五色也。易繫曰：懸象著明，莫大乎日月。趙曰：瞻天顔也。天子之容，謂之日月之光。**賜與出金銀。**洙曰：蜀先主傳：取蜀城中金銀錢賜將士。**愁寂鴛行斷，**洙曰：選：鴛鷺之行。趙曰：公嘗爲左拾遺，今流落於外，故云「鴛行斷」。**參差虎穴鄰。**洙曰：班超曰：「不入虎穴，不得虎子。」劉安招隱士：燎兮慓〔二〕，虎豹穴。吴志：吕蒙欲從軍，母止之，蒙曰：「不探虎穴，安得虎子？」趙曰：言在夔州，乃與虎狼之穴相近也。**西江元下蜀，**趙曰：楚人指蜀江爲西江，以其從西而下也。**北斗故臨秦。**修可曰：長安上直北斗，謂之北斗城。言瞻望其所不能，故自嘆也。**散地逾高枕，**夢符曰：右按王弼明爻通變例曰：投戈散地，則六親不能相保。同舟而濟，則胡越何患乎異心。趙曰：指言居夔州是閑散之地也。**生涯脱要津。**趙曰：古詩：先據要路津。脱要津，則不在鴛鷺之行也。**天邊梅柳樹，相見幾回新。**蘇曰：謝奉容：居江

〔一〕逐，疑當作「遂」。
〔二〕慓，疑當作「慄」。見杜集札記。

表，佳門前梅柳幾回見新秋葉，故人無音信，何也？**趙曰**：言夔州去中國遠，爲天之一邊也。公在夔州凡三年矣，故云「幾回新」。

元日示宗武

汝啼吾手戰，吾笑汝身長。 **趙曰**：手戰，老病也。身長，長大也。帝笑之事〔一〕，豈非换年而激父子之感乎？**處處逢正月，迢迢滯遠方。飄零還柏酒，** **洙曰**：周庾信正旦蒙趙王賚酒詩：柏酒隨銘至，椒花逐頌來。梁庾肩吾歲盡詩云：聊用柏葉酒，且奠五辛盤。**尹曰**：崔寔四月月令曰〔二〕：元日進椒花酒，椒是玉衡星精，服之令人身輕能走。柏是仙藥。進酒次第，以年少者爲先。故十八卷守歲詩云：守歲阿戎家，椒盤已頌花。**衰病只藜床。** **洙曰**：管寧家貧，坐藜床欲穿，爲學不倦。**訓諭青衿子，** **洙曰**：鄭國風：青青子衿，悠悠我心。毛〔三〕：青領，學子之所服。箋云：禮：父母在，衣純以青。**名慚白首郎。** **洙曰**：前漢：馮唐以孝廉爲郎中署長，事文帝。帝輦過，問唐曰：「父老何自爲郎，家安在？」具以實言。王仲宣詠史詩曰：馮

〔一〕帝，疑當作「啼」。見杜集札記。
〔二〕四月月令，疑當作「四民月令」。
〔三〕毛，疑當作「毛傳」。

公豈不偉，白首不見招。顏駟，漢文帝時爲郎。至武帝，輦過郎署，見駟厖眉皓髮，問曰：「叟何時爲郎？何其老也。」答曰：「臣文帝時爲郎，文帝好文而臣好武。景帝好美，臣貌陋。陛下好壯，臣已老矣。是以三朝不遇，故老於郎署。」帝感其言，擢拜會稽都尉。張平子思玄賦云：尉厖眉而郎潛，逮三葉而講武。**賦詩猶落筆，**洙曰：吳質牋曰：置酒縱飲，賦詩稱觴。蘇曰：丘希範落筆賦詩，四座失色。**獻壽更稱觴。**洙曰：潘安仁稱萬壽以獻觴。**不見江東弟，高歌淚數行。**洙曰：弟豐在江左，無消息。

又示宗武

覓句新知律，攤書解滿床。蘇曰：嵇紹：新解覓句，稍知音律。王渾：阿戎年小，漸解滿床攤書，時問難字，可喜。**試吟青玉案，**洙曰：張平子四愁詩：美人贈我錦繡段，何以報之青玉案。**莫帶紫羅囊。**洙曰：晉謝玄少好佩紫羅香囊，叔父安患之，而不欲傷其意。因戲賭取，焚之，於此遂止。**假日從時飲，**洙曰：王仲宣登樓賦：聊假日以銷憂。時天下逼迫無暇，故假借此日登樓四望。師曰：假乃休假，非假借之假。**明年共我長。**蘇曰：嵇康顧子紹曰：「阿紹明年共我長矣。吾甚喜爾成人。」趙曰：言今年身林如此〔一〕，至明

〔一〕林，疑當作「材」。見杜集札記。

年更長，則與我長矣。應須飽經術，已似愛文章。十五男兒志，洙曰：論語：吾十有五而志於學。三千弟子行。曾參與游夏，達者得升堂。洙曰：孔子世家：孔子以詩書禮樂教弟子，蓋三千焉。身通六藝者七十有二人。論語：文學子游、子夏。又曰：由也升堂矣。趙曰：曾參則責以孝行，游、夏則責以文學。子曰：由也升堂矣。今言三子皆達於孔子之道而升堂，所以明戒之也。

遠懷舍弟穎觀等

陽翟空知處，洙曰：陽翟，屬潁川郡，夏禹所受封地。荆南近得書。積年仍遠别，多難不安居。蘇曰：岑襄，晉末兵戈，王室多難，雖有高堂峻宇，不得安居。見情偏録。江漢春風起，冰霜昨夜除。雲天猶錯莫，花蕚尚蕭疏。趙曰：以興兄弟之離隔也。師曰：陽翟屬潁川郡，舍弟所在。子美居荆南。玄宗敦友弟，起花蕚樓，取「常棣之華，鄂不韡韡」，乃燕兄弟之詩之意。對酒都疑夢，吟詩正憶渠。舊時元日會，鄉黨羨吾廬。洙曰：陶潛詩：吾亦愛吾廬。

續得觀書迎就當陽居止正月中旬定出三峽

自汝到荆府，書來數唤吾。頌椒添諷詠，洙曰：周庾信正旦詩：椒花逐頌來。禁火卜歡娱。

洙曰：荆楚歲詩記：去冬節一百五日，即有疾風甚雨，謂之寒食。禁火三日。琴操：晉文公與介子綏俱遁，子綏割腓股以啖文公。文公復國，子綏無所得，作龍蛇之歌而隱。文公求之，不得出，乃焚左右木。子綏抱木而死。文公哀之，令人五月五日不得舉火。又周舉移書及魏武明罰令、陸翽鄴中記並云：寒食斷火起於子推。琴操所云子綏即子推也。又云：五月五日與介有異，皆因流俗所傳。據左傳、史記並無介子推被火焚之事。案周禮：司烜氏，仲春以木鐸脩火禁於國中。注云：爲季春將出火也。今寒食節氣是春之末，三月之極，然則禁火蓋周之舊制。趙曰：序言正月中旬定出峽，於寒食必相聚矣。**舟楫因人動，形骸用杖扶。天旋夔子峽，**洙曰：魚復，古夔子峽也。**春近岳陽湖。**洙曰：岳陽湖，在巴陵。蘇曰：梁汶曰：岳陽春近，吾將鼓枻放曠澤國，與蓑笠盡老矣。鄭曰：即巴陵洞庭湖。**發日排南喜，傷神散北吁。**趙曰：言起發之日安排往南而喜，神情所傷者，北望長安而不得歸也。**飛鳴還接翅，**洙曰：詩棠棣：鶺鴒在原，兄弟急難。又小宛：題彼鶺鴒，載飛載鳴。**行序密銜蘆。**洙曰：春秋繁露：鴈有行列。傳云：兄弟之齒鴈行。淮南子曰：鴈從風而飛，以愛氣力。銜蘆而飛，以避繒繳。**俗薄江山好，時危草木蘇。馮唐雖晚達，終覬在皇都。**蘇曰：梁詢曰：如馮唐垂白，尚冀晚達。趙曰：馮唐，公以自比其白首爲郎也。

將別巫峽贈南鄉兄瀼西果園四十畝趙曰：果園四十畝而公直舉以贈人，此一段美事，而古今未嘗揄揚，公之美良可歎也。

苔竹素所好，萍蓬無定居。洙曰：木玄虛海賦：萍流而蓬轉。遠遊長兒子，幾地別林廬。

雜蘂紅相對，他時錦不如。具舟將出峽，巡圃念携鋤。正月喧鶯末，兹辰放鷁初。洙曰：司馬相如賦：浮文鷁，揚桂枻。注：鷁，水鳥，畫其象於舟首，以厭水神。淮南子曰：「龍舟鷁首，天子之乘也。」

雪籬梅可折，風榭柳微舒。託贈卿家有，因歌野興疏。殘生逗江漢，何處狎樵漁。

送大理封主簿五郎親事不合却赴通州主簿前閬州賢子余與主簿平章鄭氏女子垂欲納采鄭氏伯父京書至女子已許他族親事遂停

禁臠去東床，洙曰：晉謝混字叔源，初孝武帝爲晉陵公主求婿，謂王珣曰：「主婿但如劉真長、王子敬便足，如王處仲、桓元子誠可，才小富貴，便豫人家事。」珣對曰：「謝混雖不及真長，不減子敬。」帝曰：「如此便足。」未幾帝崩，袁山松欲以女妻之。珣曰：「卿莫近禁臠。」初，元帝始鎮建業，公私窘罄，每得一豚，以爲珍膳。項上一臠尤美，輒以薦帝，群臣未嘗敢食，於時呼爲禁臠。故珣因爲戲。琨竟尚主。王羲之傳：太尉郄鑒使門生求女婿於王導，導令就東廂徧觀子弟門生。歸，謂鑒曰：「王氏諸少並佳，然聞信至，咸自矜持，惟一人在東床坦腹食，獨若不聞。」鑒曰：「正此佳婿邪。」訪之，乃羲之也。遂以其女妻之。趨庭赴北堂。洙曰：語：

陳亢問於伯魚：「亦有異聞乎？」對曰：「未也。嘗獨立，鯉趨而過庭，曰：『學禮乎？』對曰：『未也。』『不學禮，無以立。』鯉退而學禮。」鄘詩伯兮：焉得諼草，言樹之背。注：背，北堂也。疏：背者何？背之義，婦人所常處者堂也。故知背爲北堂。士昏禮云：婦洗在北堂。注：房半以北爲北堂者，房室所居之地，總謂之堂。**風波空遠涉，**蘇曰：劉琨至高安，歎曰：「事不我濟，室遠涉風波。」**琴瑟幾虛張。**洙曰：詩鹿鳴：妻子好合，如鼓瑟琴。董仲舒：琴瑟不調，必解而更張之。趙曰：夫婦以比琴瑟也。公自注云：幾音泊。蓋巨至切，泊及也。**渥水出騏驥，**洙曰：漢武元鼎四年，馬生渥洼水中。李斐曰：南陽新野有暴利長，當武帝時遭刑，屯田燉煌界。數於此水旁見群野馬，中有奇者，與凡馬異，來飲此水。利長先作土人持勒靽於旁，後馬翫習久之，乃令人代土人持勒靽，收得其馬，獻之。欲神異此馬，云：「從水中出。」師古云：渥音握。**崑山生鳳凰。**洙曰：東京賦：鳴女床之鳥鳥，舞丹穴之鳳凰。趙曰：莊子：吾聞南方有鳥，其名爲鳳，所居積石千里。則崑山可以言生鳳凰矣。**兩家誠款款，**蘇曰：索靖法帖：兩家誠心款款，奈凡作催何。**中道許蒼蒼。頗謂秦晉匹，**洙曰：襄二十七年傳：趙孟曰：「晉、楚、齊、秦，匹也。晉之不能於齊，猶楚不能於秦也。」又，秦、晉匹也，何以卑我。**從來王謝郎。**洙曰：晉江左以王、謝爲胄族，嘗通婚。**青春動才調，**蘇曰：禰衡：青春惱客意，處處動微吟。**白首缺輝光。玉潤終孤立，**洙曰：晉樂廣字彥輔，人謂之水鏡。女婿衛玠字叔寶，時號玉人。故時語曰：「婦翁冰清，女婿玉潤」也。**珠明得闇藏。**洙曰：漢鄒陽云：明月之珠，夜光之璧，以闇投人於道，衆莫不按劍相眄。**餘寒折花卉，恨別滿江鄉。**

人日兩篇彦輔曰：前五後七。董勛問禮俗，曰：「正月一日爲雞，二日爲狗，三日爲猪，四日爲羊，五日爲牛，六日爲馬，七日爲人。」則正旦畫雞於門，七日鏤人户上，良爲此也。

元日到人日，修可曰：西清詩話云：都人劉克窮該典籍，嘗與客論云：元日至人日，未有不陰時。人知其一，不知其二。四百年惟子美與克會耳。起就架取書與客，曰：「此東方朔占書也。歲後八日，一日爲雞，二日爲犬，三日爲豕，四日爲羊，五日爲牛，六日爲馬，七日爲人，八日爲穀。其日晴，主所生之物育。陰則災。少陵意謂天寶離亂，四方雲擾，幅裂人物，歲歲俱災。此春秋豈書『王正月』意耶？」深得古人用心。**未有不陰時。冰雪鶯難至，春寒花較遲。雲隨白水落，風振紫山悲。蓬鬢稀疏少，無勞比素絲。**

蘇曰：柳博：蓬首愁搔，稀疏之甚，羞比素絲。

此日此時人共得，一談一笑俗相看。蘇曰：王遇元語弟曰：「一談一笑，世俗酒炙之歡，豈識文字真樂耶。余元日在善化，因書此詩二篇與楊太守。」**罇前柏葉休隨酒，洙曰：**見元日示宗武注。**趙曰：**四民月令曰：元日進椒柏酒。**勝裏金花巧耐寒。洙曰：**人日造華勝相遺，起於晉代。見賈充李夫人曲云：像瑞圖金勝之形，又像西王母戴勝也。歲時記：人日以七種菜爲羹，剪綵爲花勝以相遺。或鏤金薄爲人勝，以像瑞圖之形。**佩劍衝星聊暫拔，**洙曰：晉輿服志：漢自天子至百官無不佩劍，其後唯朝帶。晉書：斗、牛之間有紫氣，雷焕曰：「寶劍之精上徹於天。」**匣琴流水自須彈。**洙曰：琴有三峽流泉操。趙曰：伯牙志在流水，而鍾子期曰：「湯湯哉。」舊注所引却是流泉操也。**早春重引江湖興，直道無憂行路難。**趙曰：行路難，古曲名。言以直道行之，無他而不可往也。

月

併照巫山出，新窺楚水清。羇栖秋見裏，洙曰：一作「愁裏見」。**二十四迴明。**趙曰：指言在夔歷望夜凡二十四迴也。**必驗升沉體，**洙曰：以其朝日也。**如知進退情。**洙曰：謂不違弦望。趙曰：月初出曰升，既落曰沉。升則進之道，沉則退之道也。**不違銀漢落，**洙曰：鮑明遠詩：夜移衡漢落。**亦伴玉繩橫。**洙曰：謝靈運詩：玉繩低建章。趙曰：漢落則月將没矣。玉繩，星名。凡夜深則玉繩低也。不逢銀漢落而罷看，亦必伴玉繩横而後止，此看月之盡夜也。

江梅趙曰：江邊之梅也。如在嶺，曰嶺梅。在野，曰野梅。官中所種，曰官梅。而後之學者，凡見梅便謂之江梅，誤矣。

梅蘂臘前破，梅花年後多。絶知春意早，最奈客愁何。雪樹元同色，江風亦自波。故園不可見，巫岫鬱嵯峨。**洙曰：** 陸機樂府：雲山鬱嵯峨。潘安仁：崇崗鬱嵯峨。陸又云：崇山鬱嵯峨。

庭草

楚草經寒碧，庭春入眼濃。舊低收葉舉，**趙曰：** 言舊低舉附而收歛之葉，以春而舉也。新掩捲牙重。**趙曰：** 言新掩蔽而韜卷之牙，以春而重也。步履宜輕過，開筵得屢供。看花隨節序，不敢强爲容。

月

萬里瞿塘峽，**洙曰：** 一作「月」。**趙曰：** 指言夔州也。春來六上弦。時時開暗室，**趙曰：** 言在夔州凡六見上弦也。故故滿青天。爽合風襟静，當空淚臉懸。**趙曰：** 公以羈旅在外，傷時感舊也。南飛有烏鵲，**洙曰：** 古詩：月明星晞，烏鵲南飛。夜久落江邊。

春末下荆州所作

大曆三年春白帝城放船出瞿塘峽久居夔府將適江陵漂泊有詩凡四十韻

老向巴人裏，洙曰：傳莊十八年：巴人伐楚。修可曰：劉璋分三巴，以夔爲中巴地也。今辭楚塞隅。入舟翻不樂，解纜獨長吁。洙曰：江文通望荆山詩：奉義至江漢，始知楚長〔一〕。謝靈運：解纜乃流潮〔二〕。又：入舟陽已微。趙曰：楚塞，指白帝城。不樂而長吁者，有萍梗流離之傷矣。窄轉深啼狖，余救切。虚隨亂浴鳧。趙曰：舟轉於峽中之窄處，其聞啼狖愈在深處矣。舟虚隨冷浴之鳧，謂之亂浴，則非一二鳧耳。石苔凌几杖，空翠撲肌膚。蘇曰：陰亮山行，謂友人曰：「空翠爽人肌膚，泉流清人耳目。乍脱塵鞅，永日忘歸。」疊壁排霜劍，趙曰：指言巫山也，其立如劍。奔泉濺水珠。蘇曰：屈平：亂山横劍，奔泉濺珠。杳溟藤上下，濃淡樹榮枯。神女峰娟妙，鄭曰：盛弘之荆州記：巫山有神女峰。昭君宅有無。洙曰：神女廟傍有昭君村。鄭曰：寰宇記：歸州巴東有王昭君宅。趙曰：蓋年歲久遠，不知昭君

〔一〕「楚」後疑闕「塞」字。見杜集札記。

〔二〕乃，疑當作「及」。見杜集札記。

宅何在也。**曲留明怨惜**，洙曰：怨惜，一作「怨別」。趙曰：曲則昭君曲也。樂府有昭君怨。**夢盡失歡娛**。洙曰：昭君宅有夔州〔一〕。子美負薪行云：若道巫山女粗醜，何得此有昭君村。石季倫昭君辭曰：王明君者，本爲王昭君，以觸晉文帝諱，改之。匈奴盛，請婚於漢元帝，以後宮良家子明君配焉。昔公主嫁烏孫，令琵琶馬上作樂以慰其道路之思。其送明君亦爾也。其造新之曲多哀怨之聲。神女峰在巫山。宋玉高唐賦曰：昔先王遊高唐，怠而晝寢，夢見一婦人，曰：妾巫山之女也，願薦枕席。又神女賦曰：楚襄王夜寢，夢與神女遇，其狀甚麗，寐而夢之，寤不自識。趙曰：夢則楚襄王夢神女是也。此已初叙其離夔州入船所歷之景，及弔古之事如此。**擺闔盤渦沸**，洙曰：郭璞江賦：盤渦谷轉。**欹斜激浪輸**。**風雷纏地脉**，洙曰：江賦：流風蒸雷。海賦：驚浪雷奔。蘇曰：張禹曰：迅雷烈風纏地脉。**冰雪曜天衢**。洙曰：易：何天之衢亨。**鹿角真走險**，洙曰：文十七年傳：鄭子家曰：「小國之事大國也，德則其人也，不德則其鹿也。鋌而走險，急何能擇。」**狼頭如跋胡**。洙曰：詩：狼跋其胡，載疐其尾。注：跋，躐也。進則躐其胡，退則跋其尾。出左傳言鹿曰：「鋌而走險。」趙曰：鹿角、狼頭，公本注：二灘名。**惡灘寧變色，高卧負微軀**。趙曰：今遇惡灘，寧不變色乎？高卧則事有不測，爲負微軀矣。**書史全傾撓，裝囊半壓濡**。**生涯臨臬兀**，洙

〔一〕有，疑當作「在」。見杜集札記。

曰：困於艬硊也。**死地脱斯須。****蘇曰：**陶秀行次豫章，嘆曰：「生涯如臯兀，胡不悲憂身世？」韓既昨入吳榮死地，脱於斯須之間，今日思之，令人毛寒。」**不有平川決，****洙曰：**一作「快」。**焉知衆壑趨。乾坤霾漲海，****定功曰：**言水之渺茫闊遠矣。**雨露洗春蕪。****蘇曰：**史惠曰：「征塵蒙滿蕪草，荷雨露沾洗。」**鷗鳥牽絲颺，****趙曰：**羽如絲也，謂之牽絲，則絲有牽之理。**驪龍濯錦紆。落霞沉緑綺，****洙曰：**謝玄暉晚望三山詩：餘霞散成綺，澄江静如練。**殘月壞金樞。****洙曰：**木玄虚海賦：大明鑣轡於金樞之穴。注：大明，月也。金樞，西方月没之處穴窟也。**泥笋苞初荻，沙茸出小蒲。****洙曰：**謝靈運詩：新蒲含紫茸，初篁苞緑籜。**鴈兒争水馬，****夢符曰：**右按本草：水馬生水中，善行如馬，亦謂之海馬。**燕子逐檣烏。****趙曰：**船檣上刻爲烏形也。燕如逐之。**絶島容煙霧，環洲納曉晡。****洙曰：**謝靈運詩：側徑既窈窕，環洲亦玲瓏。**前聞辨陶牧，****洙曰：**顔延年：七澤謁荆牧[一]。牧，陶牧也，地名。**蘇曰：**王粲登樓賦：北彌陶牧。注：陶，卿名[二]。郊外曰牧。**轉眄拂宜都。****洙曰：**劉備改夷陵爲宜都。**縣郭南畿好，****洙曰：**路入松滋縣。**津亭北望孤。****趙曰：**懷長安矣。**勞心依憩息，朗詠劃昭蘇。****趙曰：**劃字，開豁之意。**意遺樂還笑，**

[一] 謁，疑當作「藹」。見杜集札記。

[二] 卿，疑當作「鄉」。

衰迷賢與愚。**趙曰**：人情歷艱險則悲憂，逢平曠則笑樂，當是時雖身之老，志之衰矣，豈復論賢愚哉。飄蕭將素髮，**洙曰**：秋興賦：素髮颯以垂領。汩没聽洪鑪。**洙曰**：王粲傳：鼓洪爐以燎毛髮。丘壑曾忘返，**洙曰**：謝靈運詩：昔余遊京華，未嘗廢丘壑。山林之士，入而不復出。文章敢自誣。**蘇曰**：卜商：「文章繩身之規矩，豈敢自誣？」**趙曰**：公以文自任，雖已亦不得而誣其不能也。此生遭聖代，誰分哭窮途。**洙曰**：顔延年詠阮步兵詩：窮途能無慟。**趙曰**：阮籍每行至路窮處，輒慟哭而返。卧疾淹爲客，蒙恩早厠儒。廷争酬造化，**洙曰**：王陵傳：陳平謂陵曰：「面折廷争，臣不如君。」師古曰：謂當朝廷而諫争。**蘇曰**：張綱曰：「吾廷諍是非，屏棄姦佞，非欲作自己名目，端酬造化，有補王室，而益黎民。吾死亦無憾，何況生焉。」**趙曰**：公言其爲左拾遺時，嘗論房琯有才不宜廢，是爲廷諍。以酬君王碩遇之恩〔一〕，是爲酬造化。樸直乞去既切。江湖。**趙曰**：肅宗以公言房琯，出爲華州司功。屬關輔饑亂，遂入蜀。今在夔，又欲之楚。灧澦險相迫，滄浪深可逾。浮名尋已已，嬾計却區區。**趙曰**：公以諫忤旨而流落江湖，迫灧澦，逾滄浪，於是無意於浮名，而遂其閑嫩矣〔二〕。喜近天皇寺，先披古畫圖。**夢符曰**：右按渚宮故事：張僧繇避侯景之亂，來奔湘東，承制拜右將軍。僧繇攻畫，爲郡之冠，常於天皇寺柏堂圖盧舍那佛像，夜有奇光發自屋

〔一〕碩，疑當作「顧」。見杜集札記。

〔二〕嫩，疑當作「嬾」。見杜集札記。

壁。又於堂内圖孔子十哲像，識者謂右軍絶筆。湘東鮑潤岳謂曰：「釋門之内，寫素王之容，雖由神異，無方，豈可夷夏同貫？」僧繇笑曰：「吾誠偶然，安知不利於後。」聞者莫知其旨。及後周滅二教，梁爲附庸，荆楚祠宇莫不毁徹，唯天皇寺有宣尼像，遂爲國庠。時人歎其先覺。嘗於此寺畫龍，不時點睛，道俗請之，捨錢數萬，落筆之後，雷雨晦冥，忽失龍，不知所在。唐朝閻立本工畫，無對。立本嘗至荆州視僧繇舊跡，曰：「定虚得名耳。」明日又往觀之，曰：「猶是近代佳手。」明日又往，曰：「名下無虚士。」坐卧觀之，留宿其下十餘日而不能去。**應經帝子渚，洙曰：**謝玄暉：瀟湘帝子遊。江淹王徵君詩：北渚有帝子，蕩瀁不可期。帝子，見楚詞。**定功曰：**楚詞云：帝子降兮北渚。帝子謂堯女娥皇、娥英矣。**同泣舜蒼梧。洙曰：**禮：舜葬蒼梧之野。謝玄暉：雲去蒼梧野。顔延年：謁帝蒼山蹊。**趙曰：**公之懷舜深矣。**朝士兼戎服，君王按湛盧。洙曰：**吴越春秋：越王允常，歐治子作名劍五枚，秦客薛燭善相劍，越王取湛盧示之，曰：「善哉，銜金鐵之英，吐銀錫之精，寄氣託靈，有游出之神。服此劍可以折衝伐敵。人君有逆誅，則去之它國。」允王乃以湛盧獻吴。吴公子光弑吴王，湛盧去如楚也。鮑明遠：天子按劍怒。**旄頭初俶擾，洙曰：**始擾亂也。晉天文志：昴爲旄頭，胡星也。天子出，旄頭罕畢以前驅也。**趙曰：**相始爲亂也。**鶉首麗泥塗。洙曰：**晉志：自東井十六度至柳八度爲鶉首，秦之分野，屬雍州。**趙曰：**鶉首，星度之名。分野則雍州也。麗泥塗，此言廣德元年長安陷也。**甲卒身雖貴，書生道固殊。出塵皆野鶴，洙曰：**晉嵇紹在稠人中，昂昂然若野鶴之在雞群。**歷塊匪轅駒。洙曰：**王褒云：過都越國，蹶如歷塊。灌夫傳：上怒内史，曰：「公平生數言魏其、武安長短，今日廷論，局促效轅中駒。」應劭曰：駒者，駕者轅下〔一〕，局趣，蹴小之貌。張晏曰：俛頭於車轅下，隨母而已。趙曰：言遭喪亂則甲卒有貴爲節度，爲將帥。時有書生亦其中，而書生之道自與甲卒殊矣。故有野鶴、轅駒之譬。**伊吕終難降，韓彭不易呼。**洙曰：伊尹、吕望、韓信、彭越。趙曰：言伊尹、吕望不肯降志矣。丈人不來〔二〕，武人得勢也。**五雲高太甲，六月曠摶扶。**摶，徒官切。洙曰：莊子：鵬之徙於南溟也，水擊三千里，摶扶摇而上者九萬里，去以六月息。趙曰：言賢材之不得用也。沈佺期移禁司刑詩：散材仍葺厦，弱羽遽摶扶。**回首黎元病，争權將帥誅。山林託疲薾，未必免崎嶇。**洙曰：莊子齊物論：薾然疲役而不知其所歸，可不哀邪。趙曰：公之自傷尤深矣。師曰：空翠者，垂空翠蔓也。舟過戛人肌膚，故云「空翠撲肌膚」。薛夢符云：水馬，生水中，善行如馬，亦謂之海馬。今按陳藏器本草云：水馬，生海中，頭如馬形，長五六寸，蝦類也。今所在池塘亦有之，差小耳。俗亦呼爲水馬。王粲登樓賦：北彌陶牧，西接昭丘。注：陶，鄉名。郊外曰牧。渚宫故事：張僧繇避侯景之亂，來奔湘東王繹，承制拜右將軍。僧繇善畫，爲南郡之冠。嘗於天皇寺柏堂圖盧舍那佛像。夜有奇光發自屋壁。又於堂内圖孔子十哲像。識者謂右軍絶筆。湘東記室鮑潤岳謂曰：「釋門之内，寫素王之容，雖神異，無方，豈可夷夏同貫。」僧繇笑曰：「吾誠偶然，安知不利於後。」聞者

〔一〕者，疑當作「著」。
〔二〕丈，疑當作「文」。

莫曉其意。及後梁滅三教〔一〕，梁爲附虜，荆楚祠宇莫不毁折，惟天皇寺有宣尼僧像，遂爲國庠。時人歎其先覺。嘗於此寺畫龍，雷雨晦冥，忽失龍所在。盤渦，解在前。鹿角、狼頭，皆惡灘名。臬兀，不安貌。夔地險，稍出江陵則平矣。故曰不有平川決。環洲，回環而舟不進也。天子有孝德則五色雲見，以太甲比代宗。曠，廢也。子美廢斥，故曰「曠摶扶」。争權將帥誅，言崔旰、楊子琳之亂，巴蜀之人困於征役，故云「回首黎元病」。

巫山縣汾州唐使君十八弟宴别兼諸公携酒樂相送率題小詩留於屋壁

卧病巴東久，洙曰：郭璞江賦：巴東之峽。今年强作歸。故人猶遠謫，趙曰：故人指唐使君也。兹日倍多違。接宴身兼杖，聽歌淚滿衣。諸公不相棄，擁别借光輝。

春夜峽州田侍御長史津亭留宴得筵字。

北斗三更席，西江萬里船。杖藜登水榭，揮翰宿春天。白髮煩多酒，明星惜此筵。趙曰：夜將盡而曉，則明星行暗矣。於是筵終，爲可惜也。始知雲雨峽，洙曰：高唐賦云：巫山之陽，高丘之

〔一〕後梁，疑當作「後周」。見杜集札記。

岨，朝爲行雲，暮爲行雨。忽盡下牢邊。洙曰：下牢，地名也。

送王十五判官扶侍還黔中得開字。

大家東征逐子回，洙曰：後漢：扶風曹世叔妻者，同郡班彪之女，名昭，字惠姬。和帝數召入宫，令皇后、貴人師事焉。號曰大家。子穀，爲陳留長、垣縣長。大家隨至官，作東征賦，以叙行李。趙曰：大家，指言王判官母，以班氏比之也。風生洲渚錦帆開。洙曰：煬帝以錦爲帆。青青竹笋迎船出，白日江魚入饌來。修可曰：楚國先賢傳：孟宗字恭武，至孝，母好食笋，冬月無之，宗入林中哀號，笋爲之生。後漢列女傳：姜詩及妻龐氏並至孝，母好飲江水，嗜魚鱠，又不能獨食。夫婦嘗力作鱠，呼鄰母共之。舍側忽有泉湧，味如江水，每旦輒出雙鯉，常供二母之膳。王判官侍母回黔中，故有此句。余曰：邵氏聞見録云：子美「白日江魚入饌來」，後得古本，日日作白白，不但撿句甚偶，其思致亦不同。離别不堪無限意，艱危深仗濟時才。黔陽信使應稀少，鄭曰：寰宇記：黔州黔陽郡。莫怪頻頻勸酒盃。蘇曰：蕭鳳使玉門關，弟肅勸酒頻頻，謂兄曰：「醉中庶使分袂不悲。」

宿青溪驛奉懷張員外十五兄之緒

漾舟千山内，漾，余亮切。日入泊荒渚。蘇曰：「荒」作「枉」。曲渚也。謝靈運詩：弭棹歸枉渚。

趙曰：謝靈運西陵遇風詩[一]：漾舟陶嘉月。莊子：日入而息。文選：通陂激枉渚[二]。**我生本飄飄，今復在何許。**洙曰：言未有所定止也。**石根青楓林，猿鳥聚儔侶。**洙曰：言猿鳥猶能聚其儔侶，而人不能致於安適，則甫之羈困可見矣。**月明遊子静，畏虎不得語。**趙曰：古詩：相望一水間，脉脉不得語。**中夜懷友朋，乾坤此深阻。浩蕩前後間，佳期付荆楚。**趙曰：浩蕩，流放之貌。楚辭：志浩蕩而傷懷。非上言水也。師曰：甫離蜀中，移居夔州，今又自夔下峽，欲之荆南，夜宿青溪驛而有此作，故末章云「佳期付荆楚，今復在何許」，言此作不知駐足於何所也。猿與鳥尚得以其類相聚，甫今别張員外，中夜懷之，曾猿鳥之不若乎。虎喻盜賊也。不得語，恐姦人窺伺之，亂世匿迹若此。

敬寄族弟唐十八使君

與君陶唐後，盛族多其人。聖賢冠史籍，枝派羅源津。洙曰：甫自撰萬年縣君京兆氏墓銘云：其先係統於伊祁，分尚於唐杜。春秋傳云：穆叔謂之世禄其在兹乎。漢高紀贊曰：范宣子亦曰：祖自虞以上爲陶唐氏，在夏爲御龍氏，在商爲豕韋氏，在周爲杜氏。注：唐、杜，二國名。**在今氣磊落，巧僞莫敢**

〔一〕謝靈運，疑當作「謝惠連」。
〔二〕陂，疑當作「波」。

親。蘇曰：朱雲許時直言，端莊正立，巧言僞行之徒不敢親近。介立寔吾弟，濟時肯殺身。物白諱受玷，行高無污真。得罪永泰末，放之五溪濱。洙曰：漢：黄瓊：皦皦者易爲污，嶢嶢者易爲缺。四子講德：青蠅不能穢。垂棘詩：白圭之玷，姓可磨也[一]。語：殺身以成仁。馬援傳：擊武陵五溪蠻夷。注：雄、滿、酉、無、辰，所謂五溪也。趙曰：所以明得罪之由，以不受污玷而致然也。此與皓皓之易爲污之義不同。舊注引此，非是。鄭曰：五溪在辰州、武陵之間，壺頭山後。鸞鳳有鎩翮，鎩，所戒切。先儒曾抱麟。洙曰：顔延年詠嵇中散詩：鸞翮有時鎩。鎩，所拜切，殘也。劉越石詩：誰云聖達節，知命故不憂。宣尼悲獲麟，西狩涕孔丘。注：孔子亦抱麟而泣。雷霆霹長松，骨大却生筋。一失不足傷，念子孰自珍。趙曰：此以譬唐使君能得罪，未能遂傷之也。熟字，稔熟之熟，言其自珍已詳熟矣。泊舟楚宫岸，戀闕浩酸辛。除名配清江，洙曰：清江屬施州。鄭曰：清江，溪名，在施州。本漢江巫縣地，今夔州巫山縣。厥土巫峽鄰。登陸將首途，筆札枉所申。歸朝跼病肺，叙舊思重陳。春風洪濤壯，洙曰：顔延年：春江壯風濤。劉越石：棄置勿重陳，重陳令心傷。趙曰：公自言病肺之故，雖欲歸朝，跼跼不得申也。故下句所之則欲春時乘船而往，得一見唐公，以相慰也。谷轉頗彌旬。趙曰：郭景純江賦：盤渦谷轉。我

[一] 姓，疑當作「尚」。

能況中流，搪突鼉獺瞋。鼉獺瞋，言爲小人所怒也。長年已省柂，洙曰：省，視也。柂，舟尾正船者。長年，操舟者。視柂則將行矣。慰此貞良臣。

泊松滋江亭

紗帽隨鷗鳥，扁舟繫此亭。江湖深更白，松竹遠還洙曰：一作「微」。青。一柱全應近，洙曰：劉孝綽詩云：經過一柱觀。高唐莫再經。蘇曰：王允下峽，嘆曰：「高唐灎澦，莫願再經。」今宵南極洙曰：一云「南斗」。外，甘作老人星。洙曰：前漢天文志：狼星北地直大星曰南極老人。老人見，治安。不見，兵起。常以秋分時候之南郊。晉志：老人一星在孤南。趙曰：公將盡楚而往，故云「南極外」也。

行次古城店泛江作不揆鄙拙奉呈江陵幕府諸公

老年常道路，遲日復山川。白屋花開裏，洙曰：王莽傳：延士不及白屋。師古曰：白屋，謂庶人以白茅覆屋也。沈約：開花已匝樹。孤城麥秀邊。洙曰：宋世家：箕子朝周，過故殷墟。城毁壞，生禾黍。箕子傷之，欲哭則不可，爲其近婦人。乃作麥秀之詩，以歌詠之。其詩曰：麥漸漸兮，禾黍油油兮。彼狡童兮，不與我好兮。所謂狡童者，紂也。殷民聞之，皆爲流涕。向子期思舊賦：歎黍離之間周〔一〕，悲麥秀於殷墟。濟江元自闊，趙曰：濟者，濟涉之濟。至江陵則江闊矣。下水不勞牽。風蝶勤依槳，趙曰：蝶欲泊槳上也。春鷗懶避船。王門高德業，洙曰：鄒陽曰：「何王之門不可曳長裾乎？」陸韓卿：王門所以貴，自古多俊人。幕府盛材賢。洙曰：蔡邕薦邊讓於何進曰：「伏惟幕府初開，博選清英。」行色兼多病，蒼茫泛愛前。洙曰：孔子：泛愛衆。師曰：甫之先出於伊耆氏，分姓於唐、杜，自虞以上爲陶唐氏，在周爲杜氏。盛族之後，枝派蕃大，故多產聖賢。介立，爲人孤介也。唐十八以介特不徇時輩，爲讒佞中傷。代宗之時，逐斥於五溪。馬援傳：五溪蠻，謂雄、堪〔二〕、酉、撫、辰是也。鎩，削貌。魯西狩獲麟，仲尼抱麟而泣。自古賢士困厄，無代無之。然長松雖遭霹靂，猶有再生之期，一失又何足傷也。清江縣，屬施州。時唐公泊舟於楚岸，以見甫，復惠以書。甫意欲乘春以省之，慰其寥索，故有「春風洪濤壯，唐突鼍獺瞋」之語。歸州人以篙工爲長年三老。已省柂，言視船具將行矣。甫病渴，無復還朝，唯樂與朋舊敘懷，故云「歸朝跼病肺，敘舊思重陳」。

〔一〕 間，疑當作「愍」。
〔二〕 堪，疑當作「樠」。

宴胡侍御書堂洙曰：李尚書之芳、鄭祕監審同集歸字韻。

江湖春欲暮，牆宇日猶微。闇闇書籍滿，輕輕花絮飛。翰林名有素，墨客興無違。洙曰：揚雄作長楊賦，藉翰林以爲主人，子墨爲客卿以諷。趙曰：指言李尚書、鄭祕監、胡侍郎皆翰林之手也。末句言文星亦然。**今夜文星動，吾儕醉不歸。**洙曰：漢荀、陳德星聚。左傳：吾儕小人。又云：況吾儕乎？儕，等也。詩：不醉無歸。

書堂飲既夜復邀李尚書下馬月下賦絶句

湖上林風相與清，殘鐏下馬復同傾。蘇曰：阮孚居汶上，嵇述往别，飲至夜分散。明日，述下馬叩門，曰：「殘鐏可傾乎？」遂飲酣，揮鞭而去。其真率如此。**久拚野鶴如雙鬢，遮莫鄰雞下五更。**洙曰：趙典傳云：大儀鵠髮。注：白髮也。五更，見和賈舍人早朝大明宫注。

南征

春岸桃花水，洙曰：謝靈運詩：海鷗戲春岸。庾信早春詩：流水桃花色，春州杜若香。趙曰：韓詩章句曰：溱與洧方涣涣兮。謂三月桃花水下。**雲帆楓樹林。**洙曰：招魂云：湛湛江水兮，上有楓。阮籍詩：湛湛長江水，上有楓樹林。**偷生長避地，**洙曰：李陵書曰：陵豈偷生之士。語：賢者避世，其次避地。**適遠更霑襟。**洙曰：四愁詩：側身南望涕沾襟。王仲宣詩：遠身適荆蠻。**老病南征日，**洙曰：招魂曰：洎吾南征。趙曰：公言其將楚適也。**君恩北望心。**洙曰：四愁詩：側身北望涕沾巾。趙曰：公既有京兆功曹之命，爲領君恩矣，所以北望長安也。**百年歌自苦，未見有知音。**洙曰：古詩：人生不滿百，常懷千歲憂。又云：不愁歌者苦，但傷知音稀。師曰：峽人以二月桃花發時春水生，謂之桃花水。水漲，可以下峽，甫自蜀南征吴楚，故趁桃花水。楚岸多楓樹。

地隅

江漢山重阻，風雲地一隅。洙曰：李陵詩：風波一失所，各在天一隅。石曰：此句謂其流徙不止於故常之地。**年年非故物，**洙曰：謂流徙不止於故常之地爾。趙曰：遷徙不常，眼中所見非故舊之物。**處處是窮途。**洙曰：遭亂而道不行爾。趙曰：顔延年詠阮籍詩：窮途能無慟。**喪亂秦公子，**洙曰：謝靈運擬魏公子鄴中詩：王粲家本秦川貴公子孫，遭亂流寓，自傷情多。**悲凉楚大夫。**洙曰：屈原、宋玉皆楚大夫。**平生心已折，**洙曰：江淹别賦：心折骨驚。**行路日荒蕪。**

歸夢

道路時通塞，江山日寂寥。蘇曰：世説：袁彦伯曰：「江山聊落，居然有萬里勢也。」趙曰：以時當用兵，道路或通或塞，故江山氣象日日蕭索。**偷生惟一老，伐叛已三朝。**洙曰：明皇、肅宗、代宗三朝。**雨急青楓暮，**趙曰：言南下之景。蓋楚地多楓也。見楚詞：江水湛湛兮上有楓。**雲深黑水遥。**洙曰：禹貢：華陽黑水，惟梁州。蘇曰：班彪：雲黄藏黑水，雪白認青城。趙曰：言懷望長安也。黑水在鄠、杜之間，去長安爲近。師曰：楚岸多青楓。甫客居荆楚，懷想故鄉尚遥，歸未得，故云「雲深黑水遥」。**夢歸歸未得，**洙曰：一云「夢魂歸亦得」。**不用楚辭招。**洙曰：宋玉哀屈原憂愁山澤，魂魄飛散，其命將落，故作招魂，欲以復其精神，延其年壽。外陳四方之惡，内崇楚國之美，以諷於君，冀其覺悟而還之也。趙曰：一作「夢魂歸未得」。未當言歸亦得，與下句方有分付。宋玉哀屈原憂愁内澤之間〔二〕，魂魄飛散，作招魂之辭，以招之。公今正以爲方藉夢魂而歸故鄉，更不須相招。

奉送蘇州李二十五長史丈之任

星拆台衡地，趙曰：中台星拆，張華見誅。而今云星拆，則李二十五丈父必是台輔貴人，而有此事。惜

〔二〕 内，疑當作「山」。

乎無所考。**曾爲人所憐。**洙曰：前漢五行志：成帝時歌謡曰：邪徑敗良田，讒口亂善人。桂樹花不實，黄爵巢其顛。故爲人所羡，今爲人所憐。桂，赤色，漢家象。華不實，無繼嗣也。王莽自謂黄家。黄爵巢其顛。**公侯終必復，**洙曰：閔元年傳：畢方筮仕於晉〔一〕，遇屯之比，辛廖占之曰：「吉。屯固比入，吉孰大焉？其必蕃昌。震爲土，車從馬，足居之，兄長之，母覆之，衆歸之，六體不易，合而能固，安而能殺，公侯之卦也。公侯之子孫，必復其始。」**經術竟相傳。**洙曰：韋賢少子玄成復以明經歷位至丞相。**食德見從事，**洙曰：易：食舊德。或從王事，無成。**克家何妙年。**洙曰：蒙：九二，子克家。曹植表曰：終軍以妙年使越。潘岳楊仲武誄：子以妙年之秀。趙曰：言李公自妙年已克家矣。**一毛生鳳穴，**夢符曰：右按南史：謝起宗〔二〕，父鳳。超宗好學有文辭，盛德名譽。新安王子鸞母殷淑儀卒，超宗作誄奏之。帝大嗟賞，謂謝莊曰：「超宗殊有鳳毛，靈運復出。」**三尺獻龍泉。**洙曰：漢高祖提三尺取天下。師古曰：三尺劍也。越絶書：楚王召風湖子，令之吴越見歐治子、干將，使之鑄劍三枚，一曰龍泉。楚王問：「何謂龍泉？」對曰：「龍泉狀如登高山，臨深淵。」晉、鄭聞此劍，求之不得。後漢：肅宗賜諸尚書劍，特以寶劍自爲名，以尚書韓稜淵深有謀，故得楚龍泉。**赤壁浮春暮，**洙曰：孫權將周瑜敗曹操於烏林赤壁。趙曰：言赤壁，以形容其所經之地也。**姑蘇落**

〔一〕方，疑當作「萬」。
〔二〕起，疑當作「超」。

海邊。洙曰：越絶書曰：闔廬起姑蘇臺，三年聚材，五年乃成，高見三百里。趙曰：言李丈往任蘇州矣。有姑蘇臺，故州以得名。客閒頭最白，惆悵此離筵。

暮春江陵送馬大卿公恩命追赴闕下

自古求忠孝，名家信有之。洙曰：後漢：韋彪議曰：求忠臣必於孝子之門。注：孝經緯之文也。晉卞壺拒蘇峻，力疾戰死，二子見父没，相隨赴賊，同時見害。徵士翟湯聞之，歎曰：「臣死於君，子死於父，忠孝之道，萃於一門。」吾賢富才術，此道未磷緇。洙曰：論語：磨而不磷，涅而不緇。玉府標孤映，洙曰：北山移文：高霞孤映。霜蹄去不疑。趙曰：使莊子：馬蹄可以踐霜雪。激揚音韻徹，洙曰：文選：神氣激揚。又：音聲悽以激揚也。籍甚衆多推。洙曰：陸賈遊漢庭，名聲籍甚。注：言狼籍甚。梁彦升云：客遊梁朝，則聲華籍甚。潘陸應同調，洙曰：謝靈運詩：誰謂古今殊，異代可同調。晉陽秋曰：潘、陸之徒有文質，而宗師不異。趙曰：潘則潘岳，陸則陸機。孫吴亦異時。洙曰：孫武、吴起。趙曰：言時異時而已〔一〕，又相同也。北宸徵事業，南紀赴恩私。洙曰：詩：滔滔江漢，南國之紀。卿月昇金掌，洙

〔一〕 後一「時」字疑爲衍文。

曰：洪範：卿士惟月。注：卿士各有所掌，如月之有別。上官儀詩：班籍始燕歸，金掌露初晞。趙曰：卿月，指馬大卿也。昇金掌，譬近於顯要。金掌者，金錮仙人捧露盤之掌也〔一〕。**王春度玉墀。**洙曰：春秋之文，王次春。趙曰：言馬大卿春時在天子之玉墀也。**薰風行應律，**洙曰：詩：南風之薰兮。禮：八風從律。**湛露即歌詩。**趙曰：湛露，天子燕諸侯之詩。言方夏初即有殊恩之命矣。**天意高難問，人情老易悲。樽前江漢闊，後會且深期。**

暮春陪李尚書李中丞過鄭監湖亭泛舟得過字。

海内文章伯，洙曰：唐文章三變，而楊、王爲之伯，故子美引而用之。**湖邊意緒多。玉樽移晚興，**古歌辭曰：上金殿，酌玉樽。趙曰：曹子建仙人篇曰：玉樽盈桂酒。**桂楫帶酣歌。**趙曰：元帝烏栖曲曰：沙棠作船桂爲楫。**春日繁魚鳥，江天足芰荷。鄭莊賓客地，衰白遠來過。**洙曰：鄭當時字莊，置驛馬長安諸郊，請謝賓客，夜以繼日。

〔一〕錮，疑當作「銅」。見杜集札記。

蠶穀行

天下郡國向萬城，無有一城無甲兵。**洙曰**：時盜賊充斥，天下皆用兵也。焉得鑄甲作農器，一寸荒田牛得耕，牛盡耕田蠶亦成。**修可曰**：家語載回曰：「回願得明王聖主輔相之，使鑄戟以爲農器。」不勞列士淚滂沲，男穀女絲行復歌。揚子雲言政之思斁，而以男子畎、婦人桑爲思，至於行復歌，則人樂其政可知矣。**趙曰**：烈士見平日牛不得耕，又蠶無所成，則涕淚滂沲。今也見牛耕而男穀，蠶成而女絲，則喜而行歌焉。乃主烈士言之。舊注引揚子之説，自爲昏惑。**師曰**：時寇盜滿天下，男廢耕，女廢織，故傷今而思古。

短歌行贈王郎司直。

王郎酒酣拔劍斫地歌莫哀，**修可曰**：史記：武帝時，齊人有東方生，名朔。時坐席中，酒酣據地，歌曰云云。我能拔爾抑塞磊落之奇才。豫樟翻風白日動，**洙曰**：吴都賦：木則楓柟豫樟。言材之美者。鯨魚跋浪滄溟開。**洙曰**：鯨魚之大者。吴都賦：長鯨吞航。**趙曰**：以大魚比之。崔豹古今注：鯨，海魚也。大者數千里，小者千丈。鼓浪成雷，噴珠如雨。且脱佩劍休徘徊。**蘇曰**：張華遇魯銍於滻水，華曰：「且脱劍佩，於此徘徊，何命爲之匆速如是。」西得諸侯棹錦水，**洙曰**：錦水，蜀江也。欲向何門趿珠履。洙曰：孟嘗養客三千，皆珠履。趙曰：鄒陽云：「何門而不可曳長裾乎？」仲宣樓頭春已深，洙曰：仲宣，王粲也。有樓在荆州。趙曰：仲宣樓，指言荆州也。梁帝詩：久返仲宣樓，蓋以仲宣一世名人，故以仲宣名之。青眼高歌望吾子，洙曰：阮籍能爲青白眼以重輕人。眼中之人吾老矣。師曰：錦水，蜀中有濯錦江。王司直得蜀中刺史。刺史，古之諸侯。甫欲依之爲門下客，如仲宣之依劉表，望其青顧，故云「青眼高歌望吾子」。吾子，指王司直。眼中之人，謂甫素善司直，司直必念其衰老而眷遇之。甫與司直飲，司直酒酣舞劍爲樂，謂甫云：「吾能拔爾奇才，使汝見用當世，如豫章之翻風，如鯨魚之拔浪。」故甫承其意而有末章之覬望也。

喜雨

春旱天地昏，日色赤如血。洙曰：前漢：河平元年，日出赤如血。趙曰：公極言旱日之可畏。舊注引前漢：河平元年，日色赤如血。按成帝本紀及天文志皆無之，乃晉光熙元年五月壬辰癸巳，日光四散，赤如血流，照地皆流。甲午，又如之。舊注妄引年號，有誤後學甚矣。農事都已休，兵戈況騷屑。巴人困軍須，慟哭厚土熱。洙曰：皇天厚土，實聞此言。左傳。趙曰：經傳只使后土，至厚地，方使厚薄之厚。舊注改左傳，作「皇天厚土」，實聞此言。非是。滄江夜來雨，真宰罪一雪。穀根小蘇息，沴氣終不滅。何由見寧歲，**洙曰**：國語：自子之行，晉無寧歲。鮑明遠：寧歲猶七奔。**趙曰**：沴氣，陰陽錯謬之氣也。沴音戾。莊子曰：陰陽之氣有沴。解我憂思結。崢嶸群山雲，交會未斷絶。**修可曰**：周禮：陰陽之所交，風雨之所會，而合之於詩。安得鞭雷公，滂沲洗吴越。**洙曰**：時聞浙右多盜賊。與獵賦〔一〕：霹靂列缺，吐火施鞭。又：鞭洛水之宓妃。南都賦：鞭蝄蜽。**蘇曰**：阮立：吴楚久旱，塵氛翳日。昨夜一雨滂沲，洗滌俱盡，苗稼稍覺蘇息。**師曰**：天地昏，言煙塵四起。騷屑，不安貌。時永王璘反漢中、吴、越之間，盜賊乘之而起。巴峽間困於餽輓，怨氣上感，農月爲之大旱，故甫意欲鞭雷公滂沲下雨，一洗吴、越之亂。吴越平，則人獲安居，天時自得，何憂旱乾哉。沴氣，乃陰陽不和之氣。

王狀元集百家注編年杜陵詩史二十九卷

〔一〕與，疑當作「羽」。

王狀元集百家注編年杜陵詩史三十卷

和江陵宋大少府暮春後同諸公及舍弟宴書齋

渥洼汗血種，**洙曰**：漢武元鼎四年秋，馬生渥洼水中，作天馬之歌。歌曰：太一況，天馬下。霑朱汗，沫流赭。注：大宛馬汗血，言汗從前肩髆出如血。渥洼事，見送封主簿王郎詩。天上麒麟兒。**洙曰**：徐陵年數歲，家人携見寶誌上人，誌以手摩頂曰：「天上石麒麟也。」才士得神秀，**洙曰**：孫綽賦：天台，山岳之神秀。書齋聞爾爲。棣華晴雨好，**洙曰**：棠棣之華，宴兄弟之詩。綵服暮春宜。**洙曰**：老萊子班衣。**趙曰**：取「暮春者，春服既成」。朋酒日歡會，**洙曰**：豳七月：朋酒斯饗。兩樽曰朋。**蘇曰**：荀爽：朋壺助春勸會。老夫今始知。**蘇曰**：西門卓：歧路荆棘，人情炎涼，老夫今日始知矣。

宇文晁尚書之甥崔彧乙六切。司業之孫尚書之子重泛鄭監前湖審

郊扉俗遠長幽寂，野水春來更接連。錦席淹留還出浦，葛巾欹側未迴船。**蘇曰**：羊佑

酒中迴船〔一〕，葛巾欹側。**樽當霞綺輕初散，洙曰：**謝玄暉詩：餘霞散成綺。**棹拂荷珠碎却圓。趙曰：**梁元帝詩：荷珠漾水銀。**不但習池歸酩酊，洙曰：**習池事，見玉腕騮詩「欲伴習池遊」注。歸酩酊無所知。**趙曰：**山季倫至高陽池，輒大醉而歸。**君看鄭谷去夤緣。洙曰：**鄭子真耕於谷口。

奉賀陽城郡王太夫人恩命加鄧國太夫人

衛幕銜恩重，洙曰：左傳：吴公子札自衛如晉，宿於戚，聞鍾聲，曰：「異哉，夫子之於此也。如燕之巢於幕上也。」戚，衛地。**夢符曰：**右按前漢書晉灼注曰：衛青征匈奴，絶大幕〔二〕，大克獲。帝就拜大將軍於幕中，故曰幕府。幕府之名始於此也。**趙曰：**衛幕，衛青之幕也。一本題下注云：陽城王，衛伯王也，以其姓衛，則用之尤切。**潘輿送喜頻。洙曰：**潘安閑居賦：太夫人乃御板輿，升輕軒，遠覽王畿，近周家園。**濟時瞻上將，趙曰：**申言郡王節度江陵，爲上將。**錫號戴慈親。富貴當如此，蘇曰：**五侯出，人嘆曰：「富貴勢要，正當如此。」**尊榮邁等倫。郡依封土舊，國與太名新。趙曰：**言郡封雖仍是陽城郡，而夫人之國加爲鄧國，是爲新矣。**紫誥鸞回紙，夢符曰：**右按晉載記：石季龍五色紙在木鳳之口，鹿盧迴轉，快若飛

〔一〕 佸，疑當作「祐」。
〔二〕 幕，疑當作「漠」。

翔焉。又古樂府半溪度曲：制賜文犀節，驛報紫泥書。趙曰：紫誥，紫錦之誥也。鸞回紙則紙上之字有回鸞之勢也。清朝燕賀人。洙曰：大厦成而燕雀相賀。遠傳冬笋味，洙曰：孟宗後母好笋，令宗冬月求之。宗入竹林慟哭，笋爲之生。更覺綵衣春。弈葉班姑史，洙曰：班姑，扶風曹世叔妻，班彪之女，名昭，字惠姬，一名姬。博學高才，世叔早卒，有節行法度。兄固著漢書，其八表及天文志未及竟而卒。和帝詔昭就東觀藏書閣踵而成之。昭所著賦、頌、銘、誄〔一〕、問、注、哀辭、書、論、上疏、遺令凡十六卷。子婦王氏爲撰集之，又作大家讃焉。芬芳孟母鄰。洙曰：潘安仁閑居賦：此里仁以爲美，孟母所以三徙。義方兼有訓，洙曰：左傳：教子以義方。詞翰兩如神。蘇曰：王獻之詞語秀麗，筆畫雄勁，兩如神，江左爲獨步。委曲承顔體，騫飛報主身。可憐忠與孝，雙美畫麒麟。洙曰：麒麟，閣名也。上畫忠臣像。

王兵馬使二角鷹

悲臺簫瑟石巃嵸，洙曰：潘岳西征賦：巃嵸逼迫。注：巃嵸，高大貌也。鄭曰：巃，力空切。嵸，即空切。嵯峨貌。哀壑杈枒浩呼洶。鄭曰：杈，初牙切，枝也。枒，五加切。中有萬里之長江，夢符

〔一〕誄，疑當作「誄」。

曰：右按世説：有人譏周僕射與親友言戲，穢雜無檢節，周曰：「吾若萬里長江，何能千里一曲。」即周顗也〔一〕。**迴風陷日孤光動。角鷹翻倒壯士臂，將軍玉帳軒勇氣。**修可曰：揚子雲甘泉賦：曳虹彩之流離兮，颺翠氣之宛延。師古曰：宮室廣大，自然有紅紫之壯氣。**一鷹猛腦絛徐墜，**洙曰：見黑白二鷹詩注。荆公、蘇公本並同。趙曰：舊本作「徐侯鐩」，殊無理義。王介甫曰：善本作「絛徐墜」，於理或然。晉潘足苦雨行賦有云〔二〕：始蒙濊而徐墜。**目如怒胡視天地。杉雞竹兔不自惜，孩虎野羊俱辟易。**上音壁，下音亦。洙曰：新唐書：裴旻射虎，一日疊三十六頭。見一老人，曰：「此彪也。前有真虎，將軍遇之，殆矣。」旻怒馬赴之，果有一小虎，伏地而吼，旻馬辟易，弓矢墜地。趙曰：辟易字祖出項羽傳：楊喜追羽，羽叱之，喜人馬俱驚，辟易。師古注曰：辟易，謂開張而易其本處。舊注引張旻射虎事，誤矣。**韝上鋒稜十二翮，**韝，苦侯、古侯二切。洙曰：鮑明遠：昔如韝上鷹。**將軍勇鋭與之敵。將軍樹勳起安西，崑崙虞泉入馬蹄。**夢符曰：右按楚辭：囚靈元於虞淵。注：虞淵，日所入也。淵，與泉同。**白羽曾肉三狻猊，**洙曰：白羽，箭。趙曰：白羽，箭也。猊，師子也。鄭曰：狻，先丸切。猊，五兮切。師子一走五百里。**敢決豈不與之齊。荆南芮公得將軍，亦如角鷹下翔**一云「入翔」。**雲。惡鳥飛飛啄金屋，**洙曰：謂賊陷長

〔一〕顗，疑當作「顗」。見杜集札記。
〔二〕足，疑當作「尼」；行，疑爲衍文。

安。蘇曰：蒙恬云：鵂鶹惡鳥，下啄金屋，夕栖琪樹。安得爾輩開其群，驅出六合梟鸞分。洙曰：使君子、小人各得其所也。趙曰：啄金屋，言可增之惡鳥〔一〕，啄富貴家之屋，當得角鷹開破之。江總曰：黄鳥飛飛有時度。漢武帝曰：阿嬌當以黄金屋貯。金，公取其貴而用之耳。師曰：悲臺、哀壑、長江，先言荆楚風景，故述角鷹之所由出也。巃嵸，高大貌。杈枒，不齊貌。鷹有角，亦若馬有肉駿也，始爲奇特。揚子雲甘泉賦：乘雲閣而上下兮，紛蒙籠以混成。曳虹彩之流離兮，颺翠氣之宛延。顔師古曰：宫室曠大，自然有紅紫之氣。此云「軒翠氣」，亦謂青油幕下軒揚其翠氣也。杜田云：軒昂氣，恐理或不然。王兵馬與徐侯樣皆趙芮公猛將，故子美以二鷹猛腦況之。愁胡，謂思胡地。辟易，退却貌。不自惜，言不保其性命。韝以皮，謂其臂也。安西，都護府。崑崙、虞泉皆在西。白羽，乃箭名。三狻猊，喻西域三部。王公起於安西，嘗擒西域胡酋，其敢決頗似是鷹，故美之。金屋，謂天子黄金闕也。惡鳥，喻史思明殘黨猶陷長安，故子美欲得王公驅其群，以清六合，使君子小人各得其所而不雜揉，故曰「梟鸞分」。梟，食母之鳥。

惜別行送向卿進奉端午御衣之上都

肅宗昔在靈武城，洙曰：禄山之亂，肅宗即位靈武。指揮猛將收咸京。洙曰：言用兵也。趙

〔一〕 增，疑當作「憎」。

曰：天寶十五載九月，裴冕奉皇太子即皇帝位，是爲肅宗。明年九月，復京師。**向公泣血灑行殿，**洙曰：天子在外，故曰「行殿」。**佐佑卿相乾坤平。**趙曰：平乾坤，非獨卿相之力，乃向公佐佑之也。向卿，無所考其名。**逆胡冥寞隨煙燼，**洙曰：消滅如隨煙燼也。**卿家兄弟功名震。麒麟閣畫鴻鴈行，**洙曰：言兄弟俱畫像於麒麟閣也。**紫極出入黄金印。尚書勳業超千古，雄鎮荆州繼吾祖。**洙曰：祖謂杜預也。趙曰：尚書鎮荆州，言李之芳也。繼吾祖，則公自言杜預也。預在晉爲鎮南大將軍，都督荆州諸軍事。師曰：尚書，指向卿之父珣鎮荆南。昔向秀繼杜預節鎮於此，故云「繼吾祖」。**裁縫雲霧成御衣，拜跪題封賀端午。向卿將命寸心赤，青山落日江潮白。**趙曰：言向卿行歷之景物也。**卿到朝廷説老翁，漂零已是滄浪客。**洙曰：老翁，公自言也。師曰：時珣遣子向卿奉端午御衣之上都，故有此作。滄浪客，乃屈原也，甫自喻。

夏日楊長寧宅送崔侍御常正字入京得深字韻。

醉酒揚雄宅，洙曰：揚雄：有宅一區。雄家素貧，嗜酒。人稀至門。時有好事者載酒肴從遊學。**升堂子賤琴。**洙曰：宓子賤治單父，彈琴不下堂，而自治。**不堪垂老鬢，還對欲分襟。**蘇曰：黄歇：秋天索寞，愁對分襟。**天地西江遠，**趙曰：言江陵送別之處。**星辰北斗深。烏臺俯麟閣，**洙曰：御史府中有柏樹，常有野烏棲宿其上。麟閣，正字所居。陳子昂爲麟臺正字。長夏白頭吟。洙曰：古樂府白頭吟，疾人以新間舊，不能至於白首，故以爲名。

夏夜李尚書筵送宇文石首赴縣聯句

石首，縣名。

愛客尚書重，之官宅相賢。子美。洙曰：晉魏舒少孤，爲外家寧氏所養。寧氏起宅，相者云：「當出貴甥。」外祖母以盛氏甥小而慧，意謂應之，舒曰：「當爲外氏成此宅相。」酒香傾坐側，帆影駐江邊。之芳。翟表郎官瑞，鳬看令宰仙。彧。洙曰：江淮之南謂雉。青質，五彩皆備，曰翟。蕭望之爲郎，有雉數十，常度草翔飛。王喬爲葉令，有仙術，以舄爲鳬，東南飛至臺。雨稀雲葉斷，夜久燭花偏。子美。數語欹洙曰：一作「敧」。紗帽，高文擲綵牋。之芳。興饒行處樂，離惜醉中眠。彧。單父長多暇，單，時戰切。父，方矩切。河陽實少年。子美。洙曰：單父，宓子賤所治。河陽，潘岳所治。客居逢自出，爲別幾凄然。之芳。洙曰：宇文乃外甥也，故云「自出」。

多病執熱奉懷李尚書

衰年正苦病侵凌，首夏何須氣鬱蒸。洙曰：古詩：首夏猶清和，敲蒸鬱凌冥。應璩書曰：處凉臺而有鬱蒸之氣。**大水淼茫炎海接，**淼，弭沼切。**奇峰硉兀火雲昇。**洙曰：硉，郎兀切。選詩：夏雲多奇峰。淮南子：旱雲煙火。蘇曰：岳齊：火雲亦如奇峰，不能致雨，空來空去。趙曰：賦選〔一〕：狀滔天以淼茫。郭璞江賦：巨石硉矶以前却。**思霑道暍黃梅雨，**洙曰：京房傳：暑有暍者。漢武紀：暍死，暑中熱死也。趙曰：暑病曰暍。思道暍之人以黃梅一雨霑之，此武王扇暍之意。公之爲仁可見矣。鄭曰：暍，於歇切，傷暑也。**敢望宮恩玉井冰。**洙曰：後漢書：琅邪有冰井，厚丈餘。魚豢魏略：明帝九龍殿前玉井綺欄。趙曰：唐制：百官賜冰。而公嘗爲左拾遺，當預賜冰之列。今既遠矣，故有是句。**不是尚書期不顧，**洙曰：前漢：陳遵嗜酒，每飲賓客滿堂，輒閉門，取客車轄投井中，雖有急，終不得去。時北部刺史奏事過遵，值其方飲，刺史大窮，候遵霑醉時，突入見遵母，叩頭自白當對尚書，有期會狀。母乃令從從閤出去〔二〕。應休璉與滿公琰書曰：當此之時，仲孺不辭同產之服，孟公不願尚書之期〔三〕。**山陰野雪興難乘。**洙曰：王徽之嘗居山陰，夜雪初霽，月色清朗，四望皓然。獨酌酒，詠左思招隱詩，忽憶戴達〔四〕。達時在剡〔五〕，便夜乘小

〔一〕賦選，疑當作「選賦」。
〔二〕從閤，疑當作「後閤」。
〔三〕願，疑當作「顧」。
〔四〕達，疑當作「逵」。
〔五〕達，疑當作「逵」。

船詣之。造門不前而返，曰：「乘興而行，興盡而返。何必見安道？」

水宿遣興奉呈群公

魯鈍仍多病，洙曰：語：參也魯。蘇曰：鄭玄：魯鈍多病，近稍倦書。**逢迎遠復迷。耳聾須畫字，**蘇曰：王笠不仕，佯狂詐聾，每説話即畫字。後隱嵩山，隋文累詔不起。**髮短不勝篦。澤國雖勤雨，**修可曰：穀梁傳：正月不雨。言不雨者，勤雨也。注：思雨之勤。**炎天竟淺泥。小江還積浪，**趙曰：江雖小而積浪，則以炎天水漲也。**弱纜且長堤。歸路非關北，**趙曰：繫之長堤也。下句言長安不可得歸耳。俯曰：子美北人，未得歸鄉，故云歸路非關北。**行舟却向西。暮年漂泊恨，今夕亂離啼。童稚頻書札，**洙曰：古詩：烈士暮年。又：遺我一書札。**盤飧詎糝藜。**洙曰：孔子陳、蔡間，七日不火食，藜藿不糝。**我行何到此，物理直難齊。**洙曰：莊子齊物。**高枕翻星月，嚴城疊鼓鞞。**洙曰：張景陽：此郭非吾城，入聞鞞鼓聲。定功曰：禮記：鼓鼙之聲讙。**風號聞虎豹，**洙曰：蕪城賦：風嗥雨嘯。又苦寒詩：虎豹夾路蹄〔一〕。**水宿伴鳧鷖。**洙曰：蜀都賦：晨鳧且至，候鴈銜蘆。雲飛水宿，哢吭清渠。異

〔一〕蹄，疑當作「啼」。

縣驚虛往，洙曰：古樂府：它鄉復異縣。同人惜解携。洙曰：易：出門同人。蹉跎長泛鷁，趙曰：鷁，大鳥，船首畫之，以驚水神。俯曰：泛鷁，行舟也。展轉屢鳴雞。嶷嶷瑚璉器，嶷，魚力切。洙曰：子貢瑚璉器。夢符曰：右按世説：謝琨問羊孚：「何以器舉瑚璉？」羊曰：「故當以爲接神之器。」陰陰桃李蹊。洙曰：李廣傳：桃李不言，下自成蹊。阮籍：嘉樹不成蹊，東園桃與李。餘波期救涸，洙曰：僖二十三年傳：其波及晉國者，君之餘也。莊子外篇：車轍中有鮒曰：「吾得斗升水可以活矣。」費日苦輕齎。趙曰：言爲客之欠，有費時日，其所輕賫，蓉於貿易而罄盡矣[一]。杖策門闌邃，肩輿羽翮低。趙曰：杖策肩輿，言出謁於人矣。自傷甘賤役，誰愍强幽棲。蘇曰：桓簡失意居九華山，嘆曰：「今日悔迹朝中故人，略無愍强幽棲之心。」巨海能無釣，洙曰：任公子投竿東海。浮雲亦有梯。勳庸思樹立，語默可端倪。贈粟囷應指，洙曰：魯肅字子敬，家富於財，常散以賑窮乏，結豪士，得鄉邑之心。時廬江周瑜爲居巢長，聞之，往求資糧。肅時有米二囷，各三千斛。直指一囷與瑜。瑜益奇之，乃結僑札之交。蓊曰：自「嶷嶷瑚璉器」以下，叙美群公能餽其貧，故有「贈粟囷應指」之句。登橋柱必題。洙曰：成都記云：昇仙橋，司馬相如初西去，題其柱曰：「不乘赤車駟馬，不過此橋。」後果以傳車至其處。橋在望鄉臺東南一里，管華陽縣。

[一] 蓉，疑當作「苦」。

趙曰：上數句公之所負如此，蓋不以有求於人而遂屈也。丹心老未折，夢符曰：右按文選謝玄暉詩：既秉丹石心，寧流素絲涕。又古樂府半溪渡曲：本厠偏伍半，一戰殄凶渠。制賜文犀節，驛報紫泥書。入營陳御蓋，還家乘紫車。皇恩空已重，丹心悵不紓。渡瀘且不畏，麦溪嗟有餘。時訪武陵溪。洙曰：別賦：心折骨驚。武陵溪，秦人避亂之處。

昔遊

昔者與高李，高適、李白。晚登單父臺。洙曰：宓子賤嘗爲單父宰。鮑曰：按唐志：單父屬宋州。寒蕪際碣石，萬里風雲來。琪曰：言其地廣遠也。師曰：甫昔與高適、李白同登是臺，眺望山東之地，沃野萬里，遂叙其地豐富如此。自禄山反於山東，風俗彫弊，傷今不如昔也。桑柘葉如雨，飛藿共徘徊。師曰：桑柘所養蠶葉，潤澤如雨。藿乃葵藿，人食嘉蔬，以藿爲賤。藿生子隨風飛徘徊，蓋言蔬菜厭飫有餘故也。清霜大澤凍，禽獸有餘哀。是時倉廩實，洞達寰區洙曰：一作「宇」。開。洙曰：此言開元之際也。時天下富庶，民俗殷阜，山入河隍之賦，税府一積不可勝計。猛士思滅胡，洙曰：時任蕃將，務邊功。將帥望三台。洙曰：時邊帥有帶平章事者。安禄山以求宰相，不得，而遂反。君王無所惜，駕馭英雄材。幽燕盛用武，洙曰：時禄山擊契丹無寧歲。供給亦勞哉。吴門轉粟帛，泛海陵蓬萊。洙曰：時韋堅於望春樓下鑿潭以通曹〔一〕，大置南海珍貨，舟尾相銜，數十里不絕。上御樓觀之。肉食三十萬，獵射起黃埃。夢符曰：右按春秋左氏傳曰：肉食者鄙，不能遠謀。蘇曰：王起：虛養肉食之士三十餘萬，一旦社稷災變，無一夫委身爲朝廷者。隔河憶長眺，青歲已摧頹。洙曰：肅宗渡河入靈武也。不及少年日，蘇曰：王導：詩思、酒量猶不及少年日。無復故人盃。賦詩獨流涕，亂世想賢才。有能洙曰：一作「君能」。市駿骨，莫恨少龍媒。洙曰：古有市駿馬骨而得駿馬者，以喻尊士之似賢者，則必得真賢。商山議得失，洙曰：四皓也。議得失，謂安漢太子也。蜀主脫嫌猜。洙曰：蜀主劉備也。爲曹操嫌猜。呂尚封國邑，洙曰：封於營丘，號齊。傅説已鹽梅。洙曰：作相也。師曰：凡此能用賢也，傷今不然。景晏楚山深，水鶴去低回。師曰：陶潛歸去來辭云：鳥倦飛而知還。亦此意也。龐公任本性，携子臥蒼苔。洙曰：龐德公也。與妻子隱於鹿門山。孟子曰：窮則獨善其身，達則兼善天下。上之數公皆能乘時以有爲者也。甫自悲不得其時，則莫若傚龐公之潔己爾。

〔一〕曹，疑當作「漕」。

江陵望幸望車駕臨幸也。時大駕在蜀。

雄都元壯麗，洙曰：曹子建：壯哉佳麗殊百城。高紀：上見宫室壯麗，怒。蕭何曰：「非壯麗不足重威。」**望幸欻威神。**洙曰：魯靈光殿賦：景福乎帝室之威神。又云：彰聖主之威神。甘泉賦：配帝宫之懸圃兮，象太一之威神。趙曰：顔延年車駕幸京口云「望幸傾王州」也。欻音許勿反。注云：有所吹起也。**地利西通蜀，**趙曰：江自西而來，舟車所通，故謂之西江。**天文北照秦。**定功曰：謂長安在荆渚之北。**風煙含越鳥，**洙曰：謝玄暉詩：風煙有鳥路，江漢限無梁。古詩：越鳥巢南枝。**舟楫控吴人。未枉周王駕，**洙曰：顔延年車駕幸京口詩：虞風載帝狩，夏諺頌王遊。春方動宸駕，望幸傾五州。又：周御窮轍迹，夏載歷山川。周王駕，謂穆王滿。**終期漢武巡。**洙曰：漢武行幸雍，幸汾陰、滎陽。還至洛陽，瞻望河洛，巡狩預州〔一〕。**甲兵分聖旨，**蘇曰：羊祜得聖旨，來分甲兵，西北防秋。趙曰：言車駕之出則禁兵隨衛也。**居守付宗臣。**洙曰：蕭何，漢之宗臣。左傳：君行則居守。蘇曰：趙勝：大事付宗臣議論。**早發雲臺仗，恩波起涸鱗。**洙曰：哀江南賦：由有雲臺之仗。涸鱗，見「餘波期救涸」注。莊子：車轍中有鮒魚。

〔一〕預，疑當作「豫」。

遣悶

地闊平沙岸，舟虚小洞房。 洙曰：謝玄暉：洞房殊未曉。**使塵來驛道，城日避烏檣。** 洙曰：一作「烏槍」。趙曰：泊船之處近城，日爲城所障，不照及檣，故云「避烏檣」。比公之巧句也[一]。**暑雨留蒸濕，江風借夕凉。** 蘇曰：段瑄泛舟，夜聞江風清冷。瑄欣然曰：「馮夷借我一夕之凉。」趙曰：當暑雨之際，留住蒸濕，而得江風借之以夕凉也。**行雲星隱見，** 賢遍切。趙曰：雲合則星隱，雲過則星見也。**疊浪月光芒。** 洙曰：宋玉：朝爲行雲。趙曰：前浪後浪，月光皆照也。**螢鑒緣帷徹，** 趙曰：螢光可以照物，故曰「螢鑒」。**蛛絲罥鬢長。** 罥音畎。泰伯曰：罥鬢，猶掠鬢也。**哀箏猶凭几，** 凭，皮孕切。**鳴笛竟霑裳。** 趙曰：初聞哀箏，猶忍淚憑几聽之而已。至聞鳴笛，則情不禁矣。於是乎淚竟霑裳也。**倚著如秦贅，** 之芮切。洙曰：賈誼傳：秦人家富，子壯則出分。家貧，子壯則出贅。應劭曰：出作贅婿也。師古曰：言其不出妻家，亦猶人身體之有贅，非應所有也。一説：贅，質也。家貧無有娉，則以身爲質也。君平曰：子美寓他鄉，如贅婿然。**過逢類楚狂。** 洙曰：楚狂接輿。**氣衝看劍匣，** 洙曰：任彦升：劍氣凌雲。又，張華見劍氣衝牛斗。**穎脱撫錐囊。** 洙曰：平原君傳曰：夫賢士之處世也，譬如錐之處囊中，其末立見。毛遂曰：

〔一〕比，疑當作「此」。

「使遂早得處囊中，乃脱穎而出，非特末見而已。」妖孽關東臭，兵戈隴右瘡。蘇曰：班仲升云：「隴右兵戈，瘡痍未艾。」時清疑武略，世亂跼文場。趙曰：當時清則以武略疑而不用，及世亂則文場跼而不展矣。餘力浮於海，洙曰：語：道不行，乘桴浮於海。端憂問彼蒼。洙曰：見「賦端憂多暇」注。詩：彼蒼者天。百年從萬事，故國耿難忘。蘇曰：辛受：老年百事俱廢，無心繫戀，唯故國舊友耿耿難忘。趙曰：言百年之内，任從事緒之多，而唯有懷鄉不能已。

江陵節度陽城郡王新樓成王請嚴侍御判官賦七字句同作

樓上炎天冰雪生，趙曰：當炎天而樓上生冰雪，則其高可知。高飛燕雀賀新成。洙曰：淮南子：大厦成而燕雀相賀。碧窗宿霧濛濛濕，朱栱浮雲細細輕。修可曰：晉羊球登西樓賦云：畫棟浮細細之輕雲，朱栱濕濛濛之飛雨。王逸少見之，擊節愛羨竟日。杖鉞褰帷瞻具美，洙曰：見「杖鉞築壇開意旨」注。賈琮爲冀州刺史。舊典：傳車駕驂，垂赤帷裳，迎於州界。及琮之部，升車言曰：「刺史當遠視廣聽，糾察美惡，何有反投垂帷裳以自掩塞乎？」乃命御者褰之。百城聞風，自然悚震。投壺散秩有餘清。洙曰：祭遵投壺雅歌。自公多暇延參佐，江漢風流萬古情。洙曰：庾亮鎮武昌，佐吏乘月登樓，不覺亮至。將避之，亮曰：「少住，吾於此興不淺。」陶侃曰：「亮非獨風流，兼有爲政之術。」

又作此奉衛王

西北樓成雄楚都，遠開山岳散江湖。趙曰：言樓之所臨者高，所望者遠矣。二儀清濁洙曰：陽清爲天，陰濁爲地。還高下，三伏炎蒸定有無。推轂幾年唯鎮静，洙曰：推，吐回切。馮唐傳：推轂遣將。趙曰：推轂，以言衛王奉命爲將。曳裾終日盛文儒。洙曰：鄒陽：何王之門不可曳長裾乎？白頭授簡焉能賦，洙曰：雪賦：受簡於司馬大夫。漢書：登高能賦，可爲大夫。媿似相如爲大夫。

江漲

江發蠻夷漲，洙曰：蜀水之源皆出夷地。山添雨雪流。大聲吹地轉，洙曰：海賦：又似地軸拔挺而争迴。高浪蹴天浮。洙曰：海賦：浮天無岸。遊仙詩：高浪駕蓬萊。魚鼈爲人得，蛟龍不自謀。洙曰：七發：横暴之極，魚鼈失勢。趙曰：公於溪漲詩亦曰「蛟龍亦狼狽」，而況鼈與魚。輕帆好去便，吾道付滄洲。洙曰：公以道之不行，故有乘桴之意。

毒熱寄簡崔評事十六弟

大暑洙曰：一作「火」。運金氣，洙曰：五行相生，以成四時。夏，火也。秋，金也。金當代火而畏火，故金氣伏而火盛，所以熱也。荆揚不知秋。趙曰：大暑，當作「大火」。詩曰：七月流火。月令曰：孟秋之月，盛德在金，大火流而運金氣，所以爲七月矣。既已七月也，而荆揚楚地，是爲炎方，故獨不知秋也。林下有塌翼，洙曰：陳孔璋檄：垂頭塌翼，莫所憑恃。蘇曰：王子淵：丈夫兒失志如鵰鶚損羽翮，豈塌翼委頓於林下乎？趙曰：鳥以熱而難飛也。水中無行舟。修可曰：書云：罔水行舟。千室但掃地，蘇曰：李篆：赤眉盜過，千室掃地俱盡也。閉關人事休。老夫轉不樂，旅次兼百憂。蝮蛇暮偃蹇，洙曰：蝮蛇，毒蛇也。往往在人居室中。蘇曰：宋純嶺南行云：蝮蛇偃蹇於道周，客子悲辛而躑躅。空床難暗投。炎宵惡明燭，況乃懷舊丘。修可曰：鮑昭結客少年腸云〔一〕：去鄉三十載，復得還舊丘。蘇曰：戴深：秋風已動歸思，況更懷舊隱林丘，如此一灑，令人心折。開襟仰内弟，執熱露白頭。束帶負芒刺，蘇曰：葛殷：昨日束帶見人，卑折躬揖，如負芒刺。吾欲裂巾毀冠，偃仰林下。接居成阻脩。何當清霜飛，會子臨江樓。載聞大易義，諷興詩家流。蘊藉異時輩，檢身非苟求。夢符曰：右按前漢孔稚圭等論曰〔二〕：咸以儒宗居宰相位，服儒衣冠，傳先王語，其醞藉可也。又唐權德輿醞藉風流，自然可慕。

〔一〕腸，疑當作「場」。

〔二〕孔稚圭等，疑當爲「匡張孔馬傳」。

皇皇使臣體，信是德業優。**趙曰**：指平崔評事必爲使也。楚材擇杞梓，**洙曰**：杞梓，楚之良封也。**夢符曰**：右按春秋左傳：楚令尹子木問聲子曰：「晉大夫與楚孰賢？」對曰：「晉卿不如楚，其大夫則賢，皆卿材也。如杞梓皮革自楚往也。唯楚有材，晉實用之。」**趙曰**：唯楚有材，晉實用之。舊注模稜，乃云「杞梓，楚之良材」，非是。漢苑歸驊騮。短章達我心，理爲**洙曰**：一云「待」。識者籌。**洙曰**：孔融附此短章，聊伸我心素。**趙曰**：驊騮，所以美崔。言漢苑則漢有大馬之苑〔一〕。識者，蓋指評事也。

江邊星月二首

驟雨清秋夜，金波耿玉繩。**洙曰**：謝玄暉詩：秋河晨耿耿，寒渚夜蒼蒼。金波麗鳷鵲，玉繩低建章。**趙曰**：金波以言月，玉繩以言星。天河元自白，江浦向來澄。映物連珠斷，**洙曰**：史：五星如連珠。緣空一鏡升。**洙曰**：古詩：破鏡飛上天。餘光憶更漏，況乃露華凝。**洙曰**：謝莊詩：露華識猿音。

江月辭風纜，江星別霧船。雞鳴還曙色，鷺浴自清川。歷歷竟誰種，**洙曰**：謝惠連詩：亭亭映江月。古詩：天上何所有，歷歷種白榆。**趙曰**：見星之夕，所以問其所種之榆也。悠悠何處圓。**洙**

〔一〕大，疑當作「天」。

曰：沈休文詠月：清光信悠悠。謝希質月賦〔一〕：升清質之悠悠，降澄暉之藹藹。趙曰：今所見月猶未圓，故問之以何處逢其圓也。客愁殊未已，他夕始相鮮。趙曰：言客愁既止，見星月方悦其鮮明也。

舟月對驛近寺

更深不假燭，月朗自明船。洙曰：陶潛：扣拽新秋船。蘇曰：郭璞：朗月白船，青天瑩水，沙岸禽眠，浦村人起。金刹青楓外，洙曰：西京雜記：以黄金爲刹。趙曰：時未秋而楓葉尚青也。覺範曰：釋氏要覽：梵言刹瑟，至唐言竿刹，即幡柱也。朱樓白水邊。趙曰：馮衍顯志賦：伏朱樓而四望。城烏啼眇眇，洙曰：左傳：叔向曰：「城中有烏，齊師其遁。」野鷺宿娟娟。蘇曰：張充月賦：照娟娟之沙鷺。皓首江湖客，鉤簾獨未眠。

舟中

風餐江柳下，雨卧驛樓邊。蘇曰：阻風餐柳下，值雨坐蓬窗。句法絶妙，不知誰詩也。恨不見全

〔一〕質，疑當作「逸」。

篇。與魯直讀至此，遂記而疏之，疑子美亦法此二句而作也。其詩二句在晉文類中。趙曰：如宋鮑昭詩：風餐弄松宿，雲卧恣天行。**結纜排魚網，**趙曰：言結纜之處有魚網相排也。**連檣並米船。**洙曰：檣船上帆竿。**今朝雲細薄，昨夜月清圓。飄泊南庭老，衹應學水仙。**趙曰：公自謂也。南庭者，南方之庭，猶北地謂之北庭耳。

遺懷

愁眼看霜露，寒城菊自花。蘇曰：古出塞云：寒城菊自花，曠野木脱盡。子美全用，深有包畜。木脱盡，言無歲寒之志，交情薄也。菊自花，不似澆培，乃君子以道自營也。**天風隨斷柳，客淚墮清笳。水净樓陰直，山昏塞日斜。夜來歸鳥盡，啼殺後棲鴉。**趙曰：以其無拔可棲〔一〕，故啼之多爾。

舟中出江陵南浦奉寄鄭少尹審。

更欲投何處，飄然去此都。洙曰：賈誼：何必懷此都。**形骸元土木，**洙曰：土木形骸，龍章鳳

〔一〕拔，疑當作「枝」。

姿。舟楫復江湖。社稷纏妖氣，洙曰：左太冲：姦回贔兵纏紫微。干戈送老儒。百年同棄物，萬國盡窮途。洙曰：見「今日暮途窮」注。修可曰：阮籍云「途窮能無慟」也。雨洗平沙净，天銜闊岸紆。鳴螿隨泛梗，趙曰：螿音將，蟬也。螿得梗而託之，故隨泛梗而鳴。別燕赴秋菰。洙曰：宋玉：燕翩翩其辭歸。蘇曰：螿，資良反，蟬屬。郭林宗：如寒螿隨泛梗，固亦難安。李充云：別燕背人去，雙起秋浦菰。趙曰：菰，雕胡也。燕集於菰叢之間，時當秋而別之而起去矣。棲託難高卧，洙曰：孔明高卧南陽。蘇曰：胡蕭：年來托食寄棲，區區卑折，難得高卧雲崦，下視車馬。趙曰：言其身方有棲託，難於高枕以自安也。饑寒迫向隅。洙曰：前漢刑法志：滿堂飲酒，一夫向隅而泣。寂寥相呴沫，洙曰：莊子：與其相呴以濡，相濡以沫，孰若相忘於江湖。浩蕩報恩珠。洙曰：漢武帝昆明之池去魚後銜明珠報之。又隨侯見傷蛇，以藥封之，蛇銜明珠以報。溟漲鯨波動，洙曰：謝靈運：溟漲無端倪。衡陽鴈影徂。洙曰：蜀都賦云：候鴈銜蘆，木落南翔，水泮北徂。又應德璉：將就衡陽棲。南征問懸榻，洙曰：陳蕃爲樂安太守，禮郡人周璆，字而不名，特爲置一榻，去則懸之。東逝想乘桴。洙曰：語：乘桴浮于海。濫竊商歌聽，洙曰：北山移文：竊吹草堂，濫巾北岳。七啓云：此甯子商歌之狀。時憂下泣誅。洙曰：楚人卞和以玉璞三獻，不遇，楚王遂再刖其足。經過憶鄭驛，洙曰：鄭莊置驛。斟酌旅情孤。趙曰：言鄭監必測度我旅情之孤也。

官亭夕坐戲簡顏十少府

南國調寒杵，趙曰：庾信夜聽擣衣詩：調聲不用吟。西江浸日車。趙曰：淮南子：日乘車駕以六龍，羲和爲馭。客愁連蟋蟀，洙曰：詩：蟋蟀在堂。亭古帶蒹葭。洙曰：詩：蒹葭蒼蒼。不返青絲鞚，洙曰：見「青絲絡頭爲君老」注。趙曰：鞚，馬勒也。青絲爲之耳。虛燒夜燭花。老翁須地主，細細酌流霞。洙曰：見「流霞分片片」注。修可曰：抱朴子載：項曼都言到天上，仙人以流霞一杯飲之。

秋日荆南述懷三十韻

昔承推獎分，媿匪挺生材。遲暮宫臣忝，洙曰：陸機詩：矯迹厠宫臣。艱危衮職陪。洙曰：詩：衮職有闕。趙曰：公自言當肅宗時拜拾遺，掌供奉諫諍。揚鑣隨日馭，鄭曰：鑣，悲驕切，馬銜也。折檻出雲臺。洙曰：朱雲折檻。顯宗畫二十八將於雲臺。見「致君丹檻折」。趙曰：言諫諍不合帝意而出也。罪戾寬猶活，干戈塞未開。塞，悉則切。趙曰：上欲誅甫，賴張鎬救之而免。言一出之後，干戈日相尋也。星霜玄鳥變，洙曰：古詩：玉衡指孟冬，衆星何歷歷。白露霑野草，時節忽復易。秋蟬鳴樹間，玄鳥逝安適。趙曰：玄鳥，燕也。星霜之中，見玄鳥變，則不一其年矣。身世白駒催。洙曰：莊子知北遊：人生天地之間，若白駒之過郤，忽然而已。釋文：白駒，或云日也。郤，本作「隙」。張良願棄人間事，學道輕舉。呂后彊食之，曰：「人生如白駒之過隙，何自苦如此。」良不得已彊食。又酈生往説魏豹，豹謝曰：「人生一世間，如白駒過隙。」師古曰：言其速疾也。白駒，謂日影也。隙，壁隙。伏枕因超忽，扁舟任往來。九鑽巴噀火，噀，蘇困切。洙曰：語：鑽燧改火。後漢：欒巴噀酒救蜀火。謂之巴噀火，則欒巴所噀之火，以形容其在成都及東川及夔州，凡在蜀地者九遇清明。三蟄楚祠雷。洙曰：易：龍蛇之蟄。楚詞：雷填填兮雨冥冥。鮑曰：山谷簡王觀復曰：子美入蜀下峽年月，詩中可見。其曰「九鑽巴噀火，三蟄楚祠雷」，則往來兩川九年，在夔州三年，可知也。趙曰：公以八月在夔、在江陵，是爲雷之三蟄矣。雷以三月而奮，而以八月而蟄也。謂之楚祠雷，則楚人所祠之雷，蓋楚人好祠祭也。望帝傳應實，洙曰：見杜鵑詩注。昭王問不迴。洙曰：僖四年傳：齊侯之師侵蔡，蔡潰，遂伐楚。楚子使與師言曰：「君處北海，寡人處南海，唯是風馬牛不相及也。不虞君之涉吾地也。何故？」管仲對曰：「爾貢苞茅不入，王祭不共，無以縮酒。寡人是徵。昭王南征而不復，寡人是問。」對曰：「貢之不入，寡君之罪也。敢不共給。昭王之不復，君其問諸水濱。」蛟螭深作横，户孟切。豺虎亂雄猜。趙曰：兩句因託以興焉，蓋是時有跋扈之强臣、賊盗之巨猾故也。素業行已矣，浮名安在哉。蘇曰：李膺：前輩浮名安在，争如一鐏醇醪，斷送歲月，何苦區區計較利名耶。琴烏曲怨憤，庭鶴舞摧頹。洙曰：琴烏曲，烏夜啼也。吴人舞白鶴於市。趙曰：其所怨憤，寄之琴曲，則烏夜啼也。而庭鶴爲之舞矣。秋水漫湘竹，洙曰：湘妃揮淚濺竹，竹皆班。陰風過嶺梅。洙曰：大庾嶺多梅，人號梅嶺。**苦摇求食尾，**洙曰：司馬子長報任少卿書曰：猛虎在深山，百獸震恐。及在檻穽之中，摇尾而求食。積威約之漸也。**常曝報恩腮。**洙曰：見「浩蕩報恩珠」注。三秦記：江海集龍門，魚登者化龍，不登者點額曝腮。鄭曰：腮，蘇來切，魚頰也。**結舌防讒柄，探腸有禍胎。**探，他含切。洙曰：前漢：博士結舌而不敢談。又鉗口結舌。梅乘[一]：福有基，禍有胎也。**蒼茫步兵哭，**洙曰：阮籍爲步兵，哭途窮。**展轉仲宣哀。**趙曰：仲宣，王粲也。以避難流離，作七哀詩。**饑籍家家米，**鄭曰：杜元注：籍，入聲，秦昔切。**愁徵處處盃。休爲貧士嘆，任受衆人咍。得喪初難識，榮枯劃易該。差池分組冕，合沓起蒿萊。不必伊周地，皆登**一作「知」。**屈宋才。**洙曰：伊尹、周公、屈原、宋玉。**漢庭和異域，**洙曰：前漢匈奴傳贊：和親之論，發於劉敬。是時天下初定，遭平城之難，故從其言，約結和親，賂遺單于，冀以救安邊境。孝惠、高后時遵而不違，匈奴寇盜爲衰止，而單于反以加驕倨。逮至孝文，與通關市，妻以漢女，增厚其賂，歲以千金，而匈奴數背約束，屢被其害。是以文帝中年赫然發憤，遂躬戎服，親御鞍馬，從六郡良家材力之士馳射上林，講習戰陣，聚天下精兵，軍於廣武，顧問馮唐，與論將帥，喟然嘆息，思君名臣[二]，此則和親無益，已然之明效。**晉史拆中台。**洙曰：晉中台拆而張華誅。**霸業尋常體，宗臣忌諱災。**趙曰：中

[一] 梅，疑當作「枚」。見杜集札記。

[二] 君，疑當作「古」。見杜集札記。

國之於夷狄甘心於和親，此霸業尋常之體也。而大臣充使，或留或誅，則宗臣以爲忌諱矣。**群公紛戮力，聖慮窅徘徊。**鄭曰：窅，伊烏切，深目也。**數見銘鍾鼎，**洙曰：季武子作林鍾之銘，銘魯公〔一〕。衛孔悝鼎銘。**真宜法斗魁。**洙曰：隋志：北斗一至四爲魁，五至七爲杓。**願聞鋒鏑鑄，**洙曰：賈誼過秦論：秦收天下之兵，聚之咸陽，銷鋒鏑，鑄以爲金人十二，以弱天下之民。趙曰：家語：顔回云：願鑄劍戟，以爲農器。**莫使棟梁摧。**洙曰：衛玠卒，謝琨哭之曰：「梁棟折，不覺哀。」趙曰：晉陸玩拜司空，謂賓客曰：「以我爲三公，是天下無人矣。」索酒著柱間，祝曰：「當今之才，以爾爲柱石之目，莫傾人梁棟。」**盤石圭多翦，**洙曰：漢封子弟盤石之宗。成王封康叔，翦桐葉爲圭。**凶門轂少推。**洙曰：馮唐傳曰：臣聞上古王者遣將也，跪而推轂。修可曰：唐李李衛公對唐太宗曰〔二〕：「古者命將受鉞，鑿凶門而出。」**垂旒資穆穆，**洙曰：禮：天子穆穆。**祝網但恢恢。**洙曰：成湯祝網。老子：天網恢恢。東京賦：慕天乙之弛罟，因教祝以懷人。**赤雀翻然至，黄龍不假媒。**洙曰：春秋孔演圖曰：鳥化爲書，孔子奉以告天。赤雀集書上，化爲黄玉。後漢：黄龍見於譙。趙曰：此言祥瑞也。遁甲曰：赤雀不見則國無賢。注：赤雀主銜書，陽精也。孫應

〔一〕公，疑當作「功」。見杜集札記。

〔二〕李，其一疑爲衍文。

圖曰〔一〕：黃龍者，四龍之長也。王者不漉池而漁，則應和氣而遊於池沼，此皆爲瑞之證矣。**賢非夢傅野，**洙曰：高宗夢得説於傅巖之野。**隱類鑿顔壞。**洙曰：揚雄傳：或鑿壞以遁。莊子：魯君聞顔闔賢，欲以爲相，使者往聘，因鑿後垣而亡。壞壁也。**自古江湖客，冥心若死灰。**趙曰：莊子：心可使若死灰。師曰：唐六典注云：補闕、拾遺，武后垂拱中置，取「山甫補衮闕」名官。子美肅宗時爲左拾遺，故云「陪衮職」。集中又有「不才同補衮」、「備員竊衮」、「衮職曾無一字補」。謝放三司推門狀云：猥厠衮職，願少裨補。皆以拾遺之官同補君闕故也。琴録曰：琴曲有長清、短清、幽蘭、白雪、風入松、烏夜啼。吴兢古樂府解題云：烏夜啼，宋臨川王義慶造也。其辭：籠窗窗不開。烏夜啼，夜啼望郎來。鮑明遠舞鶴賦：始連軒以鳳蹌，終宛轉而龍躍。躑躅徘徊，振迅騰摧。願聞鋒鏑鑄，若家語：顔回「願鑄劍戟以爲農器」是也。往在詩云：鋒鏑供犁鋤，亦此意。元注引鑄金人事，非也。晉陸抗拜司空〔二〕，謂賓客曰：「以我爲三公，是天下無人矣。」素酒著地，祝曰：「當今乏才，以爾爲柱石之臣，莫傾人棟梁。」史記：成王與叔虞戲，削桐葉爲珪，曰：「以此封若。」史佚曰：「天子無戲言。言則史書之，禮成之，樂歌之。」於是遂封叔虞於唐。李衛公對唐太宗曰：「古者出師命將，齋三日，授之以鉞，推其轂，曰：進退惟時，軍中但聞將軍之令，不聞君命。」揚鑣隨日馭，謂侍肅宗於靈武也。折檻出雲臺，謂諫房琯事，見逐華州司功，故云「出雲臺」也。火九鑽，雷三蟄，則知子美之客巴蜀凡三年矣。望

〔一〕孫，疑當作「瑞」。見杜集札記。
〔二〕抗，疑當作「玩」。

帝乃蜀帝，其魂化爲杜鵑，父老相傳，其言不虚，故云「傳應實」。子美居楚地，託言昭王不回之事。蛟螭豹虎以喻荆楚盜賊之多，自亂離以來，元勳舊德皆擯棄不用，而武夫年少多驟遷，故子美有得喪難識、榮枯易該之語。而下文又言差池分組冕，合沓起蒿萊，又言賢非夢傅野，皆託諷濫進者多也。漢庭和異域，言回紇送兵來助唐，求尚主也。晉史拆中台，言房琯得罪也。霸易尋常體，言雜用霸道也。宗臣忌諱灾，言宗臣不敢直言也。盤石圭多剪，言廣封同姓也。凶門轂少推，言命將多非其人也。子美意欲朝廷禮敬大臣，寬大憲綱，自然朱鳳來、黄龍至，無使賢人隱遁，則天下不約而自平也。隱類鑿顔壞，子美自喻。

江上

江上日多雨，蕭蕭荆楚秋。高風下木葉，**洙曰：**洞庭波兮木葉下。永夜攬貂裘。**洙曰：**蘇季子不得用而貂裘弊。勳業頻看鏡，**洙曰：**惜其功名未遂而身老也。**修可曰：**左傳：石碏曰：「老夫耄矣，無能爲也。」此古人所以惜老人之衰。今公所云豈在是乎。庾信詠懷詩云：匣中取明鏡，披圖自照看。行藏獨倚樓。**趙曰：**所以念深矣。**余曰：**冷齋夜話云：詩有句含蓄。老老杜此二句是也〔一〕。時危思報主，衰謝不能休。

〔一〕老，其一疑爲衍文。

江漢

江漢思歸客，乾坤一腐儒。余曰：古今詩話云：楊大年不喜杜詩，謂之村夫子。有鄉人以杜詩强大年不服。因曰：「公試爲我續『江漢思歸客』一句。」大年亦爲屬對，鄉人曰：「乾坤一腐儒。」大年似少屈。**片雲天共遠，永夜月同孤。落日心猶壯，秋風病欲蘇。古來存老馬，不必取長途。**洙曰：田子方出見老馬於道，而問焉。其御曰：「故公家畜也。」子方以束帛贖之，窮士歸心。趙曰：韓子曰：管仲、隰朋從桓公伐孤竹，春往而冬返，迷惑失道。管仲曰：「老馬之智可用也。」乃放老馬而隨之，遂得道焉。公之意自比於老馬，雖不能取長途，而猶可以知道解惑也。

秋日荆南送石首薛明府辭滿告别奉寄薛尚書頌德敘懷斐然之作三十韻

南征爲客久，西候别君初。趙曰：上句言其在江陵也。梁張纘南征賦：西候，屬西之時候，乃秋日也。**歲滿歸鳧舄，**洙曰：見「真賜還宜出尚方」注。趙曰：鳧舄，以薛明府之爲縣令，即王喬之乘鳧。**秋來把鴈書。**洙曰：見「雖無南去鴈」注。趙曰：應得其兄尚書之書也。鴈書，使蘇武事。**荆門留美化，**洙曰：唐蕭銑屯軍荆門，號荆門軍，在夷陵。鄭曰：荆門，山名。十道志：荆州江陵縣、郢城縣東南岸有荆門山。**姜被就離居。**洙曰：續漢書：姜肱兄弟三人皆以孝行著名，肱年長，與二弟共被卧，親友如此。**聞道和**

親入，洙曰：見「肯慮白登圍」注。垂名報國餘。連枝不日並，八座幾時除。洙曰：見「起居八座太夫人」注。景帝紀注：凡言除者，除故官，就新官。趙曰：言尚書與薛石首不日相並，如木之連理枝也。往者胡星孛，洙曰：胡星，旄頭也。孛星，光芒短，其光四出，逢逢孛孛然。趙曰：指言禄山也。恭惟漢網疏。洙曰：漢刑法志：禁網疏闊。風塵相澒洞，澒，胡孔切。洙曰：洞蕭賦：風澒洞而不絕。澒，相連貌。趙曰：凡兵之地，謂之風塵。淮南子曰：未有天地之時，鴻濛澒洞，莫知其門。天地一丘墟。洙曰：王粲詩：崤函復丘墟。趙曰：言人民寡而城郭荒矣。殿瓦鴛鴦坼，洙曰：鄴都銅雀臺皆鴛鴦瓦。庾信賦：昔爲一雙瓦，飛入魏王宮。趙曰：魏文帝問周宣王曰〔一〕：「吾夢殿屋兩瓦墜地，化爲鴛鴦。何也？」宣對曰：「後宮當有暴死者。」帝曰：「吾詐卿耳。」宣曰：「夫夢者意耳，苟以形言，便占吉凶。」言未卒，黄門令奏宮人相殺。宮簾翡翠虛。洙曰：西京雜記有翡翠簾。鉤陳摧徼道，洙曰：西都賦：周以鉤陳之位，衛以嚴更之署。又：周廬於列，徼道綺錯。槍纍失儲胥。纍，力軌切。洙曰：長楊賦：木擁槍纍，以爲儲胥。注：槍纍，作木槍相纍爲柵也。儲胥，銑注：武帝先作迎風館於甘泉山，後加露寒、儲胥二館。趙曰：上四句以言京師之陷而宮殿之毀也。文物陪巡狩，趙曰：指言肅宗幸鳳翔也。文物陪，則言衣冠集於此也。親賢病拮据。

〔一〕王，疑爲衍文。見杜集札記。

上吉屑，下斤於切。趙曰：詩云：予手拮据。注云：拮据，㦸挶也。言爲巢之至苦，其手病也。**公時呵猰貐，**洙曰：猰貐摩牙而食人。定功曰：爾雅：猰貐類貙虎，牙食人。**首唱却鯨魚。**洙曰：見上「京觀且僵户」注〔一〕。趙曰：鯨魚，大魚。左傳曰：取其鯨鯢以爲京觀。呵猰貐，却鯨魚，以譬却退巨賊之義。**勢愜宗蕭相，**洙曰：蕭相，謂蕭何也，國之宗臣。**材非一范睢。**洙曰：史記載范睢逃魏梁之辱，入秦爲相，終復魏梁之讎。趙曰：公自注：蓋秦拜范睢爲客卿，卒聽其謀，使五大夫綰伐魏拔懷。其相秦也，東伐韓少曲、高平，拔之。又以其謀縱反間於趙。趙以馬服子伐廉頗〔二〕，大破趙於長平，皆范睢之謀，故以比諸將。**屍填太行道，**行，胡剛切。**血走浚儀渠。**洙曰：太行山在河北。浚儀渠，汴河也。**滏口師仍會，**滏，方矩切，水名。**函關憤已攄。**趙曰：函谷關是已，於是復京師矣。**紫微臨大角，**洙曰：隋天文志：紫微，大帝之座也。又，大角一星，在攝提天王座也，又名天棟。趙曰：言肅宗還長安也。**皇極**洙曰：皇極，乘輿。輿子，輦屬。**正乘輿。**趙曰：洪範曰：建用皇極。史曰：乘輿返正，皇極正。**賞從頻峨冕，**從，才用切。洙曰：僖二十四年傳：晉侯賞從亡者。**殊私再直廬。**洙曰：公自注：公舊執金吾，新受羽林前後二將軍。趙曰：直廬，

〔一〕户，疑當作「尸」。見杜集札記。
〔二〕伐，疑當作「代」。

則直宿殿廬也。豈惟高衛霍，曾是接應徐。洙曰：衛青，霍去病，應德璉，徐公幹。降集翻翔鳳，洙曰：賈誼賦：鳳凰翔於千仞兮，覽德輝而下之。趙曰：言兄弟如鳳之翱翔也。追攀絶衆狙。洙曰：莊子：朝三暮四，衆狙皆怒。侍臣雙宋玉，洙曰：宋玉，楚襄王大夫。戰策兩穰苴。洙曰：穰苴有司馬兵法。趙曰：今以文章言之，則文章如雙宋玉。以戰策言之，則武略如兩穰苴。乃所以美薛之兄弟也。鑒澈勞懸鏡，趙曰：公言蒙尚書之鑒照，澄澈如鏡之懸也。荒蕪已荷鋤。洙曰：見上「眷言終荷鋤」注。趙曰：公自昔從事於翰墨，今以荒蕪，而乃從事於耕耘矣。嚮來披述作，洙曰：石首處見公新文一卷。重此憶吹噓。洙曰：見上「只待吹噓送上天」注。白髮甘凋喪，青雲亦卷舒。經綸功不朽，趙曰：又以言薛尚書也。跋涉體何如。洙曰：公自注：公須奉使和吐蕃。已見上。應訝耽湖橘，洙曰：潭州有橘洲。常餐占野蔬。十年嬰藥餌，洙曰：見上「藥餌扶吾隨所之」注。萬里狎樵漁。揚子淹投閣，洙曰：見「子雲識字終投閣」注。鄒生惜曳裾。洙曰：鄒陽書：何王之門不可曳長裾乎？趙曰：揚子、鄒生，公以自況也。但驚飛熠燿，洙曰：東山詩：熠燿宵行。注：熠燿，燐也。燐，螢火。不記改蟾蜍。洙曰：謝玄暉詩：借問下車日，匪直望舒圓。張景陽：下車如昨日，蟾蜍四五圓。古詩：四五蟾兔缺，三五明月滿。趙曰：兩句皆以記時之變易也。煙雨封巫峽，江淮略孟諸。洙曰：孟諸，九澤名云。趙曰：公追言其舊居也。湯池雖險固，洙曰：金城湯池。蘇曰：侯本論曰：金城湯池，雖然險固，亦不可恃。遼海

尚闐淤。弩力輸肝膽，休煩獨起予。洙曰：起予者商也。趙曰：時幽燕猶有不順命者矣。前漢溝洫志云：填淤反壤之害。師古曰：填淤，謂壅泥也。末句所以激之也。師曰：師古曰：以木擁槍及纍繩連結以爲儲胥。有儲蓄以待所須也。薛尚書嘗奉使回紇乞兵以助討，故云「聞道和親入，垂名報國餘」。文物陪巡守，言尚書昔隨玄宗幸蜀。親賢病拮据，言皇子皆流離辛苦也。猰貐，喻盜賊。公時唱大義以討賊，豈特一范雎相秦，但復魏、齊之讎乎。滏口師仍會，言公督諸節度兵會於滏口，收復京師，故曰函關憤已攄。皇極正乘輿，言天子還京也。豈惟高衛霍，曾是接應徐，德璉、術公幹[一]，文士也。天子中興，非特賞武功，且又禮接文儒，而公文倍宋玉，武過穰苴，侍帝廟堂，子美但荷鋤躬耕而已，故曰「荒蕪已荷鋤」。遼海尚填淤，言祿山未平，故子美末章勉薛尚書爲國立功，不獨爲詩以起予也。

哭李尚書之芳。

漳濱與蒿里，逝水竟同年。洙曰：劉公幹：余嬰沉痼疾，竄身清漳[二]。又云：逝者如流水，哀此遂離分。李延年分送喪歌爲二等，薤露送王公大人，蒿里送士大夫庶人。使挽柩者歌之，爲挽歌。**欲挂留徐**

[一] 術，疑爲衍文。

[二] 「漳」後疑闕「濱」字，當作「漳濱」。

劍，洙曰：見上「把劍覓徐君」注。猶迴憶戴船。洙曰：見上「應尋戴安道」注。相知成白首，洙曰：潘安仁：投分寄石友，白首同所歸。此別間黃泉。洙曰：左傳：不及黃泉。風雨嗟何及，江湖涕泫然。泫，胡畎切。洙曰：詩：何嗟及矣。文中子：泫然流涕。修文將管輅，洙曰：見上「修文地下郎」注。趙曰：言李尚書之有奇才，應如魏之管輅也。奉使失張騫。洙曰：見上「查上覓張騫」注。史閣行人在，洙曰：周禮：大行人、小行人。趙曰：史閣，言其書之史册也。詩家秀句傳。蘇曰：陸士龍：題詩對南山，日晚得秀句。客亭鞍馬絶，趙曰：言其死於道路也。彭曰：此句言子美爲客停留於此，李公無復鞍馬來相尋矣。旅襯網蟲懸。洙曰：沈休文詩：高車塵未成，珠履故無聲。賓階緑錢滿，客位紫苔生。文網蟲垂户，織夕鳥旁簷飛〔一〕。復塊昭丘遠，洙曰：登樓賦：西接昭丘。楚昭王墓。鄭曰：荆州記：當陽東南七十里有昭王墓。故云云。歸魂素滻偏。洙曰：宋玉：魂兮歸來。鄭曰：滻，所簡切，水名。在京兆。趙曰：素滻，長安之水也，言李尚書乃長安人也。潘安人西征賦〔二〕：地有玄灞素滻。大臨曰：此二句言李葬於此。樵蘇封葬地，喉舌罷朝天。洙曰：李固云：陛下之有尚書，猶天之有北斗。斗爲天之喉舌，尚書亦

〔一〕飛，疑爲衍文。

〔二〕人，疑當作「仁」。見杜集札記。

猶陛下喉舌。**秋色凋春草，王孫若箇邊。** **洙曰**：招隱：芳草兮萋萋，王孫兮不歸。**大臨曰**：此句言李即與春草爲鄰矣。

重題

涕灑不能收，哭君餘白頭。兒童相顧盡， **洙曰**：言少時相顧，今盡於此矣。**宇宙此生浮。江雨銘旌濕，** **洙曰**：記曰：銘明旌。**湖風井逕秋。** **洙曰**：蕪城賦：歌曰：邊風起兮城上寒，井逕戚兮丘隴殘〔一〕。**還瞻魏太子，賓客減應劉。** **洙曰**：曹丕書曰：應、徐、陳、劉，一時俱逝矣。**趙曰**：公自注云：公歷禮部尚書，薨於太子賓客。應則應瑒，劉則劉棹〔二〕。

獨坐

悲愁回白首，倚杖背孤城。江斂洲渚出， **洙曰**：謝連惠詩〔三〕：蕭條洲渚際。謝靈運詩：款曲洲

〔一〕戚，疑當作「滅」。見杜集札記。
〔二〕棹，疑當作「楨」。
〔三〕謝連惠，疑當作「謝惠連」。

渚言。天虛風物清。滄溟服**洙曰**：一作「恨」。衰謝，朱紱**洙曰**：易：朱紱方來。負平生。**趙曰**：公已賜緋矣。負平生，言無所用於時也。仰羨黃昏鳥，投林羽翮輕。**師曰**：黃昏鳥猶得所歸，子美以久客他鄉，曾歸鳥之不如乎。

暮歸

霜黃碧梧白鶴棲，城上擊柝復烏啼。**趙曰**：白帝城也。易云「重門擊柝」矣。烏啼，則樂府有烏夜啼之曲也。**修可曰**：琴曲有烏夜啼。吳兢古樂府解題云：烏夜啼，宋臨川王義慶造也。客子入門月皎皎，**洙曰**：詩：月出皎兮。皎皎河漢。**蘇曰**：萬周亂後還松江，入門長吁，愁觀中庭，皎皎月色，幾無生意，彷徨徹曙。誰家擣練風淒淒。**洙曰**：詩：風雨淒淒。南度桂水闕舟楫，**師曰**：恨無濟川之才也。北歸秦**洙曰**：一作「洛」。川多鼓鞞。**趙曰**：時吐蕃之兵未息也。**師曰**：言京師尚屯兵以防守也。年過半百不稱意，明日看雲還杖藜。

哭李常侍嶧二首嶧，夷益切。

一代風流盡，**蘇曰**：曹椁曰：子建没，陳、劉俱逝，一代風流從此盡矣。後世誰氏可繼高名。**趙曰**：南史：張緒死，其從弟融於緒靈前酌飲慟哭，曰：「阿兄風流頓盡。」**修文地下深。洙曰：**見「修文地下郎」注。顔淵爲地下修文郎。**斯人不重見，蘇曰：**山巨源哭嵇原曰〔一〕：中散死，埋玉重泉，沉珠滄海。不重見斯人矣。**趙曰：**孔子言伯牛之疾曰：「斯人也，而有斯疾也。」蓋嗟其人之賢也。**將老失知音。洙曰：**伯牙以鍾子期爲知音，子期死，而牙絶絃。**蘇曰：**鮑叔云：將老矣，遽失知音。**趙曰：**指李常侍如鍾子期也。曹丕與吴季質書曰：昔伯牙絶絃於鍾子期，仲尼覆醢於子路。痛知音之難遇，傷門人之莫逮也。**短日行梅嶺，鄭曰：**大庾嶺。**寒山洙曰：**一作「江」。**落桂林。趙曰：**言李常侍之櫬自廣南來也。大庾嶺多梅，故謂之梅嶺。廣志曰：桂生於高山之嶺，其類自爲林。**長安若箇畔，猶想映貂金。洙曰：**侍中冠貂蟬。阮脩以貂蟬挨酒。

其二

青瑣陪雙入，銅梁阻一辭。洙曰：見「通籍踰青瑣」注。蜀有銅梁縣。**風塵逢我地，江漢哭君時。趙曰：**言當風塵之際相逢於江漢，而今在江漢聞其喪而哭也。**次第尋書札，呼兒檢贈詩。洙曰：**

〔一〕原，疑當作「康」。

古詩：遺我一書札。又：呼兒烹鯉魚。文選有贈答詩。**發揮王子表，不愧史臣詞。****定功曰**：常侍者，宗室之子也。故用王子表字。前漢書有王子侯表。

哭韋大夫之晉

悽愴郇瑕邑，**洙曰**：左傳：晉謀去故絳，諸大夫曰：「必居郇瑕氏之地。」**鄭曰**：郇，須倫切，國名。**差池弱冠年。****洙曰**：曲禮：二十曰弱冠。**蘇曰**：蘇代云：弱冠之年，差池文采。**士人叨禮數，文律早周旋。****洙曰**：左傳：與君周旋。**臺閣黄圖裏，****洙曰**：三輔黄圖。又漢宫闕詔。**簪裾紫蓋邊。****洙曰**：沈休文碑：陪龍駕於伊洛，待紫蓋於咸陽。**尊榮真不忝，端雅獨翛然。貢喜音容間，****洙曰**：見「竊效貢公喜」注。**馮招病疾纏。****洙曰**：左太冲：馮公豈不偉，白首不見招。**鄭曰**：馮招，馮唐。**南過駭蒼卒，**上采莽，下七没切。**北思悄聯緜。****洙曰**：洞簫賦：吟氣遺往，聯緜飄撇。又云：翩緜聯以牢落。**鵩鳥長沙諱，****洙曰**：見「冶濕愁飛鵩」注〔一〕。**犀牛蜀郡憐。****洙曰**：見石犀牛行。**素車猶慟哭，寶劍欲高懸。****洙曰**：見「把劍覓徐君」注。**漢道中興盛，韋經亞相傳。****洙曰**：建武、永平未盡中興之美。韋賢：不如教子

〔一〕冶，疑當作「地」。

一經。**冲融標世業，磊落映時賢。城府深朱夏，江湖眇霽天。倚樓闕樹頂，**洙曰：古詩：西北有高樓，交疏結綺窗。**飛旐泛堂前。**洙曰：寡婦賦：飛旐翩以啓路。**弈幕款風鷰，**洙曰：弈幕霄懸。謝玄暉詩：風簾入雙鷰。**笳簫急暮蟬。興殘虛白室，**興，許應切。洙曰：莊子：虛室生白。**跡斷孝廉船。**洙曰：世説：張憑舉孝廉，負其才，自謂必參時彦。初欲詣劉真長，鄉里及同舉者共笑之。張遂往諧真長〔一〕，延之上座，清言彌日，因留宿。至曉張退，劉曰：「卿且前去，當取卿共詣撫軍。」張還船，同旅問何處宿，張笑而不答。須臾，真長遣傳教覓張孝廉船，同旅宛愕。即同載詣撫軍，至門，劉進曰：「下官今日與公得一太常博士。」撫軍與之言，咨嗟稱善。即用爲太常博士。**童孺交遊盡，喧卑俗事牽。老來多涕淚，情在强詩篇。誰繼方隅理，朝難將帥權。春秋褒貶例，名哭重雙全。**師曰：郇瑕，晉地。韋大夫靈櫬歸晉，故子美悽愴以傷之。子美少與公結交，故云「差池弱冠年」。王陽在位，貢禹喜而彈冠。子美上韋左丞詩云：竊效貢公喜。今已死，故曰「貢喜音容間」。子美擬效馮公之招隱，奈爲疾病所纏而已。鵩鳥長沙諱，子美自言斥逐困於此地也。犀牛蜀郡憐，言蜀人思韋之德也。綺樓闕樹頂，言奠樓之高也。弈幕疑風燕，言子美之失韋，無所棲託如燕之巢於風幕也。惟名與器不可以假人，韋之化去，朝廷慎難，不輕以帥權授人，故云「誰繼方隅理」。

〔一〕諧，疑當作「詣」。見杜集札記。

久客

羈旅知交態，洙曰：鄭當時傳：翟公大書其門曰：「一死一生，乃知交情。一貧一富，乃知交態。一貴一賤，交情乃見。」淹留見俗情。蘇曰：張遼：漂泊淹留，始見世俗人情炎凉，俯仰皆時世體態。仁者必不爲也。衰顏聊自哂，小吏最相輕。蘇曰：何晏見梁王，王不爲禮，晏叱曰：「小吏何敢侮予。」去國哀王粲，洙曰：王仲宣七哀詩：西京亂無象，豺虎正遘患。復棄中國去，遠身適荆蠻。傷時哭賈生。洙曰：賈誼上書言時事云：可爲痛哭者一，可爲流涕者二，可爲太息者六。狐狸何足道，豺虎正洙曰：一作「亂」。縱橫。洙曰：孟陽七哀詩：季葉喪亂起，盜賊如豺虎。張綱傳：豺狼當路，安問狐狸。趙曰：時吐蕃之亂未息也。

雨

青山淡無姿，白露誰能數。趙曰：暗用佛書「雨露皆有頭數」之義。片片水上雲，蕭蕭沙中雨。殊俗狀巢居，曾臺俯風渚。洙曰：楚地面水背山，俗多架木爲居，以就地勢。佳客適萬里，蘇曰：顏才：惟佳客感秋風適萬里，夫復何日重把此一卮，臨行我心傷悲。沉思情延佇。洙曰：佳客遠而有所思念也，猶思見君子爾。挂帆遠色外，驚浪滿吴楚。洙曰：時寇盜未平，而永王復撓於江淮間。趙曰：此實道其事，而別無託興。舊注以驚浪比永王，誤矣。以永王璘之叛，自是至德二載，此詩以挂帆言之，則爲荊南矣。以白露言之，則時乃大曆三年之秋，不亦相遠乎。久陰蛟螭出，洙曰：言世久晦而賊民者出也。寇盜洙曰：一云「冠蓋」。復幾許。蘇曰：劉後主：冠蓋復有幾人。趙曰：古詩：相去復幾許。

又吟

空山中宵陰，微冷先枕席。回風起清曉，萬象萋已碧。洙曰：古詩：回風動地起。陸士衡：迅雷中宵激，驚電光夜舒。落落出岫雲，渾渾倚天石。日假何道行，洙曰：天文志曰：有行黃道，有行赤道者，時久雨陰晦，不知日之所行何道。雨含長江白。連檣荊州船，洙曰：江賦：舳艫相屬，萬里連檣。有士荷矛戟。南防草鎮慘，霑濕赴遠役。群盜下辟山，揔戎備強敵。水深雲光廓，鳴櫓各有適。趙曰：公有羨慕之辭。漁艇息一云「自」。悠悠，夷歌負樵客。趙曰：思其上，遠適之興不可。則又思其次也。漁人之舟，自如樵客之放夷歌，蓋亦足樂矣。留滯一老翁，書時記朝夕。洙曰：甫既無所施於世，所書者時而已。趙曰：留滯於此，爲可傷也。姑書時節之朝夕而已。

久雨期王將軍不至

天洙曰：一作「山」。雨蕭蕭滯洙曰：一云「帶」。茅屋，空山無以慰幽獨。趙曰：楚辭曰：

幽獨處乎山中。銳頭將軍來何遲，洙曰：傳言：白起頭小而銳。令我心中苦不足。數看黃霧亂玄雲，時聽嚴風折喬木。泉源泠泠雜猿狖，鄭曰：余救切，鼠屬。子居旋。泥濘漠漠饑鴻鵠。濘，乃定切。歲暮窮陰耿未已，人生會面難再得。趙曰：古詩：會面安可知。李延年歌：佳人難再得。憶爾腰下鐵絲箭，射殺林中雪色鹿。前者坐皮因問毛，知子歷險人馬勞。異獸如飛星宿落，鄭曰：宿，思救切，列星也。應弦不礙蒼山高。安得突騎只五千，崒然眉骨皆爾曹。走乎亂世相催促，一豁明主正鬱陶。憶洙曰：一云「恨」。昔范增碎玉斗，洙曰：鴻門之會，漢王使張良獻玉斗於范增，增碎之。未使吴兵著白袍。趙曰：南史：梁人陳慶之麾下悉白袍，所向披靡。昏昏閶闔閉氛祲，洙曰：時賊據京師。趙曰：即吴之閶闔門也。舊注云：時賊據京師。是時大曆二年，京師晏然矣。鄭曰：祲，子鴆切，精氣感祥。又，咨尋切。十月荆南雷怒號。洙曰：十月而雷，變異也。

見王監兵馬使說近山有白黑二鷹羅者久取竟未能得王以爲毛骨有異它鷹恐臘後春生鶱飛避暖勁翮思秋之甚眇不可見請余賦詩二首

雲飛玉立盡清秋，趙曰：此專詠鷹，如雲之飛，如玉之立，皆言其白。至清秋之盡，則序所謂「臘後春生，騫能避暖」是也。不惜奇毛恣遠遊。在野只教心力破，千人何事網羅求。趙曰：序云：羅者竟未能得也。一生自獵知無敵，趙曰：鷹所以用獵也。謂其野鷹，故云「自獵」。庾信詩云：野鷹能自獵，江鷗解獨漁。百中争能耻下韝。洙曰：史滑稽傳注：韝，臂捍也。東觀記：太守桓虞署趙勤爲督郵，貪，令自去，虞歎曰：「善吏如使良鷹，下韝命中。」鵬礙九天須却避，趙曰：孔氏志曰〔一〕：楚文王雅好田獵，有一人獻一鷹，曰：「非王鷹之疇。」俄而雲際有一物，凝翔飄颻，鮮白而不辨其形。鷹見之，於是竦翮而升，矗若飛電。須臾，物墮如雪，血灑如雨，良久有一大鳥墜地而死。度其兩翅，廣數十里，衆莫能知。時有博物君子曰：「此大鵬雛也。始飛焉，故爲鷹所制。」文王乃厚賞獻者。兔經三窟莫深憂。洙曰：鵬事見莊子。馮諼曰：「狡兔所以免於死者，有三窟，今爲君一窟矣。」

黑鷹不省人間有，度海疑從北極來。洙曰：元命苞：瑗光爲鷹。趙曰：北方之極也。北方肅殺之氣，故鷹多生於此。正翮摶風超紫塞，趙曰：崔豹古今注曰：秦所築長城，土色皆紫。漢塞亦然。玄冬幾夜宿陽臺。趙曰：善本作「玄」。舊作「正冬」，非也。字出梁元梁纂要「冬日玄冬」〔二〕。虞羅自各虛

〔一〕「志」後疑闕「怪」字，當作「志怪」。
〔二〕後一「梁」字，疑當作「帝」。

施巧，洙曰：隋魏彦深鷹賦：「可虞者之多端[一]，運横羅以羈束。」春鴈同歸必見猜。趙曰：此序所謂「臘後春生，鶱飛避暖」，故云與鴈同歸。萬里寒空祇一日，金眸玉爪不凡材。洙曰：鴈門有紫壇城，草皆紫色，故曰紫塞。

移居公安下岳陽所作

山館

南國晝多霧，北風天正寒。蘇曰：張茂先：「北風凜烈，天色正寒。遊子不歸，吾心如割。雖有尺書，吾不能達。」路危行木杪，身遠宿雲端。洙曰：鮑明遠詩[二]：「雲端楚山見，林表吳岫微。」山鬼吹燈滅，厨人語夜闌。趙曰：楚詞有山鬼篇，此山館乃楚地矣。晉傅玄詩：「厨人進藿茹，有酒不盈杯。」雞鳴問前館，世亂敢求安。

[一] 可，疑當作「何」。
[二] 鮑明遠，疑當作「謝玄暉」。見杜集札記。

送覃二判官

先皇弓劍遠，小臣餘此生。**洙曰**：皇帝葬於橋山南〔一〕，空棺無尸，唯劍舄在。前漢郊祀志：黃帝采首山銅，鑄鼎於荆山下，鼎既成，有龍垂胡髯下迎黃帝。帝上騎，群臣後宮從上龍七十餘人。龍迺上去，餘小臣不得上，迺悉持龍髯。龍髯拔墮，墮黃帝之弓。百姓仰望，黃帝既上天，乃抱其弓與龍髯號，故後世因名其處曰鼎湖，其弓曰烏號。於是天子曰：「嗟乎，誠得如黃帝，吾視去妻子如脱敞屣耳〔二〕。」**趙曰**：先帝，指肅宗也。蹉跎病江漢，不復謁承明。**洙曰**：選云：鯨魚失流而蹉跎。前漢嚴助傳：上問所欲，對願爲會稽太守。於是拜爲會稽太守。數年不聞問，賜書曰：制詔會稽太守，君厭承明之廬。張晏曰：承明之廬，在石渠閣外，直宿所止，曰廬。曹子建贈白馬王彪詩曰：謁帝承明廬，逝將府歸舊疆〔三〕。應休璉百一詩：問我何功德，三入承明廬。江文通書曰：升承明之卧闕。**蘇曰**：謝宗出守仇池，語友人曰：「吾此行當不復謁承明廬，擇山水秀媚處，吾斂翼卑栖，無意人間世也。」**趙曰**：公於肅宗時爲拾遺，則嘗謁帝矣。餞爾白頭日，**洙曰**：鄱陽：白頭如新。永懷丹鳳城。**趙曰**：指言長安帝城也。秦穆女弄玉吹簫，鳳集其城，因號丹鳳城。遲遲戀屈宋，渺渺卧荆衡。**洙曰**：屈原、宋玉。**趙曰**：言在楚地也。荆則荆渚，衡則衡山也。魂斷航舸失，**趙**

〔一〕皇，疑當作「黄」。見杜集札記。

〔二〕敞，疑當作「敝」。見杜集札記。

〔三〕府，疑爲衍文。見杜集札記。

曰：望覃判官之去航，黯然作別而魂斷也。天寒沙水清。肺肝若稍愈，亦上赤霄行。洙曰：七命：掛歸翮於赤霄之表。趙曰：亦有意於長安帝京矣。

醉歌行 洙曰：贈公安少府，請顧八題壁。

神仙中人不易得，趙曰：世說：王恭美姿儀，嘗披鶴氅裘涉雪而行，孟昶見之，曰：「得真神仙中人也〔一〕。」顏氏之子才孤標。洙曰：顏氏，公安少府也。天馬長鳴待駕馭，秋鷹整翮當雲霄。洙曰：言負駿逸之才以待用也。趙曰：漢禮樂志：天馬徠，龍之媒。君不見東吳顧文學，洙曰：顧況，吳人。君不見西漢杜陵老。洙曰：前漢都長安，後漢都雒陽。長安在雒陽之西，故前漢謂之西漢。杜公長安杜陵人也。詩家筆勢君不嫌，詞翰升堂爲君掃。洙曰：甫爲詩，請顧寫也。蘇曰：王子敬過戴安道草堂飲酣，安道求子敬文，子敬攘臂大言曰：「我辭翰雖不如古人，與君一掃素壁。」今山陰草堂碑是也。辭翰俱美。趙曰：公自言詩家之詞，與顧君筆勢之翰，升顏少府之堂，各爲之一掃也。是日霜風凍七澤，洙曰：子虛賦：楚有七澤。蘇曰：王子威寒賦：霜風沍凍合七澤。烏蠻落照銜赤壁。洙曰：施、黔，烏蠻之域也。

〔一〕得，疑當作「此」。

赤壁，地名。周瑜破曹公於赤壁。**酒酣耳熱忘頭白，洙曰**：楊惲曰：酒酣耳熱，聲嗚嗚而歌秦聲。**修可曰**：魏文帝與吴質書曰：昔日遊處，每至觴酌流行，絲竹並奏，酒酣耳熱，仰而賦詩，忽然不自知其樂。**感君意氣無所惜。蘇曰**：鄭球：感意氣倜儻，醉何所惜。**一爲歌行歌主客。洙曰**：一本云「醉歌行歌主客」。**趙曰**：主則顔少府，客則公與顧也。**師曰**：詩家，甫自言能詩。筆勢，指顧況善寫。甫爲此詩，贈公安少府顔氏，請顧文學題於公壁，故云「詞翰升堂爲君掃」。忘頭白，甫不以老邁爲辭。歌主客，發揚主客之德也。

移居公安敬贈衛大郎鈞。

衛侯不易得，余病汝知之。雅量涵高遠，魯曰：袁宏三國名臣贊：淵哉太初，宇宙高雅。**清襟照等夷。尹曰**：袁粲答儉詩云：老夫亦何寄，之子照清襟。清氣溢素襟〔一〕。**彦輔曰**：夷，平也。謂平交也。**平生感意氣，趙曰**：言意氣之感也。**少小愛文辭。蘇曰**：羊欣少小愛筆研文辭，名公多奇之。**河海由來合，風雲若有期。洙曰**：河出崑崙，千里一曲，九曲入海。古詩：風雲若遇會。**形容勞宇宙，洙曰**：

〔一〕此句前疑闕「王僧達詩」。

陶潛：寓形宇宙復幾時。**趙曰**：言憔悴而空老於世。**質朴謝軒墀**。**趙曰**：言無復仕於朝廷。**自古幽人泣**，**洙曰**：易：幽人正吉。**流年壯士悲**。**蘇曰**：文選：流年苒苒，壯士悲感。**水煙通徑草，秋露接園葵**。**洙曰**：陸士衡園葵詩：種葵北園中，零露垂鮮澤。**趙曰**：述其移居於公安之地也。**入邑豺狼鬭**，**洙曰**：見上「豺狼在邑龍在野」注。**趙曰**：以比盜賊也。言入邑之豺狼以有所争而相鬭也。**傷弓鳥雀饑**。**蘇曰**：何晏：似傷弓之鳥，饑亦不敢自喙。**趙曰**：言傷弓之鳥以創病而饑也。以比窮困之民。**白頭供宴語**，**趙曰**：白頭，公自謂也。供宴語，可以供衛公之語也。**烏几伴棲遲**。**趙曰**：烏皮几也。言還於公安，唯有烏几爲伴耳。**交態遭輕薄**，**洙曰**：古詩：五陵輕薄兒。**今朝豁所思**。

公安送韋二少府匡贊

逍遥公後世多賢，**洙曰**：韋嗣立封逍遥公，所隱谷曰逍遥谷。**田曰**：北史：韋敻字敬遠，孝寬之兄。志尚夷簡，淡於榮利，號曰逍遥公。故世系表謂韋氏九房，以瓊之後爲逍遥公房。嗣立之後爲小逍遥公房，以別之。**師曰**：子美稱逍遥公，乃韋敻，非嗣立也。**送爾維舟惜此筵**。**念我能書**洙曰：一作「常能」。**數字至，將詩不必萬人傳**。**趙曰**：言思念我則寄將我之詩，去則不必傳之萬人也。**時危兵甲黄塵裏，日短江湖白髮前**。**趙曰**：言髮已白矣，而短景中之江湖在其前。**古往今來皆涕淚，斷腸分手各風**

煙。洙曰：別賦：造分手而銜涕。又：分手易前期。

贈虞十五司馬

遠師虞祕監，世南。今喜識玄孫。形象丹青逼，家聲器宇存。洙曰：見「烜赫舊家聲」注。蘇曰：龐統：要識家聲，先看器宇寬卑。淒涼憐筆勢，浩蕩問辭源。蘇曰：江總辭源浩蕩，學海淵深。爽氣金天豁，洙曰：王子猷：西山朝來，致有爽氣。清談玉露繁。洙曰：董仲舒有玉杯、繁露。佇鳴南嶽鳳，洙曰：劉公幹：鳳凰集南嶽，徘徊孤竹根。師曰：衡山，南岳也。選注：丹穴爲南岳。非是。欲化北溟鯤。洙曰：莊子：北海有魚，名曰鯤，化爲大鵬。交態知浮俗，趙曰：鄭莊傳：翟公題門曰：一貧一富，乃知交態。儒流不異門。洙曰：儒門流，同門異户。過逢連客位，洙曰：沈休文詩：客位紫苔生。日夜倒芳樽。沙岸風吹葉，雲江月上軒。洙曰：別賦：月上軒而飛光。百年嗟已半，四座敢辭喧。書籍終相與，青山隔故園。蘇曰：南史：王筠字元禮，沈約見筠文，咨嗟而歎曰：「昔蔡伯喈見王仲宣，稱曰：王公之孫，吾家書籍，悉當相與。僕雖不敏，請附斯言。」餘見王粲本傳。師曰：子美欲悉以書籍與虞，庶幾傳子美之業也。

公安縣懷古魯曰：吴大帝推蜀先主爲左將軍、荆州牧，鎮油口，即居此城。時人號備爲左公，故名其城曰公安。

野曠吕蒙營，洙曰：吴將吕蒙營於公安。鄭曰：十三州志：吴大帝封吕蒙爲孱陵侯，居此地，故曰營。江深劉備城。洙曰：劉備曾爲荆州牧。寒天催日短，蘇曰：郡平：客居多事，值寒天，鍾鼓催簷外短日。風浪與雲平。蘇曰：水雲風浪卷地，疑與雲平。一葦敢航者，丈夫之勇可見也。灑落君臣契，趙曰：言先主與諸葛也。飛騰戰伐名。維舟倚前浦，長嘯一含情。洙曰：阮籍見孫登，長嘯而返。

公安送李二十九弟晉肅入蜀余下沔鄂

正解柴桑纜，洙曰：謝詩：解纜候前侣。柴桑，屬潯陽郡。趙曰：公將下沔鄂也。鄭曰：柴桑，地名，在江州。仍看蜀道行。趙曰：送晉肅入蜀也。檣烏相背發，趙曰：船檣上刻爲烏形。塞鴈一行鳴。行，胡郎切。趙曰：言其别之時。南紀連銅柱，洙曰：見上「南紀標銅柱」注。西江接錦城。洙曰：世説：成都州城皆種芙蕖，至秋盛開，望之若錦，故號錦城。憑將百錢卜，飄泊問君平。趙曰：嚴君平卜筮於成都，日閲數人，得百錢乃止。

北風新康江口，信宿方行。

春生南國瘴，氣待北風蘇。向晚霾殘日，洙曰：詩：終風且霾。釋文云：風而雨土爲霾。孫炎曰：大風揚塵生〔一〕，從上下。趙曰：言晚之後蒸鬱也，所以生瘴。爾雅曰：風而雨土爲霾。實言昏曀之狀也。**初宵鼓大鑪。**洙曰：莊子大宗師：以天地爲大鑪。王粲師傳〔二〕：鼓洪鑪以燎毛髮。**爽攜卑濕地，**洙曰：前漢：長沙定王發以其母唐兒微無寵，故王卑濕貧國。賈誼傳：誼既以謫居，長沙卑濕，誼自傷悼，乃爲賦也。**聲拔洞庭湖。**趙曰：言風之清爽雄大如此也。**萬里魚龍伏，三更鳥獸呼。**趙曰：魚龍懼而藏伏，鳥獸驚而呼鳴，則風之勢可知矣。**滌除貪破浪，**趙曰：南史：宗愨云：願乘長風，破萬里浪。**愁絶付摧枯。執熱沉沉在，**洙曰：桑柔詩：誰能執熱，逝不以濯。**凌寒往往須。且知寬疾肺，不敢恨危塗。再宿煩舟子，**洙曰：莊三年傳：再宿爲信。郭璞江賦：舟子於是湧悼，涉人於是檥榜。趙曰：詩：招招舟子。**衰容問僕夫。**黄曰：邵平衰容忘事，時復問僕夫南北。**今晨非盛怒，**趙曰：盛怒，言風也。宋玉風賦：盛怒於土囊之口。**便道即長驅。**夢符曰：右按春秋左氏傳：楚子以馹至於羅汭，吴子使其弟犒師，楚子執之，將以釁鼓。對曰：「今君奮焉，震電憑怒。」注杜預曰：憑，盛也。**隱几看帆席，**洙曰：海賦：

〔一〕生，疑當作「土」。見杜集札記。
〔二〕師，疑爲衍文。見杜集札記。

挂帆席。莊子：南郭子綦隱几而坐。隱，憑也。**雲山湧坐隅。**洙曰：言浪若雲山也。

憶昔行

憶昔北尋小有洞，洪河怒濤過輕舸。加我切。洙曰：茅君内傳：大天之内，有玄中之洞三十六所，第一王屋山之洞，圍萬里，名曰小有清虚之天。至於廣雅：南楚江湘，凡船之大者，謂之舸。**辛勤不見華蓋君，艮岑青輝慘么麽。**鄭曰：上烏堯切，下亡果切。劉良曰：小也。洙曰：葛仙翁傳：崑崙山一曰玄圃臺，一曰華蓋，仙人所居。趙曰：公昔遊云：昔謁華君[一]，深小洞宫脚[二]。王棺已上天，白日亦寂寞。暮升艮岑頂，巾几猶未却。詳考二詩之意，蓋公遊王屋，本欲謁華蓋君。蓋君適值君死也[三]。**千崖無人萬壑靜，三步回頭五步坐。**修可曰：曹公祭橋玄文有曰：車過三步，腹痛莫怪。李陵別蘇武詩曰：轅馬顧悲鳴，五步一彷徨。**秋山眼冷魂未歸，仙賞心違淚交墮。**洙曰：謝靈運曰：賞心樂事，四者難并。陸機：中心若有違。趙曰：上句言望華蓋君，招之而不來也。下句言欲爲仙賞之遊，而事與願違，所以悲泣也。

[一]「華」後疑闕「蓋」字，當作「華蓋君」。

[二]小，疑當作「求」。見杜集札記。

[三]「蓋君」二字疑爲衍文。見杜集札記。

宋玉招魂有「魂兮歸來」者凡十二，今言未字者，反言之也。唐昌玉蘂花詩云：魂銷眼冷夫逢真〔一〕。豈出於杜公乎？**弟子誰依白茅**洙曰：一作「石」。**室，盧老獨啓青銅鎖。**鄭曰：盧遨，見淮南子。**巾拂香餘擣藥塵，階**洙曰：一作「前」。**除灰死燒丹火。玄圃滄洲莽空闊，**洙曰：十洲記曰：崑崙山三角，一角正於北辰星輝，名曰閬風嶺。其一角正西，曰玄圃臺。其一角正東，曰崑崙宫。其一處有積金，爲天鏞城。西千里〔二〕，城安金臺。茅君内傳曰：八海之中，崑崙、蓬萊、方丈、瀛洲、滄洲、白山、八亭之山，所以山神有洞宫。修可曰：葛仙傳云：崑崙，一曰玄圃也。滄洲，十洲之一洲也。舊注引茅君内傳，正謬妄矣。**金節羽衣飄婀娜。**鄭曰：上於可切，下奴可切，美也。**落日初霞閃餘映，**洙曰：以黄金爲節，鳥羽爲衣。漢武帝拜欒大爲五利將軍，使衣羽衣，立白茅上受印。注：以鳥羽爲衣，取其神仙飛翔之意。趙曰：言華蓋君金節羽衣之所往來，有落日初霞之輝映。王仲宣詩：山岡有餘映。**倏忽東西無不可。**洙曰：言其飛翔，無所往而不可。**松風澗水聲合時，**澗，居晏切。**青兕黄熊啼向我。**洙曰：兕如野牛，青皮堅厚，可以爲鎧。嶓冢之山其數多。成王時，東夷獻黄熊。六韜曰：文王囚羑里，散宜生得黄熊而獻之。按類書：成王時不屠國獻青熊，未嘗獻黄熊也。輒改以附會如此。**徒然咨嗟撫遺跡，至今夢想仍猶佐。**

〔一〕夫，疑當作「未」。見杜集札記。
〔二〕西千里，疑當作「面方千里」。見杜集札記。

趙曰：公在山中，愁寂不堪，撫華蓋君之遺跡而夢想猶見之也。祕訣隱文須内教，晚歲何功使洙曰：使，一云「收」。願果。更討洙曰：一云「覓」。衡陽董鍊師，洙曰：董鍊師，神仙也。隱於衡陽。趙曰：以爲來仙須得有功行而傳秘訣。不見華蓋君矣，却思南遊而訪董鍊師也。南遊早鼓瀟湘柂。洙曰：晉庾闡揚都賦：青雀飛艫，余皇鼓柂。夢符曰：右按道藏書中有隱訣，其書曰：太清九宮，其最高者稱太皇、紫皇、主皇也。師曰：神仙有三十六洞天，第一王屋山之洞，名曰小有清虚天。崑崙山一曰玄圃，一曰華蓋，仙人之所居。艮岑，崑崙東北之岑。甫昔遊小有洞，不憚辛勤，冀遇仙賞。時盧道人結茅山下居焉，甫謁之，訪其仙術。葛仙翁與費長房跳入壺中，忽見殿閣崔嵬，皆鏁閉，葛喝之，煙霧四起，鏁自開闢。今以盧比之葛仙翁，故云「獨起青銅鎖」。玄圃、滄洲，皆仙境。金節，以黄金爲旌節。羽衣，以鳥羽爲衣。或曰鶴氅，取其飛翔之意。倏忽東西無不可，美盧老得仙術飛空，無往不可。甫以乘興而來遊，樂極則哀繼之，故末言「青兕黄熊啼向我」。蓋興盡而反故也。撫遺迹，謂撫循舊事，形之夢想。昔淮南王有鴻寶枕中秘訣，其文字隱之，不以示人，故曰「祕訣隱文須内教」。董鍊師隱於衡陽，即董京威也。甫欲謁之，故云「南遊早鼓瀟湘柂」，之所以正船也。

宴王使君宅題二首

漢主追韓信，蒼生起謝安。洙曰：漢王入關，諸將多逃，蕭何獨追韓信。晉謝安高卧東山，爲蒼生起。吾徒自飄泊，世事各艱難。逆旅招邀近，他鄉意緒寬。不才甘朽質，洙曰：楊揮書〔一〕：材行朽穢，文質無所底。趙曰：所以自處之語。高卧豈泥蟠。洙曰：揚子：龍蟠於泥。趙曰：所以自謙也。泛愛容霜鬢，留歡上夜關。洙曰：一作「夜闌」。子美父諱閑，諸家本辨兩處非閑字，此亦可知其誤矣。自吟詩送老，相勸酒開顔。戎馬洙曰：古詩：戎馬遍九州。今何地，鄉園獨在山。江湖墮清月，趙曰：李白亦云：更看江月墮清波。酩酊任扶還。蘇曰：嵇康常醉，人扶還家。古詩曰：但教長酩酊，任自别人扶。

覽柏中允兼子姪數人除官制詞因述父子兄弟四美載歌絲綸洙曰：按唐書柏氏無顯人，惟柏耆傳云：將軍良器之子。元和中人，不顯州郡。甫又有詩寄柏學士林居。趙曰：此詩有「戮力自元昆」，意其柏正節也。然竊有疑焉。公詩又有柏學士林居、柏大兄弟詩、柏二别駕詩，豈可指言柏正節之家乎。俟明識辯之。

紛然喪亂際，見此忠孝門。洙曰：晉卞壺傳：翟湯歎曰：「父死於君，子死於父。忠孝之道，萃於

〔一〕揮，疑當作「惲」。

一門。」蜀中寇亦甚，柏氏功彌存。深誠補王室，勠力見元昆。洙曰：魏書：重以王室多故。爾雅：先生爲昆。漢高紀：勠力。注：并力也。趙曰：父子兄弟有功於行陣，則詩人宜以忠孝稱之。三止錦江沸，獨清玉壘昏。洙曰：左太冲蜀都賦：廓靈關而爲門，包玉壘而爲宇。注：玉壘，山名。華陽國志：錦江，言蜀人織錦濯其中，則鮮明，濯他江，必不好，故命曰錦江也。成都記：玉壘山，導江縣西北三十里。趙曰：傳所謂「以湯止沸」也。寰宇記曰：濯錦江係之華陽縣。公自入蜀，見成都之亂，蓋寶應元年徐知道反。永嘉元年[一]，崔肝反[二]，殺郭英乂。大曆三年七月，楊子琳以瀘州刺史反。此錦江之三沸也。蜀都賦：包玉壘而爲宇。李善注：玉壘，山名。前水出焉[三]。以今考之，永康軍是也。高名入竹帛，洙曰：鄧禹曰：垂功名於竹帛。新渥照乾坤。洙曰：渥，恩也。子弟先卒伍，芝蘭疊璵璠。洙曰：謝玄與從兄朗爲叔父安所器重，曰：「譬如芝蘭玉樹，生於階庭。」同心注師律，洙曰：易：師出以律。灑血在戎軒。洙曰：後漢贊二十八將：有來群后，捷我戎軒。梁吳均：袖間血灑地。絲綸實具載，洙曰：禮緇衣：子曰：王言如絲，其出如綸。王言如綸，其出如絲。言出彌大者也。紱冕已殊恩。洙曰：班固西都賦：紱冕所興。奉

[一] 嘉，疑當作「泰」。見杜集札記。
[二] 肝，疑當作「旰」。
[三] 前，疑當作「湔」。見杜集札記。

公舉骨肉，誅叛經寒温。金甲雪猶凍，朱旗塵不翻。**洙曰：**陸左公石闕銘：朱旗萬里。每聞戰場説，欻激懦氣奔。聖主國多盜，賢臣官則尊。方當節鉞用，**蘇曰：**蔡邕謂董卓曰：「子氣勢方當節鉞之用，何故兢兢耶。」必絶祲沴音戾。根。**趙曰：**以其有功，必使之膺節鉞之用，必絶沴根以報朝廷也。吾病日迴首，雲臺誰再論。**洙曰：**後漢馬武等傳二十八將論云：永平中，顯宗追感前世功臣，乃圖畫二十八將於南宮雲臺上。作歌挹盛事，**蘇曰：**張茂先作歌告萬方，推挹盛事。推轂期孤鶱。推，通回切。**洙曰：**前漢：鄭當時推轂士及官屬丞吏，誠有味其言也。注言：薦舉人如車轂之輪轉也。馮唐傳：王者遣將，跪而推轂。此詩注柏中允爲柏耆，按新舊二史所載耆止入鎮州説王承宗，諭承元移鎮。及使李同捷，以擅殺同捷流放至賜死。而詩中乃言僇力於成都，又云「三止錦江沸」，即非耆矣。切疑爲柏貞節。崔旰之殺郭英乂也，貞節與瀘州楊子琳帥師以討之。杜鴻漸鎮蜀，表授邛州刺史。二史皆於傳無所考信，故未能修去，闕之以俟有聞者。**趙曰：**舊注引馮唐事，非是。**師曰：**求忠臣於孝子之門。戮力，并力也。元昆，長兄也。錦江，蜀有濯錦江。銅梁、玉壘，蜀中二山名。時崔旰殺郭英乂，柏正節與楊子琳討平之。然正節父子兄弟皆盡忠孝之節，率先士卒，注意師律，流血於兵，重其英聲，義氣載之絲綸，天子褒以紱冕，其皇恩已優渥矣。故云「新渥照乾坤」。芝蘭，香草。璵璠，美玉。芝蘭與璵璠相壘，謂舉族皆賢也。誅叛經寒温，謂討賊歷涉歲時。金甲雪猶凍，言威嚴可畏，賊不寒而慄。朱旗塵不翻，謂靈旗所指，煙塵遂息也。故聞柏氏之風者，懦夫亦爲之激昂，故曰「欻激懦氣奔」。聖人因多難而興，國家多盜，而能解紛治劇，此其所以爲聖人，故云「聖王國多盜」。

置官本以待賢士，惟臣之賢，始尊之以官，故云「賢臣官則尊」。祲沴，不祥之氣。苟朝廷用柏氏秉節鉞，必能止不祥之禍，甫以多病甘自退縮，惟回首屬望柏氏畫像雲臺，再論其功，故云「靈臺誰再論」〔一〕。柏氏孝萃於一門，此亦唐家之盛事也。故甫作詩以歌其事，庶幾天子命之爲師，推轂而遣，其勢騫揚，特出衆人之表，故曰「期孤騫」也。説者皆以柏耆止於入鎮説王承宗，非也。

留別公安太易沙門

隱居欲就廬山遠，麗藻初逢休上人。洙曰：湯休上人。數問舟航留製作，長開篋笥擬心神。沙村白雪仍含凍，師曰：張子平西京賦：其遠則有九峻甘泉，涸沍寒〔二〕，日北至而含凍，此焉清暑。相如上林賦：其北則含凍裂地，涉水揭河。江縣紅梅已放春。先踏爐峰置蘭若，徐飛錫杖出風塵。洙曰：爐峰，香爐峰也。在潯陽廬山，有東、西二林寺。

〔一〕靈，疑當作「雲」。
〔二〕「涸」後疑闕「陰」字。見杜集札記。

曉發公安數月憩息此縣

北城擊柝復欲罷，洙曰：易：重門擊柝。孟子：抱關擊柝。哀七年傳：魯擊柝，聞於邾。**東方明星亦不遲。**洙曰：晉傅云〔一〕：東方大明星，光影照千里。詩東方云：東有啓明，西有長庚。注曰：日出，謂明星爲啓明。日既入，謂明星爲長庚。庚，續也。箋云：啓明、長庚，皆有助日之名，而無實光。釋文云：明星謂之啓明。孫炎曰：明星，太白也，出東方，高三舍。今曰太白矣。長庚不知是何星也，或一星出在東西而異名。或二者別星，未能審也。**鄰雞野哭如昨日，**蘇曰：張禹：鄰雞哭野，廐馬嘶風。起坐拊髀，望鄉長嘆。趙曰：鄰雞聲已傳。**物色生態**洙曰：一作「生生」。**能幾時。**洙曰：顏延年：日暮行樂歸，物色桑榆時。蘇曰：張瑄：眼前物態生計，夫能幾時，何苦區區錙銖計較哉。**舟楫眇然自此去，**蘇曰：鍾繇駕松舟檜楫，眇然下驚波而去。**江湖遠適無前期。**洙曰：沈休文別范安咸〔二〕：平生少年〔三〕，分手易前期。趙曰：無前期，謂不知所止。**此門轉眄已陳迹，**洙曰：王羲之：俛仰之間，已爲陳迹。**藥餌扶吾隨所之。**洙曰：謝靈運遊南亭詩：藥餌情所止，衰疾忽在期。

〔一〕「傳」後疑闕「玄」字，當作「傅玄」。
〔二〕咸，疑當作「成」。見杜集札記。
〔三〕「年」後疑闕「日」字，當作「少年日」。見杜集札記。

歲晏行

歲云暮矣多北風，瀟湘洞庭白雲中。漁父天寒網罟凍，吴猺射鴈鳴桑弓。定功曰：隋地理志：長沙郡雜有夷蜑，名曰莫徭。自言其先祖有功，常免徭役，故以爲名。去年米貴闕軍食，今年米賤大傷農。洙曰：穀貴則傷民，穀賤則傷農。高馬達官厭酒肉，此輩杼軸茅茨空。洙曰：言在位者不知爲政，但厭酒肉而已。詩：大東小東。國困於役，而曰「杼軸其空」。注言其政偏失砥矢之道，然也。楚人重魚不重鳥，洙曰：一作「肉」。蘇曰：風俗通云：吴楚之人嗜魚鹽，不重禽獸之肉。汝休枉殺南飛鴻。況聞處處鬻男女，割慈忍愛還租庸。洙曰：唐制：授人以口，分世業田。凡授田者丁，歲紬粟稻，謂之租。用人之力，歲不過二十日，不役者日爲絹三尺，謂之庸。時民力困，故於是有鬻男賣女以還租庸調者。往日用錢捉私鑄，今許洙曰：一云「來」。鉛錫和青銅。刻泥爲之最易得，好惡不合長相蒙。洙曰：唐制：盗鑄錢者，死，没其家屬。至天寶間，盗鑄益甚，雜以鐵錫，無復錢形。虢公鑄者爲官壚錢。師曰：長相蒙，謂上下相蒙蔽，無復糾察也。萬國城頭吹畫角，此曲哀怨何時終。

夜聞觱篥上必吉切，下力質切。

夜聞觱篥滄江上，衰年側耳情所嚮。鄰舟一聽多感傷，塞曲三更欻悲壯。趙曰：胡笳有出塞曲、入塞曲也。積雪飛霜此夜寒，孤燈急管復風湍。君知天地**洙曰**：一作「下」。干戈滿，不見江湖**洙曰**：一作「湘」。行路難。**師曰**：樂部曰觱篥者，笳管也。卷蘆爲頭，截竹爲管，出於胡地。制法角音，九孔漏聲，五音咸備。唐編入鹵部，名爲笳管。通典曰：觱篥本名悲慄，出於胡中，其聲悲，東夷有卷桃皮爲之者，亦出南蠻。雜録云：觱篥者，龜兹國樂。風湍，謂風雜湍水之聲。行路難，白居易之所作也。

發劉郎浦

鮑曰：先主納吴女處也。吕温詩云：吴蜀成婚此水尋，真珠步障幄黄金。誰將一女輕天下，欲换劉郎鼎峙心。**鄭曰**：在荆州。**宋曰**：浦屬峽州。甫擬下峽過衡陽，有此作。

挂帆早發劉郎浦，疾風颯颯昏亭午。**夢符曰**：右按江陵圖經：劉郎浦在石首縣。浦，或作「洑」。**趙曰**：自公安縣欲往岳州所經行之處。**孫曰**：亭，高貌，謂日正高也。舟中無日不沙塵，岸上空村盡豺虎。**洙曰**：言多盜賊也。**趙曰**：張孟陽云：盜賊如豺虎。十日北風風未迴，客行歲晚尤相催。白頭厭伴漁人宿，黄帽青鞋歸去來。**趙曰**：雖在江湖，厭與漁人爲伴，乃欲深藏高隱矣。**沈曰**：黄帽乃籜冠。青鞋乃芒鞋也。

泊岳陽城下

江國踰千里，山城僅百層。**洙曰**：顔延年賦：臨廣望，坐百層。岸風翻夕浪，舟雪灑寒燈。

洙曰：謝惠連遇風詩：落雪灑林丘。**留滯才難盡，**洙曰：管輅曰：酒不可極盡，吾欲持酒以禮，持財以愚，何患之有也。史太史公自序：太史公留滯周南。趙曰：任昉晚節著詩，欲傾沈約，用事過多，辭不得流便，於是有才盡之談也。**艱危氣益增。**洙曰：漢：馬援曰：「大丈夫窮當益堅，老當益壯。」蜀廖立見廢爲民，徒於汶山〔一〕，而志氣不衰。趙曰：史云：需夫增氣〔二〕。舊引馬援者當益壯爲旁似矣〔三〕。**圖南未可料，變化有鯤鵬。**洙曰：莊子：北冥有魚，其名爲鯤。鯤之大，不知其幾千里也。化而爲鳥，其名爲鵬。鵬之背不知幾千里也。又云：背負青天而莫之夭閼焉，而後乃今將圖南也。趙曰：公方儘南而往，所以及圖南之義。

纜船苦風戲題四韻奉簡鄭十三郎判官泛。

東岸朔風疾，天寒鶬鴰呼。洙曰：爾雅：鶬，鴰麋。注：今呼鶬鴰。西都賦：鳥則鶬鴰，泛浮往來。**漲沙霾草樹，**洙曰：白希範詩〔四〕：森森荒樹齊，析析寒沙漲。**舞雪渡江湖。**洙曰：古詩：扁舟載

〔一〕徒，疑當作「徙」。見杜集札記。
〔二〕需，疑當作「懦」。見杜集札記。
〔三〕者，疑當作「老」。見杜集札記。
〔四〕白，疑當作「丘」。見杜集札記。

風雪，半夜渡江湖。定功曰：鮑昭效劉公幹體云：一風吹朔雪〔一〕，千里度龍山。集君瑶臺下，飛舞兩楹間。**吹帽時時落，**洙曰：孟嘉傳：嘉爲桓温參軍，既和而正，温重之。九月九日，温遊龍山，參僚畢集。時佐吏並著戎服，有風吹嘉帽落墮。温謂左右及賓客勿言，且以觀其舉止。**維舟日日孤。**洙曰：詩：泛泛楊舟，紼纚維之。爾雅：諸侯維舟。**因聲置驛外，**趙曰：題是「簡鄭十三判官」，故使鄭莊置驛也。**爲覓酒家壚。**洙曰：司馬相如傳：文君當壚。郭璞曰：壚，酒壚。師古曰：賣酒之處，累土爲壚，以居酒瓮，四邊隆起，其一面高，形如鍛壚，故名壚耳。而俗之學者皆爲當壚爲對温酒火壚〔二〕，失其義矣。晉阮籍傳：公邑家婦有美色，當壚沽酒，阮與王安豐常從婦飲酒。阮醉，便眠婦側，夫不疑之，伺察終無它意。王濬冲爲尚書令，著公服乘軺經黄公酒壚中，過顧謂後車客曰：「吾昔與嵇叔夜、嗣宗共酣飲此壚。竹林之遊亦預其末。自嵇生夭、阮公亡，便爲時所羈泄〔三〕。今日覩此雖近，邈若山河。」

〔一〕一，疑當作「胡」。見杜集札記。
〔二〕前一「爲」字，疑當作「謂」。
〔三〕泄，疑當作「紲」。

大曆四年己酉在岳陽至潭遂如衡及復回潭所作

登岳陽樓

昔聞洞庭水，**鄭曰**：在岳州。今上岳陽樓。**洙曰**：風土記曰：陽羨縣東有太湖，中有包山。山下有洞穴潛行地中，無所不通，謂洞庭地脉。**趙曰**：戰國策：吴起對魏武侯曰：「昔者三苗之居，左彭蠡之波，右洞庭之水。」吴楚東南坼，**趙曰**：吴與楚地相接，此實道洞庭闊遠之狀。乾坤日夜浮。**趙曰**：言在乾坤之内，其水日夜浮也。語既高妙有力，而言洞庭之光大過於此。親朋無一字，老病有孤舟。**蘇曰**：孔伋友人見訪，問：「先生何之？」伋揺溪土孤舟曰[一]：「有此足以養老病，復何愁焉？」**趙曰**：此言於老病中尚賴有孤舟可以浮泛，而生涯自如也。戎馬關山北，憑軒涕泗流。**洙曰**：老子：戎馬生郊。張景陽登臺詩：遠望涕泗流。**趙曰**：關山北，則言在長安一帶也。王仲宣登樓賦云：憑軒檻以遠望，向北風而開襟。

陪裴使君登岳陽樓

湖闊兼雲霧，樓孤屬晚晴。禮加徐孺子，**洙曰**：後漢：徐孺子，豫章南昌人。時陳蕃爲太守，以

[一] 土，疑當作「上」。

禮請署功曹，穉不免之郡，既謁而退。蕃在郡不接賓客，唯穉來時設一榻，去則懸之。後舉有道。**定功曰：**徐孺子，公自比也。**詩接謝宣城。****洙曰：**謝朓字玄暉，爲宣城郡太守。時之宣城，出新林浦向板橋，有云：江路西南永，歸流東北騖。天際識歸舟，雲中辨江樹。**雪岸叢梅發，春泥百草生。敢違漁父問，從此更南征。****洙曰：**史記屈原傳：令尹子蘭怒屈原，使上官大夫短原於頃襄王，怒而遷之。原至於江濱，被髮行吟澤畔，顏色憔悴，形容枯槁。漁父見而問之曰：「非三閭大夫歟？何故至此。」原曰：「舉世混濁而我獨清，衆人皆醉而我獨醒，是以見放。」宋玉作招魂，辭曰：獻歲發春兮，汨吾南征些。

贈韋七贊善

鄉里衣冠不乏賢，杜陵韋曲未央前。**洙曰：**未央殿基在長安。杜陵、韋曲，地名也。**蘇曰：**袁粲字景倩，幼孤，祖哀之，曰：「愍孫少好學，有清才。」叔父淑雅重之。語子弟曰：「我門不乏賢，愍孫必當復三公。」古雍曲引云：杜陵茂樹，韋曲繁花。照未央之宫前，當昆明之池左，風物富秀。**爾家最近魁三象，****洙曰：**公自注云：斗魁下兩兩相比爲三台。**時論同歸****洙曰：**一作「因侵」。**尺五天。****洙曰：**公自注云：俚語曰：城南韋、杜，去天尺五。**北走關山****洙曰：**一作「河」。**開雨雪，****洙曰：**蕪城賦：南馳蒼梧、漲海，比走紫塞鴈門[二]。南遊花柳塞雲煙。塞，悉則切。洙曰：雲，一作「風」。洞庭春色悲公子，蝦菜忘歸范蠡船。洙曰：勾踐既滅吴，范蠡乘扁舟泛五湖。蘇曰：郭林宗：蝦菜菰米，足以度歲，使人忘歸。趙曰：言韋戀南地之蝦菜而忘歸，如范蠡之遊五湖也。

過南嶽入洞庭湖

洪波忽争道，岸轉異江湖。趙曰：僕嘗愛此争道字，却用於洪波之下，可謂奇矣。鄂渚分雲樹，衡山引舳艫。洙曰：屈原九章：乘鄂渚而返顧。漢武紀：舳艫千里。李斐曰：舳，船後持柂處也。艫，船頭刺櫂處也。言其船多，前後相銜，千里不絶。師古曰：舳音軸，艫音盧。鄭曰：説文云：舳，舟尾。艫，舟前也。翠牙穿裛槳，碧節吐寒蒲。趙曰：槳字在韻書音奬，云：所以隱船曰槳。今詳其義，乃菰蔣之蔣耳。蓋蒲有節而蔣有呀也。病渴身何去，春生力更無。壤童犂雨雪，漁屋架泥塗。欹側風帆滿，微冥水驛孤。悠悠迴赤壁，趙曰：赤壁在夏口之東，武昌之西。鄭曰：盛弘之荆州記曰：薄沂縣沿江一百里，南岸名赤壁。周瑜破魏武於烏林赤壁，東西一百六十里。浩浩略蒼梧。趙曰：蒼梧在洞庭西南之地，

[二] 比，疑當作「北」。見杜集札記。

乃永州也。**帝子留恨遺，曹公屈壯圖。**洙曰：屈平九歌湘君云：帝子降兮北渚，目眇眇兮愁予。史記：舜南巡狩，崩於蒼梧之野，葬於江南九疑，是爲零陵。禮記曰：舜葬蒼梧，二妃不從。後漢獻帝紀：建安十三年，曹操自爲丞相，南征劉表。表卒，少子琮立，以荆州降。操以舟師伐孫權，權將周瑜敗之於烏林赤壁。周瑜傳：曹公入荆州，劉琮舉衆降。曹公得其水軍，船、步兵數十萬，將士聞之皆恐。權延見群下，問以計策。議者咸曰：「不如迎之。」瑜曰：「不然。操雖託名漢相，其實漢賊也。操自送死，而可迎之耶？」瑜請得精兵三萬人，進往夏口，保爲將軍破之。」權曰：「老賊欲廢漢自立久，徒忌二袁、吕布、劉表與孤耳。今數雄已滅，惟孤尚存，與老賊勢不兩立。君言當擊，甚與孤合。此天以授孤也。」遂共圖計，逆曹公，遇於赤壁，大破之。曹公敗退，還保南郡。備與瑜等復共追之，曹公留曹仁等守江陵城，徑自北歸。**聖朝光御極，殘孽駐艱虞。才淑隨斯養，**洙曰：前漢蒯通傳：隨斯養之役者，失萬乘之權。守儋石之禄者，闕卿相之位。張耳傳：斯養卒。蘇林曰：斯，取薪者。**名賢隱鍛鑪。**鄭曰：鍛，都玩切，小冶也。趙曰：四句通義。此言上雖復長安七八年矣，而吐蕃猶未息，是爲駐留艱虞。於此才淑之人，有隨斯養者。名士之賢，有隱鍛鑪者。嵇康初居貧，嘗與向秀共鍛於支樹之下〔一〕，以自贍給。**邵平元入漢，**洙曰：前漢蕭何傳：陳豨反，高祖自將至邯鄲。而韓信謀反關中，吕后用何計誅信。上聞誅信，使使拜何爲相國，益封五千户，令卒五百人一都尉爲相國衛。諸君皆賀。

〔一〕支，疑當作「大」。見杜集札記。

邵平者，故秦東陵侯。秦破，爲布衣，貧，種瓜長安城東，瓜美，故世謂東陵瓜。平謂何曰：「禍自此始矣。上暴露於外，而君守於内，非被矢石之難，而益君封置衛者，以今者淮陰新反於中，有疑君心。夫置衛衛君，非所以寵君，願君謝封勿受，悉以家財佐軍。」何從其計，上大悦。師古曰：召，讀曰邵。**趙曰**：公以其身不得歸長安，此所以自嘆其不如也。**張翰後歸吴。** **洙曰**：晉書文苑傳：張翰字季鷹，吴郡吴人。晉齊王冏辟爲大司馬東曹掾。翰因見秋風起，乃思吴中菰米蓴羹鱸魚鱠，曰：「人生貴得適志，何能羈宦數千里以要名爵乎？」遂命駕而歸。人皆謂之見幾。**趙曰**：公以南下之遲，肖似其歸晚也。**莫怪啼痕數，危檣逐夜烏。** **洙曰**：檣，掛帆木也。郭璞賦：萬里連檣。**趙曰**：檣上爲刻烏以瞻風也。謂之烏，則相逐同行之船矣。陰鏗詩：檣轉向風烏。

宿青草湖

洞庭猶在目，青草續爲名。 **夢符曰**：右按岳州圖經：洞庭湖在縣西南一里。荆州記云：巴陵南有青草湖，與洞庭湖相連，周迴數百里，日月出没其中。水經注曰：沅水注洞庭湖中，會於江山。**鄭曰**：十道志：在岳州。荆州記：因青草山爲名，周回八百里。范注荆州記〔一〕：青草湖夏月直渡百里，日月出於湖中。吴録：

〔一〕注，疑當作「汪」。

地志：巴陵有青草湖。蓋洞庭本指吳縣南所謂太湖是也。**宿槳依農事，**趙曰：此言楚人於湖中種田，故船槳所宿之處依之也。**郵籤報水程。**趙曰：舟中所用以知時也。漏籌謂之郵籤。古詩：雞人司漏轉更籤。**寒冰争倚薄，雲月遞微明。湖鴈雙雙起，人來故北征。**洙曰：九歌云：駕飛龍兮北征，邅吾道兮洞庭。趙曰：末有念鄉之意，鴈乃北征人之不如也。

宿白沙驛

洙曰：初過湖南五里。

水宿仍餘照，洙曰：謝靈運入彭蠡湖口作：客游倦水宿，風湖難具論。**人煙復此亭。驛邊沙舊白，湖外草新青。萬象皆春氣，孤槎自客星。**洙曰：博物志曰：仙查犯牛斗，客星於蜀郡問嚴君平。**隨波無限月，**蘇曰：景差湘江辭云：隨波無限月，愁殺獨醒人。望月奠蘭酌，流淚沾衣巾。**的的近南溟。**洙曰：莊子：鵬鳥海運則將徙於南溟。南溟，天池也。趙曰：月色之明的也。

上水遣懷

我衰太平時，身病戎馬後。蹭蹬多拙爲，洙曰：蹭蹬，失勢貌。趙曰：潘耀：老夫蹭蹬任意，拙於生事。**安得不皓首。驅馳四海內，童稚日餬口。**洙曰：左傳：餬其口於四方。注：餬，鬻也。**但**

遇新少年，少逢親舊友。低顔下色地，故人知善誘。後生血氣豪，舉動見老醜。洙曰：言少年不相知，但以老醜見欺而已。李固曰：一日朝會，見諸侍中並皆年少，更無一宿儒大人可顧問者，誠可歎息也。窮迫挫曩懷，常如中風走。中，陟仲切。洙曰：傷世態之薄也。朱叔元與彭龐書〔一〕：伯通獨中風狂走，自捐盛時。一紀出西蜀，于今向南斗。趙曰：公自乾元二年入蜀，至大曆五年離蜀而在楚地，乃南斗之分，拾十二年矣〔二〕。孤舟亂春華，暮齒依蒲柳。洙曰：暮齒，暮年也。顧況曰：蒲柳之姿，望秋而落。言其易衰也。冥冥九疑葬，聖者骨亦朽。蹉跎陶唐人，鞭撻日月久。洙曰：陶唐，帝堯氏也。其民無知焉。山海經曰：蒼梧之川，其中有九疑山焉。舜之所葬。九山相似，行者疑惑，故名之曰九疑。中間屈賈輩，讒毀竟自取。鬱没二悲魂，蕭條猶在否。修可曰：屈原汨羅之沉。賈誼長沙之謫。皆眼前楚地之可弔者也。崷崒清湘石，逆行雜林藪。篙工密逞巧，洙曰：操舟者矜其能也。氣若酣盃酒。歌謳互激遠，回斡明受授。斡，烏括切。善知應觸類，各藉穎脱手。洙曰：穎脱，喻敏捷也。古來經濟才，何事獨罕有。趙曰：回斡，轉其船也。相呼相命以求水脥〔三〕，謂之受授。善知此者，應

〔一〕龐，疑當作「寵」。
〔二〕拾，疑當作「恰」。見杜集札記。
〔三〕脥，疑當作「脉」。見杜集札記。

能觸類以推，凡事皆藉鋒穎脱見之手，乃能妙絶也。欲求經濟天下如操舟之妙，何獨罕有乎。**蒼蒼衆色晚，熊挂玄蛇吼。黄羆在樹顛，正爲群虎守。**趙曰：詩疏曰：熊能攀緣上高樹，見人則顛倒投地而下也。柳子厚作熊説云〔一〕：鹿畏貙，貙畏虎，虎畏羆。觀公詩意，以羆舛樹而守虎〔二〕，明矣。**羸骸將何適，履險顔益厚。庶與達者論，吞聲混瑕垢。**

湘夫人祠

洙曰：屈原九歌有湘夫人。韓愈黄陵廟碑云：湘傍有廟曰黄陵。自前古立以祠堯之二女，舜二妃者。庭有石碑，斷裂分散在地，其文剥缺。考圖記言漢荆州牧劉表兄字景升立〔三〕，題碑曰：湘夫人。今碑驗其文，乃晉太康九年。又題其額「虞帝二妃之碑」。非景升之立者。秦博士對始皇帝云：「湘君者，堯之二女，舜妃者也。」劉向、鄭玄亦皆以二妃爲湘君。離騷、九歌既有湘君，又有湘夫人。王逸之解以爲湘君者，自爲水神，而謂湘夫人，乃二妃也。從舜南征三苗，不返，道死沅、湘之間。山海經曰：洞庭之山，帝之二女居之。郭璞疑二女者，帝舜之后，不當降小君爲其夫人，因以二女爲天

〔一〕熊，疑當作「羆」。
〔二〕舛，疑當作「升」。見杜集札記。
〔三〕兄，疑爲衍文。見杜集札記。

帝之女。以余考之，璞與王逸俱失也。堯之長女娥皇爲舜正妃，故曰君。其二女英自宜降曰夫人也。故九歌辭謂娥皇爲君，謂女英爲帝子，各以其盛者言之也。禮小有君〔一〕。明其正者得稱君也。書曰：舜陟方乃死。傳謂舜升道南方以死。或曰：舜死，葬蒼梧，二妃從之不及，溺沅、湘之間。余謂竹書紀年：帝王之没皆曰陟。陟，昇也，謂昇天也。書：殷禮陟配天。言以道終，其德協天也。書紀舜之没，云陟者，與竹書同文也。其下言陟方乃死者，所以釋陟爲死也。地之勢東南下，如言舜南巡而死，宜言下方，不得言陟方也。以此謂舜死葬蒼梧之野，於時二妃從之不及而溺者，皆不可信。

肅肅湘妃廟，**洙曰**：肅肅，敬也。詩思齊：肅肅在廟。空墻碧水春。蟲書玉佩蘚，燕舞翠帷塵。晚泊登汀樹，微馨借渚蘋。蒼梧恨不淺，染淚在叢筠。**洙曰**：湘妃涕泣，以淚揮竹，染竹成班。**趙曰**：張華博物志云：舜死，二妃淚下，染竹即班。

祠南夕望

百丈牽江色，**洙曰**：海賦：揭百丈。所以牽船也，連竹爲之。孤舟泛日斜。興來猶杖屨，興，許應切。目斷更雲沙。山鬼迷春竹，**洙曰**：屈原九歌有山鬼，詞云：余處幽篁兮終不見天，路險難兮獨後

〔一〕此句疑當作「禮有小君」。見杜集札記。

來。湘娥倚暮花。洙曰：湘娥，屈平所謂湘君也。詞云：授薜荔於水中，搴芙蓉兮木末。趙曰：事雖折謂湘夫人，而字則郭璞江賦「協靈爽於湘娥」也。鬼迷竹而娥倚花，亦是詩家當然。舊注引湘君詞「搴芙蓉兮木末」，非也。此乃屈原言不得志，猶登山緣木而採芙蓉，不可得也。湖南清絶地，萬古一長嗟。洙曰：郭璞江賦：協靈爽於湘娥。蘇曰：徐元詩：萬古長安景，搔頭一嘆嗟。

遣遇

磬折辭主人，開帆駕洪濤。洙曰：莊子漁父篇：夫子曲腰磬折。言其恭也。饒曰：腰曲如磬之折。春水滿南國，炎曰：謂春水生也。朱崖雲日高。洙曰：朱崖，南海地名。漢賈捐之罷擊朱崖。鄭曰：即潭州之丹崖。楊曰：雲日高，言地最下也。舟子廢寢食，飄風争所操。洙曰：乘風而行也。我行匪利涉，謝爾從者勞。石間采蕨女，鬻菜洙曰：一作「市」。輸官曹。丈夫死百役，暮返空村號。洙曰：譏役斂煩重也。聞見事略同，刻剥及錐刀。洙曰：刀錐，猶刻剥也。趙曰：所聞所見皆似此應官曹之誅求也。左傳云：錐刀之末。刻剥及錐刀，則非特取其大者，雖錐刀之瑣末猶及之也。朋曰：錐刀，微利也。貴人豈不仁，視汝如莠蒿。索錢多門户，洙曰：誅求不一也。喪亂紛嗷嗷。奈何黠吏徒，漁奪成逋逃。洙曰：姦黠吏也。漁，如漁獵，然不以法也。逋逃，走竄也。自喜遂生理，花時貰緼袍。洙曰：語「衣敝緼袍」也。趙曰：花時可以單衣，而甘緼袍，則所以得遂生理，勝於逋逃之民也。師曰：甫覩百姓困於賦役，又自喜遂其生理，雖遇花時而衣緼絮，所甘心不辭也。

解憂

減米散同舟，路難思共濟。向來雲濤盤，洙曰：雲濤盤，灘名。極爲險阻。衆力亦不細。洙曰：言得其助也。趙曰：此言雲濤之間，盤轉未出，乃方言謂之盤灘者乎。散與同舟之人，所以謝其用力也。舊注言險阻，非是。呀坑洙曰：一作「帆」。瞥眼過，呀，虛加切。瞥，匹蔑切。趙曰：呀坑者，淤坑如口之呀開者也。飛櫓本無蔕。得失瞬息間，致遠宜恐泥。百慮視安危，分明曩賢計。兹理庶可廣，拳拳期勿替。師曰：雲濤盤，至險之灘，實藉衆力操舟，故得利涉。譬患難之際，賴衆力扶持，故得國安。是以昔賢計其安危，衣食與衆同享其充足，夫何憂患之不濟乎。甫之減米，亦爲國者憂以天下之意也。呀吭，乃灘口。飛櫓無根蔕，言至危也。

宿鑿石浦

早宿賓從勞，仲春江山麗。飄風過無時，舟檝不敢繫。洙曰：飄，暴風也。趙曰：莊子曰：

泛乎若不繫之舟。風而不繫，則流蕩矣。回塘澹暮色，日没衆星嘒。缺月殊未生，洙曰：缺，殘也。青燈死分翳。洙曰：青言無光也。窮途多俊異，亂世少恩惠。洙曰：以世亂，故恩惠少，而窮途多俊異也。趙曰：俊異之士在窮途，則膏澤不下於民，而亂世少蒙其恩惠。即非是亂世少恩惠以致俊異之窮，舊注非。鄙夫亦放蕩，草草頻卒歲。斯文憂患餘，聖哲垂彖繫。洙曰：聖人作易，與民同憂患也。其言象，皆示於彖繫。趙曰：易曰：作易者其有憂患乎。師曰：分翳，半晴也。青燈，言無光也。窮途多俊異，言俊異之士多困於窮賤，而愚鄙多取富貴也。亂世少恩惠，言賦役横出，而民不蒙其澤也。草草，勞貌。卒歲，謂終歲勤動。斯文憂患餘，言彖係之作在仲尼不遇之日。自古文士多因憂患中而作文，甫是詩之作蓋亦憤懣而有所激耳。

早行

歌哭俱在曉，行邁有期程。孤舟似昨日，聞見同一聲。飛鳥數求食，潛魚亦獨驚。前王作網罟，設法害生成。洙曰：網罟，先王所以養民也，而後人反以爲業。賦歛，所以平民也，而後人反以害民。趙曰：鳥數出求食，所以自飽。魚既潛而猶驚，所以求活。而小民利之，網羅其鳥，罟罩其魚，害物之生成，此公反傷前王之設法也。易曰：作結繩而爲網罟，以佃以魚。舊注非。碧藻非不茂，高帆終日征。

干戈未揖讓，崩迫開其情。**洙曰**：以干戈未寧，故崩迫而情僞日開也。**趙曰**：開放此情懷於終日征行之間也。**師曰**：歌者爲商旅，哭者爲征夫。行邁有期程，言陸行有準定也。孤舟似昨日，言水行不覺進。潛無亦獨驚，言横政猶加乎幽遠之地。網罟，先王所以養民，後世反以此而害物。賦斂，所以平民，後世反以此而肆暴。碧藻非不茂也，征帆終日凌轢，所以不能遂性，微物尚然，况百姓乎。

過津口

南岳自兹近，湘流東逝深。**洙曰**：南岳，衡山也。湘流，湘江也。和風引桂楫，**趙曰**：梁元帝烏棲曲云：沙棠作船桂爲楫。春日漲雲岑。回道過津口，而多楓樹林。**洙曰**：楓木名。**趙曰**：阮籍詠懷詩云：湛湛長江水，上有楓樹林。舊注云：楓，木名。大誤矣。白魚困密網，黄鳥喧嘉音。物微限通塞，惻隱仁者心。**趙曰**：物之通塞，雖微不足道，而仁者於物每惻隱其困塞矣。**師曰**：南岳，衡山。湘江已遠，故衡山日近。甫從夔州迤邐取衡州，故云自兹近楚，岸多楓林。迴道，言水道回環，魚鳥皆有生者也。鳥喧嘉音，而魚困密網，或塞或通，亦猶人有幸有不幸，此所以惻仁者之心也。瓮餘不盡酒，膝有無聲琴。聖賢兩寂寞，眇眇獨開襟。**洙曰**：傷時無君子，故獨開襟而已。**修可曰**：即陶淵明有琴而無絃也。王仲宣登樓賦：向北風而開襟。

次空靈岸鄭曰：空靈，當作空舲。酈元水經：湘水縣有空舲峽。十道四番志云：湘水空舲灘。

沄沄逆素浪，沄音雲。**落落展清眺。幸有舟檝遲，得盡所歷妙。空靈霞石峻，楓栝**洙曰：一作「枯」。鄭曰：古活切，木名。**隱奔峭。**洙曰：奔，奔流也。峭，危峭也。趙曰：謝靈運云：徒旅苦奔峭。李善注云：淮南子曰：岸峭者必陀。許慎曰：陀，落也。然奔亦落之義。**青春猶無私，白日亦偏照。**洙曰：爲山嶺障閡，故偏照也。蘇曰：陳嬪妃：白日昭然，亦有偏照之處。**可使營吾居，終焉託長嘯。**師曰：逆素浪，言遡流也。展清眺，言去巴峽之阻，漸入寬平之鄉。栝，乃栝柏也。奔，謂奔流。峭，謂峰峭。白日亦偏照，言崗巒互爲日所出没。甫至此喜其景物佳，欲託居焉，故曰「終焉託長肅」〔一〕。**毒瘴未足憂，兵戈滿邊徼。嚮者留遺恨，耻爲達人誚。迴帆覬賞延，佳處領其要。**

宿花石戍鄭曰：鄧慎思云：在峽州鳳臺。予以謂此詩在潭、衡之間作，謂在巴峽，非也。十道志：潭州湘潭縣北二十里有錦石區。疑花石即錦石。

午辭空靈岑，夕得花石戍。洙曰：空靈在歸州。花石戍屬陝州。鮑曰：唐志：潭州長沙有花石

〔一〕肅，疑當作「嘯」。

戍。舊注云：陝州。妄也。夢符曰：右按歸州圖經：空舲峽，東西十四里，在峽州夷陵縣界。水經云：江水歷峽東逕宜昌縣之插竈下。酈道元曰：江之左岸，絶崖壁立數百丈，飛鳥所不能過棲。有一火燼插在崖間，望見長數尺，父老傳言昔洪水時人泊舡岸側，以餘燼插之，至今在焉。十道志云：歸有空舲峽。又有大沱水沱之崖，産花紋石，土人採爲硯。空靈，當作「空舲」。岸疏開闢水，洙曰：一作「山」。自白狗峽至空靈山、花石，皆開闢之峽。木雜今古樹。地蒸南風盛，春熱西日暮。四序本平分，氣候何回互。茫茫天造閒，理亂豈恒數。繫舟盤藤輪，杖策古樵路。罷人不在村，罷音疲。洙曰：罷人，言民困於征役而罷敝。不在村，不安居也。野圃泉自注。柴扉雖蕪没，農器尚牢固。山東殘逆氣，吴楚守王度。洙曰：安、史之亂，王命之所及者，吴、楚、蜀而已。夢符曰：右按春秋左氏傳：史倚相誦祈招之詩曰：「祈招之愔愔，式昭德音。思我王度，式如玉，式如金。形民之力，而無醉飽之心。」誰能扣君門，下令減征賦。洙曰：憫下情不上達也。趙曰：山東，之河北也[一]。安、史之亂，唯吴楚知所尊王命，故欲扣君門而爲之減征賦也。師曰：開闢水，言天地開闢以來有此峽水，非禹之所鑿也。四時多南風，其地春熱。宋玉九辨：皇天平分四時兮，竊獨悲此凜然。白露既下降百草兮，淹離披此梧楸。四序平分，寒暑自有節，何此地之氣候差互乎？乃知天地造化，治亂之理，亦無常數也。盤藤輪，言藤蔓盤結如車輪。罷人，言民困於賦役，逋竄

[一]「之」前疑闕「今」字。

而不安居也。下令減征賦，言無人以重斂請於君，薄賦以恤民也。

早發

有求常百慮，斯文亦吾病。以兹朋故多，窮老驅馳併。**趙曰**：以斯文自任，衆所共知，而朋友故舊之多，自是驅馳頻併矣。早行篙師怠，席挂風不正。**洙曰**：席張席以爲帆也。風不正不順也。昔人戒垂堂，**洙曰**：謂千金之子，坐不垂堂。今則奚奔命。**修可曰**：傳云：一歲七奔命。濤翻黑蛟躍，日出黃霞映。**洙曰**：鮑明遠：騰沙鬱黃霧，翻浪揚白鷗。煩促瘴豈侵，頽倚睡未醒。**洙曰**：未，一作「還」。**鄭曰**：醒，新佞切。僕夫問盥櫛，暮顏**洙曰**：一作「末」。靦青鏡。靦，他典切。**洙曰**：暮，衰也。靦，媿也。言暮顏衰醜，有媿於對鏡也。隨意簪葛巾，仰慚林花盛。側聞夜來寇，幸喜囊中净。艱危作遠客，干請傷直性。**洙曰**：謂有求於人也。薇蕨餓首陽，**洙曰**：史記：伯夷、叔齊不食周粟，隱於首陽山下，采薇蕨而食之，遂至餓死也。粟馬資歷聘。**洙曰**：六國以粟馬資儀、秦，使之歷聘。賤子欲適從，疑誤此二柄。**洙曰**：二柄，謂采薇及歷聘也。**師曰**：無求則無慮，凡有求者不免有憂。文所以明道，泥於文者亦吾之病。君子以文會友，以此故多朋友也。煩促瘴豈侵，言迫於煩熱，豈不爲瘴毒所傷乎。頽倚睡未醒，爲早行也。昔夷、齊不食周粟，餓于首陽。蘇秦、張儀資六國以歷聘。此二柄者，一出一處，使人疑誤。今甫欲適從其一，故云「賤子欲適從」。適，音的，主也。

次晚洲

參錯雲石稠，**洙曰**：參錯，雲石相互雜然也。坡陁風濤壯。**洙曰**：坡陁，泛濫貌。風濤，風浪也。**趙曰**：顏延年詩：春江壯風濤。**梅曰**：坡陁，高大貌。晚洲適知名，**梅曰**：晚洲非素有名，因子美而名彰也。秀色固異狀。**洙曰**：言其狀不一也。棹經垂猿把，身在度鳥上。**大觀曰**：度鳥即鳥飛過。**洙曰**：水漲而船所經者高也。**趙曰**：張所論曰〔一〕：白猿玄豹，藏於檽檻〔二〕，何以知其接垂條於千仞，則可謂之垂猿矣。梁虞騫詩：澄潭寫度鳥。擺浪散帙妨，危沙折花當。**師曰**：花當，乃花根也。羈艱暫愉悅，羸老反惆悵。**洙曰**：暫愉悅，次晚洲也。反惆悵，歎行役也。中原未解兵，吾得終疏放。**洙曰**：兵未解而得疏放，以不見用於世也。**趙曰**：王傷時之擾攘〔三〕，吾豈得終疏放而不憂懼且流落乎。

〔一〕張所，疑當作「張載」。
〔二〕檽，疑當作「櫺」。
〔三〕王，疑當作「正」。

登白馬潭

水生春纜没，洙曰：吴志孫權傳注：權爲牋與曹公，説春水方生，公宜速去。又，諸葛瑾傳注：吴録曰：曹操圍朱然於江陵，瑾以大兵救之。及春水生，潘璋等作水城於上流，瑾進攻浮橋，真等退走，瑾乃全師。日出野船開。宿鳥行猶去，花叢笑不來。人人傷白首，處處接金盃。莫道新知要，趙曰：言爲新知之所要也。楚詞云：樂莫樂於新相知。南征且未迴。洙曰：宋玉招魂：汨吾南征。屈平離騷曰：濟沅、湘以南征，就重華而陳辭。

歸鴈

春洙曰：一作「東」。來萬里客，亂定幾年歸。腸斷江城鴈，高高向洙曰：一作「正」。北飛。師曰：甫客居萬里外，覩鴈北飛，傷己未有歸期，曾鴈之不若也。

野望

西山白雪三城戍，洙曰：按新史高適傳：上皇還京，復分劍南爲兩節度。百姓弊於調度，而西山三城列戍，適上疏論之，不納。蘇曰：西山，雲嶺。松州，蕃界也。鄧禹：三年戍雪山，經五十餘戰，戰無不捷。

趙曰：善本作「三城」。舊本作「三年」，非。時吐蕃入寇，故須防戍也。南浦清江萬里橋。洙曰：見卜居詩注。趙曰：公草堂在萬里橋西也。鄭曰：成都第三橋。海内風塵諸弟隔，天涯涕淚一身遥。洙曰：寇亂諸弟離散，獨公一人入蜀。唯將遲暮供多病，未有涓埃答聖朝。跨馬出郊時極目，不堪人事日蕭條。

入喬口魯曰：長沙北界。

漠漠舊京遠，洙曰：陸機樂府：街巷紛漠漠。盧諶詩：南望舊京路。遲遲歸路賒。殘年傍水國，洙曰：周禮：水國用龍節。顔延年詩：水國周地險。落日對春華。樹蜜早蜂亂，田曰：樹蜜，棋也。崔豹古今注曰：棋，一名樹蜜，一名木餳。實形拳曲，核在實外。荆湘多此木。子美所以記土地之所有也。師曰：樹蜜，棋也。或作「枸」。高大似白楊，多枝而曲，飛鳥喜巢其上，所謂「止棋來巢」是也。崔豹古今注曰：棋，一名樹蜜，一名木餳。荆、湘多此木。子美以記土地之所有也。而説者謂「密」當作「蜜」，非也。若望兜率寺詩云「樹密當山徑，江深隔寺門」，自當作「密」。江泥輕燕斜。賈生骨已朽，悽惻近長沙。洙曰：前漢賈誼傳：天子議以誼在公卿之位。絳、灌、東陽侯馮敬之屬盡害之。迺毁誼曰：「雒陽之人，年少初學，專欲擅權，紛亂諸事。」於是天子後亦疏之不用，以誼爲長沙王傅。誼既謫去，意不自得，及渡湘水，爲賦以弔屈原。後梁王勝墮馬死，誼自傷爲傅亡狀，常哭泣。後歲餘亦死。老子曰：其人與骨皆已朽矣。

銅官渚守風 趙曰：潭州長沙傳有銅官山，云楚鑄錢處。則此渚乃以是得名乎？鄭曰：寰宇記：銅官山在湘縣南一百一十八里，與長沙分縣界。

不夜楚帆落，避風湘渚間。水耕先浸草，春火更燒山。早泊雲物晦，逆行波浪慳。飛來雙白鶴，過去杳難攀。洙曰：漢武詔：火耕水耨。應邵曰：燒草，下水種稻，益生，高七八寸，因悉芟去，復下水灌之，草死，獨稻長。所謂水耕。歐曰：古樂府虞世南：飛來雙白鶴，奮翼遠煙〔一〕。俱棲集此地，一舉背清田。師曰：吴兢樂府古題要解曰：艷歌何嘗行，亦曰飛鶴行。古調云：飛來雙白鶴，乃從西南來。又古樂府載飛來雙白鶴三篇。梁元帝云：時從洛浦渡，飛向遼東來。皆過去難攀之意也。

北風

北風破南極，洙曰：北，陰也。南，陽也。北風破南極，喻小人道長，而見君子道消也。朱鳳日威洙

〔一〕「遠」後疑闕「凌」字，當作「遠凌煙」。見杜集札記。

曰：一作「低」。**垂。**洙曰：喻君子不得志。**洞庭秋欲雪，鴻鴈將安歸。**洙曰：喻小人道盛，而君子無所歸也。蘇曰：諸葛瑾曰：「方今南北鼎沸，東西兵革不止，冥冥之鴻鴈，吾與汝將安歸。」趙曰：南極所以言楚地。北風破南極，而鳳威垂，洞庭秋雪，而鴻鴈安歸。此言值時如此，於是乎失所也。威垂，元氣象之貌〔一〕，非惟舊注穿鑿。而近有東溪先生云：北風，悲燕寇來自北，故以爲況。不知此詩乃大曆三年作也。言吐蕃則可，豈可更言燕寇之亂王室乎？又豈有寇自北來之事乎？恐惑後學，不得不爲之辨。**十年殺氣盛，六合人煙稀。**洙曰：言殘敝也。蘇曰：劉述曰：强秦既衰，鹿走中原，劉、項並起，兵戈沸海，人煙稀少。**吾慕漢初老，時清猶茹芝。**洙曰：漢初老，隱者也。蘇曰：漢初老，四皓之徒也。龐德公云：云時清物阜〔二〕，吾亦茹芝之木。趙曰：自天寶十四年至此，十三年矣。而云殺氣盛，則學其大數耳。商山四皓避秦之亂，方漢之初可以出矣，而猶茹芝焉，則以畏禍之心未能已也。

雙楓浦

輟棹青楓浦，雙楓舊已摧。洙曰：招魂云：湛湛江水兮，上有楓。阮籍詩云：湛湛長江水，下有楓

〔一〕元，疑當作「無」。
〔二〕云，疑爲衍文。

樹林。**趙曰：**此詩題是雙楓，乃實道其事，而舊引「江水湛湛兮上有楓」，有失杜公意。**自驚衰謝力，不道棟梁材。****趙曰：**如梁棁之材不荷棟梁之任也。**浪足浮紗帽，皮須截錦苔。****趙曰：**今欲乘此楓泛江而上天，於此載紗帽而浮其上，則浦水之浪自足浮之。楓皮上有苔蘚，不能不滑，故須截去錦苔而後可乘也。**江邊地有主，暫借上天迴。****趙曰：**此用乘槎事也。詳見上注。

望岳

西岳崚嶒**洙曰：**一云「稜危」。**竦處尊，****洙曰：**華岳也。**諸峰羅立****洙曰：**一作「列」。**似兒孫。****洙曰：**言序列而不敢與岳争長。**安得仙人九節杖，****洙曰：**仙人有節杖。笻杖亦九節。**蘇曰：**列仙傳：王烈魯授赤城老人九節蒼藤竹柱杖，行地馬不能追。**拄到玉女洗頭盆。****洙曰：**玉女洗頭盆，因山形而爲名。**蘇曰：**三峰記：華山雲臺上有石盆，可容水數斛，明瑩如玉，上有古篆字，人莫識，俗呼爲玉女洗頭盆。**修可曰：**集神録：明皇玉女者[一]，居華山，服玉漿，白日昇天。中頂白龜[二]，其廣數畝，高三仞，其側有梯澄[三]，達皆

[一] 皇，疑當作「星」。見杜集札記。
[二] 中，疑當作「山」。
[三] 澄，疑當作「磴」。

見玉女祠〔一〕，祠前有白石臼，號玉女洗頭盆。其中水色碧緑澄徹，雨不加益，旱不加耗。秦曰：張衡思玄賦云：載太華兮召洛浦之宓妃。即明皇玉女也〔二〕。車箱入谷無歸洙曰：一作「回」。路，師曰：箱乃車所盛載之所也。箭栝通天有一門。師曰：言神仙之門難入也。箭栝，其實至小。稍待秋風涼冷後，高尋白帝問真源。洙曰：白帝，西方之帝。趙曰：言白帝，則華岳乃西方之鎮也。梁孝儀和昭明太子鍾山講解詩云〔三〕：降道訪真源。

王狀元集百家注編年杜陵詩史三十卷

〔一〕皆，疑當作「背」。
〔二〕皇，疑當作「星」。
〔三〕孝儀，疑當作「劉孝儀」。見杜集札記。

王狀元集百家注編年杜陵詩史三十一卷

二月至潭州所作

小寒食舟中作

佳辰强飲食猶寒，**趙曰**：其猶食是寒物，此爲小寒食言之也。隱於靳切。几蕭條帶鶡冠。**洙曰**：漢輿服志〔一〕：號賁武騎〔二〕，皆鶡冠。南郭子綦隱几臥。**鄭曰**：鶡，何葛切，鳥以雞〔三〕，鬬必至死，故勇士爲冠。**趙曰**：鶡冠者，隱人之冠也。袁淑真隱傳：鶡冠子。舊注引虎賁武騎之冠，誤矣。春水船如天上坐，**趙曰**：魯直言：前人詩有「水面船如天上坐」，杜公改一春字，而精神炯然，可謂點鐵成金。**余曰**：邵氏聞見録云：少陵此句本沈雲卿「舡如天上坐，人似鏡中行」、「船如天上去，魚似鏡中懸」也。或以此論少陵之妙。予謂

〔一〕「漢」前疑闕「後」字。
〔二〕號，疑當作「虎」。
〔三〕以，疑當作「似」。見杜集札記。

少陵所以獨立千載之上者，不但有所本也。三百篇之作，果何本哉？老年花似霧中看。尹曰：張歎至秦，嘆曰：「老年看花，眼眩如隔霧縠，誰於燭下數牛毛也。」娟娟戲蝶過閑幔，片片輕鷗下急湍。雲白山青萬餘里，看雲直北至長安。洙曰：鮑明遠〔一〕：灞陵望長安，河陽視京縣。徐敬業：登陴起遐目，回首見長安。王粲：南登灞陵岸，回首望長安。蘇曰：何遜古道難云：直北長安道，愁看別離人。

清明二首

朝來新火起新煙，洙曰：周禮：司烜氏，仲春以木鐸修火禁於國中。注謂季春將出火也。故子美引新火而用也。趙曰：唐制：清明日賜百官新火。賈島詩曰：晴風吹柳絮，新火起厨煙。湖色春光净客船。繡羽銜花他自得，射雉賦有「綺翼緰頭衮背」。紅顏騎竹我無緣。洙曰：郭伋傳：小兒騎竹馬。趙曰：繡羽者，眼前所見文禽也。銜花亦是禽之實事也。鳥銜花而自得，人之不如也。紅顏者，少年之顔。稚子騎馬之戲，我不復然，則老者之弗如也。胡童結束還難有，楚女腰支亦可憐。不見定王城舊處，長懷洙曰：長沙定王。鄭曰：寰宇記：潭州長沙縣定王廟在縣東一里。廟連岡，高七丈，俗謂之定王岡。

〔一〕鮑明遠，疑當作「謝玄暉」。見杜集札記。

賈傅井依然。 **洙曰：**今長沙賈太傅誼廟，有井存焉。韓愈井詩亦云：賈誼宅中今始見，葛洪墓上亦曾窺。**修可曰：**盛弘之荆州記曰：湘州南寺之陳賈誼宅有井[一]，小而深，上斂下大，狀似壺，即誼所穿井。誼宅今爲陶侃廟，種柑猶有存者。庾穆之湘州記同此。**趙曰：**定王則長沙定王。賈傅，賈誼也。**鄭曰：**寰宇記：誼廟在長沙縣南六十里，廟即誼宅，中有井，上圓下方。**虚霑焦舉爲寒食，** **洙曰：**事見桓譚新論及汝南先賢傳也。後漢：焦舉博學[二]，遷并州刺史。太原一那舊俗以介子推焚骸[三]，有龍忌之禁。至其亡月，咸言神靈禁舉火，由是士民每冬中徹一月寒食，莫敢煙爨，老小不堪，歲多死者。舉既到州，乃作弔書以置子推之廟，言盛冬去火，殘損民命，非賢者之意。以宣示愚民，使還預温食。由是衆惑稍解，風俗頗革。新序曰：晉文公反國，介子推無爵，遂去而之綿上。文公求之不得，乃焚其山，推遂不出而死。事具在耿恭傳。龍星，木之位也。春見東方。心爲大火之盛，故謂之焚火。俗傳云子推此日被焚，而禁火也。**實籍嚴君賣卜錢。** **洙曰：**見上「憑傳百錢卜」注。**鍾鼎山林各天性，濁醪麤飯任吾年。** **夢符曰：**右按酒經曰：醪汁，滓酒也。世李曰[四]：儀狄始作酒醪，變五味。**蘇曰：**梁勰告友人曰：「五斗粟非所欲也。洛中有薄田數畝，桑柘蔬園又數

[一] 陳，疑當作「東」。
[二] 焦舉，疑當作「周舉」。見杜集札記。
[三] 那，疑當作「郡」。
[四] 李，疑當作「本」。見杜集札記。

畝，老夫率兒女輩操耒耜紝織，與鄰里往來，濁醪麤飯，任此天年。庶免風波岐路，易翻覆耳。」**趙曰**：擊鍾而食，列鼎而烹，富貴人之事也。山林則隱逸之人，雖處貧賤而甘之，則與好富貴者各天性耳。既無盛饌姑且濁醪麤飯而已。

此身飄泊苦西東，右臂偏枯半耳聾。 **趙曰**：出素問，黄帝之言風曰：「或爲偏枯。」**寂寂繫舟雙下淚，** **洙曰**：賈誼傳：不繫之舟。**悠悠伏枕左書空。** **洙曰**：見上「稽留伏枕辰」及「咄咄正書空」注。**師曰**：右臂既偏枯，書空者唯左而已。**十年蹴踘將雛遠，** **洙曰**：劉向别録：蹴踘，黄帝所造，木兵勢也[一]。或云起於戰國。按，踘與毬同。古人蹴踘以爲戲。**趙曰**：成公綏嘯賦[二]：以鴻鴈之將鶵。**師曰**：十年蹴踘，言軍興也。將雛遠，謂挈子遠遊。**萬里鞦韆習俗同。** **洙曰**：古今藝術曰：鞦韆，北方戲，以習輕蹻。**趙曰**：言去即之遠也。**旅鴈上雲歸紫塞，** **洙曰**：蕪城賦：北走紫塞鴈門。**孝祥曰**：崔豹古今注：秦所築長城，土皆紫色，漢塞亦然，故稱紫塞。子美宫池春鴈詩又有「青春欲盡急還鄉，紫塞寧論上有霜」之句[三]。**家人鑽火用青楓。** **洙曰**：鑽燧改火。春取榆柳之火，以順陽，行火氣。**秦城樓閣煙** **洙曰**：一作「鶯」。**花**

[一] 木，疑當作「本」。
[二] 綏，疑當作「綏」。
[三] 宫，疑當作「官」。

裏，漢主山河錦繡中。風水春來洞庭闊，白蘋愁殺白頭翁。**洙曰**：風水，一作「春去」。**趙曰**：四句懷長安而嘆其在湘潭也。

風雨看舟前落花戲爲新句 **趙曰**：此全篇言落花。

江上人家桃樹枝，春寒細雨出疏籬。影遭碧水潛勾引，勾，古侯切。**趙曰**：古樂府薄命篇云：艷花勾引落。風妬紅花却倒吹。吹花困癲旁舟楫，水光風力俱相怯。**趙曰**：庾信畫屏風詩：水光連岸動。劉孝儀渡吉陽州詩曰：噪鼓揚風力。赤憎輕薄遮入懷，**趙曰**：赤僧〔一〕，方言也。公嘗云「輕薄桃花流」是已。遮之爲言輒也。如「遮莫鄰雞下五更」之遮。珍重分明不來接。**洙曰**：一作「折」。**蘇曰**：劉公幹居鄴下，一日，桃花爛熳，值諸公子進賞久之，遂去。公幹問僕曰：「損花乎？」僕曰：「無，但愛賞而已。」公幹曰：「珍重輕薄子不來損折，使老夫酒興不空也。」遂飲花下，作放歌行。見玉堂別集。濕久飛遲半欲高，縈沙惹草細於毛。密蜂胡蝶生情性，偷眼蜻蜓避百勞。**師曰**：是時甫在舟中，覩江上佳景，春風細雨，碧水紅花相映帶，不勝喜樂，因戲爲新句以歌詠之。雖眼前之事皆可樂，然猶有輕薄可憎者，

〔一〕僧，疑當作「憎」。

但惟珍重謝之，分明不來相接，以至微物猶能縈沙惹草，蜂蝶尚生情性，況人而不能無動情乎。蜻蜓避百勞，百勞惡鳥，恐爲所害，言人豈不如蜻蜓，尚能全身遠害乎。

岳麓山道林二寺行

玉泉之南麓山殊，**洙曰**：玉泉，地名。山足曰麓。道林林壑争盤紆。**修可曰**：盛弘之荆州記曰：長沙西岸有麓山，其下有精舍，左右林嶺環回，泉澗傍有礬石，每至嚴冬，其水不停，霜雪宗淵。麓山記云：足曰麓。蓋衡山之足也。**趙曰**：張平子南都賦：谿壑錯謬而盤紆。寺門高開洞庭野，殿脚插入赤沙湖。**洙曰**：洞庭、赤沙皆湖名。五月寒風冷佛骨，六時天樂朝香爐。**洙曰**：香爐，峰名。**趙曰**：直言佛寺之香爐耳。此乃衡山詩，而舊注云香爐峰，却是廬山事矣。地靈步步雪山草，**洙曰**：釋書言佛得道於雪山。**趙曰**：楞嚴經云：雪山大力白牛，食其山中肥膩香草。僧寶人人滄海珠。**洙曰**：言性圓明而無瑕纇也。**趙曰**：如閻立本稱狄仁傑曰：「可謂蒼海遺珠矣。」塔劫宫墻壯麗敵，香厨松道清凉俱。**夢符曰**：右按梁劉孝威謝東宫賜聖僧餘饌啓曰：齊桓柏寢之器，周穆軒宫之寶，乳糜香飯，素榛糗漿，五杏七桃，靈瓜仙棗，莫不氣馥上天，董流下界〔二〕。石崇芳果，金谷僅於萬株。陳湯木滋，杜陵幾於千樹。猶自高謝珍奇，多慚品族。蓮花洙曰：一作「池」。交響共命鳥，洙曰：釋書有共命鳥，二首一身。金榜雙迴三足烏。洙曰：三足烏，言寺額金牓有回鸞反鵲之勢也。趙曰：阿彌陁經：極樂國常有迦陵頻伽共命之鳥。金榜，出神異經：西方有宮，五色黃門，有金榜而銀鏤。淮南子曰：中有踆烏。注云：三足烏也。方丈涉海費時節，玄圃尋河知有無。洙曰：天台賦：涉海則方丈、蓬萊。張騫贊曰：禹本紀言河出崑崙，自張騫使大夏之後，窮河源。惡覩所謂崑崙者乎？玄圃乃崑崙也。史記：海中有三神山，一曰方丈。玄圃，崑崙山別名。以言方丈、玄圃遠在何處，皆不可得往，不若今岳麓寺之傍近，可即而居也。所以下句有桃源、橘州之興。暮年且喜經行近，春日兼蒙暄暖扶。飄然班白身奚適，旁此煙霞茅可誅。洙曰：楚詞：誅鉏草茅以全生乎。言當暮年，欲誅鉏草茅，旁此而居也。桃源人家易制度，洙曰：桃源，秦人避難之地。易制度，言世更變也。趙曰：桃源在今鼎州。易制度，言其宮室樸略，所以制度易爲也。舊注非。橘洲田土仍膏腴。洙曰：橘洲在長沙。夢符曰：右按襄陽記曰：李衡於武陵龍陽洲上種柑千樹，曰：「千頭木奴。」又前漢書：張禹買田四百頃，皆涇、渭膏腴上價。潭府邑中甚淳古，太守庭內不喧呼。昔遭衰世皆晦跡，

〔二〕董，疑當作「薰」。

今幸樂國養微軀。依止老宿亦未晚，洙曰：老宿，僧之年臘高者。富貴功名焉足圖。久爲野客尋幽慣，細學何顒免興孤。洙曰：見「何顒與未忘」注。一重一掩吾肺腑，洙曰：一重一掩，山也。有如吾肺腑然。夢符曰：右按前漢書：衛青曰：「吾幸得以肺腑待罪行間。」山鳥山花吾友于。洙曰：與之同處若兄弟也。夢符曰：右按南史劉湛傳：友于素篤。宋公放逐曾題壁，物色分留與洙曰：一作「侍」。老夫。洙曰：宋之問之貶也，塗經於此，有詩尚在壁間。師曰：盛弘之荆州記曰：長沙西岸有麓山，其下有精舍，左右林嶺環迴，泉澗傍有礬石，每至嚴冬，其水不停。山足曰麓，蓋衡山之足也。盤紆，回環也。洞庭、赤沙，皆湖名。香爐，峰名。楞嚴經云：雪山大力白牛，食其山中肥膩香草。此牛唯飲雪山清水，其糞微細，可合和旃檀。珠圓明無瑕翳，其性如之。塔劫即塔級也，猶云一級二級。甫贈李邕詩云：龍宫塔廟湧，浩劫浮雲衛。玉臺觀詩云：浩劫因王造，平臺訪古遊。釋氏有香積厨，其味清凉如食甘露。彌陀經云：極樂國常有迦陵頻伽共命之鳥，是諸衆鳥晝夜六時出，和雅音，其音演暢。五根、六力、七菩提分、八聖道分，如是等法。日中有三足烏。金榜，指寺額存回鸞返鵲之勢。海中有蓬萊、方丈山。秦始皇遣人入蓬萊、方丈求仙人，歷時不得至，故云「費時節」。玄圃，即崑崙。河水出崑崙山。甫以麓山道材猶勝於方丈、玄圃，暮年喜託此，斬茅以居，兼得日暖扶杖。桃源乃秦人避亂之地。易制度，言世更變也。武陵圖經云：橘州在龍縣東北五十里二百步，周回三十里。孤，乃孤負也。昔宋之問貶經此，留題在壁，甫至此復得吟詠景物，故曰「物色分留與老夫」。

客從

客從南溟來，遺我泉客珠。珠中有隱字，欲辨不成書。**趙曰：**此言珠從來不易得，其中若自言之者。蓋泉客珠事，任昉述異記：南海鮫人室水居如魚，不廢機織，其眼泣則出珠。鮫人即泉仙也，又名泉客。緘之篋笥久，以俟公家須。開視化爲血，哀今徵斂無。**趙曰：**必用泉客珠，言其珠從眼泣所出也。至於化爲血矣，猶慮公家之徵斂而無以供之。頃與蔡伯世同定此詩，乃爲潭州作。而東溪先生以爲安、史之際，不知安、史至是已滅七年矣，大非也。**師曰：**此詩寓意公家徵斂而索其所無有之物。詩云「俾出童羖」是也。

絶句六首

日出籬東水，雲生舍北泥。竹高鳴翡翠，沙僻舞鵾雞。**洙曰：**九辨：鵾雞啁哳而悲鳴。**趙曰：**公孫月賦[一]：鵾雞舞於蘭渚。

藹藹花蕊亂，飛飛蜂蝶多。**趙曰：**江總詩：黄鵠飛飛遠。幽栖身懶動，客至欲如何。

[一] 「公孫」下疑闕「乘」字。見杜集札記。

鑿井交椶葉，開渠斷竹根。扁舟輕褭纜，小逕曲通村。急雨梢溪足，斜暉轉樹腰。隔巢黃鳥竝，翻藻洙曰：藻，水草也。左傳：蘋蘩蕴藻之菜。白魚跳。

舍下笋穿壁，蘇曰：顧榮苦志讀書，經年不出户。村居疏漏，笋穿壁，生草可没人。日惟一孟粥〔一〕，而手不釋卷。庭中藤刺洙曰：一作「到」。刺，七亦切。簷。地晴絲冉冉，江白草纖纖。江動月移石，溪虚雲傍花。鳥棲知故道，帆過宿誰家。蘇曰：宋選送弟入洛，登舟挂席東下。選凝竚久之，語細君曰：「帆過南浦，今夜清風明月，宿水涘誰家。」趙曰：南中八志曰：交趾郡治龍編縣，自興古鳥道，以其絶險，獸猶無蹊，人所莫由。時上有飛鳥之道耳。

酬寇十侍御錫見寄四韻復寄寇

往別郇瑕地，洙曰：見上「悽愴郇瑕邑」注。於今四十年。來簪御府筆，洙曰：魏略曰：殿中侍御史簪白筆，側階而直，上問曰：「此何官也？」辛毗對曰：「御史替筆書過〔二〕，以記不依法。」故泊洞庭船。

〔一〕孟，疑當作「盂」。

〔二〕替，疑當作「簪」。見杜集札記。

詩憶傷心處，洙曰：楚詞：目極千里傷心處。春深把臂前。洙曰：廣絶交論：自昔把臂之英，金蘭之友。趙曰：言在郇瑕相别之時。南瞻按百越，黄帽待君偏。趙曰：前漢：鄧通以濯船爲黄頭郎。顔師古注曰：濯船，能授濯行船也。土勝水，其色黄，故刺船之郎皆著黄帽，因號曰黄頭郎也。今寇君既按百越，則所在處常艤舟以待，故其帽偏也。師曰：郇瑕，晉地。子美與寇别於晉地，迨今凡四十年。頭簪御史筆，來客荆衡間，故云泊洞庭船。此子美自述也。公爲拾遺，故簪白筆。黄帽乃竹籜爲冠。按百越言寇，按察楚、越之郡。

上巳日徐司録林園宴集

鬢毛垂領白，洙曰：潘安仁秋興賦：班鬢彪以承弁，素髮颯以垂領。花蘂亞枝紅。欹倒衰年廢，招尋令節同。薄衣臨積水，吹面受和風。有喜留攀桂，洙曰：劉安招隱士云：攀援桂枝聊淹留。無勞問轉蓬。洙曰：曹植詩：轉蓬離本根。袁陽源詩：迺知古時人，所以悲轉蓬。

江南逢李龜年

岐王宅裏尋常見，崔九堂前幾度聞。洙曰：公自注云即殿中監崔滌，中書令湜之弟。正是江南好風景，落花時節又逢君。**洙曰**：明皇雜録云：天寶中，上命宫中女子數百人爲梨園弟子，皆居宜春北院。上素曉音律，時有馬仙期、李龜年、賀懷智，皆洞知律度。安禄山自范陽入覲，亦獻白玉簫管數百事，皆陳於梨園。自是音響殆不類人間。有龜年特承顧遇，於東都大起第宅，僭侈之制逾於公侯。後流廢江南，每遇良辰勝景，常爲人歌數闋，座上聞之，莫不掩泣罷酒。

湘江宴餞裴二端公赴道州

白日照舟師，朱旗散廣川。**趙曰**：楚詞云：青春受謝白日照。群公餞南伯，肅肅秩初筵。**洙曰**：餞，謂群公相餞也。南伯，謂道州南邦也。詩：賓之初筵，左右秩秩。亦整肅肅貌[一]。鄙人奉末眷，佩服自早年。**洙曰**：末眷，謂於裴有親也。早年，少年也。自少已佩服其德矣。義均骨肉地，懷抱罄所宜。盛名富事業，無取愧高賢。不以喪亂嬰，保愛金石堅。**洙曰**：言宜以功業著盛名，使無媿於高賢也。無嬰於喪亂以變名節，宜保之若金石之固，此子美以骨肉之義，故其所言及此也。**趙曰**：高賢，指裴端公也。保愛，謂保身之意。故子美以骨肉之義，故所言及此。舊注非。計拙百寮下，氣蘇君子前。

[一] 肅，其一疑爲衍文。

會合苦洙曰：又作「共」。不久，哀樂本相纏。交遊颯向盡，宿昔浩茫然。促觴激百慮，洙曰：促觴，言行觴急促也。掩抑淚潺湲。洙曰：重别有所感也。熱雲集曛黑，闕月未生天。洙曰：九歌：横流涕兮潺湲。謝靈運：朝游窮曛黑。古詩：三五明月滿，四五蟾兔闕。白團爲我破，華燭蟠長煙。夢符曰：右按梁元帝燭賦：長袖留賓待華燭。燭燼落，燭華明。花抽珠漸落，珠懸花更生。又，古樂府三婦豔詩：大婦留芳褥，中婦對華燭。鴰鶡催明星，鴰，古活切。鶡，何葛切。蘇曰：魏文帝：早起戒途，至新林，聞鴰鶡催天明，明星落林表。今江湖水邊有。解袂從此旋。上請減兵甲，下請安井田。永念病渴老，附書遠山巔。師曰：道州，南邦也。州長曰伯。肅肅，敬也。鄙人，甫自稱。於裴有末親，是以欲其盡懷抱以告之。自「盛名富事業」以下，皆戒之之辭。宜以功業著盛名，使無愧於高賢，無以喪亂嬰懷抱，保全節操如金石之堅。甫之自爲計則拙，其爲道州謀則氣義宏矣。故云「氣蘇君子前」。合會苦不久，言欲别去，樂極而哀繼之也。颯，衰颯也。交遊之中，衰替向盡，平昔契舊回首茫然，況今促觴行遽，寧不感激萬慮而淚落潺湲乎。日入日曛，别筵夜熱，團扇爲之摇破。鴰鶡，催曙之鳥。夜已闌矣，始分袂旋歸，故甫又以兵甲井田爲戒。古人謂贈之以言者，此也。

寄李十四員外布十二韻

洙曰：新除司議郎，兼萬州别駕。雖尚伏枕，已聞理裝。

名參漢望苑，洙曰：漢博望苑，武帝爲戾太子置之，使通賓客，從其所好。職述景題輿。洙曰：周景爲豫州刺史，辟陳蕃爲别駕。蕃不就，景題别駕輿曰：陳仲舉坐也。巫峽將之郡，荆門好附書。趙曰：預囑其不相忘也。遠行無自苦，蘇曰：王粲：遠行異域，無勞自苦，事事慎重。内熱比何如。洙曰：内熱，言熱中也。莊子：我其内熱歟。正是炎天闊，那堪野館疏。黄牛平駕浪，洙曰：黄牛，峽名。郭景純：高浪駕蓬萊。畫鷁上凌虚。洙曰：謝靈運詩：鷁首戲清池。修可曰：張平子西京賦：鷁首。注云：船頭畫鷁鳥厭水神。試待盤渦歇，洙曰：郭璞江賦：盤渦谷轉，凌濤山頹。趙曰：水漲則有盤渦，今勸其且休行，故曰「待盤渦歇」。方期解纜初。洙曰：江淹：解纜候前侣，還望方鬱陶。悶能過小徑，自洙曰：一作「日」。爲摘嘉蔬。洙曰：陶淵明：歡言酌春酒，摘我園中蔬。趙曰：自此已下約李員外訪其居也。渚柳元幽僻，村花不掃除。宿陰繁素㮈，洙曰：潘安仁閑居賦云：㮈曜丹白之色。過雨亂紅蕖。洙曰：紅蕖，蓮花。寂寂夏先晚，趙曰：以處所幽寂，雖夏未晚，而此地先晚將似秋矣。泠泠風有餘。江清心可瑩，洙曰：郭景純詩：前有寒泉井，聊可瑩心神。竹冷髮堪梳。堪，一作「宜」。直作移巾几，秋帆發弊廬。夢符曰：右按春秋左氏：張趯謂太叔曰：「自子之歸也，小人糞除先人之弊廬，曰：『子其將來。』今子皮實來，小人失望。」師曰：黄牛峽浪高與峽齊，故云「平駕浪」。畫鷁，舡也。上凌虚，謂船逆水而上，如凌虚空。盤渦，言水洄洑如碾碓然。甫意欲待峽水稍平穩，即解纜訪李，故末章又云「直作移巾几，秋帆發弊廬」。

江閣卧病走筆寄呈崔盧兩侍御

客子庖厨薄，江樓枕席清。衰年病祇瘦，長夏想爲情。滑憶**洙曰**：一作「喜」。彫胡飯，**洙曰**：沈休文：彫胡方自炊。西京雜記：太液池邊皆是彫胡。菰之有米者，長安人謂彫胡。又，會稽人顧翺少失父，事母至孝。母好食彫胡飯，常躬自採擷。家近太湖，湖中後自生彫胡，無復餘草。香聞錦帶羹。**夢符曰**：右按荆湘間有錦帶，春未開花，紅白如錦，其苗亦嫩脆可食。**師曰**：薛夢符云：荆、湘間有花名錦帶，其花條生如郁李，春末方開，紅白如錦。初生葉柔脆可食。渚宫又謂之文官花。安陸王彦輔中散云：錦帶，吐綬雞也。其肉脆美，堪作臛。錦帶花則予親見之，謂吐綬雞爲錦帶，則傳記所不載。彦固博學而文，恐其言亦有所據。溜匙兼暖腹，誰欲致盃罌。

潭州送韋員外牧韶州迢。或云韋適。

炎海韶州牧，風流漢署郎。分符先令望，**洙曰**：鮑明遠：將以分符竹。同舍有輝光。直不疑爲郎，爲同舍郎疑取金。**趙曰**：公亦是員外郎，故於韋員外可謂之同舍矣。白首多年疾，秋天昨夜涼。洞庭無過鴈，書疏莫相忘。**趙曰**：言自洞庭而往，彼雖無過鴈以寄書去，而彼中書音信却不可忘也。

江閣對雨有懷行營裴二端公

南極一云「南紀」。風濤壯，**田曰**：詩曰：滔滔江漢，南國之紀。説者援是詩以江漢爲南紀，非也。蓋南紀乃分野名。廣天文悲云〔一〕：是循嶺徼達甌閩中，是謂南紀。所以限蠻夷也。**趙曰**：顔延年詩：春江壯風濤。陰晴屢不分。野流行地日，江入度山雲。層閣憑雷殷，長空水面**洙曰**：一作「面水」。文。雨來銅柱北，應洗伏波軍。**洙曰**：伏波，馬援也。嘗征武陵蠻，立銅柱以勒功。**趙曰**：銅柱在驩州。洗軍字，昔武王伐紂，大雨，太公謂之洗兵雨。今因雨自銅柱而來，引起馬援，則遂有洗伏波軍之句。

酬韋韶州見寄

養拙江湖外，朝廷記憶疏。深慚長者轍，**洙曰**：長者轍，見前漢陳平傳。**趙曰**：言見過之無人也。重得故人書。**洙曰**：古詩：客從遠方來，遺我一札書。又：相去萬里餘，故人心尚爾。**趙曰**：言書問之不至也。白髮絲難理，**蘇曰**：張企素髮如絲，無計料理，幾煩梳鏡，時起咨嗟。新詩錦不如。雖無南過鴈，**洙曰**：二十五卷「書成無過鴈」注。看取北來魚。**洙曰**：漢使謂單于曰：「天子於上林射鴈，足有

〔一〕悲，疑當作「志」。

書，故知蘇武所在也。」又古詩：呼童烹鯉魚，中有尺素書。趙曰：今公答韋迢「無南鴈」之語，故以「北來魚」戲之也。

千秋節有感二首

自罷千秋節，頻傷八月來。 洙曰：唐玄宗紀：上以降誕日讌百僚於花萼樓下，百僚表請以每年八月五日爲千秋節，三公以下獻鏡及承露囊。**先朝常宴會，壯觀已塵埃。鳳紀編生日，龍池塹劫灰。** 趙曰：唐六典：住興慶宫池即玄宗龍潛舊宅所居，此宅東有舊井，忽湧爲小池，常有雲氣，或黄龍見其中。至景龍中，其池浸廣，遂鴻洞爲龍池焉。梅曰：蓋符命之先也。饒曰：漢武帝穿昆明池，悉是灰墨。有外國胡道人云：「此是天地劫火之餘。」**湘川新涕淚，** 洙曰：二妃涕淚，灑竹成班。趙曰：公自言其身之所在而感泣者也。舊所引謬矣。**秦樹遠樓臺。** 洙曰：謝玄暉銅雀詩：繐帷飄井幹，樽酒若平生。鬱鬱西陵樹，詎聞歌吹聲。非幹〔一〕，樓也。趙曰：公言去長安之遠，遥望其樹與樓臺，俱不見也。舊所引非是。**寶鏡群臣得，金吾萬國迴。** 逸曰：金吾將軍，掌禁衛者。**銜樽不重飲，白首獨餘哀。** 蘇曰：沈炯漂泊未歸，搔首歎

〔一〕非，疑當作「井」。

曰：「今天下兵戈洶洶，弟妹分散，唯獨哀白首余生，恐投死無地。」**趙曰：**淮南子曰：聖人之道，其猶中衢而致樽邪。今公所言則謂當時賜宴之酒，群臣皆得霑飲，正如衢樽也。

御氣雲樓敞，含風綵仗高。仙人張内樂，**洙曰：**西京賦：總會仙倡，戲豹舞羆。白虎鼓瑟，蒼龍吹篪。**定功曰：**宣室志云：唐玄宗夢仙子十餘輩御雲而下，列於廷，各執樂器而奏之。其度曲清越，殆非人世也。**趙曰：**鄭棨開天傳紀云〔一〕：玄宗謂高力士：「吾昨夜夢遊月宮，月宮諸仙娱子以上清之樂〔二〕，寥亮清越之音，非人間所聞也。吾歸，其曲淒楚動人，杳杳在耳。」力士請曲名，上曰：「紫雲曲。」王母獻宮桃。**洙曰：**見「九重春色醉仙桃」注。羅襪紅蕖豔，**趙曰：**言空人也〔三〕。洛神賦：凌波微步，羅襪生塵。又：迫而察之，若芙蕖出緑波。金羈白雪毛。**洙曰：**曹子建：白馬飾金羈，連翩西北馳。舞階銜壽酒，**洙曰：**舜舞干羽於兩階。劉伶銜盃漱醪詩：爲此春酒，以介眉壽。走索背秋毫。**洙曰：**西京賦：跳丸劍之揮霍，走止索而相逢〔四〕。**鄭曰：**索，昔各切，繩也。聖主他年貴，**趙曰：**追念明皇之昔日也。邊心此日勞。**趙曰：**言今在邊遠之地而感望也。桂江流向北，滿眼送波濤。**趙曰：**以見公北望長安之切矣。

〔一〕開天傳紀，疑當作「開天傳信記」。見杜集札記。

〔二〕子，疑當作「予」。

〔三〕空，疑當作「宮」。見杜集札記。

〔四〕止索，疑當作「索上」。見杜集札記。

夜洙曰：一云秋夜客舍。

露下天高秋水清，洙曰：江淹別賦：露下地而騰文。宋玉九辯云：泬寥兮天高而氣清〔一〕，寂寥兮收潦而水清。靈運：天高秋月明。**空山獨夜旅魂驚。**定功曰：王仲宣七哀詩：獨衣不能〔二〕。**疏燈自照孤帆宿，新月猶懸雙杵鳴。**洙曰：易繫：懸象著明，莫大乎日月。蘇曰：李陵詩：雙杵聲未斷，新月懸東陽。**南菊**洙曰：一作「國」。**再逢人卧病，北書不至鴈無情。**洙曰：范彦龍：寄書雲間鴈，爲我西北飛。**步蟾**洙曰：一作「簷」。**倚杖看牛斗，**趙曰：當以步簷爲正。上林賦云：步櫩周流。李善住曰〔三〕：步櫩，步廊也。**銀漢遥應接鳳城。**洙曰：劉休玄：落宿半遥城，浮雲靄層闕。鮑明遠：倚杖牧雞㹠。趙曰：鳳城，言長安也。

晚秋長沙蔡五侍御飲筵送殷六參軍歸澧州覲省詩

佳士欣相識，蘇曰：祖逖遇梁劭，曰：「久聞佳士聲名，今日欣識風采。」**慈顏望遠遊。**洙曰：潘安

〔一〕沈，疑當作「泬」。
〔二〕此句疑當作「獨夜不能寐」。
〔三〕住，疑當作「注」。

賦：壽觴舉，慈顔和。論語：父母在，不遠遊。趙曰：佳士，指殷六也。慈顔，則殷之母也。言望其遠遊而歸也。甘從投轄飲，洙曰：陳遵嗜酒，每大飲，賓客滿座，輒關門取客車轄投井中，雖有急，終不得去。師古曰：坐閤閉門，又投車轄於井中也。趙曰：言甘從蔡五之飲也。肯作置書郵。洙曰：殷羨、洪喬爲豫章太守，都下士人因羨致書者百餘函。行次石頭，皆棄水中，曰：「沉者自沉，浮者自浮。殷羨不爲致書郵。」趙曰：言殷不苟爲人携書也。高鳥黄雲暮，蘇曰：古樂府云：黄雲莫四合，高鳥各分飛。寄語遠遊子，月圓胡不歸。趙曰：祖出淮南子云：黄泉之埃，上爲黄雲。寒蟬碧樹秋。趙曰：江淹：碧樹先秋落。湖南冬不雪，吾病得淹留。

湖中送敬十使君適廣陵

相見各頭白，其如離別何。幾年一會面，今日復悲歌。少壯樂難得，蘇曰：梁瑝在囚，歎曰：「少壯唯難得樂事。」坡又云：「此言真可書紳。」歲寒心匪他。氣纏霜匣滿，趙曰：言在匣中而氣騰矣。冰置玉壺多。洙曰：樂府：清如玉壺冰。趙曰：言心之清也。遭亂實漂泊，濟時曾琢磨。形容吾校老，膽力爾誰過。秋晚岳增翠，風高湖湧波。趙曰：魏文帝浮淮賦云：驚風泛，湧波〔一〕。鶱騰訪知己，淮海莫蹉跎。

長沙送李十一銜

與子避地西康州，洞庭相逢十二秋。趙曰：初同避地於西康州，凡十二年，秋而復相逢於洞庭也。遠媿尚方曾賜履，趙曰：公嘗爲左拾遺，則蒙尚方賜履矣。境非吾土倦登樓。洙曰：王粲登樓賦：雖信美而非吾土兮，曾何足以少留。久存膠漆應難並，趙曰：言雖有膠漆之好，而才器相遠爲難，此蓋公自謙也。一辱泥塗遂晚收。趙曰：言流落而汨没也〔二〕。左傳：使吾子辱在泥塗。師曰：廣東有康州，故别蜀康州爲西康。尚方，主造御器用。昔王子喬嘗飛雙履爲鳧，及捕得鳧，乃尚方所賜履。一辱泥塗遂晚收，言李初得罪，及晚年稍見録用。

奉贈盧五丈參謀琚斤於切。

洙曰：丈人使自江陵，在長沙待恩旨，先支率錢米。

恭惟同自出，洙曰：左傳：我之所自出。謂我甥也。妙選異高標。入幕知孫楚，洙曰：孫楚字

〔一〕「波」後疑闕「駭」字。見杜集札記。

〔二〕汨，疑當作「汩」。

子荆。石苞都督楊州事，孫楚爲參軍。披襟得鄭僑。洙曰：鄭僑，子産也。孔子與爲友。趙曰：左傳：季札聘於鄭，見子産，如舊相識。丈人藉才地，趙曰：丈人指言盧五參謀也。門閥冠雲霄。老矣逢迎拙，相於契託饒。趙曰：言雖衰老，拙於逢迎，而與盧丈相於，所以契託饒縱也。賜錢傾府待，争米駐船遥。趙曰：題注所謂「丈率錢米」也。鄰好艱難薄，氓心杼軸焦。夢符曰：右按揚雄方言：土作謂之杼，木作謂之軸。大東小東，杼軸其空。軸，當作「柚」。又後漢：劉騊駼書曰：杼柚空於公私之求。趙曰：盧丈使自江陵也。蓋當艱難之際，杼軸空而民心焦敖，則不可多敖以爲鄰好之奉也〔一〕。客星空伴使，洙曰：嚴光也。見「釣瀨客星懸」注〔二〕。趙曰：客星，公自謂也。伴使，以言伴盧之爲使星也。舊注引嚴陵事，雖是客星兩字，而惑亂其義矣。寒水不成潮。素髮乾垂領，乾，居寒切。洙曰：秋興賦：素髮颯以垂領。趙曰：自言其老矣。銀章破在腰。洙曰：見「霧雨銀章澀」主〔三〕。蘇曰：張嵩清儉守節，爲巴西令。官滿，駕柴車載書數百卷，腰垂破銀章辭邑人而去。邑人惜其去，懇留於隋文帝，即日擢爲巴西太守。有德政，遺愛碑尚在。余爲兒童，聞先子對客談此。説詩能累夜，醉酒或連朝。洙曰：中山有酒，一醉千日。趙曰：

〔一〕敖，疑當作「斂」。
〔二〕鈎，疑當作「釣」。
〔三〕主，疑當作「注」。

公自言也。藻翰惟牽率，**洙曰**：左傳：牽率老夫。湖山合動摇。**蘇曰**：王逸少：清氣壯節摇湖山。時清非造次，興盡却蕭條。天子多恩澤，蒼生轉寂寥。休傳鹿是馬，**洙曰**：趙高指鹿爲馬。莫信鵬爲鴞。**洙曰**：見前「地濕愁飛鵬」注。又見留别杜員外注。未解依依袂，還斟泛泛瓢。流年疲蟋蟀，**洙曰**：詩：蟋蟀在堂，歲律云暮[一]。古詩：四時更變化，歲暮一何速。晨風懷苦心，蟋蟀傷局促。體物幸鷦鷯。**洙曰**：莊子：鷦鷯巢林，不過一枝。文賦：體物而瀏亮。張茂先作鷦鷯賦。辜負滄洲願，**洙曰**：謝玄暉詩：復叶滄洲趣。誰云晚見招。**蘇曰**：嵇紹云：年來名利汨没，未遂休閑，深負滄洲願心。**趙曰**：此公感激之言，涵蓄深遠。揚雄檄虚賦曰[二]：世有黄公者，起於滄洲，精神養性，與道漂游。太冲詩曰：馮公豈不偉，白首不見招。則見招者，乃朝廷也。李陵云：陵雖孤恩，漢亦負德。孤負本只是孤獨之孤，舊作「辜負」，流傳之誤矣。**師曰**：前漢朱博傳：齎閥閲詣府。師古注曰：伐，功勞也。閲，所經歷也。車千秋傳曰：千秋無伐閲勞。注：伐，積功也。閲，所經也。唐六典：以上通用烏頭大門[三]。又曰表揭，又曰閥閲。義訓云：表揭閥閲是也。俗呼爲櫺星門。是詩所謂「閥閲冠雲霄」者，蓋言盧氏積日積月立功，而致表揭高於雲

[一] 律，疑當作「聿」。見杜集札記。
[二] 虚，疑當作「靈」。
[三] 「以」前疑闕「六品」二字。

霄。賜錢傾府待，争米駐船摇，謂盧丈待恩旨未到，先支錢米以泯心焦急也。寒水不成潮，言水淺也。峽人以春水生乃行船。自素髮以下乃子美自述。休傳鹿是馬，言天子聰明也。莫信鵩如鴞，言莫愁遷謫也。滄洲，神仙所居之地也，云云。

登舟將適漢陽

春宅棄汝去，趙曰：公二月到潭州，因居焉。則自春所有之宅，名之曰春宅。**秋帆催客歸。**趙曰：將歸秦庭也。**庭蔬尚在眼，浦浪已吹衣。**蘇曰：馬季良渡江賦云：浦浪灑濯，蘋風吹衣。江淹云：浦浪輕花泛沙，風吹客衣。**生理飄蕩拙，**夢符曰：右按南華真經：莊子之楚，見髑髏，髐然有形，檄以馬捶，因而問之曰：「夫子貪生失理而爲此乎？」蘇曰：吴産：飄蕩牢落，拙治生計，幾爲人笑。吾以媿於朋友，何日反故山采柏菊，枕石漱泉，遂此麋鹿之性。**有心遲暮違。**趙曰：遲暮，晚年也。楚詞：傷美人之遲暮。**中原戎馬盛，遠道素書稀。**修可曰：古詩：呼兒烹鯉魚，中有尺素書。**塞鴈與時集，檣烏終歲飛。**趙曰：帆檣之上刻爲烏形，取其占風。**鹿門自此往，**洙曰：見「應有鹿門」注。趙曰：龐德公携妻子隱於鹿門。**永息漢陰機。**洙曰：見上「煮井復榾榾」注。

重送劉十弟判官

分源豕韋派，洙曰：韋賢傳：詩曰：肅肅我祖，國自豕韋。應劭曰：在商爲豕韋氏。趙曰：言劉與杜同出也。漢高祖贊曰：春秋晉史蔡墨有言：陶唐氏既衰，其後有劉累學擾龍，事孔甲。范氏其後也。而大夫范宣子亦曰：祖自虞以上爲陶唐氏，在夏爲御龍氏，在商爲豕韋氏，在周爲唐杜氏。晉主夏盟，爲范氏。別浦鴈賓秋。洙曰：月令：秋月鴻鴈來賓。蘇曰：張衡云：賓鴈別浦，蘆葦將秋。年事推兄忝，洙曰：張釋之兄事袁盎。趙曰：劉孝標答郭峙書云：頃年事道盡，容髮衰謝。年事，蓋言年歲之事也。舊引張釋之兄事袁盎，非是。才有字相犯，便取爲證也。人才覺弟優。經過辨酆劍，洙曰：晉書曰：斗牛之間有紫氣，雷煥曰：「寶劍之精，上徹於天耳。在豫章酆城。」令掘獄屋基，入地四丈，得石函，中有雙劍，一曰龍泉，一曰太阿。意氣逐吴鈎。修可曰：吴鈎，見後出塞詩「含笑入吴鈎」注。趙曰：舊引鮑明遠詩「錦帶佩吴鈎」，而不講其物。沈存中云：唐人詩用吴鈎。吴鈎者，刀名也。刀彎，今南蠻用之，謂之葛黨刀也。垂翅徒衰老，洙曰：馮異傳：始雖垂翅回谿，終能奮翼澠池，可謂失之東隅，收之桑榆。先鞭不滯留。趙曰：劉琨與親舅書曰〔一〕：

〔一〕舅，疑當作「舊」。

梟枕戈待旦〔一〕，志梟逆虜〔二〕。常恐祖生先吾著鞭耳。本枝凌歲晚，高義豁窮愁。他日臨江待，長沙舊驛樓。

暮秋將歸秦留别湖南幕府親友

水闊蒼梧野，洙曰：謝玄暉詩：雲去蒼梧野，水還江漢流。蘇曰：劉表：渺瀰水空闊，蒼梧雲煙外。天高白帝秋。途窮那免哭，洙曰：顏延年：途窮能無動〔三〕。身老不禁愁。蘇曰：孔神年老失意，不禁愁恨喘息，却不可久延歲月耳。大府才能會，諸公德業優。北歸衝雨雪，誰憫弊貂裘。洙曰：一云「俱愍弊貂裘」。見前「季子貂裘弊」注。趙曰：公以蘇秦自比也。

送盧十四弟侍御護韋尚書靈櫬歸上都二十韻

素幕渡江遠，朱幡登陸微。洙曰：漢二千石朱幡兩輪。趙曰：朱幡，丹旐也。舊引漢二千石朱

〔一〕 梟，疑當作「吾」。
〔二〕 梟，疑當作「梟」。
〔三〕 動，疑當作「慟」。見杜集札記。

兩轓，誤矣。轓字從車，幡字從巾，義不同也。**悲鳴駟馬顧，**趙曰：有戀生之意〔一〕。**失涕萬人揮。**洙曰：陸士衡詩：揮淚廣川陰。又：得與故人揮。**參佐哭辭畢，門闌誰送歸。**洙曰：見「門闌多喜色」注。**從公伏事久，之子俊才稀。長路更執紼，此心猶倒衣。**洙曰：詩：自公召之，顛倒裳衣。**感恩義不小，**蘇曰：夏侯勝：感恩戀德，義實不小。**懷舊禮無違。墓待龍驤詔，**洙曰：漢獻加魏武九錫曰：龍驤虎視，旁眺八方。修可曰：唐史遺事：武后幸洛陽，至閿鄉縣，東騎不進〔二〕，召巫問之。巫曰：「晉龍將軍王濬云〔三〕：臣墓在道南，每爲樵採所苦，聞大駕至，故哀求。」后遂詔云：墓百步不得樵採。子美八哀謝亦云〔四〕：虛無馬融笛，悵望龍驤塋。趙曰：晉王濬爲龍驤將軍，卒葬桓谷中，大營塋域。待龍驤詔，則言盧尚書之墓如王濬者也。**臺迎獬豸威。**豸，宅買切。趙曰：獬豸，侍御史冠也。獬豸，獸名，一角，知人曲直而觸不直者。此言韋尚書靈櫬至上都，而送之者盧侍御如此。**深衷見士則，雅論在兵機。**趙曰：世說：鄧艾年十二，至潁川，讀陳太丘碑文曰：言爲世範，行爲士則。遂自名範，字士則。**戎狄乘妖氣，塵沙落禁闈。**趙曰：禁闈，天子之内也。此言吐蕃陷京師也。**往年朝謁斷，**修可曰：言去上

〔一〕生，疑當作「主」。見杜集札記。
〔二〕東，疑當作「車」。
〔三〕「龍」後疑闕「驤」字。
〔四〕謝，疑當作「詩」。見杜集札記。

都之久而斷朝謁也。佗日掃除非。趙曰：言除掃吐蕃不得上策，所以爲非也。但促銅壺箭，洙曰：漏刻銘：筮箭方圓之制。注：金謂壺。又云：銅史司刻，金徒抱箭。趙曰：欲上之未明，求衣而早朝也。休添玉帳旂。洙曰：見「空留玉帳旂」注。趙曰：言不必添兵也。玉帳，將軍之帳也。動詢黃閣老，洙曰：見「扈聖登黃閣」注。肯慮白登圍。洙曰：前漢匈奴傳：高帝至平城，步兵未盡到，冒頓縱精兵三十餘萬圍於白登七日，漢兵中外不得相救餉。匈奴騎其西方盡白，東方盡駹，北方盡驪，南方盡騂。高帝乃使間厚遺閼氏，迺謂冒頓曰：「兩主不相困，今得漢地，單于終不能居之。且漢主有神，單于察之。」冒頓亦與韓信將王黃、趙利期，而兵久不來。疑其與漢有謀，亦取閼氏之言，迺爲開一角。於是高皇帝令士皆持滿傅矢外鄉，從解角直出，得與大軍合。而冒頓遂引兵罷。使劉敬結和親之約。師古曰：白登在平城東南，去平城十餘里。趙曰：言天子雖屢詢大臣，而莫知以白登之圍爲慮者，此豈勸親征之徒歟。黃閣者，三公也。宋忠曰：三公黃閣。鄭曰：白登，地名，在平城東南十餘里。萬姓瘡痍合，蘇曰：邢元云：萬姓瘡夷始合，兵甲尚未全息，恐西北乘勢再爲患也。趙曰：言其困於誅求役使也。群兇洙曰：一云「雄」。嗜慾肥。趙曰：言將帥乘此爲驕也。刺規多諫諍，趙曰：所望於盧侍御也。端拱自光輝。儉約前王體，風流後代希。趙曰：言盧侍御之登對，所論之事如此。對敭期特達，敭，與揚同。衰朽再芳菲。趙曰：言對敭天子之前，當在特達而勿委靡，則衰朽之人再獲芳菲，言同受其業也。空裹愁書字，洙曰：見「咄咄咄書空」注[一]。山中疾採薇。洙曰：伯夷傳：登彼首陽，采其薇矣。撥盃要忽罷，抱被宿何依。蘇曰：聶授抱被，隨王肅棺宿。趙曰：撥盃者，揮盃也。既別矣，撥盃之相要忽罷。平昔抱被就宿，今又何依也。眼冷看征蓋，兒扶立釣磯。清霜洞庭葉，故就別時飛。洙曰：楚辭湘夫人：洞庭波兮木葉下。

暮秋枉裴道州手札率爾遣興寄近呈蘇渙侍御

久客多枉友朋書，素書一月凡一束。蘇曰：王价避居遠郊，一月之中得親知鈞僅成一束[二]，但虛詞寒温而已。空煩眼力，使人厭接，又倦回答。趙曰：古詩云：客從南方來，中有尺素書。虛名但蒙寒温問，泛愛不救溝壑辱。洙曰：言友朋之書雖多，但蒙寒温之間而不足拯憂也[三]。趙曰：晉王獻之嘗與兄徽之、操之詣謝安，三兄多言俗事，獻之寒温而已。孟子云：志士不忘在溝壑。齒落未是無心人，舌存恥作窮途哭。洙曰：張儀從楚相飲，相亡璧，門下意張儀盜璧，共笞掠之。妻曰：「子毋讀書游説，安得此辱。」儀曰：「視吾舌在不？」妻笑曰：「舌在。」儀曰：「足矣。」阮籍遇窮途則哭。道州手札適復至，紙長要自

[一] 末「咄」字，疑當作「正」。
[二] 鈞，疑當作「書」。見杜集札記。
[三] 間，疑當作「問」。

三過讀。盈把那須滄海珠，夢符曰：右按唐書：閻立本謂狄仁傑曰：「君可謂滄海遺珠矣。」趙曰：王筠於書三過五抄。入懷本倚崑山玉。洙曰：言得裴書，勝珠之盈把。倚裴如崑山玉也。蘇曰：世説：毛曾與夏侯玄共坐，時人謂「蒹葭倚玉樹」也。撥棄潭州百斛酒，洙曰：步兵厨中貯酒數百斛。蕪沒瀟岸千株菊。使我書立煩兒孫，令我夜坐費燈燭。洙曰：言得書而有所思也。趙曰：煩兒孫者，煩其侍立也。憶子初尉永嘉去，鄭曰：永嘉，温州縣。紅顔白面花映肉。軍符侯印取豈遲，紫燕緑耳行甚速。洙曰：言負超軼之材也。趙曰：言初爲尉之少年，而材之俊逸。軍府，則爲節度使。印，則封侯矣。紫燕，文帝良馬名。緑耳則列子：周穆王駕八駿之馬，而左緑耳。聖朝尚飛戰鬬塵，濟世宜引英俊人。洙曰：兵革未息，宜薦才引士以濟斯世也。黎元愁痛會蘇息，夷狄跋扈徒逡巡。洙曰：如用得其人，則黎民蘇而夷狄服也。趙曰：徒逡巡者，言其空自遷延，不久掃蕩也。授鉞築壇聞意旨，洙曰：晉禮志：漢魏故事：遣將出征，符節，即授節鉞於朝堂。漢高築壇拜韓信。聞意旨，言當與此事也。頽綱漏網期彌綸。洙曰：勉興滯補廢也。郭欽上書見大計，洙曰：干寶著論〔一〕：思郭欽之謨，而誤戎狄之有釁。御史大夫郭欽言戎狄强獷，歷世爲患，今西北方戎狄雜居，恐百代之後爲患，宜及平吴之功，以復上郡。帝不許。

〔一〕著，疑當作「晉」。

劉毅答詔驚群臣。洙曰：晉武嘗顧謂劉毅曰：「朕方漢之何如主？」對曰：「桓、靈也。」帝曰：「朕克己爲理，方之桓、靈，不亦甚乎。」對曰：「桓、靈賣官，錢入公府。陛下賣官，錢入私門。以此言，則知也。」**他日更僕語不淺，**洙曰：儒行：孔子對魯哀公曰：「遽數之不能終其物，悉數之乃留，更僕，未可終也。」注：僕，太僕也。君燕朝則正位掌擯相。更之者，爲久將倦，故使之相代也。**明公論兵氣益振。**之人切。洙曰：益振，益振也。**傾壺簫管黑白髮，**洙曰：黑，一作「理」。言得書而愁去，白髮再黑。**僊劍霜雪吹青春。**洙曰：項莊舞劍。僊，與「舞」同。**宴筵曾語蘇季子，後來傑出雲孫比。**洙曰：蘇秦字季子。徐穉傳：角立傑出。爾雅：雲孫。趙曰：蘇季子，蘇秦也。徐穉傳：角立傑出。爾雅：七世孫曰雲孫。故自季子至侍御，取其最遠者言之。**茅齋定王城郭門，藥物楚老漁商市。**趙曰：定王城，乃潭州。漁商市，亦潭州之地。**市北肩輿每聯袂，郭南抱瓮亦隱几。**隱，於靳切。洙曰：抱瓮，見「汲井歲榾榾」注。莊子齊物論：南郭子綦隱几而卧。**無數將軍西第成，**洙曰：衛青傳：上爲青治第，令視之。曰：「匈奴未滅，無以家爲。」趙曰：後漢：馬融爲大將軍西第頌，頗爲正直所羞。舊注引衛青治第事，非是。**早作丞相東山起。**洙曰：謝安起於東山也。趙曰：班固：山東出相。舊注作「東山」，便引謝安事，非是。公亦何拘於西對東邪。**烏雀苦肥秋粟菽，蛟龍欲蟄寒沙水。**洙曰：烏雀方得時而蛟龍退藏，甫自喻也。蘇曰：漢末兵戈蝟起，鹿門隱公歎曰：「秋稔菽粟，烏雀甚肥。而鸞鳳何卒焉。」余讀此，莫不掩卷太息。又鮑宰云：鸞鳳棲荆艾，蛟龍蟄寒水。言小人昇騰，君子淹滯不見用也。趙曰：上句以比無功受禄，下句又以比賢材之潛藏。**天下鼓角何時休，陣前部曲終日死。**洙曰：部曲，隊伍也。趙曰：傷時干戈之未息，以引下句激昂二公之致功名也。**附書與裴因示蘇，此生已愧須人扶。致君堯舜付公等，早據要路思捐軀。**師曰：溝壑，言失所。泛愛，謂禮數雷同，但止於寒温之問，故不救溝壑辱也。世説：毛曾與夏玄共坐，時人謂之「蒹葭倚玉樹」。唐書：狄仁傑滄海遺珠。珠玉，喻道州手札也。昔阮步兵厨中貯酒數百斛。甫得書有所懷思，不暇飲酒泛菊，故撥棄蕪没也。長者坐，少者立。晝立煩兒孫，夜坐費燈燭，言日夜思之而忘食息也。永加〔一〕，温州。紫燕、緑耳，良馬也。道州負超逸之才，其視軍符侯印取之若其甚速，豈困於永加一尉乎。夷狄指禄山，言聖朝得人則民安寇平，雖禄山跋扈不臣，復何慮哉。頽綱漏網，言政刑彫弊，賴道州經綸以裨補之。郭欽、劉毅皆以喻道州昔嘗抗疏直言，他日必爲帝所禮遇。黑白髮，言得裴書，髮更黑。和氣襲人，故云「吹青春」。甫與道州會問嘗談蘇侍御，故以侍御爲蘇秦。雲孫雲孫〔二〕，遠孫也。楚定王都荆州。時甫茅齋在郭門之外，每抱甕灌畦，或隱几而坐，比之南郭子綦也。武帝征匈奴，衛青、霍去病皆立功。帝賜第宅無數。軍西第成，言將帥平禄山、思明之亂，皆富貴也。唯冀裴、蘇早起以爲丞相，故云「東山起」。烏雀苦肥秋粟菽，言小人貪位慕禄也。

〔一〕加，疑當作「嘉」。見杜集札記。後注同。

〔二〕疑衍「雲孫」二字。

蛟龍欲蟄寒沙水，言君子於此時反退藏也。須人扶，言衰老。要路，謂仕途之顯要者。

奉贈李八丈判官 曛。

我丈時英特，宗枝神堯後。**洙曰**：神堯，唐高祖也。珊瑚市則無，**洙曰**：珊瑚至珍也，非市中所有之物。騄驥人得有。**洙曰**：孔子言驥不稱其力，稱其德也。故在人則有之。**趙曰**：騄耳與騏驥，穆天子八駿中有之，故云「人得有」。事業富清機，**蘇曰**：曹顏遠思友詩：精義測神奥，清機發妙理。早年見標格，秀氣衝星斗。**洙曰**：劍埋没於豐城，而氣衝星斗之間，言不可掩也。官曹正獨守。頃來樹嘉政，皆已傳衆口。艱難體貴安，**趙曰**：當艱難而爲政，不擾其大體，貴在安静。冗長吾敢取。**洙曰**：言於艱難之際，能脱略細務也。**鄭曰**：長，直亮切，多也。**夢符曰**：右按文選文賦：文同無取乎冗長[一]。**蘇曰**：漢文帝：冗長中似人者，亦可采取。**趙曰**：凡物之剩者爲冗長。長，去聲。陸機文賦[二]。今言爲政，本分之外，其如物之冗長者，吾不取之。吾字，李丈自言也。區區猶歷試，炯炯更持久。討論實解頤，操割紛應手。**洙曰**：前漢：匡衡曰：「匡説詩，解人頤。」注：使人笑不能止也。**趙曰**：莊子：得之於心，應之於手。

[一] 同，疑當作「固」。見杜集札記。

[二] 「陸機」前疑闕「出」字。

篋書積諷諫，宮闕限奔走。洙曰：限，值也。值天子播遷也。趙曰：雖有諫書之多，積滿朝篋，而身則限不能造宮闕也。亦詩曰：駿奔走。舊注非。入幕未展材，洙曰：一作「懷」。幕府也。夢符曰：右按晉史：郄超在桓温幕下，謝安在外望見超，曰：「郄生可謂是入幕之賓也。」秉鈞孰爲偶。洙曰：鈞，鈞衡也。詩：秉國之鈞。言作相。所親問淹泊，趙曰：公自謂。傳云「愛其所親」也。楚辭王逸注曰：泊，止也。薄，與「泊」同。泛愛惜衰朽。趙曰：論語：泛愛衆。如殷仲文云：廣筵散泛愛。遂以爲朋友之呼矣。垂白亂南翁，委身希北叟。洙曰：馬融傳論：得北叟之後福。淮南子：北叟失馬，人皆吊之。北叟曰：「此何詎不爲福。」居數月，其馬將駿馬而歸，入皆賀之，對曰：「此何詎不爲禍。」家富馬良，其子好騎，墮而折髀，人皆吊之，對曰：「此何詎不爲福。」居數年，胡夷大入，丁壯者皆控弦而戰，塞上之人死者十九，此獨以跛之故，父子相保也。趙曰：前漢項籍泛[一]：范增説項梁云：「南公稱曰：『楚雖三户，亡秦必楚。』」注云：南公，南方之老人也。北叟，出班固幽通賦云：北叟頗識其倚伏。則指塞上之父爲北叟也。舊注引淮南子，遂輒塞上之人爲北叟，不知事則用淮南子「塞翁失馬」，而字則班固也。真成窮轍鮒，洙曰：轍中之鮒呼莊周求斗水之活。或似喪家狗。洙曰：孔子世家：纍纍如喪家狗。秋枯洞庭石，風颯長沙柳。高興激荊

〔一〕泛，疑當作「傳」。

衡，知音爲回首。趙曰：水落石出，所以爲枯也。洞庭、長沙、荆與衡皆相連之地。師曰：洽聞記：拂林國出珊瑚，生水底，大船載鐵網下水取之。東方朔傳云：騏驥、緑耳，天下之良馬。二物不可多得。喻李公人百稀有[一]。曹顔遠思友詩：精義測神奥，清機發妙理。公有機謀，故能建立事業，又能守官忠正。體，政體也。艱難之際，貴以清净爲政。冗長吾敢取，言不以煩碎爲務也。持久，言持心始終。世説：桓帝武與郄昭議芟荑朝臣[二]，條牒既定，其夜同宿，明晨起，呼謝安、王坦之入，擲疏示之，郄猶在帳内。謝含笑曰：「郄生可謂入幕賓矣。」秉鈞，宰相之職。孰爲偶，言非李之匹敵也。所親，言李與杜同出陶唐氏。南翁，甫自稱，言寓居荆南也。北叟，塞翁也。失馬，云未必不爲福。及得馬，又云未必不爲禍。甫委身之窮達，希慕乎北叟。洞庭、長沙，皆荆南之地。知音爲回首，言有所思於李也。

奉寄河南韋尹丈人甫故廬在偃師，承韋公頻有訪問，故有下句。

有客傳河尹，逢人問孔融。洙曰：河尹，河南尹也。孔融，公自比也。見本題下注詩。趙曰：見問者河南尹也，故得以孔融爲比。蓋李庯爲河南尹[三]，而孔融造門爲上客也。**青囊仍隱逸，**洙曰：郭璞授業

[一] 百，疑當作「所」。見杜集札記。
[二] 帝，疑當作「宣」；昭，疑當作「超」。均見杜集札記。
[三] 庯，疑當作「膺」。

於鄭公，以青囊九書興之[一]，遂開洞五行。後門人竊青囊，未及讀，爲火焚之。**章甫尚西東。****洙曰：**章甫，冠也。孔子生於魯，冠章甫之冠，長於宋，故衣縫掖之衣。章甫，儒冠。**鼎食爲門户，****洙曰：**列鼎而食。門户，閥閲也。**趙曰：**以言河尹之貴。**詞場繼國風。****洙曰：**詩之國風。**趙曰：**以言河尹之能詩。**尊榮瞻地絶，****洙曰：**言地望崇重。**疏放憶途窮。****洙曰：**阮籍詩：途窮能無慟。**趙曰：**疏放，公自謂也。憶途窮，則又言河南憶問之也。**濁酒尋陶令，****洙曰：**王弘九月九日送酒與陶潛。潛得之，便飲而歸。**趙曰：**陶淵明也。嘗曰：偶有名酒，無日不傾。**丹砂訪葛洪。****趙曰：**事見爲農詩「不得問丹砂」注。**趙曰：**祈心於遐年，故訪葛洪。洪嘗於帝乞爲句漏令，以出丹砂而就之。**江湖漂短****洙曰：**當作「裋」。**褐，****鄭曰：**裋，臣庾切。敝布襦。褐，胡葛切，短衣。**洙曰：**淮南子：霜雪亟集，短褐不完。褐，毛布。**霜雪滿飛蓬。****洙曰：**詩：首如飛蓬。**定功曰：**班叔皮王命論注：短褐，粗衣也。蓋公此詩作於潭州，適當冬時，述其羈旅流落之狀。上句言短褐爲江湖所漂，下句言犯冒霜雪，故飛蓬之髪爲霜雪所滿。**牢落乾坤大，****蘇曰：**余絳：失意雲霄，羈思牢落，歸栖元巢，始知乾坤之大。**周流道術空。****趙曰：**言天地廣大而我獨牢落，雖挾道術，竟於周流之際成空而無用。**謬慚知薊子，**薊，居例切。**洙曰：**後漢方術傳：薊子訓有神異之道。到京師，公卿以下候之者

[一] 興，疑當作「與」。見杜集札記。

坐上常數百人，皆爲設酒脯，終日不匱。真怯笑揚雄。洙曰：揚子解嘲曰：子迺以鴟梟而笑鳳凰，子徒嘆我玄之尚白，吾亦嘆子之病甚，不使臾跗、扁鵲悲夫。趙曰：揚雄著太玄，人皆笑之，至以爲可覆醬瓿。盤錯神明懼，洙曰：虞詡曰：不遇盤根錯節，何以知利器。趙曰：以言韋尹爲政之能。謳歌德義豐。趙曰：如鄭歌子産，漢歌岑君是也。尸鄉餘土室，難説洙曰：一作「誰話」。祝雞翁。洙曰：後漢地理志：偃師有尸鄉。列仙傳：祝雞翁居尸鄉山下，養雞百餘，各有名字，呼名則種別而至。鄭曰：列仙傳：祝雞翁，洛陽人。師曰：甫以孔融自比。客來傳説韋尹詣甫動静如何，甫尚隱居，蹤跡無定，不若韋列鼎而食，猶善詩章，故云「繼國風」。疏放，甫自謂也。甫既不仕，唯以濁酒適懷，丹砂自養，任短褐漂泊，雪滿白頭。牢落，無所成就之義。乾坤雖大，若無所容身。道術空，言無道術也。荀子比韋尹，慚見知於韋。真怯笑揚雄，甫以貧蹇爲時訕笑，有若雄爲當世所嘲也。盤錯，言事繁劇。韋善史斷，人畏其政若神明。祝雞翁，甫以自比。

別董頲他頂切。

窮冬急風水，逆浪開帆難。士子甘旨闕，不知道里寒。洙曰：急於養父母，故不知道里寒。

有求彼樂土，洙曰：詩：適彼樂土。南適小長安。趙曰：光武紀注曰：小長安，故城在合鄧州〔一〕。公今詩言「逆浪開帆」，若在潭州言之，逆浪則往衡州而南矣。別我舟檝去，覺君衣裳單。素聞趙公節，兼盡賓主歡。已結門廬望，無令霜雪殘。趙曰：趙公必知鄧州也。董以甘旨之闕，離母而往鄧，故用母主事。齊王孫賈之母謂賈曰：「汝朝出而晚來，則吾倚門而望。」無令霜雪殘，則囑其早歸也。老夫纜亦解，纜，盧瞰切。蘇曰：山濤帖曰：子幾日挂席東下，老夫得風亦解纜矣。人別宜慎重。脱粟朝未餐。洙曰：脱粟，言脱其穀而已，未至於精細也。夢符曰：右按前漢公孫洪傳：洪食一肉，脱粟飯。顏師古曰：牙脱粟而已不精鑿也〔二〕。飄蕩兵甲際，幾時懷抱寬。蘇曰：王逸少曰：懷祖不來，寒食俯至，天氣晴明，不見容貌，使吾幾時寬此懷抱。蘇曰：閣下有此帖。漢陽頗寧静，洙曰：漢陽軍也。在岳陽。鄭曰：漢水之陽也。峴首試考槃。鄭曰：峴，胡典切，山名。在襄陽縣東十里。洙曰：詩：考槃在澗。峴首山也。趙曰：峴首在襄陽，與鄧州相近。公因董君之往鄧，故語及之。當念著白帽，采薇青雲端。洙曰：管寧不應州郡之辟，常著白帽。趙曰：公嘗使云「白帽應須似管寧」。考之本傳云：常看皂帽。而杜佑通典作「白

〔一〕合，疑當作「今」。
〔二〕牙，疑當作「才」。見杜集札記。

帽」〔一〕，豈今國志誤邪？采薇則四皓之事也。**師曰**：孝子薦其甘旨，董以甘旨有闕，急於奉親，故不知道里之寒。小長安，乃成都也。明皇幸蜀，後改爲西京，故云「小長安」。或曰：胤陽縣有小長安，故城在今鄧州南陽郡西。趙公守此，故董適此以謁之。已結門廬望，言親老倚門望之也。漢陽軍在岳陽，甫以此地寧静，欲寄居之，故云「試考槃」。考槃，成其樂也。峴首，山名。昔管寧不應辟命，嘗著白帽，甫欲效之。

奉送魏六丈佑少府之交廣 **鄭曰**：海南郡。

賢豪贊經綸，功成空名垂。子孫不振耀，**洙曰**：一云「子孫没不振」。歷代皆有之。鄭公四葉孫，**洙曰**：鄭公，鄭公徵也。長大常苦饑。**蘇曰**：安諒：長大常苦饑寒，負薪拾桼，未嘗不帶書。暇即誦習，後以三傳馳名。衆中見毛骨，猶是麒麟兒。**洙曰**：見徐卿二子歌注。**趙曰**：嵇紹謂其友曰：「琅邪王毛骨非常，殆非人臣之相。」寶誌見徐陵，謂曰：「此兒天上石麒麟也。」磊落貞觀事，致君樸直詞。**洙曰**：鄭公在貞觀時多所獻替。新史言犯顏正諫議者，謂雖賁育不能過。家聲蓋六合，行色何其微。**洙曰**：謂佑行色不稱家聲也。莊子：孔子説盗跖，歸遇柳下季，曰：「今者車馬有行色。」遇我蒼梧陰，**鄭**

〔一〕 柱，疑當作「杜」。

曰：舜葬處。忽驚會面稀。議論有餘地，公侯來未遲。洙曰：左傳：公侯必復其始。趙曰：蒼梧，桂州之地。古詩：主稱會面難。莊子曰：刃有餘地。虛思黃金貴，洙曰：一作「遺」。自笑青雲期。趙曰：貴，當作「遺」。方在貧困之中，故思以黃金饋之。青雲期，言貴達如在青雲之上，自笑其期之遠也。長卿久病渴，武帝元同時。洙曰：蜀人楊得意爲拘監〔一〕，侍上，上讀子虛賦而善之曰：「朕獨不得與此人同時哉。」得意曰：「臣邑人司馬相如自言爲此賦。」上驚，乃召問相如。趙曰：此魏佑病而能文，不如相如之遇也。季子黑貂弊，得無妻嫂欺。洙曰：蘇子子未明〔二〕，黑貂裘弊，又出遊數歲，大困而歸。兄弟嫂妹妻妾皆竊笑之。趙曰：季子，蘇秦也。借以此魏佑之有才而困厄也。尚爲諸侯客，獨屈州縣卑。南遊炎海甸，趙曰：言其爲少府也。浩蕩從此辭。洙曰：之交、廣也。窮途仗神道，洙曰：正也。世亂輕土宜。洙曰：不可安於土也。解帆歲云暮，可與春風歸。出入朱門家，華屋刻蛟螭。玉食亞王者，洙曰：洪範：惟辟玉食。樂張遊子悲。趙曰：以其爲客也。侍婢豔傾城，綃綺輕洙曰：一作「煙」。霧霏。掌中琥珀鍾，行酒雙逶迤。新歡繼明燭，梁棟星辰飛。兩情顧眄合，珠碧贈於斯。洙

〔一〕拘，疑當作「狗」。見杜集札記。

〔二〕蘇子子，疑當作「蘇季子」；明，疑當作「用」。

曰：言交、廣繁富如斯也。夢符曰：右按博雅：碧，瓐玉也。司馬相如子虛賦曰：錫碧金銀。趙曰：言珠碧則交、廣之所有也。**上貴見肝膽，下貴不相**一作「見」。**疑。心事披寫間，氣酣達**洙曰：一云「遠」。**所爲。錯揮鐵如意，莫避珊瑚枝。**洙曰：右崇傳：崇與王愷争豪，武帝每助愷，嘗以珊瑚樹賜之，高二尺許，枝柯扶疏，世所罕比[一]。愷亦示崇[二]，崇便以鐵如意擊之，應手而碎。愷既惋惜，崇曰：「不足恨。」乃命左右悉取珊瑚樹高三四尺者六七株。**始兼**洙曰：一作「無」。**逸邁興，終慎賓主儀。**趙曰：雖氣之豪邁，而賓主之儀不可不慎也。**戎馬闇天宇，嗚呼生別離。**師曰：自古賢者之後多不振，魏徵封鄭公，而佑乃徵四葉孫，困於饑寒。昔徐陵見寶誌上人，上人曰：「天上石麒麟。」六合，天地四方也。佑以少府之交、廣，故云「行色何其微」。蒼梧乃梧州。會面稀，言少相見也。公侯來未遲，言爲卿相未晚也。虛思黄金貴，言黄金不足羨也。自笑青雲期，以卑官爲可哂也。甫有渴疾，故自比相如。相如雖遇武帝，官亦不甚顯。甫詩云「甫也諸侯老賓客」。炎海即南海。甸謂郊甸。浩蕩，遠貌。輕土宜，言避亂而輕去鄉土也。王者屑玉而食，然侯門奢侈亞於王者，足見綱紀亂矣。逶迤，匝貌。交、廣多珠翠，儻與侯門投合，必蒙珠翠之惠。然人相知貴相知心，是以所爲無疑忌也。雖珊瑚寶，擊碎不吝，況其它乎。雖然，貴此逸興，要在慎賓主之儀，斯能全其交，如甫

[一] 此，疑當作「比」。見杜集札記。

[二] 亦，疑當作「以」。

之於嚴武，不慎其儀，幾爲武所殺，故甫以是戒之。

別張十三封建[一]

嘗讀唐實録，國家草昧初。洙曰：未治之初也。劉裴建首義，龍見尚躊躇。洙曰：劉文静、裴寂。文静，大業爲晉陽令。寂爲晉陽宫監。時唐祖鎮太原，二人察上有大志，又見太宗器度非常，乃與決大計。將發，高祖不從，文静因裴寂開説，又介寂交於太宗，遂得進議也。秦王撥亂姿，一劍揔兵符。洙曰：撥亂，謂撥開其亂也。漢書：撥亂反正。漢高祖曰：提三尺劍取天下者，朕也。汾晉爲豐沛，洙曰：汾晉，唐公故鄉。喻君漢祖之豐沛也。暴隋竟滌除。宗臣則廟食，洙曰：漢以蕭、曹爲宗臣。子美以裴、劉此蕭、曹[二]，故曰宗臣。廟食，配享於廟也。後祀何疏蕪。趙曰：以子孫之不顯達也。彭城英雄種，宜膺將相圖。爾惟外曾孫，倜儻汗血駒。洙曰：建封，劉文静外孫也。汗血駒，天馬種。倜儻，言其不羈之才。眼中萬少年，用意盡崎嶇。洙曰：少年雖衆，用意無若建封者。相逢長沙亭，洙曰：長沙，潭州。乍問緒業餘。洙曰：緒業，世緒所業也。乃吾故人子，童丱聯居諸。趙曰：詩：日居月

[一] 封建，疑當作「建封」。見杜集札記。

[二] 此，疑當作「比」。

諸。揮手灑哀淚，仰看八尺軀。内外名家流，風神蕩江湖。范雲堪結交，洙曰：梁書：范雲初與高祖遇於齊境陵王子良邸[一]。又嘗接里閈。高祖受禪，雲嘗侍讌，高祖謂臨川王宏等曰：「我與范尚書少親善，申四海之敬，今爲天下主，此禮既革，汝宜代我呼范爲兄。」二王下席拜，與雲同車還尚書省。時人榮之。雲好節尚奇，專趣人之急。少時與領軍長史王駭善，駭亡於官舍，貧無宅居，雲乃迎喪還家，躬營唅斂。嵇紹自不孤。洙曰：嵇康與山濤結神交，康臨誅，謂其子紹曰：「山公在，汝不孤矣。」趙曰：必如山濤，而後孤爲可託。擇材征南幕，洙曰：杜預爲征南將軍。湖落回鯨魚。載感賈生慟，洙曰：賈誼弔屈文：彼尋常之汙瀆兮，豈能容吞舟之巨魚。横江湖之鱣鯨兮，固將制於螻蟻。復聞樂毅書。洙曰：樂毅爲燕伐齊，燕惠王疑之，使騎劫伐毅。毅畏誅，遂降趙。惠王遺毅書，且謝之。毅亦報書焉。夏侯玄見其書，以爲知機合道，以禮終始。趙曰：既爲幕客，而主人不禮之，故如鯨魚之去落潮矣。得無激昂慟哭，欲有陳於朝廷，而又有與主人絶之書乎？主憂急盜賊，師老荒京都。洙曰：人君方以盜賊爲急，憂師久無功，故曰老。舊丘復税駕，洙曰：税駕，言得止息也。舊丘，故鄉也。趙曰：言主憂臣辱之時，勉建封之必往，無止息於舊丘也。大厦傾宜扶。君臣各有分，管葛本時須。洙曰：管仲、諸葛亮，時所須也。趙曰：管仲於齊，諸亮於

〔一〕境，疑當作「竟」。見杜集札記。

先主，君臣相契，皆定分也。又勉封建之行矣〔一〕。**雖當霰雪嚴，未覺栝柏枯。**洙曰：言不以歲寒變易也。禹貢：杶幹栝柏也。**高義在雲臺，**洙曰：見「圖畫在雲臺」注。**嘶鳴望天衢。**洙曰：有志於功名也。趙曰：以駿馬比之，可以致遠也。**羽人掃碧海，功業竟何如。**洙曰：十洲記言蓬萊山在碧海之中，水皆碧，故曰碧海。言當此之際，建功業者如羽人掃碧海，難爲功爾。趙曰：羽人，神仙也。以其飛騰，如有羽毛焉。楚辭：仰羽人於丹丘。掃碧海，以言其無一塵一芥之污也。蓋澄清天下之譬乎？以建封爲羽人，其所望之深矣。師曰：實録，國史也。初，高祖鎮太原，劉文静、裴寂首建議勸帝舉大事，帝猶未允，賴秦王贊之，遂起兵，故曰「龍見尚躊躇」。昔漢高起於豐沛，今高祖興於汾晉，是以汾晉爲豐沛。宗，尊也。漢以蕭何、曹參爲宗臣。今子美以劉、裴比之。廟食，謂配饗於廟。後祀何疏蕪，言子孫衰寂也。彭城，指劉文静。建封乃文静之外孫。爲人倜儻如汗血駒，有千里之才。八尺軀，指建封堂堂一人也。時甫老大，建封年少，故云「堪晚交」。甫得建封，可以囑託其子，故曰「嵇紹自不孤」。然公宜大用，今備幕府之佐，如鯨魚淹回於湖落也。賈生慟，言時危也。樂毅書，言帝猜疑諸將，不能推誠任下也。師老荒京都，言兵久無功也。舊兵復稅駕〔二〕，言建封罷權還故里也。管、葛以比張，惜乎時不見用，譬之栝柏不以歲寒而變易也。十洲記：蓬萊山在碧海中。當此時，賢臣欲建功業，如羽人之掃碧海，其事茫昧而難爲功耳。

〔一〕封建，疑當作「建封」。

〔二〕兵，疑當作「丘」。見杜集札記。

舟中夜雪有懷盧十四侍御弟

朔風吹桂水，大雪夜紛紛。暗度南樓月，**洙曰**：謝惠連詩：苕亭南樓斯[一]。寒深北渚雲。**洙曰**：北渚有帝子。燭斜初近見，舟重竟無聞。不識山陰道，聽雞更憶君。**蘇曰**：郭璞寄宋平詩曰：夜夢江山遠，聞雞更憶君。**趙曰**：語林曰：王子猷居山陰，大雪，夜開室命酌，四望皎然，因詠招隱詩，忽憶戴安道。

對雪

戰哭**洙曰**：一作「國」。多**洙曰**：一作「若」。新鬼，**洙曰**：見「新鬼煩冤舊鬼哭」注。愁吟獨老翁。亂雲低薄暮，急雪舞回風。**洙曰**：洛神賦：若流風之舞回雪。瓢棄樽無緑，**修可曰**：酒亦曰緑酒。沈休文云：憂來命緑樽。爐存火似紅。數州消息斷，愁坐正書空。**洙曰**：時方亂離，故數州斷消息。**趙曰**：天寶十四載，安禄山反。今歲又陷東京，此之謂消息斷也。殷浩書空作「咄咄怪事」。

〔一〕 斯，疑當作「期」。

冬晚送長孫漸舍人歸州

參卿休坐幄，蕩子不還鄉。洙曰：古詩：蕩子行不歸。蘇曰：顔延年古樂府：嫁得遊蕩子，一去未還鄉。秋夜不青明，教妾卧幽房。趙曰：公自言也。公爲劍南節度參謀，謂之參卿。公前爲之而今罷，此所謂休坐幄。列子曰：人有去鄉土，遊於四方，而不歸者，世謂爲狂蕩之人也。**南客瀟湘外，**趙曰：公北人也，而在湘潭，是爲南客。**西戎鄠杜傍。**洙曰：宣帝尤樂杜、鄠之間。杜屬京兆，鄠屬扶風。蘇曰：漢明帝曰：今西戎猖獗，若不禦備，恐犯鄠、杜。鄠縣、杜陵俱屬京兆。趙曰：吐蕃之兵未息也。師曰：參卿言長孫坐於帷幄爲參謀也。蕩子，子美自稱。鄠、杜乃京城，吐蕃陷之，故云「西戎鄠杜傍」。**衰年傾蓋晚，**洙曰：鄒陽：傾蓋如故。**費日繫舟長。**趙曰：言舟留滯而未行也。**會面思來札，**洙曰：古詩：會面安可知。又：客從遠方來，遺我一札書。趙曰：言欲會面則每思來札，所以預囑其寄書也。**銷魂逐去檣。**洙曰：別賦：黯然銷魂。**雲晴鷗更舞，風逆鴈無行。**趙曰：言別時景也。列子云：鷗鳥舞而不下。詩云：兩驂鴈行。**匣裏雌雄劍，吹毛任選將。**

暮冬送蘇四郎徯兵曹適桂州

飄飄蘇季子，六印佩何遲。洙曰：蘇季子言：「吾若有雒陽負郭二頃田，安能佩六國相印乎？」早作諸侯客，兼工古體詩。洙曰：見「諸侯老賓客」注。陸士衡有擬古詩。爾賢埋照久，洙曰：阮步兵詩〔一〕：沉醉似埋照。余病長年悲。盧綰須征日，洙曰：盧綰傳：王使召，綰稱病不行。上怒曰：「綰果反。」使樊噲擊綰。高祖崩，綰遂將其衆亡入匈奴，以爲東胡盧王。爲蠻夷所侵奪，居歲餘死。樓蘭要斬時。洙曰：見「樓蘭斬未還」注。歲陽初盛動，趙曰：十二月，二陽生矣。王化久磷緇。洙曰：見「此道未磷緇」注。爲入蒼梧廟，看雲哭九疑。趙曰：因送蘇徯適桂州，而思舜。舜南巡狩，崩於蒼梧之野，而葬於九疑之山耳。師曰：傅介子持刃欲斬樓蘭王以立功。山海經云：九疑山，帝舜所葬，在長沙零陵界。又云：南方蒼梧之淵，舜之所葬。湘中記曰：九疑山在營道縣，九山相似，行者疑惑。荆州記曰：九疑山盤基數郡之界，連峰接岫，競遠争高，含霞卷霧，分隔天日。郡國志曰：九疑山有九峰，一曰丹朱，二曰石城，三曰樓溪，形如樓，四曰娥皇，下有舜妃，五曰舜源，六曰女英，舜墓在此峰下，七曰簫韶，八曰紀峰，九曰紀林。有九水。

風疾舟中伏枕書懷二十六韻奉呈湖南親友

軒轅休製律，洙曰：甫自注云：伏羲造瑟，神農作琴，舜彈五弦，舉歌南風之篇矣。史記：黄帝名曰軒

〔一〕「阮步兵詩」前疑闕「顔延年」。見杜集札記。

轅。前漢律曆志：黄帝使伶倫自大夏之西、崑崙之陰取竹之解谷生有竅厚均者，斷兩節間而吹之，以爲黄鍾之官[一]。制十二籥，以聽鳳鳴。其雄鳴爲六，雌鳴亦六，此黄鍾之宫[二]，而皆可以生之，是爲律本。虞舜罷彈琴。洙曰：樂記：舜作五弦之琴，以歌南風。尚錯雄鳴管，趙曰：前所謂十二筩以聽鳳之鳴，其雄鳴六也。猶傷半死心。洙曰：枚乘七發云：龍門之桐，高百尺而無枝，其根半死半生，冬則風雪之所激。趙曰：此因風疾，而上數句所以戲爲怨恨風來之語。聖賢名古邈，羇旅病年侵。洙曰：范蔚宗：聞道雖已積年，力互頹侵。陸士衡：前路既已多，後塗隨年侵。趙曰：言造琴律之聖賢，其名已古遠矣。舟泊常依震，洙曰：震，東方也。有震澤。湖平早見參。洙曰：早，一作「半」。參，曉星也。鮑昭：曉星正參落。如聞馬融笛，洙曰：馬融好吹笛，有長笛賊[三]，序云：性好音律，能鼓琴吹笛。若倚仲宣襟。王粲登樓賦云：憑軒檻以遥望兮，向北風而開襟。今兩句言風來舟中，如吹笛之所召、倚樓之所逢也。故國悲寒望，洙曰：顔延年：息徒顧將夕，極望梁陳分。故國多喬木，空城凝寒雲。趙曰：故國，長安也。悲當寒望之中。群雲慘

[一] 官，疑當作「宫」。
[二] 此，疑當作「比」。
[三] 賊，疑當作「賦」。見杜集札記。

歲陰。洙曰：謝惠連雲賦〔一〕：歲將暮，時既昏，寒風積，愁雲繁。趙曰：歲寒，謂歲晚也。水鄉霾白屋，楓岸疊青岑。蘇曰：顧穆：洞庭楓岸遠，幾疊青岑高。趙曰：楚詞曰：江水湛湛兮上有楓。楚岸多楓，故曰楓岸。鬱鬱冬炎瘴，洙曰：張平子：鬱鬱不得志。魏文帝：鬱鬱多愁思。濛濛雨滯淫。洙曰：東山：零雨其濛。勃海方淫滯。鼓迎非祭鬼，洙曰：語：非其鬼而祭之，諂也。趙曰：楚俗好巫祀。彈落似鴞禽。洙曰：賈誼鵩賦云：鵩鳥似鴞。鮑曰：莊子：見彈而求鴞炙。興盡纔無悶，洙曰：王子猷典盡而返〔二〕。易「遯世而無悶」也。愁來遽不禁。生涯相汩没，時物自蕭森。洙曰：自，一作「正」。張景陽：溪壑無人跡，荒森鬱蕭森〔三〕。疑惑尊中弩，修可曰：抱朴子曰：予祖郴爲汲令。注：風俗通作：汲令應郴以夏至日請主簿杜宣飲酒，北壁上有懸赤弩，照於杯中如蛇，宣惡之，及飲得疾。後郴知之，延宣於舊處，置酒，其見如初，因謂宣曰：「此弩影耳。」宣疾遂瘳。此與樂廣傳蛇影事大相類，特弓與弩異耳。淹留冠上簪。洙曰：移文：借聞披簪逸海岸〔四〕。沈休文：待此未抽簪。趙曰：冠簪，卿大夫之禮也。致仕開散者〔五〕，

〔一〕雲，疑當作「雪」。
〔二〕典，疑當作「興」。
〔三〕荒森，疑當作「荒楚」。
〔四〕借，疑當作「昔」；披，疑當作「投」。
〔五〕開，疑當作「閑」。

謂之投簪。今云「淹留冠上簪」，則公以猶未能遂棄冠冕也。**牽裾驚魏帝，**洙曰：辛毗諫帝，帝怒起。引帝裾。趙曰：言爲左拾遺時諫房琯不宜廢，而肅宗怒之也。**投閣爲劉歆。**洙曰：見「子雲識字終投閣」注。趙曰：揚子雲校書天禄閣上，以劉歆嘗問奇字，而歆以言祥祥得罪〔一〕，有司誤以連子雲。子雲爲投閣。今之爲劉歆，則又言琯既貶邠州刺史，而公出爲華州司功也。**狂走終奚適，**洙曰：吾舍魯奚適？蘇曰：王脩曰：「吾狂坐走諸侯門，終身必竟奚適？」乃束書隱三茆山。**微才謝所欽。**洙曰：陸士衡：寤寐靡安豫，願言思所欽。**吾安藜不糝，**洙曰：孔子藜羹不糝。**汝貴玉爲琛。**趙曰：女，古「汝」字。言湖南親友也。貴玉爲琛，琛者寶也。詩云：來獻其琛。**烏几重重縛，鶉衣寸寸針。**蘇曰：賈懷苦儉讀書，常披一衲衣，每寸數百針，里人畏服。趙曰：烏皮几。出鶉衣，即「衣如懸鶉」之謂。**哀傷同庾信，**庾信作哀江南。**述作異陳琳。**趙曰：陳琳健於章表，曹公見其檄而頭風愈。今公自謙，以爲述作不能似之。**十暑岷山葛，**洙曰：葛，蜀布也。十暑不易，言其貧也。**三霜楚户砧。**洙曰：三霜，居楚三易星霜。**叨陪錦帳坐，**洙曰：郎官有錦帳，見漢百官志。趙曰：公爲尚書工部員外郎故也。郎官賜錦帳、綾被。**久放白頭吟。**趙曰：止以老而吟詠耳。白頭吟本是卓文君以相如晚年置妾而作，今公借用之也。**反樸時難過，**洙曰：老子：還淳反

〔一〕祥，其一疑爲衍文。見杜集札記。

樸。**忘機陸易沉。**趙曰：史記：東方朔坐席中，酒酣據地歌曰：陸沉於俗。文選：道勝貴陸沉。注：無水而沉，謂之陸沈。**應過數粒食，**洙曰：鷦鷯賦：巢林不過一枝，每食不過數粒。**得近四知金。**洙曰：漢書：王密懷金遺楊震，曰：「夜無知者。」震曰：「天知，地知，子知，我知。是四知。」遂不受。密慚而退。**春草封歸恨，**洙曰：劉安招隱：王孫遊兮不歸，春草生兮萋萋。**源花費獨尋。**洙曰：見上「欲問桃源宿」注。**轉蓬憂悄悄，**洙曰：見「生涯獨轉蓬」注。柏舟詩：憂心悄悄。**行樂病涔涔。**洙曰：鮑明遠有行樂至城東橋詩，注謂昭有疾，服藥行以宣導之。漢霍光夫人顯謀毒許后，后免身，取附子并合太醫大丸飲之，有頃，涔涔也。「藥中得無毒乎？」對曰：「無。」遂加煩懣而崩。**瘞夭追潘岳，**洙曰：潘岳有悼亡詩，懷舊、寡婦二賦。趙曰：公必有喪子之禍，但無所考矣。潘岳西征賦曰：夭赤子於新安，坎洛澗而瘞之[一]。**持危覓鄧林。**洙曰：山海經云：夸父死，棄其杖而爲鄧林。列子云：夸父不量力，欲返日影，逐之於嵎谷之際，渴欲得飲，赴飲河渭，不足，將走北飲大澤，未至，道渴而死。棄其杖，尸膏肉所浸，生鄧林，彌廣數千里焉。**蹉跎翻學步，**洙曰：阮籍：娱樂未終極，白日忽蹉跎。壽陵餘子學步於邯鄲，失其故步，匍匐而反。趙曰：公自傷其方隨流俗也。**感激在知音。**趙曰：公自傷其無識之者也。子期死，伯牙破琴絕絃，身不復鼓。**却假**

[一] 洛澗，疑當作「路側」。見杜集札記。

蘇張舌，洙曰：蘇張，蘇秦、張儀也。**高誇周宋鐔。**洙曰：莊子説劍：王曰：「天子之劍何如？」曰：「天子之劍，以燕石爲鋒〔一〕，齊岱爲鍔，晉魏爲春〔二〕，周宋爲鐔，韓魏爲鋏矣。」**納流迷浩汗**，洙曰：海賦：滕藹浩汗〔三〕。蘇曰：孔融：子不見東海納萬流浩汗，不溢不驚。君子之量當亦如此。**峻址得嶔崟。城府開清旭**，蘇曰：言諸公在幕府也。**松筠起碧潯。**趙曰：公自言其舟之所在。潯，韻書云：旁深也。**披顏争倩倩**，趙曰：言往披承諸公之顔，争爲倩倩以相待。詩云：巧笑倩兮。主在乎言笑也。**逸足競駸駸。**洙曰：詩：載驟駸駸。趙曰：以駸馬比諸公也。**朗鑒存愚直**，趙曰：愚直，公自謂也。朗鑒，則所以望諸公也。**皇天實照臨。**洙曰：左傳：皇天后土，實聞此言。**公孫仍恃險**，洙曰：後漢：公孫述恃其地險衆附，有立志。蜀都賦：長臧結險〔四〕，呑若巨防。一夫守隘，萬夫莫而〔五〕。公孫躍馬而稱帝，劉宗下輦面自王〔六〕。左傳：先王不恃險興馬。**侯景**侯景，陷臺城者。**未生擒。書信中原闊，干戈北斗深。畏人千里**

〔一〕燕石，疑當作「燕谿石城」。見杜集札記。
〔二〕春，疑當作「脊」。見杜集札記。
〔三〕滕藹，疑當作「膠藹」。
〔四〕臧，疑當作「城」。
〔五〕而，疑當作「向」。
〔六〕面，疑當作「而」。見杜集札記。

井，夢符曰：右按西山十二真君傳：許真君弟子施岑揮蹷中其股，遂奔入豫章城西門外樸泉井中，真君尋井脉追之，直至長沙。趙曰：蘇氏演義小説載：金陵記曰：南計吏止於傳舍間〔一〕，及將就路，以馬殘草瀉於井中而去，謂無再過之期。不久，復由此，飲於此井，遂爲昔時剉即刺喉而死。故後人戒之曰：「千里井，不瀉剉。」薛夢符引許真君事，非千里井也。**問俗九州箴。**洙曰：揚雄傳贊曰：箴莫善於虞箴，作州箴。晉灼曰：九州之箴。**戰血流依舊，**洙曰：見「邊城流血成海水」注。**軍聲動至今。葛洪尸定解，**洙曰：後漢方術傳注：尸解者，言將登仙，假託爲尸以解化也。葛洪傳：卒年八十一，視其顔色如生，體亦柔軟，舉尸入棺甚輕，如空衣也。以爲尸解得仙。**許靖力還任。**洙曰：蜀志曰：許靖字木少〔二〕，與從弟劭俱知名，並有人傳臧否之稱，而私情不協，排靖不得齒叙也。趙曰：王朗與靖書曰：足下周遊江湖，以暨南海，可謂遍矣。如靖之力還可勝任，此公言南征而避難。**家事丹砂訣，**洙曰：葛洪爲何漏令〔三〕，求丹砂。**無成涕作霖。**洙曰：甫注云：伏羲退瑟〔四〕，神農氏作琴，舜彈五絃，舉歌外風之篇有矣。師曰：抱朴子曰：予祖郴爲汲令。注：風俗通作：汲令應郴以夏至日請主簿杜宣飲酒，北壁上有懸赤弩，照於杯中如蛇。宣惡之，及飲得疾。後

〔一〕「南」前疑闕「江」字。
〔二〕木少，疑當作「文休」。見杜集札記。
〔三〕何，疑當作「句」。見杜集札記。
〔四〕退，疑當作「造」。見杜集札記。

郴知之，延宣於舊處置酒，其見如初，因謂宣曰：「此弩影耳。」宣疾遂瘳。此乃樂廣傳蛇影事，大相類，時弓與弩異耳。莊子載孔子之言曰：「方且與世違而心不屑與之俱，是陸沉者也。」其市南宜僚耶。」文選詩：道勝貴陸沉。注：無水而沉，謂之陸沉。史記：武帝時齊人東方朔坐席中，酒酣據地歌曰：「陸沉於俗，避世金馬。」潘岳傷弱子序曰：三月壬寅，弱子生五月之長安，壬寅次子新安之千秋亭〔一〕。甲辰而弱子夭。乙巳瘞於亭東。故岳西征賦云「天赤子於新安，坎路側而瘞之」是也。按前漢書：衛青爲大將軍，霍去病爲驃騎將軍。定令令秩與大將軍等。自是青日衰，而去病日益貴。故人門下多去，事去病，輒得官爵。推獨任安不肯去〔二〕。子美是詩首句云「昔在嚴公幕，俱爲蜀使臣」，及有埍箎金石食恩之語。元注云：嚴公没後，老母在堂。使君温清之問，甘肥之禮，名數若己之閨庭焉。太夫人傾逝，又撫孤之情，不減骨肉。以是攷之，足以見蕭使君如任安之事衛青，有終始之義。元注引與司馬遷書，責以古賢臣之義，非是。律所以調八風，舜琴亦歌南風「阜財解愠」。今風疾，足見時律不調，故曰「尚錯鳩鳴管」。如聞馬融笛，言嚴武死也。若倚仲宣襟，言子美無所依也。鼓迎非祭鬼，巴蜀多淫祀，如「事烏鬼」之類。昔賈誼困於長沙，忌鵩鳥。今子美亦然，故云「彈落似鴞禽」。疑惑樽中弩，言久病也。淹留冠上簪，言不用也。牽裾驚魏帝，諫房琯事也。子美爲房琯得罪，亦若子雲投閣，爲劉棻故也。劉棻嘗從雄學作奇字，既而棻得罪，事逮雄，使者收雄，雄遂投閣。今作劉歆，未知所以。謝所欽，言諸

〔一〕子，疑當作「于」。
〔二〕推，疑當作「惟」。

公禮待也。十日岷山葛〔一〕，言十年在蜀。三霜楚户砧，言三年在楚。反樸時難遇，言不見治平也。應過數粒食，得近四知金，言諸公餽食賜金也。春草封歸根〔二〕，言不得歸鄉也。源花費獨尋，言尚避亂也。痓天追潘岳，悼嚴武之亡也。持危不見鄧林，言武之死，朝廷失大材也。子美亦失其故步，而感激在於諸公之知己。葛洪尸定解，以喻武之化去。武以金石得病而徂，故云。巢許山林志，子美自謂隱晦，而以夔、龍期蕭使君。

幽人 洙曰：易：履道坦坦，幽人貞吉。陸士衡詩：幽人在浚谷。

孤雲亦群遊，神物有所歸。洙曰：陶潛詠貧士詩：萬族各有託，孤雲獨無依。有，一作「識」。**麟鳳在赤霄，何當一來儀。**洙曰：劉公幹：何時當來儀，將須聖明君。書：鳳凰來儀。張協七命：掛歸翮於赤霄之表。漢書：麟鳳在郊藪。孔融曰：麟鳳來，頌聲作。趙曰：張茂先鷦鷯賦序：彼鷲鶚鵾鴻，孔雀翡翠，或淩赤霄之際，或託孤垠之外。則鳳凰言赤霄，宜矣。然麟亦謂之在赤霄，學者多疑之。殊不知徐陵之生，寶誌見之，曰：「此兒天上石麒麟。」自天而降，亦宜在赤霄矣。**往與惠詢輩，中年滄洲期。**歐曰：惠詢輩，謂惠遠、許詢也。謝玄暉之宣去詩〔三〕：既懽懷禄情，復協滄洲趣。李善注：揚雄賦云：世有黄公者，起於

〔一〕日，疑當作「暑」。
〔二〕根，疑當作「恨」。
〔三〕去，疑當作「城」。見杜集札記。

滄洲，頤神養性，故後人以滄洲爲隱者所居。隋圖經曰：漢水逕琵琶谷，至滄浪洲，乃漁父棹歌處，即滄洲也。**修可曰**：海中十洲，其一曰滄洲。**天高無消息，棄我忽若遺。****洙曰**：詩谷風：將安將樂，棄予如遺。郭泰機：衣之秉刀赤〔一〕，棄我忽若遺。古詩：棄我如遺跡。**内懼非道流，幽人在瑕疵。****洙曰**：僖七年傳：疵有瑕疵。**洪濤隱語笑，****洙曰**：曹植：泛舟越洪濤。晉王凝之風賦：驅東極之洪濤。郭璞江賦：鼓洪濤於赤岸。木玄虛海賦：洪濤瀾汗。曹玭江賦：洪濤突兀而横持。蔡邕賦：洪濤涌以沸騰。晉蘇彦詩：洪濤奔逸勢。**鼓枻蓬萊池。****洙曰**：孫楚賦：舟人鼓枻而揚歌。史：漁父鼓枻而去。**蘇曰**：方鰥曰：「吾將吞燕日月光華，鼓枻遊蓬萊，酌天醴玄漿，還源返腦，爲世外人。青衫木版，非吾所好也。」**崔嵬扶桑日，****洙曰**：山海經曰：日出暘谷，浴於咸池，拂於扶桑。**照曜珊瑚枝。****洙曰**：梁元帝馬詩：照曜珊瑚鞭。**趙曰**：珊瑚焦於海底石上，有五色，故曰所以照曜。**風帆倚翠蓋，暮把東皇衣。****洙曰**：屈平九歌有東皇太子〔二〕。又，孔蓋兮翠旌。説苑：鄂君泛舟於新陂之上，張翠羽之蓋。張平子東京賦：翠羽之高蓋。曹植曰：仰撫翠蓋。陸士衡詩云：翩翩翠蓋羅。**嗽漱元和津，****洙曰**：天台賦：嗽以華池之泉。**孝祥曰**：黄庭經

〔一〕赤，疑當作「尺」。

〔二〕子，疑當作「一」。

曰：口爲玉池太和官〔一〕，嗽咽靈液灾不懺。注云：口中液水爲玉津。又中黄經曰：但服元和除五穀，必獲寥天得其籙。注云：服元和，謂咽津液。**所思煙霞微。知名未足稱，局促商山芝。** **洙曰：**見上喜晴詩注。**定功曰：**皇甫謐高士傳：秦世道滅德消，坑黜儒術，四皓於是退而作歌曰：「莫莫高山，深谷逶迤。曄曄紫芝，可以療饑。」**修可曰：**漢武帝曰：「局促效轅下駒。」**五湖復浩蕩，歲暮有餘悲。** **洙曰：**張景陽詩：歲暮懷百憂。有志之士，志未獲伸，而時不我與，則未嘗不以時逝爲嘆也。故多以歲暮爲之憂悲。**師曰：**幽人，乃幽隱之士。按唐史拾遺：惠昭、荀珏與甫友善，常以詩相倡酬。甫此詩思之，故以二子自爲幽人，取易「履道坦坦，幽人貞吉」之義。神物，龍也。龍翔而雲從，喻聖人出而賢人應之。舜韶九成，而鳳凰來儀。蓋鳳之爲物，有道則見。今雲未遇神，龍鳳不遇有道之世，雲則無所歸，鳳則不來儀，是以賢人幽隱，此其時也。海上有十洲，乃神仙所居，滄洲是其一也。甫往與二子約中年功名成，遂爲滄洲之遊，自別以來，消無音耗，殆恐二子以予信道不篤，見疵於予，是以棄我若遺，而無所思也。甫詩云「道意久衰薄」，又云「丹砂負前諾」，是故有「内懼非道流」之句。蓬萊池，蓋海上有三島，一曰蓬萊，二曰方丈，三曰瀛洲。日出於暘谷，拂於扶桑。珊瑚生海底，有五色，如琉璃。翠蓋，即翠羽飾蓋也。東皇，乃東方青帝也。元和津，乃天地一元之氣，津液也。煙霞微，謂滄洲在煙霞深微之中。自「洪濤隱語笑」以下，皆叙説滄洲之興。鼓枻，乃鼓楫也。甫意謂若與惠、荀輩

〔一〕官，疑當作「宮」。

遊滄洲，則必鼓枻以拂扶桑之日，映照珊瑚之枝，順風掛帆，輕倚翠蓋，挹東皇，漱元氣，隱於煙霞之表。雖功名赫赫，不足爲稱。雖四皓歌商紫芝，猶爲局促。比此真藥，萬萬遠矣。奈何言不相副，今復飄泛五湖，尚爲羈旅，况年已衰暮，將與物化，豈不爲之悲傷乎。

王狀元集百家注編年杜陵詩史三十一卷

王狀元集百家注編年杜陵詩史三十二卷

大曆五年庚戌在潭州作

奉贈蕭二十使君

昔在嚴公幕，俱爲蜀使臣。艱危參大府，前後間清塵。**洙曰**：嚴再鎮成都，今復參幕。公自注：嚴再領成都，余復參幕府。**趙曰**：蕭於嚴公初鎮時入幕，而公在其再來時，遂爲間也。**起草鳴先路，趙曰**：言蕭自嚴幕而往爲舍人矣。唐制：舍人，凡詔旨、制敕、璽書、册命皆起草。**乘槎動要津。洙曰**：見「虚乘八月槎」注。古詩：先據要路津。**趙曰**：以言其貴也。**王舄聊暫出，洙曰**：見「遠愧尚方曾賜履」注。**蕭雉只相馴。洙曰**：蕭望之爲郎，有雉隨車。魯恭爲中牟令，翟雉馴於桑下。**趙曰**：蕭廣齊孝子傳：蕭芝至孝，除尚書郎，有雉數十頭飲啄宿止。當上直，送至歧路。下直入門，飛鳴車前。舊注引蕭望之，惑後學矣。**終始任安義，洙曰**：前漢：任安字少卿，爲益州刺史。司馬遷書責以古賢臣之義也。**修可曰**：前漢：衛青爲大將軍，霍去病爲驃騎將軍，禄秩與大將軍等。自是青日衰，而去病日益貴。故人門下多去，事去病，去病輒得官爵[一]。惟任安不肯去。子美詩首云「昔在嚴公幕，俱爲蜀使臣」，及有塤篪金石之語。元注云：嚴公既没，老母在堂，使君温清之問若己之周庭焉[二]。及太夫人傾逝，又撫孤之情，不減骨肉。以是考之，足以見蕭使君如任安之事衛青，有終始之義。注引司馬遷責以古賢臣之義，非是。荒蕪孟母鄰。聯翩匍匐禮，洙曰：詩：凡民有喪，匍匐救之。意氣死生親。洙曰：公自注云：嚴公殁後，老母在堂，使君温清之問，甘脆之禮，名數若己之庭闈焉。太夫人傾逝，喪事又首諸孫主典，撫孤之[三]。趙曰：所謂一死情不減骨肉，則膠漆之契可以見矣。一生乃見交情也。張老存家事，洙曰：左傳：晉侯以張老爲中軍司馬。趙曰：禮記檀弓：晉獻文子成室，晉大夫發焉。張老曰：「美哉輪焉，美哉奂焉。歌於斯，哭於斯，聚國族於斯。」今公以張老比蕭使君，言能存嚴公之家，令諸孫奉太夫人喪事，哭於斯，聚國族於斯，不失其家也。嵇康有故人。洙曰：康臨死謂子曰：「山公在，汝不孤矣。」食恩慚鹵莽，趙曰：言蕭使君之心，舊食嚴公之恩，尚慚報之鹵莽。鏤骨抱酸辛。趙曰：言蕭使君御嚴公之恩，銘鏤肌骨，常抱酸辛。阮嗣宗詩：悽愴抱酸辛。巢許山林志，趙曰：公以巢公、許由自比也。夔龍廊廟珍。洙曰：巢父、許由，夔與龍也。趙曰：言蕭使君也。夔則典

[一] 去病，疑爲衍文。見杜集札記。

[二] 清，疑當作「清」；周庭，疑當作「庭闈」。

[三] 此句下疑當接「情不減骨肉，則膠漆之契可以見矣」，「趙曰：所謂一生」六字當在「一生乃見交情也」句上。

樂之夔，龍則納言之龍，如三人之林〔一〕，當在廟堂也。舊以爲龍逢，誤矣。**鵬圖仍矯翼，**洙曰：見泊岳陽樓詩「變化有鯤鵬」注。**熊軾且移輪。**趙曰：言蕭使君如大鵬之圖南，仍矯奮其翼，固當遂晉擢矣。而且爲太守，故憑熊車以移輪也。**磊落衣冠地，蒼茫土木身。**洙曰：嵇康：土木形骸。趙曰：公自言其身如嵇康，而亦在衣冠之列也。**塤篪鳴自合，**洙曰：詩：天之牖民，如塤如篪。絶交論：道協膠漆，志婉變於塤篪。**金石瑩逾新。**洙曰：文賦：被金石而德廣，流管絃而日新。趙曰：於是再與蕭相見，如塤篪之合，而金石不移，所以瑩逾新。**重憶羅江外，**鄭曰：寰宇記：本涪城縣地。天寶元年爲羅江縣。**同遊錦水濱。**趙曰：羅江屬綿州。錦水則成都也。**結歡隨過隙，**蘇曰：王陽：與子結歡，眼隨過隙之駒。趙曰：莊子曰：人生一世，如白駒過隙。**懷舊益霑巾。**洙曰：陸賈傳：君何不交歡太尉，深相結。潘安仁懷舊賦：涕泣流而霑巾。**曠絶含香舍，**洙曰：見「不去非無漢署香」注。趙曰：後漢：尚書郎口含雞舌香，以其奏事，欲使氣芬芳也。公爲工部員外郎，而不得坐省，所所以爲曠絶〔二〕。**稽留伏枕辰。**洙曰：張茂先詩：伏枕終遥昔，寤言莫予應。趙曰：詩：展轉伏枕。**停驂雙闕早，**洙曰：謝玄暉：停驂我悵望。趙曰：言不得朝

〔一〕三人之林，疑當作「二人之材」。見杜集札記。
〔二〕所，其一疑爲衍文。見杜集札記。

謁，而思入朝之士。**迴鴈五湖春。**洙曰：沈休文：旋鴈每迴翔。趙曰：言在湘潭之時也。張勃吴録：五湖者，太湖之别名，以其周行五百里，故名之。**不達長卿病，**洙曰：見「長卿多病後」注。趙曰：長卿有消渴之疾，而公亦同之，故自怪其不省解如此。**從來原憲貧。**洙曰：見奉贈韋左丞詩「寧甘原憲貧」注。**監河受貸粟，一起轍中鱗。**洙曰：見莊子轍魚事。

奉送二十三舅録事之攝郴州崔偉。

賢良歸盛族，趙曰：周禮：友行以尊賢良。賢則行之傑，良則才之美。**吾舅盡知名。徐庶高交友，**洙曰：徐庶字元直，謂先主曰：「諸葛孔明乃卧龍也。將軍豈欲見之乎？」先主遂請見。趙曰：以言崔舅。徐庶字元直，其所與遊者諸葛亮、龐士元、司馬德操之流而已。**劉牢出外甥。**洙曰：桓玄曰：「何無忌，劉牢之外甥。酷似其舅，今舉大事，孰謂無成。」趙曰：公以無忌自比也。**泥塗豈珠玉，**蘇曰：莊趙：泥塗之中，豈隱珠玉。趙曰：言崔舅。謂明珠白玉之質，豈宜辱在泥塗乎。**環堵但柴荆。衰老悲人世，驅馳厭甲兵。氣春江上别，**洙曰：謝玄暉：江上徒離憂。楚詞：湛湛江水兮上有楓，目極千里傷春心。**淚血渭陽情。**洙曰：詩：我送舅氏，曰至渭陽。趙曰：淚盡，繼之以血。渭陽情，全出晉書：世無渭陽情。**舟鷁排風影，林烏反哺聲。**洙曰：束晳補亡詩：嗷嗷林烏，受哺于子。趙曰：言崔舅侍太夫人以行也。

李善注文選有曰：純黑而反哺者，烏子。**永嘉多北至，**洙曰：永嘉之亂，元帝渡江，衣冠多自北至。鄭曰：永嘉，晉年號。趙曰：言崔舅自北而來也。**句漏且南征。**洙曰：葛洪求爲句漏令，以有丹砂也。楚詞：油吾南征〔一〕。鄭曰：勾，古侯切，邑名。屬交趾。**必見公侯復，**洙曰：左傳：公侯必復其始。趙曰：今句可以見崔舅貴人子孫也。**終聞盜賊平。郴州頗凉冷，橘井尚凄清。**趙曰：此據風土而言之也。蓋以南方多熱，而此郡獨凉矣。橘井在郴州。神仙蘇耽於山下鑿井種橘，救鄉里之病疾者。**從役何蠻貊，居官志在行。**洙曰：論語言：忠信行篤敬，雖蠻貊之邦行矣。左傳：當官而行，何强之有。

送魏二十四司直充嶺南掌選崔郎中判官兼韋韶州

選曹分五嶺，洙曰：見前「雲山兼五嶺」注。趙曰：言崔郎中充嶺南掌選也。**使者歷三湘。**洙曰：顔延年：三湘謂洞庭〔二〕，七澤藹荆牧。注：江、湘、沅水皆會巴陵洞庭陂，號爲三湘，蓋謂三江。趙曰：言崔郎中出使，歷之湘也。三湘之名，按樂史寰宇記云：湘潭、湘鄉、湘源。**才美膺推薦，**趙曰：言魏爲人所薦而

〔一〕油，疑當作「汩」。
〔二〕謂，疑當作「淪」。見杜集札記。

爲判官也。君行佐紀綱。洙曰：左傳：紀綱之僕。趙曰：言魏君之行，崔佐君之紀綱也。佳聲期洙曰：一作「斯」。共遠，趙曰：魏、崔皆著佳聲而共遠矣。雅節在周防。明白山濤鑒，洙曰：山濤典選吏部，並得其才。再居十餘年，一官闕，輒啓數人。甄拔人物，各爲題目，稱爲「山公啓事」。趙曰：戒魏君之佐選事，當以公也。嫌疑陸賈裝。洙曰：陸賈説尉佗，佗賜賈橐中裝直千金，佗送亦千金。趙曰：又戒之以廉也。今魏君往嶺南充掌選判官，苟有千金之裝如陸賈，則爲嫌疑矣。故人湖外少，趙曰：故人湖外客，此是韋迢詩全句。公改一字，而精神健矣。春日嶺南長。蘇曰：謝孚竄嶺外，春日語客曰：「昔年洛下在歌痛飲，唯嫌日矩。今窮居嶺南，偏覺日長，要黑不能。吾其奈何乎。」因有感，書示翟夫子。憑報韶州牧，新詩昨寄一作「夜」。將。

送趙十七明府之縣

連城爲寶重，洙曰：虞子京：連城既僞往，荆玉得真還。趙曰：此言秦王以十五城易趙和氏之璧也。茂宰得才新。洙曰：卓茂爲密令，人服其德，使懷其恩。蘇曰：謝玄暉和伏武昌登孫權故城詩：雄圖悵若兹，茂宰深遐睠。太白贈義興宰亦云：天子思茂宰，天枝得英材。趙曰：舊注輒指爲卓茂，誤矣。山雉迎舟楫，洙曰：語：山梁雌雉。江花報邑人。趙曰：上句則禽鳥知所馴，下句則草木知所喜，皆美言之。論交翻恨晚，**趙曰：**公與趙君晚方論交也。臥病却愁春。惠愛南翁悅，餘波及老身。**趙曰：**言施惠愛而南人喜悅。公自謂老身，亦霑其餘波。

追酬故高蜀州人日見寄 并序

開文書帙中，檢所遺忘，因得故高常侍適往居在成都，時高任蜀州刺史，人日相憶見寄詩。淚灑行間，讀終篇末，自枉詩已十餘年，莫記存没又六七年矣。老病懷舊，生意可知。今海内忘形故人，獨漢中王瑀與昭州敬使君超先在，愛而不見，情見乎辭。大曆五年正月二十一日却追酬高公此作，因寄王及敬弟。

自蒙蜀州人日作，不意清詩久零落。今晨散帙眼忽開，迸淚幽吟事如昨。**洙曰：**迸淚，言不可制也。昨，言近如昨日也。嗚呼壯士多慷慨，合沓高名動寥廓。歎我悽悽求友篇，感時鬱鬱匡君略。**洙曰：**鬱鬱，不伸貌。言有匡君之略，不得伸也。錦里春光空爛熳，**趙曰：**謂往居在成都，高任蜀，人日相憶見寄，所以重歎之。瑶墀侍臣已冥寞。**洙曰：**時適已亡矣。**趙曰：**適爲刑部侍郎、散騎常侍，乃天子玉墀之從臣。今追言其死而冥寞也。瀟湘水國旁黿鼉，**趙曰：**公今和此詩，乃在潭州，故言潭州景也。鄠杜秋天失鵰鶚。**蘇曰：**劉向亡父老，嘆曰：「鄠邑、杜陵何期風霜失於鵰鶚也。」東西南北更堪論，白首扁舟病獨存。趙曰：以答高君「東西南北」之句，且言其扁舟在潭也。遥拱北辰纏寇盜，洙曰：北辰象帝居，時猶爲盜據，未獲收復。欲傾東海洗乾坤。洙曰：思滌去昏亂也。邊塞西蕃最充斥，洙曰：西蕃，吐蕃也。充斥，猶縱横也。衣冠南渡多崩奔。洙曰：南渡避亂也。崩奔，蒼黄貌。趙曰：晉元帝渡江，而衣冠皆南渡。今因借之。鼓瑟至今悲帝子，洙曰：湘妃，堯之女也，故曰帝子。傳言「湘靈鼓瑟」也。趙曰：公在潭州，故用潭州事以爲悲焉。曳裾何處覓王門。洙曰：鄒陽：「何王之門不可曳長裾？」此言愛漢中王而不見也。文章曹植波瀾闊，洙曰：曹植，陳思王。服食劉安德業尊。洙曰：劉安，淮南王。與八公著書，言服食神仙事也。長笛誰能洙曰：一云「鄰家」。亂愁思，夢符曰：古按後漢馬融傳[一]：有雒客舍逆旅，吹笛，融云：「京師逾年，暫聞甚悲而樂之。」遂作長笛賦。昭州詞翰與招魂。洙曰：昭州敬使君。趙曰：嵇康序去[二]：「鄰人有吹笛者，發聲寥亮，追思曩昔遊宴之好，感音而嘆，故作賦云。」今公追思高蜀州而及之。師曰：自高寄詩已十餘年，追思之纔如昨日，言時光奄忽也。寥廓，指天地間。反篇，言反報之篇，即追酬也。鬱鬱，言有匡君之略，鬱滯而不得伸。錦里，指蜀。瑶墀，侍臣，謂高已亡也。甫，鄠杜人，今寄居湘水，傍近黿鼉，而不獲高翔遠舉，故云「失鵬鶚」。北辰，喻帝坐。爲賊而所

〔一〕古，疑當作「右」。
〔二〕去，疑當作「云」。見杜集札記。

據，故云「纏寇盜」。西蕃充斥，言吐蕃縱横也。衣冠，指士大夫南渡避亂。悲帝子，託言公主、諸王亂離飄泊，故可悲也。覓王門，託言漢中王瑀，乃甫所親愛者，不可得見。曹植、劉安皆宗親，以比漢中王。昭州，指敬超先。善爲調翰〔一〕，可爲甫招魂也。亂離之際，精魂奔散，欲以詞招之。

蘇大侍御涣静者也旅於江側凡是不交州府之客人事都絶久矣肩輿江浦忽訪老夫舟檝而已茶酒内余請誦近詩肯吟數首才力素壯詞句動人接對明日憶其湧思雷出書篋几杖之外殷殷留金石聲賦八韻記異亦記老夫傾倒於蘇至矣

龐公不浪出，趙曰：後漢：龐德公居峴山之南，未嘗入城府。蘇氏今有之。洙曰：言亦不交州府也。再聞誦新作，突過黄初詩。趙曰：文帝爲魏太子，七子從之斿，皆能詩，如謝靈運、江文通皆擬其作。黄初，文帝即位年號也。乾坤幾洙曰：一作「泊」。反覆，揚馬宜同時。洙曰：司馬相如、揚雄，亦蜀人也。今晨清鏡中，勝食齋房芝。洙曰：元封二年，芝生甘泉。齋房歌云：齋房産草，九莖蓮葉。趙曰：此蘇涣之詩如房芝之可茹也。余髮喜却變，白間生洙曰：一作「添」。黑絲。趙曰：變白爲黑，以聞其

〔一〕調，疑當作「詞」。見杜集札記。

詩之故。昨夜舟天接，洙曰：一作「倿」。湘娥簾外悲。百靈未敢散，洙曰：言百靈聞誦詩而皆來也。風破洙曰：一作「波」。寒江遲。趙曰：宗慤曰：「願乘長風，破萬里浪。」師曰：昔龐德公不應州府辟命，未嘗入城郭。今蘇渙不交州府，頗有其風。黄初，魏文帝年號。指子建文集也。乾坤幾反覆，言世代遷變，而名終不歇，可與揚雄、司馬相如齊名於當時也。清鏡中，指江上。勝食齋房芝，言咀味新，更過於靈芝也。白間生黑絲，甫與蘇論文，喜而髮爲之變。文有益於人如此。湘娥悲，百靈不散，皆言聽詩而感動之也。

送重表姪王砅評事使南海 鄭曰：砅，理罽切。水深至心曰砅。今作「厲」。

我之曾老姑，爾之高祖母。爾祖未顯時，歸爲尚書婦。洙曰：新唐書：王珪母李。王珪傳：貞觀十年，拜禮部尚書。修可曰：西清詩話云：唐書王珪傳：珪微時，母李氏嘗云：「子必貴，但未見與汝遊者。」珪一日引房、杜過之，母曰：「汝貴無疑。」所載止此。質之子美是詩「我之曾老姑，爾之高祖母」，則珪母杜氏，非李氏也。且一婦人識真主於側微，其事甚偉，史闕而不録，是詩載之爲悉，世號「詩史」，信不誣也。隋朝大業末，房杜俱交友。趙曰：王珪與房玄齡、杜如晦同學於文中子，則交友可知矣。長者來在門，荒年自餬口。洙曰：陳平門多長者車。隱十一年傳：餬其口於四方。家貧無供給，客位但箕箒。俄頃羞頗珍，寂寥人散後。入怪鬢髮空，吁嗟爲之久。自陳剪髻鬟，鬻市充杯酒。洙曰：晉陶侃母常剪髮具酒食延賓客。**上云天下亂，宜與英俊厚。向竊窺數公，經綸亦俱有。** **趙曰：**王珪與玄齡、如晦善，母李嘗曰：「兒必貴。然未知所與遊者何如人？」會玄齡等過其家，李窺，大驚曰：「二客公輔才。汝貴不疑。」舊注於下句「驚户牖」引此以證，不知乃秦王事，非干此也。**次問最少年，虬髯十八九。** **鄭曰：**髯，如古切，頰須。**子等成大名，皆因此人手。下云風雲合，龍虎一吟吼。願展丈夫雄，得辭兒女醜。秦王時在坐，真氣驚户牖。** **趙曰：**秦王，太宗也。虬髯，乃太宗也。有虬髯公傳。易曰：雲從龍，風從虎。馬援曰：乃知帝王自有真也。新唐書王珪傳云：珪始隱居，時每與房玄齡、杜如晦善。母李嘗曰：「兒必貴。然未知所與遊者何如人，試與偕來。」會玄齡等過其家，李闚，大驚，具酒食，飲盡日，喜曰：「二客公輔才，汝貴不疑。」**及乎貞觀初，尚書踐台斗。** **洙曰：**珪貞觀中以侍中輔政。**夫人常肩輿，上殿稱萬壽。** **洙曰：**夫人以命婦預朝會也。**六宮師柔順，法則化妃后。** **蘇曰：**班姬著内訓，訓六宮，作女箴，頒誡化及妃后。**至尊均嫂叔，盛事乎不朽。鳳鶵無凡毛，五色非爾曹。** **洙曰：**見「鳳穴鶵皆好」注。**趙曰：**古有鳳將鶵之曲，言毛者。南史：謝超宗作殷淑儀誄，帝大嗟賞，謂謝莊曰：「超宗殊有鳳毛。」**往者胡作逆，乾坤沸嗷嗷。** **洙曰：**謂安禄山作亂也。**吾客在馮翊，爾家同遁逃。** **洙曰：**避亂也。**争奪至徒步，塊獨委蓬蒿。逗留熱爾腸，** **鄭曰：**逗，大透切，止也。**十里却呼號。自下所騎馬，右持腰間刀。左牽紫遊韁，飛走使我高。** **洙曰：**公言避亂日，輟白馬載我使走，免難於危險之中。昔鄴下童謡曰：青青御路楊，白馬紫遊韁。苟活到今日，寸心銘佩牢。洙曰：懷輅馬之恩也。亂離又聚散，宿昔恨滔滔。水花笑白首，蘇曰：阮紹泛西池，云：「白首登畫舡，反慮水花笑。」水花，水芝，皆蓮也。趙曰：公言在潭川，濱於江，故云。春草隨青袍。洙曰：哀江南賦：青袍如草。趙曰：以言王評事往南海也。廷評近要津，節制收英髦。趙曰：言南海節度使幕中要賢材也。北驅漢陽傳，南泛上瀧舠。上力公切，又音雙。下都高切。洙曰：漢陽，地名。傳，傳車也。如今之乘驛是矣。舠，小舟也。右按嶺南人名急湍曰瀧。趙曰：傳，音張戀切，郵馬之謂也。自漢南而往，故曰漢陽。傳以有使南海之役，故曰上瀧舠。瀧，吕江切。廣韻：南人呼湍爲瀧。家聲肯墜地，利器當秋毫。洙曰：見「烜舊家聲」注。肯墜地，言能自振立，不令委墜。虞詡曰：不逢錯節盤根，何以知爲利器也。番禺親賢領，洙曰：縣名，屬廣州也。趙曰：必宗室之子爲節度也。鄭曰：番禺，廣劉屬縣〔一〕。籌運神功操。大夫出盧宋，趙曰：廣府節度使清白者四，裴伷先、李朝隱、宋璟及盧奂，所以比大夫於盧、宋，而又謂出其上也。寶貝休脂膏。洞主降接武，趙曰：謂廉潔而不污於貨利也。昔漢孔奮清潔，身處膏脂而未嘗自潤。降，户江切。廣南有溪洞蠻，其長謂之洞主。禮記曰：堂上接武。言相繼而降也。海胡舶千艘。夢符曰：右按番禺雜

〔一〕劉，疑當作「州」。

編：蕃商遠國，運奇貨，非船不可。市舶録：劉洵曰：獨檣舶深五十餘肘，三木舶深五十餘肘。西域以肘爲度。李虔通俗文曰：晉曰舶。鄭曰：艘，蘇曹切，船也。趙曰：舶，大舡也。番禺雜録曰：番商遠國，運貨貨非船不可〔一〕。舡，總名曰艘，猶今言幾隻也。**我欲就丹砂，跋涉覺身勞。**洙曰：葛洪聞交趾出丹砂，求爲句漏令。至，廣州刺史鄧洪留洪，乃止羅浮山鍊丹。**安能陷糞土，有志乘鯨鼇。或驂鸞騰天，聊作鶴鳴臯。**洙曰：見「李白騎鯨魚」注。别賦：駕鶴上漢，驂鸞騰天。趙曰：鯨，莫大之魚也。鼇，巨鼇也。師曰：自餬口，言荒年何暇具禮待人。客位但箕箒，言貧無餘物。虬髯，指太宗也。雲從龍，風從虎，喻君臣唱和也。爾曹，指王殊〔二〕。馮翊，郡名。魂獨委蓬蒿，言幾死於草野也。水花，蓮花也。鏡，謂之菱花鏡中，笑我白首。春草隨青袍，言袍色與春草同，謂年老而官卑也。廷評，即評事也。要津，言官清要。節制收英髦，言南海節度收英髦之士如王殊輩，真得人也。傳有十二義。漢文帝紀曰：闗無用傳。此符傳也，以木爲之，書符於其上，又以一板封之，所以爲信也。傳亦謂之棨，或有用繻者，終軍所棄是也。高祖紀曰：乘傳詣洛陽。此傳驛之傳也。廣韻云：南人名湍爲瀧。又州名，在廣南，音雙。舡三百斛曰舠。舠，短也。江南所爲，名矩而廣，安而不傾危也。比驅，謂自比驅車而來，遂從此南泛海而往也。番禺縣屬廣州，今王殊領之，其清節出乎盧懷慎、

〔一〕貨，其一疑爲衍文。

〔二〕殊，疑當作「硃」。見杜集札記。後注同。

宋璟，不貪寶貝以削民脂膏，蠻洞聞其賢，盡歸順，舶客皆來交易，故云「洞主降接武，海胡舶千艘」。廣句漏縣出丹砂，甫欲遊以就之，奈身勞頓不能往也。雖有志乘鯨鼇，不甘陷没於糞土，其奈跋涉之遠何。末章羨王珠領此，得就丹砂以鍊養，故有「驂鸞鳴鶴」之語。

發潭州

夜醉長沙酒，**洙曰：**謝惠連雪賦：酌湘吴之醇酎。鄒陽酒賦：其品類則沙洛緑酃，鳥卿若下[一]。曉行湘水春。岸花飛送客，檣燕語留人。賈傅才未有，**洙曰：**賈誼爲長沙王太傅。褚公書絕倫。**洙曰：**案唐書：褚遂良涉博文史，尤工隸書。父友歐陽詢甚重之。太宗嘗謂侍中魏徵曰：「虞世南死後，無人可論書。」徵曰：「褚遂良下筆遒勁，甚得王羲之體。」太宗即日召令侍書。太宗嘗出御府金帛購求羲之書迹，天下争齎古書詣闕以獻。當時莫能辨其真僞，遂良備論所出，一無舛誤。永徽元年，高宗將廢皇后王氏，立昭儀武氏爲后。遂良極諫以爲不可，致笏於殿陛曰：「還陛下此笏。」仍解巾叩頭流血[二]。帝怒，令引出。翌日，李勣奏曰：「此乃陛下家事，不合問外人。」帝乃立武昭儀爲皇后，左遷遂良潭州都督。顯慶二年，爲愛州刺史。桓譚以揚雄爲絕倫。名高前後事，回首一傷神。

[一] 鳥卿，疑當作「程鄉」。見杜集札記。
[二] 中，疑當作「巾」。

燕子來舟中作

湖南爲客動經春，燕子銜泥兩度新。**洙曰**：見「銜泥附炎熱」注。舊入故園嘗識主，如今社日遠看人。可憐處處巢居**洙曰**：一作「君」。室，**洙曰**：古詩：思爲雙飛燕，銜泥巢君室。何異飄飄託此身。暫語船檣還起去，穿花落水益霑巾。

同豆盧峰貽主客李員外賢子棐知字韻

練金歐冶子，**洙曰**：張景陽七命：楚之陽劍，歐冶所營。**鄭曰**：吳越春秋：干將與歐冶子作劍，采五山之精，合六金之英，煉而爲劍。噴玉大宛兒。**定功曰**：穆天子東遊黃澤，使宮樂謠曰：黃之澤，其馬歕玉，皇人壽穀。又，賈復顧兒謂弟曰：「此吾宗大宛兒也，一日千里亦可。」歕，與「噴」同。**趙曰**：兩句以美李員外。上句比之以劍，下句比之以爲大宛。馬名也。引之以噴玉字，穆天子傳：其馬歕玉。符彩高無敵，**彥輔曰**：記：君子於玉比德焉。孚尹旁達，信也。注：孚尹，讀爲浮筠，謂玉采色也。**田曰**：曹子建七啓曰：符采照燭。魏文帝車渠椀賦：發符采而揚榮。**趙曰**：傅玄乘輿馬賦曰：符采横發。大率言符光雜穆也。聰明達所爲。夢蘭它日應，**洙曰**：左傳：鄭文公賤妾燕姞夢天使與己蘭，曰：「以爲是爾子。」詩：蘭有國香，人服媚之。既而文公與之蘭而御之，辭曰：「妾幸而有子，將不信，敢徵蘭乎？」穆公名曰「蘭」也。折桂早年知。洙曰：見「禮闈新折桂」注。爛熳通經術，光芒刷羽儀。洙曰：沈休文湖中鴈詩：刷羽同瑶漾。易：鴻漸于陸。其羽可用爲儀。謝庭瞻不遠，洙曰：晉史：謝太傅：「諸子若芝蘭玉樹，生於庭階。」潘省會於斯。趙曰：潘安仁云：寓直於散騎之省。今公乃工部員外郎，李乃三客員外郎[一]。盧亦必官。是省郎之人相會於此。唱和將鶵曲，田翁號鹿皮。洙曰：見「漢世鹿皮翁」注。

詠懷二首

人生貴是男，洙曰：莊子[二]：榮啓期「三樂」。亦曰：「人之所貴者男也，而予幸得之，一樂也。」丈夫重天機。洙曰：莊子：天機不張。注：不露也。未達善一身，得志行所爲。洙曰：孟子所謂「窮則獨善其身，達則兼善天下」者。嗟余竟轗軻，將老逢艱危。胡鶵逼神器，逆節同所歸。河洛化爲血，公侯草間啼。洙曰：胡鶵，安、史也。迫神器，言陷長安也。安史亂，河、洛之間格鬭尤甚，故云「化爲血」。公卿奔竄，故啼於草間也。西京復陷没，翠蓋蒙塵飛。洙曰：吐蕃陷京師，天子幸陝，故曰「翠蓋蒙塵飛」。萬姓悲赤子，兩宫棄紫微。洙曰：玄、肅二宫也。倏忽向二紀，姦雄多是非。本朝再樹

[一] 三，疑當作「主」。
[二] 莊子，疑當作「列子」。見杜集札記。

立，未及貞觀時。日給在軍儲，上官督有司。**洙曰**：國用尚乏屈，不免上下督責也。高賢迫形勢，豈暇相扶持。**洙曰**：言上下顧忌，無所施爲也矣。先王實罪己，愁痛正爲兹。**洙曰**：禹、湯罪己，漢武哀痛之詔，皆先王之事也。歲月不我與，蹉跎病於斯。夜看豐城氣，**洙曰**：見「紫氣衝牛斗」詩注。回首蛟龍池。**洙曰**：見「蛟龍得雲雨」注。齒髮已自料，意深陳苦詞。**師曰**：莊子曰〔一〕：人之所貴者男也。人爲萬物之靈。丈夫所重者天機之靈也。故君子窮則獨善其身，達則兼善天下。轗軻，不得志之貌。紫微垣，乃帝座也。姦雄多是非，言禄山敗，思明又起也。貞觀時米斗三錢，行旅不齎糧，今國用尚乏，上下督責，故云「未及貞觀時」。高賢迫形勢，言進用者皆以勢援，何暇扶持於甫哉。疲薾，甫自言衰老，雖懷策略，何所施設。帝於此時下詔痛自刻責，故云「先王實罪己」。豐城嶽有寶劍，氣衝牛斗。蛟龍得雲雨，非是池中物，甫自視齒髮豁凋，不復若寶劍、蛟龍之亨奮也。

邦危壞法則，聖遠益愁慕。飄飄桂水遊，**鄭曰**：郴州、桂陽水共流入連州。桂陽縣，在桂水之陽。悵望蒼梧暮。**洙曰**：桂水出會稽，禹崩之地。蒼梧，舜葬之所。潛魚不銜鉤，走鹿無反顧。**洙曰**：皆避難意。**夢符曰**：右按春秋左氏傳：古人有言曰：鹿死不擇音，鋌而走險，急何能擇。皦皦幽曠

〔一〕莊子，疑當作「列子」。見杜集札記。

心，拳拳異平素。洙曰：亂離之際，不得遂其平昔幽曠之心，而反拳拳然，言屈身以求其全也。衣食相拘閡，鄭曰：牛代切，外閉也。朋知限流寓。風濤上春沙，十里侵江樹。逆行少吉日，時節立復度。井竈任塵埃，舟航煩數具。牽纏加老病，瑣細隘俗務。萬古一死生，胡爲足名數。多憂污桃源，洙曰：見「欲問桃花宿」注。拙計泥銅柱。泥，乃計切。洙曰：見「銅柱傾側」注。未辭炎瘴毒，擺落跋涉懼。虎狼窺中原，焉得所歷住。洙曰：盜賊充斥，不可爲久住計。葛洪及許靖，避世常此路。賢愚誠等差，自愛各馳騖。亡遇切。羸瘠且如何，魄奪針灸屢。洙曰：揚雄曰：「方其有事，則聖賢馳騖不足。」擁滯僮僕慵，稽留篙師怒。洙曰：稽留，遲滯也。篙師，舟人也。終當挂帆席，天意難告訴。南爲祝融客，洙曰：祝融峰，地多神仙所居。鄭曰：衡山上有祝融峰。勉强親杖屨。結託老人星，羅浮展衰步。洙曰：老人星在南極。羅山、浮山二山合體，謂之羅浮。師曰：邦危壞法則，言禄山紊紀綱也。聖遠，言聖人已遠，不復見三代之治也，故云「愁慕」。禹崩於桂水，舜葬於蒼梧，甫流離至此，慨想舜、禹之君，不作賢人避世，故云「潛魚不銜鈎，走鹿無反顧」。拳，屈也。亂離之際，不得遂其平昔幽廣之心，而反卑屈其身，故云「拳拳異平素」。閡，不通也。明知限流寓，謂飄泛各在一隅。逆行少吉日，謂經歷風波之險也。昔秦人避亂於桃花源，今我泥於銅柱山，其計甚拙，又且多憂，得無污辱於桃源乎。葛洪、許靖皆避世之士，其賢如彼，愧吾之愚困於馳騖。僮僕爲之慵倦，篙師亦怒其遲留。甫意欲養老於羅浮，庶幾豁杖屨之遊，故末章有「終當掛帆席」之句。祝融司南方。茅君内傳曰：大夫之内有地中之洞天三十六所[一]。羅浮之洞，周回五百里，名曰朱明曜真之天。羅浮山記曰：羅浮者，蓋揔稱焉。二山合體，謂之羅浮。在增城、博羅二縣之境，有神仙所居。南極星中有老人星。

至衡州所作

酬郭十五判官

才微歲老尚虛名，臥病江湖春復生。藥裹關心詩揔廢，花枝照眼句還成。只同燕石能星隕，洙曰：左傳：隕石於宋五。隕星也。又：星隕如雨。荀卿曰：宋之愚人得燕石於梧臺之東。自得隋珠覺夜明。洙曰：隋侯之珠，夜光之璧。喬口橘洲風浪促，繫帆何惜片時程。洙曰：橘洲，見十六卷「橘州田土仍膏腴」注。師曰：宋之愚人得燕石於梧臺之側，藏之以爲大寶。周客聞而觀焉，主人齋七日，端冕元服，以發寶革櫝十重。客見，俛而掩口胡盧而笑，曰：「此燕石也。其與瓦甓不殊。」主人大怒曰：

[一] 夫，疑當作「天」。

「盲瞽之言。」藏愈固，守愈謹。藥裹關心，言治病也，無暇於詩篇。隋珠，喻郭判官詩。喬口、橘洲，乃荆衡之地。繫帆何惜片時程，欲郭來訪已也。

歸鴈二首

萬里衡陽鴈，今年又北歸。洙曰：應德璉詩：朝鴈鳴雲中，音響一何哀。問子遊何鄉，戢翼正徘徊。言我塞門來，將就衡陽棲。往春翔北土，今冬客南淮。雙雙瞻客上，一一背人飛。雲裏相呼疾，沙邊自宿稀。繫書無浪語，洙曰：見「雖無南過鴈」注。蘇曰：孔琛：憑鴈繫書，真浪語耳。其迷過於刻劍、守珠者。愁寂故山薇。

再吟

欲雪違胡地，洙曰：謝靈運詩：季秋邊朔苦，旅鴈違霜雪。又：嗷嗷雲中鴈，鳴舉自委羽。求凉弱水湄，違寒長沙渚。先花別楚雲。洙曰：月令：鴈北鄉。管子曰：鴈秋北春南，言其避寒也。楚，南也，故曰「先花別楚雲」。却過清渭影，高起洞庭群。塞北春陰暮，江南日色曛。洙曰：謝靈運：朝忌曛日馳。又：朝遊窮曛黑。傷弓流落羽，洙曰：史盈引虚弓而鴈落，人問之，曰：「此鴈傷弓也。」行斷不堪聞。**洙曰**：鮑明遠詩：傷禽惡弦驚，倦客惡離聲。**蘇曰**：嚴僅囚於上蔡，自嘆曰：「縲絏憂羈，不忍聞斷行旅鴈。」愴然久之。獄吏惻然。

白鳧行

君不見黄鵠高於五尺童，化爲白鳧似**洙曰**：一作「象」。老翁。故畦遺穗已蕩盡，天寒歲暮波濤中。**洙曰**：此杜公自喻也。鱗介腥膻素不食，終日忍饑西復東。魯門鶢鶋亦蹭蹬，**洙曰**：一作「日」。聞道如今猶避風。**洙曰**：見八哀詩「鄭虔」詩注。**師曰**：黄鵠高於五尺童，追思少年時也。化爲白鳧似老翁，傷衰暮也。故畦遺穗已蕩盡，傷家鄉爲寇焚蕩也。波濤以喻患難。鱗介腥膻素不食，言己不食不義之禄也。鶢鶋，海鳥，止於魯東門，爲避風也，喻甫亂依夔州。

朱鳳行

君不見瀟湘之山衡山高，山巔朱鳳聲嗷嗷。**趙曰**：北篇是託興君子小人甚明〔一〕。朱鳳乃衡山上之物也，因其物而有作，乃以爲興矣。韻書云：嗷嗷，衆口愁也。詩：哀鳴嗷嗷。側身長顧求其群，翅

〔一〕北，疑當作「此」。

垂口噤心甚勞。下愍百鳥在羅網，黄雀最小猶難逃。願分竹實及螻蟻，盡使鴟梟相怒號。**洙曰**：時亂離日久，賢者思引其類，有爲而不可得者也。**師曰**：鳳以喻君子。時甫困於荆、衡，不得其志，故云「翅垂口噤心甚勞」。黄雀，喻細民也。時兵興之際，小民尤困於征役，甫欲引其類以進，澤及下民，而爲小人之所疾，故「鴟梟相怒號」。

衡州送李大夫七丈勉赴廣州

斧鉞下青冥，**洙曰**：禮：賜斧鉞然後殺。魏武九錫文：犯關干紀，罔不誅殛。是用錫公斧鉞。**蘇曰**：何敬祖：將軍新持斧鉞，揔握虎符，自青冥來鎮岷隴。樓船過洞庭。**洙曰**：漢武征南越，作樓船。北風隨爽氣，**洙曰**：登樓賦：向北風而開襟。王子猷：西山致有爽氣。南斗避文星。日月籠中鳥，**洙曰**：潘安：池魚籠鳥。乾坤水上萍。王孫丈人行，**洙曰**：匈奴云：漢天子，我丈人行。垂老見飄零。**師曰**：諸侯賜斧鉞，然後誅殺。青冥，天也。言天子賜李以節鉞。樓船，船上有樓櫓。過洞庭，迤邐之廣州。北風隨爽氣，言自北而南，帶爽氣而來。南斗避文星，北斗以南，公一人而已。籠中鳥，局促不得騁。子美客居局促如籠鳥。飄泛如水萍，豈意垂老之年，尚見飄零失所乎。行，音項，壽也[一]。

[一] 壽，疑當作「儔」。見杜集札記。

三月自衡州暫往潭州

旅夜書懷

細草微風岸，危檣獨夜舟。**定功曰**：王仲宣詩：獨夜不能寐。星垂平野闊，月湧大江流。**洙曰**：王仲宣詩：大江流日夜。名豈文章著，官應老病休。飄飄何所似，天地**洙曰**：一作「外」。一沙鷗。

清明

著處繁花矜是**洙曰**：又云「務足」。日，長沙千人萬人出。渡頭翠柳豔明眉，爭道朱蹄驕囓脥。**洙曰**：朱達平善相馬，魏文將出，取馬入，達平曰：「此馬今日死矣。」及將乘馬，惡香，囓帝脥，帝怒，遣使殺之。**趙曰**：以朱飾其蹄耳。舊注引魏文將乘馬，馬惡香，囓帝脥，帝怒殺之，非是。蓋惡香，馬性偶如此耳，若盡皆然，豈不傷人乎。公蓋使王褒聖主得賢臣頌曰：駕齒膝，驂乘旦。張晏注曰：皆良馬名。此都好遊湘西寺，諸將亦自軍中至。馬援征行在眼前，**洙曰**：伏波將軍馬援征交阯女子徵側。復又繫武陵五溪蠻夷。葛强親近同心事。**洙曰**：葛强，山簡愛將也。金鐙下山紅粉**洙曰**：一作「日」。晚，牙

檣捩柂青樓遠。夢符曰：右按廣韻，「鐙」與「燈」同。又魏鯨魚燈賦〔一〕：寫載其形，記於金燈。又郭景純江賦：舳、艫相屬，萬里連檣。埤蒼曰：檣，帆柱也。又，司馬相如子虛賦曰：浮文鷁，揚旌枻。張揖曰：枻，柂也。古樂府劉生詩：座驚稱字孟，豪雄道姓劉。廣陌通朱邸，大路起青樓。又張正見採桑詩：倡妾不勝愁，結吏下青樓。又，古曲：青樓臨大道，游俠盡淹留。趙曰：捩柂，轉舡也。青樓則所祓禊之處，岸上有之也。出古樂府劉生詩：大路起青樓。紅粉，義非，當作「紅日」。**古時喪亂皆可知，人世悲歡暫相遣。弟姪雖存不得書，干戈未息苦離居。逢迎少壯非吾道，況乃今朝更祓除。**洙曰：祓除，上巳也。束皙曰：周公成洛邑，因流水以泛觴。後人相緣，因爲盛集。趙曰：周禮：女巫掌歲時祓除釁浴。鄭注：如今三月三日上巳往水上之類。唐氣朔大曆五年三月三日，清明。以清明值上巳，則祓除之義尤明。師曰：務足，誇多也。所謂鬭草者，正此意也。馬援，以比衡州刺史也。葛强，乃山簡愛將，以比刺史之部將也。古樂府劉生詩：座驚稱字孟，豪雄道姓劉。廣陌稱朱邸，大路起青樓。又，張正見採桑詩：倡妾不勝愁，結束下青樓。柂，所以正舡。搖柂曰捩。檣尾鋭如牙，故曰牙檣。苦難居，謂無定居也。甫老大，干謁侯門，俯仰於人，非其本性，故曰「逢迎少壯非吾道」。

〔一〕「魏」後疑闕「殷臣」二字。

題衡山縣文宣王廟新學堂呈陸宰

旄頭彗紫微，無復俎豆事。洙曰：旄頭，胡星也。彗，彗星也。紫微，帝宮也。胡星彗帝宮，喻禄山亂中原，陷長安也。世亂，俎豆之事不講，故云無復也。趙曰：按晉天文志：昴七星，天之耳也。又爲旄頭。胡星彗紫微，則言其犯帝座也。彗字在天文志與孛俱爲妖星之名，此追言安、史之亂。金甲相排蕩，青衿一憔悴。洙曰：蓋民狃於戰争，不遑學校也。嗚呼已十年，儒服弊於地。洙曰：不振也。征夫不遑息，學者淪素志。我行洞庭野，欻得文翁肆。侁侁胄子行，鄭曰：侁，疏臻切，行貌。若舞風雩至。洙曰：文翁爲蜀郡守，興建學校，以教蜀人。故風俗大變，可比齊、魯。侁侁，整肅貌。胄子，謂元子以下至卿大夫子弟從學者，若舞風雩而至也。語曰「風乎舞雩」也。趙曰：論語疏：雩者，祈雨之祭名。使童男女舞之，因謂其處爲舞雩。周室宜中興，孔門未應棄。是以資雅才，涣然立新意。洙曰：周室，借周以喻唐也。言唐所以宜中興，則孔門豈可棄乎。蓋君君臣臣，父父子子，百姓日用而不知者，皆在是也。雅才，陸宰也，新學資之而成爾。衡山雖小邑，首唱恢大義。洙曰：世亂而衡山能首建學校也。因見縣尹心，根源舊宮閟。洙曰：詩閟宫頌僖公能復周公之宇也。講堂非曩構，大屋加塗塈。鄭曰：巨至切，仰塗也。下可容百人，墻隅亦深邃。何必三千徒，始壓戎馬氣。洙曰：學校者，教化之所自也。魯侯能修泮宫，而淮夷攸服，則其所以折暴亂者，何必三千之徒，言文德足以服遠也。林木在庭户，密幹疊蒼翠。有井朱夏時，轆轤凍堦戺。鄭曰：上盧谷切，下落胡切。圓轉水。戺，鋤里切，砌也。耳聞讀書聲，殺伐災髣髴。芳未切。趙曰：聞讀書而樂，彼殺伐之災在，此特覺其髣髴而已。故國延歸望，衰顏減愁思。南紀收波瀾，洙曰：言能以文德易暴亂也。趙曰：洗波瀾之氛妖。西河共風味。洙曰：史記：子夏居西河教授，爲魏文侯師。共風味者，言人樂其教也。采詩倦跋涉，載筆尚可記。趙曰：言采詩之官倦跋山涉水之勞，而不來采之，則史官之載筆尚可記陸宰之美也。高歌激宇宙，凡百慎失墜。洙曰：尚可記，一云「記奇異」。師曰：青衿，謂學士以青緣衣領也。父母存，則衣冠飾以青。淪素志，謂其志不展也。文翁肆，指縣學。前漢：杜鄴子林，清静好古，有雅才。又，具胡廣傳注。又，後漢：高彪有雅才，而訥於言。雅才，指陸宰。新學資之而立，故云「首唱恢大義」。塈塗，壁也。昔僖公修泮宮而服淮夷，今陸宰爲是學，文德自足以懷遠，何必三千之徒始壓戎兵氣乎。轆轤所以運水，言學中種木鑿井，無不備具。殺伐災髣髴，言此邦絃誦之樂，兵革之患少也。南紀改瀾波，言變其荆楚輕剽之風，而恩波廣被也。昔子夏居西河教授，今陸宰與之同其風，使人咀味其教也。太師采詩以觀民風，今采詩之官倦於跋涉，使陸宰德政不聞於上，甫得不以是篇而記其事，以備國史之失墜也。

入衡州

兵革自久遠，興衰看帝王。趙曰：兵革不息，徒自歲月之久，而興起其衰微，自看帝王之舉耳。漢儀甚照耀，胡馬何猖狂。洙曰：猶漢、唐法度未墜，胡馬之亂乃猖在爾〔一〕。趙曰：光武爲司隸校尉，父老見之，曰：「今日復見漢官儀。」今言唐法度未改，故以比之。胡馬，追言安、史之亂。老將一失律，清邊生戰場。洙曰：失律，失法律也。易曰：失律，凶。君臣忍瑕垢，河岳空金湯。洙曰：言避亂出行，城池不守也，故「空金湯」。左傳曰：國君含垢，瑜瑾匿瑕。言有所容也。金謂金城，湯謂湯池，故名「金湯」。趙曰：傳曰：國君含垢。言君相初含容姦逆，不即誅戮，故使河岳之地雖是金城湯池，失守而空如之也。餘見上。重鎮如割據，洙曰：安、史亂後，天下裂爲藩鎮，賦不上供，如割據焉。趙曰：天下節度稍自威重，如一方之割據。輕權絶紀綱。軍州體不一，洙曰：各自爲政也。寬猛性所將。嗟彼苦節士，素於圓鑿方。洙曰：九辨云：圓鑿而方枘兮，吾固知其鉏鋙而難入。趙曰：苦節，指崔灌也。按唐史：以士行修謹聞。大曆中，爲湖南觀察使，將吏寬弛不奉法，少以禮法繩之。寡妻從爲郡，兀者安短墻。趙曰：言寡妻平日遭擾，自從崔太守爲郡之後，如兀是者之安堵墻之下，不復驚動也。凋弊惜邦本，洙曰：惜民之凋弊也。哀矜存事常。趙曰：言不妄刑罰，哀矜其人。曾子所謂「哀矜而勿喜」。旌麾非其任，洙曰：言非其人也。府庫實過防。洙曰：弘貯賞也。恕己獨在此，多憂增内傷。偏裨恨酒空，卒伍單衣

〔一〕在，疑當作「狂」。

裳。**洙曰**：厚自奉養而不恤軍旅也。**趙曰**：灌之修謹既如上所云，然於是委以旌麾之任，則悉其人防於府庫之費而吝於賜予，又以裨將卒伍衣食之不繼，則遂以召亂。如下文所云也。**元惡迷是似，聚謀洩康莊。****夢符曰**：右按爾雅曰：五達謂之康，六達謂之莊。史記曰：開第康莊之衢。**趙曰**：元惡，指臧玠也。以兵殺崔灌，遂據潭州。云聚謀而伐於通衢，則公然不顯矣。**竟流帳下血，大降湖南殃。****洙曰**：代宗時湖南兵馬使臧玠殺其帥崔瓘。王國良因之而反。**烈火發中夜，高煙燋上蒼。至今分粟帛，殺氣吹沅湘。****鄭曰**：沅、湘，二水名。沅在象郡，湘即湘江。**福善理顛倒，明徵天莽茫。****洙曰**：九歌：令沅湘兮無波。阮籍：曠野奔茫茫。**趙曰**：書曰：天道福善禍淫。又曰：明徵定保。令以崔帥之謹而被禍〔一〕，則福善之理豈不顛倒，明證於天豈不莽茫乎。**銷魂避飛鏑，累足穿豺狼。隱忍枳棘刺，遷延胝研瘡。****洙曰**：言避亂奔走，危窘如穿豺狼間行也。心痛悼喪亂，如忍棘刺手足，胝胼而成瘡。**遠歸兒侍側，猶乳女在旁。久客幸脱免，暮年慚激昂。****洙曰**：幸於免患也。**蕭條向水陸，汩没隨漁商。報主身已老，入朝病見妨。悠悠委薄俗，鬱鬱回剛腸。****洙曰**：老而不可報主，病不可入朝，故不免委身薄俗，鬱鬱回剛腸而已。**參錯走洲渚，春容轉林篁。****洙曰**：謝靈運：遡流觸驚急，臨圻阻參錯。**趙曰**：禮記：善待問

〔一〕令，疑當作「今」。

者如撞鍾。疏云：春，謂擊也。以爲聲之形容，言擊鍾每一舂而爲一容，然後盡其聲也。今公借字以言其行之悠悠，如鍾聲一舂一容，未便盡也。**片帆在郴岸，**郴，地名。鄭曰：郴，丑林切，桂陽縣。**通郭前衡陽。**洙曰：衡州也。**華表雲鳥埤，**賓彌切。**名園花草香。旗亭壯邑屋，烽櫓蟠城隍。**趙曰：三代世表：會旗亭下。注：市樓也。立旗於上，故名旗亭。選賦云：抗旗亭之嶢嶭。烽櫓者，設烽燧於櫓也。櫓者，城上守禦望樓。城隍者，城下之壕也。**中有古刺史，**洙曰：言其愛民蒞事，如古之刺史。**盛才冠巖廊。**趙曰：祖出武帝制曰：舜遊巖廊之上。文穎注曰：殿下小屋也。**扶顛待柱石，獨坐飛風霜。**趙曰：言刺史乃柱石之臣。獨坐，御史也。風霜，則御史之任。**昨者問瓊樹，高談隨羽觴。**洙曰：公自言得侍刺史，如問瓊樹然。陸士衡：四坐咸同志，羽觴不可筭。高談一何綺，蔚若朝霞爛。注：羽觴，謂其置鳥羽於觴，以急飲也。余曰：晉束晳傳：武帝問三日曲水之義，晳曰：「昔周公城洛邑，因流水以泛酒。逸詩云：羽觴隨流。」蓋言觴輕如鳥羽之飛也。原叔謂鳥羽於觴以急飲，恐非也。**無論再繾綣，已是安蒼黃。劇孟七國畏，**洙曰：前漢游俠傳：劇孟以俠顯。吴楚反，時條侯爲太尉，乘傳東討。至河南，得劇孟，喜曰：「吴楚舉大事而不求劇孟，吾知其無能已。」天下騷動，大將軍得之若爲一敵國云。**馬卿四賦良。**洙曰：司馬相如字長卿，有子虛、上林賦、哀二世賦、大人賦，並載漢史傳。**門闌蘇生在，**洙曰：蘇生，侍御涣。**勇鋭白起强。問罪富形勢，凱歌懸否臧。**洙曰：末章皆美刺史也。趙曰：劇孟、馬卿，以比刺史。白起，以比蘇渙。公自注：蘇生侍御渙。則渙在崔公漼之幕，而其人勇鋭，故用白起以比其爲將。公於末章自注云：聞崔侍漼乞師於洪府帥，已至袁州比〔一〕。此所謂問罪凱歌者乎？富形勢，則以兵之形勢精强也。**氛埃期必掃，蚊蚋焉能當。** 趙曰：氛埃蚊蚋，以比臧玠也。**橘** 洙曰：一作「橘」。**井舊地宅，仙山引舟航。** 洙曰：見「橘井尚高寨」注〔二〕。見「蓬萊如可到」注。趙曰：橘井在郴州。神仙傳：蘇耽將仙，謂其母曰：「以庭前橘葉神，使病者以井水服，病即愈。」仙山則指言蘇仙所仙之山。水經所載：耽既仙之後，乘白馬而返其所。鑿井處，世謂馬嶺山。公謀欲往郴，故云「引舟航」也。**此行厭暑雨，厥土聞清涼。** 洙曰：言親刺史之德而亡炎暑。趙曰：此指言郴州矣。公詩意曰：郴州頗凉冷，橘井尚淒清。舊注所引却是衡州，又無比德之意。**諸舅剖符近，** 洙曰：言諸舅皆作郡。趙曰：公詩每以崔姓爲舅，豈剖符爲刺史乃崔侍御漼者乎。**開緘書札光。蘋蘩命屢及，磊落字百行。江總外家養，** 洙曰：陳書：江總字總持，七歲而孤，依於外氏，聰敏有至性，舅吴平光侯蕭勱名重當時，多所鍾愛。常謂總曰：「爾操行殊異，神彩英秀，後之知名，當出吾右。」**謝安乘興長。** 洙曰：謝安寓居會稽，出則漁弋山水，入則言詠屬文，無處世意。常往臨安山，坐石室，臨濬谷，悠然歎曰：「此亦伯夷何遠。」又與孫綽等泛海，吟嘯自若，放情丘壑，每遊賞必常以妓女從也。**下流匪珠**

〔一〕比，疑當作「北」。

〔二〕寨，疑當作「褰」。

玉，擇木羞鸞凰。**洙曰**：下流，自言也。言己非珍異，然得所託也。**趙曰**：公自謙其爲人特下流耳，非是珠玉之珍也。傳曰：窮猿投林，豈暇擇木。公之意自謙其不暇擇木，非若鸞凰非梧桐不栖，故羞鸞凰也。我師嵇叔夜，**洙曰**：恬静寡欲，含垢匿瑕也。**趙曰**：公自言其放曠嬾散如嵇康。世賢張子房。**洙曰**：彼掾張勸。**趙曰**：公自有注，以美張勸也。柴荊寄樂土，**趙曰**：言柳州也。鵬路觀翱翔。**洙曰**：寄居樂土，當日觀刺史爲朝廷拔用也。**趙曰**：觀則所以指衡州刺史矣。鵬路，莊子云「九萬里」者也。

白馬

白馬東北來，空鞍雙貫箭。可憐馬上郎，意氣今誰見。近時主將戮，中夜商**洙曰**：商，或作「傷」。於戰。**蘇曰**：張儀欺楚，正以商於之地。**鮑曰**：商州也。舊屬楚。楚世家注：在今順陽郡南鄉、丹水二縣，有商城在於水中。乃知商於爲商州，即張儀欺楚王之地也。**趙曰**：此篇記事之作。**蔡治世曰**〔二〕：乃潭州詩。主將謂崔瓘也。公自潭州如長沙而逢亂。按九域志：衡州北至州界乃潭州。以公自南而北言之，則所見之馬爲東北來矣。東溪先生誤以主將之戮爲祿山之亂，而又以白非戰馬。昔侯景之亂，舉軍皆白馬青

〔二〕治，疑當作「伯」。按，「蔡治世曰：乃潭州詩」句疑係趙注所引，下文「主將」至「可乎」疑同屬趙注。

袍，而謂非戰馬，可乎？**喪亂死多門，嗚呼涕如霰。**趙曰：商於，當作「傷於」。按商於，山名，在虢州，與此潭州之亂無相干，斷不可取。屈原九歌哀郢篇云：涕淫淫其如霰。師曰：江文通雜體詩云：日暮浮雲滋，握手淚如線。梁簡文帝述霸賦〔一〕：孟夏守節〔二〕，雄風吹甸。晚解纜乎鄉津，涕淫淫其若霰。商於，楚地。此詩殆爲永王璘叛於楚而作，故有「中夜商於戰」之句。

迴棹 趙曰：此公厭衡山之熱，峴山之涼，欲迴棹而往，蓋公本襄陽人也。

宿昔試安命，趙曰：莊子云：知其不可奈何而安之若命。**自私猶畏天。**趙曰：言雖私己自便，而終不若小人之不畏天者也。**勞生繫一物，**趙曰：人之勞生，不免繫著一物，若利若名，皆是矣。**爲客費多年。衡岳江湖大，**鄭曰：荆州記：衡山，南岳也。周旋數百里，高四千一十丈。**蒸池疫癘偏。**趙曰：蒸池，按衡州衡陽縣云吴之臨蒸，以蒸水名。蒸水者，其氣如蒸也。鄭曰：寰宇記：衡州衡陽縣蒸水，源出縣西，如蒸山〔三〕。水經云：蒸水出重安縣南，又東北至臨蒸，至湘，渭之蒸口〔四〕。**散才嬰薄俗，**趙曰：以閑散之才

〔一〕霸，疑當作「覊」。
〔二〕守，疑當作「首」。
〔三〕如蒸山，疑當作「水氣如蒸」。
〔四〕渭，疑當作「謂」。見杜集札記。

爲薄俗所嬰繞，此同乎流俗之意。**有跡負前賢。** **趙曰：**賢者每以跡爲累，故以絶迹爲貴。今有留滯之跡，所以負媿於前賢矣。**巾拂那關眼，** **趙曰：**巾拂所以莊肅形容之物。那關眼，則舟中放曠而不用矣。**瓶罌易滿船。** **蘇曰：**洪嶠解官，去長沙，臨行嘆曰：「兒女滿眼，歸無負郭滿舡瓶罌，復何益於吾哉。」**趙曰：**言飲之多也。**火雲滋垢膩，** **洙曰：**淮南子曰：旱雲煙火。**凍雨裛沉****洙曰：**一作「塵」。**綿。** **洙曰：**思玄賦：凍雨霈其灑途。注：暴雨也。**强飯蓴添滑，**强，其亮切。**洙曰：**蓴見「張翰後歸吴」注。**端居茗續煎。** **夢符曰：**右按茶録：潭、邵之間，渠江中有茶，而多毒蛇猛獸。鄉人每年採擷不過十五六斤，其色如鐵，芳草異常，煎之無脚。彼人所餉渠江者，乃東平所出，伊渠江密因狐假焉。**清思漢水上，凉憶峴山巔。** **趙曰：**此在湘潭之詩，最爲卑濕蒸鬱之處，故清思漢水，而凉憶峴山也。公本襄陽人，豈懷鄉之語乎？**順浪翻堪倚，** **洙曰：**江賦：水夷倚浪以傲睨〔一〕。**迴帆又省牽。吾家碑不昧，** **洙曰：**杜預沉碑峴山之下。**王氏井依然。** **洙曰：**王粲宅有井。**几杖將衰齒，茅茨寄短椽。灌園曾取適，遊寺可終焉。遂性同漁父，** **洙曰：**屈原、莊子皆有漁父篇。**成名異魯連。** **洙曰：**史記：田單屠聊城歸，而言魯連，欲爵之。魯連逃隱於海上，曰：「吾與富貴而詘於人，寧貧賤而輕世肆志焉。」**趙曰：**如滄浪之漁父，不求名聞。翻異魯仲連，蓋

〔一〕水，疑當作「冰」。見杜集札記。

仲連却秦軍，下燕城，雖不受封，猶爲取名也。**篙師煩爾送，**篙，姑勞切。**朱夏及寒泉。****趙曰：**語篙師云：煩爾送我一去，猶於朱夏之際，趁及寒泉之爲可挹也。豈却仍往峴乎？

憶鄭南玭音泚。

鄭南伏毒寺，**趙曰：**舊本作「毒守」，難解。師民瞻本作「毒手」，無義。一本作「毒寺」，却似有義。蓋寺名伏毒，而在江心，故以到江心爲瀟灑也。**瀟灑到江心。石影銜珠閣，泉聲帶玉琴。****趙曰：**言泉聲如玉琴之聲也。江淹去故鄉賦：撫玉琴兮何親。舊所引大非。**風杉曾曙倚，雲嶠憶春臨。萬里蒼茫水，****洙曰：**一作「外」。**龍蛇只自深。****趙曰：**言滄浪水徒爲龍蛇之深藏，不似鄭南江心之可到。

舟中苦熱遣懷奉呈楊中丞通簡臺省諸公

媿爲湖外客，看此戎馬亂。中夜混黎甿，脱身亦奔竄。**趙曰：**湖外，言洞庭湖之外，衡州是也。戎馬亂，指言臧玠之亂。**平生方寸心，反掌帳下難。****洙曰：**謂崔瓘見殺也。**嗚呼殺賢良，****洙曰：**按新史：瓘爲治不煩苛，人便安之，居澧州二年，增户數萬。詔特進五階，以寵異政也。**不叱白刃散。****趙**

曰：舊本「反掌」。蔡伯世本作「反當」。其説是。公自言平生有經世之心，而反當帳下有上〔一〕，至於賊殺賢良，乃不能一叱白刃使散，蓋自以爲愧矣。帳下，指臧玠。賢良，指崔灌也。吾非文人特，没齒埋冰炭。夢符曰：右按論語：管仲奪伯氏駢邑三百。飯蔬食，没齒無怨言。韓子曰：冰炭不同器。耻以風病辭，胡然泊湘岸。入舟雖苦熱，垢膩可溉灌。痛彼道邊人，形骸改昏旦。洙曰：痛彼遇亂而死者。中丞連帥職，洙曰：詩有「方伯連帥」之職。趙曰：中丞，陽公也。舊唐書云：衡州刺史陽濟各出兵討臧玠。謂連帥，乃古之諸侯也。封内權得按。身當問罪先，縣實諸侯半。洙曰：謂陽中丞也。封邑半於古諸侯。士卒既輯睦，夢符曰：右按春秋左氏傳：隨武子曰：「昔歲入陳，今兹入鄭。民不罷勞，居無怨讟〔二〕。而卒乘輯睦，事不奸矣。」啓行促精悍。似聞上游兵，夢符曰：右按前漢書項籍傳：古之王者，地方千里，必居上游。注：文穎曰：居水之上流也。游，或作「流」。師古曰：游即流也。稍逼長沙館。洙曰：上游，江之上流也。鄰好彼克脩，天機自明斷。趙曰：公自注云：陽中丞琳問罪，將士皆自澧上達長沙也。南圖卷雲水，北拱戴霄漢。美名光史臣，長策何壯觀。洙曰：南圖，謂圖畫湖南也。北

〔一〕上，疑當作「難」。
〔二〕居，疑當作「君」。

拱，謂誅亂鉏暴以尊王室也。如此則書於史臣者光美，而見於策略者爲壯觀也。**田曰**：南圖，蓋莊子鵬飛萬里而圖南事。故子美送嚴公詩云「南圖迴羽䮚」而「北極奉星辰」〔一〕。舊注謂畫湖南，非是。**趙曰**：南之所圖謀，欲卷盡雲水也。北拱，所以尊君上。**驅馳數公子，咸願同伐叛。趙曰**：數公子，按唐史：澧州刺史楊子琳、道州刺史裴虬、衡州刺史陽濟各出兵討賊。**聲節哀有餘，夫何激衰懦。洙曰**：言願同伐叛之公子，聲名節概，足以振激。衰懦，猶軟弱也。**偏裨表三上，鹵莽同一貫。夢符曰**：右按前漢：馮奉世上書討羌，願益兵。上爲發六萬人，太常千秋將以助焉。奉世以得其衆，不須復煩將。上讓之曰：「大將軍出，必有偏裨，又何疑焉。」**始謀誰其間，迴首增憤惋。趙曰**：裨將上表，而敷陳不明同一貫耳。所以問在其間而爲始謀者誰，徒令我回首憤惋也。**宗英李端公，洙曰**：宗室之英秀也。**田曰**：右按吕温何間元王孝桀贊〔二〕：堂堂河間，仁勇是經。逌駿有聲，爲唐宗英。又梁邵陵王讓丹陽尹初表曰：臣進非民譽，退異宗英，尸居戎號，已紊彝典。說京兆五守，西漢莫追。河南二尹，東京罕繼。**趙曰**：端公，李勉也。勉爲御史中丞，大曆中出爲廣州刺史，亦以兵討玠。李肇國史補曰：御史相呼爲端公。**守職甚昭焕。變通迫脅地，謀畫焉得筭。王室不肯微，凶徒略無憚。此流須卒斬，神器資强幹。夢符曰**：右按道德經：天下神器，不可爲也。

〔一〕䮚，疑當作「翮」。
〔二〕何，疑當作「河」。

爲者敗之，執者失之。又文選西都賦：州郡之豪傑，五都之貨殖，三選七選[一]，充奉陵邑，蓋以强幹弱枝，隆上都而觀萬國也。**扣寂豁煩襟，皇天照嗟嘆。**趙曰：陸士衡文賦：扣寂寞而求音。師曰：戎馬亂，指臧玠之亂。甫避入衡州。帳下難，謂崔瓘被殺也。甫入衡州詩云「竟流帳下血，大降湖南殃」是也。特，匹特也。冰炭，謂與小人不相入也。臧玠之亂，欲召甫，甫以病辭，遂泊於湘岸。形骸改昏旦，痛彼遇亂而死者。中丞，指陽濟爲衡州刺史，封疆之内權得按察，故以兵來問罪。縣實諸侯半，言封邑半於古諸侯也。促精悍，言督促精鋭强悍之兵，以討玠。漢書：項羽自立爲西楚霸王，使人徙義帝，曰：「古之帝者地方千里，必據上游。」乃徙義帝長沙郴縣。上游，江之上流也。長沙屬潭州。陽濟修鄰郡之好，機謀果斷，圖畫湖南，北尊王室，如是則名聲光於史籍，而計策又何其壯觀也。子美常送嚴公詩曰：南圖迴羽翮，北極捧星辰。或説南圖蓋莊子鵬飛九萬里而圖南故事也。數公子，指澧州刺史楊子彬[二]、道州刺史裴虬之類，共出兵伐玠，其英聲節義足以振激衰懦。偏裨，副將也。表三上，謂上章陳臧玠之無罪，言崔瓘之減剋軍士衣糧，率皆鹵莽不明瓘之用心也。始謀，指玠也。李肇國史補：宰相相呼曰堂老，兩省相呼爲閣老，尚書丞節相呼曰曹長，郎中、員外、御史、拾遺相呼爲院長。唯御史相呼爲端公。李端公蓋御史也，名勉，乃宗室。大曆中出爲廣州刺史，亦以兵討玠。變通迫脅地，言釋脅從之人，以安衆心，足見其明權變也。焉得筭，言謀畫之多也。王室不肯微，言李公不肯令王室之

[一] 後一「選」字疑當作「遷」。
[二] 彬，疑當作「琳」。

微，必斬臧玠以斡正神器，亦使兇徒少有憚畏。扣寂言，以詩發寂默而豁煩悶之懷，冀皇天有以知之也。

送顧八分文學適洪吉州

中郎石經後，八分蓋憔悴。洙曰：蔡邕拜中郎將，校書東觀。邕以經籍去聖久遠，文字多謬，俗儒穿鑿，疑誤後學。熹平中，表求正定六經文字，靈帝許之。邕乃自書册千碑，使工刻立於太學門外。兩京記云：貞觀中，得蔡邕石經數段。邕能八分書。顧侯運鑪錘，筆力破餘地。鄭曰：錘，之瑞切，鍛也。洙曰：運鑪錘，言能鍛鍊以成一家之書。夢符曰：右按莊子曰：無莊之失其美，據梁之失其力，黃帝之亡其智，皆在鑪錘之間耳。蘇曰：黃刊見蔡邕八分書，曰：「筆力尚可破餘地。」昔在開元中，韓蔡同贔屭。上平祕切，下虛器切。洙曰：開元中，韓擇木、蔡有鄰二人善八分。事見李潮八分歌注。修可曰：張平子西京賦：綴以二華，巨靈贔屭。注：贔屭，作力之貌。玄宗妙其書，是以數子至。御札早流傳，揄揚非造次。洙曰：明皇師韓擇木，嘗於彩牋上八分書賜張說。三人並入直，洙曰：韓、蔡、顧三人也。恩澤各不二。顧於韓蔡內，辨眼工小字。分日示諸王，鉤深法更祕。洙曰：顧文學八分外尤能小字也。文學與我遊，蕭疏外聲利。追隨二十載，浩蕩長安醉。高歌卿相宅，文翰飛省寺。視我揚馬間，洙曰：視公如揚雄、司馬相如。白首不相棄。驊騮入窮巷，蘇曰：顏倚訪原憲，憲曰：「驊騮亦肯入窮巷。」必脱黄金轡。趙曰：顧君騎驊騮相訪。脱黄金轡者，言其富貴也。一論朋友難，遲莫敢失墜。古來事反覆，相見横涕泗。轡者玉珂人，珂，丘何切。誰是青雲器。洙曰：此事之反覆也，言貴者未必賢。才盡傷形體，洙曰：一作「骸」。病渴污官位。洙曰：司馬病渴，李尋曰：「久污王堂之署。」故舊獨依然，危時話顛躓。音致。我甘多病老，子負憂世志。胡爲困衣食，顔色少稱遂。遠作苦辛行，順從衆多意。舟檝無根蔕，蛟鼉好爲祟。況兼水賊繁，特戒風飆駛。崩騰戎馬際，往往殺長吏。子干東諸侯，勤勉防縱恣。邦以民爲本，魚饑費香餌。趙曰：言當厚施予，以恤民爲本也。請哀瘡痍深，告訴皇華使。使臣精所擇，進德知歷試。惻隱誅求情，洙曰：當勤恤民困也。固應賢愚異。洙曰：不可一概爲苛急，當存賢愚之用心爾。列士惡苟得，俊傑思自致。趙曰：皆以指言顧文學，所以責望之深也。贈子猛虎行，出郊載酸鼻。洙曰：陸士衡樂府猛虎行：渴不飲盜泉水，熱不息惡木陰。惡木豈無枝，志士多苦心。此皆勉其自振立也。趙曰：又戒之以無苟從也。師曰：漢蔡邕爲中郎將，善八分書，書六經文，命工刻碑於太學門外。自邕之後，八分書周零〔一〕，故云憔悴。張平子西都賦云：綴以二華，巨靈贔屭。注云：贔屭，作力之貌。及書苑云：唐明皇好圖畫，工八分、章

〔一〕周，疑當作「凋」。

草，豐茂英特。初，張説爲麗正殿學士，獻詩。明皇自於彩牋上八分書讚曰：德重和鼎，功逾濟川。詞林秀發，翰苑光鮮。所謂「御札流傳」者，此也。辨眼，言於字中最號明眼者也。神農本草云：珂，貝類，大如鰒，皮黄黑而骨白，以爲馬飾，生南海，勒謂之珂。晉阮咸字仲容，爲始平太守。顔延年五君詠曰：仲容青雲器。青雲，言器之高遠也。按齊書：江淹夢得五色筆，由是文章日新。後夢有人稱郭璞，取之。爾後爲詩絶無美句。時人謂爲才盡。甫謙言己才已盡，況又病渴，豈可污辱官位，是以下文有「我甘」之語。駛音山吏反，疾貌。崩騰，即奔騰也。軍興之際，賦斂慘刻，動殺長吏以叛。魚饑費長餌，喻民困，當撫以恩也。甫意欲顧生告於皇華使，閔其瘡痍，精擇良吏以爲佐，勤恤民隱，無徒誅求，一概爲苛急，略無賢愚之異爾。烈士惡苟得，戒顧生無以不義而負得，當自致富貴也。樂府猛虎行云：渴不飲盜泉水，熱不息惡木陰。欲其自振立之意。

聶耒陽以僕阻水書致酒肉療饑荒江詩得代懷興盡本韻至縣呈聶令陸路去方田驛四十里舟行一日時屬江漲泊於方田 鄭曰：耒陽，衡州屬縣。

耒陽馳尺素，見訪荒江眇。義士烈女家，風流吾賢紹。 洙曰：尺素，書也。史刺客傳：聶政殺韓相自死，其姊罌伏尸哭，極哀死政之旁。晉、楚、齊、衛聞之，皆曰：「非獨政能也，乃其姊亦烈女也。」**昨見狄相孫，許公人倫表。前期翰林後，屈跡縣邑小。** 洙曰：言聶之才宜在翰苑，而反屈跡縣邑。趙曰：蔡伯世本「前期」作「前朝」，其説是。豈聶之父或祖嘗任翰林之職乎？**知我礙湍濤，半旬獲浩溔。** 趙曰：溔，以沼切，大水貌也。謝靈運山居賦：吐泉之浩溔。**麾下殺元戎，湖邊有飛旐。**洙曰：潭州臧玠殺其帥崔瓘。子美避亂而往衡州故也。飛旐，素旐也。庾公上武昌，出石頭，百姓看於岸上，歌曰：「庾公上武昌，翩翩如飛鳥。庾公還揚州，白馬引素旐。」素旐，乃庾尋亡也。趙曰：即臧玠殺衛瓘也〔一〕。舊注所引庾公事，非。飛旐，字所出潘安賦：飛旐翻以啓路。**孤舟增鬱鬱，僻路殊悄悄。側驚猿猱捷，仰羨鸛鶴矯。禮過宰肥羊，愁當置清醥。**洙曰：張平子：鬱鬱不得志。詩：憂心悄悄。蜀都賦：猨狖騰希而競捷。又：置酒高堂，觴以醥清。曹子建：烹羊宰肥牛。言聶以肥羊清醥乃見於禮也。鄭曰：醥，普沼切，酒清曰醥。修可曰：曹子建七啓云：乃有春醥酒〔二〕。康狄所營。揚雄酒賦云：其味有宜城醪醲、蒼梧縹清酒也。杜詩一本作「清縹」，故兩載之。詩曰：既有肥羜，以速諸父。禮過宰肥羊，言聶令待遇厚故也。夢符曰：右按揚雄酒賦曰：其味有宜城醪醴、蒼梧醥清。或秋藏冬發，或春醞夏成。酒經曰：空桑穢飴，醞以稷麥，以成醇醪，酒之始也。烏梅女麲，甜醹九投，澄清百品，酒之終也。又按張平子南郡〔三〕：酒則九醞甘醴，十旬兼清。醪敷徑寸，浮蟻若萍。**人非西喻蜀，**洙曰：唐蒙通夜郎，徵發巴蜀吏卒，因軍興法誅其渠帥。巴、蜀大驚，上聞之，使相如作檄以責唐蒙，因喻巴、蜀人非上本意之事也。**興在北坑趙。**洙曰：秦將白起破趙四十餘萬軍，

〔一〕衛瓘，疑當作「崔瓘」。
〔二〕「春」後疑闕「清」字。見杜集札記。
〔三〕南郡，疑當作「南都賦」。

遂降秦，起悉坑之。方行郴岸静，未話長沙擾。洙曰：時臧玠殺崔瓘，長沙擾亂也。趙曰：公自注甚明。按唐史：大曆五年夏四月八日，湖南兵馬使臧玠殺其觀察使崔瓘。崔師乞已至，澧卒用矜少。鄭曰：澧，里第切，荆州湖名。問罪消息真，開顏憩亭沼。洙曰：聞崔侍御漼乞師於洪府，師已至袁川北〔一〕，陽中丞琳問罪，將士皆自澧上達長沙。師曰：狄相孫，指兼謨也。南史：孔休源爲晉安王長史。武帝勅王曰〔二〕：「孔休源人倫儀表，當師事之。」兼謨善人倫風鑒，許聶宰以人倫之表，言聶才宜在翰林，而反屈跡小縣。知我礙湍濤，以甫阻水也。浩溔，水大貌。麾下殺元戎，指臧玠殺崔瓘也。飛旐，言瓘之喪，揚素旐也。甫避亂衡州，屬江張不得去，故云「孤舟增鬱鬱」。猿猱善跳擲，鸛鶴善飛翔，甫阻水恨不能知猿猱與鸛鶴也〔三〕。矯，舉也。曹子建七啓云：乃有春清醥酒，康狄所營。注：醥，正妙切。青匹色。揚雄酒賦云：蒼梧醥清。詩曰：既有肥牡，以速諸舅。禮過宰肥羊，言聶令待遇之厚也。唐蒙通夜郎，徵發巴、蜀吏卒，巴、蜀大驚。上聞之，使司馬相如作檄以責唐蒙，因喻巴、蜀人。秦將白起破趙四十餘萬軍，悉坑之。甫意謂臧玠之徒不可以言喻之，宜若趙卒坑之，故云「與在北坑趙」〔四〕。郴岸静，論衡州無恙。長沙擾，指玠之亂。崔漼乞師於洪府，師已至袁

〔一〕川，疑當作「州」。
〔二〕勅，疑當作「敕」。
〔三〕知，疑當作「如」。
〔四〕與，疑當作「興」。見杜集札記。

州北，楊子彬將士又自澧州達長沙，故甫得以開顔而喜叛徒見擒也。

拾遺

瞿塘懷古新添。

鄭曰：寰宇記：夔州瞿塘在州東一里。

西南萬壑注，勍敵兩崖開。地與山根裂，江從月窟來。削成當白帝，本中曰：蜀魚復縣，公孫述更名白帝，自後爲重鎮。空曲隱陽臺。疏鑿功雖美，本中曰：郭景純江賦：巴東之峽，夏后疏鑿。陶鈞力大哉。

送司馬入京新添。

群盜至今日，先朝忝從臣。歎君能戀主，久客羨歸秦。黄閣長司諫，丹墀有故人。向來論社稷，爲話涕霑巾。

惜別行送劉僕射判官新添。

聞道南行市駿馬，不限疋數軍中須。襄陽幕府天下異，上將儉省憂艱虞。祇收壯健勝鐵甲，豈因格鬬求龍駒。而今西北自反胡，騏驎蕩盡一疋無。龍媒真種在帝都，子孫未落西南隅。向非戎事備征伐，君肯辛苦越江湖。江湖凡馬多顛顇，衣冠往往乘蹇驢。梁公富貴於身疏，號令明白人安居。俸錢時散七子盡，府庫不爲驕豪虛。以茲報主寸心赤，氣却西戎迴北狄。羅網群馬藉馬多，氣用驅除出金帛。劉侯奉使光推擇，滔滔才略滄溟窄。杜陵老翁秋繫船，扶病相識長沙驛。强梳白髮提胡盧，手兼菊花路傍摘。九州兵革浩茫茫，三歎聚散臨重陽。當杯對客忍涕淚，君不覺老夫神内傷。

呀鶻行新添。**鄭曰**：呀，虛加切，張口也。

病鶻卑飛俗眼醜，每夜江邊宿衰柳。清秋落日已側身，過鴈歸鵶錯迴首。緊腦雄姿迷所向，疏翮稀毛不可狀。强神迷復皂鵰前，俊材早在蒼鷹上。風濤颼颼寒山陰，熊羆欲蟄龍蛇深。念爾此時有一擲，失聲濺血非其心。

狂歌行贈四兄

與兄行年校一歲，賢者是兄愚者弟。兄將富貴等浮雲，弟切功名好權勢。長安秋雨十日泥，我曹鞴馬聽晨雞。公卿朱門未開鎖，我曹已到肩相齊。吾兄睡稱方舒膝，不韈不巾踏曉日。男啼女哭莫我知，身上須繒腹中實。今年思我來嘉州，嘉州酒重花繞樓。樓頭喫酒樓下卧，長歌短詠還相酬。四時八節還拘禮，女拜弟妻男拜弟。幅巾鞶帶不掛身，頭脂足垢何曾洗。**修可曰：**南史：陰子春字幼文，身脂垢污，脚數年一洗，言每洗則失財敗事。云在梁州，因洗足致梁州敗。子美云：足垢何曾洗，則又甚於數年一洗者矣。吾兄吾兄巢許倫，一生喜怒長任真。日斜枕肘寢已熟，啾啾唧唧何爲人。

虢國夫人新添。**鮑曰：**唐后妃傳：楊貴妃有姊三人，長曰大姨，封虢國，並承恩出入宫掖。

虢國夫人承主恩，平明上馬入宫門。**修可曰：**明皇雜録云：虢國每入禁中，乘驄馬，使小黄門爲御，皆俊健端秀，才冠一時。却嫌脂粉涴顔色，淡掃蛾眉朝至尊。**鮑曰：**楊妃外傳：虢國夫人不施朱粉，自有艷態。

逃難新添。

五十白頭翁，南北逃世難。疏布纏枯骨，奔走苦不暖。已衰病方入，四海一塗炭。乾坤萬里內，莫見容身畔。妻孥復隨我，回首共悲嘆。故國莽丘墟，鄰里各分散。歸路從此迷，涕盡湘江岸。

送靈州李判官新添。

羯胡腥四海，回首一茫茫。血戰乾坤赤，氣迷日月黃。將軍專策略，幕府盛才良。近賀中興主，神兵動朔方。

與嚴二歸奉禮別新添。

别君誰暖眼，將老病纏身。出涕同斜日，臨風看去塵。商歌還入夜，巴俗自爲鄰。尚媿微軀在，遥聞盛禮新。山東群盜散，闕下受降頻。諸將歸應盡，題書報旅人。

遣憂新添。

亂離知又甚，消息苦難真。受諫無今日，臨危憶古人。紛紛乘白馬，攘攘看黃巾。隋氏留宮室，焚燒何太頻。

早花新添。

西京安穩未，不見一人來。臘月巴江曲，山花已自開。盈盈當雪杏，豔豔待香梅。直若風塵暗，誰憂客鬢催。

巴山新添。

巴山遇中使，云自陝城來。盜賊還奔突，乘輿恐未迴。天寒邵伯樹，地闊望仙臺。狼狽風塵裏，群臣安在哉。**余曰**：漢武立望仙臺。

巴西聞收京送班司馬入京新添。

聞道收宗廟，鳴鑾自陝歸。傾都看黃屋，正殿引朱衣。**本中曰**：黃屋，車蓋也。劍外春天遠，巴西勑使稀。念君經世亂，疋馬向王畿。

花底新添。

紫萼扶千蘂，黄鬚照萬花。忽疑行暮雨，何事入朝霞。恐是潘安縣，堪留衛玠車。**蘇曰：**潘岳爲河陽令，植桃李花，人號曰「河陽一縣花」。衛玠在群伍中有異，所至看者如堵，號爲璧人。常乘白羊車。深知好顔色，莫作委泥沙。

柳邊新添。

只道梅花發，那知柳亦新。枝枝揔到地，葉葉自開春。紫燕時翻翼，黄鸝不露身。漢南應老盡，霸上遠愁人。

送竇九歸成都

文章亦不盡，竇子才縱横。非爾更持節，何人符大名。讀書雲閣觀，問絹錦宫城〔一〕。我有浣花竹，題詩須一行。

〔一〕宫，疑當作「官」。

贈裴南部新添。

塵滿萊蕪甑，堂横單父琴。蘇曰：范丹字史雲，爲萊蕪令，清貧。人歌曰：「釜中生魚范萊蕪，甑中生塵范史雲。」宓子賤爲單父宰，彈琴不下堂而治。人皆知飲水，公輩不偷金。本中曰：鄧攸爲吴郡，載米之郡，惟飲吴水而已。同舍郎誣直不疑偷金，不疑買償之。梁獄書應作，去聲。秦臺鏡欲臨。獨醒時所嫉，群小謗能深。即出黄沙在，應須白髮侵。使君傳舊德，已見直繩心。

奉送崔都水翁下峽新添。

無數涪江筏，鄭曰：房越切，海中桴。鳴橈揔發時。鄭曰：撓，如招切，揖也。別離終不久，宗族忍相遺。白狗黄牛峽，鄭曰：十道志：開州有白狗峽，二石隱起如白狗也。又有黄牛峽，高崖上有石，色黄如牛。朝雲暮雨祠。所過憑問訊，過，古禾切。到日自題詩。

題郪縣郭三十二明府茅屋壁新添。鄭曰：郪，七稽切，縣名，在梓州。

江頭且繫船，繫，吾詣切。爲爾獨相憐。雲散灌壇雨，鄭曰：博物志：太公爲灌壇令。春青彭澤田。頻驚適小國，一擬問高天。別後巴東路，逢人問幾賢。

遣悶呈路十九曹長新添。

江浦雷聲喧昨夜，春城雨色動微寒。黄鶯並坐交愁濕，白鷺群飛大劇乾。晚節漸於詩律細，誰家數去酒杯寬。唯君醉愛清狂客，百遍相過意未闌。

隨章留後新亭會送諸君新添。

新亭有高會，行子得良時。日動映江幕，風鳴排檻旗。絶葷終不改，勸酒欲無詞。已墮峴山淚，**鄭曰：**在襄陽。羊祜作鎮日，立碑記功於此。因題零雨詩。

東津送韋諷攝閬州録事新添。

聞説江山好，憐君吏隱兼。寵行舟遠泛，惜别酒頻添。推薦非承乏，操持必去嫌。它時如按縣，不得慢陶潛。

客舊館新添。

陳迹隨人事，初秋别此亭。重來梨葉赤，依舊竹林青。風慢何時卷，寒砧昨夜聲。無由出江漢，秋渚月冥冥。

閬州奉送二十四舅使自京赴任青城新添。

聞道王喬舄，名因太史傳。如何碧雞使，把詔紫微天。**定功曰：**王褒傳曰：方士言益州有金馬碧雞之寶，可祭祀致也。宣帝使褒往祀焉。後漢邛都夷傳：青蛉縣禹同山有金馬碧雞。光景時時出見也。秦嶺愁回馬，**鄭曰：**秦嶺在秦川。涪江醉泛舡。青城漫污雜，吾舅意淒然。

愁坐

高齋常見野，愁坐更臨門。十月山寒重，孤城水氣昏。葭萌氐種迥，左檐犬戎屯。終日憂奔走，歸期未敢論。**鮑曰：**唐志：葭萌屬利州。又詳「左檐」疑當作「武檐」，見成都記。

陪鄭公秋晚北池臨眺新添。

北池雲水闊，華館闢秋風。獨鶴元依渚，衰荷且映空。采菱寒刺上，踏藕野泥中。素檝分曹往，金盤小逕通。萋萋露草碧，片片晚旗紅。杯酒霑津吏，衣裳與釣翁。異方初豔菊，故里亦高桐。摇落關山思，淹留戰伐功。嚴城殊未掩，清宴已知終。何補參軍乏，本中曰：一作「事」。歡娱到薄躬。

去蜀新添。

五載客蜀郡，一年歸梓州。如何關塞阻，轉作瀟湘遊。萬事已黄髮，殘生隨白鷗。安危大臣在，何必淚長流。

放船

送客蒼溪縣，**鮑曰**：唐志：蒼溪屬閬州。**鄭曰**：閬州，地名。寰宇記：衡州新平縣。吴録云：神龍二年，移在蒼溪之西。是知爲閬州地也。山寒雨不開。直愁騎馬滑，故作泛舟回。**趙曰**：孟浩然云：爲多山水樂，頻作泛舟行。勢亦相似。青惜峰巒過，黄知橘柚來。**鮑曰**：言舟行湍移，景物如畫，雖速而不言速也。**鄭曰**：柚，余救切，似橙而酢。江流翠自在，坐穩興悠哉。

哭台州鄭司户蘇少監新添。

故舊誰憐我，平生鄭與蘇。存亡不重見，喪亂獨前途。豪俊人誰在，文章掃地無。羈遊萬里闊，凶問一年俱。白日中原上，清秋大海隅。夜臺當北斗，泉路著東吴。得罪台州去，時危棄碩儒。移官蓬閣後，穀貴歿潛夫。流慟嗟何及，銜冤有是夫。道消詩發興，心息酒爲徒。許與才雖薄，追隨跡未拘。班揚名甚盛，嵇阮逸相須。會取君臣合，寧詮品命殊。賢良不必展，廊廟偶然趨。勝決風塵際，功安造化鑪。從容詢舊學，慘淡閟陰符。擺落嫌疑久，哀傷志力輸。俗依綿谷異，客對雪山孤。童稚思諸子，交朋列友于。情乖清酒送，望絶撫墳呼。虐痢殞巴水，瘡痍老蜀都。飄零迷哭處，天地日榛蕪。

陪王侍御宴通泉東山野亭

江水東流去，清樽日夜斜。異方同宴賞，何處是京華。亭景臨山水，村煙對浦沙。狂歌遇形勝，得醉即爲家。**蘇曰**：阮宣：飄流往來，人間居止何地，日得醉處即爲家。

湖城東遇孟雲卿復歸劉顥宅宿宴飲散因爲醉歌

疾風吹塵暗河縣，洙曰：楊給事誄：軼我河縣。趙曰：長門賦：天漂漂而疾風。行子隔手不相見。洙曰：管子：道途揚塵，十步不相見也。湖城城南一開眼，駐馬偶識雲卿面。況非劉顥爲地主，趙曰：左傳：地主致餼。言人爲地之主也。嬾迴鞭轡成高宴。蘇曰：宋宗：昨見王齊，遂成高臺之宴。清談如玉屑落金盤，使人嬾迴鞭轡，繼燭飛玉觥。劉侯歎我携客來，置酒張燈促華饌。且將款曲終今夕，休語艱難尚酣戰。趙曰：淮南子曰：魯陽公與韓戰，戰酣，日暮，援戈而麾之，日爲之反三舍。照室紅爐促曙光，縈窗素月垂文練。天開地裂長安陌，寒盡春生洛陽殿。洙曰：時盜賊充斥，而肅宗理兵議收復也。趙曰：句法使謝惠連詩「春生鳷鵲樓」。豈知驅車復同軌，洙曰：書同文，車同軌。可惜刻漏隨更箭。洙曰：陸佐公新漏刻銘：銅史司刻，金徒抱箭。人生會合不可常，庭樹鷄鳴淚如綫。洙曰：張衡古別離曲云：鷄鳴庭樹枝，客子振衣起。別淚落如綫，相顧不能止。趙曰：傳所謂「中國不絕如綫」。

惠義寺送王少尹赴成都

苒苒谷中寺，娟娟林表峰。欄竿上處遠，結構坐來重。騎馬行春徑，衣冠起暮鍾。雲門青寂寞，此別惜相從。

過洞庭湖鮑曰：洪玉甫云：有人得之江中石刻。直方詩話亦云。

鮫室圍青草，龍堆隱白沙。護堤盤古木，迎棹舞神鴉。破浪南風正，回檣畏日斜。湖光與天遠，直欲泛仙槎。

聞惠子過東溪蘇曰：右一篇劉斯立得於管城人家。

惠子白驢一作「駒」。**瘦，歸溪唯病身。皇天無老眼，空谷滯斯人。崖**一作「巖」。**蜜松花熟，**一作「古」。定功曰：本草：蜜，一名白蜜，一名崖蜜。在高山巖石之間。圖經云：近宣城有黃連蜜，色黃，味小苦。雍、洛間有梨花蜜，如凝脂。亳州太清宫有檜花蜜，色小赤。並以蜂採其花作之，而性之温良亦相近崖蜜。松花熟，亦蜂採松花而成蜜也。**山杯竹葉春。**修可曰：吴地志曰：吴興烏程酒有名。張華輕薄篇曰：蒼梧竹葉青，宜城九醖酒。竹張景陽七命云[一]：弗南烏程[二]，豫北竹葉。田曰：陳陰鏗竹詩：葉醖宜城酒。**柴門了生事，黄綈未稱臣。**

[一] 竹，疑爲衍文。

[二] 弗，疑當作「荆」。

聞官軍收河南河北

劍外忽傳收薊北，初聞涕淚滿衣裳。却看妻子愁何在，漫卷詩書喜欲狂。**趙曰**：讀書之際，聞已收薊北，得妻子有長聚之慶，所以漫卷之而喜，欲至於狂也。白首放歌須縱酒，青春作伴好還鄉。即從巴峽穿巫峽，便下襄陽向洛陽。**余曰**：田園在東京。

乘雨入行軍六弟宅新添。

曙角凌雲罷，春城帶雨長。水花分塹弱，巢燕得泥忙。令弟雄軍佐，凡材污省郎。**蘇曰**：潘岳：無長才廣識，謾汙省郎，見真儒碩人，厚顔汗熱。**趙曰**：公爲工部員外郎而自謙之辭也。萍漂忍流涕，衰颯近中堂。

登高新添。

風急天高猿嘯哀，**洙曰**：宋玉云：天高而氣清。潘安仁：勁風淒急。渚清沙白鳥飛迴。無邊落木蕭蕭下，**洙曰**：江賦：尋之無邊。楚詞：洞庭波兮木葉下。又：風颯颯兮木蕭蕭。不盡長江衮衮來。**洙曰**：謂不舍晝夜，故云「不盡」。萬里悲秋常作客，**洙曰**：宋玉悲秋。百年多病獨登臺。**洙**

曰：相如多病，卧於茂陵。**艱難苦恨繁霜鬢，潦倒新停濁酒杯。**洙曰：嵇康曰：「酒一盃，潦倒粗疏。」

奉先劉少府新畫山水障歌 新添。

堂上不合生楓樹，怪底江山起煙霧。聞君掃却赤縣圖，洙曰：史記孟子傳：中國名曰赤縣神州。趙曰：京邑屬縣有赤，有畿。其浩穰者爲赤。奉先乃今之蒲城縣也。劉少府善畫赤奉先之景物，猶江山起霧。杜公聞其掃赤縣圖，乘興遣劉公更作滄州之幽趣矣。**乘興遣畫滄州趣。**洙曰：謝玄暉：既懽懷禄情，復協滄州趣。**畫師亦無數，好手不可遇。**蘇曰：載逵云：「世之畫者比比皆是，但好手者亦難遇。」**對此融心神，知君重毫素。**趙曰：左太冲招隱詩：前有寒泉井，聊可瑩心神。又賦云：唯毫素之所凝。注：毫，筆也。書嫌曰素[一]。而五君詠有曰：向秀甘淡薄，深心託毫素。**豈但祁岳與鄭虔，**洙曰：祁岳、鄭虔，當世善畫者。**筆跡遠過楊契丹。得非玄圃裂，**洙曰：離騷：朝發軔於蒼梧，夕余至乎玄圃。圃在崑崙山，所以有仙人居焉。山海經曰：閬風之山，上倍之是謂玄圃。**無乃瀟湘翻。**洙曰：王徵君詩：窈藹瀟湘空。**悄然坐我天姥下，耳邊已似聞清猿。**洙曰：天姥，山名也。謝靈運登臨嶠詩：哀猿響南

[一] 嫌，疑當作「縑」。

巒。又：明登天姥峰。黄曰：吴越郡國志：天姥山與括蒼山相連，石壁上有字，高不可識。春月則聞簫鼓笳吹之聲。反思前夜風雨急，乃是滿城鬼神入。元氣淋灕障猶濕，真宰上訴天應泣。趙曰：本朝錢希白洞微志云：無雲而雨，謂之天泣。野亭春還雜花遠，洙曰：丘希範書：雜花生樹。漁翁暝踏孤舟立。滄浪水深青溟闊，欹岸側島秋毫末。不見湘妃鼓瑟時，至今斑竹臨江活。趙曰：楚以狀所畫之竹，言湘妃遠矣。夢符曰：右按楚詞遠遊章句：使湘靈鼓瑟兮，令海若舞馮夷。張華博物志：舜死，一妃淚下染竹，即班。死爲湘水神，故曰湘妃。今公詩行語及詩企妙如此。劉侯天機精，洙曰：莊子：嗜欲深者天機淺。愛畫入骨髓。十朋曰：徐邈：吾見王貴畫入骨髓，愛恨吾學不到奇妙處。自有兩兒郎，揮灑亦莫比。大兒聰明到，能添老樹巔崖裏。小兒心孔開，貌得山僧及童子。趙曰：禰衡曰：「大兒孔文舉，小兒楊德祖。」若耶溪，洙曰：越溪也。雲門寺，十朋曰：南史：何胤字子季，隱居不仕。會稽山多靈異，往遊焉。居若耶山雲門寺。初，胤二兄求、點並棲遁，至胤又隱焉。世號點爲小山，胤爲大山，亦曰東山兄弟，又云大隱、小隱。吾獨胡爲在泥滓，青鞋布襪從此始。蘇曰：謝玄暉曰：「胡爲翰墨場屋中，没會稽山水奇秀。布襪、青鞋、鶡冠、竹杖，吾志從此始矣。」

絶句三首新添。鮑曰：謝克家任伯云：得於慎文肅家故書中，猶是吴越錢氏時人所傳，格律高妙，其爲少陵不疑。

聞道巴山裏，春船正好行。都將百年興，一望九江城。

水檻温江口，茆堂石笋西。移舡先主廟，洗藥浣沙溪。

設道春來好，狂風大放顛。吹花隨水去，翻却釣魚船。

王狀元集百家注編年杜陵詩史三十二卷

泰興季振宜滄葦氏珍藏

杜集札記

余往覆宋咸淳本李翰林集，附有札記。及得宋王狀元集注杜陵詩史，重其出於各本之外，因復景雕，以與李集相配。宋人之議杜注，如「蘇曰」、「師曰」之類，嚴氏羽、陳氏振孫皆直揭其僞。此注具録無遺，顯爲南宋坊刻，龜齡所見不至此也。刊成，以此兩僞注雖不足取，其餘諸注有可與蔡夢弼本、黄鶴父子本、九家本參互考訂者。昔爲李集札記，以吴門繆武子刻李集有考異續出之説，而未見傳本。余之札記所以補繆氏之缺，今爲杜集札記，亦所以補黎蒓齋丈覆宋本草堂詩箋所未及，兼取徐居仁本、許自昌本、錢牧齋、朱愚菴、仇滄柱各本，而考其同異，補其奪漏，往往爲一字之譌，與文之首尾不具。檢書取覈，必推尋無憾而後已。目眊神瞀，不恤其苦。於是此注始可讀。若以僞造書名，致累全本，豈不可惜。且古之僞造書名者，無過馮贄雲仙散録，今尚有從宋本一再翻刻者。牧齋錢氏知此注引唐史拾遺爲僞。翁氏元圻注困學紀聞僅舉康熙字典「口部」引唐史拾遺證杜飲中八仙歌「焦遂」事，不知即出此書「師曰」所引，亦未嘗不可資爲談助。使屏此不刻，後世將焉覩其真邪？余故樂爲箸之。昔有嗜土炭如珍羞者，此尚非土炭，比取其有可屬饜而已。宣統建元後四年癸丑三月三日，貴池劉世珩識於上海楚園。

卷之一

游龍門奉先寺

靈籟靈，仇作「虛」，一作「靈」。天闕闕，一作「開」。姜氏説。

贈李白

羶腥一本作「腥羶」。注芳得薄楚詞本作「不得」。青精一作「飿」。注精光「光」當作「先」。注受青徐本作「受其青」。大一本作「買」。注抱丹許作「抱陽」。注鄧元伯徐本作「伯元」。金閨深深，仇作「彦」。

望岳

夫如何夫，一作「大」。

登兗州城樓

海岱全唐詩：岱，一作「嶽」。

對雨書懷

車詣當作「指」。

臨邑舍弟書至

職司仇云：一本「作思」。注以鼃鼍「以」當在「鼍」下。此鼃此，徐作「以」，非，當作「吪」。乘九皋仇云：一作「横」。天失一作「矢」。倚賴仇云：一作「賴却」。注以比徐作「此」。注所恃徐作「倚」。

劉九法曹

注乘興當作「輿」。注以已徐作「比」。

與李十二白

日仇一作「月」。廢許本作「發」。注皇嘉「皇」上奪「后」字。注觀從當作「徙」。注差爾當作「嗟」。注不可下奪「喜」字。誰欲仇云：一作「誰與」。注菰菜菜，徐本作「米」。

房兵曹胡馬詩題下一本無「詩」字。

注立止當作「豈止」。

陪李北海

題下注中壽徐作「平壽」。案：作「平」是也。漢志有平壽縣。注相夫人當作「湘」。注尹曰後漢條徐本作「玉珮」句下。注所緊當作「繫」。注薛列列，徐作「引」。注真趨當作「趣」，下同。注不趨徐作「趨」。

登歷下亭

地里仇云：一作「理」。泊煩陳浩然本作「洎」。

同前

題下注對鵲下奪「山」字。溟仇作「冥」。時俱仇作「具」。注宴實實，徐作「賓」。注樂甫當作「府」。

任城許主簿

集小船集，仇作「進」。晚涼草堂本作「晚來」。徑時仇云：一作「旬」。

贈比部蕭郎中

藹仇作「靄」。注言女當作「如」。注遂甲徐作「申」。媿仇云：一作「醜」。注門父老徐作「問」。

過宋員外

守陽仇作「首」。耆老一本作「舊」。

夜宴左氏莊

風林仇作「林風」。净仇作「静」。

洛城北元元皇帝廟

憑高仇云：一作「虛」。禁御他本皆作「籞」。注苦縣當作「苦」，此本誤。世家遺一本作「貽」。聯龍衮仇云：一作「連」。官列仇云：一本作「引」。井凍英華作「動」。何鄉仇云：一作「方」。

兵車行

注列子當作「女」。注至關當作「至闕」。欄道當作「攔道」。仇云：一作「橋」。注頻行徐作「點行」。邊庭全唐詩云：一作「亭」。注記漢徐作「託」。注沮溺徐「沮」上有「如」字。生男仇云：一作「兒」。注吐軍徐作「吐番」。

天寶初小司寇舅

題累土仇作「壘」。又匱仇作「簣」。又數致錢注本同，仇作「塵外致」，無「數」字，云一有「數」字，一有

「格」字。氛氲|仇云：一作「氤氲」。

題張氏隱居

注不夜「不」字衍。濟潭|王洙作「霽潭」。

鄭駙馬宅

篁青|仇云：一本作「清」。注群邊|徐作「裙」。江麓|仇云：一本作「底」。

李監宅

落葉|仇作「華館」。簷全唐詩作「簾」。傾産|仇作「座」。鹽官官，仇作「車」。

送孔巢父

注海入當作「入海」。注不使有子今左傳無此二字。引歸路|仇作「是征路」。注黑翟當作「墨翟」。

月照|仇云：一作「點」。問信|仇作「迅」。

冬日懷李白

裋仇云：一作「短」。

飲中八仙歌

注此到當作「倒」。道逢仇云：一作「見」。注望封當作「到」。注而使當作「便」。注逢之逢，當作「道」。注流流下「流」字當作「涎」。世賢仇云：世，一本作「避」。注來矣徐作「其尚來矣」。注之家當作「芝」。注成孟成，當作「我」。注紙如「紙」上奪「落」字。注酬結許作「酢」。

贈韋左丞

注傳軫當作「傅」。注史典當作「六典」。注此於當作「比於」。注傳咸當作「傅咸」。漢臣一作「官」。前列仇作「烈」。注專在當作「辱在」。

杜位宅守歲

注預明「明」字衍。

卷之二

贈韋左丞

注細續徐作「細綾」。看摭言引作「將」。注此史徐作「北史」。風俗摭言引作「化」。蕭條摭言引作「蕭索」。三十載仇作「十三」。冷炙辱徐作「之辱」。注能其徐作「其能」。入海仇云：一作「入洛」。注由梁當作「遊梁」。回首仇云：一作「回望」。一飯仇云：一作「餐」。

贈崔于二學士

注載載當作「九載」。注龍風當作「龍門」。寧無仇云：一作「聞」。青雲仇作「冥」。猶契闊仇云：一作「連澒洞」。陵厲仇作「淩」。不飛一本作「小飛」。

醉時歌

坎軻許作「轗軻」。仇云：一作「坎凜」。更嗤仇云：一作「見嗤」。短窄仇云：一作「穴」。襟期仇云：一作「衾期」。有鬼仇云：一作「感鬼」。

遊何將軍山林

題下注太后當作「太主」。南塘許本作「唐」。注指其徐無「其」字。

千重仇、許均作「章」。

花開開，仇一作「來」。使徒徒，仇一作「慚」。拆漸漸，全唐詩作「日」。

盡捻正異作「拈」。

箏用用，仇云：一作「卸」。

吹陰仇云：一作「吹梅」。只疑仇作「祇」。

棘樹許作「疏」，仇作「棟」。益食單仇云：一作「蓋食簞」。

籬許、仇皆作「䍦」。注光帝當作「先」。

水住仇云：一作「注」。

重過何氏

注花笑笑，徐作「妥」。

犬迎句顧陶本作「犬憎閒宿客」。天青當作「清」。雍録作「寒」。黄子許作「皇」。趙同。步屣仇作「屧」。

過許作「向」。舊作「到」。

點筆仇云：一作「照」。

應嘗全唐詩、仇均作「常」。容色仇云：一作「鬢」。注遂城當作「成」。

戲簡鄭廣文

醉即仇作「則」。三十英華作「四十」。近有許、仇均作「賴」。

贈哥舒翰

麒麟仇云：諸本多作「騏驎」。無傳英華「傳」作「飛」。注具及當作「其及」。垂睿英華作「垂眷」。注共濟唐書作「洪」。注兆陽唐書作「洮」。注社禱仇引書傳作「燾」。行遺英華作「宜」。注昇遷徐作「仙」，一作「仙」。注遠途仇作「途遠」。注府王徐作「主」。軍事句仇云：一作「鄉曲輕周處，將軍拔呂蒙」。注當掌徐作「嘗」。防身一仇云：一作「腰間有」。將仇云：一作「聊」。注已白當作「自」。雜遝〔一〕仇云：

〔一〕按，「雜遝」及以下疑當屬麗人行。

一作「合還」。**入錦茵**仇云：一作「立」。**注徐排**當作「悱」。**注引自**當作「別自」。

送高三十五

幽并一作「并州」。**注本祕**祕，當作「初」。**注長幕**當作「帳幕」。漢書作「幕帳」。**又如句**□□□□□中腸悲。**何當**仇云：一作「何時」。

送蔡希魯

題下注奏勤徐作「勒」。**匼匝**仇云：一作「帢」。**雪山**一作「雲」。**猶寵**荆作「獨寵」。**漢使**使，仇一作「水」。

贈田九

肥春仇作「秦」。**並入**入，仇作「美」。

贈鮮于京兆

開出仇云：一作「世」。注是鳳晉書「是」上有「定」字。賦念念，仇作「忝」。注公孫洪當作「宏」，下同。此避宋諱。

秋雨歎

注魯侯莊子作「桓公」。

再吟

蘭風徐、許皆作「闌」。仇作「闌」，注一作「蘭」。雨涘當作「兩」。木頭仇云：漫叟詩話定爲「禾」。注簽載當作「命」。農夫田父四字出潘岳秋興賦序。仇云：父，一作「婦」，非。米换仇云：一作「抱」。

又吟

注環堵此二字下當有「之室」二字。未曾陳本作「未省」。

卷之三

上韋左相

注歐民漢書作「驅」。**老臣**老，樊作「舊」，一作「直」。**騏驎**仇云：一作「麒麟」。**注新雄**當作「斬」。**江河**英華作「江湖」。**注對應**當作「代應」。**注天子**後漢書作「天之」。**搢紳**仇云：一作「縉」。**注號之**徐作「號爲」。**長貧**仇作「頻」。**爲公**公，英華作「君」。**注章載**當作「章事」。**注至管**至，當作「過」。

承沈八丈

申安吳作「宴」。**注所在**在，徐作「存」。**注大父審**下奪「言」字。**注之掾**當作「椽」。

九日寄岑參

雨脚仇云：雨，一作「兩」。**但仍**仇云：仍，一作「如」。**沈吟句**仇云：一作「吟卧西軒下」。**嗟乎**全唐詩作「呼」。**是節**節，仇一作「旹」。**新語**仇作「詩」。**滿衣**仇云：一作「灑衣」。

贈張均

注棄韓魏志作「弁」。天闕仇云：天，一作「高」。注清户漢書作「畫户」。注日素日，當作「白」。注聞潘徐作「播」。萍泛仇云：泛，一作「跡」。深慚慚，一作「忘」。

贈汝陽王

題下注言小小，當作「加」。注三漢當作「二」。注才卞徐「卞」作「辨」。推忠仇作「惟忠」。醴求，仇作「來」。注致酒徐作「設醴」。辞華仇云：辞，一作「才」。騫騰仇「騫」作「鶱」。寸腸腸，仇作「長」。注李杜後漢書「李」上有「稱」字。何知仇云：黄作「何如」。居異一膝許作「栖在百層」，仇同。謬持全唐詩作「且持」。全寧許、仇作「寧全」。可陵杜臆作「淩」。

贈鄭諫議

注食王文選作「餐玉」。注催暮文選作「愁暮」。一諾仇云：一作「語」。

前出塞

注骨肉下奪「緣」字。萬仞仇云：一作「丈」。注西下三秦記作「四下」。注單于漢書「單于」上有「射」字。立國仇本作「列國」。注三褒「三」當作「王」。注書戎當作「戒」。固窮固，仇一作「困」。

自京赴奉先縣

何愚樊作「過」。首甘仇云：一作「苦」。注舊思當作「恩」。注闔歌當作「棺」。注之提徐作「堤」。以茲悟仇云：一作「誤」。自遣全唐詩作「適」。頗愁絶杜臆「頗」作「破」。不得仇云：一作「能」。注直帶徐作「嵽」。注之宮當作「九宮」。注穆王「王」字衍。樛嶱王荆公、歐陽公定爲「膠葛」。短褐許作「裋」。注一作願此三字當在「欲」字下。注若饑當作「苦」。朝廷許作「廷」，仇同。中堂有全唐詩「有」作「舞」。霧蒙蒙，全唐詩作「散」。酒肉仇云：一作「[illegible]」。群水全唐詩作「冰」。行旅仇作「李」。妻既全唐及仇均作「寄」。能夕許作「久」，仇同。巷猶猶，許作「亦」，全唐及仇同。

橋陵詩

注士諫當作「七諫」。祠官仇云：一本作「祠臣」。曉知一本作「晚」。日夜仇作「日相」。瀅濙許作

「瀅瀠」，仇同。真可直，仇一作「宜」。注振兹如古當作「振古如兹」。短褐許作「裋」。廨宇容仇作「廨署」。署，一作「宇」。容，或作「寄」，一作「客」。未醒未，仇作「不」，一作「未」。

後出塞

召募仇云：召，趙作「占」。案，「占募」本鮑照詩，原注洙引鮑詩，亦誤作「召」。馬鞍仇作「鞭」。注統金吴越春秋作「釁」，下同。門營仇云：一作「營門」。注相門當作「桐門」。注但見下奪「月」字。注非鳴當作「悲鳴」。注備問當作「借」。今人仇云：一作「今日」。亘長仇云：一作「直」。貔虎仇云：一作「螭武」。注臣與當作「臣輿」。恐辜仇本作「孤」。注云：一作「辜」，非。

玄都壇歌

常風寒文粹：「風」作「松」。注一作蟠當在「翻」下。注廋當作「庾」。誠長往仇作「成」，全唐同。注耳雅當作「爾」。

歎甘菊花

簷前簷，許作「庭」，仇同。盡醉醒全唐作「醉盡醒」。纏風仇云：纏，一作「埋」。

醉歌行

倒流仇云：一作「倒傾」。注詞原徐作「源」。注城之徐作「城也」。今年陳本作「今生」。已見仇云：一作「即是」。注後趙一當作「後漢趙壹」。淡淹仇作「潭淹」。注接菜當作「接余」。已醉全唐詩作「皆醉」。注漁人當作「漁父」。

慈恩寺塔

題下注國史譜「譜」當作「補」。又注玄楚當作「玄奘」。蒼穹仇云：一作「天」。曠士仇云：一作「壯」。注之不當作「之下」。始出英華作「驚」。泰山許、仇全唐皆作「秦」。池飲飲，仇一作「燕」。注復見當作「復來」。注卒酉當作「辛酉」。注上君當作「止君」。注僞著當作「署」。

示從孫濟

噂踏當作「噆」，注同。宅舍容仇一作「客」。利口實仇云：一作「實利口」。注親文徐作「親親」。

曲江

題下注國史譜當作「補」。注秋延年秋，徐作「顔」。注索鴻當作「鴻索」。注勅彼徐作「勅移」。

再吟

注我木文選作「伐木」。

又吟

注出彼當作「田彼」。注正後當作「正居」。

樂遊園歌

崒仇云：一作「萃」。瓢示仇云：示，一作「樂」。注翠奕徐作「帟」。注雲別當作「則」。亦不英華作「辭不」。**已知**許作「亦知」。**自荷**自，英華作「但」。**天慈**慈，仇一作「私」。

渼陂行

續蔓仇作「縵」。**菱葉**葉，山谷作「芡」。**靜如拭**仇作「净」。**下歸無極**仇云：一作「下臨無地」。**注日出**當作「月出」。**注極少**「少」當作「兮」。

渼陂西南臺

注通人徐作「逼人」。**注大水**當作「天」。**注其琅**徐作「其垠」。**空蒙**仇作「濛」。**注重漢**徐作「嘆」。**可忽**徐作「所忌」。**注方宮**徐作「方言」。

夏日李公

題下注家今許、徐作「令」。**所願**仇作「須」。**鳥鬪**許作「喧」。**苦遭**仇云：一作「道」。**孰語**許、仇皆作「謂」。**色靜**樊作「净」。

遺興五首

騂弓仇云：一作「觪」。注少隄徐作「沙隄」。注鳩自徐引「鳩」上有「飲」字。以勸仇云：一作「戒」。朝逢仇云：一作「送」。後皆皆，仇一作「見」。束縛仇云：一作「練」。

卷之四

夜聽許十誦詩仇作「許十一」。

注五鸞徐作「五巒」。注本來緣下奪三字。注玷捶當作「拈」。注謂錘仇引作「鍛」。注金屋當作「金」。紫鸞歐公家本作「鷰」。注坡襟當作「披」。

貧交行

注文時當作「詩」。注帝時當作「詩」。注谷風誚輕蒲蒲，當作「薄」。俄傾傾，當作「頃」。

白絲行

注父者當作「爹」。塵汙當作「污」。注持此徐作「比」。

去矣行

注登來徐作「永」。注明月仇引作「目」。注乃推仇引作「椎」。

遣興

黄葉墜一作「墮」。勝負樊作「失約」。注單亦「亦」當作「于」。注紛紮徐作「挐」。注戮走徐本作「馳」。注急采當作「來」。注匈奴下奪「傳」字。注乘停當作「亭」。注因之當作「乏」。注以遂當作「上遂」。孰云仇云：一作「既」，一作「亦」。注不問當作「同」。芳草芳，仇作「芝」。一作「芳」，一作「叢」。

驄馬行

注烏蓍當作「焉耆」。注初置下奪「安」字。注雖之徐作「雖居」。腕促仇云：一作「踠」。注利目徐作「耳」。注文穩當作「又」。

天育驃騎

天子之馬艇齋詩話作「天馬之子」。注鬝至徐作「鬣」。注如汗徐作「污」。駿尾仇引趙本作「駿」。

緑縹仇云：一作「驃」。性合東坡書作「含」。注岐幽當作「豳」。注幾何其蕃育仇引無「幾何其」三字。

神俊仇作「駿」。注不才當作「下才」。注林下當作「材下」。注伯藥當作「伯樂」。注募之當作「幕」。

注之騮當作「驥」。注免而當作「俛」。

驄馬行

注天子馬徐本作「馬子」。肉駿荆改爲「騣」。久試草堂本作「少」。注十金當作「千」。能取仇作「取之」。朝趨仇云：一作「夕」。趨，一作「晨」。注華聊徐作「騮」。注二下徐作「一下」。

王宰山水圖

促迫迫，英華作「逼」。赤岸赤，仇一作「南」。山水當作「山木」。須論論，仇一作「千」，一作「行」。

吴松仇作「淞」。

松樹障子

握髮許作「手」。却承仇云：一作「成」。商山商，仇一作「南」。注受録徐作「籙」。

韋偃雙松

雨垂垂，仇一作「隨」。

魏將軍歌

寶校仇云：當作「鉸」。案，作「鉸」是。注師可引赭白馬賦亦誤「校」。注鏤錫當作「鍚」。注淄白當作「日」。注切鏤徐作「功」。注天良仇作「王良」。注二輔徐作「三」。注非持當作「特」。注石水仇作「若木」。

贈獻納田舍人

追趨仇云：一作「飛」，全唐詩同。注持雄徐作「揚雄」。

贈張四學士

内分仇云：魯作「内須」。**注談花**徐作「苑」。**注止余**徐作「餘」。**注也日**當作「地日」。

贈高式顔

愧處當作「塊處」。**注李於**當作「放」。

武衛將軍

注投手徐作「于」。**敢決**敢，仇一作「感」。**注捷鳴**文選作「捷」。**赤羽**仇云：一作「雨」。案，作「雨」者，此注引「師曰」作「雨」，僞注不可從。**注音穚**徐作「橋」。**注交頸**徐作「頤」。

存殁口號

注中問當作「間」。

源大少府

注菱於|徐作「菱芡」。注友風當作「友」。

卷之五

白水縣崔少府高齋

注曰日當作「白日」。未釋未，|仇一作「來」。宴疲|仇、|許作「宴罷」。全唐同。

沙苑行

白如水|許作「如白水」。全唐及|仇亦然。

悲陳陶

血洗血，|仇、|許作「雪」。

悲青坂

野蕭颼野，仇作「晚」。樊作「晚」。樂府作「已」。一作「野颾」，仇一作「颺」，一作「颯」。

月夜

何時時，仇一作「當」。注曰都曰，當作「西」。

元日

春城仇作「秦」。

蘇端薛復筵

豪傑仇同，一作。善醉歌善，仇一作「能」。歌辭仇一作「醉歌」。爲長句仇一作「無長句」。山東楊作「東山」。注仝陵徐作「金」。水添一作「注」。亦知荆公作「不知」。窮愁英華作「窮達」。注陳歙徐作「歙」。

春望

城春原注洙曰：春，一作「荒」。仇同。**注至則**徐作「至此則」。

送程録事

昏妄許、仇皆作「忘」。**注仁誅**當作「誅」。**生別**仇作「告別」。**泱莽**仇作「漭」。

憶幼子

只睡仇云：荆一作「即」，一作「正」。

一百五日對月

斫却仇云：顧陶本作「折盡」。

雨過蘇端

風雨雨，仇一作「雲」。**久旱雨亦好**仇云：對後章「晴亦佳」，當作「雨」。吴氏作「雲」，恐非。案全唐詩亦作「雲」。跡更許、仇、全唐詩皆作「便」。也復仇云：一作「復也」。碧委仇作「秀」。絶談許、仇全唐皆作「縱談」。慰衰仇云：一作「畏衰」。注何説文選作「何況」。

哀江頭

注西京當作「兩」。注傳武仲傳，當作「傅」。

大雲寺

琅璫錢作「鋃鐺」。繩回仇作「迴」。全唐同。注詩外徐作「寺外」。憤捷許作「慣」，仇、全唐詩同。捷仇云：海録作「健」。上手許作「在」。委墀一作「階」。注遁棲當作「棲」。泱泱仇云：一作「浹」。听許作「盺」，仇同。注久辨徐作「九」。飲食仇云：一作「飯」。遇扶許作「過」，全唐詩及仇均同。黄鶯全唐詩及仇均作「鸝」。罘罳仇云：一作「芳菲」。愚一作「芳」。

卷之六

喜達行在所

穿當仇云：當，一作「看」。注心灰當作「心死」。霧樹英華作「茂樹」。蓮山仇云：趙作「連山」。全唐作「峰」。注長之當作「長安」。注敢其當作「具」。注垂立徐作「泣」。注春陵徐作「春」。寧星星，當作「里」。千官仇作「千門」。

述懷

露兩肘露，仇作「見」。注黃中徐作「巾」。

彭衙行

衙道仇云：一作「門」。猛虎仇作「虎狼」。全唐詩同。攀牽仇一作「牽攀」。注乃果毛詩作「裹」。同家窪同，仇云：晉一作「固」，一作「周」。注厚仝徐作「盧仝」。

送長孫九

行牧仇作「收」。閣中閣，仇作「國」，晉作「閣」。漲浸一作「漫」。

送從弟亞

注澆來徐作「曉」。注敷氣徐作「殺氣」。蒼然然，仇一作「茫」。轉丸郭云：作「圓」。軒輊一作「輊」。注如輕當作「輊」。注烽侯當作「候」。注意義徐作「音」。注蒲警徐作「捕」。歷試歷，仇一作「虛」。蘆酒一作「魯」。注鳥足當作「烏」。

送韋十六

注書曰劉曜詩案，「書」上當有「晉」字。「詩」當作「討」。仇作「討」。寇讎一作「仇」。奉詔奉，仇作「特」。注推殺當作「椎」。注宋公當作「宋玉」。霜雪仇作「雲雪」。靴仇云：一作「帽」。羌兒青兕裘晉作「漢兵黑貂裘」。蒼山一作「山蒼」。注所代當作「所伏」。壑净仇作「静」。

送郭中丞

西山仇作「山西」。不敢許作「詎敢」。仇同。注請賊當作「請討賊」。静示一作「得」。何慘仇作「瘮」。餘孽餘，仇一作「遺」。笳吟仇作「吹」。袖泣一作「短」。妖星一作「祅」。動一作「大」。注須鐃切當作「須鋭」。婕好當作「妤」。群胡一作「凶」。瘡痍一作「恭承」。注先前當作「光」。圭竇一作「蓬户」。注輸狂當作「班」。甘似仇作「祇」。那此一作「寧」。調律一作「鼎」。注張子當作「郭子」。

送楊六判官

宣命仇云：一作「令」。今日仇云：一作「令尹」。注一作輕當作「肥」字下。

月

滿地仇云：一作「道」。

哭長孫侍御

爲詩書仇云：一作「謀」，一作「畫」。因賦仇云：賦，一作「雅」。府舊仇云：一作「屢」，一作「近」。

注以北當作「比」。蕭琴各本作「瑟」，一作「颯」。注相樹相，當作「柏」。

得家書

態各本作「態」，是。原注：師曰：態兒，甫小女。僞注不足信。

贈嚴八閣老

扈聖仇云：一作「扈從」。注士韝徐作「韝」。

留別賈嚴二閣老

蹔往仇作「住」。吹角一作「笛」。

晚行口號

注長漢當作「嘆」。

獨酌成詩

從爲客從，趙作「曾」。苦被苦，仇云：一作「共」，非。

九成宫

棟梁梁，仇一作「宇」。注斷生斷，當作「所」。紛披一作「扶」。倒一作「側」。置英華作「署」。我來仇作「行」。王守晉、晁皆作「狩」。搔首徐云：一作「回首」。

徒步歸行

題下注許州許、仇作「鄜」。注好芭當作「色」。注旦飽當作「且」。生交交，仇作「心」。

玉華宫

溪回仇云：一作「迴」。笙竽一作「竽瑟」。色正一作「極」。茂林當作「陵」。

北征

艱虞一作「危」。道途一作「路」。坤合仇作「含」。蕭瑟瑟，仇一作「索」。甘苦一作「酸」。谷巖仇作「巖谷」。注一作中當作「深宇」下。者散散，仇一作「敗」。我墮一作「隨」。聲迴一作「迴」。共幽咽一作「嗚咽」。所驕仇作「嬌」。補綻纔仇作「綴才」。圖坼仇作「拆」。短褐仇作「裋」。注萬言徐作「方言」。注上訐當作「至訐」。嘔泄一作「咽」。衾稠許、仇作「裯」。注曹子建時時，當作「詩」，見晉書謝安傳。仰看仇作「觀」。俗喜仇作「善」。注臧勒臧，當作「鐵」。注被賊當作「破」。鋭伺仇作「可」，一作「何」。注磧比當作「北」。憶昨一作「昔」。褒妲仇作「妹妲」。

行次昭陵

絶足一作「逸足」。高衢一作「亨衢」。注立思徐作「志」。鐵馬鐵，一作「石」。暝當作「瞑」，一作「暗」。

重経昭陵

還見見，仇作「有」。

羌村

鳥雀仇云：當作「鵲」。驚定一作「走」。注有款柴門門，當作「扉」。昔好一作「多」。注飛覲當作「覿」。苦辝英華作「莫」。兒童一作「郎」。深情一作「餘情」。坐淚仇作「涕」。

喜聞官軍

胡騎騎，仇一作「虜」。注胡刃當作「刀」。注豪街豪，當作「藁」。注中也當作「中出」。注曰袍當作「白袍」。握豹握，仇一作「擁」。注司公徐作「空」。陵噴徐作「淩」。注之北當作「之比」。注攝服當作「懾」。矢向一作「尚」。拓羯唐書作「柘」。注計賊徐作「討」。悲吹許、仇作「憐」，一作「連」。只待獻香醪一作「準擬獻春膠」。

九日楊奉先

注劉墮當作「劉白墮」。

收京四首

星照照，仇作「帶」，一作「照」。注纔彗徐作「攙」。懷商老懷，仇一作「慚」。注文鏟文，當作「之」。方頻頻，仇一作「同」。

洗兵馬

注河奔北「奔」字衍。日報仇作「夜」，一作「夕」。謀深一作「謀猷」，一作「深謀」。注香芳當作「杳」。安巢一作「枝」。紫禁吳作「駕」。緱民當作「氏」。勢莫一作「世莫」。解撰解，仇引西溪叢語：善本作「角」。河清仇作「清河」。注婦嗟當作「嘆」。

獵日

常年一作「年年」。注紫宸志仇作「長安志」。還家句一作「歸家初放北宸朝」。

送樊侍御

注亡奔文選作「七奔」。注秦遠爾雅作「泰遠」。生知生，仇作「坐」。注從■當作「從事」。注與從下奪「事」字。府輟仇云：疑作「綴」。此例一作「比」。暮徵一聯樊作「補闕入柱史，晨征固多態」。萬里仇作「重」。注郎送徐作「即」。注季禮徐作「札」。恨仇作「我」。

卷之七

宣政殿退朝

晴曛一作「薰」。

紫宸殿退朝

高閣仇云：黄作「閤」。

送李校書

流輩樊作「時輩」。注名人漢書作「名文」。妙年仇作「少」。注綵輕當作「綵衣輕」。注雪端當作「雲端」。日雲一作「已如」。顧我一作「已」。金門仇作「閨」。忍春仇作「春忍」。注大麥徐作「麥」。注絶句句，當作「注」。

曲江二首

風飄鄭作「花飄」。經眼一作「驚」。何用一作「事」。注欲貨仇作「質」。注洙曰馬小憐仇引王洙作「馮小憐」。

曲江對酒

悲傷仇作「徒傷」。

曲江對雨

脂落落，仇作「溼」。注故知徐作「日」。深駐深，仇一作「經」。

和賈至舍人

注時權時，當作「持」。注爐煙徐作「香」。注淑儀仇作「淑妃」。

題省中壁

注訟桓當作「松柏」。注之話當作「之語」。注班添徐作「忝」。

春宿左省

不寢一作「寐」。金鑰英華作「鎖」。注或云烏烏，當作「馬」。

送張司馬

三殿仇一作「天上」。濃花一作「穠」。

曲江

注以春下奪「及」字，文力仇作「才力」。

鄭駙馬池臺

握節宋景文作「秃節」。一寸一作「片」。經死死，仇一作「此」。阮宅一作「巷」。淚落强强，仇一作「更」。

送賈閣老

注夜别|徐作「庭列」。

送鄭十八

如絲如，|仇作「成」。注又書「又」當作「及」。蒼惶一作「伶俜」。泉路一作「下」。

題鄭十八著作虔|仇有「故居」二字。

地闊闊，一作「僻」。|仇同。亂後|仇一作「繾綣」。春深一作「飄飖」。橋東一作「邊」。注幄節當作「握」。此公|仇作「翁」，一作「心」。懷直道懷，|仇作「常」。

偪側行

相遇|仇作「過」。實不是|仇無「實」字，一作「未敢」。又不是|仇無「又」字，云：從梁莊肅本。速宜一

作「逕須」。

留花門

注高秋馬肥漢書作「秋高」。**笳曉**一作「曙」。**撇烈**仇一云：滅没，正異作「撇捩」。

贈畢四

注疑八雋當作「擬」。

酬孟雲卿

更深深，仇作「長」，一作「深」。**難衮**難，仇云：俗本作「雖」。

贈王中允

注黎園當作「梨」。

陪鄭駙馬

須盡須，一作「雖」。

答岑參

禁闕仇作「闉」，一作「闕」。

送許八拾遺

題志諸篇下仇多一末字　詔許仇云：當作「有詔」。慈顏仇云：當作「承慈」。陰清清，仇一作「新」。

因許八

聞君仇作「問」。

夏日歎

陵天經晉作「經天陵」。中街中，一作「東」。盡作仇作「化作」，一作「盡」。

夏夜歎

注青兮文選作「清」。注目便目，當作「自」。注分夜徐作「夜分」。注幽詩當作「豳」。

卷之八

至德二載

題道歸仇作「問道歸」。正煩正，仇一作「騎」。注昔有有，當作「自」。近得原注：得，一作「侍」，仇作「侍」，一作「得」。猶破猶，仇一作「殘」。應有應，仇一作「猶」。

湯東靈湫

濛鴻一作「鴻濛」。注欲冥徐作「延冥」。可佳佳，仇作「怪」。注麗山徐作「驪」。蒼江仇作「滄」。注泱漭汒案，依海賦，「漭」下奪「滄」字。飄飄徐作「飄飖」。注倚牆徐作「檣」。

望岳

鴻洞一作「澒」。洎吾洎，仇一作「汨」。五峰一作「三」。仙夾夾，仇一作「來」。迫限一作「恨」。忍衰一作「感」。

至日遣興

錯憶仇作「卻憶」。卻，一作「錯」。憶，一作「認」。愁日一作「日日」。今日英華作「冬至」。煙上上，詩眼作「轉」。雪滿山仇引黃生云：唐本作「白滿山」，非是。

姜七少府

河凍未漁原注：一作「黃河水魚」。仇作「味魚」，一作「美魚」，一作「取魚」。一作「鮇魚」。落碪二句杜臆在「偏勸」二句上。

戲贈閿鄉

當太白當，仇一作「守」。潦倒一作「傾倒」。

李鄠縣

避胡仇作「避賊」，一作「胡」。俗馬俗，仇一作「凡」。龍鬐一作「麟鬐」，一作「鬒」。

路逢襄陽

神仙仇作「龍蛇」。一作「神仙」。注以雖當作「錐」。

潼關吏

窄狹窄，仇一作「穿」。千古仇作「萬古」。慎勿一作「莫」。注三師三，徐作「王」。

石壕吏

門看仇作「看門」。存者存，仇一作「在」。且一作「是」。所有仇作「惟有」。

新安吏

注單子當作「孑」。却見仇作「即」。取相州一作「收」。泣血一作「垂泣」。

新婚别

題下注一切衆徐作「一切便衆」。故不一作「固」。妻子樊作「君妻」。雖不遠雖，仇一作「既」。得將一作「相」。死生地仇作「生死地」，一作「往死地」。君往往，仇作「去」。勿爲一作「改」。注春花仇作「春華」。

垂老别

垂老一作「死」。注操弋當作「戈」。齒存存，仇一作「好」。注餐飲當作「飯」。時猶一作「獨」。注死其當作「庇其」。

無家别

空巷一作「室」。縣吏吏，仇一作「令」。注芝木當作「朮」。注持政持，當作「時」。

瘦馬行

郊瘦瘦，仇一作「老」。三軍一作「官」。雜泥雜，仇一作「盡」。汝能能，仇一作「難」。晶光英華作

「睛」。不收烏啄瘡原注：不，一作「未」。收，一作「衣」。仇一云「不衣烏啄瘡」。注陰本枝文選作「蔭」。注於輔下奪「相」字。

義鶻行

有蒼鷹原注：蒼，一作「二」。仇從英華，一作「有蒼」，一作「有二」。噬恣恣，仇一作「資」。粲當作「餐」。無半仇云：無，英華作「寧」。注得省徐作「雀」。痛憤一作「冤憤」。嗷哮一作「無聲」。短草短，仇一作「茂」。飽腸一作「饑」。皆一作「令」。已一作「以」。惘然仇作「炯」，一作「皎」。所往一作「在」。樵夫一作「人」。凜欲仇云：欲，英華作「烈」，一作「若」。許與一作「計有」。亦在仇作「只在」。永激永，仇作「用」，一作「永」。

畫鶻行

拘攣攣，仇一作「卷」。巧刮巧，仇一作「功」。注筆端端，今李賀詩作「補」。

憶弟

書一作「吾」。注生行當作「至行」。注生園生，當作「樹」。

得舍弟消息

回反仇作「返」。注曰真當作「田真」。

贈衛八處士

今此仇作「今夕」。訪舊舊，魯作「問」。驚呼一作「嗚呼」。兒女仇作「男」。未及已一作「乃未已」。注戴達徐作「逵」。新炊新，仇一作「晨」。問宋景文作「聞」。累十累，仇一作「蒙」。不醉醉，仇一作「辭」。

重題鄭氏東亭

注及止當作「止」。清輝仇作「輝」。清漣一作「靖」。

早秋苦熱

炎蒸一作「熱」。轉多一作「復多」。架短短，仇一作「絶」。安得一作「能」。

卷之九

夢李白

逐客逐，仇一作「逮」。長相長，仇一作「常」。楓林林，仇一作「葉」。魂返魂，仇一作「夢」。今君二句仇在「恐」二句上。何以一作「似」。疑照一作「見」。注曰月當作「日月」。若負若，仇一作「若」。老身身，仇一作「才」。

有懷鄭司户

三江原注：洙曰：一云「江海」。仇同。水上水，仇一作「江」。晉作「夫」。今如樊作「爲」。多爲一作「被」。更被一作「遭」。注興賦當作「秋興賦」。

天河

至最最，仇作「轉」。注人自當作「目」。

寄岳州賈司馬

悠然一作「茫」。坤正一作「大」。注百般徐作「艘」。注便徐作「仗」。將血血，仇一作「矢」。注蘇泊阿泊，當作「伯」，見後漢書光武紀。虎開開，仇一作「間」。金匣仇作「甲」。春得仇作「春給」，一作「得」。宮花仇作「莎」。注之長之，當作「以」。鎩翮一作「羽」。注蒲誅誅，當作「諫」。注不傳仇作「偉」。伏虔仇云：當作「服」。何先何，仇一作「推」。新愁一作「秋」。嚴君仇作「詩」。注馬詩「詩」字衍。意苦一作「好」。注菜氏當作「萊」。病加加，仇一作「成」。

山寺

亂水一作「石」。注今自當作「目」。見纖仇作「秋」，一作「纖」。

示姪佐

題下注佐草下奪「堂」字。

佐還山後寄

浮雲合浮，仇作「黄」，一作「浮」。村黑村，仇作「林」，一作「村」。金菊金，仇一作「甘」。緑葵一作「紫」。落幔一作「蔓」，一作「幔落」。秋葉小一作「菜色少」。重惠惠，仇一作「薦」。

宿贊公房

來此一作「來欠」。寧違違，仇一作「虧」。

寄高詹事

池中一作「河中」。

月夜憶舍弟

秋邊一作「邊秋」。不達一作「避」。

雨晴

天際原注：際，一作「外」。仇作「外」，云：舊作「水」，非。容齋作「永」，一云「際」。

即事

注以禾徐作「以其」。

歸燕

相訪，仇一作「誤」。

遣興

門歸歸，仇一作「掃」。

赤谷西崦

注太康當作「太元」。

初月

光細弦欲上原注：光細，洙曰：一作「常時」。仇作「光細弦初上」。細，一云「常」。初，陳作「欲」，一作「豈」。古塞一作「堞」。

擣衣

擣衣衣，仇一作「熨」。錢注本作「擣熨」。

促織

哀音音，仇一作「聲」。吟不一作「泠」。夜相親仇作「意相」。故妻一作「放」。注其哀當作「甚」。

貽阮隱居昉。

注父⿰目禹當作「瑀」。自益仇作「白」，一作「自」。識字仇云：子，一作「字」。謂昉善篆隸。此注宋曰：昉善篆隸。是仇所本。

寄張十二山人

多妙一作「好」。字買仇作「賣」，一云舊作「買」。深潛潛，仇一作「情」。居猶仇作「尤」。注愁辛一作「悲」，一作「酸」。流轉一作「轉徙」。渭水一作「源」，一作「湍水不流秦」。即河一作「欲」。旅懷懷，仇一作「放」。信月輪信，仇作「倚」。鎮磧一作「錦磧」。蕭瑟一作「索」。多處所多，仇一作「無」。

得舍弟消息

注授戈徐作「援戈」。注敬相徐作「祖」。注古人徐作「故」。

秦州雜詩

山空空，仇一作「通」。注其爲徐作「共」。馬驕仇一作「蹻」。珠汗仇作「朱」，一作「珠」。洮子子，仇一作「至」。注欲近近，當作「夜」。注鳥山山，當作「出」。南使原注：南，一作「東」。仇作「西」。張遠云作「西」，舊作「南」。注以余　又所余均當作「餘」。金徽仇作「微」。那堪仇云：「堪」，吴作「聞」。注使上當作「吐」。使客使，仇作「估」。注遠則文選則作「別」。書生耳耳，仇一作「眼」。山頭句當另提行。注非元元，當作「玩」。相近仇作「近相」。人不見人，仇作「今」，一作「人」，一作「久」。注高灑當作「栖」。何時時，仇一作「當」。塞門一作「寒」。注一作放當在「懶」字下。人吟仇作「矜」。童兒仇作「兒童」。易夕一作「久」。深堂深，仇一作「高」。注言至徐作「室」。夜未歸仇作「客未歸」。注西歷當作「匿」。傳聞一作「聲」。注徵君當作「軍」。何得近近，仇作「迕」。雲峰一作「烽」。軍幕一作「暮」。亦有一作「幸有」。注清水當作「冰」。在一枝在，仇一作「寄」。

遣興五首

注存神存，周易作「身」。壠底仇作「坻」。昔者一作「在昔」。節獨一作「猶」。注相賓相，當作「如」。家隱一作「依」。注才之淵明集作「爾之」。注玉真當作「真長」。注棋局當作「局」。江海江，仇一作「淮」。淒涼仇作「清涼」。

寄贊上人

杉黍仇云：桼，古「漆」字，作「黍」非。注注去當作「云」。注刻士當作「列」。徑路一作「還路」。

卷之十

寓目

注五原下缺一字，當是「敦」字。注二師當作「貳」。制駱駝仇作「掣」。暮恨仇作「阻」。

蒹葭

自守一作「與」。載雪仇作「戴」。墮木仇作「幾處」，一作「墮水此木」，應依仇本作「水」，蓋形近而譌。

春苗苗，仇一作「風」，作「甲」。

除架

轉蕭條轉，仇一作「卷」。

廢畦

注斷忍當作「不忍」。注故斷當作「故於」。

吹笛

注弘非弘，當作「引」。

天末

題下注自於自，當作「白」。注若原當作「屈原」。

秋日阮隱居

併無憂原注：併，一作「腹」。仇一作「腹」，一作「復」。

送張二十參軍

注且上上，當作「止」。

秦州見敕目

薛三璩仇一作「據」。寥闊闊，仇一作「廓」。身同日身，仇作「聲」，一作「陞」。突奥一作「窔隩」。妖氛一作「祆」。忽一作「遂」。注申胥徐作「申包胥」。無補補，仇一作「益」。注華之之，文選作「兮」。注排排一作「裶裶」。高壁仇作「壘」。注還言言，徐作「宫」。注畢擢當作「曜」。青腰裊案，「青」是「看」字之譌。注青禄當作「騄」。掘劍句一作「掘劍知埋獄」。注嘾泣徐作「啼泣」。注自此徐作「比」。上將上，仇一作「小」。注東阿玉玉，當作「王」。儀形形，仇一作「刑」，云與「典型」重出。

寄高三十五使君

故人原注：故，一作「古」。仇同。才難盡難，仇作「雖」，一作「難」。同行仇云：同，樊作「周」。注昭鄰昭，當作「照」。使將仇作「信將」，一作「使」。鬬身强鬬，一作「問」。不銷不，一作「未」。注抱廣韻抱，當作「案」。注魯曰嵇康游山觀魚陽案，此嵇康與山巨源絶交書語。「山」下奪「澤」字，「鳥」誤作「陽」。彭門一作「天彭」。注如關仇作「闕」。本歸一作「不離」。祆氛仇作「妖」。靜一作「滅」。注冠平徐作「寇平」。

病後過王倚飲

莫識識，仇一作「辨」。注金煎一作「合」。注拆繫當作「擊」。且遇盧作「過」。香粳一作「杭」。注爲池徐作「地」。情味味，仇作「義」，一作「味」。揔不虚揔，徐作「信」。欲漩仇作「旋」。注不至不，當作「後」。注王生事「事」上當奪「無」字。

西枝村

若涉「若」是「苦」字之譌。仇作「苦涉」。又云：晉作「步」，一作「陟」。注太中當作「太沖」。注如字當作「如淳」。注色上遠野嶺當作「野色上遠嶺」。

太平寺泉眼

注中源徐作「原」。注餌木徐作「朮」。注信鉤當作「鉤吻」。

佳人

注皂夾當作「莢」。注晨媽媽，當作「鳴」。注志夫志，當作「怨」。盈掬一作「握」。注幽篁兮不見案，「簑」當作「箄」。「不見」下奪「夫」字。

送遠

孤城孤，仇一作「邊」。古人一作「故」。

空囊

晨霞晨，仇作「明」，一作「晨」。朝可仇作「高可」。注北方人人，當作「夜」。

東樓

征西仇同。又云：吴作「西征」，一作「西行」。帶水水，仇一作「雨」。

夕烽

不近近，仇一作「止」。首二句仇本云：一作「夕烽明照灼，了了報平安」。傳光光，仇一作「聲」。落點一作「數點」。照秦二句一作「燄銷仍再滅，煙迴不勝寒」。

觀兵

彫戈仇作「琱」。**注户臣**案，「户」是「尸」字之譌。「尸臣」見漢書郊祀志。**注宋下**當作「未下」。

不歸

征伐征，仇作「戰」。**春**一作「秋」。**草**一作「吹」。

日暮

日暮一作「落」。**烏尾**一作「鳥」。**還哭**仇作「笑」。**上馬**仇作「換」，一作「換駿」。**彫戈**仇作「琱」。

蕃劍

致此致，仇一作「至」。**騰上**上，仇一作「趠」。**注孔章**「孔」上當奪「雷」字。

銅瓶

應悲悲，仇一作「非」。**注斷鎮**鎮，當作「填」。

觀安西兵過

注鍾離 離，當作「會」。注南魏 「南」字衍。獻士卒 獻，仇一作「就」。鷹饑 饑，仇一作「秋」。用急始如神 急，仇一作「意」。始，一作「使」。如，黄作「知」。奇兵句 此爲第二首起句，當别提行。

兩當縣

注以曛 以，文選作「夕」。注以宿 以，楚詞作「夕」。注德出 出，當作「山」。注而擅 當作「壇」。注以此 當作「比」。思伯 伯，當作「宿」。金闉 一作「門」。朝廷二句 仇本在「仲尼」句上。

卷十一

別贊上人

苦飄蕩 苦，仇一作「若」。文世網 文，當作「又」。兩已熟 兩，仇作「雨」，一作「兩」。注水之 當作「之水」。仇無「水」字。注以颯 當作「已颯」。舊友 一作「交」。向曛 一作「昏」。

發秦州

注重繒重，當作「垂」。如涼一作「涼如」。注珠甘徐作「殊」。注以㠯徐作「似」。注甘雨「雨」字衍。雖傷一作「云」。老夫一作「大」。惘然一作「炯」。注烏啼滿城頭此五字衍。

赤谷

注涼涼當作「凛凛」。未有一作「亦未」。險艱一作「難」。注滿險徐作「艱險」。何由追句此下各本有「貧病轉流落，故鄉不可思。常恐死道路，永爲高人嗤」。

鐵堂峽

積鐵積，仇作「精」，一作「積」。徑磨仇作「摩」。

鹽井

注困於蓮白白，當作「勺」。下「蓮勺」不誤。青者官鹽煙仇：一云「直者青鹽煙」。榾榾注引莊子並同。今莊子作「搰」。古書偏旁才木每溷。仇作「搰搰」，一作「榾榾」。注騂母當作「拇」。

法鏡寺

碧鮮鮮，仇一作「蘚」。案，杜用吳都賦注已引作「蘚」，誤。**回回山根水**仇一作「洄洄山」，一作「石」。

原注：洙曰：山，一作「石」。仇説本洙。**柱策**仇一作「柱策」。**不復**仇作「敢」。**注谷説**谷，當作「古」。

青陽峽

嘯有仇一作「狂有」。**昨憶**一作「憶昨」。**注超待**待，當作「峙」。**殷**一作「隱」。

龍門鎮

迫此迫，仇一作「迫」。**注乾言**乾，當作「元」。

石龕

注回我回，當作「四」。**注劉琨至我側**案，「鹿」上奪「麞」字，「猴」上奪「猿」字。文五言爲四言，不可也。**注公榆**當作「輸」。

積草嶺

山分分，仇一作「外」。**明水**仇作「鳴」，一作「明」。**道窮**窮，仇一作「東」。

泥功山

泥濘濘，仇一作「穽」。**道路永**原注：路，一作「途」。仇作「途」。遠途，一作「路遠」一「永」。

鳳凰臺

題下注漢時漢，當作「漢」。**上上**一作「居上」。**啾啾**一作「啁啾」。**心出**仇作「心血」。**忘外**仇作「無外」。**翮長**長，仇一作「舉」。**舉意**舉，仇一作「縱」。**正爲**勝覽作「止」。**注腸文**腸，當作「臆」。

寓居同谷作七首案，「作」下錢、仇本有「歌」字。九家注無，與此同。

注若茅茅，當作「芧」。**無書**書，一作「主」。**已哀**已，一作「獨」。

其二

注土卯卯，當作「卯」。**注慢食**當作「曼聲」。

其三

注非時當作「待」。

其四

竹林猿仇作「林猿」，一作「竹林」。浩然本一作「竹林猿」，此衍一字。**注犬如**犬，當作「大」。

其五

寒雨雨，仇一作「風」。**枯樹濕**原注：一作「樹枝濕」。錢、仇本一作同。

其六

題下注持盈案，玉真公主字持盈。九家注引蘇亦作「持盈」。

萬丈潭

溪合仇作「含」。埌㘿一作「鄂」。岸絶一作「崖」。孤雲一作「峰」。倒來深仇作「到」。木壘仇作「疊」。巨石石，仇一作「仄」。何事仇作「何當」。一作「事」。炎天炎，仇一作「暑」。

發同谷縣

題下注沿通起行當作「沿道化行」。愚人人，仇一作「夫」。喜地僻喜，原注作「嘉」。九家及仇一作同。注心變當作「憂」。雖舊句仇作「交情無舊深」。注亦肥「亦」下奪「栖」字。

白沙渡

注陸軍當作「陸渾」。注獄金當作「嶔崟」。

水會渡

江動錢、仇本「動」一作「當」。注漲無「漲」上奪「滇」字。注脩垌當作「垌」。迴眺一作「迥」。

飛仙閣

注幡拆幡，當作「蟠」。注趙曰可法使至時饑案，當作句法使苦寒行：人馬同時饑。九家引趙如此，此多誤奪。隨汝一作「爾」。

五盤

事好好，錢、仇本一作「在」。

石櫃閣

季冬一作「冬季」。草花仇作「早花」。注迅雖仇作「蜼」。自由一作「安」。

桔柏渡

駕竹一作「架」。

劍門

劍閣原注：閣，一「門」。九家及錢、仇本「閣」作「門」，一作「閣」。注主石九家引洙曰：「主」作「上」。一夫一作「人」。珠玉一作「玉帛」。莫相放莫，錢、仇作「各相」。原注：一作「自」。注未雲徐作「米」。至今仇一作「令」。注睚耽當作「眦」。注阜達當作「阜陸」。默惆悵默，錢、仇一作「黯」。

鹿頭山

注公興孫當作「孫興公」。注杖乘當作「枚乘」。硉瓦瓦，當作「兀」。

成都府

注沈嗣宗沈，當作「阮」。九家引趙不誤。注遊泳當作「詠」。注曹子下奪「建」字。

西郊

注一事有二仇作「百有二十」。江路一作「岸」。注徐姚婦仇作「徐悱妻」，是即劉令嫻也。

所思

注甽江|徐作「畎」。

卜居

流水|仇作「溪」。

春水生

一夜句當另起。二尺一作「丈」。

獨步尋花

實怕一作「獨怕」。愛淺一作「與淺」。愛花即欲死欲，|錢作「肯」，一作「欲」，一作「看花即索死」。|仇下一作同。

丁香

庶近近，仇作「死」。

麗春

少須錢云作「頃」。好顏色錢云：草堂作「顏色好」。李枝仇作「姿」。貴此重原注：一作「稀如可貴重」。錢云：晉作「如此」。

梔子

傷和一作「相和」。

鸂鶒

莫悵莫，仇作「猶」，一作「莫」。卒未一作「只未」。注摧羽當作「摧羽」。

堂成

注結軫青下奪「郊路」二字。**注以鍾籠竹**當作「竹名籠鐘」。

蜀相

丞相一作「蜀相」。**頻繁**一作「煩」。

卷十二

賓至

題仇作有「客」。**注手扇**徐作「羽扇」。

有客

題仇作「賓至」。**莫嫌**莫，仇一作「不」。

梅雨

西浦仇作「犀」，一作「西」。湛湛仇一作「黤黤」。注玄宗致致，徐作「改」。

田舍

櫸柳錢云：櫸，顧陶本作「楊」。樹樹錢云：顧陶本作「對對」。

江村

注清曲徐作「江」。多病句仇從英華改「但有故人供祿米」。又，一作「多病」。

石笋行

題下注如栗栗，徐作「粟」，非。又注仙檀當作「壇」。又注其家當作「冢」。又注觸詳文義當作「燭」。又注西歲觸當作「蠲」。又注則之徐作「側」。陌上一作「街」。食盡英華作「蝕」。注亦則徐作「測」。雨多一作「來」。往得一作「有」。注之推徐作「植之」。注色經當作「輕」。相墓仇作「冢」。注一栀徐作「枚」。後坐徐作「生」。注我川徐作「州」。注何父當作「阿」。

石犀行

題下注太白白，當作「守」。作三蔡云：當作「五」。原注云：成都記云：石犀五。今云「三」，未詳。注轉爲當作「置」。注耕牛徐作「犀牛」。注象山志作「蒙山」。注中興當作「與」。注水遯東志作「水脉漂」。注曰水當作「冰」。注乞神得志作「與神鬭」。厭聖諸本皆作「厭勝」，此誤爲「聖」。厭，古「壓」字。注爲耕徐同疑誤。今年灌口仇作「今日」。灌，錢、仇一作「注」。注北民當作「垂」。注無神羞「神」下奪「作」字。終藉仇作「脩築」。三犀仇作「五」。常調一作「相調」。洪濤一作「波濤」。注之謂徐作「調」。注帝爲巨害當作「帝嫣巨唐」。浮橋當作「浡潏」。壯士一作「作者」。奔一作「蒼」。注公王當作「正」。洛脉當作「絡脉」。

杜鵑

涪南南，仇作「萬」，一作「南」。又知仇作「如」。吾法吾，仇作「古」，此誤。注據按徐作「鞍」。

杜鵑行

注姓名徐作「姓杜名宇」。化作仇作「爲」，一云「作」。與哺仇作「爲」，一作「與」。樹裏英華作「頭」。

豈憶郭作「惟憶」。注往月當作「目」。

杜鵑

搶佯英華作「翔」。黑貌一作「自」。隳形一作「陋」。咽咽如有謂英華作「咽歲如有謂」。以欲仇作「似」，一作「欲似」。敎學傳遺風英華作「相效傳微風」。苦日仇作「昔」。嬪嬙一作「嬪妃」。

三絶句

第二首注螌室「室」爲「屋」字之誤。

寄李十二白

宿心原注：宿，一作「風」。風，一作「夙」。夙、宿古通。劇談劇，英華作「戲」。獨泣一作「立」，一作「不獨立」。注王傳當作「傅」。先還先，一作「元」。此義一作「議」。與問與，仇一作「得」。

進艇

卧北卧，仇作「坐」。

野老

籬前一作「邊」。

遣興

注嵇夜夜母兄朔育首「夜」字當作「叔」。朔，當作「鞠」，此嵇幽憤詩語。

南鄰

慣看賓客原注：又作「朋友」。一本作「明户」，「明」是「門」字一譌。纔深一作「添」。江村一作「山」。墓一作「路」。

過南鄰

小水細|仇作「細水曲」。細，一作「小」。|麗澤本作「野」。|仇曲，一作「細」。

恨别

五六一作「六七」。**注朱玉**當作「宋」。**注摇落兮**兮，當作「而」。

散愁

傳深入傳，|仇一作「轉」。**注等也**也，當作「地」。

寄楊五桂州

題州下|仇有「譚」字。**注嘌隨**據晉書孫楚傳作「驃騎」。

簡王明府

注之圭圭，當作「封」。**注遺岷**當作「岷」。

重簡

注告予當作「于」。

建都

注北指北，當作「此」。　江劍仇一作「劍外」。　光暉仇作「輝」。

徐卿二子

名位句仇本「名位」上有「異時」二字，一無「異時」。

和裴迪

逢春可自由原注：春，一作「花」。仇一作「更」。　鄉愁原注：鄉，一作「春」。仇同一作「春」。

蕭八明府

江邊一作「頭」。

憑韋少府

老盡仇作「蓋」。

從人覓胡孫

山猨仇云當作「猴」。若欸原注：一云「共愛」。欸，一作「挽」。仇云：山谷作「爽」，一作「共愛」。

卷十三

百憂集行

憶年一作「昔」。

新津北橋樓

客眼一作「醉客」。唯有一作「偏愛」。

酬李都尉

注弋侍當作「仲」。采詩仇作「來」。隨人荆作「身」。

遊修覺寺

注一作免仇作「晚」。

後遊

曾遊曾，仇一作「重」。

遣意二首

更移更，仇一作「夜」。注謂息謂，當作「請」。野船船，仇一作「松」。宿鴈杜臆作「鷺」。聚仇作「起」。

漫成

春流一作「江」。

三絶句

楸樹楸，仇一作「春」。**春風**仇作「風吹」。**久不久**，仇一作「去」。

春水

桃花浪一作「水」。**沙尾**一作「岸」。**末二句**英華作「不知無數鳥，何意更相喧」。

江亭

末二句英華作「江東猶苦戰，回首一顰眉」。

村夜

首句許作「風色蕭蕭暮」。

落日

注而伯當作「泊」。

徐步

花蕊一作「蕊粉」。

贈花卿

上有一作「去」。注開元老老，當作「中」。敬迷當作「述」。

寒食

相識一作「失」。

別唐十五

相逢一作「見」。飄飆仇作「飄飄」。往若一作「亦」。靡他一作「匪他」。

惡樹

固吾有一作「因」。奈汝一作「爾」。

石鏡

至空山仇作「置」。月宇一作「玉宇」。

琴臺

注天招當作「大招」。

斛斯六官

注碑銼當作「銘」。

絶句漫興

花開一作「飛」。深一作「從」。還是一作「似」。熟知一作「耐如」。莫思一作「辭」。日在許作「自在」。青錢一作「鈿」。雉子一作「稺」。兒女仇作「女兒」。

六絶句

注于宅當作「干寶」。楊王一作「王楊」。注敏注二字疑有誤。難跨或作「誇」。

江上值水

漫與一作「興」。

大雨

注鸛鳥鳥，當作「鳴」。出耒耜仇作「耒耜出」。

溪漲

白石石，仇一作「日」。豈唯一作「伊」。不意意，仇作「知」，一作「意」。市閒閒，或作「所」。

卷十四

泛溪

注林迥文選「林」作「臨」。童戲句一作「兒童戲左右」。已割一作「劏」。

柟樹爲風雨拔

故老原注：一作「古老」。仇作「古老」。一作「故」。童童仇一作「亭」。一青青，仇一作「車」。注飄則「則」上奪「風」字。注乎籟當作「竽籟」。

茅屋爲秋風破

沈塘仇一作「堂」。注日來當作「來日」。冷似一作「象」。床床九家本同。仇作「床頭」。注義祖當作「高祖」。注其宜當作「官」。獨破一作「壞」。凍死死，仇一作「意」。

野望過常少仙

栗園|仇作「皴」。

戲作花卿歌

柘黄|趙曰：當作「赭」。

少年行

老瓦盆|仇作「玉」。養鷴|仇作引雛。鷴英華作「兒」。來宜|仇一作「宜來」。

贈閭邱

惟昔一作「往昔」。注長雲當作「楊」。峻極逾逾，|仇一作「侔」。窮愁一作「秋」。始與一作「如」。界黑黑，原注：一作「空」。|仇一作「空」。一作「穴」，一作「冥」。注室志「室」上奪「宣」字。宣室志，|唐人小説名。注現山當作「峴」。注爲然「爲」字有誤。注鬱若　瀰若鬱，當作「蔚」。瀰，當作「瀰」。

送韓十四

注前州當作「荆」。又四陵當作「西陵」。聲轉轉，仇一作「急」。未同同，原注：一作「堪」。仇一作「能」。注白馬州當作「洲」。

酬高使君

姑以「姑」當作「如」。

草堂

題下注甫云當作「去」。取印當作「邛」。

得廣州張判官書

騎遠仇作「滿」。相思思，仇一作「望」。

魏十四侍御

別到|仇作「倒」。跡|仇作「疏」。

范二員外

鄰去一作「至」。

王竟攜酒

無鮭|仇一作「蝦」。移時|仇作「樽」。注年幾|仇作「年幾小」。

卷十五

陪李七司馬

伐竹一作「木」。合歡一作「觀」。注石塘當作「石橋」。橋成一作「成橋」。客坐一作「坐客」。

入奏行

寒露|仇作「露寒」，一作「寒露」。注清撤當作「澈」。注秦尊|徐同，當作「泰」。注㚿羔|徐作「炮」。注相朝|徐作「析」。兵革英華作「甲兵」。應時須一作「才能俱」。窮猿窮，|仇一作「寒」。恩宜|許作「應」。春當一作「飄飄」。日向一作「粲粲」。俯拾一作「相付」。江花句|吳本重一句。全唐詩同。酤酒一作「酣」。注貯水|徐作「冰」。

贈何邕

公孫洪當作「宏」，此避|宋諱。

別鄭鍊師

過日一作「目」。念此句一作「念別意驚神」。注一革人革，當作「輩」。

所思

注一作始當在「所」字。

不見

好歸來好，仇一作「始」。

段功曹到

注大漢當作「漠」。

送段功曹

春天一作「青」。月程程，仇一作「行」。注一作下缺「估」字。

畏人

處發仇一作「發處」。榛草草，仇一作「塞」。

嚴中丞枉駕

白帽仇作「皂帽」。

舟前小鵞

船逼一作「過」。

水檻

無村草堂本作「材」。得尚一作「向」。

屏跡

拙存存，仇一作「誠」。光團一作「圍」。注古可徐作「估值」。猶酌句原注：洙曰：一云「獨酌甜且歌」。仇作「獨酌」。一云「獨酌甜且歌」，一云「獨酌飲甘泉」。

和嚴中丞

注今視之徐作「令」。

酬嚴公寄題水亭

登臨費仇一作「賞」。無徑一作「蕪」。注濟谷當作「濟澗」。

戲贈二友

漫染一作「熳」。染仇作「深」。

嚴公枉駕草亭

地僻一作「闢」。

嚴公廳宴

畫列列，仇作「滿」。一作「列」。

卷十六

送嚴侍郎

燈光一作「花」。散一作「繖」。

巴西驛亭

注重繫當作「擊」。

又一首

作怒|仇作「惡」。減片片，|仇一作「半」。

又呈竇使君

波徵一作「猶」。岸脚|仇作「却」。

海椶行

自是自，仇一作「但」。北辰辰，仇一作「地」。

越王樓歌

注中宗當作「高宗」。注上有有，當作「與」。

姜楚公鷹

森森下「森」字，原注：一作「如」。仇同。貪愁仇一作「徒驚」。掣臂臂，仇一作「壁」。亦未一作「未必」。

觀打魚歌

水之一作「水水」。迴風晉作「西風」。足憶一作「惜」。簫瑟當作「蕭」。

又觀打魚

注觸深當作「觴深」。**注重餌**當作「垂」。**注垂耳**當作「餌」。**可紀**仇作「記」。**注書游**當作「善游」。**泥沙**一作「沙頭」。**干戈句**原注：一作「干戈革鬬尚未已」。仇本作「此」，一云「干戈兵革鬬未止」。

相從歌

題仇作「從事行」。**梓州**仇作「州」。**豪俊**一作「貴」。**青螺**一作「騾」。**光吐日**一作「炎」。**俄頃**晉作「我傾」。**未見**英華作「及」。**又可**一作「何」。**一軀交態同**軀，仇一作「體」。同，一作「真」。**注當之**徐作「當求之」。

登梓州城樓

朝廷仇作「乾坤」。

九日寄嚴大夫

細菊草堂本作「細雨」。

宗武生日

已伴伴，仇一作「律」。注賜卷當作「絹」。分仇一作「飛」。片片仇一作「幾片」。

嚴氏溪放歌

甲馬仇作「兵馬」。一作「宿」。仍獨仇云：樊作「何其」。秋宿仇一作「夜」。霜溪霜，仇一作「清」。飄轉仇作「飄蓬」。云「飽」作「轉」。

秋盡

注放成都放，當作「於」。

野望

注涪涪當作「涪水」。目極一作「極目」。仍録當作「緑」。

冬到金華山

注水水衍一「水」字。注顧居|仇作「懸」。注曰按|徐作「挼」。絶壁一作「壑」。日色一作「光」。激冽|仇作「烈」。注射鴻|徐同，當作「洪」。

陳拾遺宅

大屋|仇一作「宅」。悠揚一作「悠悠」。慘淡英華作「崔崒」。故園一作「國」。注昔與此下文未完全。郭振|仇作「震」。一作「振」，又云晉作「震」。注甚方生甚，|徐作「湛」。注漂若當作「飄」。古立一作「占」。遺編一作「篇」。

謁文公上方

大珠一作「火」。白月一作「日」。

奉射洪李四丈

注殷氏|徐作「民」。注者愛其原文作「及」。注堂上|徐作「屋上」。向色一作「邑」。蒼忙|許作「茫」。

早發射洪縣

達曙曙，仇一作「晚」。若維仇一作「苦維」。怏悒怏，仇一作「帽」。難屢仇一作「皆空」。

通泉驛

蚋在仇作「集」。一作「在」。頓生仇一作「坐」。注公幹下缺「綺」字。盡日一作「目」。傷時傷，仇一作「知」。

郭代公故宅

尉通泉仇一作「通泉尉」。注靈運吴都至長邁案，靈運，當作「左思」。寂寞，當作「寂寥」。注以咸咸，當作「成」。見慚見，仇一作「有」。壯公工句此下草堂本有「精魄凜如在，所歷終蕭索」二句。注下元仇作「無」。注即顧徐同，當作「願」。

薛少保畫鶴

名忤仇一作「誤」。注賓貞中奪「懷」字。注陪扶陪，當作「涪」。注二篆二，當作「工」。注盤孥當作「挐」。**注龍蛇**徐作「蛟龍」。**注所盡**當作「畫」。

通泉縣署屋壁

仇本題無屋字　**注疏翎**當作「梳」。**注鶴賦**上奪「舞」字。**注多飲**文選作「夕飲」。

陪王侍御

注君父依世説政事篇，「父」是衍文。**憤怒**仇作「怨」。**注自北**徐作「此」。**臨深**一作「江」。**霜露**露，仇一作「過」。**注既役**徐作「没」。

漁陽

注一作前當在「都」字下。**飄然**仇作「翻」，一作「飄」。

卷十七

春日戲題

意氣氣，仇一作「俊」。注云于當作「于」。注朱子徐作「米子」。如素一作「雪」。請公一作「諸」。注費綿徐作「錦」。注此亦君君，當作「善」。

鄜城西原

憑高一作「登高」。

春日梓州登樓

跡有仇云舊作「但有」。移柳仇云：晉作「移」。

泛江送魏十八

題仇作「泛舟」。

送路六侍御

四十仇一作「三十」。不分仇一作「忿」。白於一作「如」。

泛江送客

杯落落，仇作「下」。

上兜率寺

何顒蔡作「周」，仇同。

望兜率寺

注霰雷當作「雪」。清盥一作「興」。

數陪李梓州

玉袖杜臆作「燕」。凌風一作「臨」。金壺一作「鳧」。隱趙汸作「引」。歌袖袖，仇一作「裏」。分行仇作「成行」。

陪四使君登惠義寺

注耳雅徐作「爾」。惘然一作「寂」。

又送

分首仇一作「手」。

涪江泛舟

更益一作「憶」。

香積寺官閣

春寂寂一作「深」，一作「清」。

題玄武禪師壁

滿壁一作「座」。瀛仇作「滄」。注所盡當作「畫」。又遂名當作「各」。注有墮當作「惰」。

韋諷録事宅

三十樊作「四十」。又見英華作「不」。注胡皇徐作「明」。腦盤一作「碗」。碗賜仇作「盤」。追飛一作「隨」。注婦其徐作「歸」。注劉闉「劉」下奪「黑」字。注久駿當作「六駿」。新圖一作「畫」。騎戰仇作「戰騎」。動煙雪仇作「雜霞雪」。注無夷仇作「馮夷」。注龍媒徐作「龍之媒」。

送韋諷

哀嗷嗷一作「尚嗷嗷」。十載一作「年」。

陪章留後

注爲名當作「各」。注風景遂當作「畢景逐」。注文佛文，當作「又」。新岸一作「崖」。

椶拂子

蒼蠅蒼，仇一作「青」。擢擢仇作「濯」。亦用用，仇作「由」。一作「用」。盻一作「眄」。注金錯琬仇作「碗」。

陪章侍御宴

軍第一作「邸」。仍騎騎，仇一作「驕」。竈術術，仇一作「訣」。蠟炬一作「燭」。

臺上

雲霄霄，仇一作「行」。

對雨

注一年徐作「二」。金賊當作「金城」，「賊」是誤字。

警急

注哥府當作「開府」。

王命

漢北漢，仇一作「漠」。使臣臣，仇一云「君」。王官仇一作「京戀」。

卷十八

倦夜

滿庭滿，仇一作「遍」。暗飛二句顧陶類編作「飛螢自照水，宿鳥競相呼」。

有感五首

雲臺趙汸作「輪」。注騫天「天」字衍。幽薊句係第二首，宜另起行。蛇豕樊作「封」。注史思下奪「明」字。注所告徐同，當作「合」。注舊臣徐作「舊注」。注夫親徐下有「賢」字。

送元二

注言無無，當作「其」。

章梓州橘亭

應爲難離別|仇一作「難爲應離別」。京兆一作「尹」。勞數數，|仇一作「缺」。

送路使君

室比|荆作「此」。萬役但|仇一作「萬物役」。佳士|仇一作「家事」。

九日

注土地當作「之地」。

薄暮

最深|仇作「長流」。舊國舊，|仇一作「故」。

薄遊

淅淅一作「漸漸」。月隱一作「日」。遥空一作「滿」。滅一作「過」。長一作「張」。添淚一作「月」。夕一作「夜」。清一作「秋」。

客夜

入簾一作「捲」。遠江遠，仇一作「送」。

客亭

木落仇作「落木」。老病老，仇一作「多」。

閬州東樓筵

題下仇無「縣」字。高樓仇云：舊作「會」。注餘天當作「尺」。獸伏伏，仇一作「休」。注折岸案，謝詩作「圻岸」，仇作「坼」，非。

王閬州筵

浮舟舟，仇一作「雲」。但有一作「唯」。黄鶴一作「鵠」。注之亦然徐無「之」字。

放船

荒林一作「村荒」。

夜

注菊莿案，據鮑賦當「薂薂」，仇作「莿莿」，非。

送李卿曄

巴蜀仇云：當作「巴西」。江漢仇云：當作「江上」。

發閬中

歸意速仇作「急」。誰復仇作「能」。得書仇作「書來」。

光禄坂行

注昭濯當作「照耀」。

冬狩行

注猥下徐作「嵔」。注所見尋仇引作「忽見」。得同同，仇作「用」，云：舊作「同」，誤。

丹青引

雖已仇一作「皆已」。今尚存今，仇作「猶」。一作「今」。注羊枯當作「祜」。無過晉作「未過」。之中中，仇一作「年」。颯爽一作「颯颯」。猶一作「來」。天馬仇作「御」。迥立一作「敻」。畫公各本皆作「工」。注之上當作「立」。殊相英華作「狀」。盡善仇作「畫善」。善，一作「妙」。一作「善畫」。必逢仇一作「偶逢」。世上句英華作「他富至今我獨賢」，陋甚。

桃竹杖引

江心仇一作「江上」。使君仇一作「者」。澒洞或作「鴻洞」。咬人仇云：當作「齩人」。題下注納南正徐作「湘南王」，南，疑作「東」。

寄題江外草堂

遺所晉作「遺」。注空宋當作「床」。方連延方，仇一作「必」。勢堅仇一作「賢」。臺亭仇作「亭臺」。雖有仇作「惟」。愧雙全愧，仇作「貴」。

山寺

根石壁根，仇一作「限」。唯有仇作「雖」。注王筠栖頭陀寺碑家教陵夷案，當作「王簡栖」。家，當作「象」。爲顧兵徒仇作「賓徒」。顧一作「領」。以兹二句黄生云：當在「窮」字句下。注曰龍像像，當作「象」。

將適吴楚

昔如樊作「若」。足畏一作「慰」。注雷孔鼓文選作「雷鼓」。「孔」字衍。

送裴二虬

與誰與，仇作「興」。已就仇作「僦」，一作「買」。

送韋書記

無籍仇作「藉」，注云：疑作「籍」。

遊子

注甕一側「一」字衍。群仙一作「神」。

別馬巴州

非復非，仇一作「無」。注王吏王，徐作「主」。烏仇作「鳥」。

述古

天來仇作「東來」。注白戚徐同，仇作「義」，是。注郭家家，當作「象」。古時仇作「來」。進退固退，仇一作「用」。固，一作「因」。注莊子白當作「曰」。務穀仇一作「農」。注足持邪爲欺爲持，當作「恃」。兩「爲」字當作「僞」。

卷十九

閬山歌

玉臺一作「壺」。應結一作「著」。看仇作「著」，一作「向」。

閬水歌

江色一作「山水」。浪花一作「嵩山」。水雞一作「鳥」。

南池

橋木徐、許皆作「喬」。漢王一作「主」。高堂一作「望」。酒食一作「肉」。

苦戰行

江南|仇作「南行」。

去秋行

臂搶當作「槍」，一作「蒼」。

泛江

故園|徐作「國」。

陪王使君泛江

注花錦|徐「花」下有「如」字。

傷春

清露|仇作「路」。 **通池**通，|仇作「連」。 **注維陽**當作「揚」。 **近傳**|郭作「聞」。

城上

空城|山谷作「城空」。春動一作「蕩」。春動句一作「春送水茫茫」。

遺憤

戎機一作「軍麾」。

釋悶

犬戎一作「羊」。胡城|仇作「湖」。案，作「湖」爲是。注巴鎮案，鎮，當作「賓」。注遷恪|徐作「洛」。

能全一作「今全」。

青絲

未如|仇作「不如」。注一年當作「二年」。注漢王當作「主」。

江亭

聲繼一作「繼」。愁從一作「隨」。爛生一作「輝」。俱宜一作「看」。

滕王亭子

碧石碧，仇作「錦」，一作「碧」。

玉臺觀

注埒浮景案，「埒」當作「埒」。注李華案，當作「木華」。參差一作「差池」。更有一作「肯」。羽翰一作「翼」。

又

綵雲一作「彩」。北山一作「此」。

渡江

不可一作「用」。張素張，一作「兼」。

送韋司直

兵戈一作「干戈」。

寄章十侍御

注龜歛當作「鈕」。湘西一作「襄」。猶宜一作「疑」。

雙燕

注君堂堂作「屋」。

百舌

注寫烈「寫」當作「鴻」，謂淮南鴻烈解。

送李梓州

注今年當作「八年」。注朝恩想「恩」字衍。注中字當作「宇」。

天邊行

鴻鵠一作「黄」。

大麥行

婦女一作「人」。部領仇作「簿領」。

自閬州赴蜀

汩汩一作「浥浥」。注爲身「爲」字衍。注一作首當在「復」字下。

别房太尉墓

低空一作「空山」。

將赴成都草堂

注顧四四，徐作「罵」。注立町徐無此二字。肯藉肯，一作「豈」。先判仇作「拚」。不高高，一作「長」。注故欄當作「稱」。衰顏一作「容」。欲付一作「赴」。注華衰得十年徐「衰」作「表」，「十」作「千」。注藥登徐作「證」。注火丹徐作「大丹」。錦官句一作「錦官生事城西微」。甘息一作「且」。

倚杖

題下注鮑昭有倚仗雞豚之句案，昭，當作「照」。「杖」下當有「牧」字。郭外仇作「内」。春聚聚，一作「近」。鷗經仇作「輕」。白浪一作「日」。青天一作「清」。

卷二十

得房公池鵞

白於一作「如」。

答楊梓州

應載應，郭作「因」。

投簡梓州

安穩仇作「隱」，是。晉、宋至唐及所譯佛經皆作「安隱」。**固知句**一作「不知貧病關何事」。

莫相疑行

生無所一作「一生無」。**輝赫**荆作「烜赫」。**此日**文粹作「今日」。**末契**文粹作「末節契少年」。**輸心**一作「論」。不争一作「莫」。**注瞑目**徐作「瞋」。

寄司馬山人

注登湖登，當作「澄」。**注前濤**仇作「儔」。

春歸

歸到一作「倏忽」。

歸來

門開仇作「開門」。

草堂即事

雪裏一作「霧」。鷺起杜臆作「鴈聚」。

除草

霜雪仇作「露」。注去蔟及蔟草云云案，「蔟」皆當作「蕣」，音潛。注使信之「使」字衍。注荷鋤稚有倦案，當作「雖有荷鋤倦」，見陶歸田園第六首。稚有，徐作「稚子」，可謂望文生義。

四松

三歲|仇云：一作「載」。**色幸**幸，一作「會」。**得愧**|仇作「恡」。**注困即**當作「因」。**老姿**|仇作「資」。**聊待**一作「將」。**根蔕**一作「帶」。**配爾**一作「汝」。**兩可**|仇作「可兩」。

水檻

尚爲一作「如」。**注爲谷**下奪「爲陵」二字。

破船

緬懷邈|仇作「緬邈懷」。**注東州**當作「川」。**注夏中御**案，當作「仲御」，夏統字。

寄崔録事

注中流辨江樹案，當作「雲中」。**煙外**|仇作「塵際」。

過故斛斯莊

此去仇作「此老」。嗟未一作「歎亦」。

揚旗

江雨仇作「江風」。揚旗一作「旆」。注對公幹案，「對」當作「劉」。來纏仇作「衝」。注自謀當作「謙」。

軍城早秋

驕勇當作「虜」。注公手當作「乎」。莫放仇作「遣」。邊雪一作「月」。欲奪案通鑑唐玄宗紀胡注引作「次取」。

院中晚晴

實堪一作「看」。先自生仇作「老更青」，黄生作「元自」。

到村

頑疏仇作「疏頑」。惑一作「感」。町一作「埏」。暫一作「稍」。

宿府

井梧一作「桐」。蠟炬一作「燭」。

遣悶呈嚴公

魚竿一作「漁」。爲來一作「居」。注山休徐作「林」。注絶交論案，「絶交」上當有「廣」字。劉係廣朱公叔之絶交論，不當去。

西山

注蜀都賦大井當作「火井」。臨昂當作「邛」。賊營一作「成壁」。

戲題上漢中王

愁螢|許、|仇作「秋」。 衹看一作「眠」。 注漢中主當作「王」。 浮萍|仇作流。 注梁孝王范|徐作「苑」。

注發闔卿之警策案，當作「發閿鄉而警策」。

贈王二十四侍御

俱是|仇作「但」，一作「俱」。 子去一作「爾」。 注子憂|徐作「夏」。 卧疾一作「病」。 注東蘂當作「涷」。 何須一作「煩」。 注何裏當作「河裏」。 注勇王王，當作「主」。 注少減|徐作「咸」。 注閣畫|徐作「繪畫」。

似漢|仇作「有漢」。 鴛鴻|仇作「鵷鴻」。 客即|仇作「則」。 裁褐一作「葛」。 注公孫洪當作「宏」。

送舍弟頻

題弟頻當作「潁」。 杖藜|徐、|許、|仇皆作|藜。 妥在各本均作「安在」。 注地潁地，當作「弟」。

渼江圖

水臨一作「流」。 北堂|仇作「此」。 吹粉吹，一作「侵」。 注連嶂鼻峬崿青華香深沈案，當作「連鄣

疊巘崿，青翠杳深沈」。鼻、峬、香皆誤字。**暗谷**仇作「谷暗」。**丹風**仇作「楓丹」。**注上侶**當作「上倍」。**注昔以**當作「皆以」。

摩訶池

湍駃駃，當作「駛」。注引謝詩亦誤「駛」作「駃」。**船回**一作「行」。

初冬

寒色一作「氣」。

織成縟段

翠織一作「細」。**魑魅**一作「魍魎」。**濕柴**濕，仇作「混」。**短褐**仇作「裋」。**注具闕**當作「貝」。**自肥**仇一作「己肥」。**直**一作「真」。**昔聞**仇作「皆聞」。**客茹**茹，一作「飯」。

韋二司馬覓錦竹

無比物當作「此」。

舍弟占歸

孰知一作「熟」。孰、熟古通。

觀李固請司馬弟

簡易一作「易簡」。注騎姬當作「驪姬」。老去一作「身老」。舟偏一作「偏舟」。並坐得一作「相並坐」。

贈別賀蘭銛

今吾仇作「君」。蒼鷹一作「饑鷹」。注沃懋徐作「埜」。注踆鴟羊也案，漢書顔注自是「芋」字。

卷二十一

正月三日

雉子各本皆作「稚」，趙注亦作「稚」。知「稚」爲誤字。

弊廬

宜深宜，一作「且」。跡忝忝，一作「寄」。

春日江村

客身黄作「容身」。頗無限一作「無限景」。注何與徐作「何日與」。存晚存，一作「在」。

絶句四首

龍屈各本「屈」皆作「窟」。注而治「而」是誤字，「治」當作「泊」。藥甲一本作「菜甲」。

營屋

甚疑甚，一作「如」。

宴戎州楊使君

碧拈一作「擘」。春酒春，一作「筒」。注枝詩衍「詩」字。

渝州候嚴六

注溪桓溪，當作「漢」。柱過過，一作「觀」。

宴忠州

阮巷一作「舍」。注比張|張、|徐作「甚是」。湖一作「溪」。注惡難當作「灘」。杯饒一作「林饒」。

禹廟

生虛壁|仇作「噓青壁」。

題龍興寺

空看一作「豈看」。人恩一作「人言」。淹泊一作「薄」。

哭嚴僕射

風送一作「逆」。龍雨一作「匣」，當以「匣」爲正。

贈鄭十八

注洙曰古詩以下十字不可解，疑有僞誤。飯葵堇案，鮑照詩：蓼蟲避葵堇。公翻用其語，一作「謹」，非。注江文通云啓丹青並圖青史案，文通上建平書：俱啓丹青，並圖青史。此啓上奪「俱」字。月爲徐作「肯爲」。仇云：當作「豈」。

懷錦水居止

遠逗一作「遠遠」。萬里句當另作一首。橋南一作「西」。

八哀詩

王思禮

燕薊仇作「幽薊」。注金成大乎當作「金城太守」。注擊鳥徐作「鷙」。肅肅一作「蕭蕭」。敦迫一作「逼」。讜議一作「論」。卷飛雪一作「飛雪中」。注卷飛下奪「雪」字。亘阡下奪「陌」字。注庚肩吾庚，當作「庾」。暴靖一作「静」，又作「清」。永繫一作「空」。注之忠當作「志」。注五人奪「百」字。廉藺一作「頗」。嗟嗟一作「喏喏」。

李光弼

胡騎一作「獷騎」。乃蘇乃，一作「多」。注斬百百，當作「首」。大獻一作「獻大」。河汴一作「汴河」。注功骨徐作「高」。注帝遠當作「還」。注如今衍「今」字。惻愴一作「惻惻」。注延年當作「平」。注先濯當作「洗」。

嚴武

注晶音晶有誤。注初離當作「雖」。注可隴當作「河隴」。相視一作「見」。不平一作「未平」。酒再再，一作「至」。注別賊當作「則」。注尚有野鳥徐作「常有野鳥」。注虜陵徐作「廣陵」。館開一作「間」。注難而不飲徐「難」上有「國」字。虛無仇作「虛横」。

汝陽王璡

虬鬚仇作「髯」。塞外一作「寒夜」。胡人仇作「從人」。注嚙噓徐作「嚙」。注終路徐作「中」。聖聰一作「慈」。貞烈一作「正烈」。中郡郡，一作「王」。以開開，仇作「慰」，一作「開」。謝多多，仇作「增」。

李邕

日陵一作「淪」。注亦名徐作「多」。洞徹一作「轍」。廟湧一作「踴」。注金三當作「玉」。豈獨一作「特」。注憑凡徐作「几」。注頻彼當作「被」。二張一作「三」。負冤一作「怨」。炎厲仇作「癘」。注或將徐作「傳」。臣敝仇作「斃」。文到一作「倒」。指盡一作「推」。相振徐作「扼」。注特邑徐作「邕」。鍵捷仇作「關鍵」，一作「關楗」。此「捷」字亦當作「捷」。倒及仇作「例及」。注此肩當作「比」。贈竟竟，一作「晚」。孫在在，仇作「存」，一作「在」。

蘇源明

步客一作「寓」。菜蕪當作「萊」。衣生生，一作「帶」。灑落一作「淚」。射策句仇作「射君東堂策」。可題一作「題墨」。乙科一作「休聲」。掾吏一作「吏祿」。注阮迷當作「述」。石可一作「不」。逆順一作「順逆」。松意仇作「色」。載從仇作「再扈」。篆刻一作「製作」。注羽賦徐有「獵」字。木末各本皆作「本末」。事絶一作「終」。不要一作「惡」。投辭辭，仇作「乳」。泰則一作「即」。注有未未，當作「米」。

鄭虔

氣清一作「氣精」，一作「精氣」。**西極**極，一作「域」。**太柱**當作「太枉」。**注尤太**徐作「猶」。**玉陛**一作「階」。**寡鶴**寡，英華作「宫」。**設**仇作「誤」。**曾寄**一作□。**注爲受**當作「僞受」。**浙江漿**當作「槳」。**猶溪**當作「楢」，注不誤。**泰山**一作「秦」。**濫吹**仇作「推」。**注人憶**當作「又憶」。

張九齡

江海一作「漢」。**未遑**一作「嘗」。**碣石**一作「竭力」。**天地**仇作「天池」。**心記**一作「託」。**鬒**一作「鬢」，非。**敢志**一作「忘」。**注言之**仇作「許之」。**紫綬**一作「金紫」。**詩罷句**一作「詩地能有餘」。**境**一作「炳」。**自我**一作「成」。**歸老**一作「歟」。**闕悄**悄，一作「嘗」。**注諸還**一作「請」。**無絶**案注引限賦「蕪絶」，正文自當作「蕪」，「限」爲「恨」字之譌。

別常徵君

相忘一作「望」。

別蔡著作

創痍仇作「瘡」，是俗字。注英人人，當作「乂」。泰天徐作「永泰」。注論蜀當作「諭」。長津一作「輪囷」。若馮一作「逢」。注其史徐作「使」。

十二月一日

注朐腮腮，當作「腮」。上水一作「瀨」。注即去當作「郎去」。更取一作「要取」。椒花一作「楸花」。

子規

終日終，一作「盡」。注之主主，當作「佳」。色淒一作「棲」。

客居

注林薄香葱青香，當作「杳」。注籬逢逢，當作「雀」。別荒荒，一作「鄉」。四番一作「思翻」。

客堂

甘戴當作「甘載」。得無足一作「弱無足」。注爲能當作「爲禮」。注狄芽當作「荻」。儌麥一作「要」。注久引當作「夕」。循文仇作「修文」。案，修、循古通。

寄岑嘉州

終自一作「日」。

水閣朝霽

題嚴雲安仇作「雲安嚴明府」。朝日一作「旭」。書券一作「卷」，一作「輕幔」。續兒一作「課兒」。

題桃樹

亦從一作「重」。揔餧仇作「饋」。注之漢當作「云洪」。注人通通，當作「道」。正仇作「已」。

卷二十二

船下夔州

雲外晉作「岸」。杜臆作「徑」。煙一作「偏」。含悽案，據趙注「悽」當是「情」字。

承聞故房公靈櫬

太守仇作「尉」，云：一作「守」。案，趙注已辨「守」字之誤。題下注治律當作「次律」。注文竫當作「靖」。劍動動，黃注一作「近」。

贈崔十三

飄颻一作「飄飄」。路洗一作「徙」。王買一作「賈」。注捨金閨捨，當作「雖」。

曉望

移班當作「斑」。注塞當作「寒」。

將曉

曉山一作「曙」。飄飄一作「飄颻」。沙蒙蒙，仇作「蒙」，一作「蒙」。

石硯詩

注正質正，一作「貞」。案，貞，宋諱作「正」。注爲所當作「叵」。

三韻

若揚一作「搖」。烈士一作「列」。

武侯廟

青落落，一作「古」。

古柏行

廟前一作「階前」。霜皮一作「蒼皮」。溜雨一作「水」。注事已當作「而已」。又苦論當作「善論」。

月出一作「日」。注鷩策當作「警」。注雲山徐作「雪」。錦亭英華作「城」。注也原當作「郊」。注之則當作「云則」。萬年「年」爲「牛」字之譌。香葉一作「密葉」。終經終，一作「曾」。經一作「驚」。怨嗟一作「傷」。難爲一作「皆難」。

負薪行

恨堪堪，仇作「長」。應當一作「男當」。英華作「應門當户」。十猶一作「有」。雙鬟一作「環」。注芭桑披葉當作「苞桑枝葉」。

最能行

注江水案，據方言「南楚江湘」。云云，此「水」字衍。

王十五

注司馬相如傳扎水蘭案，「札」下應注字。「水蘭」當作「木簡」。

寄韋有夏

藥餌一作「味」。注巧之語仇引作「詩家」二字。

上白帝城

尚輸仇作「强輸」。深慚仇作「愁」。

槐葉冷淘

投此仇作「比」。腰裊仇作「褭」。屠蘇仇云：又作「屠廯」。

雨

江樹仇云：董作「澍」，朱子改作「去」。兼出出，一作「山」。注且爲朝雲又陽山之下案，當作「朝爲行雲，陽臺之下」。

覽物

椽吏椽，當作「掾」。

灧澦

注府人漁子案，海賦原作「舟人漁子」，「府」字誤。

送李功曹

注諸宫徐作「渚」。注摇摇當作「摇落」。

白帝

中雲出門一作「頭雲若屯」。注巖高雲若屯案，當作「苦雲屯」。蒼籐一作「長籐」。千一作「百」。

終明府水樓

陰山黄生作「山陰」，非。隔水仇作「夾水」。注位東阿位，當作「涖」。注洛陽之少年案，據西征

〉賦：「少年」當作「才子」。注鄭十子十，當作「七」。

夜雨

野涼一作「夜涼」。藉恨陳作「限」。注薄薄游官官，當作「宦」。重一「薄」字。

更題

淹此一作「此滯」。注爲日之乘當作「翳承日之華」。注北王當作「此玉」。

峽隘

沙静一作「净」。各在一作「若」。

寄劉峽州

遠山山，一作□。更起更，一作「勞」。注瓊樹枝矣案，「矣」字衍文。注甘泉賦捎夔至橘征當作「捎夔魖而抶獝狂」。又斯橘狂當作「斫橘狂」。上鯤一作「鵾」。月繼繼，仇作「竈」。皮綻仇作「坼」。簪稀稀，一作「間」。白帽一作「皂帽」。食待一作「行」，一作「幸」。皆爲皆，一作「音」，一作「昔」。新裏裏，當作「裹」。注真录录，當作「汞」，下同。注舊棘矜舊，當作「奮」。酒如繩繩，當作「澠」。注並誤「繩」。注有戰戰，徐作「戟」。誦魯一作「頌」。

近聞

注説文曰赤狄本大種故字犬子案，説文無「故字犬子」四字。大，當作「犬」。此庭仇作「北」。注南白白，當作「向」。注兆州兆，當作「洮」。

寄董嘉榮

千雪嶺仇作「千仞雪」。注多窠穴窠，當作「巢」。秋天秋，仇作「高」。注邢予予，當作「子」。

西閣二首

色見一作「是」。雲無無，一作「非」。注有記記，當作「託」。衰疾一作「病」。世非非，一作「無」。注登棫棫，當作「樓」。終然然，一作「朝」。過調調，仇作「凋」，是。趙注亦作「調」，非是。蕭索仇作「瑟」。

注謝靈運曰至相關案，此後漢向子平事，與謝靈運無關，當云：向子平男女嫁娶畢，敕斷家事，勿復相關。

豪華豪，一作「榮」。問興興，一作「意」。

西閣兩望

山寒一作「高」。注涉面涉，當作「沙」。注詩彼當作「俾」。慮倚一作「里傍」。注沈休文詩夕自傍簷飛當作「夕鳥」。

孤雁

望盡一作「斷」。如更一作「更復」。自紛紛自，一作「亦」。

黃草

題下注賢之徐作「資之」。行人仇作「人行」。兵戈一作「干戈」。

白鹽山

爾獨爾，一作「我」。**萬古**一作「里」。**竟難**仇作「誰」。

覆舟

注谷傳案，江賦「傳」作「轉」。**注宋丘**丘，當作「五」。**龍居**仇作「宫」。**注能溷**當作「泗」。**注百侍**「百」下奪「官」字。**注常處**下奪「官」字。**注微涉**當作「步」。

懷灞上遊

宿敞仇作「敞宿」。

日暮

來夕仇作「久」。**露滿**仇作「滴」。

晚晴

初散仇作「徹」。遠飲一作「近」。注燕王且當作「旦」。梟鶴仇作「鴈」。

哭王彭州

事三朝仇作「自」，一作「事」。東堂仇作「東床」，云：舊作「堂」。戈聞仇作「閶」。江干一作「干戈」。彭門一作「闢」。地里一作「理」。注即兩峰「即」字衍。注雖朝上朝、雖當乙轉。壯士仇作「猛」。井渫一作「漏」。多自暇一作「自多假」。

卷二十三

鄭監湖上亭

違春一作「逢」。月静仇作「浄」。浪滅一作「滅」。賈誼仇作「傅」。應卜卜，一作「轉」。暫住一作「阻」。注京絡當作「洛」。注勸娱當作「歡」。注兄子美美，當作「受」。蓴弱仇作「滑」。杯迎仇作「迎」。注達世徐作「遺」。頻頻一作「辭頻」。

秋清

肺氣一作「病」。注憎所止憎，當作「情」。

九日五首

注佳啼當作「猿啼」。何往仇作「在」。茱萸一作「萸房」。樹歌仇作「欹」。冥寞仇作「漠」。一笑一作「醉」。封國仇作「對」。堪論一作「誰」。

諸將

注西京雜記仇作「新記」，是也。注邀怒徐作「激怒」。斗閑仇云：正異作「殷」。注發拙拙，當作「掘」。注防冠冠，當作「寇」。注天總當作「大」。注君平徐作「居平」。何處盡盡，一作「覓」。雖多預一作「誰争補」。未全一作「不」。注金中中，當作「甲」。曰雉曰，當作「白」。蓋往當作「盍」。忠良一作「臣」。

月

姮娥一作「孀」。柰當作「奈」，一作「耐」。注張昭當作「劉昭」。注宋哀當作「衷」。

上白帝城

高更更，一作「望」。注更信更，當作「庚」。注促今當作「從今」。

宿江邊閣

注雲際「雲」下奪「巖」字。飛盡仇作「静」。

別崔潩

知深一作「深知」。

楊監示張旭草書

不得仇作「獨」。

又出畫鷹

有向一作「尚」。注勇快徐作「敢」。是翻翻，一作「飛」。

送楊監

豈定期仇作「豈足」。風物一作「動」。易久仇作「易夕」。

夜宿西閣

檣烏一作「牆」。注門各當作「名」。注夜兔當作「烏」。

西閣口號

寒空一作「江」。

不離西閣

注自編當作「偏」。斷空一作「斬」。

自平

注不止當作「上」。征戍一作「戎」。小動小，一作「山」。非時一作「常」。殿裏仇作「前」。

鷗

點春春，仇作「青」。

猿

不免一作「見」。

黃魚

筒箭一作「箭」。爲神一作「伸」。

麂

注萑仇作「旄」。

雞

門俗各本皆作「問」。

西閣曝日

凛冽一作「烈」。髮具一作「且」。自和一作「私」。流離一作「瀏灕」。木杪一作「梢」。日已作英華作「亦已昨」。如昨英華作「錯」。

中宵

題中霄與詩中「中霄」皆當作「宵」。

送王十六

少沙頭仇作「已沙」。

送卿二翁

注毛旒仇作「七旒」。注寵德仇作「龐」。吟笳一作「鳴」。陽情情，仇一作「明」，非。

閣夜

注周年當作「彫」。寒霄仇作「宵」。注過當作「撾」，下同。音書一作「依依」。漫一作「頗」，一作「久」。

白帝最高樓

虎睡仇作「卧」。枝封仇作「對」。注石住當作「注」。

覽鏡

注王萇當作「毛萇」。更覺仇作「學」。注衰者當作「老」。

西閣夜

寒山仇云：洪注從「江」。別作「山」者，犯重。

瀼西

年侵一作「終」。

陪柏中丞

歌鐎仇作「樵」。

奉漢中王札

少年一作「小」。**相識**一作「見」。

送鮮于萬州

題下注官即當作「郎」。**注乾文**當作「乾元」。**注意**意，一作「壐」。**維舟**維，一作「雜」。仇作「排」。

有歎

馬望仇作「怯」，一作「泣」。

不寐

多壘一作「壘恨」。**無處**一作「何」。

灩澦堆

巨石巨，一作「積」。注右之右，當作「古」。

寄杜位

法離離，一作「別」。

冬深

葉隨仇作「惟」。捨掉當作「棹」。

送十七舅

母憐當作「鄰」。注天迴當作「迴」。

真諦寺

霞嶂一作「障」。凍泉一作「冷」。詩妄一作「忘」。

卷二十四

立春

梅發|仇作「全盛」。注玉壇當作「盤」。注江也|徐作「地」。

入宅

春酒|仇作「色」。半頂|樊作「判」。注漢宣當作「武」。

赤甲

寄書|仇作「詩」。

一室

鄉遠一作「老」。幾年一作「千」。

愁

注泛泛當作「泠泠」。暗萬仇作「南」。秦山仇作「川」。

江雨有懷

間塞一作「發」。注旦爲朝雲當作「朝爲行雲」。分披仇作「紛披」。

雨不絶

漸細晉作「細雨」。匆促促，一作「遽」。

病柏

車蓋車，一作「青」。注姓小車「姓」是「如」字之譌。注有進武三字徐無。偃蹙一作「蹇」。主當邵本作「正」。無憑一作「用」。葉改改，一作「卒」。注其嶺文選作「巔」。穿穴一作「窟」。注之罪耶物當作「此罪邪物」。

病橘

蠹蟲一作「蝕」。豈止一作「只」。未忍一作「匆匆」。南海南，一作「聞」。荔枝一作「支」。注充官當作「棄官」。

枯椶

多椶一作「栟」。徒布一作「有」。注及杜徐作「壯」。注霜旱徐作「早」。形影乾一作「枯形影」。

枯柟

皇天一作「蒼天」。霆折一作「圻」。奪佳一作「嘉」。注以命以，當作「少」。注涑雨皆當作「涑」。霄漢一作「雲霄」。注濯雙立濯，當作「擢」。注榆柔脆榆，當作「喻」。

憶昔

注廣平王淑淑，當作「俶」。注溰水溰，當作「灃」。可當一作「忘」。注肋順肋，當作「助」。俱豐豐，荆作「盈」。豺虎晉作「狼」。注奇者偉「者」字衍。注抱鼓當作「枹」。注持平徐作「得」。記識一作

「憶」。**灑血**仇作「灑淚」。**長衰疾**長，仇作「身」。

晝夢

注索四徐作「肆」。

熟食日

邛山杜田作「邙」。**風花**一作「光」。

陪諸公

古制一作「製」。**東流水**一作「水清淺」。

晴

繡文一作「紋」。

雨

作塱仇作「泥」。**兵戈**一作「干戈」。**糠籺**一作「覈」。**注觀辟疆**觀，當作「顧」。**注以漸**當作「漸成」。**高步**一作「獨」。**注缶太沖**缶，當作「左」。**注畢聚**當作「娶」。

卜居

雲嶂陳作「障」。**江北**一作「左」。

玉腕騮

頓驂仇作「驂驔」。

瀼西新賃草屋

此郊一作「北郊」。仇作「此邦」。**注比其**當作「此」。**三千**「千」當作「年」，注不誤。**曉來**一作「晚來」。**自短**仇作「惜」。**壯年**晉作「志」。**非無**一作「無非」。**不息**一作「未」。**豺虎**仇作「狼」。**事急**一作「惡」。**風逆**一作「急」。

引水

注本朝史「朝」下奪「樂」字。注水之活當作「之水可活」。

甘園

開筒仇作「籠」，云：杜臆作「筐」。注記當作「託」。

河北節度入朝

多歌仇作「好童」，與注一作同。始是一作「自是」。却教一作「交」。茫然一作「茫茫」。遣人一作「使人」。萬里一作「百萬」。會静一作「盡」。何人一作「時」。注水合當作「冰」。喜共一作「氣色」。關史當作「吏」。注郭魂當作「隗」。惟有一作「雖老」。

得觀書

爾到仇作「過」。

喜觀即到

伐新一作「塵」。愁絶一作「捻絶」。星星仇作「惺惺」，從趙汸本。

寄薛三郎中

免危仇作「克免」。注一作思仇作「忽」。注紹勃然「紹」上當有「袁」字。

卷二十五

喜聞賊盜

北極晉作「闕」。轉愁愁，一作「深」。止煙止，一作「尚」。西極西，一作「北」。少答一作「小」。胡王晉作「朝主」。三年一作「二」。

即事

腰艾艾，當作「支」。

暮春

長吹一作「常」。千里一作「萬」。新闇一作「暗」。翻飛一作「翾」。

晚登瀼上堂

粉似仇作「如」。注文況當作「又況」。

李潮八分小篆

又已又，仇一作「文」。注史榴當作「籀」，下同。注大分當作「大小」。骨立一作「力」。注古將軍古，當作「右」。不復一作「可」。注破勢當作「波」。

醉爲馬墜

垂鞭一作「肩」。朋知一作「明」。問腆一作「惧」。注如繩當作「澠」。來爲問一作「不爲身」。被殺一作「遭」。

往在

京時仇作「日」。彤宮一作「丹」。紛曾一作「汾」。清旭仇作「曉」。逆節一作「帥」。注糞土當作「糞上」。先露仇作「路」。注故客當作「胡」。蔥曨仇作「朧」。注罳者復也「罳」字衍。注酉陽雜俎酒，當作「酉」。注卧魚拳當作「引魚豢」。自罪己一作「罪己已」。征伐仇作「戍」。注冗監當作「濫」。似國初似，一作「比」。老去若若，仇作「苦」。

雨

密作一作「寒密」。注且爲當作「旦」。

寄李祕書

暫留一作「之」。且遲回且，仇作「莫」。遲，一作「輕」。

竪子至

滿地仇作「把」。注將柰之有誤。

觀歸藍田

江水趙作「江永」。注雖刀當作「錐刀」。

歸

才有一作「纔」。鄉悅仇作「閱」。

諸葛廟

畫壁一作「屋」。覡醉醉，杜臆作「綴」。起未起，仇作「也」。注公惑當作「感」。

課伐木

伯夷杜臆作「柏」。幸秀仇作「辛」。侹然仇作「挺」。伊杖仇作「仗」。搪突仇作「搪」，晉作「撐」。

白菊仇作「蒲」，一作「桃」。奴僕仇作「童」。蒼皮成積委成，仇一作「見」。積委，作「委積」。云：吴本作「委積」。注公惑惑，當作「感」。

園人送瓜

題下注太平當作「太守」。茲一茲，一作「資」。溪老一作「窮老」。嶔當作「嵌」，注同。小童一作「兒」。未陵一作「溪」。注兩耳「耳」當作「字」。

信行脩水筒

未飡一作「食」。軍蓋仇作「佩」，黄生作「拜」。

張望補稻畦

分明正異作「朋」。見溪畔溪，黄生作「蹊」。畔，仇一作「伴」。竿竿一作「芊芊」。生銀生，一作「向」。注皆收當作「取」。傅白仇作「傅」。注菰手當作□。然添黄生作「忝」。

催宗文

課奴句仇在「塞蹊」句上。踏藉句仇在「山腰」句下。有隙晉作「間散」。避熱二句仇在「我寛」句上。觜爪仇作「距」。時來來，晉作「未」。可突可，仇作「苦」，一作「可」。

上後園山脚

未夏仇作「朱夏」。清旦旦，仇作「旭」。恨水壯水，一作「川」。注厚載徐有「物」字。石槺張作「原」。薄倚一作「倚薄」。

雷

復無一作「覆如」。注神仙當作「山」。俯僂仇作「僂俯」。鞭巫一作「石」。其數一作「數至」。汗滋仇作「溼」。衰尤一作「猶」。拙計仇作「計拙」。

火

燒蛟一作「蛇」。萬古仇作「太古」。夜珠一作「殊」。河棹仇云：正異定作「漢」，一作「掉」，一作「淡」。騰一作「勝」。不見一作「只見」。

雨

鳥過一作「去」。

李十五丈别

注故事疑誤。注梁之當作「州」。亦思仇作「主要」。

送鄉弟韶

首句下仇本有原注：韶比兼開江使，通成都下峽舟船。比來一作「此」。早聞一作「開」。

熱

何似一作「那似」。都似仇作「是」。空雷一作「聞」。颯踏仇作「沓」。雕菰仇作「胡」。征伐仇作「戍」。

獠奴阿段

稚子仇作「竪子」。

送王崟

選郎仇作「遷」。**日困**困，一作「起」。**問口**各本作「開」。**注王信**徐作「王信州」。**注張星陽**星，當作「景」。**注章亥**當作「章刻」。

夔州歌

注倍百徐作「百倍」。**霸王**一作「主」。**起向**仇作「問」。**江北江南**晉作「江南江北」。**槳牙**仇作「蔣」。**白晝**一作「買」。**攤錢**一作「攤前白晝錢」，一作「白馬攤前」。**高堂**仇作「唐」。**注下元**徐作「無」。**祠堂**一作「生祠」。

卷二十六

七月三日

北鄰仇作「比」，注音皮。**步聞**聞，一作「供」。**暑終**終，一作「經」。**注決背**當作「背」。**注埕丹砂**埕，當作「埋」。

牽牛織女

神光光，一作「仙」。精靈魯訔作「爽」。遂通仇作「逢」，云：他本作「通」。注夜者仇「夜」上有「守」字。曾空仇作「層穹」。所終一作「從」。舅姑一作「姑舅」。方柄柄，當作「枘」，下同。注舊谷谷，當作「俗」。

秋行官張望

題下注王已已，當作「在」。今之本據注「今」是「命」字之譌。注游子清謝琨清，當作「情」。琨，當作「混」。

月

注人月當作「八」。動半仇作「没半」。注辰枸當作「極」。直想想，一作「怕」。

見螢火

首句仇作「秋夜巫山」。簾疏仇作「疏簾」。簷前仇作「邊」。

送十五弟

注自消|仇作「俞」。

漢中王手札

舟過過，|仇作「峻」。借名「名」下奪「園」字。良一作「凉」。宵永|陳作「宵兔」。注翻良當作「浪」。注以雲當作「雪」。朝旁|仇作「傍」，一作「望」。河問當作「河間」。注三雍客「客」當作「宫」。傍黄昏|仇作「荷朝昏」。

小園散病

病忌一作「恐」。意自一作「日」。晚來晚，一作「曉」。兩白鶴|仇作「雙」。已露露，一作「及」。

洞房

注修容修熊當作「姱容修態」。龍池一作「蛇」。注東方朔奪「傳」字。

宿昔

注此其當作「比其」。注善肅當作「嘯」。落日一作「月」。

能畫

注大公當作「天公」。復以一作「似」。皆一作「初」。皇恩恩，仇作「明」。

鬬雞

注惟此惟，當作「推」。

歷歷

在眼一作「目」。北升升，當作「斗」，注不誤。

驪山

注王時王，當作「生」。

提封

懸車一作「軍」。草竊仇作「莫慮」，一作「草竊」。

白露

注附身當作「俯身」。注其言當作「不言」。

孟氏

胝手仇作「胼」。力葵仇作「夕葵」。覺先門仇作「學誰門」，一作「覺先」。

五弟豐

沙晚一作「煐」，一作「曉」。注拾名拾，當作「指」。雲求一作「遊」。

鄭典設

出處一作「所處」。注冒水徐作「暑」。俗遠一作「還」。入矢仇作「天」。戞慼仇作「戚」。俗則一作「甚」。注險難難，當作「艱」。

阻雨

伫立一作「倚」。層陰一作「曾」。注漢武武，當作「書」。焉得一作「安能」。兩足一作「雨足」。

柴門

泛舟一作「孤」。注蹈瀼徐作「踏」。蟠嵌徐作「嵌」，注同。蕭瑟一作「颯」。注挺扶扶，當作「拔」。峽門峽，一作「峽」。巨渠黄作「巴渠」。約身不願賒約，一作「處」。身，一作「性」。願，一作「欲」。注嘯蹲鴟蹲，當作「愁」。父外父，各本俱作「分」。

貽華陽柳少府

披衣笑晉作「嘯」。注何堅何，徐作「符」。日月暾日月，當作「曉日」。注鍾航當作「毓」。涕淚一作「流涕」。濺衣一作「我」。班曰各本皆作「班白」，此係誤字。

種萵苣

一錯錯，一作「屯」。于其中其，一作「此」。青光一作「雲色」。先已晉作「以」。瀟灑仇作「灑」。

秋風

神都仇作「成都」。寒夫夫，當作「未」，注不誤。白蠻一作「百」。注谷澤當作「渾」。不得一作「曾」。天清一作「晴」。他夜一作「也」。注禱練當作「擣」。

同元使君

漢官官，一作「朝」。之目一作「日」。物吐晉作「姓壯」。少安仇作「小安」。相嬰一作「縈」。詩家秀秀，一作「流」。注傳經當作「傅」。憂黎庶憂，一作「哀」。字偕一作「皆」。純樸憶一作「意」。注一云色沮仇作「阻」。注何如徐作「相如」。感被仇作「彼」。

甘林

注眺迴當作「迴」。注喜微喜，當作「熹」。無所一作「或」。注緒實緒，當作「結」。跪辭仇作「問」，云：他本皆作「辭」。

雨

箟煩一作「須」。**注著大**當作「著矣」。

別李祕書

神充一作「精神」。**止觀**一作「正」。

寄狄明府

注妹妹當作「姊妹」。**曾公**仇作「翁」。**巧計**楊作「詆」。**中不**仇作「終不」。**注紛紛**當作「紛虹」。**冊決**仇作「決策」。**詔**仇作「請」。**誰政**政，徐作「謂」。**注寬改**當作「政」。**裂土**一作「列鼎」。**歷詆**一作「抵」。**黃污人衣**仇作「黃土污衣」。

寄韓諫議

題下|仇有「注」字。天雨雨，一作「飛」。旍旗一作「旄」。霧樂一作「落」。注仰羽人仰，當作「仍」。昨者一作「夜」。食風|仇作「餐楓」。注北之當作「比之」。注何其當作「異」。注美得|徐作「德」。

送韋中丞

多故一作「難」。孺榻一作「孺子」。注破隨當作「趙」。

謁先主廟

注曰□初當是「黄初」。注欲與當作「興」。注道走當作「遁」。注亦公公，當作「云」。注西粃|徐作「霸粃」。注柘地|徐作「拓」。交鳥道一作「扶鳥過」。注像問當作「象闕」。清溪|樊作「青」。孰與孰，|荆作「勢」。注不備當作「濟」。應天得士應，一作「繼」。士，一作「土」。釣緡一作「罠」。

秋野

蔬蕪|仇作「疏」。井絡一作「路」。|黄生作「落」。注作旦當作「且」。難交|仇作「教」。吾老|仇作

「衰」。注其仕誤多二字。注疾之如言言，當作「讐」。注聲闕闕，當作「闋」。注而在位「而」下奪「不」字。注名魚「名」上應奪「鱻」字。

簡吳郎

注僚媚當作「壻」。

又呈

甚真仇作「任真」。

聽楊氏歌

注引楚辭嫭以姱些些，當作「只」，下同。注希遠當作「逸」。注箕子怖當作「悕」。出士一作「土」。豈待仇作「士」。

卷二十七

夔府書懷

不展一作「轉」。注莫矣當作「瘼」。滄江一作「蒼」。排石石，仇作「古」。注出池仇作「出地」。注一牛當作「一生」。注及時當作「及瓜」。時旅一作「仍」。泛若一作「泛苦」。驅瘴一作「祛」。注空存至邱山當作「生存華屋處，零落歸山丘」。常時盧作「當」。注洙曰都督十五字仇作原注在「當時」句下。注高居賦至腸氣當作「高唐賦：感心動耳，迴腸傷氣」。乘威一作「秉」。力效川本作「教」。注孫洪洪，避宋諱。彗孛一作「闔」。黔首川作「首惡」。注痛語當作「詔」。煩苛一作「頻煩」。注臣詩當作「請」。注陽德當作「楊」。注更信當作「庾信」。帽凈一作「静」。注後亭當作「庭」。注湖前當作「前湖」。注孫興作天台賦「興」下奪「公」字，「台」下當有「山」字。注柔桑當作「桑柔」。注殷鄉當作「旅」。注言涉當作「原涉」。注手鞭當作「著」。注閑户當作「閉」。注工水徐作「江」。注紫秧仇作「秧」。畫眠仇作「醉眠」。不逮一作「達」。注龜劍一作「鈕」。注不生徐作「能」。伏虔仇作「服」。注影組當作「彯組」。注摸令當作「模稜」。注動哭當作「慟」。注征橋橋，當作「僑」。注不與當作「不黠」。注王中中，當作「巾」。顧凱徐、許、仇皆作「愷」。注戒青青，當作「香」。

送田四弟

起地仇作「柁」。**注淮江**徐作「王」。**空醉**仇作「定醉」。**葛强**仇作「疆」。

垂白

垂白仇作「白首」。

草閣

臨無王作「蕪」。**注客疑**仇作「款」。**注見木**當作「水」。**注也也**徐作「川」也。

江月

光如仇作「於」。**露團**仇作「溥」。

社日

九農一作「秋豐」。

夔府書懷

雲臺一作「靈臺」。宿一作「仗」。臣議一作「識」。注谷川一作「川谷」。涕泗一作「涕灑」。注上陪當作「倍」。在比當作「此」。注乃信徐作「言」。登楚一作「粲」。注粟陸當作「栗」。

溪上

古苕仇作「苔」。

樹間

霑葉一作「落」。

八月十五

自傾一作「清」。

十七夜

倚仗仇作「杖」。

翫月

注風生當作「風多」。一照海録作「點」。

驅豎子

林中林，一作「村」。猶不仇作「獨不」。爛熳郭作「漫」。橘奴一作「木奴」。注膏粱當作「粱」。

詠懷古跡

平生仇作「生平」。注公殊當作「居」。注朔漢當作「漠」。千歲仇作「載」。怨恨一作「愁」。長鄰長，一作「常」。福移仇作「運」。難恢復仇作「終難復」。

孟倉曹

詰朝當作「詰朝」。藉糟仇作「籍」。注藉也也，當作「糟」。注禮正正，當作「注」。

課小豎

坐迴首坐，仇作「重」。更徘徊更，仇作「獨」。注山冰當作「水」。

峽口

百蠻仇作「白」。

村雨

注邑醭當作「浥醭」。

寒雨

雜樹雜，仇作「擁」。此地一作「北」。屏紆紆，仇作「舒」。雖故仇作「古」。到天仇作「倚天」。辭枝一作「離枝」。動覔動，一作「更」。

偶題

注餘疲當作「波」。注嶺爲嶺，當作「頗」。注少艾艾，當作「女」。注齏臼當作「血」。注製魏當作「魏製」。秋水憶黄陂憶，當作「隱」。黄，當作「皇」，謂皇子陂。

晚晴

隔徑亦作「掃徑」。

卷二十八

解悶

朱貴賤「朱」爲「米」字之譌，注不誤。南湖一作「東」。存底存，一作「在」。注改改重「改」字。頗學一作「覺」。蔓寒一作「漫」。俱寂一作「今」。京華應一作「京中舊」。江蒲一作「浦」。雲壑雲，一作

「寒」。勞生重馬仇作「勞人害馬」。

復愁

處僻一作「僻處」。野雉一作「鶴」，仇作「鶻」。翅稀稀，一作「歸」。防寇仇作「戎馬」。絲鏤一作「縷」。掣旗掣，仇作「製」。注弩怒仇作「怒勢」。注父老云此上仇本引有南越志一段，凡二十六字，此奪去。談笑一作「話」。將覺樊作「擢」。注而不及江摠五字疑有誤。猶被一作「佩」。

南極

山衆一作「外」。虎忽忽，一作「或」。

摇落

注趙王負貂裘黄金負，疑「賜」字之譌，然與戰國策、史記皆不合。

季秋江村

白日一作「首」。

季秋江樓夜宴

薄漸一作「暫」。照邊一作「遠」。烏紗一作「鴉」。

即事

注生貪生，當作「性」。注求日求，當作「來」。

移居東屯

往兼兼，一作「皆」。子宅仇作「國」。首想一作「憶」。

題柏大兄

注鮑昭以下十字文選無此語。昭，當作「照」。注京絃京，當作「哀」。注立忘忘，當作「志」。注

枚乘七發至**爲之歌**班爾，當作「琴摰」。弜，當作「約」。「牙」上當有「子」字。**白雲**仇作「薄」。**千里馬**仇作「足」。

茅堂

平田一作「疇」。**注尺爐**當作「尺爐」。**注獨虛**當作「靈」。

夜二首

白夜仇作「向」。**半委**一作「委半」。**注於道**於，當作「安」。**重覺**一作「空覺」。

東屯夜月

成寐一作「寢」。**夢寄**寄，一作「有」。

東屯北俺當作「崦」。

獨坐

更青一作「清」。老須一作「思」。江日一作「月」。

雨四首

新霑黄生作「霑新」。舊落黄作「落舊」。半濕濕，一作「得」。看鷗坐不辭杜臆：「鷗」作「鴉」。仇作「不移」。歲將將，仇作「時」。注上害當作「言」。注泉客鯨人客，當作「室」。鯨，當作「鮫」。

戲寄崔蘇韋

忍待東觀餘論作「忍對」。疏豁豁，一作「闊」。

傷秋

林僻一作「村」。柴扉一作「荆」。思汗一作「猶汗」。年減仇作「滅」。

秋峽

注神熟神，當作「狎」。

秋興八首

南斗仇作「北」。月查仇作「槎」。注遺風當作「遺」。日日吕東萊選本作「百處」。注由家當作「田」。鼓振仇作「震」。車馬一作「騎」。書遲仇作「馳」。云一作「遲」，非。宮闕宮，仇作「高」。注遊仙掌遊，仇引作「抗」。注俄須徐作「頃」。注關令子徐作「尹子」。小宛當作「苑」。注蓉花徐作「菀」。黄鶴仇作「鵠」。注萸緑萸，當作「黄」。自出許、仇皆作「古」。注填河填，當作「滇」。月夜仇作「夜月」。注左牽牛織女「牽牛」下奪「而右」兩字。注龍偏當作「編」。昆吾句一本「此句在渼陂」下。香稻草堂本作「紅豆」。一作「紅稻」，一作「紅飯」。昔曾吟望曾，一作「游」。吟，仇作「今」。

遠遊

高棟仇引晉作「湅」，非。

復至東屯

峽裏仇作「山」。裏，一作「内」。**田客**一作「舍」。**注欲通抵見**當作「敬通見抵」。**注起塵矣**當作「超塵埃」。**山險**一作「地」，一作「峽」。**煙合**仇作「僻」。**注左麋鹿**「左」字衍。鹿，當作「麗」。**斯在**在，一作「須」。

晨雨

風逆一作「折」。

天池

簫瑟當作「蕭」。**菱芡**一作「芰」。**今同**同，一作「豊」。**注電㯄**㯄，當作「激」。**注自徙**當作「從」。**注南都**下奪「賦」字。**誅勞**勞，當作「茅」，注不誤。**注下居**下，當作「卜」。

大覺寺

松林一作「間」。**注回分**當作「四分」。**尚乞**仇作「但乞」。**注重杏**重，當爲「種」。**注近近**衍一「近」

字。帝色|仇作「啼邑」。

戲作寄上漢中王

貪見|仇作「看」。注三輔訣録孔融見韋乞將其父書訣，當作「決」。|孔融下當作「見韋元將，與其父書」。注嫋兮當作「嫋嫋」。注謝靈運雪賦又落雪下「靈運」當作「惠連」。「落」作「密」。注鴈■當作「池」。

覃山

注同彦倫同，當作「周」。注哀壑叩虚又誘我竹松「虚」下當有「牝」字。竹松，當作「松桂」。

柏學士

情容當作「惰」。

贈李八祕書

漢闕|仇作「殿」。略姚一作「集嫣」。朔巡|仇作「迴」。注上在|徐作「尚」。注士家家，當作「衆」。注

侍從當作「士從」。**注物固不可論**固，當作「故」。**西屬**仇作「蜀」。**抗士**仇作「抏」。案，作「抏」是也。司馬相如賦：抏士卒之精。郭璞注：抏，損也，音翫。仇本知「抗」字之非，注引四子講德論「鷙邊抏士」，謂恐亦是「抗士」。不知杜此二字出上林。熟精文選，固未易言也。**注謝成**徐作「謂」。**注甚壞**當作「壞」。**注盛其書蹢**仇引作「盛水滴硯」。**鉤落**仇作「合」。**去棹**吳作「帆」，一作「旆」。

送李祕書

皆指仇作「背指」。

大曆二年

冷葉一作「蘂」。

十月一日

不亦仇作「亦不」。**注爲止**徐作「正」。**注倰字書倰**「倰」爲「按」字之譌。

卷二十九

戲作俳諧體

注使人人，徐作「之」。難爲仇作「能爲」。不關一作「開」。羌坂一作「板」。注水遥當作「逕」。於菟一作「穀於」。注浮於浮，當作「淫」。注遂使使，當作「收」。注此二當作「些」。注木白當作「日」。注渡地渡，當作「度」。注頃歲以下十八字仇作「自注」。注留帶帶，當作「滯」。

暫往白帝

除芒一作「殊」。倉庾一作「廩」。

刈稻了

注南都仇引作「蜀都」。𠙆日各本作「旭」。一作「曉」。

瞿塘

注呂使當作「多使」。注立龍立，當作「六」。

柳司馬至

有使仇作「客」。猶出出，仇作「自」。水更更，一作「自」。注此北仇引無「北」字。注佛廬新皆史佛，當作「拂」。「皆」字衍。注沉痾當作「沈痼」。

孟冬

破甘一作「瓜」。巫岫仇作「峽」。

朝

村疏一作「林」。注半劍當作「斂」。

寫懷

注一作感仇一作「惑」。注以薄以，當作「似」。注陌上乘乘，當作「桑」。

可歎

如白仇作「似」。注之粹之，當作「文」。老瘦朱作「叟」。賣屐仇作「屩」。聞道一作「問」。南山一作「山南」。丞疑仇作「疑丞」。注車維當作「東維」。

觀公孫大娘弟子

元持一作「特」。所師一本下有「答」字。二伎伎，一作「教」。供奉仇下有「舞女」二字。錦衣一作「繡」。往者仇作「昔」。於鄴一作「葉」。來如一作「末」。注先之先，當作「見」。先帝一作「皇」。澒洞一作「傾動」。曰紇日，當作「白」。城草一作「暮」。愁疾一作「寂」。

冬至

注名異當作「各」。鳴玉一作「明主」。

小至

刺繡當作「刺」。五紋一作「文」。浮灰仇作「飛灰」。欲放一作「破」。注以舒當作「必書」。

舍弟觀赴藍田

注嬰子當作「子嬰」。秦山一作「關」。注白日峽不可解，疑當作「自巴峽」。注不心不可解，當作「客心」。歡劇一作「臏欲」。索共一作「近」。冷蕊一作「落」。注諸宮故事當作「諸宮舊事」。注冰矜不可解，當作「冰衿」，見世説。病酒一作「斷」。

別李義

洎舒洎，一作「及」。實惟仇一作「督維」。注元名仇引作「明」。注道名中奪「王」字。王業一作「玉業」，仇作「三業」。肅穆仇作「睦」。文筆仇作「章」。注陳留當作「陳思」。温克仇作「爾克」。淮湖一作「河」。憶惜仇作「昔」。注矩衣當作「短衣」。注流珠沫「珠」字衍。注西我西，徐憶作「怪」，不。如仇作「知」。

送高司直

淡情仇作「談」，一作「澹」。艱險一作「難」。注示意徐作「不意」。注官難官，徐作「言」。注高使者徐作「司直」。注今月徐作「經月」。

壯遊

我似似，一作「比」。脱略仇作「脱落」。注西比徐作「北」。迴塘一作「池」。注海里當作「梅里」。注刻石秦德當作「刻頌秦德」。蒸魚二句仇作「枕戈」句上。注聞海嶠聞，當作「臨」。注楚架架，當作「築」。注畋打仇作「畋於」。皁櫪一作「櫟」。注舉鞍鞍，當作「鞭」。注中生當作「申」。注西何當作「河西」。曲晚一作「挽」。日覺一作「自」。注沙海當作「少海」。吴岳一作「英岳」。螭虎螭，仇作「貙」。大軍一作「天」。廟焚焚，一作「毀」。萬民一作「蒼生」。捐微芳捐，一作「損」。

君不見

注坡石仇引作「破」。

贈蘇四

剽劫劫，一作「掠」。

別蘇徯

如在在，仇作「此」。洗拂仇作「先拂」。得實仇云：俗本作「食」。煙塵一作「風」。贈爾一作「汝」。

向夕

雲汀一作「河」。

曉望

塞上一作「初上」。杜臆作「上寒」。宿靄一作(此處闕字)未收。

錦樹行

作錦樹作，一作「行」，一作「待」。青草一作「春」。天驥仇作「馬」。跛足一作「踦」。封公仇作「皆

封」。注■說當作「君說」。生女|仇作「一生」。

赤霄行

注遭海當作「侮」。注鴉當作「鵶」。注日嚇當作「曰」。衛莊|仇云：作「鮑莊」。注人怕當作「拍」。

前苦寒行

注蒯北當作「薊」。注疾用當作「風」。寒刮一作「割」。注麻以「麻」下|徐有「衣」字。注蒯北當作「薊」。注虎貂當作「豹」。烏足一作「足骨」。迭送|仇作「送之」。

寄裴施州

無此|仇作「比」。玉衡英華作「珩」。遇減一作「感」。邊愁一作「旅愁」。青羔一作「縑」。蛟龍|仇作「龍蛇」。使者辭辭，一作「辟」。

酬薛二丈

悲風一作「悲秋」。**毛净**一作「盡」。**注蕭舲**「蕭」當作「肅」。**注口重**「口」爲「國」字之譌。**朱門**一作「户」。**才調**英華作「琴調」。**兩岸**一作「岸兩」。**橫木**一作「積水」。**中石**仇作「中右」。**注一云季**當作「里下」。**冷如冰**仇作「令威丁」。**郊垧**當作「坰」。**治國**一作「活」。**文王**仇作「天王」。

復陰

簸岸一作「欺」。

後苦寒行

怨苦寒怨，仇作「畏」。**應拆**應，一作「欲」。**流血**一作「出血」。**晚來**一作「曉」。**江門**一作「邊」。**夜飛**仇作「夜吹」。**斷斬**仇作「斬斷」，英華作「新斬」。**太酷**「太」一作「其」。**凌澌**仇作「澌」。云一作「澌」，非。**迴幹**仇作「幹」。**人得**「人」一作「得」。

夜歸

夜來仇作「夜半」。嗔兩炬嗔，一作「喚」。

寄柏學士林居

載典典，一作「精」。萬里仇作「重」。亂代代，仇一作「世」，無理。唐諱「世」字。予到一作「余」。春冬仇作「冬春」。雲雨一作「風雨」。百舌一作「百鳥」。

寄從孫崇簡

記馬一作「騎馬」。注子獻當作「子猷」。多養多，一作「常」。注見崔當作「催」。酒長一作「常」。牧叟仇作「竪」。

送柏二別駕

注乃傳當作「乃得」。與報一作「報與」。詩一作「書」。注鬢彪彪，當作「髟」。

昔遊

綠袍崑玉脚仇作「深求洞宮脚」。**人棺**仇作「玉棺」。**寂寞**一作「冥寞」。**艮岑**一作「岑峰」。**含淒**仇作「悽」。**嚮虚駃**一作「嚮虚駛」。**悵望**一作「惆悵」。**伏事**伏，一作「休」。案，杜八哀詩「伏事哥舒翰」，義與此同。「伏事」出陸士衡詩，作「休」者誤。**變鬢**仇作「鬢變」。**注游羅浮行息必廬霍**仇注引「遊當羅浮行，息必廬霍期」。**注靈壇　貴心**壇，當作「境」。貴，當作「賞」。

虎牙行

秋風一作「北」。**歘吸**晉作「歘歘」。**狖寒**寒，一作「啼」。**霜雪**一作「雪霜」。**石城**石，一作「古」。**聞丹**一作「圍丹」。

晚

晚巷仇作「巷晚」。

大食刀歌

超下牢仇作「趨」。木怒號木，一作「水」。雪淡一作「雲澹」。捩亂仇作「辭」。芮公郝作「衛」。

太歲日

賜與仇作「予」。注兮慓當作「慄」。

元日示宗武

注帝笑當作「啼」。注四月月，當作「民」。注厖眉而下空一字當作「郎」。

又示宗武

莫帶仇作「羨」。假日仇作「暇」。注身林當作「材」。

續得觀書

夔子峽一作「國」。

將別巫峽

無定一作「不定」。生逗一作「逼」。

江梅

意早仇作「好」。最柰當作「奈」。樹元元，一作「能」。

月

當空仇作「高當」。

大曆三年春

注始知楚下脱「塞」字。注乃流乃，當作「及」。亂浴浴，一作「落」。怨惜惜，一作「别」。注昭君宅有有，當作「在」。真走一作「趨」。注合紫茸合，當作「含」。注七澤謁謁，當作「藹」。注碩遇當作「顧遇」。注閑嫩當作「嬾」。注王褒六當作「云」。注駕者者，當作「於」。注書生亦其中「亦」下當奪「在」字。注梁滅梁，當作「周」。注附虜當作「附庸」。

春夜峽州

煩多一作「須」。

宿青溪驛

荒渚荒，仇作「枉」。**注此作**當作「此生」。

寄族弟唐十八

今氣氣，一作「最」。**注姓可**當作「尚」。**況中**況，仇作「泛」。**鼊獭**獭，當作「獺」。注同。然「獭䐜」無義，仍以諸本作「獺」爲是。

泊松滋

注在孤當作「弧」。

行次古城

注則不可下當有「欲泣」二字。

書堂飲既夜

湖上仇作「湖月」。注云：一作「水」。俗本作「上」。久拚久，仇一作「已」。如雙羅大經作「雙」，諸本皆作「霜」。下五更仇云：「下」字重出，當作「不」。

地隅

悲涼涼，一作「秋」。

送馬大卿

注金錮當作「銅」。

蠶穀行

牛盡耕一有「田」字。

短歌行

豫樟|仇作「章」。跋一作「颯」。春已深已，|仇作「色」。注見用下空二字當脱「於」字。

卷三十

宇文晁尚書

仇本題「尚書之子」、「司業之孫」及「審」，均作小字注。無「尚書之子」句。

王兵馬使二角鷹

簫當作「蕭」。瑟一作「颯」。注周頻「頻」乃「顗」字之譌。|徐作「顒」，非。|周顒，|梁人，非|晉人也。陷日|仇作「滔日」。軒勇|仇作「翠」，一作「昂」。倏徐墜一作「徐倏檖」。孩虎孩，|仇作「溪」。又云：當作「駭」。

下翔仇作「朔」。注河嬌至貯金河，當作「阿」。金，當作「之」。注肉駿徐作「駿」。

惜別行

麟閣一作「圖」。封賀賀，一作「向」。江潮一作「江湖」。

多病執熱

注選詩夏雲多奇峰案，選無此語，見陶集。注從閶當作「後閤」。注不願當作「不顧」。注戴達當作「逵」。

水宿遣興

注嘉樹不成蹊不，當作「下」。注昇遷當作「仙」。注心帳當作「悵」。

昔遊

藿共一作「去」。寰區一作「瀛」。三十一作「四十」。黄埃一作「塵埃」。有能一作「若」。國邑一作「内國」。

毒熱寄崔評事

老夫一作「大」。炎霄仇作「宵」。内弟一作「第」。諷興仇作「詠」。藴藉仇云：當作「醖」。

江邊星月

江浦一作「渚」。光隱一作「憶」。風纜一作「檻」。别霧一作「露」。曙色一作「曉」。注希質當作「希逸」。

舟月

注秋船當作「秋月」。

舟中出江陵

題舟中仇無「中」字。燕赴仇作「起」。據注，本詩亦當是「起」字。懸榻懸，仇云：當作「解」。

荆南述懷

揚鑣一作「鞭」。秋水一作「雨」。湘竹一作「水」。注思君當作「古」。注梅乘梅，當作「枚」，此下爲乘上吳王書語。史圻一作「拆」。慮窅窅，樊作「睿」。注魯公當作「功」。龍不一作「詎」。注孔漁當作「演孔」。注孫應當作「瑞應」。注人事下空一字當作「非」。

荆南送薛明府

注乏地當作「之」。注周宣王「王」字衍。注僵户當作「尸」。

哭李尚書

欲挂一作「把」。復塊仇作「魄」。注安人當作「仁」。

重題

餘白一作「余」。相識仇作「顧」。注戚兮當作「滅」。

獨坐

悲秋一作「愁」。

哭韋大夫

病疾|仇作「疾病」。駭蒼一作「倉」。關樹關，一作「高」。款風風，一作「旋」。急暮急，|仇作「咽」。

注往諧當作「詣」。

雨

臺俯一作「附」。

又吟

清曉|仇作「曙」。戈戟一作「茅」。

王兵馬使説白黑二鷹

雲飛仇作「雪」。心力一作「膽」。千人一作「千」，仇作「于」。兔經三窟經，仇作「藏」。窟，一作「穴」。玄冬一作「立冬」。自各一作「覺」。不凡一作「未凡」。

山館

身遠一作「迴」。注鮑明遠詩雲端二句案，此謝玄暉敬亭山詩，非鮑作。

送覃二判官

先皇仇作「帝」。注皇帝當作「黄」。嗟跎嗟，當作「蹉」。注誤並同。注逝將府「府」字衍。

醉歌行

注得真得，當作「彼」。

移居公安

注答儉中脱一「王」字。

贈虞十五司馬

注儒門當作「者」。

公安縣

第二句上空四字，宜照舊。

北風

注塵生生，當作「土」。注王粲師「師」字衍。

憶昔行

注深小當作「求」。注蓋君誤重二字。注謝靈運曰賞心樂事四者難並案，僅引「賞心」一語便足。既連下句，則當併引「良辰美景，方得爲四」，此宋人不檢覈處。注夫逢夫，當作「未」。白茅室仇作「室」。注不屠國當作「休屠」。猶佐一作「左」。南遊仇作「南浮」。注良岑當作「艮」。

宴王使君宅

招邀仇作「要」。鄉意一作「思」。霜鬢一作「髮」。上夜關一作「閒」。在山一作「舊山」。

覽柏中丞除官制

注下壺當作「卞壺」。注崔肝當作「盰」。注爲字當作「宇」。注前水當作「湔」。壘璵一作「疊」。寒温一作「暄」。

别太易沙門

注九峻當作「嵕」。注涸沍中脱「陰」字。

曉發公安

注沈約別范安咸平生少年咸，當作「成」。「年」下當有「日」字。此門仇作「出門」。

夜聞觱篥

風湍一作「奔湍」。

發劉郎浦

尤相催仇作「晚」。

泊岳陽城下

城僅仇作「近」。注徒於徒，當作「徙」。注需夫當作「懦」。注援者當作「老」。注旁似不可解。

纜船苦風

注白希範白，當作「邱」。效劉公幹云一風吹朔雪效，當作「學」。一風，當作「胡風」。注公邑當作「鄰」。

贈韋贊善

注比走當作「北」。蝦菜吴作「蛙」。蛙，當作「鮭」。

過南嶽入洞庭湖

褱漿仇作「菊」。節吐吐，一作「上」。留恨遺當作「遺恨」。注支樹當作「大」。

宿白沙驛

限月月，一作「景」，一作「好」。

上水遺懷

低顔仇作「頭」。注彭龐當作「籠」。注拾十二當作「恰」。春華一作「草」。亦朽一作「已朽」。鬱没樊作「悒」，一作「没」。激遠仇作「越」。明受一作「相受」。善知善，一作「蓋」。注水脉當作「脉」。注歼樹歼，當作「升」。

湘夫人祠

題下注劉表兄字景升立題碑案，檢韓集當作「劉表景升之題」，兄、字、碑三字爲衍文。又禮小有君當作「禮有小君」。馨借一作「香惜」。注成班又即班「均」當作「斑」。

祠南夕望

注海賦揭百丈案，海賦「揭百尺」與「席」爲韻，非丈也。

遣遇

時貰貰，仇作「甘」。

宿鑿石浦

頻卒仇作「年」。

早行

鳥數一作「散」。魚亦亦，一作「何」。開其仇作「闢」。

過津口

回道一作「回首」。

次空靈岸

無私一作「有私」。日亦亦，仇作「已」。吾居一作「屋」。

宿花石戍

天造間一作「天地開」。

次晚洲

折花一作「折」。注王傷「王」字有誤。

登白馬潭首字當作「發」。

花叢仇作「叢花」。

野望

三城一作「奇」，一作「年」。涓埃一作「涘」。事日一作「自」。

銅官渚守風

注虞世南奮翼遠煙案，「遠」下奪「凌」字，此世南飛來雙白鶴詩，見樂府詩集。

望岳

崚嶒一作「危稜」。似兒孫一作「如」。注明皇均當作「星」。秋風一作「西」。梁孝儀「梁」下奪「劉」字。

卷三十一

小寒食舟中

强飲一作「飯」。注以雞當作「似」。過閑一作「開」，非。直北一作「西北」。注鮑明遠灞陵望長安鮑明遠，當作「謝玄暉」。灞陵，當作「灞涘」。此注多以謝爲鮑作。

清明二首

銜花一作「銜」。注之陳徐作「東」。焦舉焦，當作「周」。此見後漢書周舉傳，注並誤。焦、仇本作「周」，不誤。注一那徐作「郡」。注徹一月後漢書作「轍」。注焚火當作「禁」。嚴君一作「君平」。

風雨看舟前落花

桃樹一作「李」。春寒郭作「風」。困癲一作「懶」。注赤僧方言公嘗言輕薄桃花流僧，當作「憎」。「桃花」下奪「逐水」二字。半欲一作「半日」。情性一作「情住」。

岳麓山道林二寺

佛骨一作「拂」。塔劫一作「級」。宫牆英華作「壇」。香厨一作「石厨」。注反鵲當作「鵲」。身奚一作「浮奚」。注士價漢書作「上價」。野客仇作「謝客」。何顒仇云：當作「周」。山鳥山花二「山」字，英華作「仙」。吾友吾，黄山谷作「共」。留與英華作「待」。注反鵲當作「鵠」。注日暚當作「暄」。

絶句六首

鵑一作「鶤」。注公孫月賦「公孫」下奪去「乘」字，事見西京雜記。

酬寇司御

注替華當作「簪」。

上巳日

注班鬢彪彪，當作「髟」。

湘江宴餞裴二端公

注肅肅衍一字。集曛英華作「初集」。鴰鶬仇云：一作「鶢鶋」，一作「鴰鶬」。遠山遠，杜臆云：恐當作「峴」。

江閣對雨

面文一作「紋」。應洗應，一作「意」。

酬韋韶州

注札書當作「書札」。注里餘當作「餘里」。難理理，一作「並」。

千秋節有感

注成班當作「斑」。注縹帷當作「繐」。注余生當作「餘」。注仙侶當作「仙倡」。注開天傳紀吾歸其曲清楚動人「開天傳」下奪「信」字。「吾歸」上應有「以送」二字。據今傳本開天傳信記知之。注空人當作「宮」。注止索當作「索上」。

夜

秋水一作「氣」。注獨衣當作「夜」。不至一作「到」。

晚秋蔡侍御飲筵

置書杜臆作「致」。

湖中送敬使君

注湧波「波」下奪一「駭」字。

贈盧五丈

題五文當作「丈」。米駐一作「貯」。氓心仇作「甿」。爲鴞爲，仇作「如」。據注亦是「如」字。注歲律當作「聿」。

重送劉十弟

注年事道盡道，當作「遒」。注在豫章當作「任」。注含笑入當作「看」。注親舅當作「舊」。注梟枕戈待旦志稾逆賊「稾」字衍文。首「梟」字當移「志」下。

暮秋將歸

注無動當作「慟」。注自此當作「比」。

送盧十四侍御

深衷一作「哀」。注戀生當作「主」。注哀謝當作「詩」。但促一作「整」。代希一作「稀」。對剔剔，當作「斆」。注不誤。注咄咄咄多一「咄」字。

暮秋枉裴道州手札

注知釣徐作「書」。寒温仇作「暄」。瀟岸一作「湘」。注軍府徐作「苻」。注于寶著論當作「干寶晉論」，見文選。注則知徐作「不如」。黑白髮黑，荆、仇作「動」，一作「理」。注班固山東出相當作「班固漢書傳贊：「山東出相」。注夏玄奪一「侯」字。注永加當作「嘉」。注穎綱當作「絅」。注無數軍當作「將軍」。

贈李判官

丈時仇作「特」。衝星斗一作「通牛斗」。曹正仇作「貞」。注文同當作「固」。注李文當作「丈」。注入皆徐作「人」。注籍泛徐作「使」。樹嘉仇作「佳」。展材一作「懷」。白亂仇云：吴作「辭」，英華作「慕」。注人百徐作「所」。注桓帝當作「宣」。注郄昭當作「超」。注條⿰片帯「⿰片帯」字不成文，當作「牒」。

奉寄河南韋尹

鼎食爲爲，一作「分」。周流一作「旋」。注不使臾跗扁鵲據解嘲，當作「不遇俞跗與扁鵲」。注自此當作「比」。注爲此當作「比」。注興之當作「與」。注何尹當作「河」，下奪「南」字。注凾集當作「亟」。

別董頲

別我一作「到我」。門廬一作「閭」。注毋主當作「毋望」。注牙脱牙，當作「才」。白帽一作「皂褐」。

送魏六丈

空名一作「名空」。梧陰陰，一作「野」。注古詩主稱會面難案，此即杜贈衛八處士語，當引古詩「會面安可知」。注拘監當作「狗監」。注祖如當作「相如」。掌中郭作「堂」。注罕此當作「比」。

別張十三

注此蕭曹當作「比」。結交仇作「友」，一作「晚交」。注境陵當作「竟」。注王駭梁書作「王畡」。潮落一作「湖」。注勉封建當作「建封」。注衶幹當作「杶」。高義仇作「議」。注舊兵當作「丘」。

舟中夜雪

大雪大，一作「朔」。注億君億，當作「憶」。

送長孫漸

還鄉仇作「歸」。注札書當作「書札」。

暮冬送蘇四

注阮步兵詩當作「顏延年詠阮步兵詩」。注土使當作「上使」。

風疾舟中伏枕

注竅厚均「厚」下奪一「薄」字。注長笛賊當作「賦」。白唇仇作「屋」。岸疊一作「壘」。迎非非，一作「方」。注荒森當作「林」。注借聞當作「昔」。注住開當作「仕間」。注祥祥衍一「祥」字。難過仇作「遇」。注而況當作「沈」。注柏州當作「舟」。行樂當作「行藥」，各本均作「藥」，不獨鮑照有行藥詩，潘岳閒居賦：「藥以行宣，其來已久。」注作「藥」，不誤。注洛測當作「路側」。注燕石當作「燕谿石城」。注爲春當作「脊」。峻址仇作「趾」。松筠一作「篁」。注長城結險　面目王長城上當有「峻阻塍埒」四字。結險，當作「豁嶮」。面目王，當作「而自王」。注興馬當作「與」。注南計當作「南朝計」。注字木當作「字文休」。注河漏當作「句漏」。注退瑟徐作「造」。

幽人

有所一作「識所」。麟鳳蔡作「靈」。何當一作「嘗」。惠詢一作「荀」。注之宣去當作「之宣城」。

人在在，仇作「見」。語笑仇作「笑語」。翠蓋一作「巘」。煙霞一作「霧」。

卷三十二

贈蕭使君

注几詔旨當作「凡」。注去病去病衍「去病」二字。注所謂一死四字當作「可以見」句下。注趙曰當在「所謂」句上。注巢公當作「巢父」。注三人當作「二人」。注之林當作「材」。注婉變當作「孌」。注涕泣流當作「泫流」。注所所重一「所」字。

送二十三舅

高交仇云：當作「交高」。舟鷁一作「丹」。注油吾當作「洎」。

送魏二十四司直

注三湘謂謂當作「淪」。注之湘當作「三」。注三相當作「湘」。共遠樊作「不遠」。

追酬高蜀州

自蒙一作「枉」。忽開一作「明」。匡君君，仇作「時」。更堪堪，仇作「誰」。注按後漢馬融傳有雒客舍逆旅吹笛融云案後漢融傳無此語，此見文選融長笛賦序。融云，當作「去」。遥拱一作「猶拱」。西蕃一作「羌」。注調翰當作「詞」。

蘇大侍御

旅干當作「旅於」。凡是仇本無，云衍文。而已閻云：當作「已而」。勝食句仇本在「却變」下。白閒句仇本在「鏡中」下。昨夜一作「永」。天接仇作「火滅」。未敢一作「永夜」。注味新下奪「詩」字。

送表姪王砅

曾老一作「祖」。羞頗珍一作「頗羞珍」。杯酒一作「沽」。盛事乎乎，一作「垂」。客在仇作「左」。注見烜下奪「赫」字。聊作樊作「不」。注王殊當作「砅」，下同。

發潭州

注緑酃烏鄉當作「緑酃程鄉」。才未一作「何」。名高一作「高名」。注涉博當作「博涉」。

燕子來舟中

嘗識一作「常」。注君室當作「屋」。落水仇云：善本作「貼水」。

同豆盧峰

練仇作「煉」，一作「練」。

詠懷二首

公侯一作「卿」。苦詞苦，仇作「昔」。十里仇作「千」。侵江一作「浸」。少吉日少，仇作「值」。拙計一作「計拙」。自愛各仇作「自合受」，一作「受合」。注莊子榮啓期莊，當作「列」。

酬郭十五

歲老|仇作「晚」。隋珠一作「隨」。

歸鴈

雲裹當作「雪裹」。無浪|仇作「元」，云：俗本作「無」。愁寂一作「絶」。

再吟

注文朝文，當作「又」。史嬴史，當作「更」，見戰國策。

朱鳳行

巔一作「巖」。鳳聲聲，一作「鳴」。其群|仇作「曹」。甚勞|仇作「勞勞」。盡使一作「忍使」。

送李大夫

注項壽壽，當作「儔」。

旅夜書懷

星垂一作「隨」。注玉仲宣當作「王」。官應一作「因」。飄飄一作「飄零」。

清明

繁花仇作「華」。注朱達平當作「建平」，魏志有傳。注駕齒膝當作「齧」。亦自一作「方」，一作「遠」。注又繁當作「擊」。注結吏當作「束」。離居一作「難」。注唐氣朔仇引作「唐史」。

題衡山縣文宣王廟

涣然仇作「焕」。容百仇作「萬」。收波仇作「改波」。尚可記一作「嘗記異」，一作「紀奇異」。

入衡州

短牆短，仇作「堵」。據注亦是「堵牆」。正文誤「短」。怒己一作「怒」。恨酒肉各本皆作「限」。聚謀一作「諜」。發中夜一作「中夜發」。胝研當作「趼」。在郴一作「左郴」。鳥埤埤，仇作「陣」。櫓蟠蟠，一作「卧」。注若爲當作「隱若」。橘井注洙曰一作橘案，一作不應與本文同。仇本作「繘」，一作「橘」。此兩「橘」字當有一誤。**行厭**一作「怨」。**蘋蘩**仇作「頻煩」，黄作「蘋蘩」。

白馬

涕如涕，仇作「淚」。

迴棹

試安命試，一作「世」。**注渭之**當作「謂」。**嬰薄**薄，一作「舊」。**注芳草**徐作「香」。**注懷卿**當作「鄉」。**注水夷**當作「冰」。**成名**名，一作「功」。

憶鄭南玭

題玭字草堂本無「玭」字。師民瞻同。**蒼茫**一作「滄浪」。

舟中苦熱

反掌仇云：正異作「反當」。**文人**仇作「丈夫」，云：一作「丈人」。**注居無怨黷**居，當作「軍」。**載霄**

漢仇作「戴」。注七選當作「遷」。

送顧八分文學

示諸王英華作「侍」。楊馬一作「班馬」。注王堂王，當作「玉」。戎馬際際，一作「險」。勤勉仇作「勸」。列士仇作「烈」。注西都都，當作「京」。

聶耒陽致酒肉

江眇仇作「渺」。前期期，仇作「朝」。云：蔡作「朝」。蔡説即見本詩注下，蓋蔡伯世本也。注乃有春下奪「清」字。麾下二句仇本在「清醥」句下。注張衡南都酒則九醞甘醴人非二句■■能知當作「如」。注與在當作「興」。

惜別行

軍中一作「官中」。西南英華作「東南」。群馬一作「烏」。藉一作「籍」。氣一作「意」。用一作「在」。驅除一作「馳」。手兼仇作「把」。涕淚一作「流涕」。君不覺仇無「君」字。

呀鶻行

卑飛仇作「孤」。落日英華作「月」。迷復復，仇作「非」。欲蟄仇作「縶」。

狂歌行

愚者一作「是」。弟切一作「竊」。睡穩各本作「穩」。酒重重，一作「香」。花繞繞，一作「滿」。短詠一作「歌」。還相一作「迭」。何爲仇作「爲何」。

與嚴二歸奉禮別

歸，仇作「郎」。

遣憂

憶古人顧作「傷故臣」。看黃巾仇作「著」。留宮室留，顧作「菅」。

早花

臘月仇作「日」。香梅香，仇作「春」。客鬢一作「容」。

巴西聞收京

宗廟|朱作「京邑」。

柳邊

那知一作「誰知」。葉葉|錢作「藔藔」。

送竇九

更持更，一作「苦」。

贈裴南部

應一作「因」。作一作「上」。應須|仇作「何須」。

遣悶呈路十九

黄鶯|仇作「鸝」。唯君一作「吾」。醉一作「最」。下有「愛」字。相過過，一作「看」。

隨章留後新亭

勸酒一作「醉酒」。

客舊館

何時一作「前」。夜聲聲，一作「聽」。秋渚仇作「愁緒」。

閬州送二十四舅

注禹同禹，當作「禺」。如何一作「何如」。回馬仇作「首」。

愁坐

戎屯一作「存」。

陪嚴鄭公北池臨眺

元依元，一作「先」。未掩一作「啓」。參軍軍，一作「卿」。

去蜀

萬事一作「世」。何必一作「不」。

放舡

流翠翠，仇作「大」。

哭鄭蘇

人誰仇作「何人」。白日一作「首」。路著著，海鹽劉氏本作「窅」。瘧痢仇作「瘧病」。

陪王侍御宴

遇形勝遇，一作「過」。

湖城東遇孟雲卿

城南一作「東」，一作「北」。況非一作「向」。成高一作「城南」。歎我一作「歡」。終今夕一作「經今冬」。**休語**一作「話」。**曙光**光，一作「花」。**垂文**文，英華作「秋」。**長安春**春，仇作「百」。**寒盡春生**一作「紫陌春寒」。**如綫**英華作「霰」。

惠義寺送王少尹

闌竿當作「干」。**暮鐘**一作「晚」。**青寂寞**一作「春寂寂」。

過洞庭湖

堆隱隱，一作「擁」。**護堤**堤，一作「江」。**回檣**一作「收帆」，一作「歸舟」。

聞惠子過東溪

題各本作送惠二歸故居。**白驢**一作「駒」，一作「魚」。**谷滯**一作「值」。**花熟**熟，一作「白」。**山杯**一作「松醪」。**竹葉春**一作「新」。**生事**一作「無事」。**黃綈**黃，一作「園」。綈，當作「綺」。**注**酒竹，「竹」字衍。**注云弗**當作「刜」。

聞官軍收河南北

白日一作「首」。

乘雨入行軍六弟宅

雲亂一作「罷」。今弟當作「令」。

衮衮一作「滚滚」。新繂仇作「新亭」。

少府山水障

江山一作「山川」。圃裂裂，一作「坼」。乃是一作「恐是」。滿城一作「蒲」。滄浪句浪闊。欹岸側島英華作「欹峰側岸」。胡爲一作「何」。

附録一

杜工部年譜

騷人雅士，同知祖尚少陵，同欲模楷聲韻，同苦其意律深嚴難讀也。余謂少陵老人初不事艱澀左隱以病人，其平易處，有賤夫老婦所可道者，至其深純宏妙，千古不可追跡，則序事穩實，立意渾大，遇物寫難狀之景，紓情出不説之意，借古的確，感時深遠，若江海浩溔，風雲蕩汨，蛟龍黿鼉出没其間，而變化莫測，風澄雲霽，象緯回薄，錯峙偉麗，細大無不可觀。離而序之，次其先後。時危平，俗孅惡，山川夷險，風物明晦，公之所寓舒局，皆可概見。如陪公杖屨而遊四方，數百年間猶對面語，何患於難讀耶！名公巨儒，譜敘注釋，是不一家。用意率過，異説如蝟。余因舊集，略加編次，古詩、近體，一其先後，摘諸家之善，有考於當時事實及地理、歲月與古語之的然者，聊注其下。若其意律，乃詩之六經，神會意得，隨人所到，不敢易而言之。敘次既倫，讀之者如親罹艱棘虎狼之慘，爲可驚愕；目見當時甿庶被削刻，轉塗炭，爲可憫。因感公之流徙，始而適，中而瘁，卒至爲少年輩侮，忽以訖死，爲可傷也。紹興癸酉五月晦日，丹丘冷齋魯訔序。

睿宗先天元年壬子正月改太極，五月改爲延和，明皇以是年八月改元。

按公誌及傳皆云「年五十九卒於大曆五年辛亥」。詩史云「開元元年癸丑公生」。公上大禮賦云：「臣生陛下淳樸之俗，行四十載。」公天寶十載奏賦，年三十有九。逆節公今年生。呂汲公考公生先天元年癸丑，天寶十三載奏賦，若十三載，公當四十三歲矣。唐書宰相表及紀年通譜先天元年壬子，而譜以爲癸丑。集祭房公廣德元年，歲次癸卯，而譜以爲甲辰，皆差一年。汲公呂大防始作詩年譜。

開元元年癸丑

三年乙卯

公鄽城觀公孫弟子舞劍行云：「開元三年，余尚童稚，於鄽城觀公孫舞劍器。」年譜以爲三年丙辰，按公是年才四歲，年必有誤。公進鵰賦表云：「臣素賴先人緒業，自七歲所綴詩筆，向四十載矣，約千有餘篇。」則能憶四歲時事不爲誤也。

十四年丙寅

公初遊選場，壯遊曰：「往昔十四五，出遊翰墨場。斯文崔魏徒，以我似班揚。」

二十三年乙亥　公年二十四

公作開元皇帝皇甫淑妃豐碑曰：「歲次乙亥十月癸未朔，薨。」又曰：「野老何知，斯文見託。不論官閥，游、夏入文學之科。」意公尚白衣。天寶十載，始上三大禮賦，起家授河西尉。或以爲是年未應稱野老，當是天寶十載辛卯，銘曰：「列樹拱矣，豐碑闕然。」乃知後來方立碑也。但未能考其定於何年。

二十五年丁丑

史云：「公少不自振，客遊吳、越、齊、趙。」故壯遊曰：「東下姑蘇臺，已具浮海航。到今有遺恨，不得窮扶桑。歸帆拂天姥，中歲貢舊鄉。忤下考功第，拜辭京尹堂。放蕩齊趙間，裘馬頗清狂。春登吹臺上，冬獵青丘旁。」遊梁亦曰：「昔我遊宋中，惟梁孝王都。憶與高李輩，論文入酒壚。氣酣登吹臺，懷古視平蕪。」昔遊曰：「昔與高李輩，晚登單父臺。」山脚曰：「昔我遊山東，憶戲東嶽陽。窮秋立日觀，矯首望八荒。」公居城南，嘗預京兆薦貢，而考功下之。唐初，考功試進士。開元二十六年戊寅春，以考功郎輕，徙禮部以春官侍郎主之。公之適齊、趙，當在此歲以前。

二十九年辛巳

公有酹遠祖晉鎮南將軍於洛之首陽，酹文：「十三葉孫甫，開元二十九年歲次辛巳。」

天寶元年戊午　公年三十一

南曹小司寇於我太夫人堂下壘土爲山之作，系云「天寶初」。

六載丁亥

公應詔退下。元結諭友曰：「天寶六載，詔天下有一藝詣轂下，李林甫相國命尚書省皆下之，遂賀野無遺賢於庭。」公上韋左相曰：「主上頃見徵，倏然欲求伸。青冥卻垂翅，蹭蹬無縱鱗。」上鮮於京兆曰：「獻納紆皇眷，中間謁紫宸。破膽遭前政，陰謀獨秉鈞。」正謂此邪！

九載庚寅

紀：「十一月封華岳。」

十載辛卯　公年四十

公奏三大禮賦。元稹誌曰：「賦奏，命宰相試文，授右衛率府胄曹。」史云：「公奏賦，帝奇之，命待制集賢院召試文，授河西尉，不拜，改右衛率府胄曹。」公官定後戲贈曰：「不作河西尉，淒凉爲折腰。老夫怕奔走，率府且逍遥。」莫相疑行曰：「憶獻三賦蓬萊宫，自怪一日聲烜赫。集賢學士如堵牆，觀我落筆中書堂。」史、集皆以爲十三載。按帝紀：十載，行三大禮。十三載，未嘗郊，況表云「臣生長陛下淳樸之俗，行四十歲矣」，故知當在今歲。原叔云：新書作召試京兆府兵曹。新書乃今舊書也。今書作胄曹。進西嶽賦表乃云「委學官試文章」，皆不同。除夕曲江族弟位宅守歲曰「四十明朝過」，年譜云：上韋左相詩云：「鳳曆軒轅紀，龍飛四十春。」壯遊：「放蕩齊趙間，裘馬頗清狂。快意八九年，西歸到咸陽。」則公歸自齊、趙，乃應詔奏賦又數年間事也。翰林王洙字叔原（按，當作「原叔」）。

十三載甲午　公年四十三

玄宗紀：秋八月甲子朔，文部侍郎韋見素拜中書門下平章事。公贄見韋左相詩云「龍飛四十春」，又曰「愚蒙但隱淪」，則此詩似未獻賦前。封西嶽賦表云「臣本杜陵諸生，年過四十」，又云「蓋長安一匹夫爾。次歲國家有事郊廟，幸得奏賦待制於集賢，委學官試文章。再降恩澤，送隸有司，參列選序」，則此賦又在三大禮賦後。詩史以爲十二載，未詳。紀：二月丁丑，楊國忠爲司空。公表云：「陛下元弼，克生司空。斯文不可寢已。」則此賦當在未封西嶽前，而紀封華岳在九載，又當考也。

十四載

十一月，安禄山反，陷河北諸郡。公有自京赴奉先作，注云：「此年十一月作。」集注云：公在率府，欲辭職，遂作去矣行，而家屬先在奉先。詩史云：薊北反書未聞，公已逸身畿甸。

十五載丙申　公年四十五是年七月，肅宗即位於寧（按，當作「靈」）武，改元至德。

禄山僭帝於東京。公在奉先，以舅氏崔十九翁爲白水尉，故適白水，有高齋三十韻。六月辛未，賊入潼關，駕幸劍外。七月甲子，肅宗即位靈武。公漸北過，彭衙行曰：「憶昔避賊初，北走經險艱。夜深彭衙道，馮翊界。月照白水山。屬同州。少留周家窪，欲出蘆子關。」七月，寓於鄜川，有三川觀漲詩鄜州屬縣。曰：「我經華原來。長安北。」公羸走靈武，賊得之，故贈韋評事詩曰：「昔没賊中時，潛與子同遊。」公没賊中，有九日藍田崔氏莊以下十三首。

至德二載丁酉　公年四十六

公春在賊中，曲江行曰：「少陵野老吞聲哭，春日潛行曲江曲。」自正月乙卯，禄山死。二月戊子，肅宗次鳳翔。李光弼敗安慶緒於太原，郭子儀敗安慶緒於潼關，又敗於永豐倉。公西走鳳翔，達鳳翔行在，曰：「西憶岐陽信，無人遂卻回。」又曰：「司隸章初睹，南陽氣已新。」又述懷曰：「去年潼關敗，妻子隔絶久。今夏草木長，脱身得西走。」元微之誌云：「步謁肅宗行在，拜左拾遺。」舊書云：「自京師宵遁赴河西，謁肅宗於彭原。」新書云：「拜右拾遺。」非是。房綰罷相印，甫上疏不宜免，帝怒，詔三司雜問，以張鎬言，帝解赦之。公有狀謝口敕，又有六月十二日薦岑參諫官狀，皆可考。新史云：「自是帝不甚省録。公家寓鄜彌年，孺弱至餓死，許甫往省親。」吕汲公考云：「八月墨敕放還鄜州，有北征詩。」舊史云：「肅宗怒，貶甫爲華州司功曹。」非是。實録言御史大夫韋陟言，當考。北征曰：「皇帝二載秋，閏八月初吉。杜子將北征，蒼茫問家室。」贈節度李重進曰：「青袍朝士最苦者，白頭拾遺徒步歸。」閏八月朔甲寅，賊安慶緒寇好畤，渭北節度李光弼進戰，卻之。渭北壘空。公得北首鄜路，送韋宙同谷曰：「鑾輿駐鳳翔，受詞太白腳。」秋，旋自鄜畤扈從還闕。贈嚴賈二閣老曰：「法駕還雙闕，王師下八川。此時沾奉引，佳氣拂周旋。」十月丁卯，天子還闕。公臘日供奉紫宸曰：「臘日常年暖尚遥，今年臘日凍全消。」十二月，上皇至自蜀，以蜀郡爲南京，鳳翔爲西京，西京爲中京。

乾元元年戊戌　公年四十七是歲二月改元，復以載爲年。

春，公有紫宸退朝口號、賡賈至朝大明宮、宣政殿、晚出左掖，又退朝出左掖、直夜題省中壁等詩。微之誌：公左拾遺歲餘，以直言出華州司户。悲往事系曰：「至德二載甫自京金光門出道歸鳳翔乾元初從左拾遺移華州掾與親故别因出此門有悲往事曰：『近得歸京邑，移官豈至尊。』必大臣有不樂公者。」至華，題鄭縣亭子曰：「雲斷岳蓮臨大路，天晴宫柳暗長春。」唐官儀：功曹主秋賦。公有秋策問進士。七月，代華牧論殘寇狀、上朝廷策士文。公及冬出潼關，東征洛陽道，史不載。有閿鄉姜七少府設鱠及湖城遇孟雲卿歸劉顥宅飲宿等詩。

二年己亥　公年四十八

春，留東都。三月，九節度之師潰於滏水，郭子儀斷盟津，退守洛師。公有新安吏、石壕吏等詩。歸華，放情山水間，嘗遊伏毒寺，有憶鄭南曰：「鄭南伏毒寺，蕭灑到江心。」鮑公詩譜云：「夏，去華之秦。」公有秋華下苦熱曰：「七月六日苦炎蒸，對食暫餐還不能。」史立秋後題曰：「平生獨往願，惆悵年半百。罷官亦由人，何事拘形役。」自是有浩然志。史云：「關輔餓，輒棄官去。客秦州，貧，採橡栗自給。」有秦州二十首，曰：「滿目悲生事，因人作遠遊。遲回度隴怯，浩蕩及關愁。」公厭秦隴要衝，人事煩夥。西南命駕，遊同谷。別贊上人曰：「天長關塞寒，歲暮饑凍逼。野風吹征衣，欲別向曛黑。」冬十月，發秦州。曰：「我衰更懶拙，生事不自謀。無食思藥土，無衣思南州。」至同谷，作七歌。寓同谷不盈月，十二月一日，發同谷。曰：「始來茲山中，休駕喜地僻。奈何迫物累，一歲四行役。」公自京至華、至秦、至同谷、赴劍南，凡四。史曰：「同谷採橡栗自給，流落劍外。」公詩云「邑有佳主人」，又曰「臨歧別數子，握手淚再滴」，非寥落而還，殆迫於寇攘也。送韋宙從事同谷曰：「此邦承平日，剽切吏所羞。」又曰：「古來無人地，今代橫戈矛。」當時必爲羌戎所迫，但史不載，止云：十二月史思明寇陝州。公度栗亭，趨劍門，木皮嶺曰：「季冬攜童稚，辛苦赴蜀門。」鹿頭山曰：「鹿頭何亭亭，是日慰饑渴。連山西南斷，俯見千里豁。」冀公柱石姿，論道邦國活。」裴冕鎮成都，公遂下居錦江。成都曰：「我行山川異，忽在天一方。自古有羈旅，我何苦哀傷。」

上元元年庚子　公年四十九

裴冀公爲公卜居成都西郭浣花溪。成都記：「草堂寺，府西七里。浣花寺，三里。寺極宏麗。」公卜居曰：「浣花流水水西頭，主人爲卜林塘幽。」公寓浣花，雖有江山之適，羈旅牢落之思未免，故二年之間有赴青城縣、成都西。暫如新津、出成都寄陶王二少尹、寄高彭州、投簡成華兩縣諸子等詩。柳芳曆曰：「高適乾元初刺彭州。」公乾元初客秦，有寄適於彭州。上元初，適牧蜀，而公乃有寄高彭州詩，當考。

二年辛丑　公年五十

紀：夏四月，劍東（按，當作「南」）東川節度兵馬使段子璋反，陷綿州，節度使李奐奔於成都。五月，劍南節度使崔光遠克東川，段子璋伏誅。公戲作花卿歌曰：「成都猛將有花卿，學語小兒知姓名。綿州刺史著柘黄，我卿掃除即日平。子璋髑髏血模糊，手提擲還崔大夫。李侯重有此節度，人道我卿絶世無。」舊唐傳云：「梓州刺史段子璋反，以兵攻東川節度使李奐。適率州兵與西川節度崔光遠攻子璋，斬之。西川牙將花驚定者恃勇，既誅子璋，大掠東蜀。」新史云：「梓屯將段子璋反，適從崔光遠討斬之，而光兵不戢，遂大掠。

天子怒，遂以適代爲西川節度。」紀、傳與此詩皆不同，當知公紀事爲審也。九月壬寅，大赦，去上元號，稱元年，以十一月爲歲首，以斗所建爲名。公草堂即事曰：「荒村建子月，獨樹老夫家。」春秋變古則書之，公此意也。年譜與史云：「嚴武鎮成都，甫往依焉。」新史云：「上元二年冬，黄門侍郎、鄭國公嚴武鎮成都，奏爲節度參謀檢校尚書工部員外郎，賜緋魚。」公先赴成都，裴公爲卜居浣花里，譜、傳皆非是。嚴中丞枉駕見適系云：「嚴武東川除西川，敕除兩川都節制。」詩云：「元戎小隊出郊坰，問柳尋花到野亭。」川合東西瞻使節，地分南北任流萍。」辭意皆與傳異。詩史云：地志：「劍西益、彭、蜀，其州二十有八。劍東梓、綿、劍、普十州，綿爲都會。」肅宗實録：子璋盜綿州，改年黄龍，州曰龍安府。代宗實録：武，京兆少尹、御史中丞。賊思明阻兵京師，頗自矜大，命綿州刺史。未幾，東劍節度。詔兩劍一道。新傳：坐房綰，貶巴州。久之，遷東川。玉壘記：是年崔光遠尹成都，花驚定平段難，而士卒剽掠士女，至斷腕取金。詔監軍按其罪。十二月，恚死。

寶應元年壬寅上元二年九月，改元年。二年四月，改寶應。**年五十一**

武至成都，公奉和嚴中丞西城晚眺詩。蜀困於調度，嚴數從公往來，寄題杜二錦江野亭云：「莫倚善題鸚鵡賦，何須不著鵔鸃冠。」公酬云：「謝安不倦登臨賞，阮籍烏知禮法疏。」公結廬浣花涉三年。草堂曰：「經營上元始，斷手寶應年。」浣花曰：「萬里清江上，三年落日低。」四月己巳，代宗即位，召武。公送嚴入朝曰：「鼎湖瞻望遠，象闕憲章新。四海猶多難，中原憶老臣。」送嚴到綿州，同登杜使君江樓曰：「歸朝送使客，落景惜登臨。」詩史：召武爲太子賓客，傳還，拜京兆尹。爲二聖山陵橋道使，封鄭公，遷黄門侍郎。公初與武云「中丞」，梓州九日贈武曰「大夫」，此詩曰「侍郎」，再鎮蜀曰「上嚴鄭公」，前後自可考也。晚月呈漢中王，多在中秋。七月，劍南西川兵馬使徐知道反。八月己未，伏誅。公吟射洪曰：「南京亂初定。」故公欲駕梓，至梓已重陽。九日，登城。九日奉寄嚴大夫曰：「不眠持漢節，何路出巴山。」嚴巴嶺答曰：「昨向巴山落日時，兩鄉千里夢相思。」時嚴猶未出巴地也。秋，歸成都迎家，遂徑往梓。十一月，往射洪縣南途中有作、南之通泉縣、亦梓州邑。適郭代公故宅、陪王侍御因登東山最高頂宴姚通泉晚攜酒涪江泛舟，皆一時作也。

廣德元年癸卯　　年五十二

春日梓州登樓曰：「行路難如此，登樓望欲迷。」又曰：「厭蜀交遊冷，思吴勝事繁。應須理舟楫，長嘯下荆門。」公已有東下之興。公送辛員外暫至綿、還梓州陪章侍御宴南樓、陪章侍御惠義寺。秋，章梓州水亭。時公將適吴、楚，留别章使君留後曰：「終作適荆蠻，安排用莊叟。」秋，故相房琯薨，公有九月壬戌祭房公文。公轉遊閬中，爲閬州王使君進論巴蜀安危表。警急曰：「玉壘雖傳檄，松州已解圍。」系云：時高公適領西川節度使。時吐蕃犯塞，爲中國患，公痛其猖獗，疾蜀無善將以守要害。明年，武再出鎮，蜀道始安。是歲，君補京兆功曹，不赴。

二年甲辰　　公年五十三

公自梓之閬，有閬山歌等詩，送李梓州之任並寄章十侍御。系云：初時罷梓州刺史、東川留後，將赴朝廷。二公交印，正在今春。有將赴荆南寄别李劍州遊子曰：「巴蜀愁誰語，吴門興杳然。」公時意未有所適，會嚴武復節度劍南東、西川，公往依焉，贈武曰：「殊方又喜故人來，重領還須濟世才。甞怪偏裨終日待，不知旌節來年回。」房琯薨閬州，贈一品公。

別房太尉墓曰：「他鄉復行役，駐馬别孤墳。」自閬州領妻子卻赴蜀山三首曰：「汩汩避群盜，悠悠經十年。不成向南國，復作遊西川。」將赴成都草堂途中有作先寄嚴鄭公、旋錦江贈王侍御曰：「一别星橋夜，三回斗柄春。」亦曰：「猶得見殘春。」微之誌曰：「劍南節度嚴武狀爲工部員外郎、參謀軍事。」公揚旗，系云：「二年夏六月，成都尹鄭公置酒公堂，觀騎士新旗幟。」曰：「三州陷犬戎，但見西嶺青。」代宗紀曰：「廣德元年，失松、維州。」柳芳曆乃曰：「糧運絶，西川節度高適不能軍。吐蕃陷松、維、保三州。」以公詩考之，當然。武軍城早秋曰：「昨夜秋風入漢關，朔風邊雪滿西山。更催飛將追驕虜，莫遣沙場匹馬還。」公和曰：「秋風褭褭動高旌，玉帳分弓射虜營。已收滴博雲間戍，更奪蓬婆雪外城。」遣悶曰：「胡爲來幕下，只合在舟中。黄卷真如律，青袍也自公。」公放誕，不樂吏檢，雖鄭公禮寬心契，尤每見意。史云：性褊躁傲誕，嘗醉登武床，瞪視曰：「嚴挺之乃有此子。」武亦暴猛，外若不忤，中銜之。一日欲殺甫及梓州刺史章彝，集吏於門。武將出，冠鈎於簾三，左右白其母奔救，得止。獨殺彝。舊史不載。以公詩考之，武來鎮蜀，彝已交印入覲。公再依武，相歡洽，無恨之意，史當失之。

永泰元年乙巳　公年五十四

正月三日，竟歸溪上，有作簡院内諸公曰：「白頭趨幕府，深覺負平生。」夏四月庚寅，嚴公薨。公有哭歸柩。五月癸丑，詔定襄郡王郭英乂節度劍南。紀：「閏十月，劍南西山兵馬使崔旰反，寇成都。郭英乂奔於靈池，普州韓澄殺之。」崔寧傳：寧本名旰。「永泰元年，武卒。行軍司馬杜濟等請郭英乂爲節度，寧亦丐大將王崇俊。朝廷次用英乂。英乂恨之，召寧，寧不敢還。英乂自將討之，寧還攻英乂，英乂不勝，走靈池。於是劍南楊子琳起瀘州，與邛州柏貞節連和討寧。明年，詔杜鴻漸山西、劍南等道副元帥，平其亂，入成都。政事一委寧，乃表貞節爲邛州刺史，子琳爲瀘州刺史，以和解之。大曆三年，寧來朝，楊子琳襲取成都。」以公詩考之，成都亂，再至東川。相從行曰：「我行入東川，十步一回首。成都亂罷氣蕭瑟，浣花草堂亦何有。梓州豪傑大者誰，本州從事知名久。」公歸成都，止以嚴公再鎮。草堂曰：「昔我去草堂，蠻夷塞成都。今我歸草堂，成都適無虞。請陳初亂時，反復乃須臾。大將赴朝廷，群心起異圖。中宵斬白馬，盟歃氣已麤。西收邛南兵，北斷劍閣隅。布衣數十人，亦擁專城居。系云：即楊子琳、柏貞節之徒。賤子且奔走，三年望東吴。弧矢暗江海，難爲遊五湖。不忍竟捨此，復來薙榛蕪。入門四松在，步堞萬竹疏。」

營屋云：「愛惜已六載，兹晨去千竿。」以詩訂傳，云「大將赴朝廷，群小起異圖」，以爲嚴公後來，公無再歸草堂之跡；以爲崔旰，史云大曆三年入朝，寧本名旰，至是賜名，留其弟守成都，楊子琳乘間起瀘州，以精騎數千襲據其城，寧妾任募勇士，自將以進，子琳引去。公厭蜀思吴，下荆門，遂南下，夏曦戎州，燕戎州使君東樓，瑜州候嚴六侍御至，忠州有燕使君侄宅，及夏泊雲安，至十二月一日三首「今朝臘月春意動，雲安縣前江可憐」，公已不樂雲安，欲遷夔。趙傁以爲永泰元年四月嚴武卒，五月下忠、渝，大曆元年在雲安，與詩文皆差一年。高常侍永泰元年正月卒，公有聞高常侍亡，系云「忠州作」，知公以永泰元年下渝、忠，但草堂所紀卻是嚴公薨後事，不敢妄定，姑從舊次。

大曆元年丙午　公年五十五

題子規曰：「峽里雲安縣，江樓翼瓦齊。」移居夔州郭曰：「伏枕雲安縣，遷居白帝城。春知催柳别，江與放船清。」客居曰：「西南失大將，商旅自星奔。今又降元戎，已聞動行軒。」此詩方及失大將。聞杜鴻漸出鎮，與史年亦差。暮春，遷居瀼西，有暮春題瀼西新賃草屋五首。

大曆二年丁未　公年五十六

在夔州西閣。立春曰：「巫峽寒江那對眼，杜陵遠客不勝悲。」雨詩曰：「冥冥甲子雨，已度立春時。」資治通鑑：大曆二年正月辛亥朔至十三甲子。諺云：「春雨甲子，赤地千里。」移居赤甲，有入宅、赤甲二詩，曰：「卜居赤甲遷居新，兩見巫山楚水春。」三月，自赤甲遷居瀼西，有卜居、暮春題瀼西新賃草居五首。秋，又移居東屯，有瀼西荆扉且移居東屯茅屋四首，曰：「東屯復瀼西，一種住青溪。來往皆茅屋，淹留爲稻畦。」訖冬居夔。

大曆三年戊申　公年五十七

太歲日曰：「楚岸行將老，巫山坐復春。」時第五弟漂泊江左近得消息遠懷穎觀等曰：「陽翟空知處，荆南近得書。」正月中旬定出三峽曰：「自汝到荆府，書來數喚吾。頌椒涼風詠，禁火卜歡娛。」公因觀在荆揚，遂發棹。有將別巫峽贈南卿兄瀼西果園四十畝曰：「正月喧鶯末，兹辰放鷁初。」夏，有和江陵宋大少府雨後同諸公及舍弟宴書齋。秋，又不安於荆南，舟中出南浦奉寄鄭少尹曰：「更欲投何處，飄然去此都。」是秋移居公安，荆南屬邑，府南九十里。復東下，發劉郎浦十道志：「在荆州。」曰：「掛帆早發劉郎浦，疾風飄飄昏亭午。」曉發公安係云：「數月憩息此縣。」泊岳陽城下巴陵郡。曰：「岸風翻夕浪，舟雪灑寒燈。」則冬至岳陽矣。

大曆四年己酉　公年五十八

陪裴使君登岳陽樓曰：「雪岸叢梅發，春泥百草生。敢違漁父問，從此更南征。」公將適潭，詩譜云：此年春，自岳陽至潭，遂如衡。畏熱復回。夏，將如襄陽。秋，將歸秦。皆不果。卒留潭，自是率舟居。詠懷及上水遣懷及銅官渚守風皆自岳陽入潭時作。蓋自岳之潭，之衡，爲上水；而自衡回潭，爲順水。詩皆可考。

五年庚戌　公年五十九

春，去潭至衡。清明曰：「著處繁華憐是日，長沙千人萬人出。」則公在潭至夏。湖南兵馬使臧玠殺其團練使崔灌。又是歲，湖南將王國良反，及西原蠻寇州縣，故公益南，至衡山縣謁文宣新學堂呈陸宰及入衡州，備述臧玠等亂，末云：「橘井舊地宅，仙山引舟航。此行厭暑雨，厥土聞清涼。諸舅剖符近，開緘書札光。」橘井在郴州，諸舅謂崔偉，前有送二十三舅録事之攝郴州詩，公將往依焉。公又至耒陽，州東南。遊岳祠，大水遽至，涉旬不得食。聶耒陽以公阻水，「致酒肉，療饑荒江。詩得代懷，興盡本韻，至縣呈聶令」。傳云：「令嘗饋牛炙白酒，大醉，一夕卒。」王彦輔辨之爲詳。以詩考之，公在耒陽畏瘴癘，是夏賊當已平，乃沿湘而下，故回棹之什曰：「衡岳江湖大，蒸池疫癘偏。」羅含湘中記：蒸水注湘。又：「順浪翻堪倚，回帆又省牽。」登舟將適漢陽曰：「春宅棄汝去，秋帆催客歸。」又暮秋將歸秦留别湖南幕府親友，則秋已還潭。暮秋北首，其卒當在衡、岳之間，秋冬之交。元微之誌云：「子美之孫嗣業，啓子美之柩，襄祔事於偃師。途次於荆，拜余爲志，辭不能絶。」其略云：扁舟下荆楚，竟以寓卒，旅殯岳陽。呂汲公年譜云：「大曆五年辛亥，是年夏還襄、漢，卒於岳陽。」以詩考之，大略可見。傳言卒於耒陽，非也。汲公云「是夏」，亦非也。今九域志衡州有公墓，又未知信然，或附會邪？

附録二

集注杜工部詩姓氏

唐昌黎先生韓氏名愈，字退之，有詩題子美墳。

唐元氏名稹。

太原王氏名洙，字原叔，翰林學士、兵部郎中、知制誥、史館脩撰。注子美集，先古詩，後近體，計三十六卷。

建安王氏名昱，字公旦，建陽人。度支員外郎，祕閣校理。

臨川王氏名安石，字介甫，撫州臨川人。拜左僕射，謚文公。

鳳臺王氏彦輔，和注子美詩四十九卷，自號鳳臺子。

王氏名徵，鳳臺子之子。

王氏名端仁，鳳臺子之孫。

鉅野王氏名禹偁，字元之，濟州鉅野人。翰林學士，知審官院，兼通進銀臺封駁司。

建安王氏名楷。

王氏名杞。

王氏名琪，字君玉。

王氏逢原。

王氏深父。

王氏立之直方。

王氏性之。

永嘉王氏名十朋，字龜齡，集注編年詩史三十二卷。

建安王氏名紆。

眉山蘇氏名軾，字子瞻，眉州眉山人。謚太師、文忠公，著釋事。

蘇氏養直。

西蜀趙氏次公，字彦材，著正誤。

西蜀趙氏夔，字堯卿。

趙氏彦材。

趙氏元序。

西蜀師氏名古，著詳説二十八卷。

師氏尹，民瞻。

嘉興魯氏訔，編注子美詩一十八卷。

廬陵歐陽氏名脩，字永叔，吉州永豐人，謚文忠公。

豫章黄氏庭堅，魯直。

黄氏少度。

謝氏薖，幼槃。

淮海秦氏觀，少游。

秦氏少儀。

宛丘張氏耒，文潛。

永嘉張氏器先。

鄄城張氏名詠，字復之，濮州鄄城人。謚忠定公。

張氏天覺。

張氏名逸，序蜀本子美詩一十卷。

歷陽張氏孝祥，安國。

張氏伯玉，續子美集，有詩。

河東薛氏蒼舒，續注子美詩。

薛氏夢符，廣注子美詩。

薛氏綜。

薛氏士昭。

薛氏元肅。

城南杜氏修可，續注子美詩。

杜氏名田，字時可，著補遺。

杜氏定功。

河南尹氏名洙，字師魯，起居舍人，直龍圖閣。

臨川晏氏名殊，字同叔，謚元獻公。

臨江劉氏名敞。
東萊徐氏字居仁，編次門類詩。
徐氏俯，師川。
徐氏君平。
徐氏持晦。
吕氏大防，撰年譜。
東萊蔡氏伯世，撰年譜。
蔡氏天啓。
蔡氏絛。
西蜀孫氏倬，瞻民。
孫氏彦忠。
西蜀程氏演，季良。
程氏天祐。
宋氏名祁，撰唐書子美傳。

西蜀宋氏援，正輔。

宋氏彦材。

遯齋陳氏正敏。

后山陳氏名師道，字無己，一字履常，號彭城居士。

陳氏希仲。

陳氏元龍。

陳氏體仁。

陳氏德溥。

南豐曾氏名鞏，字子固，建昌南豐人。擢試中書舍人。

曾氏公袞。

盱江李氏覯，泰伯。

李氏彭，商老。

李氏希聲。

李氏名觀，補遺子美傳。

臨安李氏堯祖，唐卿。
李氏厚，德載。
沈氏括，存中。
胡氏撰子美草堂序。
苕溪胡氏仔。
胡氏銓，邦衡。
唐氏庚，子西。
梅氏聖俞。
韓氏駒，子蒼。
馬氏存，子才。
潘氏大臨，邠老。
潘氏大觀，仲達。
孫氏名僅，撰子美詩序。
孫氏子尚。

孫氏何。
洪氏芻，駒父。
洪氏琰，玉父。
洪氏朋，龜父。
洪氏僧覺範。
河南邵氏博，伯溫。
橘林石氏敏若。
九江夏氏名竦，字子喬，江州人，樞密使，封英國公。
夏氏倪，均父。
何氏覬，人表。
蘇州何氏泓。
高氏荷，子勉。
饒氏節，德操。
晁氏沖之，叔用。

晁氏補之。
姑蘇丁氏脩。
永嘉丁氏鎮叔。
丁氏惠安。
縉雲鮑氏文虎，著譜論。
蘄陽林氏敏功，字子仁，蘄州人。贈高隱處士。
林氏敏修，子敬。
林氏子來。
林氏明仲。
林氏致明。
長樂鄭氏卬，著釋文。
楊氏符，信祖。
汪氏革，信民。
汪氏藻，彦章。

汪氏端本，子之。

汪氏洋，養源。

建安余氏葵。

東漢（按，疑當作「溪」）詩僧祖可，正平。

季氏錞，希聲。

真隱詩僧善權，巽中。

元氏不伐。

曹氏夢良。

傅氏藻，薦可。

鹿氏伯可。

任氏居實，文孺。

吴氏憲。

吴氏季南。

吴氏明可。

吴氏少雲。
賈氏巖老。
崔氏肅之。
萬氏先之。
萬氏申之。
萬氏大年。
永嘉甄氏雲卿。
龔氏實之。
芮氏國器。
馮氏方，圓仲。
喻氏叔奇。
毛氏叔度。
朱氏邦翰。
永嘉項氏用中。

周氏成祖。

鄧氏忠臣，字慎思。

集注杜工部詩姓氏